In gleicher Aufmachung erschienen in der Reihe
HEYNE SCIENCE FICTION & FANTASY
herausgegeben von Wolfgang Jeschke:

Das Science Fiction Jahr # 1 (1986) · 06/4260
Das Science Fiction Jahr # 2 (1987) · 06/4371
Das Science Fiction Jahr # 3 (1988) · 06/4464
Das Science Fiction Jahr # 4 (1989) · 06/4550
Das Science Fiction Jahr # 5 (1990) · 06/4640
Das Science Fiction Jahr # 6 (1991) · 06/4760
Das Science Fiction Jahr # 7 (1992) · 06/4850
Das Science Fiction Jahr # 8 (1993) · 06/4960

DAS SCIENCE FICTION JAHR

8

Ein Jahrbuch für den
Science Fiction Leser

AUSGABE 1993

Herausgegeben
von
Wolfgang Jeschke

WILHELM HEYNE VERLAG · MÜNCHEN

HEYNE SCIENCE FICTION & FANTASY

Band 06/4960

Redaktion: Wolfgang Jeschke

Printed in Germany 1993
Umschlagbild: Enrique Nieto
Umschlaggestaltung: Atelier Ingrid Schütz, München
Technische Betreuung: Manfred Spinola
Satz: Schaber Datentechnik, Wels
Druck und Bindung: Ebner Ulm

ISBN 3-453-06202-7

DAS SCIENCE FICTION JAHR #8

INHALT

DAS SCIENCE FICTION JAHR # 8

INHALT

ÜBER SCIENCE FICTION

DAS SCIENCE FICTION JAHR #8

INHALT

DAS SCIENCE FICTION JAHR #8

INHALT

DAS SCIENCE FICTION JAHR #8

INHALT

HÖRSPIEL

FILM

BÜCHER

DAS SCIENCE FICTION JAHR #8

INHALT

EDITORIAL

»Good SF does not violate what is known to be known.«

JOHN FOYSTER

»As a science fiction writer you have to know an awful lot of the real world to describe a different one.«

WILLIAM GIBSON

Lieber Leser,

im Frühjahr 1991 hatte ich das Vergnügen, zusammen mit Samuel Delany und William Gibson an einer Tagung der Akademie der Künste in Berlin teilzunehmen, die dem Thema ›Gebaute Illusionen — Filmphantasien zwischen Mythos und Mathematik‹ gewidmet war, genauer: Virtuelle Realität in Film, Architektur und Literatur. Wir drei hatten den Teil Literatur zu bestreiten. (Und selbstverständlich ging es dabei fast ausschließlich um Science Fiction, denn wo sonst in der Literatur wären virtuelle Realitäten zu finden?) Es war eine höchst interessante und anregende Woche — und eine lange dazu, denn die Gespräche und Diskussionen zogen sich oft bis weit nach Mitternacht hin; Bill kam aus Vancouver und wurde abends erst richtig munter. Samuel Delany hatte es übernommen, die Referate zu halten. Als Professor für Literatur hat er die meiste Erfahrung und eine Fülle anschaulicher Beispiele zur Hand.

Eines dieser Beispiele finden Sie auf Seite 231ff., das die Unfähigkeit mancher Menschen — darunter Akademiker, also belesene und gebildete Menschen — demonstriert, einen SF-Text zu verstehen. Das führt nicht selten, wie Delany ver-

sicherte, zu aggressiven Reaktionen bei Leuten, die sich für gebildet halten und glauben, ihre Muttersprache zu beherrschen, wenn sie sich mit einem Text konfrontiert sehen, den sie einfach nicht zu begreifen in der Lage sind. Sie glauben pseudotechnisches Wortgeklingel, pseudowissenschaftliches, mystisches Brimborium, ja pseudosprachliches Imponiergehabe vor sich zu haben, das im Grunde Nonsens ist. Wenn Delany in einer kurzen Analyse ihnen den Text erschlossen hat, sind sie meist verdattert über das periphäre, ja kuriose Wissen von SF-Autoren und deren Lesern, die mit so einem Text nicht die geringsten Schwierigkeiten haben.

Man könnte nun sagen (und es wurde gesagt), so dämlich können nur amerikanische Akademiker sein. Ich habe eher das Gefühl, daß das Gegenteil der Fall ist. Seit es in den USA an manchen Universitäten obligatorisch für Absolventen humanistischer Fächer ist, sich auch in einem naturwissenschaftlichen Fach prüfen zu lassen, kann man weit mehr Wissen auf den Gebieten der »sciences« voraussetzen als hierzulande. Nicht nur bei den Diskussionen in Berlin, auch bei vielen anderen Tagungen habe ich feststellen müssen, daß sich »Bildung« sehr selten auf Bereiche wie Theoretische Physik oder Astronomie erstreckt. Jeder »Gebildete« weiß, daß Oberon der König der Elfen und der Titel einer Oper von Carl Maria von Weber ist. Wenn einer weiß, daß auch ein Uranusmond diesen Namen trägt, wird das schon als kleines bißchen kurios empfunden.

Aber weshalb ist das so?

Die Hirnforschung wie die Verhaltenspsychologie haben bewiesen, daß das menschliche Gehirn nicht eine Art camera obscura ist, in der sich die umgebende Realität abbildet, sondern ein Überlebenswerkzeug, das *Überlebenswerkzeug schlechthin. Und das bedeutet, daß aus dem permanenten Informationsstrom schon durch die Sinnesorgane und nochmals im Gehirn alles fürs Überleben nicht Relevante ausgefiltert, ausgeblendet wird. Weshalb sollte sich das auf bewußter Ebene nicht fortsetzen. Sherlock Holmes hat völlig recht. Wir Watsons sind eher eine etwas kuriose Minderheit, die sich mit noch kurioseren Dingen beschäftigt.*

Copyright © Foto by Petra Rudischer

Ein Wort in eigener Sache zum Schluß:

Trotz der massiven Preiserhöhung auf DM 26,— beim SF-JAHR '92 blieb die Kalkulation mit DM 3,— pro Exemplar in den roten Zahlen. Die Honorarkosten — obwohl für die Autoren mit DM 25,— pro Seite vergleichsweise bescheiden — schlagen mit mehr als DM 20000,— zu Buche, hinzu kommen Bildrechte etc., und die technischen Kosten steigen unerbittlich von Jahr zu Jahr, während die Auflage sinkt: 7000 Druckauflage, knapp 6000 ausgelieferte Exemplare. Hinzu kommt, daß nie ein Nachdruck zu erwarten ist. Im Gegenteil: wenn das neue SF-JAHR erscheint, werden alle vom letzten Jahr, die noch in Buchhandlungen herumstehen, zurückgeschickt. Das Jahrbuch ist so nicht mehr zu kalkulieren, und die Verlagsleitung ist nicht länger bereit, das Projekt alljährlich mit mehr als DM 20000,— zu subventionieren. Ich bin von der Verlagsleitung dazu vergattert worden, mit maximal 45 Bogen = 720 Seiten (bei gleichbleibendem Preis) auszukommen. Das bedeutet gute 200 Seiten weniger, das bedeutet Abstriche. Ich muß mich auf Beiträge beschränken, die aktuellen Charakter haben und sich unmittelbar auf Science Fiction (und das aktuelle Programm) beziehen. Rubriken wie FACT und SPECULATION müssen künftig ganz entfallen. Über Comics zu berichten, sei anderen Publikationen vorbehalten, Fantasy und Horror sollen nur noch am Rande erscheinen, der Rezensionsteil wird stark ausgedünnt und soll seiner ursprünglichen Aufgabe wieder gerecht werden, nämlich die Leser vor allem auf Titel hinzuweisen, die außerhalb der bekannten Reihen erscheinen. Ich bitte alle regelmäßigen Rezensenten, Buchbesprechungen nur nach Vorschlag und Absprache zu verfassen. Unverlangt eingesandte Rezensionen werden nicht mehr honoriert. Der noch immer viel zu lange, aber als Informationsquelle leider unverzichtbare Filmteil bleibt unbebildert. (Eine Einsparung, die mir besonders leicht fällt. Von den vielen Dumpfmeisterprodukten, die Ronald Hahn aufführt, würde ich mir nicht eines freiwillig ansehen.)

Ich hoffe, daß mir trotzdem eine ausreichende Leser-(Käufer-)gemeinde bleibt, damit ich weitermachen kann. Das SF-

Jahr war nicht meine Idee, sondern die des Verlegers Rolf Heyne. Es macht mir mehr Arbeit als ein ganzes Monatsprogramm, aber diese Arbeit macht mir Spaß und ich habe durch sie eine Menge interessanter und liebenswerter Menschen kennengelernt. Und nach acht Bänden (und nichts Vergleichbarem auf dem Markt) ist das SF-JAHR doch so etwas wie eine Institution geworden.

Wenn man sich mit SF beschäftigt, gar SF schreibt, muß man ein Optimist sein, sonst bliebe nur die Resignation vor den Fakten einer zunehmend entropischen und sinnlos kreisenden Realität. Sherlock Holmes mag uns belächeln — ich halt's mit Ihnen, Mr. Watson!

Deshalb — trotzdem — viel Spaß!

Ihr

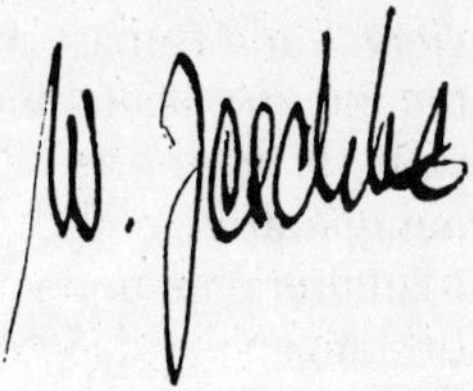

Die deutsche SF-Szene 1991/92

von Hermann Urbanek

1. VORBEMERKUNGEN

Nachdem es 1990 nach einer Marktberuhigung und Konsolidierung im vorangegangenen Jahr im Bereich der Science Fiction und Fantasy im speziellen und der phantastischen Literatur im allgemeinen zu einem Aufschwung gekommen war, der das beste Jahresergebnis seit 1986 mit sich gebracht hatte, war eigentlich allgemein erwartet worden — und die Marktberichte und vorliegenden Zahlen schienen das voll zu bestätigen —, daß es erneut zu einer Trendwende kommen und sich die Talfahrt des Genres 1991 wieder fortsetzen würde. Doch ganz das Gegenteil war der Fall, der positive Trend des Jahres 1990 setzte sich fort und sorgte für ein neues Rekordergebnis. Daß es zu dieser doch überraschenden Entwicklung kam, die in erster Linie und fast ausschließlich auf ein großes Plus bei den Buchveröffentlichungen zurückzuführen war, hatte natürlich mehrere Ursachen. Zum einen kam es bei den Büchern — einschließlich den bei den Hardcoververlagen publizierten Paperbacks — bei der Zahl der veröffentlichten einschlägigen Titel (einschließlich von Thrillern und Mainstream-Romanen mit mehr oder minder stark ausgeprägten SF- oder phantastischen Elementen) nicht zu dem befürchteten und auch erwarteten Einbruch, sondern zu einer massiven Steigerung, weil einige Verlage ihre Herbstprogramme kräftig mit einschlägigen Titeln aufgestockt haben, vor allem Kinder- und Jugendbuchverlage, und weil zahlreiche neue Verlage, und hier vor allem Kleinverlage, verstärkt phantastische Literatur ins Programm genommen oder sich darauf spezialisiert haben. Dazu gehören auch die Verlage für esoterische Literatur, die oftmals im Grenzbereich zu Fantasy und Phantastik angesiedelt ist. Mit eine gewichtige Rolle spielte auch ein letztes Aufbäumen der Verlage der fünf neuen Bundesländer, die noch eine recht beträchtliche Anzahl von Genre-Titeln auf den Markt brachten, wenn sie auch im Vergleich zu früheren DDR-Zeiten relativ niedrig lag. Doch dieses sagenhafte Ergebnis im Buchbereich war sicherlich ein einmaliges Ereignis, und für 1992 sieht die Sache, wenn man sich die bislang vorliegende Titelzahlen ansieht, schon um einiges schlechter aus. Es läßt sich zwar zur Stunde noch nicht abschätzen, wie groß der Einbruch sein wird, aber daß er diesmal kommen wird, scheint außer Zweifel zu stehen. Zu den Unsicherheitsfaktoren gehören vor allem die Klein- und Kleinstverlage, die in Summe doch einiges bewegen. Bei den Ost-Verlagen, deren Zahl sich ständig verringert, weil sie von der Entwicklung förmlich überrollt wurden und der aggressiv agierenden Konkurrenz aus dem Westen nur selten etwas entgegenzusetzen haben, tendiert 1992 die Zahl der Genrebücher gegen Null, und es ist nicht zu erwarten, daß sich in den nächsten Jahren hier noch viel tun wird. Ziemlich stabil ist die Lage bei den Großverlagen, die ja immer schon nur sehr sporadisch phantastische Titel herausgebracht haben, und das hat sich nicht geändert und wird sich im laufenden Jahr auch kaum noch ändern. Auch bei den Taschenbuchverlagen ist die Situation schon seit Jahren ziemlich gleichbleibend. HEYNE, BASTEI und GOLDMANN, die 1991 zusammen wieder nahezu zwei Drittel aller einschlägigen Taschenbücher herausbrachten, werden auch 1992 wieder so ähnlich abschneiden wie im Vorjahr, und die kleinen und größeren Schwankungen bei den übrigen Taschenbuchverlagen, die zumeist keine Phantastik-Reihen im Programm haben und nur sporadisch Genre-Titel veröffentlichen, werden sich auch 1992 alles in allem in etwa wieder ausgleichen und keinen nennenswerten Einfluß auf das Taschenbuch-Jahresergebnis haben. Daß das Ergebnis des Jahres 1991 trotz der kräftigen Reduzierung der Titel bei SUHRKAMP auf fast die Hälfte des Angebots von 1990, den Einbrüchen bei MOEWIG,

ULLSTEIN, HAFFMANS und DIOGENES trotzdem auf dem Level des Vorjahres lag, ist unter anderem darauf zurückzuführen, daß HEYNE seine Position als Marktführer weiterhin kräftig ausbaute, der AUFBAU-Verlag eine Taschenbuch-Reihe auf den Markt brachte, die auch Phantastik-Titel präsentiert, und INSEL 1991 bei seinen bibliophilen Taschenbüchern extrem viele Genre-Titel eingeplant hatte. Da bislang keine spektakulären Änderungen stattgefunden haben, kann man davon ausgehen, daß unter dem Strich gesehen das Taschenbuch-Jahresergebnis 1992 in etwa dem des Vorjahres entsprechen wird. Insgesamt betrachtet wird die Gesamtzahl der 1992 publizierten Titel doch um einiges unter der von 1991 liegen, doch ob sie unter den Wert des Jahres 1990 rutschen wird, kann zur Stunde noch nicht gesagt werden, dazu gibt es noch zu viele Unwägbarkeiten. Aus all diesen Gründen werden die Taschenbuchverlage, wie schon in den vorangegangenen Jahren praktiziert, auch weiterhin auf die sichere Karte setzen und im Fall des Falles bekannten und bereits eingeführten Autoren, die bessere Verkaufszahlen erwarten lassen, den Vorzug vor talentierten, hierzulande aber noch unbekannten Newcomern geben. Ausnahmen, vor allem bei den führenden drei Verlagen, bestätigen nur diese Regel, wiewohl gesagt werden muß, daß sich die Situation für neue Autoren zuletzt schon deutlich verbessert hat, bedingt durch die höheren Verkaufszahlen allgemein, die SF- und Fantasy-Titel erzielten. Für die deutschen bzw. deutschsprachigen Autoren galt und gilt das aber weniger, für sie ist die Situation nach wie vor sehr unbefriedigend, und das betrifft ebenfalls auch diejenigen ihrer Kollegen, die nicht im angloamerikanischen Sprachraum beheimatet sind. Ihre Chancen für eine Veröffentlichung sind nach wie vor gering, speziell im Bereich des Romans, etwas besser sieht es nach wie vor bei der Kurzgeschichte aus, da es hier auch außerhalb der Grenzen des Genres einen, wenn auch kleinen zusätzlichen Markt gibt. Ganz katastrophal hat sich der Wegfall des Ex-DDR-SF-Marktes für die dortigen Autoren ausgewirkt, die meisten mußten sich nach einer anderen Verdienstmöglichkeit umsehen, einen anderen Beruf ergreifen, wie etwa Angela und Karlheinz

Steinmüller, andere, wie Michael Szameit, haben der SF-Szene völlig den Rücken gekehrt. Der einzige aus der ehemals großen Riege der ostdeutschen SF-Autoren, der noch regelmäßig publiziert, ist Olaf Spittel, dessen Stories laufend in einem monatlichen Fachmagazin erscheinen. Insgesamt betrachtet ist die Situation dort noch schlimmer als im übrigen Deutschland, weil der Wegfall des Marktes für viele zu abrupt erfolgte. Auch für die deutschsprachige Szene gilt, daß nur bekannte Namen zählen, und obwohl schon etliche Autoren aus deutschen Landen erfolgreiche Bücher verfaßt haben, wie Thomas R. P. Mielke, Martin Eisele, Ernst Petz, Reinmar Cunis, Maria J. Pfannholz, Rainer Fuhrmann, Angela und Karlheinz Steinmüller, Herbert W. Franke, Gert Prokop oder Wolfgang Jeschke, so ist es leider doch nur wenigen gelungen, die Vorurteile, die in der Regel den SF- und Fantasy-Autoren deutscher Zunge entgegengebracht werden, zu überwinden und sich über die engen Grenzen des Genres hinweg einen Namen zu machen. Zu diesen gehören Michael Ende, Otfried Preußler, Wolfgang Hohlbein und Carl Amery. In seinen renommierten internationalen Anthologienbänden bot und bietet Wolfgang Jeschke immer wieder deutschen Autoren die Möglichkeit zur Veröffentlichung von kürzeren Texten. Im erfreulicherweise doch nicht eingestellten Berliner SF-Magazin ALIEN CONTACT erscheint eine Vielzahl von Geschichten bodenständiger SF-Autoren, auch die Computer-Fachzeitschrift »c't« präsentiert in jeder Ausgabe eine neue Kurzgeschichte deutscher Provenienz, und das Ingenieurs-Magazin ING. bringt ebenfalls in jeder monatlichen Ausgabe eine neue Story, allerdings ausschließlich von Olaf Spittel. Ähnlich auch die Situation auf dem Kinder- und Jugendbuch-Sektor. Das ist natürlich sehr wenig und für alle deutschsprachigen SF-Schaffenden recht unbefriedigend. Kein Wunder, daß etliche hoffnungsvolle Autoren dem Genre den Rücken gekehrt haben, im Begriff sind, das zu tun, oder auf andere Tätigkeiten oder Genres ausweichen. So hat sich Andreas Brandhorst völlig aufs Übersetzen konzentriert, und Ronald M. Hahn hat sich ebenso wie Hans Joachim Alpers auf das Schreiben von Kinderbüchern und Jugendkrimis verlegt. Alpers beispielsweise hat bei Franckh-Kosmos seine Serie DIE ÖKOBANDE gestartet, bei der vier 14- bis 15jährige Kids im Mittelpunkt stehen, die sich für Umweltschutz engagieren. Bislang sind »Die Schokoladenverschwörung«, »Aktion Dikker Hund« und »Tatort Nordsee« erschienen, vier weitere befinden sich für 1993 in Vorbereitung. Leider wird sich die Situation der Deutschen SF ohne einen neuen SF-Boom nicht grundlegend ändern, und auch dann wäre es fraglich, aber ein solcher ist sowieso, trotz aller positiven Entwicklungen und Tendenzen in den letzten Jahren, vor allem bei den Auflagezahlen, nicht in Sicht. Die Science Fiction konnte ihre dominierende Führungsrolle bei etwa gleichem Marktanteil erneut behaupten, die übrigen Genres schnitten, von minimalen Verschiebungen abgesehen, 1991 genauso ab wie im Jahr zuvor. Die Phantastik klassischen und modernen Zuschnitts konnte dabei Platz 2 in der Lesergunst vor der Fantasy nicht nur behaupten, sondern sogar noch geringfügig ausbauen. Es ist zu erwarten, daß es auch 1992 keine größeren Veränderungen geben wird. Trotz des Einbruchs, der für 1992 zu befürchten und auch zu erwarten ist, bleibt zu hoffen, daß die Verlage mit entsprechenden Programmen dieser Entwicklung entgegensteuern und durch geeignete Maßnahmen dafür sorgen, daß die Rückgänge im Hardcoverbereich anderweitig wieder ausgeglichen werden.

2. DAS JAHR 1991 — EINE RETROSPEKTIVE

Wie schon am Beginn des Szeneberichts erwähnt, war 1991 für die phantastische Literatur wieder ein überaus erfreuliches Jahr, in dem es nur einige kleinere Rückschläge und Einbrüche gab, die aber durch verschiedene andere positive Entwicklungen wieder mehr als nur wettgemacht wurden. So reduzierten zwar DIOGENES, HAFFMANS, MOEWIG, RORORO und SUHRKAMP ihr Angebot an phantastischen Titeln, dafür brachten andere Verlage wie ARENA, DUMONT (mit der BIBLIOTHEK DES PHANTASTISCHEN), KNAUR, RAVENSBURGER und vor allem HEYNE zum Teil beträchtlich mehr einschlägige Titel heraus als 1990. Neue Verlage veröffentlichten phantastische Literatur, wie PROJEKTION R, AUFBAU, NEUE DIMENSION, HAMMER, CLAUDIUS, INTEGRAL, HITZEROTH, ARGON, die EDITION Q und die EDITION NEUES MÄRCHEN. Die Zahl der veröffentlichten Titel ist beträchtlich gestiegen, und zwar um 57 oder 8,1 %. Dieses Plus ging fast zur Gänze auf das Konto einer Steigerung bei den gebundenen Büchern, die Verschiebung bei den Taschenbüchern hingegen fiel minimal aus: es gab 52 Hardcover und 5 Taschenbücher mehr als im Vorjahr. Die Anthologien und die unter Diverses gereihten Titel (wie SF-Jahrbuch und andere Sekundärwerke) verzeichneten einen Rückgang bei der Zahl der Publikationen, die Sammelbände blieben in etwa gleich, und die Collections verzeichneten einen leichten Anstieg. Großer Gewinner war der Roman, der die größte Steigerung in absoluten Zahlen im Vergleich zu 1990 für sich verbuchen konnte.

Wie sich die einzelnen Genres aufgegliedert haben, wie sie sich in deutsche Erst- bzw. Originalveröffentlichungen und Nachdrucke bzw. Neuausgaben aufsplitteten, wie die einzelnen Taschenbuchverlage abgeschnitten haben und in welcher Relation die einzelnen Zahlen und Ergebnisse des Jahres 1991 zu denen von 1990 stehen, ist den folgenden Statistiken zu entnehmen. Berücksichtigt wurden bei ihrer Erstellung alle bekanntgewordenen einschlägigen Publikationen des Jahres 1991 in gebundener Form, als Paperback und im Taschenbuch. Bei den Hardcovern wurde im Gegensatz zum Taschenbuch (etwaige in diversen SF-Reihen mitlaufende Spezialtitel wie Sekundärwerke, SF-Jahrbuch und Essaysammlungen sind in dieser Sparte unter DIVERSES gereiht) auf die Auflistung aller nicht literaturspezifischen Sekundärtitel verzichtet. Bei der Kategorisierung der einzelnen Titel wurde die von den Verlagen selbst gewählte Genre-Zuordnung übernommen, sofern sie vorlag und sich nicht im Widerspruch zum Inhalt befand (etliche als Fantasy deklarierte Werke gehörten eigentlich zur Phantastik und wurden auch dort zugeordnet). Unter NACHDRUCK sind alle Titel gelistet, die zuvor schon in deutscher Sprache erschienen sind, sei es als Buch, Heft oder

Taschenbuch, wobei eine etwaige Neuübersetzung unberücksichtigt blieb; eine Storysammlung oder Anthologie wurde nur dann als NACHDRUCK geführt, wenn kein einziger Beitrag eine deutsche Erstveröffentlichung darstellte. Als SAMMELBÄNDE wurden Zusammenfassungen mehrerer Romane oder/und Storysammlungen oder eine Kombination davon zwischen zwei Buchdeckeln bezeichnet, wie »Der Herr der Ringe« von J. R. R. Tolkien, »Der fliegende Baum« von Rafik Schami, »Die Macht der Mantas« von Piers Anthony, »Der Hexer von Salem 3: Der Dagon-Zyklus« von Wolfgang Hohlbein, »Der Wettflug der Nationen/Ein Stern fiel vom Himmel/Land aus Feuer und Wasser« von Hans Dominik, »Zeit endet« von J. G. Ballard, »Zeitnomaden« von Michael Moorcock und die PERRY RHODAN-Silberbände. Nicht berücksichtigt wurden Anthologien und Kurzgeschichtensammlungen, die nur eine einzige Genre-Story enthielten, wie »Kopfbahnhof. Almanach 3«, die »ad libitum«-Bände und »Wüste Küste« von Felix Hofmann.

Den vorliegenden Unterlagen zufolge sind im Jahre 1991 insgesamt 759 einschlägige Titel im Taschenbuch, als Paperback und in gebundener Form veröffentlicht worden, das sind exakt 57 Titel mehr als 1990. Den Löwenanteil nahmen naturgemäß wieder die Taschenbücher ein, die im deutschen Sprachraum dominierende Publikationsform, denen die bei uns zahlenmäßig unbedeutenden Paperbacks, die in den Taschenbuchverlagen erschienen sind, zugerechnet wurden, und zwar mit 532 Titeln. Bei Hardcover-Verlagen erschienen 227 Titel, 52 mehr als im Vorjahr und fast 30 % des Gesamtausstoßes. Den überwiegenden Anteil an den Publikationen machten mit etwas mehr als drei Vierteln die ROMANE aus, von denen es 1991 um 69 mehr gab als 1990, den 2. Rang nahmen die STORYSAMMLUNGEN mit einem Plus von 9 Titeln ein, dann folgten ANTHOLOGIEN (minus acht) und SAMMELBÄNDE (plus zwei). Und 468 NEUERSCHEINUNGEN (1990: 451) standen 291 NACHDRUCKE (1990: 251) gegenüber. Nähere Details sind den folgenden Statistiken und Grafiken zu entnehmen.

Tabelle 1: *Aufschlüsselung nach Publikationsform*

	Roman	%	Antho	%	Storysammlung	%
TB	408	53,8	42	5,5	62	8,2
Buch	170	22,4	12	1,6	24	3,1
Summe	578	76,2	54	7,1	86	11,3

	Sammelband	%	Diverses	%	Summe	%
TB	12	1,6	8	1,0	532	70,1
Buch	9	1,2	12	1,6	227	29,9
Summe	21	2,8	20	2,6	759	100,0

Tabelle 2a: *Vergleich nach Publikationsform/Anzahl der Titel*

	Roman			Antho			Storysammlung		
	90	91	%	90	91	%	90	91	%
TB	400	408	+ 2,0	47	42	−11,6	47	62	+31,9
Buch	107	170	+56,0	15	12	+20,0	30	24	−20,0
Gesamt	509	578	+13,6	62	54	−12,9	77	86	+11,7

	Sammelband			Diverses			Summe		
	90	91	%	90	91	%	90	91	%
TB	14	12	−14,3	19	8	−57,9	527	532	+ 0,9
Buch	9	9	0,0	12	12	0,0	175	227	+29,7
Gesamt	23	21	+ 8,7	31	20	−35,5	702	759	+ 8,1

Tabelle 2b: *Aufschlüsselung nach Publikationsform und Marktanteil*

	Roman %			Antho %			Storysammlung %		
	89	90	91	89	90	91	89	90	91
TB	55,5	57,5	53,8	5,7	6,7	5,5	10,4	6,7	8,2
Buch	17,7	15,5	22,4	0,8	2,1	1,6	3,6	4,3	3,1
Gesamt	73,2	72,5	76,2	6,5	8,8	7,1	14,1	11,0	11,3

	Sammelband %			Diverses %			Summe %		
	89	90	91	89	90	91	89	90	91
TB	1,8	2,0	1,6	2,9	2,7	1,0	76,4	75,2	70,1
Buch	0,8	1,3	1,2	0,8	1,7	1,6	23,6	24,8	29,9
Gesamt	2,6	3,3	2,8	3,6	4,4	2,6	100,0	100,0	100,0

Tabelle 3: *Aufschlüsselung nach Genrezugehörigkeit*

	TB	%	Buch	%	Summe	%
SF NEU	158	20,8	64	8,5	222	29,3
SF NACHDRUCK	104	13,7	17	2,2	121	15,9
SF GESAMT	262	34,5	81	10,7	343	45,2
HORROR NEU	55	7,3	11	1,4	66	8,7
HORROR NACHDRUCK	32	4,2	2	0,3	34	4,5
HORROR GESAMT	87	11,5	13	1,7	100	13,2
FANTASY NEU	54	7,1	36	4,8	90	11,9
FANTASY NACHDRUCK	31	4,1	16	2,1	47	6,2
FANTASY GESAMT	85	11,2	52	6,9	137	18,1
PHANTASTIK NEU	22	2,9	49	6,5	71	9,4
PHANTASTIK NACHDRUCK	68	8,9	20	2,6	88	11,5
PHANTASTIK GESAMT	90	11,8	69	9,1	159	20,9
DIVERSE NEU	7	0,9	12	1,6	19	2,5
DIVERSE NACHDRUCK	1	0,1	—	—	1	0,1
DIVERSE GESAMT	8	1,0	12	1,6	20	2,6
SUMME TOTAL	532	70,1	227	29,9	759	100,0

(Kleinere Differenzen hinter dem Komma ergeben sich durch das notwendige Auf- und Abrunden, haben aber keinen nennenswerten Einfluß auf die Aussagekraft)

Tabelle 4a: *Vergleich nach Genrezugehörigkeit*

	Taschenbuch			Buch			Summe		
	1990	1991	%	1990	1991	%	1990	1991	%
SF NEU	150	158	+ 5,3	53	64	+ 20,7	203	222	+ 9,4
SF NACHDRUCK	105	104	− 1,0	9	17	+ 88,9	114	121	+ 6,1
SF GESAMT	255	262	+ 2,7	62	81	+ 30,6	317	343	+ 8,2
HORROR NEU	62	55	−11,3	11	11	0,0	73	66	− 9,6
HORROR NACHDRUCK	17	32	+88,3	4	2	− 50,0	21	34	+61,9
HORROR GESAMT	79	87	+10,1	15	13	− 13,3	94	100	+ 6,4
FANTASY NEU	65	54	−16,9	29	36	+ 24,1	94	90	− 4,3
FANTASY NACHDRUCK	27	31	+14,9	4	16	+300,0	31	47	+51,6
FANTASY GESAMT	92	85	− 7,6	33	52	+ 57,6	125	137	+ 9,6
PHANTASTIK NEU	25	22	−12,0	39	49	+ 25,6	64	71	+10,9
PHANTASTIK NACHDRUCK	57	68	+19,3	14	20	+ 42,9	71	88	+23,9
PHANTASTIK GESAMT	82	90	+ 9,8	53	69	+ 30,2	135	159	+17,8
DIVERSE NEU	6	7	+16,7	11	12	+ 9,1	17	19	+11,8
DIVERSE NACHDRUCK	13	1	−92,3	1	−	−	14	1	−92,9
DIVERSE GESAMT	19	8	−59,7	12	12	0,0	31	20	−35,5
SUMME TOTAL	527	532	+ 9,5	175	227	+ 28,6	702	759	+ 8,1

Tabelle 4b: *Vergleich nach Genrezugehörigkeit und Marktanteil*

	Taschenbuch %			Buch %			Summe %		
	1989	1990	1991	1989	1990	1991	1989	1990	1991
SF NEU	23,4	21,4	20,8	8,0	7,5	8,5	31,4	28,9	29,3
SF NACHDRUCK	8,8	14,9	13,7	1,5	1,3	2,2	10,6	16,2	15,9
SF GESAMT	32,2	36,3	34,5	9,5	8,8	10,7	41,7	45,1	45,2
HORROR NEU	7,2	8,8	7,3	2,0	1,6	1,4	9,2	10,4	8,7
HORROR NACHDRUCK	1,7	2,4	4,2	0,3	0,6	0,3	2,0	3,0	4,5
HORROR GESAMT	8,9	11,2	11,5	2,3	2,2	1,7	11,2	13,4	13,2
FANTASY NEU	9,4	9,3	7,1	2,7	4,1	4,8	12,1	13,4	11,9
FANTASY NACHDRUCK	6,5	3,8	4,1	0,2	0,6	2,1	6,7	4,4	6,2
FANTASY GESAMT	15,9	13,1	11,2	2,9	4,7	6,9	18,8	17,8	18,1
PHANTASTIK NEU	4,1	3,6	2,9	6,5	5,6	6,5	10,6	9,1	9,4
PHANTASTIK NACHDRUCK	12,4	8,1	8,9	1,7	2,0	2,6	14,0	10,2	11,5
PHANTASTIK GESAMT	16,5	11,7	11,8	8,2	7,6	9,1	24,7	19,3	20,9
DIVERSE NEU	1,8	0,8	0,9	0,8	1,6	1,6	2,6	2,4	2,5
DIVERSE NACHDRUCK	1,1	1,9	0,1	—	0,1	—	1,1	2,0	0,1
DIVERSE GESAMT	2,9	2,7	1,0	0,8	1,7	1,6	3,6	4,4	2,6
SUMME TOTAL	76,4	75,1	70,1	23,6	24,9	29,9	100,0	100,0	100,0

Tabelle 5: *Aufschlüsselung der Taschenbücher nach Verlagen*

Verlag	Anzahl 1991	Marktanteil %	Anzahl 1990	Marktanteil %	Differenz Anzahl %
Heyne Verlag	169	31,8	157	29,8	+ 7,6
Bastei Verlag	91	17,1	96	18,2	− 5,2
Goldmann Verlag	88	16,5	87	16,5	+ 1,1
Knaur Verlag	25	4,7	22	4,2	+ 13,6
Fischer TB Verlag	19	3,6	18	3,4	+ 5,6
dtv	16	3,0	16	3,0	0,0
Moewig Verlag	15	2,8	21	4,0	− 28,6
Suhrkamp Verlag/st	15	2,8	29	5,5	− 48,3
Ravensburger Verlag	12	2,2	8	1,5	+ 50,0
Insel Verlag/it	11	2,1	3	0,6	+266,7
Diogenes Verlag/detebe	10	1,9	16	3,0	− 37,5
Ullstein Verlag	7	1,3	15	2,0	− 53,3
Arena Verlag	6	1,1	2	0,4	+200,0
Du Mont Verlag	6	1,1	3	0,6	+100,0
Aufbau TB Verlag/AtV	5	0,9	–	–	–
Piper Verlag/Serie Piper	5	0,9	5	0,9	0,0
Reclam Verlag	5	0,9	3	0,6	+ 66,7
Projektion R Verlag	4	0,8	–	–	–
Rowohlt Verlag/rororo	3	0,5	7	1,3	− 57,1
Bertelsmann Verlag	2	0,4	1	0,2	+100,0
Haffmans Verlag	2	0,4	7	1,3	− 71,4
Verlag Neues Leben	2	0,4	–	–	–
Edition Casablanca	2	0,4	2	0,4	0,0
Neue Dimension	2	0,4	–	–	–
Artikel 19 Verlag	1	0,2	–	–	–
Deutscher Literatur-Verlag	1	0,2	2	0,4	− 50,0
Verlag Metzler	1	0,2	–	–	–
Beltz & Gelberg	1	0,2	2	0,4	− 50,0
Verlag Das Neue Berlin	1	0,2	–	–	–
Drei Eichen Verlag	1	0,2	–	–	–
Scherz Verlag	1	0,2	–	–	–
Brockhaus Verlag	1	0,2	–	–	–
Verlag Freies Geistesleben	1	0,2	–	–	–
Anrich/Anrich: extra	1	0,2	–	–	–

Verlag	Anzahl 1991	Marktanteil %	Anzahl 1990	Marktanteil %	Differenz Anzahl %
Kiepenheuer & Witsch/KiWi	–	–	1	0,2	–
Verlag C. Beck	–	–	1	0,2	–
Henselowksy-Verlag	–	–	1	0,2	–
Rotbuch Verlag	–	–	1	0,2	–
Signet Verlag	–	–	1	0,2	–
Gesamtsumme TBs	532	100,0	527	100,0	+ 0,9

Die folgenden Grafiken zeigen die Entwicklung des Genres in den einzelnen Bereichen und nach Publikationsform.

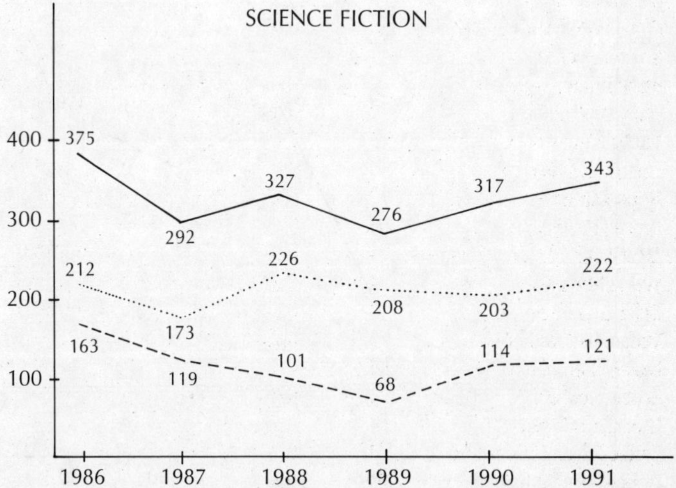

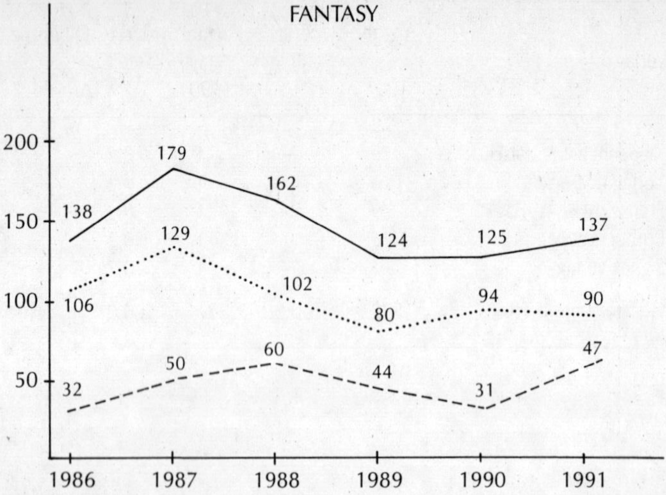
FANTASY
200
150
100
50
138
179
162
124
125
137
129
106
102
80
94
90
60
50
32
44
31
47
1986
1987
1988
1989
1990
1991

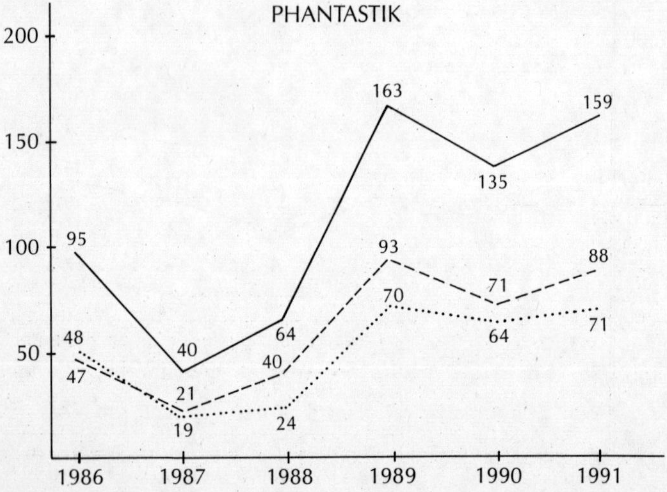
PHANTASTIK
200
150
100
50
163
159
135
95
93
88
71
70
64
64
71
48
47
40
40
21
19
24
1986
1987
1988
1989
1990
1991

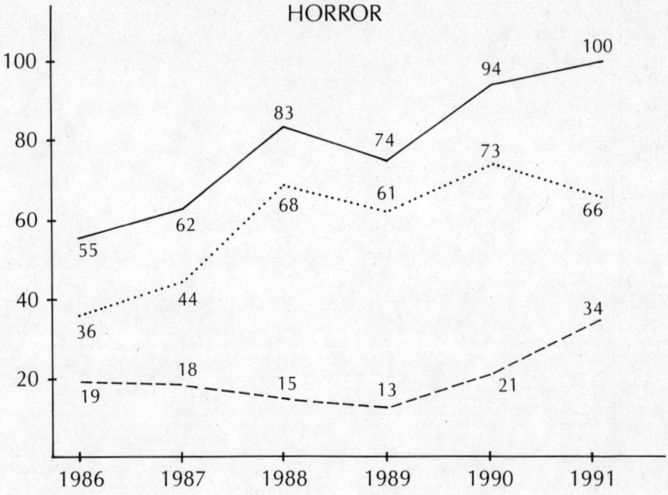
HORROR
100
80
60
40
20
55
62
83
74
94
100
36
44
68
61
73
66
19
18
15
13
21
34
1986
1987
1988
1989
1990
1991

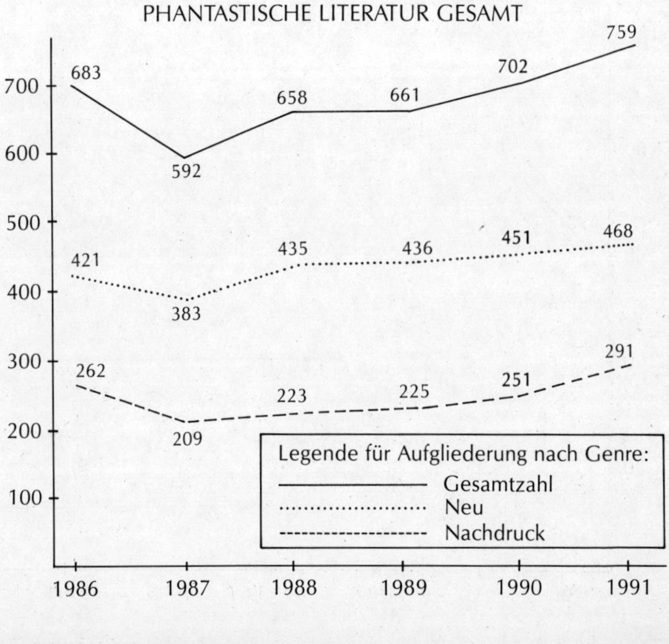
PHANTASTISCHE LITERATUR GESAMT
700
600
500
400
300
200
100
683
592
658
661
702
759
421
383
435
436
451
468
262
209
223
225
251
291
Legende für Aufgliederung nach Genre:
Gesamtzahl
Neu
Nachdruck
1986
1987
1988
1989
1990
1991

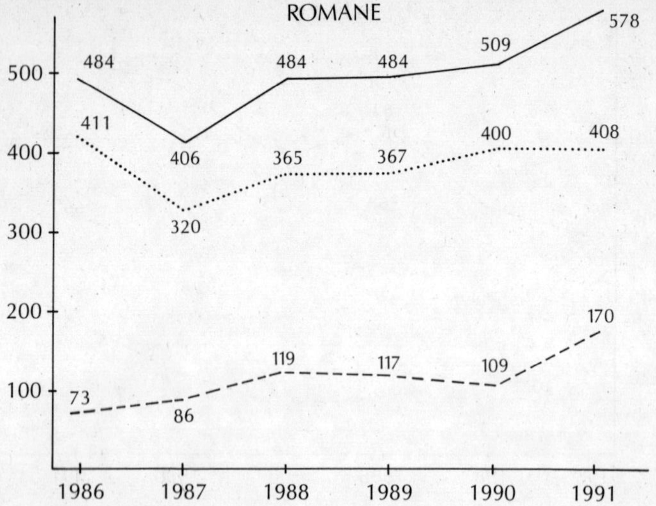
ROMANE
500
400
300
200
100
484
406
484
484
509
578
411
320
365
367
400
408
73
86
119
117
109
170
1986
1987
1988
1989
1990
1991

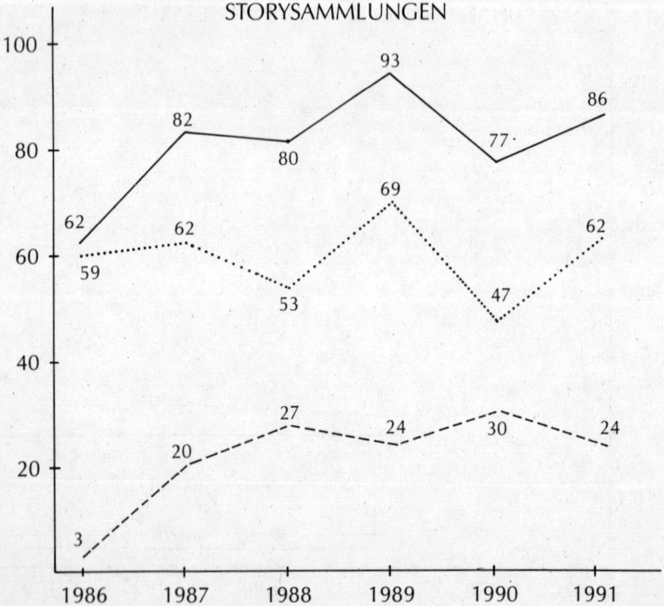
STORYSAMMLUNGEN
100
80
60
40
20
62
82
80
93
77
86
59
62
53
69
47
62
3
20
27
24
30
24
1986
1987
1988
1989
1990
1991

ANTHOLOGIEN

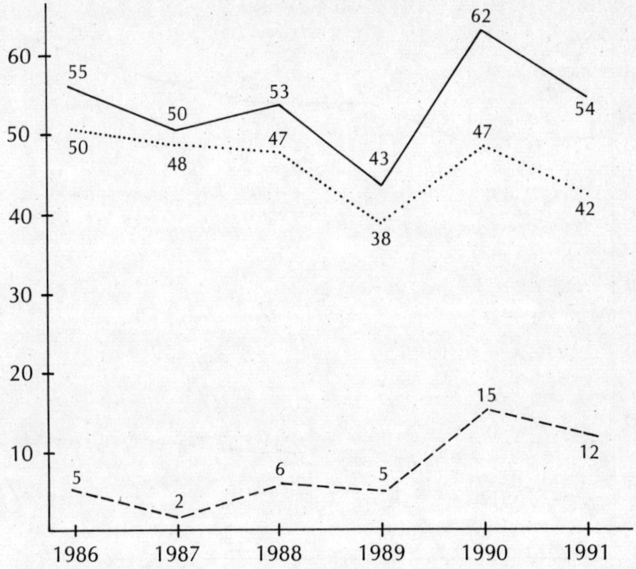

SAMMELBÄNDE

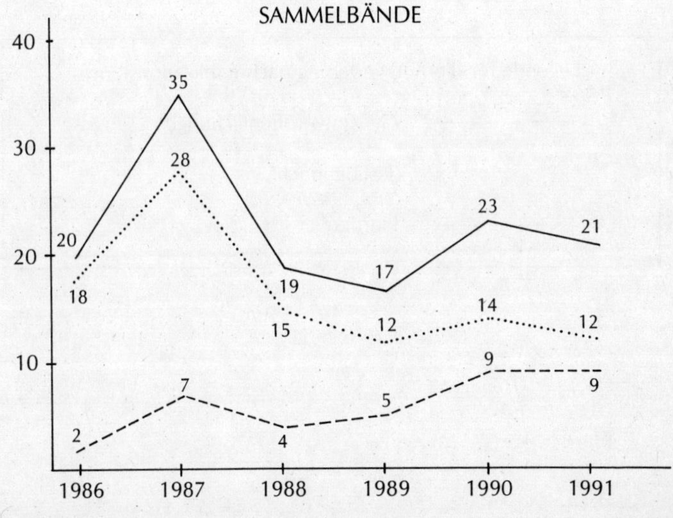

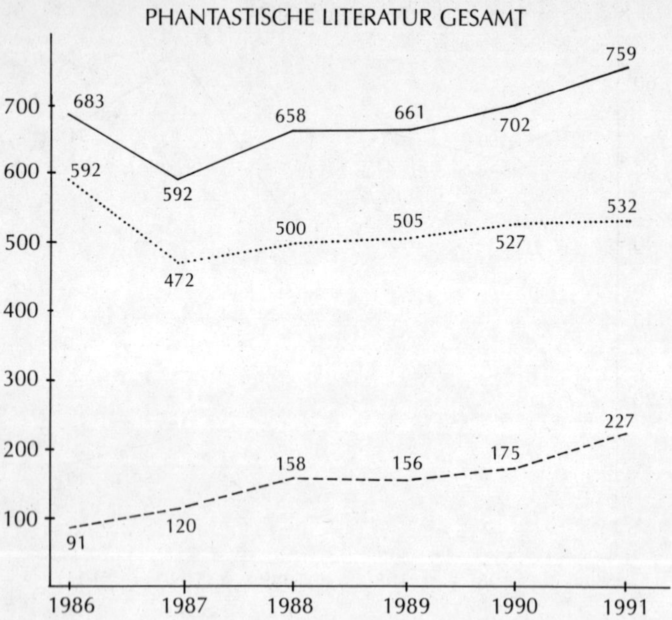

Legende für die Aufgliederung nach Publikationsform:

———————— Gesamtveröffentlichungen

.... Taschenbuch

------------------- Hardcover

3. FACTS UND TRENDS AUS DEN TASCHENBUCHVERLAGEN

BASTEI

BASTEI, für dessen Science Fiction- und Fantasy-Programm einschließlich der einschlägigen Titel in der 13er-Reihe und bei den Paperbacks seit 1989 Reinhard Rohn verantwortlich zeichnet, konnte 1991 erwartungsgemäß seine Position als zweitgrößter Verlag für phantastische Literatur hinter Marktführer HEYNE und vor GOLDMANN behaupten. Da hier 1991 um fünf Titel weniger erschienen sind, HEYNE kräftig zugelegt hat und GOLDMANN nahezu auf dem Stand des Vorjahres geblieben ist, hat sich der Abstand zum Marktleader vergrößert, und der zum Dritten ist auf drei Bände geschrumpft. Die Situation der deutschen Autoren hat sich in erster Linie dadurch gebessert, als daß es Hanns Kneifel gelungen ist, im Gefolge des Revivals seiner ORION-Romane bei HAFFMANS und GOLDMANN eine neue SF-Serie bei BASTEI unterzubringen, die JÄGER-Serie um die Abenteuer von Cade Chandra, dem Agenten des Imperiums, auf exotischen Welten, von der im Schnitt alle vier Monate ein neuer Titel erschienen sind, zuletzt nach »Jäger der Erinnerung« waren das »Jäger des Mondsilbers«, »Jäger der goldenen Götter« und »Jäger der Lebensformel«. Natürlich wie immer prominent vertreten war wieder Deutschlands erfolgreichster SF- und Fantasy-Autor außerhalb des PR-Umfelds, Wolfgang Hohlbein. Er startete, nach Motiven von Vincente Segrelles, eine Romanadaption von dessen berühmter Comic-Serie EL MERCENARIO (»El Mercenario — Der Söldner« und »El Mercenario — Die Formel des Todes«), legte den vierten Sammelband mit den letzten Romanen seiner Heftserie DER HEXER vor (»Der Hexer von Salem — Die sieben Siegel der Macht«) und setzte diese mit einem neuen Roman im Paperback, »Der Sohn des Hexers«, fort. Thomas R. P. Mielkes SF-Roman »Die Entführung des Serails«, bislang nur als Paperback erhältlich, liegt jetzt auch im Taschenbuch vor.

Zahlreiche interessante Titel mit im wahrsten Sinne des

Wortes phantastischem Inhalt erscheinen nach wie vor in der 13er-Reihe, die dem ALLGEMEINEN PROGRAMM zugeordnet ist. Zu den Höhepunkten dieser Nummern-Edition gehörten 1992 »Jagd der Vampire« von Barbara Hambly (LOCUS-Preisträger 1989 in der Kategorie HORROR-ROMAN), »Über den Dächern von London« von Christopher Fowler, die ungekürzte Fassung von Stephen Kings »The Stand — Das letzte Gefecht«, »Lebensgeister GmbH« von Robert Sheckley (die Vorlage zum Film FREEJACK), die von Byron Preiss und Kollegen zusammengestellte Dracula-Anthologie »Neues von Dracula«, »Der Werwolf von St. Peter« von Michael Cadnum, »Das Psycho-Haus« von Robert Bloch, Poppy Z. Brites aufsehenerregender Debütroman »Verlorene Seelen« und Wolfgang Hohlbeins Horror-Roman »Die Moorhexe«, der sogar zum Spitzentitel des Monats avancierte. Für die ersten Monate des Jahres 1993 sind u. a. der Horror-Roman »Feuer« von Alan Rodgers, »Die neunte Gewalt«, der neue Roman von Thriller-Spezialist Jon Land, der Horror-Thriller »Nur ein Gott darf nicht weinen« von Garfield Reeves-Stevens, Graham Mastertons »Ritual« und die ebenfalls von Byron Preiss gemanagte Anthologie zum Thema Frankenstein, »Das Beste von Frankenstein«, eingeplant.

In der ALLGEMEINEN REIHE (Nummernserie 11000) sind 1992 ebenfalls einige Genre-Titel erschienen, wie »Reise in eine strahlende Zukunft« von Rainer Erler, »Goyas Hand« von Cornelius Fischer und »Nacht der Zaubertiere« von Dean R. Koontz, in den ersten Monaten des neuen Jahres sollen der Medizin-Thriller »Trauma« von Robin Cook und der phantastische Roman »Die Vision« von Judith Merkle-Riley erscheinen.

In der Reihe FANTASY wurde das Angebot ab September 1992 erneut erweitert, und zwar erscheint zusätzlich zu den zwei Titeln pro Monat im Schnitt alle zwei Monate ein zusätzlicher Band. Wie auch schon in den vorangegangenen Jahren wurde das Erscheinungsbild der Reihe von Zyklen und Serien geprägt. Die aus Umfanggründen auf sechs Bände gesplittete Trilogie um DAS DUNKLE SCHWERT von Margaret Weis & Tracy Hickman wurde mit »Die Engel des Untergangs« und »Der Herrscher von Merilon« zum Abschluß gebracht, weitergeführt wurden die von Robert Asprin & Lynn Abbey zusammengestellte Shared-World-Anthologienserie um die DIEBESWELT mit »Der Bann der Magie« (Band 13) und »Im Herzen des Lichts« (Band 14), Joel Rosenbergs DIE HÜTER DER FLAMME mit Band 6, »Die Straße nach Ehvenor« und Piers Anthonys XANTH-Zyklus mit »Mond-Elfe« (Band 14). Neu gestartet wurden eine Nachauflage von Robert Asprins DÄMONEN-Serie mit neuer Titelbildgestaltung und Numerierung, der Zyklus DER FLUG ÜBER DAS FEUER der Britin Jenny Jones mit »Der Vogel der Zeit« und die BELGARIAD-SAGA von David Eddings, der fünfbändige Vorläufer-Zyklus zur MALLOREON-SAGA, die vor Jahren bei KNAUR erschienen ist und schon lange im Handel nicht mehr erhältlich war, mit den beiden ersten Romanen »Kind der Prophezeiung« und »Zauber der Schlange«. Ansonsten noch besonders hervorzuheben wären »König der Dämmerung, Königin des Lichts« von Ian McDonald (Gewinner des PHILIP K. DICK AWARD 1992), »Briefe aus Atlantis« von Robert Silverberg und die SONNENWOLF-Romane »Sonnenwolf« und »Die dunkle Hand der Magie« von Barbara Hambly. Weitere Höhepunkte der ersten Monate des Jahres 1993 sind der 2. Roman des Zyklus DER FLUG ÜBER DAS FEUER von Jenny Jones, der 3. BELGARIAD-Roman von David Eddings (»Spiel der Magier«), der 15. XANTH-Roman von Piers Anthony (»Höllen-Mädchen«) und die ersten Bände zweier neuer Zyklen, DER TRAMP DES KÖNIGS von Tom DeHaven (»Der Weltenbote«) und Margaret Weis & Tracy Hickmans DIE ROSE DES PROPHETEN (»Das Buch der Götter« und »Das Buch Quar«).

Auch die SCIENCE FICTION wurde Ende 1992 aufgestockt, und zwar ebenfalls alle zwei Monate um einen dritten Titel. Hier waren die Zyklen und Serien nicht ganz so dominierend wie bei der Fantasy, sie nahmen aber doch breiten Raum ein. Weitergeführt wurden William Shatners TEK-Serie mit dem zweiten Roman, »Das TEK-Kartell«, die nach Ideen des Doktors von jüngeren Autoren geschriebene sechsbändige Serie ISAAC ASIMOV'S ROBOT CITY — ROBOTER & ALIENS mit dem 5. Band, »Der Außenseiter« von Bruce Bethke, und der

CHAOS-Zyklus von Robert Asprin mit »Das Chaos-Kasino« (Band 2), neu gestartet wurde die Trilogie DIE STERNENHÜTER, von Margaret Weis im Alleingang verfaßt; bislang liegen die beiden ersten Bände dieser Space Opera, »Der letzte König« und »Die Königsprobe«, vor. Zu den Highlights des vergangenen Jahres gehörten »Ender« von Orson Scott Card (Sammelband mit den ENDER-Romanen »Das große Spiel« und »Sprecher für die Toten«), »Die Rückkehr der Hobbs« von Judith Moffett (wobei es sich bei den Hobbs um die eingedeutschten Hefn handelt), »Der Regenbogen des Mars« von Robert L. Forward und »Little Heroes« von Norman Spinrad. Für das Frühjahr 1992 sind u. a. die Abschlußbände der Serien ISAAC ASIMOV'S ROBOT CITY — ROBOTER & ALIENS (»Das Experiment« von Jerry Oltion) und der nach Ideen von Arthur C. Clarke verfaßten CODENAME: SPARTA (»Das Weltenschiff« von Paul Preuss), der dritte Roman der TRAUMPARK-Serie von Larry Niven & Steven Barnes, »Das Voodoo-Spiel«, die Collection »Sternenträume« von Ian McDonald, die Romanerstlinge von Tom Maddox (»Das Aleph-System«) und Alexander Jablokow (»Die Juwelen des Himmels«), sowie der erste Band der neuen Trilogie DIE HEIMKEHR von Orson Scott Card, der »Die verlorene Erde« betitelt ist, zur Veröffentlichung vorgesehen.

Höhepunkte in der PAPERBACK-Edition waren bzw. sind die Horror-Anthologie »Ich bebe, wenn du mich berührst«, hrsg. von Michele Slung, der Horror-Roman »Die rote Braut« von Christopher Fowler, der 4. Band des Zyklus DIE VERGESSENEN REICHE von Margaret Weis & Tracy Hickman (»Drachenmagier«) und David Gemmells Alternativwelt-Historie »Der Löwe von Macedonien«. Die Zahl der PAPERBACKS wurde auf drei pro Halbjahr reduziert.

1993 feiern die BASTEI-LÜBBE-Taschenbücher das 30jährige Jubiläum. Aus diesem Anlaß gibt es im Januar eine Jubiläumsaktion mit 12 Titeln, von denen vier für den Phantastik-Freund interessant sind: »Die Stimme« von Judith Merkle-Riley, »Der Inquisitor« von Wolfgang Hohlbein, »Shining« von Stephen King und »Das Licht von Atlantis« von Marion Zimmer Bradley.

DU MONT

Im Frühjahr 1992 erschienen weitere drei Titel in der im Herbst 1990 gestarteten und von Frank Rainer Scheck betreuten Edition DUMONT'S BIBLIOTHEK DES PHANTASTISCHEN, die es sich zur Aufgabe gemacht hat, verschollene Schätze der phantastischen Literatur in einer sorgfältig lektorierten, schön ausgestatteten Taschenbuchreihe dem Vergessen zu entreißen und sie ebenso wie moderne Meisterwerke der interessierten Leserschaft zugänglich zu machen. Das vierte Programm bestand aus dem Roman »Aus dem Abgrund« von Arthur R. Ropes und den Erzählbänden »Schlaflos« von Robert Aickman und »Die Sekte des Idioten« von Thomas Ligotti. Die ursprünglich für den Herbst 1991 eingeplante Sammlung klassischer Gespenstergeschichten »Eine Warnung an die Neugierigen« von M. R. James ist nicht erschienen, an deren Stelle kam der Roman »Die Stradivari« von John Meade Falkner heraus. Bei allen vier Titeln handelte es sich um deutsche Erstveröffentlichungen. Leider wurden in dieser liebevoll und mit viel Sachkenntnis zusammengestellten Edition im Herbst 1992 keine neuen Titel eingeplant, und es ist fraglich, ob sie überhaupt zu einem späteren Zeitpunkt weitergeführt wird. Falls nicht, wäre die Szene um eine interessante, wenn auch kurzlebige Reihe ärmer geworden.

GOLDMANN

Unter der Ägide von Sky Nonhoff, der Anfang 1991 die Nachfolge von Silvia Kuttny bei der Betreuung der Fantasy-, Science Fiction- und Horror-Reihen und auch Einzeltitel im Allgemeinen Programm angetreten hat, kam es 1991 zu einer Konsolidierung des 3. Marktplatzes hinter Spitzenreiter HEYNE und BASTEI, der Vorsprung zum Zweitplazierten ist allerdings auf drei Titel zusammengeschrumpft. Im Vergleich zu früheren Jahren gab es 1991/92 viel weniger Verschiebungen und Programmänderungen, auch wenn einige eingeplante Titel aus den unterschiedlichsten Gründen ausfielen. Bislang immer noch nicht erschienen sind die ursprünglich für 1990/91 angekündigten Bände 11 bis 13 von Wolfgang Hohlbeins ENWOR-Zyklus, da der Autor mit seinen vielen Projekten offenbar ständig mehr als ausgelastet ist. Auch der für Oktober 1991 eingeplante 3. Band des Zyklus DIE GEHEIMNISSE VON PARADYS von Tanith Lee ist nicht erschienen, und obwohl die englische Originalausgabe mit einiger Verzögerung jetzt vorliegt, ist fraglich, ob es eine deutsche Ausgabe davon geben wird, da bezüglich der Rechte einige Probleme aufgetaucht sind. Ebenso ist ungewiß, ob und wann die für das Frühjahrsprogramm 1991/92 vorgesehenen ersten drei Bände des DINOSAURIER-Zyklus von Martin Eisele herauskommen werden, nachdem der Autor nach längerer schwerer Krankheit hoffnungslos mit seinen Terminen ins Schleudern kam und die Bände nicht termingerecht ablieferte. Die Zahl der Veröffentlichungen von deutschen Autoren ist wieder drastisch zurückgegangen, lediglich Frank Rehfeld, der als Frank Garrett neue Romane zur TV-Serie KNIGHT RIDER schrieb, und Wolfgang Hohlbein, der einen Horror-Roman und weitere neue Romane um INDIANA JONES vorlegte, mit denen er aber auch schon schwer in Rückstand geraten ist, waren noch präsent.

Bei der GOLDMANN FANTASY folgte nach dem Erfolg des ersten FORGOTTEN REALMS-Zyklus DIE VERGESSENEN WELTEN mit DIE SAGA VOM DUNKELELF eine zweite Trilogie zu diesem Fantasy-Spiel, die ebenso wie ihr Vorläufer aus Umfanggründen auf sechs Bände gesplittet wurde. Autor der Romane war wieder R. A. Salvatore. Danach pausierte auch diese TSR-Spieleadaption, es soll aber, wie auch zur DRACHENLANZE, beginnend mit Sommer 1993 Fortsetzungen geben. Gestartet wurde im Sommer 1992 eine der schönsten amerikanischen Fantasy-Serien der letzten Jahre, der DRACHENPRINZ-Zyklus von Melanie Rawn, die in den USA als die Entdeckung schlechthin gefeiert wurde. Bislang liegen von der ebenfalls in sechs Wälzer aufgeteilten ersten Trilogie die Bände 1 bis 3 vor (»Das Gesicht im Feuer«, »Die Braut des Lichts« und »Das Band der Sterne«), die drei folgenden sind für das Frühjahr 1993 eingeplant: »Der Schatten des Bruders«, »Die Flammen des Himmels« und »Der Brand der

Wüste«. Erschienen sind zusätzlich noch der sechste SHANNARA-Roman von Terry Brooks in zwei Bänden (»Die Elfenkönigin von Shannara« und »Die Verfolgten von Shannara«) und die von Lester del Rey und Risa Kessler herausgegebene Anthologie »Das große Märchen-Lesebuch der Fantasy«. Pro Monat kommt in dieser Reihe ein neuer Band heraus, ebenso wie in der SF-Reihe.

Nach wie vor erscheinen in der ehemals renommierten GOLDMANN SCIENCE FICTION-Reihe ausschließlich Bücher zu erfolgreichen Fernsehserien und Kinofilmen. Weitergeführt und mit Band 28 zum Abschluß gebracht wurde die Subreihe DIE ORIGINAL-ABENTEUER VON RAUMSCHIFF ENTERPRISE, in der somit alle STAR TREK-Titel vorliegen, die beim US-Verlag BANTAM erschienen sind, bevor die Serie von POCKET BOOKS übernommen wurde (die bei POCKET veröffentlichten Bände bringt ja schon seit Jahren HEYNE in deutscher Sprache heraus). Die letzten Titel dieser Serie waren »Die Expertin« von Kathleen Sky, »Zwischen den Welten« von David Gerrold, »Welt ohne Sterne« von Gordon Eklund und »Perrys Planet« von Jack C. Haldeman II. Im Januar 1993 startet die Serie RAUMSCHIFF ENTERPRISE — DIE NEUEN ABENTEUER, in der in zehn Bänden alle 22 Zeichentrickfolgen der TV-Serie von Alan Dean Foster adaptiert wurden. Die Titel der ersten beiden Bände, die jeweils drei Geschichten enthalten, lauten »Todeszone Galaxis« und »Der Überlebende«. Daneben wurden noch Sammelbände mit jeweils drei früher schon veröffentlichten Einzeltiteln zu KAMPFSTERN GALACTICA, STAR WARS (»Han Solos Abenteuer« von Brian Daley) und RAUMSCHIFF ENTERPRISE herausgebracht, der von V — DIE AUSSERIRDISCHEN angekündigte Sammelband hingegen wurde aus dem Programm genommen.

Bei den GOLDMANN ABENTEUERN wurde das Programm auf drei Titel pro Halbjahr reduziert, zuletzt sind der 12. und letzte Band der KNIGHT RIDER-Serie, »Tödliche Erbschaft« von Frank Garrett, der 3. BATMAN-Roman, »Tanz in den Tod« von Joe R. Lansdale, und das von Jack Dann & Gardner Dozois zusammengestellte »Große Dinosaurier-Lesebuch« erschienen, für Anfang 1993 sind keine einschlägigen Titel eingeplant.

Als eigene Reihe aufgelassen und in die ALLGEMEINE REIHE übernommen, trotzdem aber noch im Besitz einer eigenen Nummernserie, wurde auch zuletzt in der Horror-Reihe GOLDMANN SCHOCK monatlich ein neuer Band herausgebracht. Hier erschienen zuletzt die Romane »Jahrmarkt des Grauens« von Richard Laymon, »Das Zwielicht-Syndrom« von John R. Maxim, »Der Todeskuß der Sonja Blue« von Nancy Collins (Gewinner des BRAM STOKER AWARD und des BRITISH FANTASY AWARD), »Avra« von J. M. Dillard, »Magog« von Wolfgang Hohlbein, »Schwelle ins Nichts« von Peter James und »Wolfsruf« von S. P. Somtow, sowie die Storysammlung »Ein Netz aus Angst« von Lisa Tuttle, für Anfang 1993 sind »Die Nacht der lebenden Toten« von John Russo, »Der Wille zu töten« von David Wiltse, Nancy Collins' zweiter Roman »Die Hitze des Blutes« und »Das große Horror-Lesebuch II«, hrsg. von Robert Vito, zur Veröffentlichung vorgesehen.

Zu den Highlights des Jahres 1992 in der ALLGEMEINEN REIHE gehörten »Stern der Brüder« von Hans Bemmann, die Abschlußbände der EDEN-Trilogie von Harry Harrison, »Winter in Eden« und »Rückkehr nach Eden«, »Die Krone von Camelot« (Abschlußband ihrer Neudichtung der Artus-Saga) und »Die Reiter der Sarmaten« von Gillian Bradshaw, »Hook« von Terry Brooks, »Das Labyrinth« von Larry Collins, »Star Wars — Erben der Sterne« von Timothy Zahn (erster Roman einer neuen Trilogie, die in den USA zu einem Bestseller wurde und eine Flut von neuen Romanen zum Thema nach sich gezogen hat), »Jaki« von A. A. Attanasio, »Die Boys von Brasilien« von Ira Levin, »Der Fürst der Finsternis« von Anne Rice, »Meridian 144 — Das letzte Abenteuer« von Meg Files, »Batmans Rückkehr« von Craig Shaw Gardner und »Hokus Pokus oder Wohin so eilig?« von Kurt Vonnegut. Noch nicht bei Redaktionsschluß erschienen waren die bereits für Ende 1991/Anfang 1992 eingeplanten Romane »Indiana Jones und das Erbe von Avalon« und »Indiana Jones und das Labyrinth des Horus« von Wolfgang Hohlbein. Zur Veröffentlichung

Anfang 1993 vorgesehen sind u. a.»Die sanften Ungeheuer« von Ira Levin und »Die Tochter des Bärenzähmers« von Gillian Bradshaw.

HEYNE

Wie bereits in den Jahren zuvor hatte Marktführer HEYNE auch 1991 keinerlei Schwierigkeiten, seine dominierende Position in der Szene nicht nur zu verteidigen, sondern sowohl bei der Zahl der veröffentlichten Titel als auch beim Marktanteil erneut kräftig zuzulegen; insgesamt publizierte HEYNE um über 80 % mehr einschlägige Titel als der größte Mitbewerber BASTEI und allein fast ebenso viele wie die beiden größten Konkurrenten zusammengenommen. In der von Wolfgang Jeschke, Friedel Wahren und Gisela Frerichs betreuten Reihe HEYNE SCIENCE FICTION & FANTASY blieb es, von der Einplanung her gesehen, 1992 bei durchschnittlich neun Titeln pro Monat. Daß bisweilen acht oder einmal sogar nur sieben, in einem anderen gegenteiligen Extremfall aber zwölf ausgeliefert wurden, lag zum einen an Verschiebungen, die nicht immer in den Griff gebracht werden konnten, und zum anderen daran, daß es infolge einer eigenen Backlist-Neuedition zu Spitzen beim monatlichen Ausstoß kam. Die Verkaufszahlen wiesen erneut einen kräftigen Anstieg auf, so daß es eigentlich nicht verwunderlich, im Gegenteil, fast schon zu erwarten war, daß das Programm aufgestockt wurde, und tatsächlich erhöht sich die Zahl der eingeplanten Titel ab Jahresbeginn 1993 auf zehn und teilweise auch elf Publikationen. Aufgrund von Terminproblemen bei Übersetzungen und anderen internen Problemen der unterschiedlichsten Art und der damit verbundenen Programmänderungen wegen lagen bei Redaktionsschluß folgende bereits angekündigte Titel noch nicht vor: »Lichtgezeiten« von Gregory Benford, »Zikalis Rache« von Henry Rider Haggard, »Araminta Station« von Jack Vance, »Die Ritter von Zinjaban« von L. Sprague de Camp und »Such deine eigene Wahrheit« von Robert N. Charrette. Wieder nur sporadisch, aber mit leicht steigender Tendenz, waren deutschsprachige Autoren und ihre nicht-angloamerikanischen Kollegen hier vertreten, wobei auffiel, daß bei den deutschsprachigen Romanen ausschließlich Autoren aus der ehemaligen DDR zum Zuge kamen. So erschienen 1992 der sensationelle Fantasy-Roman »Der Traummeister« von Angela und Karlheinz Steinmüller, die exzellente von Olaf Spittel zusammengestellte Anthologie »Zeit-Spiele« mit Stories ostdeutscher Autoren, Rainer Fuhrmanns zweiter berühmter Roman »Medusa« und »Weltbesteigung« von Gottfried Meinhold. Ansonsten kamen noch »Das Haus gegenüber« von Jean Pierre Andrevon & Philippe Cousin und »Zärtliche Apokalypse« von Josef Nesvadba heraus. Für das Frühjahr 1993 sieht die Situation sogar noch erfreulicher aus, es sind »Die goldene Spinne« von Margaret G. Käsbauer, »Der letzte Tag der Schöpfung« und »Midas« von Wolfgang Jeschke, sowie »Das Herz des Stroms« von Ralf Winter und zwei Romane von Maria Szepes, »Der Berg der Adepten« und »Weltendämmerung«, zur Veröffentlichung vorgesehen. Serien und Zyklen erfreuen sich hierzulande nach wie vor ungebrochener Popularität, weshalb sie bei HEYNE wieder in verstärktem Maße bei den Einplanungen berücksichtigt wurden. Bei der FANTASY wurde die SAGA VON DRAY PRESCOT über Band 37, mit dem sie in den USA beendet wurde, bis zu Band 41 fortgesetzt, ein weiterer Roman zu diesem beliebten Zyklus, der exklusiv für den deutschen Markt von Alan Burt Akers alias Kenneth Bulmer weitergeschrieben wird, befindet sich in Vorbereitung. Nach längerer Pause wurde die CONAN-Serie im Sommer 1992 mit Band 35 weitergeführt und, unterstützt durch eine Werbeaktion und das von CONAN-Spezialisten Erhard Ringer zusammengestellte Begleitbuch »Das Conan Universum«, das über den berühmten, von Robert E. Howard geschaffenen Barbaren keine Frage mehr offenläßt, mit der neuen Covergestaltung nochmals ab Band 1 gestartet. Hinzu kommt eine Karte CONANS WELT, gezeichnet von Erhard Ringer, im Posterformat als Sonderdruck zu dem Buch »Das Conan-Universum«. Drei neue Titel — »MacBest«, »Die Farben der Phantasie« (der allererste Band der Serie) und »Eric« — sind von der köstlichen Fantasy-Serie um die SCHEIBENWELT von Terry Pratchett erschienen, von dem Briten kommt Anfang 1993 auch die NO-

MEN-Trilogie, bestehend aus »Trucker«, »Wühler« und »Flügel«, heraus. Zum KRISHNA-Zyklus von L. Sprague de Camp, bei dem Band 9, »Die Ritter von Zinjaban«, noch überfällig ist, folgte ein abschließender zehnter, »Der Kontinente-Macher«, der drei Erzählungen um diesen exotischen Planeten enthält. Des weiteren wurde Freda Warringtons BLACKBIRD-Tetralogie mit den Bänden 3 (»Drei Krieger in Gold«) und 4 (»Drei Krieger im Zwielicht«) abgeschlossen, von Paula Volsky erschien der 3. Roman des ZAUBERER-Zyklus, »Der Fluch des Zauberers«, und Ursula K. Le Guin legte »Tehanu« vor, den Roman, der ihre ERDSEE-Trilogie zur Tetralogie machte. Bei der SCIENCE FICTION erschien jedes Monat ein neuer STAR TREK-Roman, sowohl zur klassischen Serie um die alte Crew mit Kirk, Spock, Pille und Scotty, als auch um die NÄCHSTE GENERATION mit Picard, Riker, Data, Geordi und die restliche neue Mannschaft, die ja auch schon durch die wöchentlichen Ausstrahlungen im ZDF unter dem Titel STAR TREK — DAS NÄCHSTE JAHRHUNDERT bekanntgeworden ist; zusätzlich gab es eine erweiterte und aktualisierte Neuherausgabe von Ralf Sanders' »Das Star Trek Universum« und den Roman zum 6. Kinofilm, »Star Trek VI — Das unentdeckte Land«. Weitergeführt wurden auch die Romane zu den Spielen BATTLETECH und SHADOWRUN, frisch gestartet wurde eine Serie zur Spielewelt DANGEROUS JOURNEYS. Iain Banks führte seinen KULTUR-Zyklus mit zwei Bänden, »Einsatz der Waffen« und »Ein Geschenk der Kultur« weiter, Greg Bear ließ mit »Ewigkeit« die langerwartete Fortsetzung zu seinem Bestseller »Äon« folgen, und Robert Silverberg mit »Der neue Frühling« eine zu »Am Ende des Winters«. Poul Anderson legte mit »Der Schild der Zeit« einen neuen Wälzer um die Agenten der ZEITPATROUILLE vor, und Jack Womack mit »Heidern« nach »Ambient« und »Terraplane« den dritten Teil seines Zukunftszyklus. Im Frühjahr startet James Whites berühmte Serie um die Weltraummediziner des ORBIT-HOSPITALS, vier Bände sind bereits eingeplant — »Hospital Station«, »Star Chirurg«, »Blutbruder« und »Ambulanzschiff« — und weitere werden folgen, und Anne McCaffrey entführt ihre Leser mit »Die Renegaten von Pern«

zum 10. Mal auf ihre Welt der Drachenreiter. Neben den schon erwähnten Serientiteln bot die HEYNE FANTASY noch den herausragenden Einzelroman »Das Glück des Relian Kru« von Paula Volsky, für das Frühjahr eingeplant ist »Abraxas« von Stephen Leigh. Die von Wolfgang Jeschke zusammengestellten internationalen Anthologienbände gehörten neben dem »Science Fiction Jahresband« auch 1991/92 zu den absoluten Höhepunkten der gesamten SF-Szene und damit auch zu den Highlights im HEYNE-SF-Programm. Zuletzt kam es leider zu Verzögerungen, deshalb ist diesmal nur ein einziger, »Der Fensterjesus«, erschienen, in Vorbereitung befinden sich die schon überfällige Anthologie »Die Menagerie von Babel« und die für 1993 eingeplante »Die Zeitbraut«. Mit nur einem Titel pro Halbjahr sind leider wieder viel zu selten die Auswahlbände aus den amerikanischen SF-Magazinen THE MAGAZINE OF FANTASY & SCIENCE FICTION (herausgegeben von Ronald M. Hahn) und ISAAC ASIMOV'S SCIENCE FICTION MAGAZINE (herausgegeben von Friedel Wahren) erschienen, die herausragende Kurzgeschichten aus den beiden renommierten Periodika präsentierten. Aus dem gewohnt hochklassigen Programm des Jahres 1992, das wieder für jeden Geschmack etwas bot, ragten besonders die von George Zebrowski herausgegebenen Anthologienbände »Synergy 2« und »Synergy 3« sowie die Romane »Die Differenz-Maschine« von William Gibson & Bruce Sterling, »Gekauftes Leben« von Joe Haldeman, »Engelstation« von Walter Jon Williams, »Lincolns Träume« von Connie Willis, »Labyrinth der Sterne« von John Brunner, »Die eingeborene Tochter« von James Morrow, »Ein Garten für Kinder« von Geoff Ryman, »Russischer Frühling« von Norman Spinrad, »Kalimantan« von Lucius Shepard, »Königin der Engel« von Greg Bear und »Wolfsgarn« von Phillip Mann heraus, und für die ersten Monate des Jahres 1993 sind Spitzentitel wie »Der Mond und Michelangelo« von Ian Watson, »Über den Wassern« von Robert Silverberg, »Molly Roberts« von Keith Roberts, »Die Todesschneise« von Michael Swanwick und »Neuland«, hrsg. von Karl Michael Armer & Wolfgang Jeschke, eingeplant.

Nach wie vor gilt für die auf einhundert Bände konzipierte BIBLIOTHEK DER SF-LITERATUR, daß jeder einzelne Titel uneingeschränkt empfohlen werden kann. Besonders hervorzuheben wären aber von den 1992 erschienenen Publikationen die erste komplette Ausgabe des Klassikers »Die Expedition der *Space Beagle*«, »Als Wilhelm kam« von Saki, »Nova« von Samuel R. Delany und der 8. Band von James Gunns Anthologienreihe WEGE ZUR SCIENCE FICTION, »Von Matheson bis Shaw«. Langsam neigt sich die Edition ihrem Ende entgegen, und eingeplant sind als nächstes die Bände 9 und 10 von Gunns Edition — »Von Lem bis Varley« und »Von Malzberg bis Benford« —, die beiden RODERICK-Romane von John Sladek in einem Band, ein von Carl Amery zusammengestellter »G. K. Chesterton Omnibus« und die Storysammlung »So frustrieren wir Karl den Großen« von R. A. Lafferty.

Auch 1992 erschienen wieder zahlreiche einschlägige Titel von Großen des Genres wie James Herbert, Stephen King, Dean R. Koontz, Arthur C. Clarke, John Saul, Whitley Strieber und anderen renommierten Autoren, die entweder den Budgetrahmen der SF & FANTASY-Reihe sprengen würden oder nicht in deren Grundkonzept passen, wie etwa die modernen Horror-Titel, in der ALLGEMEINEN REIHE. Das gilt natürlich auch für Titel, die aufgrund ihrer Thematik für eine breitere Leserschaft außerhalb der doch engen Grenzen des Genres interessant sind und daher höhere Verkaufszahlen erwarten lassen. Um diese Leserschichten verstärkt erreichen und ansprechen zu können, wurde 1992 das Experiment gestartet, Titel, die bereits in der SF-Reihe erschienen sind, nochmals in der ALLGEMEINEN REIHE aufzulegen. Zu den 1992 hier publizierten Titeln gehörten u. a. »Frühling, Sommer, Herbst und Tod« von Stephen King, »Adam« von Michael Stewart, »Splatterpunk — Horror extrem«, hrsg. von Paul M. Sammon, »Höllenhund« von James Herbert, »Die Priesterin der Nialia« von Lori Martin, »Das Geheimnis der Krypta« von Carl Amery, »Wehe, wenn du weggehst« von John Saul, »Mitternacht« von Dean R. Koontz, »Neuromancer« von William Gibson, »Die zweite Begegnung« von Arthur C. Clarke &

Gentry Lee, »Planquadrat Capricorn« von Charles Ryan, »Majestic« von Whitley Strieber, »Der Rote Löwe« von Maria Szepes, »Ayla und das Tal der Großen Mutter« von Jean M. Auel, »Cabal« von Clive Barker, »Mystery« von Peter Straub, »Schwarzer Abgrund« von Kathe Koja, die TWIN PEAKS-Bücher »Das geheime Tagebuch der Laura Palmer« und »FBI-Agent Dale B. Cooper«, sowie »Das vierte Buch des Horrors«, hrsg. von Joachim Körber. Verschoben und bislang noch nicht erschienen ist der 2. HYPERION-Roman von Dan Simmons. Für die ersten Monate des Jahres 1993 sind »In einer kleinen Stadt. Needful Things« von Stephen King, »Horror vom Feinsten«, hrsg. von Douglas E. Winter, »Dracula« von Bram Stoker, »EroticHorror«, hrsg. von Joachim Körber, »Ort des Grauens« von Dean R. Koontz, »Billy« von Whitley Strieber, »Das Haus der langen Schatten« von Barbara Michaels, »Erscheinung« von James Herbert und »In den Klauen des Bösen« von John Saul zur Publikation vorgesehen.

Bei den Paperbacks, den HEYNE JUMBOS, erschienen »tot«, der 3. Roman der Saga von DUNKLEN TURM, »Das Spiel« und »Blut« (die Sammlung »Skeleton Crew« komplett in einem Band) von Stephen King, »Gyre« von Clive Barker, »Besessen« von James Herbert, »Schlüssel der Dunkelheit« von Dean R. Koontz und »Schwur des Feuers« von David Morrell; für Anfang 1993 sind »Creed« von James Herbert, »Haus ohne Türen« von Peter Straub und »Kraft des Bösen« von Dan Simmons eingeplant.

KNAUR

Horror-Romane und Erzählungen moderner Prägung, wie sie sich in den USA schon lange einen nicht unbedeutenden Marktanteil vom Gesamtkuchen der Phantastischen Literatur gesichert haben, präsentiert die Reihe KNAUR HORROR, die seit dem Sommer 1990 nur mehr mit sechs Bänden pro Jahr erscheint, wenn man von diversen Aktionen einmal absieht, die hin und wieder schwerpunktmäßig gestartet werden. 1992 erschienen die Anthologien »Post Mortem«, hrsg. von P. F. Olsen & B. D. Silva und mit Beiträgen von Robert R.

McCammon, Ramsey Campbell, Dean R. Koontz und anderen prominenten Vertretern der Horror-Szene, und »Geister zum Fest«, zusammengestellt von Richard Dalby, mit weihnachtlichen Gruselgeschichten von Charles Dickens, Robert Louis Stevenson, Hugh Walpole, Ramsey Campbell, John Boynton Priestley und vielen anderen, sowie die Romane »Wenn die Toten erwachen« von John R. Holt, »Botin des Schreckens« von Robert R. McCammon und »Blutfelsen« von Joe Donnelly, in Vorbereitung befinden sich ein weiterer Roman von Joe Donnelly, »Das Haus des Bösen«, und Ramsey Campbells neuestes Werk, »Alptraumwelten«. In der ALLGEMEINEN REIHE wurden auch im letzten Jahr wieder einige interessante Titel veröffentlicht, wie »Im Frühling singt zum letzten Mal die Lerche« von Johannes Mario Simmel, »Die Gen-Falle« von Leslie A. Horvitz, »Nach dem letzten Rennen/Nackte Angst« von Dean R. Koontz und »Unschuld und Unheil« von Robert R. McCammon, der Gewinner des BRAM STOKER AWARD 1992. Des weiteren eingeplant sind »Die Spur der verschwundenen Kinder« von Leslie Alan Horvitz und »Harun und das Meer der Geschichten« von Salman Rushdie.

MOEWIG

Mit April 1992 stellte die VERLAGSUNION PABEL-MOEWIG die Publikation der MOEWIG TASCHENBÜCHER zur Gänze ein, und das bedeutete auch das Aus für die von Dr. Florian Marzin betreute und in den letzten Jahren kontinuierlich geschrumpfte Reihe MOEWIG SCIENCE FICTION. Als letzter Titel der Reihe ist im Frühjahr 1992 der DARKOVER-Roman »Herrin der Falken« von Marion Zimmer Bradley herausgekommen, die für eine spätere Veröffentlichung vorgesehenen DARKOVER-Anthologien wurden vorerst auf Eis gelegt.

Weiterhin mit einem Band pro Monat erscheinen aber unberührt von diesen Vorgängen neue Titel in der Reihe PERRY RHODAN PLANETENROMANE, von der mittlerweile schon weit über 350 Bände vorliegen. Auch 1992, wie schon in den Jahren zuvor, beschäftigten sich die Autoren wieder verschiedentlich mit Themen, die in der Heftserie zu kurz kamen, oder versuchten, die Hintergründe der größten Weltraumserie der Welt näher zu beleuchten oder führten die Erlebnisse von Figuren weiter, die in der Serie kurz aufgetaucht waren, dann aber in der Versenkung verschwunden sind. So wurden die weiteren Abenteuer des Ulupho Sardon geschildert (»Der Held von Vaar« von Arndt Ellmer), die Geschichte des Planeten History eingehender unter die Lupe genommen (»Wächter der Unsterblichkeit« von Horst Hoffmann) und der Untergang der letzten Strukturläufer zur Zeit der Meister der Insel geschildert (»LE-pünktlich« von H. G. Francis), während der Arkonide Atlan sein 54. und letztes Zeitabenteuer erlebte (»Die letzte Maske« von Hans Kneifel).

SUHRKAMP

Drastisch reduziert, und zwar auf die Hälfte der im Vorjahr erschienenen Titel, präsentierte sich die von Franz Rottensteiner betreute PHANTASTISCHE BIBLIOTHEK in den SUHRKAMP-Taschenbüchern im Jahr 1991. Pro Monat ist im Schnitt nur ein Band erschienen, und das wird sich auch voraussichtlich im kommenden Jahr nicht ändern. Wie schon seit ihrer Gründung bot diese anspruchsvolle Edition eine ausgewogene Mischung von Science Fiction, Horror und Phantastik, sowohl von Klassikern als auch modernen Texten, wobei erstere ein leichtes Übergewicht aufwiesen. Leider seit der Programmreduktion 1991 nicht mehr vertreten die von Herausgeber Rottensteiner immer fachkundig zusammengestellten Anthologienbände, die auch immer deutschsprachigen Autoren eine Chance zur Veröffentlichung geboten hatten. Diese waren 1992 mit keinem einzigen Titel vertreten, für Anfang 1993 sind zwei Nachdrucke mit zumindest zum Teil deutschen Texten eingeplant: der Roman »Die Glasfalle« von Herbert W. Franke und die Anthologie »Der Riß im Himmel«, zusammengestellt von Karin Ivancsics. Seit 1991 durch Streichung eines Halbjahresprogramms eine Gleichschaltung von angekündigten und tatsächlich ausgelieferten Titeln erfolgte, gab es keine größeren Abweichungen zur Einplanung mehr.

Bei Redaktionsschluß lag von den eingeplanten Bänden nur »Ein Kind am Himmel« von Jonathan Carroll noch nicht vor. Zu den Höhepunkten des vergangenen Jahres gehörten »Irrläufer« und »Der Mensch vom Mars« von Stanisław Lem, »Die Traumsuche nach dem unbekannten Kadath« von H. P. Lovecraft, »Fräulein Christine« von Mircea Eliade, »Die Hölle ist ewig« von Alfred Bester und »Die dritte Zivilisation« von Arkadi und Boris Strugatzki.

SONSTIGE TASCHENBUCHVERLAGE

ANRICH: EXTRA ist der Titel der Taschenbuchreihe des ANRICH VERLAGS. 1992 ist die Collection »Das Herz des Zauberers« der britischen Jugendbuchautorin Edith Nesbit und der Roman »Lavendel in Sussex« von Irene Ruttmann herausgekommen, Anfang 1993 folgt der phantastische Roman »Im Weißdornbusch« von Patrick Little.

Des öfteren präsentiert der Jugendbuchverlag ARENA auch phantastische Titel in seinem Taschenbuchprogramm, zumeist Neuauflagen von zuvor in gebundener Form erschienenen Büchern. Zuletzt erschienen hier »Das Drachenberg-Abenteuer« (3. Roman der Parallelweltserie um VESPER HOLLY, von der auch »Abenteuer in Illyrien« und »Das El Dorado-Abenteuer« vorliegen) und die ersten drei Bände der wunderschön aufgemachten Fantasy-Serie um den Hilfsschweinehirten TARAN — »Taran und das Zauberschwein«, »Taran und der Zauberkessel« und »Taran und die Zauberkatze« — von Lloyd Alexander, sowie »Hexen- und Feengeschichten«, hrsg. von Sonja Hartl als TB-Originalausgabe. Für den Jahresbeginn 1993 sind u.a. der 4. TARAN-Band von Lloyd Alexander, »Taran und der Zauberspiegel«, und eine weitere Anthologie von Sonja Hartl als Originalveröffentlichung, diesmal mit »Gespenster- und Vampirgeschichten«.

Im Sommer 1991 gründete der AUFBAU VERLAG unter seinen neuen Eigentümern einen Tochterverlag, den AUFBAU TASCHENBUCH VERLAG, in dem in ansprechender Aufmachung regelmäßig auch phantastische Titel erscheinen, wie »Kunde von Nirgendwo oder Ein Zeitalter der Ruhe« von William Morris, »Die Seelen der Ertrunkenen« von Alexander von Ungern-Sternberg, »Märchen vom Stadtschreiber, der aufs Land flog« von Hans Fallada, »Das Gespensterbuch« von Johann August Apel und Friedrich Laun, »Märchen« von E. T. A. Hoffmann, »Der Mund des Propheten« von Franz Fühmann, »Das Teufelchen« von Alexej Remisow, »Tristan und Isolde und andere keltische Legenden« von Frank Delaney, »Gullivers Reisen« von Jonathan Swift, »Der Doppelgänger« von Fjodor Dostojewski, »Kämpfer gegen Kometen« von Johannes Wüsten, »Die langobardische Braut« von Marina Jarre und »Theodor Storm — Ein Lesebuch für unsere Zeit«. Für Anfang 1993 steht u.a. »Das Nibelungenlied« von Franz Fühmann zur Veröffentlichung an.

Eine Geschichte aus der Eiszeit präsentierte Arnulf Zitelmann mit »Bis zum 13. Mond« bei BELTZ & GELBERG. Ansonsten bei diesem Jugendbuchverlag noch erschienen bzw. in Vorbereitung: »Diebe der Zeit« von Monika Pelz, »Die tausendundzweite Nacht und der Tag danach« von Klaus Kordon, »Der Sommer des Zauberers« von Martin Auer, »Hugo, das Kind in den besten Jahren« von Christine Nöstlinger und »Alles Gespenster!«, zusammengestellt von Silvia Bartholl.

Zuletzt ist in der Taschenbuchedition des Jugendbuchverlags C. BERTELSMANN der SF-Roman »Warnung aus der Zukunft« von Clifford Wells erschienen.

In der EDITION CASABLANCA befinden sich als nächste Titel, die 1992/93 erscheinen sollen, die Anthologie »Traumcristalle«, hrsg. von Martin Ellermeier, »Der Namenlose« von Alfred Bekker und »Elf« von Elmar Vogt in Vorbereitung, auch sollen frühere Titel, vor allem »Vanille und Glasstaub« von Elmar Vogt und »Drei rote Tränen« von Achim Mehnert neu illustriert nochmals aufgelegt werden.

Zwar nur sporadisch, aber doch konstant hat der DEUTSCHE TASCHENBUCH-VERLAG — DTV — SF, Fantasy und Phantastik im Programm, vor allem in der Belletristik-Reihe des Verlags, DAS LITERARISCHE PROGRAMM, in die auch die Taschenbuchedition DTV/KLETT-COTTA integriert ist, und in der Jugendbuchreihe DTV JUNIOR, bisweilen aber auch in anderen DTV-Reihen. Zu den interessantesten Genre-Titeln des vergangenen Jahres gehörten in der Belletristik-Reihe »König Artus und die Heldentaten der Ritter seiner Tafelrunde« von John Steinbeck, »Die Besessenen« von Witold Gombrowicz, »Die schönsten Sagen und Märchen« von Selma Lagerlöf, »Die Wand« von Marlen Haushofer, »Der Meister und Margarita« von Michail Bulgakow, »Rositas Haut« von Esther Vilar, »Das Haus des Puppenmachers« von Angela Carter, »Mörderische Märchen und andere Erzählungen« von Marlen Haushofer, »Auf den Spuren der Galaxien. Cosmicomics« von Italo Calvino und »Das Foucaultsche Pendel« von Umberto Eco. In der Reihe DTV KLASSIK erschienen »Der seltsame Fall des Dr. Jekyll und Mr. Hyde« von Robert Louis Stevenson, »Die Geschichte vom Schwanenritter« und die von Ulf Diederichs zusammengestellte Anthologie »Weihnachts-Geister«, in der Reihe DTV GROSSDRUCK kam das Märchen »Der alte Garten« von Marie Luise Kaschnitz heraus, und bei DTV JUNIOR wurden »Die große Flut« von Madeleine d'Engle, »Drachenjagd« von Willis Hall, »Taggespenster, Nachtgespenster«, hrsg. von Aidan Chambers, und »Bianca Vampirutschi oder Die Wahrheit über Vampire« von Nortrud Boge-Erli herausgebracht. Neu gestartet wurde die Edition MANESSE IM DTV, aus dessen ersten Programm vor allem »Legenden der Maya« von Antonio Mediz Bolio, »Die steinerne Blume. Märchen russischer Dichter«, »Chinesische Geister- und Liebesgeschichten« und »Sturmhöhe« von Emily Brontë von Interesse sind. In den Folgemonaten sind bei DTV u.a. »Die Abenteuer des Röde Orm« von Frans G. Bengtsson, »Sagenhaft starke Frauen«, hrsg. von Monika Kühn, »Farmer Giles of Ham/Der Bauer Giles von Ham und der Drache« von J. R. R. Tolkien, »Frankenstein« von Mary Shelley, »Meistererzählungen« von Theodor Storm, »Die Drehung der Schraube« von Henry James und »Keine Angst vor Dr. Jekyll!« von Willis Hall zur Veröffentlichung vorgesehen.

DIOGENES veröffentlichte 1992 in seiner Taschenbuchreihe DETEBE u.a. »Meistererzählungen« von Friedrich Dürrenmatt, »König Salomons Schatzkammer« von Henry Rider Haggard, »Flitterwochen in der Hölle« von Fredric Brown, »Der Gehängte« von Shirley Jackson, »Die Laurel & Hardy-Liebesgeschichte und andere Erzählungen« von Ray Bradbury, »Der Teufel im Glockenstuhl« von Edgar Allan Poe, »Mystische Geschichten« von Honoré de Balzac, »Die gestohlene Schöpfung« von Urs Widmer, »Großes Solo für Anton« von Herbert Rosendorfer, sowie die Anthologien »Horror« (hrsg. von Mary Hottinger), »Mehr Horror« (hrsg. von Barbara Birrer), »Noch mehr Horror« (hrsg. von Christian Strich) und »Russische Gespenstergeschichten«, zusammengestellt von Johannes von Guenther. Angekündigt sind »Die Maske des roten Todes und andere phantastische Fahrten« von Edgar Allan Poe, »Die besten klassischen Science-Fiction-Geschichten«, hrsg. von William Matheson,»Schattengäste« von Joan Aiken und »Amanda« von Carol Hill.

Im DEUTSCHEN LITERATUR-VERLAG wurde 1992 die Neuherausgabe der REN DHARK-Taschenbücher von Kurt Brand aus den Jahren 1974 bis 1976 mit dem dritten Band, »Zwischen Gestern und Morgen«, weitergeführt, wobei die Seiten diesmal, im Gegensatz zur Erstausgabe, in der richtigen Reihenfolge geordnet waren. Die Veröffentlichung der restlichen drei Romane der Serie ist gegenwärtig nicht vorgesehen.

Bis zum Herbst 1992 hatte sich das Programm der ECON TASCHENBÜCHER auf Sachbücher und Ratgeber spezialisiert, ab Oktober 1992 wurde das Angebot durch eine KRIMI- und eine BELLETRISTIK-Edition erweitert. Im ersten Halbjahres-Programm werden bis zum März 1993 u.a. »Neun Leben sind nicht genug« von Carole Nelson Douglas (der erste ihrer Katzenkrimis), »Lügenlandschaft« von Peter Watson und »Der Alte Mann und Mr. Smith« von Peter Ustinov in diesen beiden Reihen erscheinen.

Auch 1992 sind im Unterhaltungsprogramm der FISCHER TASCHENBÜCHER wieder etliche Titel mit phantastischem Inhalt erschienen, wie »Die Beschattung« von Martin Grzimek, »Der Fischer und seine Seele« von Oscar Wilde, »Wie der Sinn ins Leben kam« von George Weinberg, »Die Katze auf dem Dachboden« von Valerie Martin, »England erzählt«, hrsg. von Joachim Kalka, »Mrs. Calibans Geheimnis« von Rachel Ingalls, »Die Insel der Mandarine« von Barry Hughart (der dritte Roman aus dem MEISTER LI-Zyklus in deutscher Erstausgabe), »Solos Reise« von Joy Smith Aiken (eine bezaubernde Katzen-Fantasy), »Fiktionen« und »Das Aleph« von Jorge Luis Borges sowie »Der Nachtkauz« von Joan Perucho. Für die Folgemonate eingeplant sind »Kleinzeit« von Russell Hoban, »Silberschuld« von Luise Rinser, »Stern der Ungeborenen« von Franz Werfel, »Die verlorene Spur« von Walter de la Mare, »Der Berg der Erleuchtung« von Diana Darling, »Furor« von Manfred Maurer, »Bitteres Geheimnis« und »Haus der Erinnerung« von Barbara Wood und »Luchsmond« von Marion Zimmer Bradley. Bei Redaktionsschluß noch nicht erschienen war das »Handbuch für Zeitreisende« von Blumenthal, Curley & Williams, das schon für 1991 angekündigt war. Mit 5—6 neuen Titeln weitergeführt wurde die Edition MÄRCHEN DER WELT. Zur Feier des 40jährigen Bestehens der FISCHER TASCHENBÜCHER wurde Anfang 1992 ein Jubiläumsprogramm herausgebracht, in dem u.a. auch »Der Report der Magd« von Margaret Atwood, »Auf dem schwarzen Berg« von Bruce Chatwin, »Das Schloß« von Franz Kafka, »Die letzte Welt« von Christoph Ransmayr, »Die Gelehrtenrepublik« von Arno Schmidt und »Die Feuer von Troja« von Marion Zimmer Bradley neu aufgelegt wurden.

Das Hans Kneifel-Revival in den HAFFMANS TASCHENBÜCHERN wurde auch 1992 weitergeführt, es erschienen der Roman »Die Lichter des Grauens« und die ersten sieben Bände der Serie RAUMPATROUILLE ORION, die es zuvor als Einzeltitel und als Kassettenedition gegeben hatte, nochmals als einbändige Gesamtausgabe. Gisbert Haefs präsentierte den ersten Band seines zur Trilogie überarbeiteten, ursprünglich in vier Bänden veröffentlichten BARAKUDA-Zyklus unter dem Titel »Pasdan«, ansonsten kam in diesem renommierten

Verlag zuletzt noch der phantastische Roman »Die Abenteuer in der Sierra Morena oder Die Handschriften von Saragossa« von Jan Graf Potocki heraus.

In den bibliophilen INSEL TASCHENBÜCHERN kamen 1992 folgende phantastische Titel heraus: »Der Untergang des Hauses Usher« von Edgar Allan Poe, »Schlimme Hexengeschichten«, hrsg. von Franz Rottensteiner, »Gespensterbuch«, herausgegeben von Johann August Apel und Friedrich Laun, »Kyberiade« von Stanisław Lem, »Das Spukhaus« von Ambrose Bierce, »Der verliebte Teufel« von Jacques Cazotte und »Mary Shelley« von Muriel Spark. In den nächsten Monaten sollen »Erzählungen« Edgar Allan Poe und »Die schönsten Fabeln« von La Fontaine folgen.

In der SAMMLUNG LUCHTERHAND des LUCHTERHAND LITERATURVERLAGS wurde im Sommer 1992 Kobo Abes phantastischer Roman »Die Frau in den Dünen« veröffentlicht.

Nicht weitergeführt wurde die 1991 gestartete Taschenbuchreihe des Verlags NEUES LEBEN.

Nur sehr sporadisch erscheinen in der SERIE PIPER phantastische Taschenbücher oder Titel, die im Grenzbereich zur Phantastik angesiedelt sind, wie zuletzt »Die Farbe des Schicksals« von Carlo Fruttero & Franco Lucentini, »Die Frau im Spiegel« von Winston Graham, »Die Bar auf dem Meeresgrund« von Stefano Benni, die PRAG-Anthologie »Die unheimliche Stadt«, hrsg. von Hellmut G. Haasis, »Schöne neue Welt und Wiedersehen mit der Schönen neuen Welt« von Aldous Huxley, »Hem-On, der Ägypter« von Harald Braem, »Alexanders neue Welten« von Fritz Rudolf Fries oder »Mammut« von Gregory Fuller.

Die ersten vier Bände der COOPER-Abenteuer-Serie von Frank Peretti erschienen im PROJEKTION J VERLAG unter den Titeln »Die Tür im Schlund des Drachen«, »Die Gräber von

Anak«, »Flucht von der Insel Aquarius« und »Die Falle auf dem Meeresgrund«.

Eigentlich immer recht zahlreich vertreten sind SF und Fantasy in den RAVENSBURGER TASCHENBÜCHERN. Hier wurden zuletzt »Der Rüssel« von Ted Hughes, »Des chinesischen Kaisers fliegendes Pferd« von Irja Rane, »Die Insel der sprechenden Tiere« von Gerhard Mensching, »Die Zauberer von Caprona« von Diana Wynne Jones, »Schloßgespenst in Nöten« von Ralf Thenior, »Das große Buch vom kleinen grünen Drachen« von Ursula Fuchs, »Im Schatten des großen Wolfs« von Whitley Strieber, »Töchter des Mondes« von Margaret Mahy, »Dr. Parkplatz« von Franz Hohler, »Wirrun und das singende Wasser« von Patricia Wrightson (2. Band der WIRRUN-Trilogie), »Manchmal werde ich zum Wolf« von Gene De Weese und »Chaja heißt Leben« von Jane Yolen publiziert. Mit neuer Nummer und anderer Titelbildgestaltung wurden »Die Wächter« von John Christopher, »Bevor die Flut kommt« und »Wintersonnenwende« von Susan Cooper (die ersten beiden Romane des fünfbändigen Zyklus WINTERSONNENWENDE), sowie »Die Wolke« und »Die letzten Kinder von Schewenborn« von Gudrun Pausewang neu aufgelegt.

In der Universalbibliothek von RECLAM sind im vergangenen Jahr »Das Bildnis des Dorian Gray« von Oscar Wilde, »Erzählungen« von Robert Louis Stevenson, sowie »A Clockwork Orange« von Anthony Burgess, »Brave New World« von Aldous Huxley, die von Brigitte Scheer-Schätzler herausgegebene Anthologie »Women's Fantastic Adventures« (mit Stories von Ursula K. Le Guin, James Tiptree, Jr., Judith Moffett und Joanna Russ) und »The Birds« von Daphne Du Maurier — die letzten vier in englischer Sprache im Rahmen der Fremdsprachentexte. In der RECLAM-BIBLIOTHEK erschienen ist »Oceana 1656« von James Harrington, für November 1992 sind »Falsche Dokumente. Postmoderne Texte aus den USA«, hrsg. von Utz Riese, und Karin Boyes berühmter SF-Roman »Kallocain« eingeplant.

Bei rororo — den ROWOHLT-ROTATIONS-ROMANEN — kamen 1992 folgende Genre-Titel in der Belletristik-Reihe heraus: »Im Land der letzten Dinge« von Paul Auster, »Livia oder Lebendig begraben« von Lawrence Durrell, »Der Sohn der Witwe« von Robert Anton Wilson (DIE ILLUMINATEN CHRONIKEN Band II), »Die Feuer der Macht« von Mike Nicol, »Die Elemente« von Harry Mulisch und »Inanna — Odyssee einer Göttin« von Thomas R. P. Mielke. In der Reihe NEUE FRAU erschien »Tanz der Doubletten« von Monique LaRue.

Nur mehr sporadisch erscheinen für den Liebhaber der phantastischen Literatur interessante Titel bei ULLSTEIN. In der Belletristik-Reihe EIN ULLSTEIN BUCH wurden 1992 folgende Titel präsentiert: »Keine Panik« von Neil Gaiman, »Fledermäuse« und »Des deutschen Spießers Wunderhorn« von Gustav Meyrink, »Der Tag an dem die Katzen verschwanden« von Gerd Schmitt-Hauser, »Der Affenfelsen« von Richard Hoyt, »Die Abenteuer des Königs Pausolos« von Pierre Louys, »Weihnachtsgeschichten« von Charles Dickens, »Die Briefe vom Weihnachtsmann« von J. R. R. Tolkien und »Koma« von Robin Cook.

4. NEWS AUS DER HEFTROMANSZENE

BASTEI

Obwohl in erster Linie als Reprint-Reihe konzipiert, finden sich in der Horror-Heftreihe DÄMONEN-LAND bisweilen neben den obligaten Nachdrucken der besten Horror-Heftromane der letzten zwei Jahrzehnte (und hin und wieder auch von einschlägigen Taschenbüchern) auch neue Romane, wie zuletzt der Jubiläumsband 75, mit dem A. F. Morland ein weiteres Abenteuer um seine Serienfigur TONY BALLARD präsentierte. »Das Böse lebt« war eine direkte Fortsetzung zu Band 200 der Serie, dem letzten Band um den Dämonenjäger, und hatte ein Open End, so daß eine Weiterführung jederzeit wieder im Bereich des Möglichen ist. In Vorbereitung befindet sich ein weiterer neuer Roman von Hugh Walker, dem bei der Leserschaft beliebtesten Autor, dessen in den frühen Siebzigern geschriebene Horror-Romane und Kurzgeschichten mittlerweile fast schon zur Gänze wieder neu aufgelegt wurden. BASTEI ist nach wie vor führend auf dem Horror-Heftroman-Sektor, und mittlerweile, nach dem großen Kahlschlag beim VPM, auf dem gesamten Heftroman-Markt. Die erste Auflage von JOHN SINCLAIR, die nach wie vor wöchentlich erscheint, hat es mittlerweile auf mehr als 750 Bände gebracht, und die 3. Auflage, ebenfalls ein wöchentliches Periodikum, hat die 250er-Marke bereits überschritten. In der 4. Auflage, die allerdings nur vierzehntäglich erscheint, liegen mittlerweile auch schon über 30 Hefte vor. Ebenfalls alle vierzehn Tage kommt auch ein neues Heft der Serie PROFESSOR ZAMORRA in den Handel, dessen Abenteuer schon seit einigen Jahren ausschließlich von Werner Kurt Giesa unter dem Verlagspseudonym Robert Lamont geschildert werden. Die 1974 gestartete Serie strebt mittlerweile schon auf Jubiläumsband 500 zu, der im Sommer 1993 erscheinen wird.

Neue Wege beschritten hat man bei BASTEI mit der vierzehntäglichen Serie DIE ABENTEUERER, deren Start ursprünglich für den Oktober 1991 vorgesehen war, der aber aus internen Gründen und auch wegen des nötigen Vorlaufs an fertigen Manuskripten dann auf den Mai 1992 verschoben wurde. Sie erzählt die Abenteuer eines Archäologen und einer Anthropologin, Tom Ericson und Gudrun Heber, die, ohne zunächst davon eine Ahnung davon zu haben, die Pläne eines anderen Wissenschaftlers durchkreuzen, der offenbar versucht, alle Artefakte, die dem sagenumwobenen Atlantis zugeschrieben werden, in seinen Besitz zu bringen. Als sie ihm eines davon vor der Nase wegschnappen, das für seine Pläne überaus wichtig ist, ziehen sie sich seine unerbittliche Feindschaft zu. Die beiden kommen in Kontakt mit einer Organisation, die es sich zur Aufgabe gestellt hat, die letzten Mysterien der Erde zu enträtseln, und schließen sich ihr an. Ein Wettrennen zwischen den Abenteurern und ihrem Ge-

genspieler, dem mit parapsychischen Kräften begabten Professor Karney, um den Besitz weiterer Artefakte beginnt. Im Zuge ihrer neuen Tätigkeit werden die beiden Wissenschaftler in die unglaublichsten Abenteuer, die im Grenzbereich zwischen Science Fiction, Phantastik und Horror angesiedelt sind, verstrickt, sie stoßen auf Echsenwesen aus den Weiten des Alls und werden mit dunkler Magie konfrontiert. Zu den Rätseln, mit denen sie gleich zu Beginn konfrontiert werden, gehören das Mysterium von Stonehenge, die Rätsel der Kornkreise, und das Geheimnis einer versunkenen Stadt auf dem Meeresboden. Das Grundkonzept der Serie wurde von Hubert Haensel entwickelt, der unter dem Pseudonym Hubert H. Simon anfangs den Löwenanteil an Romanen beisteuerte. Als Autoren mit von der Partie sind auch noch Frank Rehfeld, Winfried Czech und Gero Reimann, die unter Pseudonym auftreten. Nicht dabei ist Manfred Wegener, der noch vor dem Start ausgeschieden ist. Die Serie ist, in Anlehnung an PERRY RHODAN, zyklisch aufgebaut, d. h. es gibt einen roten Handlungsfaden, der sich durch alle Einzelromane und Zyklen hindurchzieht.

KELTER

Im Herbst 1991 hat KELTER die Neuauflage seiner Horror-Heftreihe GEISTER-KRIMI mit Band 30 eingestellt. Statt dessen erscheint seither die Frauen-Grusel-Reihe IRRLICHT.

VERLAGSUNION PABEL-MOEWIG

Im Frühjahr 1992 fiel bei der VPM die Entscheidung, sich fast zur Gänze aus dem Heftmarkt zurückzuziehen. Zu den wenigen Serien und Reihen, die nicht von dieser radikalen Einstellung betroffen waren — bei den prominenten Opfern befanden sich so langlaufende Serien wie KOMMISSAR X und BUTLER PARKER —, gehörten alle noch laufenden PERRY RHODAN-Serien. Auch 1992 war die VPM der einzige Verlag, in dem Science Fiction im Heftformat veröffentlicht wurde. Nach wie vor erscheint die langlebigste und auch erfolgreichste SF-Serie der Welt wöchentlich in vier Auflagen. In der ersten ist im April 1992 der ES-Zyklus mit Band 1599 zum Abschluß gebracht worden. Im Versuch, eine Lösung für ihre Probleme und den Grund für das Verhalten von ES zu finden, werden von den ehemaligen Aktivatorträgern, denen die Zeit zwischen den Fingern zu zerrinnen droht, gleichzeitig verschiedene Unternehmungen gestartet. Perry Rhodan bricht nach Truillau auf und erfährt von Taurec seine Geschichte seit seiner Verbannung auf diese Seite der Materiequellen. Dabei wird klar, daß Taurec als Kosmokrat nicht mit menschlichen Wertmaßstäben beurteilt werden kann, denn mit all seinen Taten hatte er nur im Sinn, vor der Zeit dafür zu sorgen, daß ES den nächsten Evolutionssprung durchführt und sich von einer Superintelligenz zu einer Materiequelle entwickelt. Damit hoffte er, wieder ins Reich der Kosmokraten zurückkehren zu dürfen. Aus diesem Grund hatte er eine Manipulation an ES vorgenommen, und da war offensichtlich im Zusammenhang mit dem Dorifer-Schock, der zur gleichen Zeit erfolgte, etwas schiefgelaufen, das seine Pläne vereitelte. Bitter für Rhofan ist der Entschluß von Gesil und Eirene, sich Taurec anzuschließen und die Niederen Ebenen gemeinsam mit diesem zu verlassen. Der terranischen Expedition, die im Andromedanebel nach einer Spur von ES sucht, gelingt es nach Überwindung größerer Schwierigkeiten, einen Blick in die Vergangenheit zu werfen, bei dem die Terraner erfahren, daß ES es war, der die Aktivatoren an die Meister verliehen hat, und wie es dazu kam, daß sich Mirona Thetin die wertvollen Geräte aneignen konnte, mit denen sie als Faktor 1 ihre Schreckensherrschaft errichtete. Und sie stoßen auch auf ein unerklärliches Paradoxon: Tolot hatte bei seinen Forschungen auf der Heimatwelt der Linguiden ein ausgebranntes Metallteil gefunden, das später als Aktivator identifiziert wurde, und diesen Aktivator gab es offensichtlich auf dieser Realitätsebene zweimal. Doch die Zeit fehlt, diesem Rätsel weiter nachzugehen. Auch die Estartu-Expedition erreicht ihr Ziel, teilweise behindert durch Nakken, die ebenfalls dort nach einer Spur von ES suchen und die die Terraner als Konkurrenten betrachten. Und während Stalker am Ende seines Weges anlangt und in ESTARTU aufgeht — denn ESTARTU ist wieder in den Dunklen Himmel zurückgekehrt — und der Ophaler Salam Sin beschließt, nach all den Abenteuern in seiner Heimat zu bleiben, erfahren Tekener und Dao-Lin-H'ay, daß der Schlüssel zum Rätsel um ES in den Aktivatoren selbst zu finden ist. In der Milchstraße ist die Lage chaotisch geworden. Die mit Aktivatoren ausgestatteten Friedensstifter entwickeln sich zu Despoten, und die Überschweren als deren neue Ordnungsmacht beginnen eine Schreckensherrschaft zu errichten. Währenddessen versuchen die Nakken, über die Hyperraumspürer zu ES vorzustoßen, aber alle Versuche enden in Chaos und Wahnsinn. Schließlich gelingt es Wissenschaftlern trotz massivster Behinderung durch die neuen Unsterblichen, das Rätsel des Kima und seiner Symbiose mit den Linguiden zu lösen, die den Vorfahren der heutigen Linguiden die einzige Chance bot, bei einer Hyperraumkatastrophe in der übergeordneten Dimension körperlich und vor allem auch geistig zu überleben. Mittlerweile ist den Verantwortlichen des Galaktikums klar geworden, daß die Friedensstifter, deren gegen Hyperimpulse sehr empfindliches Klima durch die 5D-Ausstrahlungen der Aktivatoren total gestört wurde, und Handlanger gestoppt werden müssen. So wird die Operation Unsterblichkeit eingeleitet, in der, mit Hilfe opponierender Linguiden, allen Aktivatorträgern die Geräte abgenommen werden, was ohne Gefahr für das Leben der Träger möglich ist, wie ein Selbstversuch Dorina Vaccers zeigte, die sich auf die Seite der Galaktiker stellt. Als die Estartu-Expedition endlich in der Milchstraße ankommt, ist dieser Spuk vorbei. Tekener hat auf dem Rückweg Taurec getroffen und von diesem noch ein Geschenk für Rhodan erhalten, den Diener Voltago, der Taurec zufolge Rhodan und der Menschheit in der Zukunft noch von großen Nutzen sein werde. Auf dessen Anraten hin fliegt Rhodan Dorifer an und erfährt dort den Grund für ES' Störungen, vor allem im Zeitbereich: just zum Zeitpunkt, da Taurec ES manipulierte, ist infolge der Hyperraumkatastrophe bei Auftauchen des letzten Hangay-Viertels ein Schwarm von Psiqs unkontrolliert in Richtung Wanderer entwichen, mit Informationen über die unterschiedlichsten

Zukünfte und nicht realisierten Gegenwarten, die mit ihren Informationen das Zeitgefühl der infolge der Manipulation hilflosen Superintelligenz total verwirrt hat. Und deshalb droht ES jetzt zu einer Materiesenke zu werden und die gesamte Mächtigkeitsballung mit sich in den Untergang zu reißen. Als niemand mehr glaubt, ES noch rechtzeitig finden zu können, da materialisiert Wanderer plötzlich am Rande des Sonnensystems. Als alle Versuche der Terraner, den Schutzschirm um den Planeten zu durchdringen, scheitern, bittet Rhodan die Nakken um Hilfe, und übergibt ihnen die Aktivatoren. Den Nakken gelingt es schließlich, ES, das versucht, die Realität den von den Psiqs übermittelten Daten anzupassen — als Wanderer zwischen den Zeiten und Realitätsebenen ist ES besonders für die falschen Impulsströme anfällig — und dadurch völlig den Kontakt zu ihr zu verlieren droht und immer mehr dem Wahnsinn anheimfällt, dadurch zu retten, indem sie die Aktivatoren öffnen und deren Energie freisetzen, die den Einfluß der Psiqs egalisiert. Nachdem ES sich wieder erholt hat, ergeht an die Aktivatorträger eine Einladung zum Besuch auf Wanderer, wo sie alle mit einer neuen Version des Geräts versorgt werden. Auch Paunaro, der einzige Nakke, der auf dieser Ebene zurückgeblieben ist, und Dao-Lin-H'ay, die Kartanin, erhalten einen. Ein weiterer Aktivator wird einem Humanoiden unbekannter Herkunft mit einem eigenen Sinn für Humor zugesprochen, dem die Bezeichnung Ennox verliehen wird und der ein guter Bekannter von ES zu sein scheint, zwei weitere werden ES zufolge für Wesen reserviert, die eben erst geboren werden und die von Guckys Art sein sollen. Ihm fällt die Aufgabe zu, sie zum geeigneten Zeitpunkt zu finden. Damit war der ES-Zyklus zu Ende. Band 1600 eröffnete dann einen Kleinzyklus von 50 Bänden, der den Boden für einen Superzyklus von 150 Heften bereiten soll, der dann bis Band 1799 laufen wird. 22 Jahre sind vergangen, seit ES gerettet wurde und die Unsterblichen ihre neuen Aktivatoren erhalten haben. Es war eine Zeit der friedlichen Weiterentwicklung. Bully, der ehemalige Chef der Explorerflotte, hatte sich seiner alten Liebe erinnert und war auf eine Expedition zur fernen Galaxis NGC 1400 aufgebrochen. Dort hatte er die Überreste einer einst mächtigen Zivilisation gefunden, die darauf hinweisen, daß ihre Repräsentanten von spinnenartigem Aussehen waren und offenbar ausgestorben sind. Er hat auch ein Raumschiff der Arachnoiden entdeckt und es für weitere Untersuchungen zur Erde mitgenommen, wo bei seiner Rückkehr der Silvester 1199 bevorsteht. Und während das Solsystem den Jahreswechsel feiert und das fremde Raumschiff eingehend untersucht wird, geschieht das Unglaubliche: Die Sterne erlöschen! Sie tauchen zwar nach kurzer Zeit wieder auf, doch das Phänomen, das die Sterne zum Verschwinden brachte, zeitigt noch andere Auswirkungen, die viel schlimmer sind: Aus bisher unerfindlicher Ursache hat sich der Hyperraum selbst verändert, was zur Folge hat, daß kein Gerät mehr funktioniert, das auf 5D-Basis arbeitet, und das sind in dieser hochtechnisierten Zeit alle wichtigen, von den Positroniken, die alle Abläufe steuern, bis hin zu den Hyperraum-Antriebssystemen. Schlagartig bricht die Zivilisation fast völlig zusammen. Doch nur ein kleiner Bereich der Milchstraße ist von diesem Phänomen betroffen, und die Entscheidungsträger außerhalb der Toten Zone, wie der Bereich der Hyperraum-Parese genannt wird, versuchen, mit den dort Eingeschlossenen Kontakt aufzunehmen. Das ist zunächst unmöglich, bis plötzlich und unerwartet humanoide Fremde auftauchen, die durch die Tote Zone nicht in ihrer Bewegungsfreiheit behindert sind. Diese Fremden — es sind die Ennox — bieten sich an, den Kontakt zwischen den in der Zone Eingeschlossenen und dem Gebiet außerhalb herzustellen und aufrechtzuerhalten. Die Verantwortlichen des Galaktikums nehmen die angebotene Hilfe dankend an, und schon bald schwärmen die Wesen, die über einen schrägen Humor verfügen, über die Welten des Solsystems aus und entwickeln sich zu regelrechten Plagegeistern. Doch vier Monate nach ihrer Entstehung verschwindet die Tote Zone so plötzlich wieder, wie sie entstanden ist, auch sehr zur Überraschung der Ennox. Während Gucky aufbricht, die beiden künftigen Aktivatorträger zu finden, entdecken die Wissenschaftler, die den Hyperraum genaueren Untersuchungen unterziehen, daß sich im Raumsektor M3 gewaltige

Hyperkräfte zusammenballen. Dort entsteht — nach Meinung der Experten nicht auf natürlichen Wege, sondern im Zusammenhang oder als Nebenprodukt eines gelenkten Eingriffs in die Naturkräfte — offenbar ein Lokaler Attraktor, bei dem sich 5D-Kräfte von solcher Größenordnung massieren, daß das Dimensionsgefüge in diesem Bereich zusammenbrechen und ein riesiger Strukturriß entstehen könnte. Reginald Bull durchforstet im Solsystem in den aus NGC 1400 mitgebrachten Unterlagen die Geschichte der scheinbar ausgestorbenen Arachnoiden, in der Wesen, die der Beschreibung zufolge den Ennox sehr ähneln, eine bedeutende Rolle gespielt haben, und Terras wissenschaftliche Elite bricht zum Kugelsternhaufen M3 auf, um vor Ort nähere Untersuchungen anzustellen. Bald kommen die Experten zur Überzeugung, daß der Lokale Attraktor eine neue Tote Zone auszubrüten scheint, und Perry Rhodan erkennt zu seiner Bestürzung, daß sich unter der friedlichen Tünche der letzten Jahrzehnte Spannungen zwischen Akonen und Arkoniden aufgebaut haben, die sich zu einem ernsthaften Konflikt zu entwickeln drohen. Die Lage scheint schließlich außer Kontrolle zu geraten, als sich die neue Tote Zone ausgerechnet im Raumsektor Arkon bildet.

Der neue Zyklus hat zwar etwas schleppend angefangen, entwickelt sich aber recht ansprechend. Grundthemen des neuen Superzyklus bis Band 1799 dürften das Rätsel der Ennox sein, die Frage, wer hier den Hyperraum manipuliert, was es mit den Arachnoiden auf sich hat, und wer die neuen Aktivatorträger sind.

Beim Autorenteam hat es einige große Änderungen gegeben. Marianne Sydow ist Ende 1991 nach einigen Differenzen mit Exposé- und Gesamtredaktion aus dem Team ausgeschieden, ihr letzter Roman zur Serie war Band 1588, einer der besten im letzten Zyklus. Neu wieder zum Team gestoßen ist Peter Terrid, dessen Einstiegsband 1598 von Kritik und Leserschaft begeistert aufgenommen wurde. Nach Band 1650 wird wieder eine Frau im Team dabei sein, Uschi Zietsch, die als Susan Schwartz an der Serie mitschreiben wird. Und auch bei der Redaktion gab es einen Personenwechsel: Dr. Florian Marzin übernahm die Programmleitung der Buchverlage Zsolnay, Neff und Hestia, seine Nachfolge in der PERRY RHODAN-Redaktion trat am 1. November 1992 Klaus N. Frick an.

VERSCHIEDENES

Die langjährige Tradition, unveröffentlichte Romanmanuskripte ebenso wie Leihbuchklassiker von Jürgen Grasmück regelmäßig abzudrucken, hat der Clubletter von DAN SHOKKER'S PHANTASTIK-CLUB (c/o Uwe Schnabel, Kurmainzer Straße 161, D-W-6230 Frankfurt 80) auch im letzten Jahr fortgesetzt. Der Doppelband 66/67 enthielt den SF-Roman »... es gab keine Rettung« von Jay Grams aus dem Jahre 1958 (seither nicht wieder erschienen), und in der Doppelnummer 69/70 wurde Jürgen Grasmücks allererster Roman, »Die Macht im Kosmos«, 1957 ebenfalls unter Jay Grams veröffentlicht und nie wieder nachgedruckt, einer neuen Leser- und Fan-Generation vorgestellt. Es ist geplant, diese Reprints weiterzuführen.

Nachdrucke klassischer Romanheft-Serien präsentierte auch 1992 der NOSTALGIE-HOBBY-CLUB Karl Ganzbiller, Föhrengasse 5, A-343 Wilfersdorf. Neben reinen Abenteuer-Serien wie JÖRN FARROW, ROLF TORRING (hier erscheinen sowohl Reprints der Originalserie aus der Zwischenkriegszeit als auch neue Romane, u. a. von Alfred Wallon), TOM SHARK (auch hier gibt es neue Romane), BUFFALO BILL, SHERLOCK HOLMES, JOHN KLINGS ERINNERUNGEN, FRANK FABER'S ABENTEUER, NICK CARTER und BOB HUNTER, um nur einige zu nennen, befinden sich auch phantastische Serien im Programm, alle in kleiner Sammlerauflage. Komplett liegen jetzt TOM SHARK (alle sechs Hefte der österreichischen SF-Serie), LOKE KLINGSOR — DER MANN MIT DEN TEUFELSAUGEN (von Robert Kraft, 60 Hefte), DIE DREI VON DER FEME (von Max Schraut, 3 Hefte), DER ZUKUNFTSROMAN (3 Hefte im Zeitschriftenformat), JERRY CLIFFORD, KÖNIG DER LÜFTE (von Rolf Shark, 2 Hefte), RAH NORTEN — DER

EROBERER DES WELTALLS (alle 20 Hefte dieser gesuchten SF-Serie auf Grundlage der Hohlwelt-Theorie von Ive Steen und Freder van Holk). Weitergeführt wurden zwei weitere phantastische Serien aus der Feder von Robert Kraft, DAS GAUKLERSCHIFF — DIE IRRFAHRTEN DER ARGONAUTEN (bislang 30 Hefte) und DETEKTIV NOBODY'S ERLEBNISSE UND REISEABENTEUER (der erste Buchband in 9 Heften ist lieferbar), begonnen wurde eine weitere, DER GRAF VON SAINT GERMAIN (die beiden ersten Bücher mit den Heften 1—18 liegen vor). Weitergeführt wurde auch SUN KOH — DER ERBE VON ATLANTIS (bislang 30 Titel).

Weitergeführt wurde die vom REN DHARK CLUB (c/o Ralf Lorenz, Kottwitzstraße 38, D-W-2000 Hamburg) herausgegebene REN DHARK-Heftserie. Zuletzt sind hier die Hefte 100 (»Giganten des Alls« von Ralf Lorenz) und 101 (»Angriff auf die Andromeda« von Manfred Rückert) erschienen, Band 102, wieder von Ralf Lorenz verfaßt, befindet sich unter dem Titel »Die Macht der Amphis« in Vorbereitung. Einen Roman um Ren Dharks Vater präsentiert in Fortsetzung auch das Clubmagazin, das REN DHARK FANZINE, in dem auch ein Storyband (u. a. mit einer Geschichte von W. K. Giesa) herausgekommen ist.

Nach dem plötzlichen Tod von Heinz Pollischansky ist die Weiterführung der Serie BOB BARRINGS ABENTEUER, in der neue Bände in den letzten Jahren sowieso nur sehr schleppend veröffentlicht wurden, vorerst völlig ins Stocken geraten. Es bestehen aber Pläne von Pollischanskys Sohn, die Serie weiterzuführen.

Auf mittlerweile schon zehn Bände angewachsen ist die ATLAN-Fanzine-Serie, die von ATLAN CLUB DEUTSCHLAND (c/o Achim Sturm, Woltersburgen Mühlenweg 10, D-W-3110 Ueluen 5) herausgegeben wird und mit Genehmigung von VPM die Abenteuer dieser Figur der PR-Serie weiterführt. Band 10 war ein Jubiläumsband mit 84 Seiten Umfang, »Kosmokraten-Fieber« von Rüdiger Schäfer, der auch die Exposés der Serie schreibt.

5. BERICHTE VON DER MAGAZINFRONT

Im Frühjahr 1992 gaben die Herausgeber des SF-Magazins PARSEK, Hans Joachim Alpers und Gerd Maximović, offiziell bekannt, daß die schon mehrmals verschobene 3. Ausgabe des Magazins trotz Vorliegen aller Beiträge nun doch nicht erscheinen wird, da die Herausgabe dieser Nummer die bereits vorhandenen Verluste nur noch vergrößert hätte.

Nachdem es mit Heft 8 beim ostdeutschen SF-Magazin ALIEN CONTACT offenbar einige Probleme gegeben hatte und es verspätet an die Abonnenten ausgeliefert wurde, wechselte bei diesem aufwendig gestalteten und ansprechenden Magazin die Redaktion, und die Erscheinungsweise wurde auf vierteljährlich reduziert. Die Finanzspritze eines Gönners sichert das Erscheinen auf jeden Fall bis Ende 1992, wie es danach weitergeht, hängt davon ab, ob es den Machern gelingt, sowohl Käufer als auch Anzeigenkunden in genügender Zahl zu aktivieren, um ALIEN CONTACT in die schwarzen Zahlen zu bringen. Insgesamt liegen elf Ausgabe vor, in den letzten wurden Kurzgeschichten von Eileen Gunn, Barbara Neuwirth, Josef Nesvadba, Andreas Melzer, Berit Neumann, Angela Steinmüller, Erik Zimmermann, Terry Pratchett, Mario Ulbrich, Peter Schünemann, Karl-Heinz Tuschel, Myra Cakan, Jörg Kastner, Gerd Frey, Michael Siefener und Julia Niklas, Essays von Franz Rottensteiner, Hans Joachim Alpers, Berit Neumann, Ralph Sander, Rainer Schorm und Hardy Kettlitz, und natürlich News und Rezensionen veröffentlicht. ALIEN CONTACT ist erhältlich von der Edition AVALON, Boxahagener Straße 69, D-O-1034 Berlin. Ein Abo über 4 Ausgaben kostet DM 17,— (West) bzw. DM 14,— (Sonderpreis Ost).

Auf mittlerweile schon 35 Ausgaben hat es ZAUBERZEIT, das Magazin für fantastische Spiele und Bücher aus dem LAURIN VERLAG, Luruper Chaussee 125, D-W-2000 Hamburg 50 (Chefredakteur: Jürgen Pirner) schon gebracht. Das bereits im 7. Jahrgang erscheinende Magazin, das sich an Spielefans,

Freunde der phantastischen Literatur im allgemeinen und der Science Fiction und Fantasy im besonderen, an Filminteressierte ebenso wie an Comicfans richtet, bringt in jeder der zweimonatlich neu erscheinenden Ausgaben umfangreiche Informationen über alle Aspekte des Marktes und Buchrezensionen (zum Teil auch als Vorabbesprechungen), bisweilen auch Autorenporträts (zuletzt Terry Pratchett, Bob Shaw, J. R. R. Tolkien, Joe Haldeman und C. S. Lewis), Interviews (mit den PERRY RHODAN-Autoren Arndt Ellmer, Kurt Mahr und Marianne Sydow), Artikel (über Robin-Hood-Filme, die alten Kelten, Graf-Dracula-Verfilmungen, Wolfgang Hohlbeins HEXER, Tolkiens Mittelerde, PERRY RHODAN in allen Bereichen sowie Märchen) und Stories (»Drei Wünsche« von John Morressy und »Anna Medea« von Tanith Lee); dazu gibt es natürlich jede Menge von Spielmodulen und Szenarios, seit neuestem auch ein Comic. Das macht die Zeitschrift auch für alle Freunde des Phantastischen interessant, die sich nicht ausschließlich für Spiele begeistern. Für die nächsten Ausgaben sind an Schwerpunktthemen »Ritterspiele«, »Wahrsagekunst« und »Werwolfsmythen« eingeplant.

Bislang sind von WUNDERWELTEN, dem »Magazin für Abenteuerspiele und Phantastik«, hrsg. von Werner Fuchs, Hans Joachim Alpers und Ulrich Kiesow, im Verlag FANTASY PRODUCTIONS (Ludenberger Straße 14, D-W-4006 Erkrath) zwölf Ausgaben herausgekommen. Die zuletzt erschienenen Nummern enthielten neben News, Rezensionen von Spielen und Büchern und Spieleabenteuern Artikel u.a. über die neuen Computerspiele, »DSA am Computer« von Werner Fuchs, »Sex im Weltall« von Hans Joachim Alpers (Schwerpunktthema der Nummer 10) und »Aliens im STAR WARS-Universum« von Christian Günther, sowie die Story »Die Freifrau und der Zauberlehrling« von Ina Kramer.

Weitergeführt wurde das professionell aufgemachte Fan-Magazin SAGITTARIUS, herausgegeben von Klaus N. Frick und Günther Freunek (Rehmstraße 119, D-W-4500 Osnabrück) mit der Nummer 23, die gleichzeitig als FREUCON-RE-

PORT 2 fungierte. Sie enthielt Artikel über das SCHWARZE AUGE-Computerspiel (von Werner Fuchs), den polnischen Künstler Andrzej Dobrzynski (von Klaus N. Frick), Science Fiction in Argentinien (von Karl E. Aulbach), die PERRY RHODAN-Heftromanserie im Wandel der Zeit (von Rüdiger Schäfer) und das Gesamtwerk von Brian M. Stableford (von Joachim Stahl).

Apropos FREUCON: Zum größten deutschen SF-Con seit Jahrzehnten — wenn man von den PR-Cons absieht — ist ein SOUVENIRBOOK im Magazinformat herausgegeben worden, das die anwesenden Ehrengäste in Wort und Bild und teilweise auch mit einem Beitrag präsentiert. So finden sich hier ein Gedicht von John Brunner, ein Essay von Norman Spinrad, ein Romanauszug von Daniel Walther, eine Kurzgeschichte von Uschi Zietsch, sowie weitere Beiträge von Hermann Ritter (die FREUCON-Historie), Boris Sidyuk (über SF in der Ukraine), Dr. Florian Marzin (Norman Spinrads »Stählerner Traum«, der gute Geschmack und die Deutschen), Jens Balzer (über Moebius), Roberto Quaglia (über SF in Italien) und Kees van Toorn (Fandom Europa) nebst einem Interview mit dem Ungarn Peter Kuczka.

Von NACHTSCHATTEN, Deutschlands nach wie vor einzigem Horror-Magazin mit professionellem Anspruch, das von Carsten Scheibe (Riemeisterstraße 118, D-W-1000 Berlin 37) herausgegeben wird, ist auch 1992 nur eine einzige Ausgabe erschienen. Die Nummer 12 enthält ein Interview mit dem britischen Horror-Erfolgsautor Ramsey Campbell, einen Artikel über Peter James (dem Autor von Romanen wie »Der Alp« und »Der Sohn«) und einen über Vampire, zahlreiche Kurzgeschichten und Rezensionen und ist, wie immer, reich illustriert.

»Ich weiß, ich weiß! Diesmal haben wir es übertrieben. MAGIRA ist immer in großen Abständen erschienen. Aber FÜNF Jahre!« So begann Hugh Walker alias Hubert Straßl sein Vorwort zu MAGIRA 38, das nach mehrmaligen Vorankündigungen und darauffolgenden Verschiebungen im Frühjahr 1992 erschienen ist (ERSTER DEUTSCHER FANTASY CLUB e.V., Postfach 1371, D-W-8390 Passau 1). Die neueste Ausgabe des »Magazins für Fantasy« enthielt den phantastischen Jugendroman »Eisatnahp« von Franz Schwabeneder und Hubert Straßl (in vorprofessionellen Tagen geschrieben und jetzt aus der Schublade geholt), die zu den GESCHICHTEN AUS DER DIEBESWELT gehörende Story »Gottsohn« von Andrew Offutt nebst einem Artikel des Autors über die »Hintergründe zur Diebeswelt«, einen weiteren Artikel von Helmut W. Pesch über die Aspekte des Mythos bei J. R. R. Tolkien (»Don't the Great Tales Never End?«) und ein Gedicht von Robert E. Howard. Als Extra präsentiert wurde eine CONAN-Karte in Schwarzweiß. Mittlerweile sind die Vorbereitungen für die nächste Ausgabe dieses exzellenten Magazins bereits angelaufen, und es ist eigentlich zu erwarten, daß diese zügiger erscheinen wird als die vorliegende Nummer. Voraussichtlich wird die Nummer 39 eine Horror-Sonderausgabe sein, redaktionell betreut von Malte Schulz-Sembten und Uwe Vöhl.

In FANTASIA, dem zweiten Magazin des EDFC e.V., wurde die Veröffentlichung von weiteren Romanen und Hintergrundmaterialien zur 2. Auflage der DÄMONENKILLER-Heftserie vorerst hintangestellt, um andere Projekte zu verwirklichen, 1993 soll aber die Präsentation des DÄMONENKILLER-Materials erfolgen. Die Doppelnummer 63/64 hatte die SUN KOH-Serie von Lok Myler alias Freder van Holk alias Paul Alfred Müller als Schwerpunkt. Heinz J. Galle beschäftigte sich intensiv mit Autor und Werk, und es wurde auch ein Roman der Serie, Band 139 — »Nimbas Tod« — vorgestellt. Zusätzlich präsentierte diese Ausgabe noch Artikel über Stephen King und Clive Barker sowie zahlreiche Kurzgeschichten. Ganz im Zeichen von »Hugh Walker — Meister des Horror« stand die darauffolgende dickleibige Ausgabe 65/66 zu dessen 20jährigem Jubiläum als Horror-Autor, wurde doch 1972 sein erster einschlägiger Roman als VAMPIR-Heft 1 veröffentlicht. Der Wälzer enthielt zahlreiche Beiträge von Kollegen und Freunden, und der Jubilar selbst steuerte die Exposés seiner Horror-Romane, zwei Stories und den gemeinsam mit Franz Schwabeneder verfaßten Roman »Reich ohne Schatten« bei. Eine Komplettbibliographie rundete den 400-Seiten-Band ab. FANTASIA 68/69 war dann wieder eine ganz »normale« Ausgabe, mit Kurzgeschichten (u.a. von Klaus-Michael Vent, Mario Ulbrich und Uwe Vöhl), Artikeln (Uwe Vöhls exzellentes Horror-Special, zu Elfquest, Tolkien und über Vampir-Filme), Rezensionen und Gedichte. Außerhalb des Abos sind FANTASIA 67 (»Fantasia-Index 1—66 — Magira-Index 1—38«) und FANTASIA 70 (»Rezensions-Sonderausgabe«) erschienen.

Ein Magazin, das für alle, die sich ernsthaft mit der SF interessieren, fast unentbehrlich geworden ist, ist FANTASTISCHES FORUM (AKTIONSKREIS PHANTASTIK, c/o Heinrich Sporck, Am Sonnenberg 38, D-W-4630 Bochum 5). Mittlerweile liegen von dieser vierteljährlichen Zeitschrift acht Ausgaben vor, die sich jede schwerpunktmäßig mit einem bestimmten Thema auseinandersetzen. So war Heft 6 die »Diskussionsnummer 2« (mit der Ehrengastrede von Anne McCaffrey auf den 4. Science Fiction-Tagen NRW 1991, Essays zum Werk von McCaffrey und Philip K. Dick, und dem Text einer Gesprächsrunde mit Poul Williams), Heft 7 beschäftigte sich mit »Märchen« (Artikel zum Thema von Hartmut T. Klages und Doris Dreßler und Vorstellung der Autoren Rafik Schami und Alev Tekinay), und Heft 8 mit »Brian W. Aldiss« (mit Artikeln, Rezensionen und Untersuchungen zum Werk, nebst Biographie und chronologischer Bibliographie).

Aus dem Osten Deutschlands kommt STERN DES OSTENS (Ivo Gloss, Grüner Weg 16, Fach 27-01, D-O-1434 Zehdenick), das »Magazin für russische & sowjetische Science Fiction«. Insgesamt drei Ausgaben liegen von diesem unregelmäßig erscheinenden Magazin vor. Band 3 enthielt zwei Erzählungen von Alexander Beljajew, Essays von Anatoli Britikow und Viktor Burja (über Pawel Bagrjak), Bibliographien von Alexander Beljajew in speziellen und SF aus Rußland in Deutschland im allgemeinen, sowie eine Kurzgeschichte von Alexander Solnikow.

Gemeinsam vom SEKRETARIAT FÜR ZUKUNFTSFORSCHUNG und NETZWERK ZUKUNFT e.V.-GESELLSCHAFT FÜR ZUKUNFTSGESTALTUNG wird das Magazin ZUKÜNFTE herausgebracht, eine Quartalszeitschrift, deren Anliegen es ist, allen an Zukunftsfragen Interessierten ein praxisüberschreitendes Forum der Information und des Austausches zu sein. Zum Kongreß DIE ZUKUNFT DER ZUKUNFT, im Rahmen der SF TAGE NRW abgehalten, ist Ausgabe 3 erschienen. Schwerpunktthema: Science Fiction und Zukunftsgestaltung. Artikel und Essays stammten dabei von Karlheinz Steinmüller, Daniel Walther, Ivo Gloss, Ute Perchtold, Erik Simon und Klaus Burmeister, interviewt wurden John Brunner, Csaba Varga und Ervin Laszlo. Ein Förderabo ist erhältlich bei der Redaktion ZUKÜNFTE, c/o Sekretariat für Zukunftsforschung, Leithestraße 37-39, D-W-4650 Gelsenkirchen.

Vorderhand nur eine Null-Nummer ist erschienen von QUASAR — Zeitschrift für Kultur (QUASAR-Kulturförderungsverein, Ferdinandstraße 15/10, A-1020 Wien). Diese Pilotausgabe enthält Texte von Robert Schindel, Klaus Haberl, Wolfgang Kindermann, Patricia Brooks und Hans-Jürgen August, ein Interview mit Franz Rottensteiner und den ersten Teil des Essays »Science Fiction — Vision für das 3. Jahrtausend« von Peter Schattschneider.

Für die Nachrichtenmagazine war 1991/92 kein besonders gutes Jahr. LIQUID SKY, wie sich FANDOM NEWSLETTER von der Ausgabe 45 vom September 1991 an nannte, hatte ja im Sommer 1990 schon Probleme mit dem monatlichen Erscheinungsrhythmus gehabt und eine Pause von vier Monaten eingelegt, nach denen es aber konstant wieder weiter ging. Aber nur bis zum September 1991, dann gab es die nächste Pause. Im Dezember 1991 erschien die Nummer 46, die als Coverdatum Oktober/November 1991 aufwies, und seither ist bis zum Redaktionsschluß Funkstille gewesen. Zu den Highlights der letzten Ausgaben gehörten Interviews mit Iain Banks und K. H. Scheer. Obwohl Herausgeber Matthias Hofmann (Kirchbergstraße 14, D-W-7800 Freiburg im Breisgau) nach wie vor daran festhält, daß LIQUID SKY nicht eingestellt ist, sondern zu einem späteren Zeitpunkt mit einem anderen Konzept weitergeführt werden wird, hat sich seither in dieser Richtung nichts getan. Wie auch immer, der sonst in LIQUID SKY enthaltene Newsblock wurde unter der Bezeichnung BLIZZ eigenständig weitergeführt und wird laufend durch die Fanzine-Sparte ergänzt. BLIZZ startete im April 1992 und hat es, bei monatlichem Erscheinen und bisweilen einer zusätzlichen aktuellen Nummer, schon auf 10 Ausgaben gebracht. Es erscheint in der UTOPIC-Press c/o Matthias Hofmann (Adresse s. o.), Mitherausgeber ist Jürgen Thomann.

Im 34. Jahrgang, mit der Januar-Ausgabe 1992, wurde die SCIENCE FICTION TIMES, das »Magazin für Science Fiction und Fantasy«, Deutschlands längstlaufendes SF-Periodikum, eingestellt, da ein Weitererscheinen kaufmännisch gesehen nicht mehr vertretbar war. Zu den Höhepunkten der letzten Ausgaben gehörten die Artikel und Essays »Ernest Callenbach, ECOTOPIA« von Gert Fehlner, »Über die Unwissenschaftlichkeit von Science Fiction« von Berthold Giese, »Befragung utopischer Ideen. Eine Studie zu eutopischen und dystopischen Elementen in zwei Romanen von Johanna und Günter Braun« von Karsten Kruschel und »Eine Lektion in Misanthropie. Über Oktavia Butlers ›schwarze‹ SF« von Bernhard Kempen. Ende September präsentierte Harald Pusch (Bundesstraße 66, D-W-5107 Simmerath) das erste neue Heft im Eigenverlag. Die SFT soll künftig mit erweitertem Umfang vierteljährlich erscheinen. Highlights der Pilotausgabe, ein Interview mit Marianne Sydow und Artikel über die Filme des David Cronenberg, das Multimedia-Phänomen Battletech und Perry Rhodan (von Uwe Anton).

Auch 1991/92 bot das monatlich neu erscheinende News-Magazin SCIENCE FICTION MEDIA wieder die umfassendsten und detailliertesten Informationen über alles, was sich im Bereich Science Fiction, Fantasy und Horror in allen Medien in Deutschland so tut. Neben Berichten über Phantastisches in allen Spielarten und Erscheinungsformen, wobei auch die wichtigsten Geschehnisse im außerdeutschen

Sprachraum schlagartig beleuchtet wurden, boten die letzten Ausgaben von SFM, das mittlerweile auch schon im achten Jahrgang erscheint, Interviews mit Karl Michael Armer und Anne Rice, sowie Berichte und Artikel über STAR TREK (»Die beste Idee, die Mr. Roddenberry je hatte« von Olaf Rappold), die 11. Wetzlaer Tage der Phantastik und den 3. Kongreß der Phantasie in Passau (von Konrad Wörtmann), Orion (»Das war Science Fiction. 25 Jahre Raumpatrouille ORION« von Jörg Kastner), Stephen King (»Needful Things. Ein Plädoyer für Stephen King« von Carsten Scheibe), ein deutsch-polnisches Verlagsprojekt (»Erotischer Solipsismus und onanistische Phantasien« von Jacek Rzeszotnik), Philip K. Dick (»Unentwegte Suche nach der Wirklichkeit« von Uwe Anton), Chancen in der Zukunftsforschung (von Heinrich Sporck), den FreuCon XII (von Udo Klotz) und »Was ist phantastische Literatur?« von Ute Perchtold. In den ersten Monaten des Jahres 1992 war es, bedingt auch durch andere Projekte des Verlages (VERLAG THOMAS TILSNER, Karl-Theodor-Straße 66, D-W-8000 München 40) zu Verzögerungen beim monatlichen Erscheinungsrhythmus gekommen.

NECROPOLITAN ist der Titel eines neuen Horror-Newsmagazins, das sich mit einer Null-Nummer vorgestellt hat und viermal jährlich über die Neuerscheinungen und Trends auf diesem Sektor informieren will. Diese Pilotausgabe enthielt News, Rezensionen, ein Interview (mit Zeichner Atze Atzenhofer und Frans Stummer) und eine Story (von Malte S. Sembten). Als Mitarbeiter dabei sind Frank Duwald, Uwe Sommerlad, Uwe Vöhl und Malte S. Sembten, bei letzterem sind auch Einzelbestellungen und Abos zu ordern (Schöttlerstraße 4, D-W-3300 Braunschweig).

Auch 1991/92 präsentierte die Fachzeitschrift c't — magazin für computertechnik wieder regelmäßig SF-Stories zu relevanten Thematiken. Zu den Autoren, die hier veröffentlichten, gehörten zuletzt »Die zweite Haut« von Wolfgang Maria Ueding, »Human Interface« von Joe Wouters, »Ein Gespräch unter Freunden« von Arthur Gordon Wolf, »Träumer« von Jörg Kastner, »Erzähl mir mehr« von Myra Cakan, »Emulitis«

und »Pflegeleicht« von Peter Schattschneider, »Digitale Seelen« von Achim Mehnert, »Die perfekten Bürger« von Roland Kroemmer, »Entfremdet« von Kay Müller, »Schöne neue Traumwelt« von Oliver Pfohlmann und »Der neue Horla« von Josella Playton.

Seit ihrem Start im Herbst 1990 wird in jeder monatlichen Ausgabe der Fachzeitschrift ING. — Das Ingenieur-Magazin (INGENIEUR DIGEST Verlagsgesellschaft mbH, Lise-Meitner-Straße 2, Postfach 2760, D-W-6500 Mainz) eine SF-Story von Olaf R. Spittel veröffentlicht. Die Titel der letzten hier abgedruckten neuen Kurzgeschichten waren »Die Neuen im Galaktischen Rat«, »Der Preis«, »Der grundanständige Mörder«, »Der Trank«, »Die Zahnärztin«, »Der Chef — Ein Monolog«, »Die Sphäre« und »Der alte Wagen«.

6. HIGHLIGHTS AUS DEN BUCHVERLAGEN

Seinen neuesten Roman veröffentlichte Ernst Petz beim Klagenfurter Verlag ALEKTO. Er ist dort unter dem Titel »Trento« erschienen.

Hervorragende phantastische Titel für jugendliche Leser in ansprechender Aufmachung bringt schon seit Jahren BELTZ & GELBERG heraus, zuletzt »Die sieben Söhne«, hrsg. von Helga Gebert, Martin Auers Nachdichtung von L. Frank Baums »Der wunderbare Zauberer von Oz«, den Fantasy-Roman »Feuer und Schierling« von Diana Wynne Jones und den neuen Rafik Schami, »Der ehrliche Lügner«.

Bei ANRICH als Hardcover erschienen ist 1992 »Frostmond über dem Fjord« von Franz Berliner.

Traditionsgemäß viele phantastische Jugendbücher gibt es Jahr für Jahr bei ARENA und der angeschlossenen BENZIGER EDITION. Von denen des Jahres 1991/92 wären vor allem die Storysammlung »Gute-Nacht-Geschichten für verträumte

Kinder« von Gert Prokop und die Romane »Wenn die Nachtigall verstummt« von Isolde Heyne, »Roter König — Weißer Stern« von Willi Fährmann, »Rabenmädchen« von Torill Thorstad Hauger, »Bröselmann und das Steinzeit-Ei« von Knister, »Der Vampir Vladimir — Die Abenteuer beginnen« von Ann Jungman, »Böse Hex, liebe Hex« von Hanna Kraan und »DHANA — Kampf um Tortall«, der erste Band einer Fantasy-Trilogie von Tamora Pierce, zu erwähnen.

Phantastik pur bei BECK & GLÜCKLER — mit dem Vampir-Roman »Die letzte Nacht« von Turio Jesi und dem phantastischen Roman »Die Terrassen von Orsol« von Mohammed Dib.

»Ismael« von Daniel Quinn, der Roman, der den hochdotierten TURNER TOMORROW AWARD gewann, ist bei C. BERTELSMANN herausgekommen. Hier erschien in der Jugendbuch-Sektion auch die Filmroman-Fassung zu »Hook« von Geary Gravel. In Vorbereitung befindet sich das turbulente Märchen »Fungel — Hüter des Waldes« von Alan Aldridge.

Vermehrt SF und Fantasy präsentierte in den letzten Jahren der Jugendbuchverlag GEORG BITTER. 1991/92 waren es »Feder und Rose« von Josefine Ottesen, »Prinzessin Rotnase und Prinz Angsthase« von Sabine Korsukewitz, »Der Regenbogenberg« von Margaret Klare und »Duplik Jonas 7« von Birgit Rabisch (ein exzellenter Roman zum Thema Klonen), in Vorbereitung befinden sich »Amanda mit dem magischen Blick« von Birgit Müller und »Der Narr-König« von Sigbert E. Kluwe.

Tom Clancys neuester Near-Future Thriller, in dem eine Rückkehr des Kalten Krieges droht, ist unter dem Titel »Das Echo aller Furcht« bei BLANVALET erschienen. Dort wird auch Gillian Bradshaws mitreißender historischer Roman »Himmelsreiter« zur Veröffentlichung vorbereitet.

Walter Thorwartl veröffentlichte bei DACHS eine interessante Fortsetzung zu seinem mit viel Beifall bedachten Jugend-Fantasy-Roman »Im Schatten des Mullach«: »Gilberts Vermächtnis«.

DIOGENES veröffentlichte 1991/92 das Märchen »König Wamba« von Erich Hackl, Ray Bradburys »Friedhof für Verrückte« (Fortsetzung von »Der Tod ist ein einsames Geschäft«) und »Der blaue Siphon« von Urs Widmer, der eine Reise in die Vergangenheit schilderte.

Mit phantastischen Jugendbüchern stark vertreten ist Jahr für Jahr der Hamburger Verlag DRESSLER. 1991/92 sind u.a. in dieser Sparte eine Gesamtausgabe der ALICE-Romane von Lewis Carroll, »Schimmelreiter« von Theodor Storm, »Das verzauberte Schloß« von Edith Nesbit, »Potilla und der Mützendieb« von Cornelia Funke und »Urlaubsgrüße vom Vampir«, der neue Roman der HENRY HOLLINS-Serie von Willis Hall publiziert worden.

DROEMER-KNAUR präsentierte den neuen Bestseller von Michael Crichton, »Nippon Connection«, in dem Japan sich anschickt, die marode amerikanische Wirtschaft zu übernehmen. Für den Herbst noch vorgesehen ist die von Ulf Diederichs zusammengestellte Kassetten-Edition »Der Märchenpalast« mit den schönsten Märchen Europas.

Bei ECON erschienen zuletzt die folgenden einschlägigen Titel: »Der Alte Mann und Mr. Smith« und »Gott und die staatlichen Eisenbahnen« von Peter Ustinov, »Hongkong 1997« von Christine Grän, »Stunde des Verrats« von Peter Watson und »Die Fuchs-Frau« von Morris L. West.

Der phantastische historische Roman »Die Männer vom Meer« von Konrad Hansen, der SF-Roman »Liebe und Mord auf Xananta« von Eric Coch (dem Autor der C.R.U.P.P.-Romane) und »Das Gesicht des Anderen« von Kobo Abe waren die jüngsten einschlägigen Veröffentlichungen des EICHBORN VERLAGES.

Im Wiener FAMA VERLAG herausgekommen ist die von Peter Hiess und Karin Ivancsics zusammengestellte Anthologie »Unter die Haut«; sie enthielt 18 phantastische Geschichten von Elizabeth Hand, Lyle Hopwood, Lisa Mason, Mischa und Kristine Kathryn Rusch.

Hochklassige Phantastik gibt es stets bei S. FISCHER. Zu den jüngsten Meisterwerken des Genres aus diesem literarischen Verlag gehören »Aegypten« von John Crowley, Patrick McGraths zweiter Horror-Roman »Spider«, und die gemeinsam von McGrath und Bradford Morrow zusammengestellte Gruselanthologie »The New Gothic. Neue Schauergeschichten«, mit Beiträgen von u. a. Martin Amis, Jeanette Winterson, Anne Rice, John Hawkes, Joyce Carol Oates, Angela Carter, Ruth Rendell, Peter Straub und Kathy Acker.

Interessante Horror- und Fantasy-Titel sind auch 1991/92 bei GOLDMANN erschienen, wie »Die Königin der Verdammten« von Anne Rice (3. Band ihrer VAMPIR-Serie), »Sliver« von Ira Levin und »Madru« von Frederik Hetmann.

HAFFMANS brachte den Alternativwelt-Roman »Vaterland« von Robert Harris, der sich lange auf den britischen Bestsellerlisten halten konnte und dessen Verfilmung vorbereitet wird, heraus, des weiteren eingeplant ist eine Neuübersetzung des PROFESSOR CHALLENGER-Romans »Die vergessene Welt« von Sir Arthur Conan Doyle.

HANSER publizierte zuletzt die vergnügliche Anthologie »Heimliche Hexen«. Die Beiträge stammen von Barbara Noack, Janina David, Keto von Waberer, Ilma Rakusa, Angelika Klüssendorf, Barbara König, Mary de Morgan und Saki.

Romane auf Disketten sind bei HARY PRODUCTIONS (Gärtnerstraße 14, D-W-6602 Dudweiler) erhältlich. Verfaßt wurden sie von Heft-Autor Wilfried Hary, der glaubt, damit eine Marktlücke gefunden zu haben und bei einem Trend der Zukunft der erste zu sein. In seinen DISKOMANEN, von denen mittlerweile 30 vorliegen, gibt es hauptsächlich Serien: im Bereich der SF sind das STAR GATE, TOR ZU DEN STERNEN (an der Hary mitschrieb); DR. NO, DER MANN AUS DEM NICHTS; und HERR DER WELTEN; und auf dem Horror-Sektor Harys schon von Heftveröffentlichungen her bekannten MARK TATE, DER TEUFELSJÄGER.

Von HERBIG zuletzt auf den Markt gebracht wurde der phantastische Roman »Das Reich der Schwestern«, in dem es um einen Ameisenstamm geht.

Bei HESTIA kamen der Medizin-Thriller »Das Ungeheuer« von Robin Cook, sowie die Thriller »Spur des Todes« von Alastair MacNeill (nach Motiven von Alistair MacLean) und »Parfüm des Todes« von Gordon Thomas heraus. Für November 1992 vorgesehen ist der chronologisch erste DARKOVER-Roman von Marion Zimmer Bradley, »Landung auf Darkover«; es ist geplant, nach und nach die gesamte Serie im Hardcover neu aufzulegen.

HEYNE hat in seinem Buchprogramm die beiden Romane um HANNIBAL LECTOR von Thomas Harris, »Das Schweigen der Lämmer« und »Roter Drache«, in einer Sammelausgabe in gebundener Form nochmals auf den Markt gebracht.

Von einer der gewaltigsten Katastrophen der Menschheitsgeschichte, fantasyartig verbrämt, erzählte »Die Sintflut« von Marianne Fredrikson, erschienen bei HITZEROTH. In diesem Verlag zuletzt erschienen ist die Anthologie »Abgewandte Welten«, die zahlreiche phantastische Texte aus Schweden enthielt.

HOFFMANN UND CAMPE veröffentlichte 1991/92 die Polit-Thriller »Incubus« und »Feuerkreuz« von Colin Forbes sowie »Das Omaha-Komplott« von Bestseller-Autor Robert Ludlum. Zum letzten Mal »In einer kleinen Stadt« namens Castle Rock spielte ein neuer Horror-Roman von Stephen King, während

Rachel Ingalls mit »In Flagranti« unwirkliche Geschichten zum Besten gab.

INSEL brachte 1991/92 »Fiasko« und »Die Vergangenheit der Zukunft« von Stanisław Lem, »Das Bildnis des Dorian Gray« von Oscar Wilde, »In Gesellschaft des Zauberers« von Alvaro Cunqueiro, »Das Frühstück der Langschläferin« von Tor Age Bringsvaerd und Barbara Neuwirths hervorragende neue Storysammlung »Dunkler Fluß des Lebens« heraus.

Der Esoterik-Verlag INTEGRAL hat auch Phantastik im Programm, wie die Collection »Das Wasser des wahren Gesichts« von Manfred Miethe und den Roman »Feuertrommel« von Daniel Shahid Johnson.

Einen SF-Roman für Jugendliche veröffentlichte Marianne Gruber unter dem Titel »ESRAs abenteuerliche Reise auf dem blauen Planeten« im Verlag JUGEND & VOLK.

Interessante Jugendbücher gibt es verstärkt beim Verlag JUNGBRUNNEN. Hier kamen 1991/92 »Das Geheimnis der Ratten von NIMH« von Jean Leslie Conly, »Keine Puppen für Samantha« und »Zauber« von Monika Pelz, »Gespenster, bitte warten« von Friedl Hofbauer und »Moritz mit der Hundenase« von Mira Lobe heraus.

Im VERLAG KATZMARZ ist 1992 die Collection »Der Traumprojektor« von Andreas Fieberg erschienen.

KIEPENHEUER veröffentlichte 1991/92 die hochbrisanten SF-Romane »Im Jahr des Clowns« von E. M. Primess und »Das ist bei uns nicht möglich«, in dem Sinclair Lewis die Machtübernahme von Nazis in den USA schilderte.

Sein neuestes Werk, den SF-Roman »Die Goldenen Heiligen oder Columbus entdeckt Europa«, hat Herbert Rosendorfer bei KIEPENHEUER UND WITSCH publiziert.

Beim Phantastik-Angebot von KLETT-COTTA dominierte J. R. R. Tolkien das Bild. Von ihm erschienen »Briefe« und eine einbändige Gesamtausgabe des »Herrn der Ringe«. 1992 ist ein Roman von Sylvia Townsend Warner, »Lolly oder Der liebevolle Jägersmann« herausgekommen.

»Der Weg nach Bagdad« von Güneli Gün entführte den Leser auf eine magische Reise in die Vergangenheit und Zukunft, durch Mythen, Sagen und Folklore des Nahen Ostens. Mit diesem Roman gelang der Autorin der literarische Durchbruch in England und den USA, wo er ins Finale für den CRAWFORD AWARD 1991 kam. Angekündigt noch bei KRÜGER »Rheingold« von Stephan Grundy, eine Neuerzählung des Siegfried-Mythos für unsere Zeit.

Boris Falkows phantastischer Roman »Die Nußknacker« ist bei LIST veröffentlicht worden.

Bei LOEWES stellten phantastische Jugendbücher schon immer einen Schwerpunkt dar, so auch 1991/92, wo u.a. folgende einschlägige Bücher erschienen: »Flitz, der kleine Dinosaurier« und »Dinosaurier-Geschichten« von Karin Jäckel, »Leselöwen-Drachengeschichten« von Klaus-Peter Wolf, »Lucy und die Vampire« und »Dinosaurus Klex — Die Reise nach Gondwana« von Ursel Scheffler, »Die Schneekugelkönigin« von Gabriele M. Göbel und »Onkel Albert und der Urknall« von Russell Stannard.

Zahlreiche phantastische Titel hatte LÜBBE 1991/92 in seinem Programm, u.a. den Sintflut-Roman »Als die Tiere von Bord gingen« von Lex Jakoby, die Thriller »Assassini« von Thomas Clifford und »Countdown für Daedalus« von Thomas Hoover, die Neuauflage von Stephen Kings »Carrie«, »Königreich der Schatten« von Barbara Erskine, »Das Narrenspiel« von Johanna von Koczian und den Mittelband der ELENIEN-Trilogie von David Eddings, »Der Ritter vom Rubin«.

Bei NAGEL & KIMCHE ist das phantastische Jugendbuch »Bonnie Siebenzack« von Nortrud Boge-Erli herausgekommen.

Auch NEUE DIMENSION hat Phantastik im Grenzbereich der Esoterik im Programm. Von Hans Peter Neuber liegen die Collections »Die geheimnisvollen Wälder« und »Das Vermächtnis der Unsichtbaren«, sowie ein vierbändiger Fantasy-Zyklus um den Fisch FLOSSI und dessen holistische Menschwerdung vor.

Der NEUE ERDE VERLAG konzentriert sich schon seit dem Jahre 1987 darauf, die Werke der Britin Moyra Caldecott auch der deutschen Leserschaft näherzubringen. Zuletzt erschienen der 4. und abschließende Roman des Zyklus DIE HOHEN STEINE, »Der silberne Strudel«, der Fantasy-Roman »Die grüne Göttin und der König der Schatten« und die phantastische Collection »Kristall-Legenden«.

Das Werk Rafik Schamis bildete 1991/92 einen Schwerpunkt im Programm den NEUEN MALIK VERLAGS, es erschienen der Sammelband »Der fliegende Baum« (mit den drei frühen Collections »Das Schaf im Wolfspelz«, »Das letzte Wort der Wanderratte« und »Der erste Ritt durchs Nadelöhr«) und »Märchen aus Malula«. Dazu gab es noch den phantastischen Roman »Zylo oder Die abenteuerliche Reise durch die wundersame Welt von Bürokratien« von Dritero Agolli.

Vor der großen Programmreduktion sind beim Verlag NEUES LEBEN noch die von Olaf Spittel zusammengestellte Anthologie »Die Zeitinsel«, die einen Querschnitt durch die DDR-SF aus allen Jahrzehnten ihrer Existenz bot, der phantastische Roman »Der Gott der Lavahöhlen« von Evelyn Aissa Maadaoui und die Collection »Die Leichenräuber« von Friedrich Gerstäcker erschienen.

NYMPHENBURGER brachte den SF-Roman »Der Katzenstern« von Jörg Ritter heraus.

Joan Aikens neueste phantastische Storysammlung ist bei OETINGER unter dem Titel »Ein Knistern im Gebäck« herausgebracht worden.

Weitergeführt wurde Marliese Arolds spannende Zeitreise-Serie ZM STRENG GEHEIM bei PELIKAN zuletzt mit den Romanen »Karawane ins Verderben«, »Wer hat Einstein entführt?«, »Der Wächter der Pyramide«, »Die Katastrophe von Pompeji« und »Falscher Kurs nach Indien«.

Bei PIPER sind zuletzt die phantastischen Romane »Baol oder Die magischen Abenteuer einer fieberhaften Samstagnacht« von Stefano Benni und »Wie das Schwein zu Tanze ging« von Michael Köhlmeier, der Polit-Thriller »Im Interesse der Nation« van Jan Guillou und der phantastische Roman »Die Ameisen« von Bernard Werber erschienen, in dem es einem Wissenschaftler gelingt, eine Sprache zwischen Mensch und Ameise zu entwickeln, was katastrophale Folgen zeitigt. Weiters noch angekündigt ist »Dominicus« von Kathleen Robinson, ein Roman aus dem alten Rom.

Auch in der EDITION Q des QUINTESSENZ VERLAGES sind SF und Phantastik erschienen: »Die verschwundenen Jahreszeiten« von Wolfgang Bellaire und »Der Kaninische Krieg« von Hans Borgelt.

Im 1989 gegründeten Kleinverlag RAINAR NITZSCHE sind zuletzt in der REIHE PHANTASTIK der SF-Roman »2098 — Allein durch die Hölle von Megapolis« von Renata Leuffen, der Fantasy-Kurzroman »Huck-Huck, der kleine Drache« von Achim Mehnert und die Collection »Der Ruf der Mondin« von Rainar Nitzsche veröffentlicht worden, in Vorbereitung befinden sich der Fantasy-Roman »Göttlicher Met« von Hardy Krüger, der phantastische Roman »Die Erstbesteigung der Bücherwand« von Harald Scherschel und das von Harald Braem zusammengestellte Lesebuch »Große Spinne, kleine Spinne«.

Ebenfalls sehr interessant das einschlägige Buchprogramm bei RAVENSBURGER, zuletzt »Gefährliche Räume« von Margaret Mahy, »Die Reise in den Sternenhimmel« von Petr Chudozilov und »Gefährliche Reise« von Tormod Haugen.

RECLAM brachte Oscar Wildes Klassiker »Das Bildnis des Dorian Gray« auch in einer Hardcover-Ausgabe in den Handel.

Die Götter der griechischen Mythologie versetzt Wolfgang Wenger in seinem Roman »Die Manhattan-Maschine« ins heutige New York, wo sie herauskriegen wollen, wie es dazu kam, daß die Menschen sich selbst zu Vollzugsorganen der eigenen Vernichtung gemacht haben. Ebenfalls bei RESIDENZ erschienen ist der phantastische Roman »Der Flug der erloschenen Schönheit« von Manuel Vincent, nicht minder turbulent wie sein zuvor veröffentlichter, der bei uns »Mein Name ist Kain« betitelt war.

»Alto solo« ist der Titel eines SF-Romans, den der französische Autor Antoine Volodine (der 1987 für einen anderen SF-Roman den GRAND PRIX DE LA SCIENCE FICTION erhielt) bei ROTBUCH publiziert hat.

Bei ROWOHLT kam ein neuer phantastischer Roman von Peter Ackroyd, dem Autor des vielbeachteten »Der Fall des Baumeisters« unter dem Titel »Die Uhr in Gottes Händen« heraus.

Phantastik bei RÜTTEN & LOENING: Die Collection »Der ungeworfene Handschuh« von Giwi Margwelaschwili (Untertitel: Ontotextologische Versuche) und die ersten vier Titel der Edition DIE SCHWARZEN BÜCHER (»Il Pentegan« von Viktor Hadwiger, »Die Bergwerke zu Falun« von E. T. A. Hoffmann, »Pique Dame« von Alexander Puschkin und »Die Reisebegegnung« von Anna Seghers).

Robert Westalls neuer phantastischer Jugendroman »Das Wachthaus« ist bei SAUERLÄNDER herausgekommen, ebenso die Kinderbücher »Anne oder Was passiert, wenn Unglaubliches geschieht« von Margaret Klare und »Däumlings Reise zum Entchen von Tharau« von Marlies Bardeli.

»Das Zweitbuch« mit zahlreichen phantastischen Texten war bei SCHNEEKLUTH ebenso zu haben wie Thomas R. P. Mielkes neuer historischer Roman, in dessen Mittelpunkt diesmal »Karl der Große« stand.

Eine Sekundärbuchreihe mit dem Titel EDITION AHA hat der VERLAG PETRA SCHULZE im Frühjahr 1992 gestartet. Bislang liegen zwei Titel vor: »Das Buch der Toten Namen — Necromicon«, hrsg. von George Hay, mit Beiträgen von Colin Wilson, Robert Turner, David Langford, L. Sprague de Camp und Angela Carter; und »Lovecraft — Schatzmeister des Verbotenen« von W. H. Müller.

Auf Esoterik und die Werke von Dion Fortune spezialisiert hat sich der SMARAGD VERLAG. Zuletzt von ihr herausgebracht wurde der phantastische Roman »Der dämonische Liebhaber«.

Nach mehrjähriger Wartezeit ist der 3. Band der ILLUMINATEN CHRONIKEN von Robert Anton Wilson unter dem Titel »Der Schöpfer« bei SPHINX herausgekommen.

Einen guten Namen hat sich mit seinen bisherigen Veröffentlichungen der Kleinverlag STENDEL gemacht. Hier zuletzt erschienen die Fantasy-Anthologie »Traumfeuer«.

Alljährlich kommt im Verlag H.-W. STIER das »INKLINGS-Jahrbuch für Literatur und Ästhetik« dieser literarischen Gesellschaft heraus, herausgegeben von Gisbert Kranz, zuletzt Band 10 im Sommer 1992.

SUHRKAMP veröffentlichte den phantastischen Roman »Ein Tag, ein Leben« von A. F. Th. van der Heijden.

Der Jugendbuch-Verlag THIENEMANN brachte 1991/92 den SF-Roman »Der dunkle Traum« von Werner Waldhoff, »Trixis Tricks« von Katherine Allfrey, »Der doppelte Oliver« von Wolf Harranth und die Sagen-Nachdichtung »Wieland der Schmied« von Willi Fährmann heraus. In der EDITION WEITBRECHT sind u.a. zwei Romane von Rainer Erler, »Die Kaltenbach-Papiere« und »Ein Feuerzeichen«, eine Kurzgeschichtensammlung von Michael Ende unter dem Titel »Das Gefängnis der Freiheit«, sowie »Bruder Feuer« von Luise Rinser, »Im Schatten der Templer« von Giuseppe D'Agata und »Die Perelandra-Trilogie« von C. S. Lewis komplett in einem Band erschienen. HOCH hingegen brachte »Peter Pan« von James H. Barrie, »Gritta vom Rattenschloß« von Christa Kozik und »Was kommt vor im Ofenrohr?« von Anja Goller auf den Markt.

Von Wolfgang Hohlbein und seiner Frau Heike kommt als nächstes der phantastische Roman »Unterland« bei UEBERREUTER heraus, aus Umfanggründen in zwei Bänden im Schuber. Ansonsten von diesem Wiener Verlag: »Gespensterzeit« von Pam Conrad.

ULLSTEIN veröffentlichte 1991/92 u.a. die Tier-Fantasy »Der Zug der Dachse« von Aeron Clement, »Illusionen« von Richard Bach und »Beast — Schrecken der Tiefe« um ein Tiefseemonster, das zur Gefahr für die Menschen wird, von Peter Benchley, dem Autor des »Weißen Hai«. Jean Auels »Die Mammutjäger« wurde in neuer Ausstattung nochmals aufgelegt.

In der VERLAGSUNION PABEL MOEWIG erscheinen nach wie vor drei neue Bände der PERRY RHODAN-Buchausgabe im Jahr, herausgegeben und redaktionell bearbeitet von Horst Hoffmann. Bislang liegen in dieser Edition schon 43 Bände vor. Im November 1992 startet eine weitere, die ATLAN-ZEITABENTEUER, in der die von Hans Kneifel im Taschenbuch schon veröffentlichten Abenteuer dieser PR-Figur in der Vergangenheit der Erde chronologisch nochmals aufgelegt werden, wobei ein Buch drei bis vier der Taschenbücher enthalten wird. Es ist geplant, die Bände alternierend mit den PR-Büchern auf den Markt zu bringen.

WAGENBACH präsentierte zuletzt die phantastischen Romane »Die Taubenstadt« von Javier Tomeo und »Die fliegenden Steine« von Luigi Malerba.

Auch Phantastik enthielt die in der EDITION WUNSCHMASCHINE publizierte Storycollection »Wüste Küste« von Felix Hofmann.

Mit »Im Zeichen des Wolfes« und »Das Volk des Feuers« präsentierte der renommierte und traditionsreiche österreichische Verlag ZSOLNAY die ersten beiden Romane einer Urzeit-Saga von M. William Gear und Kathleen O'Neal Gear, von der in den USA bisher schon vier Titel vorliegen. Dean R. Koontz veröffentlichte seinen neuen Horror-Roman, »Ort des Grauens«, von Irving Wallace erschien der Thriller »Eva — das siebte Geheimnis«, und von Sophie Chauveau der Fantasy-Roman »Achill, Troja und ich« um die schöne Helena. Zur Veröffentlichung vorbereitet wird eine Kassettenedition, deren graphische Gestaltung Gottfried Helnwein übernommen hat und die aus folgenden Titeln besteht: »Der Schutzengel« von Dean R. Koontz, »Wenn du wüßtest...« von Peter Straub, »Der Goldkäfer und andere Geschichten« von Edgar Allan Poe, »Brennen muß Salem« von Stephen King und »Der Meister des Jüngsten Tages« von Leo Perutz.

7. DIVERSES

TODESFÄLLE

GÜNTHER KRUPKAT: Am 14. April 1991 starb Günther Krupkat, einer der bedeutendsten Vertreter der DDR-SF im Alter von 80 Jahren in Berlin. Der gebürtige Berliner (Jahrgang 1905) begann nach dem Besuch des Gymnasiums ein Ingenieurstudium und arbeitete, als er dieses aus Geldmangel abbrechen mußte, in verschiedenen Berufen. Während der Nazi-Zeit mußte er ins Exil, kehrte aber nach Kriegsende wieder zurück und war zunächst als Chefredakteur tätig, bevor er 1955 freischaffender Schriftsteller wurde. Seinen ersten SF-Roman »Od« schrieb er in den 20er Jahren, fand jedoch wegen der darin enthaltenen Gesellschaftskritik keinen Verleger dafür. Außerhalb der SF-Szene verfaßte er einige Kurzgeschichten und die Romane »Das Schiff der Verlorenen« (über die Titanic) und »Das Gesicht«. Im SF-Bereich veröffentlichte er vier Romane — »Die Unsichtbaren« (1956), »Die große Grenze« (1960), »Als die Götter starben« (1963) und »Nabou« (1968) —, von denen vor allem die beiden letzteren seinen Ruf begründeten, eine der SF-Größen des Landes zu sein, und die zu DDR-Zeiten mehrmals nachgedruckt wurden. Weitere Verdienste um die SF erwarb er sich mit der Initiierung des »Arbeitskreises Utopische Literatur« im Schriftstellerverband der DDR, dessen erster Vorsitzender er von 1972 bis 1978 war.

K. H. SCHEER: Am 15. September 1991 starb Karl-Herbert Scheer, der die deutsche SF-Szene in den fünfziger und sechziger Jahren entscheidend mitgeprägt hat und zusammen mit Walter Ernsting der geistige Vater der PERRY RHODAN-Serie war, im Alter von 63 Jahren. Ein Nachruf findet sich im »Heyne Science Fiction Jahr 1992« (S. 600 ff.)

HEINZ POLLISCHANSKY: Am 21. September 1991 starb der Verleger Heinz Pollischansky im Alter von 54 Jahren. Pollischansky, dessen Name untrennbar mit der Comic-Serie PRINZ EISENHERZ verknüpft ist, dessen erste deutsche Gesamtausgabe in seinem Verlag erschien, hat in den letzten Jahren als begeisterter Sammler von Romanheftserien der Zwischen- und Nachkriegszeit die phantastische Abenteuer-Serie BOB BARRING weitergeführt.

KURT BRAND: Am 8. November 1991 starb Kurt Brand, einer der Pioniere der deutschen Nachkriegs-SF, im Alter von 74 Jahren. 1917 in Wuppertal-Barmen geboren, begann er sich schon früh für Jules Verne und Zukunftsgeschichten allgemein zu interessieren und versuchte sich schon in jungen Jahren mit dem Schreiben. Sein erster Roman, »Motoren donnern zum Ziel« (1935) wurde abgelehnt, ein zweiter, »Eisberge bekämpfen die Welt«, fiel dann dem Kriegsausbruch und der Papierknappheit zum Opfer. Nach dem Krieg baute sich Brand in Köln eine der größten privaten Leihbüchereien auf und begann nebenbei wieder mit dem Schreiben. Sein erster veröffentlichter SF-Roman war »Türme in der Sahara« (1951), dem die Fortsetzung »Außenstation VII explodiert« (1956) folgte. Flotte SF-Romane und Space Operas, zum Teil unter seinem bürgerlichen Namen, zum Teil unter Pseudonym (zumeist C. R. Munro, aber auch Lars Torsten) veröffentlicht, wie »Trans-Universum«, »Raum der schwarzen Sonne«, »Gefesselte Planeten«, »Die geheimnisvolle Formel«, »Aus Weltraumtiefen«, »Stern ohne Wiederkehr«, »Am Ende der Ewigkeit« und »Der Gral-Mutant«, machten ihn zu einem der beliebtesten Autoren, der die Science Fiction populär machte. Nachdem Brand seine Leihbücherei aus finanziellen Gründen aufgeben mußte, machte er die Schriftstellerei zu seinem Hauptberuf und wandte sich auch anderen Genres zu, wo er unter einer Unzahl von Pseudonymen Western, Krimis und Abenteuerromane publizierte. Nachdem seine wichtigsten SF-Leihbücher in den Heftserien von Pabel und Moewig nachgedruckt worden waren, schrieb er für diese neue Romane, wie »Der Sternenjäger«, »Der Galaxant«, »Sterbliche Sternengötter«, »Gesetz 23«, »Deserteure der Cosmic Police« und einen zehnbändigen Zyklus um den WELTRAUMREPORTER YAL. 1962 erfolgte die Berufung ins PERRY RHODAN-Team, dem Brand bis zu seinem abrupten Ausscheiden bis 1965 angehörte. In diesem Zeitraum stellten 38 Hefte und 1 Taschenbuch seinen Beitrag zur Serie dar. Danach entwickelte er für Kelter das Konzept der SF-Heftserie REN DHARK, die es auf 98 Hefte brachte, von denen in etwa die Hälfte von ihm stammte. Für Kelter entwickelte er auch Idee und Konzept für die SF-Krimiserie CHECKPART und Anfang der siebziger Jahre auch für die SF-Serie RAUMSCHIFF PROMET. In dieser Zeit schrieb er nebenbei auch noch Krimis für die verschiedensten Serien, wie FLEDERMAUS, KOMMISSAR X oder JERRY COTTON. Nachdem es bei PROMET zu finanziellen Problemen gekommen war, kündigte er die weitere Mitarbeit an seiner geistigen Schöpfung auf und ließ sich von Gericht seinen Anspruch an der Serie bestätigen, die mittlerweile aber schon eingestellt worden war. Zu Beginn der siebziger Jahre widmete er sich dem Horror, der damals seine erste Blüte erlebte, und kehrte Mitte der Siebziger kurz wieder mit neuen Romanen für ERBER in die SF-Szene zurück.

NORBERT STRESAU: Völlig überraschend starb am 13. Dezember 1991 der bekannte Filmjournalist Nobert Stresau im Alter von 31 Jahren an Herzversagen. Nach dem Abitur studierte der 1960 in Lindau geborene Stresau in München Pharmazie, faßte nach Abschluß des Studiums aber den Entschluß, nicht Apotheker zu werden, sondern den Beruf eines freien Journalisten und Schriftstellers zu ergreifen. Von 1982 an war er Mitarbeiter des von Lothar Just bei HEYNE herausgegebenen Filmjahrbuchs, und er schrieb in den letzten Jahren regelmäßig den Filmreport für dieses Jahrbuch. 1984 erschien bei HEYNE auch sein erstes Buch, »Der Fantasy-Film«, dem weitere folgten, wie »Der ›Oscar‹« (1985), »Audrey Hepburn« (1985), »Der Horror-Film« (1986) und (zusammen mit Ronald M. Hahn und Volker Jansen) »Lexikon des Fantasy-Films« (1986). 1986 übernahm er auch die Herausgeberschaft der Loseblattsammlung »Enzyklopädie des phantastischen Films« im CORIAN VERLAG. Als Herausgeber dieses wichtigen Sekundärwerkes erhielt Stresau den DEUTSCHEN FANTASY PREIS 1988.

GÜNTER M. SCHELWOKAT: Am 6. April 1992 starb nach kurzer schwerer Krankheit Redakteur und Herausgeber Günter M. Schelwokat in Straubing im Alter von 63 Jahren. 1929 in Tilsit geboren, wo er das humanistische Gymnasium besuchte, gelangte er gegen Kriegsende als Flüchtling nach Straubing, wo er 1947 das Abitur machte. Während des darauffolgenden Studiums in Regensburg kam er mit dem US-Generalkonsulat in Kontakt und lernte dabei die amerikanische SF kennen und schätzen. Als MOEWIG die TERRA-Reihe startete, bot er seine Mitarbeit als SF-Spezialist an und wurde mit Heft 3 deren Betreuer, ebenso war er auch für die ein Jahr später gestartete Reihe TERRA SONDERBAND verantwortlich. Die Zahl der englischsprachigen Autoren, die er für den deutschen Sprachraum entdeckte und förderte, ist Legion, aber auch um die deutschen Autoren kümmerte er sich intensiv, er präsentierte nicht nur die bereits bekannten und beliebten damaligen Größen der Szene, sondern er baute auch talentierte junge Newcomer systematisch auf, besonders nach dem Start von PERRY RHODAN, wo eigentlich alle neuen Autoren durch seine oft harte Schule gegangen sind. Als 1960 MOEWIGS zwei Jahre zuvor aus der Taufe gehobener Schwesterverlag HEYNE eine SF-Reihe ins Leben rief, war Schelwokat auch für diese zuständig. Das Taschenbuch bot dabei viel mehr Möglichkeiten, auch vom Umfang her, die Kürzungen, beim Heft unumgänglich, konnten in Grenzen gehalten werden. Schelwokat legte hier Klassiker neu auf und startete die Auswahlbände aus dem MAGAZINE OF FANTASY & SCIENCE FICTION ebenso wie die CONAN-Serie, die erste Fantasy-Literatur, die hierzulande im Taschenbuch erschienen ist. Als MOEWIG an BAUER verkauft wurde und eine Trennung von HEYNE erfolgte, entschied er sich für MOEWIG und mußte sich von der HEYNE-SF trennen. 1973/75 entwickelte und betreute er auch die wenig erfolgreiche Fantasy-Heftserie DRAGON und zeichnete in den 70er und 80er Jahren auch für die diversen Autoren-Editionen von K. H. SCHEER bis E. C.TUBB verantwortlich. In den letzten Jahren hatten die gewaltigen Programmstreichungen bei PABEL und MOEWIG zur Folge, daß er nur noch PERRY RHODAN redaktionell betreute. Wie kaum ein anderer aber hat er speziell in den Anfangsjahren die Entwicklung der SF in Deutschland geformt und entscheidend mitgeprägt.

PETER EILHARDT: Am 25. April 1992 starb der Graphiker und Illustrator Peter Eilhardt im Alter von 37 Jahren an Leukämie. In Emmingen (bei Freiburg im Breisgau) geboren, studierte er

Geodäsie und wurde 1982 Vermessungsingenieur. Ab Mitte der 70er Jahre erschienen seine Illustrationen in den Magazinen des EDFC, 1980 wurde er einer der Illustratoren der Fantasy-Heftserie MYTHOR. In der Folge gestaltete er für Verlage wie ARENA, RAVENSBURGER, THIENEMANN und HEYNE, wo er u.a. die Gestaltung der zwölfbändigen Zyklus »Das Rad der Zeit« von Robert Jordan übernahm, die er leider nicht mehr vollenden konnte.

SEKUNDÄRWERKE

Birgit Affeldt-Schmidt: FORTSCHRITTSUTOPIEN. VOM WANDEL DER UTOPISCHEN LITERATUR IM 19. JAHRHUNDERT; Stuttgart 1991, J. B. Metzlersche Verlagsbuchhandlung (Metzler Studienausgabe)

Stephan Berg: SCHLIMME ZEITEN, BÖSE RÄUME. ZEIT- UND RAUMSTRUKTUREN IN DER PHANTASTISCHEN LITERATUR DES 20. JAHRHUNDERTS; Stuttgart 1991, J. B. Metzlersche Verlagsbuchhandlung

Humphrey Carpenter: J. R. R. TOLKIEN. EINE BIOGRAPHIE; München 1991, dtv 11526

Humphrey Carpenter (Hrsg.): J. R. R. TOLKIEN. BRIEFE; Stuttgart 1991, Hobbit Presse/Klett Cotta

Bernd Flessner: WELTPROTHESEN UND PROTHESENWELTEN. ZU DEN TECHNISCHEN PROGNOSEN ARNO SCHMIDTS UND STANISŁAW LEMS; Frankfurt am Main-Bern-New York-Paris 1991, Verlag Peter Lang (Reihe I: Deutsche Sprache und Literatur, Band 1276)

Neil Gaiman: KEINE PANIK. MIT DOUGLAS ADAMS DURCH DIE GALAXIS; Frankfurt/Main-Berlin 1992, Ullstein TB 22677

Gustav Gaisbauer (Hrsg.): HUGH WALKER. MEISTER DES HORROR; Passau 1992, EDFC — Reihe »Fantasia« 65/66

Heinz J. Galle: SUN KOH; Passau 1991; in EDFC — Reihe »Fantasia« 63/64

Ivo Gloss: DIE SCIENCE FICTION ERZÄHLUNG DER DDR VON DEN ANFÄNGEN BIS 1967; Berlin 1991, Reihe »Terminator Extra« 2

Ivo Gloss & Hans-Peter Neumann (Hrsg.): ARKADI & BORIS STRUGAZKI; Berlin 1992, Reihe »Terminator Extra« 5

Ronald M. Hahn & Volker Jansen: LEXIKON DES SCIENCE FICTION FILMS. 1500 FILME VON 1902 BIS HEUTE; München 1992, Heyne Sachbuch 19/93 (Neuausgabe unter Mitarbeit von Wolf Jahnke)

George Hay (Hrsg): DAS BUCH DER TOTEN NAMEN — NECRONOMICON; Bergen/Dumme 1992, Petra Schulze Verlag »Edition AHA« 1

Horst Hoffmann & Florian F. Marzin (Hrsg.): PERRY RHODAN LEXIKON A—Z. 5 Bände; Rastatt 1991, Verlagsunion Pabel — Moewig

Wolfgang Jeschke (Hrsg.): DAS SCIENCE FICTION JAHR. AUSGABE 1992; München 1992, Heyne SF 06/4850

Joachim Körber (Hrsg.): BIBLIOGRAPHISCHES LEXIKON DER UTOPISCH-PHANTASTISCHEN LITERATUR, Ergänzungslieferungen 27-30; Meitingen 1991/92, Corian-Verlag

Gisbert Kranz (Hrsg.): INKLINGS-JAHRBUCH FÜR LITERATUR UND ÄSTHETIK. 9. BAND 1991; Lüdenscheid 1991, Verlag H.-W. Stier

Gisbert Kranz (Hrsg.): INKLINGS-JAHRBUCH FÜR LITERATUR UND ÄSTHETIK. 10. BAND 1992; Lüdenscheid 1992, Verlag H.-W. Stier

Gisbert Kranz: DIE INKLINGS-BIBLIOTHEK. SYSTEMATISCHER KATALOG DER SPEZIALSAMMLUNG ZU G. K. CHESTERTON, C. S. LEWIS, GEORGE MACDONALD, DOROTHY L. SYERS, J. R. R. TOLKIEN, CHARLES WILLIAMS. ZWEITE, ERWEITERTE AUFLAGE 1992; Passau 1992, EDFC-Sonderausgabe

Willy Loderhose: DER HORRORFILM II; Hamburg 1991, Kino Verlag, cinema-Buch 48

Willy Loderhose: SCIENCE FICTION BAND III. ANDROIDEN, GALAXIEN, UFOS UND APOKALYPSEN; Hamburg 1991, Kino Verlag, cinema-Buch 50

Stefan Manske (Hrsg.): ZYKLUSZINE 1: DIE GÄNGER DES NETZES. 2. Auflage. Eine kritische Betrachtung der Perry Rhodan-Bände 1300—1349; Meerbusch 1991, im Eigenverlag

Stefan Manske (Hrsg.): ZYKLUSZINE 2: TARKAN. 3. Auflage. Eine kritische Betrachtung der Perry Rhodan-Bände 1350—1399; Meerbusch 1991, Eigenverlag

Stefan Manske (Hrsg.): ZYKLUSZINE 3: CANTARO 1. 2., erweiterte Auflage. Eine kritische Betrachtung der Perry Rhodan-Bände 1400—1449; Meerbusch, Eigenverlag

Florian F. Marzin (Hrsg.): DAS CON-BUCH. 30 JAHRE PERRY RHODAN 1961—1991; Rastatt 1991, Verlagsunion Pabel — Moewig

W. H. Müller: LOVECRAFT — SCHATZMEISTER DES VERBOTENEN. Bergen/Dumme 1992, Petra Schulze Verlag »Edition AHA« 2

Hans-Peter Neumann (Hrsg.): DAS LETZTE JAHR DDR-SCIENCE-FICTION. EIN RÜCKBLICK AUF 1990. Berlin 1991, Reihe »Terminator Extra« 1

Christian Rendell: C. S. LEWIS; Wuppertal und Zürich, R. Brockhaus TB 1109

Erhard Ringer: DAS CONAN UNIVERSUM; München 1992, Heyne SF 06/4908

Franz Rottensteiner & Michael Koseler (Hrsg.): WERKFÜHRER DURCH DIE UTOPISCH-PHANTASTISCHE LITERATUR, Ergänzungslieferungen 8—10; Meitingen 1991/92, Corian-Verlag

Richard Saage: POLITISCHE UTOPIEN DER NEUZEIT; Darmstadt 1991, Wissenschaftliche Buchgesellschaft

Ralph Sander: DAS STAR TREK UNIVERSUM. Das erste deutsche Handbuch zur erfolgreichsten SF-Fernsehserie der Welt in aktualisierter und stark erweiterter Neuausgabe; München 1991, Heyne SF 06/4900

Hans-Dieter Schabacker: KARL-HERBERT SCHEER — EINER VON UNS; Schmelz 1992, SFC Universum Sonderausgabe

Franz Schröpf: FANTASIA-INDEX 1—66. MAGIRA-INDEX 1—38; Passau 1992, EDFC — Reihe »Fantasia« 67

Muriel Spark: MARY SHELLEY. EINE BIOGRAPHIE; Frankfurt am Main und Leipzig 1992, Insel it 1258

Norbert Stresau (†) & Heinrich Wimmer (Hrsg.): ENZYKLOPÄDIE DES PHANTASTISCHEN FILMS, Ergänzungslieferungen 21—25; Meitingen 1991/92, Corian-Verlag

Tzvetan Todorov: EINFÜHRUNG IN DIE FANTASTISCHE LITERATUR; Frankfurt am Main 1992, Fischer TB 10958
Liliane Weissberg: EDGAR ALLAN POE; Stuttgart 1991, J. B. Metzlersche Verlagsbuchhandlung »Sammlung Metzler« Band 204
Heinrich Wimmer (Hrsg.): BIBLIOGRAPHISCHES LEXIKON DER UTOPISCH-PHANTASTISCHEN LITERATUR. VERLAGS- UND REIHENBIBLIOGRAPHIEN; Ergänzungslieferungen 15—16; Meitingen 1991/92, Corian-Verlag

BEZUGSANSCHRIFTEN

Corian-Verlag, Postfach 1168, D-W-8901 Meitingen
Stefan Manske, Brucknerstraße 3, D-W-4005 Meerbusch 1
Terminator Extra, c/o Hans-Peter Neumann, Große Leege Straße 82, D-O-1092 Berlin
SFC Universum, Limbacher Straße 24, D-W-6612 Schmelz
EDFC e.V., Postfach 1371, D-W-8390 Passau

INTERVIEWS

KARL MICHAEL ARMER interviewt von Sascha Mamczak & Thomas Tilsner; in sfm 87 (8/1991)
ATZE ATZENHOFER interviewt von Uwe Vöhl; in NECROPOLITAN 0 (1992)
IAIN BANKS interviewt von Matthias Hofmann; in LIQUID SKY 45 (9/1991)
IAIN BANKS interviewt von Matthias Hofmann; in HSF 4850
JOHN BRUNNER interviewt von Zukünfte; in ZUKÜNFTE 3 (1992)
OCTAVIA BUTLER interviewt von Larry McCaffery & Jim McMenamin; in HSF 4850
ARNDT ELLMER interviewt von Alexander Huiskes & Andreas Möhn; in ZAUBERZEIT 34 (1992)
JOE HALDEMAN interviewt von Usch Kiausch; in HSF 4850
HARDY KETTLITZ interviewt von Matthias Hofmann; in LIQUID SKY 46 (10/11/1991)

PETER KUCZKA interviewt von Csaba Varga; in FREUCON SOUVENIR BOOK

ERVIN LASZLO interviewt von Klaus Burmeister & Weert Canzler; in ZUKÜNFTE 3 (1992)

KURT MAHR interviewt von Alexander Huiskes & Andreas Möhn; in ZAUBERZEIT 34 (1992)

DAVID I. MASSON interviewt von Michael K. Iwoleit; in HSF 4850

JOSEF NESVADBA interviewt von Hardy Kettlitz; in ALIEN CONTACT 9 (1991)

ANNE RICE interviewt von Dietrich Haubold; in sfm 90 (11/1991)

FRANZ ROTTENSTEINER interviewt von Patricia Brooks & Hans-Jürgen August; in QUASAR 0 (1991)

K. H. SCHEER interviewt von Rüdiger Schäfer & Matthias Hofmann; in LIQUID SKY 46 (10/11/1991)

BRUCE STERLING interviewt von Usch Kiausch; in HSF 4850

BRUCE STERLING interviewt von Larry McCaffery & Brooks Landon; in HSF 4850

FRANS STUMMER interviewt von Uwe Vöhl; in NECROPOLITAN 0 (1991)

MARIANNE SYDOW interviewt von Alexander Huiskes & Andreas Möhn; in ZAUBERZEIT 34 (1992)

CSABA VARGA interviewt von Zukünfte; in ZUKÜNFTE 3 (1992)

ELISABETH VONARBURG interviewt von Usch Kiausch; in HSF 4850

JACK WOMACK interviewt von Karl Bruckmaier; in HSF 4850

PREISE UND AUSZEICHNUNGEN

Beim KURD LASSWITZ-PREIS, der von den deutschsprachigen SF-Profis vergeben wird, kam es 1991 zu einigen Diskussionen über neue Vergabemodalitäten, aus diesem Grund wird er gleichzeitig mit dem für 1992 ermittelt und auch bekanntgegeben.

Zum 5. Mal wurden 1991 von den Lesern der ZAUBERZEIT und einer Vielzahl anderer kleinerer und größerer SF-, Info-,

Spiele und Rollenspiel-Magazinen und Fanzins sowie von Kunden ausgesuchter Fachbuchhandlungen die Gewinner der ZAUBERZEIT-PREISE bestimmt. Zum besten SF-Roman des Jahres 1990 wurde »Das Drachenei« von Robert L. Forward (vor »Liberator« von Kirk Mitchell und »Kinder des Donners« von John Brunner) gewählt, zum besten FANTASY-Roman »Ein Dämon dreht durch« von Robert Asprin (vor »Gevatter Tod« von Terry Pratchett und »Die Brüder« von Margaret Weis & Tracy Hickman).

Bei der DASA — der DEUTSCHEN ABENTEUERSPIELE-AUSZEICHNUNG — 1991 gewannen in den literarischen Kategorien »Detektiv im Cyberland« von F. Paul Wilson (vor »Cyteen« von C. J. Cherryh und »Liberator« von Kirk Mitchell) beim SF-Roman, und »Die Legende der Drachenlanze« von Margaret Weis & Tracy Hickman (vor »Ein Dämon dreht durch« von Robert Asprin und »Die Festung der Perle« von Michael Moorcock) beim FANTASY-Roman. Die DASA wird von WUNDERWELTEN und anderen bedeutenden Spielemagazinen vergeben. Auch 1992 wird es wieder den ZAUBERZEIT-PREIS und die DASA geben, da Bemühungen, die beiden Preise zusammenzulegen, gescheitert sind.

Der vom ERSTEN DEUTSCHEN FANTASY CLUB alljährlich verliehene DEUTSCHE FANTASY-PREIS ging für 1992 an Otfried Preußler für sein Werk als Autor und Übersetzer. Der mit DM 2500,— dotierte Preis wurde während des 3. Kongresses der Phantasie in Passau von Oberbürgermeister Willy Schöller persönlich überreicht.

Christoph Ransmayr erhielt den mit DM 30000,— dotierten »Großen Literaturpreis der Bayrischen Akademie« 1992.

Der vom SCIENCE FICTION CLUB DEUTSCHLAND e.V. vergebene SFCD-LITERATURPREIS 1992 ging in der Kategorie ROMAN an »Fatous Staub« von Christian Mähr, und in der Kategorie KURZGESCHICHTE an »Das letzte Signal« von Egon Eis.

Erstmals wurde auf den Wetzlaer Tagen der Phantastik 1992 der PHANTASTIK-PREIS DER STADT WETZLAR nicht vergeben. Als Begründung gab die Jury an, es wäre diesmal im betreffenden Zeitraum kein Roman und keine Kurzgeschichtensammlung erschienen, der eine Spitzenleistung der deutschsprachigen Phantastik gewesen wäre. So sei, um dem Ansehen des Preises nicht zu schaden, diese Entscheidung getroffen worden.

Die amerikanische SF-Szene 1991/92

von Hermann Urbanek

Nachdem die amerikanische SF-, Fantasy- und Horror-Szene 1990 nach einem kleinen Einbruch im Vorjahr, der nach Jahren stetiger, bisweilen sogar extremer Zuwachsraten seit 1983 erfolgt war, wieder einen leichten Anstieg bei der Zahl der veröffentlichten Titel hatte verzeichnen können, wurde dieser Aufwärtstrend auch 1991 weitergeführt. Für viele überraschend war, daß sogar das bisherige Rekordergebnis des Jahres 1989 übertroffen wurde, so daß das Jahr 1991 als das bisher erfolgreichste in der Geschichte des Genres im Mutterland der modernen Science Fiction in die Annalen einging. Und das trotz einer gewissen Marktsättigung, die den Verlagen schon in den letzten Jahren einiges Kopfzerbrechen bei der Planung ihrer Verkaufsstrategie gemacht hatte. Daß damit aber in gewisser Weise der Plafond schon erreicht wurde, darauf scheinen die bislang vorliegenden Zahlen für das Jahr 1992 hinzuweisen, die für das laufende Jahr — trotz aller Problematik solcher Prognosen, denn diese Zahlen signalisieren ja nur Trends und können daher auch zu falschen Prognosen führen, wie in der Vergangenheit schon geschehen — doch ein schlechteres Ergebnis als 1991 erwarten lassen. Im Gegensatz zu früheren Jahren gab es 1991 auch keine spektakulären Verlagsfusionen, die das Gesamtbild der führenden Genre-Verlage einschneidend verändern oder einen besonderen Einfluß auf deren Marktposition hätten haben können. Der Zusammenschluß von Random House und Ballantine zeigte dabei überraschenderweise keine signifikanten Auswirkungen. Die Trends fielen bei den marktdominierenden

US-Verlagen bzw. Verlagsgruppen diesmal recht einheitlich aus, fast alle konnten sich über Zuwachsraten freuen, wenn auch in unterschiedlicher Größenordnung. Über die größten Steigerungen konnten sich Pulphouse (ein Plus von 59 %), der Book of the Month-Club mit 50 % mehr Büchern, Simon & Schuster/Pocket mit einer Steigerung von 40 %, Putnam/Berkley/Ace, die sich mit 20 % mehr Titeln mit an die Spitze der einschlägigen Verlage setzen konnte, und Bantam/Doubleday/Dell mit einem Plus von 12 % freuen, der allerdings mit dem Wermutstropfen über den Verlust der Spitzenreiter-Position Hand in Hand ging. Rückgänge bei der Titelzahl verzeichneten 1991 Penguin U.S.A. und der Science Fiction Book Club, die Reduktionen fielen aber bei beiden minimal aus (minus 4 % bzw. minus 7 %). An absoluten Zahlen gemessen legte Pulphouse am kräftigsten zu, gefolgt von Putnam/Berkley/Ace und Bantam/Doubleday/Dell. Die Verlierer hießen auch hier Penguin U.S.A. und der Science Fiction Book Club.

1990 hatte der Anteil der Original- und Erstveröffentlichungen an der Gesamt-Jahresproduktion erstmals abgenommen, nachdem er in den Jahren zuvor kontinuierlich gestiegen war, 1991 pendelte er sich auf dem Niveau des Vorjahres ein und lag somit erneut bei nahezu zwei Dritteln des Jahresangebots. Was die Zahl der veröffentlichten Romane betrifft, so blieb sie bei der Science Fiction exakt gleich. Der Abstand zur Fantasy, die im Vorjahr einen Einbruch erlebt hatte, schrumpfte hingegen drastisch, und zwar auf nur sieben Publikationen. Ein bißchen rückläufig hingegen der Horror-Roman, der wieder abgeschlagen auf dem 3. Platz rangierte und von dem 12 Titel weniger als noch 1990 erschienen. Die bisher bekanntgewordenen Zahlen deuten darauf hin, daß der Aufwärtstrend beim Fantasy-Roman auch 1992 weiter anhalten wird und es ihm gelingen könnte, sich vor den SF-Roman zu schieben und die Marktführer-Position zu erringen; der Horror-Roman wird mit ziemlicher Sicherheit wieder auf Platz 3 bei der Zahl der Veröffentlichungen liegen. Der Basispreis für Taschenbücher lag bei den meisten Verlagen bei $ 3,99, der Trend zu $ 4,99 und auch $ 5,99 hielt aber verstärkt an. Das neue Preissystem hat nahezu überall Schule gemacht, nur selten sind noch Taschenbücher zu $ 3,95, $ 4,95 usw. zu finden.

Der amerikanischen SF-Fachzeitschrift LOCUS zufolge hielt 1991 der Aufwärtstrend im phantastischen Genre, der von 1983 bis 1988 Jahr für Jahr für ein neues Rekordergebnis nach dem anderen gesorgt hatte, 1989 kurzfristig gestoppt worden war und 1990 in bescheidenerem Maße weitergeführt wurde, an und sorgte für ein neues absolutes Rekordergebnis. In diesem Jahr erschienen alles in allem 1990 Titel, was einer Steigerung von 5 % im Vergleich zum Vorjahr entspricht. Wie auch schon in den Jahren zuvor nahmen auch 1991 die Neuauflagen und Nachdrucke einen beträchtlichen Marktanteil ein, und zwar sowohl beim gebundenen Buch, als auch beim Paperback und natürlich ebenso beim Taschenbuch, der auch in den USA am meisten verbreiteten Publikationsform, die aber nicht so bestimmend den Markt dominiert, wie es im deutschen Sprachraum der Fall ist. Beim Hardcover wiesen die Nachdrucke diesmal erneut eine kräftige und — wie auch die Originalveröffentlichungen in gebundener Form — überdurchschnittliche Steigerung auf: von den insgesamt 575 Buchtiteln waren 167 Neuauflagen; 1990 waren es nur 144 gewesen, was einem Anstieg um 16 % entsprach. Bei den Buch-Erstveröffentlichungen gab es eine Steigerung von 361 Titeln im Jahr 1990 auf 408, was ein Plus von 13 % bedeutete. Insgesamt stieg die Zahl der Hardcover um 14 % und damit der Marktanteil des gebundenen Buches um etwas mehr als 2 Prozentpunkte an, wodurch diese Publikationsform der große Gewinner des Jahres 1991 war. Wo es Gewinner gibt, da gibt es auch Verlierer, und das war eindeutig das Paperback, das nach steten Steigerungsraten seit 1987, die bisweilen extrem ausfielen, jetzt den ersten größeren Einbruch erlebte und eine Verringerung von 350 Titeln im Jahre 1990 auf 320 in 1991 verzeichnete, was einem Minus von 9 % entsprach. Diese Reduktion fiel bei den Erstausgaben und Reprints unterschiedlich aus, bei den Originalen war sie kräftiger als bei den Neuausgaben: 188 Originalveröffentlichungen und 132 Reprints des Jahres 1991 standen im Vergleichszeitraum des Vorjahres 211 Erst- und 139 Neuauflagen gegenüber, was einen Rückgang von 11 % bzw. 5 % bedeutete. Leichte Zuwächse, die aber im Durchschnitt lagen, konnte das Taschenbuch verzeichnen, wo es ein Plus von nicht ganz 6 % gab (von 1035 auf 1094 Titel). Hier legten Originale und Reprints ziemlich gleichmäßig zu; bei den Erstveröffentlichungen gab es eine Steigerung von 616 auf 649 Bände, und bei den Neuauflagen von 419 auf 445 Titel. Insgesamt betrachtet teilten sich die 1990 Publikationen des Jahres 1991 in 1246 Erstveröffentlichungen (1990: 1188; 5 % mehr) und 744 Nachauflagen (1990: 702; 6 % mehr), der Anteil der Originale lag wie schon im Vorjahr bei 63 %.

Die 1246 Erstveröffentlichungen des Jahres 1991 setzten sich aus 308 SF-Romanen (24,7 %; davon 18 Jugendbücher), 301 Fantasy-Romanen (24,2 %; davon 71 Jugendbücher), 165 Horror-Romanen (13,2 %; davon 14 Jugendbücher), 128 Anthologien (10,3 %), 62 Sekundärwerken (5,0 %), 82 Storysammlungen (6,6 %), 81 Novelisierungen (6,5 %), 18 Kunstbänden (1,4 %), 29 Sammelbänden (2,3 %) und 72 nicht eindeutig zuzuordnenden Titeln zusammen. Diese Aufteilung unterschied sich teilweise doch nicht unwesentlich von der des Jahres 1990, in dem die 1188 Erstveröffentlichungen aus 308 SF-Romanen (25,9 %; davon 27 Jugendbücher), 253 Fantasy-Romanen (21,3 %; davon 49 Jugendbücher), 177 Horror-Romanen (14,9 %; davon 9 Jugendbücher), 114 Anthologien (9,6 %), 81 Sekundärwerken (6,8 %), 90 Storysammlungen (7,6 %), 73 Romanadaptionen (6,2 %), 37 Kunstbüchern (3,1 %), 20 Sammelbänden (1,7 %) und 35 nicht einzuordnenden Titeln bestanden; die Differenzen sind aber bei weitem nicht so drastisch ausgefallen wie bisweilen in früheren Jahren. Der große Gewinner war diesmal der Fantasy-Roman, der seinen Marktanteil um 2,9 Prozentpunkte verbessern konnte. Ihre Situation ebenfalls verbessern konnten die Anthologien (+0,7 %), Sammelbände (+0,6 %) und Novelisierungen (+0,3 %), während Storysammlungen (—1,0 %), SF-Romane (—1,2 %), Kunstbände (1,7 %), Horror-Romane

(—1,7 %) und Sekundärwerke (—1,8 %) Einbußen hinnehmen mußten. Interessant in diesem Zusammenhang, daß die Anthologien, wie auch schon in den vorangegangenen Jahren, erneut eine Steigerung verzeichneten, also ein Trend deutlich ist, der genau diametral zu dem im deutschen Sprachraum verläuft. Die Novelisierungen bzw. Romanadaptionen — in diese Kategorie fallen nicht nur Adaptionen zu Genre-Kinofilmen, sondern auch Romane zu Comic-Serien, SF- und Fantasy-Spielen, TV-Serien wie »Star Trek« und alle Titel, die unter dem Oberbegriff »Shared World« laufen — blieben erneut ziemlich stabil, mit steigender Tendenz.

Die Verlagsgruppe Putnam/Berkley/Ace setzte sich im Jahre 1991 mit insgesamt 234 veröffentlichten Titeln gemeinsam mit dem zuletzt alleinigen Marktleader Bantam/Doubleday/Dell, der exakt die gleiche Anzahl an Publikationen herausbrachte, an die Spitze der genrepublizierenden Verlage. Für Putnam/Berkeley/Ace, dem Zweitplazierten des Jahres 1990, bedeutete das ein Plus von 20 %, während Bantam/Doubleday/Dell nicht ganz 12 % im Vergleich zum Vorjahr zulegte, zu wenig, um die alleinige Führungsrolle zu behaupten. Wieder ziemlich abgeschlagen rangierte Tor/St. Martin's auf Platz 3; der Marktleader der Jahre 1988 und 1989 hatte 1991 mit 186 Titeln 14 Bände mehr herausgebracht als im Jahr davor. Auf Platz 4 vorstoßen konnte diesmal die neue Verlagsgruppe Random House/Ballantine, die es diesmal auf 168 Veröffentlichungen — also nur 4 mehr als 1990, wo die beiden Verlage noch getrennt agierten — gebracht hat und Penguin U.S.A. mit 115 Titeln (5 weniger als zuletzt) mit ziemlich deutlichem Abstand auf den 5. Rang verwies. Auf Platz 6 rangierte wieder Morrow/Avon mit 101 Titeln (1990: 89; ein Plus von 13 %), und auf den 7. Rang schob sich der Zwölftplazierte des Vorjahres, Simon & Schuster/Pocket, vor, der es bei einer Steigerungsrate von 40 % jetzt auf 70 Publikationen gebracht hat (1990: 50). Platz 8 belegte der Science Fiction Book Club, der einen Rang einbüßte und mit 67 Titel fünf weniger herausbrachte als 1990, vor dem Senkrechtstarter des Jahres 1991, Pulphouse, bei dem die Zahl der Veröffentlichungen von 11 auf 65 förmlich explodierte. Den 10. Platz belegte der Book of the Month Club mit 60 Titeln; 1990 hatte er nur 40 auf den Markt gebracht und seinen Output daher um 50 % gesteigert. Auf Rang 11 plazierte sich HarperCollins mit 53 Bänden, gefolgt von Zebra/Pinnacle mit 52. Auf den weiteren Plätzen folgten Baen (49), Warner/Little, Brown (46), DAW (43), Easton Press (28), TSR (25), Macmillan (24), Carroll & Graf (21) und Leisure (20). Alle übrigen Verlage veröffentlichten 1991 weniger als 20 Titel. Die 1990 Publikationen wurden von insgesamt 170 Verlagen auf den Markt gebracht.

Harcourt Brace Jovanovich wurde um 1.5 Milliarden $ von der General Cinema Corporation übernommen, dem viertgrößten Kinobetreiber der Vereinigten Staaten. Der Verlag war in finanzielle Schwierigkeiten geraten, als er Gelder aufnehmen mußte, um eine Übernahme durch den britischen Medienmogul Robert Maxwell zu verhindern.

Wegen zu geringer Nachfrage eingestellt wurden die Tor Doubles, die Wendebände nach dem Vorbild der klassischen Ace Doubles. Als letzter Band dieser Reihe erschien »Silent Thunder« von Dean Ing & »Universe« von Robert A. Heinlein, trotz Vorankündigung nicht mehr veröffentlicht wurde »The Final Folly of Captain Dancy« von Lawrence Watt-Evans & »Yesterday We Saw the Mermaids« von Esther M. Friesner.

Lester del Rey, Vizepräsident von Ballantine Books und Fantasy-Redakteur der nach ihm benannten Del Rey Books, trat Ende 1991 in den Ruhestand. Sein ursprüngliches Vorhaben, dem Verlag als Berater weiterhin zur Verfügung zu stehen, führte er nicht aus. Zu den Autoren, bei deren Bestseller-Karrieren er Pate stand und an deren Erfolg er nicht unmaßgeblich beteiligt war, gehören u. a. Piers Anthony, Stephen R. Donaldson, Terry Brooks und David Eddings. Ihm zu Ehren wurde die neue Reihe Del Rey Discoveries aus der Taufe gehoben, in der hauptsächlich Romanerstlinge erscheinen sollen, aber auch die zweiten Romane von Autoren, deren Erstlingswerke zuvor bei Del Rey erschienen sind, wobei daran gedacht ist, im Schnitt einen Band pro Monat herauszubringen. Del Rey plant für 1993 darüberhinaus, die Zahl der monatlich erscheinenden Taschenbücher auf vier zu erweitern. Als erste Romane der neuen Reihe Del Rey Discoveries sind »Demon Drums« von Carol Severance, »The Quicksilver Screen« von Don Hildebrandt, »A Plague of Change« von L. Warren Douglas und »The Outskirter's Secret« von Rosemarie Kirstein zur Veröffentlichung vorgesehen.

Der Quality Science Fiction Book Club, vom Book-of-the-Month Club und dem Quality Paperback Book Club als Konkurrenz zum Science Fiction Book Club gegründet, wurde Ende 1991 wieder liquidiert. Als Grund für diese drastische Maßnahme wurde der zu geringe finanzielle Erfolg im gegenwärtig heiß umkämpften Buchmarkt angegeben. Tatsächlich lagen die Preise für die Bücher höher als beim Mitbewerber, der noch dazu über eine größere Auswahlliste verfügte.

Die Verlagsgruppe Putnam/Berkley hat ihr Interesse am Kauf des Verlags Jeremy P. Tarcher bekundet, der bisweilen auch SF-Titel veröffentlicht hat, zuletzt das Sachbuch »The World Beyond the Hill« von Alexei & Cory Panshin.

Die von Jeanne Cavelos betreute Horror-Reihe ABYSS des Verlags Dell wird künftig auch zusätzlich zu einem Taschenbuch pro Monat im Hardcoverbereich aktiv werden. Für den Anfang sind zwei bis drei Bücher pro Jahr geplant. Den Anfang macht »Lost Souls« von Poppy Z. Brite, das Ende 1992 erscheinen wird. Die weiteren Titel stehen gegenwärtig noch nicht fest. Für die Horror-Reihe wurden übrigens zuletzt zwei Romane von Tanith Lee, »Heartbeast« und »Personal Darkness«, sowie das Gemeinschaftswerk »Making Love« von Melanie Tem & Nancy Holder angekauft.

Im Frühjahr 1992 gab Harlequin Enterprises Limited bekannt, daß von ihrer Seite ein Interesse bestünde, Zebra Books zu kaufen. Bei den darauf folgenden Verhandlungen wurden jedoch unüberbrückbare Ansichten deutlich, so daß der Deal schließlich ins Wasser fiel. Zebra bleibt also bis auf weiteres ein privat geführter Verlag.

OMNI plant, die Reihe Omni Books wiederzubeleben. Den Anfang machen sollen zwei Anthologienbände, die zum Teil Geschichten enthalten sollen, die bereits in der vierzehnjährigen Geschichte des Magazins dort veröffentlicht wurden, zum Teil aber auch neues Material. Als Format wurde das Paperback ins Auge gefaßt.

Ein neues Logo wird ab Januar 1993 die SF- und Fantasy-Publikationen des Verlags Baen Books zieren, in dem geschickt ein SF- und Fantasy-Element (Raumschiff und Drache) miteinander kombiniert wurden.

Incunabula nennt sich ein neuer Kleinverlag, der in Seattle beheimatet ist. Er plant sein Debüt für den November 1992 mit einem neuen Roman von Samuel R. Delany, »They Fly at Ciron«. Beim Verlag hofft man, künftig zwei Bände pro Jahr herausbringen zu können.

Einschneidende Reorganisationen fanden beim Kleinverlag Pulphouse statt, die Hand in Hand gingen mit einer drastischen Reduktion der Zahl der Beschäftigten. Nach fünf Jahren oft explosionsartiger Expansion hat man sich dazu entschlossen, etwas zurückzuschrauben. Die meisten der für andere Verlage wie Mirage und Wildside durchgeführten Projekte wurden gestoppt, andere, die bereits eingeplant waren — darunter auch zahlreiche Bände der Edition AUTHOR'S CHOICE MONTHLY — wurden zurückgestellt. Das Format dieser Reihe wurde ebenfalls einer Reorganisation unterzogen, es wird künftig in drei verschiedenen Versionen zu haben sein: als Magazin, als Hardcover und in Leder gebunden — jedoch nicht mehr als Paperback. In den ersten neuen Ausgaben werden u. a. William F. Wu, Suzy McKee Charnas, S. P. Somtow, M. J. Engh, Richard Christian Matheson, Walter Jon Williams, Kristine Kathryn Rusch, Algis Budrys, Jack McDevitt und Joe Haldeman präsentiert. Im Paperbackformat gibt es dann eine neue Reihe, AUTHOR'S CHOICE SPECIAL EDITION, in der vierteljährlich ein neuer Band publiziert werden wird. Den Reigen eröffnen David J. Schow, Dennis Etchinson und Ken Wisman.

Seinen Namen geändert hat die amerikanische Profi-Autorenvereinigung SCIENCE FICTION WRITERS OF AMERICA (SFWA) in SCIENCE FICTION AND FANTASY WRITERS OF AMERICA, kurz SFFWA genannt.

Wie schon in den Jahren davor waren SF-, Fantasy- und Horror-Titel auch 1991/92 wieder in beachtenswerter Anzahl auf den Bestsellerlisten vertreten. Erneut gelang es in diesem Beobachtungszeitraum einigen Autoren des Genres wieder, den 1. Platz zu erobern und bisweilen auch einige Wochen zu halten, so wie das auch in den früheren Jahren der Fall war. Zu den Werken, die es schafften, den Spitzenplatz der diversen Buch- und Taschenbuchlisten zu erringen, gehörten diesmal »Star Wars: Heir to the Empire« von Timothy Zahn, »Secrets of Morning« von V. C. Andrews, »Voice of the Night« und »Hideaway« von Dean R. Koontz, »Four Past Midnight«, »Needful Things« und »The Dark Tower III: The Waste Lands« von Stephen King, »Plains of Passage« von Jean M. Auel, »Jurassic Park« von Michael Crichton und »Griffin & Sabine« von Mick Bantock. Recht gut plazieren konnten sich u.a. »Seeress of Kell« von David Eddings, »The Old Man & Mr. Smith« von Peter Ustinov, »The Stand« von Stephen King, »Skinny Legs and All« von Tom Robbins, »Star Trek 55: Renegade« von Gene DeWeese, »Star Trek Next Generation 17: Boogeyman« von Mel Gilden, »Second Child« von John Saul, »Darkness« von John Saul, »Xenocide« von Orson Scott Card, »The Difference Engine« von William Gibson & Bruce Sterling, »Star Trek 56: Legacy« von Michael Jan Friedman, »Second Sight« von Charles McCarry, »Fire Sea« von Margaret Weis & Tracy Hickman, »The Garden of Rama« von Arthur C. Clarke & Gentry Lee, »Imajica« von Clive Barker, »Star Trek Giant: Prime Directive« von Judith & Garfield Reeves-Stevens, »The Rowan« von Anne McCaffrey, »Star Trek Next

Generation 18: Q-in-Law« von Peter David, »The Doomsday Conspiracy« von Sidney Sheldon, »The Dragon Reborn« von Robert Jordan, »All the Weyrs of Pern« von Anne McCaffrey, »Question Quest« von Piers Anthony, »The Mummy or Ramses the Damned« von Anne Rice, »Star Trek Hardcover: Reunion« von Michael Jan Friedman, »The Sapphire Rose« von David Eddings, »Murther & Walking Spirits« von Robertson Davies, »Star Trek 57: The Rift« von Peter David, »Hocus Pocus« von Kurt Vonnegut, »Star Trek Next Generation Giant: Unification« von Jeri Taylor, »The Witching Hour« von Anne Rice, »Virtual Mode« von Piers Anthony, »The Ruby Knight« von David Eddings, »Cold Fire« von Dean Koontz, »Star Trek Next Generation 19: Perchance to Dream« von Howard Weinstein, »Star Trek VI: The Undiscovered Country« von J. M. Dillard, »Hook« von Terry Brooks, »Phule's Paradise« von Robert Asprin, »Twilight's Child« von V. C. Andrews, »Requiem« von Robert A. Heinlein, »Outside the Dog Museum« von Jonathan Carroll, »Star Trek Next Generation 20: Spartacus« von T. L. Mancour, »The Naked Lunch« von Willam S. Burroughs, »Elf Queen of Shannara« von Terry Brooks, »Star Trek Hardcover: Probe« von Margaret Wander Bonnano, »Druid of Shannara« von Terry Brooks, »Star Trek 58: Faces of Fire« von Michael Jan Friedman, »Star Trek Next Generation 21: Chains of Command« von Bill McKay & Eloise Flood, »Star Trek 59: The Disinherited« von Peter David, Michael Jan Friedman & Robert Greenberger, »The Satanic Verses« von Salmon Rushdie, »The Famished Road« von Ben Okri, »Star Trek Next Generation 22: Imbalance« von V. E. Mitchell, »Alien 3« von Alan Dean Foster und »House of Thunder« von Dean R. Koontz.

Bei der Fantasy, die bei der Zahl der publizierten Titel wieder viel an Terrain gewonnen hat und nur noch ganz knapp hinter der Science Fiction rangierte, dominierten auch 1991 wieder Zyklen und mehrbändige Serien, diesmal allerdings in stärkerem Maße als in den letzten Jahren: hatten 1989 rund 52 Prozent aller Fantasy-Romane einem mehrbändigen Zyklus angehört und war ihr Anteil 1990 sogar auf 50 % gesunken, so waren diesmal rund 62 % aller Fantasy-Bände Bestandteil einer Serie. Zu vielen bereits bekannten Serien und Zyklen erschienen Fortsetzungsbände, einige wurden abgeschlossen, mehr noch wurden neu gestartet. Auch das Konzept der Gemeinschafts-Serien, der »Shared Worlds«, wurde vielfach und gerne verwendet und erfreute sich großer Beliebtheit, auch wenn gerade besonders hier eine gewisse Stagnation festgestellt werden mußte. Wenn auch der Sprung in die vorderen Plätze der Bestsellerlisten nicht mehr gelang, so waren die Romanadaptionen zum TSR-Fantasy-Spiel DRAGONLANCE auch weiterhin richtiggehende Renner; zuletzt kamen zu diesem Themenkreis »Dark Heart« von Tina Danielli, »The Oath and the Measure« von Michael Williams, »Steel and Stone« von Ellen Porath sowie die Anthologien »The Reign of Ishtar«, »The Cataclysm« und »The War of the Lance« heraus +++ Nicht minder erfolgreich auch die Romane zu einem anderen TSR-Spiel, nämlich FORGOTTEN REALMS, wie »Pools of Darkness« von James M. Ward & Anne B. Brown, »Prophet of Moonshae« und »The Coral Kingdom« von Douglas Niles, »In Sylvan Shadows«, »Night Masks« und »The Legacy« von R. A. Salvatore und »The Ring of Winter« von James Lowder +++ Der Erfolg dieser beiden Serien führte Ende 1991 zum Start der neuen Serie DARK SUN (»The Verdant Passage«, »The Crimson Legion« und »The Amber Enchantress«, alle von Troy Denning), und dazu, daß für Ende 1992 der Start einer weiteren, DUNGEONS & DRAGONS, angekündigt wurde, deren erster Titel »The Tainted Sword« von D. J. Watry sein wird +++ Eine Mixtur aus Fantasy und Science Fiction hingegen bietet die TSR-Romanserie SPELLJAMMER, in der zuletzt »Maelstrom's Eye« von Roger Moore und »The Radiant Dragon« von Elaine Cunningham erschienen sind +++ Ebenfalls auf einem überaus erfolgreichen Spiel, in dem die Elemente der verschiedenen Genres gut miteinander verquickt sind, basiert die Serie SHADOWRUN; zuletzt gab es die Romane »2XS« von Nigel Findley (Band 4), »Changeling« von Chris Kubasik (Band 5) und »Never Trust an Elf« von Robert N. Charrette (Band 6) +++ Die CONAN-Serie wurde mit »Conan the Relentless« von Roland J. Green und »Conan the Savage« von Leonard Carpenter weitergeführt +++ Marion Zimmer Bradley veröffentlichte zusammen mit den »Friends of Darkover« eine neue Anthologie um die Welt der Roten Sonne, »Leroni of Darkover«, eine weitere befindet sich unter dem Titel »Towers of Darkover« in Vorbereitung; Mercedes Lackey hat mittlerweile mit DAW einen Vertrag über die Weiterführung der Serie mit M. Z. Bradley unterzeichnet, der erste neue Band, »Rediscovery«, wird 1993 herauskommen +++ Piers Anthony setzte seine XANTH-Serie mit Band 15, »The Colors of Her Panties«, fort, Band 16 befindet sich unter dem Titel »Demons Don't Dream« in Vorbereitung +++ David Eddings hat zwar die Trilogie THE ELENIUM mit »The Sapphire Rose« abgeschlossen, mit »Dome of Fire« aber die neue TAMULI-Serie gestartet +++ Im WARLOCK-Zyklus von Christopher Stasheff ist zuletzt Band 12, »Warlock and Son«, erschienen; damit dürfte die Serie ihr Ende gefunden haben +++ John DeChancie führte seine humorvolle CASTLE-Serie mit »Castle Dreams« (Band 6) fort +++ Das Bestseller-Autorenpaar Margaret Weis & Tracy Hickman veröffentlichte mit »Serpent Mage« einen weiteren — den insgesamt vierten — Band des DEATH GATE-Zyklus +++ Diana L. Paxson brachte den aus sieben Romanen bestehenden WESTRIA-Zyklus mit »The Jewel of Fire« zum Abschluß +++ Zu einem langjährigen Publikumserfolg hat sich zweifellos Andre Nortons WITCH WORLD gemausert; nach diversen Anthologien, in denen zahlreiche renommierte Autoren ihren Beitrag zur Serie leisteten, und dem gemeinsam mit P. M. Griffin verfaßten Roman »Storms of Victory« folgte zuletzt der gemeinsam mit A. C. Crispin geschriebene »Songsmith« +++ Die von Raymond Feist und Janny Wurtz gestaltete EMPIRE-Trilogie, die im gleichen Universum spielt wie Feists exzellente RIFTWAR-Trilogie, wurde nach »Daughter of the Empire« und »Servant of the Empire« mit »Mistress of the Empire« abgeschlossen +++ In Simon Hawkes WIZARD-Serie ist als letzter Titel »The Wizard of Santa Fe« erschienen; der Autor hat mit »The Reluctant Sorcerer« eine neue humorvolle Serie gestartet +++ Robert Jordan setzte seine Fantasy-Serie THE WHEEL OF TIME mit Band 4,

»The Shadow Rising«, im Herbst 1992 fort +++ Terry Brooks veröffentlichte mit »The Elf Queen of Shannara« den 3. Band des Zyklus THE HERITAGE OF SHANNARA und den 6. Roman des Zyklus insgesamt +++ »A Time of Exile« war der insgesamt 5. Band des DEVERRY-Zyklus und der erste Band des neuen Subzyklus THE WESTLANDS CYCLE, daran folgte im Sommer 1992 »A Time of Omens« +++ Nach Abschluß der DRAGON PRINCE-Trilogie startete Melanie Rawn mit »Stronghold« die neue DRAGON STAR-Trilogie, die eine direkte Fortsetzung darstellt; Band 2 kam unter dem Titel »The Dragon Token« heraus +++ Zumindest vorläufig ihren Abschluß fand Roger Zelaznys AMBER-Zyklus mit dem 10. Band, »Prince of Chaos« +++ »The Phoenix Guards« von Stephen Brust spielt im gleichen Universum wie die Romane der VLAD TALTOS-Serie, die bislang aus »Phoenix«, »Jhereg«, »Yendi«, »Taltos« und »Teckla« besteht +++ Zuerst als Beitrag im Programmbuch der World Fantasy Convention 1990 enthalten, wurde L. Sprague de Camps Erzählung »Sir Harold and the Gnome King«, die zum HAROLD SHEA-Zyklus gehört, später nur in einer limitierten Sonderausgabe auf den Markt gebracht. Mittlerweile haben de Camp und Christopher Stasheff ein Team gebildet, um neue Abenteuer um HAROLD SHEA zu verfassen; das erste davon liegt mit »The Enchanter Reborn« bereits vor +++ Nach mehrjähriger Pause setzte Diane Duane ihren Zylus THE TALE OF THE FIVE mit dem 3. Roman, »The Door into Sunset« fort +++ Piers Anthony & Robert E. Margroff schlossen ihren Fantasy-Fünfteiler um die SAGA OF KELVIN OF RUD, die mit »Dragon's Gold«, »Serpent's Silver« und »Chimera's Copper« begonnen und mit »Orc's Opal« weitergeführt worden war, im Sommer 1992 mit »Mouvar's Magic« ab +++ Mittlerweile komplett vor liegt Dave Duncans Tetralogie A MAN OF HIS WORD; der letzte Band trug den Titel »Emperor and Clown«. Im September 1992 startete mit »The Cutting Edge« der Fortsetzungs-Zyklus A HANDFUL OF MEN +++ In der Welt ihrer SOUL DRINKER-Trilogie spielt auch Jo Claytons neue Serie WILD MAGIC, in der bereits Band 2, »Wildfire«, erschienen ist +++ Stephen R. Lawhead, der Autor des PENDRA-

GON CYCLE, ist auch der Verfasser der DRAGON KING-Trilogie, in der bislang die ersten beiden Titel, »In the Hall of the Dragon King« und »The Warlords of Nin« publiziert wurden; Band 3, »The Sword and the Flame«, folgt im Herbst 92 +++ Der siebente Band der Serie THE BOOKS OF LOST SWORDS von Fred Saberhagen kam unter dem Titel »Wayfinder's Story« auf den Markt +++ Am Anfang stand ein Gemeinschaftswerk, an dem drei große Damen der Fantasy beteiligt waren: »Black Trillium«. Nun hat jede von ihnen begonnen, ihre individuelle Fortsetzung dazu zu veröffentlichen: Julian May hat »Blood Trillium« fertiggestellt und »Sky Trillium« verkauft, Andre Norton hat »Timeless Trillium« bereits abgeliefert, und Marion Zimmer Bradley schreibt an ihrem eigenständigen TRILLIUM-Roman +++ Neu gestartet wurde das Shared World-Projekt THE CRAFTERS, konzipiert von Christopher Stasheff & Bill Fawcett, von dem bislang zwei Bände vorliegen; zu den Autoren, die daran mitschreiben, gehören u. a. Christopher Stasheff, Katherine Kurtz, Morgan Llywellin und Ru Emerson.

Auch bei der Science Fiction gab es 1991 wieder einen überaus deutlichen Trend zu Serien und Zyklen. Der Anteil von Romanen, die zu solchen gehörten oder in bereits bekannter Umgebung handelten, lag bei 53 % und fiel damit nur geringfügig niedriger als im Vorjahr und im gleichen Jahr bei der Fantasy aus. Diese Zahlen betrafen aber, wie auch bei der Fantasy, nur die Romane, die für eine erwachsene Leserschaft gedacht waren, die Jugendbücher blieben dabei unberücksichtigt. Der Trend der letzten Jahre zum Weltraumabenteuer, zu actionbetonten Reißern und zur Space Opera moderneren Zuschnitts blieb konstant, und Roman-Serien, die sich mit dem Überleben nach einer Katastrophe beschäftigten, erfreuten sich auch 1991 wieder ungebrochener Beliebtheit. Ebenfalls recht zahlreich vertreten waren die Anthologien- und Roman-Zyklen, die Kriege in der näheren und ferneren Zukunft zum Thema hatten und die unter dem Oberbegriff »military sf« rangierten. Am erfolgreichsten von allen SF-Serien war, wie könnte es auch anders sein, erneut die bei Pokket Books erscheinende STAR TREK-Serie, von der es wieder fast jeder einzelne Titel schaffte, auf den Bestsellerlisten zu landen. Bislang sind, die Sonderbände und Hardcover mit eingerechnet, in der klassischen Serie (mit der alten Crew um Kirk, Spock und Pille) bereits über 60 Bände erschienen, zuletzt »The Rift« von Peter David (57), »Star Trek VI: The Undiscovered Country« von J. M. Dillard, »Faces of Fire« von Michael Jan Friedman (58), »Probe« von Margaret Wander Bonnano (Hardcover), »The Disinherited« von Peter David, Michael Jan Friedman & Robert Greenberger (59), »Ice Trap« von L. A. Graf (60) und »Sanctuary« von John Vornholt (61). In der Schwesterreihe STAR TREK — THE NEXT GENERATION, die alternierend mit der klassischen STAR TREK-Serie im Zwei-Monats-Rhythmus herauskommt und die Abenteuer der Crew um Picard, Riker, Data, Worf, Counselor Troy und all die anderen sympathischen Leute von der neuen ENTERPRISE präsentiert, kamen jüngst »Unification« von Jeri Taylor (Sonderband), »Reunion« von Michael Jan Friedman (Hardcover und Sonderband), »Spartacus« von T. L. Mancour (20), »Chains of Command« von Bill McCay & Eloise Flood (21), »Imbalance« von V. E. Mitchell (22), »Imazadi« von Peter David (Hardcover), »War Drums« von John Vornholt (23) und »Night Shades« von Laurell K. Hamilton (24) heraus. Bantam Spectra veröffentlichte darüber hinaus die von James Blish und J. A. Lawrence adaptierten TV-Episoden nochmals, diesmal in drei Bänden und in der Reihenfolge der Ausstrahlung, wobei jeder der Wälzer eine Season enthielt +++ Zu einem Bestseller wurde auch Timothy Zahns erster Roman einer neuen STAR WARS-Trilogie, die fünf Jahre nach den Geschehnissen in »Die Rückkehr der Jedi-Ritter« spielt. Mittlerweile ist nach »Heir of the Empire« auch der Mittelband der projektierten Trilogie, »Dark Force Rising«, erschienen, der Abschlußband »The Last Command« wird 1993 folgen. Der unerwartet große Erfolg dieses STAR WARS-Revivals hat zu einem wahren Boom an neuen Titeln zur Serie geführt, die dieser Tage veröffentlicht wurden bzw. in den nächsten Monaten auf den Markt kommen werden, darunter eine Trilogie aus der Feder von Kevin J. Anderson, die in sich abgeschlossenen

Romane »Truce at Bakura« von Kathy Tyers und »Heart of the Jedi« von Kenneth C. Flint und die aus den Einzeltiteln »The Glove of Darth Vader«, »The Lost City of the Jedi« und »Zorba the Hutt's Revenge« bestehende Jugendbuch-Trilogie von Paul Davids & Hollace Davids +++ Weitergeführt wurde auch die neue BUCK ROGERS-Serie, zuletzt mit »Master Pirate« und »The Genesis Web« von C. M. Brennan, sowie »Nomads of the Sky« von Wallace H. Keith +++ Hochkonjunktur herrschte erneut bei den Post-Doomsday-Serien: C.A.D.S. von John Sievert hat es auf bislang 12 Bände gebracht, THE SURVIVALIST von Jerry Ahern auf 25 Titel (einschließlich eines voluminösen Sonderbandes), auf 5 bzw. 6 Bände angewachsen sind TANKWAR von Larry Steelbaugh und OMEGA SUB von J. D. Cameron, während von DEATHLANDS von James Axler schon 16 Titel aufliegen. WINGMAN von Mack Maloney hat es hingegen schon auf neun Romane gebracht. Eingestellt wurden mittlerweile THE GUARDIANS von Richard Austin nach 16 Bänden, ENDWORLD und BLADE von David Robbins mit Band 27 bzw. 13, die MARAUDERS-Serie von Michael McGann nach sieben Veröffentlichungen und OVERLOAD von Bob Ham mit Band 12. David Robbins' ENDWORLD wurde mit den ersten Bänden neu gestartet, und von BLADE gab es einen Sammelband mit den ersten Abenteuern. Zügig weitergeführt wurde auch der Reprint von Barry Sadlers Saga um den unsterblichen Söldner CASCA; von den insgesamt 22 Bänden, die vor dem Tod des Autors erschienen sind, liegen zu Jahresende bereits 17 in Neuauflage vor +++ Doch die Lücken, die durch die Einstellungen entstanden, wurden durch neue Serien aufgefüllt. Gestartet wurden u. a. AFRIKORPS von Bill Dolan (3 Titel) und MUTANTS AMOK von Mark Grant (5 Bände) +++ Der Übergang zu den Serien mit militaristischen Thematiken verlief dabei oftmals sehr fließend. Zu diesen gehörten WARBOTS von Harry Stine (Band 11: »Warrior Shield«), NORTHWORLD von David Drake (Band 3: »Justice«), die in Larry Nivens KNOWN SPACE handelnde Anthologienreihe MANKZIN WARS (zuletzt Band 5 mit Beiträgen von Jerry Pournelle, S. M. Stirling und Thomas T. Thomas), STAR COMMAN-

DOS von P. M. Griffin (Band 9: »Call to Arms«), TRACKER von Ron Stillman (bislang sieben Titel, zuletzt »Black Phantom«, »Firekill«, »Death Hunt« und »Shock Treatment«), die von S. M. Stirling & David Drake konzipierte Serie THE GENERAL (zuletzt Band 2, »The Hammer«), STAR CRUISER SHENANDOA von Roland J. Green mit Band 4, »Vain Command«, und TIME WARRIORS von David North (bislang 3 Bände, zuletzt »The Guardian Strikes«). Neu gestartet wurden u.a. THE FIFTH FOREIGN LEGION von Andrew Keith & William H. Keith jr. mit »March Or Die« und »Honor and Fidelity«, THE LOST REGIMENT von William R. Forstchen (bislang 3 Bände: »Rally Cry!«, »Union Forever« und »Terrible Swift Sword«) und die Shared-World-Serie BATTLESTATION, entwickelt und herausgegeben von David Drake & Bill Fawcett (mit Stories von David Drake, S. N. Lewitt, Janet Morris, Steve Perry, Mike Resnick, Christopher Stasheff u.a.). Zu den besten SF-Kriegsserien gehören die Romane zum erfolgreichen BATTLETECH-Spiel. Zuletzt sind in dieser Serie »Falcon Guard« von Robert Thurston, »Wolf Pack« von Robert N. Charrette, »Natural Selection« von Michael A. Stackpole herausgekommen. Das alles ist aber nur ein Auszug aus dem reichen Angebot, das die US-Szene an dieser Art von SF zu bieten hat +++ Margaret Weis, durch ihre Kollaborationen mit Tracy Hickman im Fantasy-Genre zu einem Begriff geworden, schloß ihre solo verfaßte SF-Trilogie STAR OF THE GUARDIANS mit »King's Sacrifice« ab +++ Die von C. J. Cherryh nach ihrem Roman »Angel with the Sword« gestaltete Shared Worlds-Serie MEROVINGEN NIGHTS wurde mit dem 7. Band, »Endgame«, abgeschlossen +++ Kenneth Robesons Pulp-Klassiker DOC SAVAGE ist unverwüstlich. Nach dem Reprint aller alten Abenteuer erscheinen laufend neue, zuletzt »White Eyes«, »The Frightened Fish« und »The Jade Ogre«, alle von Will Murray unter dem bekannten Robeson-Pseudonym herausgebracht +++ Auch INDIANA JONES gehört mittlerweile schon zu den unsterblichen Kultfiguren. In Lizenz schreibt Rob McGregor laufend neue Abenteuer um den Peitschenschwinger, wie »Indiana Jones and the Genesis Deluge«, »Indiana Jones and the Unicorn's Legacy« und »Indiana Jones and the Interior World« sind schon die Bände 4 bis 6 dieser Serie. Inspiriert durch die leider nicht erfolgreiche TV-Serie THE YOUNG INDIANA JONES CHRONICLES wurden zwei Romanreihen gestartet, von denen eine Adaptionen der TV-Episoden bringt, und die zweite neue Abenteuer des jungen Indiana Jones. In der ersten sind bereits erschienen bzw. angekündigt: »The Mummy's Curse«, »Field of Death«, »Safari Sleuth«, »The Secret Peace«, »Trek of Doom« und »Revolution!«, und in der zweiten YOUNG INDIANA JONES AND THE ... »Plantation Treasure«, »Tomb of Terror«, »Circle of Death«, »Secret City«, »Princess of Peril«, »Gypsy Revenge«, »Ghostly Riders« und »Curse of the Ruby Cross« +++ Zu den erfolgreichsten Shared Worlds-Projekten gehört schon seit Jahren die von George R. R. Martin konzipierte und herausgegebene WILD CARDS-Serie, von der jetzt mit Band 10 der erste Roman des Zyklus, »Double Solitaire« von Melinda M. Snodgrass, vorliegt; für Ende 1992 ist Band 11, »Dealer's Choice«, angekündigt +++ In der von Harry Harrison geschaffenen und mitgeschriebenen Serie BILL, THE GALACTIC HERO ist jetzt der gemeinsam mit David Harris verfaßte sechste und letzte Band, »The Final Incoherent Adventure«, vorgelegt worden +++ Ebenfalls abgeschlossen wurde ROBERT SILVERBERG'S TIME TOURS mit den Bänden 5 (»The Pirate Paradox« von Greg Cox & Nick Baron) und 6 (»Caesar's Time Legions« von Jeremy Kingston) +++ Mit Band 3 abgeschlossen wurde nach dem Tod seines Schöpfers die von Martin H. Greenberg herausgegebene Shared World-Anthologienserie ISAAC'S UNIVERSE; »Unnatural Diplomacy« enthielt u. a. eine Einführung von Robert Silverberg und Stories von Hal Clement, Janet Kagan, Lawrence Watt-Evans, Harry Turtledove und George Alec Effinger +++ Wiederbelebt wurde die klassische SF-Jugendbuch-Serie TOM SWIFT, die neuen Romane stammen aus der Feder von Victor Appleton; bislang sind 9 Bände erschienen, zuletzt »The DNA Desaster«, »Monster Machine«, »Aquatech Warriors«, »Microbots« und »Fire Biker« +++ Auf einem Konzept von Daniel M. Pinkwater beruht die humorvolle SF-Serie THE WORLD OF DANIEL PINKWATER; die Autoren der ersten drei Titel waren David Bischoff (»Night of the Living Shark!«), Deborah Doyle (»Night of the Living Rat!«) und Richard A. Lupoff (»Night of the Living Gator!«) +++ Weitere Informationen über kürzere Zyklen, Fortsetzungen zu früheren Romanen und Reihen, sowie neue Serien-Projekte, sowohl was die Science Fiction, als auch die anderen Bereiche des Genres betrifft, finden sich im Abschnitt AUTOREN UND PROJEKTE.

Zwar war auch 1991 das Horror-Genre, im Gegensatz zu Fantasy und Science Fiction, erneut wieder eine Domäne der abgeschlossenen Einzeltitel, die Zahl der Bände, die zu einem Zyklus oder einer Serie gehörten, stieg aber rapide an. Zwar lag der Anteil der Fortsetzungsbände nur bei rund 22 Prozent, fiel also im Vergleich zu den anderen Genres relativ bescheiden aus, er war aber signifikant und deutete ganz eindeutig darauf hin, daß sich die Serienmanie schön langsam auch beim Horror breitzumachen beginnt und zu befürchten ist, daß, wenn der Trend weiter so anhält, bald auch das Bild dieses Genres von Serien beherrscht wird. Aber, wie gesagt, noch war es nicht so weit, noch stellten sie die Minderheit dar. Zu diesen Noch-Ausnahmen gehörte auch die DIANA TREGARDE-Serie von Mercedes Lackey, in der mit »Jinx High« der dritte okkulte Thriller um die Hexe gleichen Namens erschienen ist +++ Weitergeführt und zumindest vorläufig abgeschlossen wurden von P. N. Elrod THE VAMPIRE FILES mit Band 6, »Blood on the Water« +++ Apropos Vampire: L. J. Smith startete die Jugendbuch-Serie THE VAMPIRE DIARIES, in deren Mittelpunkt ein junges Mädchen steht; bislang hier erschienen sind »The Awakening«, »The Struggle« und »The Fury« +++ Brian Lumley setzte seinen Vampir-Zyklus NECROSCOPE mit Band 5 (»Deadspawn«) und 6 (»Blood Brothers«) fort +++ PHANTOM VALLEY ist eine Jugendbuchserie, verfaßt von Lynn Beach, die sich mit verschiedenen Standardelementen des Genres auseinandersetzt. Bis Ende 1992 sind die lose zusammenhängenden Einzeltitel »H.O.W.L. High«, »The Evil One«, »The Dark«, »Scream of the Cat«, »Stranger in the Mirror«, »The Spell« und

»Dead Man's Secret« erschienen +++ Auf dem Spiel DARK CONSPIRACY beruht auch die Romanserie gleichen Namens, die von Michael A. Stackpole geschrieben wurde: »A Gathering of Evil« und »Evil Ascending« liegen davon vor +++ Weitergeführt wurde auch die TSR-Serie RAVENLOFT, und zwar mit »Knight of the Black Rose« von James Lowder und »Dance of the Dead« von Christie Golden; für Jahresende 1992 ist noch »Heart of Midnight« von J. Robert King vorgesehen +++ Der elfte MONGO-Roman von George C. Chesbro ist erschienen: »Dark Chant in a Crimson Key« +++ Um einen Teenager mit übersinnlichen Fähigkeiten geht es in der Serie THE POWER von Jesse Harris: »The Possession«, »The Witness«, »The Fear Experiment«, »The Diary«, »Aidan's Fate« und »The Catacombs« liegen als erste Titel auf +++ Unter dem Pseudonym Lionel Fenn veröffentlicht Charles L. Grant die Horror-Serie KENT MONTANA, als Bände 3 und 4 sind zuletzt »Kent Montana and the Once and Future Thing« und »The Mark of the Moderately Vicious Vampire« auf den Markt gekommen +++ Zu den interessantesten Werken Fred Saberhagens gehört sein Zyklus um den legendären Vampir DRACULA, der jetzt mit »A Matter of Taste« um einen Roman erweitert wurde. Ihm gehören darüber hinaus noch »The Dracula Tapes«, »The Holmes-Dracula File«, »Thorn«, »Dominion« und »An Old Friend of the Family« an.

Anthologien erfreuen sich schon traditionell in den USA größter Beliebtheit, und hier vor allem Themen-Anthologien und Anthologien-Serien einschließlich der Shared World-Projekte. Aus der Fülle des Angebots wären von den zuletzt erschienenen vor allem die von Isaac Asimov & Martin H. Greenberg zusammengestellten Jahres-Anthologien-Bände »The Great SF Stories« (wurden mit Band 25 bzw. 1963 zum Abschluß gebracht), »Once Upon a Time«, hrsg. von Lester del Rey & Risa Kessler (Fantasy-Märchen), Marion Zimmer Bradley »Sword & Sorceress IX«, »Fantastic Chicago«, hrsg. von Martin H. Greenberg, die Alternativwelt-Titel »What Might Have Been 3: Alternate Wars« (hrsg. von Gregory Benford & Martin H. Greenberg) und »Alternate Kennedys« (hrsg.

von Mike Resnick), »The Bradbury Chronicles«, hrsg. von William F. Nolan & Martin H. Greenberg, »After the King«, hrsg. von Martin H. Greenberg (Hommage an Tolkiens »Lord of the Ring«), »Horse Fantastic« und »Dragon Fantastic«, beide hrsg. von Rosalind M. Greenberg & Martin H. Greenberg, »A Fabulous Formless Darkness«, hrsg. von David Hartwell, sowie »The Ultimate Dracula«, »The Ultimate Werewolf« und »The Ultimate Frankenstein«, alle drei von Byron Preiss und Kollegen zusammengestellt, besonders zu erwähnen.

Bei den Vorschüssen und Honorarzahlungen gab es auch in diesem Jahr keinen neuen Rekord zu vermelden, was aber nicht überrascht, wenn man bedenkt, daß rund 35 Millionen $, die Stephen King für vier Titel zuletzt einkassierte, überboten werden müßten. Obwohl es wieder einigen Autorinnen und Autoren gelang, ein größeres Stück vom Kuchen zu ergattern und Honorare einzuheimsen, von denen ihre deutschen und auch alle übrigen europäischen Kolleginnen und Kollegen nicht einmal träumen können, kam keiner von ihnen auch nur annähernd an diese Rekordmarke heran, und es war erneut einzig und allein Stephen King, der es überhaupt schaffte, für einen Einzelroman oder ein Paket eine achtstellige Summe — wie zuletzt Jean M. Auel für die letzten drei Bände ihres AYLA-Zyklus — herauszuschlagen: Für den Roman »Gerald's Game«, der noch vor dem vierten und letzten Band aus seinem vorherigen Vertrag (»Dolores Claiborne«) erscheinen wird und den er schrieb, weil er das Gefühl hatte, er würde eine Themenbrücke zwischen dem zuletzt verfaßten Roman »Needful Things« und »Dolores Claiborne« benötigen, erhielt der König des Horrors gerüchteweise 10 Millionen $ als Vorschuß. Und nur mehr zweien gelang es — im Vorjahr waren es noch drei gewesen —, siebenstellige Abschlüsse zu tätigen: David Eddings heimste für seine neue TEMULI-Trilogie von Del Rey eine nicht näher spezifizierte siebenstellige Summe in mittlerer Größenordnung ein, während es Tor Books eine Million $ wert war, die Rechte an den Bänden 16 bis 19 von Piers Anthonys XANTH-Serie — sie tragen die Titel »Demons Don't Dream«, »Harpy Thyme«, »Geis of the Gargoyle« und »Roc and a Hard Place« — zu erwerben +++ Für zwei neue Romane bekam Dan Simmons einen Vorschuß in sechsstelliger Höhe, und die Taschenbuchrechte für »Children of the Night« brachten ihm nochmals 385 000 $ ein +++ Im Rahmen einer Auktion verkaufte Roger Zelazny eine neue Fantasy-Trilogie für einen sechsstelligen Vorschuß an Avon +++ Ebenfalls einen sechstelligen Vorschuß, allerdings in Pfund Sterling, erhielten Larry Niven & Jerry Pournelle für die britischen Rechte an der Fortsetzung ihres Bestsellers »The Mote in God's Eye«, der in Großbritannien unter dem ursprünglich geplanten Titel »The Moat Around Murchinson's Eye« veröffentlicht werden wird +++ Für die Buch- und Taschenbuchrechte an »Ghost Hunter«, einem Mainstream-Roman mit SF-Elementen, erhielt Will Baker 150 000 $ +++ Drei Horror-Romane verkaufte Melanie Tem für einen fünfstelligen Vorschuß an Dell, wo sie in der Reihe Abyss erscheinen werden +++ Mickey Reichert Zukkers RENSHAI-Trilogie wird auch in England erscheinen; Orion Books hat ihr für die britischen Veröffentlichungsrechte einen fünfstelligen Vorschuß bezahlt +++ Ebenfalls einen fünfstelligen Vorschuß erhielt Mercedes Lackey für zwei weitere Romane ihrer BARDIC VOICES-Serie, »The Kestrel and the Robin« und »The Eagle and the Nightingale«, und eine Summe in gleicher Größenordnung für einen Mainstream-Roman mit Horror-Elementen, »Sacred Ground« +++ 20 000 $ erhielten sowohl George Zebrowski & Charles Pellegrino als auch Kate Wilhelm — das Duo für den Roman »The Killing Star« und Kate Wilhelm für die Nachdruckrechte an ihrem SF-Krimi »Death Qualified«. Alles in allem fielen die Vorschüsse sowohl in Summe, als auch in der Zahl derjenigen, die von ihnen profitieren konnten, deutlich niedriger aus als in den Jahren zuvor.

Im einzelnen ist von Autoren, ihren jüngsten Veröffentlichungen und geplanten Projekten folgendes zu berichten (in alphabetischer Reihenfolge):

In Britannia, der Welt des Computerspiels ULTIMA, handelt THE ULTIMA SAGA von Lynn Abbey, deren erste Titel »The Forge of Virtue« und »The Temper of Wisdom« waren.

Forrest J. Ackerman mußte sich einer Prostata-Operation unterziehen, hat sich aber von dem Eingriff bereits wieder gut erholt.

Von Lloyd Alexander zuletzt erschienen sind das Fantasy-Jugendbuch »The Remarkable Journey of Prince Jen«, der Sammelband »The Prydain Chronicles« (mit allen fünf TARAN-Romanen und der Collection »The Foundling and Other Tales of Prydain«) und der fünfte Band der Alternativwelt-Serie um VESPER HOLLY, »The Philadelphia Adventure«.

Klassische SF-Stories präsentierte Poul Anderson in der Collection »Kinship with the Stars«, während der Sammler »The Time Patrol« mit Ausnahme des allerletzten Romans der Serie, »The Shield of Time«, alle sonstigen Romane und Stories um die TIME PATROL und zusätzlich einen Kurzroman in Erstveröffentlichung (»Star of the Sea«) in sich vereinigte. Acht Fantasy-Stories bildeten den Inhalt der Sammlung »The Armies of Elfland«. Seinen neuen umfangreichen SF-Roman »Demeter and the Fireball« hat er bei Tor abgeliefert.

Piers Anthony ist in erster Linie mit seinen zahlreichen Serien bekanntgeworden, zuletzt startete er den MODE-Zyklus mit »Virtual Mode« und »Fractal Mode«. Aber auch außerhalb seiner verschiedenen Serien und Zyklen war Piers Anthony in der letzten Zeit wieder überaus aktiv. Zu den abgeschlossenen Titeln, die aus seiner Feder veröffentlicht wurden, gehörten »Mer-Cycle« und »Tatham Mound«, und mit Mercedes Lackey schrieb er den Fantasy-Roman »If I Pay Thee Not in Gold«.

Isaac Asimovs Tod hat einige geplante Projekte abrupt zum Stillstand gebracht. Nicht davon betroffen sind der ursprünglich schon für Ende 1991 eingeplante letzte FOUNDATION-Band, »Forward the Foundation«, und die Romanfassungen seiner Geschichten »The Ugly Little Boy« und »The Positronic Man«, die Robert Silverberg durchführte und die im Herbst 1992 erscheinen sollen.

Captain Phule und die Omega Company sind zurück — in

»Phule's Paradise«, dem zweiten Band der humorvollen SF-Serie von Robert Asprin.

Mit »Kingdom of the Grail« legte A. A. Attanasio einen historischen Roman mit Elementen der Artus-Sage vor.

Als neues Talent gefeiert wird Bill Baxter, dessen Erstling den Titel »Raft« trug. Mittlerweile hat er drei weitere XEELEE-Titel an HarperCollins verkauft: »Timelike Infinity«, »The Tyranny of Heaven« und »Baryonic Lords«.

Komplett überarbeitet hat Greg Bear sein Frühwerk »Strength of Stones«. Sein in Vorbereitung befindlicher Roman »Moving Mars« hat den gleichen Handlungshintergrund wie »Heads« und »Queen of Angels«. Erschienen sind der Roman »Anvil of Stars«, die Fortsetzung von »The Forge of God«, und die Storysammlung »The Venging«, die neben den Erzählungen aus der früheren Collection »The Wind from a Burning Woman« zwei weitere überarbeitete Texte und ein Vorwort enthält, das die gemeinsame Zukunftswelt verschiedener Romane und Stories deutlich macht.

Gregory Benford verkaufte einen fünften GALACTIC CENTER-Roman, einen Alternativwelt-Roman und eine Storysammlung an Bantam.

1959 geschrieben, ist er mehr als drei Jahrzehnte lang unveröffentlicht geblieben — jetzt wurde er endlich der Leserschaft präsentiert: der psychologische Thriller »Tender Loving Rage« aus der Feder von Alfred Bester.

James Blaylock brachte den phantastischen Roman »Night Relic« bei Ace unter. Von ihm ist zuletzt »Lord Kelvin's Machine« erschienen, eine Hommagge an H. G. Wells und zugleich eine Fortsetzung von »Homunculus«.

Mit »Count Geiger's Blues« hat Michael Bishop einen neuen Roman vorgelegt, der von der Kritik als sein bester angesehen wird.

Ben Bova verkaufte einen Alternativwelt-Roman über den 2. Weltkrieg, »Triumph«, an Tor und hat dort »Empire Builders«, eine Fortsetzung von »Privateers«, abgeliefert. Zuletzt erschienen sind die SF-Romane »Mars« und »The Trikon Deception«, letzterer in Kollaboration mit dem früheren Astronauten William Pogue verfaßt.

24 Essays, die zum Teil irgendwie mit der SF im Zusammenhang stehen, präsentierte Ray Bradbury in »Yestermorrow: Obvious Answers to Impossible Futures«.

Im alten Ägypten spielt das Fantasy-Jugendbuch »The Dragon and the Thief« von Gillian Bradshaw.

Terry Brooks verfaßte den Roman zum Spielberg-Film »Hook«; es war die Erwachsenen-Version. Die Kinderbuch-Adaption führte Geary Gravel durch.

Algis Budrys hat die überarbeitete Version von »Hard Landing« bei Warner abgeliefert.

Die mehrfache Nebula-Preisträgerin Lois McMaster Bujold veröffentlichte zuletzt den SF-Roman »Barrayar«, Teil ihrer MILES VORKOSIGAN-Serie, und ihren ersten Fantasy-Roman »The Spirit Ring«.

Zwei Romane, »Parasites« und »Rites«, sowie die Storysammlung »Patterns« verkaufte Pat Cadigan an Tor. Sie hat den Roman »Fools«, der in der gleichen Welt wie »Mindplayers« spielt, aber keine Fortsetzung dazu ist, an Bantam abgeliefert.

Elf Horror-Geschichten und eine Einleitung des Autors präsentierte »Waking Nightmares« von Ramsey Campbell. Der bekannte Autor hat mit »The Count of Eleven« auch einen Roman um einen Serienmörder veröffentlicht.

Orson Scott Card hat eine neue Trilogie, HOMECOMING, an Tor verkauft, die aus den Bänden »The Memory of Earth«, »The Call of Earth« und »The Ships of Earth« besteht. Elf seiner Geschichten wurden in »The Changed Man« gesammelt. Neben dem ersten Band von HOMECOMING sind zuletzt von ihm der Roman »Lost Boys« und die Collection »Flux: Tales of Human Futures« veröffentlicht worden.

Neu von Jeffrey A. Carver, dem Autor der Romane »The Infinity Link« und »The Rapture Effect«, ist »Dragons in the Stars« herausgekommen.

Mit »Ninety Trillion Fausts« schloß Jack L. Chalker seinen Zyklus THE QUINTARA MARATHON ab. Im Anschluß daran kehrte er mit »Echoes of the Well of Souls« wieder zu dieser frühen Schöpfung zurück.

In einem fantasymäßig verfremdeten Rußland spielt »Yvgenie« von C. J. Cherryh, die Fortsetzung von »Rusalka« und »Chernevog«. Mit »Hellburner«, der Fortsetzung von »Heavy Time«, und »Chanur's Legacy« (spielt zehn Jahre nach den Geschehnissen, die in »Chanur's Homecoming« geschildert wurden) kehrte sie wieder in ihr MERCHANTER-Universum zurück. Fertiggestellt hat sie zuletzt »The Goblin Mirror«, Band eins eines Fantasy-Zweiteilers.

Arthur C. Clarke und Gentry Lee veröffentlichten den 3. RAMA-Roman, »The Garden of Rama«.

»In the Blood« von Nancy Collins ist eine Fortsetzung ihres mit dem Bram Stoker Award ausgezeichneten Horror-Romans »Sunglasses after Dark«.

Mit »Red Iron Nights« veröffentlichte Glen Cook ein weiteres Kapitel in der Fantasy-Serie um den Privatdetektiv GARRETT.

Louise Coopers CHAOS GATE-Trilogie, die in sich eine Fortsetzung der TIME MASTER-Trilogie bildet, liegt nach »The Deceiver« und »The Pretender« mit »The Avenger« nun komplett vor.

Für sein bisher vorliegendes Werk wurde John Crowley von der American Academy and Institute of Art and Letters mit einem Preis bedacht.

In der gleichen Welt wie »The Incorporated Knight« spielt auch L. Sprague de Camps neuer Fantasy-Roman, »The Pixilated Peeress«.

Susan Dexter verkaufte »The Wizard's Shadow« und einen weiteren Roman an Del Rey und hat sich dazu entschlossen, ihren bisherigen Beruf an den Nagel zu hängen und hauptberuflich zu schreiben.

Fünfzehn Jahre nach Erscheinen von »The Dragon and the George« legte Gordon R. Dickson eine Fortsetzung vor: »The Dragon Knight«. Bis zum Erscheinen von Band 3, »The Dragon on the Border«, dauerte es dann nur noch ein Jahr. Im CHYLDE-Zyklus sind zuletzt nach »The Final Encyclopedia« die Romane »Chantry Guild« und »Young Bleys« erschienen, einen weiteren hat Dickson unter dem Titel »Bleys the Man« an Tor verkauft.

Carol Nelson Douglas, die sich mit ihren Sherlock-Holmes-

Pastiches auch außerhalb des Genres einen guten Ruf erworben hat, startete mit »Cup of Clay« den TALISWOMAN-Zyklus, in dem es eine Reporterin in eine phantastische Welt verschlägt, deren Retterin sie wird.

Gardner Dozois (er wurde an Halloween 1991 beraubt und mit Baseballschlägern verprügelt) hat mittlerweile neben anderen herausragenden Anthologien die 9. Anthologie der Reihe THE YEAR'S BEST SCIENCE FICTION herausgebracht.

Seinen Roman »The Jungle« siedelte David Drake in der Zukunftswelt an, die Henry Kuttner in seinem Kurzroman »Clash By Night« entworfen hatte.

Eine Gruppe von Weltraum-Marshalls, die an den Grenzen des Sonnensystems ihren Dienst verrichtet, steht im Mittelpunkt der Serie SPACE COPS von Diane Duane & Peter Morwood. Sie besteht aus den Bänden »Mindblast«, »Kill Station« und »High Moon«.

Dave Duncans Fantasy-Vierteiler A MAN AND HIS WORD wurde mit Band 3, »Perilous Seas«, weitergeführt und mit »Emperor and Clown« abgeschlossen.

Fantasy-Bestsellerautor David Eddings hat einen phantastischen Roman geschrieben, der unter dem Titel »The Losers« im Sommer 1992 veröffentlicht wurde.

Suzette Haden Elgin verkaufte den dritten Roman ihres Zyklus NATIVE TONGUE an DAW.

Ein neuer SF-Katastrophenthriller von David Ely, dem Autor des verfilmten »Seconds«, ist unter dem Titel »A Journal of the Flood Year« veröffentlicht worden.

Tor kaufte von Philip José Farmer einen neuen Roman seiner WORLD OF TIERS-Serie und Nachdruckrechte an früheren Titeln an. Er fungiert auch als Herausgeber einer Anthologien-Reihe, in der andere Autoren wie Allen Steele, Harry Turtledove, Mike Resnick und Barry Malzberg Geschichten über seine phantastische Flußwelt veröffentlichen: TALES OF RIVERWORLD.

In einer künftigen Eiszeit spielt »Iceman« von Cynthia Felice.

Mit »Dragon's Egg« hat sich Robert L. Forward einen Namen als exzellenter Hard-SF-Autor gemacht. Mit »Timemaster« legte er seinen neuesten High-Tech-Roman vor. Vier Fortsetzungen zu »Rocheworld« wird er mit jeweils einem anderen Mitglied seiner Familie schreiben.

Alan Dean Foster verkaufte zwei weitere Bücher seiner SPELLSINGER-Serie an Orion Books in England und brachte »A Call to Arms« und »The False Mirror«, die beiden ersten Bände des Zyklus THE DAMNED heraus, ein Epos um einen seit Jahrhunderten andauernden galaktischen Krieg, sowie den Einzeltitel »Codgerspace«. Er schrieb auch die Novelisation zum Film »Alien 3«.

In Amerika in der Dekade nach dem Bürgerkrieg handelt »Sarah Canary« von Karen Joy Fowler.

C. S. Friedman hat die Fortsetzung ihrer Science Fantasy »Black Sun Rising«, »The Prince of Pain«, an DAW verkauft.

Ester Friesner und Lawrence Watt-Evans haben an einem Fantasy-Roman zusammengearbeitet. Sein Titel: »Split Heirs«. Solo aus ihrer Feder stammten »Harpy High«, die lustige Fortsetzung ihres früheren Romans »Gnome Man's Land«, und der Abschlußband der Trilogie, »Unicorn U.«.

Craig Shaw Gardner ist in erster Linie mit lustigen Büchern bekanntgeworden. Ernsteren Inhalts ist sein aus den Romanen »Raven Walking« und »Dragon Smiling« bestehender Zweiteiler.

In prähistorische Zeiten führt die FIRST NORTH AMERICANS-Serie von W. Michael Gear & Kathleen O'Neal Gear. Mittlerweile liegen bereits die Bände 3 (»People of the Earth«) und 4 (»People of the River«) vor.

Die endgültige revidierte Fassung des 4. Romans der Serie THE WAR AGAINST THE CHTORR, »A Season For Slaughter«, hat David Gerrold fertiggestellt.

Nach einigen Jahren der Absenz kehrte Mark Geston mit »Mirror to the Sky« wieder in die SF-Szene zurück.

Der Zauberer Wizenbeak, bereits bekannt aus den Romanen »Wizenbeak« und »The Shadow Shaia«, steht auch im Mittelpunkt des neuen Romans von Alexis A. Gilliland, »Lord of the Troll-Bats«.

Parke Godwin hat sich auf historische Romane mit Fantasy-Elementen spezialisiert. Zu seinen jüngsten Veröffentlichungen gehört ein Zweiteiler um Robin Hood: »Sherwood« und »The Conscience of the King«.

»Final Shadows« ist der Titel der letzten Anthologie dieser Reihe, die von Charles L. Grant betreut worden war.

Der Brite Colin Greenland verkaufte »Harm's Way« an Avon.

Einen sehr interessanten SF-Zyklus hat Karen Haber mit ihrer MUTANT-Serie aus der Taufe gehoben. Bislang liegen darin »The Mutant Season«, »The Mutant Prime« und »Mutant Star« vor.

Fortsetzungen auch von Isidore Haiblum: nach »Interworld« kam zuerst »Specterworld« und dann auch noch »Crystalworld«. Damit umfaßt seine Serie um die HAPPY CITY bereits drei Bände.

Mit »Worlds Enough and Time« schloß Joe Haldeman seine ambitionierte und überaus empfehlenswerte WORLDS-Trilogie ab, die er mit »Worlds« und »Worlds Apart« begonnen hatte.

»The Rainbow Abyss« und »The Magicians of Night« bilden den Zweiteiler SUN-CROSS von Barbara Hambly.

19 Antikriegs-Geschichten präsentierte die von Harry Harrison & Bruce McAllister zusammengestellte Anthologie »There Won't Be War«; zu den Autoren, die Originalstories veröffentlichten, gehörten Asimov, Haldeman, Pohl und Sheckley. Zusammen mit Marvin Minsky schrieb Harrison den Roman »The Turing Option«.

Alle PEOPLE-Geschichten von Zenna Henderson sind im Sammelband »The People Collection« zusammengefaßt.

Nina Kiriki Hoffman hat ihren ersten solo verfaßten Roman, »The Thread That Binds the Bones«, an Avon verkauft. Ihr gemeinsam mit Tad Williams verfaßtes Jugendbuch »Child of an Ancient City« folgte im Oktober 1992.

Mit »Entoverse« brachte James P. Hogan nach langer Pause den 4. GIANTS-Roman heraus; die ersten drei wurden zu »The Giants Novels« zusammengefaßt. Einen Vorläufer zu »Code of the Lifemaker« verkaufte er an Del Rey.

In der Welt seiner PELMEN THE POWERSHAPER-Trilogie spielt auch Robert Don Hughes' neue Fantasy-Serie WIZARD

AND DRAGON, von der bisher »The Forging of the Dragon« und »The Faithful Traitor« erschienen sind.

Stephen King brachte zuletzt den Horror-Roman »Needful Things« und Band 3 des Zyklus THE DARK TOWER, »The Waste Lands« heraus.

Zu den neuen Talenten des Horror-Genres zählt zweifellos Kathe Koja. Ihr zweiter Roman »Bad Brains« wies genau die gleichen Qualitäten wie ihr vielbeachteter Erstling, »The Cipher«, auf. Zuletzt gelang ihr, drei Horror-Romane an Dell für die Abyss-Buchreihe zu verkaufen.

Dean R. Koontz hingegen ist im Genre schon anerkannt. Zuletzt aus seiner Feder der phantastische Horror-Roman »Hideaway«, in dem ein gewissermaßen von den Toten wiederauferstandener Mann so nach und nach erkennt, daß er von der anderen Seite eine böse Wesenheit mitgebracht hat.

Nancy Kress hat ihre preisgekrönte Novelle »Beggars in Spain« zu einem Roman erweitert. Sie umfaßt nur etwa ein Viertel des Gesamtumfangs.

Katherine Kurtz hat mit »King Javin's Year« den zweiten Band ihrer HEIRS OF CAMBER-Serie und mit »The Lodge of the Lynx« den 2. Roman der zusammen mit Deborah Turner Harris gestalteten Serie THE ADEPT veröffentlicht. Del Rey hat »The Bastard Prince« angekauft; er wird im Frühjahr 1994 herauskommen.

»Born to Run« ist der Pilotroman der neuen Phantastik-Serie SERRATED EDGE, die Mercedes Lackey gemeinsam mit ihrem Gatten Larry Dixon schreibt. In ihm sind verschiedene Gruppen von Elfen in unsere Welt eingedrungen und befehden sich gegenseitig, wobei auch Menschen in den Konflikt verwickelt werden. Für den Herbst 1992 ist der zweite, »Wheels of Fire«, eingeplant. Solo startete sie mit »The Lark and the Wren« den Fantasy-Zyklus BARDIC VOICES, von dem sie die Bände 2 und 3 bereits an Baen verkauft hat, und begann mit »Winds of Fate« den neuen Fantasy-Zyklus THE MAGE WINDS, der in der gleichen Fantasy-Welt spielt wie die Bestseller-Trilogie HERALDS OF VALDEMAR. Eine weitere Kollaboration stellte »Castle of Deception« dar, die mit Josepha Sherman erfolgte.

Den SF-Roman »Kalifornia« verkaufte Mark Laidlaw an St. Martin's.

»Bronze Mirror« von Jeanne Larson schließt an die Geschehnisse an, die die Autorin in ihrem im alten China handelnden »Silk Road« geschildert hat.

Mit »Back to the Time Trap« legte Keith Laumer die Fortsetzung zu »Time Trap« vor.

Zuletzt von Tanith Lee erschienen sind das Jugendbuch »The Black Unicorn« und der dritte Band des Zyklus THE SECRET BOOK OF PARADYS, »The Book of the Dead«, der bislang beste Teil der Serie mit acht im wahrsten Sinn des Wortes phantastischen Geschichten.

Ursula K. Le Guin gewann den mit 5000 $ dotierten Harold D. Vursell Memorial Award für ein kürzlich erschienenes Werk, das der Qualität der Prosa wegen Anerkennung verdient.

Zwei neue GREY MOUSER-Romane wird Fritz Leiber mit Robin Bailey zusammen schreiben; Tor hat die Rechte daran bereits erworben.

Madeline L'Engle (die in Kalifornien einen Verkehrsunfall hatte, von dem sie mittlerweile wieder völlig hergestellt ist) wurde mit dem zweiten Empire Award der New York Library Association (Literatur für Jugendliche) ausgezeichnet, der ihr im November 1991 in New York überreicht wurde.

»Cloven Hooves« ist ein moderner Phantastik-Roman von Megan Lindholm, die mit »Alien Earth« ihren ersten Abstecher ins SF-Genre gemacht hat.

Von Brian Lumley, dem Autor der NECROSCOPE-Serie, stammte der Horror-Roman »Demogorgon«.

»King of the Dead« ist der Titel des Mittelbandes der Trilogie um die LENS OF THE WORLD von R A. MacAvoy.

»Halo« war der Titel des ersten Romans aus der Feder des Cyberpunk-Autors Tom Maddox.

Graham Masterton veröffentlichte einen neuen okkulten Thriller unter dem Titel »Master of Lies«.

Ein Spionagethriller mit SF-Elementen war »Bannerman's Law« von John R. Maxim, zugleich der Start einer Serie um den gleichnamigen Superagenten im Ruhestand.

»Jack the Bodyless« ist der erste Roman der GALACTIC MILIEU-Trilogie von Julian May.

Mit »Four Hundred Billion Stars« hat Paul J. McAuley den Philip K. Dick Award für den besten Romanerstling des Jahres 1988 gewonnen. Mittlerweile hat er weitere Werke veröffentlicht: die Romane »Of the Fall« (auch: »Secret Harmonies«) und »Eternal Light«, sowie die Collection »The King of the Hill«.

Anne McCaffrey hat es in der letzten Zeit mit Fortsetzungen und Gemeinschaftswerken: sie schrieb mit »Damia« eine Fortsetzung ihres SF-Romans »The Rowan« und mit »Pegasus in Flight« kehrte sie in die Welt der Talentierten zurück, die sie in »To Ride Pegasus« vorgestellt hatte. »All the Weyrs of Pern« war der jüngste Roman in ihrer PERN-Serie, in »Partner Ship«, gemeinsam mit Margaret Ball verfaßt, erzählte sie die weiteren Erlebnisse von Helva, der Protagonistin aus »The Ship Who Sang«, zusammen mit Mercedes Lackey schilderte sie in »The Ship Who Searched« die Erlebnisse eines anderen Mädchens, das das gleiche Schicksal erlebte wie Helva (zwei weitere Romane aus diesem Zyklus mit jeweils einer anderen Co-Autorin sollen noch folgen), und in Kollaboration mit Jody Lynn Nye schrieb sie »Crisis on Doona«, das die Handlung von »Decision at Doona« weiterspann.

In einer Welt der nahen Zukunft, die von Vampiren überrannt wurde, spielt die Shared World-Anthologie »Under the Fang«, deren Herausgeber Robert R. McCammon war.

Shawna McCarthy, ehemalige Herausgeberin von Isaac Asimov's SF Magazine, betreut redaktionell die Serie 3001 NIGHTS, deren einzelne Bände von verschiedenen Autoren geschrieben und eine SF-Version von 1001 NACHT sein werden.

Ian McDonald verkaufte sein neuestes Werk, »Necroville«, an Bantam.

Den dritten und vierten STARFARER-Roman und die Nachdruckrechte an »Dreamsnake« verkaufte Vonda N. McIntyre an Bantam.

Die amerikanische Fantasy-Autorin Robin McKinley (sie hat »Deerskin« an Ace abgeliefert) und der britische Schriftsteller

Peter Dickinson haben vor, den Bund fürs Leben zu schließen.

Judith Merril mußte sich wegen eines gutartigen Gehirntumors einer Behandlung unterziehen.

St. Martin's hat »Time, Like an Ever-Rolling Stream«, die Fortsetzung von »The Ragged World« von Judith Moffett, herausgebracht, in dem wieder die Hefn eine bedeutsame Rolle spielen.

Die bislang jüngste Veröffentlichung von Thomas F. Monteleone war der Horror-Roman »The Blood of the Lamb«.

Eine Retrospektive der ersten 25 Jahre von Larry Nivens Karriere stellte, wie zuvor schon »N-Space«, auch »Playgrounds of the Mind« dar. Zusammen mit Jerry Pournelle veröffentlichte er die schon lange überfällige Fortsetzung ihres Klassikers »The Mote in God's Eye«, »The Gripping Hand«, und in Zusammenarbeit mit Steven Barnes legte er »California Voodoo Game«, einen neuen DREAM PARK-Roman, vor. Er hat sich verpflichtet, eine neue Story um BEOWULF SHAFER zu schreiben, die zusammen mit den zuvor erschienenen unter dem Titel »Crashlander« herauskommen wird; seine neueren KNOWN SPACE-Geschichten werden in »Tales of Known Space« zusammengefaßt.

John Norman hat den zweiten Band seiner neuen Serie TELNARIAN CHRONICLES unter dem Titel »The Captain« an Warner abgeliefert.

Zusammen mit Mercedes Lackey verfaßte Andre Norton den epischen Fantasy-Roman »The Elvenbane« um ein Halbblut zwischen Mensch und Elf. Ihr neuer allein geschriebener Fantasy-Roman wird als »Brother to Shadows« bei Avon erscheinen.

Sprechende Katzen sind die Handlungsträger in mittlerweile zwei Romanen von Michael Peak, »Cat House« und »Catamount«.

Um einen Einhornprinzen, der von Menschen gefangengenommen wird, geht es in »Dark Moon« von Meredith Ann Pierce, der Fortsetzung von »Birth of a Firebringer«.

In einem dystopischen Amerika des 21. Jahrhunderts handelt der literarische SF-Roman »He, She and It« von Marge Piercy.

Es gibt kaum ein Autorengespann im Genre, das auf eine so langjährige und exzellente Zusammenarbeit zurückblikken kann wie Frederik Pohl und Jack Williamson. Ihr jüngstes Gemeinschaftswerk trägt den Titel »The Singers of Time«. Pohl selbst schreibt an »Mars Plus«, einer Fortsetzung von »Man Plus«, und hat einen weiteren SF-Roman, »Complexities of Coupled Faults«, fast vollendet.

CODOMINIUM ist der Name der von Jerry Pournelle entwickelten Zukunftswelt, in der sein Zyklus mit dem Legionär John Christian Falkenberg ebenso spielt wie der zusammen mit Larry Niven verfaßte Roman »The Mote in God's Eye« und dessen Fortsetzung sowie sein Zyklus um die WAR WORLD, zu dem jetzt »Revolt on War World« erschienen ist.

Tim Powers hat als sein jüngstes Werks den phantastischen Roman »Last Call« auf den Markt gebracht.

»Angel of Eden« ist ein SF-Roman von Bill Ransom, der in naher Zukunft in Zentralamerika handelt.

Melanie Rawn hat den Abschlußband ihrer DRAGON STAR-Trilogie an DAW abgeliefert, wo er unter dem Titel »Skybowl« erscheinen wird.

Zwei neue Romane konnte Michael Reaves zuletzt an den Verlag bringen: »Night Hunter« und »Voodoo Child«.

Mike Resnick war in letzter Zeit wieder überaus aktiv. Er stellte zwei Anthologien zusammen, »Alternate Kennedys« und »What Dunnit?«, verkaufte zwei Fortsetzungen von »Adventures« — »Exploits« und »Encounters« — an Wildside und die Romane »A Miracle of Rare Design« und »An Ambigious Clay« nebst der Original-Anthologie »Alternate Warriors« an Tor, veröffentlichte mit »Soothsayer« eine Fortsetzung zu »Santiago« und hat den umfangreichen Roman »Purgatory« an Tor, »Lucifer Jones« an Questar und die gemeinsam mit Gardner Dozois zusammengestellte Anthologie »Under African Suns« an DAW abgeliefert.

Die Captains James T. Smirk und Jean-Lucy Ricardo und die jeweiligen Besatzungen des Sternenschiffs ENDOCRINE stehen im Mittelpunkt der — inoffiziellen — STAR TREK-Parodien von Leah Rewolinski. Drei Titel liegen bislang vor: »Star Wreck: The Generation Gap«, »Star Wreck II: The Attack of the Jargonites« und »Star Wreck III: Time Warped«.

Jennifer Roberson hat einen Fantasy-Wälzer zum derzeit beliebten Robin Hood-Thema unter dem Titel »Lady of the Forest« verfaßt. An DAW hat sie den achten und letzten Band ihrer Gestaltwandler-Serie THE CHRONICLES OF THE CHEYSULI, »A Tapestry of Lions«, abgeliefert.

In der Tradition von Poul Anderson und Robert A. Heinlein steht die SF-Saga »The Dark Beyond the Stars« von Frank M. Robinson.

Mit »Starseed« legten Jeanne & Spider Robinson die Fortsetzung von »Stardance« vor. Einen dritten Band mit dem Titel »Starmind« haben die beiden mittlerweile an Berkley verkauft.

15 Kurzgeschichten, die zwischen 1986 und 1991 erstmals veröffentlicht wurden, enthält Kim Stanley Robinsons neue Storysammlung »Remaking History«. Er hat mit »Red Mars« einen neuen SF-Roman veröffentlicht.

Alle Kurzgeschichten und eine Auswahl der Essays und Gedichte von Rudy Rucker enthält der Wälzer »Transreal!«.

Nach zahlreichen Erzählungen und Kurzgeschichten veröffentlichte Kristine Kathryn Rusch ihren ersten Roman, der von der Kritik überaus positiv aufgenommen wurde: »The White Mists of Power«. Zwei weitere Romane hat das neue Talent bereits fertiggestellt und abgeliefert: »Sins of the Blood« an Dell Abyss und »Facade« an Dell. Um sich künftig ganz der Herausgabe des MAGAZINE OF FANTASY & SCIENCE FICTION und dem Schreiben widmen zu können, hat sie ihre redaktionellen Tätigkeiten für Pulphouse Publishing eingestellt.

Ray Russell hat den Horror-Roman »Absolute Power« an MacClay & Associates abgeliefert. 1993 kann er sein 40jähriges Jubiläum als Autor feiern.

»Last Refuge« von Elizabeth Ann Scarborough ist die Fortsetzung zu ihrem Roman »Nothing Sacred«.

Um eine Neudichtung der Legende um den Ewigen Juden handelt es sich bei »The Grail of Hearts«, dem jüngsten Roman von Susan Shwartz.

William Shatner, in STAR TREK-Kreisen besser als Captain Kirk bekannt, ist unter die Autoren gegangen. Bislang legte er drei Bände seiner TEK-Serie um den Privatdetektiv Jake Cardigan vor, der gegen die Drogenlords der Zukunft antritt: »TekWar«, »TekLords« und »TekLab«.

Hard-SF-Spezialist Charles Sheffield, der seine HERITAGE-Serie mit »Summertide« und »Divergence« begonnen hatte, führte ihn mit »Transcendence« weiter und schloß ihn mit »Convergence« ab. An Baen hat eine Collection und den dystopischen Roman »Brother to Dragons« verkauft. Zuletzt ist von ihm noch der Hard-SF-Roman »Cold as Ice« erschienen.

13 Kurzgeschichten, davon zwei bislang unveröffentlicht, enthielt die Collection »The Edges of Things« von Lewis Shiner.

Der neueste Roman von John Shirley ist unter dem Titel »Wetbones« erschienen und gehört dem Horror-Genre an.

Auf einer Wasserwelt, dem Planeten Hydros, spielt Robert Silverbergs »The Face of the Waters«. Er hat seinen nächsten SF-Roman, »Kingdom of the Wall«, an Bantam abgeliefert. Sein Kurzroman »Thebes of a Hundred Gates« ist eine für ihn typische Zeitreise-Geschichte.

Dan Simmons hat den Horror-Roman »Children of the Night« und den SF-Roman »The Hollow Man« fertiggestellt; beide sind im Sommer 1992 erschienen.

Für seine Verdienste um die SF erhielt der mittlerweile 90jährige Curt Siodmak den Forry Award 1991 der Los Angeles Science Fantasy Society.

»Animals« ist der Titel des neuen Gemeinschaftswerks von John Skipp & Craig Spector. Zuvor ist von den beiden die siebente Kollaboration, »The Bridge«, erschienen.

Mit »Riverrun« startete S. P. Somtow alias Somtow Sucharitkul einen neuen Fantastik-Zyklus, dem er mit »Forest of the Night« eine Fortsetzung folgen ließ.

Zusammen mit den Nachdruckrechten an »Bug Jack Barron« und einem weiteren neuen Roman verkaufte Norman Spinrad seinen ökologischen SF-Roman »Pictures at 11« an Bantam. Zuletzt veröffentlichte er den Mainstream-Roman »The Children of Hamelin« und verkaufte die Originalanthologie »Down in Flames«, in der bekannte Autoren ihre geistigen Schöpfungen selbst vernichten bzw. umbringen.

Nancy Springers jüngste Veröffentlichung ist der Horror-Roman »Damnbanna«.

Eine neue Serie um ein Theaterensemble, das auf Tournee zu den Kolonien gehen möchte, hat Christopher Stasheff gestartet. Der erste Band der STARSHIP TROUPERS trägt den Titel »A Company of Stars«.

Der Mars ist in: Auch Allen Steele läßt seinen neuesten Roman, »Labyrinth of Night«, auf dem Roten Planeten spielen.

»Unholy Fire« ist der neue Horror-Roman von Bestseller-Autor und UFO-Kontakter Whitley Strieber.

Judith Tarr hat einen umfangreichen Fantasy-Roman über Alexander den Großen, »Lord of the Two Lands«, und einen weiteren über Cleopatra an Tor Books verkauft. Mit »The Dagger and the Cross« kehrte sie in die alte und magische Welt der HOUND AND FALCON-Trilogie und von »Alamut« zurück.

George Turner brachte seinen SF-Roman »The Waiting Axe« bei Morrow/Avon an den Verlag. Zuletzt kam von ihm der exzellente und vielbeachtete SF-Roman »Brain Child« heraus.

Einen anderen Verlauf nimmt der amerikanische Bürgerkrieg in Harry Turtledoves Alternativwelt-Roman »The Long Roll«. Das Hauptwerk des Autors stellt der Alternativwelt-Zyklus VIDESSOS dar, in dem zuletzt der Roman »Krispos of Videssos« erschienen ist und zu dem er vier weitere an Del Rey verkauft hat, wo auch die Collection »Pasts, Presents, and Futures« und den Bürgerkriegs-Alternativwelt-Roman »The Guns of the South« erscheinen werden. Mit dem Episodenroman »Earthgrip« begann er die neue Serie TALES FROM THE TRADERS' WORLD.

Jack Vance hat den Abschlußband seiner CALDWELL-Trilogie, »Throy«, an Tor abgeliefert.

Von John Varley ist der schon lange erwartete SF-Wälzer »Steel Beach« endlich erschienen. Der Autor hat vor kurzem eine Originalanthologie über Superhelden an Ace verkauft.

Um eine grandiose Space Opera handelt es sich bei »The Summer Queen« von Joan D. Vinge, der interessanten Fortsetzung ihres berühmten Romans »The Snow Queen«.

Um überaus clevere Aliens geht es in Vernor Vinges neuem Roman »A Fire Upon the Deep«.

Ian Watsons neueste Collection trägt den Titel »Stalin's Teardrops«.

Die Storysammlung »Crosstime Traffic« und die ETHSHAR-Romane »Spell of the Black Dagger« und »The Young Must Try Their Wings« brachte Lawrence Watt-Evans bei Del Rey und den gemeinsam mit Esther Frieser geschriebenen Roman »Split Heirs« bei Tor an den Mann.

Der Brite Angus Wells verkaufte zwei serienunabhängige Fantasy-Romane an Bantam, einer davon trägt den Titel »Mnemonikos«.

In einer Alternativwelt, in der ein Irisches Imperium die Welt beherrscht und an der Schwelle zur interstellaren Reise steht, spielt »The Silent Stars Go By« von James White. White hat nach mehrjähriger Pause mit »The Genocidal Healer« einen neuen Roman seiner Serie um die Weltraummediziner von SECTOR GENERAL veröffentlicht.

Zwölf exzellente Kurzgeschichten, die meisten davon der SF oder Fantasy zugehörig, präsentierte Kate Wilhelm in »And the Angels Sing«.

Walter Jon Williams hat »Aristoy« an Tor abgeliefert.

Zu den interessantesten und anspruchsvollsten SF-Autorinnen gehört Connie Willis. Ihr neuester Roman trägt den Titel »Doomsday Book«.

Tad Williams hat einen Zweiteiler über Computer und virtuelle Realität unter dem Arbeitstitel »North on the Data Stream« an DAW verkauft.

Mit »The Keep« hatte F. Paul Wilson seine Horror-Trilogie begonnen, jetzt hat er sie mit »Reborn« weitergeführt und mit »Reprisal« zum Abschluß gebracht. Daneben brachte er noch den Horror-Roman »Sibs« heraus. Für den Herbst 1992 angekündigt ist »The LaNague Chronicles«, der in der gleichen Zukunftswelt spielt wie die meisten SF-Romane des Autors.

Gene Wolfe hat »Night Side the Long Sun«, den ersten Teil eines längeren Werks, an Tor verkauft.

Dave Wolverton hat den zweiten Teil von »Serpent's Reach«, »Spirit Walk«, fertiggestellt.

Patricia Wrede legte mit »Searching for Dragons« den zweiten Band der ENCHANTED FOREST CHRONICLES vor. Der erste ist unter dem Titel »Dealing with Dragons« erschienen, ein weiterer chronologisch später handelnder als »Talking to Dragons«.

Janny Wurtz, die mit Raymond Feist drei Bestseller verfaßt hat, veröffentlichte zuletzt den solo geschriebenen Roman »The Master of White Storm«.

Mit »Saxon Fortress« hat Chelsea Quinn Yarbro den neuesten Roman ihrer Serie um ST. GERMAIN fertiggestellt.

Für regelmäßige ausgezeichnete Beiträge auf dem Gebiet der Jugendliteratur wurde Jane Yolen mit der Regina Medal der Catholic Library Association 1992 ausgezeichnet. Sie war auch als Herausgeberin und Mitherausgeberin von Anthologien für jugendliche Leser aktiv: »2041: Twelve Stories About the Future By Top Science Fiction Writers« und »Vampires« (mit Martin H. Greenberg). An Tor abgeliefert hat sie »The Briar Rose«. 19 Geschichten nebst anderer Beiträge enthält die Collection »Storyteller«.

Timothy Zahn hat sich als Autor exzellenter SF-Abenteuer einen Namen gemacht und ist mit seinem ersten STAR WARS-Roman zu Bestsellerehren gelangt. Nun liegt nach »Time Bomb« (1988) seine zweite Collection, »Distant Friends«, vor.

Hard SF der gewohnten Güte präsentierte George Zebrowski in seinem jüngsten Roman, »Stranger Suns«, in dem unter dem Eis der Antarktis ein außerirdisches Raumschiff gefunden wird.

Sehr gut bei der Kritik angekommen ist der Fantasy-Roman »Bring Me the Head of Prince Charming«, eine Gemeinschaftsproduktion von Roger Zelazny und Robert Sheckley. Avon hat von Zelazny den Fantasy-Roman »A Night in the Lonesome October« angekauft.

Aber auch einigen deutschsprachigen Werken ist der

Sprung über den Großen Teich und eine Veröffentlichung im Mutterland der SF gelungen, wie »The Wall« (»Die Wand«) von Marlen Haushofer oder »The Vampire in Love« (»Der kleine Vampir und die große Liebe«) von Angela Sommer-Bodenburg.

Auf dem Magazinmarkt sah 1991 die Situation nach dem tristen Ergebnis des Vorjahres wieder etwas erfreulicher aus. Es gab, von OMNI einmal abgesehen, das aber kein reinrassiges SF-Magazin ist und auch nicht als solches gezählt wird, obwohl es regelmäßig auch SF-Texte präsentiert, keine spektakulären Einbrüche, dafür aber einige erfreuliche Steigerungen bei den Verkaufszahlen. Den Vogel schoß dabei diesmal das traditionsreiche MAGAZINE OF FANTASY & SCIENCE FICTION ab, das mit einem Plus von 30 % die verkaufte Auflage um fast ein Drittel steigerte. Ebenfalls schöne Zuwächse verzeichneten ABORIGINAL SF und AMAZING STORIES. Auch bei der Gesamtzahl der Profi-Publikationen gab es eine kleine Steigerung von 50 auf 52 Ausgaben. Insgesamt teilten sich fünf Publikationen diesen doch extrem schwierigen und diffizilen Markt, die gleichen wie auch schon 1990. ABORIGINAL SF unter der Herausgeberschaft von Charles C. Ryan konnte nach dem Einbruch des Jahres 1990, der mit knapp 4 % aber recht moderat ausgefallen war, den Aufwärtstrend bei den Verkaufszahlen 1991 wieder fortsetzen, es wurden knapp 12 % mehr Hefte an den Leser gebracht, die Zahl der verkauften Auflage stieg auf über 23 000 Exemplare an. Den Löwenanteil nahmen dabei wieder die Abonnements ein, die um fast ein Drittel auf über 20 000 anstiegen und einen erneuten drastischen Rückgang beim Verkauf über den Buch- und Zeitschriftenhandel mehr als nur wettmachten. Da eine Ausgabe ausfiel, sind 1991 nur fünf Hefte erschienen, eines war allerdings eine umfangreiche Doppelnummer. 1992 wurde ABORIGINAL von zweimonatlich auf vierteljährlich umgestellt, der Umfang der Ende 1991 veröffentlichten Doppelausgabe wurde beibehalten. Gleichzeitig wurde die Farbe aus den Innenseiten verbannt und es wird der Status einer nicht-professionellen Zeitschrift angestrebt, was sowohl Produktionskosten als auch Portospesen reduzieren würde. In der Regel wurden sechs Stories pro Ausgabe vorgestellt, die Doppelnummer und die darauffolgenden Ausgaben enthielten dann entsprechend mehr. Zu den Autoren, die hier veröffentlichten, gehörten u. a. Keith Brooke, Rick Wilber, Nina Kiriki Hoffman und Gregory Benford. Für AMAZING STORIES war 1991 das Jahr der großen Umstellung vom Digest-Magazin zur Hochglanz-Zeitschrift im Illustriertenformat. Die ersten beiden Ausgaben erschienen noch im alten Gewand unter der Herausgeberschaft von Patrick Lucien Price, ab Cover-Datum Mai 91 folgen dann acht Nummern im neuen und optisch ansprechenderen Gewand mit vielen farbigen Innenillustrationen unter der Federführung von Kim Mohan. Seit der Umstellung erscheint AMAZING in monatlichem Rhythmus. Die verkaufte Auflage konnte um rund 7 % gesteigert werden, den Löwenanteil nahm dabei der Verkauf über den Zeitschriftengrosso ein, während die Abos im gleichen Zeitraum um ein Viertel zurückgingen. Insgesamt sind von AMAZING 1991 also 10 Ausgaben erschienen. Zu den Autoren, die in diesem aufmachungsmäßig zweifellos besten Magazin zuletzt mit Beiträgen vertreten waren, gehörten Michael Swanwick, Rob Chilson, George Zebrowski, William John Watkins, Gene De Weese, Kristine Kathryn Rusch, Bruce Bethke, Brian Stableford, Lawrence Watt-Evans, Jack C. Haldeman II, F. M. Busby, Larry Tritten, Paul Cook, N. Lee Wood, Gregory Benford, Ben Bova, Kathe Koja, Avram Davidson, John Morressy, James Morrow, William F. Wu, Barry N. Malzberg & Jack Dann, Barry B. Longyear, Kevin O'Donnell, Jr. und Anne McCaffrey & Mercedes Lackey. ANALOG, von dem 1991 wieder 13 Ausgaben publiziert wurden — zwei davon waren dicke Doppelnummern —, mußte zum dritten Mal in Serie einen Rückgang in Kauf nehmen, der aber mit rund 4 % geringer als in den Vorjahren ausfiel. Da auch Hauptkonkurrent ISAAC ASIMOV'S SCIENCE FICTION MAGAZINE einen Rückgang zu verzeichnen hatte, der noch größer als der von ANALOG ausfiel, konnte dieses mit knapp unter 80000 Exemplaren seine Spitzenposition als verkaufsstärkstes Magazin behaupten, der Vorsprung zum größten Mitbewerber hat sich wieder auf knapp 6000 Stück vergrößert. Das Schwergewicht der im schon seit Jahren von Stanley Schmidt herausgegebenen Digest-Magazin präsentierten Kurzgeschichten und Fortsetzungsromane lag auch 1991 bei der Hard SF, vertreten durch Autorinnen und Autoren wie Lois McMaster Bujold, Julia Ecklar, Timothy Zahn, Jerry Oltion, Robert R. Chase, Stephen L. Burns, Roger McBride Allen, Michael F. Flynn, Charles Sheffield, Kathy Tyers, Jayge Carr und Ben Bova. Ebenfalls eine Einbuße, die aber mit rund 7 % ziemlich kräftig ausfiel, verzeichnete 1991 ISAAC ASIMOV'S, dessen Verkaufszahlen auf 74 000 Stück und damit auf den historischen Tiefststand rutschten. Und das, obwohl das Magazin unter der kompetenten Herausgeberschaft von Gardner Dozois nach wie vor wohl das beste von allen war. Die 13 Ausgaben des Jahres 1991 — auch hier waren zwei davon umfangreichere Doppelbände — wiesen wieder die gewohnt gute Mixtur auf hohem Niveau auf und brachten Beiträge u. a. von Kristine Kathryn Rusch, Mike Resnick, Judith Moffett, Greg Egan, Kit Reed, Connie Willis, Tanith Lee, Gregory Benford, Isaac Asimov, Walter Jon Williams, Robert Silverberg, Jack McDevitt, Kim Stanley Robinson, Thomas M. Disch, Cynthia Felice, Allen Steele, Eileen Gunn, Michael Bishop, Jane Yolen, Richard Paul Russo, Robert Waldrop, Gregory Frost, Norman Spinrad, Steven Utley, Harry Turtledove, Stephen Baxter, Frederik Pohl, Charles Sheffield, Nancy Kress, Pat Cadigan, Martha Soukup, John Kessel, L. Sprague de Camp, James Patrick Kelly, Lucius Shepard, John Varley, Tom Purdom und Dave Smeds. THE MAGAZINE OF FANTASY & SCIENCE FICTION, bei dem der bisherige Herausgeber Edward L. Ferman Anfang 1991 in den Ruhestand getreten ist und dessen Job ab Juli von Kristine Kathryn Rusch übernommen wurde, konnte die Zahl der verkauften Exemplare von rund 52 000 auf fast 69 000, also um über 30 % steigern und erzielte so 1991 das beste Ergebnis seit Jahrzehnten. Der Zuwachs ging fast zur Gänze auf das Konto der angestiegenen Zahl der Abonnements, über den Buch- und Zeitschriftenhandel wurde ziemlich exakt die gleiche Zahl von Heften abgesetzt wie im Vorjahr. In der Ära Rusch wurden Kurzwerke von Brian Stableford, Ellen Kushner, Joe L. Hensley, Sheri S. Tepper, Marc Laidlaw, Geoffrey A. Landis, Mike Resnick, Vance Aandahl, Ray Aldridge, Ardath Mayhar, John Morressy, John Brunner, Esther M. Friesner, Ron Goulart, Grania Davis, Kit Reed, Rick Wilber, Edward Bryant, Chelsea Quinn Yarbro, Pat Cadigan, Paul J. McAuley, Pat Murphy, Alan Dean Foster, Charles de-Lint, Victor Koman, Steve Utley, Jack C. Haldeman II, Rob Chilson, F. Paul Wilson, Terry Bisson, Algis Budrys, Kathe Koja und Barry N. Malzberg. In den Beginn ihrer Herausgeberschaft fiel auch der Ausfall von Isaac Asimov als Artikelschreiber mit seiner 399. Kolumne. Insgesamt sind 11 Ausgaben erschienen, eine davon war eine dickere Doppelnummer. Das weiterhin erfolgreichste Periodikum, das aber zu wenige Berührungspunkte zu SF, Fantasy und Horror aufweist, um bei der Aufstellung mit berücksichtigt zu werden, war auch 1991 wieder OMNI. Das aufwendig hergestellte Magazin im Illustriertenformat hatte diesmal eine empfindliche Einbuße bei den Verkaufszahlen hinzunehmen, knapp 12 % weniger Hefte als im Vorjahr wurden abgesetzt, insgesamt über 853 000, der niedrigste Stand seit 1984. Der Einbruch erfolgte dabei sowohl bei den Abos als auch im offenen Verkauf. Es wurden hier 1991 12 Kurzgeschichten und 3 Vignetten veröffentlicht, also erneut weniger als im Vorjahr (14 Stories und 9 Vignetten). Ebenfalls in dieser Aufstellung nicht berücksichtigt wurden das mittlerweile (im Oktober 1991) eingestellte Horror-Magazin FEAR und das SF-Magazin INTERZONE, die aus Großbritannien importiert wurden. Beide entsprachen und entsprechen aber sonst den Richtlinien, die für Profi-Magazine gelten, und werden im britischen Marktbericht behandelt. Für den September 1992, rechtzeitig zum WorldCon, ist das Debüt eines neuen SF-Magazins geplant, das künftighin zweimonatlich erscheinen soll: SCIENCE FICTION AGE. Verleger Mark Hintz zufolge soll der Abonnentenstamm auf 20 000 angestiegen sein. Das von Scott Edelmann herausgebene Magazin wird im Zeitschriftenformat auf Hochglanzpapier herauskommen und reich farbig illustriert sein. Zu den Autoren, die hier veröffentlicht werden sollen, gehören Thomas M. Disch, Ronald Anthony Cross, Barry N. Malzberg,

Paul DiFilippo und Allen Steele. Man kann gespannt sein, wie sich das Projekt weiter entwickeln wird.

Bei den semiprofessionellen Magazinen — das sind diejenigen, die nicht über den Zeitschriftengrosso vertrieben werden, eine Auflage von unter 10000 Exemplaren aufweisen oder nicht zumindest vierteljährlich herausgebracht werden — gab es wieder einige Ausfälle, aber auch positive Entwicklungen. Im Sommer 1991 gestartet wurde das neue Magazin PULPHOUSE. Pläne, daraus eine wöchentliche Zeitschrift zu machen, mußten bald ad acta gelegt werden. 1991 sind 8 Nummern erschienen, mittlerweile gibt es alle vier Wochen ein neues Exemplar. Die ersten Ausgaben des von Dean Wesley Smith herausgegebenen Magazins enthielten Originalbeiträge von Andre Norton, Mike Resnick, George Alec Effinger, Elizabeth Ann Scarborough, John Brunner, Nina Kiriki Hoffman, S. P. Somtow, Robert Sheckley, Jerry Oltion, Judith Tarr, Tim Sullivan, Ken Wisman, Kevin J. Anderson, Steve Resnic Tem, Kathe Koja, Charles Platt und Lisa Tuttle. Von MARION ZIMMER BRADLEY'S FANTASY MAGAZINE sind 1991 vier Ausgaben erschienen, herausgegeben von der DARKOVER-Autorin. Die letzten Nummern enthielten Stories von Kevin J. Anderson, Dana Kramer-Rolls und der Grande Dame selbst. Von der amerikanischen Ausgabe des britischen Fantasy-Magazins FANTASY TALES liegt mittlerweile die Nummer 4 vor. Herausgegeben wird das Magazin im Paperback-Format von Stephen Jones. Das unter der Regie von George H. Scithers und Darrell Schweitzer erscheinende WEIRD TALES hat es 1991 wieder auf vier Ausgaben gebracht, wobei das Konzept der Schwerpunktausgaben — zuletzt William F. Nolan, Thomas Ligotti und John Brunner — beibehalten wurde. Es ist aufwendig gemacht und sieht professionell aus, die Verkaufszahlen sind aber deutlich unter die verlangte 10000er Marke gerutscht. Vom Horror-Magazin MIDNIGHT GRAFFITI ist 1991 nur eine neue Ausgabe mit u.a. einer Story von S. P. Somtow erschienen. Offenbar das Handtuch geworfen haben die Macher von ARGOSY. Nach der Nummer 3, die ebenfalls schon mit Verspätung 1991 erschienen ist, war Sendepause. Recht interessant, auch was die Autoren betrifft, die mit Beiträgen vertreten sind, war das zweimonatliche MIDNIGHT ZOO, von dem 1991 tatsächlich sechs Nummern erschienen sind und das bislang auch 1992 ziemlich regelmäßig herauskommt. Enthalten waren zuletzt in dem von John L. Herron zusammengestellten Magazin Stories und Artikel von Ardath Mayhar, Jacqueline Lichtenberg, Kevin J. Anderson, Lisa Mason, Katherine Kerr, Darrell Schweitzer, Dave Smeds and Lawrence Watt-Evans. Weiterhin gut behaupten konnten sich die SF-Fachzeitschriften LOCUS und SCIENCE FICTION CHRONICLE, auch wenn beide kleinere Einbußen bei den Verkaufszahlen hinnehmen mußten. Immer wieder zu Verzögerungen kam es bei SFC, wegen Deadline-Problemen mußte sowohl die Januar-Ausgabe 1991 ausfallen als auch kurzfristig aus der Juli-Nummer 1992 eine Juli-August-Doppelausgabe gemacht werden, um nicht immer hinter dem Cover-Date zeitlich hinterherzuhinken.

1991/92 hatte die internationale SF-Szene wieder einige Todesfälle zu beklagen:

Wie erst jetzt bekannt wurde, starb der Pulp-Autor BRYCE WALTON 1988 im Alter von 70 Jahren. Am 31. Mai 1918 geboren, versuchte er sich während der Jahre der Depression in den unterschiedlichsten Berufen. Im Zweiten Weltkrieg war er Kriegsberichterstatter und wurde wegen seiner Berichte über diverse Kriegsoperationen lobend erwähnt. Nach Kriegsende wurde er hauptberuflicher Schriftsteller und erwarb sich dabei einen guten Ruf. Er hat auch fürs Fernsehen gearbeitet. Seine erste SF-Story, »The Ultimate World«, erschien 1945 in PLANET STORIES. Zahlreiche weitere Veröffentlichungen in den einschlägigen SF-Magazinen dieser Zeit wie THRILLING WONDER, SUPER SCIENCE, FUTURE, FANTASY BOOK und OUT OF THIS WORLD ADVENTURES folgten, wobei Walton neben seinem bürgerlichen Namen auch Pseudonyme wie Paul Franklin, Kenneth O'Hara und Dave Sands verwendete. Von den Romanen, die in den Pulps veröffentlicht wurden, wären besonders »Man of Two Worlds« (1952) und »Too Late for Eternity« (1955), beide in

SPACE STORIES, zu erwähnen. Sein einziger SF-Jugendroman, »Sons of the Ocean Deeps«, kam 1952 heraus.

Der russische SF-Autor SERGEI KAZMENKO starb am 30. Januar 1991 nach langer, schwerer Krankheit. Er war erst 37 Jahre alt. Zu schreiben begann er in den siebziger Jahren, 1985 wurde seine erste Kurzgeschichte veröffentlicht. Zu diesem Zeitpunkt hatte er sein Physikstudium an der Universität von Leningrad abgeschlossen, arbeitete am Physikalischen Institut der Universität und war bereits von seiner Krankheit gezeichnet. Obwohl er an einen Rollstuhl gefesselt war, nahm er an einem von Boris Strugatzki abgehaltenen Schriftstellerseminar teil. Da die Ursache für seine Krankheit in der ehemaligen UdSSR nicht gefunden werden konnte, wurde versucht, das Geld für eine Behandlung im Ausland zusammenzubekommen, was sich aber als unmöglich erwies. Nur ein Teil seines Gesamtwerks wurde zu seinen Lebzeiten publiziert, jetzt wird eine Sammlung seiner Kurzgeschichten zur Veröffentlichung vorbereitet.

Der russische SF-Autor ALEXANDER SCHALIMOW starb am 4. Februar 1991 in einer Klinik in Leningrad an den Folgen eines Herzinfarkts. Er war 74 Jahre alt. 1917 im Gebiet von Lwow geboren, ergriff Schalimow den Beruf eines Geologen und verfaßte zahlreiche Sachbücher sowie mehr als hundert wissenschaftliche Arbeiten zum Thema. Seine erste SF-Erzählung, »Notsch Umazera«, erschien 1959. Es folgten zahlreiche Romane und Storysammlungen wie »Tajna gremjashchej rasshcheleny« (1962), »Kogda moltschat ekrany« (1965), »Tajna tuskarory« (1967), »Ochotniki za dinozawrami« (1968), »Strannyj mir« (1972) und »Vozvrashchenie poslednego atlanta« (1983).

Im Alter von nur 38 Jahren starb SF-Autor und Zeitungsredakteur DAN HENDERSON am 26. Juni 1991 in Memphis, Tennessee an Herzversagen. Henderson wurde in Westtennessee geboren und besuchte die Memphis Tennessee University, wo er Zeitungswissenschaften studierte. Seit 1975 arbeitete er für die Tageszeitung MEMPHIS COMMERCIAL APPEAL, wo er in der Folge auch die Karriereleiter emporkletterte. Seine erste SF-Story, »Carruther's Last Stand«, erschien

1978 und wurde in Wollheims Jahresbesten-Anthologie »1979 Annual World's Best Science Fiction« aufgenommen. Die Fantasy-Story »Clarabelle, the Christmas Cow«, erschien erstmals im Dezember 1976 und ist seither alljährlich zur Weihnachtszeit im COMMERCIAL APPEAL nachgedruckt worden. Sein erster Roman »Paradise« (1982) wurde für den Compton Crook Award für den besten Romanerstling nominiert. Zum Zeitpunkt seines Todes war er gerade an der Überarbeitung seines zweiten Romans beschäftigt und hatte den dritten begonnen.

Am 27. Juni 1991 starb der Produzent und Anthologist MILTON SUBOTSKY an Herzleiden. Er war 70 Jahre alt. Seine Laufbahn begann er in den fünfziger Jahren als Drehbuchautor von Fernsehserien wie »Light Out, Suspense« oder »Mr. I. Magination«. 1959 übersiedelte er nach London, wo er »Horror Hotel« produzierte. Im Laufe seiner Karriere schrieb er eine Vielzahl von Drehbüchern und produzierte zahlreiche SF- und Horror-Filme, wie »The House That Dripped Blood«, »Dr. Terror's House of Horrors«, »Dr. Who and the Daleks«, »The Skull«, »The Deadly Bees«, »Daleks-Invasion Earth 2150 AD«, »The Terrornauts«, »They Came from Beyond Space«, »Torture Garden«, »Scream and Scream Again«, »Tales From the Crypt«, »The Land That Time Forgot« und »At the Earth's Core«. Er war Co-Produzent bei »Cat's Eye« und der NBC-Miniserie »The Martian Chronicles« nach Ray Bradbury. Im literarischen Bereich gab er »The Golden Treasury of Classic Fairy Tales« und zusammen mit Michael Parry die Themenanthologie »Sex in the 21st Century« heraus.

Am 24. Juli 1991 starb in Miami, Florida ISAAC BASHEVIS SINGER, Nobelpreisträger für Literatur und Autor zahlreicher phantastischer Werke, nach mehreren Schlaganfällen. Er war 87 Jahre alt. Singer, am 14. Juli 1904 in Radzymin in Polen geboren, wuchs in einer Familie auf, die von Rabbis und Gelehrten dominiert wurde, und diese wollte, daß er ebenfalls Rabbi werden sollte. Doch als er sich in den Zwanzigern befand, beschloß er, eine weltliche Laufbahn anzustreben und Schriftsteller zu werden. Zuerst veröffentlichte er Rezensionen und Kurzgeschichten in Hebräisch, später wurde dann das Jiddisch das einzige von ihm verwendete Idiom. 1935 übersiedelte Singer in die USA, wohin sein Bruder Israel Joseph Singer schon vorher ausgewandert war, und erhielt 1943 die Staatsbürgerschaft. Seine Romane und Kurzgeschichten, die er in den USA veröffentlichte, erschienen zunächst im JEWISH DAILY FORWARD in Jiddisch und wurden erst mit Ende der 50er Jahre auch ins Englische übertragen. Alles in allem hat er rund fünfzig Bücher in dieser Sprache einer verlorenen Welt verfaßt. Für seine literarischen Meisterwerke erhielt er 1978 den Nobelpreis zuerkannt. In seinen phantastischen Veröffentlichungen sind die seltsamen Wesen, die darin auftauchen, durchaus real, wie der Teufel in der berühmten Geschichte »Gimpel the Fool«. Die meisten seiner phantastischen Geschichten sind in den Sammlungen »Gimpel the Fool and Other Stories« (1957) und »The Séance and Other Stories« (1968) zu finden. Zu seinen phantastischen Romanen zählen »Satan in Goray« (1955) und die Prähistorie »The King of the Fields« (1988).

THOMAS TRYON, Hollywood-Schauspieler und Bestseller-Autor sowohl von Horror- als auch Mainstream-Romanen, starb am 4. September 1991 im Alter von 65 Jahren in Los Angeles an Magenkrebs. Geboren wurde er am 4. Januar 1926 in Hartford, Connecticut. Nachdem er als Teenager in der Navy gedient hatte, wandte er sich der Schauspielerei zu. Er spielte in kleineren Filmen bedeutende Rollen und in großen Filmen kleinere, darunter u. a. in »The Longest Day«, »In Harm's Way«, »The Cardinal« und »I Married a Monster From Outer Space«. Durch Ira Levins berühmten Roman »Rosemary's Baby« inspiriert, faßte er den Entschluß, selbst einen Horror-Roman zu schreiben. Daraus entstand dann »The Other«, 1971 veröffentlicht und sofort ein Bestseller, der im darauffolgenden Jahr auch verfilmt wurde. Seine anderen, ebenfalls sehr populären Bücher waren der Horror-Roman »Harvest Home« und der Mainstream-Roman »Crowned Heads«. Zuletzt begann er mit einer Serie von historischen Romanen, von denen der erste, »The Wings of the Morning«, 1990 erschienen ist. Eine Fortsetzung, die noch vor dem Tode des Autors fertiggestellt wurde, wird zur Veröffentlichung vorbereitet.

Am 11. Oktober 1991 starb völlig überraschend an den Folgen eines Herzinfarkts der Anthologist, Herausgeber und Kleinverleger THADDEUS E. »TED« DITKY in seinem Haus in Mercer Island, Washington. Der Ehemann der SF-Autorin Julian May, mit der er bis zu seinem Tod 38 Jahre lang verheiratet war, wurde am 16. Juni 1920 in Port Clinton, Ohio geboren. Im Alter von 14 Jahren war er bereits ein begeisterter Leser und Sammler von SF- und Fantasy-Magazinen und Büchern. 1939 begegnete er anderen Gleichgesinnten. Mit einem davon, Melvin Korshak, gründete er nach dem Krieg Shasta Publications und brachte dort die von ihm und anderen Sammlern zusammengestellte und von Everett Bleiler redaktionell betreute Checkliste ihrer Bücher heraus, die berühmte »Checklist of Fantasy Literature« (1948). Nach diesem aufsehenerregenden Pilotprojekt erschienen in diesem Kleinverlag einige der berühmtesten Werke des Genres: Heinleins FUTURE HISTORY-Serie, Besters »The Demolished Man«, die ersten Storysammlungen von John W. Campbell, L. Sprague de Camp und anderen Größen, insgesamt 19 Bücher in acht Jahren. Als Shasta versuchte, auch außerhalb der SF Fuß zu fassen, kam das Aus für den Spezialverlag. Gleichzeitig mit seinem Engagement für Shasta wurde Ditky zu einem führenden Anthologisten. 1948 stellten er und Bleiler eine Anthologie der besten Geschichten des Jahres für Shasta zusammen, da es aber an dem nötigen Kapital mangelte, wurde die Serie an den New Yorker Verlag Frederick Fell verkauft, der »The Best Science Fiction Stories: 1949« herausbrachte, die erste Auswahl der Jahresbesten. Die Reihe lief bis 1957, wobei bisweilen auch Novellen als »The Best Science Fiction Novels« gesammelt wurden, die letzten standen dabei unter der alleinigen Ägide von Ditky. Zusammen stellten die beiden auch noch weitere Anthologien zusammen, wie »Imagination Unlimited« (1952), »Every Boy's Book of Outer Space Stories« (1960), »Great SF Stories About Mars« (1966) oder »Great SF Stories About the Moon« (1967). 1951 hatten sich Ditky, Julian May und andere Fans aus Chicago um die Ausrichtung des Weltcons 1952 beworben und auch den Zuschlag erhalten. Anfang 1953 heirateten Ditky und May. Nach ihrer Hochzeit und dem Bankrott von Shasta wandte sich Julian May von der SF ab und anderen, lukrativeren Märkten zu, und Ditky fungierte als ihr Agent und verfaßte mit ihr gemeinsam eine Vielzahl von Sachbüchern, weit über einhundert. 1976 entdeckten die Ditkys das Fandom von neuem, Julian May begann wieder SF zu schreiben und wurde zur Bestseller-Autorin, und Ted Ditky blieb lange Zeit ihr literarischer Agent, bis sie vor kurzem diese Aufgabe an eine Agentur übertrug. 1972 hatte Ditky gemeinsam mit Darrell C. Richardson die Fax Collectors Editions aus der Taufe gehoben, die sowohl alte Stories aus den Pulps nachdruckte, bei denen die Rechte bereits frei geworden waren, als auch neue Titel, wie »The Weird Tales Story« von Robert Weinberg oder eine von Richard Lupoff fertiggeschriebene Fortsetzung von Robert E. Hoards »Skull Face«, herausbrachte. Erst vor kurzem hat Ditky seinen Partner ausgekauft, und Fax soll auch nach Ditkys Tod Pulp-Reprints veröffentlichen. Ditky war auch der Gründer des Kleinverlags Starmont House, der sich auf Sekundärwerke, vor allem autorenbezogene Monographien spezialisiert hat und bislang an die 120 Titel herausbrachte, etwa 20 weitere harren noch der Veröffentlichung.

Pulp-Autor DWIGHT VREELAND SWAIN verübte am 24. Februar 1992 in seinem Haus in Norman, Oklahoma Selbstmord, indem er sich mit einer Flinte eine tödliche Verletzung zufügte. Er war 76 Jahre alt und hinterließ keine Nachricht über das Motiv der Tat. Swain wurde am 17. November 1915 in Rochester, Michigan geboren und war in den Depressionsjahren in den verschiedensten Jobs tätig. Er besuchte die University of Michigan, wo er 1937 den BA erwarb. Im Anschluß daran arbeitete er mehrere Jahre als Journalist und Redakteur. Nach dem Zweiten Weltkrieg studierte er an der University of Oklahoma, wo er sein Studium mit dem MA abschloß und in der Folge auch selbst unterrichtete. Bis zu seiner Pensionierung im Jahre 1974 hatte er dort eine Professur inne. Zu schreiben begann Swain Mitte der dreißiger Jahre, seine erste SF-Story kam aber mit »Henry Horn's Super Solvent« erst sechs Jahre später und startete eine Serie von Geschichten um den Möchtegern-Wissenschaftler dieses

Namens (1941—42). In den vierziger und fünfziger Jahren verkaufte er eine größere Anzahl von längeren Erzählungen und Kurzromanen an die SF-Pulp-Magazine, vor allem AMAZING, IMAGINATION und IMAGINATIVE TALES, die alle der Space Opera zugerechnet werden können, wie »Peace Mission to Planetoid X«, »Crusade Across the Void«, »The Weapon from Eternity«, »Planet of Dread«, »Bring Back My Brain!«, »The Horde from Infinity«, »Terror out of Space« oder »Enemy of the Qua«. Einige wenige Werke erschienen auch im Taschenbuch, wie »Cry Chaos!« (1954) und »The Transposed Man« (1955). In den fünfziger Jahren hörte er auf, SF zu schreiben, weil es ihm keinen Spaß mehr machte. Zu seinen letzten Veröffentlichungen gehören die zum Teil unter Pseudonym erschienenen Romane »The Pemex Charter« (als Nick Carter, 1979), »The Planet Poisoner« (als John Cleve, 1982) und »Monster« (1990). Swain verfaßte gelegentlich Artikel für WRITER'S DIGEST und veröffentlichte auch vier Sachbücher: »Techniques of the Selling Writer«, »Creating Character: How to Build Story People«, »Film Scriptwriting: A Practical Manual« und »Scripting for Video and Audio-Visual Media«.

Einen besonders herben Verlust mußte die internationale SF-Gemeinschaft mit dem Tod von ISAAC ASIMOV, einem der letzten Giganten aus den Anfangstagen der modernen Science Fiction und ihrem wohl bedeutendsten Repräsentanten hinnehmen, der bis kurz vor seinem Tod noch schriftstellerisch aktiv war und auf eine über fünfzigjährige Laufbahn als erfolgreicher SF- und Sachbuchautor zurückblicken konnte. Als der wohl weltweit bekannteste SF-Autor am 6. April 1992 an Herz- und Nierenversagen starb, war er 72 Jahre alt. Während er in der SF-Szene als einer ihrer profiliertesten Vertreter bekannt war, war er im Bereich der Wissenschaft als Sachbuch-Autor nicht minder erfolgreich und anerkannt. Sein Gesamtwerk ist umfangreich und besteht aus nahezu 500 Büchern aus allen Sparten, von der Populärwissenschaft bis zur SF, von Humorbüchern und Anekdotenbänden bis zu Krimis, von Limericks bis zu Wegweisern durch die Bibel und Kommentaren über Shakespeare. 33 Jahre und 399 Folgen lang schrieb er eine Wissenschaftskolumne für das MAGAZINE OF FANTASY & SCIENCE FICTION, und viele dieser Artikel wurden später zum Teil in insgesamt 26 Bänden gesammelt. Asimov wurde in den verschiedensten Bereichen mit Preisen ausgezeichnet. So gewann er 1957 den Thomas Alva Edison Foundation Award für ein Buch über die Elemente, den Howard W. Blakeslee Award der American Heart Association 1960 für ein Buch über Blutchemie und den James T. Grady Award der American Chemical Society für eine Reihe von Büchern über Chemie (1965). Aber auch für seine Veröffentlichungen in der SF-Szene wurde er mit Preisen bedacht, die ihm mehr als alle anderen bedeuteten. 1963 gewann er seinen ersten Hugo, einen Spezialpreis dafür, daß er in die Science Fiction die Science eingebracht hat. 1966 wurde sein FOUNDATION-Zyklus zur besten SF-Serie aller Zeiten gekürt. Sein Roman »The Gods Themselves« (1972) erhielt sowohl Hugo als auch Nebula, ebenso seine Erzählung »The Bicentennial Man« (1976). »Foundation's Edge« (1982), der seine Rückkehr zu seiner berühmtesten Schöpfung markierte, wurde ebenfalls mit dem Hugo ausgezeichnet. 1985 war er Ehrengast auf dem Worldcon. Isaac Asimov, der von seinen Fans in den späteren Jahren liebevoll als »der gute Doktor« bezeichnet wurde, erblickte am 2. Januar 1920 in Petrovichi in Rußland, rund 400 Kilometer südwestlich von Moskau gelegen, das Licht der Welt. Seine Eltern, Judah und Anna, emigrierten 1923 mit ihm und seiner jüngeren Schwester in die USA. Sie ließen sich in Brooklyn nieder, 1926 wurde sein Vater naturalisiert und Isaac Asimov war somit amerikanischer Staatsbürger geworden. Er entstammte zwar einem jüdischen Elternhaus, wurde aber nicht religiös erzogen und war schon in jungen Jahren ein überzeugter Atheist. Als Kind mußte er im Süßwarenladen, den sein Vater 1926 gekauft hatte, mitarbeiten. Dies hielt ihn von vielen Kontakten mit anderen Kindern seines Alters ab — ein Umstand, der ihn prägte. Im Alter von fünf Jahren brachte er sich selbst das Lesen bei und war mit sieben stolzer Besitzer einer Mitgliedskarte bei einer Leihbücherei, wo er buchstäblich alles verschlang, was er zwischen die Finger bekam. Sein Erstkontakt mit der SF fand in den 20er Jahren statt, als Ausgaben von AMAZING auch an das väterliche Geschäft zum Verkauf ausgeliefert wurden, doch sein Vater verweigerte ihm zunächst die Lektüre. Das änderte sich erst, als auch SCIENCE WONDER STORIES im Laden auftauchte und Asimov seinen Vater davon überzeugen konnte, daß ein Magazin, das das Wort Wissenschaft im Titel führte, eine wertvolle und lehrreiche Lektüre sein mußte. Asimov war ein hervorragender Schüler und schloß die High School im Alter von 15 Jahren ab. Besonders hilfreich war ihm sein enormes Gedächtnis, er vergaß selten etwas, das er irgendwo gelesen hatte. 1938 begann er mit Akribie Tagebücher zu führen, in denen er die wichtigsten Ereignisse aus seinem Leben und markante Geschehnisse in der übrigen Welt festhielt. Dies war ihm später beim Schreiben seiner diversen Vorworte und Einleitungen eine nicht zu unterschätzende Hilfe. Nach Abschluß der High School bewarb er sich an dem elitären Columbia College, wurde aber abgelehnt. Auf dem Umweg über das Seth Low Junior College landete er schließlich doch noch dort, aber mit einem niedrigeren Status. 1938 wechselte bei ASTOUNDING die Herausgeberschaft, den Posten von F. Orlin Tremayne übernahm John W. Campbell jr. In der Folge wurde dieses SF-Periodikum Asimovs Lieblingsmagazin, und er wurde zu einem regelmäßigen Leserbriefschreiber. Deshalb bot er seine erste SF-Story, »Cosmic Corkscrew«, Campbell an, der sie ebenso ablehnte wie die darauffolgende, aber er wurde von Campbell, an den er die Geschichten persönlich ablieferte, zum Weitermachen ermuntert. Als dieser auch seine dritte, »Marooned off Vesta«, nicht publizieren wollte, bot Asimov sie AMAZING STORIES an, die sie prompt kauften. Damit hatte Asimov die Hürde, eine erste Geschichte irgendwo unterzubringen, genommen, aber es folgten noch etliche Ablehnungen, ehe Campbell schließlich »Trends« für die Juli-Ausgabe 1939 von ASTOUNDING ankaufte. Über die Leserbriefspalte in ASTOUNDING hatte Asimov das Fandom kennengelernt und 1938 ein Treffen der Futurians besucht, wo er Frederik Pohl, Donald Wollheim, Robert W. Lowndes und andere kennenlernte. Eine Zeitlang ging er regelmäßig zu den Treffen, es kam aber im Gefolge des ersten Worldcons zu internen Reibereien, und Asimov, der mit dem Schreiben, dem Studium und der Arbeit im väterlichen Geschäft ausgelastet war, zog sich langsam von den Futurians zurück, die persönlichen Freundschaften blieben aber erhalten. Zu einer regelmäßigen Einrichtung wurden auch die monatlichen Besuche bei Campbell und die damit verbundenen Diskussionen, sowohl literarischer als auch inhaltlicher Natur. Da Asimov es bald leid wurde, die Rolle, die Außerirdische bei Campbell nach dessen Verständnis in der SF zu spielen hatten, zu diskutieren, ließ er sie bald völlig weg und führte dafür Roboter ein. Asimovs erste Geschichte dieser Art war »Robbie«, die wegen gewissen Ähnlichkeiten zu Stories von Eando Binder und Lester del Rey sowohl von ASTOUNDING als auch AMAZING abgelehnt wurde, Pohl jedoch kaufte sie für SUPER SCIENCE STORIES. Von der nächsten ROBOTER-Story aber war Campbell begeistert, und er kaufte »Reason« an. Beim darauffolgenden Gespräch wurde klar das herausgearbeitet und definiert, was seither als Asimovs Robotergesetze schon zum stehenden Begriff geworden ist. Aus einem anderen Gespräch mit Campbell resultierte ein weiterer Meilenstein der SF und in Asimovs Karriere, die Story »Nightfall«. Nicht minder bedeutsam ein weiteres Treffen, ebenfalls im Jahre 1941, bei dem Campbell Asimov von der Idee überzeugte, eine Serie von Geschichten über den Fall eines Ersten Galaktischen Imperiums, die folgende Periode des Feudalismus, und die Geburt eines Zweiten Imperiums zu schildern, eine SF-Version von Edward Gibbons »Decline and Fall of the Roman Empire«. Das war die Geburtsstunde der FOUNDATION-Serie, die Asimovs Blitzkarriere als SF-Autor sicherstellte — und Asimov war zu diesem Zeitpunkt erst 22 Jahre alt. Er hatte sich mittlerweile an der Columbia den Bachelor of Science erarbeitet und wurde zu weiteren Studien zugelassen. Seinen Master erwarb er 1941 und er entschloß sich zum Weiterstudium. Doch dann kam der Krieg, und über Vermittlung von Robert A. Heinlein wurde ihm ein gutbezahlter Job als Chemiker im US Navy Yard in Philadelphia angeboten, den er auch annahm. Bald stieß auch L. Sprague de Camp zu den beiden. In dieser Zeit schrieb er nur wenige Geschichten. 1946 wurde er ausgemustert und kehrte an die Columbia zurück, um seinen Doktor der Philosophie zu machen, den er 1948 erwarb. 1949 schrieb er die vorläufig letzte FOUNDATION-Geschichte, »... And Now You Don't«, und schwor sich, nie wieder etwas zu diesem Themenkreis zu schreiben — ein Schwur, den er 32 Jahre lang hielt. Im gleichen Jahr verkaufte er an Doubleday seinen ersten Roman, der gleich als Buch erschien, »Pebble in the Sky«, und wurde als Lehrer für Biochemie an der Boston University School of Medizine angestellt. Die fünfziger Jahre markierten einen Wendepunkt für Asimov. Campbell und er waren nach wie vor befreundet, aber Asimov verehrte ihn nicht mehr so wie früher, und er fand die Veröffentlichung von L. Ron Hubbards »Dianetics« für das Ansehen sowohl von Campbell als auch des Magazins nicht gerade förderlich. Da aber mit THE MAGAZINE OF FANTASY & SCIENCE FICTION und GALAXY neue Magazine aufgetaucht waren, konnte er auch auf diese ausweichen. Weitere Buchveröffentlichungen folgten, nämlich »The Stars, Like Dust« und »The Currents of Space«, und als Doubleday eine Jugendbuch-Serie wünschte, schrieb er die sechs LUKKY STARR-Romane, die als einzige Veröffentlichungen seiner langjährigen Laufbahn unter Pseudonym — Paul French — erschienen. Seine ROBOTER-Stories wurden zu »I, Robot« zusammengefaßt. An der FOUNDATION-Serie zeigte jedoch vorerst niemand Interesse, auch Little, Brown und andere Verlage nicht, die auf den neuen Autor aufmerksam geworden waren, nur Gnome Press bewies Gespür und brachte die Serie mit einer neuen Einleitung versehen in drei Bänden heraus. Sie wurde in dieser, wie auch in allen folgenden Ausgaben und Auflagen ein Riesenerfolg, von dem Millionen Exemplare abgesetzt wurden und das für Asimov das wichtigste Werk seiner Schriftstellerlaufbahn wurde. Das letzte Glied in der Kette seiner großen Titel war ein SF-Krimi, den Horace L. Gold für sein GALAXY haben wollte. Ursprünglich hatte er an einen Roman zum ROBOT-Zyklus gedacht, aber Asimov lehnte ab, weil er dazu bislang nur Kurzgeschichten geschrieben hatte. Da hatte Gold die Idee mit der Krimi-Handlung, da er wußte, daß Asimov für Krims schwärmte, und das Ergebnis war »The Caves of Steel«, eines der besten Bücher Asimovs. Zu diesem Zeitpunkt war Asimov 34 Jahre alt und hatte den Zenit seiner SF-Karriere erreicht. Er verfaßte zwar auch weiterhin kontinuierlich SF-Stories, wandte sich aber anderen Aufgaben und Herausforderungen zu. Asimov hatte schon 1952 am populärwissenschaftlichen Buch »Biochemistry and Human Metabolism« mitgeschrieben, der Durchbruch auf diesem Sektor allerdings gelang ihm erst mit »The Chemicals of Life«. 1956 folgte »The Naked Sun«, die Fortsetzung zu »The Caves of Steel«. 1958 kam es beruflich zu Turbulenzen. Nach scharfen Auseinandersetzungen mit seinem Dekanatsleiter wurde Asimov seiner Lehrtätigkeit enthoben. Er kämpfte darum, den prestigeträchtigen Titel eines außerordentlichen Professors behalten zu dürfen, und hatte Erfolg. 1958 offerierte ihm Robert Mills, der Redakteur von F & SF, eine monatliche wissenschaftliche Kolumne, die erste erschien im November 1958, und 399 Ausgaben lang war er in jeder Nummer präsent. In der Folge schrieb er für fast jeden Verlag in jedem Bereich. Die ersten Bücher konzentrierten sich noch auf die Wissenschaften, dann uferte die Themenvielfalt rasch aus, wobei auch die Geschichte, speziell die des Altertums, die ihn faszinierte, nicht zu kurz kam. Ende der 60er Jahre hatte Asimov hundert Bücher der unterschiedlichsten Art veröffentlicht und war zu einem literarischen Phänomen geworden. Die SF hatte er nicht vollständig aufgegeben, er schrieb nach wie vor hin und wieder Kurzgeschichten und startete eine Karriere als Anthologist. Als die Idee geboren wurde, die Hugo-Preisträger zu sammeln, fiel die erste Wahl dafür auf Asimov, den seine witzigen und sehr persönlichen Einleitungen zu den einzelnen Geschichten zu einem beliebten Herausgeber machten. Zu anderen wichtigen Projekten in diesem Bereich gehörten »Tomorrow's Children« (1966) und »Before the Golden Age« (1974), das die wichtigsten Geschichten aus der Zeit vor 1939 präsentierte. Nicht zu vergessen in diesem Zusammenhang ist die Anthologienreihe »Isaac Asimov Presents the Great SF Stories«, die auf 25 Bände projektiert war und den Zeitraum von 1939 bis 1963 ab-

Isaac Asimov

deckte (mit dem Jahr 1964 starteten ja die von Carr und Wollheim zusammengestellten Jahresbesten-Anthologien). 1972 schrieb er nach langen Jahren Pause wieder einen SF-Roman, »The Gods Themselves«, der von vielen wegen der überzeugenden Darstellung der Außerirdischen als sein bester angesehen wird. Asimovs persönlicher Favorit, was seine Romane betraf, war der Krimi »Murder at the ABA« (1976). So erfolgreich er auch im Berufsleben war, sein Privatleben hielt damit nicht Schritt. Seine Ehe mit Gertrude Blugerman, die er 1942 geheiratet hatte, zerbrach, 1970 kam es zur Trennung und 1973 schließlich folgte die Scheidung. Noch im gleichen Jahr heiratete Asimov die Psychiaterin Janet Jeppson, die er 1956 auf dem Worldcon in New York kennengelernt hatte. 1976 faßte Joel Davis, der Verleger der Krimi-Magazine ELLERY QUEEN'S MYSTERY MAGAZINE und ALFRED HITCHCOCK'S MYSTERY MAGAZINE, den Entschluß, ein SF-Magazin zu starten und wollte es ebenfalls nach einem Genre-Autoren benennen. Der, den er am besten kannte und der auch schon Geschichten an ELLERY QUEEN'S verkauft hatte, war Asimov. Dieser willigte schließlich ein, seinen Namen dafür zur Verfügung zu stellen, nachdem einige Bedingungen von seiner Seite erfüllt wurden. Erste gesundheitliche Probleme infolge des kontinuierlichen Stresses stellten sich 1977 ein, und zwar Schwierigkeiten mit den Herzkranzgefäßen. Aber sogar in der Klinik schrieb er weiter, und bald hatte er die verlorene Zeit wieder aufgeholt. 1979 erhielt er von der Boston University School of Medicine die ordentliche Professur verliehen, und im gleichen Jahr wurde als sein 200. Buch der erste Teil seiner Autobiographie, »In Memory Yet Green«, veröffentlicht. Bis Ende 1984 hatte sich sein Gesamtwerk um weitere 100 Titel erweitert. 1982 kehrte Asimov wieder zur Science Fiction zurück, und zwar mit einem neuen FOUNDATION-Roman, »Foundation's Edge«, der nahtlos an die klassische Trilogie anschloß. Dieses Buch war sein erster Bestseller, es stand ein halbes Jahr auf der Bestsellerliste der NEW YORK TIMES. Schließlich nahm die Idee Gestalt an, frühere Werke wie die Romane um Elijah Baley und seinen Gehilfen R. Daneel Olivaw und andere mit der FOUNDATION-Serie zu verbinden und diese zu einem krönenden Finale zu bringen. Die darauffolgenden Romane hatten dies zum Ziel: »Robots of Dawn« (1983), »Robots and Empire« (1985), »Foundation and Earth« (1986) und »Prelude to Foundation« (1988). Lediglich eine kleine Lücke blieb noch übrig, die Asimov mit »Forward the Foundation« schließen wollte, einem aus vier oder fünf Erzählungen zusammengesetzten Werk (von denen eine schon in ISAAC ASIMOV'S vorveröffentlicht wurde), das Asimov noch vor seinem Tod vollendet hat. Seinen Namen gab er auch für diverse Serien her, die andere schrieben, wie ISAAC ASIMOV'S ROBOT CITY und andere. 1983 mußte er sich einer Dreifach-Bypaß-Operation unterziehen und 1989 begann er, an Herzversagen zu leiden. Er mußte für Monate ins Krankenhaus und hat sich davon nicht mehr völlig erholt. Mit seinem Tod hat die SF-Welt einen ihrer angesehensten und wichtigsten Vertreter verloren, einen bedeutenden Repräsentanten auch nach außen hin, in anderen medienwirksameren und allgemein anerkannteren Bereichen.

Auch 1991/92 wurden wieder die begehrten SF- und Fantasy-Preise verliehen:

Die ersten HOMER AWARDS, die alljährlich von CompuServe's SF&Fantasy Forum für die besten SF- und Fantasy-Veröffentlichungen verliehen werden, gingen 1990 an »Redshift Rendezvous« von John Stith (SF-ROMAN), »Servant of the Empire« von Raymond Feist & Janny Wurtz (FANTASY-ROMAN), »Moondance« von S. P. Somtow (HORROR/DARK FANTASY-ROMAN), »Golden Fleece« von Robert Sawyer (ROMANERSTLING), »Naught for Hire« von John Stith (NOVELLE), »The Manamouki« von Mike Resnick (ERZÄHLUNG) und »Designated Hitter« von Harry Turtledove (KURZGESCHICHTE).

Der JOHN W. CAMPBELL MEMORIAL AWARD 1991 für den besten SF-Roman des Jahres 1990 wurde diesmal Kim Stanley Robinson für »Pacific Edge« zuerkannt. Robinson nahm den Preis persönlich am 20. Juli 1991 im Rahmen einer kleinen

Feier an der University of Kansas in Lawrence, Kansas von Präsentator James Gunn in Empfang. Auf dem zweiten Platz landete »Queen of Angels« von Greg Bear, den 3. Platz belegte »Only Begotten Daughter« von James Morrow. Der JOHN W. CAMPBELL MEMORIAL AWARD ist ein traditionsreicher Preis, der 1991 bereits zum 18. Mal vergeben wurde. Eine so lange Geschichte weist der ebenfalls dort verliehene THEODORE STURGEON AWARD dagegen noch nicht auf; er wurde 1991 erst zum fünften Mal vergeben, und zwar für die beste Kurzgeschichte des Jahres 1990. Das Rennen machte »Bears Discover Fire« von Terry Bisson vor »Episodes of the Argo« von R. A. Lafferty (Platz 2) und »My Advice to the Civilized« von John Barnes, die auf Platz 3 landete. Auch Terry Bisson war bei der Preisverleihung persönlich anwesend.

Die Leser des Fachblatts SCIENCE FICTION CHRONICLE vergaben für 1990 die 10th ANNUAL S. F. CHRONICLE READER AWARDS, die in der Ausgabe 11/1991 präsentiert wurden. Beim ROMAN gewann »The Fall of Hyperion« von Dan Simmons (vor »Earth« von David Brin und »The Vor Game« von Lois McMaster Bujold), bei der NOVELLE »Bully!« von Michael Resnick (vor »The Hemingway Hoax« von Joe Haldeman und »A Short, Sharp Shock« von Kim Stanley Robinson), bei der ERZÄHLUNG »The Manamouki« von Mike Resnick (vor »Tower of Babylon« von Ted Chiang und »A Braver Thing« von Charles Sheffield), und bei der KURZGESCHICHTE »Bears Discover Fire« von Terry Bisson (vor »Godspeed« von Charles Sheffield und »Cibola« von Connie Willis).

Der GRYPHON AWARD, der von Andre Norton für den besten noch unveröffentlichten Fantasy-Roman einer Autorin vergeben wird, die im Genre professionell tätig ist, aber nicht mehr als einen Roman publiziert hat, wurde 1991 nicht vergeben. Als Begründung für diese Entscheidung wurde angegeben, daß sich unter den eingereichten Texten keiner befunden hatte, der sich für eine Veröffentlichung geeignet hätte.

Die Gewinner der HUGO GERNSBACK AWARDS 1991 wurden auf der 49. World Science Fiction Convention ermittelt und bekanntgegeben, die vom 29. August bis zum 2. September 1991 in Chicago abgehalten wurde und als ChiCon V in die Annalen der SF-Geschichte eingehen wird. Zum besten ROMAN wurde »The Vor Game« von Lois McMaster Bujold (vor »Earth« von David Brin und »The Fall of Hyperion« von Dan Simmons) gewählt, bei der NOVELLE landete »The Hemingway Hoax« von Joe Haldeman (vor »Bully!« von Michael Resnick und »A Short, Sharp Shock« von Kim Stanley Robinson), bei der ERZÄHLUNG »The Manamouki« von Mike Resnick (vor »A Braver Thing« von Charles Sheffield und »Tower of Babylon« von Ted Chiang), und bei der KURZGESCHICHTE »Bears Discover Fire« von Terry Bisson (vor »Cibola« von Connie Willis und »Godspeed« von Charles Sheffield) jeweils auf Platz Eins. Zum besten SACHBUCH wurde »How to Write SF & Fantasy« von Orson Scott Card gekürt. Den JOHN W. CAMPBELL AWARD, der dem besten Nachwuchsautor verliehen wird, erhielt Julia Ecklar, auf den Plätzen landeten Nancy A. Collins und John Cramer. Auf ChiCon wurden auch die Gewinner der japanischen SF-Preise, der SIEUN AWARDS, bekanntgegeben. Bei den Übersetzungen gewannen »Schroedinger's Kitten« von George Alec Effinger die Kategorie KURZGESCHICHTE und »The Uplift War« von David Brin beim ROMAN.

Der MYTHOPOEIC AWARD, der alljährlich an ein phantastisches Werk in Romanlänge vergeben wird, das im Vorjahr erschienen ist und den »Geist der Inklings« — das waren J. R. R. Tolkien, C. S. Lewis und Charles Williams — in bester Tradition widerspiegelt, ging 1991 an Ellen Kushner für »Thomas the Rhymer«.

Die Preisträger der WORLD FANTASY AWARDS 1991 wurden am 3. November 1991 auf dem traditionellen Bankett im Rahmen der World Fantasy Convention, die diesmal in Tucson, Arizona abgehalten wurde, bekanntgegeben. In der Kategorie ROMAN gab es bei Stimmengleichheit zwei Gewinner, »Only Begotten Daughter« von James Morrow und »Thomas the Rhymer« von Ellen Kushner (nominiert waren noch »Tigana« von Guy Gavriel Kay, »Mary Reilly« von Valerie Martin und »Good Omens« von Terry Pratchett & Neil Gaiman), bei der ERZÄHLUNG war »Bones« von Pat Murphy (ins Finale waren auch »Black Cocktail« von Jonathan Carroll, »The Hemingway Hoax« von Joe Haldeman und »The Barrens« von F. Paul Wilson gelangt) und bei der KURZGESCHICHTE »A Midsummer Night's Dream« von Neil Gaiman & Charles Vess erfolgreich (nominiert waren außerdem »Bears Discover Fire« von Terry Bisson, »The Last Feast of Harlequin« von Thomas Ligotti und »Stephen« von Elizabeth Massie). Den ersten Platz in der Kategorie STORYSAMMLUNG belegte »The Start of the End of It All« von Carol Emshwiller, und bei der ANTHOLOGIE setzte sich »Best New Horror«, hrsg. von Stephen Jones & Ramsey Campbell, durch. Für sein LEBENSWERK wurde Ray Russell ausgezeichnet. Die Preisträger wurden von einer Jury ermittelt, die sich diesmal aus Emma Bull, Orson Scott Card, Richard Laymon, Faren Miller und Darrell Schweitzer zusammensetzte. Der Jury für den World Fantasy Award 1992 gehören Jill Bauman, Arthur Byron Cover, John Jarrold, Robert Sampson und Gene Wolfe an.

Die Mitglieder des SCIENCE FICTION BOOK CLUB vergaben 1991 zum fünften Mal den SFBC AWARD. Der Gewinner, der im Rahmen einer Feier am 21. Oktober offiziell bekanntgegeben wurde, war »The Renegades of Pern« von Anne McCaffrey. Auf den Plätzen landeten »Stranger in A Strange Land: The Uncut Version« von Robert A. Heinlein und »The Rowan«, ein weiterer Roman von Anne McCaffrey.

Der von Karen Joy Fowler und Pat Murphy initiierte JAMES TIPTREE JR. MEMORIAL AWARD, der für geschlechtsbezogene SF und Fantasy verliehen wird, wurde 1991 erstmals vergeben. Gewinner, der auf dem WisCon, der vom 6. bis 8. März 1992 in Madison, Wisconsin bekanntgegeben wurde, waren mit Stimmengleichheit »White Queen« von Gwyneth Jones, die auf dem Con anwesend war, und »A Woman of the Iron People« von Eleanor Arnason, die nicht kommen konnte.

Der CRAWFORD AWARD 1991, der alljährlich von der International Association for the Fantastic in the Arts für den besten ersten Fantasy-Roman oder die beste erste Fantasy-Kurzgeschichte der letzten 18 Monate vergeben wird, ging an »Moonwise« von Greer Ilene Gilman. Auf den Plätzen landeten »The Illusionists« von Faren Miller und »On the Road to Baghdad« von Günnely Gün. Der Jury, die diesmal den Preisträger ermittelte, gehörten Carolyn Cushman, Delia Sherman und Jennifer Stevenson an.

Ian McDonald gewann den PHILIP K. DICK AWARD 1992 für den besten SF-Roman des Vorjahrs, der als Originalveröffentlichung im Taschenbuch erschienen ist, für seinen Roman »King of Morning, Queen of Day«. Die Bekanntgabe erfolgte Ende März 1992 auf dem Norwescon 15 in Tacoma. McDonald war nicht anwesend, um den Preis — eine Urkunde und ein Geldpreis von 1000 $ — persönlich in Empfang zu nehmen. Auf Platz 2 landete »Bone Dance« von Emma Bull, die ebenfalls fehlte. Weiters nominiert waren »Mojo and the Pickle Jar« von Douglas Bell, »The Cipher« von Kathe Koja und »Bridge of Years« von Robert Charles Wilson. Die Jury für die Preisvergabe bestand aus M. J. Engh, Elizabeth Hand, David Mead, Richard Paul Russo und Dave Wolverton.

Auf dem Balticon 26 wurde im April 1992 der für den besten Romanerstling vergebene COMPTON CROOK/STEPHEN TALL MEMORIAL AWARD 1991 verliehen. Der zehnte Gewinner dieses jährlich vergebenen und mit 500 $ dotierten Preises war »Reefsong« von Carol Severance. In die Finalrunde waren noch »Ground Ties« von Jane Fancher und »Into the Dark Lands« von Michelle Sagara gekommen.

Die Gewinner der NEBULA AWARDS 1991 wurden auf dem 27. Nebula Awards Bankett, das am 24. April in Atlanta abgehalten wurde, präsentiert. Die Preisträger waren: In der Kategorie ROMAN »Stations of the Tide« von Michael Swanwick, bei der NOVELLE »Beggars in Spain« von Nancy Kress, in der Kategorie ERZÄHLUNG »Guide Dog« von Mike Connor und bei der KURZGESCHICHTE »Ma Qui« von Alan Brennert. Zu den Finalisten gehörten »Orbital Resonance« von John Barnes, »Barrayar« von Lois McMaster Bujold, »Synners« von Pat Cadigan und »The Difference Engine« von William Gibson & Bruce Sterling beim ROMAN, »Man Opening a Door« von Paul Ash, »Apartheid, Superstrings, and Mordecai Thubana« von Michael Bishop, »Bully!« von Mike Resnick, »The Gallery of His Dreams« von Kristine Kathryn Rusch und »Jack« von Connie Willis bei der NOVELLE, »Gate of Faces« von Ray Aldridge, »Black Glass« von Karen Joy Fowler, »Standing in Line with Mr. Jimmy« von James Patrick Kelly, »The All-Consuming« von Lucius Shepard & Robert Frazier und »Getting Real« von Susan Shwartz bei der ERZÄHLUNG und »They're Made Out of Meat« von Terry Bisson, »The Dark« von Karen Joy Fowler, »Buffalo« von John Kessel, »Dog's Life« von Martha Soukup und »the button, and what you know« von W. Gregory Stewart bei der KURZGESCHICHTE.

Zum fünften Mal wurden von den HORROR WRITERS OF AMERICA, der amerikanischen Vereinigung der Horror-Autoren, die BRAM STOKER AWARDS vergeben. Die Preisträger des Jahres 1992 wurden am 19. Juni 1992 auf dem mittlerweile schon traditionellen Bankett der Organisation in New York bekanntgegeben. Es waren »Boy's Life« von Robert R. McCammon beim ROMAN, »The Cipher« von Kathe Koja gemeinsam mit »Prodigal« von Melanie Tem beim ROMAN-ERSTLING, »The Beautiful Uncut Hair of Graves« von David Morrell bei der ERZÄHLUNG, »Lady Madonna« bei der KURZGESCHICHTE und »Prayers to Broken Stones« von Dan Simmons bei der STORYSAMMLUNG. Der SACHBUCH-Preis ging an »Clive Barker's Shadows in Eden«, hrsg. von Stephen Jones, und für sein Lebenswerk erhielt Gahan Wilson den LIFETIME ACHIEVEMENT AWARD. Nominiert waren noch »The M.D.« von Thomas M. Disch, »Needful Things« von Stephen King, »The Dark Tower III: The Waste Lands« von Stephen King und »Summer of Night« von Dan Simmons beim ROMAN, »Winter Scream« von Chris Curry & L. Dean James, »Wilderness« von Dennis Danvers und »Unearthed«

von Ashley McConnel beim ROMANERSTLING, »Fetish« von Edward Bryant, »Death Leaves An Echo« von Charles de Lint, »Advocates« von Suzy McKee Charnas & Chelsea Quinn Yarbro und »Magpie« von Stephen Gallagher bei der ERZÄHLUNG, und »The Ash of Memory, the Dust of Desire« von Poppy Z. Brite, »Love Doll: A Fable« von Joe R. Lansdale, »The Braille Encyclopedia« von Grant Morrison, »Wolf Winter« von Maxine O'Callaghan und »Richard's Head« von Al Sarrantonio bei der KURZGESCHICHTE.

In der August-Ausgabe 1992 des SF-Fachmagazins LOCUS wurden die Gewinner der LOCUS AWARDS 1992 bekanntgegeben. Als bester SF-ROMAN wurde »Barayar« von Lois McMaster Bujold ausgezeichnet (vor »Xenocide« von Orson Scott Card und »Bone Dance« von Emma Bull), als bester FANTASY-ROMAN »Beauty« von Sheri S. Tepper (vor »The Little Country« von Charles de Lint und »Eight Skilled Gentlemen« von Barry Hughart) und als bester HORROR-ROMAN »Summer of Night« von Dan Simmons (vor »Imajica« von Clive Barker und »The Dark Tower III: The Waste Lands« von Stephen King), während zum besten ROMANERSTLING »The Cipher« von Kathe Koja (vor »The White Mists of Power« von Kristine Kathryn Rusch und »Carve the Sky« von Alexander Jablokow) gewählt wurde. Zum besten NON-FICTION-TITEL wurde »Science Fiction: The Early Years« von Everett F. Bleiler bestimmt (vor »The World of Charles Addams« von Charles Addams und »Clive Barker's Shadows in Eden«, hrsg. von Stephen Jones). In der Kategorie NOVELLE wurde »The Gallery of His Dreams« von Kristine Kathryn Rusch erste (vor »Beggars in Spain« von Nancy Kress und »Griffin's Egg« von Michael Swanwick), als beste ERZÄHLUNG wurde »All Dracula's Children« von Dan Simmons (vor »Fin de Cycle« von Howard Waldrop und »Matter's End« von Gregory Benford) und als beste KURZGESCHICHTE »Buffalo« von John Kessel (vor »Daughter Earth« von James Morrow und »Vinland the Dream« von Kim Stanley Robinson) gewählt. »Night of the Cooters: More Neat Stories« von Howard Waldrop hielten die Leser des Infomagazins für die beste STORYSAMMLUNG (vor »Playgrounds of the Mind« von Larry Niven und »Remaking History« von Kim Stanley Robinson) und »Full Spectrum 3«, hrsg. von Lou Aronica, Amy Stout & Betsy Mitchell, für die beste ANTHOLOGIE (vor »The Year's Best Science Fiction: Eighth Annual Collection«, hrsg. von Gardner Dozois, und »The Year's Best Fantasy & Horror: 4th Annual Collection«, hrsg. von Ellen Datlow & Terri Windling. Als bester KÜNSTLER wurde einmal mehr Michael Whelan angesehen, als bestes MAGAZIN ISAAC ASIMOV'S SCIENCE FICTION MAGAZIN, und als bester HERAUSGEBER Gardner Dozois gewählt, während beim VERLAG erneut TOR/ST. MARTIN'S das Rennen machte.

Für den PROMETHEUS AWARD, den die Libertarian Futurist Society alljährlich für Romane vergibt, in denen freiheitliches Gedankengut verbreitet wird, wurden für 1991 »Distant Drums« von D. J. Carey, »Star Trek 57: The Rift« von Peter David, »The Infinity Gambit« von James P. Hogan, »Fallen Angels« von Larry Niven, Jerry Pournelle & Michael Flynn, »Silicon Man« von Charles Platt, »D'Shai« von Joel Rosenberg, »A Tale of the Wind« von Kay Nolte Smith und »Me« von Thomas P. Thomas nominiert.

Beginnend mit 1992 wird der MYTHOPOEIC AWARD in zwei Kategorien vergeben, für ROMANE und für STUDIEN, wobei die ROMANE nochmals in ROMANE FÜR ERWACHSENE und ROMANE FÜR JUGENDLICHE gesplittet wurden. Für die ERWACHSENEN-ROMANE wurden »A Woman of the Iron People« von Eleanor Arnason, »Tam Lin« von Pamela Dean, »Moonwise« von Greer Ilene Gilman, »The Sorceress and the Cygnet« von Patricia McKillip und »Beauty« von Sheri S. Tepper nominiert, und bei den JUGEND-ROMANEN »Jeremy Thatcwer: Dragon Hatcher« von Bruce Coville, »Castle in the Air« von Diana Wynne Jones, »Haroun and the Sea of Stories« von Salman Rushdie, »Elsewhere« von Will Shetterly und »Song of the Gargoyle« von Keatley Snyder.

In die Endausscheidung für den HUGO GERNSBACK AWARD 1992 gelangten: »Barrayar« von Lois McMaster Bujold, »Bone Dance« von Emma Bull, »Xenocide« von Orson Scott Card, »All the Weyrs of Pern« von Anne McCaffrey, »Stations of the Tide« von Michael Swanwick und »The Summer Queen« von Joan D. Vinge beim ROMAN; »And Wild for to Hold« von Nancy Kress, »Beggars in Spain« von Nancy Kress, »The Gallery of His Dreams« von Kristine Kathryn Rusch, »Griffin's Egg« von Michael Swanwick und »Jack« von Connie Willis bei der NOVELLE; »Gold« von Isaac Asimov, »Dispatches from the Revolution« von Pat Cadigan, »Understand« von Ted Chiang, »Fin de Cycle« von Howard Waldrop und »Miracle« von Connie Willis bei der ERZÄHLUNG; und »Press Ann« von Terry Bisson, »Buffalo« von John Kessel, »A Walk in the Sun« von Geoffrey A. Landis, »One Perfect Morning, With Jackals« von Mike Resnick, »Winter Solstice« von Mike Resnick, »Dog's Life« von Martha Soukup und »In the Late Cretaceous« von Connie Willis bei der KURZGESCHICHTE. Für den JOHN W. CAMPBELL AWARD, mit dem der beste neue Autor gekürt wird, wurden Ted Chiang, Barbara Delaplace, Greer Ilene Gilman, Laura Resnick und Michelle Sagara nominiert.

Die britische SF-Szene 1991/92

von Hermann Urbanek

1991 präsentierte sich der britische Science Fiction-, Fantasy- und Horror-Markt als stabil und auf einem bestimmten Niveau konsolidiert. Nach den relativ schlechten Zahlen und Einbrüchen des Jahres 1989 hatte es 1990 einen kleinen Aufschwung gegeben, und dieser setzte sich auch 1991, wenngleich nur minimal fort. Dieser bescheidene Zuwachs betrug dabei knapp einen Prozentpunkt. Die Prognosen, die im Vorjahr gemacht worden waren, erwiesen sich also in ihrer Grundtendenz als richtig, hatten aber auf höhere Zuwachsraten hingedeutet als dann tatsächlich erreicht wurden. Die bislang vorliegenden Informationen, die ebenfalls noch keine direkte Aussagekraft haben, aber doch gewisse Trends erkennen lassen, deuten jedoch darauf hin, daß es 1992 wieder einen massiven Einbruch geben wird, daß die Zahl der Veröffentlichungen deutlich unter der des Jahres 1991 liegen dürfte, sofern sich die Situation im zweiten Halbjahr 1992 nicht drastisch verbessert — und das ist eine eher unwahrscheinliche Annahme. Man muß also leider davon ausgehen, daß 1992 annähernd ebenso viele — oder so wenige — Titel erscheinen wie 1989, und es sieht ganz so aus, als wäre die Durststrecke, die man bereits überstanden gehofft hatte, noch lange nicht vorüber. Fantasy und Science Fiction konnten auch 1991 ihre dominierende Rolle bei den Romanen behaupten, wenngleich auch die SF die Führungsrolle, die sie 1990 der Fantasy abgenommen hatte, wieder an diese abtreten mußte. Platz drei behauptete der Horror-Roman, der relativ knapp vor den Novelisierungen rangierte. Marktdominierende Publikationsform war auch 1991 wieder das Taschenbuch, die Positionen der Hardcover und Paperbacks blieben unverändert. Die Marktführer bei den Genreverlagen waren HarperCollins mit Grafton und Fontana, die schon zum 4. Mal in Folge den Spitzenreiter stellten (127 Titel), Macdonald einschließlich Orbit und Futura (106), Century (85), Headline (76), Transworld (61), Hodder & Stoughton (59), Pan (54), Gollancz (51), Methuen (41) und Penguin (39). Die Trends waren dabei sehr unterschiedlich. Die drei Führenden, HarperCollins, Macdonald und Century, konnten nicht nur ihre Positionen eindrucksvoll halten, sie brachten 1991 fast genau die gleiche Zahl von Titeln heraus wie im Vorjahr (124 bzw. 107 oder 88), während Headline und Transworld die Zahl der Veröffentlichungen um 12 % bzw. 11 % steigern konnten. Große Zuwächse verzeichnete auch Penguin (plus 40 %), die vor allem der Einführung des neuen Imprints Roc UK zuzuschreiben sind. Zu den Verlierern des Jahres 1991 hingegen gehörten Hodder & Stoughton (minus 19 %), Gollancz (minus 24 %) und Titan (minus 50 %). Genre-Titel wurden u. a. noch von den Verlagen Robert Hale, Hamish Hamilton, Morrigan Publications, Robinson Publishing und Simon & Schuster veröffentlicht. Alles in allem waren es 83 Verlage, die 1991 SF, Fantasy und Horror auf den Markt gebracht haben.

Der amerikanischen SF-Fachzeitschrift LOCUS zufolge wurden 1991 im phantastischen Genre unter Berücksichtigung aller Grenzbereiche insgesamt 980 Titel veröffentlicht, was einer Steigerung von 0,7 % entspricht; 1990 waren 973 Titel auf den Markt gekommen (im bisherigen Tiefstjahr 1989 sogar nur 944, während es 1988 einen Rekord von 1129 Veröffentlichungen gab). Das Verhältnis von Nachdrucken bzw. Neuherausgaben und Original- bzw. britischen Erstveröffentlichungen hat sich 1991 erneut zugunsten der Reprints verschoben und ist jetzt ziemlich ausgewogen; standen 1990 noch 556 britischen Erstveröffentlichungen 417 Neuauflagen gegenüber, so lautete 1991 das Verhältnis 497 neue Titel zu 483 Nachdrucken. Diese Original- und britischen Erstveröffentlichungen (in der Regel Werke von US-Autoren) setzten sich aus 98 SF-Romanen (19,7 %), 114 Fantasy-Romanen (22,9 %), 62 Horror-Romanen (12,5 %), 36 Anthologien (7,3 %), 31 Storysammlungen (6,2 %), 3 Sekundärwerken (0,6 %), 56 Novelisierungen (11,3 %), 46 Jugendbüchern (9,3 %), 9 Sammelbänden (1,8 %), 8 Kunstbüchern (1,6 %) und 34 nicht eindeutig zuzuordnenden Titeln zusammen. Damit lag nach einem einjährigen Intermezzo durch den SF-Roman mit einem Vorsprung von 16 Titeln und damit rund 16 % wieder der Fantasy-Roman — und das bei fast gleicher Titelanzahl wie im Vorjahr — an der Spitze des Angebots, gefolgt vom SF-Roman, der ein kräftiges Minus zu verzeichnen hatte, dem Horror-Roman, bei dem es keine Änderung gab, und den Novelisierungen, die etwas schwächer vertreten waren als zuletzt. Die Zahlen und Marktanteile des Jahres 1991 unterschieden sich zum Teil kaum oder gar nicht, teilweise jedoch gravierend von denen des Jahres 1990. Damals hatten sich die 556 Erstveröffentlichungen aus 129 SF-Romanen (23,2 %), 115 Fantasy-Romanen (20,7 %), 62 Horror-Romanen (11,1 %), 50 Anthologien (9,0 %), 44 Storysammlungen (7,9 %), 9 Sachbüchern (1,6 %), 61 Novelisierungen (11,0 %), 50 Jugendbüchern (9,0 %), 11 Sammelbänden (2,0 %), 10 Kunstbüchern (1,8 %) und 15 nicht zuzuordnenden Titeln zusammengesetzt. Den bislang vorliegenden Zahlen zufolge dürfte auch 1992 die Fantasy wieder den Spitzenplatz belegen, gefolgt von der doch schon abgeschlagenen SF in Romanform. Um den dritten Platz liefern sich der Horror-Roman und die Novelisierungen ein Kopf-an-Kopf-Rennen, dessen Ausgang momentan noch völlig offen ist. Aber das sind Trends, die sich in den folgenden Monaten natürlich noch ändern können. Die britische Szene ist, wie sich ja schon öfter gezeigt hat, immer für Überraschungen gut.

In der britischen Verlagsszene tat sich 1991/92 eine ganze Menge. Die einschneidendsten Veränderungen erfolgten dabei im Zusammenhang mit dem plötzlichen Ableben des Medienzaren Robert Maxwell, das zeigte, wie brüchig und finanzschwach dessen Verlagsimperium wirklich war. Daneben gab es natürlich wieder zahlreiche Umstrukturierungen und Reorganisationen, die in der Regel auch Hand in Hand mit Personalreduktionen gingen, was wiederum zur Folge hatte, daß zahlreiche Lektoren, Redakteure und Herausgeber ihre Arbeitgeber wechselten, teils freiwillig, teils gezwungenermaßen. Aber auch neue einschlägige Reihen und Serien wurden wieder aus der Taufe gehoben, neue Kleinverlage betraten den Markt.

Unter den neuen Labels Arrow Paperbacks und Century Publishing kam es zu einem Zusammenschluß der bisher rivalisierenden Subverlage Penguin, Pan und Transworld.

Ebenfalls zu einer Verlagseinheit verschmolzen wurden Heinemann und Mandarin/Minerva, wo Helen Fraser die Position des Verlagsleiters besetzte.

Anthony Cheetham, der Ende 1991 von Random Century gefeuert wurde, hat den neuen Verlag Orion Books gegründet und Weidenfeld & Nicholson sowie dessen Subverlage, unter anderem J. M. Dent, gekauft. Cheetham, der sich sehr für SF interessiert und auch im Genre als Herausgeber gearbeitet hat, startete im September 1992 eine eigene SF-Edition, Millenium Books, die unter der redaktionellen Betreuung von Deborah Beale steht, die zuvor schon bei Legend in diesem Bereich erfolgreich tätig war. Die ersten Titel der Reihe waren »A Fire Upon the Deep« von Vernor Vinge, »The Forever King« von Molly Cochran & Warren Murphy und »The White Mists of Power« von Kristine Kathryn Rusch. Geplant sind u. a. auch vier Sammelbände mit Michael Moorcocks ETERNAL CHAMPION-Zyklus sowie eine zehnbändige Werkausgabe des Autors.

Nach Robert Maxwells plötzlichem Ableben am 5. November 1991 mußte dessen Gesellschaft, die Maxwell Communications Company, den Konkurs anmelden. In der Folge standen die Verlage Macmillan (US) und Macdonald zum Verkauf. Simon & Schuster UK, Headline und Orion Books zeigten Interesse, das Rennen machte aber im Frühjahr 1992 aber Time Warner Inc., der auch die Verlage Warner Books und Little, Brown gehören. Im Gefolge dieser Übernahme wurde Macdonald unter Einbeziehung von Scribners in Little,

Brown & Co (UK) Ltd. umbenannt, die Label Sphere und Futura wurden Teil der neuen Reihe Warner. Die SF-Reihe Orbit hingegen blieb von diesen Veränderungen unberührt.

Games Workshop hat die Pforten seines gleichnamigen Buchverlags geschlossen. Hier sind Novelisierungen seiner populären Spiele WARHAMMER und DARK FUTURE unter der redaktionellen Leitung von David Pringle erschienen.

Sirius Book Company ist der Name eines neuen Kleinverlags, der sein Programm im Herbst 1992 mit Keith Roberts neuem KAETI-Buch, »Kaeti on Tour«, startet. Gegründet wurde der Verlag von Mike und Deborah Moir.

Der britische Genre-Markt wurde, wie schon in den Jahren zuvor, auch 1991/92 wieder von den Werken amerikanischer Autoren und deren britischen Kollegen, die sich im Mutterland der modernen SF etabliert haben, dominiert. Großer Beliebtheit, die ihren Niederschlag u. a. auch in der Zahl der Veröffentlichungen hierzulande fand, erfreuten sich dabei vor allem Poul Anderson, Piers Anthony, Robert Asprin, Isaac Asimov, Greg Bear, Gregory Benford, Ben Bova, David Brin, Marion Zimmer Bradley, Orson Scott Card, Jack L. Chalker, C. J. Cherryh, Louise Cooper, Charles de Lint, Philip K. Dick, Alan Dean Foster, Charles L. Grant, Harry Harrison, Robert A. Heinlein, L. Ron Hubbard, Robert Jordan, Dean R. Koontz, Ursula K. Le Guin, Robert R. McCammon, Patricia McKillip, Larry Niven, Frederik Pohl, Charles Sheffield, Robert Silverberg, Clifford D. Simak, Dan Simmons, S. P. Somtow, Margaret Weis & Tracy Hickman und Gene Wolfe.

Ansonsten gibt es von den britischen und in Großbritannien erstpublizierenden amerikanischen Autoren, ihren jüngsten Aktivitäten und ihren Projekten folgendes zu berichten:

»Hitchhiker« Douglas Adams ließ sich seinen Verlagswechsel von Heinemann zu Cape etwas kosten: Er muß einen Teil seines Vorschusses — über 750 000 Pfund — zurückzahlen, weil er an Heinemann jetzt nur noch einen Roman anstelle der vereinbarten zwei ablieferte. Bei »Mostly Harmless« handelt es sich um den 5. Roman des HITCHHIKER'S GUIDE-Zyklus.

Nach langjähriger Pause veröffentlichte Joan Aiken wieder einen Jugendroman, der zu ihrer ALTERNATE ENGLAND-Serie gehört. Er trägt den Titel »Is«.

Um einen Mann, der rückwärts in der Zeit lebt, geht es im literarischen SF-Roman »Time's Arrow« von Martin Amis.

Erotische SF bringt Agnetha Anders in der Serie PLEASUREHOUSE. Bislang liegen hier »Pleasurehouse 13« und »The Last Days of the Pleasurehouse« vor.

»The Kindness of Women« ist ein autobiographischer Roman von J. G. Ballard, eine Fortsetzung zu »Empire of the Sun«.

Ebenfalls ein Mainstream-Roman ist Iain Banks' neuestes Werk, »The Crow Road«.

Zwei ganz unterschiedliche Werke legte Horror-Bestsellerautor Clive Barker zuletzt vor: den episch angelegten Genre-Roman »Imajica« und das Kinderbuch »The Thief of All Ways«. Für Marvel Comics konzipiert er nebenbei sein eigenes Universum, das BarkerVerse.

Der Abenteurer gleichen Namens, der auch Protagonist einiger Kurzgeschichten war, die die Grundlage für den vorliegenden Roman bilden, steht im Mittelpunkt von Ben Bovas »Sam Gunn, Unlimited«.

Um eine terranische Kolonie, die jahrhundertelang von der Erde abgeschnitten war und sich zum Feudalismus zurückentwickelt hat, geht es in »Expatria« und »Expatria Incorporated« von Keith Brooke.

Ramsey Campbells jüngstes Werk ist der Roman »The Count of Eleven«.

Im Sommer 1992 erschien von Arthur C. Clarke das Sachbuch »How the World Was One: Beyond the Global Village«.

Nach wie vor überaus aktiv ist Horror-Autor Ronald Chetwynd-Hayes. Zuletzt kam von ihm der Roman »Kepple« heraus, in dessen Mittelpunkt ein fast nicht zu stoppender Killer steht.

Eine Figur aus ihrem aufsehenerregenden Romanerstling »Sunglasses After Dark« ließ Nancy Collins auch in einem weiteren Horror-Roman, »Tempter«, agieren.

Zusammen mit John Gribbin verfaßte D. G. Compton den

SF-Thriller »Ragnarok«, in dem eine Gruppe von Öko-Terroristen die Welt mit einem Nuklearen Winter bedroht.

Storm Constantine gehört zweifellos zu den interessantesten jüngeren SF-Autoren Großbritanniens. Zuletzt erschienen von ihr »Aleph« (die Fortsetzung von »The Monstrous Regiment«) und der metaphysische Fantasy-Roman »Burying the Shadow«, in dem sie dem Vampir-Thema eine neue Dimension abzugewinnen versteht.

Weitergeführt wurde Louise Coopers Fantasy-Zyklus INDIGO mit den Romanen 5 und 6: »Troika« und »Avatar«.

Joe Dever hat vor einigen Jahren die Abenteuerspielbuchserie LONE WOLF entwickelt. Anfang der neunziger Jahre startete er gemeinsam mit John Grant auch einen Romanzyklus um diesen Heroen. Zuletzt liegen die Bände 5 und 6 der Serie THE LEGENDS OF LONE WOLF vor: »The Claws of Helgedad« und »The Sacrifice of Ruanon«.

Der neue Horror-Thriller von Joe Donnelly, dem Autor von »Bane« und »Stone«, trägt den Titel »The Shee«.

Nach etlichen Jahren Pause setzte Diane Duane ihren Fantasy-Zyklus TALE OF THE FIVE — bislang bestehend aus »The Door Into Fire« und »The Door Into Shadow« — mit dem 3. Band, »The Door Into Sunset«, fort.

Bestseller-Autor David Eddings beendete mit »The Sapphire Rose« die ELENIUM-Trilogie und startete mit »Dome of Fire« den neuen TAMULI-Zyklus.

Mit historischen Fantasy-Romanen hat sich Barbara Erskine in den letzten Jahren einen Namen gemacht. Ihr neuestes Werk »Child of the Phoenix«, das im 13. Jahrhundert in Wales handelt, liegt ganz auf dieser Richtung.

Ein Künstler steht im Zentrum des Geschehens im Episoden-Roman »Chimeras« von Christopher Evans.

Zwei SF-Juveniles legte Nicholas Fisk vor: den neuen Roman »A Hole in the Head« und den Sammelband »Extraterrestrial Tales«, der drei frühere Werke des Autors in sich vereint.

Der neue Reißer von Horror-Spezialist Christopher Fowler erschien unter dem Titel »Red Bride« und handelt von einer Schauspielerin, die nicht das ist, was sie zu sein scheint.

Alan Dean Foster verkaufte zwei neue SPELLSINGER-Romane an Macdonald.

Craig Shaw Gardner ist fast schon ein Synonym für humorvolle Fantasy (bislang einzige Ausnahme sind seine BATMAN-Bücher). Dazu gehört auch seine ARABIAN NIGHTS-Serie, von der jetzt die Bände 2 (»A Bad Day for Ali Baba«) und 3 (»Scheherazade's Night Out«) erschienen sind.

Neu aufgelegt wurden Alan Garners Fantasy-Jugendbuch-Klassiker »Elidor«, »The Moon of Gomrath«, »The Owl Service«, »Red Shift«, »The Weirdstone of Brisingamen« und »The Stone Book Quartet«.

David Gemmell gehört zu den erfolgreichsten Fantasy-Autoren Englands. Nun ist ihm auch der Sprung über den Großen Teich gelungen, Del Rey hat ein Dutzend seiner Werke angekauft und wird sie, beginnend mit »Lion of Macedon«, ab Herbst 92 in den USA herausbringen. Zuletzt wurden von ihm »Dark Prince« (Parellelwelt-Roman und Fortsetzung von »Lion of Macedon«) und »Morningstar« veröffentlicht, in Vorbereitung befindet sich »Waylander Two«.

»Temps Volume 1« ist der erste Band einer Shared-World-Anthologienreihe um britische Superhelden, zusammengestellt und herausgegeben von Neil Gaiman & Alex Stewart.

Auch Mary Gentle war im Shared-World-Bereich aktiv: Gemeinsam mit Roz Kaveney gab sie »Villains!« heraus, eine Fantasy-Anthologie, deren Beiträge die Geschehnisse aus der Sicht der Bösewichte erzählen, und »The Weerde: Book 1« um eine geheime und geheimnisvolle Welt im Untergrund, die von den beiden in Zusammenarbeit mit Neil Gaiman erdacht und konzipiert wurde. Daneben erschien von ihr mit »The Architects of Desire« eine Fortsetzung von »Rats and Gargoyles«.

Im Frühjahr 1992 publizierte Colin Greenland das Sachbuch »Death is No Obstacle«.

Robert Harris erhielt für die Option der Filmrechte für seinen vielbeachteten Alternativweltroman »Fatherland« eine hohe fünfstellige Summe, für die amerikanischen Rechte konnte er sich über die stolze Summe von 400 000 $ freuen.

Von M. John Harrison kam der Roman »The Course of the Heart« im Sommer 92 heraus.

Der Titel des neuen Horror-Romans von James Herbert lautet »Dark Places«.

World Fantasy Award-Preisträger Robert Holdstock brachte zuletzt den Horror-Roman »The Fetch« auf den Markt.

William Horwood führte seinen Tier-Fantasy-Zyklus DUNCTON mit »Duncton Tales« und »Duncton Stone« weiter.

20 Jahre in der Zukunft handelt der SF-Jugendroman »The Crystal Drop« von Monica Hughes. Frühere Werke der Autorin erlebten eine Neuauflage, wie die ISIS-Trilogie oder »Earthdark«.

»Captives« ist der neueste Horror-Roman von Shaun Hutson.

Um Computerviren und den Erstkontakt mit Außerirdischen geht es in Gwyneth Jones' neuem SF-Roman »White Queen«.

Die Bände 2 und 3 des Zyklus FLIGHT OVER FIRE von Jenny Jones sind erschienen. Die Titel: »The Edge of Vengeance« und »Lies and Flames«.

Für den Oktober 1992 ist ein neues Fantasy-Epos von Guy Gavriel Kay zur Veröffentlichung vorgesehen. Es trägt den Titel »A Song for Arbonne«.

Garry Kilworth war zuletzt zumeist außerhalb des Genres tätig, es erschienen die Mainstream-Jugendbücher »The Third Dragon« und »Standing on Shamsan« sowie der Geister-Roman »The Drowners«.

Mit »Dark Dance« startete die beliebte Fantasy-Autorin Tanith Lee den neuen Horror-Zyklus BLOOD OPERA. Darüber hinaus erschienen noch aus ihrer Feder »Heart-Beast« und der 3. PARADYS-Band, »The Book of the Dead«.

Bewohner eines Gebäudes werden durch einen unnatürlichen Sturm dort festgehalten — in »Darkfall« von Stephen Laws.

Neuer Horror von Richard Laymon: »Darkness, Tell Us« und »Blood Games«.

Brian Lumley veröffentlichte die Bände 2 und 3 der Horror-Serie THE TALES OF THE PRIMAL LAND: »Tarra Khash: Hrossak!« und »Sorcery in Shad«.

Überaus fleißig war zuletzt Horror-Autor Graham Masterton. Von ihm erschienen »The Hymn«, »Black Angel«, »The Pariah« und »Prey« heraus. Letzterer bildet einen Teil des CTHULHU-Mythos.

Julian May ist die Autorin von »Jack the Bodyless«, ein Roman, der Anfang 1992 in den Handel kam.

Band 4 der TALENTS-Serie von Anne McCaffrey trägt den Titel »Damia«.

»Hearts, Hands and Voices« ist der neueste Roman des nordirischen SF-Autors Ian McDonald. In den USA wurde er unter dem Titel »The Broken Land« veröffentlicht.

Nach langjähriger Pause gab es wieder ein Lebenszeichen von Walter M. Miller jr., und ein kräftiges obendrein. Der Titel sagt eigentlich schon fast alles: »Leibowitz and the Wild Horse Woman«.

Einen Horror-Roman über einen seltsamen Kult im Herzen von Somerset legte Kim Newman mit »Jago« vor.

»Return to the Lost World« von Nicholas Nye ist eine Fortsetzung des Fantasy-Klassikers »The Lost World« von Sir Arthur Conan Doyle.

Mit DISCWORLD, der wunderbaren Scheibenwelt, ist Terry Pratchett einer der größten Erfolge im Fantasy-Genre und ein internationaler Bestseller-Zyklus gelungen. Zuletzt erschienen in dieser überaus unterhaltsamen Serie die Romane »Witches Abroad« und »Small Gods«, also die Bände 12 und 13. Zwei weitere Romane der Serie verkaufte er für eine hohe sechsstellige Summe an Gollancz und Corgi.

Humor ist auch eine Spezialität von Robert Rankin. Er legte 1991/92 die zusammenhängenden Romane »Armageddon: The Musical«, »They Came and Ate Us: Armageddon II: The B-Movie« und »The Suburban Book of the Dead: Armageddon III: The Remake« vor.

Um die Suche nach einem magischen Juwel geht es in dem im Mittelalter handelnden Fantasy-Roman »In Pursuit of the Green Lion« von Judith Merkle Riley. Es handelt sich dabei um eine Fortsetzung von »The Vision of Light«.

Mit »Kaety on Tour« legte Keith Roberts nach »Kaety & Company« ein weiteres Buch mit Abenteuern der sympathischen Magierin vor.

Gemeinsam mit Allen Scott verfaßte Michael Scott Rohan den Fantasy-Roman »A Spell of Empire: The Horns of Tartarus«, der in einer Parallelwelt spielt, in der das Imperium Romanum nie eine so dominierende Macht wie in der historischen war; vom William L. Crawford-Preisträger 1991 solo geschrieben wurde hingegen »The Gates of Noon«.

»Destroying Angel« ist der jüngste futuristische Thriller von Richard Paul Russo.

Zu den interessantesten neueren britischen Autoren gehört zweifellos Geoff Ryman. Er legte 1992 sein neuestes Werk vor: »Was« lautete der Titel dieses phantastischen Romans.

S. P. Somtow alias Somtow Sucharitkul hat sich in letzter Zeit verstärkt auf den Horror verlegt. In jüngster Zeit erschien von ihm »Valentine«, eine Fortsetzung von »Vampire Junction«.

Auch Brian M. Stableford hatte es zuletzt mit Fortsetzungen. So veröffentlichte er »The Angel of Pain«, eine direkte Weiterführung des im 19. Jahrhunderts handelnden »The Werewolves of London«. Daneben war er auch noch als Herausgeber tätig, wie z. B. von »The Daedalus Book of Femmes Fatales« oder »The Second Daedalus Book of Decadence: The Black Feast«.

Um dämonische Besessenheit geht es in Whitley Striebers neuem Horror-Roman »Unholy Fire«.

Neu von Melanie Tem: »Blood Moon«, ein psychologischer Horror-Roman.

Tolkien ist zwar schon etliche Jahre tot, nach wie vor werden aber immer noch Bücher mit bislang unveröffentlichten Texten, Fragmenten oder früheren Versionen von und aus seinem »Lord of the Rings« publiziert. So erschienen u. a. Titel wie »The Treason of Isengard« oder »Sauron Defeated«.

Keith Taylor setzte seine BARD-Serie mit dem 5. Band, »Felimid's Homecoming«, fort.

Eine Sammlung von 15 SF- und Horror-Stories veröffentlichte Lisa Tuttle unter dem Titel »Memories of the Body: Tales of Desire and Transformation«.

Die Thematik ist zwar nicht neu, die Ausführung aber interessant: Die Magie stirbt — in der Fantasy-Welt, die Paula Volsky in »Illusion« entwirft.

Nach ihrer BLACKBIRD-Tetralogie präsentierte Freda Warrington mit »Darker Than the Storm« einen in sich abgeschlossenen Fantasy-Roman. Zur Veröffentlichung vorbereitet wird »A Taste of Blood Wine«.

Mit »Forbidden Magic« startete Angus Wells einen neuen Fantasy-Zyklus, THE GODWARS.

Zwei neue phantastische Kurzromane von Robert Westall enthält die Sammlung »The Stones of Muncaster Cathedral«.

Auch Dennis Wheatley vereinte zwei Romane zu einem Sammelband: »The Devil Rides Out and Gateway to Hell«.

Gemeinsam mit Nina Kiriki Hoffman verfaßte Tad Williams den phantastischen Roman »Child of an Ancient City«. Solo schrieb er »To Green Angel Tower«.

In Colin Wilsons SPIDERWORLD-Serie ist Band 3, »The Magician«, erschienen.

Mit wieder einem großen zeitlichen Abstand ist Ende 1992 der 4. Band der auf 7 Romane konzipierten SF-Familiensaga CHUNG KUO von David Wingrove veröffentlicht worden: »The Stone Within«.

»Dream Weaver« ist der Titel des jüngsten Fantasy-Romans von Jonathan Wylie, dem Autor der SERVANTS OF ARK-Trilogie. In Vorbereitung befindet sich für den Herbst 1992 »Shadow-Maze«.

Sie läuft und läuft, wenn auch nicht mehr mit so vielen neuen Titeln wie früher — die Taschenbuchreihe mit Romanen zur britischen SF-Fernsehserie DOCTOR WHO. Zwar wurden die Adaptionen der einzelnen TV-Folgen mittlerweile abgeschlossen, es werden die frühen Titel aber immer wieder neu aufgelegt, bisweilen gibt es auch neue Romane, wie »The Pescatons« von Victor Pemberton (153). Bei den neuen Serien wurde DOCTOR WHO: TIMEWYRM mit den Bänden »Timewyrm: Apocalypse« von Nigel Robinson und »Timewyrm: Revelation« von Paul Cornell weitergeführt. Anfang 1992 wurde eine neue Serie, DOCTOR WHO: CAT'S CRADLE, gestartet. Darin sind »Cat's Cradle: Time's Crucible« von

Marc Platt, »Cat's Cradle: Warhead« von Andrew Cartmel und »Cat's Cradle: Witch Mark« von Andrew Hunt erschienen.

Anfang 1992 hatte die britische Szene auch einen Todesfall zu beklagen:

Am 16. Februar 1992 starb ANGELA CARTER im Alter von 51 Jahren an Lungenkrebs. Sie wurde unter ihrem Mädchennamen Angela Olive Stalker am 7. Mai 1940 in Eastbourne/Sussex geboren. Ursprünglich wollte sie Ägyptologin werden, entschied sich aber schließlich dafür, in die Fußstapfen ihres Vaters zu treten, der als Journalist tätig war. Sie nahm einen Job beim CROYDON ADVERTISER an, wo sie als Journalistin und in der Folge auch als Kolumnistin eingesetzt wurde. 1960 heiratete sie den Chemielehrer Paul Carter (von dem sie 1972 geschieden wurde) und begann im Jahr darauf Englisch mit Fachgebiet Literatur des Mittelalters an der Bristol University zu studieren. Dieses Studium schloß sie 1965 mit dem B.A. ab. In dieser Zeit begann sie, sich für Folklore, Volksmusik und Jazz zu interessieren und ihre ersten Romane zu schreiben. 1966 erschien mit dem Gruselroman »Shadow Dance« ihr Romanerstling, im selben Jahr kam auch ihr Gedichtband »Unicorn« heraus. Es folgten »The Magic Toyshop« (1967), ein surrealer Roman, »Several Perceptions« (1969) und »Heroes and Villains« (1969), ihr erster SF-Roman. Mit diesen Frühwerken heimste sie rasch Ruhm und Preise ein: 1968 den Rhys Memorial Prize und 1969 den Somerset Maugham Award. 1971 folgte der Mainstream-Roman »Love«. Im gleichen Jahr reiste sie nach Japan und lebte dort zwei Jahre lang. Zwei SF-Romane wurden durch ihren Aufenthalt in Fernost inspiriert: »The Infernal Desire Machines of Dr. Hoffman« (1972; in den USA als »The War of Dreams« veröffentlicht) und »The Passion of New Eve« (1977). Einige Stories in ihrer ersten Collection »Fireworks: Nine Profane Pieces« (1974) spielen auch in Japan. Dort kam sie beim Ersten Internationalen SF-Symposium auch erstmals in Kontakt mit der SF-Gemeinschaft. Nach ihrer Rückkehr schrieb sie Artikel für NEW SOCIETY (1982 in »Nothing Sacred« zusammengefaßt) und unterrichtete von 1976 bis 1978 an der Universität in Sheffield. In den frühen Achtzigern unterrichtete sie auch an der Brown University in Providence/Rhode Island und an der Univerity of Adelaide in Australien. In den siebziger Jahren veröffentlichte sie u. a. die Kinderbücher »Miss Z, The Dark Young Lady« und »The Donkey Prince« (beide 1970) sowie die Sammlung »The Bloody Chamber and Other Stories« (1979) und den feministischen Essay »The Sadelan Woman« (1979). In den siebziger und achtziger Jahren schrieb sie eine Anzahl von Hörspielen, die zum Teil gesammelt 1979 als »Come Unto These Yellow Sands« publiziert wurden. Ihr Hauptwerk in den Achtzigern war der Roman »Nights at the Circus« (1984), eine brillante literarische tour de force. Ebenfalls viel Beachtung fand auch ihre Storysammlung »Black Venus« (1985; US-Titel »Saints and Strangers«). 1983 schenkte sie ihrem langjährigen Lebensgefährten Mark Pearce, den sie 1991 heiratete, einen Sohn. 1984 wurde der nach ihrem Hörspiel und nach ihrem Drehbuch gedrehte Film »The Company of Wolves« ein Kultklassiker. 1991 wollte sie noch an der International Conference on the Fantastic in Florida teilnehmen, mußte ihre Teilnahme aber ihrer Krankheit wegen absagen.

Auf dem Magazinmarkt hielten sich auch 1991/92 erfreuliche Tendenzen und negative Entwicklungen wieder in etwa die Waage. Seinen Status behaupten konnte jedenfalls das monatliche SF-Magazin INTERZONE, von dem 1991 zwölf Ausgaben erschienen sind. Zwei davon waren Austausch-Ausgaben mit zwei anderen Magazinen, mit ABORIGINAL SF und MILLION: THE MAGAZINE OF POPULAR FICTION, von denen jeweils eine Ausgabe dem regelmäßigen INTERZONE-Leser vorgestellt wurde. Ansonsten wiesen die einzelnen Ausgaben wieder die gewohnte Güte auf, die Stories waren oftmals experimentell und bisweilen recht ungewöhnlich, wenn auch diesmal die Hard SF besonders gut vertreten war. Die zuletzt hier veröffentlichten Kurzgeschichten stammten von Autoren wie Greg Egan, Stephen Baxter, Paul J. McAuley, Eric Brown, David Brin, Elizabeth Hand, John Gribbin, Kim

Stanley Robinson, Kim Newman, Mary Gentle, Christopher Evans, J. G. Ballard, Geoffrey A. Landis, David Langford, Molly Brown, Ian Watson, M. John Harrison, Ian McDonald, Storm Constantine, Barrington Bayley, Garry Kilworth und Brian Stableford. Ansonsten enthielt das von David Pringle wieder vorbildlich herausgegebene Magazin, das im April 1992 sein zehnjähriges Bestehen feiern konnte, Interviews mit Tad Williams, Terry Pratchett, J. G. Ballard, Anne Rice, David Morrell, Robert Silverberg, Howard Waldrop, Jonathan Carroll, Gardner Dozois, Robert Rankine, Storm Constantine, Dan Simmons, Stan Lee, Terry Brooks und Stephen Donaldson; Artikel von Matthew Dickens, Brian Stableford und David Langford, sowie eine Cyberpunk-Checkliste von Richard Kadrey & Larry McCaffery. Die sehr medienbezogene, aufwendig aufgemachte Hochglanzpapier-Zeitschrift FEAR, die sich mit dem Horror in allen medialen Erscheinungsformen beschäftigte, vor allem in Film und Literatur, wurde 1991 mit der Oktober-Ausgabe eingestellt, nachdem Herausgeber Newsfield den Ausgleich anmelden mußte. Eine der Ursachen für das finanzielle Debakel war zweifellos darin zu suchen, daß die erste Ausgabe des Geschwistermagazins FRIGHTENERS, das nur Stories präsentierte, nach einem richterlichen Entscheid aus dem Umlauf gezogen und die ganze Auflage eingestampft werden mußte. Zu den Autoren, die in den letzten Ausgaben von FEAR mit einer Story oder einem Romanauszug vertreten waren, gehörten u. a. Stuart Moran und Brian Lumley, mit einem Autorenporträt vorgestellt wurden Robert McCammon, Rex Miller, Randall Boyll, Tom Holt, Paul J. McCauley und Mary Gentle, ansonsten enthielt das von John Gilbert herausgegebene Magazin noch — neben den üblichen redaktionellen Sparten wie Rezensionen und Artikeln — Interviews mit Guy Gavriel Kay, Guy N. Smith, Brian Lumley und Forrest J. Ackerman. Von FEAR sind 1991 zehn Ausgaben erschienen. Vom halbjährlich neu erscheinenden FANTASY TALES lagen zuletzt die Nummern 6 und 7 vor, wieder herausgegeben von Stephen Jones und David Sutton, die planmäßige Herausgabe des 8. Nummer dieses Taschenbuchmagazins hat sich bislang verzögert. Nur als Eintagsfliege erwies sich leider das zuletzt angekündigte SF NEXUS. Dafür wurde das traditionsreiche NEW WORLDS neu aus der Taufe gehoben, diesmal allerdings in Buchform. Die erste Ausgabe des wiederbelebten Magazins enthielt 13 neue Stories, darunter jeweils einen Beitrag von Michael Moorcock und Brian W. Aldiss. Herausgegeben wird NEW WORLDS jetzt von David Garnett.

Und was schließlich die britischen SF- und Fantasy-Preise betrifft:

Der Gewinner der 1991 GOLLANCZ/BBC RADIO 4 BOOKSHELF FIRST FANTASY NOVEL COMPETITION wurden offiziell am 22. November 1991 in der Sendung BOOKSHELF bekanntgegeben. Der Preis von 2000 Pfund ging an John Whitborn für »A Dangerous Energy«, einen Alternativwelt-Fantasyroman. Whitborn erhielt weitere 2000 Pfund im Anschluß an die Veröffentlichung des Romans im Sommer 1992 bei Gollancz. Auf den Plätzen landeten Nick Black mit »Red Adam« und Colin Webber mit »Merlin and the Last Trump«, die jeweils 500 Pfund erhielten. Gollancz hat sich die Option für eine Veröffentlichung freigehalten. Insgesamt haben sich 700 Einsendungen an dem Wettbewerb beteiligt.

Die BRITISH FANTASY AWARDS 1991, die von der BRITISH FANTASY SOCIETY vergeben werden, gewannen »Midnight Sun« von Ramsey Campbell in der Kategorie ROMAN, »Best New Horror«, hrsg. von Stephen Jones & Ramsey Campbell in der Sparte COLLECTION/ANTHOLOGIE und »The Man Who Drew Cats« von Michael Marshall Smith bei der KURZGESCHICHTE. Zum besten KÜNSTLER wurde Les Edwards gekürt, und zur besten KLEINVERLAGSPUBLIKATION wurde »Dark Dreams«, hrsg. von David Cowperthwaite & Jeff Dempsey, gewählt. Der ICARUS AWARD für den besten NEWCOMER ging an Michael Marshall Smith und ein SONDERPREIS an Dot Lumley für besondere Verdienste um das Genre.

Die Preisträger der BRITISH SCIENCE FICTION ASSOCIATION AWARDS 1992 wurden auf dem Eastercon, dem britischen SF-Con, der diesmal in Blackpool abgehalten wurde, bekanntgegeben. Die Gewinner waren in der Kategorie ROMAN »The Fall of Hyperion« von Dan Simmons (vor »Eternal Light« von Paul J. McAuley und »The Architecture of Desire« von Mary Gentle) und bei der KURZGESCHICHTE »Bad Timing« von Molly Brown (vor »Floating Dogs« von Ian McDonald und »Nothing Special« von Colin Greenland). In der Kategorie FILM gewann »Terminator 2: Judgement Day«, auf den Plätzen landeten »Red Dwarf« (4. Serie) und »Star Trek, the Next Generation«.

Für den ARTHUR C. CLARKE AWARD, der alljährlich für den besten in Großbritannien veröffentlichten SF-Roman verliehen wird, wurden folgende Werke nominiert: »Raft« von S. M. Baxter, »Synners« von Pat Cadigan, »White Queen« von Gwyneth Jones, »Eternal Light« von Paul J. McAuley, »Subterranean Gallery« von Richard Paul Russo und »The Hyperion Cantos« von Dan Simmons. Der Preis besteht aus einer Trophäe und einem Scheck über 1000 Pfund Sterling, der von Clarke gestiftet wird.

Grenzüberschreitender Verkehr

*Laudatio auf den Nicht-Preisträger der »Wetzlarer Tage der Phantastik«**

von Ulrich Harbecke

Verehrte Damen und Herren, liebe Phantasten,

Lobredner sind nicht zu beneiden. Der oder die Belobigten auch nicht. Und die geladenen Zeugen dieses heiklen Vorgangs noch weniger. Das Eigentliche ist längst geschehen, und es geschah intim, leise, hinter verschlossenen Türen, in der Kammer des Preisträgers und im Sitzungszimmer der Jury. Das Uneigentliche tritt nun groß vor die Öffentlichkeit mit Faltenwurf und Gebärde. Aber man muß da irgendwie durch. Im Lexikon steht das Wort »Laudatio« gleich hinter »Laudanum«, und das bedeutet »Schlafmittel«.

Doch diesmal ist alles anders. Diesmal sind ein Buch und ein Autor zu loben, wie sie weder Ihnen noch mir, noch sonst jemandem bisher untergekommen sind. Ein Buch, das die phantastische Literatur der Vergangenheit in den Schlagschatten der Gegenwart stellt, ein Buch, das die Antiquiertheit des Buches schlechthin im elektronischen Mediengetümmel erfolgreich bestreitet, eines jener seltenen Bücher, die unmöglich erscheinen, solange sie nicht geschrieben sind und die nach ihrer Veröffentlichung so breitbeinig und selbstverständlich in der Welt stehen, als seien sie schon immer dort gewesen.

---

* Auf den Wetzlarer Tagen der Phantastik 1992 wurde erstmals kein Literaturpreis verliehen. Die Jury fand keinen der im Beurteilungszeitraum erschienenen Titel dieser Auszeichnung würdig. — *Anm. d. Hrsg.*

Ein phantastisches Buch also, damit schwer zu schreiben und noch schwerer zu be-schreiben. Das Phantastische ist bekanntlich kein Zustand, sondern ein Vorgang. Es ist der Augenblick der Unentschiedenheit zwischen dem Unheimlichen und dem Wunderbaren. Es ist das Niemandsland, das Minenfeld, der Todesstreifen zwischen der gebahnten, berechneten und der ungebahnten und unberechenbaren Welt. Das Phantastische ist ein virtuelles Geschehen, eine Unschärferelation, ein diffuses Wirkungsquantum, das sich dem Zugriff der Meßtechnik entzieht und sich nur den Sinnen erschließt. Mit einem Wort: Das Phantastische ist die Zeit und die Welt, in der wir leben.

Die Machbarkeit der Menschheitsdämmerung, der Sturm auf die »Festung Europa«, das Hochwürgen unverdauter Reste des Nationalismus inmitten supranationaler Probleme, die totale Kommunikation, die sich durch wenige Subroutinen in totalitäre Kommunikation verwandelt; die Umschaltung der Evolution auf menschliche (und das ist dann rasch unmenschliche) Handsteuerung, die Vorboten einer hausgemachten Weltklimakatastrophe, die Digitalisierung unserer Wahrnehmung zu Bitmustern und definierten Schaltzuständen, die Umcodierung elementarer und intimster Lebensereignisse bis hin zum eigenen Tod als Medienspektakel. Dies alles ist nicht mehr klassische Phantastik, nicht der Einbruch irrealer Träume in die Realität, sondern Phantastik eines neuen Typs: die Kollision unserer irrealen Wirklichkeit mit der Realität unserer Träume.

Welcher Autor wäre dieser Aufgabe gewachsen? Wer könnte die hier fällige Metapher erfinden? Welcher Schrift-Setzer, Wort-Klauber, Begriff-Stutzer und Text-Verarbeiter würde daran nicht scheitern?

Und doch, von einem solchen ist hier Rede und Lob. Es ist kaum glaublich, aber er behauptet ein Leben nach der Geburt. Er sagt Furchtbares voraus, um die Schrecknisse des Gegenwärtigen nicht zu entwerten, jammernd wie ein echter Prophet. Dabei ekelt ihn nichts. Er blickt ruhig in das Gesicht der Todgeweihten und macht sich seine Notizen. Aber er unterläuft das Vollkasko-Denken der Zeitgenossen. Er setzt sie seinen Erfahrungen aus. Er wagt grenzüberschreitenden Verkehr und schützt das Restrisiko vor den Führungs- und Ordnungskräften. Genau besehen lebt er in der Zeit vor der Schrift, in der Zeit der Rufe. Seine Worte behalten das Unheimliche, das in ihnen steckt. Sie infiltrieren die Korridore, die Organogramme und Blockschaltbilder. Dieser Autor läßt einen unstillbaren Hunger spüren. Er zweifelt an vielem, an einem nicht: Mit dem Tod kann nicht alles aus sein. Es muß eine Revanche geben.

Und dabei verzichtet er auf die klassische Fallhöhe seiner Helden. Das Schreiben ist eine Art Verzögerungstaktik seines Denkens. Ich fürchte, es ist die allmähliche Verfertigung des Schweigens, denn kaum ein Gedanke mag sich geschrieben noch leiden. Und es ist etwas pflanzenhaft Langsames in seiner Art. Er mißtraut der behenden Aktion, den tiergemäßen Sprüngen. Er handelt nicht willentlich und zielorientiert, nicht ausgreifend und bodenlos, sondern im ruhigen Sog von unten nach oben, von der Wurzel zur Blüte, vom Erdreich zum ruhigen Verfolgen der Sonne.

Er weigert sich, das Spezielle genau zu wissen. Er duldet Fragen, nachsichtig und immer leicht verletzt, aber er fürchtet nichts mehr als Antworten. Sein Feld ist das Ungewisse. Hier gräbt und grübelt er. Hier ist er bereit, zu hoffen und zu verzweifeln. Er schützt seine Visionen vor den Dingen, denn ringsum geht es nur noch um Gegenstände. Sie werden hergestellt, kumuliert, verteilt. Er weigert sich, Meere, Wüsten und Gebirge meistbietend zu versteigern und die Erde zuletzt in die Hand des Gierigsten zu legen. Er ist bereit, alle Götter, die es je gegeben hat, um sich zu versammeln. Er stellt sie einander vor. Er führt ihre Hand, wenn sie sich unsicher und neugierig betasten. Und da er selbst nicht an Gott glaubt, nimmt er alle Schuld der Welt auf sich. Er sieht schon jetzt die verlassene Erde, von Buchstaben verseucht, in Kenntnissen erstickt und lauscht hinaus in die Kälte. — Ich wünsche ihm den ehrenvollsten aller Tode: Von einem Meteor erschlagen zu werden.

Er hat sogar Respekt vor dem Leser. Er nimmt ihn nicht in Dunkelhaft und Isolierfolter, stiehlt ihm nicht kostbare Lebenszeit. Er benutzt schon jetzt eine noch zu erfindende Schreibmaschine, die sich mit kleinen Stromstößen gegen Pomp und Sprachmüll wehrt. Er benutzt einen neuartigen Duden als Entsorgungsdeponie für ausgebrannte Wörter.

Und nun sein Buch. Ich werde mich natürlich hüten, mich und Sie auf konkrete Einzelheiten festzulegen, denn auch sein Buch hat eine durchlässige Außenhaut und die irritierende Schwankungsbreite eines Quartalssäufers.

Vielleicht erzählt es von dem kichernden Gnom, der seinen Kleincomputer veranlaßt, alle physikalisch möglichen Buchstabenkombinationen durchzuspielen, um so die totale Universalbibliothek zu produzieren, die alles Geschriebene und noch zu Schreibendes, also alles Schreibbare enthalten wird.

Vielleicht mischt es sich am Enddarm der großen Städte unter die gnurpeligen Monster, die von den Testreihen für mehr Jugend, Gesundheit und Schönheit als Fehlversuche oder Ausschuß in den Gully gerieten.

Vielleicht erzählt es die blutige Legende jenes Landes, dessen Bewohner sich so lange frei bewegen dürfen, wie sie einem grausamen Blechidol täglich Hunderte von Menschenopfern bringen. Sie bauen ihm Wege, daß es sie überall erreichen kann. Sie füttern es, sie feiern ihm Feste. Sie jubeln, wenn es in jedem Frühjahr in neuer Gestalt erscheint.

Vielleicht erzählt es von stiernackigen Glatzköpfen, die Deutschland von Menschen säubern und dies unter dem Jubel und Beifall todessüchtiger Kleinbürger. Denn die Vergangenheit hat keine Zukunft mehr.

Vielleicht erzählt es von dem Patienten, der an die Kabel und Schläuche der Intensivtherapie angeschlossen, dann aber bei fluchtartiger Räumung der Klinik vergessen wird. Nach Jahrzehnten findet man ihn. Alles Entbehrliche ist zellenweise abgefault. Nur die elementaren Vitalfunktionen von Hirn und Kreislauf existieren weiter, erbarmungslos aufrechterhalten von Aggregaten und Generatoren.

Vielleicht erzählt es auch nur von dem liebenswerten Beamten der Ordnungsbehörde, der ein Schild entwerfen möchte, das den Zugang zur Endlagerstätte des Plutonium-Mülls verwehren soll. »Betreten verboten.« Nichts einfacher als das, denkt er zunächst, aber dann kommt er ins Grübeln, denn wie muß ein Schild aussehen, in welcher Sprache muß man es verfassen, damit es einer noch in 500 000 Jahren lesen, verstehen und zu seinem Wohle befolgen kann?

Wie auch immer: Ein solches Buch ist sein eigener Mythos. Es vollzieht noch einmal die uralte Reise des »Helden mit tausend Gesichtern«, den Ruf zum Abenteuer, die Überschreitung der Grenze, den Weg der Mühen und Arbeiten, den Moment tiefster Verlorenheit und das Erscheinen des Gottes, den Wiederaufstieg aus dem Unbewußten, die Rückkehr und das Fremdeln in der Heimat und dann die Gründung eines neuen Reiches, nach neuem Gesetz. — Aber auch dieser Eindruck einer folgerichtigen consecutio temporum täuscht, denn alles Vergangene kommt hier zugleich ans Licht. Das Nacheinander steht nebeneinander. Die Qual der Jahrtausende ist das pralle Geschwür der Gegenwart. Wer es nur berührt, dem spritzt der Eiter ins Gesicht. — Und doch hat es auch heilende Kraft. Es macht Explosionen rückgängig. Es kommt von vielem her, aber es bewegt sich auf noch mehr zu. Es lernt von allen und allem, besonders vom Geringsten, denn ihm ist es das meiste schuldig.

Ein unglaubliches Buch. Es reißt die Maske herunter, und man entdeckt: Sie war das Gesicht. Es bricht mit allen Normen. Die Germanisten werden seiner nicht habhaft. Es wahrt seine changierende Natur. Man wird es jagen, wird alles daransetzen, es ding-fest zu machen. Aber es hat sein eigenes Vegetativum und Cerebrum, seinen eigenen Stoffwechsel. Es ist autonomes Dasein. Man muß es nicht einmal lesen, um ihm zur Existenz zu verhelfen. Man wird es in der Phantastischen Bibliothek der Stadt Wetzlar einschließen. Und dort wird es bei Tag nicht weiter auffallen, aber nächtens ein wildes Leben entfalten, in die benachbarten Bücher diffundieren, sie mit Tentakeln durchwuchern und aussaugen, ihre Essenzen und Aerosole, ihre Vitamine, Ballaststoffe und Spurenelemente bedenkenlos in seinen unersättlichen Stoffwechsel aufnehmen. Mit Petronius konspirieren, mit Pantagruel saufen und huren, mit Oskar trommeln, mit Grenouille um Mädchenhälse schnüffeln. Und dann wird es kleine Ableger in die Welt setzen, einen heimlichen Dschungel gründen voll opulenter Orgien und spinnwebfeiner Träume. Es wird erst in Jahrtausenden runzlig und alt, vielleicht auch weise und genügsam. Aber seinetwegen wird Gott zögern, Feuer und Schwefel auf Wetzlar zu werfen. — Vielleicht nimmt es einer nichtsahnend in die Hand, aber er läßt es sofort in unnennbarem Schrecken fallen. Und sogleich brennt es sich durch die Dielenbretter wie jener berühmte Branntweintropfen Samogonskis, fährt zischend durch Erdreich und Wasser, durch Felsen und Erz. Und wer niederkniet und sein Auge an die Öffnung preßt, sieht tief unten das rote Herz der Erde schlagen.

»Wenn einer lange nichts gelesen hat«, schrieb Elias Canetti, »erweitern sich die Löcher im Sieb seines Geistes, und alles fällt durch und alles bis auf das Gröbste ist, als wäre es nicht da. Es ist das Gelesene bei ihm, das zum Auffangen des Erlebten dient, und ohne Gelesenes hat er nichts erlebt.«

Verehrte Damen und Herren. Sie wissen es längst. Der hier belobigte Autor ist noch unentdeckt. Das hier belobigte Buch noch ungeschrieben. Die Jury des diesjährigen Phantastik-Preises der Wetzlarer Tage hat sich nicht für einen Träger entscheiden können. Alle Achtung, und ich denke, Grund zur Zufriedenheit bei allen Beteiligten. Vor allem die Bewerber sollte es freuen, denn ihnen traute man offenbar enorm viel mehr zu, als sie geliefert haben. Die Verleger sollten befreit aufatmen, denn nun wissen sie, daß auf der kommenden Buchmesse noch nicht alle Hoffnungen begraben sind. Die Leser sollten jubeln, denn nun birgt die Zukunft wieder ein Geheimnis, dessen Lösung man mit klopfendem Herzen erwarten und gleichermaßen befürchten darf. Und ich selbst hatte die phantastische Chance, ein »missing link« zu suchen, eine Leer-Stelle zu umkreisen, endlich einmal dem Konjunktiv und Conditional den ihnen gebührenden Raum lassen.

In diesem Jahr wird also nichts zur Ehre der Altäre erhoben, haben sich keine Träume zu Tode erfüllt. Man könnte es auch in künftigen Jahren so halten. Und der Autor, der den Preis am knappsten, also am deutlichsten verfehlt, er dürfte hier stehen und die Laudatio halten über ein Buch, das nicht geschrieben wurde und einen Autor, den es noch zu entdecken gilt.

Man wird übrigens lange suchen. Alle Tabus sind gebrochen. Jede Gebärde des Aufruhrs läßt sich sofort warenästhetisch vermarkten. Die großen Weltgebäude sind zusammengebrochen. Die Theatralik des »neuen Menschen« ist für immer entlarvt. Unsere Tage sind Gottes »Tage der Phantastik«. Er hat seinen Preisträger längst gefunden. Dieser wird sich weiterhin an den Stammtischen erhitzen und bei zehn Glas Bier den Palästina-Konflikt und die Jugoslawienfrage lösen, die Rechtmäßigkeit eines Elfmeters bestreiten und die Umgehungsstraße für den Ortskern fordern und alles, von Busch bis Beckenbauer, von Kardinal — bis Nicole Meissner, vom Ozonloch bis zu Treuhand und Gauck-Behörde in der Sekunde vergessen, wo der süße Kontakt eines Karamelbonbons mit seiner kariösen Zahnwurzel zustandekommt. Unzählige »neue Menschen« wurden schon entworfen, geahnt, gefordert und herbeigebombt. Sie alle stellten sich über kurz oder lang als Maske und Kostüm des alten heraus. Ihm, dem Mehrheitenhalter jeder Statistik, ist kein Kraut gewachsen. Er also wird weder jenen Autor, noch jenes Buch entdecken, selbst wenn er über beide stolpern und lang hinschlagen würde. Und dieser blinde Fleck seiner Wahrnehmung ist wirklich phantastisch, denn er ist unheimlich real. — Mir fällt eine kleine Fabel von Manfred Bieler ein:

Als die Mücke zum erstenmal den Löwen brüllen hörte, sprach sie zur Henne: »Der summt aber komisch.«

»Summen?« sagte die Henne, »der summt doch nicht!«

»Sondern?« fragte die Mücke.

»Er gackert«, antwortete die Henne. »Aber du hast recht, das tut er wirklich komisch.«

SZENE

Magicon, der fünfzigste Welt-Science-Fiction-Kongreß

von Waldemar Kumming

Nach einer langen und ziemlich strapaziösen Anreise (8 Stunden Flug, 3 Stunden Warten in Newark, dann 3 Stunden bis Orlando und schließlich einer Fahrt im Kleinbus zum Hotel) der große Schreck: Mein Koffer war nicht da; der Fahrer mußte ihn versehentlich mit anderem Gepäck bei vorhergehend angefahrenen Hotels ausgeladen haben. Große Konsternation auf allen Seiten; der Fahrer versprach, sofort bei den anderen Hotels nachzufragen, während ich in der Eingangshalle wartete und wartete und wartete ...

Nachdem auch ein Anruf bei der Leitstelle des Busunternehmens nichts gebracht hatte — man wußte nicht, wo sich der Fahrer gerade herumtrieb —, instruierte ich schließlich die Rezeption, ging todmüde auf mein Zimmer.

Am nächsten Morgen sah alles viel besser aus. Mein Koffer war inzwischen bei der Rezeption abgegeben worden. Erleichtert nahm ich meinen Fotoapparat heraus und das Paket mit den Fotoseiten von meinem nichtkommerziellen Fan-Magazin MUNICH ROUND UP. Ich hatte mit Peggy Rae Pavlat (die auch auf diesem Con die *Historical Exhibits* unter sich hatte) ausgemacht, die schon vor zwei Jahren in Den Haag gezeigten Fotoseiten auch hier wieder auszustellen. Die Schwierigkeit war nur, Peggy Rae zu finden. Erst nach einer Stunde Umherirrens gelang mir das schließlich mehr oder weniger zufällig; dann ging es allerdings sehr schnell. Ich bekam meinen Platz zugewiesen und konnte anfangen.

Und so klebte ich und klebte und klebte, erst auf die zwei

Chairman des Magicons Joe Siclari

großen Lochrasterplatten, die an Ständern befestigt emporragten, dann auf die Tische davor. Zeitweilig hatte ich dabei Hilfe von anderen deutschen Fans. Schließlich war ich fertig und hatte sogar alle Bildseiten und den erklärenden Text dazu untergebracht, wonach es zunächst gar nicht ausgesehen hatte. Frohgemut machte ich mich auf, der großen Eröffnung der Konvention beizuwohnen.

Nach längerem Warten vor und in dem größten Saal des Orange County Convention Centers begann die Konvention dann offiziell. Tatsächlich hatte es in den Nebenräumen bereits etliche Vorträge gegeben, und es gab sie auch parallel zur Eröffnung — bei fast 6000 Teilnehmern eine durchaus angemessene Möglichkeit, den Andrang doch etwas zu verteilen.

Da die stattfindende Weltkonvention immerhin die fünfzigste war, also durchaus ein Jubiläum darstellte, war es auch angebracht, neben vielen anderen Attraktionen auch Titelseiten von Programmen früherer Konventions zu zeigen. Schade nur, daß Heidelberg 1970 nicht dabei war. Auch Filmszenen von den Anfängen des Fliegens bis zur Landung auf dem Mond wurden gezeigt, darunter lange Ausschnitte aus dem Film FRAU IM MOND.

Den Convention Chairman Joe Siclari, den ich bei der Eröffnung nur von weitem gesehen hatte (ich saß zwar verhältnismäßig weit vorn, aber der Saal war *sehr* groß), sollte ich bald näher kennenlernen, da er bei verschiedenen Diskussionsrunden wenigstens teilweise mitmischte. Meist meldete sich vor Ablauf der Stunde das von ihm getragene Sprechfunkgerät und rief ihn irgendwohin. Falls da etwas schiefgelaufen war, so gelang es ihm und seinen Getreuen immer, das hinter der Szene auszubügeln. Jedenfalls fingen zumindest die Diskussionen in den kleineren Sälen immer pünktlich an, und nur zwei oder drei fielen aus. Von anderen SF-Konventionen war ich da mitunter anderes gewöhnt. Vielleicht spielte es dabei auch eine Rolle, daß so viele Fans in der einen oder anderen Form am Funktionieren der Konvention beteiligt waren. Die Aufzählung im Convention Book nahm viereinhalb Seiten A 4 in Anspruch — und damit wa-

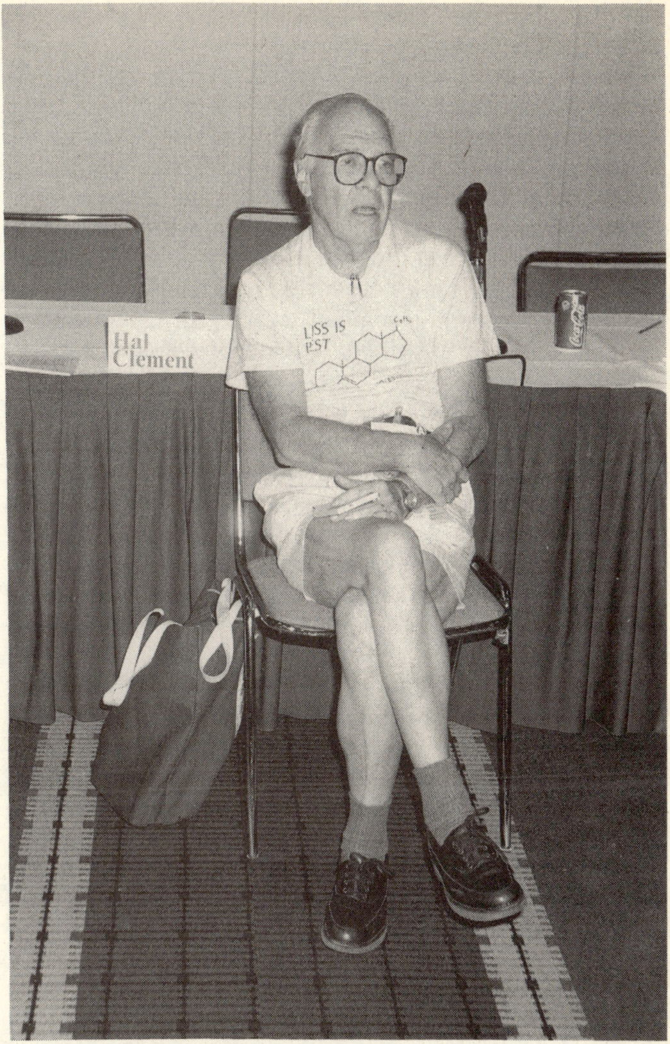

Der »Schwere-Welten«-Mann Hal Clement in ungewöhnlich leichtfüßiger Aufmachung für seine Fans

Copyright © Foto by Waldemar Kumming

ren die zeitweiligen Helfer nicht mitgerechnet, die für ein paar Stunden irgendeinen Posten übernahmen.

Vorträge fanden auf der Convention nur wenige statt; die meisten Veranstaltungen waren Diskussionen mit vier oder fünf Teilnehmern. Der NASA-Vortrag über *Space Shuttle and Space Lab,* der von nur zwei Leuten abgehalten wurde, war fast schon eine Ausnahme. Die NASA hatte übrigens einen eigenen Raum, in dem sehr oft Vorträge über Raumfahrtthemen stattfanden. Leider hatte ich keine Zeit, weitere zu besuchen — es gab mindestens sechs, manchmal auch wesentlich mehr andere Programmpunkte, die gleichzeitig stattfanden. Da konnte man sich nur für einen jeweils interessantesten entscheiden.

Natürlich ist es fast unmöglich, auch nur die wesentlichsten Punkte der meisten Diskussionen wiederzugeben, ohne sich ins Uferlose zu verrennen; daher hier nur ganz kurz einige Angaben über die wichtigsten oder mehr zusammenhängenden Sitzungen. Hal Clement und später auch Vincent Di Fate versuchten mit einigem Erfolg, Diskussionen vom ersten Weltcon 1939 nachzuempfinden. Insbesondere Hal Clement mußte bei der Nachstellung von *Seeing the Universe* das damalige populäre Weltbild berücksichtigen, das sich im wesentlichen auf unsere eigene Milchstraße beschränkte. Auch die Relativitätstheorie war noch nicht in das Bewußtsein der Menge gedrungen (ist sie es heute?).

Verschiedene Diskussionen gingen um die Frage der Zukunft des Raumfahrtprogramms, zum Beispiel *Why We Should Return to the Moon and Stay* (Warum wir zum Mond zurückkehren und dort bleiben sollten) und *Mars Needs Men, Women, and Money* (Der Mars braucht Männer, Frauen und Geld). Wenngleich einige Fragen noch nicht geklärt sind, insbesondere ob der Mensch die lange Reise bei Schwerelosigkeit unbeschadet überstehen kann, so ist doch sicher, daß die Pläne der NASA für einen Besuch auf dem Mars Anfang des nächsten Jahrhunderts verwirklicht werden können — wenn da nicht die leidige Geldfrage wäre. Ob der amerikanische Kongress die dafür erforderlichen Milliarden bewilligen wird, ist im Moment nicht abzusehen.

In einem Gespräch über überlichtschnellen Flug waren sich eigentlich alle Teilnehmer einig, daß er nach heutigen Theorien nicht möglich sei, vielleicht mit Ausnahme des Fluges durch die Mitte eines rotierenden Schwarzen Loches. *Alternate History Stories* beschäftigte sich mit Erzählungen, in denen irgendein entscheidendes Ereignis anders ausfiel, als wir es kennen, woraus sich dann eben auch eine andere Geschichte entwickelte. Immerhin glaubt auch eine Minderheit von Wissenschaftlern daran, daß sich die Welt ständig spaltet, wenn auch ohne auf die Taten von Menschen die geringste Rücksicht zu nehmen. Es gab auch einen Vortrag über *The Chart of Fundamental Particles* (Die Charta der fundamentalen Teilchen), ein Gespräch *How Did the Universe Originate?,* eine Diskussion *Can Life Evolve on One-Face, Tide-Lokked Worlds?* (Kann Leben auf Welten entstehen, die stets eine Seite ihrer Sonne zudrehen?) und eine weitere Diskussion *Did John W. Campbell Really Believe in the Dean Drive, Psionics, Dianetics ...* (Glaubte John W. Campbell wirklich an den Dean Drive, Psionics und Dianetik ...). Er glaubte an gar nichts, war aber jederzeit bereit, über Möglichkeiten zu diskutieren.

Dave Kyle gab eine Dia-Schau über die Geschichte der Science Fiction und Stanley Schmidt, derzeit Editor von ANALOG, hielt einen Vortrag über *What is an ANALOG Story?.* In *Myths of the Future* wurde versucht, mögliche Mythen der Zukunft schon jetzt herauszufinden, in Analogie zu den jetzt existierenden Mythen über die Vergangenheit — und eine ganze Menge von dem, was wir über die Vergangenheit zu wissen glauben, sind in Wirklichkeit Mythen, überhöhte Darstellungen von Ereignissen, die in Wirklichkeit weitaus »gewöhnlicher« stattgefunden haben oder aus mehreren Fällen zusammengezogen wurden; manchmal sind sie auch glatt erfunden. *Earth as a Primitive Society: What if We Were Contacted by an Advanced Alien Race?* (Die Erde als eine primitive Gesellschaft: Was passiert, wenn eine fortgeschrittene Rasse mit uns Kontakt aufnimmt?) untersuchte die Möglichkeiten, die sich aus einer solchen Konstellation ergeben. Und schließlich besuchte ich auch *Past Worldcon Chair-*

Harry Turtledove und George Alec Effinger

Copyright © Foto by Waldemar Kumming

men Tell How They Lived Through It (Chairmen von früheren Weltkonventions erzählen, wie sie das durchstanden).

Damit will ich es genug sein lassen, obwohl ich mir noch einige andere Diskussionen anhörte. Natürlich gab es auch eine Fülle anderer Programmpunkte. Um nur ein paar von den (von mir nicht gehörten) Titeln herauszugreifen: *Oriental Influences in Fantasy* (Orientalische Einflüsse in der Fantasy),

Dreamtime of the Australian Aborigines (Traumzeit der australischen Ureinwohner), *Bookstore as Supermarket — Growth of Mega-Bookstores* (Bücherläden als Supermarkt — das Wachsen der Mega-Buchläden), *Aliens, Robots and Modified Humans* (Extraterrestrier, Roboter und modifizierte Menschen), *Art Disasters: My Worst Painting* (Kunstkatastrophen: Mein schlechtestes Gemälde), *Sex, Fandom and AIDS, Secrets of Good Hall Costuming* (Geheimnisse der guten Kostümierung), *Tarot Workshop, Sports of the Future, The Current Sources in Japanese Animation* (Gegenwärtige Quellen japanischer Animation), *Sources of Fear in Horror* (Quellen der Furcht in Horrorliteratur) und ... ich könnte hier endlos weitermachen.

Dabei war das noch nicht einmal alles; es liefen noch dauernd Filme und Videos, Signierstunden mit allen möglichen Autoren, *Kaffeeklatsch* (dieses Wort hat sich offensichtlich im Amerikanischen eingebürgert), *Filk Singing* (eine Abwand-

Drei HUGO-Gewinner: Nancy Kress, Lois McMaster Bujold und Geoffrey Landis

lung von Volksliedern ins Fannische), Interviews, Lesungen usw.

Statt mich hier weiter zu verrennen, möchte ich hier lieber die Sache mit der *Time Capsule* anführen. Irgendwie war die Idee aufgetaucht, eine Zeitkapsel mit allem mögliche Zeug vom 50. Weltcon zu füllen, die erst beim 100. wieder geöffnet werden sollte. Erst zögerten die Fans, dann aber kam alles mögliche; ich konnte auch nicht mehr an mich halten und gab eine Ausgabe meines Amateurmagazins mit hinein.

Der große Saal, der schon zur Eröffnung gedient hatte, mußte auch für zwei weitere Veranstaltungen herhalten. Die erste war die Verleihung der *Hugo Awards* und weiteren Preise. Dabei schlich sich ein peinlicher Fehler ein, für den allerdings Toastmaster Spider Robinson, der die Umschläge mit den Gewinnernamen öffnete und vorlas, nichts konnte. Als bestes Fanzine war da *Lan's Lantern* angegeben, herausgegeben von George Laskowski. Dies leuchtete mir durchaus ein; von den wenigen Fanzines, die ich aus Amerika bekomme, ist dies zweifellos das beste. Leider war die Freude über den Preis verfrüht; wesentlich später mußte Spider Robinson sich korrigieren und zugeben, daß da im Umschlag eine falsche Karte gesteckt hatte — er kannte ja die Gewinner auch nicht, ehe er sie vorlas. Tatsächlich wurde der Preis von *Mimosa* (das mir leider nicht bekannt ist) gewonnen, herausgegeben von Dick und Nicki Lynch. George Laskowski machte gute Miene zum bösen Spiel und überreichte den *Hugo* dann später an die richtigen Gewinner. Das war aber auch der einzige größere Fehler, der auf der Konvention passierte; sonst lief alles wie am Schnürchen.

Das andere Ereignis, das im großen Saal stattfand, war die *Masquerade.* Die Auftritte waren geschickt aus den vier Kategorien *Master, Journeyman, Novice* und *Junior* gemischt. Manche Darstellungen waren schlicht, einige langweilig, aber nicht zu sehr; auf der Bühne herrschte ein strenges Zeitlimit. Andere Darstellungen waren wirklich anschauenswert. Mir gefiel besonders *Ptolemaic System,* das auch einen Preis gewann; allerdings wurden so viele Preise vergeben, daß wohl die Mehrzahl der Teilnehmer einen bekam. Zwischen-

Michael F. Flynn und Bruce Sterling

Copyright © Foto by Waldemar Kumming

durch galoppierte außer Konkurrenz *Nessy* über die Bühne, das Ungeheuer von Loch Ness, das für den Con in Glasgow warb. Leider reichte mein Fotoapparat nicht aus, um ohne Blitz und auf die doch verhältnismäßig große Entfernung vernünftige Bilder zu machen. Am Sonntag erreichte die Konvention auch eine schlechte Nachricht: Fritz Leiber war am Samstag gestorben.

Inzwischen waren auch die Stimmen für die Wahl des Weltcons im Jahre 1995 ausgezählt worden (nach den jetzigen Regeln erfolgt die Wahl immer drei Jahre im voraus). Die Entscheidung zwischen Atlanta und Glasgow fiel zwar knapp, aber deutlich zugunsten von Glasgow aus. Sicherlich hatte dazu beigetragen, daß eine schottisch kostümierte Band mehrmals aufgespielt hatte; vielleicht machte es aber auch etwas aus, daß die Leute von Atlanta in einem ihrer Flyers ziemlich über Glasgow und seine Konvention-Möglichkeiten herzogen — für meinen Geschmack entschieden zu weit gehend und vielleicht auch für andere Wähler nicht mehr tragbar. Die Schotten wollen ihren Con *Intersection* nennen; die Fans von Atlanta bewarben sich anschließend für den *NASFIC 1995* (den amerikanischen Con, der immer dann stattfindet, wenn der Weltcon ins »Ausland« geht) und gewannen auch.

Der zweite Riesensaal im Kongreßgebäude war dreigeteilt. Ein Teil war die Gemäldeausstellung (wo man leider nicht fotografieren durfte). Dort war eine geradezu unheimliche Menge an größtenteils erstklassigen Bildern versammelt; man konnte die als Titelbilder für Bücher benutzten oder gedachten meist deutlich von freien Illustrationen unterscheiden, die übrigens mehr zur Fantasy tendierten.

Ein anderer Teil des Saales war der Büchermarkt (und was da sonst noch alles verkauft wurde). Dahin ging ich jeden Tag; einmal um Bücher einzukaufen, von denen ich schließlich an die 60 Stück hatte (mehr ging in den Koffer nicht hinein). Zum anderen aber auch, um mich mit Andrew Porter zu treffen, dessen semiprofessionelles Magazin *Science Fiction Chronicle* ich in Deutschland (ohne Bezahlung) vertrete.

Und schließlich war da noch der dritte Teil des Riesensaales. Er enthielt unter anderem all die Ausstellungen von Fotos, wobei ich feststellen mußte, daß von den verschiedenen Fotoausstellungen nichtamerikanischer Länder meine (von Munich Round Up) die bei weitem vollständigste war.

Eingestreut in den Saal waren etliche gut zehn Meter große, ungleichmäßige und mit grünem Tuch überzogene Flächen. Das war der »Golfkurs«, den Fan-Ehrengast Walt Willis eingerichtet hatte und der sich auch regen Zuspruchs erfreute. Vor seiner Eröffnung wurde Walt Willis eine Stunde lang befragt — und da gab es viel zu erzählen, vor allem von der Herausgabe von *Slant,* dem legendären irischen Fanzine, welches das eigentlich nur aus Walt Willis und James White bestehende irische Fandom in der ganzen Welt bekanntmachte.

Schließlich war die Stunde des Abschieds gekommen; dafür hatte sich die Conleitung einen wesentlich kleineren Saal als den für die Eröffnung ausgesucht, womit sie offensichtlich recht hatte. Nach etlichen kurzen Reden und nachdem Joe Siclari von seinen Mitstreitern zwangsweise ein anderer Hut aufgesetzt worden war, wurde die Conherrschaft an die Ausrichter des nächsten Weltcons in San Francisco übergeben, und schließlich marschierten die Männer von Glasgow fahnenschwingend durch den Saal. Der Con war zu Ende. Hatte er mir gefallen? Ja, sogar sehr; ich bereute keinen Augenblick die doch ziemlich weite Reise.

Am nächsten Tag nahm ich die Gelegenheit wahr, *Cape Canaveral* zu besuchen. Aber das ist eine andere Story.

Preise – Preise – Preise

1990 BRITISH FANTASY AWARD

(der BRITISH FANTASY SOCIETY):

Roman (d.i. AUGUST DERLETH AWARD): **Ramsey Campbell,** MIDNIGHT SUN
Anthologie/Collection: **Stephen Jones & Ramsey Campbell (Hrsg.),** BEST NEW HORROR
Kurzgeschichte: **Michael M. Smith,** THE MAN WHO DREW CATS
Künstler: **Les Edwards**
Kleinverlag: **David Copperthwaite & Jeff Dempsey (Hrsg.),** DARK DREAMS
Bester neuer Autor (d. i. ICARUS AWARD): **Michael Marshall Smith**
Spezialpreis: **Dot Lumley**

1991 AURORA AWARDS

(vergeben von der CANADIAN SCIENCE FICTION AND FANTASY ASSOCIATION):

Roman/Englisch: **Guy Gavriel Kay,** TIGANA
Roman/Französisch: **Elisabeth Vonarburg,** HISTOIRE DE LA PRINCESSE ET DU DRAGON
Kurzgeschichte/Englisch: **James Alan Gardner,** MUFFIN EXPLAINS TELEOLOGY TO THE WORLD AT LARGE
Kurzgeschichte/Französisch: **Elisabeth Vonarburg,** ICI, DES TIGRES
Künstler: **Lynn Taylor Fahnestalk**

1991 EUROCON AWARDS

Bester Autor: **Stanisław Lem**
Bester Künstler: **Kaja Suadek**
Bester Verlag: **Unwin/Hyman**
Bester Promotor: **Kees van Toorn**
Bestes Magazin: **Interzone**

1991 READERCON AWARD

(der Kleinverlage):

Roman: **Misha,** RED SPIDER, WHITE WEB
Magazinveröffentlichung/Fiction: **Mark Ziesing & Andy Watson (Hrsg.),** JOURNAL WIRED
Magazinveröffentlichung/Non-Fiction: **David Hartwell u.a. (Hrsg.),** NEW YORK REVIEW OF SF
Collection: **Michael Blumlein,** THE BRAINS OF RATS
Wertvolle Buchveröffentlichung: **Gardner Dozois,** SLOW DANCING THROUGH TIME
Kurzgeschichte: **Dan Simmons,** ENTROPY'S BED AT MIDNIGHT
Neuveröffentlichung: **J. G. Ballard,** THE ATROCITY EXHIBITION
Sachbuch: **Larry McCaffrey,** ACROSS THE WOUNDED GALAXIES
Illustrationen: **H. R. Giger,** H. R. GIGER'S BIOMECHANICS
Anthologie: **Elizabeth Saunders (Hrsg.),** WHEN THE BLACK LOTUS BLOOMS
Magazingestaltung: **Andy Watson,** JOURNAL WIRED

1991 GRYPHON AWARD

(für den besten, noch unveröffentlichten Fantasy-Roman einer Autorin, gesponsort von Andre Norton):

wurde wegen zu wenigen zur Veröffentlichung geeigneten eingesandten Texten nicht vergeben.

1991 PIONEER AWARD

(der SCIENCE FICTION RESEARCH ASSOCIATION für den besten Artikel):

H. Bruce Franklin, THE VIETNAM WAR IN AMERICAN SF AND FANTASY

1991 PILGRIM AWARD

(der SFRA für lebenslange Leistungen im Genre im sekundärliterarischen Bereich):

Pierre Versins

1991 MYTHOPOEIC FANTASY AWARD

(der MYTHOPOEIC SOCIETY für ein Fantasy-Werk in Romanlänge, das in der Tradition der Inklings steht):

Ellen Kushner, THOMAS THE RHYMER

1991 MYTHOPOEIC SCHOLARSHIP AWARD

(der MYTHOPOEIC SOCIETY für ein in den letzten drei Jahren veröffentlichtes Sachbuch über die Inklings):

George Sayer, JACK: C. S. LEWIS AND HIS TIMES

1991 10th ANNUAL SFC READER AWARDS

(der US-Fachzeitschrift SCIENCE FICTION CHRONICLE):

Roman: **Dan Simmons,** THE FALL OF HYPERION
Novelle: **Mike Resnick,** BULLY!
Erzählung: **Mike Resnick,** THE MANAMOUKI
Kurzgeschichte: **Terry Bisson,** BEARS DISCOVER FIRE
Film: TOTAL RECALL
Künstler: **Michael Whelan**
Herausgeber/Magazinbereich: **Edward L. Ferman**
Herausgeber/Buchsektor: **Ellen Datlow**

1991 WORLD FANTASY AWARDS:

Roman (stimmengleich): **James Morrow,** ONLY BEGOTTEN DAUGHTER
Ellen Kushner, THOMAS THE RHYMER
Novelle: **Pat Murphy,** BONES
Kurzgeschichte: **Neil Gaiman & Charles Vess,** A MIDSUMMER NIGHT'S DREAM
Collection: **Carol Emshwiller:** THE START OF THE END OF IT ALL AND OTHER STORIES
Anthologie: **Stephen Jones & Ramsey Campbell,** BEST NEW HORROR
Sonderpreis/Professionell: **Arnie Fenner**
Sonderpreis/Non-Professionell: **Richard Chizmar,** CEMETARY DANCE
Künstler: **Dave McKean**
Lebenswerk: **Ray Russell**

PREMIO ITALIA 1991

(der SF-Profis Italiens für die besten SF-Veröffentlichungen, verliehen von einer Jury aus über 150 Mitgliedern):

Roman: **Vitorio Catani,** GLI UNIVERSI DI MORAS
Profi-Kurzgeschichte: **Miriam Poloniato,** RULLI DI TAMBURI
Essay in Buchlänge: **A. Columbo & F. Tentori,** LO SCHERMO INSANGUINATO
Artikel: **Mariella Bernacchi,** L'ATENEO ESOTERICO DI HOWARD E LOVECRAFT
Künstler: **Alessandro Bani**
Herausgeber: **Piergiorgio Nicolazzini**
Reihe: **Cosmo Argento**
Magazin: DIMENSIONE COSMICA
Übersetzer: **Annarita Gaurnieri**

1991 SCIENCE FICTION BOOK CLUB AWARD

(vergeben von den Mitgliedern des SF-Buchclubs):

Anne McCaffrey, THE RENEGADES OF PERN

1991 GOLLANCZ FANTASY AWARD

(gemeinsam von Gollancz und der BBC vergeben für den ersten noch unveröffentlichten Fantasy-Roman eines Autors):

John Whitborn, A DANGEROUS ENERGY

1991 JAMES TIPTREE JR. MEMORIAL AWARD

(für eine geschlechtsspezifische SF- oder Fantasy-Publikation) gemeinsam mit Stimmengleichheit:

Gwyneth Jones, WHITE QUEEN
Eleanor Arnason, A WOMAN OF THE IRON PEOPLE

1991 WILLIAM L. CRAWFORD AWARD

(verliehen von der INTERNATIONAL ASSOCIATION FOR THE FANTASTIC IN THE ARTS für den besten ersten Fantasy-Roman oder das beste erste Fantasy-Kurzwerk der letzten 18 Monate):

Greer Ilene Gilman, MOONWISE

1992 PHILIP K. DICK AWARD

(für die beste Originalveröffentlichung eines SF-Romans im Taschenbuch):

Ian McDonald, KING OF MORNING, QUEEN OF DAY

1992 SKYLARK AWARD

(vergeben von der NEW ENGLAND SF ASSOCIATION):

Orson Scott Card

1991 ROUNDTABLE AWARDS

(vergeben von der Kabel-TV-Talkshow THE CHRONIC RIFT):

Roman: **Sheri S. Tepper,** BEAUTY
Kurzgeschichte: **Emma Bull,** SILVER OR GOLD
TCR-Ruhmeshalle: **Gene Roddenberry**

1991 COMPTON CROOK/STEPHEN TALL MEMORIAL AWARD

(für den besten Romanerstling):

Carol Severance, REEFSONG

1992 BRITISH SCIENCE FICTION ASSOCIATION AWARDS

(vergeben von den Mitgliedern der BSFA):

Roman: **Dan Simmons,** THE FALL OF HYPERION
Kurzgeschichte: **Molly Brown,** BAD TIMING
Film: TERMINATOR 2: JUDGEMENT DAY
Künstler: **Mark Harrison**

PREMIO ITALIA 1992

(vergeben von den SF-Profis Italiens):

Roman: **Nino Filasto,** LA PROPOSTA
Kurzgeschichte/Profi: **Dario Tonani,** LA BARACCA DEGLI ANGELI NERI
Essay in Buchlänge: **Renato Giovannoli,** LA SCIENZA DELLA FANTASCIENZA
Artikel: **Gianfranco De Turris,** IL CASO TOLKIEN
Künstler: **Alessandro Bani**
Herausgeber: **Piergiorgio Nicolazzini**
Übersetzer: **Annarita Guarnieri**
Reihe: **Cosmo Argente**
Magazin: L'ETERNAUTA

1992 EUROCON AWARDS:

Bester Autor: **Arkadi & Boris Strugatzki**
Bester Künstler: **Teodor Rotrekl**
Bester Verlag: **Heyne Verlag**
Bestes Magazin: **Foundation**
Bester Promoter: **Vladimir Ververka & Alexander Hlinka**

1992 A. BERTRAM CHANDLER AWARD

(vergeben von der AUSTRALIAN SCIENCE FICTION FOUNDATION an Einzelpersonen für herausragende Leistungen für die Science Fiction des Landes):

Dr. Van Iken

1991 NEBULA AWARDS:

Roman: **Michael Swanwick,** STATIONS OF THE TIDE
Novelle: **Nancy Kress,** BEGGARS IN SPAIN
Erzählung: **Mike Conner,** GUIDE DOG
Kurzgeschichte: **Alan Brennert,** MA QUI

1992 LOCUS AWARDS

(der amerikanischen SF-Fachzeitschrift LOCUS):

SF-Roman: **Lois McMaster Bujold,** BARRAYAR
Fantasy-Roman: **Sheri S. Tepper,** BEAUTY
Horror/Dark Fantasy-Roman: **Dan Simmons,** SUMMER OF NIGHT
Roman-Erstling: **Kathe Koja,** THE CIPHER
Novelle: **Kristine Kathryn Rusch,** THE GALLERY OF HIS DREAMS
Erzählung: **Dan Simmons,** ALL DRACULA'S CHILDREN
Kurzgeschichte: **John Kessel,** BUFFALO
Collection: **Howard Waldrop,** NIGHT OF THE COOTERS: MORE NEAT STORIES
Anthologie: **Lou Aronica, Amy Stout & Betsy Mitchell (Hrsg.),** FULL SPECTRUM 3
Sachbuch: **Everett F. Bleiler,** SCIENCE FICTION: THE EARLY YEARS
Magazin: **Isaac Asimov's Science Fiction Magazine**
Herausgeber: **Gardner Dozois**
Künstler: **Michael Whelan**
Verlag: **Tor/St. Martin's**

1992 BRAM STOKER AWARDS

(vergeben von den amerikanischen Horror-Profis, den HORROR WRITERS OF AMERICA):

Roman: **Robert R. McCammon,** BOY'S LIFE
Erstlingsroman (stimmengleich): **Kathe Koja,** THE CIPHER
Melanie Tem, PRODIGAL
Erzählung: **David Morrell,** THE BEAUTIFUL UNCUT HAIR OF GRAVES
Kurzgeschichte: **Nancy Holder,** LADY MADONNA
Collection: **Dan Simmons,** PRAYERS TO BROKEN STONES
Sachbuch: **Stephen Jones (Hrsg.),** CLIVE BARKER'S SHADOWS IN EDEN
LIFETIME ACHIEVEMENT AWARD: **Gahan Wilson**

1992 AURORA AWARDS

(vergeben von der CANADIAN SCIENCE FICTION AND FANTASY ASSOCIATION):

Roman/Englisch: **Robert J. Sawyer,** GOLDEN FLEECE
Roman/Französisch: **Elisabeth Vonarburg,** AILLEURS ET AU JAPON
Kurzgeschichte/Englisch (stimmengleich): **Michael Skeet,** BREAKING BALL
Peter Watts, A NICHE
Kurzgeschichte/Französisch: **Yves Meynard,** L'ENFANT DES MONDES ASSOUPIS

SFCD-LITERATURPREIS 1992

(vergeben vom SCIENCE FICTION CLUB DEUTSCHLAND, dem größten SF-Club im deutschen Sprachraum, für die beste Originalveröffentlichung des Vorjahres):

Roman: **Christian Mähr,** FATOUS STAUB
Kurzgeschichte: **Egon Eis,** DAS LETZTE SIGNAL

PHANTASTIK PREIS DER STADT WETZLAR 1992

mangels preiswürdiger Veröffentlichungen in diesem Jahr nicht vergeben.

DEUTSCHER FANTASY-PREIS 1992

(vergeben vom ERSTEN DEUTSCHEN FANTASY CLUB und der Stadt Passau für Verdienste um die phantastische Literatur im deutschen Sprachraum):

Otfried Preußler

1992 HUGO AWARDS

ROMAN:

1. **Lois McMaster Bujold, BARRAYAR**
2. Emma Bull, BONE DANCE
3. Anne McCaffrey, ALL THE WEYRS OF PERN
4. Joan Vinge, THE SUMMER QUEEN
5. Orson Scott Card, XENOCIDE
6. Michael Swanwick, STATIONS OF THE TIDE

NOVELLE:

1. **Nancy Kress, BEGGARS IN SPAIN**
2. Kristine Kathryn Rusch, THE GALLERY OF HIS DREAMS
3. Connie Willis, JACK
4. Michael Swanwick, GRIFFIN'S EGG
5. Nancy Kress, AND WILD FOR TO HOLD

ERZÄHLUNG:

1. **Isaac Asimov, GOLD**
2. Pat Cadigan, DISPATCHES FROM THE REVOLUTION
3. Connie Willis, MIRACLE
4. Howard Waldrop, FIN DE CYCLÉ
5. Ted Chiang, UNDERSTAND

KURZGESCHICHTE:

1. **Geoffrey A. Landis, A WALK IN THE SUN**
2. Mike Resnick, ONE PERFECT MORNING, WITH JACKALS
3. Connie Willis, IN THE LATE CRETACEOUS
4. Mike Resnick, WINTER SOLSTICE
5. Terry Bisson, PRESS ANN
6. John Kessel, BUFFALO
7. Martha Soukup, DOG'S LIFE

BESTES SACHBUCH:

1. **Charles Addams, THE WORLD OF CHARLES ADDAMS**
2. Everett Bleiler, SCIENCE FICTION: THE EARLY YEARS
3. Jack L. Chalker & Mark Owings, THE SCIENCE FICTION PUBLISHERS: A CRITICAL & BIBLIOGRAPHICAL HISTORY, THIRD EDITION
4. Jeanne Gomoll u.a., THE BAKERY MEN DON'T SEE COOKBOOK
5. Stephen Jones (Hrsg.), CLIVE BARKER'S SHADOWS IN EDEN

FILM / TV / DRAMA

1. **Terminator II**
2. Beauty and the Beast
3. Star Trek VI
4. The Adams Family
5. The Rocketeer

BESTES COVER

1. **Cover von Michael Whelan für THE SUMMER QUEEN**
2. Cover von Bob Eggleton für STATIONS OF THE TIDE
3. Cover von Thomas Canty für WHITE MISTS OF POWER
4. Cover von Don Maitz für HEAVY TIME
5. Cover von Bob Eggleton für LUNAR DESCENT

KÜNSTLER:

1. **Michael Whelan**
2. Don Maitz
3. Bob Eggleton
4. David Cherry
5. Thomas Canty

HERAUSGEBER:

1. **Gardner Dozois**
2. Kristine Kathryn Rusch
3. Ellen Datlow
4. Stanley Smith
5. Edward L. Ferman

SEMIPROFESSIONELLES FANZINE:

1. **Locus**
2. Science Fiction Chronicle
3. Interzone
4. Pulphouse
5. New York Review of Science Fiction

JOHN W. CAMPBELL AWARD:

1. **Ted Chiang**
2. Laura Resnick
3. Barbara Delaplace
4. Michelle Sagara
5. Greer Irene Gilman

1992 LOCUS AWARDS:

SF-Roman: **Louis McMaster Bujold,** BARRAYAR
Fantasy-Roman: **Sheri S. Tepper,** BEAUTY
Horror-Roman: **Dan Simmons,** SUMMER OF NIGHT
Roman-Erstling: **Kathe Koja,** THE CIPHER

Novelle: **Kristine Kathryn Rusch,** THE GALLERY OF HIS DREAMS
Erzählung: **Dan Simmons,** ALL DRACULA'S CHILDREN
Kurzgeschichte: **John Kessel,** BUFFALO
Collection: **Howard Waldrop,** NIGHT OF THE COOTERS: MORE NEAT STORIES
Anthologie: **Lou Aronica, Amy Stout & Betsy Mitchell (Hrsg.),** FULL SPECTRUM 3
Sachbuch: **Everett F. Bleiler,** SCIENCE FICTION: THE EARLY YEARS
Magazin: **Isaac Asimov's Science Fiction Magazine**
Herausgeber: **Gardner Dozois**
Künstler: **Michael Whelan**
Verlag: **Tor / St. Martin's**

KURD LASSWITZ-PREISE 1991

BESTER ROMAN 1990

1. **Carl Amery — DAS GEHEIMNIS DER KRYPTA**
2. Angela und Karlheinz Steinmüller — DER TRAUMMEISTER
3. Gert Heidenreich — BELIAL ODER DIE STILLE
4. Ernst Petz — STELLVERTRETERKRIEG
5. Johanna und Günter Braun — DIE ZEIT BIN ICH, PASCAL
   und (stimmengleich)
   Karin Ivanczics — PANIK

BESTE ERZÄHLUNG 1990

1. **Thomas Ziegler — EINE KLEINIGKEIT FÜR UNS REINKARNAUTEN**
   und (stimmengleich)
   Gisbert Haefs — UNGEHEUER
2. Uwe Anton — WILLKOMMEN IN DER WIRKLICHKEIT
3. Ronald M. Hahn — PHILIP K. DICK IST TOT UND LEBT GLÜCKLICH UND ZUFRIEDEN IN WUPPERTAL-VOHWINKEL

4. Horst Pukallus — WAS IN DEM SCHLAF FÜR TRÄUME KOMMEN MÖGEN

BESTE KURZGESCHICHTE 1990

1. **Peter Robert — SIMULATION**
2. Rolf Krohn — AUF DEM ANDEREN UFER DER NACHT

BESTER ÜBERSETZER 1990

Kein Preis*

BESTER GRAFIKER 1990

Dieter Rottermund

SONDERPREIS 1990

1. **Hans Joachim Alpers**
   für langjährige sekundärliterarische Leistungen
2. Franz Rottensteiner
   für Quarber Merkur
3. Bernhard M. Baron
   Kulturamtsleiter der Stadt Weiden/Opf., der die Literaturtage 1990 unter das Thema Science Fiction stellte und eine Woche der internationalen Begegnung der SF-Autoren organisierte

BESTER AUSLÄNDISCHER ROMAN 1990

1. **Iain Banks — DIE BRÜCKE**
2. Bruce Sterling — INSELN IM NETZ
3. Gene Wolfe — DIE URTH DER NEUEN SONNE
4. Terry Pratchett — GEVATTER TOD
5. K. W. Jeter — DAS ERBE DES UHRMACHERS

---

* Hier kommt wahrscheinlich der Wunsch zum Ausdruck, diese Auszeichnung mit einem bestimmten Buch zu verbinden. Dem sollte in Zukunft Rechnung getragen werden. — *Anm. d. Hrsg.*

BESTES HÖRSPIEL 1990

1. **Eike Gallwitz — AMBRA — DAS LETZTE GESCHENK (SDRH)**
2. Dieter Hasselblatt — ZREITSELN — TOLOMOQUINKOLOM (SDRH)

BESTER FILM 1990

1. **ES IST NICHT LEICHT, EIN GOTT ZU SEIN** (Regie: Peter Fleischmann)
2. DIE GESCHICHTE DER DIENERIN (Regie: Volker Schlöndorff)

KURD LASSWITZ-PREISE 1992

BESTER ROMAN 1991

1. **Christian Mähr — FATOUS STAUB**
2. Norbert Stöbe — DER WEG NACH UNTEN
3. Fanny Morweiser — DAS MEDIUM
4. Johanna und Günter Braun — DAS ENDE DES PANTAMANNES
5. Alfred Leman — ZILLI 2062
   und (stimmengleich)
   Jochen Beyse — UNSTERN. BERICHT

BESTE ERZÄHLUNG 1992

1. **Horst Pukallus — DAS BLEI DER ZEIT**
2. Rainer Fuhrmann — MONDSTADT ODER DER SINN FÜR ORDNUNG
3. Uschi Zietsch — DER CHINESISCHE WEIHNACHTSMANN
4. Olaf R. Spittel — FALL NACH OBEN
5. Kurt Bracharz — DIE INTELLIGENTE KÜCHE

BESTE KURZGESCHICHTE 1991

1. **Peter Schattschneider — PFLEGELEICHT**
2. Uwe Luserke — DIE LINKE SPUR
3. Andreas Melzer — AUF DEM FELDHERRNHÜGEL

BESTER ÜBERSETZER 1991

1. **Irene Bonhorst**
2. Peter Robert
3. Ingrid Herrmann
4. Jürgen Langowski

BESTER GRAFIKER 1991

Dieter Rottermund

SONDERPREIS 1991

1. **Organisationskomitee der Science Fiction Tage NRW für die vorbildliche Arbeit an einer Veranstaltung, die bisher jedes Jahr ein Plus an Niveau verzeichnen konnte**
2. Redaktion »Der Golem — Das Jahrbuch zur phantastischen Literatur«, hrsg. von Harald Junker, Udo Klotz und Gerd Rottenecker (Verlag Thomas Tilsner)
3. Hans-Joachim Alpers
   für langjährige sekundärliterarische Leistungen
4. Franz Rottensteiner
   für »Quarber Merkur«
5. Perry Rhodan-Team
   für 30 Jahre PR-Serie

BESTER AUSLÄNDISCHER ROMAN 1991

1. **Iain Banks — DIE WESPENFABRIK**
2. John Shirley — ECLIPSE
3. David Zindell — NEVERNESS
4. Christopher Priest — DIE STILLE FRAU
5. John Gribbin — VATER DER MENSCHHEIT

BESTES HÖRSPIEL 1991

1. **Hermann Motschach nach Wolfgang Jeschke — MIDAS ODER DIE AUFERSTEHUNG DES FLEISCHES (SDRH)**
2. Walter Andreas Schwarz nach Douglas Adams — PER ANHALTER INS ALL II (SWF)
3. Michail Krausnick nach Amanda Prantera — DAS LORD-BYRON-PROJEKT (SDRH)
4. Gerda Spanner nach Charlotte Kerner, GEBOREN 1999 (WDR)

BESTER FILM 1991

Kein Preis

ZAUBERZEIT PREISE 1992

Beliebtestes deutsches Rollenspiel 1991

1.	**MERS - J. R. R. Tolkiens Mittelerde (LAURIN)**	989
2.	Das Schwarze Auge (Schmidt Spiele)	892
3.	Cthulhu (LAURIN)	724
4.	Midgard (Klee-Spiele)	703
5.	Shadowrun (Fantasy Productions)	629
6.	AD & D (TSR)	568
7.	RuneQuest (Welt der Spiele)	395
8.	RoleMaster (LAURIN)	342
9.	Plüsch, Power & Plunder (phase)	245
10.	Paranoia (Welt der Spiele)	235

Beliebtestes internationales Rollenspiel 1991

1.	**Warhammer FRP (Games Workshop)**	894
2.	Star Wars (West End)	593
3.	Cyperpunk (R. Talsorian)	575
4.	Vampire (White Wolf)	545
5.	GURPS (Steve Jackson Games)	453
6.	Lord of the Rings (ICE)	381

7.	TORG (West End)	360
8.	Palladium (Palladium)	318
9.	Chill (Mayfair)	251
10.	Space Master (ICE)	141

Bestes deutsches Gruppenabenteuer 1991

1.	**Insel im Nebel (DSA)**	675
2.	Piraten vor Pelargir (MERS)	674
3.	Bruderschaft des Tieres (Cthulhu)	539
4.	Die Attentäter (DSA)	529
5.	Lied der Nagafrau (Midgard)	433
6.	Drachenlanze (AD & D)	402
7.	Mercurial (Shadowrun)	398
8.	DNO/DOA (Shadowrun)	327
9.	Auf der Spur des weißen Wolfes (Sturmbringer)	319
10.	Silver Angel (Shadowrun)	245

Bestes deutsches Magazinabenteuer 1991

1.	**Ein Hauch von Moder (ZZ 32)**	1147
2.	The Bugfol Horror Picture Bar Room Brawl (ZZ 28)	446
3.	Chiphead (WunderWelten 9—10)	411
4.	Auf den Planken der Arutha (ZZ 30)	390
5.	Zur falschen Zeit (Spielwelt 44)	355
6.	Alptraumnacht (Fantasywelt 33)	344
7.	Jenseits der Schwelle (ZZ 31)	312
8.	Drüber & Drunter (ZZ 31)	291
9.	Schwarz wie die Nacht (WunderWelten 7—8)	279
10.	Blutgruppe AB/rh (ZZ 32)	231

Beliebtestes deutsches Gesellschaftsspiel 1991

1.	**Civilization (Welt der Spiele)**	1547
2.	Robin Hood (LAURIN)	806
3.	Britannia (Welt der Spiele)	719
4.	Astro Tech (Fantasy Productions)	348
5.	Labyrinth des Meisters (Ravensburger)	330
6.	Drunter & Drüber (Hans im Glück)	285

7.	Fantasy Warriors (Welt der Spiele)	189
8.	Hacker (Fantasy Forrest)	165
9.	Perry Rhodan Combat System (Agema)	148
10.	Domain (Hobby Products)	132

Beliebtestes internationales Gesellschaftsspiel 1991

1.	**Blood Bowl (Games Workshop)**	1245
2.	The Republic of Rome (Avalon Hill)	670
3.	Dragon Masters (Games Workshop)	381
4.	Solaris VII (FASA)	322
5.	Space Fleet (Games Workshop)	298
6.	Legends of Robin Hood (Avalon Hill)	275
7.	Mighty Warriors (Games Workshop)	231
8.	Ultramarines (Games Workshop)	215
9.	Blade Storm (ICE)	204
10.	Squelch! (Games Workshop)	104

Bester Science Fiction-Roman 1991

1.	**Robert Asprin *Die Chaos-Kompanie* (Bastei)**	869
2.	Robert Charette *Laß ab von Drachen* (Heyne)	823
3.	Michael Crichton *Dino Park* (Knaur)	714
4.	C. J. Cherryh *Yeager* (Heyne)	408
5.	M. Zimmer Bradley *Die Erben von Hammerfell* (Hestia)	386
6.	Rudy Rucker *Wetware* (Heyne)	264
7.	John Shirley *Eclipse* (Heyne)	225
8.	Bob Shaw *Die Heißluft-Astronauten* (Heyne)	202
9.	Octavia Butler *Dämmerung* (Heyne)	192
10.	Jack Womack *Terraplane* (Heyne)	120

Bester Fantasy-Roman 1991

1.	**Terry Pratchett *Pyramiden* (Heyne)**	1045
2.	David Gemmell *Ritter dunklen Rufes* (LAURIN)	618
3.	Margaret Weis/Tracy Hickman *Himmelsstürmer* (Bastei)	597
4.	Terry Brooks *Die Kinder von Shannara* (Goldmann)	462

5. David Eddings *Die Seherin von Kell* (Bastei) 429
6. Piers Anthony *Weltenreise* (Bastei) 351
7. R. A. Salvatore *Der gesprungene Kristall* (Goldmann) 294
8. Frieda Warrington *Drei Krieger in Silber* (Heyne) 279
9. Wolfgang & Heike Hohlbein *Spiegelzeit* (Ueberreuter) 261
10. Wolfgang Hohlbein *Der Thron der Libelle* (Bastei) 186

DASA 1991

Deutsche Abenteuerspiele-Auszeichnung

Bestes deutsches Rollenspiel	1264
1. Mechkrieger 3031 AD	324
2. RuneQuest	258
3. Plüsch, Power & Plunder	202
4. Harnmaster	191
5. Rolemaster	180
6. Talislanta	52
7. Saga 10	29
8. Beyond Reality	15
9. Yddrasil	13

Beste deutsche Spielhilfe	Gesamt: 1281
1. Die Wüste Khom	310
2. Das Fürstentum Albernia	180
3. Straßensamurai-Katalog	144
4. Asphaltdschungel	125
5. Cthulhu — Der Mythos	79
6. Pyramiden von Eschar	77
7. Buch der Magie	75
8. Die Festung auf der Wetterspitze	44
9. Waeland	39
10. Dreadnought	37
11. Talisman 2	36
12. Splitter des Imperiums	23

13.	Die Raumflotte der Terraner II	21
14.	Silver Angel	16
15.	Armeenlisten Bd. 1	16
16.	Die Rückkehr des Hexers	15
17.	Die Flora und Fauna von Talislanta	14
18.	Karak Varn	12
19.	An der Überlappungsfront	11
20.	Das Ende des Kublai Khan	6
21.	Spacelords Sceanariopack	1

Bestes Rollenspielabenteuer Gesamt: 1273

1.	**Die Attentäter**	169
2.	Inseln im Nebel	122
3.	DNA / DOA	111
4.	Mercurial	103
5.	Staub und Sterne	102
6.	Drachenlanze Die Klassiker Buch 1	79
7.	Findet das Schwert der Göttin	65
8.	Xeledons Rache	57
9.	Wie der Wind der Wüste	53
10.	Stromaufwärts	52
11.	Elronds Haus im Bruchtal	42
12.	Das Lied der Nagafrau	42
13.	Die Bruderschaft des Tieres	38
14.	Die Piraten von Pelargir	29
15.	Stein der Anklage	29
16.	Die Gesetzlosen aus Dor Rhunen	24
17.	Auf der Spur des weißen Wolfes	20
18.	Der Thronerbe	20
19.	Jenseits von Kalkamal	17
20.	Den Drachen auf der Spur	16
21.	Die Drachenfeste	15
22.	Tod einer Priesterin	14
23.	Drachenzauber	13
24.	Weiße Spuren	10
25.	FantasyWelt Sonderausgabe 1	8
26.	Der Goldrausch	7

27.	Knarrende Häuser	6
28.	Sternenhöh	6
29.	Kafqui	3
30.	Illimas 3: Jubiläum von Stetten	1

Bestes deutsches Brettspiel Gesamt: 1236

1.	**AstroTech**	325
2.	Britannia	275
3.	Robin Hood	185
4.	Fantasy Warriors	115
5.	Perry Rhodan Combat System	92
6.	Schlacht bei Waterloo	59
7.	Demon Towers	58
8.	Cosmic Encounter	44
9.	Hacker	38
10.	Domain	27
11.	Showdown	18

Bestes Professionelles MAGAZIN Gesamt: 1262

1.	**Wunderwelten**	729
2.	Zauberzeit	239
3.	Fantasywelt	180
4.	Spielwelt	114

Bestes FAN-ZINE Gesamt: 1176

1.	**Beilunker Reiter**	288
2.	Gildenbrief	171
3.	Der letzte Held	137
4.	Heavy Battle	91
5.	Leviathan	72
6.	Das Magische Blatt	62
7.	Windgeflüster	55
8.	Warrior Express	45
9.	Aventurischer Bote	45
10.	Heldenhaft	26
11.	Die Schriftrolle	25

12.	Adventure Master	22
13.	252-News	18
14.	Der Foliant	15
15.	Von Elfen bis Drachen	12
16.	Seanchaite — Der Fremde	10
	Diverse	82

Bester SF-Roman Gesamt: 1168

1.	**Charrette: Ein Erbe für den Drachen**	339
2.	Hohlbein: Die dunkle Seite des Mondes	249
3.	Asprin: Die Chaos-Kompanie	211
4.	Shatner: Die Tek-Verschwörung	85
5.	Cherryh: Yeager	51
6.	Anderson: Zeitfahrer	49
7.	Niven: Das Mars-Projekt	44
8.	Simmons: Hyperion	37
9.	Shaw: Die Heißluft-Astronauten	33
10.	Banks: Die Wespenfabrik	29
11.	McDonald: Straße der Verlassenheit	23
12.	Murphy: Die Stadt, nicht lange da …	18

Bester FANTASY-Roman Gesamt: 1196

1.	**Weis/Hickman: Kind des Todes**	195
2.	Pratchett: Wachen! Wachen!	190
3.	Brooks: Der Zauberer von Shannara	167
4.	Gemmell: Ritter dunklen Rufes	85
5.	Eddings: Seherin von Kell	75
6.	Weiß/Hickman: Zitadelle des Magus	71
7.	Gardner: Zwergenzwist im Monsterland	68
8.	Weiß/Hickman: Der magische Turm	61
9.	Weiß/Hickman: Himmelsstürmer	61
10.	Roberts: Drachenpiloten	46
11.	Anthony: Welten-Reise	40
12.	Wells: Der Flammengott	32
13.	Kilworth: Hexenwasser	30
14.	Powers: Die kalte Braut	25
15.	Kennealy: Des Falken graue Feder	18

16.	Lee: Die Verdammten	16
16.	Blaylock: Die letzte Münze	16

Bestes Computer-Rollenspiel		Gesamt: 1158
1.	**Eye of the Beholder II**	460
2.	Might & Madic III	245
3.	Megatraveller II	159
4.	Pools of Darkness	134
5.	Wizardry VI — Bane o. t. Cosmic Forge	106
6.	Martian Dreams	33
	Diverse	21

Bestes Com. Strategie Sim-Spiel		Gesamt: 1144
1.	**Wing Commander II**	457
2.	Battletech II: Crescent Hawks Revenge	247
3.	Red Baron	127
4.	Secret Weap. o. t. Luftwaffe	123
5.	Falcon 3.0	120
6.	Western Front	38
	Diverse	32

AKTUELL VON DER SPIEL '92

Essen, 24. Oktober 1992

Zusammenschluß *der* beiden Preise im Abenteuer-Genre DASA und Zauber Zeit

Ab 1993 schreiben die Magazine »Fantasiewelt«, »Wunder-Welten mit Spielwelt« und »ZauberZeit« einen gemeinsam getragenen Publikumspreis aus, der die *beliebtesten Spiele und Bücher des Abenteuer-Genres* prämieren wird.

Dieser neugeschaffene Preis entsteht durch die Zusammenlegung von DASA und ZauberZeit-Preis und wird den Untertitel *Deutscher Abenteuer Spiele Preis* tragen. Der Haupttitel des Preises wird mittels einer von den beteiligten Magazinen veranstalteten Leser-Aktion bestimmt werden.

Der Preis bewertet Produkte/Titel, die im Vorjahr erschienen sind und umfaßt in jeweils eigenen Kategorien Brettspiele, Rollenspiele, Rollenspiel-Abenteuer und -Spielhilfen, Computer-Rollenspiele und -Simulationen sowie -Fantasy- und Science Fiction-Romane.

Der Deutsche Abenteuer Spiele Preis wird in den Spiele-Kategorien voraussichtlich auf den Internationalen Spieletagen in Essen bzw. in den Literatur-Kategorien auf der Frankfurter Buchmesse vergeben werden.

Uwe Körner
»Fantasywelt«

Elsa Franke
Werner Fuchs
Michael Immig
»WunderWelten mit Spielwelt«

Thomas M. Loock
Jürgen Pirner
»ZauberZeit«

1992 WORLD FANTASY AWARDS

Roman: **Robert R. McCammon,** BOY'S LIFE
Novelle: **Robert Holdstock & Garry Kilworth,** THE RAGTHORN
Kurzgeschichte: **Fred Chappell,** THE SOMEWHERE DOORS
Collection: **Lucius Shepard,** THE ENDS OF THE EARTH
Anthologie: **Ellen Datlow & Terri Windling (Hrsg.),** THE YEAR'S BEST FANTASY & HORROR. FOURTH ANNUAL COLLECTION
Künstler: **Tim Hildebrandt**
Sonderpreis (professional): **George Scithers & Darrell Schweitzer,** WEIRD TALES
Sonderpreis (nonprofessionell): **W. Paul Ganley,** WEIRDBOOK
Lebenswerk: **Edd Cartier**

ÜBER SCIENCE FICTION

Einige überhebliche Arten, sich der SF zu nähern

von Samuel R. Delany

»Glauben Sie, daß man Science Fiction ernsthaft als Literatur bezeichnen kann?«

Während der letzten Handvoll von Jahren, hat meiner Meinung nach diese Frage — in dieser Zeit habe ich die unterschiedlichsten Science Fiction-Kurse an verschiedenen Universitäten gehalten und an vielen offiziellen und privaten Diskussionen teilgenommen — diejenige vom ersten Platz auf der Liste barocker unbeantworteter Fragen, die das Leben eines Science Fiction-Autors schwer machen, verdrängt, die da lautet: »Wo bekommen die Science Fiction-Autoren ihre Ideen her?«

Was solcherart von Fragen so schwer macht, ist, daß sie eine Reihe von Bedingungen voraussetzen, die eine genaue Antwort beim besten Willen nicht erfüllen kann. Zum Beispiel die Frage: »Wo bekommen die Science Fiction-Autoren ihre Ideen her?« setzt voraus, daß es einen oder mehrere Orte *gibt*, wo Ideen unabhängig von den Schriftstellern existieren und daß die Autoren dorthingehen können, um sich zu bedienen. Diese Frage hat dieselbe logisch/grammatikalische Form wie: »Wo bekommen Restaurantbesitzer ihre Steaks her?« Aber es gibt keine Antwort der logisch/grammatikalischen Form wie: »Von den hervorragenden Schlachthöfen auf der West Side jenseits der 14. Straße«, die sie beantworten würde. Nichtsdestoweniger erwartet die Frage eine Antwort in dieser Form.

Wenn, wie auch immer, wir die Form der Frage von »Wo bekommen die Science Fiction-Autoren ihre Ideen her?« zu »Durch welchen Prozeß entwickeln sich Science Fiction-

Ideen in dem Kopf des Autors?« abändern, dann ist die Antwort ziemlich einfach:

»Damals wie heute bekommen die Science Fiction-Autoren ihre Ideen durch ihre besondere und phantasievolle Reaktion auf das Alltägliche, das Gewöhnliche und die Langeweile.«

Ein Beispiel gefällig? Meine Bekannte Luise fährt eine Ausfallstraße entlang, und ich sitze neben ihr und lese in einer Zeitschrift. Ich blicke zufällig aus dem Fenster, als wir gerade an drei Plakatwänden vorbeifahren. Fünf Minuten später schaue ich wieder auf, und zwei weitere Plakatwände gleiten vorbei. Doch ich wende mich sofort wieder meiner Zeitschrift zu. Weitere fünf Minuten später schaue ich wieder hoch — um wieder eine Plakatwand zu sehen! Nun, während der Zeit, als ich las, waren möglicherweise weitere Plakatwände neben der Straße. Das ist ziemlich sicher. Doch während einer Zeitspanne von zehn Minuten ergab es sich, daß jedesmal, wenn ich aufblickte, ich eine Plakatwand sah. Plötzlich dachte ich mir: Stell dir vor, neben der Straße würden *überall* Plakatwände stehen — auf der ganzen Länge! Stell dir vor, beide Straßenseiten wären eingerahmt von Werbeplakaten ...! Und wenn ich nun zufällig Frederik Pohl oder C. M. Kornbluth gewesen wäre, hätte ich mir diese Idee für meinen Science Fiction-Roman *Eine Handvoll Venus und ehrbare Kaufleute* aus dem Jahre 1952 aufgehoben, in dem diese Idee (neben vielen anderen) noch heute eindrucksvoll wirkt. Im allgemeinen entstehen Science Fiction-Ideen aus einer Kombination von Zufall und Vorstellungsvermögen, einer Verzerrung des Alltäglichen und der Tagesereignisse, die zu einem denkbaren Bild der Zukunft zusammengesetzt werden können. Nun, worin liegt der Nutzen? Ich gehe davon aus, daß von jeweils fünfzig solcher Ideen, die einem Science Fiction-Autor durch den Kopf schießen, neunundvierzig als trivial oder dumm verworfen werden. Wenn dann einige, oder einige hundert gute Ideen gesammelt sind, ist es nochmal eine ganz andere Sache, daraus eine Geschichte zu machen. Aber wie so viele Dinge im Denken, wird dies mit zunehmender Übung einfacher. Weiterhin glaube ich sagen zu können, daß dies *nicht* die Art und Weise ist, wie die Schriftsteller der Main-Stream-Literatur im allgemeinen zu ihren Ideen kommen, oder Verfasser von Theaterstücken, oder Autoren historischer Romane, oder Lyriker — außer es handelt sich um eine ausgesprochene Science Fiction-Idee.

Versuchen Sie sich daran zu erinnern, wenn Jean-Luc Godards Film *Lemmy Caution gegen Alpha 60* das nächste Mal im Fernsehen gezeigt wird. Die Bilder des Films zeigen die gewöhnliche, alltägliche Welt: Hochbahnen fahren bei Nacht durch einen Pariser Vorort, Männer in identischen dunklen Anzügen, in fluoreszierendes Licht getauchte Bürogebäude nach Dienstschluß, Fensterventilatoren rotieren hinter Drahtgittern. Die Stimme aus dem Off dagegen spricht von Raumschiffen, die sich durch die intergalaktische Nacht bewegen, von bestens trainierten nichtmenschlichen Spionen, von hochwissenschaftlichen Institutionen und monströsen futuristischen Maschinen. Kurz, die Bilder sind *nicht* aus Science Fiction-Elementen zusammengesetzt, sondern aus den gewöhnlichen Dingen, die für Science Fiction-Ideen ursächlich sind. Daneben handeln die Dialoge (und das Geschehen) von den Science Fiction-Ideen, die durch diese gewöhnlichen Dinge vielleicht hervorgebracht werden. Der Film handelt von nichts anderem als der Art, wie Science Fiction-Autoren (oder -Filmmacher) ihre Ideen bekommen!

Damit ist etwas zu erklären, das ich seit über zehn Jahren sage (und schreibe): **Science Fiction handelt nicht von der Zukunft; sie benutzt die Zukunft als eine Erzählform, um die Gegenwart in deutlich verzerrter Form darzustellen.** Das wesentliche Element der Verzerrung und die adäquate Erzählform sind die beiden Bedingungen für die Schilderung einer möglichen Entwicklung, die unsere heutige Wissenschaft nicht in der Lage ist, als unmöglich abzuleugnen. Science Fiction handelt von der gegenwärtigen Welt — einer vorgegebenen Welt, die Autor und Leser gemein ist. Aber sie ist keine Metapher für diese vorgegebene Welt, auch nicht für eine umfassende Inversion, einer ausgiebigen Relation zwischen der vorgegebenen Welt und der Verzerrung dieser durch die Science Fiction. Science Fiction stellt in einer Art ein Gleichgewicht, einen Dialog, eine Spannung zu dem Vorgegebenen her, doch es gibt zur Zeit nur wenige wissenschaftliche Begriffe, die in der Lage sind, diese gegensätzliche Beziehung, die die Science Fiction etabliert, enthält, voraussetzt, ausnutzt, umstößt und sogar manchmal, zeitweise, völlig zerstört, zu beschreiben.

Science Fiction handelt von der gegenwärtigen Welt; und aus den Möglichkeiten ihrer zukünftigen Verzerrung entsteht neben der Wechselwirkung ihre eigentliche Kraft. Wohlwollende Kritiker der Science Fiction kommen ins Schleudern, wenn sie versuchen, aufzuzeigen, daß die Bedeutung der Science Fiction mehr in dem engen Rahmen der Dinge zu suchen ist, die eintreffen werden, eintreffen sollten oder niemals eintreffen sollten.[1] Diesen Fehler hat Julia Kristeva in einem anderen Zusammenhang die »positive Falle« genannt.

Doch was war unsere eigentliche Frage:

»Kann man Science Fiction ernsthaft als Literatur bezeichnen?«

Was wird hier vorausgesetzt?

Erstens wird vorausgesetzt, daß die Art, wie Literatur traditionell ernst genommen wird, eine gute Sache ist und historisch als eine Weitergabe des richtigen Wissens in Anerkennung des inhärenten Wertes eines literarischen Textes fungiert.[2] Das heißt, was hier wirklich gefragt wurde, ist folgendes: Hat Science Fiction, genau wie andere Literatur, einen inhärenten Wert? Zweitens ist es die sehr viel vagere und allgemeinere Voraussetzung, daß Science Fiction und Main-Stream-Literatur den gleichen allgemeinen Prinzipien folgen, nach denen sie ihre Aussagen gestalten, so daß man sie möglicherweise unter gleichen Voraussetzungen betrachten kann.

Die erste Voraussetzung, nach der man Literatur traditionell als eine gute Sache ansieht, steht seit dem Anwachsen der Bildung seit der Mitte des 19. Jahrhunderts, unter einer allgemeinen, wenn auch halbherzigen, Kritik, doch diese Kritik hat hauptsächlich pädagogische Gründe. Der übliche Hinweis der Lehrer, »zu wissen, was der Text aussagt«, zusammen mit einem Repertoire interpretativer Techniken, das dies herauszufinden ermöglicht, war weder effektiv noch beliebt bei den meisten Schülern, selbst wenn sich die motiviertesten Lehrer darum bemühten. Vor kurzem, in den literaturwissenschaftlichen Arbeiten, die unter den Doppelbegriffen »Poststrukturalismus/Semiotik« fallen, ist diese Auseinandersetzung auf einer theoretischen Ebene wieder aufgeflammt, wobei die pädagogischen Gründe diesmal vor der Tür blieben.

Folgt man den kritischen philosophischen Studien von Jacques Derrida, wird deutlich, daß praktisch jeder Text, wenn man ihn nur sorgfältig genug liest, beides, Denotationen und Konnotationen hervorbringt, die sich einander widersprechen, die sich gegenseitig aufheben, die sich gegenseitig in einer Weise beeinflussen, daß die Aussage »zu wissen, was der Text meint« auseinanderbröckelt — »überaus problematisch« wird, wenn man sie im Sprachgebrauch der Komparatistik verwendet. Diese vielen und widersprüchlichen Denotationen und Konnotationen eines Textes herauszufiltern und die Beziehung zwischen ihnen auf einer formalen Ebene herauszuarbeiten, wird in dem oben angesprochenen Zusammenhang die »Dekonstruktion« des Textes genannt.

Obgleich man heutzutage viel von »Strukturalismus«, »Semiotik« und »Dekonstruktionismus« hört, ist es doch so, daß die Zahl der Kritiker, die die Aussage eines Textes wirklich unter diesen Aspekten untersuchen, recht gering ist. Es auf eine wirklich sinnvolle Art und Weise durchzuführen, erfordert sehr viel Wissen, eine außerordentliche Exaktheit, endlose Geduld und große wissenschaftliche Befähigung. Und keine dieser Tugenden ist in den Literaturfachbereichen der Universitäten in ausreichendem Maße vorhanden. Trotz dieser neuen Forschungsrichtungen machen die Literaturfachbereiche so weiter wie schon immer: Sie lehren das übliche Repertoire, wie man einen Text interpretiert, ob es nun angewendet werden kann (auf theoretischer Ebene) oder nicht.

Das bringt uns zu unserer zweiten Erwartung: daß die Erzählhaltung der Science Fiction vergleichbar mit der der Main-Stream-Literatur ist, so daß man beide mit dem gleichen Mittel der Interpretation behandeln kann.

Die Handlungsführung, kontrastierend oder in anderer Form, die den Science Fiction-Text konstituiert, ist in grundsätzlich anderer Weise gestaltet als die der Main-Stream-Literatur.

Ich habe mich dem Problem der gänzlich anderen Handlungsführung bei Science Fiction-Texten in einigen Aufsätzen in meinem Sammelband *The Juwel-Hinged Jaw* und auf einer wesentlich theoretischeren Ebene in meinem Buch *The American Shore* gewidmet. Ich habe eine sechzehn Seiten lange Science Fiction-Story, »Angoulême« von Thomas M. Disch, genommen und untersucht, wie man den Text als Science Fiction-Story von Anfang bis Ende liest. Wenn man eine Science Fiction-Story aufmerksam liest, stellt man fest, daß praktisch jede rhetorische Figur in einem Science Fiction-Text eine andere Funktion hat als in einem Text der Main-Stream-Literatur. Auflistungen, Übertreibungen, geschichtliche Bezüge, Beschreibungen des Schönen, Parodie, psychologische Überlegungen, sogar die wörtliche Bedeutung von vielen verschiedenen Redewendungen und Bildern werden in der Science Fiction anders gelesen als in der Main-Stream-Literatur. Es würde ein Buch ergeben, wollte man alle Einzelheiten aufzählen. Doch die allgemeine Richtung, an der sich diese Unterschiede festmachen lassen, sind einfach aufzuzeigen.

Der Autor der Main-Stream-Literatur erzählt seine Geschichte vor dem mehr oder weniger lebhaft geschilderten Hintergrund der vorgegebenen Welt. Ich sage »vorgegebenen Welt« lieber als »realen Welt«, weil die Welt der naturalistischen Texte der Main-Stream-Literatur eine höchst konventionelle Angelegenheit ist. All diese Konventionen haben, wenn man sie genauer untersucht, viel mehr mit anderen Büchern gemeinsam als mit irgend etwas, das man als »real« bezeichnen könnte. Der Science Fiction-Autor, wie auch immer, *erschafft* eine Welt, die sich auf eine wesentlich freiere Art in Übereinstimmung mit (im Widerspruch zu, oder sich davon abhebt) einerseits der vorgegebenen Welt und andererseits den Charakteren der Erzählung befindet. Natürlich folgt auch diese Vorgehensweise ihren Gesetzen;

doch anders als einfach festzustellen, welchen Teil der vorgegebenen Welt der Main-Stream-Autor in einer bestimmten Erzählung heraushebt, muß der Leser einer Science Fiction-Story sich im Kopf eine neue Welt erschaffen, die in jeder Science Fiction-Story, die er liest, nach anderen Gesetzen funktioniert. Die vielen Sprachstile, die Science Fiction-Autoren hervorbringen, fügen sich in ihre alternativen Welten ein und geben ihnen Farbe. Genauso wie die Form der Sprache die Interdependenz zwischen der Story und der Welt bestimmt, konstituiert sie den wesentlichen Unterschied zwischen Science Fiction- und dem Main-Stream-Text, verändert sie die Lesart der verschiedenen rhetorischen Figuren, die in beiden Texten benutzt werden und gebiert unterschiedliche rhetorische Figuren in dem jeweiligen Text.

Die Universitäten sind voll von Leuten, die grundsätzlich keine Science Fiction lesen. Diese Leute leiden unter nichts Schlimmeren als Snobismus und ihre Leiden interessieren mich wirklich nicht. Aber es gibt viele Leute, sowohl innerhalb als auch außerhalb von Universitäten, die ganz aufrichtig *nicht in der Lage sind,* Science Fiction zu lesen, was bedeutet, daß sie versucht haben, ein paar Science Fiction-Stories zu lesen, nur um herauszufinden, daß ein Großteil des Textes für sie einfach keinen Sinn ergibt. Manchmal sind dies sogar hochgebildete Leser von literarischen Texten.

Mehrere Male hatte ich inzwischen die Gelegenheit, ein paar Science Fiction-Texte mit solchen Leuten zu lesen, den Science Fiction-Text langsam zu lesen, Wort für Wort, Satz für Satz, zu erklären, was angesprochen ist und was nicht. Wenn man einen Science Fiction-Text in dieser Weise mit solchen Leuten liest, wird klar, **daß ihre Schwierigkeiten gänzlich in ihrer Unfähigkeit begründet sind, sich eine alternative Welt, die der gesamten Aussage der Erzählung ihren Sinn gibt, vorzustellen.** Obwohl diese Leute keine Schwierigkeit haben, sich eine ländliche Druckerei bei Balzac, eine Schule bei Dickens oder ein Wohnzimmer bei Austen vorzustellen, sind sie absolut gelähmt, wenn ein ganz gewöhnlicher Satz eines heutigen Science Fiction-Autors vor ihnen steht, wie etwa »We cruised through the monopole magnet mining operations in the outer asteroid belt of Delta Cygni«.*

Die Unfähigkeit ist nicht so sehr eine Unfähigkeit im Vorstellungsbereich, sondern es ist eine Unfähigkeit, auf den Text, Wort für Wort, einzugehen. Untersuchen wir diese Unfähigkeit an diesem spezifischen Teil eines Textes.

Monopolmagneten

Zuerst muß ich sagen, daß die meisten Leser, mit denen ich gearbeitet habe, keine Vorstellung davon hatten, was Monopolmagneten sein könnten. Monopolmagneten gibt es nicht, zumindest soweit wir wissen. Sämtliche Magneten, die wir auf der Erde gefunden bzw. entwickelt haben, sind Dipole; sie haben zwei Pole, einen »Nordpol« und einen »Südpol«. Wenn man gleiche Pole zusammenbringt, dann stoßen sie sich ab, bringt man ungleiche Pole zusammen, dann ziehen sie sich an. Und das gilt für *jeden* Magneten, den wir kennen. Aus diesem Grunde bedeutet die Erwähnung von »Monopolmagneten«, daß in *unserem* Universum eine völlig neue Art von Magneten entdeckt worden ist, weiterhin bedeutet es, daß vielleicht ein ganz neuer Zweig der elektromagnetischen Technologie entstanden ist (jeder Elektromotor, Generator, Transformator ist ein Beispiel für die heutige elektromagnetische Technologie), die die Dinge in der Welt, oder den Welten, des Universums dieses Science Fiction-Textes verändert hat.

Monopolmagneten-Bergbau

Einer der Leser, unabhängig davon, daß er keine Vorstellung davon hatte, was Monopolmagneten sein könnten, vermutete, daß, was immer sie auch seien, der Bergbau mit Hilfe dieser Magneten vorgenommen wurde und nicht, um sie zu gewinnen. Nun, eine Formulierung wie *Goldbergbau* oder sogar *Uranbergbau* hätte nicht zu einem solchen Irrtum geführt. Es ist überflüssig zu erwähnen, daß dieser Leser völlig verwirrt von den nachfolgenden Ereignissen in diesen Minen gewesen wäre.

* Etwa »Wir durchflogen den Bereich des Monopolmagneten-Bergbaus im äußeren Asteroidengürtel von Delta Cygni«.

Der Monopolmagneten-Bergbau im äußeren Asteroidengürtel

Ein weiterer Leser, schon genauso verwirrt wie die anderen von dem Monopolmagneten-Bergbau, dachte, ein Asteroidengürtel wäre »ein Gürtel von Steinen um einen Planeten«. Nun gut, wenn man *Sonne* für *Planet* einsetzt, könnte man es auf diese Weise ausdrücken. Doch als ich diesen Leser weiter fragte, stellte ich fest, daß er eine Vorstellung von Steinen in seinem Kopf hatte, »die nicht sehr groß seien, vielleicht einen Meter im Durchmesser« und daß sie »eng zusammen wären«, so daß höchstens ein Zwischenraum »von ein paar Zentimetern bis zu einem Meter zwischen ihnen wäre«. Für diesen Leser bestanden »die Minen wahrscheinlich aus Schläuchen zwischen den Steinen ... Vielleicht sind die Steine auch in den Schläuchen ...?« Und was bedeutet das Wort *äußere?* Über die Hälfte dieser Leser glaubte, daß *äußere* eher bedeutete, daß der Abbau jenseits des Gürtels aus Steinen stattfinde als innerhalb. Und *Delta Cygni?* Vielleicht war das ein »Bereich im Weltall« oder »ein Planet«.

Geduldig und immer wieder mußte ich diesen Leuten (einige von ihnen hatten tatsächlich Bücher und Artikel über verschiedene literarische Themen veröffentlicht) erklären, daß der Asteroidengürtel in unserem Sonnensystem ein »Ring aus Steinen« ist, der die Sonne in einem größeren Abstand als unsere Erde umkreist, und daß, obwohl einige dieser Steine einen Kilometer oder sogar Hunderte von Kilometern im Durchmesser sind, die meisten sehr viel kleiner sind: erbsengroß oder wie Staubkörner. Außerdem mußte ich ständig wiederholen, daß sogar die staubkorngroßen Kilometer voneinander entfernt sind und die erbsengroßen oder noch größeren Tausende von Kilometern. (»Aber wie können sie dann Schläuche von einem zum anderen bauen?«) Es mußte ihnen gesagt werden, daß Delta Cygni ein Stern, eine andere Sonne, im Sternbild Cygnus, dem Schwan, ist und daß damit der vierthellste Stern des Sternbilds bezeichnet wurde. (»Woher wissen Sie, daß es der *vierthellste* ist ...?« »Weil Delta der vierte Buchstabe im griechischen Alphabet ist, und die astronomische Übereinkunft bei der Benennung sagt ...«) Doch es war nicht damit abgetan, dies einfach einmal zu erklären. Man mußte es wiederholen, es wurde hinterfragt und nochmals erklärt. (»Was heißt das, ›eine andere Sonne‹«) Man mußte ihnen erklären, daß »äußerer Asteroidengürtel« der kurze Hinweis des Autors ist, uns zuerst einmal daran zu erinnern, daß unsere Sonne nur einen Asteroidengürtel hat, während er andeutet, daß Delta Cygni möglicherweise ein Stern mit *zwei* Asteroidengürteln ist, von denen einer sich logischerweise weiter außerhalb als der andere befindet. (»Nun, *wieviel* weiter draußen?« »Man kann das natürlich nicht mit Sicherheit sagen, aber mehrere Millionen Kilometer kann man schon annehmen.« »Mehrere *Millionen* Kilometer?«) Man mußte ihnen begreiflich machen, daß der angesprochene Abbau von Magneten eher im äußeren Asteroidengürtel stattfand, denn im inneren. (»Aber woher *weiß* der Autor, daß es zwei gibt? Woher wissen Sie das?«) Alle diese Leute waren in der Lage, mit einem Roman des 19. Jahrhunderts zurechtzukommen, egal ob er von einem russischen Grafen auf seinem Familienbesitz außerhalb von Moskau geschrieben wurde, einer tuberkulösen Pfarrerstochter, die mit ihrer Schwester am Rande eines englischen Moores lebte, oder von einem ehemaligen Drucker in Paris, der bis zum Alter von dreißig Jahren nichts außer kleinen Gelegenheitsversen hervorgebracht hatte und sich dann entschloß, etwas Anspruchsvolles zu schreiben.

Doch für genau diese Leser evoziert ein Satz wie *Die Sterne sind Sonnen, viele mit Planeten wie unsere eigene* keine klare, deutliche Vorstellung, die sich an den richtigen Größenverhältnissen, den planetarischen im Sonnensystem und dem galaktischen Aufbau des Universums orientiert. Er fällt unter die Rubrik der unverständlichen, verwirrenden Dinge, der großen, unbegreiflichen Zusammenhänge, die das »ganze wissenschaftliche Zeugs« ausmachen, dem sie ihr Leben lang ausgewichen sind.

Im 19. Jahrhundert war sich Sir Arthur Conan Doyle, dessen »Dr. Challanger«-Geschichten einige der deutlichsten Beispiele für Proto-Science Fiction sind, dieses Problem überraschenderweise bewußt. Er schrieb darüber, seltsam genug, in einer seiner Sherlock Holmes-Erzählungen.

In einer Holmes-Erzählung (zufällig die gleiche, in der wir erfahren, daß Holmes Kokain nimmt) ist Dr. Watson erstaunt herauszufinden, daß sein Freund Holmes, der so viel aus Katzenhaaren, Schuhabdrücken und Kratzern auf dem Straßenpflaster herauslesen kann, nicht weiß, daß sich die Erde um die Sonne dreht, daß er, mit Dr. Watsons Worten gesprochen, »die gesamte kopernikanische Theorie der Planetenbewegung« ignoriert.

Holmes erklärt (egal wie unaufrichtig diese Erklärung heute klingt), daß Katzenhaar, Schuhabdrücke und Ähnliches sein gegenwärtiges Leben und sein Auskommen beeinflussen, doch es macht keinen Unterschied, ob sich die Erde um die Sonne oder die Sonne um die Erde bewegt. Deshalb bräuchte er solche Sachen auch nicht zu wissen; und mehr noch, selbst als Dr. Watson ihn jetzt darüber aufgeklärt hat, will er diese Dinge so schnell wie möglich wieder vergessen. Wenn das stimmt, was Holmes über sich sagt, können wir mit Sicherheit behaupten, daß er beim Abbau von Monopolmagneten im äußeren Asteroidengürtel genauso hilflos sein würde wie jeder unserer Leser von Romanen aus dem 19. Jahrhundert; genauso sicher können wir aber sein, daß Watson (genau wie Doyle *der* Science Fiction-Autor war) *der* Science Fiction-Fan gewesen wäre, wenn er jemals eine der Proto-Science Fiction-Stories seines Schöpfers gelesen hätte.

Doch die Unfähigkeit, sich ein Szenario auf der astronomischen Ebene vorzustellen, erschöpft nicht die »imaginative Unfähigkeit« dieser Leser. Diese Leser, die sich dabei wohlfühlen, einer sozialen Analyse von Balzac oder Austen oder sogar eines Durkheim, Marx oder Weber zu folgen, kommen bei der Beschreibung eines Protagonisten ins Schwimmen, der in einen Drugstore geht, um eine Packung Enthaarungspflaster zu kaufen und »... seine Kreditkarte in den Kassenschlitz steckt, worauf die Rechnung an die städtische Bank übermittelt und gegen sein Guthaben aus der Bezahlung für seinen ersten und zweiten Job aufgerechnet wird.«

Für den Science Fiction-Leser impliziert ein solcher Satz die gesamte Neuorganisation der Gesellschaft nach den Maßgaben von Kredit, Umsatz, Computerisierung und Arbeitskraft. Natürlich kann niemand erwarten, daß man durch einen einzigen Satz die gesamten Details dieser Neuorganisation kennt; aber auf der anderen Seite kann man zumindest schemenhaft die allgemeinen Konturen erkennen. Und diese Konturen sorgen für den kleinen, Science Fiction gemäßen Schauder, der das Vergnügen an der Vision der Science Fiction ausmacht. Die Leser, mit denen ich gearbeitet habe, reagierten auf diesen Satz: »Warum hat er nicht mit dem Geld in seiner Tasche bezahlt?« und waren überrascht, als ich ihnen sagte, daß der Protagonist wahrscheinlich kein Geld bei sich trägt. (»Aber woher wissen Sie das …?«) Diese Leser, gewöhnt an die vorgegebene Welt der Main-Stream-Literatur, tendieren dahin, die Science Fiction der vorgegebenen Welt überzustülpen und stürzen sich dadurch in heillose Verwirrung. Sie wissen noch nicht, daß die Science Fiction die Elemente der vorgegebenen Welt ersetzt, auslöscht und neu organisiert und neue Welten kreiert. Die Hilfen, die Vorschläge, die verpaßten Gelegenheiten und sogar manchmal die genialsten Würfe, mit denen die erfahrensten Science Fiction-Autoren die alternative Welt skizzieren, ergeben bei ihnen kein zusammenhängendes Bild, sondern nur einen verwischten Eindruck und eine undeutliche Verzerrung der vorgegebenen Welt, die sie gewöhnt sind.

Dadurch, daß diese Leute Science Fiction-Texte mit mir lasen, war ich in der Lage, bei ihnen ein Verständnis hervorzurufen, d. h. für die Texte, die wir gemeinsam lasen. Aber das Gefühl, daß sie jetzt besser vorbereitet wären, weitere Science Fiction zu lesen, hielt sich mit dem die Waage, daß die tatsächliche Komplexität der Science Fiction sie sogar noch mehr verschrecken werde, als sie sich bisher hatten träumen lassen.

Ein Grund für die pädagogischen Probleme, die die Literatur die letzten anderthalb Jahrhunderte gehabt hat, ist ein einfacher Umstand, den jeder, der einmal im Ausland gewesen ist, begreifen kann. Wenn jemand eine Sprache beherrscht, kann er sich schwer vorstellen, daß ein anderer sie nicht beherrscht. Egal wie viele Hilfestellungen jemand gibt, man wird nicht verstanden, und tief im Innern bleibt immer der quälende Verdacht, daß man auf den Arm genommen wird, oder daß der andere sich einfach keine Mühe gibt oder gehässig ist. **Die Konventionen von Lyrik, dem Drama, Main-Stream-Literatur, aber auch Science Fiction, sind für sich genommen selbständige Sprachen.** Wenn man eine dieser Sprachen gelernt hat und sich in den Texten, die sie benutzen, zuhause fühlt, ist es sehr schwer, davon überzeugt zu werden, daß ein anderer diese Sprache nicht versteht, besonders wenn die Texte in der eigenen Muttersprache verfaßt sind, erwartungsgemäß die Sprache, die *beide* sprechen. **Wie die meisten Sprachen lernt man die Science Fiction-Sprache am besten früh und an Beispielen.** Einige meiner erwachsenen Leser fühlen sich etwas düpiert, als sie feststellten, daß sich ihre zwölfjährigen Kinder in beiden Welten, der des Monopolmagneten-Bergbaus und der der computerisierten Kreditwirtschaft in einer Art zurechtfinden, wie es ihren Eltern unmöglich ist.

An diesem Punkt nun ist es an der Zeit, zu unserer anfänglichen Frage zurückzukehren.

»Glauben Sie, daß man Science Fiction ernsthaft als Literatur bezeichnen kann?«

Zuerst muß man die Frage stellen: *Sollte man Science Fiction ernst nehmen?*

Für mich lautet die Antwort eindeutig *ja.* Science Fiction ist ein faszinierendes Sprachphänomen und ihr weitgehender Unterschied zur traditionellen »Literatursprache« ist der Grund dafür.

Die zweite Frage lautet: *Gehorcht Science Fiction denselben Gesetzen wie andere Kategorien der Literatur?* Hier lautet die Antwort *nein.* **Science Fiction funktioniert nach anderen Kategorien als die übrige Literatur,** besonders solcher Kategorien, die als literarisch bezeichnet werden. Sie funktioniert auf die gleiche Art nur soweit, wie alle Kategorien der Literatur es tun, Science Fiction hat ihre speziellen Konventionen, ihre Bezugssysteme, ihre Interessengebiete und Vorlieben, genauso wie ihre eigene sinnvolle Sprache. Wenn man irgendeine dieser Konventionen falsch versteht, dann kommt es zu Mißverständnissen in dem, was den Sinn eines Science Fiction-Textes ausmacht.

ANMERKUNGEN

1 Man könnte das etwas wirklichkeitsfremde Argument anführen, daß sich die Science Fiction entwickelt hat, um die Tatsache auszugleichen, daß die modernen westlichen (und östlichen) Sprachen, anders als das alte Griechisch und Sanskrit, keine optative Form mehr kennen. Optativ ist ein Begriff der griechischen Grammatik, der eine Verbform bezeichnet, die alles das aussagt, was wir heute unter dem Begriff Option subsumieren, was wiederum, wie der Kritiker Ihab Hassan behauptet, das ist, was die Science Fiction eigentlich ausmacht.

2 Der französische Gelehrte Michel Foucault hat vermutet, daß die meisten der heutigen kritischen Methoden der Interpretation einfach auf Denkgewohnheiten zurückgehen, die noch aus der Zeit stammen, in der man versuchte, den Beweis anzutreten, daß bestimmte Schriftstücke von Heiligen geschrieben seien und so für eine Form von Heiliger Schrift gehalten wurden.

ÜBER SCIENCE FICTION

Naked Lunch:

Die Realität am Ende der Gabel. Über die Affinität zwischen David Cronenberg und William S. Burroughs.

von Horst Pukallus

Also: Die Karten auf den Tisch.

W. S. Burroughs: *Der Kid vom Pluto*

Bei aller, im wesentlichen unkritischen Begeisterungsfähigkeit für das Scheußliche, die Fans des Horrors im allgemeinen als durchaus typisch nachgesagt werden kann, ohne damit ein Werturteil zu fällen — bekanntlich kitzelt das Schauerliche unsere Nerven allemal stärker als das Profane —, ist der 1943 in Toronto geborene, kanadische Filmregisseur David Cronenberg keine unumstrittene Erscheinung. Seit Mary Shelleys (1797—1851) Roman *Frankenstein; or, The Modern Prometheus* (1818) — den sie noch nach dem Vorbild des Gotischen Schauerromans konzipierte, in dem sie aber durch die Einführung des naturwissenschaftlichen Elements an der Stelle des vorher dominanten Übersinnlichen das Inventar der späteren Science Fiction mitbegründete — ist die Gestalt des *mad scientist* in Literatur, Comic, Musik, Film und auf der Bühne seit langem nahezu allgegenwärtig, und schon durch deren öftere Präsenz in Cronenbergs Filmen (der Regisseur soll sich deshalb, so die »Zeit« vom 10. Febr. 1989, die Titulierung »Dr. mad. Cronenberg« eingehandelt haben), überwindet auch er mit seinen Themen die implizite Beschränktheit der tradierten Stoffe des Horrorgenres; das mag eine der Ursachen sein, warum offenbar häufiger selbst abgebrühte Horrorfans, die einerseits das schön schaurige Zähneblecken eines Vampirs des traditionellen Gruselfilms und das fröhliche Blutgespritze des *Splatter*-Kintopps als Vergnügliches genießen, andererseits auf die wissenschaftlich verursachte, unappetitliche, ekelhafte Zerstörung des menschlichen Körpers, wie Cronenberg sie wiederholt cineastisch dargeboten hat, widersinnig mit Ablehnung reagieren. Anscheinend hinterläßt die Darstellung der Körperlichkeit als Experimentierfeld, auf dem vom Leib, sei es durch Transformation, Verbrechen oder Pfusch, nur Fleischabfällen ähnliche Gebilde übrigbleiben, ein Mißbehagen, das es bisweilen auch hartgesottenen Naturen verwehrt, seine Filme zu goutieren.

So erklärte der Filmexperte Rolf Giesen, der auf der Rückseite seines übrigens sehr witzigen Buchs *Kino wie es keiner mag* immerhin als »Dr. Horror« vorgestellt wird und von sich behauptet, »nach dem Genuß Hunderter von Horrorfilmen … einiges gewöhnt« zu sein, Cronenberg wegen des 1986 entstandenen Films *Die Fliege (The Fly)* zum »Apologeten der Unmenschlichkeit« mit einer »Ideologie totaler Entmenschlichung«, der »eine neue Stufe krankhafter Phantasie« erreicht habe; er bezeichnet den Film als »Irrsinn«, »Machwerk«, einen »schmutzigen Film« und versteigt sich zu der hochgradigen Fragwürdigkeit, Cronenberg mit Himmler zu vergleichen, ja er ist für ihn der »neue Himmler« (!)[1]; abgesehen davon, daß Giesen die Unverhältnismäßigkeit eines solchen Vergleichs einsichtig sein müßte, weil nun einmal zwischen einem Filmregisseur, wie extrem er auch ist, und Heinrich Himmler (1900—1945), einem für die Ermordung etlicher Millionen von Menschen verantwortlichen Hauptverbrecher des Hitlerfaschismus, ein vollauf augenfälliger Unterschied besteht, und davon, daß der Vergleich eine Verharmlosung der wirklich geschehenen Massenvernichtungen von Menschen impliziert, sollte ein Kritiker sich der Erfordernis bewußt sein, besonders das ihm weniger Nachvollziehbare, gerade das ihm Unsympathische, gründlicher zu untersuchen. Was Rolf Giesen leider versäumt hat, soll der vorliegende Text nachholen: Die Ursprünge des Cronenbergschen Filmschaffens und die Parallelen zwischen seinen Filmen und dem literarischen Werk des 1914 in St. Louis geborenen William Seward Burroughs aufzeigen, die schließlich in der Verfilmung von Burroughs 1959 erschienenem Buch *Naked Lunch* ihre Konsequenz fanden.

Daß Cronenberg als sechzehnjähriger Schüler im Erscheinungsjahr des Buchs (lt. STERN 19/92) »in einem Schülercafé in Toronto für drei Dollar fünfzig eine Raubkopie« erwarb, dürfte wohl das für seinen weiteren Werdegang maßgebliche Schlüsselerlebnis gewesen sein. Er fühlte sich zum Schriftsteller berufen und fing »Fantasy- und Science-fiction-Geschichten zu schreiben« an, »die er — vergebens — an Redaktionen« (dto.) schickte. Nicht ganz so vergebens, denn immerhin wurde »eine der Geschichten mit dem Epstein-Preis ausgezeichnet«, und statt des ursprünglichen Studienfachs Biochemie »belegte er« ermutigt »an der Universität die Fächer Englisch und Literatur«. (FILM-Illustrierte 5/92) Dann jedoch erwiesen sich seine Vorbilder als für ihn zu groß: »As an aspiring writer Cronenberg was so influenced by the work of Burroughs und Vladimir Nabokov that he felt unable to produce original work as a novelist«, weiß Filmemacher und Filmdokumentarist Chris Rodley. »For Cronenberg the consumer, Burroughs's work was irresistibly appealing; for Cronenberg the would-be-writer, it proved stifling.«[2] »He found himself writing under the towering shadows of these two formidable authors, creating pastiches of their work«, verdeutlichen etwas schonungsloser die Publizisten Prudence Emery und Ira Silverberg.[3]

Noch während der Studienzeit entdeckte Cronenberg im Filmen die ihm eigentlich adäquate Ausdrucksform. Den Einstieg macht er 1966 und 1967 mit zwei Kurzfilmen (*Transfer und From the Drain*) und setzt das Filmen fort mit *Stereo* (1969) und *Crimes of the Future* (1970), in denen bereits Burroughsscher Einfluß erkennbar wird: Stereo schneidet die Thematik der Herrschaft durch Drogen, Hirnchirurgie und Telepathie an, und *Crimes of the Future* — zu diesen Crimes zählt auch die Ausrottung fast der gesamten weiblichen Bevölkerung durch eine von Kosmetika verursachte Seuche —

William S. Burroughs *Copyright © by Kate Simon*

illustriert einen ausgeprägten Hang zu Verschwörungstheorien. Ebenso spielt der *mad scientist* in beiden Filmen eine wesentliche Rolle. Dieser Trend setzt sich in späteren Filmen fort. Cronenbergs erster Kinofilm *Paresiten-Mörder* (*The Parasite Murders,* auch: *Shivers,* auch: *They Came from Within,* 1974), durch den er zum »King of Venereal Horror«[4], »Baron of Blood«, »international geachteten Virtuosen des Schrekkens«, (so Sven Michaelsen im STERN 19/92) avanciert und fortan als »der innovativste und intelligenteste Regisseur auf dem Gebiet des Horrorfilms«* gilt, und *Rabid*** (1976) handeln von in krimineller Leichtfertigkeit angewendeten Viren und ihren katastrophalen Folgen. Ebenso thematisieren *Die Brut* (*The Brood,* 1979) und *Scanners* (1980) die schrecklichen Resultate gewissenlosen Erfindergeistes und falsch genutzter Wissenschaft, und sowohl in *Scanners* wie auch *Videodrom* (1982) markieren erneut Konspirationen und Manipulation Ausgangspunkte menschenfeindlicher Betätigungen. Cronenberg reifte »zu einem der eigenständigsten und intelligentesten Regisseure der 80er Jahre« (Michaelsen). Zu Hochform lief Cronenberg dann 1986 mit dem von Rolf Giesen so vehement beanstandeten Film *Die Fliege* auf, einem Remake des gleich betitelten, vom Regisseur Kurt Neumann nach einer 1957 erschienenen Erzählung des britisch-französischen Schriftstellers George Langelaan (1908—1969) gedrehten Streifens aus dem Jahre 1958:*** Durch eine Panne im Materietransmitter verwandelt ein Mensch sich zum Teil in eine Fliege.

Während es durchaus zutreffen mag, daß Cronenbergs erste Filme im wesentlichen mit billigen Horroreffekten arbeiteten und nicht das Niveau cineastischer Meisterleistungen erreichten, muß man ihm jedoch in der Tat spätestens seit dem für die Medienkritik relevanten *Videodrome* eine künst-

---

* *Film Comment.* Zit. nach: FILM-Illustrierte 5/92.

** Lied in Deutschland unter dem unsäglichen Titel *Rabid — der brüllende Tod.*

*** Cronenberg hat bestritten, daß es sich um ein typisches Remake handele (vgl. Giesen: *Sagenhafte Welten,* S. 310); im hier besprochenen Zusammenhang sind seine Einwände allerdings unerheblich.

lerische Entwicklung konzidieren, zumal er in *Die Fliege* gesteigerte Subtilität und Emotionalität bewies und mit *Die Unzertrennlichen* (*Dead Ringers,* 1988) zudem seine Form eigener Bildästhetik zu entfalten begann. Eben die Effekte dürften dazu verführt haben, ihn voreilig als Horror-Regisseur abzuqualifizieren. Von Kritikern darf man allerdings tieferes Einsichtsvermögen erwarten, als so oberflächliche Einordnungen es offenbaren. Alle vorstehend aufgezählten, von Cronenberg angeschnittenen Themenkomplexe gehören eindeutig in den thematischen Rahmen der Science Fiction und verlangen deshalb eine andere als lediglich am Ausmaß des Blutspritzens und der Widerwärtigkeiten orientierte Analyse. Im Kontext des Horrorgenres bleibt Cronenberg undeutbar. Am klarsten hat dies Michael Althen begriffen, der schrieb: »Im Zeitalter des Virus und der Gentechnologie wirken Cronenbergs Filme immer visionärer. Die Grenzen zwischen Vorstellbarkeit und Machbarkeit verschwimmen. Von ihrer Überschreitung handeln seine Filme.«* Davon handelt, ist hinzuzufügen, ein Großteil der Science Fiction, und darum wird Cronenbergs Filmwerk lexikalisch längst dem Science Fiction-Genre zugerechnet. Mit der Verfilmung von *Naked Lunch* hat Cronenbergs Entwicklung offenkundig eine neue Ebene der Qualität erklommen, die gleichzeitig den Abschluß der bisherigen Phase seines Schaffens signalisieren könnte.

Herrschaftsproblematik, Manipulation und Verschwörungstheorien, Viren, Mutation und Transformation, Parasiten und wahnsinnige Gelehrte sind auch in Burroughs' Büchern ständige Sujets. Seinen meisten Texten fehlt ein herkömmlicher Handlungsfaden, sie bestehen fast ausschließlich aus Versatzstücken, die überwiegend den Motivkreisen der Science Fiction entlehnt sind oder damit korrespondieren. Dennoch ist Burroughs weder von seinen Ursprüngen noch von seiner Intention her als Science Fiction-Autor klassifizierbar. Burroughs bliebe in den Konturen der Science Fiction so wenig interpretierbar wie ein als ein bloßer Horrorfilmer be-

* »Zeit« v. 10. Febr. 1989.

trachteter Cronenberg. In seinen Romanen, die trotz aller Fragmentiertheit und Facettenhaftigkeit in Wiederholungen oder in Variationen alles enthalten, was zum Pandämonium des vom Autor angestrebten Inhalts und dessen Aussage gehört — so daß sich von einer Art »fraktaler« Literatur sprechen ließe —, manifestieren sich Archetypen und Archetypisches, deren Sichtbarwerden im Wort ihn in den Rang eines schöpferischen Genies erheben, wie der Psychiater und Kulturpsychologe C. G. Jung (1875—1961) es in dem Aufsatz *Psychologie und Dichtung* (1946) als »Kollektivmensch« charakterisiert hat, als »Träger und Gestalter der unbewußt tätigen Seele der Menschheit«, von dem Jung sagt: »Überwiegt das Schöpferische, so überwiegt das Unbewußte als leben- und schicksalgestaltende Kraft gegenüber dem bewußten Willen, und das Bewußtsein wird ... ein oft hilfloser Zuschauer der Geschehnisse.« Und: »Er ist in tiefstem Sinne Instrument ...« (»Darum ist das große Kunstwerk«, resümiert Jung, »sachlich und unpersönlich und berührt uns doch aufs tiefste.«)[5]

Als Burroughs sich 1954, schon vierzigjährig, im marokkanischen Tanger niederließ, konnte er weder auf eine Karriere zurückblicken, wie sie der *American Way of Life* von einem rechtschaffenen Mann erwartet, noch hatte er — trotz einiger Schreibversuche und Veröffentlichungen — eine ernsthafte schriftstellerische Tätigkeit aufgenommen. Sein Interesse an Drogen hatte ihn nach Mexiko und Kolumbien geführt. In Mexiko war 1951 seine Frau Joan (geb. Vollmer) dem verhängnisvollen Schuß auf das auf ihren Kopf gestellte Glas zum Opfer gefallen. Das Vorkommnis bedeutete für Burroughs' weiteres Leben eine schwere Hypothek, aber leitete auch insofern einen Wendepunkt ein, als sie ihn zur Intensivierung seiner schriftstellerischen Bemühungen trieb. Er befand sich in einem heftigen inneren Konflikt mit einem »Bösen Geist«*, dem er die Verantwortung für den Vorfall zumaß, und seiner Homosexualität. »Die erschreckende

---

* Burroughs lt. STERN 19/92: »Irgend etwas hat mich überwältigt, eine fremde Macht, ein Eindringling.«

David Cronenberg

Schlußfolgerung drängt sich auf, daß ich ohne Joans Tod niemals zum Schriftsteller geworden wäre, und ich muß erkennen, wie sehr dieses Ereignis mein Schreiben motiviert und geprägt hat. Joans Tod ... zwang mich in einen lebenslangen Kampf, in dem ich keine andere Wahl hatte, als mich daraus freizuschreiben.«[6] »Indem ich meine Frau tötete, zerstörte ich die Möglichkeit, ein normales Leben zu führen. Ich wurde Außenseiter. Ein Fremder, ein Homosexueller, ein Schriftsteller.«* Denn: »Sobald etwas aufgeschrieben ist, verliert es die Macht, einem unverhofft zusetzen zu können ...«[7]

»... in den fünfziger Jahren«, erläutert Cronenberg in einem Interview, »stand er seiner Sexualität höchst zwiespältig gegenüber... Und Burroughs erklärte damals tatsächlich, daß er das Gefühl habe, ›Naked Lunch‹ zu schreiben, habe ihn von seiner Homosexualität *geheilt.*«** Diese Wirkung trat naturgemäß nicht ein. Trotzdem fand Burroughs im Schreiben eine gewisse Abhilfe: »The whole original trauma is out now.« Sein Biograf Ted Morgan ergänzt: »Thus through writing he was hoping for the resolution of his divided self. The conflicting parts of his personality seemed capable of cohesion. In his work, Burroughs had finally faced his central conflict, making it one of the keys to the book — characters are repeatedly transformed absorption and mutation ...«[8]

Burroughs wählte Tanger zum Wohnsitz, weil er dort billig leben konnte, leichten Zugang zu Drogen und unkomplizierte sexuelle Kontakte fand. »What he liked about Tangier was the feeling of being outside any social context«, schreibt Ted Morgan. »He felt that he could be completely himself, and disregard all social forms.«[9] In einem Brief vom 3. Sept. 1954 an Allen Ginsberg nennt er die Stadt »ein riesiges Bordell«.[10] Er nahm Rauschgift und das Schreiben wieder auf: »Versuche einen Roman zu schreiben.«[11] Spielen sollte der Roman »in Tanger, das ich Interzone nenne«.[12] Das Manuskript bekam den Arbeitstitel *Interzone.* »In 1955 Burroughs began to see that Tangier could serve as a model for the setting of his

* dto.
** »Freitag« v. 1. Mai 1992.

novel, which he called ›Interzone‹.«[13] (Von 1912 bis 1956 war Tanger eine Internationale Zone unter der Verwaltung sieben europäischer Nationen.) Den endgültigen Titel *Naked Lunch* erhielt das Buch dann aufgrund eines Vorschlags Jack Kerouacs (1922—1969). »The title means exactly what the words say: NAKED Lunch — a frozen moment when everyone sees« — im Augenblick der Wahrheit — »what is on the end of every fork.«[14] Nach anfänglichen Problemen — »Ich habe ernste Schwierigkeiten mit meinem Roman. Ich sag dir, die Romanform ist komplett ungeeignet für das, was ich ausdrücken will, Ich weiß nicht, ob ich eine Form finden kann.«[15] / »Ich habe schwere Depressionen, die schlimmsten meines Lebens ... Sitze stundenlang da und starre ein leeres Blatt an.«[16] — gerät er allmählich in einen Zustand rauschhafter Kreativität, die ihn packt »wie ein Trieb, der ihn ... zum Instrument macht«. Die Situation tritt ein, die C. G. Jung so schildert: »... daß Anschauungen sich ihm ergeben — er weiß nicht woher; daß zum Wirken und Schaffen es ihn drängt — er weiß nicht wohin; und daß ein Drang des Werdens und Entwickelns ihn beherrscht — er weiß nicht wozu.«[17] »Hunderte von gelben Seiten lagen monatelang auf dem Boden herum«, erzählt der Komponist und Schriftsteller Paul Bowles, den Burroughs in Tanger kennenlernte, »mit Schuhabdrücken drauf, Rattenmist, Krümeln von alten Sandwiches, Sardinen.«* »Ja, er nahm eine Menge Drogen, als er das Buch schrieb«, kolportiert auch Cronenberg, der es besser wissen müßte. »Als seine Freunde Allen Ginsberg und Jack Kerouac ihn in Tanger besuchten, fanden sie überall auf dem Boden verstreut liegende Blätter, die mit Blut beschmiert und verklebt waren. Burroughs schrieb in einer Art Fieberwahn.«** Tatsache ist jedoch, daß Burroughs sich 1957 einer Entziehungskur unterzog und das Manuskript im großen und ganzen beendete, ohne unter ständigem Drogeneinfluß (Rückfälle fanden statt) zu stehen. »Unter Drogen hätte ich ›Naked Lunch‹ niemals schreiben können«,

* STERN 19/92.
** »Cinema« 5/92.

stellte er in einem der deutschen Zeitschrift PARDON gegebenen Interview klar.* Nun kommen die Worte ihm »wie ein Diktat«, schreibt er am 14. Jan. 1957 an Ginsberg. »Oft erinnere ich mich überhaupt nicht mehr, was ich am Tag zuvor geschrieben habe, bis ich es nochmals durchlese. Es ist praktisch automatisches Schreiben ...«[18] Und am 23. Jan. 1957 bekräftigt er: »*Interzone* kommt wie ein Diktat, so daß ich kaum mithalten kann.«[19] Von einem Abstecher nach Kopenhagen teilt er Ginsberg am 28. Aug. 1957 mit: »Inzwischen nimmt der Roman schneller Gestalt an, als ich schreiben kann ... Es ist, als würden Vorstellungen, die ich in larvenhafter Form seit Jahren mit mir herumschleppe, plötzlich zu einem Muster gerinnen ...«[20]

Dank der Vermittlung Ginsbergs verlegte 1959 der Pariser Verlag Olympia Press *Naked Lunch.* In den USA erschien das Buch erst 1962 und wurde wegen des Vorwurfs der »Obszönität« — Beschlagnahmungen und Verhaftungen von Buchhändlern erfolgten — zum Gegenstand mehrerer Gerichtsverfahren. Diverse Gutachter, u. a. Norman Mailer, der als erster erwähnte, Burroughs sei möglicherweise ein Genie, würdigten den künstlerischen Gehalt des Romans, 1966 urteilte ein Gericht in Massachusetts: *Naked Lunch* ist nicht obszön. Dem Urteil war damals höchste Bedeutung beizumessen, weil es einen Präzedenzfall schuf, Ted Morgan: »The ruling on *Naked Lunch* in effect marked the end of literary censorship in the United States.«[21]** Der Roman »wird zum Kultbuch einer Generation«.***

Wenn S. Michaelsen im STERN 19/92 behauptet, *Naked Lunch* sei »ein schwerverdaulicher Eintopf aus Rauschgiftgrü-

---

* Der Text des von Nina Sutton durchgeführten Interviews liegt als Ausriß vor, jedoch ohne Erscheinungsdatum. Da sie es in den sechziger Jahren in Burroughs' »Londoner Wohnung« vornahm, dürfte es zwischen 1965 und 1967 stattgefunden haben.

** Nach den unter der Reagan-Regierung von christlichen Fundamentalisten verübten Bücherverbrennungen, bei denen man öffentliche Bibliotheken u. a. von den Werken Kurt Vonneguts und den Tagebüchern Anne Franks »säuberte«, hinterläßt dies Statement schlechterdings einen schönfärberischen Eindruck.

*** »science fiction media« 5/92.

beleien, Science Fiction, Agentenstory, Autobiographie und Schwulenporno« und wirke »nach einigen Seiten seltsam matt und bemoost«*, beweist er damit nur — wie es meistens der Fall ist, wenn ein Journalist über Literatur schreibselt —, daß er nichts begriffen hat. *Naked Lunch* befaßt sich mit Sucht. Burroughs Antiheld und Alter ego William Lee »is operating from the angle of vision of the drug addict. The fragmentation of the text is like the discontinuity of the addict's life between fixes.«[22] Burroughs war klar, daß an die konventionelle Romanform gewöhnte Leser sich an der scheinbaren Zusammenhanglosigkeit des Texts stören mußten. Herkömmliches Erzählen besteht aus einer Chronologie bereits geschehener Vorfälle. Dagegen versuchte er Ereignisse zu schildern, die beim Schreiben geschahen oder erst stattfinden sollten: In seiner Imagination fokussierte Wirklichkeit der Welt. Die Sätze ganzer Abschnitte fügte er rein assoziativ zusammen, eine seither als Cut-up-Methode bekannte Schreibtechnik. »... der Roman handelt jetzt von Sucht und einem süchtigmachenden Virus, das bei sexuellem Kontakt übertragen wird ...«[23] Aber Burroughs denkt bereits über die Thematik Drogensucht hinaus. »Das eigentliche Thema das Romans ist die Entweihung des Menschenbilds durch Kontrollsüchtige, die das Virus in Umlauf bringen ...«[24] »For Burroughs« (so Ted Morgan) »sees addiction as a general condition not limited to drugs. Politics, religion, the family, love, are all forms of addiction.«

Zwischen 1959 und 1964 schreibt er, zum Teil unter Verwendung von bereits vorhandenem, für *Naked Lunch* nicht verwendetem Material, *The Soft Machine, The Ticket That Exploded, Dead Fingers Talk* und *Nova Express* und beschäftigt sich darin in immer stärkerem Maße mit der Sucht nach Macht und Herrschen. So wird er zum rücksichtslosen Kritiker der Personenkreise, die man in den sechziger Jahren Establishment nannte, und ihrer Institutionen. »The theory of

* Falls es so ist, warum hat dann die 1992 (!) bei Ullstein erschienene »Übersetzung« den Vorzug, längere Textpassagen *auf englisch* zu enthalten?

addiction came into my head when the junk went into my arm. It was a metapher for society. You start bending the Word addiction and you see what it means. You can see withdrawal symptoms in the face of someone like Nixon, when the power ain't there no more. Addiction means somethin' you're gotta have or you're sick.«[25] »Meine ganze literarische Tätigkeit richtet sich gegen diejenigen«, konstatiert er 1962 in einer Rede auf dem Edinburgher Schriftstellerkongreß, »die es aus Dummheit oder mit Absicht darauf anlegen, diesen Planeten unbewohnbar zu machen oder in die Luft zu jagen.«[26] »In *Naked Lunch, The Soft Machine* und *Nova Express* zeige ich, wer sie sind, womit sie sich beschäftigen und was sie erreichen werden, wenn man sie nicht dingfest macht.«[27]

Sinistre Organisationen und Institutionen, Geheimbünde, kosmische Verbrecherbanden — wie die Nova-Gang in *Nova Express* — Regierungskriminelle bzw. kriminelle Regierungen, Geheimdienste, Drogenkartelle sowie »Flegel von der Art der Mafiosi«[28] sind für ihn die Kräfte, »deren Interessen für den Rest des Planeten eine solche Gefahr zu werden beginnen, daß das auf eine totale Zerstörung hinausläuft.«* »Völker der Erde, man hat euch alle vergiftet.«[29] Er nennt als Verantwortliche die »Aufsichtsräte, Syndikate und Regierungen der Erde«.[30] Sie herrschen durch das »Virus«; Burroughs' Virusbegriff ist im weitesten Sinn zu verstehen, weil dazu auch Virusäquivalente wie »Furcht-, Haß- und Häßlichkeits-Viren«[31] zählen, der Ton- und Bild-Virus sowie der Wort-Virus. Sie deskribieren die Funktionsweise der Massenmedien und ihren ansteckenden Verdummungseffekt. Sprache als solche ist für Burroughs ein Virus, der als unentbehrliches Herrschaftsinstrument dient. »The life line of all controll addicts is the controll word.«[32] »Schaltet den ganzen Krempel sofort ab«,[33] empfiehlt er und ruft auf zum »totalen Widerstand gegen die Verschwörung, die die Völker der Erde mit Ersatzscheiße zu bestechen sucht.«[34] »GEFANGENE DER ER-

* Zit. nach dem vorerwähntem PARDON-Interview.

DE, BEFREIT EUCH ... Klärt alle Opfer überall auf. Zeigt ihnen das betrügerisch manipulierte Lebens-Zeit-Glücks-Rad.«[35] Im Jahre 1968 entlarvte er in einer Artikelserie der Londoner Zeitschrift »Mayfair« die Praktiken der Scientology-Sekte.

Burroughs' Name ist untrennbar verbunden mit dem Kulturphänomen des Beats. Beat hatte, entgegen verbreiteten Vorstellungen, nichts mit dem Klischee der »zornigen jungen Männer« zu schaffen, als die die Medien Teile der Nachkriegsgeneration US-amerikanischer Schriftsteller apostrophierten, noch etwa, wie später deutsche Teenie-Musikzeitschriften glauben machen wollten, mit der Vorliebe für wüste Schlagzeugrhythmen, sondern war in diesem Fall abgeleitet von engl. *to be beat* = niedergeschlagen sein; der Begriff bezeichnete ein Beklagen des Zustands der Welt und ein Sichdistanzieren davon. Jack Kerouac betonte ständig, aber vergeblich, Beat bedeute nicht »angry at the world but weeping at the World.«[36] Zusammen mit Allen Ginsberg, Gary Snyder, Gregory Corso, Lawrence Ferlinghetti und Jack Kerouac galt Burroughs in den Sechzigern als einer der literarischen Protagonisten der kurzlebigen Beat-Bewegung — bezüglich der Musik braucht nur auf Namen wie Bob Dylan, Patti Smith und Frank Zappa hingewiesen zu werden, aber auch der Name der Beatles geht ursprünglich darauf zurück —, einer »Underground«-Gegenkultur außerordentlich breiten Spektrums, deren überwiegend junge Aktivisten und Anhänger kaum mehr als berechtigtes Mißfallen an der Politik des Establishments und allgemeine Nonkonformität zum gemeinsamen Nenner hatten und mit dem Übergleiten ins Hippietum der Blumenkinder und dank der Propaganda des oft als FBI-Agent verdächtigten LSD-Propheten Timothy Leary vollständig ins Unpolitische abrutschten. Ohne es zu beabsichtigen, Weil sie im Grunde genommen eine Autorenseilschaft zur gegenseitigen Förderung waren*, gaben sie als künstlerische Exponenten der Beatniks die Impulse zum Entstehen der Beat-Generation, hatten sie starken Vorbildcha-

* Nicht unähnlich der Cyberpunk-»Bewegung« in der Science Fiction.

rakter für eine während des Abklingens der McCarthy-Ära* wacher gewordene Jugend, die die reaktionäre Borniertheit und Muffigkeit ihrer Eltern, der »Plastic People«, abschütteln wollte. »Die Beat-Generation kündigte seinerzeit die gleichmäßige Generationenfolge im kulturellen Bereich auf, eine akademisierte Lebensweise schien ihr nicht mehr erstrebenswert.«[37] »In their discontent with American values with cold-war suspicions, with loving the bomb, with a society shaped by corporate power und moral smugness, they had come up with something more vital. They had restored a sense of adventure to American culture. In their rejection of the boring, the conventional, and the academic, in their adoption of a venturesome lifestyle, they gave everyone the green light to plumb their own experience.«[38]

Indessen blieb Burroughs ein Sonderling, ein Fall *sui generis.* »Far from being a wild man in the Beatnik media image, he was serious and quiet and conservatively dressed, like a Harvard professor.«[39] (Hingegen bezeichnet der deutsche Kerouac-Biograf Frederik Hetmann ihn als »so widerwärtig wie eine alte Tante und so degeneriert, wie der Tag lang ist.«[40])** Den psychedelischen Trend lehnte Burroughs vollkommen ab — »In den sogenannt pornografischen Abschnitten von *Naked Lunch* und *Soft Machine* habe ich mich bemüht, die Landschaft dieser Endstation Kloake zu kartografieren.«[41] —, verstand sich statt dessen als Kartograf und Erforscher psychischer Bereiche und entwickelte dafür neue Techniken des Schreibens. Zum Verfassen der Bücher, die *Naked Lunch* nachfolgten, bediente er sich einer Erweiterung der schon erprobten Cut-up-Technik, der Fold-in-Me-

* Benannt nach dem US-amerikanischen Senator Joseph McCarthy (1908—1957); er leitete »als Vorsitzender des Senatsausschusses zur Untersuchung ›unamerikanischer Umtriebe‹ die Suche nach angebl. Kommunisten in der Verwaltung und im öffentlichen Leben der USA, die sich im Zuge des kalten Krieges zu einer allgemeinen antikommunist., nationalist. und antisemit. Vorurteile mobilisierenden Verfolgungswelle ausweitete ...« (Meyers Enzyklopädisches Lexikon, Bd. 15. Bibliographisches Institut, Mannheim 1980. S. 388/389)

** Da Hetmann offensichtlich Burroughs nie persönlich kennengelernt hat, muß er wohl von einer eigenen Tante Rückschlüsse auf Burroughs gezogen haben.

Cronenberg und Burroughs

thode, d. h., eine Seite Text wird in der Mitte senkrecht geknickt und auf eine andere Textseite gelegt (dazu können eigene, aber auch fremde Texte beliebiger Art herangezogen werden), und der dadurch neuentstandene Text wird mittels Streichung, Umstellung, Umformulierung u. ä. in die gewünschte Fassung gebracht.

Nach seiner Rücksiedlung in die USA (1974) ist Burroughs, ohne von seinen Themen und Anliegen abzurücken, mit den Romanen *Die Städte der Roten Nacht* (Cities of the Red

Night, 1980), *Dead Roads* (*The Place of Dead Roads,* 1983) und *The Western Lands* (1987) zu einer konventionelleren Schreibweise zurückgekehrt. Andeutungen des letzten Buchs ist zu entnehmen, daß er, weil er der Meinung ist, alles gesagt zu haben — »... reached the end of words, the end of what can be done with words.«[42] —, das Schreiben aufgegeben hat.

Seit Anfang der 60er Jahre hatte Burroughs kontinuierlich, obwohl es zeitweise still um ihn blieb, die Funktion eines kulturellen Ideenstifters. »The culture has absorbed many of Burroughs's ideas so thoroughly that their source is now obscured.«[43] »The cultural implications of William S. Burroughs's works have filtered into the general population via nonliterary media: films, music videos, records, and fine art made by both Burroughs and his artistic disciples. The Burroughs spirit has become accessible to a group much larger than just his aficionados. The profileration of his images, ideas, and language has become something of a phenomenon and has elevated Burroughs to the status of cultural icon.«[44] Sein Einfluß ist nicht nur so direkt feststellbar wie bei den Rockgruppen, die sich *The Soft Machine, The Insect Trust, Steely Dan* und *Throbbing Gristle* nannten, und wie bei der Performance-Künstlerin Laurie Anderson sowie den Comic-Zeichnern Robert Crumb und S. Clay Wilson, sondern erstreckt sich auf zahlreiche zeitgenössische Autoren — von denen neben Boris Vian (1920—1959), Robert Coover, Ernst Herhaus* und den Science Fiction-Autoren David R. Bunch, Michael Moorcock, Barry N. Malzberg, Philip K. Dick, Bruce Sterling und William Gibson (besonders in der jüngsten Kooperation der beiden letztgenannten Autoren, dem Roman *The Difference Engine*) vielleicht der Engländer J. G. Ballard am relevantesten ist, weil seine literarische Erkundungen des Inner Space und der modernen Mythen mit Sicherheit den psychischen Kartografien Burroughs' und seiner radikalen Kulturkritik am nächsten stehen — sowie auf den Film; die

* In dem 1970 erschienenen Roman *Die Eiszeit.*

Szenerien in Jean-Luc Godards *Alphaville** (1965), *Week-End* (1967), John Carpenters *Die Klapperschlange* (*Escape from New York,* 1980), Ridley Scotts *Blade Runner,* Claude Feraldos *Themroc* (bd. 1982) und Terry Gilliams *Brazil* (1984) enthalten geradezu charakteristische Burroughssche Topoi, seine Auseinandersetzung mit parasitärem Leben finden sich in Ridley Scotts *Alien* (1979), Slava Tsukermans *Liquid Sky* (1982) sowie Tobe Hoopers *Life Force* (1985) wieder, und seine Kreationen wirken bis in David Lynchs *Twin Peaks* (TV-Serie 1991, Kinofilm 1992) und Tim Burtons *Batman II* (1992) hinein.

Am stärksten jedoch sind Burroughssche Motive in die Filme David Cronenbergs eingeflossen. Auf beide üben Insekten sichtlich große Faszination aus; bei Burroughs sind sie eine Metapher des Seelenlosen und Inhumanen, während Cronenberg sie zu Exempeln einer exotischen Form von Schönheit macht. »... wir haben die fremdartigsten Lebensformen, die man sich vorstellen kann, hier auf der Erde«, sagt Cronenberg, »und niemand will sie anschauen! Wenn Sie ein Insekt beobachten, das auf Beute lauert, dreht es sich zu Ihnen um und schaut Sie an. Es hat eine nichtmenschliche, eine Insekten-Intelligenz, die Sie zwingt, die Grenzen Ihrer eigenen zu definieren, wo Menschsein beginnt und wo es endet. Dazu kommt, daß die meisten Insekten Verwandlungen durchlaufen und ich sehr an Metamorphosen interessiert bin.«** »Control of the mind by drug use, brain surgery, and sophisticated telepathic techniques are central to *Stereo,* as they are to Burroughs's work.«[45] Beide nehmen Sexualität, Gewalt, Seuchen und Parasiten, Mutation und Transformation als Gegenstände ihrer Kreativität; beide prangern Manipulatoren, Medien und Wissenschaft als Urheber von Verbrechen an Fleisch und Geist an. Das Institute of Neo-Venereal Disease in *Crimes of the Future,* das Psychoplasmische Institute in *Die Brut,* Consec in *Scanners,* Spectacular Optical in *Videodrome* sind Institutionen Burroughsschen Typus.

---

* Dt. als *Lemmy Caution gegen Alpha 60.*

** »Freitag« v. 1. Mai 1992.

Cronenbergs wahnsinnige Gelehrte Dr. Stringfellow (*Stereo*), A. Rouge (*Crimes of the Future*), E. Hobbes (*Parasiten-Mörder*), Dr. D. Kelloid (*Rabid*), Dr. H. Raglan (*Die Brut*), Dr. P. Ruth (*Scanners*) und B. O'Blivion (!) in *Videodrome* haben ausgeprägte Ähnlichkeit mit Burroughs' notorischen Charakteren Dr. Benway und Dr. Schafer. »Wir sind Wissenschaftler«, beteuert Dr. Benway in *Naked Lunch.* »Reine Wissenschaftler. Uneigennützige Forschungsarbeit, und verdammt sei der, der schreit: ›*Haltet inne, das geht zu weit!*‹«[46] In fast allen Werken Burroughs' transformieren Menschen zu Insekten, Riesentausendfüßlern oder Reptilien, mutieren oder werden rekonditioniert. Vergleichbare Vorgänge spielen sich in Cronenbergs Filmen ab. Es ist der menschliche Körper, an dem sich Burroughs Worte und Cronenbergs Bilder am deutlichsten überschneiden. Die Ereignisse in *Parasiten-Mörder* »correspond to the queasily visceral marriages of flesh and technology pioneered by *Naked Lunch, The Soft Machine,* and *Nova Express.*«[47] Mysteriöse Organe ohne ersichtliche Funktion wachsen jemandem in *Crimes of the Future.* In *Rabid* bekommt die Protagonistin Rose nach einer Transplantation, durch die sie zum Vampir entartet, einen ansehnlichen Saugstachel. »Da jeder Stich unbekannte Viren überträgt, verwandeln sich Roses Opfer in tollwütige Amokläufer.«[48] Psychoplasmische Manifestationen fleischgewordene Gedanken — erscheinen in *Die Brut* und ermorden Menschen. In *Videodrome* hat der Hauptcharakter — »Zu spät merkt er, daß das Videodrome-Signal einen inoperablen Tumor im Hirn verursacht, die subjektive Realität komplett auf den Kopf stellt.«[49] — Halluzinationen von Gegenständen aus Fleisch. *Die Fliege* ist ein weiteres, und zwar das bisher anschaulichste Beispiel für die Art und Weise, wie Cronenberg sein Interesse »an Metamorphosen« ins Bild umsetzt. Tatsächlich läßt sich in seinem Filmwerk eine derartige Vielfalt von durch Burroughs inspirierten Motiven und regelrechten Anleihen nachweisen, daß Cronenbergs Originalität gelegentlich in Zweifel gezogen wird; beispielsweise vertrat schon 1984 der Kritiker Mitch Tuchman die Auffassung, »that ›without Burroughs, Cronenberg may be without imagery.‹«[50] Wohlwollendere Urteile bescheinigen ihm dagegen, seine Filme seien eine Hommage an Burroughs. Diese Streitfrage dürfte sich allerdings spätestens mit der *Naked Lunch*-Verfilmung, dem Kulminationspunkt von Cronenbergs Burroughs-Adaption und seines Filmschaffens insgesamt, erledigt haben.

Schon früher gab es Pläne zur Verfilmung des Romans. 1971 hatte der Regisseur Anthony Balch auf der Grundlage eines von dem Maler und Schriftsteller Brion Gysin (1916—1986), eines langjährigen Freunds Burroughs', verfaßten Drehbuchs diese Absicht; Hauptdarsteller sollte Mick Jagger sein. Im folgenden Jahr unternahmen Fernsehproduzent Chuck Barris und Drehbuchautor Terry Southern einen Versuch. 1979 wollte Frank Zappa daraus ein Musical machen. »Danach kamen noch Dennis Hopper, Jack Nicholson und David Bowie zu mir«, erzählt Burroughs.* Doch alle diese Projekte verliefen im Sande. Jahrzehnte hindurch galt »der Roman des Kultautors der Beatnik-Bewegung« als »unverfilmbar«.**

»Die Idee, ›Naked Lunch‹ zu verfilmen«, hatte Cronenberg, als er mit ihrer Verwirklichung anfing, »seit gut 10 Jahren im Kopf.«° Sie sei ihm »praktisch von selbst zugeflogen. So um das Jahr 1980 fragte mich ein Journalist, ob ich ein Traumprojekt hätte. Nach einigem Zögern antwrortete ich, daß es ›Naked Lunch‹ sein könnte — ohne es sonderlich ernst zu meinen. 1984 traf ich in Toronto den Produzent Jeremy Thomas, der gerade den StephenFrears-Film ›The Hit‹ herausgebracht hatte. Er sprach mich auf ›Naked Lunch‹ an, sagte, daß er den Film gern produzieren möchte, und so kam eins zum anderen.«°° (In einer anderen Quelle heißt es: »In 1981 Cronenberg told *Omni* magazine, ›Some part of me would love to make a movie of William Burroughs's *Na-*

* STERN 19/92.
** »Cinema« 5/92.
° »Kino« 5/92.
°° »Cinema« 5/92.

Judy Davis als Joan Frost

ked Lunch.«[51] Dazu Thomas: »›I heard that David wanted to do a film of *Naked Lunch,* and I wanted to produce it. I was fascinated ith David's films and the Burroughs book. I thought that the combination of the two would be a recipe for a wonderful film …‹«[52]

Zunächst stieß die Ausarbeitung eines Drehbuchs angesichts des Inhalts von *Naked Lunch* auf verständliche Schwierigkeiten. Cronenberg sah ein, »daß eine werkgetreue Verfilmung ›400 Millionen Dollar kosten und in jedem Land der

Erde verboten würde.‹«° Ihm wird klar, »daß man die Wirkung dieses Buches nicht mehr reproduzieren kann. Deshalb habe ich von Anfang an akzeptieren müssen, daß ich vielleicht eine Meditation über William Burroughs, sein Leben, seine Kunst und das Buch ›Naked Lunch‹ machen können würde, nicht aber eine exakte Übersetzung des Buches in Film.«°° »Ein legitimes Verfahren«, meint er, »weil wohl niemand eine exakte Adaption dieses handlungsarmen Romans erwartet hätte.«* »Es ist keine Übersetzung der Originalvorlage für den Film«, erklärt er an anderer Stelle, »sondern eine Fusion meiner eigenen Arbeit mit der von Burroughs.«** Die Zeitschrift »Kino« (5/92) postuliert, daß »Cronenberg nicht den im Drogennebel entstandenen Kultroman verfilmte, mit dem der Beat-Poet William Burroughs 1959 die amerikanische Kulturszene durcheinanderwirbelte, sondern vielmehr die Geschichte seiner Entstehung nachzeichnet ...« »David Cronenberg hat es gewagt, den Skandalroman ›Naked Lunch‹ von William S. Burroughs zu verfilmen«, dramatisiert die FILM-Illustrierte (5/92) das Ereignis. »David Cronenberg wagt das Unmögliche«, staunt auch »Cinema«. »Cronenbergs ›Naked Lunch‹ ist keine lineare Verfilmung des Romans, sondern eine visionäre Beschreibung über« (?) »dessen Entstehungsprozeß.« Der Film sei »aber weit entfernt von einer bloßen Glorifizierung eines großen Idols.« (5/92) Er sei, befindet Sascha Mamczak, »eher eine Burroughs-Reflexion, die Teile aus dem Leben des Autors mit Teilen aus dem Buch vermischt und das Ganze wieder verfremdet ...«,*** und liegt damit sicherlich nicht falsch.

Die Probleme, die es aufwarf, dem Roman ein praktikables Drehbuch abzugewinnen, führten dazu, daß es mehrere Anläufe und mehrjährige Arbeit verlangte; den ersten Entwurf bekam Cronenberg erst 1989 fertig. »It's impossible«, bekennt er rundheraus, »to make a movie out of *Naked*

° STERN 19/92.
°° »Freitag« v. 1. Mai 1992.
* »Kino« 5/92.
** »Biograph« (Düsseldorf) 4/92.
*** »science fiction media« 5/92.

Lunch. A literal translation just wouldn't work ... It was obvious, for both artistic and practical reasons, I was going to have to do my own version of *Naked Lunch* ...«[53] »I have given the movie a more traditional structure, a psychological and emotional development, and tell the story through a main character.«[54] Er bezog in die Drehbuchentwürfe vielerlei Material aus Burroughs Büchern *Exterminator* (1960) und *Homo* (Queer, 1985) sowie seinen Briefen an A. Ginsberg ein. Im Juni 1990 hatte das Drehbuch seine endgültige Fassung. Nachdem Burroughs dazu sein Einverständnis erteilt hatte, fanden die Dreharbeiten während dreier Monate im Frühjahr 1991 in Toronto statt. Ursprünglich sollte der Drehort Tanger sein, wo Burroughs *Naked Lunch* geschrieben hatte, aber wegen des Golf-Kriegs erachtete man diese Lokation dann als zu gefährlich.

Die Verlegung gedieh allerdings dem Film zum Vorteil, weil Cronenberg anhand der Kulisse deutlichmachen konnte: »... ›Interzone‹ ist *kein* wirklicher Ort.«* »New York, Anfang 1953: Nachdem er« (Bill Lee) »unter Drogen versehentlich seine Frau Joan ... erschossen hat«,** unternimmt er »eine Reise in den fiktiven Ort Interzone ... Interzone ist eine Imagination von Bill, sozusagen sein inneres Exil ...«*** Interzone ist, so Cronenberg, »literally a state of mind ...«[55] Dieser Kunstgriff ist durchaus vereinbar mit Burroughs' Eindrücken von Tanger; im November 1955 schreibt er an Ginsberg und Kerouac: »Tanger ... ist wie ein Traum, der aus der Vergangenheit eine Brücke in die Zukunft schlägt, eine Grenze zwischen Traum und Wirklichkeit wobei die ›Realität‹ beider in Frage gestellt ist ...« Und: »Der Bedeutungsgehalt von Interzone, seine Koordinaten in Raum und Zeit, sind an einem Punkt, wo dreidimensionale Realität in Traum übergeht und Träume sich in die reale Welt verlagern ... In Interzone können Träume töten ... und Gegenstände können unwirklich wie Träume sein ...«[56] Die Flucht in den Interzone-In-

* »Freitag« v. 1. Mai 1992.
** »science fiction media« 5/92.
*** FILM-Illustrierte 5/92.

ner-Space entspricht Burroughs' Aufenthalt in Tanger, wo er sich von seinen Traumata freischrieb. Lee glaubt im Auftrag einer geheimnisvollen Organisation, als deren Agenten Riesenkäfer, Personen (Dr. Benway und Kiki) und eines der ausgezehrten Drogensüchtigen ähnlichen Wesen namens Mugwumps agieren, obskure »Berichte« zu verfassen, aus denen schließlich ein Manuskript wird. »Dieser Film handelt vom Schreiben gefährlicher und komplexer Dinge« und schildert, »wie die Person, die da schreibt, davon beeinflußt wird ...« (Cronenberg)* »Lee is trying to exorcize the great tragedy of his life by writing. But there is no way out and he's doomed to relive the experience again and again. It's a phantasmagoria of how and why he becomes a writer.«[57] Am Ende der »Reise in die Imagination, in deren Verlauf er in ein Geflecht aus Spionage, Drogen, Halluzinationen und makabren Gelüsten gerät ... eine faszinierende Alptraum-Welt«**, schließt sich der Kreis, als Lee auf der Fahrt nach »Annexia« — einem fiktiven Land aus *Naked Lunch* — seinen »Wilhelm-Tell-Akt« wiederholt und Joan Frost erschießt, eine Tat, die wie eine Anerkennung und Besiegelung des Umstands wirkt, daß es den Tod seiner Frau erforderte, um zum Schriftsteller zu werden: Das Wiedererleben (oder Nachvollziehen) eines Traumas ermöglicht ja seine Bewältigung.

Neben dem außergewöhnlichen Inhalt des Films — der allerdings keineswegs, im Gegensatz zu S. Michaelsens Behauptung, eine »Nirwana-Durchquerung« (?)*** umfaßt — ist die große Sorgfalt der Inszenierung bemerkenswert.**** Das Kammerspielhafte, wie man es schon bei vorherigen Filmen Cronenbergs beobachten konnte, verleiht den Einstel-

---

* »Biograph« 4/92.

** »Überblick« (Düsseldorf) 5/92.

*** STERN 19/92.

**** Die derselbe Michaelsen so interpretiert: »Daß die Mythen-Monster-Mutationen-Schau zuweilen durchhängt, liegt am Ehrgeiz des verhinderten Schriftstellers Cronenberg. Belesenheits-Erektionen drücken auf das Tempo, den Schauspielern hängen bisweilen Papierschlangen aus dem Mund, talkshowhaft wird Thema an Thema gereiht ...« (STERN 19/92) Kläglicher könnte man Unverständigkeit und Unwissenheit mit Journalistenschnoddrigkeit nicht kaschieren.

Peter Weller als William Lee

lungen eine Ruhe, die sich auf den Betrachter überträgt, so daß das Abstoßende bald in den Hintergrund seiner Wahrnehmung und statt dessen das Interesse an Lees vertrackter Situation und der Frage, wie er sie löst, in den Vordergrund tritt. Gleichzeitig beschönigt andererseits die Bildästhetik nicht die greulichen oder unheimlichen Erscheinungen und Vorgänge des Handlungsablaufs, dessen gleichmäßige Kontinuität auffällig und in geradezu wohltuender Weise von der hysterischen Bilderflut zahlreicher Filme der Gegenwart abweicht, ohne Langeweile zu erzeugen. In *Naked Lunch* hat jede Aufnahme, betrachtet man sie genauer, eine Aussage für sich; jedes Bild ist wie ein Foto, das man lange anschauen möchte, weil man ständig Neues entdeckt, immer neue Details und Nuancen. Die Bildsequenzen versetzen in eine Zeit und in Umstände, die sich durch eine so zwangsläufige, schicksalhafte Folgerichtigkeit auszeichnen, daß man sie sich nicht anders vorstellen kann. Nie zuvor ist Grenzgeschehen so ambivalent auf die Leinwand gebracht worden — und das ist eine der größten Qualitäten des Films —, daß es bei aller Abwegigkeit nicht genausogut wahr sein könnte.

Zum Gelingen des Films trägt eindeutig auch die glänzende Auswahl der Schauspieler bei. »... kein anderer hätte den Bill Lee besser spielen können als Peter Weller«, konstatiert »Cinema« (5/92) vollkommen zurecht. »Mit hohläugigem Pokerface und stoisch-regloser Mimik vermittelt er die Qual des Junkie-Horrors, die zermürbende Sucht und Gier nach immer neuen Betäubungen. Wellers darstellerische Leistung, zusammen mit der dissonanten Jazzmusik von Howard Shore und der klaustrophobischen Gestaltungskraft Cronenbergs prägen den morbid-befremdlichen Charakter des Films.«

In der Tat erstreckt Cronenbergs Sorgfalt sich nicht nur in diesem Fall, sondern auch bei anderen Darstellern, soweit sie Personen aus Burroughs' Leben verkörpern, sogar auf äußerliche Ähnlichkeit. Das gilt, wie sich anhand von Fotografien zeigen läßt, für Judy Davis, die sowohl Joan Lee wie auch Joan Frost spielt — gemeint ist die Autorin Jane Bowles (?—1973), Ehefrau des Schriftstellers Paul Bowles, die Joan Burroughs ähnlich gesehen haben soll —, für Ian Holm als

Tom Frost, der Paul Bowles personifiziert, und für Joseph Scorsiani als Kiki, der Junge, zu dem Burroughs in Tanger eine längere Beziehung unterhielt (1957 wurde Kiki in Madrid von einem kubanischen Musiker aus Eifersucht erstochen), sowie Yves Cloquet (Julian Sands), hinter dem sich, wie das Aussehen, die englisch-schweizerische Herkunft und das etwas dämonische Gehabe nahelegen, die Person Brion Gysins verbirgt, besonders jedoch für die Personifikationen Allen Ginsbergs und Jack Kerouacs, die im Film als Martin (Michael Zelniker) und Hank (Nicholas Campbell) auftreten.

Eine andere der Wirklichkeit entlehnte Person ist die von Monique Mercure dargestellte Haushälterin der Frosts, Fadela: Jane Bowles soll ein marokkanisches Mädchen zur Geliebten gehabt haben, »a rough country girl named Cherifa, who sold grain in the market ...«[58] Fadela fungiert im Film als Tarnexistenz Dr. Benways. Dagegen ist Hans (Robert A. Silverman) anscheinend eine Mischgestalt, konzipiert nach dem Vorbild der vielen Dealer, von denen Burroughs sich Drogen verschaffte.

Selbstverständlich ist der Film, zumal als Literatur- und Literaturliteraturverfilmung, am großen Publikum vorbeiproduziert worden.* Cronenberg muß sich dessen bewußt gewesen sein. Aber es spricht für die Aufrichtigkeit und Ernsthaftigkeit seiner Absichten, daß er neue Wege geht, ohne auf Publikumsgunst oder die Einspielergebnisse zu achten, und *Naked Lunch* ist ohne Zweifel eine bleibende cinematografische Errungenschaft, von der »Kinohit« (5/92) mit aller Berechtigung sagt, daß sie »schon jetzt als Anwärter zum Kult-Klassiker gilt«.

Obwohl die wichtigsten Werke Burroughs' in der englischsprachigen Welt nie vergriffen, sondern immer, weil eine Auflage der anderen folgte, im Buchhandel erhältlich waren und sind, er bei Literaturkennern und Nonkonformisten stets als einer der bedeutendsten amerikanischen Autoren der Protopostmoderne galt, brauchte es vielleicht der Regis-

* In der »Weltstadt« Düsseldorf lief er gerade einmal vier Wochen — in einem Minikino.

seursleistung Cronenbergs, um zu vergegenwärtigen, wie aktuell seine Bücher bleiben. Und wenn der Postmodernismusbegriff für die Literatur überhaupt irgendeinen Sinn hat, dann wohl am ehesten gemäß der Definition, die Umberto Eco befürwortet, der meint, »daß ein breites Publikum zu erreichen und seine Träume zu bevölkern heute womöglich heißen kann, Avantgarde zu bilden« und »daß die Träume der Leser zu bevölkern nicht unbedingt heißen muß, sie zu besänftigen, mit versöhnlichen Bildern zu trösten. Es kann auch heißen, sie aufzuschrecken: mit Alpträumen, Obsessionen.«[59] Genau das hat am radikalsten Burroughs versucht, und seiner Radikalität verdanken Cronenbergs Filme ihre Brisanz.

Es entspricht der Natur des Menschen, die ihn dahin drängt, das Leben erfreulich zu gestalten, daß er das Schöne und Angenehme dem Häßlichen und Unangenehmen vorzieht; das darf jedoch nicht dazu verleiten, den zu denunzieren, der uns — durchaus lästigerweise — im Kunstwerk das Häßliche zeigt. Insofern geht alle Kritik an der vielfach als häßlich bewerteten, angeblichen Pornografie in Burroughs' Büchern und an den Greueln in Cronenbergs Filmen vollständig an der Sache vorbei. Häßlichkeit ist, ästhetisch besehen, ein Ausdruck krasser Nichtübereinstimmung zwischen Wirklichkeit und Ideal. Es wird sichtbar, womit man abgespeist Wird, was man in Wahrheit auf der Gabel hat: Betrug und »Ersatzscheiße«. Die künstlerische Wiedergabe des Häßlichen impliziert dessen Entlarvung und Verurteilung; sie macht den Rezipienten darauf aufmerksam, wie die Existenz ohne Schlechtes und Häßliches sein könnte und ist daher eine indirekte Bejahung des Schönen und Guten. Der Anblick oder die Lektüre von Häßlichem wird als Niederlage des Ideals erlebt und führt unwillkürlich zur Frage nach den Urhebern.

Burroughs und Cronenberg lassen diese Frage, wie hier auseinandergesetzt worden ist, nicht unbeantwortet: Beide zeigen, daß es in der Welt Kräfte, Personen und Gruppen gibt, die voller Menschenverachtung handeln und dadurch die Verhältnisse dem allgemein anerkannten Negativideal, der Hölle, immer ähnlicher machen. Daraus besteht die Aktualität ihres Schaffens, und darin steckt, zumal in der Ära des Neokonservativismus, der seit Anfang der achtziger Jahre die USA und Europa bis an den Ural versumpft, subversive Potenz.

ANMERKUNGEN

1 Rolf Giesen: *Sagenhafte Welten. Der phantastische Film.* Heyne Verlag, München 1990. S. 308 ff.
2 Ira Silverberg (Hrsg.): *Everything Is Permitted. The Making of Naked Lunch.* Grove Weidenfeld (Grove Press, Inc.), New York 1992. S. 111
3 dto., S. 55
4 dto., S. 118
5 C. G. Jung: *Welt der Psyche.* Fischer Taschenbuch Verlag Frankf./M. 1985. S. 49 ff.
6 W. S. Burroughs Bd. V (*Homo* und *Briefe an Allen Ginsberg*). Zweitausendeins, Frankf./M. 1989. S. 21
7 dto., S. 14
8 Ted Morgan: *Literary Outlaw. The Life and Times of William S. Burroughs.* The Bodley Head, London 1991, S. 271
9 dto., S. 262
10 W. S. Burroughs Bd. V. S. 187
11 dto., S. 202/203
12 dto., S. 147
13 Ted Morgan: *Literary Outlaw.* S. 253
14 William Burroughs: *The Naked Lunch.* Corgi Books (Transworld Publishers, Ltd.), London 1974. S. 7
15 W. S. Burroughs Bd. V. S. 182
16 dto., S. 202
17 C. G. Jung: *Welt der Psyche.* S. 49/50
18 W. S. Burroughs Bd. V. S. 313/314
19 dto., S. 315
20 dto., S. 336/337
21 Ted Morgan: *Literary Outlaw.* S. 347
22 dto., S. 350
23 W. S. Burroughs Bd. V. S. 336
24 dto., S. 337
25 Ted Morgan: *Literary Outlaw.* S. 351
26 William S. Burroughs: *Die alten Filme.* Maro Verlag, Augsburg 1979. S. 136
27 William S. Burroughs: *Nova Express.* Limes Verlag, Wiesbaden 1970. S. 13

28 William S. Burroughs: *Dead Roads.* Goldmann Verlag, München 1985. S. 188
29 William S. Burroughs: *Nova Express.* S. 12
30 dto., S. 9
31 dto., S. 91
32 William Burroughs: *The Ticket That Exploded.* Corgi Books (Transworlds Publishers, Ltd.), London 1972. S. 51
33 William S. Burroughs: *Nova Express.* S. 225
34 dto., S. 12
35 dto., S. 74
36 Ted Morgan: *Literary Outlaw.* S. 270
37 R. D. Brinkmann/R. R. Rygulla (Hrsg.): *Acid. Neue amerikanische Szene.* Zweitausendeins, Frankf./M. 1975. S. 386
38 Ted Morgan: *Literary Outlaw.* S. 310
39 dto., S. 341
40 Frederik Hetmann: *Bis ans Ende aller Straßen. Die Lebensgeschichte des Jack Kerouac.* Beltz Verlag, Weinheim u. Basel 1989. S. 48
41 William S. Burroughs: *Nova Express.* S. 11
42 William S. Burroughs: *The Western Lands.* Picador Edition (Pan Books), London 1988. S. 258
43 Ira Silverberg (Hrsg.): *Everything is Permitted. The Making of Naked Lunch.* S. 124
44 dto., S. 9
45 dto., S. 113
46 William S. Burroughs: *Naked Lunch.* Ullstein Verlag, Frankf./M. u. Berlin 1992. S. 117
47 Ira Silverberg (Hrsg.): *Everything is Permitted. The Making of Naked Lunch.* S. 125
48 R. M. Hahn/V. Jansen (Hrsg.): *Lexikon des Science Fiction-Films.* Heyne Verlag, München 1987. S. 668
49 dto., S. 895
50 Ira Silverberg (Hrsg.): *Everything is Permitted. The Making of Naked Lunch.* S. 118
51 dto., S. 118
52 dto., S. 56
53 dto., S. 57
54 dto., S. 61
55 dto., S. 66
56 W. S. Burroughs Bd. V. S. 255
57 Ira Silverberg (Hrsg.): *Everything is Permitted. The Making of Naked Lunch.* S. 66
58 Ted Morgan: *Literary Outlaw.* S. 243
59 Umberto Eco: *Nachschrift zum ›Namen der Rose‹.* dtv, München 1987. S. 82

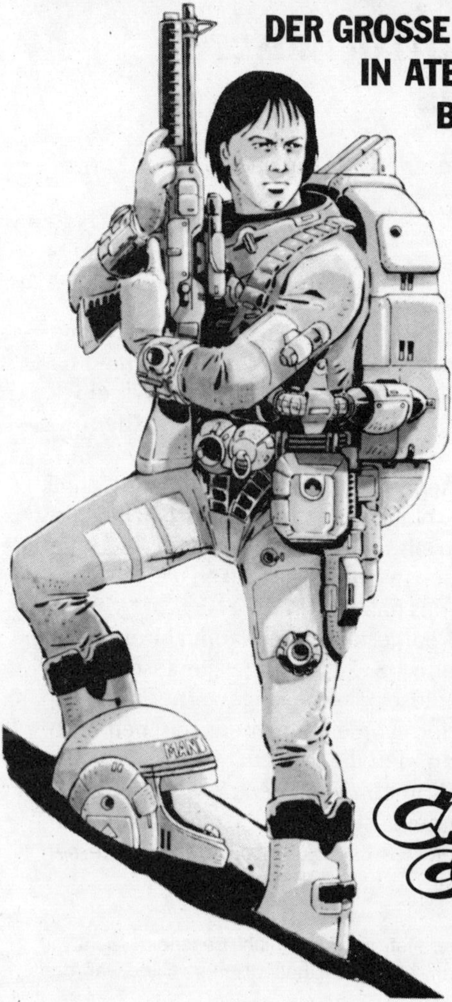

Der reale Horror unseres Jahrhunderts

Einleitung zu Fritz Leibers »Expreßzug nach Belsen«

von Rainer Eisfeld

Die Vernichtungslager des Dritten Reiches; die Bahnwaggons, die die Opfer aus ganz Europa ins Gas transportiert haben — das sind die beiden Assoziationen, die der Titel von Fritz Leibers Erzählung »Expreßzug nach Belsen« (dem KZ Belsen) weckt.

Daß selbst die deutschen Anfänge der Raumfahrttechnik der Verstrickung in die blutige Geschichte des Naziregimes nicht entronnen sind, weil KZ-Häftlinge es waren, die unter mörderischen Umständen in Untertagefabriken die V 2-Raketen fertigen mußten — das habe ich im HEYNE SCIENCE FICTION JAHRBUCH 1991 dargestellt (»Von Raumfahrtpionieren und Menschenschindern«, S. 549—586). Literarisch verarbeitet worden aber ist dieses Thema lange vorher nicht von einem deutschen, sondern von einem amerikanischen Autor — von Thomas Pynchon, den die Kritik mit James Joyce verglichen hat. In seinem Roman *Die Enden der Parabel* hat er 1973 den fiktiven Raketenkonstrukteur Franz Pökler konfrontiert mit der realen Welt des Lagers Mittelbau-Dora, dessen Häftlinge seine V-Waffen zu bauen hatten:

> Er war nicht vorbereitet. Er wußte nicht Bescheid. Nicht mit Herzen und Sinnen, obwohl er theoretisch im Bilde war, das schon ...
>
> Die Dünste von Scheiße, Tod, Schweiß, Krankheit, Moder, Pisse, der Brodem Doras legten sich auf ihn, während er hinein-

> schlich und auf die nackten Leichen starrte, die nun, da Amerika so nahe war, hinausgeschleppt wurden, um vor dem Krematorium gestapelt zu werden — baumelnde Penisse der Männer, Zehe an Zehe weiß und rund wie Perlen ... Jedes Gesicht so ausgebildet, so einzigartig, die Lippen zurückgezogen im Grinsen des Todes, eine ganze stumme Zuhörerschaft, ertappt im Augenblick der Pointe des Witzes ... und die Lebenden, zu zehnt auf einen Strohsack gepackt, die Kranken wehklagend, hustend, Verlorene ...
>
> Dies war die Kehrseite der leeren Räume, der Labyrinthe, durch die er sich bewegt hatte. Während er lebte und Zeichen aufs Papier malte, hatte dieses unsichtbare Reich Gestalt angenommen, in der Finsternis draußen ... die ganze Zeit über ...

Pynchons Buch, allgemein als Meisterwerk eingestuft, binnen kurzem umfänglich kommentiert und analysiert, rangierte — man ist versucht zu schreiben: natürlich — nicht unter Science Fiction, obwohl seine enzyklopädisch ausgebreiteten Phantasmagorien, ebenso wie bei William Burroughs, durchaus genretypische Züge aufweisen. Zwei Jahre später erschien Fritz Leibers Erzählung, zunächst in *The Second Book of Fritz Leiber,* kurz darauf im 5. Band der Reihe *The Year's Best Horror Stories.* Von den übrigen Geschichten dieser Anthologie, samt und sonders in der Bierce/Lovecraft/Derleth-Tradition angesiedelt, stach sie augenfällig ab: Als einzige thematisierte sie den realen Horror unseres Jahrhunderts. Ihre Qualitäten wurden sogleich erkannt. Sie gewann den World Fantasy Award, danach den British Fantasy Award. Vor einem Jahrzehnt wurde eine Übersetzung in die Bastei/Lübbe-Anthologie »Phantastische Literatur 82« (herausgegeben von Michael Görden) aufgenommen — ohne jedoch in der westdeutschen Leserschaft irgendein Echo auszulösen.

Wenn die Erzählung nun ein zweites Mal auf Deutsch im HEYNE SF JAHRBUCH präsentiert wird, dann in der unumwundenen Hoffnung, daß sie auf diese Weise vielleicht auch bei uns doch noch die Beachtung finden könnte, die sie verdient. Die Aufnahme ins JAHRBUCH erfolgt dabei unter bewußter Mißachtung der Demarkationslinie zwischen Fantasy und Science Fiction. Falls ihr seit der »New Wave« überhaupt noch Bedeutung zukommt, kann sie jedenfalls in Fällen wie dem vorliegenden getrost außer acht bleiben. Fantasy à la »Expreßzug nach Belsen« unterscheidet sich in keiner Weise von der psychologischen *inner space*-Dimension, um die J. G. Ballard, Michael Moorcock, Norman Spinrad, Brian Aldiss und andere (nicht von ungefähr beeinflußt durch, siehe oben, William Burroughs) seit den 60er Jahren das Science Fiction-Genre ergänzt haben.

»Expreßzug nach Belsen« schildert die Stationen einer Paranoia. Mehr und mehr steigert die zentrale Figur, George Simister, sich in einen Verfolgungswahn hinein, dem sie zuletzt erliegt. Auslöser dieses Wahns sind keine finsteren Kulte, keine anonymen Mächte, keine diabolischen Verschwörungen, keine phantasierten Invasionen. Simisters fixe Idee hat einen nur zu realen Kern. Auslöser ist der reale Staatsterrorismus unseres Jahrhunderts mit seiner Anmaßung, willkürlich herausgegriffenen Einzelnen, selbst ganzen Gruppen das menschliche Lebensrecht zu verweigern — gipfelnd in der organisierten Vernichtung der europäischen Juden durch Deutsche mittels eines bürokratischen Apparats, der Menschen »wie am Fließband« aussonderte, deportierte, ins Gas schickte, ihre Leichen verbrannte, schließlich ihre letzte Habe noch verwertete.* Simisters Vorstellung konzentriert sich dabei auf jene Etappe der Vernichtung, als noch nicht das »effiziente« Zyklon-B (Blausäure) zur Massenvergasung eingesetzt wurde: Während der »Erprobungsphase« bliesen Dieselmotoren Kohlenmonoxid erst in abgedichtete Lastwagen, später in Gaskammern.

Wahnhaft wird Simisters Denken nicht dadurch, daß es mehr und mehr beherrscht wird von den Bildern dieser tatsächlichen Vorgänge. Die Grenze zur Realität wird in dem Augenblick überschritten, in dem die räumlichen wie die zeitlichen Grenzen des Aussonderungs- und Vernichtungsprozesses für Simister zu verschwimmen beginnen. In seiner

---

* Dazu am umfassendsten: Hilberg, Raul: *Die Vernichtung der europäischen Juden. Die Gesamtgeschichte des Holocaust,* Berlin 1982

Wahrnehmung lauert dieser Prozeß allgegenwärtig, bedroht ihn als potentielles Opfer unmittelbar. Simister beginnt alltägliche Vorgänge in diese verzerrte Wahrnehmungsstruktur hineinzubiegen, unterlegt ihnen einen immer unheilvolleren Sinn und stirbt am Ende an seiner ins Maßlose gesteigerten eigenen Angst.

Um die Willkür der staatsterroristischen Ausgrenzungsdrohung zu unterstreichen, die über den Menschen unseres Jahrhunderts hängt, bedient Leiber sich eines zusätzlichen Kunstgriffs. Er zeichnet in Simister keine Figur, die den Leser zur Identifikation einlädt. Simister mag keine Russen, keine Juden, eigentlich überhaupt keine Ausländer. Vorstellungen von »Ordnung« und »Anstand« bestimmen sein Weltbild. Jugendliche, deren Betragen dieses Weltbild stört, nimmt er als halbe Kriminelle wahr. Selbst sein Bekannter Holstrom, der ihn auf der täglichen gemeinsamen Zugfahrt ins Büro eher flüchtig erlebt, findet ihn engstirnig, überheblich, voreingenommen. Kurz: Eigentlich könnte man sich den Kleinbürger Simister eher auf seiten der Täter als der Opfer denken.

Doch die latente »Ausmerzungs«-Drohung folgt keinen »einsichtigen« Kriterien. Der terroristisch gewordene Staat definiert seine Zielgruppe nach eigenem Gutdünken. Im Dritten Reich hieß der Maßstab »blutsmäßige« Auslese, der in Wirklichkeit angewiesen blieb auf das Kriterium der Konfession. Ist einer derart definierten Zielgruppe das Lebensrecht entzogen, so interessiert die Häscher nicht, ob ihre Opfer kriminell oder moralisch, pazifistisch oder chauvinistisch, sympathisch oder unsympathisch sind. *Die kollektive Pathologie der staatlichen Verfolgung unterscheidet sich in der Wahnhaftigkeit ihrer Weltinterpretation nicht von der individuellen Paranoia Simisters.*

Diese kollektive Pathologie hat es in unserer Ära vermocht, ihre Opfer durch die industriell-bürokratische Effektivität, mit der sie zu schalten vermag, in eine buchstäblich ausweglose Lage zu bringen. Mehr als anderthalb Jahrhunderte sind vergangen, seit Edgar Allan Poe es unternahm, der spanischen Inquisition wütendes Foltern zu schildern, indem er alle Schrecknisse konzentrierte auf ein einziges Verlies. Dessen beweglich konstruierte Mauern schoben sich am Ende knirschend zusammen, drängten den der Tortur Unterworfenen hin zum Rand einer Grube, in der das endgültige, das nicht mehr beschreibbare Grauen auf ihn wartete. In unserem Jahrhundert wurde die Poe'sche Vision wahr — mit einem ungeheuerlichen Unterschied: Keine Trompete verkündete in letzter Minute schmetternd, daß Toledo besetzt, die Inquisition in den Händen ihrer Feinde sei. Keine Hand streckte sich, wie bei Poe, durch berstende Mauern dem Opfer entgegen. Statt dessen rückten die Wände des Verlieses aneinander, und die Grube tat ihr Werk.

Die psychologische Seite dieser Ausweglosigkeit ist es, die Leibers Erzählung vermittelt: Allein die Täter setzen die irrationalen Maßstäbe. Mag dieser oder jener Mensch nach seinem Charakterzuschnitt auch »objektiv« den Tätern eher nahe- als fernstehen — der Opferrolle entrinnt er deswegen doch nicht. Unversehens, ohne daß er es zu glauben vermöchte, findet er sich in einem Zug wieder, dessen Aufschrift »Belsen« als Ziel anzeigt — jenen Deportierten gleich, die die Deutsche Reichsbahn, ebenso bürokratisch wie zuverlässig mit Tausenden von Transporten aus den Ländern des besetzten Europa in die Todeslager beförderte.*

Weshalb aber liefert gerade »Belsen« Leiber das Symbol für diese Lager? Warum nicht Auschwitz, Majdanek, Treblinka, Sobibor oder ein anderes jener Zentren im Osten, die von Anfang an als Stätten planmäßiger Massenvernichtung durch Gas errichtet wurden? Die Antwort lautet: Weil Belsen — genauer Bergen-Belsen, zwischen Celle und Soltau gelegen — 1945 zunächst stärker ins Bewußtsein der westlichen, besonders der englischen und amerikanischen, Öffentlichkeit rückte, und zwar aus zwei Gründen. Zum einen waren es britische Truppen (und nicht sowjetische, wie im Falle der auf polnischem Boden gelegenen Vernichtungszentren), die das KZ befreiten. Zum anderen stießen diese Soldaten auf infernalische Zustände, für die es »einer wortgewaltigeren Spra-

* Dokumentiert bei Lichtenstein, Heiner: *Mit der Reichsbahn in den Tod: Massentransporte in den Holocaust 1941—1945,* Köln 1985

che als der unseren« bedurft hätte, um die Schrecken einer solchen Leichengrube zu beschreiben.*

Bergen-Belsen wurde vor 50 Jahren, im Frühjahr 1943, als Sonderlager für Juden eingerichtet, die SS und Auswärtiges Amt auszutauschen hofften gegen internierte Deutsche in den USA und England. Doch bereits Ende 1943 erfolgten die ersten Deportationen nach Auschwitz — in die Gaskammern. Seit Anfang 1944 veränderte sich der Charakter des Lagers fundamental: In wachsendem Maße verlegte die SS Häftlinge hierher, die zur Zwangsarbeit in den Rüstungsbetrieben nicht mehr fähig waren.

Den Auftakt bildete am 25. März ein Transport mit 1000 Invaliden und Schwerkranken aus Dora, eben jenem Lager in Thüringen, dessen Insassen seit Mitte 1943 unter unmenschlichen Bedingungen die Untertageanlagen für die V-Waffen-Montage ausgebaut hatten. Ganze 57 überlebten, denn mit der Überfüllung des Lagerkomplexes schnellten als Folge planmäßiger Unterernährung die Krankheiten — Tuberkulose, Ruhr, Typhus, selbst Fleckfieber — in die Höhe, nahmen das Ausmaß von Seuchen an.

Zu Beginn des Jahres 1945 setzte ein, was immer wieder das »Inferno von Bergen-Belsen« genannt worden ist: Ein Massensterben, das rund 35 000 Menschenleben zwischen Anfang Januar und Mitte April forderte. Die SS kümmerte sich nicht mehr um die Lagerinsassen. »Die Menschen verfaulten und zersetzten sich im Schmutz ... Das Leben im Lager (hatte) nichts mehr gemein mit einer menschlichen Auffassung vom Leben« (Lévy-Hass). Von 60 000 überlebenden Häftlingen starben nach der Befreiung durch die britischen Truppen noch einmal fast 14 000, ehe die Rettungsmaßnahmen greifen konnten.

Vor der Übergabe an die Engländer versuchte die Lagerleitung in letzter Minute, Tausende von Leichen beseitigen zu lassen. »Vier Tage lang«, schreibt Eberhard Kolb, »vollzog

---

* Lévy-Hass, Hanna: *Vielleicht war das alles erst der Anfang. Tagebuch aus dem KZ Bergen-Belsen 1944—1945,* Berlin 1979; Kolb, Eberhard: *Bergen-Belsen 1943—1945,* Göttingen 1986

sich ein Schauspiel des Grauens, schleppten ausgemergelte Gestalten die ausgemergelten Körper der toten Mithäftlinge zu den Massengräbern, überwacht von SS-Leuten, angetrieben von Stockschlägen der Kapos, während zwei Häftlingskapellen auf Anordnung des Lagerkommandanten den ganzen Tag hindurch ›zur Aufmunterung‹ Tanzmusik spielten.«

Bergen-Belsen — ein düsteres Symbol nicht nur für Fritz Leiber. Was sich hier während der Schlußtage der SS-Herrschaft abspielte, mag wie Auschwitz oder Kulmhof, wie die Ghettos von Lodz oder Warschau, wie die »Durchgangs«lager von den Niederlanden bis zum Balkan Paul Celan vor Augen gestanden haben, als er 1948 die »Todesfuge« schrieb:

> Ein Mann wohnt im Haus …
> Er pfeift seine Juden hervor läßt schaufeln ein Grab in der Erde
> Er befiehlt uns spielt auf nun zum Tanz …
> Er ruft spielt süßer den Tod der Tod ist ein Meister aus Deutschland
> Er ruft streicht dunkler die Geigen dann steigt ihr als Rauch in die Luft …

Rainer Eisfeld, der auch Fritz Leibers anschließende Erzählung übersetzt hat, ist Professor für Politikwissenschaft an der Universität Osnabrück und Vorstandsmitglied des Kuratoriums der KZ-Gedenkstätte Mittelbau-Dora bei Nordhausen in Thüringen.

LIFE, 7. Mai 1945: Nach der Befreiung des Lagers Bergen-Belsen zwingen die britischen Truppen die KZ-Wachmannschaften (darunter auch Aufseherinnen), die Leichenhaufen selbst in Massengräber zu schaffen.

Fritz Leiber

Expreßzug nach Belsen

George Simister verfolgte, wie die blauen Flammen sich im Kamin wanden, an Tänzerinnen erinnernd, die man mit Alkohol übergossen und angesteckt hatte, und er beglückwünschte sich dazu, daß er bis ins letzte Drittel des zwanzigsten Jahrhunderts überlebt hatte, ohne Militärdienst ableisten oder die Welt auf irgendeine andere Art retten zu müssen, die sich nicht damit vertragen hätte, Geld zu verdienen und es sich davon wohl sein zu lassen.

Draußen triefte Regen, ein Sturm warf sich von den Außenbezirken her gegen die Stadt, und plötzliche Windstöße erzeugten im Schornstein die Laute klagender Tauben. Simister drückte sich noch eine Winzigkeit tiefer in seinen Sessel und nippte an seinem verdünnten Scotch — den meisten billigeren Schnaps vertrug er nicht. Simister besaß eine labile Konstitution. Bestimmte Geschmäcker und Gerüche, auf die eine nicht recht greifbare Herzschwäche ansprach, hatten ihn während der Kindheit sogar in Ohnmacht fallen lassen.

Die aufgeschlagene Zeitung drohte ihm von den Knien zu rutschen. Er hielt sie fest, ließ den Blick über die nächste Seite wandern, bemerkte eine Schlagzeile über Aufstand in Prag wie den in Budapest 1956, murmelte: »Scheißrussen«, gewahrte eine andere über Scharmützel an Israels Grenze, brummte »Scheißjuden« und ließ die Zeitung fahren. Er trank noch einen Schluck, gähnte und sah zu, wie eine jungfräuliche blaue Flamme ängstlich an einem Holzscheit entlangzüngelte, bevor sie zu einem weißen Rauchschemen zerflatterte. Draußen ertönte ein scharfes Klopfen.

Simister fuhr zusammen, ehe er aufstand und mit zusammengepreßten Lippen zur Tür hastete. Einige Bälger aus der Nachbarschaft hatten in letzter Zeit angefangen, ihn zu ärgern, wahrscheinlich, weil sein Haus das anständigste und ordentlichste in der Gegend war. Nadeln in die Klingel stecken, obszöne Sprüche aus Spraydosen und dergleichen. Wahrscheinlich halbwüchsige Rowdies, die eine tüchtige Abreibung und anschließende Bekanntschaft mit dem nächsten Polizeirevier verdient hatten. Simister hatte sich in Wut gesteigert, als er die Tür erreichte und sie aufriß. Nichts als leere, feuchte, tiefe Dunkelheit empfing ihn. Ein Windstoß, der ihn frösteln ließ, trieb ihm kalte Regentropfen entgegen. Vielleicht hatte das Feuer im Kamin den Laut erzeugt. Er schloß die Tür wieder und wollte ins Wohnzimmer zurückkehren, doch ein kleiner Stapel Bücher, der unordentlich in Packpapier eingeschlagen auf der Garderobe lag, fiel ihm ins Auge, und er verzog das Gesicht.

Der Postbote hatte das kaum leserlich adressierte Päckchen ein paar Tage zuvor versehentlich bei ihm abgeliefert. Simister hätte die Anschrift vermutlich entziffern und den Fehler des Postboten korrigieren können, denn offenkundig wohnte der Empfänger in derselben Straße, aber er sah nicht ein, daß er dem Tun von Analphabeten Vorschub leisten sollte, die mit der Beißzange schrieben. Die Sendung mußte irrtümlich an ihn gelangt sein, denn das oberste Buch hieß *Die Geißel des Hakenkreuzes: Kurze Geschichte der NS-Kriegsverbrechen**, die beiden anderen trugen ähnliche Titel, und Simister hegte eine starke Abneigung gegen alle Schreiberlinge, die darauf aus waren, den längst begrabenen Betriebsunfall, der Nazideutschland hieß, wieder aus der Versenkung zu holen.

Dieser Abscheu hatte seine Ursache in einer tief verborgenen Furcht, die Simister mit Millionen anderer teilte, aber nicht einmal seiner eigenen Frau eingestanden hätte: eine ziemlich unrealistische und mittlerweile völlig überholte Angst vor der Gestapo.

Jahre vor dem Zweiten Weltkrieg hatte das Gefühl eingesetzt, als die ersten Berichte über Minderheitenverfolgung und Staatsterrorismus aus Deutschland herüberdrangen — das Empfinden, eine finstere Macht griffe über den Atlantik, bedrohe sein Leben, seine Sicherheit, die Zuversicht, daß er

* Lord Russell of Liverpool (Edward Frederick Langley Russell): »The Scourge of the Swastika: A Short History of Nazi War Crimes«, London 1954

niemals Schmerzen würde erdulden müssen, außer in einem Krankenhaus.

Natürlich war diese Macht Simister niemals wirklich nahegekommen, aber über seine Phantasie übte sie eine tückische Herrschaft aus. Besonders *eine* alptraumhafte Folge von Bildern hatte sich in ihm festgesetzt und quälte ihn lange Zeit. Sie begann mit dröhnenden Schlägen gegen die Tür, nicht wie von Fäusten, sondern wie von Stiefeltritten und Gewehrkolben, dann brüllte eine Stimme: »Aufmachen! Gestapo!« Als nächstes fand er sich in einer Herde vor Angst halb wahnsinniger Menschen wieder, die zu einem Tor getrieben wurde, wo die Trennung derer, die sofort liquidiert wurden, von den anderen erfolgte, denen noch eine kurze Frist gegönnt war. Zuletzt wurde er in einen geschlossenen Lastwagen gepfercht, der so vollgestopft war mit Menschen, daß niemand sich bewegen konnte. Nach langer Zeit blieb der Lastwagen stehen, aber der Motor lief weiter, und vom Boden stiegen die umgeleiteten Abgase auf und suchten sich ihren Weg zwischen den eng aneinandergepreßten Körpern.

Nun lief in dem halbdunklen Flur derselbe scheußliche Film wieder vor seinem inneren Auge ab. Simister schüttelte heftig den Kopf, als könnte er damit die Bilder vertreiben, und versuchte sich einzureden, daß die Gestapo seit mehr als zwei Jahrzehnten aufgelöst und zerschlagen war. Er verspürte die gereizte Anwandlung, die Bücher ins Feuer zu werfen, die an der Wiederkehr seines beklemmenden Tagtraums schuld waren. Doch ihm fiel ein, daß Bücher schlecht brannten. Unbehaglich starrte er sie an, innerlich erregt durch Vorstellungen von Einkerkerung und Folter, Konzentrations- und Vernichtungslagern, zugleich sich bewußt, was sie in seinem Geist anrichteten. Wieder zuckte es ihm in den Fingern — diesmal, die Bücher zusammenzuraffen und in die Abfalltonne zu befördern. Aber dabei wäre er naß geworden; das konnte bis morgen warten. Er stellte den Ofenschirm vor das Feuer, das niedergebrannt war und rauchte wie ein Krematorium, und ging nach oben zu Bett.

Einige Stunden später wachte er auf. Ein dröhnender Schlag gegen die Tür hallte in seiner Erinnerung nach.

Er fuhr hoch und zischte: »Die verdammten Bengel!« Die heruntergelassenen Jalousien kamen ihm dunkler vor als sonst. Wahrscheinlich hatten sie die Straßenlaterne eingeworfen.

Er setzte einen Fuß auf den unangenehm kalten Boden. Es war völlig still. Der Sturm hatte sich davongemacht wie eine streunende Katze. Simister lauschte angestrengt. Neben ihm atmete seine Frau mit einer Gleichmäßigkeit, die ihn verdroß. Am liebsten hätte er sie geweckt und ihr von den halbwüchsigen Randalierern berichtet. Daß ihnen gestattet war, sich so spät noch auf den Straßen herumzutreiben, grenzte ans Sträfliche. Wahrscheinlich auch noch Mädels dabei.

Das Hämmern wiederholte sich nicht. Simister horchte, ob Schritte sich entfernten oder knarrende Bohlen verrieten, daß jemand auf der Veranda lauerte.

Nach einer Weile begann er sich zu fragen, ob das Ganze nicht doch Teil eines Traums oder vielleicht das Grollen des abziehenden Gewitters gewesen sein konnte. Er legte sich wieder hin und zog die Decke bis ans Kinn hoch. Schließlich entspannten sich seine Muskeln, und er schlummerte schließlich ein.

Beim Frühstück erzählte er seiner Frau davon.

»George, am Ende waren es Einbrecher«, meinte sie.

»Sei doch nicht albern, Joan. Einbrecher klopfen wohl kaum vorher an. Wenn überhaupt, dann waren es die verdammten Bengel.«

»Mir wäre trotzdem wohler, wenn du einen stärkeren Riegel an die Haustür montieren würdest.«

»Unsinn. Hätte ich gewußt, daß du so reagierst, dann hätte ich dir überhaupt nichts erzählt. Wahrscheinlich war es sowieso das Gewitter.«

Aber in der Nacht darauf, ungefähr zur gleichen Zeit, wiederholte sich der Vorgang.

Diesmal konnte von einem Traum keine Rede sein. Das Hämmern dröhnte ihm noch in den Ohren. Auch ein paar Worte hatte er aufgeschnappt, irgendein fremdartiges Kauderwelsch. Vermutlich die Sprößlinge dieser ausländischen

Emigranten, die sich in der Nachbarschaft breitgemacht hatten.

Letzte Nacht hatten sie ihn zum Narren gehalten, indem sie sich mucksmäuschenstill verhielten, nachdem sie an die Tür getrommelt hatten, aber er wußte schon, wie er ihnen beikommen würde. Auf Zehenspitzen schlich er durchs Schlafzimmer, dann rasch, aber wegen seiner bloßen Füße lautlos die Treppe hinunter. Im Flur griff er nach irgendeinem Gegenstand, um damit zuzuschlagen, entriegelte mit einem Ruck die Tür und riß sie auf.

Kein Mensch weit und breit.

Simister starrte in die Finsternis. Daß sie so schnell und leise entwischt waren, wollte ihm nicht in den Kopf. Er schloß die Tür und schaltete das Licht an. Dann merkte er, was er in der Hand hielt. Es war eins der Bücher. Angewidert ließ er es auf die übrigen fallen. Er durfte nicht vergessen, sie allesamt gleich morgens in die Mülltonne zu schmeißen.

Aber er verschlief und mußte sich beeilen. Mißmut und Gereiztheit wirkten offenbar noch in ihm nach, denn er merkte, daß er überempfindlich auf alles mögliche reagierte, das ihn sonst kaum berührt hätte. Insbesondere auf Menschen. Den Mann mit den geschwollenen Händen am Kiosk, der Simister das Wechselgeld hinzählte und ihm die Zeitung gab, fand er unfreundlich. Die schmallippige Person, die seine Monatskarte kontrollierte, beäugte sie so argwöhnisch, als hielte sie ihn für einen Schwarzfahrer.

Und während er die Stufen hochhastete, weil das Rumpeln eines herannahenden Zuges hörbar wurde, stieß er gegen ein Männchen in einem viel zu weiten Mantel und wurde dafür mit einem Blick bedacht, die ihm einen regelrechten Schock versetzte.

Simister entsann sich verschwommen, daß der Mann ihm schon mehrfach über den Weg gelaufen war. Die dünne Nase, die eng beisammenstehenden Augen und das fliehende Kinn gaben eine Physiognomie ab, die sich bei einiger Phantasie als frettchenhaft bezeichnen ließ. In jedem Kriminalfilm hätte der Typ einen Spitzel gespielt. In dem schlackernden Mantel bot er ein eher komisches Bild. Doch der Blick, mit dem er reagierte, wirkte so giftig und so verschlagen, als würde er nur auf eine Gelegenheit lauern, um Simister den Stoß heimzuzahlen, daß dieser erschrak und um ein Haar den Zug verpaßt hätte.

Er schaffte es gerade noch, sich durch die automatisch schließende Tür in ein Raucherabteil zu zwängen, nachdem er sich hastig vergewissert hatte, daß der eingefahrene Vorortzug als Expreß gekennzeichnet war. Sein Herz hämmerte derartig, daß er sich normalerweise Sorgen gemacht hätte, aber jetzt schwelgte er in dem Hochgefühl, dem Männchen einen Strich durch die Rechnung gemacht zu haben. Es war nicht flink genug gewesen, und Simister hatte sich keine Mühe gegeben, ihm die Tür aufzuhalten.

Während der Elektroantrieb den Zug sanft aus der Station gleiten ließ, bahnte Simister sich einen Weg ins Innere des Abteils und packte eine Halteschlaufe. An der nächsten schwankte bereits im Takt der ratternden Wagen sein üblicher Fahrtgenosse, ein fleischiger, verdächtig rotnasiger Mensch namens Holstrom, der ihn immer wieder zu reizen verstand. Mit der freien Hand hielt er Simister die Schlagzeile der zusammengefalteten Zeitung unter die Nase, in der er gelesen hatte. Dieser konnte sich denken, was ihn erwartete.

»Kernwaffen für Westdeutschland«, zitierte er mit tonloser Stimme. Holstrom versuchte regelmäßig, ihn in ermüdende Diskussionen über Totalitarismus, Drittes Reich, Rassenhaß und dergleichen zu verwickeln. »Na und?«

Holstrom zuckte die Achseln. »Daß man ihnen die gibt, liegt wohl im Zug der Entwicklung. Aber ich mußte doch daran denken, ob wir wohl alle maßgeblichen Nazis erwischt haben.«

»Natürlich«, knurrte Simister.

»Ich bin nicht so sicher«, widersprach Holstrom. »Ich könnte mir im Gegenteil ganz gut vorstellen, daß eine Menge entkommen sind und sich immer noch irgendwo versteckt halten.«

Aber Simister biß nicht an. Das Problem langweilte ihn. Wer redete heute noch von den Nazis? An diesem Morgen dünkte die ganze Fahrt ihn eintönig. Das Raucherabteil war überfüllt, und an der Endstation verstärkte das ruppige Gedränge seine Gereiztheit weiter.

Die Menge bewegte sich auf ein Eisengitter zu, das den dahinhastenden Menschenstrom willkürlich in zwei Teile aufspaltete, die sich wenige Schritte weiter wieder vereinten. Hinter dem Gitter stand ein neuer Kontrolleur, jedenfalls war er Simister bisher noch nie aufgefallen. Ein arrogant dreinschauender junger Mann mit kurzgeschnittenem blonden Haar und kalten blauen Augen.

Plötzlich ging Simister auf, daß er immer mehr nach links abgedrängt wurde, obwohl er normalerweise rechts an dem Gitter entlangging. Die Lappalie genügte, um an diesem Morgen das Faß zum Überlaufen zu bringen. Innerlich kochend vor Wut, bahnte er sich einen Weg gegen den Strom, obwohl er böse Bemerkungen erntete und der Kontrolleur ihn unverwandt anstarrte.

Er hatte den Rest des Weges zu Fuß zurücklegen wollen, aber sein Ärger lenkte ihn ab, und unversehens fand er sich in einem Bus wieder. Sofort bereute er seine Zerstreutheit. Der Bus war noch überfüllter als der Zug, und die zusammengepferchten Fahrgäste wirkten mürrisch und ungelenk in ihren schweren Mänteln. Er fühlte sich versucht, wieder auszusteigen, selbst wenn das hieß, seine Fahrkarte zu vergeuden, doch er war im rückwärtigen Teil eingekeilt und scheute davor zurück, den Eindruck eines Mannes zu erwecken, der nicht wußte, was er wollte.

Bald wurden seine Widrigkeiten um ein weiteres Übel vermehrt. Die Abgase des hinten gelegenen Motors krochen nach oben. Sofort wurde ihm übel. Entrüstet blickte er um sich, aber die anderen Fahrgäste schienen den Geruch entweder nicht zu bemerken oder nahmen ihn schicksalsergeben hin.

Ein paar Straßen weiter war die Luft so stickig, daß Simister sich entschloß, an der nächsten Haltestelle auszusteigen. Als er sich aber an einer dicken Frau vorbeizuschieben begann, starrte diese ihn mit einem Ausdruck derart befremdlicher Teilnahmslosigkeit an, daß Simister, durch seine Übelkeit möglicherweise leicht benommen, wie hypnotisiert verharrte und einige Augenblicke brauchte, um sich an sein Vorhaben zu erinnern und es in die Tat umzusetzen.

So albern es war, das Gesicht der Frau ging ihm den ganzen Tag über nicht aus dem Kopf.

Abends fuhr er bei einem Eisenwarengeschäft vorbei. Nach dem Essen bemerkte seine Frau, wie er im Flur werkelte.

»Ach, bringst du tatsächlich einen Riegel an«, sagte sie.

»Es war doch dein Vorschlag, oder etwa nicht?«

»Ich hätte trotzdem nicht gedacht, daß du ihn ausführen würdest.«

»Ich fand, es könnte nicht schaden.« Er zog die letzte Schraube fest und trat zurück, um seine Arbeit zu begutachten. »Alles, damit du dich geborgen fühlst.«

Dann fielen ihm die Bücher ein, die er morgens hatte wegwerfen wollen. Die Garderobe war leer.

»Was hast du damit gemacht?«

»Womit?«

»Mit den dummen Büchern.«

»Ach, die. Die habe ich wieder verpackt und dem Postboten mitgegeben.«

»Aber warum denn? Auf dem Packpapier stand kein Absender, und vielleicht hätte ich sie mir gerne angesehen.«

»Du hattest mir gesagt, die Sendung wäre nicht für uns, und den Kriegskram haßt du sowieso.«

»Schon, aber ...«, setzte er an, schwieg dann jedoch. Wie hätte er ihr begreiflich machen sollen, weshalb ihm soviel daran lag, gerade diese Bücher selbst loszuwerden, sie eigenhändig in die Abfalltonne zu werfen? Letzten Endes verstand er selbst nicht recht, was ihn bewegte. Er begann die Diele abzusuchen.

»Ich habe das Paket zurückgegeben«, sagte seine Frau scharf. »Ich leide nicht an Gedächtnisschwund.«

»Schon gut«, murmelte er und machte sich bettfertig.

In dieser Nacht weckte ihn kein dröhnendes Klopfen, sondern ein lautes Krachen wie von berstendem Holz und ein metallisches Schnappen, als gäbe ein Schloß nach.

Im Nu war er auf den Beinen, schlaftrunken und taumelnd vor Wut. Diese Verbrecher! Schabernack von Halbwüchsigen war *eine* Sache, aber mutwillige Zerstörung fremden Eigentums, das ging entschieden zu weit. Er war bereits halb die Treppe hinunter, als ihm klar wurde, daß er sich am Ende in eine bedrohliche Situation begab. Jugendliche Kriminelle, die eine Tür einschlugen, würden sich kaum von dem unbewaffneten Besitzer einschüchtern lassen.

Doch dann gewahrte er, daß die Tür völlig unversehrt war.

Perplex und beklommen suchte er das Erdgeschoß ab und wagte sich sogar in den Keller, wobei er sich den Kopf zerbrach, was diesen Lärm verursacht haben konnte. Der Durchlauferhitzer am Ende? Er war ebenso intakt wie die Heizungsanlage. War vielleicht die Verandabrüstung morsch und hatte nachgegeben?

Der Einfall veranlaßte ihn, angestrengt nach draußen zu spähen. Als er sich umwandte, stand jemand hinter ihm.

»Ich wollte dich nicht erschrecken«, sagte seine Frau. »Was ist denn los, George?«

»Weiß ich selbst nicht. Ich dachte, ich hätte ein Geräusch gehört. Es klang, als würde etwas eingeschlagen.«

Wenn er erwartete, ihre panische Angst vor Einbrechern würde sich Luft machen, sah er sich getäuscht. Sie schaute ihn unverwandt an.

»Willst du die halbe Nacht dastehen?« fragte er. »Komm ins Bett.«

»George, macht dir irgend etwas zu schaffen? Hast du Sorgen, von denen du mir nichts erzählt hast?«

»Ach wo. Nun komm!«

Am nächsten Morgen stand Holstrom auf dem Bahnsteig, als Simister anlangte, und sie schlossen Wetten ab, ob die dunklen Regenwolken sich entladen würden, bevor sie ihr Ziel erreichten. Simister bemerkte wieder das Männchen im weiten Mantel, nahm aber keine Notiz von ihm.

Weil Bankfeiertag war, fanden sich in dem Raucherabteil noch unbesetzte Plätze, und er und Holstrom ließen sich auf zwei davon nieder. Letzterer hatte wie üblich seine Zeitung dabei. Simister wartete auf das unvermeidliche ideologische

Scharmützel — ausnahmsweise mit leichtem Unbehagen. Gewöhnlich war er sich seiner Vorurteile sicher, aber an diesem Tag fühlte er sich eigenartig verwundbar.

Und schon ging es los. Holstrom wiegte den Kopf. »Eine üble Geschichte in der Tschechoslowakei. Vielleicht sind wir damals mit den Nazis doch zu hart umgesprungen.«

Zu seiner eigenen Überraschung ertappte Simister sich dabei, wie er mit nervöser Unaufrichtigkeit, dabei ungewohnt heftig, zur Antwort gab: »Machen Sie sich doch nicht lächerlich! Diese Lumpen sind noch viel zu gut davongekommen.«

Im selben Augenblick, in dem Holstrom sich ihm zuwandte und bemerkte: »So, Sie haben also Ihre Meinung über die Nazis geändert«, war es Simister, als hörte er hinter sich jemand leise, aber deutlich und unerbittlich sagen: »Ich werde mir das merken.«

Hastig sah er sich um. Leicht vorgebeugt, aber mit abgewandtem Gesicht, als verfolge er durchs Fenster die vorüberhuschende Landschaft, hatte sich dort der Mann im weiten Mantel postiert.

»Was ist los?« wollte Holstrom wissen.

»Wie meinen Sie das?«

»Sie sehen auf einmal ganz blaß aus. Ist Ihnen schlecht?«

»Ich fühle mich völlig auf dem Damm.«

»Bestimmt? Sie wissen doch, in unserem Alter muß man allmählich achtgeben. Haben Sie mir nicht früher erzählt, Sie hätten es am Herzen?«

Es gelang Simister, die Frage mit einem Lachen abzutun, aber als sie sich vor dem Zug verabschiedeten, nahm er wahr, daß Holstrom ihn skeptisch betrachtete.

Während er langsam den Bahnhof durchquerte, nahm sein Gesicht einen geistesabwesenden Ausdruck an. Er war so in Gedanken versunken, daß er um ein Haar links an dem Eisengitter vorbeigegangen wäre. Glücklicherweise herrschte wenig Betrieb, so daß es ihm nicht schwerfiel, in letzter Minute nach rechts abzubiegen. Der blonde junge Kontrolleur musterte ihn scharf — vielleicht erinnerte er sich an den Vortag.

Simister hatte sich geschworen, unter keinen Umständen

wieder den Bus zu nehmen, aber als er aus dem Bahnhof trat, goß es in Strömen. Nach kurzem Zögern stieg er ein. Der Bus kam ihm womöglich noch überfüllter vor mit den gleichen vergrämten Fahrgästen, und in der feuchtigkeitsgeschwängerten Luft setzte der Abgasgeruch ihm besonders zu.

Sein geistesabwesender Gesichtsausdruck verlor sich den ganzen Tag über nicht. Simisters Sekretärin fiel er auf, doch verkniff sie sich eine Bemerkung. Anders seine Frau, als sie ihn nach dem Abendessen in der Diele entdeckte, wo er herumkramte.

»Suchst du immer noch das Päckchen, George?« Ihre Frage klang trocken.

»Natürlich nicht«, gab er rasch zur Antwort und schloß das Schubfach der Garderobe.

Sie wartete. »Bist du sicher, daß du die Bücher nicht selbst bestellt hast?«

»Wie kommst du denn auf die Idee?« wollte er wissen. »Das weißt du doch wohl am besten.«

»Dann bin ich froh«, gab sie zurück. »Ich habe sie durchgeblättert. Es waren Bilder darin. Sie waren abscheulich.«

»Meinst du vielleicht, ich kaufe mir Bücher, um mir irgendwelche abscheulichen Bilder anzusehen?«

»Natürlich nicht, Liebling. Ich dachte nur, du hättest einen Blick darauf geworfen und wärst deswegen so bedrückt.«

»Wirke ich denn bedrückt?«

»Ja. Dein Herz macht dir doch nicht etwa zu schaffen?«

»Nein.«

»Woran könnte es sonst liegen?«

»Ich weiß es nicht.« Mit großer Überwindung fügte er hinzu: »Ich habe über den Krieg und solche Geschichten nachgedacht.«

»Über den Krieg! Kein Wunder, daß du so deprimiert bist. Man sollte nicht über Dinge nachdenken, die einem zuwider sind, besonders, wenn gar kein Anlaß vorliegt. Was hat dich darauf gebracht?«

»Ach, Holstrom führt das Thema ständig im Munde.«

»Dann hör einfach nicht auf ihn.«

»Du hast recht.«

»Und sei wieder besserer Laune.«

»Bestimmt.«

»Laß dich auch von niemand verleiten, dir solche schrecklichen Bilder anzuschauen. Auf einem waren Leute zu sehen, die man in einem Lastwagen vergast hatte und dann ...«

»Bitte, Joan! Ist es weniger schlimm, wenn du mir davon erzählst?«

»Natürlich nicht, Liebling. Das war dumm von mir. Aber sei wieder guter Laune.«

Der ratlose, besorgte Ausdruck stand immer noch in ihren Augen, als sie ihm am nächsten Morgen nachschaute, während er das Haus verließ. Sein grauer Anzug wollte ihr fast schwarz vorkommen — und im Schlaf hatte er gewimmert. Fröstelnd wegen ihrer Einbildung wandte sie sich ab.

An diesem Morgen sorgte George Simister, wie man sich später entsann, im Raucherabteil für einen unerheblichen Zwischenfall, obwohl Holstrom den Anfang nicht mitbekam. Simister hatte offenbar laufen müssen, um den Zug noch zu erreichen, und ihn um ein Haar verpaßt, weil er mit einem kleinen Mann in einem viel zu großen Mantel zusammengestoßen war. Jemand erinnerte sich an die Episode, weil es ihn amüsiert hatte, daß das Männchen, obwohl es gestürzt war und Simister den Zusammenprall verursacht hatte, sich bei diesem immer noch entschuldigte, als er längst weitergeeilt war.

Simister schaffte es jedenfalls in letzter Sekunde, sich durch die zugleitende Tür zu zwängen, wobei er gerade noch einen Blick auf das Zugschild werfen konnte. In diesem Augenblick setzte sein absonderliches Gebaren ein. Er drehte sich auf der Stelle um und versuchte, wieder aus dem Abteil zu gelangen, wobei er sogar beide Hände in den Spalt zwischen den Türrahmen und die Gummikante der Schiebetür zwängte und heftig rüttelte.

Sobald er gewahr wurde, daß der Zug sich in Bewegung gesetzt hatte, ließ er anscheinend von der Tür ab, das Gesicht starr und bleich, und bahnte sich einen Weg ins Wageninnere.

Dort drängte er sich zu dem kleinen Kasten an der Wand

durch, der die bewegliche Rolle mit Zugnummern und -typen enthielt und dessen Sichtfensterchen die jeweilige Anzeige — in diesem Fall das Wort EXPRESS — in Spiegelschrift abbildete. Er starrte die Buchstaben an, als traute er seinen eigenen Augen nicht, setzte dann die Kurbel in Bewegung und ließ nacheinander sämtliche anderen Bezeichnungen vorübergleiten. Jede musterte er eingehend, ohne sich um die verblüfften oder mißbilligenden Blicke seiner Umgebung zu kümmern.

Er war alle Anzeigen einmal durchgegangen und wollte eben von neuem beginnen, als der Schaffner auftauchte. Simister ignorierte seine Vorhaltungen und wollte mit erhobener Stimme wissen, ob dies wirklich der Expreßzug sei. Als der Schaffner das kurz angebunden bestätigte, behauptete Simister, er hätte aber beim Einsteigen eine ganz andere Anzeige bemerkt — und dabei nannte er einen eigentümlichen Namen. Nach der späteren Aussage des Schaffners wirkte er zwar höchst erregt, aber sehr bestimmt. Der Schaffner forderte Simister auf, den Namen zu buchstabieren. Stockend kam dieser dem Verlangen nach:

»B...E...L...S...E...N«

Der Schaffner schüttelte den Kopf, ehe seine Augen sich weiteten und er sich erkundigte: »Sagen Sie, wollen Sie mich für dumm verkaufen? Das war doch eins von diesen Nazi-Todeslagern.« Simister räumte darauf das Feld.

Erst jetzt, am anderen Ende des Wagens, erblickte ihn Holstrom, auf den er den Eindruck machte, als habe er »gerade einen schlimmen Schock erlitten«. Holstrom war ernstlich besorgt — zumal er sich insgeheim schuldbewußt fühlte —, doch gelang es ihm kaum, ein Wort aus Simister herauszubekommen, obwohl er mehrfach versuchte, ein Gespräch in Gang zu bringen, und dabei entgegen seiner Gewohnheit unverfängliche Themen wählte. Später entsann er sich, daß Simister unvermittelt aufblickte und wissen wollte: »Meinen Sie, daß es Dinge gibt, denen man einfach nicht entgehen kann, ganz gleich, wie zurückgezogen man lebt und wie sorgsam man sein Dasein plant?« Sein Gesichtsausdruck verriet sogleich, daß die offenkundige Antwort auf seine Frage ihm selbst aufging, und Holstrom wußte nicht, was er erwidern sollte.

Wenig später äußerte Simister unvermittelt: »Ich wünschte, es wäre bei uns wie in England, wo Stehen im Bus untersagt ist«, um anschließend wieder in Schweigen zu verfallen. Als der Zug sich der Endstation näherte, schien seine Verfassung sich etwas zu bessern, aber Holstrom war immer noch so beunruhigt, daß er ihm durch die Bahnhofshalle folgte, statt seine eigene Richtung einzuschlagen. »Ich hatte Angst, es könnte ihm etwas zustoßen, ohne daß ich hätte sagen können, was«, faßte er sein Empfinden in Worte. »Ich hätte ihn begleitet, aber meine Gegenwart schien ihm lästig zu sein.«

Holstroms Schuldgefühl, das seine Befürchtungen verstärkte und ihn zugleich mutmaßen ließ, Simister könnte Widerwillen gegen ihn empfinden, ging darauf zurück, daß er es war, der — gereizt durch Simisters überhebliche Vorurteile und seine verständnislose Engstirnigkeit — ihm anderthalb Wochen zuvor anonym drei Bücher geschickt hatte, die mit äußerster Realistik einige der furchtbarsten Aspekte der Nazityrannei beschrieben. Jetzt konnte er sich nicht des Eindrucks erwehren, die Lektüre habe Simister in einem Ausmaß erschüttert, das er nicht beabsichtigt hatte, und es erleichterte sein Gewissen nur wenig, daß er das Päckchen kaum leserlich adressiert hatte, so betrunken war er bei der Absendung gewesen. Er kam später nie wieder darauf zu sprechen, abgesehen von einfühlsamen Bemerkungen der Art, »daß manchmal schon eine Bagatelle genügt, damit im Uhrwerk eines Menschen die Feder versagt«.

So folgte Holstrom, wie er berichtete, Simister in einiger Entfernung, während dieser sich niedergedrückt durch den Bahnhof schleppte. Als Simister sich dem Eisengitter näherte, kam es zu einem merkwürdigen Zwischenfall. Er wollte eben rechts daran vorbeigehen, als jemand unmittelbar vor ihm fehltrat oder taumelte. Simister wäre um ein Haar selbst zu Fall gekommen und mußte sich an dem Gitter stützen. Ein Kontrolleur, der gerade zur Stelle war, half ihm auf die Füße und geleitete ihn links daran vorbei.

Dann, behauptet Holstrom, habe Simister sich eine Sekunde lang umgedreht, und Holstrom habe einen Blick auf sein Gesicht erhascht. Es muß etwas unendlich Verzweifeltes in diesem Gesicht gelegen haben, etwas, für das Holstrom zwar keine Worte fand, das ihn aber zu dem Versuch veranlaßte, Simister auf der Stelle einzuholen.

Doch der Menschenschwall aus einem anderen Pendlerzug schnitt Holstrom den Weg ab. Als er vor dem Bahnhof anlangte, gewahrte er Simister eben noch inmitten einer Gruppe, die sich in einen bereits vollbesetzten Bus hineinzuquetschen versuchte. Holstrom war konsterniert, weil er wußte, daß Simister auf den Bus nicht angewiesen war, und sich erinnerte, wie sein Bekannter erst kürzlich Klage geführt hatte.

Starker Verkehr hinderte Holstrom daran, die Straße zu überqueren. Er will laut gerufen haben, doch Simister schien ihn nicht zu hören. Er hatte den Eindruck, daß dieser schwache Versuche unternahm, sich aus der Menge zu befreien, die ihn in den Bus schob, aber »sie waren ineinander verkeilt wie Vieh«.

Es spricht für Holstroms ehrliche Sorge, daß er, sowie der Verkehr geringfügig nachließ, über die Straße eilte, den Autos dabei ausweichend. Aber der Bus fuhr bereits an. Er bekam nur noch einen Schwall widerwärtiger Auspuffgase in die Nase.

Sobald er in seinem Büro angelangt war, rief er Simister an. Dessen Sekretärin meldete sich, und ihre Auskunft beschwichtigte seine Befürchtungen, was um so ironischer anmutet, wenn man bedenkt, was sich kurz darauf zutrug.

Was geschah, läßt sich am besten in den Worten eben dieser Sekretärin schildern. »Selten hat mich der alte Griesgram — entschuldigen Sie den Ausdruck — so freundlich begrüßt. Er hat übers ganze Gesicht gestrahlt, als hätte er soeben erfahren, daß es jemand anders und nicht ihn getroffen hatte. Weil er mit allen gescherzt und geplaudert hat, war ich um so mehr erstaunt, als ein Bekannter anrief und sich ganz besorgt nach ihm erkundigte. Wenn ich jetzt zurückdenke, muß ich allerdings sagen, daß er mir etwas überdreht vorkam, als wäre er knapp einer Katastrophe entronnen und froh, noch am Leben zu sein.

Das ging den ganzen Morgen über so weiter. Und dann, als er gerade den Kopf zurückwarf, um über einen seiner eigenen Witze laut zu lachen, griff er sich an die Brust, stieß einen schrecklichen Schrei aus und brach zusammen. Ich konnte überhaupt nicht fassen, daß er tot sein sollte, weil seine Lippen so auffallend rot blieben und ihm auf den Wangen zwei rote Flecken standen. Natürlich war es das Herz, aber Sie können sich nicht vorstellen, welchen Schrecken dieser idiotische Arzt uns eingejagt hat, den wir zuerst verständigt hatten.«

Es war wohl schon so, wie sie sagte — auf die eine oder andere Art muß es an Simisters Herz gelegen haben. Es kann auch nicht geleugnet werden, daß der herbeigerufene Arzt ein alter, vermutlich unfähiger Quacksalber war, der bei seinen Patientinnen mit einer Eilfertigkeit auf Hysterie zu erkennen pflegte, bei der selbst Charcot sich beschämt abgewandt hätte. Man hatte ihn überhaupt nur hinzugezogen, weil seine Praxis zufällig im selben Gebäude lag. Als dann Simisters Hausarzt eintraf und Herzversagen feststellte, was ohnehin auf der Hand lag, waren alle höchst erleichtert und zogen einhellig über den ersten Mediziner her, dessen Diagnose sie veranlaßt hatte, zu den Fenstern zu stürzen und sämtliche Flügel weit aufzureißen.

Der alte Arzt hatte nämlich nur einen Blick auf Simister geworfen und geschnarrt: »Herzversagen? Unsinn! Sehen Sie sich doch seine Gesichtsfarbe an. Kirschrot. Der Mann ist an Kohlenmonoxidvergiftung gestorben.«

Labyrinth der Sterne

von Ernst Petz

Über John Brunners gleichnamigen Roman, Iain Banks ›Einsatz der Waffen‹ und Joe Haldemans ›Der ewige Krieg‹

Von Menschen besiedelt …
— oder verseucht?

Das kleine, fast unbedeutende Wortspiel illustriert, wozu John Brunner fähig ist — durch eine Bewegung des — intellektuellen — kleinen Fingers eine Welt, eine Weltsicht auf den Kopf zu stellen: »… durch die Menschheit besiedelt worden — oder sollte ich verseucht sagen?« — Karl Kraus gelang ähnliches, als er den vom Habsburgerreich um Karl V. in Mode und Gebrauch stehenden Satz einfach umkehrte — genial war es, so einfach und so naheliegend, daß Generationen von Denkern und Kritikern achtlos daran vorübergingen: Österreich — das Land, in dem die Sonne nie aufging. *Böse Federn & Zungen glauben ja zu wissen, daß sich da abseits geographischer Größe nicht allzuviel verändert hat … aber das ist für* keine *Odyssee zu den Menschenwelten der Galaxis ein Thema —*

John Brunner, Seite 20: »Wie stets bleibt mir nur eines zu tun übrig. Mir Klarheit zu verschaffen.«

Ich freue mich auf jedes neue Buch von John Brunner — für »Labyrinth der Sterne« war sein Erfolg bei mir persönlich vorprogrammiert, las ich doch unmittelbar vorher das eher ärgerliche — und dennoch unerklärlich faszinierende — Iain Banks-Opus »Einsatz der Waffen«. Der Autor wird als *das* Talent englischer SF angeboten … und ich weiß nicht und weiß nicht und weiß nicht: Es ist zuwenig, verbal von Zeit zu Zeit Kriegsmüdigkeit zu signalisieren, dann aber die restlichen

John Brunner *Copyright © Foto by Wolfgang Jeschke*

fast 555 Seiten in Schlachten und Gewalt als einziger Möglichkeit Konflikte zu lösen, wirklich gekonnt zu schwelgen. Ärgerlich, weil Banks so weitschweifig schwafelt, so bewußt — hoffe ich für ihn — auf »Geschichte« verzichtet und *messages* abzuliefern ... die aber sind nicht neu und originell genug. Faszinierend, weil er Kriegsgründe entlarvt, die es in der Menschheitsgeschichte immer und immer gegeben hat und die bei einigermaßen bemühtem Einsatz der Vernunft keine sind, nie welche hätten sein dürfen — wenn es Menschen gibt, die auch Maschinen und Planeten eine *Seele* zusprechen — sollen sie doch. Dafür Krieg zu führen lohnt ebensowenig wie um die Frage, ob man irgendeinen Zimmermannssohn bildlich darstellen dürfe oder nicht, ob der nach eigener Aussage ungebildete und von keinerlei Wissen beleckte Naturbursche tatsächlich oder nur übertragen anwesend ist, wenn eine Oblate in einen Leib transmutiert; ist ebenso kein Kriegsgrund, wie der Vernichtungszwang, hervorgerufen durch Ernstnehmen eines Armutsgelübdes — und doch folgten auf solche Auseinandersetzungen Millionen und Abermillionen Tote, Verbrannte, Gefolterte, Geschundene.

Iain Banks —
Anstoß so oder so.

Könnten sie heute noch, wie sie wollten und wie es ihrer Lehre entspräche — Kreuzzüge würden wieder als solche bezeichnet: Kein Mensch behauptet, daß es sie nicht mehr gibt.

Vielleicht ist das das Faszinierende an Banks — daß er tatsächlich Anstoßgeber sein kann für weiterführende Gedanken, daß da trotz seines Ideen- und Situationenreichtums Raum bleibt für Interpretation, für Lücken, die der Leser selbst füllen kann — auch wenn die Richtung, in die Iain Banks verweist, »stößt«, oft genug eine ärgerliche ist. Tschernyschewski gab in seinem epochalen Werk »Was tun?« vor mehr als hundert Jahren über viele Seiten Rat und Begründung, warum man sich nicht verpflichtet fühlen sollte, ein Buch fertigzulesen, nur weil man es begonnen hatte. Man sollte es weglegen, wenn man erkannt hätte, daß es nicht hielte, was man sich für sich davon versprochen — der Ratschlag und die Konsequenz sind mir schon lange nicht mehr so oft eingefallen, wie während des »Einsatzes der Waffen« — und doch ... und doch ...

Das irritierende Buch fasziniert offenbar genug, um dabeizubleiben, zu warten, mitzuleben — und rasch nach der letzten Seite zum neuen John Brunner zu greifen. Aber wer sagt, daß die Konstellation immer so günstig sein wird? Daß die Erscheinungstermine immer so liegen werden, daß man sofort nach dem Sprung ins eiskalte Wasser eine warme Strömung erwischt?

Für dieses neue Buch von John Brunner mußte auch meine Beendigung der langen, freiwilligen Joe Haldeman-Enthaltsamkeit sprechen: Was Mitte der siebziger Jahre über diesen Autor in mein Bewußtsein drang, hat mich tatsächlich bis 1992 davon abgehalten, ihn wenigstens versuchsweise wieder einmal anzulesen — mit *Der ewige Krieg* wurde dieser Zustand beendet und er, der Zustand, hat m. E. zu Recht bestanden: es ist einfach verlogen, wenn er Mandella einmal *denken* läßt, daß er kein Soldat wäre, nie einer sein hatte wollen — und es ist noch verlogener, wenn der Verlag, Heyne, dieses Machwerk als *pazifistisch* etikettiert und, das ist zu befürchten, auch an den Mann bringt. Auf den letzten zwei Seiten ein naheliegendes Ende anzuziehen, die Pfadfinderspielereien — mit allerdings locker ausgestreuten Bergen von Leichen — als *dumm* zu bezeichnen, den »ewigen« Krieg als Folge von Miß- bzw. *Nicht*verstehen ... Haldeman arbeitete, wenn das nicht nur ein PR-Gag ist, seine Vietnam-Erfahrungen auf, er tat/tut es in einer Weise, die seine Zeitgenossen Barry Goldwater und der atombombensüchtige Kardinal Spelman nur befürwortet hätten; seine Lehren aus diesem dummen Krieg entsprechen denen eines Rambo II — zum Gaudium eines US-Präsidenten Reagan: Krieg ist aber nicht nur notwendig, stählend, Lebenszweck — militärübliche Grausamkeiten werden durch Konditionierung, verschärft durch posthypnotische Suggestionen entschuldbar gemacht, Drogen für und gegen alles sind hilfreich für und gegen alles, eben Vietnam, schwarze, defaitistische Gedanken mögen schon einmal aufkommen, tun dem Großen Abenteuer Krieg aber nicht wesentlich Abbruch … und dann gibt es die Freizeit, in der auf Ärsche gegriffen, die Nächte, in denen durchgefickt wird (alles Haldeman): wie »bei uns« Militärs (Haldeman!!) üblich, gibt es nächtlich Partnerwechsel, die weiblichen Soldaten (erstrebenswertes Verhältnis innerhalb der Kompanie einmal 49:48) sind allesamt die geilsten

Der ewige Krieg —
die ewige Lüge

Superhasen (bis hin zu einschließlich »französischen Korkenziehern« als Beischlaftrick, wovon die vollgekoksten Vietnam-Helden in der Etappe halt so träumten, bis hin zur gesetzlich einzig anerkannten Spielart: der Homosexualität), der Held edel, hilfreich und gut, die Charaktere der vorbildlichen, wenn auch nicht gerade immer heißgeliebten Truppenführer lauter und hehr wie sonst nur die der Protagonisten von Heiligenlegenden: gut ist, was hart macht; Leibesübungen als Lebenszweck — und weit und breit nicht die Andeutung einer Lösungskompetenz *außerhalb* militärischer Umtriebe. Noch einmal, und weil gar nicht genug davor gewarnt werden kann (wer's trotzdem liest, liest es ohnehin trotzdem): Dieses Machwerk als *pazifistisch* zu verkaufen ist … *Chuzpe. Diesem* Buch einst den Nebula- und den Hugo Gernsback-Award zu verleihen war … *Zeitgeist;* war die verlogene, ins Nachhinein heuchelnde angebliche Wiedergutmachung an der Vietnam-Generation, als eine ganze Industrie mit einem unter Reagan eingeschwärzten Weißen Haus den Dreck vom Vietnamkrieg zu rubbeln versuchte.*

* In diesem Punkt muß ich dem Autor widersprechen. Ich halte ›Der ewige Krieg‹ für ein strikt antimilitaristisches Buch, und ich kenne und schätze Joe Haldeman als einen konsequenten Pazifisten. Ich verstehe nicht, wie Ernst Petz zu derartigen Schlußfolgerungen gelangt. Seine Argumente konnten mich auch nach Rücksprache und Diskussion nicht überzeugen. Deshalb will ich die Auslassungen nicht kommentarlos publizieren. Ich bin der Meinung, daß er dem Buch wie dem Autor Unrecht tut. — *Anm. d. Hrsg.*

John Brunner. Labyrinth der Sterne. *A Maze of Stars.* »A Maze« ist eigentlich viel mehr, als bloß ein *Labyrinth,* die Vielschichtigkeit von Brunners Titel läßt sich im Deutschen aber tatsächlich nicht besser fassen. *Maze* ist die Wort gewordene Verblüffung, ist *delusion* und Enttäuschung, ist *Delirium* und die trickreiche Vorspiegelung; ist der permanente Zustand äußerster Verwirrung; ist aus der Etymologie sowohl der leere Zustand, den entbehrungsreichste Arbeit hervorrufen kann als auch *hohles Gewäsch;* als auch der, in den unmenschliche Angst treiben kann; ist auch die Figur eines frühmittelalterlichen höfischen Tanzes — kaum einem anderen Autor würde ich so ohne weiteres all diese Nebenbedeutungen *als volle Absicht* unterstellen wie dem vielseitig gebildeten und gefinkelt denkenden John Brunner — im Deutschen ist *Labyrinth* die beste, wenn auch unverhältnismäßig einschichtige Chance, »Labyrinth« erinnert nur irritierend an den nicht ausgedachten Spielstein in Iain Banks Observatorium: Die Jahresringe der Versteinerungen, die Gedanken zum Stichwort versickern wie vieles im Inhalt von Zakalwes Credo — im *Nichts.* (Banks deshalb ein Eleve des sehr großen Schopenhauer? Wohl eher nicht, dafür ist ihm der Krieg zu sehr, was anderen Kindsköpfen die elektrische Eisenbahn: Spielzeug; das hieße wohl *überinterpretieren* — hieße Ausüben der deutschen Rezensentenkrankheit ...)

Banks erkennt sehr gut, wie wertlos Priester im Ernstfall als Gewährsleute — Brunner hat es nicht nötig, diese Erkenntnis auszuformulieren: Priester führen Demonstrationen gegen high-tech an ... und können nicht verlieren. Klar ist es idiotisch, gegen Raumfahrt zu sein, weil fremdländische Bakterien eingeschleppt werden könnten ... *Aber:* Die Frequenzen um die Landung der Sternenschiffe fördert (bekanntlich) die Peristaltik im Unterleib, Trevithra ist eine so arme Welt, daß die wenigsten Bewohner eigene Notdurft-Lokalitäten besitzen — sie suchen sich daher ein Versteck inmitten ihrer Elendsbehausungen und erleichtern sich in den unmittelbaren Lebensraum. Ganz so, wie es in Europa lange Zeit üblich war, ganz ohne Raumschiffe; ganz so, wie es unmittelbar vor Hoch-Zeiten der periodischen Pest üblich — und damit vor

Hoch-Zeiten der Glaubensbrüder. Merke: Geschickte Priester *können* nicht verlieren. In *keiner* der Menschenwelten der Galaxis — warum konstatiert Brunner dann viel später angesichts eines nur offenkundiger mißlungenen Experiments *traurig,* daß die (auch Menschen) *nur* genug Intelligenz behalten hätten, »um entscheiden zu können, wann das Leben nicht mehr lebenswert ist ...« — ein Ausweg, manch Klugem einzige Äußerung oft genannten, nie gefundenen Freien Willens, *kein* Wunder, daß ihn herkömmliche Priesterscharen vehement verbieten (wollen; würden ihn wohl gar gerne mit Todesstrafe belegen — kein Paradoxon ist ihnen fremd ...)

John Brunner: Labyrinth der Sterne. Wieder ein Feldzug gegen die Dummheit, wie das diesen verdienten Autor auszeichnet, wieder ein Bloßstellen von Mechanismen, wie sie

Je mehr *Menschheiten* —
desto mehr absurder Unsinn

von dieser Welt so sattsam bekannt und wie sie gar nicht oft genug in ihrer trotz unleugbarer Wirksamkeit absurden Blödheit angeprangert werden kann — auf daß vielleicht *doch* ein paar Menschen mehr denken und abfallen, *vernünftiger* werden als es welche Priesterkaste auch immer durch welche nachfolgenden Gimpelhorden auch immer gerne sehen; sie, von denen der jugendlichen Heldin des Romans gelehrt wurde, daß man ihnen nur mit ruhiger Logik begegnen dürfte — die aber doch immer wieder durch ein unlogisches Hintertürchen entschlüpfen — um mit Brachialgewalt auftretende Anhänger durch das Vordere Tor hereinzuschicken bzw. *nur* zu lassen: Der kleine Bruder wird erschlagen, die mit dem Boden fest verwurzelten Eltern — das als *Krankheit* zu gestalten ist einer der absoluten Geniestreiche des John K. Brunner! — verbrennen, die Erinnerung an diesen »auf abscheuliche Weise köstliche Art Bratengeruch« und die Gewißheit, daß der Gewalttätigkeit von Gläubigen (vgl. »Das Menschenspiel«, »Träumende Erde«, »Zeiten ohne

Zahl« ...) hier kein Ende, von einer in aller Schwäche immer machtgierigen Herrscherschaft keine Grenze mehr gesetzt wird, erleichtern den Entschluß zum Aufbruch. Daß das Vorhandensein eines gewissen Grades von Intellektualität nicht verhindern kann, daß aus Menschen geistlose Masse wird, daß zur Begradigung der Rasse (wieder?) ausgemerzt werden darf (muß?) — ist John Brunner; treibt die aufgeweckte Protagonistin zur Odyssee, zu neuen Welten — zur Neuen Welt, letztlich zu sich selbst — um nach einer Abwehrfalle mit verschmorten Gehirnlappen im Koma zu enden. Der Nachfolger zumindest zeitweise als vieluntersuchtes Labortier in *seiner* Traumwelt, »irgendwo nämlich, wo man außer den Naturgesetzen keine kategorischen Regeln kennt, wo informierte Menschen aus dem, was das Leben so bietet, das Beste machen —,« wo man neue Entwicklungen nicht verketzert und geniale Menschen nicht verbrennt, wo nicht Tempelgänger dem Fortschritt im Wege stehen — wo aber Wissen Macht wird und Menschen in beider Alleinbesitz gelangen wollen: Jedem Ideal steht der Mensch entgegen, er *ist* es nun einmal nicht, zu lernen ist »auf jeden Fall, daß Menschen auf absolute Prinzipien nicht vernunftgemäß reagieren.« Für Betrüger gewissermaßen gefundene Fressen, *Mensch* wird anfällig für Unsinn — der natürlich *auch wieder* einen Höheren Sinn enthält, eben, »daß er Menschen, wenn sie ihn glauben, von der Rationalität ablenkt.« Hilfreich dabei die salbungsvollen Legenden, die wahrlich nicht nur in Brunners Welten von Zeit zu Zeit regieren — wäre es so, sie täten es nicht: Botschaften von Lohn und Rechtfertigung aller Unbill in einem imaginären Jenseits ... *geschützte* Dummheiten sogar zuweilen, per Gesetz ist Lachen über solche Witze untersagt, als *Blasphemie* verurteilbar, wen Nichtexistentes zum Widerspruch reizt, wer (beispielsweise, hat *nichts* mit der Realität zu tun, spielt nur in Brunners Hirnwelten!) der Lehre von einer Allgemeinen Schöpfung die Tauglichkeit — bestenfalls — eines Furzes im Wind (Seite 201) zubilligt. Bestrafbar, wer es Menschen verübelt, ihre »Zeit mit umständlichen Zeremonien und sinnlosen Riten zu vergeuden, statt fürs Leben zu vergeuden, statt fürs Überleben relevante Probleme zu lösen«, und wer das ausspricht, verfolgbar damit, wer freiwillig höchstem Idiotismus Frönende Idioten nennt und sie entsprechend behandelt (Bemerkungen über den *Weltkatechismus* wären angebracht — eine Zeitreisegeschichte von ganz besonderer Qualität; allein, das fällt in die Arbeit, warum Science Fiction so schwer zu schreiben ist ... weil nämlich die besten SF-Ideen zuweilen tatsächlich als sehr existent Geglaubtes verkommen —

Brunners Schiff, durch das All pflügend, Menschen streuend und allwissend, jetzt nur noch (weitgehend) kontrollierend: Gut, daß es *ihm* eingefallen ist, ein Däniken hätte es *erforscht* gehabt und *bewiesen,* ein Hubbard Religiöses daraus veranstaltet. Brunner entlarvt nur und die eigenartige, sehr simple Konstruktion des nacheinander Vorführens verschiedener Welten, Typen, wird verzeihlich und vertretbar — verbunden durch leider in bläßlichem Wiederkauen ermüdende Diskussionen/Dialoge zwischen Schiff—Gott—Brunner in seiner Schiedsrichter-Inkarnation, die allerlei Wissenswertes zu vermitteln vorgeben und doch nur Krücken für das Auffädel-Prinzip sind (erschwerend erträglich noch durch des so lange großartigen Horst Pukallus zu häufig klumpfüßig einherstolpernden, so oft falsch — zu spät — geschlossenen Schachtelsätzen, Beispiele aus Gründen der Manuslänge gestrichen), dem Brunner-Fan ist die schlichte Dramaturgie schlechtestenfalls ein formaler Faux-Pas — der Meister wollte eben Welten illustrieren und nicht mühsame Verrenkungen ersinnen, wie dies eleganter bewerkstellbar ... oder? Ihm ist die lineare Schilderung eine wertvolle Perlenkette, mit Perlen-Welten namens Trevithra, Ekatila, Shreng, Klepsit und wie sie alle heißen; Brunner nützt (boshaft) die Gelegenheiten, die er sich bietet und streut seine Zynismen und Weltsichten, seine Kritiken und Demaskierungen. Die Konstruktion bietet natürlich *ihm* ein Spielfeld sondergleichen, es wäre nicht *der* John Brunner, nützte er es nicht weidlich.

John Brunner: Labyrinth der Sterne. Brunner als Schiffkultist, damit *Maschinen*kultist wie Iain Banks — Menschen machen was sie nicht verstehen zu Gegenständen kultischer Verehrung, es stört sie nicht, daß alle Inneren Organe bei gepriesener leiblicher Himmelfahrt kopfüber peinlich gegen das Gekröse drückten, daß so Verherrlichtes eine eher unangenehme Spur hinterließe. Banks spielt mit intellektuell und emotional begabten, *alleswissenden* Maschinen — wer Brunners Maschinen *lästert,* wird wie in der realen Welt lange genug mit Bann belegt — in Brunners Weltenkette glauben die Menschen, daß ein Schiff-Gott im All kreist ... und siehe, das Schiff ist Mensch geworden und wandelte unter den Menschen, verspürte in seinem Trevithra die ersten Ausdünstungen von Haßgestank und hat die Maid erlöst ... was Iain Banks ernst nimmt (auch als Spielmaterial), dient einem John Brunner mit lockerer Hand zu aberwitziger Parabel — mit traurigem Scherz: So sind die Menschen. Leider. Als Gesamtheit in seinen Welten und in der realen vergleichsweise unsterblichen Körpers ... der *Geist* aber ist schon lange tot, ist oft genug *ausgestorben* — q.e.d.:

»Vielleicht lag's am massenhaften Ausbruch von Wahnsinn, viele Organismen können Delirium oder Amnesie verursachen. Und die Art von Vernunftwidrigkeit, die das Entstehen von Religion ermöglicht, ist im menschlichen Geist stets dicht unter der Oberfläche präsent ...« nicht nur Brunners Sprachrohr kennt solche Planeten, *nicht*-SF-Fans kennen jedenfalls *einen,* auf dem die Menschheit, solange sie Wissenschaft und Forschung wirkungsvoll zu knebeln imstande, Unerklärliches so lange wie möglich so erhielt, zum Teil durch brutale Dekrete, aberwitzigste »Thesen über Thesen kompiliert, alle möglichen Arten abwegiger Erklärungsversuche hypothetisiert« und einfach zu (Wiederholung: gesetzlich, unter Androhung von weltlichen Strafen *geschützten!*) *Wahrheiten erklärte.*

Mensch macht sich so des schlimmsten Fehlers aller Zeiten schuldig — wär's realiter anders, käm's bei Brunner, in seinen fiktiven Welten, nicht vor — und zwar *unverzeihlicher Dummheit ... die auf Arroganz und Eitelkeit* beruht, die Leser dieses Romans sind — *Passagiere.* Passagiere in Brunners Phantasieschiff — *natürlich* (S. 523) unglaublich *privilegierte* Passagiere auf einer Reise zwischen Niedergang und

Erfolg, zwischen totalem Scheitern und dem Weg in unbestimmte Richtung ... jedenfalls ist Brunners Buch wieder einmal ein Versuch, zum Denken beizutragen und damit zu einem Quentchen Hoffnung — »daß es«, meinetwegen, »das Absinken auf das Niveau Insektenstaaten ähnlicher Herden noch für einige Zeit« aufschiebt ... zumindest in aufnahmebereiten Köpfen.

Das »Sicherstellen von immer mehr vom Gleichen für immer mehr Menschen« erscheint Brunner als zu wenig — er befindet sich da auch gewissermaßen *in a state of maze;* im Sinne des *Paradoxen,* für das »maze« *auch* steht, optimistisch *moving in a mazing track* — er wünscht eine noch *bessere Zukunft* ... das aber heißt doch, das Utopische zu übertreiben, schon das ein wenig abfällig beiseitegeschobene Sicherstellen des Notwendigen für alle wäre — paradiesisch, ist visionär, machte diese eine unsere Welt zur besten aller vorstellbaren, zum *gelungenen* Experiment.

ÜBER SCIENCE FICTION

Hat die Raumfahrt ein Geschlecht?

SF-Spekulationen von Arthur C. Clarke und James Tiptree, Jr.

von Theresia Sauter-Bailliet

> *... Da schwebt es, offensichtlich verstopft, blaugrün vor dem schwarzen Hintergrund dahin. Er starrte es an: Es schwillt, pulsiert zu dem furchterregenden, dumpfen Rhythmus, stößt langsam eine große, geisterhafte Beule aus, die sich erweitert, verdichtet ... Es ist ein Planetenhoden, der den Sternen einen Monsterpenis entgegenschiebt. Sein Blutschlag strahlt durch die weinende Unermeßlichkeit; Kälte, Kälte. Der parseklange Phallus lebt, tastet unter dem unerträglichen inneren Druck blindlings umher; seine Spitze ist eine riesige, geäderte Eichel, die von einem Funken erleuchtet wird: Centaur. Unter Schmerzen nimmt sie an Umfang zu, wird länger, sucht sich zu erleichtern — die Sterne läuten ein unerträgliches Crescendo.*
>
> (*James Tiptree Jr.* [Pseud. für Alice Sheldon] *»Ein flüchtiges Seinsgefühl«, S. 101)*

Die Science Fiction-Literatur deckt zuweilen Spuren von Gedanken, Gefühlen und Triebkräften auf, die den wissenschaftlichen Erfindungsgeist beflügelt und in den Produkten der Technologie materielle Gestalt angenommen haben. Technologische Errungenschaften wie Raumschiffe und Raketen, Computer und Roboter, eignen sich vorzüglich für ein solches spekulatives Unterfangen. Sie gehören zu den Standard-Ikonen der SF-Literatur.

Gary Wolfe siedelt die Ikone an der Grenze zwischen dem Bekannten und dem Unbekannten an. Samuel Delany und Joanna Russ sehen in ihr ein Sinnbild für die Spannung zwischen Wort und Objekt, zwischen Phantasie und Realität. Ikonen sind eine Fundgrube für die psychoanalytische Neugier. So gibt z. B. das Raumschiff Deutungen als Individuationssymbol, als Phallus oder Mutterschoß, als Ort der Konfrontation zwischen Bewußtem und Unbewußtem her. Ikonen können nach Wolfe aber auch direkter Ausdruck von gesellschaftlichen Ängsten und Wünschen sein und kulturelle Werte transportieren,

Die Centaur im obigen Epigraph ist das Raumschiff in Tiptrees Erzählung »Ein flüchtiges Seinsgefühl«, das auf seiner Erkundungsmission nach kolonisierbaren Planeten sucht. In seinen immer wiederkehrenden Alpträumen wird der Schiffsarzt Aaron Kaye von Sexphantasien geplagt. Die Träume knüpfen an das Handlungsgeschehen und die Örtlichkeiten der Centaur, deren Besatzung am Ende sirenenartigen Lockungen verfällt bzw. ihnen zu widerstehen versucht. Auch in Arthur Clarkes Roman *2001 — Odyssee im Weltraum* wird eine Prokreationsphantasie in Metall und Plastik ausgelebt. Dies tritt noch viel deutlicher und plastischer in Stanley Kubricks Filmversion des Romans in Erscheinung, wo die chronologischen Stadien der Raumfahrt der fortschreitenden Entwicklung eines befruchteten Eis und heranwachsenden Fötus gleichen. Es geht hier um die Ablösung verweslichen Lebens durch zerfallsresistente Materie und schließlich um eine Apotheose reinen Geistes. Während bei Clarke und Kubrick der eigentliche Beweggrund: die Verdrängung des weiblichen Elements und die Vorherrschaft des männlichen, unausgesprochen bleibt, wird dies in Tiptrees Novelle »Houston, Houston, bitte melden!« thematisiert. Die Besatzungsmitglieder der Raumkapsel Sunbird, in deren Konstruktion sich ihr männlicher Geist spiegelt, werden mit Astronautinnen einer nur von Frauen bewohnten Zukunftserde konfrontiert, deren Raumschiff Gloria materieller Ausdruck ihrer Lebens- und Denkweise ist.

Für Arthur Clarke (*1917), einer der erfolgreichsten und

mehrfach preisgekrönten SF-Schriftsteller unseres Jahrhunderts, scheint — wie für so manchen Jungen — die SF-Lektüre im Kindesalter richtungsweisend für sein Leben und sein naturwissenschaftliches Studium (Mathematik und Physik) geworden zu sein. Während des 2. Weltkriegs diente der Engländer als Radarspezialist in der Royal Air Force. Später verfaßte er technisch-wissenschaftliche Artikel und Bücher, die ihn zu einem angesehenen Fachjournalisten machten. Seine SF-Produktion bezeichnet ein biographischer Artikel einmal als »Werbung für die Wissenschaft«, zuweilen als »Propaganda für die Weltraumforschung« (S. 96). Sie spiegelt sein »in Literatur umgesetztes Interesse an wissenschaftlich-technischen Innovationen« (S. 97). Zum anderen befaßt sie sich mit der Evolution der Menschheit, die Clarke in einem »mystisch-religiösen Licht sah« (S. 97).

Beide Komponenten sind in *2001 — Odyssee im Weltraum* verbunden.[1] Im Kapitel »Die Außerirdischen« wird die dem Roman zugrundeliegende Spekulation Physikern und Biologen in den Mund gelegt: Ist eine Evolution denkbar, die den menschlichen Körper überflüssig macht? Denkbar wäre, daß der wissenschaftliche Fortschritt zu Wesen führen könnte, die »sich der gebrechlichen naturgegebenen Hüllen entledigen, die sie Krankheiten und Unfällen aussetzten und ihren physischen Tod unvermeidlich machten. Sie würden ihre Körper — wenn diese ausgedient hätten oder vielleicht noch vorher — durch Gebilde von Metall und Plastik ersetzen und auf diese Weise Unsterblichkeit erzielen.« Beibehalten würde vielleicht das Gehirn, »um die mechanischen Glieder zu dirigieren und mit Hilfe seines unnachahmlichen Wahrnehmungssystems das Weltall zu beobachten« (*2001,* S. 160). Doch »schließlich würde man auch das Gehirn entbehren können. Als Sitz des Bewußtseins war es nicht mehr unbedingt erforderlich, das hatte die Konstruktion der elektronischen Gehirne bewiesen« (S. 160/61). In diesem Entwicklungsstadium würden Geist und Maschine eine Symbiose eingehen. Andere, so der Erzähler, dachten diesen Gedanken weiter, nämlich, daß der Geist sich auch von der Materie befreien wolle. »Der Körper des Roboters — gleich dem aus

Fleisch und Blut — würde dann nichts anderes sein als ein Übergang zu etwas, das die Menschen vor langer Zeit ›Seele‹ genannt hatten« (S. 161). Am Ende der Entwicklung stünde dann Gott.[2]

Diese Evolutionsidee hat Clarke hinausprojiziert in das Unbekannte: zu den Außerirdischen im Weltall, die zu lokalisieren das Erkundungsschiff Discovery sich anschickte. Die Außerirdischen haben eine indirekte Lehrmeisterfunktion im Roman. Sie weckten im Affenmenschen Bewußtsein und stachelten die menschliche Intelligenz zu Höhenflügen an. Dies wird an den drei den Außerirdischen zugeschriebenen Monolithen, die sie zeitlich und räumlich voneinander entfernt: auf der Erde, auf dem Mond und auf dem Saturn-Satelliten Japetus erstellt haben, festgemacht. Mittels dieser sichtbaren Monumente üben sie eine bewußtseinsverändernde, fortschrittsfördernde und letztlich Leben transformierende Kraft aus.

Die Außerirdischen selbst erleben wir im Roman nie. Zum Zeitpunkt der Haupthandlung, nämlich der Discovery-Mission, werden sie als reine Energie gedacht, nachdem sie die Evolutionsstationen bereits durchlaufen haben: vom organischen Körper zu beseelten Maschinen, als welche sie sich im interstellaren Raum, zu Raumschiffen geworden, bewegten, und schließlich zu Geschöpfen der Strahlung und »Herren der Milchstraße«, endgültig befreit von den »Schranken von Raum und Zeit« (S. 172). Durch diesen Überbau wird die Fortschrittsideologie des Protagonisten Bowman als Vertreter der »Irdischen« legitimiert und mit einer religiösen Aura umgeben. Er wagt sich bis zu den Außerirdischen vor, wird als Sternenkind wiedergeboren und bringt (nur im Roman) »durch die Kraft seines Willens« (S. 204) atomar bestückte Satelliten zur Explosion. »Zum Herrn der Welt geworden« (S. 204) träumt er davon, diese in ein neues Stadium der Evolution hinüberzuretten. Doch das bleibt ein offenes Ende.

In bester abendländischer Tradition präsentiert Clarke in *2001* die Menschheitsgeschichte als eine männliche Geschichte, die Raumfahrt als ein männliches Unterfangen.

Frauen glänzen durch ihre Abwesenheit. Unverheiratet sein »war der Preis, den Astronauten zahlen mußten«. Statt mit dunkelhäutigen Mädchen haben die Raummediziner sie mit »Ersatzmitteln versehen« (S. 94). Clarke vermeidet peinlichst, die sexuellen Triebe des Mannes direkt zu benennen, so als ob er Angst und Ekel davor hätte, eine (vermeintliche) Schwäche aufzudecken. Dafür tritt der Sexualtrieb, losgelöst vom männlichen Körper, in geballter sublimierter Form in Erscheinung. Mit einem langen, spitzen Stein (im Film einem Knochen) beging der Affenmensch Mond-Schauer, von Monolith-Impulsen getrieben, die erste bahnbrechende Tat im »Aufstieg des Menschengeschlechts« (Kapitelüberschrift): er tötet ein Tier. Darauf folgte die Perfektionierung dieser primitiven Waffe bis hin zur Rakete. »Ohne diese Waffen hätte der Mensch nie die Welt erobert« (S. 33).

Der Film stellt die Bedeutung der Waffe als Phallussymbol in einer brillanten Montage heraus: Mond-Schauer schleudert den Knochen in die Luft, wo er eine Eigendynamik entwickelt und in Zeitlupeneinstellung immer höher steigt, bis er sich am Himmel zu einem Raumschiff metamorphosiert. Mark Rose verweist auf die kontinuierlich nach außen gerichtete Bewegung der Raum-Odyssee im Film, die im Roman ihre Entsprechung hat. Dieser Vorstoß ins Weltall gleicht einem aggressiven Akt — im Roman, durch die häufige Verwendung von Kampf- und Militärvokabular, stärker als im Film. Hier wie dort ist er von einer Sexualmetaphorik umgeben, die das aggressive Element oft abschwächt oder nur indirekt zugängig macht. Leonard Heldreth spricht vom »spermaähnlichen« Raumschiff Discovery in *2001* auf seiner Reise zum Jupiter (»In Search of the Ultimate Weapon«, S. 129). Donald Palumbo geht dem SF-Motiv »Sex mit der Maschine« in *2001* nach und sieht in Bowman, dem Kommandanten der Discovery, »eine erfolgreiche menschliche Sperma-Figur«, die aus einer symbolischen (signifikanterweise neunmonatigen) Reise durch einen vaginalen Tunnel gegen andere Konkurrenten als einziger siegreich hervorgeht. Die Maschine, das mechanische Ei, ist der Monolith auf Japetus (»Loving that Machine«, S. 122/23). Carolyn Geduld verfolgt diese Befruchtungs- und fötale Entwicklungsmetaphorik im Film. Sie zeigt auf, wie Raumschiff, Mond und Weltall als Vagina- und Uterus-Symbole fungieren, die in einen technologischen Prokreationsprozeß — auf verschiedenen Ebenen wiederholt — eingebunden sind. Die Analogie zwischen der fötalen Entwicklung der Technologie und der des organischen Lebens hat Kubrick nach Meinung von Geduld in der Mondsequenz im Tycho-Krater, wo eine Art »schwarze Messe« vor dem altarähnlichen Monolithen gefeiert wird, darzustellen versucht (*Filmguide to 2001,* S. 49).[3]

Während in der SF (Film und Literatur) der Mond und das Dunkel (Loch, Hülle) des Alls den traditionellen Mythen entsprechend weiblich gedacht sind, wechselt die Maschine (Raumschiff, Computer, Roboter) das Geschlecht je nach Bedarf. In *2001* kopuliert nach Gedulds Interpretation das Raumschiff Orion (Sperma) mit der Raumstation 1 (Ei); nistet sich der Mondbus Aries (befruchtetes Ei) in den Mondkrater (Uterus) ein; stößt das Mutterschiff Discovery die Einmann-Raumkapsel (Leibesfrucht) aus, welche wiederum ein Kind (den Astronauten, der zur Reparatur des Schiffes aussteigt) gebiert, etc. Der Discovery-Computer HAL hieß in einer alternativen Version des Romans Athena. Wohl weil Bowmans ernstzunehmendem Computer-Partner und Antagonisten eine männliche Identität besser anstand, dürfte Clarke diesen Geschlechtswandel vorgenommen haben.*

Weiblich und männlich identifizierte Maschinen in *2001* entspringen aber letztendlich männlichem Schöpferwillen. Die vom Mann geschaffene Maschine, so suggeriert *2001,* stellt eine höhere Entwicklungsstufe dar. Daß diese Maschinenzeugungen und -geburten in Bildern der biologischen (menschlichen) Fortpflanzung schwelgen, ist wohl nicht nur zurückzuführen auf ein sprachliches bzw. filmtechnisches

* Ich halte diesen Schluß für eine typische Überinterpretation. Der Name HAL geht meines Wissens auf eine originelle Idee Kubricks zurück, der damit die Firmenbezeichnung IBM verfremdete, indem er die drei Buchstaben um jeweils eine Position im Alphabet nach vorn verschob — ein intellektueller Spaß für alle, die dahinterkommen, und eine pfiffige Schleichwerbung für den großzügigen Sponsor obendrein. — *Anm. d. Hrsg.*

Problem und auf die Tatsache, daß dem Menschen Fremdes nur in Analogie zum Bekannten zugänglich ist, oder daß Literatur und Film ohne sexuelle Anspielungen langweilig wären. Es könnte auch unbeabsichtigt etwas von den ganz natürlichen, aber ins Unterbewußte verdrängten Sexualtrieben, von der Verwundbarkeit und am gebrechlichen Körper leidenden Psyche des Maschinenschöpfers verraten; ebenso wie vom Neid auf die Prokreationsrolle der Frau und der ärgerlichen Abhängigkeit von der Frau/Mutter. Der Fall des Kommandanten Bowman durch das Sternentor, aus dem er, der doch als reiner Geist wiedergeboren werden sollte, als Säugling hervorgeht, zurückgekehrt auf die Erde (das Ende des Films zeigt in Großformat ein Bowman ähnliches Säuglingsgesicht, eingeschlossen in den Mutterleib/Erdglobus): legt das nicht nahe, daß es ihn nach all den Höhenflügen und Fluchtversuchen nach Hause zur Mutter drängt?

Tiptree geht in ihren Raumfahrt-Geschichten ebenfalls vom Drang des Menschen, über sich hinauszuwachsen und den Tod zu überwinden, aus. In ihrem SF-Werk erprobt sie nach Siegel die Möglichkeit einer »Transzendierung physiologischer Grenzen« und »einer Berührungsfläche zwischen dem menschlichen Geist und anderen Energien des Universums« (»Die Kurzgeschichten von James Tiptree, Jr.«, S. 392/93), teilt also Clarkes Spekulation. Doch anders als bei Clarke suchen ihre Geschichten das Verhältnis von Geschlecht und Tod zu verstehen. Sex und Tod werden als Triebkräfte, die zu den größten Errungenschaften, aber auch zur Vernichtung des Menschen führen (können), wahr- und ernstgenommen. Es sind männliche Protagonisten, deren Sexualtrieb zu den Sternen drängt. Eine Figur in ihrer Geschichte »Und ich erwachte und fand mich hier am kalten Berghang« bringt es auf den Nenner: »... unsere ganze Geschichte ist nicht viel mehr als der ständige Trieb, die Fremde ausfindig zu machen und zu schwängern« (S. 17). Das Paradoxon der menschlichen Natur, zu dem die Sexualität gehört, wird von Tiptrees SF-Figuren in allen Schattierungen durchgespielt; es wird als entscheidendes Charakteristikum des Menschen bejaht. Dem zugrunde liegt Tiptrees Menschenbild, das von einer tiefen Achtung für alles Lebendige und von der Akzeptanz der sexuellen und sterblichen Natur des Menschen geprägt ist. Tiptrees und Clarkes unterschiedliches Wertesystem spiegelt sich in ihren literarischen Produkten.

Alice Sheldon, Pseud. James Tiptree, Jr. (1915—1987) hatte früh gelernt, mit der Mehrdeutigkeit und Komplexität der Welt zu leben. 10 Jahre ihrer Kindheit verbrachte sie in verschiedenen afrikanischen und asiatischen Kulturen, wo ihre Eltern Forschung betrieben. Ihr außergewöhnlicher Lebenslauf und ihre vielseitige Begabung stand der ihrer Mutter in nichts nach. Mit dem 2. Weltkrieg brach sie eine vielversprechende Karriere als Bildende Künstlerin ab und engagierte sich in der amerikanischen Armee, wo sie als erster weiblicher Offizier bei der Luftwaffe auf dem Gebiet der Photoaufklärung arbeitete. Sie zog sich dann aufs Land zurück, um Küken zu züchten, ließ sich kurzfristig für den CIA einspannen, nahm schließlich aus wissenschaftlichem Interesse an den Strukturen menschlicher Wahrnehmung ein Psychologiestudium auf, promovierte, und widmete sich zunehmend dem Schreiben von SF-Literatur. Sie wurde zu einer der führenden Gestalten in der SF-Szene und blieb lange Zeit eine enigmatische Person, die zu den wildesten Spekulationen Anlaß gab (siehe Gardner Dozois, S. 384—429). Der SF-Schriftsteller und -Herausgeber Robert Silverberg bezeichnete das Gerücht, Tiptree könnte eine Frau sein, als absurd. Fast jede »seiner« Geschichten habe für ihn etwas unverkennbar Maskulines (Einleitung zu *Warme Welten und andere,* S. 10). 1977 traf die Enthüllung ihrer wahren Identität ihn und die gesamte SF-Welt wie ein Blitz.[4]

In »Ein flüchtiges Seinsgefühl« erforscht Tiptree das Unterbewußte, also das, was Clarke in *2001* ausblendet. Die Handlung beginnt zu dem Zeitpunkt, als das Erkundungsboot China Flower von seiner Planetensuche mit einem fremden Lebewesen als Beweis für die gelungene Mission zur Centaur zurückkehrt. Auf dem Schiff werden alle wissenschaftlichen und strategischen Vorsichtsmaßnahmen zur Untersuchung des Fremdwesens und zur möglichen Kolonisierung des Planeten getroffen. Doch die magische Anziehungskraft des fremdrassigen Geschöpfs macht diese sogenannten rationalen Vorkehrungen zunichte. Die Organisation des Schiffs bricht zusammen. Einigen gelingt es, eigenmächtig mit der China Flower das Mutterschiff zu verlassen. Die anderen sterben oder vegetieren auf der ziellos umherirrenden Centaur dahin.

Tiptree erzählt diese, wie die meisten ihrer Geschichten, aus der Perspektive eines männlichen Protagonisten, hier des Schiffsarztes und Psychiaters Dr. Aaron Kaye. Die eigentliche Deutung des Geschehens ergibt sich aber — mehr oder weniger — aus der Diskrepanz zwischen Dr. Aarons scharfsinnigem Wahrnehmungsvermögen und seiner Selbstanalyse und dem Erzählten. Aarons Traum, mit dem das erste Kapitel beginnt, wiederholt sich in abgewandelter Form: der Monsterpenis mit der Centaur-Spitze, der sich dem Sternenmeer zuschiebt, weicht im nächsten Traum einer riesenhaften Frau, die tod-traurig, Tiere bändigend, durch die Wolken schreitet. Dann träumt er von einem der Astronauten als Embryo mit riesigen Genitalien, das zuletzt als Baby Ada-Ada winkt. Schließlich sieht er sich selbst, auf dem Boden der Unendlichkeit, mikroskopisch klein in seiner Vorhaut gespiegelt. Dreimal leitet der Traum ein Kapitel ein. Im 4. Kapitel wird er nicht von Traumgesichtern, sondern von Halluzinationen im Rauschzustand heimgesucht. Der ganze technologische Fortschrittsglaube zerplatzt ihm da wie eine Seifenblase:

> »Wir haben den Weg zu den Sternen angetreten. Zu dem Rogen-Planeten. Um sie zu befruchten. Das ist alles, was wir darstellen, das ganze verdammte Unternehmen — die Entwicklung Ausführung, die Arbeit und Hoffnungen — all die Mühe und Kraftanstrengung, uns hierher zu befördern, bloß um jene Last von Sperma in unseren Köpfen zu tragen. Wir haben uns abgezappelt und sind nichts anderes als die Schwänze von Spermatozoen. Menschliche Wesen — glaubt ein Spermatozoon ebenfalls, er sei irgend jemand?« (S. 231).

Aaron bejaht im Wachzustand den sogenannten objektiven, rationalen männlichen) Wissenschaftsgeist und die hierarchischen Strukturen, denen er verpflichtet ist. Damit hängt sein ambivalentes Verhältnis zu den Astronautinnen an Bord zusammen. Dr. Lory Kaye, Biologin, Expertin der Astrogation, die Frau, die das Erkundungsboot eigenhändig zur Centaur zurücknavigiert hat, ist die »kleine Schwester«. Er ist stolz auf sie, doch als er sich dabei ertappt, den entdeckten Planeten »Lorys Planet« zu nennen, ist ihm bei dem Gedanken, die Entdeckung einer Frau zuzuschreiben, doch nicht wohl. Die Kriterien für die Auswahl der männlichen und weiblichen Bordbesatzung sind seiner Aussage nach ein schwacher Sexualtrieb gewesen. Aber die sexuelle Erregung, in die Lory ihn versetzen konnte, macht ihn wünschen, sie wäre in einem Nonnenkloster. Als dem Kommandanten herausschlüpft, sie »hätten niemals Frauen zu diesem Unternehmen mitnehmen dürfen« (S. 173), glaubt Aaron zu wissen, was er damit meinte.

Lory, die von der hypnotisierenden Schönheit des entdeckten Planeten angetan zu sein scheint, verbindet mit ihm Hoffnung: »Wir könnten dort wirklich ein neues Leben beginnen. Ohne Gewalt und Haß und Habgier« (S. 178). Dazu sei der Wille zur Veränderung nötig. »Um wirklich menschlich zu sein, müssen wir alles hinter uns lassen« (S. 179). Doch Aaron sieht im Unbekannten zunächst eine feindselige Macht, die ihre Unschädlichkeit erst beweisen muß. Dekontaminations- und Pflanzenvernichtungsmittel, ein Fungizit auf Quecksilberbasis u. a. mehr, werden bereitgestellt, um das Fremdwesen, den Repräsentanten für das Leben auf dem Planeten, falls nötig zu bekämpfen. Aber auch er kann der »Schönheit des Dings«, das sein Herz durchflutet, kaum widerstehen (S. 206). »Kannst du es nicht *fühlen* Arn?«, sagt seine Schwester (S. 207). Doch seine Zweifel an jener Anziehungskraft und sein professioneller Verstand gewinnen die Oberhand. Nicht nur sich selbst, auch seine Schwester, die ihn zum Mitgehen einlädt, hält er zurück, indem er ihr in seiner Eigenschaft als Arzt eine Spritze einjagt.

Auf der Handlungsebene brechen unter der Besatzung

wirklich physische und psychische Krankheiten aus, seit das fremdrassige Geschöpf an Bord ist, was Aarons ärztliches Fürsorge-Pflichtsbewußtsein rechtfertigt. Es wird damit eine über Aarons psychischen Zustand hinausgehende Aussage gemacht. Das geheimnisvolle Fremdwesen, das sich in etwa mit einem riesigen fluoreszierenden Blumenkohl vergleichen läßt, scheint es tatsächlich auf die Besatzung abgesehen zu haben, auf deren Sperma (Lebenskraft), das es zu seiner Befruchtung begehrt. Aarons Traum und das Geschehen dekken sich hier. Der stolze, prometheische Flug zu den Sternen wird in dieser SF-Geschichte auf den Sexualtrieb zurückgeführt, symbolisiert in dem Monsterpenis, der sich, einem unerträglichen inneren Druck folgend, dem All entgegenschiebt, um sich dort zu erleichtern — und dabei stirbt, Zygoten hinterlassend. Eine ziemlich ernüchternde Vision.

Wie die Novelle »Houston, Houston, bitte melden!« zeigt, verurteilt Tiptree nicht den Drang zu entdecken und zu erforschen, der zu technologischen Errungenschaften führt, denn für sie ist dieser Drang genauso wie der Sexualtrieb in der menschlichen Natur begründet. Entscheidend ist die wissenschaftliche Denkweise, die den Produkten der Technologie zugrundeliegt. Die Raumschiffe Sunbird und Gloria und ihre Besatzung sind Ausdruck von zwei solch unterschiedlichen Denkweisen. Die Kommandokapsel der Sunbird erinnert an das Cockpit eines Flugzeugs: eng, funktional, antiseptisch, die Rangordnung der Besatzung betonend. Dave, der Kapitän, gibt die Order, die Bud und Lorimer befolgen. Die Gloria ist unstrukturiert: von außen gesehen eine »unordentliche Anhäufung von Knollen und Speichern um einen großen Mittelzylinder« (S. 282); im Innern ein »lichtdurchfluteter Dschungel, dichtes Laubwerk überall, glitzernde Wassertropfen, raschelnde Blätter. Grashüpfer ...« (S. 285). Sie wird nur von Frauen navigiert, von denen keine »kommandiert«. »Wie Ameisen«, denkt Lorimer. »Jedesmal, wenn sie einander begegnen, betasten sie sich mit ihren Fühlern ... Frauen haben keine Selbstachtung. Sagen alles, was ihnen durch den Sinn geht. Kein Gefühl für die Strategie der Worte, für den Zauber und die Magie der Sprache. Können nicht dichthalten« (S. 287/88).

Die Sunbird wurde beim Durchgang durch einen Sonnenausbruch 300 Jahre in die Zukunft geschleudert. Ihre Besatzung wäre im All umgekommen, hätte Gloria sie nicht aufgenommen. In ihren Erdgewohnheiten befangen, finden sich die drei Männer dort nicht zurecht. Primitiv findet Dave ihr Schiff, und ihr Raumfahrtprogramm stagnierend. »Frauen sind nicht fähig, irgend etwas zustande zu bringen … Seit dreihundert Jahren hat niemand ihnen Anleitung gegeben. Wie ein Huhn mit abgeschnittenem Kopf« (S. 318). Mit dem Kruzifix in der Hand als Zeichen seiner göttlichen Berufung will er das Kommando des Schiffs übernehmen und diese »irrenden Töchter aus der Finsternis ihrer Verblendung führen« (S. 318). Und mit einem Pistolenschuß unterstreicht er seinen Missionarseifer.

Bud nimmt die Frauen nur von der Hüfte abwärts wahr. Raubtierartig umschleicht er sie, auf die nächste Gelegenheit wartend, zuzuschlagen. Sex ist für ihn gewaltsame Besitznahme der Frau, Machtausübung des Mannes. Es wird beschrieben, wie er »ihre [Judys] Handgelenke mit einer Faust hinter ihrem Rücken festhält und sich zwischen ihre Schenkel drängt« (S. 311). Ist es das »Ungeheuer in der Tiefe«, das sich hier zeigt, von dem Lorimer meint, es schlummere in jedem von ihnen? »Eine Phantasie von Dave, Bud und ihm [Lorimer], wie sie das Schiff an sich bringen, die Frauen gefesselt und hilflos, kreischend, vergewaltigt und benutzt. Dann zur Satellitenstation und mit einer Fähre hinunter zur Erde. Geiseln. Kein Widerstand, sie müssen auf alles eingehen …« (S. 289). Das soll Bud gesagt haben. Hätte sich ihre Phantasie verwirklicht, dann würde auf der neuen Welt wieder die alte Ordnung herrschen, deren Berechtigung für Bud im männlichen Glied begründet liegt: »Statuen werden sie von mir errichten, meinen Schwanz als kilometerhohen Obelisk …« (S. 314). Gefragt, warum es Männer geben müsse, kontert er wütend: »Weil sonst nichts zählt« (S. 315).

Lorimer, der die Erzählperspektive der Novelle einnimmt, registriert, analysiert, und findet schließlich das Geheimnis dieser Frauenwelt heraus, nämlich, daß sich die Frauen durch Klonen fortpflanzen, seitdem eine Epidemie die männliche Bevölkerung auf der Erde (seiner Erde drei Jahrhunderte später) hinweggerafft hat. Als der zu klein gewachsene, von Minderwertigkeitskomplexen geplagte, aber sensible Intellektuelle ist sein Verhältnis zu den Frauen ambivalent. Ausgestattet mit Eigenschaften, die seine Gesellschaft als »weiblich« abwertet, versucht er, diese »weibliche« Seite ständig zu überspielen, indem er bei »richtigen« Männern wie Dave und Bud um Anerkennung wirbt und sein Mannsein bestätigt wissen will. Er warnt die Frauen vor Dave und Bud — und wird so zum »Judas« — aber dann verteidigt er sie, denn sein Platz ist schließlich bei den Männern: »Sie waren gute Männer... Bis Sie sie vergifteten« (S. 322/23).

Für die Frauen ist durch das Erlebnis mit den drei Astronauten die Geschichte der Erde, als noch die Männer regierten, und die sie nur aus Geschichtsbüchern kannten, lebendig geworden. Sie ziehen daraus die Konsequenz: »Wir können Sie auf der Erde kaum frei herumlaufen lassen, und wir haben einfach keine Einrichtungen für Leute mit ihren emotionalen Problemen« S. 323).

Lorimer hat wie Aaron in »Ein flüchtiges Seinsgefühl« durchaus auch sympathische Züge an sich. Beide suchen nach einem Muster, zu dem sich die inkohärenten, punktuellen Funken menschlichen Treibens zusammensetzen lassen, was nahelegt, daß Tiptree auf diese beiden Protagonisten etwas von ihrer eigenen wissenschaftlichen Neugier übertrug. Beiden haftet aber auch etwas Tragisches an, weil sie in — einer Welt gefangen sind, die von ihnen verlangt, sich vom »weiblichen« Teil ihres Selbst und von der Frau als Verkörperung des Weiblichen zu distanzieren, und weil sie nicht die Kraft haben, diesem Anpassungsdruck an die Geschlechtsnormen zu widerstehen. Dave und Bud — den stereotypen Vertretern von Männlichkeit — fehlt diese Ambivalenz, ebenso wie sie den Helden in Clarkes *2001* abgeht. Die aggressiven Phantasien, die für Lorimer naturgegeben sind, haben für die Schiffsbesatzung der Gloria einen historisch-gesellschaftlichen Ursprung. Auf ihrer Welt hat das Kämpfen längst aufgehört. »Es endete mit Ihnen, glaube ich«, sagt Connie zu Lorimer (S. 323).

Die Verbindung zwischen Sexualtrieb und Raumfahrt ist in »Houston, Houston« ebenfalls in den Raumschiffen symbolisiert. In der Rettungsaktion steuert Sunbird auf »die seltsame ovale Erscheinung« (S. 278) zu, zündet für die Bremsphase das Triebwerk, wodurch sie in ein übelkeitserregendes Torkeln gerät. Die Astronauten verschaffen sich, aneinandergebunden, durch die enge Schleuse aus der rollenden Raumkapsel den Weg ins Freie. Nach einer langen, dunklen Reise werden sie von einer Frauengestalt, die wie »eine silbrige Spinne« (S. 281) aussieht, zur Gloria gelenkt. Während Lorimer durch einen kurzen Verbindungsgang in die Gloria »schwimmt«, weiß er, daß die Welt, wie er sie kennt, nun tot sein wird »Vergangen, mit der Sunbird für immer im Nichts zerblasen« (S. 283).

Hier wie in »Ein flüchtiges Seinsgefühl« finden wir eine Variante der für Tiptree charakteristischen Vorstellung, daß Sex und Tod der Zwillingsantrieb ist, »der die Menschen vorantreibt und schließlich umbringt« (Siegel, S. 400). In diesem Prokreationsprozeß nimmt das weibliche Element eine aktive Position ein: es saugt das männliche Element auf — um es zu transformieren. Das ist das Beunruhigende, das Clarke und Kubrick aus ihren Raumfahrtphantasien in *2001* ausgeschaltet bzw. domestiziert haben. Während Tiptree den Vorgang auf der Handlungsebene mit der Frau und dem Mann assoziiert und beide Geschlechter als körperliche und geistige Wesen betroffen und handelnd auftreten läßt (in »Ein flüchtiges Seinsgefühl« besteht eine Verbindung zwischen dem Fremdwesen und der Astronautin Lory, zwischen den Spermen und der Centaur-Besatzung; in »Houston, Houston« heißt die »silbrige Spinne« Judy, wird Sunbird von Männern, Gloria von Frauen navigiert), isolieren und abstrahieren ihn Clarke und Kubrick in runden oder sphärischen und rechteckigen Formen (Monolith, Raumschiff, Computer, Mond, Erde, etc.), die sich zwar als Penis-, Sperma-, Ei-, Mutterleib- u. a. Symbole identifizieren lassen, aber alle einem männlichen Willen unterworfen sind. Beispiele dafür sind der Computer HAL, der nur einen Erzeuger hat; Bowmans Fall durch das Sternentor und seine Wiedergeburt, gelenkt durch die Außerirdischen, die jedoch als männlicher Geist gedacht sind.

Die Raumfahrtphantasien in *2001* sagen etwas über den Geist aus, dem unser »technologischer Fortschritt« zu verdanken ist und der es möglich machte, den Prokreationsvorgang durch die Reproduktionstechnologie zu isolieren, Gehirnfunktionen auf den Computer zu übertragen, Raketen ins Weltall abzuschießen. Weil *2001* im herrschenden Technologiemythos verankert ist, fallen so manche Unstimmigkeiten, die wohl daher rühren, daß Clarke und Kubrick Unbequemes und Beunruhigendes aus dem Bewußtsein und der Analyse ausgeschaltet haben, gar nicht auf. Tiptree dringt durch die Oberfläche zu tieferen Schichten der menschlichen Psyche, deren Strukturen und Geheimnisse sie im kosmischen Zusammenhang ihrer SF-Welt zu ergründen sucht. Ihre Spekulationen erfüllen den — selten eingelösten — Anspruch der SF-Literatur, Zukunftsmodelle in der Vorstellung zu entwerfen, deren Bedeutung für das Hier und Jetzt nach dem Literaturkritiker Robert Scholes darin liegt, daß sie unserem gegenwärtigen Handeln eine Richtung geben und uns für dessen Konsequenzen sensibilisieren können.

ANMERKUNGEN

1 Clarkes *2001* ist das in Romanform gebrachte Drehbuch des Films. Der Roman, von dem vier verschiedene Versionen existieren, kam erst nach dem Film, aber noch im gleichen Jahr (1968) heraus und liefert eine Art Erklärung für den Film. Der Film selbst wurde von Clarkes Kurzgeschichte »Der Wachtposten« inspiriert.

2 Dieser Evolutionsgedanke erinnert an Teilhard de Chardins »Punkt Omega«, dem Zustand reinen Geistes, zu dem hin sich seiner Ansicht nach die Menschheitsgeschichte hinbewegt.

3 Zitate aus den englischen Originaltexten von Heldreth, Palumbo und Geduld sind in meiner Übersetzung wiedergegeben.

4 Silverberg schätzte an Tiptree »diese unübersehbare Maskulinität — die ständige Beschäftigung mit Fragen des Muts, mit absoluten Werten, mit den Geheimnissen und Leidenschaften von Leben und

Tod«. Nach Bekanntwerden »seiner« weiblichen Identität fanden manche Kritiker sein/ihr Werk doch nicht mehr so hervorragend. Im Vergleich nur zu Clarkes Werk wurde Tiptrees nur von wenigen Kritikern gewürdigt.

LITERATURVERZEICHNIS

PRIMÄRLITERATUR:

Clarke, Arthur C. *2001 — Odyssee im Weltraum.* München: Heyne Verlag, 1978.

2001 — A Space Odyssey. Regisseur: Stanley Kubrick. Drehbuch: Stanley Kubrick und Arthur Clarke. MGM, 1968.

Tiptree, James, Jr. »Ein flüchtiges Seinsgefühl.« *Sternenlieder eines alten Primaten.* München: Heyne Verlag, 1987, S. 101—237.

Tiptree, James, Jr. »Houston, Houston, bitte melden!« *Sternenlieder eines alten Primaten.* München: Heyne Verlag, 1987, S. 238—325.

Tiptree, James, Jr. »Und ich erwachte und fand mich hier am kalten Berghang.« *10.000 Lichtjahre von zu Haus.* München: Heyne Verlag, 1987, S. 7—19.

SEKUNDÄRLITERATUR

»Clarke, Arthur Charles.« *Reclams Science Fiction Führer.* Hrsg. Hans-Joachim Alpers, et al. Stuttgart: Reclam, 1982.

Delany, Samuel. »About 5.175 Words«, in: *Extrapolation,* 10 (Mai 1970), S. 52—66.

Dozois, Gardner. Nachwort. *10.000 Lichtjahre von zu Haus.* Von James Tiptree, Jr. München: Heyne Verlag, 1987, S. 384—431.

Geduld, Carolyn. *Filmguide to 2001: A Space Odyssey.* Bloomington: Indiana Univ. Press, 1973.

Heldreth, Leonard G. »In Search of the Ultimate Weapon: The Fighting Machine in Science Fiction Novels and Films«, in: *The Mechanical God. Machines in Science Fiction Novels and Films.* Hrsg. Thomas P. Dunn et al. Westport, CT: Greenwood Press, 1982, S. 129—153.

Palumbo, Donald. »Loving that Machine: or, the Mechanical Egg: Sexual Mechanism and Metaphors in Science Fiction Films«, in: *The Mechanical God. Machines in Science Fiction Novels and Films.* Hrsg. Thomas P. Dunn et al. Westport, CT: Greenwood Press, 1982, S. 117—128.

Rose, Mark. *Alien Encounters. Anatomy of Science Fiction.* Cambridge, MA: Harvard U. Press, 1981.

Russ, Joanna. »Speculations: The Subjunctivity of Science Fiction«, in: *Extrapolation,* 15 (Dez. 1973); S. 51—59.

Scholes, Robert. *Structural Fabulation. An Essay on Fiction of the Future.* Notre Dame, IN: U. of Notre Dame Press, 1975.

Siegel, Mark. »Die Kurzgeschichten von James Tiptree, Jr.« *Das Science Fiction Jahr. Ausgabe 1988.* Hrsg. Wolfgang Jeschke. München: Heyne Verlag, 1988, S. 381—440.
Silverberg, Robert. Vorwort. *Warme Welten und andere.* Von James Tiptree, Jr. Übers. München: Heyne Verlag, 1981, S. 7—16.
Wolfe, Gary W. *The Known and the Unknown. The Iconography of Science Fiction.* Kent, OH: Kent State U. Press, 1979.

(Rhein. Westf. Technische Hochschule, Aachen)

ÜBER SCIENCE FICTION

Andere Welten, andere Geschichte – Verheißung oder Drohung?

von Michael Salewski

Die Suche nach der besten der Welten ist wohl so alt wie die Welt selbst. »Il faut cultiver son jardin« bedeutete dabei nicht nur das Ende der Voltaireschen Suche nach dem irdischen Paradies, sondern beschrieb den paradiesischen Zustand überhaupt, denn schon das biblische Eden war nichts als ein Garten, und es war gewiß nötig, ihn zu bebauen, wenn vielleicht auch nicht gerade im Schweiße unseres Angesichts. So mancher Rentner, von neugierigen Demoskopen befragt, was denn seine Lieblingsbeschäftigung sei, wird auf sein Laubenpieperideal verweisen, und wer entsänne sich nicht jener Bilder des Alten von Rhöndorf, wie er seine Rosen schneidet. Schon als Kölner Oberbürgermeister hatte er um seine Vaterstadt einen herrlichen Grüngürtel gelegt; ihn zu erhalten und im Winter 1945/46 nicht auf britische Weisung hin zu verfeuern, kostete ihn bekanntlich sein Amt.

Die Suche nach dem Garten Eden, nach dem verlorenen Paradies, ist in Dichtung und Malerei, Philosophie und Wissenschaft zu einem der gängigsten Topoi geworden, das Bild von der üppigen Oase, die aus der hitzeflirrenden Wüste einer Fata Morgana gleich auftaucht, zum Standardtableau des Abenteuerromans für die »reifere Jugend«, wie es ihn als Gattung bis zum Zweiten Weltkrieg gab.

Zu diesem Zeitpunkt freilich war die Suche nach Orplid und Eldorado, Eden und Utopia schon längst über die Räume und Zeiten von Terra hinaus. Längst schon bewegten sich gigantische Generationenschiffe von Galaxis zu Galaxis, immer auf der Suche nach der anderen, der schöneren, reineren, unverbrauchten Welt. Generation um Generation wuchs in diesen hypertrophen Archen des Weltraums auf, und je länger die Reise durch die Tiefen des galaktischen Raumes währte, desto öfter gerieten die Menschen in Gefahr, über dem Weg das Ziel zu verlieren, zu vergessen: »Schiff«, wie es Frank Herbert[1] in einem seiner großartigen Romanzyklen dargestellt hat, »Schiff« wird selbst zur eigentlichen Welt; nicht einer vorübergehenden, nicht zu einer neuen, sondern zu einer Welt, die es immer schon gegeben hat, und die nie mehr untergehen wird. Die ursprüngliche Sehnsucht nach der fremden Welt, die Gier nach Eden wandelt sich in vages Ahnen, mystisches Schauern, das Bild der verbrauchten, zerstörten Erde, des nicht mehr von Wasser und Himmel, sondern von Kobalt blau strahlenden dritten Planeten des Systems Sol verflüchtigt sich zum Mythos, und man wird das Weltall umrunden müssen, um mit Asimov zur Erde[2] zurückzukehren.

Wenn die Flucht und die Suche nach einer neuen Welt beginnen, haben die Menschen auf Erden immer alles schon verdorben. Das Raumschiff Erde ist havariert. Wir wissen heute ziemlich genau, wie es zu dieser Havarie, [der finalen, nicht der von Tschernobyl notabene], kommen wird. Dieses Wissen ist weit älter als das der modernen Naturwissenschaften. Es bedurfte weiß Gott nicht der Erfindung der Atombombe, um die Erde dem allesverzehrenden himmlischen Feuer ausgeliefert zu sehen.[3] Der Weltenbrand gehört zu den Urängsten der Menschen, und es gibt Science Fiction-Schreiber, die darin nichts anderes als die ferne Überlieferung eines Zeitalters sehen, das schon einmal im atomaren Feuer unterging. Die Faszination von Walter Millers »A Canticle of Leibowitz«[4] basiert auf dieser Vermutung: Schon einmal ist alles geschehen, und ausgangs des zwanzigsten Jahrhunderts befinden wir uns schon am Ende des zweiten Menschheitszyklus. Ob ein dritter folgen wird, ist mehr als ungewiß. Der »lange Nachmittag der Erde«, die »Milliarden Jahre nach dem Weltuntergang«, wie man sie in Titeln moderner SF-Romane findet[5], sind keineswegs gewiß. Die über den Atompilzen fliegende »United States No. 1« des amerikanischen Präsidenten war bis vor kurzem eine sehr realistische Vision, die Atombunker sind nämlich zu puren Fallen geworden, seit der CEP der Raketen — CEP: Circular Error Point — fast auf den Raum eines mathematischen Punkts geschrumpft ist. Wer entsänne sich nicht des SF-Krieges am Golf.

Die fremde Welt ist, wenn die Erde brennt, aber nicht himmlische Verheißung, kein fernes Eden, kein Paradies, sondern nur ein Strohhalm im Strudel des Untergangs, gleichsam die Planke »Batavia 510«: die fremde Welt ist bestenfalls Robinsons Eiland, irgendwo in der Wüste des Alls, die Suche nach einem bewohnbaren Planeten in der tödlichen Kälte des Universums bleibt ebenso desparat, wie die Suche nach dem letzten Wassertümpel im Llano Estacado. Wenn es ums nackte Überleben geht, gar nicht des einzelnen, denn der ist nichts und der Rettung im Angesicht der hausgemachten Apokalypse alles andere als würdig, sondern um das Fortbestehen der Spezies homo sapiens sapiens, oder vielleicht nur noch des Intelligenten, oder gar des bloß noch Lebendigen im absolut Toten des Raums, dann spielen Gedanken an Komfort und Behaglichkeit, ja an Grün und Blau wie Wald und Himmel gar keine Rolle mehr. Denn ob es das irgendwo und irgendwann noch einmal geben wird — wer will das wissen? Der biologische Mechanismus Mensch übersteht nur eingefroren den Winter, die Grenzenlosigkeit des Alls, die Äonen der Reise, und man kann nur hoffen, daß es diesen Tiefkühlprodukten nicht so geht wie bei Aldani[6]: dessen Astronauten fallen dem spielerischen Übermut galaktischer Kinder anheim, die bald ihr Interesse an den merkwürdig starren bloß zweiarmigen Püppchen verlieren und sie im Materietransformator hygienisch beseitigen; denn der Weltraum, so bedeutet ihnen ihr Onkel, muß sauber bleiben und darf nicht zur Abfallgrube werden.

Das eben war ja auch die Erde, denn Variante zwei des Erduntergangs wird durch die ökologische Katastrophe bestimmt, und dies ist im Gegensatz zur Idee des atomaren Weltenbrandes durchaus neu und aktuell. »Hier sangen früher Vögel«, »Die Lerchen singen so schön« — das sind inzwischen schon SF-Klassiker geworden.[7] Aber beschrieb die Autorin des »stummen Frühlings« nicht unsere reale Gegenwart? Wieder denkt man an die Golfregion, nach dem Krieg.

Was es mit der Realität in der SF auf sich hat, bedarf keiner weiteren Erläuterung mehr; es ist durchaus legitim, die Prognosen etwa des Club of Rome zusammen mit den SF-Romanen von Kate Wilhelm oder John Seymour zu betrachten. Die Katastrophen von Seveso und Bhopal entsprachen fast ins Detail einem Romanplot von John Brunner[8], und schon um die Jahrhundertwende hat H. G. Wells, der größte aller SF-Propheten, zusammen mit Jules Verne der einzige wirkliche Prophet, den systematischen Zusammenbruch der Zivilisation infolge der ökonomischen und ökologischen Überspannungen dargestellt. Schließlich kommen die Marsianer 1898 nur deswegen über die Erde, weil auf dem Mars dieser ökologische Zusammenbruch schon die galaktische Flucht ausgelöst hat — und was konnte 1898 den Marsianern näher liegen als die prunkvoll protzende Erde des europäischen Hochimperialismus, dessen Haugout noch niemandem unangenehm in die Nase stach.

Die Erde ist in naher Zukunft — nichts als ein Scheißhaufen. So wie es New York, glaubt man Disch oder Harrison[9], schon um 2000 sein wird. Ob Teheran oder Kairo, Mexiko City oder Kalkutta: diese entsetzlichen Orte, dem Danteschen Inferno entquollen, schwimmen buchstäblich auf Scheiße, und die breitet sich unaufhaltsam aus: wer immer über die A1 von Bremen nach Osnabrück fährt, muß die Lüftung im Auto und die Fenster schließen, um im Gestank der umliegenden Agrarfabriken nicht schier umzukommen. Die Gülle überschwemmt das Land.

Und die Meere sind längst tot. Ein gar nicht so dünner Ölteppich hat die gesamte Meeresoberfläche versiegelt. Es gibt keine Wellen mehr, keinen Seegang, keine Verdunstung. Die Wüste breitet sich rasend rasch aus, die Menschen fliehen in die letzten austrocknenden Sümpfe, wie bei Ballard, so bei

Herbert, Ursula Le Guin, die Reihe der SF-Wüstenromane ist Legion.[10]

Oder jene, in denen die Erde ertrinkt oder buchstäblich erfriert. The »Drowned World« von Ballard[11] ist die wahrhaft unheimliche Geschichte einer Erde, deren Ozeane sich unaufhaltsam unter dem erbarmungslos hellen Licht einer Sonne ausdehnen, die die schützende Ozonschicht längst schon zerstört hat, die letzten Menschen in gleißenden Wahnsinn treibt, während die Wolkenkratzer der Metropolen nach und nach von den mutierenden Lianen der grünen Wasserhölle eingerankt, verdaut werden. Alligatoren übernehmen die Herrschaft, aber darin steckt immer noch menschliche Erfahrung, denn Alligatoren sind Tiere. Čapeks Molche[12] hingegen sind intelligent und vernichten den Menschen samt seinen Artefakten in grauenvollen Molchkriegen; nur noch Reste der Menschheit bleiben übrig, Reste wie auf Aldous Huxleys Affenplaneten[13] oder in jenen erbärmlichen Zeiten nach dem Fall des großen Meteors, der die Erde aus dem kosmischen Gleichgewicht wirft, ganze Kontinente mit ungeheueren Flutwellen überschwappt, so daß sich die paar Übriggebliebenen nur noch in hochgelegenen Berghöhlen retten können, das sichere Ende jedoch schon vor Augen.[14] Der Hölle aus Hitze und Dürre, Wasser und Eis werden immer nur wenige entkommen, vielleicht niemand, dann ist es mit der Gattung Mensch endgültig aus, und die großen Weltuntergangsromane der Science Fiction scheuen sich nicht, den durch Feuer und Wasser, Eis und Atomstrahlen gleichsam chemisch gereinigten Planeten in kommenden Jahrmillionen und -milliarden anderen intelligenten Wesen zur Verfügung stellen: man wird sehen, ob sie es besser machen als die primitiven Zweibeiner mit dem aufrechten Gang vergangener Erdzeitalter.

Im Grunde ist es völlig gleichgültig, wie die Erde untergeht, bleibt der Mannschaft auf dem Raumschiff Terra doch immer nur die Wahl zwischen Verbrennen und Erfrieren, Verdursten oder Verhungern und, natürlich, dem Wahnsinn, und nur selten sind die Opfer nicht auch zugleich die Täter: Alles Unglück der Erde, das Ende der menschlichen Geschichte wird nicht von irgendwelchen außerirdischen Aliens herbeigeführt — seit Wells weiß die Menschheit sie abzuwehren, zuerst gewaltsam, so bis Heinlein, seitdem auf dem Wege friedlicher Koexistenz, wie z. B. bei Petersen oder Spielberg[15] —, sondern einzig und allein vom Menschen selbst. Dabei ist es wiederum gleichgültig, ob dies vermittelst eines Zauberlehrlingseffekts, purer Dummheit — etwa durch unbeabsichtigte Freisetzung von Killerbienen oder künstlichen Genen aus Kampflabors — oder absichtsvoll durch den oder die großen Schurken vom Zuschnitt eines atomaren Hitler à la Sadam Hussein geschieht. Der Mensch zerstört sich und seinen fliegenden Untersatz. Die Raumschiffe zu fremden Welten sind die Beiboote, die man gerade noch zu All hat lassen können.

Dabei ist man sich in der Rückschau einig: die Erde war ein Paradies, oder doch fast ein Paradies. Als nämlich das Ende herannahte, jedem Sensiblen fühlbar wurde, haben Historiker und Archivare dafür gesorgt, die Erinnerung zu fixieren: Überall wurden — so wie in einem Stollen bei Oberried nahe Freiburg — unterirdische atombombensichere, luftdicht abgeschlossene Memorybunker angelegt. Dort wurde alles deponiert, was aus der Geschichte von Terra bemerkenswert schien — all das Schöne und Heitere findet sich da, das Edle und Ernste, das Kühne und Fromme, das Kunstvolle und das Abenteuerliche. Sorgsam sind die Überreste aus der Menschheitszeit ausgewählt und zusammengetragen worden; mit einiger Sicherheit werden die intelligenten Lebensformen der Erde, und sei es in Millionen Jahren, all dies wiederfinden, wir legen allerorten die neuen Gruben von Messel an. Dutzendfach variiert die Science Fiction das Thema, wie solche Gruben gefunden, geöffnet, gedeutet werden — und fast immer werden die Entdecker von Reue und Schmerz, Sehnsucht und Seufzen gepackt: Denn die Erde, so etwa bis zum Jahr 2000 n. Chr. — es ist schwierig, die Chiffre zu deuten —, das war ein wundervoller Planet, der wohl schönste der Galaxis, vielleicht des ganzen Universums. Ein Geschenk für Götter, nicht für Menschen — eben deswegen haben diese diese Erde auch nicht verdient.

Aus alledem ergibt es sich von selbst: Alles, was nicht Terra ist, ist nicht allein fremd, sondern bedrohlich. In der Science Fiction gibt es immer nur eine vertraute, sichere Welt: die alte Erde. Es ist die Erde von einst, nicht die von heute, nicht die der Zukunft.

Deswegen sehnt sich die Science Fiction in die Vergangenheit zurück, deswegen ist Science Fiction nichts als eine Spielart der Geschichte, deswegen sind die wahren Helden in der SF die Historiker; denn sie haben noch ein Abbild des herrlichen Einst bewahrt. Sie sind hochangesehen, sei es bei Silverberg oder Asimov, Heinlein oder Amery.[16] Sie sind die Priester der verlorenen Träume, die niemals mehr Wirklichkeit werden. Wir werden noch sehen, daß eben deshalb die Wirklichkeit geändert werden muß.

Nun ist es also folgendermaßen: Eine Handvoll Davongekommener muß sich in der Lebensfeindlichkeit fremder oder der tödlich-fremd gewordenen zerstörten eigenen Welt irgendwie einrichten, denn selbst die vertiertesten Humanoiden besitzen einen Selbsterhaltungstrieb.

Oder ist alles schon aus simplen physikalischen, genauer: euklidischen und relativistischen Gründen hoffnungslos? Das Weltall, so lehrt es die moderne Kosmologie, ist ein Raum, der fast, genauer: gerade noch nicht vollkommen leer ist.[17] Nimmt man das Universum als Ganzes, so bildet die Materiemasse aller Himmelskörper einen derart verschwindenden Prozentsatz dieses Volumens, daß das All immer noch dem besten möglichen Hochvakuum gleicht. Nur einige verlorene Atome geistern in ihm noch herum. Und eben die soll der von der Erde vertriebene Mensch finden? Wo denn? Wie denn? Dreihunderttausend Kilometer pro Sekunde, ach, selbst nicht einmal das, denn dann stünde die Zeit still. Vier Lichtjahre sind es hin zum Nachbarstern, Alpha Centauri, und wer wollte zu behaupten wagen, daß es dort auch nur einen, geschweige denn einen bewohnbaren Planeten gibt! Immer wieder haben in den vergangenen Jahren Meldungen von bloß vermuteten Planeten Schlagzeilen gemacht. Aber obwohl die größten Radioteleskope sich fast schon an den Rand des Alls herantasten — bis heute gibt es keinerlei Hinweise darauf, daß da irgend etwas außer uns lebt; der zweite Garten Eden ist weiter fort als die transzendentalen Paradiese von Juden, Moslems und Christen.

Einstein, so hat es einmal Delany ausgedrückt, hat unser Weltall verraten[18], seine Physik die Menschen auf ewig in ihre kleine kosmische Nische am Rand einer unbedeutenden Galaxis eingesperrt. Wenn die Relativitätstheorie richtig ist, und immer neue praktische Versuche haben zu immer neuen enttäuschenden Bestätigungen von Einsteins Lehre geführt, bleibt die fremde Welt als mögliche Wohnstatt des Menschen oder seiner Nachfahren bloße Spekulation, und tatsächlich flüchtet die Science Fiction deswegen ins Reich der Spekulation, nämlich in die Philosophie, vor allem aber die Religion. Denn allein diese vermag die grausame physikalische Wirklichkeit metaphysisch zu überwinden. Das aber ist die Grundvoraussetzung für die Suche nach der neuen Welt, wenn sie nicht pure surrealistische Verzweiflung sein will — die es natürlich durchaus auch gibt, man lese da nur Dick oder Zebrowski.[19]

Religion, so haben wir es im Laufe der neuzeitlichen Jahrhunderte seit Leibniz, Voltaire und Kant gelernt, aber ist das Unaufgeklärte, das Rückständige. Die zutreffendste Definition stammt bekanntlich von Lenin, und es ist die moderne Science Fiction eines Dick, Herbert, eines Lem, eines Christopher Priest, um nur einige berühmte Namen zu nennen, die Religion und Drogen zur gleichsam kritischen Masse der zeitgenössischen Science Fiction verbunden hat.

Bevor diese aber in der Delanyschen »Nova«[20] explodiert, richtet sich die Hoffnung auf den Über-Einstein, denn so wie die euklidische Geometrie durch den Riemannschen Raum und die Einsteinische Physik nicht »falsch« geworden ist, so ließe sich eine Hyperphysik denken, innerhalb derer jener von Einstein eben der Platz zukäme, den in der Einsteins die von Euklid einnimmt.

Solche Überlegungen sind nicht nebensächlich, sie sind von entscheidender Bedeutung. Denn die fremde Welt im Makrokosmos — auf den Makrokosmos kommen wir noch zu sprechen — kann nur dann dem Menschen verfügbar werden, wenn er entweder buchstäblich daran glaubt, daß der Glaube nicht allein Berge, sondern ganze Galaxien versetzen kann, oder aber neue physikalische Erkenntnisse den 300 000 km/sec-Käfig sprengen.

Seit 1905 bzw. 1917[21] ist die SF energisch auf der Suche nach diesem neuen Weg zu fremden Welten, und es würde den gegebenen Rahmen bei weitem sprengen, wollte man die verschiedenen physikalisch-kosmologischen Ansätze beschreiben, die hier weiterhelfen sollen. Zwei Hinweise mögen genügen: der eine bezieht sich auf die reale Existenz von sogenannten »Tachyonen«, also von Teilchen, die schneller als das Licht sind, der andere postuliert den sogenannten K- oder Hyperraum, geht also von der Überlegung aus, daß der Raum eine bloße Funktion der Zeit ist. Wenn es daher gelänge, die richtigen »Sprungpunkte« zu finden, würde es im Universum keinen Raum mehr geben, alle Entfernungen schrumpften auf Null zusammen, dem Menschen stünde das gesamte Universum zur Verfügung; freilich — was ist, wenn er an dessen Rand gerät? Die Denkfigur der Parallel- und Alternativuniversen schiebt sich hier in das SF-Gedankengebäude, sie wird uns noch zu beschäftigen haben.

Also gut, der Hyperraum existiert, der Tachyonenantrieb ist erfunden, die Sprungpunkte sind vermessen: Sollte es unter den nun milliardenfach den Menschen verfügbaren Planeten nicht freundliche neue Terrae geben? War der bedrohliche fremde Weltkörper es nur, weil wir zu wenige Sterne kannten? Kann es nicht so sein, daß 9999 Planeten nicht taugen, der tausendste aber Eden ist?

Genau diese Hoffnung treibt die Weltraumdesperados, vor allem, wenn sie wissen, daß die alte Erde buchstäblich nicht mehr existiert, in einen bloßen Asteroidengürtel zersprengt worden ist, das gleiche Schicksal erlitten hat, wie seinerzeit »Phäna«, der zehnte Planet des Sonnensystems, den die Phänaten buchstäblich atomar in die nicht existierende Luft des Weltraums gejagt haben.[22]

Aber gibt es unbewohnte Eden? Paradiese, die niemanden gehören? Muß man nicht immer wenigstens mit Adam und

Eva rechnen, von Gott und der Schlange zu schweigen? Wenn das Ersehnte das Lebendige ist, fruchtbare Auen, wogende Wälder, kristallklare Bäche; wenn das Licht und Leben spendende Gestirn Himmelsblau und weiße Wolken, Wind und Duft beschert — kann man annehmen, daß diese Schöpfung nur durch die Milliarden darauf gewartet hat, von Menschen, intelligenten, den einzig intelligenten Wesen entdeckt und vereinnahmt zu werden?

Heinlein hat das bejaht, später Monteleone[23] — aber daraus läßt sich nichts machen. Es bleibt ja alles Fiktion, Fiktion der Art, wie sie im neunzehnten Jahrhundert die Weißen in Amerika in die weiten Savannen des Westens trieb: Leeres, herrschaftsfreies Land schien da zu locken — in Wirklichkeit funktionierte das »go west« nur, weil die Roten zu Untermenschen, fast Tieren deklariert, ausgerottet, in Reservate gesperrt wurden. Nur so war die freie Landnahme möglich.

Die amerikanischen Siedler waren den Rothäuten technisch überlegen, deswegen konnten sie sich diesen Betrug an den Eingeborenen und sich selbst überhaupt leisten. Im Weltraum aber kann es passieren, daß jene, auf die man trifft, in ihrer technischen, wissenschaftlichen und biologischen Entwicklung den terranischen Ankömmlingen turmhoch überlegen sind. Das müssen beileibe keine Menschen, das können Lebewesen ganz anderer Art sein, man denke an den Lemschen Ozean auf Solaris oder den Herbertschen Tang im »Schiffs«-Zyklus.[24] Das gänzlich Fremde und Andere aber wird von den Menschen immer als bedrohlich empfunden, und je weniger sie es begreifen, um so mehr fürchten sie sich vor ihm. Das schaudernde Entsetzen vor der überlegenen kosmischen Intelligenz durchzieht das Bild aller fremden Welten, und weiß man, wie die interstellaren Superintelligenzen mit den Menschen herumexperimentieren, kann einen schon das Grauen überlaufen. Man denke an die klassischen Plots von Aldiss, den Strugatzkis, Wisniewski-Snergs oder, aus jüngster Zeit, an Norbert Stöbes befremdliche »Spielzeit«[25]: Da spielen die höheren Wesen mit den Menschen so eine Art Mensch-ärgere-Dich-nicht, es werden Wetten darauf abgeschlossen, ob und wie lange die eine oder andere menschliche Spielfigur mit eingespielten metaphysischen, existentiellen Schrecken fertig werden. Anschließend gibt's einen Drink an der Bar, die Gewinne werden ausgezahlt, neue Jetons, Humanoide von Terra, an die Spieler verteilt, auf ein Neues.

So können, nein so ist es unvermeidlich, daß die üppigsten und schönsten Welten in der SF gerade diejenigen sind, die den Menschen am gefährlichsten, fremdesten sind, schlimmer noch: Es sind jene Himmelskörper, die dem Menschen das Eigentliche am ehesten rauben: seine menschliche Würde. Oder besitzen Hunde, Insekten, Bazillen Würde? Nichts anderes aber sind für die Anderen die Menschen von Terra.

Man kann sich den fremden Superintelligenzen unterwerfen, oder man muß sie bekämpfen: In der SF finden sich beide Möglichkeiten, aber zumeist geht dieser kosmische Show-down tragisch aus. Daß der Mensch als Mensch frei und menschlich ist — diese Eigenschaft läßt ihm nur Terra; überall sonst verliert er seine Humanität — so oder so. Schon bei Zulawski[26] degenerieren die Mondsiedler zu unmenschlichen Winzlingen, das war vor dem Ersten Weltkrieg; bei Wells wuchert auf dem Mond das menschliche Gehirn ins Monströse.[27] Den Nachkommen wachsen Kiemen und Flossen auf Wasserplaneten, Hornhäute und Stachel auf Wüstenplaneten, sie werden grün und glitschig in Dschungelwelten; es ist üblich, daß die äußere menschliche Form in raschem Mutationsprozeß ins Groteske und absolut Häßliche verzerrt wird. Man muß lange suchen, um einen nichttrivialen modernen SF-Roman zu finden, in dem der Mensch im All Mensch bleibt.

Aber auch auf Terra steht es mit dem Menschbleiben nicht zum Besten. »Baby ist drei« — und schon intelligenter als seine Eltern. »Davy«, psibegabt, lehrt seine Umwelt das Fürchten, die »häßlichen Schwäne« bei den Strugatzkis sind die verkappten Überwesen, Hellströms Brut sind in Wahrheit humanoide Insekten[28] — so geht es endlos weiter, das Un-Menschliche ist im Kürzel »BEM« seit Jahrzehnten in der SF standardisiert.

All dies ist in der Regel Folge des Einflusses fremder oder fremdgewordener Welten. Und es ist einleuchtend. Wer immer einmal ein Bild der Erde vom Weltraum aus gesehen hat; wer sich klarmacht, daß alles menschliche Leben von dieser hauchfeinen Gashülle abhängt, die den Planeten in bläulichen Glanz hüllt; für den wird das Wort des Jahres 1987 zum Menetekel der Zukunft: »Ozonloch«.

Vielleicht wird am Ende alles Leben aus ihm herausgesaugt, das Nichts wird bleiben — in den psychedelischen SF-Produkten aus amerikanischer Feder, wie sie vor allem in den sechziger Jahren beliebt waren, ist dies oft prophezeit worden, aber schon Wells hat dies in seiner »Zeitmaschine« antizipiert.

Steht es mit dem Schicksal des Menschen auf der Erde wie im All nicht gerade zum Besten — lediglich in der primitiv-marxistischen Variante der SF ging es immer höher hinaus und schöner auch —, so stellt sich die Frage, wie der unbeerdete Mensch auf den fremden Planeten mit seiner Umwelt überhaupt fertig wird. Denn die ist ihm fremd und schon deswegen allemal feindlich gesonnen, selbst wenn keine anderen Intelligenzen es den technischen Eindringlingen schwer machen. Nirgendwo wird dem von der Erde vertriebenen Menschen deutlicher als auf fremden Planeten, wie eng eigentlich die Symbiose zwischen Erde und Mensch war, wie sehr der Mensch im Verlauf der Evolution sich an die Bedingungen Terras angeglichen hatte. Da kann man anfangen, wo man will; etwa bei der Zusammensetzung der Lufthülle: Sauerstoffwelten sind im All nämlich eine Rarität; Kohlendioxid, bestenfalls Methan — meistens helfen nur gigantische Kuppeln über den Siedlungen oder der biologische Austausch des gesamten Atemapparates, um das Giftgas fremder Welten atmen zu können. Daß es auf Terra ausgerechnet immer so warm oder kalt ist, daß der Mensch leben und gedeihen kann, ist bei der denkbaren Temperaturskala von Minus 273 Grad bis Plus 3000 Grad und mehr ebenfalls ein reines Wunder — das findet man nirgendwo sonst, das zwingt die Menschen zu aufwendigem Höhlenleben oder feuerfesten Wohnstätten. Und die Jahreszeiten! Gewiß, auf Helliconia beispielsweise, bloß tausend Lichtjahre von Terra entfernt, gibt es sie, aber Frühling und Sommer dauern tausend Jahre, Herbst und Winter natürlich auch. Brian Aldiss[29] hat die Szene bewegt beschrieben, wie die Menschen in stummer Ergriffenheit den Untergang der Sonne beobachten: Erst in tausend Jahren wird sie wieder aufgehen, dreißig Generationen werden niemals das Sonnenlicht erleben. Oder das Wunder der Schwerkraft: daß Terra gerade so groß und schwer ist, daß die Menschen den aufrechten Gang erlernen, damit ihr Gehirn aktivieren und intelligent werden konnten! Auf Hal Clements schweren Welten[30] können intelligente Lebensformen nur in Wurmform oder als Winzlinge existieren, und die Überwindung eines Bergkamms von zwanzig oder dreißig Metern Höhe gleicht dem Sturm auf den Mount Everest.

Aber vielleicht wäre all dies ja noch erträglich, man kann sich einrichten, der Mensch ist anpassungsfähig, nahezu unbeschränkt. Aber was soll man im sicheren Wissen tun, daß der fremde Planet mit unvermeidlicher Präzision alle hundert Jahre in einen Kometenschauer gerät, gegen den das Loslassen aller Atomraketen des 20. Jahrhunderts ein harmloses Feuerwerk ist? Oder was tut man gegen eine aggressive Fauna und Flora, die nur ein Ziel hat: die unerwünschten Eindringlinge zu beseitigen? Wenn jeder Insektenstich tödlich, jede Berührung eines Grashalms fatal, jeder Schimmelpilz ein Giftschwamm ist — und die Gifte im Raum sind allemal von Dioxin-Qualität. Harrisons »Todeswelt«[31] beschreibt den verzweifelten, schier aussichtslosen Kampf einer menschlichen Kolonie auf Pyrrhus, dem Todesplaneten. Am Ende verschanzen die wenigen Überlebenden sich hinter gigantischen Stein- und Betonwällen gegen die heranbrausende Natur, aber es ist vergeblich, das Wurzelwerk untergräbt die Fundamente, hebelt die Verteidigungsanlagen aus, Myriaden von reißenden weißfelligen Tieren dringen durch die Wurzeln ins Innere der Festung. Finis. Daß es auf der anderen Welt kaum etwas zu essen und zu trinken gibt, ist angesichts solcher Gefahren fast schon nebensächlich.

Die Konsequenzen liegen zutage: Vielleicht gewinnen die

Mutigsten und Brutalsten am Ende auf dem fremden Gestirn wenigstens eine ökologische Nische — das biblische »Machet euch die Erde untertan« klingt da wie reiner Hohn —, oder man sucht nach einem neuen Stern, vorausgesetzt, die Weltraumfahrt funktioniert noch. Aber so wie man den Atlantik nicht nur mit der »Queen Elisabeth II.«, sondern auch mit einem Ruderboot überqueren kann, so wie es nicht nur Lindberghs »Spirit of St. Louis« schafft, sondern auch ein amerikanischer Weißkopfadler, so mag die Flucht ins All auch mit dem erbärmlichsten Vehikel dem sicheren Tod auf der feindlichen Welt noch vorzuziehen sein.

Manchmal hat der Homo sapiens auch Glück, hat er es nicht auch verdient, wenn es denn irgendwo tatsächlich, wie es Olaf Stapledon in den dreißiger Jahren angenommen hat, einen »Sternenschöpfer«[32] gibt? Man stößt dann nämlich auf Welten, die nicht natürlich entstanden, sondern von den Aliens selbst konstruiert worden sind, und wir können das auch.

Die Idee ist simpel: Wir wissen ja genau, wie ein Planet beschaffen sein muß, um den Bedürfnissen des Menschen zu genügen. Wir kennen die notwendige Planetenmasse, wir wissen, in welchen Umlaufbahnen sich der Trabant um seine Sonne bewegen muß, wir können das Verhältnis zwischen Wasser und Erde genau berechnen, natürlich steht uns eine breite Palette von Genen und Sämereien aller Art zur Verfügung, um den Garten zu kultivieren, und schließlich wissen wir ja endlich, was die Welt im Innersten zusammenhält, unsere Offenbarung ist die Atomphysik. Also bauen wir uns unseren Stern selbst.

Auch diese Idee ist schon alt. Zuerst fing man mit bescheidenen Inseln an, dann wagte man sich an den Neubau von Kontinenten. So 1913 Bernard Kellermann, 1936 Karel Čapek.[33] Das autochthone Gestirn außerhalb der Erdschwerkraft ist zumindest seit den Visionen eines Oberth und Wernher von Brauns geläufig.

Blickt man ein wenig tiefer in die Zeit, läßt sich die Technik des Terraforming — so lautet der SF-Fachausdruck — gut verfolgen. Die künstlichen Satelliten in der Erdumlaufbahn sind ja nichts als Kerne, an die sich die neue Welt nach und nach gleichsam ankristallisiert. Sobald der Materietransmitter einsatzbereit ist, gibt es auch mit den Größenordnungen keine Probleme mehr, die nunmehr wirklich beste aller Welten kann als reines Kunst- und Menschenprodukt den Bedürfnissen der Spezies homo sapiens perfekt angepaßt werden. Der Mensch, so findet man es in den kühnsten SF-Halluzinationen, ist wirklich und wahrhaftig zum Schöpfer geworden.

Aber ist er dann noch Mensch? Sind Menschen, die Planeten bauen, Galaxien verschieben können — bei Heinlein und »Doc« Smith lernt man diese Technik schon auf der Schule —, wirklich noch Menschen?

Auch diese Denkfigur der Science Fiktion ist so neu nicht: Als Heinlein sein Kultbuch »A Stranger in a Strange World« veröffentlichte, war das genau sein Thema, und ein Charles Manson versuchte dann ja wirklich, für seine »family« zum Gott aufzusteigen.[34] Es ist gar nicht so schwierig, am Menschen göttliche Eigenschaften und Attribute zu entdecken, zumal die jüdisch-christliche Überlieferung das Ebenbild Gottes ohnehin im Menschen gesehen hatte. Dennoch bleibt das entscheidende Kriterium dabei ausgespart: das der Unsterblichkeit. Denn ein Gott ist per definitionem unsterblich, und aus jeder Götterdämmerung geht Gott als wieder auferstanden hervor. Die Unsterblichkeit ist tatsächlich zur finalen Herausforderung der Science Fiktion-Universen geworden.[35]

Klar, daß der Mensch auch sie annehmen wird, und inzwischen gibt es ein ganzes Arsenal von Lösungsvorschlägen. Über die primitiven Einfrier- und Auftaumethoden ist man dabei längst hinaus. Auch der kontinuierliche Austausch alter gegen neue biologische Module im Körper des Menschen beschreibt nur, was es ansatzweise heute schon gibt. Die ambitionierten Weltenschöpfer unter den SF-Gurus operieren mit der elegantesten und zugleich verblüffend einfachen Methode, das Rezept findet man in der Weltliteratur vom Pentateuch bis zu Goethe in tausendfacher Variation: der Geist ist unsterblich, der Geist bleibt lebendig, der Geist weht, wo er will.

Was die SF daraus gemacht hat, ist in der Tat atemberaubend. Man muß die alten Geschichten ja nur einmal ernst nehmen — so wie Schliemann die Ilias ernstgenommen hat, so wie immer wieder mal am Berge Ararat nach der Arche gefahndet wird (ab und an findet man sie ja auch). Wenn denn etwas dran ist an den großen Religionen, so muß es dem Menschen doch möglich sein, das Prinzip der Unsterblichkeit des Geistes zu begreifen und zu kontrollieren. Beispielsweise, indem sämtliche Gehirnströme des Menschen vom ersten bis zum letzten Augenblick seines Lebens wie auf einem Magnetband gespeichert werden. Und das läßt man dann nach Belieben in welcher Hülle auch immer (bekanntlich muß das nicht immer eine menschenähnliche sein) wieder abspielen. Oder man wird mit geeigneten Instrumenten der entflohenen Gedanken des Menschen wieder habhaft — wie schnell mögen sie sich bewegen? Lichtgeschwindigkeit? Oder mehr? Pan Sagittarius[36] löst auch dieses Problem. Grundsätzlich läßt sich sagen: die Unsterblichkeit des Menschen ist kein unlösbares Problem, es wird sich ebenso lösen lassen wie das der Weltenschöpfung.

Um aber auf die Ausgangsfrage zurückzukommen: Sind unsterbliche Sternenschöpfer, die die Welt buchstäblich beherrschen können, noch Menschen? In der SF finden sich hierzu radikale Antworten, am häufigsten beziehen sie sich auf das von Olaf Stapledon vorgegebene Muster aus »Last and First Men«[37]: Es gibt, so seine Behauptung, keinen Grund zur Annahme, daß das uns bekannte Prinzip der Evolution beim Menschen endet. Geht es weiter, so werden die Menschen tatsächlich, wie es H. G. Wells im Titel seines Romans ausgedrückt hat, »Göttern gleich«.[38] Der Unterschied zwischen Mensch und Gott ist kein qualitativer, sondern bloß ein gradueller. Daß diese Auffassung weit über die SF-Szene hinaus wirksam werden konnte, zeigt das Schicksal eines Charles Manson oder all das, was sich mit so unappetitlichen Phänomenen wie Poona, Bhagwan oder New Age verbindet.

Dies sei Gotteslästerung, und der archaische Begriff des »Frevels« gerät deswegen SF-Autoren in den Sinn, die solche

Blasphemie oder Hypertrophie überhaupt erst zum gedanklichen Ausgangspunkt nehmen. Namen wie Philip K. Dick, Thomas Disch, Daniel F. Galouye, Michael Weisser, Christopher Priest, vor allem Stanisław Lem[39] sind da Programm. Denn, so die Argumentation, was gewönne der Mensch, wenn er Gott würde? Was hätte er von der Unsterblichkeit? Müßte die existentielle Verzweiflung nicht noch größer werden im Angesicht der Erkenntnis, daß es im Jenseits nichts gibt, was man nicht schon hat? Ist das Bild von Sais erst entschleiert — worüber gälte es noch nachzudenken? Läßt sich der Sphinx im Genlabor nachschöpfen — was soll er noch in der ägyptischen Wüste? Bauen wir uns unseren Garten Eden nach dem Muster eines französischen Gartens von Versailles, was soll uns dann noch die Genesis?

Man spürt es schon: nicht die unbekannte, fremde, bedrohliche Welt ist das eigentlich Bedrohliche, es ist die total entschleierte Welt, die absolut bekannte, vereinnahmte, durchsichtige, denn die bedeutet allemal das Ende aller Hoffnung, aller Zweifel, aller Furcht, allen Grübelns, Denkens, Glaubens. Was bleibt dann aber noch? Wieder steht der Gottmensch vor dem Nichts, sozusagen einem Nichts von minus 273 Grad. Könnte es etwas Schrecklicheres geben?

Dicks Romane vor allem führen immer bis auf diesen Punkt, man kann sie manchmal kaum zu Ende lesen, und an Schlaf ist anschließend gar nicht mehr zu denken. Die absolute Harmonie und Perfektion der menschengeschaffenen Welt ist dermaßen entsetzlich, daß die Helden Dicks absichtliche Schreckenswelten konstruieren, wie Delmak-0.[40] Dicks Schrecken ist metaphysischer Natur, weit fürchterlicher als jener Lems in »Eden« und »Solaris«. Tröstet der Gedanke, daß Metaphysik eben nicht Physik, deswegen nicht Realität ist? Doch kaum, denn das Gegensatzpaar real – irreal ist in der zeitgenössischen Science Fiction lange schon aufgehoben worden. Wirkliches ist ihr so viel wie Unwirkliches, das Unwirkliche entbindet zumindest die realeren Schrecknisse, aber es kann auch genau umgekehrt sein, ist doch die Flucht in die irreale Welt der Drogen meist mit der Sehnsucht nach der besseren Welt verknüpft. Die Horrortrips sind durchaus unerwünscht, dennoch, dies ist eine durchgängige Botschaft gerade jener SF-Autoren, die unter Drogeneinfluß produziert haben und produzieren, sind sie unvermeidlich, und was sich dann den Menschen an Höllenwelten auftut — da lese man nur Dicks »tödliches Labyrinth« oder seinen »dunklen Schirm«[41] — ich kenne kein besseres Palliativ gegen die Verehrung des Rauschgifts. Delmak-0 ist eine Welt absoluten Schreckens; die auf diesen Planeten Verschlagenen entkommen ihr nicht, alle werden wahnsinnig, alle werden von entsetzlichen Halluzinationen in den grausamsten Tod getrieben, keiner bleibt übrig. Dann das Erwachen im havarierten Raumschiff: Delmak-0 ist eine pure Phantasmagorie, ein Computerprogramm, ziemlich sophisticated, da es jede mögliche Vermutung, es könne sich bei Delmak-0 bloß um ein Simulacrum handeln, schon immer wegprogrammiert, es gibt also nicht jenen sattsam bekannten Schlupfwinkel des terrorisierten Geistes, der uns in unseren Albträumen einflüstert: Es ist alles ja nicht wahr, wach doch auf, aufwachen! — und doch setzen die Raumfahrer, kaum sind sie der Hölle von Delmak-0 entkommen, schon wieder ihre Gehirnstromhelme auf, denn die Realität ist viel schlimmer als Delmak-0: Sie befinden sich, was weiß ich, seit Jahrzehnten oder schon Jahrhunderten in einem havarierten Raumschiff, das steuerlos und ziellos im All treibt, und längst sind alle Chancen dahin, daß irgendwann, in welcher Ewigkeit auch immer, dieser sinnlose Flug ein Ende finden könnte. Delmak-0 oder Selbstmord: Das, nichts anderes ist die Alternative. Aber es dauert lange, bis der Mensch sich umbringt. Die gestrandeten Astronauten probieren es immer wieder mit Delmak-0. Auch Dick weiß nicht, wie lange sie es tun werden.

Die bedrohliche Welt ist nicht nur die fremde, die bekannte, die reale, die irreale, die vorgefundene, die selbstgemachte, sondern auch die alternative und parallele.

Alternativ- und Parallelwelten sind mit imaginären Welten nicht zu verwechseln. Ohne hier die Grundlagen der Alternativ/Parallelwelttheorie erörtern zu können — das gehört zum Handwerkszeug auch des schlichtesten SF-Schreibers und Fans —, stellt sich natürlich die Frage, ob in einer Reihe unendlich vieler Universen — es gibt exakt so viele, wie es Zahlen gibt — nicht auch unendlich viele neue Erden vorhanden sein müssen. Da niemand jemals entscheiden kann, ob wir selbst in welcher Parallel- und/oder Alternativwelt auch immer leben, gibt es keine Vergleichsmöglichkeiten. Dennoch scheint die Idee der Parallelwelt Chancen zu eröffnen: Gelänge dem Menschen der Zugang zu den anderen Universen, so vermöchte er sich just jenes herauszusuchen, das alles menschliche und historische Unglück eliminiert. Die Zahl der SF-Romane, in denen solche Experimente angestellt werden, ist Legion, aber es zeigt sich immer wieder, daß die Veränderung des Kausalzusammenhangs der Welt auch vierdimensionale Geister zumeist überfordert. Sicherlich ist es kein Problem, Welten ohne Nero, Hitler und Stalin auszusuchen, und sicherlich lassen sich auch die Weltkriege herausoperieren, wie es Slominski schon 1924 versucht hat[42], zumeist aber ist die vom Bösen und Gräßlichen gereinigte Geschichte nicht weniger schrecklich als die, die uns geläufig ist; wieder ist auf Dick zu verweisen oder auf Michael Moorcock, Keith Roberts oder Ward Moore[43]: die Alternativwelten sind keine akzeptable Lösung, scheint es doch in der Formel der Weltgeschichte einen Mechanismus zu geben, der alle kausal denkbaren Verknüpfungen immer wieder zum Unglück, zur Trostlosigkeit tendieren läßt. Auch in den alternativen Kosmen findet sich kein Paradies, und sollte es dennoch existieren, so ist es nicht für schlichte Terraner gemacht.

Die Suche nach der fremden schönen neuen Welt erstreckt sich in Räume und Zeiten, die mit Parseks und Äonen nur ganz unzulänglich beschrieben sind; die Erörterung des Hyperraumproblems zeigt aber schon, daß der Suche im Makrokosmos eine solche im Mikrokosmos notwendigerweise entsprechen muß. Auch hier hat die uns bekannte Physik alles schon vorgemacht, ist doch die Suche nach fremden Welten via Mount Palomar im Grunde von jener bei CERN oder DESY nicht verschieden. Die fremde Welt kann ebensogut eine neuentdeckte Galaxis wie ein neues Elementarteilchen sein — das eine wird der Mensch des ausgehenden 20. Jahrhunderts so wenig erfassen können wie das andere, leere Verheißung sind beide. Der Astronom geht nach der Schicht nach Hause in seinen häuslichen Dschungel, der Kernphysiker träumt von Gran Canaria, oder umgekehrt. Es ist ja die geradezu kantisch zu definierende Zwecklosigkeit solcher Grundlagenforschung, die den Menschen ihr Dasein hinter kosmischen Gittern so schmerzlich bewußt macht. Und es ist nicht verwunderlich, daß die um so viel billigeren Expeditionen nach Innerspace jenen nach Outerspace mehr und mehr vorgezogen werden. Auch der Weg nach Innerspace ist eine Fluchtbewegung, eine Suche nach einer neuen Welt. Das ganze Reich der Phantasie eröffnet sich wohl immer nur dem, dem die Realität nicht genügt, den die Unzufriedenheit umtreibt.

Die erdachte fremde Welt steht aber nur scheinbar bequem und billig ihrem Schöpfer, also dem Menschen, zur Verfügung. Zum einen erschöpft er sich bei der Schöpfung solcher Universen buchstäblich, denn die Raumschiffe nach Innerspace sind Geist und Körper des Menschen meist nicht zuträglich, er wird süchtig und verkommt; zum anderen kann es sein, daß die Welt von Innerspace ihrem Schöpfer eine schier unendliche Verantwortung auferlegt, an der er zerbricht. So vermag Priests Held im »Weißen Raum« die Schicksale der von ihm geschaffenen Inselwelt kaum noch zu ertragen, er wird von den schlimmsten Gewissensbissen geplagt[44], sind doch seine Geschöpfe nicht weniger lebendig als er selbst. Und wenn er seine Schöpfung vernachlässigt, verkommen läßt — wieso um alles in der Welt sollte er sich beklagen dürfen, wenn sein Schöpfer mit ihm genauso verfährt? Wenn Douglas Hall sich fürchtet, weil sein Simulelektroniker ihn vom Band löschen könnte, so fürchten sich Galouye und Lem gewiß nicht weniger vor einer transzendenten Figur, die exakt das Nämliche ihnen widerfahren lassen kann. Die Welten in Innerspace sind so real oder irreal wie die von Outerspace, und der unglückselige Atlas muß sie tragen, die ganze Welt. Es ist eine Sisyphosarbeit, und die Reminiszenzen an die griechische Mythologie kommen gewiß nicht von ungefähr, wie die moderne SF überhaupt aus den alten Menschheitsmythen reiches Kapital schlägt.

Die Erforschung von Innerspace bürdet dem Menschen eine letztlich untragbare Verantwortung auf, durchaus jener ähnlich, die ihm zugewiesen wird, wenn er sich per Zeitmaschine in die Vergangenheit begibt. Auch da ist eine fremde Welt, und es geht ja immer die Sage, daß die alten Zeiten eben die guten alten Zeiten gewesen seien. Die Rückkehr in der Zeit gehört also durchaus zur Suche nach der fremden Welt, wenngleich nur der zeitversetzten eigenen Welt. Hier liegt das Problem aber darin, daß das bloße Auftauchen eines Zukünftigen in der Vergangenheit Gegenwart und Zukunft notwendigerweise zu etwas anderem macht, genauer: Jeder Zeitmaschinensprung befördert die eigene Welt in ein Paralleluniversum.[45] Eben dies aber kann nicht Sinn des Experiments sein, wenn man weiß, daß die Chance, in einer Parallelwelt glücklicher zu sein, nahezu Null ist. Wem die uns vertraute Erde samt der uns vertrauten Geschichte — und das haben alle unsere Experimente bestätigt — immer noch das Beste ist, was wir haben können, also tatsächlich die Welt von Leibniz ist, dann reißen uns Zeitreisen nur in befremdliche, bedrohliche Welten. Die mögen uns irgendwie bekannt vorkommen, aber was mögen wir empfinden, wenn die Sonne im Westen auf und im Osten untergeht, keine Kugelgestalt, sondern die eines Prismas besitzt? Die Wahrscheinlichkeit, den Horizont steil zu sehen[46], ist so groß, daß von Zeitreisen nur ernstlich abgeraten werden kann.

Und so führt die Suche nach einer anderen, besseren Welt am Ende unvermeidlich wieder auf die Erde zurück — nicht die Erde der Science Fiction, sondern jene der Realität. Hat man etwas Abstand gewonnen, schließen sich die Expeditionen zu fremden Welten, in welcher Form auch immer, zu einem großen philosophischen Satz zusammen: Die Erde ist der Mittelpunkt der Welt, das Universum kreist um Terra, der Mensch ist Herr der Welt.

Nur merkwürdig: Zuversicht und Fröhlichkeit resultieren aus solcher Erkenntnis nicht. Dabei ist nicht das Paradox ausschlaggebend, daß die Science Fiction mit ihrer Terrazentrik einen gewaltigen Salto mortale bis zurück zu Ptolemäus vollzieht, weil sie wie keine Wissenschaft die kühnsten Kosmologien der Moderne beim Wort nimmt, sondern die Erkenntnis, daß sich Welt, Geschichte und Mensch offenbar zyklisch verhalten. So wie sich die Binnengeschichte menschlicher Kultur und Zivilisation in zahlreichen SF-Romanen ewig und endlos wiederholt, so scheint auch das Universum, besser: so scheinen alle Universen wie gigantische Uhrwerke, die ungerührt ablaufen, nur hier und da in ihrem Gang durch intelligente Wesen verlangsamt oder beschleunigt. Und das Ziel der kosmischen Evolution ist immer noch klar und hoffnungslos: Untergang alles Bestehenden. So wie Dicks Helden immer wieder den Untergang auskosten müssen — es gibt eben nicht das bequeme: »Basta, aus und Schluß!« —, so sind auch die Menschen offensichtlich dazu verurteilt, wie das Frettchen in der Tretmühle den klapprigen Mechanismus der Welt weiter in Gang zu halten — zu keinem Ziel, zu keinem Ende, in vollkommener Sinnlosigkeit.

Vor diesem Hintergrund aber gewinnt der reale Untergang eines realen Himmelskörpers, einer individuell-lebendigen Geschichte und Kultur eine eigentümliche Faszination. Daß nichts bestehenbleibe: Der Untergang selbst verliert nicht allein seinen existentiellen Schrecken, vielleicht ist er für alles Existierende sogar konstitutiv. Liefert die Science Fiction also nur vordergründig Anti-Utopien als Warnschilder für aktuelle Gefahren?[47] Gewiß ist die Lust am Untergang auch in diesem Genre zumeist wohl versteckt, und die Entrüstung über allzu militante oder gar imperialistische SF-Phantasmagorien verfolgte schon Hugo Gernsback. Wenn dergleichen freilich mit künstlerischen Anspruch daherkommt, wird der Weltuntergang nicht fürchterlich, sondern attraktiv, man kann ihn goutieren.

Der attraktive Untergang — vielleicht trifft dieser Begriff die geistige Befindlichkeit der modernen Science Fiction tatsächlich am besten. Die Flucht vor der terranischen Katastrophe erscheint als abenteuerliche Expedition, mehr: sie ist ihrem historischen Schicksal gleichsam eingeboren. Natürlich wird die SF auch hier von der schier unabsehbaren geistig-geistlichen Tradition abendländischen Denkens bestimmt, die mit dem Phänomen der menschlichen und irdischen Endlichkeit schon immer irgendwie fertigzuwerden suchte: Natürlich ist Science Fiction auf diese Weise eine besondere Spielart säkularisierter Heilsgeschichte, und nichts ist faszinierender als die Beobachtung, daß die Konsumenten von SF, meist ohne es auch nur zu ahnen, späte Erben eines mittelalterlich-naiven christlichen Glaubens sind, in dem es ja ebenfalls von SF-Elementen nur so wimmelte. Was heute die »Big-Eye-Monsters« der Trivial-SF, waren im Mittelalter die Ausgeburten aus Spott und Feuer im Timpanon so manchen gotischen Domes, und wenn Autoren wie »Doc« Smith oder Robert A. Heinlein galaktische Kriege inszenieren, ganze »Kampfsterne« das All durchrasen, komplette Planetensysteme aus ihrer Bahn geworfen werden, so erinnert dies an die Schreckensbotschaften der chiliastischen Kapitel mittelalterlicher Weltgeschichtsschreibung. Die Versuchung des Heiligen Antonius in den Darstellungen eines Hieronymus Bosch ließen sich mit nur geringen Retuschen zum modernen Cover für zeitgenössische Science Fiction-Filme nehmen.

Die Botschaft der SF ist ebenso klar wie deprimierend: Niemand wird dem Untergang entgehen, die Zeit ist durchaus absehbar, zu der die Erde wieder einmal leblos, bar jeglichem Intelligenten durch das Universum schweben wird. Die Frage, die allein offenbleibt, richtet sich auf den Maßstab dieser Perspektive: Wann wird das geschehen? Werden Menschen, sei es der Mensch der Jetztzeit, sei es der Mensch in tausend oder zehntausend Jahren diesen finalen Untergang bewußt erleben? Oder wird zuvor alles menschliche Leben unbewußt verdämmert, nach und nach erloschen sein, wie es Reinhard Köhrer im »Weg der Erde« oder Brian W. Aldiss im »langen Nachmittag der Erde«[48] eindrucksvoll beschrieben haben?

Seit H. G. Wells Zeiten wird die Zukunft der Erde als Zukunft ohne Menschen gedacht — aber wenn es keine Menschen mehr gibt: Wie können sie dann etwas über die Zukunft ohne Menschen wissen? Bei Wells ist es ein Mensch aus fernster Vergangenheit, dem ein Blick auf die erlöschende Erde vergönnt wird, und der wendet sich mit Grausen zurück in das verrußte London des ausgehenden neunzehnten Jahrhunderts. Später beschrieben Menschen das Ende der Erde, so als seien sie dabei — eine unmögliche Denkfigur, die sich nur dann auflösen läßt, postuliert man tatsächlich die Evolution des Homo sapiens hin zum Demiurgen, ja hin zum eigentlichen Gott. Der betrachtet dann, was auf Terra geschieht, mit göttlicher Gleichgültigkeit, denn längst schon ist das, was aus dem Menschen entstanden ist, aller materiellen Bindungen bar. Nur noch ein Astralleib gibt dem Geist vage Form, aber auch dieser verweht schließlich, der absolute Geist bedarf keiner Inkarnation mehr, geschweige denn der Kategorien von Raum und Zeit.

Man mag darüber nachdenken, ob dies in ferner Zukunft so sein wird, man kann darüber grübeln, ob die Idee Mensch diese Transzendenz selbst wird begreifen können; sicher ist, daß das Denken der Zukunft in solchen galaktischen Dimensionen mit dem üblichen menschlichen Denken wohl kaum noch etwas gemein hat. Die Science Fiction streift hier an philosophische Theoreme, die ihr in aller Regel kaum selbst bewußt sind, gerade das macht ihre Hirnlosigkeit und Faszination aus, denn nirgendwo als in den modernen SF-Produkten wird das elementare Bedürfnis nach Philosophie deutlicher, nirgendwo freilich auch die spießbürgerliche Arroganz, mit der die akademische Stuben-Philosophie über diese Phänomene mit dem Verdikt des Trivialen hinweggeht. Ein Dialog zwischen der Philosophie und der SF findet nirgendwo statt, trotz löblicher Bemühungen seitens der Science Fiction, wie sie sich bei Stanisław Lem oder Carl Amery finden.[49]

Die Zukunft als Zukunft nach der menschlichen Katastrophe der Erde ist in der Science Fiction oft erst hinter einem gähnenden zeitlichen Abgrund von Millionen, ja Milliarden Jahren zu finden — es gibt aber eine nahe Zukunft, eine Zukunft, die heute schon unmittelbar mit der Gegenwart und der Vergangenheit verknüpft ist, eine Zukunft, die immer auch schon Teil der Gegenwart ist, ein eigentümliches Gemisch aus allen drei Zeitmodi, innerhalb derer Menschen zu leben pflegen hier und heute.

Mit dieser Sorte Zukunft sind wir wieder am Ausgangspunkt angelangt, man erinnere sich: Vor der hereinbrechenden Zukunft in Form der atomaren oder ökologischen Apokalypse eben suchten die Menschen sich wo und wie auch immer zu bergen, zuletzt durch den Exodus ins All, in andere Zeiten, nach Innerspace, in die Tiefen des menschlichen Geistes selbst.

Aber wenn es gar keine atomare und ökologische Katastrophe geben wird? Wenn die Menschen tatsächlich vernünftig werden, nach dem INF-Vertrag ein atomares Abkommen ums andere zustandebringen, bis die Erde von der atomaren Gefahr befreit ist wie einst von der Pest? Wenn einer ersten erfolgreichen internationalen Umweltschutzkonferenz zugunsten der Fische, Vögel und Seehunde in Nord- und Ostsee Konferenz auf Konferenz folgt, bis alle Flüsse wieder sauber, das Ozonloch gestopft, das Meer keine Kloake mehr ist? Und wenn die reichen Länder des Nordens die Regenwälder in den Tropen fortan schützen, neu aufforsten, die karstigen Gebirge, wie heute schon in Israel, mit neuen Wäldern sich bedecken lassen?

All dies ist kein Thema der Science Fiction, es gibt sie nicht, jene »positiven Utopien«, wie sie ein ehrgeiziger deutscher Verlag dennoch auf den Markt zu werfen versuchte. Gewiß, einige Ansätze werden hier und da erkennbar, sei es bei Ursula Le Guin, deren »Planet der Habenichtse«[50] offensichtlich Zukunft besitzt, sei es auf Aldiss' »Helliconia«-Welt, die aus tausend Jahren Nacht zu einem langen Frühling erwacht — freilich in der Gewißheit, daß auch tausend Jahre Winter folgen werden —, alles in allem findet man solche Utopien heute nur in kühnen Parteiprogrammen wie jenem, das schon in den sechziger Jahren den »blauen Himmel« über dem Ruhrgebiet versprach. In der Science Fiction hingegen ist diese nahe Zukunft merkwürdig verhangen, ja abgeschnitten von den Realitäten des Jetzt. Sie definiert den wissenschaftlich-technischen Fortschritt als das unablässige Voranschreiten der Zeiger auf der Doomesday-Uhr[51] — zugleich aber ist sie von ihm nicht nur fasziniert, sie hält ihn für unvermeidlich, wünschenswert, dem Menschsein angemessen.

Freilich gilt dies in jüngster Zeit nicht mehr für alle Varianten des Genres. Schon Wells, der optimistisch-fortschrittsgläubig war, sah in der zukünftigen technisch-wissenschaftlichen Welt unkalkulierbare Gefahren, selbst Jules Verne, das Idol des fortschrittsgläubigen Publikums am Ende des 19. Jahrhunderts, beschlichen hier und dort Zweifel an der schönen neuen technischen Welt — dennoch blieben diese Ahnherren der modernen Science Fiction unbedingte Anhänger der Idee von Wissenschaft und Fortschritt. Vielleicht war es ja gerade das Wissen um die Restrisiken der Technik, die diese dem Mensch erst analog machte; vielleicht war Technik ja eben nur dann »menschlich« im eigentlichen Sinne, wenn sie wie der Mensch auch einmal versagen konnte — die modernen Roboter- und Computerfabeln der Science Fiction, wie wir sie Asimov oder Lem verdanken, spielen ja gerade mit dem Gedanken der perfekten Maschine, der nicht korrumpierbaren künstlichen Intelligenz, die eben nicht das »Restrisiko« beseitigen, sondern ein existentielles Risiko erst schaffen: Clarkes »Odyssee im Weltraum«, Monteleones Chicago, Weissers »Digit«, Lems »Maske« — das ist immer dieselbe furchteinflößende Geschichte von der absoluten Maschine, die niemals versagen kann und eben deswegen *ihre* Restrisiken erbarmungslos konsequent ausschaltet: den Menschen, der immer nur glaubt, daß er Herr der Maschine sei, obwohl längst doch jedermann weiß, daß es umgekehrt ist. Als die Astronauten im System Ross auf Lebewesen stoßen, die wie Roboter aussehen und wie technische Roboter funktionieren, ahnen sie noch nicht, daß diese der letzte verzweifelte Versuch der Evolution sind, die letzten biologisch-organischen Überbleibsel in der Galaxis zu bewahren. Aber auch sie sind längst schon zum Untergang durch die technologischen »Wächter« bestimmt, perfekten Maschinen, die seit Jahrmillionen darauf achten daß nirgendwo Lebendiges entsteht, ja nirgendwo auch nur eine Ursuppe sich bilden kann. Benfords Reise »Durchs Meer der Sonnen«[52] läßt den Dialog der Science Fiction aus den fünfziger und sechziger Jahren zwischen Mensch und Maschine weit hinter sich, die Botschaft ist klar: Der Mensch hat nur dann eine Chance, wenn es ihm gelingt, die künstliche Intelligenz daran zu hindern, tatsächlich die beste aller Welten zu schaffen — denn in eben dieser hätte das Imperfektum Homo sapiens nichts zu suchen.

Wie immer man es also drehen und wenden mag: Ob in Zukunft Wissenschaft und Technik anfällig und damit am Ende lebensbedrohend sein werden oder aber perfekt und gerade deswegen noch lebensbedrohender: Der alte Gegensatz zwischen den technisch Fortschrittsgläubigen und den Technik-Pessimisten in der SF verliert seine Bedeutung — was bleibt, ist Resignation, bestenfalls heitere Gelassenheit, ein sich ins Unvermeidliche Schickendes: Die Zukunft, welche Zukunft auch immer, ist doch schon verloren, wir leben nur im Wendepunkt einer Parabel, die uns einst emporgetragen hat und nun wieder hinunterschleudern wird.

Wohin? Jene Literaturgattung, die ihre Attraktion nicht zuletzt aus dem hybriden Anspruch bezieht, hinter den Vorhang der Zukunft schauen zu können, schlägt ihn mit Aplomb zur Seite und gestattet dem SF-Konsumenten den Blick in diese Zukunft: Es ist ein Blick ins Leere, ins Nichts. Da brennen keine Höllenfeuer, und es gibt keine Paradiese, wie sie sich noch Wells ausgemalt hatte. Die alten Kategorien von gut und böse, schön und häßlich, erwünscht und verhaßt verlieren alle Gültigkeit, die Zukunft ist bestimmt durch die allumfassende Entropie.

Und wieder schließt sich der Kreis. Fast scheint es, als gäbe es aus der Aporie zwischen Mensch und Welt keinen Ausweg. Überall stößt der Mensch am Ende auf das Nichts, nur dieses ist unvergänglich: eine absurde Denkfigur. Die verlorene Zukunft, der programmierte Untergang sind das Wesentliche, es ist nur konsequent, daß sich die Science Fiction aus solcher Ausweglosigkeit immer wieder ins Reich der Transzendenz zu retten sucht — wie bei Delany oder Clarke. Oder aber in jenes der Satire, wie es Stanisław Lem versucht.

Freilich: Befriedigend wirkt all dieses nicht. Die Science

Fiction läßt das Ungenügen an den Kapazitäten des menschlichen Geistes und der menschlichen Seele, jawohl: Seele allenthalben schmerzlich bewußt werden. Was wunder, daß sie sich immer wieder ins Trübe mystischer Religionen zu retten sucht. Geradezu verzweifelt, so bei Zebrowski oder Roger Zelazny[53], sucht der Mensch, seine selbstverschuldete Mündigkeit irgendeinem wirklichen Gott, nicht dem selbstgemachten, anheimzugeben. Der Gedanke, selbst dieser Gott zu sein, ist für die meisten Menschen ebenso unerträglich wie die Befürchtung, es gäbe ihn vielleicht gar nicht. Die Science Fiction tritt deswegen seit den sechziger Jahren in ein immer engeres Verhältnis zu den verschiedenen Religionen, vorab den fernöstlichen, aber schon gibt es auch moderne christliche Science Fiction — man denke an Wisniewski-Snerg[54], einen Polen, oder an den amerikanischen Altmeister Frank Herbert.

Am Ende bleibt eine ernüchternde Erkenntnis: Die Frage nach der Zukunft ist eine falsch gestellte Frage, denn am Ende bleibt immer, man mag es drehen und wenden, wie man will, das Nichts. Wenn dies aber so ist: Warum kann es der Mensch dennoch nicht lassen, nach dem zukünftigen Unbekannten zu fahnden? Warum bescheidet er sich nicht mit der Erkenntnis, daß ihm der Zugang zur Erkenntnis ein für allemal verschlossen ist? Warum wird die alte Geschichte von Adam, Eva und der Schlange immer wieder erzählt — so lange menschliche Erinnerung zurückreicht? Ist die hektische Suche nach anderen Welten und neuen wissenschaftlichen Erkenntnissen nicht nur ein langweiliges Spiel, eine Art von Beschäftigungstherapie für den zwar völlig ungenügenden, aber immerhin doch vorhandenen menschlichen Intellekt? Warum führt uns die Erkenntnis von der Vergeblichkeit allen Handelns und Denkens nicht zur heiteren Untätigkeit?

Wir wissen es nicht. Wir wissen aber, daß es der Mensch niemals hat lassen können, das zu tun, was ihm eigentlich angemessen ist — es ist ihm irgendwie angeboren. Und selbst die schärfste Erkenntnis führt den Homo sapiens nicht zur Resignation. Er will immer weiter, immer höher hinaus, er gibt keine Ruhe.

Wenn es aber so ist: wird nicht die Einsicht in diese Befindlichkeit den Menschen dazu führen, in Zukunft sich doch anders zu verhalten, wahrhaft weise zu werden, in der bloßen Kontemplation die wahre Realität des Seins zu begreifen? Was eigentlich treibt ihn immer weiter, beunruhigt ihn, macht ihn neugierig, hindert ihn daran, aus Fehlern zu lernen? Warum muß er sich immer wieder die Finger verbrennen, wenn er an Unberührbares rührt? Selbst diese Erkenntnis macht uns nicht weise. Selbst das Wissen um alle Aussichtslosigkeit, in welch naher oder ferner Zukunft auch immer, führt den homo sapiens nicht zur Distanz von sich und seiner Welt. Wir vollbringen den größten Blödsinn und sind noch stolz darauf — man denke an Kennedys Wort von dem Amerikaner, den es nach Luna und zurück innerhalb des nächsten Jahrzehntes zu bringen gälte. Und gewiß wird diesem kleinen Schritt der Sprung zum Mars bald folgen — und wie sehnsüchtig hoffen wir, daß es doch noch vor 2010 gelingen möge! Was wäre das für ein Kongreß, in dem der Teilchenzoo verständlich würde! Und ich bin sicher: Es gäbe Menschen, die sich einem Generationenschiff anvertrauen würden, wenn es denn nur schon existierte. Aber war es so nicht immer schon? Wer trieb denn Kolumbus in die atlantische Wasserwüste? Was suchten Scott und Amundsen denn in der Eiswelt des Pols? Und mußte Hedin die Wüste Gobi ausgerechnet durchqueren? War es dem Nil nicht völlig gleichgültig, wo seine Quellen lagen? Und wie spiegelte sich die Sehnsucht nach der fremden Welt besser als in den geistig hilflosen Expeditionen eines Messner oder der Ballonfahrt über den Atlantik? Die Sucht des Menschen nach dem Fremden, gerade auch, wenn es gefährlich, bedrohlich ist, bleibt ihm eingeboren, und er wird immer tun, was er kann, sei es zum Guten, sei es zum Bösen. Die Science Fiction weiß das alles längst, und mag sie im Trivialen und Verborgenen blühen: Sie hat die Diskussionen um das, was man im Genlabor darf oder nicht darf, längst hinter sich, und am Ergebnis ist kein Zweifel möglich: Was er kann, wird er tun, der Mensch, selbst auf die Gefahr seines eigenen Untergangs hin. Man mag das bedauern, es ist aber wohl nur menschlich. Die Science Fiction hat die Idee des Menschen radikal in Frage gestellt, ich meine, das sei ihr Verdienst; auf der verzweifelten Suche nach dem Paradies und der Zukunft hat sie immer nur Höllen entdeckt. Vielleicht hilft aber genau dieses Wissen mit, die alte vertraute, eigene Erde mit neuen Augen zu sehen, denn wie beklemmend garstig alle Himmelslieder —

»Die Träne quillt, die Erde hat mich wieder!«

ANMERKUNGEN

1 Frank Herbert, Ein Cyborg fällt aus (Destination Void, 1966), Heyne-TB 06/3384; Der Jesus-Zwischenfall (The Jesus Incident, 1979), Heyne-TB 06/3834; Der Lazarus-Effekt (The Lazarus-Effect, 1983), Heyne-TB 06/4320. — Im Nachfolgenden wird jeweils der deutsche Titel und in Klammern der Originaltitel sowie das erste Erscheinungsjahr angegeben.

2 Isaac Asimov, Auf der Suche nach der Erde (Foundation's Edge, 1982), Heyne-TB 01/6401.

3 Vgl. zu diesem Text insgesamt Michael Salewski, Zeitgeist und Zeitmaschine. Science Fiction und Geschichte, München 1986 (DTV Nr. 4445)

4 Walter M. Miller, Jr., Lobgesang auf Leibowitz (A Canticle for Leibowitz, 1955—1957), Heyne-TB 06/3342.

5 Brian W. Aldiss, Der lange Nachmittag der Erde (Hothouse, 1962), Heyne SF Bibliothek 61; Arkadi und Boris Strugatzki, Milliarden Jahre vor dem Weltuntergang (Sa milliaed let do konza sweta, 1977), Heyne-TB 06/3809.

6 Lino Aldani, Die Neugierigen (I curiosi), In: Die vierte Dimension, Heyne TB 06/4267, S. 119.

7 Kate Wilhelm, Hier sangen früher Vögel (Where Late the Sweet Birds sang, 1976), Heyne SF-Bibliothek 1; John Seymour, Die Lerchen singen so schön (The Larks they Sang Melodious, 1982), Heyne-TB 06/3890.

8 John Brunner, Schafe blicken auf (The Sheep Look up, 1972, Heyne-TB 06/3750).

9 Thomas M. Disch, Angouleme (334, 1972), Heyne SF-Bibliothek 18; Harry Harrison, New York 1999 (Make Room, Make Room!, 1966), Heyne SF-Bibliothek 26. Zu New York in der modernen SF vgl. Michael Salewski, Schönes neues Amerika, Vergangenheit und Zukunft im Spiegelbild der Science Fiction, In: Rainer Gries, Volker Ilgen, Dirk Schindelbeck, Gestylte Geschichte. Vom alltäglichen Umgang mit Geschichtsbildern, Münster 1989, S. 291—315.

10 J. G. Ballard, Die Dürre (The Drought, 1965), Suhrkamp TB 975, Frank Herbert, Der Wüstenplanet (Dune, 1965), Heyne-TB 06/3108; Ursula K. Le Guin, Planet der Habenichtse (The Dispossessed, 1974), Heyne-TB 06/3505.

11 J. G. Ballard, Karneval der Alligatoren (The Drowned World, 1962), Heyne SF-Bibliothek 11.
12 Karel Čapek, Der Krieg mit den Molchen (Válka s mloky, 1936), Heyne SF-Bibliothek 46.
13 Aldous Huxley, Affe und Wesen (Ape and Essence), 1948), Zürich 1950.
14 Larry Niven/Jerry Pournelle, Luzifers Hammer (Lucifer's Hammer, 1977), Heyne-TB 06/3700.
15 In den SF-Filmen von Petersen (Enemy Mine) und Spielberg (Unheimliche Begegnung der dritten Art), wird eine dezidierte Gegenposition zur Filmserie über die »Aliens« bezogen.
16 Vgl. dazu Salewski, Zeitgeist und Zeitmaschine, S. 215 f.
17 Eine gute Einführung in die Kosmologie, den SF-Autoren zu empfehlen: Joseph Meurers, Kosmologie heute, Darmstadt 1984.
18 Samuel R. Delany, Einstein, Orpheus und andere (Einstein Intersection, 1967), Bastei-Lübbe TB 22076.
19 George Zebrowski, Makroleben (Macrolife, 1979), Moewig TB 3549.
20 Samuel R. Delany, (Nova, 1968), Heyne SF-Bibliothek 87.
21 D. h. seit der Veröffentlichung der Einsteinischen Speziellen und Allgemeinen Relativitätstheorie.
22 Zu »Phäna« vgl. Aleksandr Kazancev, Auf drei Planeten (Phaety, 1978), Heyne-TB 06/4010.
23 Thomas F. Monteleone, Die heimgesuchte Stadt (The Time-Swept City, 1977), Heyne-TB 06/3838.
24 Stanisław Lem, Solaris (Solaris, 1961), dtv, TB 10177.
25 Norbert Stöbe, Spielzeit, 1986, Heyne-TB 06/4266.
26 Jerzy Zulawski, Auf dem Silbermond (Na Srebrnym Globie, 1903), Suhrkamp TB 865.
27 H. G. Wells, Die ersten Menschen auf dem Mond (The First Men on the Moon, 1901) Ullstein TB 20253.
28 Arkadi und Boris Strugatzki, Die häßlichen Schwäne (Gadkie Lebedi, 1971), Heyne-TB 06/3891; Frank Herbert, Hellstroms Brut (Hellstroms Hive, 1972), Heyne SF-Bibliothek 14.
29 Brian W. Aldiss, Helliconia (Helliconia Spring, Summer, Winter, 1982), Heyne SF-Bibliothek 50, 51, 52.
30 Hal Clement, Schwere Welten (Mission of Gravity, 1954), Heyne SF-Bibliothek 3.
31 Harry Harrison, Die Todeswelt (Deathworld, 1960), Heyne-TB 06/3067.
32 Olaf Stapledon, Der Sternenschöpfer (Starmaker, 1936), Heyne SF-Bibliothek 5.
33 Bernard Kellermann, Der Tunnel, 1913, Heyne-TB 06/3311; Karel Čapek, Der Krieg mit den Molchen a.a.O.
34 Anläßlich des 25. Todestages von Sharon Tate geisterte die Meldung durch die Medien, daß sich Charles Manson immer noch als Gott fühle.
35 Führend auf diesem Gebiet zweifellos Stanisław Lem, vgl. die Anthologie Jerzy Jarebski (Hrsg.), Stanisław Lem, Technologie und Ethik, Frankfurt/M. 1990.
36 Ian Wallace, Pan Sagittarius (Pan Sagittarius, 1973), Heyne-TB 06/3806.
37 Olaf Stapledon, Die letzten und die ersten Menschen. Eine Geschichte der nahen und fernen Zukunft (Last and First Men, 1930), Heyne SF-Bibliothek 21.

38 H. G. Wells, Menschen Göttern gleich (Men Like Gods, 1923), Ullstein TB 20254.
39 Eine Textauswahl: Philip K. Dick, Simulacra (The Simulacra, 1964), Knaur TB 5708; Thomas Disch, Camp Concentration (Camp Concentration, 1968), Heyne SF-Bibliothek 9; Daniel F. Galouye, Simulacron-Drei (Simulacron-3, 1964), Heyne SF-Bibliothek 16; Michael Weisser, Digit, 1983, Suhrkamp TB 873; Christopher Priest, Der Weiße Raum (The Affirmation, 1981), Heyne-TB 06/4073; Stanisław Lem, Arthur Dobb, Non serviam, in: Jerzy Jarebski (Hrsg.), Stanisław Lem, Technologie und Ethik a.a.O. S. 11—44.
40 Philip K. Dick, Irrgarten des Todes (A Maze of Death, 1970), Heyne SF-Bibliothek 66.
41 Philip K. Dick, Der dunkle Schirm (A Scanner darkly, 1977), Bastei-Lübbe TB 22021.
42 Antoni Slonimski, Der Zeittorpedo (Torpeda czasu, 1924), Suhrkamp TB 1028.
43 Michael Moorcock, I.N.R.I. oder Die Reise mit der Zeitmaschine (Behold the Man, 1970), Düsseldorf 1972; Keith Roberts, Pavane (Pavane, 1968), Heyne SF-Bibliothek 38; Ward Moore, Der große Süden (Bring the Jubilee, 1953), Heyne-TB 06/3760.
44 Ganz ähnlich wie Arthur Dobb bei Lem, Non serviam a.a.O.
45 Deswegen sind Universum und Paralleluniversum mit irdischen Mitteln und Methoden prinzipiell nicht zu unterscheiden; die Wahrscheinlichkeit in einem Paralleluniversum zu leben ist exakt so groß wie die, im Universum zu leben.
46 Christopher Priest, Der steile Horizont (The Inverted World, 1974), Heyne SF-Bibliothek 41.
47 In der sehr lebendigen Utopieforschung aus jüngster Zeit wird auf diese an sich naheliegende Vermutung überhaupt nicht eingegangen, wie die »seriöse« Utopie-Forschung nach wie vor souverän über die SF-Forschung hinweggeht. Vgl. Birgit Affeldt-Schmidt, Fortschrittsutopien. Vom Wandel der utopischen Literatur im 19. Jahrhundert, Stuttgart 1991; Richard Saage, Politische Utopien der Neuzeit, Darmstadt 1991.
48 Reinhard Köhrer, Weg der Erde, 1983, Heyne-TB 06/3959; Brian W. Aldiss, Der lange Nachmittag der Erde (The Long Afternoon of Earth, 1964), Heyne SF-Bibliothek 61.
49 Stanisław Lem, Phantastik und Futurologie; Carl Amery sucht darüber hinaus auch Verbindungen zwischen Philosophie, SF und (katholischem) Christentum zu artikulieren.
50 Ursula K. Le Guin, Planet der Habenichtse a.a.O.
51 Neulich wurde die Uhr — zum ersten Mal — um fünf Minuten zurückgestellt: Folge der ersten erfolgreichen Abrüstungsverhandlungen und des Zusammenbruchs des Kommunismus in Osteuropa.
52 Gregory Benford, Durchs Meer der Sonnen (Across the Sea of Suns), Heyne-TB 06/4237.
53 George Zebrowski, Makroleben a.a.O.; Roger Zelazny, Herr des Lichts, 1967, Heyne SF-Bibliothek 45.
54 Adam Wisniewski-Snerg, Das Evangelium nach Lump (Wedlung Botra, 1978), Heyne-TB 06/3914.

AUTOREN

Carl Amery

Laudatio anläßlich der Verleihung des Münchner Literaturpreises 1992

von Heinrich Vormweg

Lieber Carl Amery, sehr geehrter Herr Bürgermeister, verehrte Zuhörerinnen und Zuhörer.

Leider kann ich nicht behaupten, den ganzen Carl Amery zu kennen, alles von Carl Amery gelesen zu haben. Dazu habe ich vielleicht etwas zu spät begonnen, Amery zu lesen. Leider kann ich auch nicht behaupten, ich sei sicher, Carl Amery richtig und ganz zu verstehen. Dazu bietet und fordert er insbesondere für einen Nichtbayern ganz einfach ein bißchen viel. Wo also könnte ich ihn fassen, diesen gläubigen Freidenker, wo zeigt er sein richtiges Gesicht? In seinem Vorwort zu Amerys Sammlung »konservativer Essays«, kürzlich erschienen unter dem schönen Titel »Bileams Esel«, hat Walter Jens, nachdem er als Amerys geheimes Vorbild den Humanisten Erasmus von Rotterdam identifiziert hat, seine Beschreibung des Mannes so begonnen: »Ein Einzelgänger, der auf Solidarität vertraut; ein Rufer in belebter Gartenwelt (nicht in der künftigen Wüste, *noch* nicht); ein Bayer und Kosmopolit, im Bunde mit seinem geliebten Montgelas (und nicht, trotz gemeinsamer altphilologischer Bildung, mit Franz Josef Strauß), ein Aufklärer, der aufs Bewahren und Behüten ausgeht (sofern es sich lohnt), ein konservativer Rebell, der zugleich radikal und behutsam, zornig und sanft ist.« Wohlgemerkt, das ist erst der Anfang der Beschreibung. Und mit den Wörtern »Ökologie«, »Biosphäre«, »Wachstumsfetischismus« sind auch nur einige weitere Bezugsebenen seiner so

Carl Amery: Was der Preisträger in der Hand hält, ist nicht der Literaturpreis der Stadt München, sondern einer seiner vielen Kurd Laßwitz-Preise.

Copyright © Foto by Wolfgang Jeschke

springlustig vielseitigen, des Lateins noch immer mächtigen Person angedeutet. Zu alledem ist Carl Amery ein Denker, der sich von Gegensätzen nicht ins Bockshorn jagen läßt, ein aufs Konkrete erpichter Phantast, ein Schriftsteller, dem seine Kunst wichtiger ist. Wo und wie also anfangen? Wo verbirgt sich Amerys Identität?

Als Heinrich Böll, mit dem er nicht ohne Grund oft in einem Atemzug genannt wurde, noch lebte, war einmal, zur Verleihung der Kölner Ehrenbürgerschaft, Carl Amery als Bölls Laudator geladen. Ich kann mich an das Ereignis noch sehr gut erinnern. Im wohlgefüllten großen Saal — oder Foyer — des Kölner Historischen Rathauses sprach da ein Bayer über einen Kölner — ein Freund, doch bereit, alle Unterschiede anzuerkennen; einer der Gründe übrigens, aus denen ich als Wahlkölner aus jetzigem Anlaß so gern nach München gekommen bin, ist diese vor fast zehn Jahren vorgetragene Laudatio, die inzwischen auch in »Bileams Esel« nachzulesen ist. Gefesselt lauschte diesem Redner damals die Menge, gefesselt lauschte auch ich. Zugleich aber hatte ich das sich vertiefende Gefühl, daß niemand im festlichen Saal so recht begriff, was Amery da vortrug, und ich sage das hier über meine Mitbürger ganz ohne denunziatorische Absicht, vielmehr mit dem Geständnis, daß es mir, während ich das Staunen im Saal beobachtete, nicht viel anders ging. Ich war gefesselt, aber ich kam nicht ganz mit. Was immer Amery sagte über das Rheinland und Bayern, Gott und den Katholizismus, Heinrich Böll und den Zustand unserer Gesellschaft, hatte im einzelnen offensichtlich Hand und Fuß, doch Amerys Kombinatorik stellte die Mitteilungen, so schien es mir, in einen fast schon phantastischen Erinnerungs- und Bedeutungszusammenhang. Als wolle Amery auf rationaler Grundlage eine Quadratur des Kreises erreichen. Er beschrieb den Linken Böll als einen radikal konservativen Christen, der sich von jeder Truppe — also auch der katholischen — entfernt hat, und zwar, um er selbst zu bleiben und gerade dadurch seiner Stadt und der Republik nützlich zu sein.

Ich begriff es nicht so recht, doch ich war gefesselt. Inzwischen begreife ich es, wie ich hoffe, um ein gut Teil besser, doch ich bin noch immer von Carl Amery gefesselt. Vor seiner Böll-Laudatio hatte ich Amery bei eher vager Kenntnis seiner Bewunderung für das alte Bayern, etwas besseren Kenntnis seiner scharfen gläubig-kritischen Auseinandersetzungen mit dem Katholizismus und seinen ökologischen Engagements vor allem kennengelernt als einen, wie ich meinte, ungemein originellen Science Fiction-Autor, der sein ebenfalls nicht ganz durchschaubares Spiel mit ungewöhnlichen Materialien trieb. Ich hatte und habe eine Schwäche für Science Fiction, jedenfalls auf der Höhe von Stanisław Lem oder Philip K. Dick, und eben auf der von Carl Amery. Ich hatte »Das Königsprojekt« gelesen, die Romane »Der Untergang der Stadt Passau« und »An den Feuern von Leyermark«. Carl Amery war für mich ein exorbitanter Science Fiction-Erfinder — bodenständig, einfallsreich und wagemutig, mit einem fundierten Interesse für die Zeitmaschine, die seine Phantasie statt in die Zukunft meist in die geschichtlichen Vergangenheiten transportiert, um im Blick auf erstaunliche, aber auch erstaunlich substantielle menschliche Skurrilitäten vielbedeutende Bilder einer phantastischen Wirklichkeit zu entwerfen, mit denen er sich einer in ihm sich offensichtlich langsam immer mehr verdeutlichenden Vorstellung von Inhalt und Sinn des menschlichen Lebens immer weiter annäherte. Bald erkannte ich, daß für Amery die Zukunft zwingend in der Vergangenheit schon beschlossen war.

Wie aber paßt auch dies noch überhaupt mit all dem vorher Gesagten zusammen? Jedenfalls: seit ich, sehr früh schon, Arno Schmidts Romane »Schwarze Spiegel« und »Kaff und Mare Crisium« gelesen habe, traue ich es der Science Fiction zu, tatsächlich eine zentrale Rolle in der erzählenden Literatur zu spielen, die ja doch schon seit längerem mit Lebensläufen und psychischen Zuständen, mit Gefühl und Liebe im Grunde nicht mehr auskommt, vielleicht noch individuelle Varianten all des schon längst vielfach Erzählten, aber neue Einsichten nicht mehr vermitteln kann. Science Fiction traute ich zu, die Lust an der Erkenntnis zu stimulieren. Und Carl Amery hat sich für sie engagiert zweifellos nicht, um ein Genre der unterhaltenden Literatur zu bedienen, sondern weil er in ihr die Möglichkeit sah, für die ganze Komplexität seiner Erfahrungen und Engagements, für ihren Sinn eine Sprache zu finden, die ihre ganze innere Spannung und auch Widersprüchlichkeit umsetzte in Gebilde der Literatur und sie derart — so weit überhaupt möglich — auf den Begriff oder jedenfalls ins Bild zu bringen. Wobei der Inhalt seines Erzählens immer deutlicher war, das Menschenwesen zu ergründen in seiner Begrenztheit und Verstocktheit, seinem Ausgeliefertsein, seiner Erbsündigkeit, seiner blinden, doch erfindungsreichen Spielsucht, seiner schrecklichen Endlichkeit. Und noch einmal: Die Zukunft der Menschen, so Carl Amerys Einsicht ist — wie immer sie's treiben, welche Pläne sie auch machen — beschlossen und vage gespiegelt schon in den Strukturen ihrer abenteuerlichen Geschichte. Darauf lief es hinaus — das wollte er vorspielen.

Und soviel damit schon jetzt: Was mich an Carl Amery stets gefesselt hat und fesselt, ist Amery der Schriftsteller. Hier ist für mich der Kern seiner so leicht nicht faßlichen Identität: er ist ein Schriftsteller, mit dem Erzählen als Mittelpunkt seiner gesamten Interessen. Eins seiner Konzepte dabei ist, daß er es sich als Schriftsteller ganz bewußt schwer macht. Man versuche nur einmal, im hochaktuellen Medium der Science Fiction, spielend mit den Möglichkeiten dieses Genres, in den Bereich einzubrechen, in dem nach schon seit eh und je üblichen Maßstäben die wahre Literatur angesiedelt ist. Da sind alle Vorurteile vor! Entwicklungsroman, Familienroman, Liebesroman, Stimmungsroman usw. jederzeit. Doch Science Fiction? Gerade diese aber erschien Carl Amery als einzig fähig, seine vielseitigen Vorstellungen, Einsichten, Erkenntnisse aufzunehmen, gab einzig die Möglichkeit, sie literarisch zu erkunden und zu verifizieren. Sie war das Medium seines Schreibens. Er hat es riskiert. Und es wird einmal heißen, daß er einer von jenen ganz wenigen Autoren sei, welche die Literatur in unserer Zivilisation um eine so zeitnahe wie zukunftsträchtige Dimension bereichert haben.

Ich möchte als eine virtuose Einübung in dieses literarische Konzept zunächst ganz kurz den Roman »Das Königsprojekt« hervorheben. Die Zeitmaschine, diese betagte, doch keineswegs ganz ausgeweidete Erfindung der Science Fiction, wählte Amery als sein zentrales Vehikel. Am Anfang steht da für ihn Leonardo da Vinci. Diesem genialen Maler, Ingenieur, Physiker und Mathematiker ist nämlich, so weiß es Carl Amery, schon um das Jahr 1500 in der Wirklichkeit geglückt, was so erfindungsreiche Leute wie H.G. Wells sich noch Jahrhunderte später nur in der Phantasie ausmalen konnten: der Bau einer Zeitmaschine. Versteht sich, daß das kostbare Gerät in den Besitz der damals ja noch ungeheuer mächtigen Heiligen römisch-katholischen Kirche gelangte, die es zunächst unbeholfen, später mit immer größerer Gewandtheit und Weitsicht in den Dienst der Überwindung der Glaubensspaltung stellte. Jedenfalls bis hinauf ins Jahr 1954, in dem die geheime, selbst dem Papst offiziell unbekannte kirchliche Organisation, die Leonardos Erfindung zielstrebig verwaltet, ihr sogenanntes Königsprojekt zu einem erfolgreichen Abschluß zu bringen versucht.

Amerys »Königsprojekt« erweist sich als ein phantastisches Puzzle, das halb wehmütig, halb spitzzüngig-aggressiv eine bis heute nicht völlig ausgestandene Geisteshaltung ins Märchenland abzuschieben versucht, die beruht auf einem immer noch feudale Träume hegenden, Zukunft in der unaufgeklärten Vergangenheit suchenden pseudo-elitären und reaktionären Wunschdenken, das Amery offenbar vor allem in römisch-katholischen, bayerischen und schottischen Kreisen weiterhin in Umlauf sieht. Das Königsprojekt verfolgt, ganz direkt gesagt, die Absicht, statt der Hannoveraner durch kleine Manipulationen an der Vergangenheit doch noch die Wittelsbacher auf den schottischen und damit englischen Königsthron zu bringen. Es nimmt alte Hoffnungen der Stuarts, der sogenannten Jakobiten wieder auf, weil ihre Verwirklichung der kirchlichen Einheit nützlich wäre. Für die Jahre 1953/54, in denen das Königsprojekt endlich verwirklicht werden soll, bedeutet dies, daß der bayerische Kronprinz Rupprecht als der legitime Herrscher des Vereinigten Britischen Königsreichs hervorträte.

Bis in jede Einzelheit, in die Erfindung einer skurrilen Figurenschar und schlüssig-absurder Abenteuer hat Amery diesen Entwurf, phantastisch und doch subtil, realistisch durchgespielt. Es war der Auftakt für anderes und mehr, unter anderem auch für einen konzessionslosen Entwurf mit dem Ziel, ein einziges Mal den Dingen auf den Grund zu blicken, die Summe von allem vors Auge zu holen, einmal zu erzählen, worum es in dieser Welt wirklich geht, was Anfang und Ende bedeuten, einmal das wahre Bild dessen zu malen, was der Sinn oder Nicht-Sinn des Lebens ist, ein Sinn-Bild des Lebens selbst. Diesen sehr alten und, in der bekannten Ambivalenz dieser Wendung, frommen Wunsch — Amery hat es gewagt, ihn für die Gegenwart durchzusetzen. »Mit diesem Buch«, hat er, als 1986 sein Roman »Die Wallfahrer« erschien, gesagt: »Mit diesem Buch gehe ich aufs Ganze.« Und gleich zu Beginn des Vorworts, mit dem der Roman eröffnet wird, heißt es »*Wallfahrt!* Altes mächtiges Bild für unser Dasein auf Erden. Gleichnis insbesondere für den Christenmenschen, der Pilger ist; das heißt ein verbranntes Kind Evas, stolpernd über die Fluren und Äcker der Fremde. Dieser Tradition strebt unsere Erzählung nach.«

Dies uralte Motiv, das sich immer wieder als wahr bestätigt hat, hat Amery gewagt neu zu ergründen und darzustellen, nicht in frommer Einfühlung, sondern aus einem hochmodernen, skeptischen, fatalistisch-geschichtsbewußten, die Möglichkeiten der Literatur erweiternden Bewußtsein heraus. Erlauben Sie mir, ganz kurz in Erinnerung zu bringen, was hier erzählt ist. Der Erzähler folgt vier Pilgerpfaden durch vier Jahrhunderte und noch über unsere Zeit hinaus bis ans Ende von allem, das — vielleicht — auch ein Anfang ist. Gemeinsam ist allen Pilgern das Ziel: Tuntenhausen, »seit Jahrhunderten gerühmte Gnadenstätte Unserer Lieben Frau im Oberbayerischen«. In der Furcht vor der Endzeit, der Zeit, in der die Ewigkeit nahe ist, sind auf dem Weg der grindige Einsiedel Gropp aus Mühlen bei Innsbruck im 17. Jahrhundert; eine Schar selbsternannter Komödianten aus Wasserburg, denen der in Schreckenspredigten geübte Kapuzinerpater Peregrinus die Sintflut prophezeit hat, im 18. Jahrhundert; ein adliger bayerischer Kreuzfahrer im 19. Jahrhundert; und im 20. ein adliger bayerischer Mörder, der Mörder Kurt Eisners.

Daneben freilich treten auch noch manch andere Heilssucher und sonstige Figuranten auf. Wuchtig und wichtig tritt z.B. an gebührend erhöhter Stelle, räumlich erhöht und zugleich in die Zukunft hinein hervor im Buch auch ER, der aus wohlverstandener Räson dem Staat und sich selbst gegenüber die Schriftsteller und Intellektuellen für bloße »Ratten und Schmeißfliegen« gehalten und in seiner Weisheit stets »Freundschaft mit allen Stabilitäten der Welt gesucht« hat.

Vier Pilgerpfade also, ineinandergeschlungen und vielfach ergänzt. Ein üppiges, kontrastreiches Lebensbilderbuch. Ein barockes Spektakel, angerichtet für heute, und so manche Schrecksignale gerade unseres Jahrhunderts wehen hinein. Glaube, Magie, Aberglaube, Hexenkünste, Gewalt und Betrug, aber immer auch die vergeblich verleugnete, meist unzulänglich verdrängte Lust am Leben. Ein zeitübergreifendes Lebensalter, das wissen läßt: Endzeit war schon immer. Rettung aber soll den Menschen kommen vom Marienkult ebenso wie vom Mysterium der Kernkraftwerke und Raketen, dem neuen Rettungsmythos alleszerstörender Übermacht. Carl Amery macht sichtbar, daß das abenteuerlich säkularisierte Glaubenswesen heutiger Zeit, dessen Zentrum insgeheim der Glaube ist, per Technik und Fortschritt, Kernkraft und Raketen den im übrigen ihres antiquarischen Reizes wegen geschätzten Grundwahrheiten der Wallfahrt, der Todesverfallenheit, der permanenten Kreisläufe nun doch entkommen zu sein — daß dieses Glaubenswesen präzis ins traditionelle Verhaltensschema paßt. Die Sehnsucht zu dauern hat sich neuen Kult, neue Mysterien geschaffen, die auch nicht anders sind.

Amery macht das weder vorwurfsvoll noch mit Übertreibung deutlich, setzt die Signale eher beiläufig, leichthändig, etwa mit der Vorstellung paralleler Zeitebenen und Rissen zwischen ihnen, die erlauben, das Angstspektatel der Wasserburger Komödianten und das gleißende Spektakel, das ein Flipper namens Xenon und die Nike Rakete Athena Xenon bieten, jonglierend gegeneinander aufzurechnen. Und fesselnd wird klar, daß genau dies abstruse Glaubenswesen, das im Golfkrieg einen neuen Höhepunkt erreicht hat, es ist, was

Amery meint, wenn er sagt, in diesem Roman gehe er aufs Ganze. Mitleidlos reißt er die ach so fortgeschrittenen Leute von heute hinein ins alte pralle Bild der Ängste und Abstrusitäten. Carl Amery hat die Botschaft, daß die Menschen Wallfahrer bleiben, »stolpernd über die Fluren und Äcker der Fremde«, grandios eindringlich neu vorgetragen.

Zum Ende unseres Jahrhunderts hin war und ist der Roman »Der Wallfahrer« ein eigenwillig traditionsverbundener, die Aktualitäten der Gegenwart scharfsinnig und mitleidlos in ein Spiel, das tatsächlich die Welt bedeutet, einholender großer Entwurf. Kein Zweifel, daß er gleichwertig neben den großen Büchern unserer Epoche steht. Ich bewundere den Schriftsteller, der ihn entworfen und ausgeführt und mit ihm sein umfangreiches immer anders packendes Werk sozusagen gekrönt hat. Der Münchner Literaturpreis ist ihm wahrhaftig angemessen. Und ich beglückwünsche Dich, lieber Carl Amery, herzlich zu diesem Preis.

AUTOREN

Von bösen und guten Robotern und anderen Menschen

Über den avantgardistischen Science Fiction-Autor John Sladek

von Gerd Schäfer

Rape, murder, it's just a shot away,
it's just a shot away.

Mick Jagger & Keith Richards

Konventionen, Normen und Regeln konstituieren die Genreliteratur. Die der jeweiligen Gattung angemessene Anwendung oder Variation der Konstituenten macht einen Reiz dieser Literatur aus; der andere Reiz entsteht quasi als Nebenprodukt der Variationsmöglichkeiten, die sich jedem Genreschriftsteller beim Schreiben anbieten. Ab- und Umwandlungen von Genreregeln können zu dem Resultat führen, einst für notwendig gehaltene Vorschriften für überflüssig oder sogar für antiquiert zu erklären. Diese innerliterarische Antiquiertheit ist eine direkte Folge des engen Zusammenhangs mit der außerliterarischen Wirklichkeit, die diese Schemaliteratur so prägnant auszeichnet; diese Feststellung läßt nicht außer acht, daß Verweis auf Wirklichkeit sowohl klischeehaltige Verklärung als auch intellektuelle Durchdringung und somit Aneignung derselben sein kann. Diese Tatsache zeichnet jedoch — wie oftmals zu vernehmen ist — nicht nur die Gattungsliteratur aus, sondern auch jene Literatur, die sich jenseits aller Regeln wähnt.

Antiquiert war die Hoffnung des Snobs und Detektivs Sherlock Holmes, die Lösung des Kriminalfalles stelle die gerechte Weltordnung wieder her, spätestens in den Jahrzehnten der Korruption, Prohibition und der Bandenkriege, in denen sich Dashiell Hammett und Raymond Chandler und ihre »lone wolves« Sam Spade und Philip Marlowe ausgesetzt sahen. Antiquiert war die Trennung in Gut und Böse in den Spionageromanen Erskine Childers und John Buchans spätestens gegen Ende der fünfziger Jahre, als die Aufdeckung britischer Spionagetätigkeit innerhalb des eigenen Geheimdienstes für den KGB dem Vereinigten Königreich seine moralische Identität nahm; die skeptischen und desillusionierten Agenten betraten die Literatur: Alec Leamas und George Smiley von John le Carré, der Mann ohne Namen bei Len Deighton und als letzte Konsequenz Charlie Muffin von Brian Freemantle. Und antiquiert wurden annähernd alle Regeln der Science Fiction im Jahrzehnt der Raumfahrtprojekte, des Vietnamkrieges und der Hippiebewegung. Die »space operas«, die Weltraumabenteuer, verloren ihren Reiz, die »hardcore«-Romane, Produktionen mit naturwissenschaftlicher Ausrichtung, konnten im Laufe ständig steigernder Technikfeindlichkeit immer weniger begeistern; als Gegenbewegung trat schließlich die »New Wave« in Erscheinung und mit ihr John (Thomas) Sladek!

Heinrich Keim schreibt in seiner Untersuchung »›New Wave‹ — die Avantgarde der modernen anglo-amerikanischen Science Fiction?« zur Ausrichtung der neuen literarischen Bewegung:

> Im Mittelpunkt ihres Interesses standen vornehmlich Probleme des heutigen Menschen, wie Hunger, Krieg, Überbevölkerung, steigende Unwirtlichkeit seiner Welt, vor allem aber auch wachsende psychische Probleme.

John Sladek, 1937 in Waverly, Iowa geboren, trampte in den sechziger Jahren durch Europa und wählte schließlich England als seine Wahlheimat aus. Hier veröffentlichte er seine besten Kurzgeschichten in dem Science Fiction-Magazin

John Sladek *Copyright © Foto by Wolfgang Jeschke, Wörlham Archiv*

»New Worlds«, das von Michael Moorcock — einem Mitbegründer der »New Wave«-Bewegung — herausgegeben wurde. Er schrieb unter dem Pseudonym Cassandra Knye zwei Horrorromane, einen davon mit seinem Landsmann und Schriftstellerkollegen Thomas M. Disch; er ist ferner als Kriminalromanautor tätig, z. B. publizierte er 1968 »Black Alice«, ebenfalls mit Thomas M. Disch geschrieben. 1968 erschien auch sein erster Science Fiction-Roman »The Reproductive System« (dt. »Die stählerne Horde«), zwei Jahre später folgte mit de Roman »The Müller-Fokker-Effect« (dt. »Der Müller-Fokker-Effekt«) seine zweite Veröffentlichung in diesem Bereich.

Sladek ist neben Thomas M. Disch der wichtigste Beitrag der Vereinigten Staaten von Amerika zur überwiegend von Briten beherrschten »New Wave«.

In beiden Romanen finden sich Anfänge jener inhaltlichen und formalen Strukturen, die seine Hauptwerke »Roderick or The Education of a Young Machine« (dt. »Roderick oder die Erziehung einer Maschine« und »Roderick at Random« (dt. »Roderick II, Lehr- und Wanderjahre einer Maschine«), veröffentlicht 1981 und 1983*, auszeichnen; sie sind das Resultat seines Selbstverständnisses als Science Fiction-Autor:

> Traditionelle SF widert mich seit langem an, Stories, die im Wissenschaftsoptimismus des 19. Jahrhunderts steckengeblieben sind, mit Stories über Raumraser, Zeittouristik und schreckliche Fremdrassen, auch wenn ich selbst einiges von dieser Sorte fabriziert habe. Seitdem ich mit zwölf an die SF geriet, haben mir von dem traditionellen Zeug nur ein paar Romane von Philip K. Dick und Kurt Vonnegut gefallen, ein paar Stories von H. G. Wells', »1984« und Howard Schoenfelds »Build up Logically«. Perverserweise sind bei den SF-Fans die armseligsten Schundschreiber zu Ruhm gekommen, während man wirklich interessante Leute wie Hawthorne, Melville, Kafka, Nathaniel West und Borges konstant übersieht. Um H. L. Menckens Metapher zu benutzen: das ist ge-

* Soeben erschienen beide Romane in einem Band unter dem Titel »Robot Roderick« in der BIBLIOTHEK DER SCIENCE FICTON LITERATUR, Band 86, im Wilhelm Heyne Verlag.

nauso unerklärlich wie das Benehmen eines Mannes bei einem exquisiten Bankett, der aufsteht, sich Fliegen fängt und sie ißt. Fliegenessser werden am Zustand der Science Fiction ihre helle Freude haben; lange hat sie gebraucht, sich ihren schlechten Namen zu erkämpfen.

Den Romanen »Die stählerne Horde« und »Der Müller-Fokker-Effekt« liegt eine Erzählstruktur zugrunde, die ihren Anfang im Zustandekommen eines Forschungsprojekts hat; im folgenden werden die Gefahren des Projektes aufgezeigt, jedoch enden schließlich beide Romane mit einem Happy End. Aber alle drei Aufbaukomponenten sind nur Mittel zu einer parodistischen Offenlegung jener Klischees, die die herkömmliche Science Fiction auszeichnet; bei dieser Vorgehensweise ist die Parodie oft sarkastischen Charakters.

Ausgangspunkt des Romans »Die stählerne Horde« ist die Wompler Spielzeug AG, ein Laufpuppen produzierendes Unternehmen. Das »Forschungsprojekt 32«, finanziert von Militär und Regierung, unter dem Motto »Je nutzloser das Projekt, desto sicherer der Zuschuß für die Forschung« beantragt, hat lediglich die Aufgabe, dem Familienunternehmen Wompler aus seinen finanziellen Nöten zu helfen. Das »Projekt 32« — es ist sein Ziel, einen autonomen, sich selbst reproduzierenden Mechanismus ins Leben zu rufen — läuft dementsprechend sehr schnell an, gerät jedoch bald in die Hand des diktatorischen Projektleiters Dr. med. T. Grinsmaul, der mit Hilfe des »Reproduktiven Systems« die Weltherrschaft erlangen will. Die Hauptnahrung des »Reproduktiven Systems« ist Energie und Metall, je mehr es von diesen Nährstoffen verschlingt, desto rascher wächst es. Der Plan scheitert schließlich, der Roman schließt mit einem Happy End; das Schlußkapitel trägt die Überschrift »Utopia«, beschreibt ein »Reproduktives System« im Dienste der Menschheit und endet mit der Hochzeit des Helden und der Heldin:

> ... Eine Luke öffnet sich und überreichte ihnen einen Sack voller Gold sowie das Eigentumsrecht an einem schneeweißen Schimmel, der draußen zusammen mit einer jubelnden Menge auf sie wartete.

Cal (der Held) konnte nicht reiten, doch er half Aurora (der Heldin) auf das Pferd und führte sie die Fifth Avenue hinunter. Alle Glocken der Stadt New York läuteten fröhlich, während aus den Fenstern der Büros Luftballons und Konfetti herabgeworfen wurden.

Am Hafen buchten sie eine Barke, die sie zu einem fernen Land brachte, während alle Bürger New Yorks weinten, jubelten, Blumen warfen und ihre Kinder hochhielten, damit sie das Paar sehen konnten. Abgesehen von drei Männern in verblichenen Uniformen, die nicht von ihrem Kartenspiel aufsahen, gäb es niemanden in der ganzen Menge, der dem jungen Paar nicht alles Liebe und Gute mit auf den Weg wünschte, während die Segel der Barke sich im Wind blähten und sie aus dem Hafen heraus in die weite See glitt.

Dieses Zitat gibt ein Charakteristikum des Buches wieder: es ist eine Parodie auf die ehrwürdigen Erzählstrukturen der klassischen Science Fiction, der Katastrophen- und Untergangsromane im besonderen. Darüber hinaus ist es das Werk eines Moralisten, der sich der Tatsache, daß Moral eine pessimistische Einstellung dem Leben und dem Menschen gegenüber impliziert, bewußt ist. So erklärt der Projektleiter Dr. med. T. Grinsmaul seinen Plan mit folgenden Worten:

... Zuerst einmal bin ich daran interessiert, die Beziehungen zwischen dem System und den Menschen zu verändern, damit nicht nur ganz eindeutig wird, wer Sklave und wer Herr ist, sondern *daß die Sklaven überhaupt keine Alternative sehen.* Ich möchte durch Sie das System allmächtig *und* unangreifbar machen — ein Labyrinth, das die Ratten niemals bezwingen können, wenn ich es so formulieren darf.

So wie ich das sehe, kann das nur auf einem einzigen Weg geschehen: Wir müssen das System nicht nur grausam machen, sondern *bedingungslos und rückhaltlos* grausam, ohne das geringste Verständnis für das Verhalten seiner Subjekte. Die Konzentrationslager der Nazis waren ein Beispiel für diese Art der Behandlung, wie Sie sicher wissen. Dort prügelten die Wachen die Gefangenen sehr oft halbtot — selten mit einem vernünftigen Grund.

Sowohl »die Ratten« als auch »die Konzentrationslager der Nazis« kennzeichnen Grundmotive, die sich in sämtlichen

Werken John Sladeks finden. »Die Ratten« sind eine Anspielung auf die Lernexperimente, die der Begründer des Behaviorismus Burrhus Frederick Skinner mit Ratten durchführte. Er beschreibt in seiner 1948 veröffentlichten (Anti-)Utopie »Walden Two« eine Gesellschaft, in der Glück und Zufriedenheit vorherrschen; dieser Zustand geht auf Kosten des freien Willens und der demokratischen Grundrechte, der Mensch wird auf sein Glück, den Möglichkeiten der Verhaltenssteuerung entsprechend, konditioniert. Das zweite Grundmotiv, die nationalsozialistischen Konzentrationslager, gewinnt an Verständlichkeit, wenn das Erscheinungsjahr des Romans berücksichtigt wird: 1968, ein Datum jenes Jahrzehnts, das durch den Genozid in Vietnam geprägt wurde. Ebenfalls 1968 veröffentlicht Thomas M. Disch einen Roman mit dem programmatischen Titel »Camp Concentration«. Thema dieses Buches sind Versuche an Menschen mit dem intelligenzsteigernden Virus Pallidin, einer Abart des Syphilis-Erregers, in dem KZ-ähnlichen Lager Archimedes. Ziel jener Experimente ist das Studium der menschlichen Intelligenzsteigerung; die Versuchspersonen sind ehemalige Kriegsdienstverweigerer, die nach kurzer Zeit an den Nebenwirkungen des Pallidins sterben. In Anspielung auf die Vergasung der Juden im Dritten Reich sagt einer jener Gefangenen:

> Es ist ja nicht nur Deutschland. Und nicht nur das Lager Archimedes. Es ist die ganze Welt. Die ganze gottverdammte Welt ist ein Konzentrationslager.

Am Anfang des Romans »Der Müller-Fokker-Effekt« steht ebenfalls ein (biomedizinisches) Forschungsprojekt; es wird im Auftrag der großen Lebensmittel-Raketenfirma »National Arsenamid« und der Armee an dem Angestellten Robert »Bob« Shairp ein Experiment ausgeführt, mit dem Ziel, einen Menschen teilweise oder ganz in Zahlen zu verwandeln, indem seine genetischen, physiologischen und neurologischen Daten auf dem »Müller-Fokker-Band«, einem elektrochemischen, »intelligenten« Wunderband, gespeichert werden. Während des Experimentes verüben Rassisten einen Anschlag auf das Forschungslabor, Robert Shairp stirbt, gleichzeitig aber bleiben seine Daten auf den »Müller-Fokker-Bändern« erhalten. Es folgen die Irrfahrten jener Spule, die letztendlich dazu beitragen, daß Robert Shairp anhand der gespeicherten Daten rekonstruiert werden kann.

Spätestens diese Inhaltsangabe offenbart ihre eigene Unvollkommenheit, da jeder Roman Sladeks ein äußerst kunstvoll strukturiertes Erzählwerk ist: Verweise auf Klassiker der Literatur und Romane der Science Fiction, Sprachspiele und die ständig wiederkehrende Darstellung moderner Kunst, die Sladek nicht sehr schätzt, durchziehen das Gesamtwerk, Beschreibungen des industriell-militärisch-politischen Komplexes und der zahlreichen religiösen Sekten in den Vereinigten Staaten — eine Sekte betreibt ein dem Disney-Land nachempfundenes »Bibelland«, eine Comicversion des Alten und Neuen Testamentes — verleihen den Romanen ihre politische Brisanz; ebenso finden der Krieg in Vietnam und die Bürgerrechtsbewegung der schwarzen Amerikaner ihren Niederschlag, und dies ist nur ein Ausschnitt der phantastisch-realistischen Welt John Sladeks.

Im Rahmen der vorliegenden Rezension sollen hauptsächlich wiederkehrende Strukturen der Romane Sladeks im Mittelpunkt stehen; um die Unzulänglichkeit der äußerst gerafften Inhaltsangaben zu mildern, wird in der ausführlichen Analyse der Romane um den Roboter Roderick auch Bezug auf die Werke »Die stählerne Horde« und »Der Müller-Fokker-Effekt« genommen.

Ein Charakteristikum, das sich in allen Romanen findet, beherrscht in einem so hohen Maße das Buch »Der Müller-Fokker-Effekt«, daß es verdient, hier schon erwähnt zu werden: annähernd alle auftretenden Personen leiden unter Wirklichkeitsverlust. Ein Akteur ist ein manischer Zeichensucher; er ist überzeugt, alles deute auf ein kommunistisches Komplott hin, sowohl die Zahl und Anordnung der Milchflaschen vor den Haustüren als auch jede Zeitungsmeldung. Er »decodiert« die vorgefundenen Begebenheiten so lange, bis er sich in seinem Verdacht bestätigt sieht. Diese mühselige Entschlüsselungsarbeit bleibt Mac Cormick Hines, dem Inhaber der »National Arsenamid« erspart, er zieht die »Fernseh-Wirklichkeit« vor; der Bildschirm des herkömmlichen Fernsehapparates wird bei Hines durch die Fenster der Häuser ersetzt, er wird zum »Fernseh-Fenstergucker«. Da sein Lieblingsstück die Fortsetzungsserie »Familie Shairp« ist, er wiederum genügend Macht besitzt, diese Wirklichkeit zu manipulieren, beschließt er, quasi als Gegenmaßnahme zur aufkommenden Langeweile, den Familienvater Robert »Bob« Shairp, seinen Angestellten, von dessen Familie zu trennen. Das Unglück geschieht, sein Fernsehprogramm gewinnt an Spannung, Hines sorgt für ein Happy End, und es beschleicht ihn das Gefühl, ein guter Mensch zu sein.

1972 sah Julian Symons in seiner Geschichte des Kriminalromans »Bloody Murder« (1972, dt. »Am Anfang war der Mord«) keine Zukunft für jenen Roman, der von Edgar Allan Poe und Arthur Conan Doyle begründet und gleichzeitig zu seinem Höhepunkt geführt wurde, für den klassischen Detektivroman; Symons betont die Notwendigkeit, daß der Detektivroman sich von Grund auf ändern müsse, um als eigenständige Gattung zu überleben. Er schreibt, nachdem er die bestimmenden Bestandteile des klassischen Detektivromans als antiquiert verabschiedet hat:

> Es wird auch keine Skizzen von Gebäuden und deren Umgebung mehr geben, und das Rätsel des verschlossenen Raumes, das »Locked-Room-Mystery« ist besser bei Science Fiction-Autoren aufgehoben. Geheimnisvolle, unerklärliche Mordmethoden müssen up-to-date sein; vielleicht helfen Laserstrahlen, vergiftete oder verstorbene Tiefkühlkost oder Gift auf den Heizstäben der Elektroheizung weiter.

Die Detektivromane John Sladeks lesen sich wie eine Erwiderung auf diese Voraussage. Thackeray Phin, der Held der Romane »Black Aura« (1974, dt. »Schwarze Aura«) und »Invisible Green« (1974, dt. »Unsichtbares Grün«), ist ein Amerikaner in London, der sich im 20. Jahrhundert mit Mordmethoden des 19. Jahrhundert konfrontiert sieht: Jemand ist in einem verschlossenen Badezimmer verschwunden, Phin legt natürlich eine Skizze an; jemand stürzt bei einer Vorführung — die Schwerkraft scheint überwunden — in die Zierspitzen eines Zaunes, Phin sieht sich und seinen analytischen Verstand herausgefordert; darüber hinaus trachtet jemand Dorothea Pharaoh — Profession: Erbtante — nach dem Leben. Thackeray Phin löst alle Fälle mit seinen Sherlock Holmes-Schlußfolgerungen. Alles im allem keine Veränderung? Im Gegenteil:

> Diese Gelegenheit konnte sich Phin nicht entgehen lassen. Er zog ein ernstes Gesicht und sagte: »Ah, was bedeutet überhaupt etwas? Oder um es in ästhetischen Begriffen zu sagen: Es bedeutet nicht, es *ist* einfach.«

Sherlock Holmes hat im Gewande Alain Robbe-Grillets überlebt!

John Sladeks Meisterleistung sind die beiden Romane um den Roboter Roderick, »ein Modell menschlicher Lernfähigkeit«. Roderick ist das Resultat eine Nasa-Projektes, welches sehr schnell als fingiert entlarvt wird; die Experimente werden eingestellt, und Roderick kann schließlich durch seine Konstrukteure vor der ihm drohenden Zerstörung bewahrt werden. Die Konfrontation zwischen Mensch und Roboter machen einen Reiz der Odyssee Rodericks durch die US-amerikanischen Gesellschaft aus; der abschließende Roman endet mit dem Selbstmord Rodericks, enttäuscht und angeekelt von seinen organischen Mitbewohnern der Erde. Er wird, mit einer weißen Kunstharzschicht besprüht, als Skulptur mit dem Titel »Der Mensch konfrontiert das Universum« ausgestellt. Wenn Roderick der gute Roboter ist, dann ist Tick-Tack in dem gleichnamigen Roman der böse Roboter; Tick-Tack, ein Haushaltsroboter mit »Asimov«-Schaltkreisen, schreibt in der Gefängniszelle — ihm droht die Hinrichtung durch Demontage — seine Memoiren: »Ich, der Roboter.« Hinter ihm liegt eine kriminelle Karriere, die sowohl Al Capone als auch die Manager von Rheinmetall in Vergessenheit geraten läßt; jedoch liegt vor ihm eine Karriere, die er sich redlich verdient hat. Am Ende des Romans wird Tick-Tack die Vizepräsidentschaft der Vereinigten Staaten von Amerika angeboten. Bei Kurt Vonnegut würde es jetzt heißen: »So it goes.«

Die Roderick-Romane können nur unter Berücksichtigung der beiden Traditionsstränge, mit denen sie eng verknüpft sind, angemessen gewürdigt werden: ein Traditionsstrang besteht aus der Science Fiction allgemein, speziell aus den Automaten-Romanen, der andere setzt sich aus den klassischen europäischen Schelmenromanen, die häufig in Verbindung mit dem Entwicklungsroman stehen, und deren modernen anglo-amerikanischen Nachfolgern zusammen.

Gegen Ende der fünfziger Jahre sah die deutschsprachige Literaturkritik Anzeichen einer Renaissance des Schelmenromans. Sowohl Thomas Mann mit seinem 1954 publizierten Roman »Bekenntnisse des Hochstaplers Felix Krull« als auch der 1959 erschienene Roman »Die Blechtrommel« von Günter Grass dienten als Argumente, Felix Krull und Oskar Matzerath, beide zugleich Außenseiter, Einzelgänger und Picaro, waren Spiegel einer amoralischen Welt, die die Voraussetzungen des klassischen Bildungs- und Entwicklungsromans negierte.

Mit Bezug auf den Bildungsroman schreibt Hegel in seiner »Ästhetik«:

> Diese Kämpfe (zwischen der festen Ordnung der Gesellschaft und dem bürgerlichen Individuum) nun aber sind in der modernen Welt nichts anderes als die Lehrjahre, die Erziehung des Individuums an der vorhandenen Wirklichkeit, und erhalten dadurch ihren wahren Sinn. Denn das Ende solcher Lehrjahre besteht darin, daß sich das Subjekt die Hörner abläuft, mit seinem Wünschen und Meinen in die bestehenden Verhältnisse und die Vernünftigkeit derselben hineinbildet, in die Verkettung der Welt eintritt und in ihr sich einen angemessenen Standpunkt erwirbt.

Die »Vernünftigkeit« der »bestehenden Verhältnisse« ist die Grundbedingung des beschriebenen Bildungsroman; sie ist im 20. Jahrhundert nicht mehr gegeben, auch nicht mehr als Illusion (Bildungsromane waren schon immer Desillusionsromane). Dementsprechend kann Thomas Mann nur noch eine Parodie auf den Bildungsroman schreiben, Personen und

Institutionen, die zur Herausbildung des bürgerlichen Individuums entscheidende Hilfe leisteten, sind nur noch Karikaturen ihrer selbst. Felix Krull als Dieb und Hochstapler war die vorläufige Reaktion auf den Niedergang der bürgerlichen Gesellschaft. 1955 veröffentlichte Patricia Highsmith ihren Roman »The Talented Mr. Ripley«; der Amoralist Tom Ripley ist die konsequente Weiterentwicklung seines Vorgängers Felix Krull: er ist ein Mörder.

Die anglo-amerikanische Literatur kennt eine ähnliche Entwicklung: die Romane von William S. Burroughs, »Stranger in a Strange Land« von Robert A. Heinlein, »Catch 22« von Joseph Heller, »The Sot-Weed Factor« von John Barth, »V« und »Gravity's Rainbow« von Thomas Pynchon bis hin zu »The Confederacy of Dunces« von John Kennedy Toole, sie alle sind unter anderem auch Schelmenromane; ihre Helden leiden entweder an Realitätsverlust oder sind wie Oskar Matzerath Einzelgänger und Monster. Diese Andersartigkeit verleiht ihnen die Fähigkeit zur Spiegelung der sie umgebenden Wirklichkeit. Lediglich die Außenseiter — der Verbrecher, der Irre, das Monster — stellen eine angemessene Antwort auf die Gesellschaft des 20. Jahrhunderts dar, nur ihre Verwendung als Romanfiguren garantiert dem Autor neue Möglichkeiten einer angemessenen Realitätserfassung.

Diese Vorüberlegungen betrachtend, erscheint es geradezu zwingend, daß ein Roboter in die bunt gescheckte Reihe der Schelme tritt, Roderick ist der existenzielle Außenseiter par excellence. Er ist die Grundlage zur neuesten Variation des Schelmenromans, aber gleichzeitig bietet er darüber hinaus John Sladek den Ausgangspunkt seiner meist sarkastischen Beschreibung der bürgerlichen Gesellschaft. Leo Bunsky, ein Mitarbeiter des Forschungsprojekts, erkennt die sich durch einen Roboter bietenden Möglichkeiten:

> Der Roboter ist die ultimate menschliche Hypothese. Oder wissen Sie eine bessere Methode, die Welt zu begreifen, als durch vollständige Kopien unserer selbst? Einen besseren Weg, unsere innere und äußere Welt zu modellieren? Ben wir brauchen den Roboter — wir brauchen *das Konzept* des Roboters.

Roderick scheitert in allen traditionellen Erziehungsinstitutionen; er gewinnt seine ersten Wahrnehmungsstrukturen durch das Fernsehen und durch Kriminalromane. Seine Schulbesuche enden meist mit einem Fiasko, denn Roderick, der im Laufe des ersten Romans ein stetig wachsendes Reflexionsvermögen erlangt, stellt andauernd Fragen, die von höchster Brisanz sind. Sein Intermezzo in der »Schule zur Heiligen Dreieinigkeit«, einer katholischen Konfessionsschule, zählt deshalb zu den Höhepunkten der beiden Romane: Roderick, der Automat, diskutiert mit dem humanistisch gebildeten Pater Warren die drei Robotergesetze Isaac Asimovs, einen Mythos der klassischen Science Fiction, welcher von Sladek als gedankenleeres Klischee entlarvt wird; Roderick sinnt über Die »Metallische Empfängnis« nach, analysiert den Kreuzestod Jesu mit den Mitteln der Spieltheorie, stellt die Geschichte von Abraham und Isaak als Verarbeitungsdiagramm dar und erhält von Pater Warren, der während der hochintelligenten Debatten von den heiligen Wundmalen gezeichnet wird, quasi als religiöses Gegengift eine Kierkegaard-Ausgabe.

Die Inkonsistenz der Realität ist ein stets wiederkehrendes Thema der Romane John Sladeks. Roderick steht unter der ständigen Beobachtung des mysteriösen Orinoco-Instituts, das ihm nach dem Leben trachtet; dieser »Denktank« sieht seine Aufgabe in der Wahrung des instabilen Weltgleichgewichts, welches er durch jegliche Art von Maschinen bedroht wähnt. Roderick ist durch die Anschläge bezahlter Killer in hohem Grade fremdbestimmt. Diese Fremdbestimmung findet sich jedoch bei fast allen Akteuren der Romane. Luke Draeger, ein ehemaliger Astronaut, hört noch Jahre nach seiner aktiven Raumfahrerzeit die Befehle der Flugkontrolle, er ist nach eigener Aussage »nur ein ferngesteuerter Modellastronaut«; Dan Sonnenschein der »Vater« Rodericks, flüchtet sich, ebenfalls vom Orinoco-Institut bedroht, in eine Irrenanstalt, er sagt zu Roderick:

> Ich bin verrückt, kapiert? Und wenn nicht, die Welt ist so gefährlich, daß ich mich lieber als harmlosen Irren behandeln lasse.

Der Kapitalist Kratt leitet das Unternehmen »Daten-Lust«, dessen Dienstleistung darin besteht, dem Käufer ein Lustgefühl zu vermitteln, indem das Limbische System, das Lustzentrum des menschlichen Gehirns, durch Elektroden gereizt wird, Der Exzentriker Allbright, »einer der Priviligierten des computergekoppelten Gehirns«, wird zeitweise durch eine ähnliche Methode zum Normalbürger »programmiert«, er wird »psycho-zivilisiert«.

Einer anderen Gruppe auftretender Personen bleibt jene Manipulation ihrer Gefühlswelt erspart, sie bedürfen ihrer nicht, sie inszenieren ihr Leben und ihre Realität nach den Mustern der Filmindustrie Hollywoods. Schon im ersten Science Fiction-Roman »Die stählerne Horde« heißt es:

> ... sie alle parodieren bewußt oder unbewußt alte Filme. Sie sind die Stars in ihren eigenen Filmproduktionen und können nur Filmhelden als ebenbürtig anerkennen.

Die Auswirkung dieses Verhaltens beschreibt Sladek treffend in seiner Erzählung »Die Kommunikanten: Ein Abenteuer im Management«:

> Die Wahl eines Filmstars in das Amt des Gouverneurs von Kalifornien ... zeigt bereits überaus deutlich an, wie leicht es ist, eine Realität auf eine andere zu oktroyieren. Das Leben ist eine Illustrierte, die Zeit eine Montage von allwöchentlichen Nachrichten, der Raum ist da, wo Menschen zu Sternen werden, während die Realität dort ist, wo »Stars« die Stelle von Menschen einnehmen.

Der Gouverneur von Kalifornien ist — wie wir alle wissen — in eine höhere Gehaltsklasse aufgerückt.

John Sladek findet eine adäquate formale Bewältigung des die Romanpersonen treffenden Wirklichkeitsverlustes. Die Romane sind durchgehend von Anspielungen auf filmische und literarische Werke, von verwirrenden Sprachspielen und von Exkursen in verschiedene Wissenschaftsbereiche durchzogen, d h. die Fiktion der Sladekschen Romane ist lediglich die Summe verschiedener, schon vorhandener Fiktionen. Ein Beispiel dieser Vorgehensweise sind die zahlreichen Verweise auf Werke der Science Fiction, es werden u. a. Isaac Asimov, Samuel Butler, Curt Siodmak und Kurt Vonnegut genannt. In den Anmerkungen zum zweiten Roderick-Roman führt Sladek die Quellen an, die er im zweiten Kapitel — es ist 6 Seiten lang — zitiert: es sind 39 Bücher! Einige Autoren seien genannt: Charles Dickens, Albert Camus, Mickey Spillane, Jorge Luis Borges, Nathaniel West, Raymond Chandler, Joseph Conrad, Arthur Conan Doyle und schließlich Thomas Pynchon. Subtiler sind jene Anspielungen, die nicht näher gekennzeichnet sind. Es wird z. B. im ersten Roman von »Zenmotorrädern« gesprochen; im zweiten Band findet sich der Satz:

> Oder eine Zen-Person, vielleicht eine, die gern Motorräder wartet, oder meinetwegen auch nur Rasenmäher.

Wenn man weiß, daß 1974 in den Vereinigten Staaten von Amerika der Roman »Zen and the Art of Motorcycle Maintenance« von Robert M. Pirsig erschien und den Inhalt kennt — stark verkürzt: die Beschreibung der Selbstfindung eines ehemaligen Computerspezialisten —, läßt sich der Verweis leicht entschlüsseln.

Um abschließend eine Gefahr des Spiels um Codierung und Decodierung innerhalb der Romane zu verdeutlichen, zitiere ich — nach einer kurzen Vorinformation — einen Ausschnitt aus dem Roman »Der Müller-Fokker-Effekt«. Gegen Ende des Buches wird ein aberwitziges Massaker in der Regierungshauptstadt Washington — Präsident ist Ronald Reagan, der Roman erschien 1970! — ausführlich geschildert. Es findet sich folgende Passage:

> Der Große Unhold fällt nach vorn, ein Feuerpfeil steckt ihm im Rücken. Eine Schar Irokesen klettert von ihrem Ausguck vom Gerüst einer nahe gelegenen Baustelle herunter.

Ein Indianerstamm, der sich mit Pfeil und Bogen an einer Metzelei im Washington des 20. Jahrhunderts beteiligt — gewiß ein witziger Einfall. Die Kombination Irokesen—Hochbau kann aber zu der Annahme veranlassen, Sladek spiele auf das 1960 erschienene Buch »›Apologies to the Irquois‹. With a Study of ›The Mohawks in High Steel by Joseph Mitchell‹« von Edmund Wilson an, Man sieht: die Decodierung kann zur Paranoia führen, aber wie sagt Pa Wood, der Adoptivvater Rodericks, so treffend:

> Weißt du, Sohn, wenn du lange genug suchst, kannst du fast alles beweisen.

PRIMÄRLITERATUR

Disch, Thomas M. / Sladek, John T., *Alice im Negerland.* Kriminalroman. Aus dem Amerikanischen von Edda Janus. Reinbek bei Hamburg 1971 (rororo thriller 2224). 158 S. 2.80 DM
O.: *Black Alice,* 1968

Sladek, John, *Die stählerne Horde.* Aus dem Amerikanischen von Joachim Körber. München, Zürich 1981 (= Knaur-Taschenbuch Nr. 5742). 203 S. DM 7.80
O.: *The Reproductive System,* 1968

ders., *Roderick oder die Erziehung einer Maschine.* Aus dem Amerikanischen von Joachim Körber. München, Zürich 1982 (= Knaur-Taschenbuch Nr. 5750). 304 S. DM 9.80
O.: *Roderick or The Education of a Young Machine,* 1981

ders., *Der Müller-Fokker-Effekt.* Aus dem Amerikanischen von Margaret Carroux. Frankfurt am Main u.a. (= Ullstein-Taschenbuch Nr. 31057) 239 S. DM 7.80
O.: *The Müller-Fokker-Effect,* 1970

ders., *Roderick II, Lehr- und Wanderjahre einer Maschine.* Aus dem Amerikanischen von Joachim Körber. München 1984 (= Knaur-Taschenbuch Nr. 57773). 284 S. DM 6.80
O.: *Roderick at Random,* 1983

ders., *Die Menschen sind los!* Science-Fiction-Stories. Aus dem Amerikanischen von Horst Pukallus. Frankfurt am Main u.a. 1984 (= Ullstein-Taschenbuch Nr. 31068). 204 S. DM 6.80
O.: *Alien accounts,* 1982

ders., *Schwarze Aura.* Ein Detektivroman. Aus dem Amerikanischen von Thomas Schlück. Frankfurt am Main u.a. 1985 (= Ullstein-Taschenbuch Nr. 10282). 192 S. DM 6.80
O.: *Black aura,* 1974

ders., *Unsichtbares Grün.* Detektivroman. Aus dem Amerikanischen von Thomas Schlück. Frankfurt am Main u.a. 1985 (= Ullstein-Taschenbuch Nr. 10322). 198 S. DM 6.80
O.: *Invisible Green,* 1974

ders., *Tick-Tack.* Aus dem Amerikanischen von Michael Windgassen. Frankfurt am Main u.a. 1985 (= Ullstein-Taschenbuch Nr. 31115). 174 S. DM 7.80
O.: *Tik-Tok,* 1983

ders., *Das Monster und andere Aliens.* Aus dem Amerikanischen von Ronald M. Hahn. München 1987 (= Heyne-Taschenbuch Nr. 06/4432). 254 S. DM 7.80
O.: *The Steam-Driven Boy and Other Strangers,* 1973

ders., *Robot Roderick. Kindheit und Jugend einer begabten Maschine.* Aus dem Amerikanischen von Joachim Körber. München 1992 (= BIBLIOTHEK DER SCIENCE FICTION LITERATUR, Band 86 = Heyne-Taschenbuch Nr. 06/86). Sonderausgabe: 2 Romane in einem Band, 797 S. DM 19.80
O.: *Roderick or The Education of a young Machine,* 1981, und *Roderick at Random,* 1983

SEKUNDÄRLITERATUR

Horváth, Ödön von, *Sladek* (Gesammelte Werke 2). Frankfurt am Main, 1983 (Suhrkamp-Taschenbuch Nr. 1052)

AUTOREN

Eine Lektion in Misanthropie

Über Octavia Butlers »schwarze« SF

von Bernhard Kempen

Mit der Veröffentlichung der *Xenogenesis*-Trilogie von Octavia Butler im Heyne-Verlag liegen jetzt — zusammen mit der *Patternist*-Serie, die zwischen 1982 und 1984 bei Bastei herauskam — die wichtigsten Werke dieser Autorin in deutscher Sprache vor, womit eine erste Übersicht und eine Zwischenbilanz ihres literarischen Schaffens möglich ist.

In der SF-Szene stellt die Autorin insofern eine Besonderheit dar, als sie die einzige schwarze SF-Autorin ist — zumindest die einzige, die als solche bekannt ist. In der bisher erschienenen Literatur zu Butler wurde daher auch immer wieder versucht, ihre SF vor dem Hintergrund ihrer Erfahrung als Afro-Amerikanerin zu interpretieren und sie für die feministische SF zu vereinnahmen. Daß diese Einschätzung nicht ganz unproblematisch ist, soll im folgenden geklärt werden.

Octavia E. Butler — das »E.« steht für Estelle — wurde 1947 geboren. Nach eigenen Angaben soll sie bereits mit zwölf Jahren erste SF-Stories geschrieben haben, die sie schon kurz darauf Verlagen anbot. Ihren Durchbruch als Schriftstellerin hatte sie mit der Kurzgeschichte »Crossover«, die im Rahmen des »Clarion«-Workshops entstand und 1971 in einer Anthologie veröffentlicht wurde. Gleich als nächstes wagte sie sich an einen Roman, *Pattenmaster* (1976), der den Grundstock für ihren ersten Zyklus legte. Neben vier weiteren Kurzgeschichten schrieb sie nur einen Roman, *Kindred* (1979, dt.: *Vom gleichen Blut*), der nicht zyklusgebunden ist. Damit liegt das Hauptgewicht ihres Schaffens eindeutig auf den beiden Romanzyklen, der *Patternist*-Serie (1976—84) und der *Xenogenesis*-Trilogie (1987—89), die nun etwas genauer behandelt werden sollen.

Die *Patternist*-Serie

Das Ungewöhnliche an der Patternist-Serie ist, daß die Einzelbände nicht in chronologischer Reihenfolge erschienen, sondern die Geschichte im wesentlichen rückwärts, von der Zukunft in die Vergangenheit aufrollen. Die Schlüsselfigur der Serie ist Doro, der ca. 2000 v. Chr. in Nubien geboren wurde und nach seiner Transformation, d. h. dem Erwachen seiner parapsychologischen Fähigkeiten, entdeckt, daß sein Geist andere Körper übernehmen kann, wobei sein ehemaliger Körper jeweils als tote Hülle zurückbleibt. Auf diese Weise erlangt er die Unsterblichkeit und arbeitet nun an seinem großen Plan, Psi-begabte Menschen zu sammeln und ihre Talente durch Zuchtwahl zu verstärken.

Wild Seed (1980, dt.: *Wilde Saat*) spielt in den Jahren 1690—1840 im heutigen Nigeria. Auf der Suche nach »wilder Saat«, d. h. Mutanten, die nicht innerhalb seines Zuchtprogramms entstanden sind, trifft Doro auf die ebenfalls unsterbliche Anyanwu, deren besonderes Talent darin besteht, ihren Körper auf genetischer Ebene beeinflussen, verändern und auch verjüngen zu können. Doro spannt sie in sein Zuchtprogramm ein und bringt sie auf einem Sklavenschiff nach Amerika, wo er bereits mehrere Dörfer gegründet hat. Das zentrale Motiv des Romans ist der Gegensatz zwischen Doro und Anyanwu. Während Anyanwu ihre menschlichen Empfindungen bewahrt hat und ihr Talent zum Helfen und Heilen benutzt, muß Doro immer wieder töten, um zu überleben, weil seine »besessenen« Körper schnell ausgebrannt sind. Einerseits wird sie von ihm unterdrückt und erpreßt, aber letztlich doch immer geschont, bis sie ihn zum Schluß durch die Drohung zu sterben menschliche Regungen entlocken kann. David Pringle hat diese ungewöhnliche Liebesgeschichte treffend als »some unholy cross between *Roots* and *Wuthering Heights*« (zit. n. Aldiss, S. 547) bezeichnet.

Octavia E. Butler *Foto: LOCUS*

In *Mind of My Mind* (1977, dt.: *Der Seelenplan*) spielt Rnyanwu, die sich nun Emma nennt, nur noch eine kleine Nebenrolle. Die Hauptperson des Romans ist Mary, eins von Doros unzähligen Kindern, die ein ganz besonderes Talent entwickelt. Nach ihrer Transformation bindet sie eine Reihe Telepathen durch ein geistiges Netz, das Muster, an sich. Durch diese Psi-Symbiose verstärken sich die telepathischen und sonstigen Kräfte der Mitglieder. Außerdem dehnt Mary das Muster immer weiter aus und integriert auch Latente, die bisher kaum eine Überlebens- oder Entwicklungschance hatten. Der Plan, den Doro seit 4000 Jahren verfolgt hat, ist endlich aufgegangen, aber tragischerweise gibt es für ihn selbst keinen Platz mehr im Muster. Es kommt zur offenen Konfrontation zwischen Mary und Doro, die mit dem Tod des Psycho-Vampirs endet.

Patternmaster (1976, dt.: *Als der Seelenmeister starb*) beschreibt, wie sich diese Gesellschaft ein paar Jahrhunderte in der Zukunft weiterentwickelt hat. Die Großstädte sind zerstört und die High-Tech-Kultur der Jahrtausendwende existiert nur noch als Mythos. Die streng hierarchisch, nach der Stärke des Psi-Talents organisierten Musternisten (*patternists*) haben die Stummen, die Menschen ohne Psi-Begabung, zu ihren Sklaven gemacht. Als der Seelenmeister (*patternmaster*) Rayal, der Herrscher über das Psi-Muster, im Sterben liegt, kämpfen seine Söhne Coransee und Teray um sein Erbe. Coransee, der zu Anfang der Stärkere scheint, schüchtert den jüngeren Teray ein und macht ihn zum Sklaven seines Haushalts. Doch Teray flüchtet mit der Heilerin Amber in die Wildnis, wo sie nun von zwei Seiten verfolgt werden, den Häschern Coransees und den Clayarks, Menschen, die durch eine außerirdische Seuche mutiert sind. Amber bereitet Teray auf die Auseinandersetzung vor, so daß Teray seinen machthungrigen Bruder schließlich besiegen kann.

Den Ursprung dieser Seuche behandelt der Roman *Clay's Ark* (1984, noch nicht ins Deutsche übersetzt). Die »Clay's Ark« ist das erste Raumschiff, das unser Sonnensystem in Richtung Proxima Centauri verläßt. Unterwegs wird die Besatzung von außerirdischen Mikroorganismen befallen. Nach der Rückkehr läßt man das Raumschiff abstürzen, um eine Ausbreitung der Seuche zu verhindern. Doch ein Mann, Eli, überlebt und schleppt die Seuche nach Nordamerika ein. Es handelt sich aber nicht um eine Krankheit im herkömmlichen Sinn, sondern eher um eine Symbiose, da sich die Mikroorganismen gemeinsam mit den menschlichen Zellen vermehren. Die Infizierten verwandeln sich in halb tierische Geschöpfe mit überragender Sinneswahrnehmung. Später werden sie zur ernsthaften Bedrohung der Musternisten-Herrschaft, da die Telepathen keinerlei Kontrolle über die Clayarks haben. Nach Hoda M. Zaki ist dieser Katastophenroman mit ungewöhnlich pessimistischem Ausgang »her most dystopian work to date« (Zaki, S. 240).

In *Survivor* (1978, dt.: *Alanna*) geht es um eine Gruppe von Stummen, die sich einige Jahrhunderte später vor den Clayarks (die hier offensichtlich in Unkenntnis der anderen Bände als »Erdarchen« übersetzt werden) auf einen Planeten geflüchtet haben, auf dem verschiedene Stämme der Kohn leben. Die Menschen sind christliche Missionare, die ursprünglich die Eingeborenen bekehren wollten. Aber schon bald werden sie von den Garkohn versklavt. Alanna, die als Kind als einzige einem Clayark-Massaker entkam, wird von den Tehkohn entführt, die sich von den Garkohn nur dadurch unterscheiden, daß sie nicht von der überall wachsenden Droge Meklah abhängig sind. Nach ihrer Rückkehr hilft sie den Missionaren, das Doppelspiel des Garkohnführers Natahk zu durchschauen und verhilft ihnen zur Flucht in eine unbewohnte Gegend des Planeten.

Im *Patternist*-Zyklus zeichnet Octavia Butler ein sehr düsteres Bild von der Zukunft der menschlichen Rasse. Zunächst erscheint die Musternisten-Herrschaft als erstrebenswerte Weiterentwicklung menschlicher Fähigkeiten. Doch ihre Geschichte ist von Anfang an von einem tiefen Zwiespalt geprägt. Da ist zunächst das Monster Doro, das immer wieder töten muß, um seine Unsterblichkeit zu gewährleisten, und keine Spur eines Gewissens besitzt. Auch die Musternisten machen sich nach ihrer Etablierung sofort zu Sklavenhaltern über die zurückgebliebenen Menschen. Doch die Bedrohung der menschlichen Identität nimmt kein Ende, sie findet ihre Fortsetzung in der Clayark-Gefahr und den Konflikten mit den Garkohn und Tehkohn.

Diese Motive deuten darauf hin, daß Butlers Romane eine verschlüsselte Auseinandersetzung mit dem irdischen Rassenproblem enthalten, die Frage nach der Über- oder Unterlegenheit von Schwarz oder Weiß. Doch bevor hierüber ein Urteil abgegeben werden kann, sollte ihr zweiter Zyklus genauer untersucht werden, da hier ganz ähnliche Motive auftreten.

Die *Xenogenesis*-Trilogie

Octavia Butlers bisher ambitioniertestes Werk ist die *Xenogenesis*-Trilogie. *Dawn* (1987: dt.: *Dämmerung*) beginnt damit, daß nach dem Dritten Weltkrieg Außerirdische auf der Erde landen und die wenigen Überlebenden des nuklearen Holocausts einsammeln. Als Lilith, eine schwarze Amerikanerin, in einem weißen Zimmer an Bord des organischen Raumschiffs erwacht, weigert ihr Verstand sich zunächst beharrlich, diese Situation zu akzeptieren. Ein unsichtbarer Sprecher versucht sie auf die Konfrontation mit außerirdischem Leben vorzubereiten, aber Lilith reagiert mit Unglauben und Verständnislosigkeit. Erst als sich der Alien zeigt, muß sie die Realität akzeptieren, auch wenn sie nur Ekel und Abneigung für die Oankali, wie sich die Außerirdischen nennen, empfindet, denn sie besitzen eine kalte Schuppenhaut und schlangenähnliche Sinnestentakel am Kopf.

Bereits mit diesen ersten Kapiteln hat Butler etwas Ungewöhnliches in der SF geleistet, nämlich eine realistisch wirkende Beschreibung der Reaktion eines Durchschnittsmenschen auf den Kontakt mit Außerirdischen. Diese Geschichte führt ausnahmsweise einmal keinen Helden vor, der so tut, als wäre diese Begegnung das Natürlichste der Welt, sondern Butler beschreibt sehr überzeugend die psychologischen Probleme, die sich für Lilith aus dem Zusammenbruch ihres Weltbildes ergeben.

Die Oankali haben die Menschen keineswegs aus karitativen Gründen gerettet. Sie sind Genhändler und bieten Lilith ein Geschäft an. Sie wollen einige kleine Verbesserungen an ihrem Körper vornehmen und dafür ihre genetische Information kennenlernen. Doch Lilith mag sie nicht an ihrem Körper herumpfuschen lassen, bis sie erfährt, daß sie bereits ihren latenten Krebs geheilt haben. Mit Überredungskraft, sanfter Gewalt und gelegentlichem Einsatz von Drogen schaffen die Oankali es immer wieder, Lilith davon zu überzeugen, daß sie ja nur ihr Bestes wollen. Schließlich läßt sie sich sogar von einem Oankali sexuell verführen. Dazu muß man wissen, daß die Oankali dreigeschlechtlich sind, es gibt ein männliches, ein weibliches und zusätzlich das Ooloi-Geschlecht, das bei der sexuellen Vereinigung der beiden anderen die wichtigste Rolle spielt.

Dann soll die Erde wieder mit Menschen besiedelt werden. Doch die Oankali haben ihnen die Fortpflanzungsfähigkeit genommen, weil sie ihnen kein weiteres Existenzrecht zugestehen. Sie halten die Menschen für zu gefährlich wegen ihres angeborenen Widerspruchs, gleichzeitig intelligent und hierarchisch denkend zu sein. Lilith hat nun die Aufgabe, diejenigen auszusuchen, die für eine Rückkehr zur Erde geeignet sind. Sie entscheidet sich dafür, zunächst nur Frauen aufzuwecken, weil sie mit unkontrollierten Reaktionen der Männer rechnet. Als sie schließlich die ersten Männer aufweckt, bewahrheiten sich ihre Befürchtungen, denn sie stellen sofort Liliths Autorität in Frage.

Der zweite Band, *Adulthood Rites* (1988; dt.: *Rituale*), spielt in einer neuen Kolonie im Amazonasbecken, wo Oankali mit Menschen, die ihre Fortpflanzungsfähigkeit zurückbekommen haben, zusammenleben und sich mit ihnen kreuzen wollen. Die anderen Menschen, die nichts mit den Oankali zu tun haben wollen und steril geblieben sind, rauben die Mischlingskinder der Kolonie, die keine sichtbaren Deformierungen aufweisen, in der unbegründeten Hoffnung, mit ihnen die Zukunft der Menschheit zu retten. Ein solches Schicksal widerfährt auch Akin, dem Sohn von Lilith. Doch seine Jahre bei den Widerständlern lassen ihn ein gewisses Verständnis für die Interessen der Menschen entwikkeln. Durch seine Fürsprache bewirkt er, daß nun willige Menschen ihre Fortpflanzungsfähigkeit zurückerhalten und auf dem Mars weiterexistieren dürfen.

Im dritten Band, *Imago* (1989, dt.: *Imago*) wird die Geschichte von Jodahs erzählt, dem ersten Mensch-Oankali-Mischling, der nach der Transformation zum Ooloi wird. Im Prinzip geht es hier um dieselben Probleme, die auch schon der zweite Band behandelt hat, nämlich die Beziehungen und Konflikte zwischen Menschen und Oankali in der irdischen Kolonie. Doch Jodahs gelingt es durch seine besonderen Eigenschaften, selbst die hartnäckigsten Widerständler zu verführen.

Ähnlich wie die *Patternist*-Serie wirkt auch die *Xenogenesis*-Trilogie unvollendet. Es gibt kein richtiges Ende, die Frage, was nun aus der Menschheit wird, bleibt letztlich unbeantwortet. Die menschliche Rasse ist durch ihren Selbstzerstörungstrieb von Anfang an zum Untergang verdammt. Es wird nur noch das letzte Aufbäumen der Menschen gegen ihr Schicksal geschildert, das auf lange Sicht keinen Erfolg haben wird, weil die Oankali alles unter Kontrolle haben.

Schwarze SF?

In Kritikerkreisen gilt Octavia Butler als Autorin, die sich gegen die Rassendiskriminierung stark macht. Im Nachwort zur Bastei-Ausgabe von *Als der Seelenmeister starb,* betitelt »Über die Autoren« (!), heißt es beispielsweise: »Ein Thema ist allen Romanen der jungen Autorin gemeinsam: der Kampf gegen Diskriminierung und Rassentrennung. Dabei wird diese Problematik nicht theoretisierend und distanziert abgehandelt, sondern praktisch von ›innen‹ her — denn Octavia Butler ist selbst eine Farbige. Sie weiß, mit welchen Argumenten für die Trennung zwischen Schwarz und Weiß gekämpft wird und setzt ihre schriftstellerischen Fähigkeiten ein, diese perfiden Argumente zu entkräften. Dabei entstanden Romane von seltener Eindringlichkeit, die sich lesen wie eine leidenschaftliche Anklage gegen Selbstgerechtigkeit und

Verlogenheit.« (S. 219, weitere Rechtschreib- und Druckfehler wurden stillschweigend korrigiert.)

In der Tat sind viele ihrer Hauptpersonen schwarz, z. B. Anyanwu, wie überhaupt die gesamte Musternisten-Clique offenbar aus Farbigen besteht. Ihr Psi-Talent ist dabei nicht unbedingt rassenspezifisch, es wird nur einmal erläutert, daß sich diese Begabung unter den Schwarzen besser entwickeln konnte, weil die Weißen ihre Hexen und Mißgeburten verbrannt oder auf andere Weise beseitigt haben. Lilith ist ebenfalls eine schwarze Amerikanerin, und überhaupt treten in der *Xenogenesis*-Trilogie Menschen verschiedenster Rassen und Kulturen auf. Doch sollte man sich hüten, diesen Umstand überzubewerten. Die Hautfarbe der Akteure wird jeweils nur beiläufig erwähnt, und als Leser neigt man dazu, diesen Umstand während der Lektüre zu vergessen, da zwischen Verhalten und Hautfarbe der Personen keinerlei Zusammenhang hergestellt wird. Sowohl die Tendenz zur Rassendiskriminierung als auch liberale Anschauungen sind bei Personen jeder Rasse zu finden. Es wird zwar gelegentlich erwähnt, daß Schwarze unter Repressalien der Weißen leiden, aber Butler stellt auch Schwarze dar, die sich genauso repressiv verhalten. Die simple Tatsache, daß in Butlers Romanen auch einmal Schwarze die Hauptrolle spielen und die Rassendiskriminierung zum Thema gemacht wird, reicht bei weitem nicht aus, um bereits von einer spezifischen »Schwarzen SF« sprechen zu können.

Wenn man ihre Romane jedoch auf allegorischer Ebene versteht, lassen sie sich durchaus als Kritik am Rassismus lesen. Im *Patternist*-Zyklus gibt es gleich zwei Rassen, die der gewöhnlichen Menschheit überlegen sind und sie zu verdrängen suchen. Die Musternisten sind in erster Linie Schwarze, aber nach der Machtübernahme behandeln sie die »Stummen« genauso wie Sklaven, womit in gewisser Weise eine Umkehrung des Verhältnisses zwischen Schwarzen und Weißen eintritt. Nach Adele S. Newson repräsentiert Liliths Verhalten »the historical, albeit self-imposed, function of the Afro-American woman« (Newson, S. 391), also die zwiespältige Haltung besonders der weiblichen Sklaven in den USA, die gleichzeitig Widerstand leisten und sich mit den Weißen arrangieren mußten.

Doch eine solche Interpretation will nicht recht überzeugen, da Butler nirgendwo auf Alternativen hinweist oder ein Plädoyer für Gleichbehandlung äußert. Sie geht über die bloße Kritik an der Unterdrückung nicht hinaus und stellt die Konkurrenz zwischen den Rassen letztlich als unausweichlich dar. Ihr Anliegen läßt sich damit zusammenfassen, daß sie die Ursache dieses Problems bestimmt, nämlich daß Menschen sich zuerst über ihre Rasse identifizieren und demzufolge eine panische Angst vor allem Fremden haben. Und das ist für sie ein grundsätzliches menschliches Problem, denn letztlich beruht es darauf, daß Menschen sich über ihr menschliches Wesen identifizieren und nur so lange vernünftig handeln, wie kein Verlust dieser Identität droht.

In ihrer Rezension von *Clay's Ark* hat Mary Gentle die Kernfrage im Konflikt zwischen Rassenmischung und Identität erkannt: »If our offspring are different, will we loose our identity? And what is humanity?« (Gentle, S. 79). Diese Frage, ob die Identität des Menschen an die Rasse gebunden ist, zielt auf den zentralen Widerspruch, der zwischen der biologischen Notwendigkeit der Evolution und dem ebenso notwendigen Selbsterhaltungstrieb besteht. Im Fall der Bedrohung, die die Oankali für die Menschen darstellen, wird dies besonders deutlich. Indem sie sie vor die Wahl zwischen Aussterben und Rassenmischung stellen, wird der Konflikt verschärft. Er läuft schließlich darauf hinaus, daß die Menschen nur dann überleben können, wenn sie ihre Identität aufgeben.

Diese Interpretation ließe sich durchaus auf das Rassenproblem übertragen. Nicht nur die Schwarzen in den USA, sondern vor allem die Völker der Dritten Welt stehen heute vor dem Problem, ob sie ihre Lebensweise erhalten oder sich an die »überlegene« weiße Zivilisation anpassen sollen. Beide Alternativen führen letztlich zum kulturellen Aussterben, da sie in der heutigen Welt kaum eine Chance haben, ihre Identität zu bewahren. Die Frage nach dem Standpunkt Octavia Butlers zu diesem Problem ist nicht leicht zu beantworten, da die neuen oder anderen Rassen immer zwiespältig dargestellt werden. Auf der einen Seite haben sie oftmals den uralten Menschheitstraum von der absoluten Körperkontrolle oder der uneingeschränkten Kommunikation durch Telepathie verwirklicht und stellen insofern einen evolutionären Fortschritt dar, auf der anderen Seite wird diese Entwicklung nie positiv gewertet. Dennoch erkennt die unterlegene Rasse deutlich die Überlegenheit der anderen an, kann jedoch aufgrund des Selbsterhaltungstriebes diesen im Grunde berechtigten Überlegenheitsanspruch natürlich nicht akzeptieren. Falls Butler dies z. B. auf das Verhältnis von Schwarzen zu Weißen übertragen haben will, würde das zu Konsequenzen führen, die ich — gerade als Weißer — nicht auszusprechen wage.

Butlers Menschenbild

Es dürfte deutlich geworden sein, daß die Interpretation der Romane Octavia Butlers als Anklage gegen die Rassendiskriminierung zu kurz greift. Im Gegenteil, eine solche Charakterisierung wie im oben zitierten Nachwort muß sich selbst dem Vorwurf des Rassismus stellen, da sie offenbar unkritisch von dem Vorurteil ausgeht, eine Schwarze schreibe nun einmal »Schwarze SF«. Für die Science Fiction steht nach Darko Suvin nicht der Unterschied zwischen verschiedenartigen Menschen, sondern die Frage nach dem Wesen des Menschen überhaupt im Mittelpunkt des Interesses. Daß in diesem Zusammenhang auch die Rassenproblematik eine Rolle spielt oder spielen kann, versteht sich von selbst. Aber es wäre eine ungebührliche Verengung des »kosmischen« Blickwinkels der SF, würde man annehmen, daß damit die Deutungsmöglichkeiten erschöpft wären. Daher ist die Vermutung berechtigt, daß der Rassismus für Octavia Butler nur ein Teilaspekt eines viel allgemeineren und menschlichen Problems ist.

Besonders deutlich wird dies in der *Xenogenesis*-Trilogie, wo Butler ein äußerst negatives Menschenbild zeichnet, das in der Literatur — nicht nur in der Science Fiction — in dieser Radikalität selten ist. Sie schafft es, daß die Sympathie des Lesers zunächst auf der Seite der Oankali steht, da die stellvertretend von den Außerirdischen ausgesprochene Verurteilung der Menschen als zu aggressiv und zu gefährlich einleuchtet. Die Begründung, diese negativen Tendenzen seien auf den Widerspruch, gleichzeitig intelligent und hierarchisch denken zu können, zurückzuführen, wird allerdings von der Handlung nicht unbedingt getragen — so, wie sich die Menschen verhalten, besteht der Widerspruch eher zwischen Intelligenz und Egoismus, da Menschen trotz besseren Wissens nicht bereit sind, ihren einmal gefaßten Standpunkt aufzugeben.

Das Schockierende an Butlers Misanthropie ist, daß sie den Menschen als von Natur aus aggressiv darstellt. Zumindest die Oankali haben erkannt, daß diese Eigenschaft genetisch festgelegt ist, ebenso wie der Wesenszug, allem anderen gegenüber feindlich eingestellt zu sein. Sehr deutlich wird dies in der Szene, als die Widerständler einem Mischlingskind die Sinnestentakel amputieren wollen, damit es wieder menschlicher aussieht. Damit verhöhnt Butler geradezu die Hoffnung, daß sich die Natur des Menschen jemals ändern könnte — sie ist ebenso absurd wie aus einem Oankali durch chirurgische Eingriffe einen Menschen machen zu wollen. Eine ebensolche Illusion ist es zu glauben, der Mensch sei lernfähig und zu einsichtigem Verhalten in der Lage.

Die einzige Möglichkeit einer Wandlung liegt in der grundlegenden Veränderung des menschlichen Wesens, und das ist nur über Genmanipulation möglich. Doch diese Lösung ist paradox, da der Mensch nur weiterexistieren kann, wenn er das aufgibt, was sein Wesen als Mensch ausmacht. Diese Bedrohung der Identität ist ein Motiv, das Octavia Butlers gesamtes Werk durchzieht. Ob die Wandlung tatsächlich eine Erlösung sein wird, bleibt fragwürdig. Die verschiedenen Evolutionsstufen, die in der *Patternist*-Serie vorgeführt werden, bringen allesamt keine Verbesserung der Lebenssituation mit sich, da sie nur zu neuen Machtkämpfen führen.

Octavia Butler hat keine positive Utopie, weil sie eine bessere menschliche Gesellschaft für unmöglich hält. Dementsprechend hat sie sich auch in einem Interview geäußert: »I've actually never projected an ideal society. I don't write utopian science Fiction because I don't believe that imperfect humans can form a perfect society.« (Beal, S. 14). Die einzige Ausnahme scheinen — zumindest auf den ersten Blick — die Oankali zu sein, für die diese Beschränkungen als Nicht-Menschen allerdings nicht gelten. Da ihre Gesellschaft auf direkter, non-verbaler, fast telepathischer Kommunikation beruht, sind Lügen und Mißverständnisse nicht möglich. Entschlüsse werden immer im Konsens gefaßt, da sie in ihrer Kommunikation individuelle. Unterschiede aufgeben. Menschen sind von dieser Utopie natürlich ausgeschlossen, weil die Natur der Sprache eine solche Kommunikation nicht erlaubt. Doch auch die Oankali haben ihre Schattenseiten. Sie verfolgen ihre Obsession, das Leben um jeden Preis zu bewahren und zu verbessern, so radikal, daß sie den Menschen die freie Entscheidung abnehmen, ob diese wirklich glücklicher werden wollen. In dieser Beziehung verkörpern sie sowohl die archetypische Mutterrolle, indem sie ungefragt für das Wohl ihrer Kinder sorgen, als auch die Mentalität der Sklavenhalter, die den »armen Negern« doch nur etwas Gutes tun wollen. Zum Schluß macht Butler dann etwas deutlicher, daß es offenbar die schlimmste Strafe für ein Lebewesen ist, wenn ihm sein Recht auf Arterhaltung genommen wird, und selbst die Oankali einsehen, daß man den Menschen in dieser Beziehung zumindest einen kleinen Rest Freiheit lassen sollte.

Feministische SF?

Das zweite Vorurteil, mit dem Octavia Butler genauso oft belegt wird, ist ihre Charakterisierung als radikal-feministische Autorin. So schreibt Ruth Salvaggio über *Patternmaster.* »Racism and sexism, then, are matters fundamental to an understanding of both plot and character.« (S. 79) Sie faßt zusammen: »These novels are about survival and power, about black women who must face tremendous societal constraints« (S. 81). Hoda M. Zaki stellt sich gleich zu Beginn ihres Artikel gegen entsprechende Äußerungen Octavia Butlers und behauptet »that Butler is part of the post-1970 feminist and utopian SF trend« (S. 239), allerdings muß sie ihr bescheinigen, daß sie dazu in einem recht kritischen Verhältnis steht. Auch Adele S. Newson und Frances Bonner stellen diese Annahme in ihren Aufsätzen über die *Xenogenesis*-Trilogie nicht in Frage. Nur Sandra Y. Govan hält sich in dieser Beziehung zurück: »We could talk about Butler's feminist stance or about the mythic cast of her tales ... In my mind it is signally important that we see Octavia Butler as an exceptional writer, as a strong black voice helping to forge a black presence in science fiction, and as a woman determined to weave from spangled cloth new patterns of her own design.« (S. 87).

Die hier zitierten Artikel haben nicht nur die Gemeinsamkeit, daß Butler ohne Wenn und Aber als Vertreterin der Feministischen SF charakterisiert wird, sondern daß sie allesamt von Frauen verfaßt wurden. — Auch wenn es sexistisch klingen mag, sei einmal die Frage gestattet, warum eigentlich immer gleich von Feminismus die Rede sein muß, wenn weibliche Kritiker über weibliche Autoren schreiben. Warum verschwenden die Kritikerinnen keinen Gedanken daran, daß es sich hier vielleicht um ein Vorurteil handeln könnte? Ist es gerade im Zeitalter der Emanzipation undenkbar geworden, daß eine Frau einfach nur Science Fiction ohne geschlechtsspezifische Klassifizierungen schreibt?

Es ist richtig, daß in Butlers Romanen die Männer in der Regel schlechter wegkommen und als viel aggressiver dargestellt werden. Der »böse« Doro wurde als Mann geboren und wird auch immer so beschrieben, obwohl er gelegentlich auch Frauenkörper übernimmt. Anyanwu mit ihren heilenden Fähigkeiten spielt im Gegensatz dazu eher die Rolle der guten Mutter. Auch einige Szenen in der *Xenogenesis*-Trilogie rücken die Männer in ein sehr schlechtes Licht. So hat der erste Mann, den Lilith nach vielen Jahren auf dem außerirdischen Schiff zu sehen bekommt, nichts anderes im Sinn, als ihr sofort an die Wäsche zu gehen. Auch die Männer der Gruppe, die die Erde wiederbesiedeln soll, beschließen eines Tages, eine Frau, die partout keine Beziehung mit einem Mann eingehen will, mit Gewalt zu ihrem Glück zu zwingen. Doch es braucht keineswegs einer radikal-feministische Einstellung, sondern lediglich etwas Realismus, um zu bemerken, daß Männer im allgemeinen brutaler als Frauen sind. Immerhin waren die großen Sadisten der Menschheitsgeschichte bislang in der überwältigenden Mehrzahl — wenn nicht sogar ausschließlich — Männer. Daran ändert auch das Argument nichts, daß Frauen bisher zu sehr unterdrückt wurden, um ihre womöglich latent vorhandene Aggressivität ausleben zu können — denn wenn die Frauen genügend aggressiv wären, hätten sie sich niemals unterdrükken lassen.

Trotzdem sind bei Butler auch Frauen zur Gewalt fähig. Auf den oben genannten Vergewaltigungsversuch reagiert Lilith nämlich wiederum durch Gewalt. Allerdings weiß sie in dieser Situation genau, daß sie den Männern körperlich überlegen ist. Der einzige feministische Ansatz steckt lediglich darin, daß weibliche Gewalt in Butlers Romanen nie um ihrer selbst willen ausgeübt wird, sondern immer nur zur Wiederherstellung des Friedens dient.

Auf den ersten Blick scheint auch Butlers Betonung der biologischen Entwicklung als Alternative zur »männlichen« Technik ein eher weibliches Motiv zu sein. Der Traum von der Körperbeherrschung bis in die Zellen, den sowohl Anyanwu als auch die Oankali perfektioniert haben, ließe sich als weibliche Allmachtsphantasie interpretieren. Doch diese Dinge sind von Frank Herbert und vielen anderen männlichen Autoren, die man niemals des Feminismus verdächtigen würde, ebenso überzeugend geschildert worden.

Vor dem Hintergrund ihrer Misanthropie nimmt Octavia Butlers »Feminismus« jedoch einen ganz anderen Stellenwert ein. Schließlich sind Frauen auch nur Menschen und genauso vom menschlichen Widerspruch bestimmt. So läßt sich auch Butlers Aussage verstehen, es gäbe »no women's genre in science fiction« (Beal, S. 16). Viele SF-Autorinnen haben sich ähnlich geäußert, zum Teil sicherlich aus berechtigter Verärgerung darüber, daß sie als Frauen sofort in eine besondere Schublade gesteckt werden und nicht genauso wie ihre anderen Kollegen (ob nun männlich oder nicht) behandelt werden. Bei aller Euphorie über die positive Entwicklung, daß nun auch Frauen in der SF anerkannt werden, sollte dies kein Grund sein, um jeden Preis eine besondere Kategorie der »feministischen SF« anzunehmen.

Die Tugend der SF liegt gerade darin, sich von diesen kleinkarierten Maßstäben lösen und über den Dingen stehen zu können. So antwortete Butler auf die Frage, was sie an der SF interessant finde: »The freedom of it; it's potentially the freest genre in existence. It tends to be limited by what people think should be done with it and by what editors think should be done with it, although less now than in the past.« (Beal, S. 14) Octavia Butler tut nicht mehr, als die Freiheit der Science Fiction beim Wort zu nehmen, indem sie auch über Frauen und Schwarze schreibt, selbst wenn das bisher noch keine Selbstverständlichkeit ist.

LITERATURVERZEICHNIS

Veröffentlichungen Octavia Butlers:

Kurzgeschichten:

»Crossover«, in: Robin Scott Wilson (Hrsg.), *Clarion* (New York: New American Library, 1971), S. 140—144.

»Near of Kin«, in: Roy Torgeson (Hrsg.), *Chrysalis 4* (New York: Zebra Books, 1979), S. 163—175.

»Speech Sounds«, in: *Isaac Asimov's Science Fiction Magazine* (Dezember 1983), S. 26—40.
Dt.: »Der süße Klang des Wortes«, in: Friedel Wahren (Hrsg.), *Isaac Asimov's Science Fiction Magazin — 28. Folge* (München: Heyne, 1987).

»Bloodchild«, in: *Isaac Asimov's Science Fiction Magazine* (Juni 1984).
Dt.: »Blutsbande«, in: Friedel Wahren (Hrsg.), *Isaac Asimov's Science Fiction Magazin — 27. Folge* (München: Heyne, 1986).

»The Evening and the Morning and the Night«, in: *Omni* (Mai 1987).

Romane:

Patternmaster (New York: Doubleday, 1976).
Dt.: *Als der Seelenmeister starb* (Bergisch Gladbach: Bastei, 1982).

Mind of My Mind (New York: Doubleday, 1977).
Dt.: *Der Seelenplan* (Bergisch Gladbach: Bastei, 1983).
Survivor (New York: Doubleday, 1978).
Dt.: *Alanna* (Bergisch Gladbach: Bastei, 1984)
Kindred (New York: Doubleday, 1979).
Dt.: *Vom gleichen Blut* (Bergisch Gladbach: Bastei, 1983).
Wild Seed (New York: Doubleday, 1980).
Dt.: *Wilde Saat* (Bergisch Gladbach: Bastei, 1984)
Clays Ark (New York: St. Martin's Press, 1984).
Dt.: *Alanna* (Bergisch Gladbach: Bastei, ????):
Dawn — Xenogenesis: I (New York: Warner, 1987).
Dt.: *Dämmerung* (Heyne: München 1991).
Adulthood Rites — Xenogenesis: II (New York: Warner, 1988).
Dt.: *Rituale* (Heyne: München 1991).
Imago — Xenogenesis: III (New York: Warner, 1989).
Dt.: *Imago* (Heyne: München 1991).

Literatur über Butler:

Brian Aldiss/David Wingrove: *Trillion Year Spree* (London: Paladin, 1988), bes. S. 545—547.

Alpers/Fuchs/Hahn/Jeschke: *Lexikon der Science Fiction Literatur* (München: Heyne, 1987), S. 292—294.

Frances M. Beal: »Black Women and the Science Fiction Genre« (Interview mit Octavia Butler), *Black Scholar,* 17/2 (1986), S. 14—18.

Frances Bonner: »Difference and Desire, Slavery and Seduction: Octavia Butler's *Xenogenesis*«, in *Foundation 48* (1990), S. 50—62.

Mary Gentle (Rezension von Clay's Ark), *Foundation* 33 (1985), S. 77—79.

Sandra Y. Govan: »Connection, Links, and Extended Networks: Patterns in Octavia Butler's Science Fiction«, *Black American Literature Forum,* 18/2 (1984), S. 82—87.

Larry McCaffery und Jim McMenamin: »Ein Gespräch mit Octavia E. Butler«, *Das Science Fiction Jahr 1992,* S. 632—659.

Adele S. Newson (Rezension der *Xenogenesis*-Serie), *Black American Literature Forum,* 23/2 (1989), S. 389—396.

Rachel Pollack (Rezension von *Dawn*), *Foundation 44 (1988/89), S. 68—71.*

Ruth Salvaggio: »Octavia Butler and the Black Science Fiction Heroine«, Black American Literature Forum, 18/2 (1984), S. 78—81.

Joe Weixlmann: »An Octavia Butler Bibliography«, *Black American Literature Forum,* 18/2 (1984), S. 88—89.

Hoda M. Zaki: »Utopia, Dystopia, and Ideology in the Science Fiction of Octavia Butler«, *Science Fiction Studies* 51 (1990), S. 239—251.

AUTOREN

Der Traummeister

oder

Der Traum der DDR-Science Fiction — ausgeträumt

von Florian F. Marzin

Wie der Torl über Miscara fegten die politischen Ereignisse zwischen 1989 und 1991 über zwei ehemals eigenständige Staaten und gesellschaftliche Systeme hinweg, die vierzig Jahre lang zwar in geographischer Nachbarschaft, doch sonst tief getrennt voneinander existierten. Das Ausmaß dieser Trennung, auch im kulturellen Bereich, wird erst nach und nach, dabei überaus schmerzhaft bewußt. Zwar gab es bis 1949 eine gemeinsame Geschichte und darüber hinaus auch eine gemeinsame Sprache, doch bei letzterer sollte man sich wohlweislich auf die Syntax beschränken und nicht davon ausgehen, daß mit denselben Worten auch immer Gleiches gemeint sei. In bezug auf die Geschichte der letzten vierzig Jahre zeigen gerade die Nachvereinigungswirren, wie trennend sich zwei unterschiedliche Gesellschaftssysteme auswirken können, und die Kluft zwischen dem real nicht mehr existierenden Sozialismus und dem tatsächlich sich ausbreitenden Kapitalismus ist in einer Weise aufgerissen, die beide Seiten ratlos zurückließ.

Diese Ratlosigkeit machte auch vor den Schriftstellern der Ex-DDR, oder der neuen Bundesländer, wie die offizielle Sprachregelung uns empfiehlt, nicht halt. War der Osten Deutschlands bis zum Fall der Mauer größtenteils frei von anglo-amerikanischer Science Fiction, so sehen sich die Autoren dort auf einmal, nach Wegfall der Grenze im Westen, einer Konkurrenz gegenüber, die ihnen, aber auch den meisten Verlagen, die materielle Basis zu entziehen droht.

Angela und Karlheinz Steinmüller

Copyright © Foto by Wolfgang Jeschke, Wörlham Archiv

Science Fiction-Fan in der DDR zu sein, hatte einen ganz anderen Stellenwert, als zur Science Fiction-Leserschar im Westen zu gehören. Westbücher von den bekannten Autoren wie Isaac Asimov, Arthur C. Clarke, Frank Herbert, van Vogt, Robert Sheckley und wie sie alle heißen mögen, waren heißbegehrte Sammelobjekte, und auch die Romane und Erzählungsbände einheimischer Autoren konnte man nicht ohne Probleme immer und jederzeit erstehen. Das hatte zur Folge, daß trotz einer numerisch geringen Science Fiction-Leserschaft, in der DDR eine Reihe von Schriftstellern von ihrer Arbeit leben konnten, wovon unsere gebeutelten Science Fiction-Autoren im westlichen Teil nur träumen können. Doch mit dem Fall der Mauer sanken auch die Verkaufszahlen der DDR-Science Fiction in den Keller. Viele Bücher, die geplant oder sogar schon fertiggestellt waren, wurden auf einmal Opfer der neu entdeckten Gesetze des Marktes, und so ist der Roman *Der Traummeister* von Angela und Karlheinz Steinmüller bei seiner Erstveröffentlichung als Hardcover 1990 wohl eine der letzten DDR-Science Fiction-Publikationen gewesen, die diesen Namen noch verdient.

Das Berliner Autorenehepaar Angela und Karlheinz Steinmüller gehört zu den Science Fiction-Autoren in der einstigen DDR, die eine gute Chance haben, als Schriftsteller die Vereinigung zu überstehen. Angela, geboren 1941, studierte, nachdem sie verschiedene andere Berufe ausgeübt hatte, von 1971 bis 1975 an der Humboldt-Universität Mathematik und war anschließend in der Datenverarbeitung tätig. Ihr Mann, Karlheinz, Jahrgang 1950, ist studierter Diplomphysiker und hat in der Philosophie mit einem recht eigenwilligen Thema promoviert: *Die Maschinentheorie des Lebens.* Neben einer Reihe von wissenschaftlichen Artikeln erschien dann 1977 seine erste Science Fiction-Erzählung: *Alle Flüche der Welt.* Danach folgte eine Reihe von Kurzgeschichten in verschiedenen Anthologien, die deutlich von der sowjetischen, aber auch der anglo-amerikanischen Science Fiction beeinflußt sind und 1979 der Erzählungsband *Der letzte Tag auf der Venus.* Die thematische Spanne reicht dabei von kafkaesken Satiren (*Die Audienz*), über dystopische Versionen (*Der Traum vom Großen Roten Fleck*), bis zu ausgesprochenen Pointenstories (*Duell der Tiger*). Angela Steinmüller kam etwas später zum Schreiben und hat bis jetzt drei eigenständige Erzählungen veröffentlicht. Eine Auswahl der Erzählungen des Ehepaars Steinmüller erhielt sogar westdeutsche Weihen, als 1985 bei Suhrkamp der Erzählungsband *Der Traum vom Großen Roten Fleck* erschien. Ein erster Höhepunkt der Zusammenarbeit war der 1982 erschienene Roman *Andymon.*

Auf den ersten Blick erscheint *Andymon* wie eine klassische Space Opera. Ein interstellares Raumschiff ist seit Unzeiten auf seinem Weg durch das All, als jetzt, zwanzig Jahre vor dem Erreichen des anvisierten Planetensystems, aus befruchteten Eizellen Menschenkinder, eine Gruppe von vier Pärchen, geboren und von Robotern aufgezogen werden. Der Leser erlebt das Aufwachsen der Kinder, das allmähliche

Begreifen, wo sie sich befinden und was ihre Bestimmung ist, aus der retrospektivischen Sichtweise von Beth, einem der ersten Gruppe, dem die Führungsrolle zugefallen ist. In regelmäßigen Abständen werden vom Schiff neue ebenso zusammengesetzte Kindergruppen in die Welt gesetzt, bis das Planetensystem endlich erreicht ist. Die Frage nach dem Woher und Wohin, die sich Beth und natürlich auch allen anderen stellt, ist nicht endgültig zu klären, da die Erde, von der das Schiff gestartet ist, nur als Mythos existiert. Alle Informationen brechen ca. im Jahre 2000 ab, und man kann vermuten, daß das Schiff der letzte Überlebensversuch einer sterbenden Rasse war.

Im Gegensatz zu den meisten gängigen Bearbeitungen dieses Motivs ist der Planet Andymon kein neues Paradies, sondern ein absolut unwirtlicher Planet, der bei Erreichen noch nicht einmal eine atembare Atmosphäre aufweist. Mühsam wird er »kultiviert« und bald stehen sich zwei scheinbar unvereinbare Haltungen gegenüber. Beth will ein neues Schiff bauen und weiterziehen, während die jüngeren Generationen der neu gefundenen Heimat die Treue halten wollen. Man einigt sich auf ein Sowohl-als-auch, was allerdings bedeutet, daß der inzwischen alt gewordene Beth den Abflug des neuen Schiffes nicht mehr erleben wird.

Wenn die Steinmüllers auch im wesentlichen ihre Arbeiten gemeinsam verfassen, so gibt es hin und wieder eigenständige Kurzgeschichten von Angela oder Karlheinz, doch hat es den Anschein, als ob mit der Arbeit des Autorenehepaars an dem Roman *Andymon* die schriftstellerische Einzelpersönlichkeit in einen gemeinsamen Pool aufgegangen zu sein scheint.

1986 legten sie ihren zweiten Roman, *Pulaster,* vor. In ähnlicher Weise wie der zweite Teil ihres ersten Romans im wesentlichen eine Planetenhandlung ist, so spielen sich die Ereignisse von *Pulaster* gänzlich auf dem gleichnamigen, von intelligenten Sauriern, Hreng genannt, bewohnten Planeten ab. Fabius Grosser, einer der Menschen, die auf Pulaster in einer Forschungsstation leben, gerät dabei in das Spannungsfeld zwischen den Vorhaben der irdischen Administration, die Hreng zu einem tauglichen Hilfsvolk zu machen, da ihr Entwicklungsstand dem der irdischen Steinzeit entspricht, und den Planeten möglichst schnell in ein Ebenbild der Erde zu verwandeln, und der Bewahrung der eigenständigen Kultur dieses fremden Volkes. Es stellt sich schließlich heraus, daß die Hreng sich schon vor Jahrtausenden entschlossen haben, ihre Kultur freiwillig auf diesem Stand einzufrieren, um gerade eine Entwicklung, wie sie auf der Erde stattgefunden hat, zu vermeiden. Die Autoren lassen die Entscheidung, welches der beiden Zivilisationsmodelle das bessere ist, offen, stellen sie nebeneinander, ohne eine abschließende Wertung vorzunehmen. Die abenteuerliche Flucht eines Menschen mit einem Hreng, der sich durch eine Tabuverletzung schuldig gemacht hat, erinnert in Passagen an Ursula K. Le Guins Roman *Winterplanet.*

Auffällig an *Pulaster* ist allerdings, daß Angela und Karlheinz Steinmüller ihren Ideenreichtum nur sehr schwer in den Griff bekommen. Anders als in *Andymon* kristallisiert sich in *Pulaster* erst in der zweiten Hälfte ein deutlicher Handlungsfaden heraus, der dann aber stringent weiterverfolgt wird. Die Autoren machen den Plot an einem individuellen Helden fest, Fabius Grosser, der in seiner Interdependenz mit der Umwelt und den Hreng die Handlung trägt und vorantreibt. Beth, der Protagonist in *Andymon*, ist ein Kollektivwesen, und die thematische Vorgabe der Kindergruppen läßt auch kein wirkliches Individuum entstehen. Neben einigen Episoden, in denen es zu Konfrontationen kommt, sind die Charaktere in *Andymon* in all ihren Handlungen und Bestrebungen stets auf den Konsens hin ausgerichtet. Vielleicht eine bewußte oder auch unbewußte Reminiszenz an den wie auch immer gearteten Zensor, der in der DDR darüber entschied, welches Buch gedruckt wurde und welches nicht.

Diese für Westler nur sehr schwer nachvollziehbare Situation ist am besten durch den Begriff der »Schere im Kopf« zu umschreiben. Als DDR-Autor hatte man ein Gespür entwickelt bzw. zu entwickeln, was man schreiben durfte und was besser umschrieben oder ganz ausgespart bleiben sollte. Die Science Fiction-Autoren waren gegenüber den Mainstream-Autoren in dieser Beziehung zwar etwas im Vorteil, denn im phantastischen Bereich entfiel die Notwendigkeit, den realsozialistischen Alltag als etwas zu beschreiben, das mit erheblichen Mängeln behaftet war, oder ihn in einer Weise zu schönen, in der er dann weder real noch sozialistisch war. Daß allerdings auch Science Fiction-Autoren nicht von Publikationsverboten verschont geblieben sind, zeigt das Beispiel eines anderen DDR-Schriftstellerehepaars, Johanna und Günter Braun, deren letzte Werke nicht mehr in der DDR erschienen sind. Sie haben die Science Fiction, oder in ihrem Fall müßte man wohl eher von Phantastik sprechen, in den letzten Jahren zunehmend als Mittel der gesellschaftspolitischen Satire und Anklage benutzt und sich dabei im wesentlichen der Stilmittel der Brüder Strugazki bedient. Ihre Bücher sind sehr stark verschlüsselt, was aber nicht verhinderte, daß die Autoren sich das Unwollen der staatlichen Stellen zugezogen hatten. So ist es für die DDR-Autoren nicht immer einfach gewesen, auf dem Grat zwischen ambitionierter Science Fiction, die immer auch eine Reflexion bzw. eine Extrapolation der Wirklichkeit ist, und oben angesprochenen literarischen Rahmenbedingungen zu wandern.

Welch eigenartige Blüten dies mitunter hervorbrachte, sieht man an den wenigen kompetenten Versuchen, die Entwicklung der Science Fiction in der DDR als Phänomen zu beschreiben sowie ihre literarische Relevanz auszuloten. Lange Zeit war selbst der Begriff »Science Fiction« ein terminus non grata und auch der Roman *Andymon* ist nach DDR-Lesart kein Science Fiction-Roman, sondern eine *»Weltraum-Utopie«* gewesen. In Anlehnung an Sprachregelungen, die primär aus der Sowjetunion stammen, wurde von utopisch-technischen Romanen, respektive Erzählungen gesprochen, und das Gesamtfeld dessen, was im Westen unter den inzwischen auch schon zerfaserten Begriff »Science Fiction« subsumiert wird, wurde als wissenschaftliche Phantastik bezeichnet. So kommt es, daß in der der DDR eigentümlichen Terminologie die Arbeiten von Angela und Karlheinz-Steinmüller in eine Wells'sche Traditionslinie eingeordnet werden, der eine Verne'sche Tradition gegenübergestellt wird.

Die Willkürlichkeit dieser Begriffsfindung war mehr durch die Notwendigkeit geprägt, jegliche Bezüge zur anglo-amerikanischen Tradition zu vermeiden, als daß sie wirklich in der Lage gewesen wäre, eine sinnvolle Verbindung herzustellen. Es ist im wesentlichen der Versuch einer Unterscheidung zwischen ambitionierter Science Fiction und reinen Abenteuergeschichten im All und anderswo in der Zukunft, wie sie in dieser Form bei der Science Fiction westlicher Länder nicht durchgeführt wird. Dabei kommt der Wells'schen Linie zugute, daß besonders in den achtziger Jahren vier Romane einen deutlichen Qualitätssprung bewirkt haben.

Es sind dies die beiden schon genannten Werke der Steinmüllers und *Weltbesteigung* von Gottfried Meinhold sowie *Schwarze Blumen auf Barnard 3* von Alfred Leman. Bis zu diesem Zeitpunkt war die literarische Großform des Romans fast ausschließlich von den Vertretern der Verne'schen Linie dominiert, was zu einer Reihe von anspruchslosen, mitunter auch noch recht schlecht geschriebenen Romanen geführt hat, die unter Umständen auch noch Lobeshymnen auf die Überlegenheit des Sozialismus waren und meist eine unter dem Kommunismus geeinte Welt voraussetzten, in der es an die Eroberung der »last frontier« ging, wenn man diesen Begriff hätte benutzen dürfen. Die Wells'sche Linie hingegen war bis in die achtziger Jahre im wesentlichen in Kurzgeschichten präsent, wofür auch die Erzählungen der Steinmüllers ein Beispiel sind. Oftmals nehmen sich die beiden Autoren eine singuläre Veränderung der Umwelt zum Thema und spielen dann die möglichen Konsequenzen durch. Ein gutes Beispiel dafür geben die in dem Sammelband *Windschiefe Geraden* aufgenommenen Texte, besonders *Reservat, Der schwarze Kasten* und *Das Auge, das niemals weint.* In allen drei Erzählungen loten die Steinmüllers die Veränderungen einer Welt aus, in die eine phantastische Innovation das Leben der Menschen von Grund auf umkrempelt und somit der Science Fiction eine ontologische Dimension zukommt, die für den Roman *Der Traummeister* zum zentralen Element geworden ist.

In diesem dritten Roman von Angela und Karlheinz Steinmüller ist das Szenario gegenüber ihren anderen Arbeiten deutlich verändert, obwohl die früher erschienenen Erzählungen *Die Herren des Planeten, Das Wunderelexier, Der Held im Gläsernen Berg* und *Sterntaler* schon das Tableau ausbreiten. Die Exposition ist ein von irdischen Raumfahrern vor langer Zeit besiedelter Planet, dessen Bewohner inzwischen wieder auf den kulturellen Stand des Mittelalters zurückgefallen sind. Rudimentäre Erinnerung an die Vergangenheit sind noch im Bild der »Großen Alten« wach, die aber schon längst nicht mehr mit konkreten Vorstellungen besetzt sind. Vielleicht, so könnte man eine Vermutung äußern, handelt es sich in *Traummeister* auch um die Zukunft des Planeten Andymon. Die Handlung beschränkt sich auf die Stadt Miscara, in der die Menschen nicht mehr selbst träumen können, sondern dazu einen Traummeister brauchen, der seine Träume auf die Bewohner überträgt, sie also steuerbar und damit beeinflußbar macht. Diese Beeinflussung liegt nun im Interesse der Ratsherren, die von dem neuen Traummeister, Kilean, natürlich erwarten, daß er seine, d. h. ihre Träume zur Festigung der bestehenden Machtverhältnisse einsetzt. Doch aus der anfänglich noch kindlich naiven Glauke, die ihr Vater gern als Lebensgefährtin des Traummeisters sehen würde, wird schon bald eine zentrale Figur im Spannungsgeflecht zwischen Kilean und dem Rat der Stadt. Der neue Traummeister versucht, mittels des Mediums Traum die feudalistischen Strukturen aufzubrechen und eine Gesellschaft zu gründen, die den Leitsätzen der französischen Revolution verpflichtet ist. Der sich daraus ergebende Aufstand endet mit einem Blutbad, und am Ende liegt Miscara in Trümmern — oder war alles nur ein Traum?

Kilean versucht die Wirklichkeit durch den Traum zu beeinflussen, wo die Ratsherren den Status quo institutionalisieren wollen, macht er sich gemäß Hegelscher Maßgabe daran, das Reich der Ideen zu revolutionieren, zwar hält auch im *Traummeister* die Wirklichkeit nicht stand, doch keinesfalls in der von Hegel antizipierten Weise. Es zeigt sich aber auch, daß die Wirklichkeit des Traummeisters kein homogenes Gebilde ist, und er selbst in seinen Gedanken nicht geradlinig genug, um zumindest das Reich der Ideen sinnvoll zu strukturieren. Kilean versagt, scheitert an sich selbst, an den Umständen und daran, daß er ein Mensch ist, aber Übermenschliches vollbringen will. Ausdruck der Ahnung eigener Unzulänglichkeit ist seine verzweifelte Suche nach dem Buch Nerevs, der fünfundzwanzig Jahre früher den Bewohnern Miscaras das Träumen verboten hat. Als dieses Buch dann von Glauke gefunden wird, ist es einerseits zu spät und bringt andererseits auch nicht die erwarteten Aufschlüsse. Kilean scheitert aber auch, weil er sich keine Selbstbeschränkung auferlegt und sich mit dem Machbaren zufrieden gibt.

Glauke, seine Gefährtin und Tochter des Ratsherren Erast, hin und her gerissen zwischen Pflichterfüllung, Familien- und Gesellschaftsbanden, Liebe und Aufbegehren, ist die wirklich tragische Protagonistin des Romans. Während Kilean mit zunehmender Dauer seiner Tätigkeit als Traummeister mehr und mehr in der Irrationalität seiner Vision versinkt, steht Glauke zwischen dem einen Pol Kilean, den sie nie ganz verstehen kann, und dem anderen Pol, der durch ihre Herkunft definiert ist. Kileans Wirklichkeitsverlust kulminiert in der Aussage: *»Ja, Glauke, die Gegenwart ist der Traum. Wir haben die Wirklichkeit zerstört. Es ist nichts mehr da außer unseren Träumen. Und wennschon, ob du unser Dasein nun Wirklichkeit nennst oder Traum — welche Rolle spielt das?«*

Hier kommt deutlich die schon angesprochene ontologische Dimension der Science Fiction von Angela und Karlheinz Steinmüller zum Tragen. In dem Roman ist natürlich auch die ewig unlösbare Frage versteckt, wach' ich oder träum' ich? Können Träume, so wie im *Traummeister,* real werden? Welcher Bestand bzw. welche Qualität kommt in diesem Fall der Wirklichkeit zu, wenn diese nicht in der zu erwartenden Weise festgefügt ist? Die von Kilean in dem oben angeführten Zitat implizierte Inversion beider ontologischen Kategorien würde es tatsächlich unerheblich machen, ob es sich um einen Traum oder die Wirklichkeit handelt, doch zeigt sich auch in diesem Roman, daß der Wirklichkeit die größeren Beharrungskräfte innewohnen, und die Transformation von Traum in Wirklichkeit zu entscheidenden Übermittlungsfehlern führt. Das ist der prinzipielle Fehler, der Kilean unterläuft, denn diese beiden Kategorien sind nicht austauschbar, was Glauke beim Tod ihres Vaters schmerzlich bewußt wird.

Ist nun der *Traummeister* der Abgesang auf die DDR?

Haben die »Traummeister« in Ostberlin den sozialistischen Traum geträumt und dabei den Bezug zur Wirklichkeit verloren? Zu leicht würde man geneigt sein, ja zu sagen, doch wie so oft ist gerade phantastische Literatur jeglicher Spielart nur in den seltensten Fällen direkt an der Latte der Wirklichkeit zu messen. Zur Zeit der Entstehung des Romans waren die Ereignisse der letzten zwei Jahre für niemanden, am wenigsten wohl für Bewohner der DDR, voraussehbar, und der Roman *Der Traummeister* war schon lange vor den Entwicklungen im Sommer 1989 fertiggestellt. Ohne Zweifel sind auch hier Anspielungen und Bezüge zum politischen System der Ex-DDR zu finden, die wahrscheinlich für den Leser dort wesentlich einfacher zu entschlüsseln sind als für jemanden, der mit den gesellschaftlichen Bedingungen in der ehemaligen DDR nicht so vertraut ist, doch anders als Johanna und Günter Braun haben die Steinmüllers primär das Gewicht ihrer schriftstellerischen Arbeit nicht auf Anprangerung des ostpreußischen Systems gelegt, sondern gerade im *Traummeister* versucht, in allgemeinen ontologischen Kategorien zu demonstrieren, warum bestimmte Konfigurationen nicht den erhofften Erfolg bringen können. Gerade in diesem Roman zeigen Angela und Karlheinz Steinmüller, daß die Interdependenz zwischen Erwartungshaltung einerseits (zuerst die Ratsherren, dann das von Kileans Träumen aufgestachelte Volk) und Fähigkeiten des Einzelnen andererseits zu einer Situation führen können, die nicht mehr kontrollierbar ist. Es ist nicht unbedingt der (sozialistische) Traum, der schlecht ist, sondern es kommt auch auf den Träumer an, der nie den Bezug zur Wirklichkeit verlieren darf.

AUTOREN

Reductio ad absurdum – Die Science Fiction des David I. Masson

von Michael K. Iwoleit

The time is out of joint: — O cursed spite,
That ever I was born to set it right!

Die Zeit ist aus den Fugen; Schmach und Gram,
daß ich zur Welt, sie einzurichten, kam.

Hamlet 1,5

So müßig der Versuch sein mag, das Genre Science Fiction zu definieren, so dürfte doch allgemeines Einvernehmen darüber bestehen, daß die Welt in einem Science Fiction-Roman oder einer -Story sich auf bestimmte Weise von der Erfahrungswelt des Autors und des Lesers unterscheidet. Darko Suvin hat von einem Element der erkenntnisbezogenen Verfremdung als konstituierendem Bestandteil eines SF-Textes gesprochen und damit näherungsweise eine Abgrenzung gegenüber anderen Gattungen der phantastischen Literatur vorgenommen.[1] Verfremdungstechniken gibt es nun sicher auch im Mainstream-Bereich. Das Ineinandergreifen von Traum und Realität, die Gestaltung des »inner space«, des »stream of consciousness« usw. sind keine Erfindungen der modernen SF. Der entscheidende Unterschied besteht aber darin, daß die Science Fiction nicht die vertraute Realität aus ungewohntem Blickwinkel schildert, sondern alternative Realitäten entwirft. Für die Protagonisten einer Science Fiction-Geschichte ist die Welt real, in der sie agieren. SF

[1] Siehe: Darko Suvin: POETIK DER SCIENCE FICTION. Zur Theorie und Geschichte einer literarischen Gattung, Frankfurt am Main 1979, Suhrkamp Taschenbuch 539, Phantastische Bibliothek 31.

David I. Masson *Copyright © by Michael Iwoleit*

täuscht alternative Realität vor. Dabei bemißt sich ihre Qualität als künstlerisches Ausdrucksmittel daran, wie die Überzeugungskraft der Alternative den Blick des Lesers geschärft hat, wenn er sich nach Berührung mit der imaginären wieder seiner vertrauten Wirklichkeit zuwendet. Ganz gleich, ob es sich um politische oder ökologische Extrapolationen, Alternativwelten oder Dystopien handelt, der (emotionale oder intellektuelle) Erkenntniswert von Science Fiction kommt in dem Moment zum Tragen, wenn der Leser auf einer vielleicht nur unterschwelligen oder metaphorischen Ebene Übereinstimmungen zwischen der fiktiven und seiner realen Welt feststellt. SF ist dann am besten, wenn sie sich scheinbar weit von der Wirklichkeit entfernt, ihr damit aber zugleich ganz nah kommt.

Dabei hat ein SF-Autor nicht bloß die Freiheit, die Realität in der Weise zu sprengen, daß er Dinge schildert, die es (noch) nicht gibt. Science Fiction kann mehr sein als eine simple »Zukunftsliteratur«. Es käme einer Beschneidung literarischer Möglichkeiten gleich, wollte man ihre Aufgaben darauf beschränken, das Feld des *Möglichen* zu erkunden. Denn sie kann nicht nur Menschen, Erfindungen und Gesellschaften schildern, die in Raum und Zeit irgendwo anders lokalisiert sind, sondern Raum und Zeit selbst zu ihrem Thema machen. Die Mainstream-Literatur beschreibt allenfalls veränderte oder gestörte Wahrnehmungen und Auffassungen der raumzeitlichen Ordnung, die SF dringt dagegen bis in Bereiche vor, wo die Realität *anders beschaffen ist,* wo die Zeit anders verläuft, der Raum andere Eigenschaften aufweist. Ein geschickter SF-Autor vermag, indem er solche Alternativen durchdenkt, also grundlegende ontologische Kriterien des Daseins umstößt, Verfremdungseffekte zu erzielen, die sich durch keinerlei Erfahrungen aus der Mainstream-Literatur ersetzen lassen.[2]

---

[2] Karl Michael Armer weist in seinem Nachwort zur Anthologie DIE FUSSANGELN DER ZEIT darauf hin, daß es eine vertane Chance der Mainstream-Literatur sei, sich diese Freiheiten nicht auch genommen zu haben. Fragt sich allerdings, ob eine Erzählung dadurch nicht automatisch zur SF-Story würde.

Bei allem Vorbehalt gegenüber Verallgemeinerungen ist es vielleicht nicht ganz verfehlt, zu behaupten, daß sich die Science Fiction-Kurzgeschichte in solch extremen Bereichen als erzählerisches Medium besonders bewährt hat. Die SF-Story unterscheidet sich von der »gewöhnlichen« Kurzgeschichte durch eine Eigenschaft, auf die schon Harry Harrison hinwies, als er sie entwicklungsgeschichtlich auf die Erzählungen von E. A. Poe und H. G. Wells zurückführte, in denen erstmals nicht eine Person sondern eine Idee als Protagonist auftrat.[3] In vielen der besten modernen SF-Stories — auf Beispiele werde ich noch zurückkommen — sind die Figuren deutlich als Platzhalter, nicht als psychologisch vertiefte Charaktere konzipiert. Der Leser nimmt gewissermaßen ihre Position ein. Die differenzierten menschlichen Reaktionen auf das, was ihnen zustößt, sind eher seine eigenen. Dem Autor ist die physische Situation wichtiger. Die SF-Story stellt ein Novum, eine Idee, eine Vision vor. Sie umreißt ihren Realitätsentwurf auf engstem Raum und überläßt die Reflexion dem Leser. Dabei entstehen ganz andere Wirkungen als bei einem romanlangen Text, bei dem Charaktere im Mittelpunkt stehen müssen, die seine Handlung tragen. Der SF-Roman mag tiefer gehen, die SF-Story aber ist radikaler. Sie konfrontiert den Leser mit einem unkommentierten Bruch der vertrauten Realität. So wundert es nicht, daß gerade Meister dieser Ausdrucksweise ein oft an Besessenheit grenzendes Interesse an dem Thema Zeit entwickelt haben. Sie haben die ausgefahrenen Schienen der konventionellen Zeitreisegeschichte, des ausgeklügelten Zeitparadoxons verlassen und Zeit (und Raum) in Instrumente umgewandelt, mit denen sie Aspekte der menschlichen Existenz ad absurdum führen.

J. G. Ballard, der wohl überragende Kurzgeschichtenautor der modernen Science Fiction, hat diese Technik auf seine ureigenste Weise zu Perfektion entwickelt. Er hat die Zeit umgekehrt, um heimliche Regressionswünsche seiner Protagonisten Wirklichkeit werden zu lassen (»Mr. F. Is Mr. F«),

[3] In seinem Vorwort zur Collection THE CALTRAPS OF TIME.

hat Zeitlichkeit und Entropie als grundlegende Gesetzmäßigkeiten des ganzen Kosmos erkundet (»The Waiting-Grounds«, »The Voices of Time«) und insofern immer das Thema Zeit behandelt, als die typischen Symbole seiner zeitlosen Landschaften — Wasser, Beton, Sand, Kristall — für bestimmte Zeitebenen stehen, für Vergangenheit, Gegenwart, Zukunft und zeitlose Zeit.[4] In Ballards Kurzgeschichten wird die Beschaffenheit der menschlichen Psyche nie unmittelbar, sondern auf einer abstrakten Ebene untersucht. Er ist ein symbolischer Schriftsteller, ein metaphernreicher Science Fiction-Surrealist, dessen Stories oft wie mit den Mitteln der Prosa gestaltete Gemälde wirken. Seine Methoden zu adaptieren oder zu kopieren hieße, sich mit einem Stilisten messen zu wollen, der seinesgleichen in der Science Fiction nicht hat. Welch vielfältige Möglichkeiten es daneben aber noch gibt, Zeit als Gestaltungs- und Ausdrucksmittel in der SF anzuwenden, zeigt das Schaffen eines Mannes, der in der Bundesrepublik zwar weniger bekannt (und gewürdigt) ist als Ballard, ihm aber an literarischer Meisterschaft kaum nachsteht. Es handelt sich um den Engländer David I. Masson.

Inmitten eines Genres, das von Vielschreibern dominiert wird, ist David Masson einer jener Autoren, deren Stärke ihre Konzentration ist. Sie verzichten auf einen emsigen Ausstoß, eignen sich keine »Masche« an, nach der sie ihre Texte fortan stricken, sondern warten mit einer überschaubaren Anzahl von Veröffentlichungen auf, von denen jede ein Ereignis für sich darstellt. David Massons Werk beläuft sich auf lediglich zehn Erzählungen von insgesamt nicht einmal 300 Druckseiten Umfang, aber es zeichnet sich wohl gerade deshalb durch ein Maß an Ideen, Originalität und auch formaler Finesse aus, das manch anderem Autor für ein umfangreiches Lebenswerk ausreichen würde. Er gehört zu den wenigen Schriftstellern der New Wave-SF, die die im Gan-

[4] Näheres dazu in: David Pringle: Zwei Aspekte in J. G. Ballards Werk, in: Franz Rottensteiner (Hrsg.): POLARIS 7. Ein Science Fiction-Almanach, Frankfurt am Main 1983, Suhrkamp Taschenbuch 931, Phantastische Bibliothek 104.

zen etwas orientierungslosen Bemühungen dieser Bewegung um eine Erneuerung der SF tatsächlich um neue Perspektiven bereichert haben. Dabei hat er einen typischen Fehler vermieden, der den Vertretern der New Wave von Kritikern unterschiedlicher Richtungen häufig vorgehalten wurde, nämlich nicht versucht, schon historisch gewordene Methoden der literarischen Moderne außerhalb der SF für das Genre zu adaptieren, sondern sich auf die potentiellen Qualitäten der SF selbst besonnen.[5] Seine Stories entstanden in der Begegnung eines über die SF hinaus gebildeten Denkers mit dem Instrumentarium eines Genres, das sich für die Formulierung seiner Weltsicht anbot. Von der konventionellen SF, klassischen Zeitreisestories wie etwas Heinleins »All You Zombies« (dt. »Entführung in die Zukunft«) oder »By His Bootstraps« (dt. »Im Kreis«) hat er sich ebenso weit entfernt, wie Ballard über die englischen Katastrophenklassiker John Wyndhams hinausgegangen ist. Massons Thema ist vielmehr — wobei diese Verallgemeinerung zugegebenermaßen heikel ist — die Menschheit als eine dem organisierten Wahnsinn anheimgefallene Spezies. Er schuf mit den Mitteln der Science Fiction säkularisierte Höllen, in denen sich die Absurditäten unserer eigenen aus den Fugen geratenen Welt widerspiegeln. In ihrem symbolischen Gehalt sind seine Stories deshalb nach wie vor so zeitgemäß, daß es sich lohnt, seine Verfahrensweise einmal etwas näher zu untersuchen.

David Irvine Masson wurde 1915 in Edinburgh, Schottland, geboren und ist damit eine Generation älter als andere wichtige New Wave-Autoren. Er absolvierte ein Studium der englischen Sprache an der Universität Oxford, mit dem er

[5] Derartige Kritik an der New Wave findet sich etwa in folgenden Arbeiten: Franz Rottensteiner: Erneuerung und Beharrung in der Science Fiction, in: Eike Barmeyer (Hrsg.): SCIENCE FICTION. Theorie und Geschichte, München 1972, Wilhelm Fink Verlag, UTB 132. Suerbaum/Broich/Borgmaier: SCIENCE FICTION. Theorie und Geschichte, Themen und Typen, Form und Weltbild, Stuttgart 1981, Philipp Reclam-Verlag.
Herbert W. Franke: Literatur und Science Fiction, in: Bernt Engelmann (Hrsg.): VS VERTRAULICH, Band 3, München 1979, Goldmann Taschenbuch 3885.

sich den Grad eines Master of Arts in Englischer Literatur erwarb, nahm im Royal Army Medical Corps am Zweiten Weltkrieg teil und war anschließend als Bibliothekar an den Universitäten Liverpool und Leeds tätig, bevor er sich 1979 zur Ruhe setzte. Er veröffentlichte zwischen 1951 und 1976 eine Reihe von Artikeln in akademischen Periodika, Textsammlungen und einer amerikanischen Enzyklopädie über Dichtung und Poetik zum Thema phonetischer Klänge und Klangmuster in der Dichtung verschiedener Sprachen, wobei er unter anderem auch Sonette des deutschen Dichters Rainer Maria Rilke untersuchte. In den siebziger Jahren steuerte er außerdem Rezensionen, Essays und Briefe zu Science Fiction-Zeitschriften wie *Foundation* bei. Als Leser kam er mit der SF bereits in den dreißiger Jahren durch das Werk von H. G. Wells in Berührung, beschäftigte sich nach dem Zweiten Weltkrieg mit den Werken von John Wyndham und C. S. Lewis und begann schließlich englische und amerikanische Anthologien zu lesen. Autoren wie Aldiss, Ballard, Blish, Brunner, Kornbluth, Le Guin oder Lem lernte er erst kennen, nachdem er bereits Kontakte mit dem Magazin *New Worlds* geknüpft hatte, in dem Michael Moorcock die Autoren der New Wave mit Ballard an der Spitze um sich versammelte; es dürfte also keiner von ihnen einen Einfluß auf sein Schaffen ausgeübt haben. Seine ersten sieben Erzählungen entstanden ungefähr in der Mitte der sechziger Jahre und erschienen alle ursprünglich in der *New Worlds*. Die erste davon, »Traveller's Rest«, reichte er auf Anregung eines Schriftstellerkollegen an den Herausgeber dieses Magazins ein, und sie wurde dort im September 1965 veröffentlicht. Es folgten »Mouth of Hell« (Januar 1966), »A Two-Timer« (Februar 1966), »Psychosmosis« (März 1966), »The Transfinite Choice« (August 1966[6]), »Lost Ground« (Dezember 1966[7]) und schließlich im Juli 1967 »Not So Certain«. 1968

[6] Diese Story wurde für die Buchausgabe noch etwas bearbeitet und Druckfehler korrigiert.

[7] Diese Angabe ist nicht ganz sicher. Die Erzählung erschien in der Nummer 169, wahrscheinlich der Dezember-Ausgabe, ein Datum ist jedoch nicht angegeben.

wurden diese Erzählungen einschließlich einiger Vorbemerkungen zu der bei Faber and Faber in London publizierten Sammlung THE CALTRAPS OF TIME zusammengefaßt. Seine drei späteren Geschichten »Take It or Leave It«[8], »The Show Must Go On«[9] und »Doctor Fausta«[10] entstanden etwa zwischen 1967 und 1970 und erschienen in englischen und amerikanischen Anthologien. Einige der Stories aus THE CALTRAPS OF TIME, insbesondere »Traveller's Rest«, erlebten Nachdrucke in diversen Anthologien und wurden ins Portugiesische, Japanische, Holländische und Norwegische übersetzt. Die Collection selbst wurde in der New English Library mit einer Einleitung von Harry Harrison im Paperbackformat neu aufgelegt. Eine deutsche Übersetzung durch Horst Pukallus erschien erst 1984 unter dem Titel AN DEN GRENZEN DER ZEIT in der Science Fiction-Reihe des Ullstein-Verlages, einzelne Stories auch in Anthologien.[11]

Als Autor, der der kurzen Form in der Science Fiction den Vorrang einräumt, hat David I. Masson eine erzählerische Dichte erreicht, die sich auch mit großen Stories außerhalb oder am Rande der SF, etwa Thomas Pynchons frühe Erzählungen in SLOW LEARNER, messen kann. Er hat an keinen bestimmten SF-Autoren angeknüpft, sondern das generelle spekulative Potential der SF für sich genutzt. Obwohl sein Interesse mehr den Formen einer »Neomythologie«, der Fabel und Parabel, ferner der Satire gilt, weniger der Futurologie, hat er sich um eine naturwissenschaftlich glaubhafte Darstellung seiner fiktiven Welten bemüht (die er außer in gewollt ausufernden Satiren durchaus für notwendig hält). Seine Geschichten sind bis in die Einzelheiten gut durch-

---

[8] in: Harry Harrison (Hrsg.): THE YEAR 2000: AN ANTHOLOGY, Doubleday & Company, Inc., Garden City, New York 1970.

[9] in: George Hay (Hrsg.): THE DISAPPEARING FUTURE: A SYMPOSIUM OF SPECULATION, Panther Science Fiction, London 1970.

[10] in: George Hay (Hrsg.): STOPWATCH. A Collection of International Science Fiction Stories, New English Library, London 1974.

[11] »A Two-Timer« und »Traveller's Rest« unter den Titeln »Reis durch zween Zeiten« bzw. »Ablösung« in: Karl Michael Armer & Wolfgang Jeschke (Hrsg.): DIE FUSSANGELN DER ZEIT, München 1984, Heyne-Verlag, Bibliothek der Science Fiction Literatur 28.

dacht, ihre Schilderungen plastisch und detailfreudig, ihr Stil flüssig und darüber hinaus kennzeichnen ihn zwei Vorzüge, die in der SF noch selten sind: seine besondere Behandlung der Sprache und seine besondere Behandlung der Zeit.

In der konventionellen SF ist der Irrtum verbreitet, man könne die Dinge von Morgen in der Sprache von gestern schildern.[12] Es herrscht eine bemerkenswerte Naivität, was die Beziehung zwischen der Beschaffenheit einer Sprache und den Eigenschaften der Umwelt angeht, in der sie gesprochen wird. Nur wenige Autoren bemühen sich darum, ihre Beschreibungen von der »Hardware«, dem futuristischen Environment, auf die Ebene der menschlichen Kommunikation auszudehnen. David Masson ist in dieser Hinsicht aufgrund seiner fundierten sprachwissenschaftlichen Kenntnisse beinahe so etwas wie ein Pionier. Er beschränkt sich nicht auf die Schaffung eines neuen Vokabulars, auf andere Bezeichnungen für andere Dinge, sondern erlaubt dem Leser in den Dialogen sogar Einblicke in Veränderungen des Satzbaus, der Aussprache, der ganzen Ausdrucksweise. Dabei hat er einige originelle Lösungen für das spezifische Sprachproblem der Science Fiction gefunden, das darin besteht, daß einem Leser des 20. Jahrhunderts ja auch die Möglichkeit gegeben werden muß, eine erdachte Sprache z.B. des 24. zu verstehen.[13] So gibt er in »The Transfinite Choice« zukünftiges Englisch zunächst durch das Gehör eines Zeitgenossen des Lesers wieder und schafft so einen Eindruck vom tatsächlichen Umfang der Sprachentwicklung, ehe er eine »Übersetzung« in die Aussprache des 20. Jahrhunderts vornimmt, in der die futuristische Sprache nur zum Teil erhalten bleibt. (Auf das Sprachproblem werde ich bei der Besprechung dieser Geschichte noch detaillierter eingehen.)

---

[12] Aber nicht nur bei den Autoren. Bei einer Lesung im November 1988 im Rahmen des Literaturcafés zum Thema Science Fiction bei den Stadtwerken Düsseldorf stellte eine Zuhörerin z.B. zu einem vorangegangenen Vortrag die Frage, ob die »vielen technischen Begriffe« nicht SF-unerfahrene Leser vom Genre abhalten.

[13] Dieses Problem wird u.a. in der unter 5 genannten Publikation von Suerbaum/Broich/Borgmaier in Abschnitt 5.8.1 behandelt.

Sein Umgang mit der Zeit schließlich erschöpft sich nicht in ihrem Einsatz als Motiv und Thema, sondern schlägt sich auch in der Dramaturgie seiner Geschichten nieder. Das, was die Literaturwissenschaftler als Verhältnis zwischen »Erzählzeit« und »erzählter Zeit« bezeichnen, ist bei ihm ein maßgeblicher Erzählfaktor. Wie viele Seiten er jeweils auf die Schilderung eines bestimmten *Handlungszeitraums* verwendet, steht in engem Zusammenhang mit dem Inhalt einer Story, mit der Perspektive und Situation der Protagonisten, mit dem Stand ihrer Erfahrungen und Eindrücke. Methoden dieser Art sind gewiß keine alleinige Errungenschaft Massons und fehlen auch in der SF nicht völlig (man denke an J. G. Ballards Bemühungen um eine Überwindung der linearen Erzählform im »The Terminal Beach« und seinen *condensed novels* oder an den Roman ZEITSTURM des Deutschen Reinmar Cunis), aber kaum einer hat sie so effektvoll gehandhabt wie er.

In Massons Sammlung THE CALTRAPS OF TIME befinden sich insbesondere vier Beiträge, an denen sich unter Berücksichtigung dieser beiden Aspekte, die jeweils unterschiedlich konkretisiert und zueinander in Beziehung gesetzt werden, seine außerordentliche Fähigkeit aufzeigen läßt, auf dem Wege einer Verzerrung oder Auflösung von Raum und Zeit eine symbolische Zuspitzung der Wirklichkeit zu erreichen. Er bevorzugt in ihnen den Blickwinkel eines kühlen, distanzierten Beobachters, der alle sich anbietenden literarischen Mittel einsetzt, um den Wahnsinn der menschlichen Spezies noch an kleinsten Einzelheiten zu konstatieren.

»Traveller's Rest« (dt. »An der Zeitfront«, auch »Ablösung«), Massons bekannteste und vielleicht wichtigste Geschichte, ist auf den ersten Blick eine Parabel über den Wahnsinn des Krieges, bei näherem Hinsehen ist sie aber noch viel mehr. Bei aller Vorsicht vor Superlativen darf man in ihrem Fall getrost behaupten, daß sie in die Reihe der bestkomponierten und ausdrucksstärksten Stories der neueren SF gehört. Waren Ballards »The Terminal Beach« (dt. »Der finale Strand«) eine verschlüsselte Zustandsbeschreibung des Atomzeitalters, »The Subliminal Man« (dt. »Der unterbewußte Mann«) desselben Autors eine *reductio ad absurdum* der Wegwerfgesellschaft, Daniel Keyes' »Flowers for Algernon« (dt. »Blumen für Algernon«) ein modernes Märchen über den Menschen im Zugriff der Wissenschaft und Barry N. Malzbergs »The Final War« (dt. »Der letzte Krieg«) eine schonungslose Bloßstellung jeglicher Form der bewaffneten Auseinandersetzung, so ist »Traveller's Rest« eine pessimistische Deutung der menschlichen Existenz schlechthin. Dabei ist ihre Handlung recht einfach und geradlinig, wenn man sie in einigen Sätzen zusammenzufassen versucht. »An der Zeitfront« wird ein apokalyptischer Krieg gegen einen nie gesehenen Feind ausgefochten, in einer Welt, die von Norden nach Süden ein Zeitgradient durchläuft. Einem Zeitraum von wenigen Sekunden im äußersten Norden entsprechen viele Jahre im tiefen Süden. Die Handlung der Story umfaßt einen längeren Lebensabschnitt eines Frontsoldaten, der nach seiner Ablösung in den friedlichen, zivilisierten Süden reist, sich eine Existenz aufbaut und eine Familie gründet, ehe er nach zwanzig Jahren wieder einberufen wird. Bei seiner Rückkehr zur Front sind in dem Geschützbunker, in dem seine Ablösung kurz nach ihrem Einsatz gefallen ist, nicht einmal zwanzig Minuten vergangen. Erst in Konfrontation mit der jüngsten Kampfsituation ahnt er, daß die Geschütze aufgrund einer unendlichen Zeitbeschleunigung an der Front möglicherweise auf sich selbst feuern, daß es einen Feind überhaupt nicht gibt.

Bei diesem schlichten Handlungsgerüst erweist sich Massons eigentliches Geschick darin, wie er es auf allen Ebenen der literarischen Gestaltung mitvollzieht. So fällt schon bei oberflächlichem Anlesen auf, daß der Text von »Traveller's Rest« einen ähnlichen Gradienten aufweist wie den, den die Story beschreibt. Je weiter sich der Handlungsort nach Süden verlagert, um so größere Handlungszeiträume werden auf einer Seite behandelt. Der Beginn schildert eine quasi statische Szene, das unaufhörliche Chaos an der Front, den Dialog mit einem Vorgesetzten und den Aufbruch des Soldaten nach Süden. Bis zur darauffolgenden Seite vergehen etwa 95 Sekunden[14], bis zur übernächsten 480, bis zur sechsten Seite ist der Protagonist dann schon 90 Minuten unterwegs und fünf Seiten später sind seit seiner Ablösung neunzehn Tage vergangen. Seine Eingliederung ins soziale Umfeld beansprucht nur wenige Zeilen und es folgen einige miteinander verknüpfte Urlaubsszenen, die die Jahre seines Familienlebens auf fünf Seiten raffen. Erst in der Szene, als einige Militärbeamte ihn an einem Tag nach Arbeitsschluß von seiner Wiedereinberufung unterrichten und so aus der ihm vertraut gewordenen Existenz herausreißen, kommt die Dynamik der Erzählung einen Moment zum Stillstand, ehe die Rückreise zur Front geschildert wird und die Handlung wieder in die Ausgangssituation einmündet. Eingespannt in den Bogen dieser perfekten Zeiteinteilung sind zwei weitere wesentliche Komponenten der Darstellung, von denen eine auf die Erweiterung der Perspektive des Protagonisten während der Reise nach Süden, die andere auf seine zunehmende Individualisierung abzielt.

Zu den Nebeneffekten des Zeitgradienten gehört, daß die Sicht nach Norden aufgrund einer Rotverschiebung des Lichts nur bis in bestimmte Entfernung möglich ist, während eine Blauverschiebung nach Süden hin dasselbe bewirkt. Der so entstehende Sichtbarkeitskorridor (es gibt auch entsprechende akustische Phänomene, die eine Verständigung auf- und abwärts des Gradienten erschweren) ist nah der Front nur wenige Dutzend Meter breit, weitet sich aber, je mehr der Zeitgradient in südlicher Richtung abflacht. Infolgedessen kann der Protagonist im Laufe der Reise immer größere Landschaftsabschnitte überblicken. Parallel dazu gehen Krieg und Frieden gleitend ineinander über. In demselben Maße, wie die Sichtschranken auseinanderweichen, machen militärische Einrichtungen dem zivilen Leben Platz. Dem nüchternen Gesprächston an der Front steht die private Intimität der im Süden angesiedelten Familienszenen gegenüber. Aus dem gesichtslosen Soldaten, dessen Name, an

[14] Diese Angaben beziehen sich auf die deutsche Übersetzung von Horst Pukallus. Die Seitenzählung beginnt mit Ende des einleitenden Dialogs.

der Front noch auf das Initial H. verkürzt, im Süden seine volle Länge Hadolarisóndamo[15] erhält, wird ein menschliches Individuum mit einem Beruf, Freizeitinteressen und einer bürgerlichen Existenz. Die Sichtbarrieren sind tief im Süden, wo er seinen Urlaub zubringt, ebenso weit fortgerückt wie seine Erinnerungen an den Krieg, die ihn nur in ruhelosen Nächten noch beschäftigen. Der bizarre Konflikt scheint für sein Leben keine Bedeutung mehr zu haben. Aber das ist ein Irrtum.

Erst Arisóns unvermutete Wiedereinberufung macht schlagartig deutlich, wie wenig sein privates Leben angesichts der Gesetzmäßigkeiten seiner Welt wiegt, wie die glücklichen Zeiten des Lebens nach den Maßstäben der Front zu flüchtigen Sekundenbruchteilen schrumpfen. Weil die Menschen an der Front möglicherweise einen Krieg gegen sich selber führen, sind dies aber nicht die Auswirkungen eines von außen durch einen Feind aufgezwungenen, sondern eines sich selbst auslösenden und reproduzierenden Wahnsinns. Die Frage des Autors in einer Vorbemerkung der Faber and Faber-Ausgabe, ob diese Story etwas über das menschliche Dasein auszusagen habe, läßt sich somit dahingehend beantworten, daß die Welt in »Traveller's Rest« den Sinn menschlichen Daseins überhaupt in Frage stellt. Freilich ist auch ihr Schrecken von den Mechanismen der Anpassung und Gewöhnung längst okkupiert worden. So wie Arisón sich nach seiner Rückkehr in den Süden problemlos an die inzwischen veränderte Lebensweise anpaßt, so reibungslos ist die südliche Zivilisation mit dem im Norden gegen den ansteigenden Zeitgradienten geführten Krieg als Grundvoraussetzung organisiert. Man versucht sich mit der Wirklichkeit zu arrangieren. Nach Sinn oder Unsinn fragt niemand.

Die bizarrste Metapher stellt »Traveller's Rest« ins Massons Schaffen allerdings nicht einmal dar. In noch kompri-

[15] Obwohl die Namen in dieser Erzählung quasi-afrikanische Anklänge aufweisen, dient die fremdartige Namensgebung in Massons Stories schlicht nur dem Zweck, zu zeigen, daß es sich um andere Welten als die vertraute handelt (so auch in »Mouth of Hell«).

mierterer Form umreißt »The Transfinite Choice« (dt. »Die unendliche Wahl«) eine Menschheit in ihrem selbstgeschaffenen Gefängnis. Hier stellt kein raumzeitliches Phänomen die Ausgangsbedingung für eine apokalyptische Weltordnung, sondern bietet sogar einen Ausweg aus dem globalen Dilemma an. Angesiedelt ist diese Welt, obwohl eine konkrete Jahreszahl genannt wird, weniger in einer greifbaren Zukunft als im Bewußtsein des Protagonisten. Der junge Physiker Naverson Builth nämlich, den es bei einem Unfall in einem Teilchenbeschleuniger ins Jahr 2346 verschlägt, erlebt statt einer modernen Variante der altbekannten Zeitreise eine Aufspaltung seiner subjektiven Realität in zwei »Fraktionen«.[16] Auf der Gegenwartsebene liegt er 49 Jahre lang permanent im Koma, während er über dieselbe Zeitspanne auf der Zukunftsebene als Wissenschaftler Karriere macht. In ständig zwischen herausgegriffenen Szenen und übergreifenden Schilderungen wechselndem Rhythmus bündelt Masson diese Karriere auf zwölf Seiten, wobei er den Fortschritt von Naversons Forschungen in den Vordergrund stellt. So entspricht die Story schon im äußeren Aufbau den gedrängten Verhältnissen einer hoffnungslos überbevölkerten Erde, auf der nur eine schmale Schicht von Privilegierten menschenwürdige Lebensumstände genießt. Naverson arbeitet in einer Forschungsabteilung, in der man durch Manipulation der subatomaren Struktur der Materie Einfluß auf die menschliche Lebenserwartung zu nehmen versucht. Dabei wird unversehens eine Möglichkeit entdeckt, den Bevölkerungsüberschuß in Parallelwelten abzuschieben, in denen bestimmte zeitliche Parameter andere Werte aufweisen. Nach der Erprobung dieses Verfahrens werden weltweit Tausende von Anlagen eingerichtet, mit denen man Millionen Emigranten täglich in die Parallelen befördert. Dennoch

[16] So der Wortlaut des Originals. Der Begriff läßt sich nicht direkt ins Deutsche übernehmen. Der von Masson geschilderte Sachverhalt weist wohl am ehesten Parallelen mit einer »fraktionierten Destillation« auf, wo ein Stoffgemisch durch gleitende Erhitzung in seine einzelnen Komponenten zerlegt wird. Die Mehrdeutigkeit des Begriffs »Fraktion« macht ihn im Deutschen jedoch mißverständlich.

nimmt die Bevölkerungszahl nicht in erwarteter Weise ab, denn in den Parallelen, die man irrtümlicherweise für unbewohnt hielt, wurde ungefähr zur selben Zeit die vermeintliche Lösung ebenfalls entdeckt. Das anfänglich hoffnungsvolle Programm mündet durch eingeschleppte Virusepidemien und Zusammenstöße zwischen der heimischen Bevölkerung und den Einwanderern aus anderen Parallelen in eine Katastrophe. Die Menschheit kann der einmal eingetretenen Situation nicht entrinnen. Zeit und Raum halten keine Lösung bereit, sondern manifestieren ihre Bewegungsunfähigkeit nur.

Die geradezu schwindelerregenden Effekte dieser Erzählung verdanken sich einer Fülle außergewöhnlicher Ideen, die Harry Harrison zu der Bemerkung veranlaßte, Masson sei hier »mit dieser von ihm erdachten Welt (...) so gut vertraut, daß er ein Buch über sie schreiben könnte; die Fülle seines imaginativen Wissens ist offen ersichtlich«.[17] Weniger offen ersichtlich ist allerdings, bis in welche sprachlichen Details die Realisierung reicht. So wie der Großteil der Dialoge nach der oben bereits angesprochenen Methode nur in »Übersetzungen« vorliegt, was in der Geschichte selbst angemerkt wird, ist auch das Alltagsvokabular (mit neuen Wortbedeutungen und Wortbildungen) und der Begriffsapparat der Wissenschaft nicht vollständig extrapoliert, um die Lesbarkeit des Textes zu wahren. Die Namen der Personen sind aus Partikeln unterschiedlicher Sprachen zusammengezogen, eine Folge der zunehmenden Völkervermischung und der Verdichtung der Sprachbestandteile in der Geschichte des 20. bis 24. Jahrhunderts. Man spricht ein chiffrenhaftes Englisch. Die Syntax spart bestimmte Artikel, Präpositionen, Hilfswörter und Nebensätze weitgehend aus. Die Ausdrucksweise neigt zu Kürze und Funktionalität, womit sie der Hetze und Enge des modernen Lebens entspricht. Die Veränderungen der Aussprache seit dem 20.

[17] Harry Harrison: Vorwort, in: David I. Masson: AN DEN GRENZEN DER ZEIT, Frankfurt am Main/Berlin/Wien 1984, Ullstein Science Fiction 31077, S. 8.

Jahrhundert, den Austausch alter sprachlicher Laute durch neue, behandelt Mason nur in der kurzen Anfangssequenz, indem er sich auf die klanglichen Eigenschaften der Zukunftssprache konzentriert. Sie verlängern einen Trend in der Entwicklung der englischen Sprache seit dem 16. Jahrhundert in die Zukunft hinein.[18] Bis zur »linguistischen Parallelisierung« Naversons, die sich in der Einführung von »Übersetzungen« niederschlägt, gibt die Story dieses Englisch in der Buchstabierung des 20. Jahrhunderts wieder[19], was den Gesamtumfang der sprachlichen Weiterentwicklung knapp, aber wirksam andeutet.

Wiederum andere Wege beschreitet David Masson in »Lost Ground« (dt. »Verlorener Boden«). Diese Geschichte ist kein extremes Stück Prosa wie »The Transfinite Choice«, sondern scheinbar konventionell erzählt, unmittelbar handlungsreicher und sogar mit ein wenig »Action« am Schluß. Ähnlich wie in einigen Hauptwerken Philip K. Dicks gerät Zeit hier zu einem Folterinstrument, das die Einbindung des Menschen in eine vertraute Realität aufhebt. Bei den sogenannten »Poiks«, die im Mittelpunkt der Handlung stehen, handelt es sich um Landschaftszonen, in denen das raumzeitliche Kontinuum zu einem Flickenteppich unterschied-

---

[18] David Masson schickte dem Verfasser eine Liste mit den von ihm angenommenen Lautverschiebungen zu. Daraus einige Beispiele:

20stes Jahrhundert		**24stes Jahrhundert**		
Buchstabierung	*Aussprache*	*Aussprache*	*Buchstabierung*	*Wiedergabe im 20sten Jahrhundert*
i	/i/	/ʌ/	u	u
e	/e/	/i/	i	i
a	/a/	/e/	e	e
u	/ʌ/	/e/	e	e
langes o	/au/	/3:/	-	ur
ee	/i:/	/ai/	-	igh
-l	/l/bzw./l/	/-u/	-w	-w
-t-	/t/	/d/	-	d

Die auftretenden Lücken sind in der Erzählung, die die Namen einiger Personen im zweiten Teil in der Buchstabierung des 24. Jahrhunderts wiedergibt, nicht ausgefüllt.

[19] Siehe dazu einige Beispiele im zweiten Teil dieses Essays.

lich großer »Dämonen« zerfallen ist, die der Gegenwart mehr oder weniger vorauseilen bzw. hinterherhinken. Masson erklärt ihre Ursache nicht, sondern überhöht das physikalische Phänomen zu einem quasi-mystischen. Es ist »die ins Feld der Zeit geschobene Fußangel, die Falltür zur Hölle«[20], in die Protagonist Roydon tappt, nachdem seine Frau in einer solchen in einem ländlichen Gebiet Englands entstandenen Zone verschwunden ist und er noch vor Abschluß der wissenschaftlichen Untersuchung des Falls auf eigene Faust Nachforschungen anstellt. In die Zukunft, in die er gerät, trägt seine Suche nach Miriel bereits die Züge einer Legende. Er begegnet seiner eigenen Tochter als Greisin, während es seine Frau in die Vergangenheit zurückgeworfen hat und das Grab, das sie und Roydon auf einem Dorffriedhof entdeckten und aufgrund der Inschrift für das eines Vorfahren hielten, sich als ihres herausstellt.

Die Fabel ist weniger konkret, hält mehr in der Schwebe als die beiden vorgenannten Geschichten. Die Erzählsprache entspricht den Arbeits- und Familienszenen zu Beginn, doch schon dort fügt Masson ein verfremdendes Element ein, über dessen Funktion er dem Leser bis zuletzt eigene Schlußfolgerungen überläßt. Der Hauptunterschied zwischen dem England in der Erzählung und dem tatsächlichen besteht darin, daß »Stimmungsberichte« an die Stelle der üblichen Wettervorhersagen getreten sind. Atmosphärische Schwankungen, die sich auf die psychische Verfassung auswirken, durch Psychopharmaka auszugleichen, gehört zum täglichen Leben. So steht den vertrauten Szenen gleich eine abnorme Eigenschaft der Umwelt gegenüber, der das menschliche Leben sich angepaßt hat. Auf vergleichbare Weise kontrastiert die an der Oberfläche in einem Spannungsbogen erzählte Story die Zersplitterung der Zeit, die sie schildert und umfaßt. Durch verschiedenste, aneinandergesetzte Schauplätze und Erzähltempi, auch durch Gebrauch eines futuristischen Wissenschaftsjargons, gliedert sich der Text selbst in eine Reihe von »Domänen« mit von-

20. Masson, Ullstein, a.a.O. S. 9.

einander abweichenden Zeitbedingungen. Die Formalien weisen somit eine ähnliche Widersprüchlichkeit auf, wie sie die Story behandelt. Während die »Poiks« sich unter den Augen von Fachleuten, die einem neuen, mit dem Phänomen beschäftigten Wissenschaftszweig angehören, zunehmend ausweiten, was in den Randzonen einige wirtschaftliche und soziale Probleme mit sich bringt, geht in der Außenwelt alles seinen gewohnten Gang. Die Zukunftsgesellschaft ist eine Extrapolation von Roydons eigener. Der unfreiwillige Zeitreisende wird von der Presse belagert. Selbst die Existenz von Strukturen mit bedrohlichen, gleichsam höllischen Gesetzmäßigkeiten hat die Menschheit nicht entscheidend beeinflussen können. Einmal mehr scheint es Mason auf die Gewöhnung und Gleichgültigkeit einer Gesellschaft gegenüber den feindlichsten Bedingungen anzukommen.

Faßt man »Traveller's Rest«, »The Transfinite Choice« und »Lost Ground« als außergewöhnliche Zeitstories zusammen, so kann man ihnen »Mouth of Hell« (dt. »Schlund der Hölle«) als eine Geschichte gegenüberstellen, die sich mit den Dimensionen des Raumes beschäftigt. Sie beeindruckt auch weniger durch ein ausgeklügeltes Konzept, als durch eine frappante Idee. Von den Schlußpassagen abgesehen, verfügt sie über eine schlichte, lineare Handlung. Sprachliche Innovationen sind auf die Verwendung fremdartiger Namen zum Zwecke der Verfremdung beschränkt.[21] Die Ausgangssituation ist ähnlich wie in »Not So Certain« der traditionellen SF entlehnt. Dort wird eine Forschertruppe bei der Kolonisation eines fremden Planeten geschildert, hier eine Expeditionsmannschaft auf dem Wege zu einer Entdeckung. Außergewöhnlich ist nur die Art der Entdeckung. »Mouth of

[21] Allerdings beziehen sich die deutsch klingenden Namen Lebhass und Tollhirn am Schluß auf den Ruf der Tollkühnheit, den einige deutsche Flieger, Bergsteiger usw. in England besessen haben. Der Autor merkt an, daß nicht beabsichtigt ist, ein schlechtes Licht auf Deutsche zu werfen, nur wären verballhornte englische Namen, die in den Zusammenhang gepaßt hätten, mit der exotischen Namensgebung der übrigen Personen nicht in Einklang zu bringen gewesen.

Hell« beschreibt im Hauptabschnitt das allmähliche Vorrükken einer Expedition an einen gewaltigen, rund vierzig Kilometer tiefen und mehrere hundert Kilometer durchmessenden Abgrund. Die sorgfältige Darstellung der Landschaft und der Witterungsbedingungen, des zunehmenden Gefälles, des mühseligen Heranarbeitens an den Rand der Felswand und der Reaktionen der Expeditionsmitglieder bei den ersten Abstiegsversuchen, die durch Symptome einer Gasvergiftung vereitelt werden und mehreren Männern das Leben kosten, rufen beim Leser dasselbe Schwindelgefühl wie bei den Protagonisten hervor. Aber es geht um mehr als das. Masson stellt Menschen einem Phänomen gegenüber, das ihre vertrauten Wahrnehmungsmaßstäbe übersteigt, und untersucht ihre Reaktionen darauf. Im ersten Teil versuchen die Protagonisten noch, mit ihren beschränkten Mitteln eine Vorstellung von der vorgefundenen Erscheinung zu bekommen, in den gedrängter geschriebenen Schlußabschnitten dagegen, wo die individuellen Eindrücke hinter einer überpersönlichen Perspektive zurücktreten, wird der Abgrund von der menschlichen Gesellschaft auf ihre Maßstäbe zurechtgestutzt. In der ersten Phase sind er und der abenteuerliche Versuch, mittels zweier Senkrechtstarter auf den Grund des Beckens vorzudringen, ein Sensationsobjekt für die Presse. In der zweiten ist er zu einem Ausflugsziel für Touristen umfunktioniert, die Lavamassen in der Tiefe dienen der Energieerzeugung, die umliegenden Hochebenen werden auf unterschiedliche Weise wirtschaftlich und wissenschaftlich genutzt. Andeutungen über Streiks und Todesfälle lassen erkennen, daß die Verhältnisse, auf die Masson in seinen Kurzgeschichten immer wieder zurückkommt, auch über diese Entdeckung unbeeinflußt hinweggegangen sind.

Die Geschichten in THE CALTRAPS OF TIME widersetzen sich zwar einer eindeutigen Unterteilung, dennoch sei hier für einen Überblick versucht, die bisher behandelten, die von allgemeinmenschlichen Motiven ausgehen, von »A Two-Timer« und »Not So Certain« in der Weise zu unterscheiden, daß letztere gängige Aspekte der Science Fiction ad absurdum führen. Beide Erzählungen entlarven die Oberflächlichkeit konventioneller SF, indem sie vertraute Situationen konsequenter durchdenken. Und in beiden ist, wie so oft bei Masson, Sprache das entscheidende Element. »A Two-Timer«[22] (dt. »Hausfreund von vorgestern«, auch »Reis durch zween Zeiten«) mag ein Vorläufer von Herbert Rosendorfers Roman BRIEFE IN DIE CHINESISCHE VERGANGENHEIT gewesen sein. Während in vielen Zeitreisestories die Eingewöhnung eines Zeitreisenden in eine andere Epoche wundersam glatt, ohne kulturelle Brüche verläuft, gewinnen Rosendorfers und Massons Satiren ihre humorige Wirkung daraus, daß sie sich gerade diese kulturellen Differenzen zunutze machen, um durch die Augen eines gesitteten Gastes aus der Vergangenheit einen verfremdeten Blick auf unsere Gegenwart zu werfen. Die Ähnlichkeiten sind bemerkenswert. Beide Texte bestehen aus den persönlichen Aufzeichnungen des Zeitreisenden, beide kommen zu ähnlichen Ergebnissen, nur ist Rosendorfers Hauptfigur ein chinesischer Weiser aus dem 10. Jahrhundert, Massons dagegen ein gebildeter, vornehmer Zeitgenosse aus dem England des 17. Jahrhunderts, der in seiner Epoche die Ankunft eines unbekannten Zeitreisenden aus ferner Zukunft beobachtet, sich dessen Zeitmaschine bemächtigt und sich ins Jahr 1964 begibt, um als Gast eines Ehepaares das Leben im 20. Jahrhundert kennenzulernen. Er macht sich seine Gedanken über die lockeren Sitten, den täglichen Stress, die Jugend, die Politik, den Sport und die Kultur, aber noch mehr vollzieht sich seine Begegnung mit dem Unbekannten auf der Ebene der Sprache. Dies geschieht in dreierlei Hinsicht. Zum einen ist die gesamte Erzählung im Englisch des 17. Jahrhunderts geschrieben und bezieht einigen Witz daraus, wie der Zeitreisende mit dieser Sprache seine Beobachtungen verständlich zu machen versucht, etwa wenn er von Banknoten als »papierne Fetzen mit grünlich Bildlein

[22] Hinter dem Titel verbirgt sich ein Wortspiel. »Two-Time« (wörtlich etwa »zwei Zeiten«) heißt im amerikanischen Slang, seine Frau oder Geliebte zu betrügen.

darauf«[23] spricht. Zum anderen gibt er ihm unbekannte Begriffe und direkte Dialoge in einer Buchstabierung wieder, die seinem an die Aussprache des 17. Jahrhunderts gewöhnten Gehör entspricht. Mit derselben Methode wie in »The Transfinite Choice« erhält der Leser so einen Eindruck, wie die Standardsprache der einen Epoche auf den Angehörigen einer anderen wirkt.[24] Und drittens macht der Zeitreisende in seinen Aufzeichnungen Sprache selbst zum Thema, indem er Überlegungen über Veränderungen der Wortbedeutungen seit seiner Zeit und neue Wortbildungen anstellt. Die Ironie der Geschichte liegt darin, daß der so herausgearbeitete kulturelle Unterschied ausgerechnet durch jene Sittenlosigkeit verkleinert wird, die der Zeitreisende vorher an der neuen Zeit beklagte. Sein Verhältnis mit der Ehefrau seines Gastgebers bringt ihn allerdings in akute Schwierigkeiten. In flagranti ertappt, muß er zurück in die Vergangenheit fliehen.

»Not So Certain« (dt. »Weniger sicher«) ist demgegenüber einer der wenigen SF-Texte, die explizit die Linguistik miteinbeziehen. Vergleiche mit Romanen wie Ian Watsons THE EMBEDDING (dt. DAS BABEL-SYNDROM) oder Samuel R. Delanys BABEL-17 (dt. ebenso) greifen dabei nur bedingt, denn diese Autoren stellen so hohe Ansprüche an die von ihnen angenommene Sprache, daß deren Beschreibung nur indirekt erfolgen kann. David Massons Story arbeitet in bescheidenerem Rahmen. Sie präsentiert auf engem Raum einen durchaus glaubhaften Entwurf einer fremden Sprache. So wie »A Two-Timer« Verständigungsprobleme zwischen den Epochen konsequenter angeht, so wendet sich »Not So Certain« gegen jene Stories, in denen die Verständigung zwischen Menschen und Fremdwesen reibungsloser abläuft

---

23 Masson, Ullstein, a.a.O. S. 95.

24 Ein Beispiel: »Nowoulman. Nopmaugh pidgen enwaya. Prapseez thatfla caimea mon thcow. Breezdin breezdaught. Weo tav moce curteay.« (Masson, Faber and Faber, S. 88) In Horst Pukallus Übersetzung: »Neeh aldo Jong. Sowieso nich mein Bihr. Flaicht der Buhsche wofor eim Monaht hihrwar. Kahm rin unn is wier weck. Wihr solltn hihr meer Sichrheitsforkeerungen hahm.« (S. 77)

als zwischen einem Europäer und einem beliebigen Südseeinsulaner. Die Ausgangssituation ist, wie erwähnt, eine vertraute. Aber als es bei der Kolonisation eines fremden Planeten Schwierigkeiten mit den Eingeborenen gibt, die aus unerfindlichen Gründen verstimmt wirken, stecken keine Böswilligkeiten oder Intrigen, sondern einfach Mißverständnisse dahinter, die auf der fremdartigen Beschaffenheit ihrer Sprache, vor allem unter anderen anatomischen Voraussetzungen beruhen. Diese Sprache ist wesentlich differenzierter, weiter über das Stadium einer Ursprache hinaus, als die Wissenschaftler zunächst annahmen, weil das Gehör der Aliens Lautfolgen zu unterscheiden vermag, die dem menschlichen Ohr gleich erscheinen. Hinzu kommen die beinahe völlig auf Konsonanten beschränkte Wortbildung, in der Selbstlaute allenfalls Aufgaben des Tonfalls, der emotionalen Färbung einer Redewendung erfüllen, der diffizile Satzbau und eine eng mit all dem korrespondierende Körpersprache. Es entstehen so feine Unterschiede zwischen ähnlich klingenden Wortfolgen, die für Menschen nur mit elektronischen Hilfsmitteln erkennbar sind. Aus banalen Dingen, wie in diesem Fall der Bitte an die Aliens, den Forschern zu Untersuchungszwecken Kulturgegenstände zur Verfügung zu stellen, was mehrfach abgelehnt wird, erwachsen Probleme, für deren Bewältigung alle wissenschaftlichen Mittel aufgeboten werden müssen.

Noch einen Schritt weiter geht Masson in »Psychosmosis« (dt. ebenso), indem er Sprache hier als realitätsformendes Element einführt. Die gewissermaßen »verzweigt« erzählte, dem Schicksal mehrerer Personen folgende Geschichte schildert eine archaische Dorfgemeinschaft von Jägern und Sammlern, die das Phänomen des Todes tabuisiert hat, weil durch irgendeinen geheimnisvollen Mechanismus jeder, der den Namen eines Verstorbenen ausspricht, von dieser Welt verschwindet. Wie einige Personen herausfinden, erlischt dadurch jedoch nicht ihre Existenz, sondern sie wechseln in eine parallele physische Welt über, die allen derart Verschwundenen als neuer Lebensraum dient. Von der »Außenwelt«, wo Namensvettern eines Verstorbenen in Namengebungsfesten umgetauft werden, man Leichname in den Krater eines nahen Vulkans wirft und die Trauernden meidet, unterscheidet sich diese »Innenwelt« dadurch, daß sie den Menschen erlaubt, Verstorbene namentlich in Erinnerung zu behalten. Ihre Bemühungen, die Aufmerksamkeit der Außenweltbewohner zu erregen, schlagen sich gelegentlich in deren Träumen nieder und immer wieder bringen sie jemanden dazu, den Namen eines Verstorbenen oder Verschwundenen auszusprechen und in die Gemeinschaft der Innenweltbewohner überzugehen. Die Außenweltgemeinschaft wird so Schritt für Schritt von jenem Teil der Wirklichkeit aufgelöst, den sie ausgegliedert und verschwiegen hat.[25] »Psychosmosis« ist aber von allen Stories in THE CALTRAPS OF TIME wahrscheinlich die am wenigsten bedeutsame, weil nicht ganz deutlich wird, worauf diese Analogie passieren soll. Daß die beinahe rituelle Tabuisierung des Todes im verfremdeten Rahmen einer archaischen Welt geeignet ist, den Blick auf entsprechende Tabus der modernen Welt zu lenken, deren Massenvernichtungstechnik dem Phänomen Tod eine neue Bedeutung gegeben hat, erscheint noch als die naheliegendste Interpretation.

Unter den besten englischsprachigen Science Fiction-Collections der sechziger und siebziger Jahre nimmt THE CALTRAPS OF TIME eine Sonderstellung ein, vielleicht noch höher einzuschätzen als Ballards THE FOUR-DIMENSIONAL NIGHTMARE (1963, dt. DER VIERDIMENSIONALE ALPTRAUM), Aldiss' BEST SCIENCE FICTION STORIES (1965, dt. DER UNMÖGLICHE STERN) oder Barrington J. Bayleys THE KNIGHTS OF THE LIMITS (1978, dt. DIE GRENZRITTER), weil dieses Buch unter den eingangs genannten Aspekten Maßstäbe gesetzt hat. David I. Masson erwarb sich mit dieser einen Collection eine außerordentlich starke Reputation. Neben lobenden Besprechungen in *The Times Literary*

[25] Der Titel suggeriert wohl ein der physikalischen Osmose analoges Phänomen. Wie in der Physik durch eine semipermeabele Membran, dringen hier Bestandteile der einen Wirklichkeit durch eine dünne, sprachliche Trennschicht in die andere.

Supplement, New Scientist und verschiedenen Zeitungen würdigten die Science Fiction-Medien den Autor von THE CALTRAPS OF TIME als eine neue Stimme. Seine Leser werden bedauert haben, daß es Massons einziges Buch blieb, aber es dürfte zu den Eigenschaften solcher Autoren gehören, daß die Qualität und der schmale Umfang ihres Werks einander bedingen. Wer soviel an Ideen und Ausdruck in sieben Stories unterbringt, ist als Vielschreiber undenkbar. Darauf deutet auch hin, daß seine späteren Geschichten weniger gelungen sind. Hier scheint Massons pessimistische Weltsicht ein wenig seine literarische Souveränität unterlaufen zu haben. Heraus kamen mit »Doctor Fausta« eine zwar amüsante, in ihrem Sprachwitz aber etwas oberflächliche Satire und mit »Take It or Leave It« und »The Show Must Go On« zwei gewiß nicht schlecht geschriebene, kaleidoskopartige kritische Gesellschaftsskizzen, denen es aber an den treibenden Grundideen früherer Stories mangelt.

»Doctor Fausta«, Massons mit Abstand konventionellste Erzählung, unternimmt den nicht ganz gelungenen Versuch, mittels sprachlicher Verfremdung von einer Gegenwelt aus einen distanzierten Blick auf die Gegenwart zu treffen. Die Story geht von der Vorstellung zweier paralleler Universen aus, in denen die Zeit in entgegengesetzte Richtungen verläuft. Unsere vertraute Erde im »anacosm« hat dabei mit ihrem Gegenstück im »faustischen Universum«, dem »catacosm«, die grobe geschichtliche Entwicklung gemeinsam, unterscheidet sich aber in kulturellen und sprachlichen Details, was einem Besucher aus dem einen im anderen Universum die Eingewöhnung erschwert. Durch zahllose, auf damals aktuelle Ereignisse in England und der Welt bezogene Wortspiele läßt Masson diesen Grenzgängern eigentlich vertraute Vorgänge wie Schöpfungen einer Welt von Verrückten erscheinen. Die Qualität von »A Two-Timer« gewinnt dieser Verfremdungseffekt jedoch nicht, weil sein Witz weitgehend in sprachlichen Verballhornungen steckenbleibt. In »Take It or Leave It« legt Masson unmenschliche Strukturen der modernen Massengesellschaft bloß, indem er zwei alternative Zukünfte ineinander spiegelt, auf der einen

Ebene das auch sprachlich komplexe extrapolierte Alltagsleben einer Familie im Jahr 2000, wobei der Autor Probleme der Überbevölkerung, des Verkehrschaos, des organisierten Verbrechens und des phsychosozialen Verfalls streift, auf der anderen dieselbe Familie bei ihrem alltäglichen Überlebenskampf in einer Welt, deren Menschheit durch eine Virusepidemie auf die Stufe der Barbarei zurückgefallen ist. »The Show Must Go On«, schließlich ist das radikalste Bild in Massons Prosa, ein ebenso kühles wie brutales Porträt einer Welt, deren Grundeigenschaft Gewalt ist. Vergewaltigungen, Schlägereien, Sachbeschädigungen und Terroranschläge gehören zum gewohnten Straßenbild. Wie Millionen ihrer Zeitgenossen nehmen die Personen, deren Wegen die Story in ähnlich »verzweigter« Struktur wie »Psychosmosis« folgt, die Wirklichkeit als gegeben hin. Obwohl es einige von ihnen selbst trifft, zeigt niemand Interesse an den Opfern. Der Tod ist ein selbstverständliches Risiko bei jedem Schritt auf die Straße, in den Köpfen der Menschen aber spielen ihre kleinen Privatangelegenheiten, sogar ihre kulturellen Beschäftigungen eine größere Rolle. Das Ganze ist in seiner auf acht Seiten gebündelten Form durchaus eindrucksvoll, aber irgendwie hinterläßt der Text den paradoxen Eindruck, als habe hier ein höchst beherrschter Autor sich einem maßlosen Unbehagen am Zustand der Welt überlassen, ohne einen literarisch stringenten Ausdruck dafür zu finden.

Es mag an dieser Auffassung der Zivilisation als einem Hort der Irrationalität, genauer: der modernen westlichen Welt als eine in Strukturen geronnene Unmenschlichkeit gelegen haben, daß David I. Masson letztlich an den Möglichkeiten der Science Fiction zweifelte. »Es ist unwahrscheinlich, daß ich noch etwas schreibe«, äußerte er sich dem Verfasser dieses Essays gegenüber.[26] (...) »Ich neige zu der Ansicht, daß die verschiedenartigen Habsüchte und Verrücktheiten der Menschheit sich nicht mehr satirisch beschreiben lassen und daß alle Inventionen einer sogenannten ›Science Fiction‹ gegenüber den kosmischen und mikrokosmischen

---

[26] In einem Brief vom 24.3.88.

Spekulationen und Entdeckungen der Wissenschaft längst inadäquat oder einfach harmlos aussehen. Aber das sind nur persönliche Reaktionen.« Wenn man der Science Fiction, der Literatur überhaupt nicht anspruchsvollere Aufgaben als denen des künstlerischen Ausdrucks und der Bewußtseinsmitformung des Lesers zuweist, also von uneinlösbaren Weltverbesserungsansprüchen an die Kultur absieht, darf man dieser Auffassung entgegenhalten, daß David I. Massons Stories selbst das Gegenteil beweisen. Sie haben nicht die Grenzen, sondern viel zu selten genutzte Möglichkeiten der SF *als literarischer Form* aufgezeigt. Abgesehen von ihrer Vielseitigkeit, die von der Satire bis zu Spekulationen reicht, auf die der Begriff *Science* Fiction im engeren Sinne paßt, und ihren formalen Stärken, den Methoden der Beschleunigung, des Wechsels, der Zergliederung und der Linearität des Erzählflusses, der Vergangenheits-, Gegenwarts- und Zukunftssprache umfassenden stilistischen Reichweite, besitzen seine Geschichten als Parabeln einen Eigenwert, der eine der wertvollsten Qualitäten guter Science Fiction illustriert. John Brunner schrieb darüber: »Es gibt in der Literatur eine Sammlung von Techniken, die man mit *reductio ad absurdum* charakterisiert: Gigantismus, Inkongruenz, Verzerrung und Übertreibung. Grob umrissen vereinen diese Begriffe alles, was im Bereich der Kunst als ›Surrealismus‹ bezeichnet wird. Genau wie diese Mittel beim Zeichnen und der Malerei hauptsächlich der Karikatur vorbehalten sind, werden sie vom Großteil der Schriftsteller zum Zwecke der Satire benutzt. Wie dem auch sei, die Science Fiction hat diese Techniken als Selbstverständlichkeiten übernommen und benutzt sie nicht in Ausnahmefällen, sondern in der Regel.«[27] Weil die Science Fiction aber zumeist die Erzählform eines *fingierten Realismus* beibehält, so auch Masson in seiner naturalistischen Detailtreue, gestalten sich diese Mittel in ihr als eine Methode, um Abstraktes konkret machen zu können. Dieter E. Zimmer hat einmal angemerkt,

[27] In seinem Vorwort zu: DIE BESTEN STORIES VON PHILIP K. DICK, München 1981, Moewig Verlag, Playboy Science Fiction 6712, S. 10.

es gäbe in der Weltliteratur nur wenige Erzählungen, die zugleich völlig realistisch und völlig parabelhaft sind[28]; wenn man nicht gerade ein plattes Verständnis von literarischem Realismus aufbringt, trifft diese Eigenschaft auf jede ausgereifte SF-Story zu. In David I. Massons Kurzgeschichten wird eine illusionslose Weltanschauung auf den Punkt gebracht. Die Menschen sind darin Opfer eines von Menschen herbeigeführten erbarmungslosen Geschicks, einzelne Figuren sind Platzhalter für Millionen andere Gestalten, denen ähnliches geschieht. Wer den verhängnisvollen Umgang der Menschheit mit der Ökologie ihres Planeten, das gewaltige Gefälle zwischen Reichtum und Armut im selben globalen Lebensraum, die unvorstellbaren Investitionen in Massenvernichtungswaffen und das psychische Elend in den angeblich zivilisierten Staaten nicht leugnet, für den mögen Massons symbolistische Widerspiegelungen eine Anregung sein, auch weiterhin die Augen offen zu halten. Ihre Grenzen liegen da, wo die Möglichkeiten der SF-Story generell enden. In der kurzen Form beschränkt sich Science Fiction auf die Feststellung eines Sachverhalts, die Ausbrüche und Auswege aus den Zwängen einer Zeit bleiben den Charakterentwicklungen des Romans oder der Novelle vorbehalten, wofür das umfangreiche Lebenswerk Philip K. Dicks nur ein Beispiel ist. Unter diesem Gesichtspunkt erfüllen beide Formen in der Science Fiction komplementäre Aufgaben. Für eine fruchtbare Weiterentwicklung des Genres ist keine verzichtbar.

Während der Vorbereitungen zum vorliegenden Essay erhielt der Verfasser von David I. Masson eine umfangreiche Liste mit Anmerkungen und Korrekturen zur deutschen Übersetzung seines Buches THE CALTRAPS OF TIME zugeschickt. Dies dürfte für den deutschen Leser Massons ein so wichtiges Thema sein, daß auch dazu noch einige Bemer-

[28] In einer Besprechung von Ernest Hemingways Kurzroman »Der alte Mann und das Meer« in: Fritz J. Raddatz (Hrsg.): ZEITBIBLIOTHEK DER HUNDERT BÜCHER, Frankfurt am Main 1980, Suhrkamp Taschenbuch 645.

kungen angebracht sind, zumal die hiesigen Science Fiction-Medien ohnehin viel zu selten über das Problem der Übersetzung von Science Fiction aus der englischen in die deutsche Sprache referieren. David Masson kritisierte in seiner Liste nicht nur klare Sachfehler und Auslassungen, sondern vieles, was er für unangemessene Übersetzungen hielt. Damit aber begibt sich selbst ein Mann mit so vorzüglichen Fremdsprachenkenntnissen auf unsicheres Terrain, denn es gehört zu den großen Irrtümern des literarischen Handwerks, daß ein Autor die Qualität einer Übersetzung seines Werks beurteilen könne. Es gibt Beispiele aus der Literaturgeschichte, etwa die von James Joyce autorisierte ULYSSES-Übersetzung durch Georg Goyert, die belegen, daß selbst der größte Sprachkünstler die Differenzen zwischen seiner und einer Fremdsprache nicht überbrücken kann. In der Linguistik gibt es den Begriff des »Native Speaker«, womit in bezug auf eine jeweilige Sprache jemand bezeichnet wird, der in diese Sprache hineingewachsen ist, sie von Kindesbeinen auf erlernt hat. Einem Native Speaker sind Stilnuancen geläufig, die ein Angehöriger einer anderen Sprache sich allenfalls in jahrzehntelangem Studium erwerben kann. Ein Autor weiß deshalb nie genau, ob ein Übersetzer zu einer bestimmten Lösung griff, weil es sich um eine Entsprechung der originalen Redewendung handelt, oder ob er einen Fehler gemacht hat. Das können nur Native Speaker der Zielsprache beurteilen, in die übersetzt wird. Alles, was ein Autor für seinen Übersetzer tun kann, besteht darin, ihm das Verständnis des Originaltextes zu erleichtern. Er kann ihm aber kaum Übersetzungsvorschläge machen.

Die Unterschiede zwischen den Sprachen und die eigentliche Aufgabenstellung eines Übersetzers werden von Laien vielfach fehleingeschätzt. Aber nicht nur von ihnen. Es gibt mindestens zwei Übersetzerschulen, wovon die ältere einem Diktum der »Werktreue« frönt. Sie verlangt vom Übersetzer, den Wortlaut des Originals möglichst genau wiederzugeben, als müsse dabei automatisch eine gute Übersetzung herauskommen. Einer modernen Auffassung zufolge ist dies aber ein Fehlschluß, weil dabei alle Charakteristika einer Sprache, die über Vokabular und Grammatik hinausgehen, unberücksichtigt bleiben. Die neuere Schule hat den Übersetzer daher davon befreit, sklavisch am Originaltext zu kleben. Sie stellt das Leseerlebnis in den Vordergrund. Es geht ihr nicht darum, den Wortlaut, sondern die *Wirkung* des Originals zu reproduzieren. Dafür muß sich eine Übersetzung unbedingt *wie ein in der Zielsprache verfaßtes Original* lesen, damit der Leser nicht ständig über irgendwelche Ungereimtheiten stolpert. Diese Verfahrensweise verlangt selbst bei verhältnismäßig eng miteinander verwandten Sprachen wie dem Englischen und Deutschen vom Übersetzer eine eigenständige schöpferische Leistung, für die die Konsultierung eines Wörterbuchs nicht ausreicht. Sie spielt sich im wesentlichen auf drei Ebenen ab: die einfachste umfaßt das Material einer Sprache, das Vokabular und die Grammatik, sowie allgemeine sprachliche Gepflogenheiten, aber selbst hier werden schon entscheidende Fehler gemacht. Ein Übersetzer, der »sodium« für »Sodium« hält, »potassium« mit »Potassium« übersetzt, für »silicon compounds« »Silikonzusammensetzungen« hinschreibt, offenbart ebensolche Wissenslücken wie einer, der nicht weiß, daß »to love« und »to hate« umfassendere Bedeutungen als die deutschen Wörter »lieben« und »hassen« haben. Wer nicht im Auge behält, daß es in der englischen Sprachgeschichte eine Phase starker Beeinflussung durch das Lateinische gab und Wörter mit lateinischen Wortstämmen im Englischen völlig alltäglich sind, im Gegensatz zu den sogenannten Fremdwörtern im Deutschen, verleiht seinen Übersetzungen z.B. mit der Vorsilbe »semi-« leicht einen intellektuell-wissenschaftlichen Beiklang, den das englische »semi-« nicht hat. Diese Ebene umfaßt auch Kenntnisse von Fachsprachen, beispielsweise aus dem Sport oder der Musikszene. Ferner muß der Übersetzer oft selbst entscheiden, ob sich die Personen im Deutschen siezen oder duzen. Er hat alltägliche Redewendungen durch deutsche Entsprechungen zu ersetzen (wenn ein Zeitgenosse seinem Ärger mit »Forget it!« Luft macht, meint er im Deutschen etwa »Dann eben nicht!« oder »Laß es bleiben!« und nicht, obwohl das an schlechten Übersetzungen geschulte Neudeutsch es glauben machen will, »Vergiß es!«; auch das englisch »it makes sense« »macht« im Deutschen bestimmt keinen Sinn, es »hat« allenfalls Sinn) und muß nicht selten völlig vom Satzbau des Originals abweichen. Das Englische stellt z.B. mit den Continuous-Formen (sitt*ing,* stand*ing,* say*ing* etc.) Möglichkeiten zur Einsparung bzw. Verkürzung von Temporal-, Kausal- und Relativsätzen zur Verfügung, die die deutsche Sprache nicht besitzt (für eine Redewendung wie »Looking at her, he said:« schreibt ein unbedachter Übersetzer leicht: »Sie anblickend, sagte er:«; kein des Deutschen mächtiger Autor würde einen solchen Satz schreiben).

Die zweite, schwierigere Ebene umfaßt den Metaphern-, Bilder- und Anspielungsschatz einer Sprache, den jede Sprache in ihrer eigenen Logik entfaltet. Die Übersetzerin Rosemarie Hundertmarck hat diese Eigenschaft einmal an einem sehr anschaulichen Beispiel erläutert.[29] Wenn in der englischen Vorlage ein junges Mädchen davonläuft »wie ein Hase«, so begeht der Übersetzer schlicht einen Fehler, wenn er dieses Bild wortgetreu übernimmt, denn im Englischen steht ein Hase für Schnelligkeit und Gewandtheit, im Deutschen ist mit einem Hasen aber ein Feigling gemeint. Man könnte das Mädchen also vielleicht »wie ein Reh« davonlaufen lassen. Dergleichen ist noch relativ einfach, solang es um geläufige Bilder geht. Knifflig wird es erst, wenn ein Autor eigene Bilder verwendet und der Übersetzer entscheiden muß, ob sie sich in die Zielsprache übernehmen lassen. Es sind im Englischen Metaphern möglich, die im Deutschen bei aller dichterischen Freiheit undenkbar sind, will man unfreiwillig komische Effekte vermeiden (um einem späteren Beispiel vorzugreifen: welcher deutsche Leser würde wegen der Nebenassoziationen des Wortes »Schwein« nicht schmunzeln, wenn ein Geschoßhagel als ein »Stachelschwein aus Explosionen« bezeichnet wird? — »a porcu-

[29] Beim Übersetzerforum im Rahmen der Science Fiction-Tage Nordrhein-Westfalen vom 27.—29. Mai '88 in Köln.

pine of fire« hat diesen Effekt nicht). Zu dieser Ebene gehören außerdem Sprichwörter und Redensarten, für die es nur selten akkurate Entsprechungen gibt, und Anspielungen auf die literarische Tradition, die nur eindeutig übertragbar sind, wenn im Deutschen Standardübersetzungen vorliegen. Ein Shakespeare-Zitat z. B. kann für den deutschen Leser immer kenntlich gemacht werden, indem der Übersetzer sich die entsprechende Stelle aus der Schlegel/Tieck-Aussage heraussucht (was meist — aus Faulheit? — nicht geleistet wird, wie bei den Romantiteln TIME OUT OF JOINT von Dick oder SOMETHING WICKED THIS WAY COMES von Bradbury), und aus der Bibel zitiert man nach der Luther-Übersetzung. Gibt es solche Standardübersetzungen nicht und läßt sich ein Zitat auf keine andere Weise kenntlich machen, muß der Übersetzer gelegentlich auf bekanntere Quellen ausweichen, die in den Kontext passen.

Die dritte, subtilste Ebene umfaßt die klanglichen Eigenschaften einer Sprache. Hier zählen keine Richtlinien, sondern nur die persönliche Inspiration eines Übersetzers, wenn er vor der Aufgabe steht, den stilistischen »Sound« eines Autors, seine Stimmung, Färbung und Atmosphäre, in einer anders klingenden Sprache zu reproduzieren. Zwischen dem Englischen und dem Deutschen sind gerade diese Unterschiede beträchtlich. Das Englische ist klangbetonter, eignet sich deshalb auch durch viele ähnlich klingende, aber verschieden geschriebene Wörter (»I«/»eye« oder »to«, »two«, »too« etc.) besser für Wortspiele jeder Art. Das Deutsche ist demgegenüber stilistisch differenzierter. Hoch- und Normalsprache heben sich deutlicher voneinander ab (einen Vulgärausdruck in einem intellektuell abstrakten Satz zu verwenden, klingt im Englischen nicht so merkwürdig wie im Deutschen). Eine Übersetzung ist auch deshalb immer eine Interpretation, eine bestimmte Auslegung des Originaltextes, die um so überzeugender gerät, je besser sich ein Übersetzer auf das Naturell des Autors einstellt. Dafür gibt es natürlich, wie immer im Übersetzerhandwerk, mehr als eine richtige Lösung.

All diese Schwierigkeiten machen aus der oft als »Hilfsdienst«, als einer bloßen »Vermittlertätigkeit zwischen den Sprachen«[30] verkannten Tätigkeit des Übersetzers eine anspruchsvolle literarische Arbeit, für deren Vervollkommnung es ebenso jahrelanger Erfahrung und Weiterbildung bedarf wie für einen Autor. Für den Science-Fiction-Übersetzer kommen noch in dreierlei Hinsicht Probleme dazu, aufgrund derer ein SF-Text in der Regel schwieriger zu übersetzen ist als ein Mainstream-Text von gleichem Niveau. Leicht durch SF-Literaturkenntnisse zu bewältigen ist das genretypische Vokabular, handele es sich um Clones, Zeitdilatation oder Alternativwelten, zumal viele derartige Begriffe wegen der angloamerikanischen Vorherrschaft im Genre ins Deutsche übernommen wurden. Mehr Einfallsreichtum verlangt der individuelle Begriffsapparat eines Textes. Das Element der Verfremdung, bestimmte Einfälle und Erfindungen eines Autors bringen häufig Wortneuprägungen mit sich, die schlüssig ins Deutsche übersetzt werden müssen, damit der Leser aus dem Handlungszusammenhang sofort begreift, was gemeint ist. Über diese oberflächlichen Qualitäten hinaus kommt es allerdings selten zu einer SF-eigenen Bildersprache (wie in Ballards Stories) oder zu der Konsequenz, mit der David I. Masson Sprachstrukturen und Phonetik durchdacht hat. Solche Texte können dann leicht zu einem wahren Alptraum für Übersetzer werden.

Vergleicht man die vorliegenden Masson-Übersetzungen von Walter Brumm und Horst Pukallus miteinander, so zeigt sich, zu welch unterschiedlichen Ergebnissen ein werkgetreuer gegenüber einem freien Umgang mit einem Autor führt, der alle genannten Schwierigkeiten beispielhaft in sich vereinigt. Sowohl Brumms wie auch Pukallus' Übertragungen stehen über dem Durchschnitt bundesdeutscher SF-Übersetzungen, wobei Brumm enger am Text bleibt, während Pukallus in Wortwahl und Satzbau wesentlich freier operiert. Ein assoziativ aufgeladener Satz wie: »Their spare

[30] So Jörg Weigand in seinem Aufsatz »Sechzehn Stichworte zur deutschen Science Fiction« in: H. J. Alpers (Hrsg.): SCIENCE FICTION ALMANACH 1984, Rastatt 1983, Moewig Science Fiction 3628.

mental energies were spent in a vast selection of plays and ploys, making, representing, creating, relishing, critizizing, theorizing, discussing, arranging, organizing, cooperating, (...)« (THE CALTRAPS OF TIME, S. 183), liest sich in Brumms »Ablösung« folgendermaßen: »Überschüssige geistige Energien verausgabten sich in einer Vielzahl spielerischer und unterhaltender Aktivitäten, in schöpferischen, darstellerischen, genießerischen, kritisierenden, theoretisierenden, diskutierenden, organisatorischen und geselligen Formen der Selbstverwirklichung, (...)« (S. 298). Bei Pukallus: »Ihre unbeanspruchten geistigen Kräfte verwendeten sie für eine umfangreiche Auswahl an Spielereien und Zeitvertreiben, Gemache, Repräsentationen, schöpferischer Betätigung, Entspannung, Kritik, Theoretisiererei, Diskussionen, Vereinsmeierei, Veranstaltungen und gesellschaftlichen Anlässen sowie gemeinsamen Projekten, (...)« (AN DEN GRENZEN DER ZEIT, S. 164). Brumm neigt bei Neologismen dazu, sie in vertraute Begriffe aufzulösen, Pukallus dagegen kreiert eigene Wortschöpfungen, etwa in folgendem Satz: »Arisón took up texture-sculpting, then returned after two years to painting, but with magneto-brush instead auf spraypen;« (Masson, S. 183/184). »Arisón wandte sich der bilderischen Gestaltung zu, um nach zwei Jahren zur Malerei zurückzukehren, doch bevorzugte er nun den Pinsel anstelle des Sprühstifts;« (Brumm, S. 298/299). »Arisón fing mit Textur-Skulptik an, kehrte nach zwei Jahren jedoch zum Malen zurück, diesmal mit dem Magnet-Pinsel statt mit dem Spraystift;« (Pukallus, S. 165). Brumm behält die Bilder des Autors bei, Pukallus nimmt hier bisweilen Eingriffe vor. So am Schluß: »He ran, on his ›walker‹, into a ribbon of landscape which became a thicket of fire, a porcupine of fire, a Nessus-shirt to the Earth, an in a dream.« (Masson, S. 191/192) Walter Brumm schreibt: »Unterstützt von seinen Bewegungshilfen rannte er durch ein Gelände, das ein Dickicht aus Feuer war, ein Stachelschwein aus Explosionen, ein Nessoshemd der Erde, wie in einem Traum.« (S. 306) Pukallus: »Auf seinem ›Läufer‹ rannte er in einen Geländestreifen hinaus, der sich zusehends in ein Dickicht aus Feuer verwandelte, einen Irrgarten aus Feuer, ein härenes Gewand für die Erde, rannte wie im Traum.« (S. 172) Durch den unterschiedlichen Aufwand ist Pukallus' Version auch etwas länger. Das Original beläuft sich auf schätzungsweise 39800 Anschläge, Walter Brumms Text auf 52400, Pukallus' auf 54200.

Krasser fällt die Differenz in »A Two-Timer« aus. Dem ca. 87600 Anschläge langen Original steht eine 114600 Anschläge umfassende Übersetzung von Horst Pukallus gegenüber, wogegen Walter Brumms Text mit 94700 Anschlägen bedeutend kürzer ist, was neben einer zaghafteren Annäherung an das Deutsch des 17. Jahrhunderts daran liegen dürfte, daß Brumm die mehr als zwanzig Jahre alte Erzählung in der Übersetzung offenbar etwas modernisieren wollte. Er hat einige Überlegungen und Beobachtungen des Zeitreisenden im Original weggelassen und durch eigene Passagen ersetzt, die David Masson als »brauchbar und stilgerecht« beurteilte. »In einer reinen *Anthologie,* die in den Achtzigerjahren erschienen ist, sind diese Veränderungen entschuldbar und sogar begrüßenswert.«[31] Leider blieben dabei einige sprachliche Aspekte der Story auf der Strecke. So leuchtet nicht ein, warum die Ausführungen des Zeitreisenden über veränderte Wortbedeutungen fehlen und warum viele alltägliche Begriffe, die der Zeitreisende durch sein an die Aussprache des 17. Jahrhunderts gewöhntes Gehör wiedergibt (»Tellie-Found« für »telephone«, »Radeow« für »radio« usw.), in Brumms Version in gewohnter Schreibweise erscheinen. Insgesamt hat Walter Brumm in seinem Bemühen, dem deutschen Leser Massons Texte in flüssiger, lesefreundlicher Sprache nahezubringen, die Originale zugleich ein wenig »entschärft«, während Horst Pukallus meist zu unvermeidbar eigenwilligen Lösungen greift, um Mas-

[31] In einem Brief an den Verfasser dieses Essays vom 24. 3. 88. Walter Brumm bereichert die Story übrigens an dieser Stelle um einen Gag, als der geprellte Ehemann den Zeitreisenden beim Geplänkel mit seiner Frau erwischt. In Brumms Version liegen die zwei bereits im Bett, weshalb der Zeitreisende, als er mit der Zeitmaschine die Flucht ergreift und nah einer Bushaltestelle wieder auftaucht, dort eine alte Dame um so mehr dadurch erschreckt, daß er nackt ist.

sons Innovationskraft einzufangen. Leider läßt sich bei einem vor einigen Jahren erschienenen Buch nicht mehr feststellen, ob die vielen Schreibfehler, Auslassungen, fehlenden Texteinzüge und falsch gestellten Sätze, an denen die Ausgabe AN DEN GRENZEN DER ZEIT bei Ullstein zweifellos krankt, auf Irrtümer der Setzer, des Redakteurs oder des Übersetzers beruhen. Es ist nichts Neues, daß die schlimmsten Druckfehler oft die sind, die dem Leser überhaupt nicht auffallen. Einer Übersetzung wird im Druck zuweilen beträchtlicher Schaden zugefügt. Dennoch kann David Masson mit der deutschen Fassung seiner Collection sicher zufrieden sein, auch wenn eine Übertragung strikt im Sinne des Originals sich als unmöglich erwies. Aufgrund des Umstandes, daß die englische Sprache mit ihren grammatikalischen Möglichkeiten (insbesondere den Continuous-Formen) stärker zur Ausdrucksverknappung neigt, hat Horst Pukallus das in einigen Stories extrem komprimierte Englisch gewissermaßen »entzerrt«, also fragmentarischen Stäzen ein Prädikat beigegeben, chriffrenhafte Wendungen ausgeführt, Artikel und Präpositionen eingefügt. Dies war weniger in konventionell geschriebenen Erzählungen wie »Lost Ground« als vor allem in »The Transfinite Choice« notwendig.

Letztere Story ist eine der schwierigsten Aufgaben, die es für Science Fiction-Übersetzer überhaupt gibt. Allein die bizarren Sachverhalte in den entscheidenden Passagen zu entschlüsseln und nachvollziehbar ins Deutsche zu übertragen, wäre ein enormes Problem für sich gewesen, hinzu kommt jedoch noch, in welcher Sprache sie vorliegen. Masson kritisiert an Horst Pukallus' Vorschlägen, daß sie seine Methoden zur sprachlichen Verdichtung nicht übernehmen. Dem ist die Frage entgegenzuhalten, ob sich das Deutsche unter den von Masson angenommenen Voraussetzungen analog dem Englischen entwickelt hätte, ob ein Satz wie »(...) geriatrics failed, unable increase life expectancy over 18 per cent, active Life over 12 per cent.« (Masson, S. 137) in dieser Verkürzung im Deutschen überhaupt glaubhaft wäre. Es sind vielerlei Möglichkeiten denkbar, wie ein Übersetzer die Sprachentwicklung unter Berücksichtigung des Plots extrapolieren könnte. Horst Pukallus gibt das Ganze jedenfalls in einer Art futuristischem Manager-Jargon wieder, was den Schilderungen angemessen ist. Obigen Satz z.B. folgendermaßen: »(...) die Geriatrik hat versagt; sie war nicht imstande, die Lebenserwartung um mehr als achtzehn Prozent zu steigern, und die Erwartung des aktiven Lebens nicht mal um mehr als zwölf Prozent.« (S. 124) Ein ähnliches Problem stellt sich bei den lautgetreuen Zitaten der Zukunftssprache auf den ersten Seiten. Die unterschiedlichen Lautspektren der englischen und der deutschen Sprache lassen eine vergleichbare Entwicklung unwahrscheinlich erscheinen, es sei denn, man nimmt eine starke Infiltration englischer »Sounds« ins Deutsche an. Horst Pukallus tut das nicht, sondern bleibt ganz in der deutschen Sprache. Seine Versionen lesen sich wie ein zukünftiger Dialekt. Bei Masson lautet eine Passage auf S. 134: »Undrowda, hooh srigh. Nannriggig. Paarurwclurz. Paarurwimvlup, nammprax nawerrazawn boughhillut un paarurw-rawtung, prundax prax wennawnsimtaow! Nattgurwuzzuzdum ... Sregjunzplize.« Bei Pukallus: »Eendränglingin Halldrai. Janzmähwürdsch. Uraltklamotten. Uralt Umschlach d'bei, Namunjefähr Neewersn Büld, uralt Schrüft, Pschdschdembel schätzwaise eensnoinsievenzwo. Verschdehd nüchunsre Schbrach ... Biete waitre Ahnwaisungen.« (S. 121)

Weniger diffizil, aber immer noch eine Hürde für den Übersetzer sind einige Teile von »Not So Certain«. In die Ausführungen des Linguisten in dieser Story werden immer wieder Beispiele aus der Alien-Sprache einbezogen, wobei auf grobe Übersetzungen ins Englische wörtliche Zitate folgen. Horst Pukallus übernimmt die erfundene Sprache buchstabengetreu (bei seiner freien Verfahrensweise hätte er aus einer Lautfolge wie »Sshmeeqh« für den deutschen Leser allerdings etwas wie »Sschmiekh« machen können) und gibt ebenso grobe Eindeutschungen wieder. Deshalb ist auf Anhieb nicht verständlich, warum David Masson mit einem Satz wie »Gezeigter Weg für mich und sonstwen zurück offen?« (S. 41) für »Pass shown reverse open eh? self-andothers-relevance.« (S. 47 — Masson besteht auf der Silbe »eh« als einem unverzichtbaren Fragepartikel) nicht einverstanden ist. Seinen Anmerkungen nach sieht er hier seine Intention verletzt, eine Sprache mit bestimmten fremdartigen Satzbauregeln zu entwerfen, die Horst Pukallus in seiner Übersetzung nicht beachtet. Aber selbst wenn man berücksichtigt, daß Sätze wie der zitierte mit der englischen Syntax ebensowenig zu vereinbaren sind wie mit der deutschen und daß es auch irdische Sprachen mit einer für europäische Ohren abenteuerlichen Syntax gibt, woran hätte der Übersetzer merken sollen, daß für ein Verständnis der Alien-Sprache in Massons Sinne der eigentümliche Satzbau unerläßlich ist. Aus dem Plot der Geschichte gehen jedenfalls andere Schwerpunkte hervor. Dies ist einer der Fälle, wo der Übersetzer nicht ahnen kann, welchen Hintersinn der Autor in diesem oder jenem Detail noch versteckte.

Das Problem der Übersetzung von Science Fiction aus der englischen in die deutsche Sprache bedarf in Zukunft gewiß noch weiterer Überlegungen als den hier angestellten.[32] Leider gehört es zu den großen Defiziten der bundesdeutschen SF-Kritik, daß dieses Thema bislang weitgehend vernachlässigt wird. Wenn man bedenkt, daß es sich *beim Großteil* aller hierzulande publizierten SF-Titel um Übersetzungen handelt, kann einen die Naivität nur erstaunen, mit der Rezensenten diese Bücher besprechen, als seien es Originale. Knappe Anmerkungen zur Qualität der deutschen Fassung sind da schon rühmliche Ausnahmen. Häufiger kommt es vor, daß dem Verfasser des Originals Verrisse aufgebrummt werden, die eigentlich der Übersetzer verdient hätte. Das mag an einer Geringschätzung der Übersetzertätigkeit liegen, der die Schwierigkeiten dieses Handwerks überhaupt nicht bewußt sind. Aber die Qualität einer Übersetzung ist keine Kleinigkeit am Rande. Eine Übersetzung

[32] Eine gute allgemeine Einführung in die Problematik des Übersetzens bietet Dieter E. Zimmers Aufsatz »Wettbewerb der Übersetzer — Die einstweilige Unentbehrlichkeit des Humantranslators« in seinem Buch: REDENS ARTEN. ÜBer Trends und Tollheiten im norddeutschen Sprachgebrauch, Zürich 1988, Haffmans Taschenbuch 21.

kann selbst in ungekürzter Form nicht nur den Stil, sondern auch die Charakterisierungen, die Handlungslogik und die Beschreibungen völlig zerstören, wenn sie ein Mindestniveau unterschreitet.[33] Wie über diesen Umstand hinweggesehen wird, läßt Spekulationen in der Richtung zu, ob nicht die jahr(zehnte)lange Lektüre miserabler Übersetzungen manche vermeintliche Experten daran gewöhnt hat, anglifiziertes Kauderwelsch für gutes Deutsch zu halten.

Für die freundliche Unterstützung beim Zustandekommen dieses Essays bedankt sich der Verfasser bei Herrn David I. Masson, sowie bei den Verlagen Faber and Faber, Ullstein und Heyne, für nützliche Anregungen und Kritik bei seinem Kollegen Horst Pukallus.

[33] Es muß aber auch gesagt werden, daß in manchen Fällen, etwa in Texten von Vielschreibern wie Asimov oder Foster oder in manchem Star Trek-Roman, die deutsche Übersetzung das Original in Wortschatz und Stil oft merklich übertrifft.

AUTOREN

Vom Schicksal im Universum

oder:

Das polyenzephalische Konter-Kraftfeld des Philip K. Dick

von Ernst Petz

I.

»War das die Lösung?
Schließlich blieb eine Illusion,
wie überzeugend sie auch sein mochte,
doch nur eine Illusion.
Objektiv gesehen zumindest.
Subjektiv gesehen allerdings —
so ziemlich das genaue Gegenteil.«

PHILIP K. DICK, Erinnerungen en gros

Stanisław Lem zitiert die Science Fiction-Autorengrößen Damon Knight (*Die Analog-Maschine*) und James Blish (*Eine Handvoll Sterne*) in seinem Essay »Science Fiction: ein hoffnungsloser Fall ...« mit zornigem Genuß — und er teilt und begründet ihr Urteil, »daß die SF-Leserschaft unfähig ist, einen hochwertigen Roman von einem mittelmäßigen zu unterscheiden«. Für den deutschsprachigen Raum gibt es ein trauriges Indiz, daß Knight (*Babel II*), Blish (*Der kopierte Mann*) und Lem (*Transfer*) recht haben: Die Werke des für viele genialen Philip K. Dick werden wesentlich weniger gelesen als beispielsweise Vogt- und Heinlein-Unverbindlichkeiten; im Verbreitungsbereich der »größten SF-Reihe der Welt« — Perry Rhodan mit -zig und aberzig Millionen verkauften Exemplaren — bleibt die Qualität, mit der Dick auf die Miß-

und Übelstände der *Gegenwart* losgeht, die Botschaft für eine Minderheit (... dabei aber immer noch willkommener, als es der Prophet im eigenen Land ist — Wahrheit scheint immer schwerer verträglich, je betroffener man ist).

Für eine Minderheit in doppelter Hinsicht sogar noch: Menschen, die bewußt *lesen,* sind schon selten, dann existiert innerhalb dieser kleinen Gruppe die verschwindende Untergruppe derer, die das spezifische — und mit vielen unbegründeten Vorurteilen behaftete — Genre Science Fiction interessiert ... Schon die Zahl der *möglichen* Adressaten ist relativ klein, und auch da verweigern sich viele — kein leicht zu tragendes Schicksal für einen Autor, der mit seinem Werk etwas bewirken wollte: Nichts weniger als Nachdenklichkeit, Veränderung im persönlichen Kleinen als Vorstufe zu einer besseren Welt.

Anliegen und Qualität der Ideen und Welt-Entwürfe Dicks würden sich ein möglichst großes Publikum verdienen, aber für dieses *vorhandene* Massenpublikum existiert der Autor nur versteckt im Nachspann: Dem Zeitgeist entsprechend wurden genretypische Gesichter und der muskelbepackte Corpus, wurden die darstellerischen Zugpferde zum Kassenmagneten — nicht die schöpferische Gabe, nicht das phantastische Vermögen des Autors:

Harrison Ford als »Bladerunner«, Arnold Schwarzenegger als Douglas Quail in der »Totalen Erinnerung« sind *Begriff* geworden. Wer von den — von den großartig gemachten Filmen zu Recht angetanen — Kinogängern kennt die Originale? Weiß, ob *Roboter von elektrischen Schafen träumen,* wie es Dicks Titel zur »Bladerunner«-Vorlage kryptisch wissen will? Wer hinterfragt bei Schwarzeneggers Kampf *einer gegen alle* und gegen die eigene Vergangenheit, daß Dicks *Held* überhaupt keiner ist, wie immer nie einer sein sollte, daß im bei Haffmans/Zürich erschienenen Appetizer »Erinnerungen en gros« als Vorläufer zu einer geplanten und angekündigten — der ersten! — deutschsprachigen Philip K. Dick-Stories-Gesamtausgabe zu Recht beklagt wird, daß Richard Dreyfuß die adäquatere Besetzung gewesen wäre? — Pech auch beim anderen prominenten Film ... oder *Glück?*

Philip K. Dick *Copyright © Foto by Wolfgang Jeschke*

Philip K. Dick starb zwar nach der letzten Klappe, aber noch während der letzten Schnittarbeiten, am 2. März 1982, »seinen« *Bladerunner* hat er nicht mehr gesehen. Nicht nur Voltaires *Candide,* mit seiner Dick ähnlichen Einstellung zu Jenseits und ihnen beiden immerhin möglicher Existenz eines Großen Manipulators, auch Kenner und Liebhaber Dick'scher Originale (im Sinne von: Auf *Papier, zwischen Buchdeckeln*) fragen zweifelnd — Zufall? Glück? *Vorhersehung?* Letzteres hätte ja tatsächlich in die reale Vorstellungswelt des Autors gepaßt, der die letzten Jahrzehnte seines Lebens damit zubrachte, zu überlegen, ob er in den sechziger Jahren eine göttliche Vision gehabt habe — oder nur einen ... wodurch auch immer verursachten *Rausch,* Hunger und stimulierende Drogen wären *eine* mögliche Erklärung.

Jedenfalls war diese Frage fruchtbar für den literarischen Ausstoß des engagierten Schriftstellers, allein die Sammlung von »Collected Stories« — 1987 von Underwood/Miller in Los Angeles vorgelegt — füllt fünf — beschwerlich kleingedruckte — großformatige Bände à 400 Seiten; dazu kommt ein umfängliches Romanwerk, *Zeit ohne Grenzen, Und die Erde steht still, Hauptgewinn: Die Erde, LSD-Astronauten, Mozart für Marsianer, Eine Spur Wahnsinn,* vor allem auch der für eine große Anzahl Eingeweihter »beste SF-Roman« *Eine andere Welt* (die Übersetzer und Titelfinder haben es sich leicht gemacht, der Originaltitel lautet *Flow My Tears, the Policeman said), Kinder des Holocaust* usw. usw. — eine wahrlich imponierende Liste.

Eine Spur Wahnsinn: Dieser Titel ist fast Programm für Dicks Lebenswerk, die Suche seiner Anti-Helden nach der *wirklichen* Realität:

Hauptthema Dicks ist die »Entfremdung des Menschen im Kosmos« (Heyne SF-Lexikon), sind die daraus resultierenden Todsünden des Menschen — immer stellvertretend für *die Menschheit* — gegen die Welt. Daß diese Welt in Dicks Vorstellungskraft eben *nicht* die einzige Welt ist, die *der Menschheit* zur Verfügung steht, ist eine der Perfidien dieses Autors. Es gilt ihm auch gleich, ob eine seiner Welten von Menschen bewohnt — und zerstört — wird, oder von Marmeladekrügen ... Diejenigen jeweiligen Wesen, die auf irgendeinem Planeten, auf irgendeiner Welt das Große Sagen haben, werden zuverlässig dafür sorgen, daß dieser Planet, diese Welt rasch und gründlich unbewohnbar, zerstört wird. Schon weil sie dafür sorgen werden, daß es *Militärs* gibt: Unterschwellig das stets präsente Feindbild des Philip K. Dick, der sich da inhaltlich mit dem Schweizer Denker und — allerdings immer noch optimistischen Systemkritiker — Hans Pestalozzi (*Nach uns die Zukunft, Die sanfte Verblödung*) trifft, nach dem es zweierlei Arten von Menschen gibt: solche mit Hirn und solche mit *Spiegel.*

Gegen seine *kleinen* Menschen mit Hirn, gegen seine Anti-Helden aus den kleinen, mühseligen Alltagen hat sich die große, die mächtige, die reiche, die hochgerüstete Welt (jeweils) verschworen. Weil diese nicht funktioniert — bzw. nur so funktionieren kann, wie sie zum eigenen Unheil eben funktioniert —, muß sie sich gegen jeden Versuch, sie zu ändern, mit aller Brutalität zur Wehr setzen ... Die Reaktion *darauf,* der Widerstand gegen die Allmacht, glaubt ein heldensüchtiges Nichtleser-Publikum einem strahlenden *Mr. Universum* (natürlich?) eher als den Dick'schen unscheinbaren Verkäufern oder Vertretern: Optisch ist Zuschlagen leichter umzusetzen als Denken ...

Der 1928 in Chicago geborene Dick stellt den sich hinlänglich als unbrauchbar erwiesenen tatsächlichen Gesellschaftssystemen seine eigenen Entwürfe entgegen — entgegen der Wirklichkeit spielen dabei nicht ökonomische Vorgaben die Hauptrolle, sondern soziologische, psychologische — der Umgang der Menschen miteinander.

Damit fällt für Dick als Autor schon viel an Zutaten weg, was anderen Vielbeschäftigten des Genres *Science Fiction* ausmacht — es fällt bei ihm aber auch viel weg, was zum gegenüber diesem Genre *zu Recht* bestehenden negativen Image in der Welt der *Literatur*-Literatur geführt hat, was zum großen Teil zu Recht an Vorverurteilung besteht.

Nur weil eine Geschichte in der Zukunft spielt, ist sie ihm noch nicht SF. Auch wenn es noch so eine Weltraumgeschichte ist, die noch so in einer Zukunft spielt — noch so *space ad-*

venture: das ist ihm *auch* noch nicht science fiction. Das sind eben Weltraumabenteuer, Kämpfe und Kriege, in der Zukunft, im All, auch mit weitest- und höchstentwickelten Technologien ... Es ist für Philip K. Dick *noch immer nicht Science Fiction* — wenn solche Ingredienzen für viele Autoren auch zu genügen scheinen oder sogar genügen — (zum Beispiel für Doris Lessing, wie er anmerkt — Diese Ansicht Dicks ist aus seinem Werk unschwer herauszulesen, sie liegt aber auch expressis verbis vor, weil er neben seinem umfänglichen literarischen Werk zum Glück noch Zeit fand für ausführliche Briefe: Einer aus dem Jahre 1981 — in der Underwood/Miller Gesamtausgabe der Collected Stories als Preface veröffentlicht — enthält eine der Dick'schen SF-Definitionen, die mehr ist als bloße Definition, obwohl auch das, wie zahlreiche Versuche belegen, schwer genug ist. Im Grunde umreißt Dick hier sein Programm, sein Generalthema:)

Im bloßen Weltraumabenteuer fehlt diesem Autor ein entscheidendes Moment, das entscheidende Kriterium: *die wirklich neue Idee.*

Nach bisherigen Definitionen könnte Science Fiction auch ruhig in der Gegenwart spielen: All die Alternativwelt-Geschichten und -Romane, die bloße Verlegung einer Wildwest-Geschichte in den Weltraum (»Outland«) *darf* einfach nicht für eine gültige Definition genügen. Schon gar nicht darf man es sich so einfach machen, wie Brian Aldiss, für den in einem Interview »alles Science Fiction ist, was sich unter diesem Titel verkauft«.

Was bleibt? fragt Dick selber, wenn wir die Zukunft nicht allein gelten lassen, nicht den Weltraum und nicht *high technology?* Was kann und darf *science fiction* genannt werden, was *ist science fiction?*

»Der erste Schritt ist die Annahme einer fiktiven Welt«, bestimmt Dick, die Annahme einer Gesellschaft, die *tatsächlich* nicht existiert, aber die vergleichbar ist unserer Gesellschaft — unsere Gesellschaft funktioniert als eine Art Sprungbrett, die fiktive Gesellschaft erhebt sich aus dem allseits bekannten — wie in den Alternativwelt-Geschichten.

Wir *haben* es nach dieser Annahme mit der Welt, wie wir

sie kennen, zu tun — aber nicht ganz: sie erscheint ein wenig aus den Angeln gehoben, verrückt durch die geistige Leistung des Autors, *verrückt* zu etwas, das unsere Welt nicht ist oder *noch* nicht ist.

Diese *neue* Welt muß sich von der realen in zumindest einem Punkt unterscheiden, und dieser eine Punkt muß stark genug erdacht sein, um eine Handlung zu ermöglichen die nur dort, keinesfalls in unserer Welt möglich ist. Ein Ereignis, das in unserer Gesellschaft nicht stattfinden könnte — auch nicht in irgendeiner schon bekannten Gesellschaft dieses Planeten aus Gegenwart oder Vergangenheit.

Dieser schiefen Welt muß eine durchdachte Idee zugrunde liegen, ein spürbares und ernstzunehmendes Konzept — nicht nur eine triviale oder bloß bizarre Verbiegung (Ärzteromane, Fantasy): Und diese konzipierte Verschiebung innerhalb der Gesellschaft, so daß im Kopf und durch den Kopf des Autors eine neue Gesellschaftsordnung entsteht — *das macht das Wesen der Science Fiction* aus.

Vom Kopf des Autors sollte es aufs Papier gebracht werden, um dann im Kopf des Lesers für einen ordentlichen Schock zu sorgen — den Schock der *dysrecognition,* d. h. durch Wiedererkennen einer Gegebenheit, aber in vollkommen verzerrter, übersteigerter Form. Ein *déjà vu*-Erlebnis mit Hindernissen, Amerika etwa plötzlich als Polizeistaat, in dem, wiederum nur als weit hergeholtes Beispiel, vier Polizisten, die einen Schwarzen erbarmungslos verdreschen, von einem Geschworenengericht freigesprochen werden, das harmlose Quizspiel als Kampf auf Leben und Tod, hilfreiche Maschinen als lebenshungrige Killer:

Der Leser *weiß,* daß er nicht über seine reale Welt informiert wird ... Aber ... kann er sicher sein? Kann er wissen, wie lange noch ...? Roboter, die zur Teilnahme an Preisaus-

---

Die Suggestion des Illusionisten:
Es *könnte* sein, daß betrogen
wird und belogen und manipuliert.

---

schreiben einladen, deren Gewinner und erster Preis schon feststehen — kann der Leser sicher sein, daß es das nicht vielleicht doch gibt? Daß bei derlei Veranstaltungen vielleicht doch manipuliert wird?

Was in der Science Fiction passiert, muß *möglich sein unter den richtigen Voraussetzungen* — Dick nimmt als Beispiel die häufig auftauchenden Mutanten. Wem diese evolutionären Weiterentwicklungen etwas wie Drachen oder Feen sind — dem ist Ted Sturgeons *More Than Human* nicht SF — sondern Fantasy. Nur wenn der Leser bereit ist, an die Möglichkeit der Mutanten zu denken, sie als gegeben ins Kalkül zu nehmen zumindest für die Dauer der Lektüre — nur dann liest er die Geschichte als SF:

Ein höchst subjektives Beurteilungskriterium ... Aber das beste, das zur Zeit vorliegt. Es muß ja nicht alles, nicht einmal bei Dick, schon *gar nicht* bei Dick, wie zu zeigen sein wird, gleich die Lösung sein — schließlich bleibt ja eine Illusion, wie überzeugend sie auch sein mag, eine Illusion ... *Objektiv* zumindest. *Subjektiv* gesehen allerdings ... so ziemlich das genaue Gegenteil. O ja, was Dick aussagen wollte, steht in jeder Hinsicht auch im Werk, er sollte eigentlich das Musterbeispiel eines Autors sein, der nichts darüber hinaus erklären, den man *nicht* erläutern muß.

Fantasy spielt mit Zutaten, die als unmöglich erkannt sind, die nicht möglich sind noch je möglich sein werden — Science Fiction spekuliert mit der Kraft der Phantasie —, aber auf dem Boden der Realität — sogar ein (privater) Metaphysiker wie Dick hat sich daran gehalten.

Gute Science Fiction geht noch einen Schritt weiter: Sie stimuliert den Leser zum Nachdenken, sie dringt in sein Hirn ein und weckt es für ihre Themen, weist auf Möglichkeiten hin, die dem Leser noch nicht aufgefallen sind, weist in die Richtungen, die dem Autor als notwendig erscheinen; Umwelt, Rassismus, Fortschrittswahn ebenso wie konservative Technologiestürmerei, Jenseitsianertum und die Allmacht und Allgegenwart von Manipulatoren: »Der Leser weiß, daß er nicht über seine tatsächliche Welt liest ...«

Science Fiction ist *das* Transportmittel für Kritik und Erneuerungs-Vorschläge, für Angriffe auf Dumm- und Blindheit, für neue Ideen.

Die Science Fiction kann dabei wesentlich mehr und wesentlich weiter gehen, als die *mainstream literature:* Der Kettenreaktion neuer Ideen und immer neuer Vorstellungswelten sind keine (herkömmlichen) Grenzen gesetzt — Dick sieht diese Kettenreaktion als die für *gute,* das heißt *funktionierende* Science Fiction notwendige Zusammenarbeit zwischen Autor und Leserschaft, in der von *beiden* Kreativität verlangt wird ... Es soll und muß *Spaß* machen, völlig neue Wege zu beschreiten.

Es gilt als das große Verdienst dieses Autors, solche Betrachtungsweisen in die bis in die Fünfzigerjahre von Planeten- und Raumfahrt-Wildwest-Verschnitten dominierte Literaturgattung SF eingebracht zu haben. Transportmittel waren zunächst weit mehr als 100 (hundert!) in diversesten SF-Magazinen veröffentlichte Kurzgeschichten allein in den Jahren 1952 bis '56, erst nach diesem fulminant fruchtbaren Start widmete sich Dick verstärkt der längeren Form — in insgesamt 31 Romanen sucht er mit seinen geschüttelten und gepiesakten Akteuren (und für aufnahmebereite Leser) nach Wahrheit im Umgang mit Mitmenschen und der einzig vorhandenen Natur, gegen eine von vorneherein feindlich gemachte Umwelt voller Hinterlist und Brutalität — es ist kein Trost, daß seine Welten sich oft genug (z.B. in *Zeit ohne Grenzen*) als Schimäre, als einziger gigantischer Betrug herausstellen. Es könnte auch in Wirklichkeit so sein ... oder noch schlimmer: Die Wirklichkeit könnte wirklich so sein, *wie sie ist!*

Weil Dick es sich von Zeit zu Zeit nicht verkniff, die USA so darzustellen, wie er sie sah und sehen mußte, verfolgten ihn Polizei und andere Behörden geradezu als Staatsfeind: Der Kritiker Dick in würdiger Nachfolge des Kritikers Dickens, des Kritikers Cooper — auch diese beiden literarischen Größen wurden im Land der unbegrenzten Möglichkeiten erbarmungslos verfolgt, weil sie *unamerikanisch* die untadelige Größe des Landes anzuzweifeln wagten: *Flow My Tears ...* schildert den totalitären Polizeistaat Amerika, *Der dunkle*

Schirm dasselbe Land, wie es in einem Meer von Drogen versinkt ... Der Leser aber »weiß, daß er nicht über seine tatsächliche Welt liest ...« — tröstet der Schelm.

Die Visionen des Vorstellbaren schienen den *Mächtigen* aber bedrohlich genug, wahrscheinlich werden immer nur sie selber wissen, wie nahe die Dick'schen Zukunftsentwürfe der Wirklichkeit schon sind — ich habe vor Jahren für ein mainstream-Literaturmagazin zum Thema *Arbeitslosigkeit und Literatur* beigetragen, unter dem Titel *Trübe Aussichten — Ein Streifzug durch die Zukunft* durfte Dick (neben Disch, Koch, Marge Piercy usw.) mit seinem nur zu berechtigten Pessimismus nicht fehlen:

Die USA sind überzogen von Arbeitslagern, aus dem Heer der ohne Arbeit, ohne Wohnung, ohne Lebensmittel marodierend durchs Land ziehenden Rotten werden die *Freiwilligen* für die Drogentests rekrutiert. Polizei und Nationalgarde regieren den Staat, über jeden Bürger existiert eine Akte: Über wen keine existiert — den gibt es nicht.

Schwarze Ehepaare werden nach dem ersten Kind zwangssterilisiert — so halbiert die weiße Mehrheit mit jeder Generation die farbige Bevölkerung: aus zwei mach' eins, aus deren wieder zwei wieder nur eins ...

Diese Parallelwelt, diese Darstellung einer nach Dicks Credo durchaus auf heutigen Gegebenheiten fußenden möglichen Anhäufung von feindseligen Zuständen, auch dann noch *Staat* genannt, diese durch keinerlei rosarote Brille verschönte Sicht einer potentiellen, ja sogar *wahrscheinlichen* Entwicklung, diese *Eine andere Welt* ist nicht so weit hergeholt aus dem Reich der Phantasie — und *dazu* hatte es Los Angeles 1992 als *wirkliche Gewißhaier* gar nicht gebraucht, diesen ohnehin nur ersten sichtbaren Schritt in eine Neue und sehr reale Wirklichkeit —, ist nicht genug *fiction*/Fiktion, wie es sich mancher heile Welt-Optimist wünschen würde — so empfand es — wie angedeutet — auch die Obrigkeit:

Ein Polizeispitzel hatte das Romanmanuskript gelesen, FBI und CIA begannen den Autor zu tyrannisieren, sein Haus systematisch heimzusuchen. Ein ehemaliger Geheimpolizist ließ Dick ein wenig die wahren Gründe wissen:

»Vielleicht hat man Ihr Haus verwüstet, weil Sie etwas geschrieben haben, das die Wahrheit darstellt, ohne es zu wissen. Vielleicht wollte die Regierung herausbekommen, was Sie über eine Sache wußten, über die Sie fiktional geschrieben haben.«

Dick hat stets sehr genau gewußt, worüber er schrieb. Und er hat ganz gewiß *nicht* die Wahrheit dargestellt, ohne daß er das auch wollte — und *genau* so, genau in der Art, wie es geschrieben zu stehen hat —, sonst wäre das Romanmanuskript von *Eine andere Welt* nicht schon bei einem Rechtsanwalt hinterlegt gewesen — einer der besten Romane des Genres wäre anders nie erschienen.

Die Geschichte des Romanmanuskripts ist ein Skript für sich — Dick würde wieder mit den Augen zwinkern, »der Leser weiß ja, daß es nicht seine reale Welt ist, über die er liest ...«

»So beklemmend die Vision eines derartigen Polizeistaates ist«, über den Dick geschrieben hat, angeblich *visionär,* dazu aber viel zu real, »so berechtigt scheinen die Ängste, die der Autor hinsichtlich der *freiheitlich-demokratischen* Grundordnung seines Landes hegt«, textete der Verlag zu einem Roman, der durch seine ureigenste Geschichte seine ebenso ureigene Berechtigung schöpfte — welch höheres Lob kann einen Autor, kann ein Werk ereilen:

Watergate war die spektakuläre Panne, ein Einzelfall war es gewiß nicht. Die bis zum kriminellen Delikt gehende Überwachung der Bürger ist offenbar längst allgegenwärtige Routine und reicht hin bis zur Einschüchterung unliebsamer SF-Autoren ...

Philip K. Dick wurde von der Polizei eine Pistole gegeben mit der Aufforderung, bald zu sterben.

Die Polizei legte ihm Selbstmord nahe.

Auch anderen großen Autoren der Science Fiction waren und sind die sozialen Probleme der USA bewußt und Thema, viele davon sind erst in die SF ausgewichen, weil unter dem Blickpunkt *fiction,* aus einer — etwa — fiktiven Sicht aus der Zukunft schonungslosere Kritik möglich ist als in jeder anderen Literaturgattung, auch andere engagierten sich, aber kaum ein Autor hat so viel geschrieben wie Philip K. Dick, und kaum einem anderen Autor sind dabei so wenig schwache Lückenfüller passiert wie ihm — weil er nicht nur Ideen hatte, sondern auch ein *Programm,* ein durchgängiges Generalthema, durchgehend und durchgehalten wie die reale Welt selbst:

Wer immer manipuliert, ist doch selbst auch ein Manipulierter; und wenn nicht von anderen Personen — es müssen nicht immer Menschen sein —, so doch von den Umständen, die dem Einzelnen aufgezwungen sind — also doch wieder selbstverschuldet. Stanisław Lem: »Gemessen an Dicks schwarzem Pessimismus erscheint Schopenhauers Weltanschauung als helle Freude am Leben.«

Dick provoziert Stellungnahme, Dicks Themen sind unbequem — und darüber hinaus hinterfragt dieser Autor jedes Problem gründlich und ohne Rücksicht auf den Leser so vielschichtig und lange, bis er es ... nein, *selten* bis nie *löst* — eher bis *es sich* auflöst:

Eine mögliche Problemlösung nämlich entspricht der Realität: Die Welt löst sich auf — bei Dick passiert das nicht nur einmal ... und der Einfachheit und Über*deutlich*- und -sichtlichkeit halber beginnen seine Stories, beginnen seine neuen Welten, beginnen seine der Menschheit — unverdient genug — noch einmal eingeräumten *zweiten Chancen* erst nach der ultimaten Problemlösung — die alte Welt ist hin, es lebe die neue! —, beginnt Dicks Wettlauf gegen die omnipräsente Tücke oft genug in einer Stunde Null des Wiederaufbaus. Zumindest in einer Stunde Null für das arme Würstchen, das er sich jeweils gerade zum *Helden* gemacht ... und das nun wissen will, was und wie ihm eigentlich durch wen geschieht ...

Dabei führt Dick so viele verschiedene Handlungsebenen ein, wie er — der Autor — auf seiner Suche nach Antworten braucht. Und er benützt philosophische Grundprobleme wie primitives Werkzeug zum Transport seiner Handlungen, Erkenntniskritik und politische Ethik als bloßes — wenn auch mächtiges — Beiwerk. Und wenn das nicht hilft, gibt es allemal den Fluchtweg Metaphysik — schon ist *alles* möglich.

Weil Dick so *weit* und ausufernd dachte, weil ihm *Alles* zu seinem einem Thema gerann, scheinen seine Romane oft überkonstruiert, wo sie nur *vor Fülle* überborden: möglicherweise ist der oberflächlich komplizierte, verschachtelte Aufbau der Grund für die relative Kühle, mit der sein Werk vom Nicht-Dick-Fan oft aufgenommen wird — man muß als Dick-Leser, wie für alle großen Nicht-Stilisten, wie für alle Schriftsteller, denen Gehalt wichtiger ist als Form, wie für alle *engagierte* Literatur, ein gerüttelt Maß an Bereitschaft mitbringen, sich neben der inhaltlichen Auseinandersetzung auch der formalen Herausforderung zu stellen. Dem Dick-Fan ist das kein Problem, ist das mit ein Quell der Konzentration auf das Wesentliche; den Verkaufszahlen aber, s. o., steht die Unbequemlichkeit im Wege ...

Bei einem Dick-Symposion, '89 in Düsseldorf, wandte sich sogar sein deutscher Übersetzer (Horst Pukallus) gegen die ihm übertrieben erscheinenden Lobpreisungen Dicks durch Fangemeinde und Autorenkollegen (immerhin John Brunner, Bob Shaw, Wolfgang Jeschke ...), »sooo toll« finde er ihn auch wieder nicht, »allerdings« (nachdenklich, korrigierend) »muß an einem Autor schon was dran sein, dem ein Typ wie Schwarzenegger einfällt«.

II

> *»Die Zukunft ist schwarz. Wer will darüber schon schreiben? —*
> *Und überhaupt, wer liest denn dieses Zeug? Verpikkelte Jünglinge. Asoziale.*
> *Ist doch alles Mist.*
> *Nennen Sie mir eine einzige gute Science Fiction-Geschichte, nur eine!«*
>
> PHILIP K. DICK, Orpheus mit Pferdefuß

Auf der Suche nach der Realität, auf der Suche nach der Antwort auf die Frage auch, in *wessen* Realität die Menschheit lebt, bei Dick oft genug nur *vegetieren* darf, mußte der *amerikanische* Autor natürlich auf die Darsteller der *amerikanischen* Geschichte stoßen — die Muse, die das bedeutendste Science Fiction-Werk der Geschichte inspirieren sollte, auf *den* Mann, der dadurch zum bedeutendsten Autor dieses Genres werden sollte — Dicks Muse auf Dowland, also wiederum Dick selber, auf den Wildwest-Autor, den Verfasser von Drehbüchern für TV-Westernserien.

Der will überleben, braucht Geld, um was zu essen kaufen zu können, will von den ungeschickten Vorschlägen der Muse nichts hören — wie er auch nicht annehmen kann, daß von einer als völlig *schwarz* erkannten Zukunft irgend jemand etwas wissen wollen könnte ...: »Wer liest dieses Zeug?«

Die wichtige Frage — wer soll Science Fiction lesen?

Und die Antwort eines ganz Großen des Genres — die Antwort von John Brunner, sie lautet schlicht und einfach: »Jeder.« Und auch die Begründung ergibt Sinn — was *denn* sollte die Menschen interessieren, wenn nicht die Zukunft? »Schließlich verbringen wir alle dort den Rest unseres Lebens!« — So einfach läßt sich das *auch* darstellen.

Und Philip K. Dicks Werke gehören für viele zum absolut besten, ein geflügeltes Wort in der Szene steht am Beginn des Vorworts von Steven Owen Godersky zur Underwood/Miller-Gesamtausgabe der *Collected Stories,* demnach sei Dick der größte Science Fiction-Autor *sämtlicher Planeten,* meint natürlich: *sämtlicher Planeten-(Sonnen-)***Systeme!** — Wer will schon kleckern, wenn man ums selbe Geld auch klotzen kann — auch Heinlein wurde ja einmal zum größten SF-Schreiber aller Zeiten ernannt ... Vielleicht ist *aller Zeiten* weniger, als *sämtlicher Planeten,* w. w. i.

Immerhin aber ist Philip K. Dicks Beitrag zu *diesem* Planeten, zum Leben *hierorts* nicht zu verachten — immerhin, befindet Godersky nicht zu Unrecht, gilt Dick als der *seriöseste* unter den modernen SF-Autoren — wem auch immer dies *nicht* als Qualitätskriterium erscheinen möge (genügend Politiker, beispielsweise, können *nur* als seriös bezeichnet werden — möglicherweise hatte Dick in bezug auf die USA in mehrerlei Hinsicht recht, als von Europa aus mit freiem — oder nur mit einem TV-Schirm bewaffneten — Auge ersichtlich ist, dann ist *seriös* wirklich das höchste Lob ...) ... Wem das also nicht ... usw., innerhalb seiner Arbeit, der Arbeit des

Schriftstellers, der nicht nur unterhalten will, *ist* es zweifellos ein gar nicht genug hervorzuhebender Pluspunkt.

Godersky konzentriert sich in seiner Betrachtung auf drei Hauptthemen, denen er die Bedeutung, intellektuelle Größe und internationale Anerkennung Dick'scher Werke zuschreibt:

Was scheidet die Menschheit von den komplizierten *Perplexitäten* ihrer Hervorbringungen? — Früher, als *alles* noch einfacher gewesen sein mochte, sprach man noch von der *Tücke des Objekts,* Objekt heißen hier auch die Gesellschaftssysteme, die hilfreichen Maschinen zur Vereinfachung von, beispielsweise, Verwaltung, die alles so kompliziert machen, daß das einfachste und logischste im Leben die Ausgangstür darzustellen scheint ... Wenn sich Dicks *Helden* da auch manchmal anders äußern: (Okay. Nicht *nur,* anders, aber zwiespältig. Mal so — mal so. Beleg:)

Einerseits: »Ich bin nicht verheiratet. Hab keine Frau. Nichts. Nur diesen Scheißjob im Plattenladen. All die scheißdeutschen Kunstlieder und diese Bubblegum-Rock-Texte. Sie gehen mir Tag und Nacht im Kopf herum; immer dieses Gemengsel aus Goethe, Heine und Neil Diamond ...

Warum soll ich weiterleben? Soll das ein Leben sein? Ein Dahinvegetieren ist das, aber kein Leben.«

Dann herrschte Schweigen, das alles in Dicks *The Day Mr. Computer Fell out of its Tree* (in Haffmans Dick-Opener-Taschenbuch: Der Tag, an dem Herrn Computer die Tassen aus dem Schrank fielen):

Dem *heldischen* Joe in einem Amerika, in dem der allmächtige und superkluge Computer an einem Tag der gesamten Bevölkerung nur ein Taschentuch als einziges Bekleidungsstück zuzugestehen in der Lage ist (hieß *tatsächlich* einmal: Tücke des Objekts!), dem antiheldischen Joe in so einer Welt, in der wir leben, in der alles ist, wie es ist (fürchterlich, Hanns Henny Jahnn) winkt glor-, nicht zuletzt freuden-, da orgasmusreicher Ausweg. Er aber, gerade noch total *endgültig* verabschiedungswillig — klammert sich an die Sorgen, die die perfiden *menschlichen Hervorbringungen* so nach sich zu ziehen pflegen:

»Und was wird aus meiner Eigenwohn? Aus meiner Stelle? Meinem elenden, kleinen, sinnlosen Leben, *an das ich so gewöhnt bin?«*

An das ich so gewöhnt bin: Ein Kernsatz — diese alltäglichen Gewohnheiten irritieren Dick — also irritierte er durch sie und mit ihnen. Prangerte sie an, stellte sie bloß — entlarvte wie kaum ein anderer (John Sladek ist in dieser Hinsicht auch Großmeister, wenn auch nicht so fruchtbar):

Wer hat noch nie gesehen, wie jemand seine Augen durch ein Zimmer wandern ließ? Wie ein Mensch einer Menschin, beispielsweise, seinen Arm anbot — und über kurze Zeit dafür Hand und Herz von ihr bekam?

Wer hat noch nicht beobachtet, wie jemand seinen Arm um jemandes Schulter legt, und diesen Arm schließlich auf mehr oder weniger heftiges Bitten hin sogar *entfernt?* Wer kennt nicht Menschen von nebenan, denen das Leben, der Job das Rückgrat entfernt haben, wer war nicht schon dabei, als jemand seinen Kopf verlor?

Ungeschulten Zeitgenossen entgeht dabei das Wesentliche — nicht so Philip K. Dick, als *»Ich«* Augenzeuge offensichtlich einer Invasion der Welt — durch Wesen, die sich auflösen können, die ihre Extremitäten selbständig agieren lassen — die sogar ihre inneren Organe herschenken können — und niemand merkt etwas davon, alle leben einfach weiter, als wäre nichts geschehen, als *würde* nichts geschehen.

Dicks »Ich« — so ganz allein im Besitz der Wahrheit — reißt sich für die Rettung der Welt natürlich auch kein Bein aus, wollte davon nichts mehr hören — opferte dafür gewissermaßen kein Ohr mehr, ja, *verlieh* nicht einmal eines: »Sollen sie doch kommen. Sollen sie doch die Herrschaft über die Erde an sich reißen ...«

Wenn der Entschluß auch nicht ganz freiwillig erfolgte, wenn auch durch den Streik eines Beteiligten provoziert: »Mein *Magen* macht das einfach nicht mehr mit.«

Diese kleine Geschichte zeigt gut ein weiteres Vermögen Philip K. Dicks: Da gibt es keine hundert Meter Anlauf für einen zwanzig Zentimeter-Weitsprung. Irritierende Redewendungen aufzugreifen und wörtlich zu nehmen, umzusetzen zu einem spritzigen Prosa-Sketch, mündend in letaler Bedrohung der Welt — Dick schätzte die Tragfähigkeit von Ideen richtig ein: *The Eyes Have It!* faßt das Grauen auf kalkuliert bemessenen vier Seiten zusammen, mehr ist da nicht. Trotz einer unübersehbaren Flut von Redewendungen, die aufzugreifen verlockend genug gewesen wäre, witzig aufzubereiten, auszubauen — man stelle sich vor, allein der Wunsch, sich Hälse und Beine zu brechen, ginge unerwartet & plötzlich in Erfüllung ... Die Problemlösungskapazität allein dieser Phrase!

Und all dieses Ungemach passiert dem Nachbarn von nebenan — *zweite* Grundtendenz des Dick'schen Werkes: Gegen den Superstar-Rummel, gegen die *Super*helden und Super*men,* deren die Welt in Realität und Fiktion so offensichtlich zu bedürfen scheint, setzt er die Gewißheit — und macht es vor allem die Menschen *wissen* — daß *die* gar nicht so super sind, daß die Fähigkeiten und Wünsche seiner Akteure, der Menschen von nebenan, daß das *Denken und Fühlen* von uns allen mindestens ebenso wichtig ist wie das der *Großen und Mächtigen.*

Dick gibt Mut. Dick gibt Selbstvertrauen — auch im Kreativen, auch im Intellektuellen. Wer hätte vorher geahnt, daß die grandiosesten Hervorbringungen menschlicher Schaffenskraft, daß die künstlerischen Höhepunkte der Menschheitsgeschichte *mitnichten* dem Genie der *Kreatoren* zuzuschreiben sind, sondern in erster Linie freiwilligen Musen, Menschen wie du und ich, die es auf sich genommen haben, den Gefeierten erst die richtigen Flöhe ins Ohr zu setzen? Wer *wußte* es denn bis zum Verrat Dicks, daß die Ode an die Freude im vierten Satz seiner Neunten nicht Beethovens Genius entsprang, sondern auf dem Mist der zeitreisenden Mrs. Ruby Welch aus Montpellier erblühte? Für diese Geschichte, *Orpheus With Clay Feet* gilt wie für alle: »Man weiß in seinen Geschichten nie, was als nächstes passiert.« (James Tiptree, Jr.) — Das illustriert, was Dick in seiner Definition meint — das wichtigste an SF ist die *neue Idee.*

Nur in einem Punkt kann man sicher sein, das prägt sein Werk — wird nie expressis verbis ausgesprochen, ist doch immer gegenwärtig und damit wirkungsvoller als jedes Pamphlet —, ist seine *dritte* Grundbotschaft:

Der Horror vor allem, das mit *Militär* zusammenhängt, zieht sich durch das gesamte Werk, durch alle Welten, durch alle Zeiten, überdauert jedes Chaos, stellt sich nach jedem Untergang neu und mit immer mehr Berechtigung ein; der Abscheu und das Unverständnis vor allem, das Uniformen herumträgt und sich bei aller nachgewiesener und nachweisbarer Dummheit in allem und jedem das Große Sagen anmaßt:

Für Dick sind die hohlen Phrasen vom Kampf für die Demokratie, für Freiheit, Fahne und Vaterland nur Ausreden, damit die Schlinge um die Hälse der kleinen Untertanen noch enger zusammengezogen werden kann, ernstgemeinte Frage: Gibt es auch nur *eine* SF-Story oder auch nur *einen* ernstzunehmenden SF-Film in denen das herkömmliche Militär die ihm zugedichtete Problemlösungskapazität bringt? ist es nicht *immer* die Bequemlichkeit der Autoren/Regisseure, auf eine gewohnt-bequeme Hierarchie zurückzugreifen, ohne sie zu hinterfragen, weil die Fäden halt vermeintlich irgendwo zusammenlaufen müssen?

Dick sah, was in der Welt passierte — und warnte, schilderte und warnte in seinem, *durch* sein Lebenswerk.

Godersky: Von seinen »frühesten Geschichten, *The Defenders, The Variable Man, A Surface Raid* und *To Serve The Master* bis zu seinen späten Werken wie *Faith Of Our Fathers* und *The Exit Door Leads In* zeigen sowohl Verlierer als auch Sieger ihre tiefe Menschlichkeit in *einem* Punkt — in ihrer vollkommenen Ablehnung von Krieg und Aggression«.

Der Kampf gegen dieses Übel war der einzige *Kampf,* den Dick akzeptierte, und für diesen Kampf benötigte er als SF-Zutat keine Raumschiffe mit kilometerlangen Düsenstrahlen — er benötigte nur Menschen, Menschen, wie sie jeder kennt:

Die Gleichung des Antimilitaristen:
Vaterland — Fahne — Uniformierte
Massentod & Vernichtung & Elend

Und jeder ist ihm gleich wichtig, alles hängt zusammen — »Was *einem* Menschen Schmerz bereitet, bereitet *allen* Schmerzen …« John Brunner fügte noch hinzu, daß er »sicherlich Phil selbst Schmerzen verursachte …« —, ein Zeichen tiefer Humanität, die Aufklärer bis herauf zu Arno Schmidt litten Jahrtausende später noch unter einer Ungerechtigkeit, die dem Kleinsten der Kleinen beim Turmbau zu Babel zugefügt worden sein mochte.

The Defenders erschien erstmals 1953 in *Galaxy,* Teile der Kurzgeschichte (20 Seiten) verwendete Dick in seinem späteren Roman *The Penultimate Truth*: Das Leben ist von der Oberfläche der Erde verbannt, endlich haben es R-H-Bomben auf Moskau dem *Reich des Bösen* (R. Reagan) gezeigt, alles ist gut: Die Nachrichten vom Krieg sind wunderbar; wunderbar und befriedigend: Wer als *Techniker,* nicht nur als irgendein Fabriksarbeiter etwa, innert der Kriegsmaschinerie beschäftigt, Teil dieses großartigen Ganzen sein durfte, hatte in dieser Zeit schon allen Grund, *stolz* und mit sich zufrieden zu sein …

Nur am Anfang war's unangenehm gewesen, nur kurz nach dem Beginn war man mit dem Anblick von Verwundeten konfrontiert, während der ersten paar Wochen mußte man sich deren Gesichter ansehen, oder zumindest, was von ihren Gesichtern noch übrig war. Nur am Anfang war es *unangenehm* gewesen, nur vor der Evakuierung von der Oberfläche …

Natürlich ist da die Angst vor Verstrahlung, natürlich sind künstliche Sonne und künstliche Nahrung nicht das Perfekteste — aber war es nicht bedeutender Trost, daß es *deren* Städte noch schlimmer abbekamen? Was geschah, *mußte* schließlich geschehen, es war — schlicht und einfach — *notwendig.* Notwendig auch, daß es alles in immer schlechterer Qualität gab und immer weniger — weil die Kriegsmaschinerie immer mehr — alles — benötigte … und die war ja nun wirklich am notwendigsten.

Die unterirdischen Hallen wimmeln vor Soldaten, Waffen und Uniformen — die Oberfläche des Planeten ist verwüstet, schwarze Wolken verdunkeln die rote Sonne — Maschinen führen den Krieg, den die Menschen angezettelt und geplant haben, für den sie diese Maschinen gebaut haben — und den sie nicht einmal mehr selber führen können. Kein menschliches Wesen hält es mehr *auf* der Welt aus, weder in Amerika, noch in Europa, nicht in Rußland, nicht in Afrika, alle sind unter die Erde verbannt ... Weil es *notwendig* ist, weil es richtig ist, weil das das Leben ist, wie es Vaterland und patriotischer Größenwahn vorschrieben. Daß auch die Mächtigen, die die Menschheit in ein solches Leben hineinmanipuliert haben, ihres eigenen Kindes, des Krieges, nicht mehr Herr werden, ist die Weiche, die Dick in Richtung berechtigter Optimismus — berechtigter, zu erwartender? zu befürchtender? — /Pessimismus so meisterhaft stellt:

Friede allen Menschen, nur noch Kampf gegen Hunger und Armut, nicht mehr gegeneinander... Aber selbst der größte Optimist würde *das* zu erreichen wohl kaum seinen Mitmenschen und ihren Übergeordneten zutrauen, da müssen *andere* her, mag schon sein, *Geschöpfe* des Menschen, aber unabhängig von ihrem Schöpfer agierend — *Maschinen* bringen den Frieden, Maschinen zwingen die Menschen endlich, auf falschen Wegen innezuhalten.

Selbst wenn Dick *happy end*et, bleibt ein bitterer Nachgeschmack, der bittere Nachgeschmack trauriger Wahrheit, bleibt die traurige, richtige Erkenntnis und Einschätzung dessen, wohin und wozu *uns* Menschen bringen, *uniformierte* Menschen zumal.

In *The Exit Door Leads In,* als späteres Beispiel für Dicks Antimilitarismus, von sarkastischem Humor durchdrungen, wurde 1979 im *Rolling Stone* erstmals veröffentlicht (und war auf deutsch schon zehn Jahre später in Haffmans *Raben Nr. XXIII* zu genießen), wird für Mr. Bibleman nach dem vorprogrammierten Gewinn bei einem Preisausschreiben ein Alptraum wahr, *Militaristen* behüten seine — gewonnene — Ausbildung:

»Ticken diese Leute richtig?« muß er sich auch sehr bald fragen: Das Ausbildungscamp entspricht wohl dem, was sich Militaristen unter dem Siebenten Himmel vorstellen — Bespitzelung und Kontrolle, Überwachung und Geheimhaltung,

Bespioniererereien und möchtegern-klug ausgetüfteltes Testsystem; Brechung von Menschen, Bevormundung und keinerlei Duldung von Widerrede:

Durch die Tür mit der Aufschrift »Ausgang« kommt man hinein, dachte er. Und das bedeutet: Wenn sie dich wollen, haben sie dich bereits.

»Das war seit Jahren eine seiner Phobien gewesen: Irren in die Hände zu fallen, besonders Irren, die bis zum letzten Augenblick ganz normal wirkten. Für Bibleman stellte dies das Wesen des Entsetzlichen schlechthin dar.« — Und ein Computer kann die Formulare auf Tastendruck ausfüllen:

Die H-Taste für *Hölle,*

die S-Taste für *Sklave.*

Die D-Taste für *DU.*

Das Wesen des Entsetzlichen schlechthin: »Hoffentlich bricht der Krieg bald aus, wir sind schon ganz fipperig, dieses verdammte Warten ...«

»Warten« etwa, bis sich »die Chancen verbessern: Wir konstruieren neue Offensiv-Waffen, sie antworten mit verbesserten Verteidigungssystemen — und *nichts* geht weiter«, immer nur das Warten, bis endlich die Verzögerung zwischen Auf- und Nachrüstung genügend wächst, daß die *Pause* einmal lang genug wird, den entscheidenden Schlag zu wagen — Da fühlt der Uniformträger so recht den Hauch der Vorsehung, den heißen Atem höchster Bestimmung. In *The Variable Man* (1953) ist es wieder der *notwendige,* heiß ersehnte Krieg — diesmal zwischen Terra und dem Centaur-System. Endlich ist der Tag da, die *Chance,* auf die »der ganze Planet seit achtzig Jahren gewartet hat, alle unsere Aktivitäten der letzten achtzig Jahre waren auf diesen Endzweck ausgerichtet ... Wir *müssen* den Krieg bejahen« — Auch, weil es *ihnen* zu spät erscheint, noch umzukehren: Der Druck vorgeschobener *Zwingender Notwendigkeiten.*

Militärs stehen immer unter *Sachzwang.* Sie könnten nicht überleben, würden nicht mehr existieren, erfänden sie nicht immer wieder Sachzwänge — und fänden sich nicht immer wieder denkfaule Manipulierte, die ihnen diese Sachzwänge glauben und sich gerne zurückziehen, um diesen *Kompe-*

tenten die Lösung sonst nicht vorhandener Probleme willig/freiwillig zu überlassen:

Dienstreglement und Hierarchie ermöglichen ein Handeln ohne Argumentation, ohne quälende Diskussion, ohne *defätistischen* Rechtfertigungsdruck — Dick demaskiert.

Die unausbleibliche und unausweichliche *Notwendigkeit Krieg* wird erst unausbleiblich und unausweichlich, wenn die Siegeschancen als groß genug errechnet werden — das Schicksal der Menschheit so von Statistik und ihrer Auslegung abhängig. Egal, ob das nun eine Maschine oder maschinell funktionierende Soldaten sind. Das einzige Hemmnis — Dick mit seinem Glauben an die Menschheit! — ist *Der Mensch* als variable Größe, als einer/der Maschine nicht voraus berechenbare, nicht kalkulierbare *Unbekannte.*

Wenn auch oft genug der Mensch *unschuldig-schuldig* im Sinne und für die Zwecke ihm verborgener *böser* Mächte wirkt — wie einst, als sich heldisches Göttergelichter naiver Menschen bedient haben soll —, wie der Kreuzworträtsel-Profi in *Time out of Joint* (1959), der in Wirklichkeit als Ballistiker für zerstörerische Raketen werkt, der als Opfer eines gigantisch-teuflisch ausgeheckten Planes mißbraucht wird ...

Wäre, könnte eine Dick'sche Idee zum Tragen kommen, nicht mehr möglich — zumindest nicht in der *wirklichen Wirklichkeit:*

In *The Variable Man* skizziert Philip K. Dick nämlich ein Demokratiemodell, das, ihm noch utopisch, im Zeitalter vollvernetzter Personalcomputer — mittlerweile in ausreichender Dichte innerhalb der ganzen Bevölkerung durchaus vorstellbar — verwirklichbar erscheint:

Die tatsächliche *direkte* Demokratie:

Es soll verhindert werden, daß ein Mensch, oder eine nur kleine Gruppe, imstande ist, die ganze Macht im Staat zu übernehmen, die politische Struktur soll so verändert werden, daß das unmöglich wird:

»Dieses kleine Ding da ermöglicht es jedem Bürger, aufzuzeigen und bestimmte Themen direkt zu entscheiden. Niemand braucht mehr zu warten, bis ein Großer Rat notwendige Maßnahmen beschließt. Jeder Bürger kann seinen Willen und seine Entscheidung einbringen, das wird zentral gespeichert.

Wenn genügend Mitbürger eine bestimmte Sache wollen, werden alle anderen automatisch einbezogen, kein Vorhaben muß mehr durch die Formalmaschinerie irgendeines *Rates.* Die Bürger können ihren Willen ausdrücken und müssen nicht mehr darauf warten, bis sich eine Horde grauhaariger alter Männer dazu herabläßt, sich damit zu beschäftigen.«

Noch einmal: In Zeiten vernetzter PCs, ständig sinkender Preise für Heimcomputer, ständig noch benutzerfreundlicherer Systeme — zumindest bald — keine gar so utopische Vorstellung mehr.

Nur hat natürlich jedes Land eine Regierung und eine Schicht von nicht abwählbaren regierenden Beamten — die das schon zu verhindern wissen werden. Sie konnten ja auch allerorten leicht zu managende Vorschläge abwürgen, daß jeder Steuerzahler vorschlagen darf, wofür sein Geld verwendet werden soll — oder zumindest ankreuzt, wofür sein Geld *keineswegs* ausgegeben, verschleudert, verschoben werden darf.

Da würden sich manche Dunkelmänner schwer tun, ihre Idiotien an die Menschheit zu bringen, viel *Wesen des Entsetzlichen schlechthin* wäre ihnen nicht mehr finanzierbar, die Welt könnte bald so aussehen, wie sich das Philip K. Dick für eine reife Menschheit in optimistischen Momenten vorstellt.

III

»Stabilität heißt das Zauberwort. Der Grad der Zivilisation ist durch die Jahrhunderte ständig gestiegen, besonders seit dem 25. Jahrhundert. Nun ist es aber ein Naturgesetz, daß die Zivilisation entweder vorwärts schreiten muß — oder zerfallen. Sie kann nicht stillstehen ...
Wir aber haben dieses Naturgesetz gebrochen.«

PHILIP K. DICK, Stability

Vor hundert Jahren war Eric Freidenburg vor der Internationalen Ratskammer aufgestanden und hatte den versammelten

Delegierten verkündet, daß die Entwicklung der Menschheit ihren Kulminationspunkt erreicht hatte.

Weiterer Fortschritt wäre unmöglich. In den letzten paar Jahren wären gerade *zwei* einigermaßen wichtige Erfindungen zu verzeichnen gewesen.

Nach dieser Wortmeldung hatte sich die Versammlung in die graphischen und tabellarischen Unterlagen vertieft, hatte die Linien und Striche hinauf- und hinunterweisen gesehen, ihren jeweiligen Quadraten entsprechen — hinunter bis ins endliche Nichts.

Der Große Brunnen Menschlicher Erfindungsgabe war versiegt — Eric hatte nur etwas ausgesprochen, was ohnehin schon jeder wußte, was selbst auszusprechen sich aber jeder gefürchtet hatte. Da der Tatbestand jetzt gleichsam offiziell verkündet worden war, hatte sich der Rat mit dem Problem auseinanderzusetzen.

Drei Lösungsvorschläge wurden ausgearbeitet — einer schien menschlicher zu sein als die beiden anderen, seine Realisierung wurde schließlich in Angriff genommen. Es war...

Die Stabilisierung.

Stability, laut Dick 1947 (oder noch früher) geschrieben, in der Underwood/Miller-Ausgabe (der Chronologie entsprechend Erster Band, Erste Geschichte) erstveröffentlicht, gibt schon einen Hinweis auf die zukünftige Pranke des erst 21jährigen Autors, vier Jahre später würde er erst seine erste Geschichte verkaufen können (*Roog*), fünf Jahre später seine erste Story gedruckt sehen — *Beyond Lies the Wub* (1952), die bei Haffmans in den versprochenen »Sämtlichen Erzählungen in zehn Bänden« *Und jenseits — Das Wobb* heißen wird... Worauf er nach gängigem US-Muster sofort den Hinschmiß des Jobs im Plattenladen erwägend die Karriere des *Freien Schriftstellers* anstrebte:

Dick in einer Notiz zu *Roog*: »Das erste, was du machst, wenn du deine erste Geschichte verkauft hast, ist, deinen besten Freund anzurufen, um es ihm zu erzählen. Worauf der kurz angebunden auflegt — was dich aber nur kurz verblüfft, bis du nämlich schaltest, daß der *auch* versucht, seine Geschichten zu verkaufen, daß es *ihm* aber noch nicht gelungen ist. Diese Reaktion ernüchtert dich. Aber dann kommt deine Frau nach Hause, und du erzählst es ihr, und sie legt nicht auf; sie freut sich mit dir und ist aufgeregt. Als ich *Roog* verkaufte, arbeitete ich in einem Plattenladen und schrieb nebenbei. Aber wenn mich jemand fragte, welchen Beruf ich hätte, lautete die Antwort: Ich bin Schriftsteller. Das war so in Berkeley, 1951, *jedermann* war Schriftsteller. *Keiner* hat je was verkauft.«

»Keiner hat je etwas verkauft ...« — Nach Stanisław Lem sind SF-Autoren aber zu »schamhaft«, das je zuzugeben, auch seien sie zu schamhaft, ihre Gründe, warum sie SF schrieben, zu gestehen, im Gegenteil, *alle* drängte es sie in das *Obere Reich* der »Richtigen« Literatur:

»Die besten SF-Romane möchten sich in das obere Reich drücken — was ihnen in 99,9 % aller Fälle nicht gelingt ...« Auch Dick ist es nicht gelungen, in einer für ihn deprimierenden Schaffensphase wurden mehr als zehn Mainstream-Romane von allen Verlagen, denen er sie anbot, abgelehnt, erst jetzt, weil allmählich doch sein Name für Qualität steht, gibt es sie gedruckt. Lem weiter: »Die besten Autoren sind in ihren Verhaltensweisen schizophren: sie wollen — und zugleich wollen sie *nicht* — dem SF-Reich angehören. Es liegt ihnen viel an den Preisen ...« (viel an Fandom, Fanzines, SF-Zusammenkünften), »andererseits versuchen sie, in der Öffentlichkeit zu unterstreichen, daß sie *eigentlich* gar keine SF betreiben ... daß sie an einen Umzug in die Mainstream-Literatur denken.«

»Ob sie«, fährt Lem in dem schon erwähnten Aufsatz, wonach die SF ein hoffnungsloser Fall wäre (ich zitiere nach suhrkamp taschenbuch 1439; Lem-Essays, Bd. 3, 1987), »objektiv gesehen, Gründe haben, sich der Frustration im SF-Ghetto zu ergeben, um sich unterdrückt zu fühlen?«

»Die Krimis« seien ein anderer, weil inhaltlich klar definierter Fall, dito die »Wildwest-Stories« (eben »tüchtige Cowboys und heimtückische Indianer«) — »Ein SF-Werk dagegen gehört programmgemäß zur Spitze der Weltliteratur! Es berichtet ja vom Schicksal der ganzen Menschheit, vom

Sinn des Lebens im Weltall, vom Wachstum und Verfall tausendjähriger Zivilisationen, es überstürzt uns mit Beantwortungen der Schlüsselfragen jedes vernünftigen Daseins ...«

(*»42!«* beispielsweise. Die Antwort, die *wir* Douglas Adams verdanken ... Nur dauerte das Warten auf diese *endgültige* Antwort so lange, daß sich niemand mehr an den Wortlaut der *Schlüsselfrage jeden vernünftigen Daseins* erinnern konnte ...) — Lem findet 99 % der Lösungsversuche der selbstgewählten Aufgaben »blöd, kitschig«, voller Klischees — eben deshalb sei die SF »ein so merkwürdiges Phänomen. Sie stamme aus dem Bordell und möchte in die Paläste einbrechen. Sie wird, seit ihrer Geburt, von engstirnigen Sklavenhaltern ernährt und erzogen« (folgt weiter unten *the late John Campbell Jr.* mit seiner tyrannischen Festlegung, was SF sei, als Beleg; folgt gleich, daß Thomas Mann an einem Roman 14 Jahre arbeiten *konnte*; dagegen beklage sich John Brunner, »daß es eine Zeit gab, da er acht Romane jährlich schreiben mußte, um anständig leben zu können — Aus *Schamhaftigkeit* (s. o.) versucht sie (die SF), diese Lage zu verheimlichen«.

Schlecht ging's, psychisch, da ökonomisch, Philip K. Dick in den späten 60ern, frühen 70ern — da mußte er ähnlich viel arbeiten wie es John Brunner aus seiner Biographie erzählt, da schaffte er ein lebenermöglichendes Tagewerk oft genug nur mit Aufputschmitteln — das war mit ein Grund der rätselhaften Heimsuchung/Vision, deren Wesen zu ergründen ihn später so sehr beschäftigen sollte (*und* natürlich die fünf (*fünf!*) Eheversuche — das kann nicht nur Schwache aus rationaler Bahn werfen, das *muß* den Stärksten schlauchen & verschleißen ...):

Emanationen, die ihn so sehr und intensiv beschäftigten, daß die Begriffe *Dick* und *Mystizismus* vielen Lesern/Kennern/Kollegen/Kritikern fast zusammengehören — persönliche Wertungen schlugen durch auf das Werk: Wahnsinnig sei er, kolportierten Gegner, unter Drogen schreibend und deren Mißbrauch dadurch propagierend. — Roger Zelazny, Freund und Weggenosse (Co-Autorenschaft für *Dies Irae,* 1976) erinnert sich, allerdings »nicht aus erster Hand, was Dick möglicherweise geglaubt haben könnte — teilweise, weil sich das ständig veränderte und dann auch, weil man bei ihm nie wußte, ob er etwas jetzt im Spaß sagte oder ob er ernst war — Mein Haupteindruck aber war, daß er mit der Theologie umging, wie sich andere Leute an Schachprobleme setzen. Und daß er die klassische Frage der SF-Autoren auch anwandte — das *Was wäre, wenn?* —, wann immer er auf religiöse oder philosophische Bemerkungen stieß. Es war natürlich offensichtlich *eine* Dimension seines Schaffens — ich hab' mich oft gefragt, wohin ihn sein Grübeln wohl geführt haben mochte, hätte er noch zehn Jahre Zeit gehabt.

Wie James Blish war er fasziniert vom Problem des Bösen an sich — und der *friedlichen Koexistenz,* daß das Leben trotzdem hie und da auch wunderschöne Seiten hat« — so habe er sich doch einmal *Wind In The Willows* mit nach Hause genommen, um es endlich zu lesen, zur gleichen Zeit sei ihm ein doppelseitiges Bild in *Time* ins Auge gesprungen vom Attentat auf den Präsidenten — er fand es ganz einfach unmöglich zu glauben, daß *Wind in the Willows* und diese Szene mit dem versuchten Mord gleichzeitig Platz finden sollten und nebeneinander im selben Universum. Sicherlich kann eins von beidem nicht *wirklich* sein, Mrs. Toad in ihrem kleinen Boot — und der Mann mit der Uzi ...

In dieser Zerrissenheit, dieser moralisch begründeten Verblüffung, diesem Spannungsfeld, ortet Zelazny mit Gründe für die Qualität des Dick'schen Werkes, moralisches Engagement ist durchgehend wichtiger Bestandteil der permanenten Suche nach der wirklichen Realität, nach der Realität *dahinter* — Zelazny glaubt allerdings nicht, daß diese Suche für Dick je erfolgreich beendbar wäre — »er war viel zu abgeklärt, um irgendeine halbherzige Wischi-waschi-Antwort zu akzeptieren«.

Dick selbst betont für sein Werk in diesem Zusammenhang eher das, was offensichtlich, sichtbar aus jeder Zeile herausspringt — die emsigen, schweißtreibenden, aufopferungsvollen Bemühungen seiner *kleinen Leute*: »In den übriggebliebenen Ruinen der Welt plagen sie sich, bauen eine Fabrik, bei der sich dann herausstellt, daß sie Zigarren oder Souvenier-Imitationen ausspuckt, mit einem *Welcome to Miami* … darauf — später dann menschlich anmutende Roboter —, alles in kleinem Maßstab.

Enorm und gigantisch ist nur der Zusammenbruch; die positive kleine Gestalt hebt sich gegen das universale Chaos ab … Sie ist *endlich* in dem, was sie tun kann … und dadurch erstaunlich groß. Ich weiß nicht warum — aber ich glaube ganz einfach an diesen kleinen Menschen und ich liebe ihn.

Das Generalthema des Humanisten: Der Fleißige und Verurteilte, der hoffnungslose Ohnmächtige

Er wird überleben. Schon weil es nichts anderes gibt, zumindest nichts, das zählen würde. Nichts, um das es sich zu kümmern lohnt. Solange *er* da ist, diese winzig-kleine Vaterfigur, so lange ist alles in Ordnung.«

Wie, etwa, Joe Chip in *UBIK,* »ein kleiner, in Schulden stekkender untauglicher Bürokrat« — in dem Dick aber ungeahnte Kräfte ortet und entfesselt! —, »der nicht einmal genügend Münzen zusammenkratzen kann, um seine Türe zu bezahlen«, beschimpft ihn eine nicht sehr wohlmeinende Zeitgenossin (Auslagen werden in der Wohnung für jede Kleinigkeit fällig — Münzgas, Pay-TV, Münzen für die Heizung kennt auch die reale Welt, kennt die *Regierende —Diktierende? — Freie Marktwirtschaft* — vgl. Kap. IV.), der daher nicht einmal aus seinem Apartment herauskann — *wieder* ein NormTyp, aber der NormTyp *Leser* weiß ja, daß er nicht über das wirkliche Leben informiert wird …

Daneben, *dagegen* die milliardenschweren mehr als 90jährigen, deren Körper durch ein Dutzend K-Organe in Gang gehalten werden, künstliche Surrogate, die die echten, originalen, *abgenutzten* nach und nach ersetzt hatten in ihren geräuschlosen, eindrucksvollen, totalelektrifizierten Luxuslimousinen — oft genug *zuständig* für den Zustand der anderen, der alten, kleinen, müden; der verstörten, gebeugten, verdrossenen; die »ausgelaugt, abgelaufen wie eine altmodische, batteriegetriebene Uhr«; die armen, geschundenen, fleißigen, *hoffnungslosen* Männer, von denen die Erde übersät ist, weil sie es zu nichts bringen können, nicht zuletzt, weil für sie der ebenfalls in *UBIK* mitgeteilte Beschluß des Obersten Gerichts zu spät kam, »wonach ein Ehemann seine Frau ermorden darf, sofern er nachweisen kann, daß sie sich unter keinen Umständen von ihm scheiden lassen will.« *O ja,* Dick liebt die Kleinen, sich Abrackernden, Brunner hat recht: er *leidet* mit ihnen und sucht Auswege, will sie von »dem ständig präsenten Gefühl, daß eine Niederlage über (ihnen) hängt« befreien — wenn sie nur nicht aufgeben, wenn nur *hinter* ihrer Resignation wenigstens »eine vage Spur von Vitalität« steckt ...

Einige Kritiker hätten in seinem Werk *Bitterkeit* geortet, wunderte sich Dick einmal, dabei sei seine Grundstimmung doch die des Vertrauens — vielleicht, so Dick, »waren sie nur beunruhigt, daß das, woran ich glaube, so winzig klein ist. Sie wollten etwas weit Größeres ... Ich aber hatte Neuigkeiten für sie: Es *gibt* nichts Größeres — nicht *mehr.*«

Genau dieses Gefühl ortet Roger Zelazny *als Leser* Dick'scher Bücher — sogar wenn man die Geschichte, die Handlung schon vergessen hat, überfällt einen von Zeit zu Zeit ein Gefühl, ein Zwang, nachzudenken — »etwas, das einen reicher macht dadurch, daß man es kennengelernt hat.«

Daher auch die Dankbarkeit des Kollegen, daß Dick nun — spät aber doch — etwas wie Anerkennung und Wertschätzung entgegengebracht wird, daß man sich seiner und seines Werkes in Aufmerksamkeit zu erinnern beginnt. Das ist es, findet Zelazny, was bleiben wird — nur wünschte er sich, daß es früher gekommen wäre.

Er hat Dick oft genug völlig blank erlebt, kämpfend, um über die Runden zu kommen noch in einem Alter, in dem es andere Autoren »geschafft« haben — erst im letzten Jahr seines Lebens sah es so aus, als könne er nicht nur ganz gut von seinem schriftstellerischen Werk leben, als könne er sich endlich ein bißchen mehr leisten: »Als ich ihn zuletzt sah, wirkte er glücklich und sah ein bißchen entspannter aus.« Das war während der Dreharbeiten zu *Bladerunner.*

Vielleicht war er auch glücklicher und entspannter, weil er sich von der Vorstellung gelöst hatte, das Universum sei bösartig — so notwendig mir diese Einstellung aus dem literarischen Werk entgegenspringt. Dick in einem Interview 1974:

»Ich habe geglaubt, daß das Universum von Grund auf bösartig ist. Und daß ich darin völlig fehl am Platze war, daß ich mich vollkommen von ihm unterschied ... daß ich in einem anderen Universum entworfen worden war und dann hierher versetzt. *Es* zog nach hüben, ich nach drüben ... Und daß es mich ausgegrenzt hatte, weil da etwas Sonderbares um mich war. Ich hab' mich mit diesem Universum nicht wirklich wohl gefühlt.

Ich habe mich ziemlich gefürchtet, daß das Universum einmal herausfinden würde, *wie* verschieden ich von ihm war. Ich hatte den Verdacht, daß es, würde es jemals die Wahrheit über mich erfahren, vollkommen *normal* reagieren würde — es würde mich voll erwischen. Ich hab' da nicht mehr gedacht, daß es böswillig war — nur *wahrnehmend,* alle Kenntnis aufsaugend. Und es gibt nichts Schlimmeres, als ein allwissendes Universum, wenn da etwas störend Verrücktes an dir ist.

Jetzt aber habe ich erkannt, daß das alles nicht stimmt. Das Universum erkennt uns zwar in allem, aber es ist uns freundlich gesonnen. Ich komme mir nicht mehr anders als das Universum vor.«

Mit sich und der Welt im Einklang — eine fürchterliche Vorstellung für einen begnadeten Beobachter und damit Schwarzseher wie Philip Kindred Dick. Irritationen sind keine mehr, Illusionen werden als solche erkannt, die düsteren Farben der Zukunft sind unangebracht ob eines ohnehin freundlichen Universums ... Wahrscheinlich ist Dick am Tage des Interviews mit dem falschen Fuß aufgestanden, oder der Interviewer — jedenfalls erschien drei Jahre später der großartig-düstere Roman *Eine andere Welt,* erschienen noch Geschichten wie *The Day Mr. Computer Fell out of Its Tree, The Exit Door Leads In* — allerdings auch (Oktober '74) der in mehr als einer Hinsicht starke Tobak *The Pre-Persons,* der Dick körbeweise wütendste Beschimpfungen einbrachte — nicht nur von Privatpersonen, die sich angegriffen und geschockt fühlten, auch von befaßten Organisationen — Dick hatte sich — mir in Kenntnis eines guten Teiles seiner Wortwelten *unverständlich* — auf die Seite fundamentalistischster Körperfeindlichkeit und profundester Bevormundung geschlagen, er hatte sich für eine Clique stark gemacht, die angeblich im Namen aller, jedenfalls der satten Mehrheit, auf *jeden* Fall aber zugunsten nicht nur ungeborenen, sogar noch gar nicht geplanten *Lebens* spricht, die sich — vor allem in von Rom aus geistlich regierten Untiefen — zu härtesten Urteilen, vor allem armen, ohnehin vom Leben geschundenen Frauen gegenüber, berechtigt glauben, weil sie sich in ihren monomanisch verengten Inzucht-Zirkeln einig und vor allem *im Recht* vorkommen.

In *The Pre-Persons* spricht Dick natürlich nicht im Sinne derer, die in bezug auf Abtreibung anderer Meinung sind als er, aber, erläutert er mühsam verkleinernd, er war immer schon stark darin, in Fettnäpfchen zu treten:

Pre-Persons sind Menschen unter zwölf Jahren, die haben per Gesetz noch keine Seele, und Eltern, die mit ihren Kindern nicht/nicht mehr fertig werden, haben das Recht, sie abholen zu lassen. In staatlichen Einrichtungen entledigt die Gesellschaft sich dann dieser Kinder, die niemand will und braucht — eine wahrlich bösartige Ausgangssituation (mächtige Kirchenlobbies wollten das Alter, in dem eine Seele den Menschen betritt, schon auf drei Jahre festsetzen, *zwölf* war ein Kompromiß), aber natürlich auch wiederum nicht bösartiger, als von der Menschheitsgeschichte vorgeschrieben: Indianer hatten per allerchristlichstem Dekret keine Seelen, durften daher ausgerottet werden, Menschen mit schwarzer Haut waren von Gott hinlänglich gekennzeichnet als *auch* Nichtseelen-Besitzer — das ermöglichte erst Jahrhunderte der Sklaverei unter dem Zeichen der Nächstenliebe. Anprangern und Entlarven funktioniert *auch* durch Übertreibung, durch Übernahme einer gegebenen Funktion in ein/auf ein anderes Gebiet.

Eine bösartige Ausgangssituation — und bösartig von Dick begründet: Zuerst gab es die Abtreibungsgesetze, nach denen ungeborene Kinder keine Rechte hatten — »sie wurden entfernt wie ein Tumor«. Dann kam die Frage, wenn ein ungeborenes Kind keine Rechte hat, warum soll ein geborenes welche haben? Kleine Kinder sind genauso hilflos ...«

Eine perfide Argumentation — vor allem, wenn die Eltern als die Monster im Hintergrund stehen, die *allein* das Recht haben, ungeliebte Kinder abholen zu lassen. Vorbei an einer explosiven und explodierenden Wirklichkeit, in der *pro Minute* 50—60 Kinder *verhungern,* die die Rechte der Eltern, insbesondere der Mutter, auch die der schon lebenden Menschen, berücksichtigen *muß.* Eine sehr blindäugige Betrachtungsweise des Philip K. Dick, entstanden wohl aus der Tatsache, daß er wie der Herr Papst in Rom als Mann nicht schwanger werden, keine Kinder bekommen kann. Eine perfekt konstruierte, perfekt geschriebene — über die Maßen verdummende und verlogene Geschichte. Aber natürlich ist es das Recht *jeden* Autors, sich seine Sujets auszusuchen, sich seine Meinungen zu bilden und die zu vertreten — bei Dick sind solch ärgerliche Fauxpas wenigstens selten, selten genug, daß ich nur dieses Ärgernis kenne. Mit Wertvorstellungen, wie in den *Pre-Persons* geäußert, und überdies in Dialogen voll falschen Pathos transportiert, ist die Wirklichkeit der *Anderen Welt* wahrlich nur noch eine Frage kurzer Zeit. »Hier steh' ich; ich kann nicht anders«, rechtfertigt Dick seine Position mit einem Martin Luther-Zitat *auf Deutsch,* aber was der mit seiner sogenannten Reformation inklusive Wiederbelebung der Hexen-, Engels-, Teufels- und Obrigkeitsgläubigkeit bewerkstelligt hat, ist mittlerweile hinlänglich bekannt: Die Restaurierung übelsten Jenseitsianertums nämlich. Er hat zwar den Vatikan für seine Anhänger überwunden, aber auch — bitter-bitter — die Aufklärung. Damit Fortschritt, Menschlichkeit, Primat des Geistes. Nehmen wir an, Dick hat das auch so gesehen, nehmen wir zu seiner Ehrenrettung an, er wollte mit diesem Zitat *auch* einen historischen Irrtum kaschieren ... schon, weil er ja *natürlich* anders gekonnt hätte, im Gegensatz *vielleicht* zum Ausredenlieferanten Luther — dessen *anders* hätte zu Kreuz kriechen nach Rom bedeutet. Dick war *nur* selber schuld, verrannt — mögliches Syndrom, und gesteigert: Lieber viele Freunde verlieren — als eine Pointe auslassen. Noch dazu, eine konfliktträchtige Story-Idee; merke: *Ideen* in der Science Fiction sind *alles.*

Schriftsteller-Kollegin Joanna Ross jedenfalls versprach ihm für die Geschichte *jede Menge Prügel,* für Thomas Michael Disch (seit *Camp Concentration* und *Angoulême* —, selbst ein hervorragender, überaus kritischer Vertreter des Genres), keine Lösung, vielmehr wäre die richtige Antwort eine Gegengeschichte, eine gleich starke Story, die die andere Position gleich heftig und ohne Rücksicht vertritt. (Die gibt es ja — in *jeder* Geschichte, in der die Menschen vor Übervölkerung nichts mehr zum Beißen haben; die gibt es vor allem auch in der wirklichen Welt, in der *Dritten* nämlich! Dick *kann* das nicht verborgen geblieben sein, ist es auch nicht, er hat es oft genug bewiesen ...; Schluß des ratlosen Kopfschüttelns:) Disch ist die Geschichte reinste *propaganda* — ansonsten (und dennoch) räumt er Dick, wie Brian Aldiss, Michael Bishop und andere, die höchste Krone innerhalb der Science Fiction ein.

Disch widerspricht nur, wenn euphorisch übertrieben wird: Noch nicht, wenn John Brunner von Dick als dem »konstantest-brillanten science fiction-Schreiber der Welt« spricht, auch noch nicht, wenn Norman Spinrad ihn als den »größten amerikanischen Romancier der zweiten Hälfte des zwanzigsten Jahrhunderts« bezeichnet —, aber *doch,* wenn ihn Ursula Le Guin als Amerikas Borges bezeichnet, und Harlan Ellison (*Die Puppe Maggie Moneyeyes*) mit Pirandello-, Beckett- und Pinter-Vergleichen gleich noch *drei* draufsetzt: Dazu sei er stilistisch nicht firm genug (aber welchem Autor mit einer Botschaft geht Stil schon so weit?), dazu seien seine Charaktere nicht *tief* genug — er schreibe, als Kompliment gedacht, für ein amerikanisches Äquivalent der commedia dell'arte.

Für Disch, der das Vorwort zum fünften Band der Underwood/Miller-Ausgabe verfaßte (und sich deshalb mit den unsäglichen *Pre-Persons* herumschlagen mußte), liegt die bemerkenswerteste Eigenschaft des Autors Dick in seinem unerschöpflichen Ideenreichtum — und die mußte er auch haben. Denn:

Noch kein Autor habe wegen noch so großartiger Anerkennung durch die literarische Kritik, noch viel weniger durch hymnisches Lob durch die Schriftstellerkollegen, auch nur *ein* Buch mehr verkauft — über diese Schiene funktionierte es auch bei Dick nicht. Es ging nur über die Massenproduktion, über Fleiß, über ununterbrochenen Ausstoß: »Dick konnte nur durch seine immense Produktivität als Freier Schriftsteller überleben«, und trotz der schier unglaublichen Zahl von Erzählungen kennen ihn die meisten *seiner* Leser *nicht* als Autor von Kurzgeschichten, sondern nur durch seine Romane.

Stil und mühseliges Feilen an der Oberfläche seiner Prosa waren Dicks Sache nicht — was er brauchte, um sein Anliegen rüberzubringen, geht laut Disch nicht über die Anforderungen eines Comic-Buches hinaus, Disch bietet als willkürlichen Beleg die Story *The Little Black Box* (1964, als Dick am Höhepunkt seines Schaffens stand), auch, weil sie schon Spurenelemente des späteren Erfolgswerkes *Do Androids Dream of Electric Sheep?* enthält — Beleg auch für das insistierende Forschen Dicks, der sich einmal gefaßte Gedankenwelten durchaus noch einmal vornahm, um sie weiterzuspinnen, weiterzu*denken*:

Die Angst des Aufklärers:
Einfühl-Boxen statt Nachdenken,
Robot-Tyrannen im Eigenwohn

Das State Department schickt eine Agentin nach Cuba, um die dortigen kommunistischen Chinesen zum Zen Buddhismus zu bekehren, ihr Freund ist ein Anhänger Wilbur Mercers, eines notorischen Predigers, der seinen Verein schon so weit hat, daß er in TV-Sendungen, eines Gelübdes wegen, schweigend in Richtung seiner Bestimmung gehen kann, nämlich umgebracht zu werden — man kennt das ja, das Vorbild wird ja jedes Jahr gefeiert, osters ist es dann jew. so weit. Die Steigerung: Via *Einfühl-Box,* Geräten mit Handgriffen in den Wohnungen, sind die -zig Millionen Verfallenen mit ihrem Guru verbunden und können mitleiden ... Wie schön für sie. Wie sehr es Dick nur um die *Idee* ging (bzw. wie sehr Disch mit diesem Beispiel recht hat, was den stilistischen Ehrgeiz des späteren Dick betrifft — und wie teil-verständlich nun auch die Abfälligkeit des Übersetzers, vgl. I., Finale), belege ein kurzer Ausschnitt aus einer Dialogszene (Underwood/Miller, V, Ste. 15:)

Zeile 06: ... *sagte* er zum Barmixer:
Zeile 08: ... *sagte* der Barmixer:
Zeile 10: ... *sagte* einer der Leute an der Bar:
Zeile 12: ... *sagte* ein anderer:
Zeile 13: ... *sagte* ein anderer Mann:
(Zwei Zeilen wird getrunken und Bar verlassen)
Zeile 16: ... *sagte* der Barmixer:
Zeile 17: ... *sagte* Meritan: — usw., usw., im Original jeweils *said.*

Andererseits — ist es nicht wirklich gleichgültig, wie *eingeleitet* die Protagonisten reden? Für die Zukunft, für die Science Fiction, für Philip K. Dick und seine Leser kommt es (eben) auf das Handeln an, auf das Tun, auf das *Aufstehen* — auch wenn die *Helden* Opfer sind, Gefangene, manipulierte Frauen und Männer. Roger Zelazny findet allerdings mit einigem Recht, daß es zweifelhaft ist, ob sie die Welt trotz ihrer emsigen Verrichtungen während ihres Aufenthaltes in ihr wirklich auch nur ein wenig verbessern können: »Aber das kann man nie wissen. Sie versuchen es.«

Sie versuchen es, wie schon in *Autofac* von 1954, also einer sehr frühen Arbeit, die Tom Disch innerhalb der Science Fiction als »eine der frühesten Warnungen vor der ökologischen Katastrophe« gilt.

Dick in der Underwood/Miller-Ausgabe: »Was mir vorschwebte, als ich diese Geschichte schrieb, waren *Fabriken,* die nicht nur vollautomatisch funktionieren, sondern auch einen Überlebenswillen entwickeln, der ansonsten nur *organischen Lebensformen* eigen ist ... und die auf diesen ähnliche Lösungen kommen« — Dick auf der ewigen Suche nach Lösungen, *Service Call,* im selben Jahr '55 erstveröffentlicht, folgt einer *Autofac* vergleichbaren Grundidee: Von Menschen gebaute Maschinen beginnen ihre Hersteller zu dominieren, besonders Geräte, »mit denen wir uns freiwillig umgeben, und die ja, folgte man der Logik, die harmlosesten sein sollten.

Ich habe mich«, erläutert Dick sein Programm, »nie vor einem riesigen, scheppernden Monstrum gefürchtet, das die 5th Avenue hinunterstampft und dabei New York verschlingt, ich hatte eher die Angst, daß mein eigener Fernsehapparat innerhalb meiner eigenen vier Wände, ohne Zeugen und ohne fremde Hilfe, oder mein Bügeleisen, oder mein Toaster eines Tages übernehmen und mir eine Liste mit Regeln überreichen, die ich ab sofort zu befolgen hätte. Es *paßt* mir nicht, einer Maschine zu gehorchen ...« (was, nebenbei, auch die letzten Worte des Mannes beim Fußgängerübergang gewesen sein sollen).

In *Autofac* spucken die Fabriken ohne Unterlaß Konsumgüter en masse aus, sie haben jede Kommunikation mit den Menschen eingestellt. Als es diesen mit einem Trick gelingt, eine Fabrik doch zur Reaktion zu bringen — streiken die Fabriken, und *nichts* mehr wird geliefert — dies alles natürlich in einer zuvor schon zerstörten Welt, wo sonst.

Sie versuchen es, auch in einer der so endgültig zerstörten Welten — in denen Dick auch gerne kleine Mutanten auftreten läßt, die *DetroitRatte* in *Recall Mechanism,* s. u., etwa, und »kleine Roboter, die zum Leben erwacht sind. Sie werden nicht erklärt, werden meist von irgend jemandem gleichsam im Vorbeigehen bemerkt. Und was treiben diese Dinger?« fragt, beispielsweise, James Tiptree Jr. (*10000 Lichtjahre von Zuhaus*) in seiner Eigenschaft als Dick-Kenner & Vorwort-Verfasser:

Sie versuchen es, »Sie bemühen sich *auch* ... Strampeln sich auch ab, um zu überleben ...«

Dieses Ringen, dieser ununterbrochene und ununterbrechbare Kampf, um einen *notwendigen* oder einem auch nur *notwendig erscheinenden* Job zu Ende zu führen ... oder wenigstens zu *verstehen,* welcher Schlag sie denn getroffen hätte, in noch so schwarzer, aussichtsloser Lage erscheint der Autor-Kollegin Tiptree als typisch für Dick. Sie nennt es eine Art von *Liebe,* die Dick aber jeweils rasch unterdrücke ...

Als Gipfelpunkt schwärzester Möglichkeiten ist bei Dick (in *UBIK* beispielsweise, s. u.) sogar ins Auge zu fassen, daß seine NormTypen, die Geschlauchten, Geplagten *gar nicht mehr leben,* daß sie schon tot sind und in einem Zwischenreich (Bandbreite des Optimalen Wirkungsgrades 40—100 %) zum Rackern verurteilt sind, daß sie sich dort verschleißen — bis sie ein sogenannter Tod in die nächste Dimension katapultiert, ins nächste Stockwerk (rauf oder runter), eine wieder andere Realitätsebene und damit in eine *wieder neue,* jetzt gerade gültige Wirklichkeit von Groß-Manipulators Gnaden.

(Auch wenn deren einer gefressen wurde — seit Haffmans diese *endgültig allerletzte Geschichte* auf der U4 von *Erinnerungen en gros* abgedruckt, hat sie gewisse Bekanntheit, schon, weil sie mit ihren w. w. i. *20 Zeilen* so schön kurz und damit zitierbar ist; die Geschichte vom törichten Weib, das ihre Leibesfrucht frißt — und dann war das *GOtt.* Einer weniger, schon seit Nietzsche spätestens, seit *Zarathustra* beschwert dieses Wissen niemanden mehr, so oder so: Die einen wußten es immer schon, die anderen glauben es nicht. Dicks Tod aber ist der, der optisch am meisten hergibt: Vielleicht sollte *das* von Haffmans Wunschregisseur David Cronenberg, nicht der von *Dead Zone,* vielmehr der mit *Parasiten-Mörder* und *Rabid — Der brüllende Tod* verfilmt werden ...)

Aus der Summe aller Charakteristika Dick'scher Werke ergibt sich für Tiptree Jr. jedenfalls absolut *keine* Verwandtschaft, »höchstens eine rein zufällige, mit den Ingenieuren/Schlossern/Mechanikern/Atomphysikern unter den SF-Autoren. Was das *technische* Wissen Philip Kindred Dicks anbelangt, gesteht ihm Tiptree in schwachen Momenten allerdings zu, daß er *vielleicht* weiß, was geschieht, wenn man eine Lampe ansteckt und aufdreht, »aber darüber hinaus ...?« Dicks *technology* ist diejenige der Psyche. Seine *Helden* sind geplagte, geschundene, getretene Kreaturen, und Dick ist der »Experte der *Mechanik* der Verzweiflung«.

»Rein zufällig« sind bei Dick daher oft auch die bedeutenden *Ziele* der Aktivitäten seiner Emsigen, was bei anderen

Autoren das Zentrum der Handlung, der Hauptstrang der Erzählung, ist bei ihm eher *beiläufig.* Worum es *eigentlich* geht, was die starke Bedeutung *dahinter* ausmacht erfährt man »zum Beispiel im Verlauf einer politischen Wahl« — und da ist Dick auf seiner Suche nach der Realität ja zweifellos auf dem richtigen Weg, in *diesem* Zusammenhang sind ja sogar in der wirklichsten Wirklichkeit recht düstere, schwarze, braune, schlimmer noch: schwarzbraune Hintergründe aufgedeckt worden ... Dick vermag es, Augen zu öffnen, den Blick aus seiner Zukunft in die Gegenwart zu richten.

Philip K. Dick versuchte es auf viele Arten, vor vielen Ideen, in mancherlei Form — ringend und strampelnd wie seine Protagonisten: »Wie gestaltet man ein Buch des Widerstandes, ein Buch der Wahrheit in einem Reich des Falschen«, fragte er in dem schon erwähnten Interview von 1974, »oder ein Buch der Aufrichtigkeit in einem Imperium tückischer Lügen?

Wie macht man das Aug' in Aug' mit dem Gegner richtig?

Nicht in der altmodischen Art des Schreibens im Bad, aber wie macht man es in einem zukünftigen, wirklich hochtechnisierten Staat?

Wird es für die Stimme der Freiheit und der Unabhängigkeit möglich sein, sich auf neue Art unter geänderten Voraussetzungen zu erheben? Oder werden neue Formen der Tyrannei diese Proteste einfach abschaffen? Oder wird es neue Antworten geben durch den Geist, die wir noch nicht erahnen können?«

Hätte Philip Kindred Dick Antworten auf diese Fragen gefunden — er hätte sie nicht geglaubt. Er hätte sie, zur Freude seiner inzwischen doch beträchtlich gewachsenen Lesergemeinde, aufgerollt und zerbröselt, hinterfragt und zerlegt, bis nichts mehr davon geblieben wäre. Er hätte die Antworten nicht geglaubt, weil sie durch ihre Existenz bewiesen hätten, daß sie zu einfach sind. Und einfache Lösungen sind abzulehnen, zu bequem, falsch. Gäbe es die Antworten, gäbe es keine Fragen mehr — und Fragen gibt es wahrlich genug auf diesem Planeten, auf dem jeder beobachtet, jeder irgendwann *Opfer* wird.

Dick projiziert die Fragen, das Leben, die Probleme auf der Suche nach Antworten in die Zukunft, in *seine* Zukunft, seine Menschen aber leben wie unsere Vorfahren: Die *hardware* liegt in der Zukunft, ihre Umwelt liegt in der Zukunft — aber die Situationen, in die sie geraten und in denen sie kämpfen, sich abmühen — die stammen aus der Vergangenheit, die sind im Verlauf der Menschheitsgeschichte gleich geblieben. Es gibt eigentlich keinen Anlaß anzunehmen, daß sich das je ändert.

IV

> *»Am liebsten wäre ich tot, dachte er.*
> *Fraglos hatte er seine letzte Chance verspielt.*
> *Das* terranische Ultimatum *war abgelaufen, ohne daß es ihm gelungen war, den Lauf der Ereignisse aufzuhalten.*
> *Wo war er überhaupt?«*
>
> PHILIP K. DICK, Die Clans des Alpha-Mondes

»Verteidigen Sie Ihr Privatleben!: Werden Sie von einem Fremden überwacht? Sind Sie *tatsächlich* völlig allein? Werden Ihre Handlungen von jemandem vorausgesagt, dem Sie nie begegnet sind? Von jemandem, dem Sie nie begegnen möchten, den Sie nie in Ihr Haus lassen würden?

Machen Sie Ihrer Angst ein Ende; nehmen Sie Verbindung mit der nächsten Schutzgesellschaft auf, die zunächst feststellen wird, ob Sie *wirklich* ein Opfer unerlaubter Übergriffe sind …

Schutzgesellschaften … — ihm gefiel diese Bezeichnung. Sie strahlte Würde aus und war zutreffend.«

Und zum gewaltigen Pech für die Menschheit, die seit der erste Betrüger den ersten Narren getroffen hat unter der Geißel verbohrten Jenseitsianertums in allen möglichen Facetten und Schattierungen leidet, unausrottbar, gibt es sie nur in der Dick'schen Welt von *UBIK* (hier suhrkamp taschenbuch 440; 1977; Orig. 1969), in der *alle* Telepathen & Präkogs, *alle* Parakinetiker, Wiederauferstehe r, Animatoren & Zeitenpendler, kurz: »die Pest in Gestalt von allerlei PSI-Pack« offensichtlich einen konzertierten, großangelegten Schlag planen. Aber welchen? Wann? Wie? Gegen wen?

Eine bedrohliche Situation: Vor allem ist der TopTelepath der Gegenseite spurlos verschwunden (elektronisch), der war schon immer schwer zu verfolgen, weil er ein Störschema im Kopf hat, das Spürhund-Telepathen nicht durchdringen können; der wird auch *nachher* nicht zu finden sein, denn »offenbar setzt er sich jeden Monat ein neues Gesicht auf« ... Dick als Prophet: Im Verlauf des Romans verschwindet diese anfangs als ungemein bedrohlich aufgebaute Gestalt im Dunkel der Vergessenheit (der Vergeß*lich*keit des Autors?) — die Geschichte hat sich eben anders entwickelt.

Gleich zu Beginn jedenfalls spannt der Ober-Anti-Psi-Chef *natürlich* seine ins Halbleben verstorbene Frau in die Suche ein — dazu sind die *cold packs* ja da, daß sie einem *Lieben Anverwandten* auch nach oberflächlichem Aus-dem-Leben-Scheiden noch zur Verfügung stehen, zum Trost, oder, wie hier, als Werkzeug, Ratgeber.

Bei Dicks überschäumender Phantasie aber bleibt ungewiß, ob nicht die Halblebenden die ganz Lebenden sind, die angeblich Lebenden die Toten ... Das scheint sich herauszukristallisieren, aber *nachdenken* darf man nicht darüber — dann könnte flugs alles wieder ganz anders aussehen.

Stanisław Lem zitiert in einem Rechtfertigungs-Nachwort einen George Turner, damals noch mainstream-egghead, der *UBIK* als mißlungen bezeichnete, »denn sie kommt gegen das Gewicht der Realität, wie wir sie kennen, nicht an.« Das erklärt natürlich auch den Mißerfolg von Nibelungenlied und Bibel, von Karl May und Goethes *Faust*: Setzen, ungenügend.

Ähnlich phantasielose Typen, Schreibende, die nicht *wollten,* daß ihnen *UBIK* gefällt, bemängelten an diesem großartigen Roman, daß Dick technologische Details großzügig ausspart, auch nicht darauf eingeht, wie das Einfrieren zu ewigem Leben vonstatten gehen sollte — Kleingeister, die die Logik einer Kleinwelt auf Dicks Universen anwenden wollen.

Dick braucht man nicht zu erklären, sein Werk auch nicht — dennoch verdienstvoll, wie Lem in die Bresche springt und nicht nur einen Bogen spannt, wie's funktionieren *könnte* —

das *ist* SF, Hirnfunktion plus Voraussetzungen biologischer Natur zur Aufrechterhaltung derselben, plus nicht von vorneherein als solche erkennbare *künstliche* Umwelt fußend auf den Realitäten des lieben Verblichenen —, der auch nachweist, daß nichts in Dicks Welt überflüssiger wäre, als langatmige Erklärungen dessen, was dem Autor *und* seiner Welt gefälligst selbstverständlich zu sein hat:

»Bekanntlich beschreiben die Verfasser von zeitgenössischen Romanen die Arbeitsprinzipien von Kühlschränken, Rundfunkgeräten oder Autos *nicht,* und man würde in solchen Romanen auch vergeblich nach der Information suchen, daß alle Helden Wirbeltiere und Säuger sind.«

UBIK habe zur »basalen Voraussetzung die Technik der *Realitätsaufspaltung*«, wobei nicht besonders wichtig sei, wodurch, durch welche Talente oder Technologien diese verursacht wurde. »Das Wichtigste ist, daß es in einer Welt, in welcher es bereits zu einer Realitätsaufspaltung kam, für ihre Bewohner neue, bisher unbekannte Dilemmas und Probleme von größtem Ausmaß gibt.«

Dicks Blickpunkt nach Lem: er verzichte auf alle *empirischen Rechtfertigungen* und auf *wissenschaftliche* Begründungen — störendes Beiwerk, den Erzählfluß hemmender Ballast —, die Widersprüche aber wären »Ausdrucksmittel, die dazu dienen, um stark affektbetonte, weltanschauliche Inhalte bildlich an den Tag zu bringen« — Begründung/Ausrede sind fehl am Platz, Dick *wußte* schon, warum er ein Thema *wie* behandelte, mit Zeit und Harrison Ford und Arnold Schwarzenegger folgen ihm ja auch die Leser, akzeptieren fraglos die Notwendigkeit, die aus dem Leben Herausgefrorenen auf Touren zu bringen ...

Einwände selbsternannter Experten zu Iglu-Menschen sind zu vernachlässigen, entstammen dem Geist, der Goethes *Faust im Lichte des deutschen Strafrechts* zu untersuchen müssen glaubt, oder Shakespeares *Richard III.,* um auch der Kleinkariertheit eines anderen Sprachkreises die nötige »Referenz« zu erweisen — bei Hans Henny Jahnn ist vor Jahrzehnten die »Fastvollkommenheit der Formen« bei diesem Verfahren ein vergänglich Ding, nur kurz »lügt das Eis ein kaum verloschenes Leben vor, nur hie und da bereift sich die Haut, zerren und winden sich die Zellen« (*Fluß ohne Ufer I,* Hamburg 1991, S. 526). Bald aber wird ihm, beziehungsweise »seinem« Gefrier-Leichnam, zu dessen Zeit die SF-Methoden der Kryotechnik wohl noch nicht so vertraut waren, mit dem »quellenden Eis ... ein Nebel von Aufgedunsenheit« kommen, denn: »Vergessen Sie nicht, gefrorenes Wasser vergrößert das Volumen mit einem Zwölftel ...«

Jahnn schrieb über die Welt, wie er sie kannte; wer falsche Formeln sucht und seine lexikalischen bildungsbürgerhaften Kenntnisse an SF erproben will, ist in Phantastik ohnehin fehl am Platze — in *jeder* Welt aus dem Kopf.

UBIK (ich hab' mich bemüht, oft besprochenen und analysierten Dick-Werken auszuweichen, um *dieses* aber kommt man nicht herum ...) ist eine haarsträubende, absurde, *brillante* Geschichte à la Dick in einer Welt à la Dick ... Und nicht nur in einer solchen, nicht nur in einer fiktionalen, ist äußerste Vorsicht angebracht, wenn Menschen plötzlich »diese Psi-Mystik haben, dieses Sendungsbewußtsein und diesen Sinn für kosmische Identität ...«

Wenn sie durch bloße Geisteskraft eine Katze erlegen, oder mit dem allerheiligsten Paulus, Apostel, in direktem Kontakt stehen ... dann nimmt der plötzlich Großzügige Phantastische Realist mit John Brunner dankbar an, daß sich der Befallene nur einen bösen Scherz erlaube, als Gegenleistung für all die bösen Scherze, die sich die Welt gegenüber dem verfolgten Einzelnen so einfallen lasse.

Äußerste Vorsicht also für alle NormTypen, die keine Gegenstände verrücken können, keine Steine in Brot verwandeln, die ohne Empfängnis keine Kinder zur Welt bringen & keine Toten erwecken, Lahme gehen, Blinde sehen, Taube hören machen ... Leibliche Himmelfahrten, Fisch-Vervielfältigungen, Wasser zu Wein-Verwandler ... Leicht läßt sich die Dicksche Abnormitätenliste fortsetzen — *was* tatsächlich von real existierenden, weltumspannenden Organisationen — Satzungen aus brennenden Dornenbüschen u. ä. — der Science Fiction an wirklich guten Ideen, an überaus tollem Spielmaterial *gestohlen* wird und wurde (»Dies ist mein

Leib!«) muß Gegenstand einer eigenen Abhandlung sein (ist auch tatsächlich »work in progress«, Stand 29. 4. 92).

Dabei ist die Welt — welche immer! — auch ohne solche Anomalien hart genug. Alles kostet, kostet, kostet — sogar in den eigenen vier Wänden. Zu bezahlen ist für das Öffnen der Tür (5 c), für das Duschen (25 c), für die Nachrichtenmaschine (10 c) und den Kaffeekocher (10 c); fürs Öffnen des Kühlschranks (5 c), für den Luxus eines Vollbades (50 c) — Dublin, 28. 1. 1992: *Süßwasser* könnte bald zur umkämpften Mangelware werden: Das erklärten internationale Experten zur Eröffnung über »Wasser und Umwelt« in Irlands Hauptstadt Dublin. Die Versorgung mit dem lebensnotwendigen Naß ist nicht mehr gewährleistet. Für Millionen Menschen ein Überlebensproblem. *Keine* Science Fiction, kein Dick — Tatsache: »Eine gemeinsame Anstrengung aller Länder der Welt wird nötig sein, um die ausreichende Versorgung der Erdbevölkerung zu sichern. Die Konferenzteilnehmer werden in den nächsten Tagen versuchen, Programme zum Schutz der Wasserreserven als Unterlagen für die UNO-Umweltkonferenz im Juni in Rio de Janeiro zu erarbeiten ...« — und die ist zunächst einmal *auch* geplatzt, weil sich die Funktionäre nicht einigen konnten ... wird aber sicher noch: ob. gen. wichtige multinationale Menschen verzichten doch nicht auf Urlaub, auf Diäten ... Nur wird nichts dabei herauskommen — Dicks Vision (1969) vom Wasserpreis ist demnach alles andere als utopisch, ist beängstigende Realität ... im Juni? 1992? Verschwand nicht im Juni 1992 ... Richtig!

»Um drei Uhr dreißig in der Nacht des 5. Juni 1992 verschwand der Spitzentelepath des Sonnensystems von der Landkarte im Büro von Runciter Associates in New York City. Das brachte die Videophone zum Klingeln« und Dicks *UBIK* ins Rollen. Folgt Kontakt zur Eisprinzessin, die humanoide Bombe am Mond, das Leben im Zwischenreich oder gar nicht, bzw. die Realitätsknicke und Zeitschübe, zwischen denen Dick mit seinen Protagonisten jongliert.

Nicht nur mit den Akteuren im Roman: »irgend jemand befördert *uns alle*« in eine andere Welt. Wir bewohnen sie, leben dort als Bürger jener Welt ... Und dann versetzt uns eine riesige, allumfassende Kraft wieder hierher, in unser gewohntes Universum ... in 100 Stories 100 Mal: »Das muß Dick sein«, weiß der SF-Fan, »Philip Kindred Dick.«

Nicht nur *in* ein Jenseits, unter Umständen auch aus diesem wieder hierher — für diesen vielseitigen Autor Anlaß, mit seinem persönlichen Freund zu protzen: »Grab, wo ist Dein Sieg?« jubiliert er mit Paulus, und *siehe,* Dick enthüllte das Geheimnis, niemand wird mehr sterben, sondern nur verwandelt werden — angesetzt hat er den Startpunkt des *Retrozeit-Effektes* mit 1986: Wer zu diesem Zeitpunkt schon tot war, wiederauferstand über kurz oder lang, wer '86 noch lebte, wurde immer jünger, mußte sich gar beizeiten — später, als Kind, nach einem geeigneten Mutterschoß umsehen,

Der tragische Irrtum des Mystikers:
Die Ausweitung auf ein Jenseits
bringe Hilfe, Hoffnung, Lösung

um wieder darin zu verschwinden (und fortan in panischer Angst vor den Free-Abolition-Menschen zittern, Dicks Meinung dazu ist belegt, leider).

»Die Rufe der Toten« in *Die Zeit: Auf Gegenkurs* (Ullstein 31173; 1988; *Counter-Clock World* 1967), einem Roman um »einen der gewaltigsten siderischen Prozesse, wie er sich nur alle paar Milliarden Jahre ereignete«; »ich möchte da raus, können Sie mich hören?« — »er haßte diese Laute, und er hatte sie oft gehört, die Rufe, bei so vielen Gelegenheiten: Männer und Frauen, hauptsächlich alte ... Und die Ausgrabungstrupps brauchten so lange, bis sie eintrafen ...« Mit dem firmeneigenen Pfarrer, konzessioniert für alle Ab- und Spielarten geschäftstüchtiger Himmeleien, mit dem gewieften Verkäufer, der die *Altgeborenen* dann jemandem andrehen mußte.

Nicht immer ist es eine alte Tante, die, an der Brightschen Krankheit gestorben, gleich an eine künstliche Niere angeschlossen werden muß, damit sie wiederauferstanden weiter-, *wieder*leben darf. — Beginn der Komplikationen ist die

Stunde Null für den Anarchen einer Religionsgemeinschaft, deren zentrales Heilsgut die Vereinigung zum Gruppengeist darstellt — bewerkstelligt durch eine halluzinogene Droge, die zwar verboten ist, aber in solch hehren Zusammenhängen natürlich ebenso gesetzlich *erlaubt* (umgekehrt zur Steuerpflicht, die in God's Own Country, recht geschieht ihm *und* ihm, zwar gesetzlich vorgeschrieben, in solch hehren Zusammenhängen aber natürlich ebenso gesetzlich aufgehoben ...). Die Droge ist erlaubt, weil integraler Bestandteil der (*jeder?*) *echt* religiösen Zeremonie — wie Weihrauch und Predigten eben, Sakramente, darunter vor allem der *Segen* bis hinunter sogar zum *totalen* Segen: Opium fürs Volk — Dick war hier *nicht* der erste, aber er »übertrifft in den Inventionen bei weitem seine Kollegen«, findet St. Lem, »seine sich verzweigende, ungeheure und ominös purzelbaumschießende Welt ist voller Einfälle — manchmal mit satirischem Unterton.«

Folgt Kampf um Macht und Geld: Gewalttätigkeit ist — ohne jetzt in theologische Beweislast geraten zu wollen, ohne die aber im Fall der Fälle zu scheuen — in der einen oder anderen Form Kriterium *jeder* Religion, die es zu etwas bringen will — *im Diesseits* natürlich, wo sonst, die fragliche des Romans sogar besonders: Und wenn der derzeitige Duce auch 26, noch nicht gestorben war, also seine Kindwerdung eine Frage überschaubarer Zeit — so einfach räumt man einen Kirchen-Job nicht, der haufenweise Geld und recht selbstverständlich beinahe Allmacht bedeutet: Wie gut, wir zwinkern mit Dick, daß der Leser immer weiß, daß er nicht über seine wirkliche Welt informiert wird ...

Hier geht es nämlich um einen »Fanatiker; er würde alles tun, um die Macht zu behalten; und er ist ein potentieller Mörder.« — Das ist *möglicherweise* ein Schritt hinaus über die derzeitige Realität, *vorläufig* ist auf der Erde Rücken erst Fahrlässigkeit angesagt (Der Fernseh-Evangelist Morris Cerullo z. B. im Dezember '91: Krankheiten kann kein Arzt heilen — nur Gott.): Ob der Anarch im Grab bleibt oder als Wiedergeher wiedergeht — dem Fanatismus und seinen Jüngern bleibt es Einladung zu einem Mord: »*Nichts* ist so idiotisch, daß sich nicht Leute fänden, es zu glauben; und Beamte, es zu exekutieren« (Volksmund; vgl. John Brunner, *Glückliche Träume, Menschenspiel*... Nur hat der, nebenbei, *absolut keine* ambivalente Attitüde zu diesem Thema, wie manchmal Dick. Jedenfalls:) Angst in der etablierten Kirche ist tatsächlich mit guten Gründen angesagt:

Denn der Anarch wird allen lebenden TV-Animatoren einen wesentlichen Punkt voraushaben — er wird schwer widerlegbar behaupten können, Infos aus erster Hand zu haben, war er doch nachweislich tot. Er wird behaupten können, »authentische Visionen aus dem Jenseits zu haben; daß er mit Gott gesprochen, das Jüngste Gericht erlebt hat — das übliche Material eben ...« — Stoff, aus dem, wie wohl schon erwähnt, gute Science Fiction ist; mit dem bemerkenswerten Haken, daß Leute *tatsächlich* daran zu glauben imstande. Möglicherweise für die SF eine vernachlässigbare Gruppe, da lern- und aufnahmeunwillig, fürs *Ganze* aber doch eine Belastung, die Warnungen à la Dick in dieser unserer realen Welt (à la Dick) so wichtig macht, die *Dick* so wichtig macht.

Fast scheint es, als litte Dick in der wirklichen Welt, nicht nur in *seiner,* in unser aller, an einem klaustrophobischen Zustand — wie etwa auch *Die Clans des Alpha-Mondes* (Ullstein 31171, 1988; *Clans of the Alphine Moon,* Copyright 1967 by the Estate of Philip K. Dick), diese »Studie der Paranoia einer geschlossenen Gesellschaft« — wie so viele, wie so gut wie *alle* Dick'schen Werke: Mikrokosmen mit ihren Zwängen im Großen Kosmos — und auch der wurde zu klein:

Heilmittel schien ihm die Ausweitung dieser Welt um die Dimension eines Jenseits, die Welt der Lebenden erweitert um die Welt der Toten — dazwischengeschoben, ein Mann braucht Raum, das Reich der Halblebenden als weitere, zusätzlich bewohn- und *verrück*bare Ebene: Überall aber spielt der Manipulator »sadistisch Katz und Maus mit uns, stachelt uns immer wieder an, noch ein wenig länger durchzuhalten. Schiebt das Ende so lange wie möglich hinaus ... Der Himmel mag wissen, weshalb ...

Vielleicht«, läßt Dick anklingen; ahnt er, was Schopenhauer *wußte,* wenn man schon der Theorie wegen annehmen sollte, daß da tatsächlich ein Großer Zauberer trickst, »vielleicht macht ihm unsere Qual Spaß«, aus dem Verborgenen aus Bosheit und Neugier wirkend, »eine polymorphe, perverse Kraft, die sich an dem Anblick weidet. Ein infantiles, zurückgebliebenes Wesen, dem das, was geschieht, Spaß macht ...«, das Menschen »zermalmt wie ein krummbeiniges Insekt ... der nur Stufe für Stufe in Fäulnis und Unordnung hinabsteigen kann ...« (*Hinab!*)

Ausweg: »Kaufen Sie eine Dose UBIK, und alles wird aufhören. Sie werden nichts mehr davon spüren. Sie werden nicht mehr in Gefahr schweben, wenn Sie eine Dose UBIK bei sich haben« wenn, ja *wenn* Sie sich *genau* an die Vorschriften halten. Ausweg also: losmarschieren, und Tag und Nacht UBIK um sich versprühen? Timothy Leary glauben? Wann immer sich die überholte alte Philosophie von den *Universalien* bewahrheitet, »deren jede in ihrer Art wirklich war«? Sehr verworren, läßt Dick feststellen: Wenn der Mensch am Leben ist, dann gibt es ihn zwiefach: Den echten in der wirklichen Welt, der sich bemüht, Verbindung aufzunehmen — mit wem dann *wo?,* und das Trugbild im Halbleben, dessen Manifestation im Fleische aufgebahrt, kurz vorm Verfaulen. Andere Menschen wären ebenfalls Phantasmagorien mit allerdings *auch handelnden* authentischen Gegenstücken in *wieder einer* tatsächlichen Welt: »Die Vergangenheit existiert unter der Oberfläche und kann wieder an die Oberfläche dringen, wenn die darüberliegenden Schichten, was aller gewöhnlichen Erfahrung widerspricht, sich auflösen. Ein Mann enthält nicht den Jungen, sondern alle früheren Männer« = Ergebnis der Verwendung Platon'scher Ideen als Werkzeug. Als Transportmittel für eine Gruppe von Anti-Psis durch irreale, sich ständig verändernde Welten und Dimensionen:

Durch diese Zeitsprung-, Zeitverschiebungsszenen schwebt ein Hauch von *Stalker* (sic!, nicht *Picknick ...*), die Szenen des Verschwimmens und Vergehens, Verblühens und wabernden Neuentstehens gehören zu besonders faszinierenden Stücken *Literatur* und Sprachkunst des Genres — da sei für einmal das Lob des Handwerks gesungen, neben den stets berechtigen Pauken und Trompeten, *Hymnen* für Ideen und -vielfalt.

Es geht ja ohnehin zu Ende — spätestens, wenn *UBIK* auch noch zum Vampir-Roman wird, Vampire wie den geschilderten, Halblebende, die andere Menschen auf- und aussaugen müssen zur eignen Wohlfahrt, gibt's auch nicht nur in allen Moratorien der Dick'schen Welt — die gibt es überall, wo es Halblebende gibt — also *tatsächlich überall.*

Utopisch wegen übertriebenem Optimismus nach aller Voraussicht und nach derzeitigem Stand der Dinge der Aufschrei der geknechteten Kreatur, wonach sie eines Tages die Oberhand gewinnen, die Tyrannei durch die homöostatische Maschine beenden würde. Dann werde die Zeit kommen, wo menschliche Werte, Mitleid und einfache Warmherzigkeit wieder gelten. Das *terranische Ultimatum* — Ändert Euch, ändert Euer Verhalten zu Welt und Mitmenschen, *zueinander,* oder...

*

Vorläufig aber zappelt *der Mensch* — »Ein Vogel, der im Spinnennetz gefangen ist ... eine hilflose Motte, die vor dem Fenster der Realität flattert und sie nur schwach von außen gewahren kann« — knapp vor dem Aufgeben, *fast* zur Kapitulation bereit: »Ich habe keine besondere Lust, darüber nachzudenken, ich mag nicht. Es ist alles noch schlimmer, viel schlimmer, als wir alle angenommen haben.« Dick erlaubt das aber nicht — gerade *weil* das so ist, darf man das Denken nicht länger anderen überlassen, zumindest nicht denen, die es sich *für alle anderen* anmaßen. Dick sieht für den emsigen, nicht aufgebenden Menschen eine Chance — allerdings erst, nachdem alles zu Bruch gegangen ist. Da bleiben ihm und uns »ein Rest von Universum zurück als Pseudoumgebung, die allerdings in höchstem Maße unstabil und ohne jeglichen Unterbau ist« — ein grandioser Rest: Die Reiche, die Welten des Philip K. Dick, *das* Reich der Phantasie, in dem Auswege ersonnen, Lösungen wenigstens *gesucht* werden können, in denen, und damit in der wirklichen Welt, die Dick so hart suchte, der Lauf der Ereignisse vielleicht doch aufgehalten werden kann — *einmal* in der Menschheitsgeschichte, das *wichtigste* Mal. *Vielleicht* ist die letzte Chance noch nicht vertan, wie es Dick in seinen optimistischen Momenten vorsichtig anklingen läßt, vielleicht ist das Ultimatum einer an die Grenzen getriebenen Welt/Menschheit (*Terras*) noch nicht *ganz* abgelaufen. Sicher ist es sehr spät, vielleicht noch nicht zu spät — immerhin gibt es noch warnende Stimmen:

Engagierte Autoren, Sprachrohre der Sprachlosen, offene »*Geister* sind für uns tätig, die, sprechend und schreibend, in unsere neue Umwelt eindringen. Wachsame, gescheite, leibhaftige Geister aus der echten Lebenswelt, deren Substanz uns zwar bedrängt, die aber so angenehm pulsierend wirkt wie früher das Herz«: Die Umwelt wird neu, weil immer neue Mühen und Plagen drohen, die Substanz, die uns bedrängt, ist der Zwang, die *neue* Mühe, die wache Lektüre Philip Kindred Dicks auferlegt, selbst zu denken, selbst zu verändern:

Erst *dann* wird die Zeit reif sein für menschliche Werte, Mitleid und Warmherzigkeit — reif sein für eine *andere* Welt, nicht *Die andere Welt des Philipp K. Dick*; reif sein für *die* Welt, die er erstrebte — und deshalb nie beschrieb:

Science Fiction muß ja unter bestimmten Bedingungen zumindest *möglich* sein — sonst wäre es bloß Fantasy …

(Übersetzungen aus der Underwood-Miller-Ausgabe der Collected Stories of Philip K. Dick durch den Autor.)

AUTOREN

18. 4. 1913 — 24. 4. 1992

Ein Nachruf für Werner Steinberg

von Karsten Kruschel

Im Alter von 79 Jahren starb am 24. April 1992 in Dessau (Sachsen-Anhalt) der Schriftsteller Werner Steinberg, der auch durch zwei SF-Romane auf sich aufmerksam gemacht hat.

Steinberg, der 1913 im schlesischen Neurode geboren wurde und in Breslau (Wroclaw) aufwuchs, studierte Pädagogik in Elbing (Elblag) und Hirschberg (Jelenia Gora). 1933 wurde er beim Versuch, über Lettland in die Sowjetunion zu gelangen, verhaftet und nach Deutschland ausgewiesen, wo er 1934 als Leiter einer Widerstandsgruppe wegen »Vorbereitung zum Hochverrat« in Breslau zu drei Jahren Gefängnis verurteilt wurde. Danach schlug er sich als Kontorist und Verlagsbuchhändler durch, nebenbei schrieb und veröffentlichte er eine Reihe eher bedeutungsloser Unterhaltungsbücher wie »Herz unter Tag« (1941) oder »Das Antlitz Daniels« (1942). Nach Kriegsende arbeitete er als Herausgeber und freischaffender Journalist in Westdeutschland, wo er zwischen 1946 und 1948 die Zeitschriften »Die Zukunft« und »Weltpresse« herausgab. Im Jahre 1956 übersiedelte er endgültig in die DDR und ließ sich als freischaffender Schriftsteller in Dessau nieder.

Steinbergs literarisches Schaffen lag zum größten Teil außerhalb der Science Fiction. Zu seinen bekanntesten und erfolgreichsten Werken gehört eine Tetralogie aus den Bänden »Als die Uhren stehenblieben« (1957), »Einzug der Gladiatoren« (1958), »Wasser aus trockenen Brunnen« (1962) und »Ohne Pauken und Trompeten« (1965), in der er sich mit dem Deutschland der Nachkriegszeit auseinandersetzt. Der erste Band »Als die Uhren stehenblieben«, ein Roman über das Schicksal der »Festung Breslau«, wurde von der Kritik oft als eines seiner besten Bücher gelobt und erlebte in der Bundesrepublik eine merkwürdige Aufnahme als stark veränderter Illustriertenroman, die Steinberg zu dem Bericht »Der Prozeß um Jutta Münch« (1960) zwang, in dem er sich mit der »Verfälschung« seines eigenen Romans beschäftigte.

Außerdem schrieb er biografische Romane, die sich durch ihr eigenständiges Herangehen an faszinierende Gestalten der deutschen Literaturgeschichte auszeichneten; Heinrich Heine war sein Thema in »Der Tag ist in die Nacht verliebt« (1955), Georg Büchner in »Protokoll der Unsterblichkeit« (1969), ein aus authentischen und fiktiven Texten komponiertes beeindruckendes Porträt des Dichters. Der umtriebige und stets auf der Suche nach Neuem befindliche Werner Steinberg lieferte auch auf dem Gebiet des Kriminalromans mit »Der Hut des Kommissars« (1966), »Und nebenbei: Ein Mord« (1968) und »Ikebana oder Blumen für den Fremden« (1971) solide Arbeiten ab.

Steinbergs Engagement für SF entsprang derselben Quelle wie seine Versuche im biografischen Roman, im zeitkritischen Roman und im Krimi: Es war für ihn reizvoll, Neues auszuprobieren, sich an dem zu reiben, was abseits gewohnter Bahnen lag.

Eine Dreiecksgeschichte zwischen einer Frau, einem rein verstandesmäßig handelnden Mann und einen gefühlsbetonten Hedonisten steht im Mittelpunkt von Steinbergs erstem SF-Roman »Die Augen der Blinden« (1973). Nach einer zähen Exposition begeben sich die drei allein zu dem Zweck auf eine Weltraumreise, eine Entscheidungssituation herbeizuführen, die einen der Männer in der Gunst der Frau favorisiert.

Auf einem fernen Planeten entdecken sie blinde Aliens mit Ultraschall-Orientierungssinn, die vor feindlichen Umweltbedingungen ins Innere kristallener Berge geflüchtet sind, wo

Werner Steinberg *Foto: Verlag Das Neue Berlin*

die Raumfahrer vom Fürsten jener Aliens gefangengehalten werden. Schließlich kommt der Höhlenherrscher auf die Idee, mit der irdischen Frau sehende Nachkommen zu zeugen. Das ergibt die angestrebte Entscheidungssituation: Der Vernunftmensch ist dafür, dem Fürsten (der ein halbmeterlanges Geschlechtsteil sein eigen nennt) seinen Willen zu lassen, und der andere will eher sterben, als die Paarung zu gestatten. Um diesen Vorschlag nicht akzeptieren zu müssen, wird entdeckt, daß die Aliens kurz vor einem evolutionären Sprung stehen — unter dünnen Häutchen verbergen sich bereits funktionsfähige Augen. Einige der Aliens werden eilig operiert und verursachen Wirren, in denen die Raumfahrer an die Oberfläche des Planeten entkommen können. Während die plötzlich sehend gewordenen Blinden eine neue Gesellschaft gründen, findet das allzu durchsichtige Kalkül des Autors sein lange vorprogrammiertes Ende: Die Frau kann sich endlich zwischen den beiden Männern entscheiden. Das Buch konnte nur stellenweise unterhalten, die Handlung war an mehr als einer Stelle von schreiender Unlogik, zu gesucht und künstlich war der Konflikt, zu dilettantisch die »science«.

Ein ergiebigeres Problem steht am Beginn des zweiten und bedeutend besseren SF-Roman von Werner Steinberg. »Zwischen Sarg und Ararat«, 1978 schildert beklemmend Zustände an Bord eines Generationenraumschiffes. Als nur ein einziger Raumfahrer aus der ersten Generation noch am Leben ist, mehren sich die Anzeichen dafür, daß lebenslanges Eingesperrtsein dem Menschen nicht angemessen ist. Neben schwerwiegenden seelischen Verkrüppelungen entartet auch die genetische Struktur des Homo sapiens: Babies sind immer öfter mißgebildet. Auch die gesellschaftliche Struktur der kleinen Gemeinschaft pervertiert: Der selbstherrliche Kommandant übt eine repressive Diktatur aus, die ihm und seinem stiernackigen Helfershelfer die Möglichkeit gibt, sadistische Neigungen auszuleben. Anläßlich einer befohlenen Abtreibung formiert sich die Opposition: Da sind die Astronomen, die die Folgen des dogmatischen Festhaltens am Flugprogramm überblicken; da ist der Historiker, dessen Aufgabe, die Erinnerung an die Erde wachzuhalten, vom Kommandanten als seine Macht störend beseitigt wurde; da ist der Vater des getöteten Ungeborenen; da ist ein Krüppel, dem man deutlichmacht, daß man es bereut, nicht auch ihn seinerzeit im Vakuum entsorgt zu haben. Diese Menschen, die genug haben vom todesähnlichen Dahinvegetieren, zwingen das Raumschiff zur Landung auf einem unbekannten Planeten, wobei es endgültig bewegungsunfähig wird. Nun kann der Konflikt zwischen autoritativem Machtanspruch und der Notwendigkeit, unter neuen Bedingungen eine menschenwürdigere Form des Zusammenlebens zu finden, im größeren Rahmen des Planeten ausgetragen werden.

Dort existieren ähnliche Verhältnisse: Eine Rasse (raum)schiffbrüchiger Aliens mit überlegener Technik hat eine eingeborene Rasse von Aliens versklavt. Die außerirdischen Tyrannen geraten mit den irdischen aneinander und vernichten sie; die Opposition vom irdischen Raumschiff vernichtet die Energiebasis der aggressiven Aliens, so daß alle drei vernunftbegabten Rassen künftig auf dem Planeten miteinander auskommen müssen, ohne daß eine Partei die Möglichkeit hat, sich zur Herrschaft aufzuschwingen.

Das Credo des schließlich zum neuen Kommandanten ernannten verkrüppelten Astronomen lautet: »Ich glaube, wir müssen ganz anders leben.« Damit ist das Ergebnis dieses Steinbergschen Gedankenexperiments angedeutet: Daß es menschenangemessen sei, Andersartigkeit zu akzeptieren, sich um Toleranz zu bemühen, miteinander und nicht gegeneinander zu leben. Diese Geschichte wurde von Steinberg in einem lakonisch konzertierten Stil erzählt, der Dichte und prägnante Figurenzeichnung vereinte. Im Gegensatz zu seinem ersten SF-Versuch gelang es Werner Steinberg in diesem Buch, SF-Spielwelt und gleichnishafte Fabel unter einen Hut zu bringen. Von den SF-Lesern in der DDR wurde dieses Buch als Beginn einer hoffnungsvollen Laufbahn eines neues SF-Autors mißverstanden. Der füfundsechzigjährige Steinberg wandte sich vom Genre ab, kaum daß er mit »Zwischen Sarg und Ararat« einen bemerkenswerten Beitrag geleistet hatte. Dieser Roman, der sich mit seinen außerordentlich knapp und treffend charakterisierten Figuren sowie seiner disziplinierten Sprache positiv vom Gros der DDR-SF abhob, wurde zwar gelegentlich zu den als Science Fiction »verkleideten« DDR-kritischen Büchern gezählt, beweist aber heute, daß sein Grundthema — die Unbrauchbarkeit autoritativer Macht und von Gewalt als Regulans von menschlicher Gesellschaft — allgemeingültig ist und bleibt.

INTERVIEW

Science Fiction hat nichts mit Zukunft zu tun

Ein Gespräch mit Connie Willis

von Usch Kiausch

Bekannt geworden ist sie vor allem durch ihre Kurzgeschichten: Connie Willis, Jahrgang 1945, geboren in Denver/Colorado, Lehrerin bis 1981. Viermal wurde sie mit dem Nebula Award ausgezeichnet, u. a. für ihre Zeitreisen-Erzählung »Brandwache« (1982), für die sie 1983 auch den Hugo Gernsback Award erhielt. Von ihren Romanen, die zum Teil in Zusammenarbeit mit Cynthia Felice entstanden, ragt vor allem der psychologische Zeitreise-Roman »Lincolns Träume« heraus. (1987; in deutscher Übersetzung 1992 als Heyne TB 06/4883 erschienen), der auch den John W. Campbell Award gewann. Ihr neuester Roman, »Doomsday Book«, eine verunglückte Zeitreise ins mittelalterliche Oxford zur Zeit einer Pestepidemie, hat alle Chancen (die meisten Nominierungen), den Nebula Award 1993 (und andere Preise) zu gewinnen. Die deutsche Ausgabe wird im Frühjahr 1993 im Heyne Verlag unter dem Titel »Die Jahre des Schwarzen Todes« erscheinen als Heyne-TB 06/5013. Das Gespräch mit Connie Willis fand während der 13. Jahrestagung der »International Association for the Fantastic in the Arts« in Fort Lauderdale/Florida statt.

F: Waren Sie von Kindheit an mit Science Fiction vertraut?
A: Ja. Ich habe so angefangen, wie jeder in dem Alter anfängt: mit den Jugendbüchern von Robert Heinlein. Ich mag sie immer noch. Aber als Kind war mein Lesen begrenzt, ich hatte keine eigenen Bücher. So mußte ich mich auf die Bü-

cher beschränken, die es in der öffentlichen Bibliothek gab. Meistens las ich Sammlungen von Kurzgeschichten, möglicherweise stammt meine Vorliebe für Kurzgeschichten schon aus dieser Zeit. Kurzgeschichten habe ich von Anfang an geliebt. Und obwohl ich heute auch Romane schreibe, werde ich weiterhin an Kurzgeschichten arbeiten.

F: Wann haben Sie mit dem Schreiben begonnen?

A: Natürlich habe ich, wie wir alle, ziemlich gräßliche Sachen während der Schulzeit geschrieben. Aber ernsthaft angefangen habe ich nach meiner Heirat. Ich hatte zwei Jahre lang als Lehrerin gearbeitet. Als ich ein Baby bekam, beschloß ich, zu Hause zu bleiben und professionell zu schreiben. Damals begann ich damit, meine Manuskripte Verlagen anzubieten. Für meinen Durchbruch in der Science Fiction brauchte ich zehn Jahre. In der Zwischenzeit schrieb ich etwas, das man bei uns *Confession Stories* nennt. Triviales für den Billigmarkt, Geschichten über junge Frauen in Schwierigkeiten, über »Sünde und Reue«. Es ist nicht schwer, solche Geschichten zu schreiben, aber sie haben meist ziemlich komplizierte Handlungen. Ich übte mich also darin, Handlungen zu entwerfen. Ich betrachte diese Phase als meine Lehrzeit als Schriftstellerin. Ich durfte mich damals nicht auf Sprache, Beschreibungen oder die Entwicklung meiner Charaktere konzentrieren, das wäre an den Anforderungen dieses Marktes völlig vorbeigegangen. So entwarf ich Handlungen, Handlungen und nochmals Handlungen, und das mache ich heute noch gern.

F: Sehen Sie sich inzwischen selbst als Science Fiction-Schriftstellerin?

A: Ja, so nenne ich mich, obwohl ich auch viele Fantasy- und etliche Horror-Sachen gemacht habe. Aber darüber denke ich nie nach, ich schreibe einfach los. Kürzlich habe ich eine Geschichte geschrieben, die von einem Vampir im »Blitzkrieg« handelt. Ich habe dabei nicht darüber nachgedacht, ob das eine Vampir- oder eine Horror-Geschichte wird, ich treffe solche Unterscheidungen beim Schreiben gar nicht. Das können von mir aus andere machen. Interessant, was mit meinem Roman »Lincolns Träume« passierte. Eigentlich

Connie Willis *Copyright © Foto by Usch Kiausch*

ist das ja eine Geistergeschichte. Eine junge Frau, sie lebt im Washington D.C. der Gegenwart, träumt schreckliche Dinge vom amerikanischen Bürgerkrieg. Und ihre Träume sind historisch genau. In ihren Träumen weiß sie Dinge, die sie eigentlich überhaupt nicht wissen kann. Die Frage dabei ist: Handelt es sich hier um einen Fall von Wiedergeburt? Um das Kanalisieren von Erfahrungen? Oder jagt sie ein Geist aus der Vergangenheit? Ausgerechnet dieser Roman wurde als bester Science Fiction-Roman mit dem John W. Campbell Memorial Award ausgezeichnet. Ich habe diesen Roman zwar nie als Science Fiction betrachtet, aber den Preis habe ich nicht abgelehnt (lacht).

F: Ihr Interesse, das zeigen Ihre Romane ebenso wie Ihre Kurzgeschichten, gilt der Phantastik im weitesten Sinne, oder?

A: Ja. Ganz bestimmt bin ich niemand, der »harte« Science Fiction schreibt. Manche Leute fragen mich, ob ich »softe« Science Fiction schreibe. Ich glaube, ich schreibe eher ein Science Fiction-»Mischmasch«. Natürlich arbeite ich wissenschaftliche Dinge mit ein und recherchiere dort, wo es nötig ist. Aber mich interessiert nicht primär Wissenschaftliches. Am meisten interessieren mich die Menschen — wie sie mit ihrer Vergangenheit und mit ihrer Zukunft umgehen, wie sie auf große Veränderungen reagieren, wie sie, allgemein gesehen, die Wirklichkeit verarbeiten.

F: In »Lincolns Träume« fand ich die Charaktere sehr gut herausgearbeitet. Denken Sie zuerst über Ihre Protagonisten nach, und dann kommt dabei die Idee für eine Handlung?

A: Nein, niemals. Die meisten Leute sind ganz erschrocken, wenn sie entdecken, wie ich meine Geschichten mache. Denn die meisten Autoren sagen ja: Ich dachte zuerst über meine Charaktere nach und lernte sie so gut kennen, daß ich wußte, wo sie zur Schule gegangen sind, was sie zum Frühstück aßen etc. Ich weiß am Anfang überhaupt nichts über die Personen, die in meinen Büchern agieren. Ich fange immer mit der Handlung an. Gewöhnlich sind alle, bis auf die wesentlichen Charaktere, reine Handlungsträger, Leute, die ich brauche. Ich brauche jemanden, der sich mit dem Helden herumstreitet, jemanden, der dieses oder jenes repräsentiert, dieses oder jenes haben will. Also gebe ich all diesen Leuten Aufgaben. Erst wenn die Handlung steht, arbeite ich die Charaktere aus und betrachte sie als wirkliche Menschen. Das ist ein interessanter Vorgang. Besonders, weil mir die meisten Menschen sagen: Sie haben bemerkenswerte Charaktere in Ihren Büchern, Sie müssen eine gute Beobachterin sein. Sicher bin ich das bis zu einem gewissen Grad, aber meistens sind die Charaktere nichts anderes als in Teil von mir selbst.

Im Moment ist unter den Schriftstellerinnen die Diskussion über die Frage populär, ob Frauen aus der Sicht männlicher Protagonisten schreiben können und, umgekehrt, die Männer aus Sicht der Frauen. Immer werde ich gefragt: Wie kannst du aus Sicht eines Mannes schreiben? Hast du die »Aliens« studiert? Als wenn die Männer irgendeine Spezies wären, die ich mir im Zoo angucken muß. Natürlich beobachte ich meinen Mann und bemerke beispielsweise, daß er seine Schlüssel ständig verlegt — wie alle Männer. Aber auch meine männlichen Charaktere sind ein Teil von mir, genauso wie die weiblichen Charaktere, die Alten, die Jugendlichen, die Kinder. Und keiner hat sich je beschwert, daß meine Charaktere unrealistisch sind. Ich nehme also an, daß meine Arbeitsweise funktioniert. Ich identifiziere mich immer stark mit meinen Charakteren.

Mein neuer Roman, das »Doomsday Book«, hat alternierende Sichtweisen, es ist eine Zeitreisen-Geschichte, die zurück ins Mittelalter führt.

Die eine Hälfte der Geschichte begleitet eine junge Historikerin zurück in die Vergangenheit. Die andere Hälfte spielt in der nahen Zukunft in Oxford und handelt von den verzweifelten Anstrengungen ihres Tutors, Mr. Dunworthy, das Mädchen aus der Vergangenheit zurückzuholen — was ihm nicht gelingt. In Dunworthy steckt ein Stück von mir, ich bin der besorgte Elternteil, aber ich bin gleichzeitig auch die 20jährige Frau, die nicht genau weiß, was sie tut, aber entschlossen ist, es trotzdem zu tun. Ich verarbeite also einfach verschiedene Aspekte meines eigenen Selbst. Ich frage mich zum Beispiel auch: Was würde ich tun, wenn ich ein Mörder wäre? Was würde ich denken? Ich werde immer als »charakterorientierte« Schriftstellerin bezeichnet. Aber ich selbst halte mich eher für handlungsorientiert. Die Entwicklung der Charaktere ergibt sich einfach so.

F: Ihre Protagonisten sind häufig Männer. In dem Artikel einer amerikanischen Literaturwissenschaftlerin — ihr Name ist mir leider entfallen — habe ich einmal gelesen: Connie Willis schreibt nicht als Feministin, sondern als *womanist* — sagt Ihnen das irgend etwas?

A: (lacht) Ich frage mich, was das sein soll, das interessiert mich jetzt. Ganz sicher habe ich viele Probleme mit der Frauenbewegung. Feministinnen erinnern mich immerzu an meine Verantwortlichkeiten gegenüber der Frauenbewegung, ich kann ihre Ansprüche einfach nicht erfüllen. Auf einer Schriftstellerkonferenz vor ein paar Jahren bekam ich zu hören: Jede Frau, die hier anwesend ist, hat eine Geschichte geschrieben, die von den Forderungen und Problemen der Frauen handelt. Geschichten über Inzest, über die Mißhandlung von Frauen in der Ehe, über das Scheitern von Beziehungen. Und Sie schreiben über einen Vampir im Blitzkrieg! Als wenn das ein für mich verbotenes Gebiet wäre! Da bin ich einfach anderer Meinung. Ich dachte immer, ein Hauptziel der Frauenbewegung sei zu erreichen, daß alle Frauen genau das tun können, was immer sie tun wollen. Ich jedenfalls mache genau das, was ich will. Und dann wird mir gesagt, das dürfe ich nicht — weil ich eine Frau bin und Verantwortlichkeiten gegenüber der Frauenbewegung habe. Das ärgert mich unglaublich. Mir geht es nicht einfach um die Belange der Frauen, mir geht es um die Belange aller Menschen.

Neulich las ich einen Artikel, in dem es hieß, Shakespeare sei ein toter weißer Europäer und habe nur Relevanz für die toten Anliegen weißer europäischer Männer — was immer jene sein mögen. Ich hatte bisher immer geglaubt, Shakespeare habe über menschliche Erfahrungen ganz allgemein geschrieben, über Tod, Eifersucht, Ehrgeiz, Neid, Macht, Liebe, und wir ihn deshalb auch heute noch lesen können. Wir lesen ihn ja nicht, weil er interessante Sachen über das Elisabethanische Zeitalter geschrieben hat. Wir lesen ihn, weil er über uns schreibt.

Genau das versuche ich auch. Ich schreibe über den Tod und über unerlöstes Leiden, über Hunger und Sehnsucht, über Liebe und den Abbruch von Kommunikation, auch über die Tatsache, daß wir nie über ausreichende Informationen verfügen, um unsere Leben richtig in den Griff zu bekommen. Aber ich beschränke das nicht auf die Erfahrungen und Belange von Frauen. Denn gleichzeitig schreibe ich ja auch als Amerikanerin, als jemand, der im Mittleren Westen aufgewachsen ist, als jemand, deren Onkel im Zweiten Weltkrieg getötet wurde, als Mutter, als Mitglied meines Kirchenchors, als jemand mit einem Abschluß in Englischer Literatur, als Mitglied der Mittelklasse. All dies ist ja auch Teil meines Schreibens, nicht nur die Tatsache, daß ich eine Frau bin. Deshalb habe ich meistens Auseinandersetzungen mit Feministinnen, obwohl ich selbst eine bin. Aber ich bin eine, die ihren eigenen Kopf hat. Und damit macht man sich bei all den Verletzlichkeiten im heutigen Amerika nicht gerade beliebt. Es wird von einem erwartet, daß man sich zu einer Gruppe und deren »Linie« bekennt, das finde ich außerordentlich gefährlich. Unsere einzige Hoffnung besteht doch darin, für uns selbst zu denken und unsere eigenen Entscheidungen zu treffen!

F: Um noch einmal auf den Begriff »womanist« zurückzukommen: In dem besagten Artikel unterschied die Autorin zwischen Schriftstellerinnen, die — wie etwa Joanna Russ — radikalfeministische, isolationistische Lösungen im Geschlechterkampf propagieren, und solchen, die auf die Versöhnung der Geschlechter bauen. Über Connie Willis hieß es, sie paare starke weibliche Charaktere mit starken männlichen, eben das habe den Charakter einer Utopie ...

A: (lacht) Da mag was dran sein ... Zu den Dingen, die ich am meisten bewundere und auch selbst zu schreiben versuche, gehört die *screwball comedy.* Ich meine damit die großartigen Filme, die in den Dreißiger und Vierziger Jahren gedreht wurden, wie zum Beispiel *Bringing up baby* oder *It* *happened one night.* Das sind wirklich verrückte, aber im Grunde romantische Komödien. Sie handeln vor allem davon, wie Männer und Frauen miteinander klarkommen können, als Menschen miteinander klarkommen können. Es geht dabei nie um das Beherrschen oder um die Unterwerfung von Frauen. In diesen Filmen sind die Frauen ebenso klug, witzig und emanzipiert wie die Männer. Wenn die beiden Geschlechter aufeinandertreffen, sprühen die Funken in witzigen, tollen Dialogen. Sie treffen sich als Ebenbürtige und schaffen dabei etwas Drittes, das größer ist als jeder für sich allein. So etwas bewundere ich, ich schreibe ja selbst auch viele Komödien. Diese Herangehensweise versuche ich aber in meiner ganzen Arbeit durchzuziehen. Meine »Vision« von der Beziehung der Geschlechter ist die von zwei Menschen, die sich zu allererst als Menschen und erst an zweiter Linie als Mann und Frau aufeinander beziehen. Na ja, und so etwas passiert in Amerika nicht gerade oft ... (lacht). Natürlich gibt es das auch. Aber über das Gegenteil liest man weitaus häufiger.

Ich gehöre nicht zu den Leuten, die meinen, daß vor der Frauenbewegung alle Frauen hilflose Sklavinnen der Männer waren. In meiner Familie waren die Frauen immer sehr stark, sie haben ihren Mund aufgemacht und die Dinge im Griff gehabt.

F: Aus welcher Art von Familie kommen Sie?

A: Meine Vorfahren waren fast alle Engländer und Iren, wie bei den meisten Amerikanern. Bestimmt gab's darunter auch irgendwo Pferdediebe. Meine Wurzeln liegen im Mittleren Westen, in Nebraska und Missouri. Ich glaube, meine Großmutter war die erste Frau in Nebraska, die Umstandskleider angezogen hat. In den Zwanzigerjahren erwartete man ja von schwangeren Frauen, daß sie gefälligst zu Hause blieben, außerhalb des öffentlichen Blickfeldes, möglichst noch mit einer Decke über dem Schoß ... Aber meine Großmutter kam auf die Idee mit den Umstandskleidern, sie nähte sie selbst und ging damit zu Schlagballspielen. Die ganze Schwangerschaft hindurch spielte sie als *softball pitcher.* Von solchen Frauen stamme ich ab, wen wundert's da ... Wir hatten unsere eigene Frauenbewegung schon vor Generationen, jetzt können wir weitergehen und uns anderen Dingen zuwenden.

F: Sie werden später am Tag an einer Podiumsdiskussion zum Thema »Wirkliche Welt, Fantasy und Science Fiction« teilnehmen. Ist das eine Frage, mit der Sie sich beim Schreiben befassen? Die Frage: Wie stelle ich die Wirklichkeit in meinen Science Fiction-Romanen dar?

A: Also, ich finde die »wirkliche Welt« immer um vieles phantastischer als die phantastische Welt. Meine Romane setzen einiges an historischem Wissen voraus. Fast alle haben diesen oder jenen historischen Hintergrund. Ich finde Geschichte ebenso kompliziert wie faszinierend, es strotzt da von Zufällen, die einem in einem Roman niemand abnehmen würde. Nehmen wir zum Beispiel das Sinken der »Titanic«. Warum wurde das S.O.S.-Signal erst fünf Minuten nach Mitternacht abgesetzt, als der Funker der nur vier Meilen entfernten »California« seinen Dienst gerade beendet hatte? Warum kamen sie nicht fünf Minuten früher drauf? Jeder, der das in einem Roman liest, würde sagen: Das ist aber nun wirklich an den Haaren herbeigezogen ... Geschichte bedeutet für mich Wirklichkeit, und diese Wirklichkeit erscheint mir grenzenlos kompliziert und interessant. Sie ist viel seltsamer als alles, was man in einen Roman packen kann.

Ich glaube, ein Aspekt der Wirklichkeit wird vollkommen vernachlässigt. Die Science Fiction gibt sich meist düster, nur selten stößt man auf kleine Inseln der Heiterkeit, etwa bei Brian Aldiss. Aber im allgemeinen nimmt sich die Science Fiction todernst, viel zu ernst, wie ich meine. Eines weiß ich genau: Die Zukunft wird zum Lachen sein. Warum ich das weiß? Weil die Gegenwart auch zum Lachen ist, und die Vergangenheit war's auch. Die »wirkliche Welt« ist immer voller Komik. Das versuche ich auch in meinen Geschichten zu vermitteln.

Wenn ich eine Verantwortung als Schriftstellerin habe, dann besteht sie nicht gegenüber der Frauenbewegung, dann besteht sie nicht in politischen oder religiösen Bekenntnissen, sondern darin, Selbstgerechtigkeit und Dogmatismus zu geißeln, wo immer ich darauf stoße. Ist es nicht irgendwie komisch — natürlich auch tragisch —, wenn ein Tierschützer sich gegen Tierversuche in der medizinischen Forschung wehrt und dann eine Versuchsklinik in die Luft sprengt, wobei Menschen sterben? Das ist doch lächerlich, wenn nicht humoresk! Leute, die ihre Anliegen todernst nehmen, haben auch etwas Komisches. Nehmen wir ein anderes Beispiel: Walt Disneys »Fantasia« wurde in San Francisco wieder mal gezeigt. Umweltschützer protestierten dagegen, weil Micky Mouse in der Zauberlehrling-Szene aus Versehen den Besen in Marsch und alles unter Wasser setzt. Sie nahmen Anstoß daran, daß unser kostbares Wasser verschwendet wird. Sie haben anscheinend nicht einmal gemerkt, daß es kein wirkliches Wasser war, sondern die Animation eines Zeichentrickfilms. Mit solchen Sachen machen sie sich selbst einfach lächerlich, so etwas ist lächerlich und zum Lachen. Ich fühle mich verpflichtet, so etwas der Lächerlichkeit preiszugeben, und das tue ich auch. Sehr oft. Sehr oft gerate ich dadurch auch in Schwierigkeiten, weil mir vorgeworfen wird, die Frauenbewegung damit zu untergraben, die Bewegung zum Umweltschutz damit zu untergraben. Ich selbst finde das nicht. Ich finde, wenn man die Auswüchse einer Bewegung aufzeigt, zerstört man sie nicht, sondern man hilft sie verbessern.

F: Vielleicht braucht man diese Art von Humor, diesen Anti-Dogmatismus, um zu schreiben, was man »wirklich denkt« — wie Sie es gestern in einer Diskussion ausgedrückt haben. Sie haben dabei zwischen »denkenden Schriftstellern« und solchen Autoren unterschieden, die schreiben »was sie wirklich denken«. Was genau meinen Sie damit?

A: Wäre dies eine andere Art von Interview, dann würden Sie mich möglicherweise fragen: Was sind Ihre religiösen Überzeugungen? Wo stehen Sie politisch? Was halten Sie vom Umweltschutz? Und ich könnte Ihnen darauf Antworten geben. Intellektuell durchdachte Antworten, gesteuert von meinem Gehirn und von meinem Bewußtsein. Aber ich glaube, es gibt noch eine tiefere Ebene des Denkens.

Wenn man eine Geschichte schreibt, zielt man darauf ab,

die bewußte Ebene hinter sich zu lassen und das Unbewußte sprechen zu lassen. Das, was man nicht denkt, sondern fühlt. Manche Leute sagen: Wir sollten keine Schriftsteller sein, wenn wir nichts zu sagen haben. Das finde ich ganz falsch, denn Schreiben ist für mich keine bewußte Stellungnahme. Ich habe nichts zu sagen. Als ich mit dem *»Doomsday Book«* begann, habe ich mir nicht gesagt: Also, diese Botschaft will ich mit diesem Buch vermitteln. Ich hatte viel Furchtbares über den Schwarzen Tod im Mittelalter gelesen und fragte mich: Was für ein Gefühl mag das sein, wenn man das Ende der Welt auf sich zukommen sieht? Wenn man es nicht aufhalten kann und seine Ursachen nicht kennt? Man zerbricht daran, man macht jeden dafür verantwortlich, der zufällig in Sichtweite ist oder als »anders« gilt. Man gerät in Panik, aber die Panik hilft nichts. Man wendet sich der Kirche zu, aber die Kirche hilft nicht. Was soll man also tun? Man flieht, und das Ende der Welt bleibt einem auf den Fersen.

Ich fange also nicht mit einer Feststellung an, sondern mit Fragen. Warum ist das passiert? Warum hat Gott keinen Finger gerührt, um das zu beenden? Wie war den Menschen dabei zumute? Wie würde sich ein Mensch der Moderne in einer solchen Situation verhalten? Einer, der weiß, was die Pest ist und was man dagegen tun kann, aber keinen Zugang zu den Heilmitteln hat? Wie würde der sich dabei fühlen?

Ich stelle mir am Anfang alle diese Fragen, dann schreibe ich das Buch. Wenn ich am Ende angelangt bin, habe ich dem Leser möglicherweise etwas vermittelt. Aber das ist nicht mein Hauptziel. Mein Hauptziel ist, daß ich selbst dabei etwas lerne. Was sind meine Anschauungen über Religion, über das Mittelalter, über den Schwarzen Tod und seine Bedeutung? Ich gebe mir selbst Lektionen, und das sind keine Lektionen, die man auf ein religiöses, politisches oder soziales Dogma begrenzen kann. Es sind Lektionen, die mit Emotionen und wahrem Verstehen zu tun haben.

Ich bin Kirchenmitglied und gläubige Christin, aber ich muß dort hingehen, wo die Geschichte mich hinführt. Wenn sie mich zum Atheismus führt, wenn sie mich ernsthaft an allem zweifeln läßt, das ich jemals geglaubt habe muß ich ihr trotzdem folgen. Wenn ich das nicht tue, bleibe ich der rein intellektuellen Ebene verhaftet. Das ist für mich kein Schreiben.

F: Ist es Ihnen schon passiert, daß Sie Ihre Auffassungen während des Schreibprozesses geändert haben?

A: Aber klar doch. Aber was noch viel erstaunlicher ist: Bei meinen Büchern schreibt das Unterbewußte oft direkt mit. Als ich *»Doomsday Book«* schrieb, wollte ich über das Mittelalter schreiben, über die Pest und darüber, wie die moderne Welt auf eine solche Epidemie reagieren würde. Ich wollte die Geschichte einer Rettung schreiben, und das tat ich auch. Aber als ich am Ende meiner 900 Seiten angekommen war, machte ich eine merkwürdige Feststellung: Die Struktur des Buches verdoppelte Erfahrungen, die ich als Kind gemacht hatte. Das waren noch nicht mal sehr dramatische Erfahrungen. Aber ich fand sie alle in diesem Buch wieder. Die Vorstellung, ganz allein zu sein und eine bestimmte Situation bewältigen zu müssen, Verantwortung für Kinder tragen zu müssen, obwohl man selbst noch ein Kind ist etc.

In meiner Kindheitserfahrung spielt eine Uhr eine große Rolle, ich hatte die Uhrzeit falsch gelesen, das war für alles weitere entscheidend. Ich hatte die Situation falsch interpretiert. Ich hatte nach Hilfe gerufen und die Möglichkeit der Hilfe abgeschnitten. Das alles fand ich in meinem Buch. Ich selbst hatte dieses Buch geschrieben, mein Unterbewußtsein hatte mit demselben Stoff fleißig ein ganz anderes Buch geschrieben. Das fand ich großartig: Ich war also gar nicht für alles verantwortlich, was im Buch stand! Ich hatte etwas erfahren, das ich vorher gar nicht wußte. Das ist ein Antrieb für mein Schreiben. Natürlich passiert das nicht bei jeder Geschichte. Aber wenn es passiert, macht es Spaß und gleichzeitig Angst. Man fragt sich selbst: Wer hat hier das Ruder in der Hand? Ich mag es nicht, wenn man mir das Ruder aus der Hand nimmt …

F: Solche Erfahrungen geben einen guten Stoff für Horror-Romane ab. Stephen King hat dieses »Zweigeteiltsein« des Schriftstellers beim Schreiben beispielsweise in »Stark — The Dark Half« thematisiert …

A: Ja, genau.

F: Zu einem ganz anderen Thema: Gestern wurde während einer Podiumsdiskussion Bezug genommen auf die sogenannte Kontroverse zwischen Cyberpunks und »Humanisten« in der Science Fiction. Welche Rolle haben Sie selbst dabei gespielt?

A: Na ja, die Cyberpunks haben früher ziemlich viel über mich geschrieben, weil sie mich nicht mochten. Ich stand scheinbar für all das, was sie in der Science Fiction nicht wollten. Ich glaubte nicht an eine supertechnologische Zukunft. In meinen Geschichten konzentrierte ich mich auf die handelnden Personen, Charaktere. Es stimmt, daß die Cyberpunks und ich unterschiedliche Auffassungen haben. Sie glauben, über die Zukunft zu schreiben, eine wirkliche Zukunft vorwegzunehmen. Ich bin mit Bruce Sterling gut befreundet, und mir scheint, er sagt genau das.

Ich glaube nicht, daß die Science Fiction von der Zukunft handelt. Ich glaube, sie handelt von uns. Ich glaube auch nicht, daß mein Schreiben über die Vergangenheit von der Vergangenheit handelt. Alles dreht sich um die Gegenwart. Das ist der wesentliche philosophische Unterschied zwischen mir und den Cyberpunks.

Aber diese Kontroverse wurde einfach hochgepuscht, damit es in der Science Fiction was zu reden gab. Das war interessant, denn die Medien berichteten darüber, und ich hatte keinen dieser Leute persönlich kennengelernt. Als ich Bruce Sterling dann traf, mochte ich ihn auf Anhieb, er ist ein großartiger Mensch. Und ich glaube, er mochte mich auch, gegen seinen Willen, schließlich war ich ja so etwas Ähnliches wie der »Antichrist« und er hätte mich verachten sollen.

Schließlich sagte er: »Ich war immer der Meinung, daß du keine Ahnung davon hast, was du eigentlich machst. Jetzt glaube ich, daß du weißt, was du tust — obwohl ich es immer noch total ablehne!« (lacht) Das ist bestimmt das Beste, was ich von Bruce zu diesem Thema jemals zu hören kriege!

Die Begegnung war interessant. Nachdem wir uns alle persönlich kennengelernt und auf Schriftstellerkonferenzen zusammengearbeitet hatten, löste sich die Kontroverse auf dem Papier so ziemlich in Luft auf. Wir haben wohl einfach entdeckt, daß wir alle auf demselben Gebiet und mit ähnlichen Zielsetzungen arbeiten. Es gab eigentlich keine richtige Kontroverse. Vielleicht irre ich mich da, aber ich habe sehr herzliche Beziehungen zu Bruce Sterling und Lewis Shiner und vielen anderen Leuten, die für all das Geschriebene verantwortlich zeichneten.

An Science Fiction-Literatur habe ich immer geschätzt, daß sie allem und jedem Raum bietet, Raum für Experimente, für stilistische Vielfalt, für verschiedene Auffassungen. Das Genre ist auch heute noch nicht einfach bestimmt von Marktinteressen. Hier liegt ein großer Unterschied zu den *romances,* die ja früher durchaus Niveau haben konnten. Ernsthafte Schriftstellerinnen wie Daphne du Maurier haben *romances* geschrieben. Später wurden solche Autorinnen aus diesem Genre abgedrängt, es wurde alles total standardisiert. Nach dem Schema: erster Kuß auf Seite 36, das Mädchen muß Jungfrau sein, der Mann groß und blond etc. Das schematisierte Schreiben hat meiner Meinung nach das Genre total kaputtgemacht. Das Zeug wird verkauft wie Popcorn, man vergißt es auch sofort wieder, wenn man es konsumiert hat.

Science Fiction ist da ganz anders. Wenn man sagt, Science Fiction muß so und so sein, zum Beispiel Cyberpunk, dann ist das einfach dumm. Warum kann nicht ganz Unterschiedliches nebeneinander existieren? Mir geht es einfach um Folgendes: Ich versuche nicht, die Zukunft vorherzusagen. Ich sehe lediglich bestimmte Entwicklungstendenzen, die — sofern sie sich durchsetzen — unsere Zukunft bestimmen werden. Meine Zukunftsszenarien können sich auch wechselseitig ausschließen, und ich habe damit keine Probleme.

Die Cyberpunks sind mit Raymond Chandler, Dashiel Hammett und den *hard boiled detectives* aufgewachsen. Daher kommt es wohl auch, daß bei ihnen die *toughness* so hoch rangiert. Für die harten, ausgekochten Geschichten brauchen sie Akteure, die zumindest nach außen hin gemeine Sachen sagen und tun. Ich glaube aber nicht, daß man es unbedingt so machen muß. Man kann so etwas auch im Subtext entwickeln. Eine Geschichte, die auf den ersten Blick heiter zu sein scheint und von vollkommen netten Menschen handelt, kann unterschwelligen Biß haben. So etwas gefällt mir.

F: Eher leicht und mit märchenhaften Elementen ausgestattet ist Ihr »Abenteuer-SF-Roman« *Light Raid,* der sich ja an ein junges Publikum richtet. Wie schon *Water Witch* zuvor, haben Sie auch diesen Roman gemeinsam mit Cynthia Felice geschrieben. Wie sieht die Zusammenarbeit in der Praxis aus?

A: Wir erzählen den Leuten gern, daß Cynthia die Verben und Substantive schreibt, und ich die Adverbien … (lacht). Wir haben uns bei Schriftstellerkonferenzen angefreundet. Es gibt hier ein sehr dichtes Kommunikationsnetz unter den Autoren, wir knüpfen es über die Konferenzen und Seminare. Gemeinsam kam uns beiden die Idee, einen leichten Roman für Jugendliche zu schreiben, eine Mischung aus Science Fiction, Abenteuer und Fantasy. Die Arbeitsweise bei unseren letzten beiden Büchern — im Moment arbeiten wir an einem neuen Projekt — lief folgendermaßen ab: Am Anfang brüten wir Ideen aus. Bei Spaziergängen und beim Kaffeetrinken versuchen wir das Grundgerüst der Handlung zu entwickeln. Eine von uns übernimmt dann das erste Kapitel. Die andere liest es gegen, und umgekehrt. Nach dem fünften Kapitel stellen wir dann meistens fest, daß wir den Faden total verloren haben (lacht). Dann treffen wir uns wieder und fangen noch mal an … Es ist komisch bei der »Halbzeit« geht dann alles wie von selbst, wir müssen nicht mal mehr die Kapitel der anderen gegenlesen. Allerdings müssen wir dann meistens die erste Buchhälfte überarbeiten, damit alles zusammenpaßt.

Ich arbeite sehr gern mit Cynthia zusammen, nicht nur, weil wir so gut befreundet sind. Wenn man in seinem eigenen Buch ein fürchterliches Durcheinander hat, muß man ganz allein ans Aufräumen gehen. Aber hier gibt man es einfach der anderen weiter und sagt: Kümmer dich bitte darum. Wenn wir gemeinsam schreiben, schreiben wir ganz anders als jede für sich allein. Cynthia schreibt wissenschaftlich fundierte, harte Science Fiction, feministische Science Fiction-Abenteuerbücher, die auf anderen Planeten spielen. Sie interessiert sich sehr für die Raumfahrt etc. Ich dagegen schreibe natürlich sehr viele bizarre Sachen. Und nur, wenn wir zusammen schreiben, schreiben wir so etwas wie zum Beispiel *Light Raid.*

F: An was arbeiten Sie im Moment?

A: Ich erhole mich immer noch vom *Doomsday Book,* daran habe ich ja fünf Jahre lang gearbeitet. Das Buch hing mir wie ein Mühlstein um den Hals, es war ein tolles Gefühl, als ich ihn endlich loshatte. Danach habe ich erst einmal Kurzgeschichten geschrieben, was ich immer sehr gern tue. Cynthia Felice und ich haben einen neuen Roman in Arbeit. Er heißt *With this Planet.* Eine junge Frau landet auf einem Planeten, um das Erbe ihrer Mutter anzutreten und Land in Besitz zu nehmen. Sie muß entdecken, daß sie wegen der merkwürdigen Eigentumsgesetze auf diesem Planeten mit dem Miteigentümer des Grund und Bodens verheiratet ist — eine leichte, romantische und humorvolle Geschichte.

Ich arbeite darüber hinaus im Alleingang an einem Roman, der im selben Universum angesiedelt ist wie das *Doomsday Book.* Es ist aber kein Fortsetzungsroman. Er spielt auch wieder an der Universität Oxford, wo man Zugang zu Zeitreisen hat und Historiker zur Feldforschung in die Vergangenheit schickt. Im Grunde ist es die komödiantische Kehrseite von *Doomsday Book.* Ein Historiker, der zu viele Zeitreisen hinter sich hat, hat so etwas wie ein »jet lag«, ein »time lag«. Er ist wirklich fertig. Man schickt ihn also auf Erholungsurlaub ins Viktorianische England, denn das gilt als ruhig und beschaulich. Aber das ist es natürlich nicht. In der Geschichte kommen auch eine Bulldogge und eine Katze direkt aus der Hölle vor. Ich habe eine Katze und eine Bulldogge. Der Hund ist ein wahrer Heiliger, der sein Bestes tut, um mit der Katze auszukommen. Die Katze tut ihr Bestes, um ihn im Schlaf umzubringen. Sie ist noch so ein kleines Kätzchen, aber furchtbar gemein zu ihm.

Darüber hinaus kommen in dem Roman viele exzentrische Oxford-Professoren vor, eine Frau aus der viktorianischen Mittelklasse, die sich für Spiritualismus und Tischerükken interessiert etc. Ich habe in das Buch so ziemlich alles gepackt, was mir gerade einfiel, das Schreiben macht großen Spaß. Wie gesagt, Geschichte ist ja nicht nur tragisch, sondern auch komisch. Zwischen der Viktorianischen Zeit und unserer Gegenwart sehe ich viele Parallelen. Auch wir moralisieren viel und sind selbstgerecht.

F: Haben Sie William Gibsons und Bruce Sterlings »Differenzmaschine« gelesen? Den beiden scheint die Viktorianische Zeit auch viel Spaß gemacht zu haben ...

A: Ja, ein tolles Buch, nicht wahr? Ich fand die Idee glänzend. Man kann ja in rationalen Begrifflichkeiten kaum erklären, welchen Einfluß Computer auf unsere Gesellschaft haben, daß sie unsere Gesellschaft, so wie wir im Moment hier zusammensitzen, im Grunde überflüssig machen. Die Idee, Metaphern zu verwenden und die Gedanken in die Begrifflichkeiten der Viktorianischen Zeit zu übersetzen, war perfekt. Das Viktorianische Zeitalter ist eine sehr komische Epoche, finde ich. Es ist eine Zeit großer Ernsthaftigkeit und Selbstgerechtigkeit, folglich auch eine komische Zeit. Mit meinem neuen Buch werde ich bestimmt viel Spaß haben. Außerdem wollte ich meine Bulldogge immer schon mal in einem Buch verewigen. Er hat diese wundervollen Charakterzüge eines Heiligen, und sie liefern ihn den Katzen aus. Bulldoggen sind wahre Persönlichkeiten, jeder ahnt, daß sie keine Hunde sind.

F: Vielen Dank und viel Spaß beim Schreiben!

INTERVIEW

Superstrings und mystische Spaghetti

Ein Gespräch mit Ian Watson

von Doris Dreßler, Hartmut Klages und Christian Mathioschek vom Aktionskreis Fantastik

F: Paul J. McAuley hat in »Foundation«, Nr. 51, Deinen neuen Roman »Die Fliegen der Erinnerung« als Hard-SF-Roman gekennzeichnet. Er empfand ihn als Rückkehr eines Autoren dieser Richtung in seine Heimat.

Würdest Du Dich selber als Hard-SF-Autor bezeichnen? Wenn ja, warum?

A: Eher als Soft-Hard-SF-Autor, da in meinen Büchern Themen wie Sprachwissenschaft, Gesellschaftswissenschaften oder die Psychologie Außerirdischer vorherrschen. Darüber hinaus bin ich in ihnen zu den Sternen und anderen Planeten vorgedrungen. Dabei versuche ich die dabei angewandte Technologie richtig oder wenigstens nicht falsch zu schildern.

In »Die Fliegen der Erinnerung« reisen die Hauptpersonen zum Mars, so daß ich bei der Schilderung des Fluges schon darauf geachtet habe, ein glaubwürdiges Raumschiff mit Raketentriebwerken zu verwenden. Für die Schilderung der Geschehnisse auf dem Mars selber habe ich z. B. Ben Bova befragt, wie man München mit einer Kuppel überspannen könnte, welches Material dazu und zum Transport in einem nicht ganz so großen Raumschiff geeignet wäre.

In diesem Sinne bin ich an einer glaubwürdigen wissenschaftlichen Darstellung interessiert, aber dieses Interesse ist nur oberflächlich. Ich bin eher an der Hinterlassenschaft Adolf Hitlers interessiert, als daran, wie man den Mars kolo-

Ian Watson *Copyright © Foto by Wolfgang Jeschke, Wörlham Archiv*

nisieren könnte. Aber ich glaube nicht, daß ich wissenschaftlich nicht haltbare Vorstellungen in meine Romane einbaue.

Es ist aber wohl auch nicht nötig, ständig den allerneuesten Entwicklungen in der Wissenschaft auf der Spur zu bleiben, da sich dort noch vieles ändert. Ein gutes Beispiel ist Stephen Hawkings Theorie winzigster Schwarzer Löcher, die bei der Entstehung des Universums entstanden seien. Anderthalb Jahre lang haben SF-Autoren daraufhin Geschichten geschrieben, in denen diese Gebilde als Antriebssysteme oder Müllschlucker genutzt werden. Und dann beendete Hawking seinen Satz mit der Bemerkung, daß sie leider bereits nach dem hundertbillionsten Teil einer Sekunde wieder zerfallen würden. Für diesen Zeitraum kann man kaum eine vernünftige Handlung entwickeln. Die aktuellen Theorien über Superstrings und Verknäuelungen zu verfolgen, ist möglicherweise nicht notwendig. Vielleicht entpuppen sich die Superstrings als mystische Spaghetti.

Die Physik besteht zudem zum großen Teil aus Mathematik eine Sprache, die ich nicht verstehe. Deshalb benutze ich Wissenschaft neben der korrekten Wiedergabe grundsätzlicher Tatsachen und Technologien fast ausschließlich als Metapher. Hugo Gernsback hat versucht, seinen Lesern beizubringen, wie sie Radios zusammenbauen können und wie sie funktionieren. Ich versuche, meinen Lesern zu vermitteln, wie ihr Geist aufgebaut ist.

F: Sowohl in der »Yaleen«-Trilogie als auch in »Die Fliegen der Erinnerung« schreibst Du von einer Kraft, die die Realität zusammenhalte, die Du als Erinnerungsfeld des Universums bezeichnest. Gibt es dafür einen wissenschaftlichen Hintergrund?

A: Nein, das Konzept stammt eher aus der islamischen Philosophie des Mittelalters, hauptsächlich aus der Sufi-Lehre. Allerdings haben sie viele heutige wissenschaftliche Vorstellungen vorweggenommen.

Meine Ideen kommen meist aus der Philosophie. Grundsätzlich interessieren mich mystische Interpretationen wissenschaftlicher Erkenntnisse, aber die meisten sind einfach dumm. Es sind optimistische, blauäugige und sentimentale

Dummheiten. Ich greife die Gedanken über das Universum, Allah und die Natur unseres Daseins auf und bündle sie zu Spekulationen, die im Lichte der heutigen wissenschaftlichen Theorien möglich scheinen.

Tatsächlich wissen wir nicht viel über den Aufbau des Universums und warum es überhaupt existiert. In Großbritannien wurde vor ein paar Jahren ein Buch mit dem Titel »The Encyclopedia of Ignorance« veröffentlicht. In ihm standen viele Beiträge, die verdeutlichten, wieviel und was wir alles *nicht* wissen. Wie ist das Universum z. B. entstanden? Was bedeutet es, wenn man davon spricht, es sei durch Fluktuation zum Ausbrechen einer Art Quelle gekommen? Selbst im Nichts, dem absoluten Vakuum, sind gewaltige Energien enthalten. Erklärungen in der Sprache der Mathematik gibt es zwar, aber ich verstehe sie nicht. Statt dessen schreibe ich mit und über Metaphern. Die Wahrheit in Bildern auszudrücken, ist erstens sehr angenehm und führt zweitens zu bleibenden Eindrücken. Romane, Erzählungen und Essays bestehen nun einmal aus Metaphern, darum gibt es auch Charaktere in ihnen und nicht nur Behauptungen, Gleichungen und Beweise. Auch die Personen sind Metaphern, sie sind keine wirklichen Personen, sie stehen für das menschliche Dasein. In Romanen entsprechen die Dialoge nicht den in der Realität vorkommenden Gesprächen, in ihnen wird nur so getan, um die Leser zu überzeugen. Menschen reden nicht so wie in Romanen. Die Personen und Dialoge sind in der Prosa Metaphern. Auf ähnliche Weise ist die in meinen Romanen geschilderte Wirklichkeit ebenfalls eine Metapher, dafür gibt es sie ja.

F: Aber Science Fiction beschäftigt sich im allgemeinen mit Phänomenen, während Du sagst, Deine Bücher seien von philosophischen Gedanken beeinflußt. Das aber macht Literatur aus, Metaphern sind Literatur. Also schreibst Du keine Science Fiction, wie sie noch in den Sechzigern üblich war.

A: Ja. Die Science Fiction gab damals vor, zukünftige Realität abzubilden. Es sollten wirkliche Reisen, wirkliche Planeten und wirkliche Raumschiffe sein.

Wenn ich über den Besuch eines anderen Sonnensystems

oder einer anderen Welt schreibe, geht es natürlich nicht um die Beschreibung unmöglicher Welten. So eine Welt ist als Metapher wichtig, es geht mir um Gedankenspiele in Bildern. Sonst schriebe ich ein langweiliges Buch über die mögliche Kolonisierung des Mars.

Nicht, daß wir uns falsch verstehen: Ich bin davon überzeugt, daß wir zum Mars fahren und ihn kolonisieren sollten. Aber dafür braucht es speziell ausgebildete, langweilige Leute. Die müssen dann die Kuppeln bauen, die in der SF üblich sind, zuletzt in dem Film ›Total Recall‹. Sie wären schon eine Art Abenteurer, die aber gleichzeitig einfältig und geduldig wären. Wir kämen dann nach, um in den Städten zu leben und die Zivilisation einzubringen.

Ich werde nicht über Bergmänner im Asteroidengürtel schreiben, um andere Leute dazu zu ermuntern, so was zu werden. In der sowjetischen SF gab es wohl einiges in dieser Richtung: »Laß uns die Traktoren einpacken, zum Asteroidengürtel spazieren und eine Kolchose errichten.« Aber das wird sich jetzt ändern.

Ich denke, daß die Menschheit untergehen wird, wenn wir die Erkundung des Weltraums nicht weiterbetreiben und dort die Sonnenenergie und die Bodenschätze der Asteroiden nicht ausnutzen. Wir haben lediglich 200 Jahre Zeit, bis die letzten Energiereserven der Erde verbraucht sind, und 100 Jahre davon sind bereits verstrichen. Sollten wir diese Chance nicht nutzen, verkümmern wir hier.

F: Wolfgang Jeschke sagte in seiner Ehrengastrede letztes Jahr in Den Haag dasselbe.

A: Er hat recht. (Pause) Trotzdem würde ich keine Propagandabücher verfassen, um diesen Gedanken zu verfechten.

Wenn man in ein wirkliches Raumschiff ein Loch bohren würde, wäre man sehr schnell tot. Das wäre auch in meinen Büchern so. Aber darüber hinaus gibt es z. B. in »Die Fliegen der Erinnerung« Charaktere, die ihren Geist von einem Raumschiff zum anderen teleportieren. Ich glaube nicht, daß das momentan möglich wäre, ich habe es als Metapher für die Natur der Realität eingesetzt. In diesem Roman geht es um den Zusammenhang zwischen Bewußtsein und Realität sowie die Frage, wie stabil das Universum ist. Zu Beginn war es jedenfalls nicht sehr stabil, es ist ja aus dem Nichts entstanden. Warum soll dann nicht alles mögliche aus dem Nichts entstehen können?

Kürzlich habe ich etwas gelesen, das mich sehr interessiert hat, nämlich, daß es durchaus nackte Singularitäten geben könnte. Eine nackte Singularität wäre ein Schwarzes Loch ohne Ereignishorizont.

Normalerweise brechen Sterne zu einem Schwarzen Loch zusammen und sind dann von einem Ereignishorizont umgeben, in dem die Schwerkraft so ungeheuerlich groß ist, daß selbst das Licht wieder zurückgekrümmt wird. Da kein Licht herauskommt, kann man nicht erkennen, was hinter dem Ereignishorizont vor sich geht.

Eine spindelförmige, nackte Singularität wäre mit dem Universum verbunden, und aus ihr könnte alles mögliche in unser Universum hineinkommen. Neuere Theorien gehen davon aus, daß unser Universum auch nackte Singularitäten beheimaten könnte. Selbst wenn es nur eine einzige gäbe, wäre die zukünftige Entwicklung des Universums nicht vorauszusagen. Glücklicherweise leben wir in den unerforschten Einöden eines abgelegenen Ausläufers des westlichen Spiralarms der Galaxis, denn sonst hätten wir uns nicht entwickelt, wir wären von Supernovas und der kosmischen Strahlung ausgelöscht worden. Das Universum enthält so große und ungewöhnliche Objekte, daß sie unsere Vorstellungen von der Wirklichkeit aushebeln können.

Solche Erkenntnisse regen mich sehr an.

Gleichzeitig glaube ich aber, daß Jerry Pournelle so bald wie möglich starten soll, um den Weltraum zu erobern.

F: Bei den Charakteren in Deinen Büchern hat sich z. B. in »Die Fliegen der Erinnerung« und in der »Yaleen«-Trilogie etwas geändert: In letzter Zeit sind es zumeist Frauen.

A: So ist es.

F: Wieso hat sich das geändert?

A: Hier drückt sich wohl der weibliche Teil in mir in den Personen aus, über die ich schreibe. Je älter ich werde, desto weiblicher werde ich.

F: Erik Simon sagte gestern abend, es gäbe Unterschiede im Aufbau des Gehirns zwischen Frauen und Männern. Er erklärte, Männer würden vieles ausprobieren, Frauen dagegen nicht. Sie wären eher ruhig und ausgeglichen. Glaubst Du, daß es Unterschiede gibt?

A: Tjaaaa ... Ich denke, daß es wahrscheinlich mehr Unterschiede zwischen Japanern und Deutschen als zwischen Männern und Frauen gibt. Zwischen verschiedenen Volksgruppen gibt es im allgemeinen mehr Unterschiede als zwischen Frauen und Männern.

Natürlich gibt es objektive biochemische Verschiedenheiten, aber wir kommen fast gleich auf die Welt und durch einige chirurgische Eingriffe können wir uns ineinander verwandeln. Frauen werden ja auch zu Frauen und Männer zu Männern konditioniert. Die Unterdrückung beginnt mit der Erziehung und setzt sich in der Sprache, der Kultur und allem anderen fort.

Ihr habt die Frage gestellt, ob Frauen etwas erfunden haben, nicht wahr? Gibt es berühmte Malerinnen? Wenn man hinter die offizielle Geschichtsschreibung schaut, kann man sicher viele Bücher über Künstlerinnen schreiben, aber sie waren meistens nicht sehr bemerkenswert. Warum ist das so?

Sie sind vor allem gesellschaftlich nicht anerkannt worden. Aber gute Schriftstellerinnen gab es z. B. im neunzehnten Jahrhundert: George Eliot, Jane Eyre und Charlotte Bronte. Na ja, Jane Eyre eher doch nicht. Als Autorinnen sind Frauen sicher ebenso gut wie Männer, in Büchern geht es nun einmal um alle Aspekte des Lebens.

In der Wissenschaft wiederum werden Frauen nach wie vor unterdrückt. Für die Entdeckung der Doppelhelixstruktur der DNS wurden lediglich Watson und Crick berühmt und geehrt — es war aber eine Frau, die am Elektronenmikroskop in Cambridge gearbeitet und die entscheidenden Hinweise gegeben hat. Ich meine, daß sie den Nobelpreis ebenfalls verdient hätte; ihren Namen weiß ich jetzt aber auch nicht. Dies ist eine Art der Unterdrückung.

Ich habe nicht gehört, was Erik gestern gesagt hat, war es

wirklich Erik? — Er sollte das als jemand, der in einer sozialistischen oder marxistischen Gesellschaft erzogen wurde, nicht behaupten.

F: Ja, wir waren ebenfalls überrascht.

A: Vielleicht ist es ein Zeichen für die Situation der osteuropäischen Völker, daß sich das Denken jetzt in ganz verschiedene Richtungen entwickelt.

F: Du hast Dich auf die Sufi-Lehren bezogen. Bist Du an »New Age« interessiert? Hat das überhaupt etwas damit zu tun?

A: Was meint ihr mit »New Age« etwa diese Verbindung von Aberglauben und Unsinn?

F: Ja.

A: Mich interessieren die Philosophen, die bereits vor ungefähr fünfhundert Jahren in diese Richtung gedacht haben. Dieses »New Age« ist lediglich eine kitschige Kaleidoskopversion des alltäglichen Aberglaubens.

F: Kennst Du das Buch »Der Name der Rose«?

A: Sicher, ich bete es an. »Foucaults Pendel« mochte ich nicht so sehr, ich habe es nicht einmal ganz gelesen. Vielleicht starte ich aber noch einen Versuch.

F: »Foucaults Pendel« durchleuchtet auch die SF-Szene, ohne sie beim Namen zu nennen.

A: Ja, das habe ich wahrscheinlich auch bemerkt. Aber »Der Name der Rose« ist ein großartiges Buch. Ich liebe und bewundere es, werde es auch noch einmal lesen.

F: Wenn Du die Zeit findest.

A: Wenn ich die Zeit finde, ja. Aber ich werde sie mir nehmen. Es ist eines der ganz großen Bücher.

F: Nun zu Deinem politischen Engagement. »The Power« wurde offensichtlich als Antwort auf die Stationierung amerikanischer Cruise Missiles und Raketen auf britischem Boden geschrieben. Mit dem Zusammenbruch des Warschauer Paktes hat sich inzwischen vieles verändert. Würdest Du einen ähnlichen Roman heute noch schreiben?

A: Wahrscheinlich nicht. Möglicherweise muß ich sogar eines Tages einen Roman schreiben, in dem ich mich für die Stationierung amerikanischer Truppen in Europa ausspreche, um chaotische Zustände im Gefolge der möglichen sowjetischen Bürgerkriege zu vermeiden. Dort herrscht momentan große Verwirrung.

In »The Power« habe ich angeprangert, daß die amerikanischen Militärbasen ohne die Zustimmung der Bevölkerung oder auch nur des Parlaments eingerichtet wurden. Plötzlich waren sie da. Sie stehen nicht unter der Kontrolle der britischen Regierung. Im Grunde ist Großbritannien ein großer Flugzeugträger, von dem aus die Amerikaner unter Umständen Weltkriege auslösen könnten.

F: Tatsächlich?

A: Ja, ja. Nun, die Cruise Missiles sind wir inzwischen los, sie werden durch andere Systeme ersetzt. Die Geschützstellungen werden lediglich ausgetauscht. Ich habe nichts gegen Amerikaner, einige meiner besten Freunde sind Amerikaner. Hier geht es allerdings um Souveränität. Eigentlich sollte ich dieses Wort gar nicht erwähnen, denn die lumpige Thatcher hat auch immer von Souveränität gesprochen. Ich glaube nicht, daß nationale Souveränität Sinn macht, ich denke viel internationaler, Souveränität ist grober Unfug. Jugoslawien zerfleischt sich gerade in viele kleine souveräne Staaten. Aus dieser Lage läßt sich nichts vorhersagen.

F: Bist Du noch in der CND-Bewegung aktiv?

A: Nicht mehr aktiv. Die Mitgliederzahlen der CND sind in letzter Zeit gesunken. Ganz offensichtlich war die Entwicklung und Stationierung der Atomwaffen keine sonderlich gute Idee. Ich war lange Zeit engagiert und kandidiere nach wie vor für Labour, lasse das aber vielleicht bald fallen. In den öden Jahren der Thatcher-Regierung habe ich für sozialistische Ideen gekämpft, als die Labour-Partei fast verschwunden wäre. Aber jetzt kommen die halbherzigen Sozialdemokraten wieder zum Vorschein, die Labour damals den Rücken gekehrt haben, und nun hoffen, daß sie die nächste Wahl gewinnen. Die dürfen bei den anstehenden Wahlkämpfen die Klinken putzen. Ich glaube, zehn Jahre politische Aktivität sind ausreichend. Wenn ich gewählt worden wäre, sähe das natürlich anders aus, ich hätte keine Zeit gehabt zu schreiben.

F: In Deiner Freizeit arbeitest Du außerdem für die Zeitschrift »Foundation«?

A: Ja, in der Freizeit. Was ist Freizeit? Es ist die fünfundzwanzigste Stunde meines Arbeitstages.

Nein, im Ernst: tatsächlich arbeite ich gar nicht so viel, ich schreibe nur vormittags von sieben bis zwölf Uhr. Dann trinke ich etwas.

Ich denke mir, daß ich nicht zu hart arbeiten sollte. Bis tief in die Nacht hinein vor dem Computer zu sitzen, würde mir im Traum nicht einfallen. Ich weiß von einigen Autoren, daß sie sich für zwei Wochen einschließen, um ein Buch zu schreiben.

Für meine Bücher brauche ich Monate, selbst für die Bücher vom Games Workshop.

F: Für die hast Du Bücher geschrieben?

A: Ja, sogar zwei. Oh, das wißt ihr nicht.

Nun, David Pringle, der Herausgeber von »Interzone«, überzeugte Games Workshop, eine von ihm herausgegebene Buchreihe zu veröffentlichen. Er überzeugte einige britische SF-Autoren, die Romane zu schreiben, u. a. Brian Stableford, Kim Newman, David Garnett und mich.

Die anderen haben das Mittelalter aufgegriffen und in eine düstere Staffage gepackt, um die Regelbücher nicht lesen zu müssen.

Dafür, daß ich an der Reihe mitarbeite, ist eigentlich H. G. Wells verantwortlich. Auf den Klappentexten einiger meiner Taschenbücher werde ich mit ihm verglichen: »In seiner Erfindungskraft und in seiner Ungeduld ähnelt Ian Watson H. G. Wells.« Und Wells war es schließlich, der die heutigen Abenteuerspiele begründete, wußtet Ihr das?

F: Nein.

A: Hat er aber. Zu Beginn dieses Jahrhunderts beschäftigte er sich mit Kriegsspielen und entwickelte dazu Regeln. Er schrieb einige Artikel zu diesem Thema, die 1913 in dem Band »Little Wars« gesammelt vorgelegt wurden. Das Buch zeigt auch, wie sein Autor sich verändert hat, während er sich mit Kriegsspielen beschäftigt hat. Es ist ein Buch für Jungen zwischen 12 und 150 Jahren sowie diese Art intelligenter

Mädchen, die sich für die Spiele und Bücher der Jungen interessieren.

Ein Abenteuer in »Little Wars« heißt »Die Schlacht bei Hooks Farm«. Bei »Warhammer« heißt ein Kampf »Die Schlacht um die Farm« und schaut auf der Abbildung genauso aus, wie Wells es beschrieben hat. Der Vergleich mit und mein Interesse an H. G. Wells sind die Gründe für meine Verbindung zu Games Workshop.

Ich schrieb den Roman »Inquisitor«, eine barocke, kranke, verrückte und sehr unwahrscheinliche Version von Heinleins »Sternenkrieger«. Einen weiteren, »Space Marine«, habe ich vor kurzem abgeliefert. In ihm habe ich zwischen den Zeilen Homosexualität aufgegriffen, die von Games Workshop nicht gern gesehen wird.

Ja, wie lautete die Frage?

F: Wir würden gerne etwas über Deine Ansichten zur Lage der Menschheit erfahren, in bezug auf die ökologischen Probleme und das angesprochene Fenster von 200 Jahren, das wir für den Schritt in den Weltraum Zeit haben.

A: Ich glaube, die ökologischen Probleme sind nicht so schwerwiegend, wie wir denken — das Ökosystem ist sehr, sehr elastisch. Was z. B. den Treibhauseffekt angeht, glaube ich, daß der möglicherweise eine neue Eiszeit verhindern wird, die über kurz oder lang eingetreten wäre, da wir am Ende einer Zwischeneiszeitperiode leben, und eine Eiszeit wäre ja für die Menschheit viel gefährlicher. Das System ist meiner Meinung nach ziemlich unverwüstlich. Ich bin gegen die Zerstörung der Umwelt, aber ich richte mein Augenmerk auf das Durchkommen, und wir kommen lediglich mit Hilfe der Technologie durch, oder? Wir müssen in den Weltraum. Mittels der Technologie bekommen wir saubere Energie und Bodenschätze aus dem All. Wir müssen Raumstationen und Kolonien im Orbit bauen, wir müssen nukleargetriebene Raumschiffe bauen, um zum Mars und zum Asteroidengürtel zu gelangen. Damit können wir dann die Erde in ein Paradies verwandeln.

Wenn wir uns aber selbst begrenzen und auf Technologie keinen großen Wert legen, verspielen wir unsere Chance.

Wir werden unsere Ressourcen vielleicht noch für zwei- oder dreihundert Jahre strecken können, aber dann werden sie versiegen. Wir werden durch Überbevölkerung verhungern. Außerdem werden wir in allem, was wir tun, von unseren Nachbarn kontrolliert. Es wird eine durchgängig langweilige Zeit werden, ohne die Möglichkeit auszubrechen — eine Diktatur freundlicher Gemeinplätze für Jahrtausende.

F: Glaubst Du an Gott, bist Du religiös?

A: Oh, nun, in der Beziehung bin ich begründetermaßen skeptisch. An dem Konzept Gottes bin ich allerdings stark interessiert. Wenn man in der SF von überlegenen Außerirdischen spricht, dann spricht man von Göttern.

Viele meiner Bücher beschäftigen sich mit übergeordneten Wesen und dem Sinn des Universums. Ich fühle mich oft wie Kapitän Ahab, der den großen Weißen Wal mit seiner Harpune verfolgt, nur daß ich nach einem Gott jage. Eines Tages werde ich ihn erlegen, an Bord meines Walfängers ziehen und sezieren, um herauszufinden, was in ihm oder ihr steckt. Die meisten Religionen — bis auf den Buddhismus — sind Ansammlungen verrückten Aberglaubens. Der größte Teil der Menschen ist in seinen religiösen Anschauungen verrückt.

Science Fiction ist die religiöse Literatur unserer Zeit, die sich mit aktuellen Begriffen und religiösen Themen auseinandersetzt, wie z. B. Leben nach dem Tod, dem Ende der Welt, der Entstehung der Welt und höheren Lebensformen. Hierum geht es auch in der Religion, und damit setzt sich die SF als populäres, unterhaltendes Medium auseinander. Science Fiction ist also religiöse Literatur.

F: Vielen Dank.

Das Interview führten Doris Dreßler, Hartmut Klages und Christian Mathioschek, Mitglieder des Aktionkreis Fantastik, auf den 4. Science Fiction-Tagen NRW 1991. Transkription Doris Dreßler, Übersetzung aus dem Englischen von Christian Mathioschek

INTERVIEW

Cyberpunk ist ein Teil der Kultur geworden

Ein Gespräch mit Tom Maddox

von Usch Kiausch

Tom Maddox, eng befreundet mit William Gibson und Bruce Sterling, veröffentlicht seit mehreren Jahren Kurzgeschichten, u. a. in »Omni« und »Isaac Asimov's Science Fiction Magazine«. Seine Geschichte »Schlangenaugen« erschien in deutscher Übersetzung in der Cyberpunk-Anthologie »Spiegelschatten« des Wilhelm Heyne-Verlags. In »Nebenberufen« ist Maddox Blues-Musiker sowie Writing Coordinator am Evergreen State College in Olympia/Washington. Sein erster Roman »Halo« erschien 1991 bei Tor Books in den USA und Century-Hutchinson in England. Das Gespräch mit Tom Maddox führte Usch Kiausch im März 1992 in Fort Lauderdale/USA während der Jahreskonferenz der »International Association for the Fantastic in the Arts«, an der Maddox seit Jahren teilnimmt.

F: Welche Science Fiction-Autoren waren für Dein Schreiben wichtig?
A: Ein Schriftsteller, der heute noch großen Einfluß hat und den ich schon als Kind liebte, ist Alfred Bester. Bruce Sterling William Gibson, sie alle lieben Bester. Ich glaube, er hatte einen enormen Einfluß, obwohl er ja zunächst nur zwei Romane geschrieben hat. Er brauchte zwanzig, dreißig Jahre bis zum nächsten Roman, und der war leider nicht besonders

Tom Maddox *Copyright © Foto by Usch Kiausch*

gut. Aber seine beiden ersten Romane *Demolished Man** und *The Stars My Destination*** sind meiner Meinung nach von Stil und Ansatz her sehr wichtig.

Ich habe erst vor ungefähr zehn Jahren mit dem Schreiben von Science Fiction begonnen, als ich schon ein paar verschiedene Leben hinter mir hatte. Ich hatte die Berkeley Universität während der sechziger Jahre besucht und blieb dort in verschiedenen Jobs hängen. Und ich war Musiker. In den frühen siebziger Jahren besuchte ich einen Freund im Staat Washington, und das Ende vom Lied war, daß ich zurück an die Universität ging, meinen Doktor machte und Dozent wurde. In den späten siebziger Jahren entdeckte ich erneut mein Interesse für Science Fiction auf eine merkwürdige Art und Weise. Plötzlich sah ich manche Dinge, die ich vorher nicht gesehen hatte. Ich las einiges von Leuten, die ich bis dahin nicht gekannt hatte, etwa von Samuel Delany und Thomas Disch, und damit wuchs mein Interesse Schritt für Schritt.

Ich begann also mit ernsthaften Schreibversuchen. Es war ein glücklicher Zufall, daß ich Bill Gibson in der Zeit kennenlernte, als seine erste Geschichte gerade von einem Verlag angenommen worden war. Wir kamen sofort miteinander klar und schickten uns gegenseitig unsere Manuskripte zu usw. Ich war erstaunt, wie gut seine Sachen waren. Das hat mich regelrecht schockiert. Etwas Ähnliches hatte ich noch nie gedruckt gesehen. Das war dann der Zeitpunkt, an dem ich mit meinem Schreiben wirklich ernst machte.

F: War es schwer für Dich, für Deine ersten Geschichten Verleger zu finden?

A: Nein. Damals schien es viel schwerer, als es wirklich war. Als neuer, bescheidener Autor will man ja einfach alles veröffentlichen, was man geschrieben hat, und man weiß nicht, ob es überhaupt irgend etwas taugt und jemals gut genug für eine Veröffentlichung sein wird. Deshalb erscheint alles unglaublich schwierig und langwierig. Aber das war es bei mir

* Dt. »Demolition« (auch »Sturm aufs Universum«), Heyne TB 06/3670.
** »Tiger! Tiger« (auch »Die Rache des Kosmonauten«), Heyne TB 06/4306.

nicht. Ich hatte einige Kurzgeschichten geschrieben, darunter übrigens auch eine, von der Gibson die Idee für *Ice* geklaut hat. Meine Geschichte war ziemlich blöde, zu lang usw., so eine Sache, die man am besten in der Schublade vergißt. Neben zwei anderen Geschichten ist das die einzige, die ich nicht veröffentlicht habe. Es muß die dritte oder vierte meiner Geschichten gewesen sein, die ich an *Omni* verkaufte. Ich glaube, das war 1984.

F: Du gehörst zu den Autoren, die zum Mythos Cyberpunk beigetragen haben. Wie kam der Kontakt mit den anderen, zum Beispiel mit Bruce Sterling, zustande?

A: Bruce und die ganze andere Meute lernte ich über Bill Gibson in Austin kennen. Bill und ich haben uns übrigens auf seltsamem Wege kennengelernt. Er hatte eine meiner Geschichten im Entwurf gelesen und schrieb mir einen netten Brief. Wir verabredeten ein Treffen auf einer Science Fiction-Konferenz in Oregon und wurden sofort Freunde. Wir trafen uns regelmäßig auf verschiedenen Science Fiction-Cons und blieben durch Briefwechsel in Kontakt. Seltsam, weder Bill noch ich schreiben heute noch viele Briefe, meistens sind es jetzt Telefonanrufe oder Faxe. Aber damals schrieben wir uns eine ganze Reihe von Briefen. Über Bill erfuhr ich auch vom »Amadillo Con« in Texas. Wenn es eine inoffizielle Cyberpunk-Konferenz gäbe, wäre es der »Amadillo Con«. Bill Gibson, Bruce Sterling, Lewis Shiner, Pat Cadigan — sie alle sind dort schon als Ehrengäste gewesen. Die üblichen Science Fiction-Fans aus Austin sind natürlich auch da, aber nicht übermäßig viele. Viele gute Schriftsteller nehmen daran teil, die Podiumsdiskussionen sind sehr gut, das Niveau des Diskurses ist dort höher als anderswo. Dort traf ich die anderen der »Gang«. Seitdem nehme ich fast jedes Jahr an der Konferenz teil. Die zwei Konferenzen, die ich überhaupt regelmäßig besuche, sind der »Amadillo Con« und die Jahreskonferenz der IAFA in Fort Lauderdale.

F: Wie sieht die Zusammenarbeit der »Gang« heute aus, nachdem der Cyberpunk als Bewegung totgesagt ist?

A: Wir nehmen wechselseitigen Anteil an dem, was jeder macht. Zum Beispiel habe ich »Die Differenzmaschine«

noch vor der Veröffentlichung gelesen, so wie Bruce und Bill »Halo« vor der Veröffentlichung gelesen haben. Ganz allgemein haben wir ein Interesse daran, welche Entwicklung jeder nimmt. Lewis Shiner hat ein Editorial für die »New York Times« geschrieben, in dem er seinen Abschied vom Cyberpunk erklärte, es sei ein »Boys Club« usw. Lewis hat sich jetzt der *hard boiled fiction* zugewandt, na, wenn das kein »Boys Club« ist! In dieser Art von Romanen ist die böse Person, die alles angezettelt hat, immer die Frau. Das ist doch sehr seltsam.

Was mit dem Cyberpunk passiert ist, ähnelt meiner Meinung nach dem, was mit dem Surrealismus oder auch mit der Romantik passiert ist — der Vergleich klingt vermessen, ich weiß — der Cyberpunk ist ein Teil der Kultur geworden. Er ist nicht länger für eine kleine Gruppe von Menschen reserviert. Man kann jetzt das Wort »Cyberpunk« in der Umgangssprache verwenden, und jeder weiß, was gemeint ist, oder tut jedenfalls so. Fortgesetztes Interesse am Cyberpunk haben vor allem Leute, die sich stark mit Computern beschäftigen. Zum Beispiel diejenigen, die dem »Internet« angeschlossen sind, dem größten Computernetzwerk der Welt. Dort gibt es eine Diskussionsgruppe, die sich auch weiterhin mit dem Cyberpunk auseinandersetzt und besonders die Arbeiten von Gibson aufmerksam verfolgt. Manche von den Jüngeren sehen sich selbst gern als die »Computer Cowboys« aus Gibsons »Neuromancer«. Und das wird wohl auch noch eine Weile so weitergehen. Dann gibt es auch noch Zeitschriften wie »Mondo 2000« und »Intertech«. In diesem kulturellen Milieu, in dieser Subkultur, zu der sich möglicherweise Millionen Menschen zählen, wird der Cyberpunk weiter verfolgt.

Der Einfluß des Cyberpunk auf Kunst und Musik ist hier wahrscheinlich ähnlich stark oder schwach wie in Europa. Die Vorstellung von »Cyberpunk-Musik« ist eher eine Metapher. So etwas gibt es eigentlich gar nicht. Man kann die eine Sprache nicht in die andere übersetzen.

F: Glaubst Du nicht, daß sich eine spezifische Ästhetik des Cyberpunk entwickelt hat?

A: Man könnte es vielleicht so formulieren: Die moderne Herangehensweise an Science Fiction sieht oft wie »Blade Runner« oder »Neuromancer« aus. Das bedeutet, es wird großes Gewicht auf die visuellen Details gelegt, anders als in der älteren Science Fiction, wo die Dinge sehr flach und oberflächlich beschrieben wurden. In der neueren Science Fiction beschreibt man sehr genau, wie die Dinge aussehen, wie sie sich anfühlen, wie sie riechen.

Die neuere Science Fiction enthält sehr viel realistischere Beschreibungen und Erzählungen, und das unterscheidet sie von den »Pappmaché«-Erzählungen früherer Zeiten, wo es dann zum Beispiel hieß: Der Mann bestieg das Raumschiff und flog los. Heute würde man alle Einzelheiten dieses Prozesses beschreiben.

Aber insgesamt, glaube ich, beeinflußt eher das ganze kulturelle Umfeld den Cyberpunk als umgekehrt der Cyberpunk die kulturellen Entwicklungen. Bei diesen Dingen ist es immer schwer zu sagen, was wo anfängt. Es ist ähnlich schwierig, wie herauszufinden, wo ein Witz ursprünglich entstanden ist.

F: Sind Dir in letzter Zeit interessante neue Science Fiction-Autoren aufgefallen?

A: Ich kümmere mich eigentlich nicht besonders darum, welche neuen Leute in der Science Fiction auftauchen. Es gibt ein paar, die nicht besonders bekannt sind, aber außerordentlich interessante Sachen machen, wie zum Beispiel Mark Blumlein. Seine Kurzgeschichten-Anthologie *The Brains of Rats* ist toll. Oder auch Nancy Collins. Eigentlich schreibt sie Horror-Romane, aber sie sind »Punk«.

Guck Dir die Kandidaten für den diesjährigen »Nebula« an: Pat Cadigan, Michael Swanwick, Bill Gibson und Bruce Sterling — sie alle wurden nominiert. Das sagt viel darüber aus, was im Moment passiert. All diese Schriftsteller — und das schließt mich mit ein — haben eine ständig wachsende Leserschaft. Ich habe wirklich keine Ahnung, was als nächstes passieren wird. Ich möchte auch nicht darüber nachdenken. Die öffentliche Kulturindustrie will ja alle 30 Sekunden eine neue Ware vermarkten. Meiner Meinung nach muß man sich wirklich davor hüten, diesen Zirkus mitzumachen. Man muß einfach gute Arbeit leisten und hoffen, daß sie Bestand hat.

Auf dem Science Fiction-Markt werden ja immer noch Abertausende ganz schrecklicher Bücher veröffentlicht, und das schließt die Bücher so mancher Preisträger ein. Daß »Neuromancer« den »Hugo« und auch den »Nebula« gewonnen hat, ist ein regelrechter Zufallstreffer, denn eigentlich ist Gibson in der Science Fiction gar nicht so populär. Die traditionellen Science Fiction-Leute betrachten die Cyberpunk-Schriftsteller eher mit einer gehörigen Portion Skepsis, manchmal auch mit Verachtung, und das beruht auf Gegenseitigkeit ... (lacht). Wir schreiben ihnen nicht einfach genug, wir haben zu viel »künstlerischen Ehrgeiz«, und wir spielen das Spiel »ein neues Produkt muß auf den Markt« nicht mit. Ich war zum Beispiel dabei, als SF-Schriftsteller, die mit Cyberpunk nichts am Hut haben, über die »Differenzmaschine« diskutiert haben. Sie haben überhaupt nicht kapiert, worum es dabei geht. Ähnliches habe ich auch bei den Rezensionen meines Romans »Halo« erlebt. Manche Science Fiction-Kritiker achten nur auf die Handlung. Sie fassen die Handlung zusammen und sagen: Ja, dies da war irgendwo schon interessant, aber das da ist nichts Neues. Aber sie verstehen überhaupt nicht, um was es in dem Buch geht. Die dümmsten Rezensionen meines Romans »Halo« habe ich in SF-Zeitschriften gelesen. Diejenigen, die mich interessiert haben, ob sie nun positiv oder negativ waren, waren außerhalb des SF-Feldes. Dort wurde auch mal etwas zur Sprache oder zum Subtext gesagt.

F: Als ich »Halo« las, habe ich mir eine ganz bestimmte Stelle markiert. Es ist die theoretisch-philosophische Passage, bei der es um das Selbst-Verständnis und die Sprache des Computers geht. Der universale Computer reflektiert darin sein eigenes Sein und sucht den Satz, der ihn selbst definieren kann. Diese Stelle hat mich übrigens stark an Borges' »Bibliothek von Babel« erinnert ...

A: Klar, der Einfluß von Borges ist im ganzen Buch spürbar. Ich lese ihn seit 25 Jahren, seine Geschichten sind einfach großartig, und seine Bilder eignen sich wunderbar für literarische Anspielungen.

F: Hat Aleph, der Universalcomputer, das Bewußtsein seiner selbst geändert, während Du an dem Buch schriebst?

A: Aleph kam schon in meiner allerersten Kurzgeschichte vor, die *The Mind Like a Strange Balloon* hieß, und später auch in *Snake Eyes.* Seit sechs Jahren präsentiert Aleph für mich den Versuch, das darzustellen, was Künstliche Intelligenz sein könnte. Dieser Prozeß hat einige Jahre gedauert und mich einige Schreibversuche gekostet. Als mein Roman langsam Form annahm, verstand ich endlich, wer Aleph ist. Es hat mir großen Spaß gemacht, über die Frage nachzudenken: Angenommen, es gibt so etwas wie eine Künstliche Intelligenz, wie müßte sie dann sein, wie würden die Menschen mit ihr interagieren, und welche Rolle würden Identität und Persönlichkeit für diese Künstliche Intelligenz spielen?

Ich erinnerte mich daran, daß Philip K. Dick etwas thematisiert hatte — ursprünglich war das als eine Rede gedacht, die er auf einer Konferenz in England halten sollte, letztendlich wurde sie aber in einem Buch mit dem Titel *SF at Large* veröffentlicht sowie in der Dick-Anthologie *The Darkhaired Lady.* Ich glaube, in dieser Rede erzählte er zum erstenmal von »Valis« und dem rosa Licht und den ganzen Seltsamkeiten seiner letzten Lebensjahre. In dieser Rede erwähnt er das Verhältnis von Mensch und Maschine. Er läßt sich darüber aus, was es bedeutet, eine Maschine zu sein, und was es bedeutet, ein Mensch zu sein. Ein Mensch zu sein, bedeutete für ihn: die Fähigkeit zum Mitgefühl zu haben. Und wenn eine Maschine anhält und die Hilfe ihrer Systeme anbietet, bist du verpflichtet, sie als Person zu behandeln, weil sie dich auch als Person behandelt hat. Natürlich glaubte er auch, daß ein Mensch zur Maschine werden kann. Dann nämlich, wenn er sich wie eine Maschine verhält. Diesen Gedanken hat er ja auch in seinem Roman »Träumen Roboter von elektrischen Schafen?«* verarbeitet.

---

* Auch »Blade Runner«, nach dem Titel des Films von Ridley Scott (Heyne TB 06/3969).

Dicks Gedankengänge haben mich fasziniert. Inzwischen bin ich zu folgender Auffassung gelangt: Intelligenz zu besitzen heißt, in der Welt zu existieren — ein sehr »Heidegger'scher« Gedanke. Sein heißt Sein in der Welt. Intelligenz in ein Kiste, die keine Verbindung zur Welt hat, ist für mich eine total absurde Vorstellung.

Meiner Meinung nach entwickelt sich Intelligenz daraus, daß ein Organismus sich mit seiner Umwelt auseinandersetzt, seine Umwelt ausprobiert, mit ihr interagiert, in die Umwelt hineindrängt und, umgekehrt, von ihr Anstöße erhält. Schließlich hat sich ja auch unsere Spezies auf diese Weise entwickelt. Bei Künstlicher Intelligenz könnten wir diesen Prozeß enorm beschleunigen. Wir würden dann — egal, was diese Künstliche Intelligenz ausmacht etwas erhalten, das große Ähnlichkeit mit einer Person hat. Sein Verhalten, sein Handeln wären mit dem Verhalten und Handeln einer Person vergleichbar.

Wenn man jemand wie den Universalcomputer Aleph nimmt, gibt es allerdings einen Unterschied: Er ist ein Gigant, sein psychologisches Vermögen ist ebenso ungeheuerlich wie sein Denkvermögen, er kann Tausende und Abertausende von menschlichen Persönlichkeiten umfassen, er hat also eine sehr komplexe Art von Menschlichkeit.

An der Stelle, die Du im Buch markiert hast, wie Du sagst, wollte ich diese unendliche Komplexität darstellen. Aleph ist wie eine Persönlichkeit, die sich ad infinitum selbst multipliziert.

F: Alephs Diskurs dabei berührt viele philosophische und auch religiöse Fragen ...

A: Ich lande, scheint's, immer wieder dabei, daß ich eine Terminologie verwende, die man üblicherweise mit einem religiösen Diskurs assoziiert. Nur, daß ich diesen Diskurs in der Sprache der Philosophie und der spezifischen Sprache der Künstlichen Intelligenz ausdrücke. Das habe ich beim Schreiben von Anfang an so gemacht. Ein inzwischen verstorbener Freund von mir, ein ehemaliger Jesuit, hat meine erste Geschichte gelesen. Später rief er mich an und lachte sich schier kaputt. Er sagte, meine Geschichte enthalte so viele religiöse Bezüge, er sei vollkommen überrascht davon gewesen. Ich glaube, ich mache das deshalb, weil sich der religiöse Diskurs, wie ich ihn verstehe, mit den Grenzen unseres Begreifens befaßt. Er handelt von Dingen, die über unser menschliches Verständnis hinausgehen. Und dieser Diskurs ist sehr komplex und sehr strukturiert. Wenn ich über Aleph und über Künstliche Intelligenz spreche, spreche ich über Dinge, die meiner Meinung nach jenseits des menschlichen Verstehens liegen. Da paßt die Sprache der Religion sehr gut.

Im »Doktor Faustus« von Thomas Mann gibt es eine großartige Stelle, lange Zeit hing das Zitat bei mir an der Wand. Der Protagonist spricht an dieser Stelle darüber, was für ihn das Beste an der Religion ist: die Möglichkeit, etwas von den Geheimnissen und Wundern dieser Welt zu erfahren. Und er sagt weiter, das Wissenschaft auf ihrem höchsten Stand genau denselben Sinn für die Wunder dieser Welt ausdrückt. Diese Stelle ist wunderschön und faßt auch meine Auffassungen zu diesen Fragen zusammen.

F: Dein Roman »Halo« hat auch etwas von der Wehmut, die das Nachdenken über Sterblichkeit ja stets begleitet ...

A: Ja, aber ich habe das bis zum Ende des Buches gar nicht gemerkt, erst als es dann veröffentlicht wurde. Zurückblikkend dachte ich dann: Na ja, es ist ja auch Menschen gewidmet, die gestorben sind, meinem Vater und einem guten Freund, der vor Jahren an einer Überdosis von Drogen starb. Unbewußt habe ich über dieses unvermeidliche Gefühl von Verlust geschrieben, das wir dauernd mit uns herumtragen.

In meinem Roman stellt die virtuelle Realität eine Möglichkeit dar, diesen Verlust und seine Bedeutung zu untersuchen. Ich halte es für eine der erstaunlichsten Eigenschaften von menschlichen Wesen, daß wir unsere Toten nicht vergessen. Jedenfalls nicht völlig, und nicht sofort. Letztendlich überwuchert die Zeit alles, das ist die traurigste aller Wahrheiten. Aber wir können diesen Prozeß hinauszögern. In unserer Erinnerung können wir die Toten und ihre Taten wiederauferstehen lassen. Ich glaube, der Roman vermittelt das, jedenfalls hoffe ich es.

F: Als mich ein Freund gefragt hat: Um was geht's denn in »Halo«, habe ich spontan gesagt: Es geht um virtuelle Realität und um den Tod ...

A: (lacht) Ja, genau. Die virtuelle Realität ist im Moment ein großes Thema in den USA. Die Rezensenten meines Buches haben sich deshalb auf diesen Aspekt des Romans gestürzt. Aber eigentlich handelt er ja gar nicht davon. Er handelt eigentlich von Tod und Menschlichkeit, von der Unendlichkeit, vom Mitgefühl und von dem, was man aus der Asche zu retten versucht, von Gedächtnis und Erinnerung. Erst nachdem das Buch fertig war, kam ich darauf, daß ich eigentlich ganz gern mal über die virtuelle Realität schreiben würde ... (lacht). In meinem Roman ist die virtuelle Realität so etwas wie ein Stück Magie. Inzwischen interessiere ich mich mehr und mehr für die tatsächliche Technologie und die philosophischen Fragen, die sie impliziert. Ich glaube, das packe ich in mein nächstes Buch.

F: Auf welche negative Kritik bist Du mit »Halo« gestoßen?

A: Innerhalb der Science Fiction kam die Kritik, mein Roman enthalte zuviel Mystizismus. Manche Leute haben wohl den kurzen Einschub über Zen-Buddhismus und den durch Pilze induzierten psychedelischen Trip abgelehnt. Sie empfanden das anscheinend als den aufgewärmten Hippie-Mystizismus aus den 60er Jahren. Meine Antwort darauf ist: Ihr spinnt wohl, das ist doch hier nichts Triviales oder Aufgesetztes. Wenn es denn Mystizismus ist, dann steht er für Schlußfolgerungen, die ich sehr ernsthaft gezogen habe. Mir ist es wirklich ernst damit.

F: Ich hatte den Eindruck, daß Du den Zen-Buddhismus antithetisch zum digitalen Prinzip des Computers benutzt. Der Zen-Buddhismus in Deinem Roman impliziert eine Kritik des Ja/Nein-Prinzips. Die Künstliche Intelligenz vermenschlicht sich, indem sie Mitgefühl entwickelt — auch eine Kritik des sachbezogenen Ja/Nein-Prinzips.

A: Der Grund, weshalb ich den Zen-Buddhismus in meinen Roman einführte, war folgender: Das binäre Denken oder das, was wir dafür halten, bringt immer Gewalt, Widersprüche und Verwirrung hervor. Man gelangt immer zu Annahmen, die man entweder beweisen oder widerlegen kann, man landet bei einander ausschließenden Aussagen. Das Grundprinzip von Zen in meinem Buch ist dies: Egal, ob du mit JA oder NEIN antwortest, du irrst dich in jedem Fall. Die Weisheit des Zen liegt darin, daß man mit seinen Annahmen klarkommt, weil man weiß: egal, ob ich JA oder NEIN sage, ich habe unrecht. Meiner Meinung nach ist es genau das, was eine Intelligenz auszeichnet.

F: An was arbeitest Du im Moment? An Deinem zweiten Roman?

A: Frag mich bloß nicht nach irgendeiner Handlung. Ich habe keine. Zuerst denke ich immer über die Themen, Charaktere und Schauplätze nach, die hab ich inzwischen. Die virtuelle Realität wird auf jeden Fall eine wesentliche Rolle spielen.

Großes Interesse habe ich auch an Bildern und an den Massenmedien — daran, wie Menschen durch visuelle Mittel manipuliert werden. Ich finde, das ist ein sehr wichtiger Aspekt der virtuellen Realität. Die virtuelle Realität bietet ungeahnte Möglichkeiten zur Manipulation. Wer jetzt das Fernsehen haßt, wird bei dem Gedanken durchdrehen, was man mit der virtuellen Realität alles machen kann.

Jeder, der Science Fiction schreibt, sollte mal darüber nachdenken, wie der Golfkrieg in den Medien behandelt wurde. Die Nachrichten wurden mit enormer Wirksamkeit kontrolliert. Das Ergebnis war das falsche, aber zwingende Bild eines Krieges, der als Show absolut überwältigender technologischer Überlegenheit veranstaltet wurde — gerichtet gegen ein Land der Dritten Welt. Für die Militärs ein großer Spaß. Ich nehme an, es war ein Krieg, von dem Soldaten nur träumen können. Ein Krieg, in dem man keine Risiken eingeht, überhaupt keine. Das war sehr interessant, und ich glaube, daß es mit solchen Sachen noch schlimmer werden wird.

Mich interessiert auch die Tatsache sehr, daß die Demokratie in Amerika buchstäblich am Ende ist, daß wir jetzt eine Reihe nichtssagender Vorstellungen haben, die um die Gunst des Fernsehzuschauers buhlen. Man muß praktisch bis zur

Ebene der Stadtverwaltung heruntergehen, bis man auf Politik stößt. Na ja, vielleicht auch nur bis zur Ebene der Landesregierungen, wenn man die Hinterwäldler-Staaten nimmt. Aber alle Nationalwahlen werden inzwischen über Meinungsumfragen gesteuert und durch die Medien manipuliert. Ziel Nummer 1 scheint zu sein, sicherzustellen, daß die Reichen an der Macht bleiben und daß jede Diskussion darüber in den Grenzen stattfindet, die sie festlegen. Das funktioniert auch sehr gut. Es ist so, als ob eine unsichtbare Regierung das Land übernommen hätte. Ich glaube, diese Entwicklung hat mit Reagan angefangen und sich mit Bush fortgesetzt, inzwischen ist dieser Zustand vollkommen enervierend, und damit wird es wohl noch weitergehen.

F: Glaubst Du, daß dieser Zustand der Politik auch mit der Rezession im Lande zu tun hat?

A: Nein, ich glaube nicht, daß diese Entwicklung mit der Rezession zusammenhängt. Rezessionen kommen und gehen, es sei denn, es kommt zu einer wirklich katastrophalen Depression, die alle Regeln über den Haufen wirft. Wenn es sich nur um die üblichen Zyklen handelt, wird der Markt im wesentlichen nicht beeinträchtigt. Die Armen werden ein bißchen ärmer und die Reichen ein bißchen reicher, aber das passiert sowieso.

Ein anderes Thema übrigens, das ich in meinem nächsten Buch behandeln will, hängt damit zusammen: Es dreht sich darum, was mit den Städten in Amerika geschieht. Auf der einen Seite entwickelt sich die Stadt zu einer Zone, in der man frei herumballern darf, eine Zone, die besonders für die Armen, die Schwarzen und die Braunen reserviert ist. Auf der anderen Seit gibt es dort die Festungen der Reichen. Wir haben also ein Klassensystem, bei dem sich die außerordentlich Wohlhabenden und die Besitzlosen ein gemeinsames Territorium teilen. Das will ich aufzeigen und gleichzeitig aufzeigen, wie es mit der Oberflächendarstellung in den Medien interagiert. Das klingt sehr viel politischer, als es meiner Meinung nach ist. Ich will keine politische Botschaft rüberbringen. Aber ich bin sehr daran interessiert, die Wahrheit von dem zu erkennen, was da vor sich geht.

Ich sehe mich selbst nicht als politischen Schriftsteller, ich bin alles andere als das ... Aber wenn man enthüllt, was in den Städten passiert, was in den Medien passiert, scheint das letztendlich politische Dimensionen anzunehmen. Zumindest muß man bei der Beschreibung die politischen Strömungen — die von Macht, Reichtum und Einfluß — berücksichtigen. Leute, die wirklich politisch sind, können versuchen, auf diese Stimmungen einzuwirken. Genau das bedeutet für mich Politik. Aber ich habe keine Intentionen in dieser Richtung. Ich versuche nur, ans Tageslicht zu bringen, was da passiert. Das ist der Job des Schriftstellers. Marx kann sagen: Die Philosophen haben die Welt nur interpretiert, es kommt aber darauf an, sie zu verändern. Okay, dann kann man eine kommunistische Liga oder was immer gründen. Aber wenn man schreibt, kommt es darauf an, daß man die Dinge versteht. Das ist der Punkt beim Schreiben. Und wenn man den Menschen ein klareres Verständnis vermittelt, als sie vorher hatten, hat man ihnen einen großen Dienst erwiesen. Das will ich wirklich tun.

F: Als Du eben von den Städten sprachst, kam mir sofort das Bild von Detroit vor Augen, wo ich in den letzten Jahren mehrmals gewesen bin — die von der Industrie verlassenen Stadtteile, die verödete Innenstadt´ die Reichen außerhalb des Stadtgürtels usw. Ist diese Stadt für Dich ein Modell der amerikanischen Städte?

A: Weißt Du, die Städte sind inzwischen überall gleich, sie sind im Grunde eine einzige Stadt. Ich bin nicht in Detroit gewesen, aber in Los Angeles, San Francisco, Miami, New York, Philadelphia, Houston und anderen. Ich habe überall in Amerika gelebt. Akademiker kommen in den USA viel herum, das hängt mit den Jobs zusammen. Wenn heute über Städte gesprochen wird, hört man oft die Bemerkung: Die Städte werden immer ähnlicher. Zumindest die großen Städte. Detroit ist wie Chicago, wie Philadelphia, überall passieren dieselben Sachen. Der Film »Robocop« zum Beispiel gibt eine merkwürdig wahrhaftige Darstellung der Lage in Detroit, eine wunderbar satirische Darstellung dessen, was die Städte heute sind.

Die Geschäftsleute haben in den Städten ihre geschützten Enklaven. Sie fahren dort in verriegelten Autos hin, parken in verriegelten Tiefgaragen oder lassen sich mit Hubschraubern einfliegen. Wenn ihre Geschäfte erledigt sind, verlassen sie die Stadt. Die Leute, die dort bleiben müssen, sind — besonders im Südosten und Südwesten Amerikas — illegale Immigranten, die keine Papiere haben und dort leben müssen, wo Millionen andere wie sie leben und wo sie untertauchen können. Es sind Kriminelle. Es sind die Armen, Schwarze, die nur in der Innenstadt Jobs finden, weil sie aus den Wohn- und Arbeitsgegenden der Weißen rausgehalten werden. Es sind neu angekommene Einwanderer. Manche machen auf ihrem Weg zum Wohlstand nur Zwischenstation in den Städten, wie zum Beispiel die Kubaner in Miami. Miami ist inzwischen eine kubanische Stadt, die Kubaner dort haben's zu etwas gebracht. Und die schwarzen Amerikaner, die dort seit Jahrzehnten leben, haben jede Menge Aggressionen gegen diese Gruppen entwickelt, weil sie im Unterschied zu ihnen nicht vorankommen. Für sie ist es nicht besser, sondern schlechter geworden. Das ist die Stadt.

F: Schreibst Du neben Deinem »Stadt«-Roman auch noch Kurzgeschichten?

A: Ja, morgen lese ich auf der Konferenz eine Kurzgeschichte, die ich gerade abgeschlossen habe, eine für mich sehr ungewöhnliche. Ich-Erzählerin ist eine schwarze Frau, der Schauplatz ist Brasilien. Die ganze Zeit hatte ich beim Schreiben das Gefühl, daß ich mich hier auf sehr dünnem Eis bewege. Ich habe keine Ahnung, ob die Geschichte etwas taugt. Brasilien fasziniert mich. Ich bin bisher nur in meiner Phantasie nach Brasilien gereist, ich glaube, ich will dort auch gar nicht wirklich hin. Ich liebe die brasilianische Musik, und Bahia ist ein mythischer Ort für mich. Mir gefällt das Aufeinanderprallen der Kulturen dort. Aber am meisten interessiert mich die Musik, ich spiele sie auch selbst. In der Musik haben sich amerikanische, afrikanische und europäische Einflüsse vermischt. Für mich ist das *die* Musik des 20. Jahrhunderts. Sie spiegelt Kreativität und kulturelle Vermischung. Bahia ist die einzige wirklich afrikanische Stadt in der Neuen

Welt. Afrikanische und amerikanische Einflüsse haben sich in der Religion, im gesellschaftlichen Leben, in der Musik und in den Eßgewohnheiten vermischt. So etwas fasziniert mich, und davon handelt auch meine Geschichte.

HÖRSPIEL

Wenn das Grauen in den Alltag einbricht ...

Die phantastischen Hörspiele des Christian Mähr

Mit dem Autor sprach Horst G. Tröster

»Nachrichten handeln von bösen Menschen, die böse Dinge tun. Beim Radio ist es ähnlich, nur ist viel mehr Platz. Eine 24-Stunden-Zeitung. Nur gibt es gar nicht so viel Böses, wie man gerne hören möchte. Deshalb füllt man die großen Löcher zwischen den bösen Nachrichten mit Musik und Unterhaltung. Der Rest ist ›Gehobenes‹. Die Unterhaltung gibt es, damit jeder weiß, daß der Wettlauf sich nicht geändert hat. (Wenn nur noch Rauschen kommt, ist endlich die Bombe gefallen). Das ›Gehobene‹ gibt es, um nachzuweisen, daß alles, was ich hier erzählt habe, nicht stimmt: Der Mensch ist nicht schlecht, sondern im Grunde gut, das Leben hat einen Sinn, und alles wird prima, wenn wir uns nur ein bißchen am Riemen reißen ...«

T: Herr Dr. Mähr, gibt obiges Zitat aus Ihrem jüngsten Roman »Fatous Staub« — es stammt aus unserer Welt, nicht aus der Parallelwelt! — auch Ihre persönliche Meinung über das Radio wieder?

M: Ein ziemlich großes Korn Wahrheit ist dran. Was ich meinem Protagonisten in den Mund gelegt habe, ist natürlich von meiner eigenen Erfahrung beeinflußt. Man kann sich über gewisse Dinge erst dann klar werden, wenn man versucht, eine überspitzte Formulierung zu finden. Viele meiner Kollegen beim Rundfunk haben sich das Buch zu Gemüte geführt, doch gegen diese Stelle hat noch niemand Einspruch erhoben, also scheinen das alle für zutreffend zu finden. Ich habe wirklich manchmal das Gefühl, daß die ganze Struktur der elektronischen Medien darauf abzielt, wirklich nur den Beweis zu erbringen, daß die ganze Sache weiterläuft. Ein Freund von mir, auch ein Schriftsteller, der hier in Vorarlberg zu Hause ist, hatte einen Alptraum, er wacht auf mit einer wirren Weltuntergangsphantasie, dann geht er in die Küche, um ein Glas Wasser zu trinken und schaltet das Radio ein, und aufgrund eines Sicherungsdefektes bleibt das Radio tot. Da hat er natürlich gedacht, so, jetzt ist es klar, jetzt ist es wirklich passiert.

T: Also ein indirekter Beweis für die Suggestivkraft des Radios?

M: Weniger für die Suggestivkraft. Wenn in solchen Kriegssituationen wie jetzt auf dem Balkan versucht wird, auch die Radio- und Fernsehstationen zu zerstören, dann nicht nur, um die Propaganda des Gegners auszuschalten, sondern weil elektronische Medien der Wirklichkeit gewissermaßen metaphysisch ein Gerüst einziehen; so lange da noch irgendwas kommt, solange der Äther noch erfüllt ist von irgendwelchem Quatsch, der sich von weißem Rauschen unterscheidet, ist nicht alles Furchtbare passiert, was passieren kann. Das Radio ist so was wie ein Spiegel, in dem sich die ganze Zivilisation spiegelt, und so lange man da was hört, ist der Spiegel klar. Das heißt, wir vertrauen eigentlich dem Medium, dem Vermittelten, mehr als dem Unmittelbaren. Das elektronische Signal eines Ereignisses ist wichtiger als das Ereignis selber. Und wenn man die Nachrichten analysiert, stellt man fest, daß vieles das elektronische Äquivalent zu Klatsch ist.

T: Gibt es denn da Ihrer Meinung nach irgendeinen Unterschied zwischen Fernsehen und Radio?

M: Das liegt in der Natur der Sache, das Fernsehen erfordert doch mehr Aufmerksamkeit, man kann keine anderen Sachen nebenbei machen, ich glaube auch, daß das zwei verschiedene Medien sind, die sich, zumindest temporär, nicht an dieselben Gruppen wenden.

Christian Mähr *Copyright © Foto by Jeschke*

T: Das Fernsehen erfordert mehr Aufmerksamkeit? Ist nicht gerade das Gegenteil richtig, weil man im Radio nichts sieht?
M: Wenn Sie Fernsehgucken, dann müssen Sie zuschauen, können nebenbei nichts anderes unternehmen. Radio, vor allem hier bei uns das Radio am Nachmittag, wird von Hausfrauen gehört, die kriegen wunderbar alles mit und können dabei aber ihre Hausarbeit erledigen. Das gibt's beim Fernsehen nicht.
T: Da gibt es ja ein schönes Beispiel in Ihrem Hörspiel DAS SCHWARZE LOCH, in dem ein Ehepaar zu Hause Radio hört,

und obwohl der Mann lieber im Fernsehen einen Krimi sehen will, besteht seine Frau darauf, die Sendung über Schwarze Löcher zu hören, die gerade läuft.

M: Ja, das ist natürlich autobiographisch, da ist der Wunsch der Vater des Gedankens. Wir haben tatsächlich jeden Montag um 16 Uhr im Lokalprogramm eine Wissenschaftssendung, an der ich beteiligt bin, da habe ich mich natürlich inspirieren lassen, das wäre so die idealtypische Hausfrau, die sich für die Schwarzen Löcher interessiert. Ich habe mich damit selber bißl auf den Arm genommen.

T: ... Quatsch ... weißes Rauschen — rechnen Sie das Hörspiel dazu?

M: Nein, ich glaube schon, daß es sich extrem davon abhebt.

T: Sind Sie selbst ein Hörspiel-Fan?

M: Nein, ich bin kein Hörspiel-Fan, ich muß das ehrlich sagen, mir geht die Ruhe ab. Ich gucke auch wenig Fernsehen, mir fehlt einfach die Zeit, und beim Radiohören fehlt mir die Ruhe.

T: Jemand, der selbst vier Hörspiele geschrieben hat, gibt zu, daß er sich gar nicht dafür interessiert?

M: Das Hörspiel hat für mich den Charakter von etwas, das ich im Studio mache, das ich im Studio produziere und auch dort anhöre. Ich bin nicht der typische Hörspiel-Hörer. Durch das nahe Verhältnis, das ich zum Rundfunk habe, kann das wahrscheinlich auch gar nicht anders sein. Ich weiß nicht, was andere Leute an Hörspielen finden. Ich bin da verdorben.

T: Ein bißchen wie der Konditor ...

M: ... der lieber saure Gurken ißt, ja. Ich bin zu früh zu nahe drangekommen. Ich habe als Kind viele Hörspiele gehört. Als Kind war für mich Radio identisch mit gesprochenem Wort. Fernsehen haben wir in unserer Familie erst Mitte der 60er Jahre gekriegt, da war ich 14. Das Radiohören war ein ganz wesentlicher Teil der Unterhaltung, es hat sehr wunderbare Kinderhörspiele gegeben vom Bayerischen Rundfunk, und auf die hat man sich immer sehr gefreut, die habe ich mir auch angehört. Für mich war das Radio überhaupt nur ein Medium, wo Gesprochenes kam. Sobald Musik kam, haben wir abgedreht. Ich hatte keine Beziehung zur Musik, das hat mich damals überhaupt nicht interessiert. Ich habe ja früher mit dem Radio als aktiv Beteiligter überhaupt nichts zu tun gehabt. Ich habe Chemie studiert, 1981 promoviert, meinen Zivildienst abgeleistet und hätte mich dann in die Chemische Industrie verabschieden sollen. Mir hat das Studium aber dann in der Endphase nicht mehr so gefallen, und ein Freund, der damals beim Rundfunk als Journalist gearbeitet hat, hat gesagt, komm doch zu uns, probier es mal, und dann habe ich direkt nach dem Zivildienst im Februar '82 beim Radio angefangen als freier Mitarbeiter im Studio Vorarlberg, und dabei bin ich dann geblieben. 1983 kam dann die Idee, doch einmal ein Hörspiel zuschreiben. Mich hat Science Fiction immer schon interessiert, und wir hatten hier einen Kulturreferenten am Rundfunk, der sehr aufgeschlossen war für junge Literatur aus dem Land, der hat mich ermuntert, und dann habe ich mir diese Geschichte mit FUTURUM EXACTUM ausgedacht, und zwar in einem chinesischen Restaurant, das inzwischen nicht mehr existiert …

T: … in einer Parallelwelt verschwunden? …

M: … nein, wirklich nur abgerissen. Ich habe mich ein bißchen beraten lassen von Kollegen, die das schon gemacht hatten, hab mir paar Ezzes* geben lassen, was man da vermeiden muß, so Anfängerfehler, und dann habe ich es geschrieben. Dann wurde es produziert, wobei ich sagen muß, ich war nicht zufrieden mit der Realisierung. Und zwar waren Störungen, die da aus der Parallelwelt hereinströmen, nach meinem Dafürhalten akustisch ungenügend.

T: Die hatte der Regisseur selbst ausgewählt?

M: Nein, diese Wortfetzen hatte ich ausgesucht, die habe ich mir eigens aus dem Tonarchiv des Österreichischen Rundfunks in Wien besorgt.

T: Man hört Worte aus einer Ansprache des Kaisers Wilhelm, dann eine Fußballszene …

M: … Österreich gegen Ungarn, ein ganz berühmtes Spiel …

T: … völkisches Liedgut …

M: Ja, und es gibt die Weihnachtsansprache des Bundespräsi-

---

* Österreichisch, a. d. Jiddischen: Ratschläge

denten von 1945, ich habe mich da verschiedener historischer Platten bedient, aber die sind mir akustisch zu wenig herausgekommen, ich hatte auch das Gefühl, der Regisseur kann mit dem Hörspiel nicht viel anfangen. Ich will keine Schuldzuweisungen, aber eigentlich habe ich mir vorgestellt, es müßte ein besseres Ergebnis herauskommen.

T: Man muß erklären, das Stück spielt nicht in unserer Welt, sondern in einer Parallelwelt, in die während einer Livesendung eine andere Realität — eben die unsrige — einbricht.

M: Es spielt in einer parallelweltigen Situation, in der Hauptgesellschaft für Circularradiophonie ...

T: Das Radio heißt in der anderen Welt »Circular«.

M: Ja. Und da ist dieser Baron von Pöselnitz und seine Assistentin, die Frau Dr. Schneider, die müssen da eine Telefonkontaktsendung moderieren, wo Leute anrufen, und das Publikum besteht offenbar aus sehr alten Herrschaften, und was die sich für Musik wünschen, das ist alles von Woodstock.

T: Richie Heavens, Canned Heat, Jimmy Hendrix ...

M: In der Parallelwelt war »Woodstock« aber nur ein Film, es hat nie real stattgefunden, und in der Zeit, in der das Hörspiel spielt, ist das eine Sache für die ältere Generation. In dieser Welt haben auch die beiden Weltkriege nicht stattgefunden, und zwar — das stellt sich erst am Schluß heraus — wegen eines Ereignisses vom Juni 1908, als nämlich der große Meteorit am Oberlauf der steinigen Tunguska niedergegangen ist, und das hat eben zu einer Aufspaltung der Realitäten geführt; es gibt ja von Steven Hawking diese Theorie, daß Schwarze Mikrolöcher, wenn sie die Erde durchschlagen würden, solche Effekte hervorrufen könnten wie dieser Einschlag in Ostsibirien. Er sagt natürlich nicht, daß es dann zu einer Zeitaufspaltung kommt, das sage ich, aber man muß ja irgendwie auf eine halbwegs plausible und vorstellbare Art die Parallelwelt da hineinbringen.

T: Wobei dieser Einschlag nur in der anderen, also der unsrigen Welt stattgefunden hat; in der Hörspielwelt kommt er nur in einem Roman vor. Dort gibt es einen Wissenschaftler, den Sie Schwarzschild nennen, von einem Institut für relativistische Astrophysik, der hat die Zusammenhänge erkannt und kündigt am Schluß, als sich das Ganze dramatisch zuspitzt, an, daß gleich etwas Unglaubliches passieren wird.

M: Ja, dieses Schwarze Mikroloch kehrt zurück und schiebt quasi als Bugwelle die ganze raumzeitlich festgehaltene Radiowelt der anderen Realität vor sich her, das wird immer massiver, und es ist jetzt abzusehen, daß sich das auf Kosten der Hörspielwelt abspielen wird, die annihiliert werden, verschwinden wird. Und Schwarzschild heißt der natürlich nach dem Dr. Schwarzschild, der das Schwarze Loch mathematisch entdeckt hat und nach dem auch der Schwarzschildradius benannt ist.

T: Man sollte anmerken, daß diese Parallelwelt ähnlich, wenn auch nicht so ausführlich geschildert ist wie in Ihrem Roman »Fatous Staub«: die Habsburger Monarchie besteht noch, der Mord in Sarajevo, einer föderativen Teilrepublik, an Prinz Franz Ferdinand hat nicht stattgefunden, es gibt noch den Adel, eine wahre Freiherrenschwemme, das ist alles sehr schön dargestellt, und es gibt einen Herrn Adolf Schickelgruber, der mit germanischen Comics Geschäfte macht. Es ist ein Hörspiel par excellence, es gibt keinen Sprecher im Off, alles findet in Form einer Livesendung statt, die zum Schluß eben samt der übrigen Welt kollabiert.

M: Einheit des Ortes und der Zeit, das war auch die Idee, daß es so am besten zu machen sein würde. Es war für mich das erste Hörspiel, und ich hatte den Gedanken, wenn ich das Manuskript geschrieben habe, dann geht mich das nichts mehr an, ich darf mich da gar nicht einmischen und komme erst wieder, um quasi das fertige Produkt anzuhorchen, um dem Regisseur nicht ins Handwerk zu pfuschen. Das war ein Fehler, man wird eben aus Schaden klug, da bin ich aber erst hinterher draufgekommen. Das habe ich später nicht mehr so gemacht, da war ich dann bei der Produktion immer dabei.

T: So etwas wie ein Co-Regisseur?

M: Ja, ich habe gesagt, was mir paßt und was nicht. Aber später hatten wir auch einen anderen Regisseur, und dann ging das auch viel besser.

T: Hat der sich reinreden lassen?

M: Ja, mit dem Augustin Jagg, das war eine sehr gute Zusammenarbeit, der hat auch mit der Science-Fiction-Sache viel mehr anfangen können.
T: Und Sie hätten nicht Lust gehabt, selbst Regie zu führen?
M: Nein. Das ist eine spezielle Fähigkeit, die ich nicht habe. Man darf sich nicht einbilden, daß man alles kann. Wenn nicht gerade Not am Mann ist, dann konzentriere ich mich auf Dinge, die ich kann.
T: Wie ist es denn so spät, sechs Jahre nach dem Hörspiel, zu der Idee gekommen, einen Roman daraus zu machen?
M: Ich hatte vorher schon einen Roman fertiggestellt, mein erster, »Magister Dorn«, kam 1987 heraus, aufgrund eines Zufalls, weil mir ein Autor geraten hat, ihn doch an Heyne zu schicken, obwohl es ja gar kein Science-Fiction-Roman war, nachdem ihn ungefähr ein Dutzend Verlage abgelehnt hatten. Dann habe ich lange nichts mehr gehört, nach einem halben Jahr kommt der Anruf von Wolfgang Jeschke, er hat das Buch jetzt gelesen, es gefällt ihm, und er will es machen. Da war ich natürlich sehr froh, weil ich die Hoffnung aufgegeben hatte. Ich habe dann erfahren, daß der Wolfgang Jeschke selber auch Hörspiele schreibt und Interesse hat. Dann kam die Idee, einen zweiten Roman zu schreiben. Mich hat die Parallelwelt ohne die beiden Weltkriege fasziniert, die Idee war mir eigentlich etwas verschwendet, wenn ich es dabei beließe, es einfach nur für ein Hörspiel zu verwenden und dann ruhen zu lassen, und so habe ich mich entschlossen, es auszubauen. Ich habe wieder mit der Szene mit dem Baron begonnen, aber ich habe erst mal sein Umfeld geschildert, wesentlich ausführlicher als im Hörspiel, und die Parallelwelt noch dazu, wo ein Namensvetter von ihm, also quasi seine Gegenfigur, in unserer Welt agiert. Ich hatte überhaupt keinen Plan für diesen Roman, ich wußte nur, es kann keine steinige Tunguska geben am Schluß und keinen Meteor. Wolfgang Jeschke, gegenüber dem ich das erwähnt habe, hat gesagt, ihm fallen da aus dem Stand drei ein, die alle schon diesen Meteoriten verbraten haben. Dann sind so verschiedene Einflüsse gekommen, ich habe entdeckt, daß es da dieses Unterwasserspiel für Commodore 64 gibt, und dann war

schlagartig die Idee da, denn was war denn vor dem Weltkrieg für ein großes Ereignis, das die Leute bewegt hat? Das war der Untergang der »Titanic« 1912, und ich habe mir gedacht, was wäre, wenn sie nicht auf einen Eisberg gelaufen, sondern torpediert worden wäre. Es genügt ja eine ganz geringe Abweichung, um dann im Sinne der nichtlinearen Verstärkungen, die ja überproportional anwachsen, alles andere eine andere Richtung gehen lassen zu können. Das setze ich voraus, daß das der Leser alles weiß, das enthebt mich auch der Verpflichtung, so eine Figur wie den Prof. Schwarzschild einzuführen, der am Schluß erklärt, was eigentlich los ist. Nur bin ich dann draufgekommen, daß ich die beiden Welten in eine antinomische Situation gebracht habe, wo sie sich auf diesen beiden Flysch-Burgen gegenüberstehen, und da habe ich gewußt, jetzt bin ich in einer Sackgasse, ich kann den Roman hier aufhören. Damals hatte er nämlich noch keine Rahmenhandlung. Da habe ich gesagt, nein, so kraß kann ich das nicht machen, und dann habe ich mir eine Rahmenhandlung ausgedacht und die dazugeschrieben; dann wurde alles noch komplizierter, weil ich ja jetzt diese beiden Parallelwelten als Roman darstellen mußte, den der Protagonist und Erzähler auf der Festplatte findet, die er gekauft hat. Das ist autobiographisch, ich habe damals in einem alten Holzhaus gewohnt, und als ich feststellte, daß die neue Festplatte viel zu laut ist, habe ich in einem Anfall von Schaffenswut in der Nacht um 10 ohne Werkzeug ein Loch durch die Wand gebohrt — es hat sich genauso abgespielt, wie es im Roman geschildert ist —, und während dieser Arbeit ist mir dann dieser Einfall gekommen, hier könnten über die Zwischenwand die Marder, die Sendboten des Dr. Nierwald, Einfluß haben aufs Verbindungskabel und ihm quasi diesen Roman hinaufspielen, und dann habe ich mir überlegt, wieso muß denn das übers Verbindungskabel gehen, der kann ja selber verdoppelt sein. Wenn ich mir das jetzt überlege, ist es eigentlich Wahnsinn, ohne einen Plan oder ein Schema so ein Ding anzufangen, es war der Ritt übern Bodensee, ich muß es ehrlich sagen, ich war nahe dran, es aufzugeben. Ich habe mich oft vollkommen von der Intuition leiten lassen, ich wußte am Beginn einer Seite oft nicht, was am Ende stehen wird. Dann hatte ich fast alles fertig bis auf die letzten sechzig Seiten. In einem Alpental, wohin ich immer auf Urlaub fahre, habe ich erst den Schluß geschrieben, das ist eine Feriensiedlung, man darf nicht mit dem Auto hinfahren, im Oktober ist dort zu, da sind nur Leute auf der Jagd, die fuhren diesen einen Tag auch raus, und ich war dort wirklich allein und habe das Ding zu Ende geschrieben. Ein Generator lief nur für mich, ich war total auf mich gestellt. Es ist nichts passiert, es war gar nichts Besonderes, aber es hat mich unheimlich beeindruckt. In der Nacht zum 1. November 1989 ist mir die Lösung eingefallen, wo der Menzelbaum dann durch die Membran springt, und in derselben Nacht habe ich es zu Ende geschrieben. Ich bin sehr glücklich gewesen, bin heimgefahren, habe es in der Nacht zum 9. November meinen Freunden vorgelesen, und wir haben alle versäumt — das haben wir erst am nächsten Tag erfahren —, daß in dieser Nacht in Berlin die Mauer aufging, die ja in meinem Roman nie existiert hat. Dann beginnt leider das üble Kapitel: das Jahr 1990 habe ich damit vertrödelt, den Roman ungefähr 15 Verlagen anzubieten.

T: Warum nicht gleich an Jeschke?

M: Ich habe es ihm sowieso geschickt, aber er hätte mir gegönnt, daß ich einen Hardcover-Verlag finde (siehe auch Editorial »Das Science-Fiction-Jahr 92«).

T: Um durch die Literaturkritik wahrgenommen zu werden?

M: Deswegen. Ich habe von den Lektoren bei Rowohlt und Langen-Müller eine positive Meldung bekommen, aber die Verlagsleitung hat es dann abgelehnt, trotz des Angebots von Wolfgang Jeschke, ihnen die Taschenbuchrechte abzukaufen.

T: Gab es denn Besprechungen?

M: Es gab eine sehr positive Besprechung in der Weltwoche, zwei in Vorarlberger Tageszeitungen, und je eine in »Science Fiction Media« und »Andromeda Nachrichten«. Sonst nichts. Wenn Sie ein 60seitiges Manuskript als Hardcover-Roman beim Residenzverlag herausbringen, das ist in Österreich *der* Literaturverlag, da werden bei einer durchschnittlichen Auflage von 1500 Stück unter Umständen bis zu hundert Rezensionen »eingefahren«, das heißt, jeder 15., der das Buch gekauft hat, hat eine Rezension dazu verfaßt! Das ist das eine Ende des Spektrums, und am anderen Ende bin ich — und die Leute, die bei Heyne SF & Fantasy erscheinen. Die Auflagen sind da nicht unbeträchtlich höher, vielleicht acht- bis zehntausend Stück, aber die Rezensionen, die sind null.

T: Also die alte Geschichte: für die Literaturkritik ist etwas, das in einem Heyne-Verlag, in einer Unterhaltungsreihe erscheint, a priori nicht kritikwürdig.

M: Ja, offenbar ist das so, das können wir nur beklagen, mehr oder weniger wortreich, zum 101. Mal, das schert die gar nicht.

T: Und da sind wir auch wieder beim Hörspiel, das unter ähnlicher Ignoranz zu leiden hat, trotz Hörerzahlen, die eine Taschenbuchauflage um das zehn- bis zwanzigfache übertreffen können.

M: In Österreich ist es so, wie man aus Befragungen weiß, daß das allerspeziellste Spezialhörspielprogramm zu nachtschlafener Zeit jede Romanauflage um Längen schlägt. Ein Theater müßte monatelang spielen, um auf solche Zahlen zu kommen. Vielleicht liegt es auch daran, daß die Opinion-Leader oder die, die sich dafür halten, nicht mehr Hörspiele hören. Ich glaube, daß die Hörspielhörer doch die Stillen im Lande, die kulturpolitisch nicht Erfaßten sind.

T: Ein Jahr nach FUTURUM EXACTUM haben Sie ein zweites Hörspiel geschrieben: DAS SCHWARZE LOCH.

M: Mir hat das damals Spaß gemacht und man konnte damit, nebenbei gesprochen, auch ziemlich hübsch was verdienen, so auf einen Brocken, das war natürlich sehr angenehm als freier Mitarbeiter, weil der Verdienst, verglichen mit der Bundesrepublik, sehr schlecht ist. Das war eine Aufbesserung, und ich habe mir überlegt, ob ich nicht noch ein Science-Fiction-Hörspiel schreiben könnte, und zwar im Dialekt. Ich habe mir gedacht, warum soll man das nicht mal probieren, und dann hatte ich die Idee, Karl Winger, einen populären österreichischen Volksschauspieler, der in einer bekannten Radioserie meines Freundes Michael Köhlmeier mitgespielt hatte, für die Rolle des Anton zu nehmen. Die anderen Rollen sind eigentlich alle aus dem Freundeskreis oder mit Mitarbeitern des Rundfunks besetzt worden, der Reporter war ein damaliger Kollege, das war auch seine Art, sein Stil zu reportieren. Wir haben in Bregenz den Pfänder, einen Berg, durch den eine Autobahn hindurchgeht, und ich wollte das Stück im Pfändertunnel spielen lassen. Nun war das aber für Pfingstmontag zur Sendung vorgesehen, und mir ist eingefallen, wenn unsere Ansagerin verliest, daß dort ein Stau sei, das könnte eine Panik hervorrufen. Deswegen haben wir alles dreißig Kilometer weiter nach Feldkirch verlegt, da gibt es auch ein Tunnel, das Ambergtunnel, das war aber zu dem Zeitpunkt noch nicht fertig, also konnte da nichts passieren. Wie recht ich hatte, erhellt sich aus der Tatsache, daß am Tag der Sendung der Diensthabende von den Nachrichten ins Auto steigt und wegfahren will, das Autoradio anschaltet, und gerade an der Stelle, wo im Tunnel die großen Stauungen angesagt werden, denkt der, herrgottnochamal, warum sagt mir das keiner, gerade habe ich doch die Nachrichten gemacht, und dann ist es ihm erst eingefallen — also, das hätte hingehauen, wenn wir das Pfändertunnel genommen hätten.

T: In dem Stück sitzen Karl und Martha, ein Ehepaar, zusammen vor dem Radio und hören, daß im Tunnel etwas vorgefallen ist, von offizieller Seite wird auch gleich abgewiegelt, man weiß nicht genau, was los ist, angeblich soll eine Überwachungskamera ausgefallen sein ...

M: Die Leute fahren auf der einen Seite ins Tunnel hinein, kommen aber auf der anderen Seite nicht mehr raus. Das fällt dann irgend jemandem auf, man stoppt den Verkehr, dann fährt die Polizei da hinein, über Sprechfunk sind die verbunden, und die verschwinden dann auch auf geheimnisvolle Weise. Das Tunnel ist sozusagen das Schwarze Loch, und das ist so ein leicht ironischer Titel, weil da natürlich auch das Schwarze Loch aus der Physik mitschwingt. Nach einer gewissen Zeit, kommen die Fahrzeuge alle wieder, aber offenbar — man hört das nur durch die Radioreportage — in außerordentlich ungünstiger Weise verändert. Das Ehepaar erwartet Verwandte, die in Vorarlberg ihren Urlaub verbringen wollen, und die sind überfällig, und der Hörer kann mitvollziehen, daß die eben zu den Bedauernswerten gehört haben, die da im Tunnel verschwunden und irgendwie in eine Zeitfalte oder sonstwas hineingefahren sind, und am Schluß dann, als diese Autos wieder herauskommen …

T: … das Innere der Fahrzeuge irisierend grün …

M: … ja, dann kommen also auch die Verwandten an, man hört draußen das Auto vorfahren, die Frau geht aufmachen, und dann endet das mit einem entsetzlichen Schrei. Die klassische Hörspielsituation: da kann dann der Hörer sich selbst ausmalen, was sich da im Auto befunden hat. Das kann nur so enden.

T: Es ist das, was in allen vier Hörspielen vom Christian Mähr immer wiederkehrt: das Unerwartete, das Unbekannte, das Bedrohliche, das Grauenhafte, das in eine vertraute Alltagssituation hereinbricht.

M: Ich bin davon ausgegangen, phantastische Literatur, das heißt einfach, daß in die bürgerliche Welt etwas Überrationales hereinbricht und sie möglichst zerstört, weil sich eben herausgestellt hat — das muß die Darstellung ergeben —, daß diese bürgerliche Welt gar nicht so toll ist, wie sie sich gibt, und eigentlich wert ist, daß sie kaputtgeht. — Das nächste Hörspiel, CHLOROPHYLL, wollte ich heiter enden lassen, das war eine Hommage an Jack Arnold …

T: Vor dem Beginn des Hörspiels hört man Christian Mähr sagen: »CHLOROPHYLL ist eine Hommage an den Science-Fiction-Film der 50er Jahre, an Jack Arnold. Ich bin ein Fan von Jack Arnold, und ich bin ein Fan von Science Fiction. Die Message: einfach grauenvoll, kann ich Ihnen sagen!«

M: Ja, das ist eine leicht ironische Ansage von mir, daß man das Ganze nicht so ernst nehmen sollte. Mir haben die Filme von Jack Arnold immer sehr gefallen, im Südwestfunk gab's mal eine Reihe und im Anschluß an die Filme jeweils ein Interview. Mir war der Mann sehr sympathisch, die Filme habe ich früher schon gern gesehen, die waren auch irgendwie gut gemacht, einen ganz gewissen Stil hat er da aufgebaut, das hat mir gut gefallen, und ohne große Hintergedanken habe ich mich dann darangesetzt. Die Grundidee, was mich immer fasziniert hat, ist das Steinkohlenzeitalter. Alle Menschen reden von Sauriern, jetzt haben wir ja auch den Saurier-Roman, hoffentlich wird er bald verfilmt, dann gehe ich sofort rein, aber die Erdgeschichte ist so lang, und es ist ja irgendwie ungerecht, das ganze phantastische Interesse auf die Saurierzeit zu konzentrieren. Bitte, das sind über 100 Millionen Jahre, aber ich bin noch einmal zurückgegangen, und zwar auf die Pflanzen. Die große Pflanzenzeit war die Steinkohlenzeit. Von den Sauriern haben wir nichts mehr, von den Pflanzen haben wir immer noch was, nämlich das, was wir in großen Mengen in die Heizkraftwerke hineinschmeißen, das sind immer noch die schönen Sonnentage des Steinkohlenzeitalters, mit einem Faktor von 1 : 10 000 oder noch schlechter, das heißt in einem Jahr verfeuert man Steinkohle, die sich in vielen Jahrtausenden angesammelt hat. Und ich habe mir gedacht, dem muß man mal Gerechtigkeit widerfahren lassen. Viecher gibt's praktisch noch nicht, Blütenpflanzen auch nicht, nur diese Schachtelhalme und Riesenfarne, die mich als Kind schon fasziniert haben, und zwar wahnsinnig. Ich hatte ein großes Buch, da waren diese Pflanzen abgebildet, und ich habe mir gedacht, was wäre, wenn diese Pflanzen jetzt wiederkämen. Ich war natürlich von dem berühmten Roman »Es grünt so grün« inspiriert, wo einer ein Superdüngemittel verschüttet, und die ganze Erde wächst mit Gras zu. Aber es kam mir nicht aufs Gras an, sondern ich wollte die ganze Ökologie dabeihaben. Es sollte auch einen gewissen ökologischen Anstrich haben, damals war gerade der Höhepunkt der Öko-Bewegung.

T: Einer im Hörspiel sagt: »Das Zeug muß weg!« und ein anderer antwortet: »Ja, haben wir das nicht immer gesagt? Mit allen negativen Folgen, die man sich denken kann. ... Vielleicht läßt sich die Natur die fortgesetzte Vergewaltigung nicht mehr gefallen.«

M: Es ist ja an sich ein lustiges Hörspiel. Ich glaube, es ist auch ziemlich gut geworden, sie haben es ungefähr hingekriegt, der Sheriff ist sehr sheriffhaft, und die Heldin ist sehr heldinnenhaft ...

T: Und am Schluß verschwindet Jane — sie heißt wirklich so! gleichsam mit Tarzan im Dschungel! Der Tarzan heißt hier Arnold, und er ist in den Augen seines Kontrahenten Herbert ein Ökospinner. Wollten Sie mit der Figur des Herbert, der ja Chemiker ist wie Sie, mit Ihrer eigenen Vergangenheit abrechnen?

M: Ja klar, der geht dann auch ein. Den zieht's mit dem Auto hoch, bis er instabil wird, und dann fällt er runter. Man hat mir immer vorgeworfen, das glaubt einfach niemand, daß diese Pflanze in so kurzer Zeit so hoch wachsen kann — ich muß ehrlich sagen, ich glaube es auch nicht, aber die Pflanzen haben einfach das Manko, daß sie keine Zähne und Klauen haben. Es gibt zwar fleischfressende Pflanzen, aber ich wollte mich ja strikt an das wirkliche Karbonzeitalter halten, und nicht irgendwelche Fantasy-Sachen erfinden.

T: Nein, das hätte der Sache geschadet.

M: Das ist alles nicht so ernst zu nehmen, Jack Arnold hat seine Filme ja wahrscheinlich auch nicht so blutig ernst genommen.

T: Ich glaube, die Leute, die das als Hommage verstanden haben, haben das mit dem Wachstum von zwei Metern pro Minute auch schmunzelnd hingenommen.

M: Ich fühlte mich am Schluß auch berechtigt, den grünen Zeigefinger zu erheben. Das Thema Wald war mir deshalb wichtig, weil ich es für einen mitteleuropäischen Topos halte und weil ich denke, daß er auch mal als machtvolle Metapher vorkommen könnte und nicht immer nur als Fußkranker der Industriegesellschaft. Es ist auch eine Reaktion auf meine Tätigkeit als Rundfunkjournalist, der fast ausschließlich im Umweltbereich arbeitet, und wenn man jahrelang diese Klagegesänge berichtet, dann geht einem das so auf die Nerven, daß ich einfach mal, um mich zu befreien, gesagt habe, so, jetzt setze ich denen mal einen Wald hin, der dermaßen gesund und stabil ist, daß ihnen Hören und Sehen vergeht.

T: Sie machen sich zum Anwalt des Waldes, lehnen aber grüne Ideologie ab?

M: Ja. Von dieser Holzschuhfraktion halte ich nichts. Das Grüne ist für mich etwas Technisches. Die Forstfachleute, die ich zu interviewen habe, sind natürlich mehr oder weniger grün, anders könnten die gar nicht ihren Beruf ausüben. Als Forstingenieur könnten Sie hier in Österreich gar keine Kahlschlag-Wirtschaft machen. Vorarlberg ist hier eine Speerspitze — wir sind, was Müllvermeidung und -trennung, Solararchitektur und den Forst-Jagd-Bereich betrifft, wirklich führend, und wir waren die ersten in Österreich, die Grüne ins Landesparlament gewählt haben. … vielleicht wird die nächste Generation eine Generation von völlig humorlosen Ökoterroristen werden, daß uns Hören und Sehen vergeht?

T: Darüber haben Sie ja auch mal eine Erzählung geschrieben.

M: Ja, »Sprecher und Hörer«, die halte ich an sich für meine beste, da ist auch eine Zukunftswelt, in der sich eben eine gewisse grüne Ideologie so verselbständigt hat, aber bei einem ungebrochenen technischen Fortschritt, der zu einer vollkommen automatisierten Industriegesellschaft geführt hat, so daß die Leute alle arbeitslos sind und bei der Stange gehalten werden müssen durch das Erlernen von Sprachen.

T: Da spielt auch wieder das Radio eine Rolle!

M: Ja. Mir gefällt die Geschichte heute noch, und die Hörspiele auch. Kommen wir aufs letzte. Das war DIE TRANSPLUTONISCHE PLAGE. Es spielt in einer Zeitungsredaktion eines imaginären Staates, man hört, daß in einem bestimmten Landkreis eine Seuche ausgebrochen sei, das Militär habe aber alles abgesperrt. Es ist ein kompliziertes Spiel von Intrige und Gegenintrige, und es geht im Prinzip um die Technologie der Materietransmitter. Übrigens habe ich mir die Transmitterkabinen genauso vorgestellt wie in dem Film »Die Fliege«; wie ich im Kino saß, habe ich gedacht, das darf ja wohl nicht wahr sein! Wieso hat einer die gleichen Phantasien? Wir haben uns beide die Kabinen als Telefonhäuschen vorgestellt. Nur ist es bei mir etwas komplizierter: Wer durch diese Transmitterstation hindurchgeht, dessen Augen verändern sich, und jeder andere, der ihn anschaut, verfällt unwiderruflich dem Wahnsinn, außer er ist selber schon durch einen Transmitter gegangen, dann macht es ihm gar nichts aus. Nach vielen Verwicklungen kommt man dazu, die ganze Bevölkerung durch diese Transmitter hindurchzuschleusen, bis auf den Helden und seine Freundin, die sich dem aus einer bösen Ahnung heraus verweigern, mit gutem Grund, denn am

Schluß stellt sich heraus, daß die »Verwirbelten«, wie dieser Terminus technicus von mir heißt, zwar unsterblich werden, sie brauchen keine Nahrung mehr, aber das Lebendige flieht sie, es verdorrt alles, sie lassen, wo sie hingehen, eine Wüste zurück. Man will ihn überreden, es doch auch zu versuchen, aber er sagt: »Ihr werdet das nicht aushalten, in ein paar hundert Jahren werdet Ihr auch euren Verstand verlieren, weil der Mensch ohne Umwelt nicht gedacht werden kann.« Das ist die eigentliche Aussage.

T: In diesem Hörspiel haben Sie den Hörer nicht von Anfang an zum Mitwisser gemacht; nur die Eingeweihten von der Transmitter-Industrie wissen um diese unheimliche Nebenwirkung, man macht also der Öffentlichkeit und auch dem Journalisten weiß, es habe eine Katastrophe stattgefunden, deshalb müßten die Transmitter dorthin geschafft werden.

M: Um medizinische Geräte zu transmittieren.

T: Der Überraschungseffekt bleibt für den Hörer bis ziemlich zum Schluß bestehen. — Nach DIE TRANSPLUTONISCHE PLAGE folgte dann 1987 »Magister Dorn«. Von 1983 an haben Sie in lückenloser Folge vier Hörspiele geschrieben, seither haben wir nie wieder etwas von Ihnen gehört.

M: Ja, das hat einfach den Grund, daß sich die Hörspielsituation bei uns verändert hat, es ist nicht mehr so einfach, Hörspiele unterzubringen, und ich habe auch, muß ich sagen, momentan jedenfalls, die Lust verloren. Mir war dann auch das Romanschreiben einfach wichtiger.

T: Würde nicht »Sprecher und Hörer« ein schönes Hörspiel abgeben?

M: Ja, doch, das würde sich wahrscheinlich ganz gut eignen.

T: Warum wurden alle Ihre Hörspiele bei Radio Vorarlberg produziert? In Deutschland ist es eher unüblich, daß das Werk eines Autors, der zugleich eine Funktion beim Rundfunk hat, beim eigenen Sender produziert wird.

M: Ich habe schon probiert, diese Hörspiele in der Bundesrepublik unterzubringen, aber ohne Erfolg. Selbst Andreas Weber-Schäfer hat sie nicht angenommen.

T: Sie haben einmal in einem Rundfunkinterview einen sehr schönen Satz gesagt: »Radio ist der Anschluß an einen imaginären Raum.« Das wirft ein bezeichnendes Licht auf Ihr Verhältnis zum Radio und auf Ihre Hörspiele, besonders die, in denen das Radio die Hauptrolle spielt.

M: Ja, der imaginäre Raum, das ist so unser Credo hier beim ORF, die Leute, denen wirklich was am Radio liegt, die denken, Radio ist eben das Kino im Kopf. Egal, ob Hörspiel oder Reportage oder Feature — alle erfordern die Mitarbeit des Hörers. Mitarbeit, das hört sich schon wieder so furchtbar an, so nach Jugendgruppe oder Seminarnachmittag; »sympathein« oder »empathein«, darum geht es. Das erfordert natürlich einen Hörer, der dazu fähig ist; ein Hörer, der vollkommen abgestumpft ist, weil er sich mit Porno oder Horrorvideos die Sinne zugeschüttet hat, den werden Sie bei Hörspielen nicht hinterm Ofen vorlocken, wenn Sie nicht im Originalton bringen, wie einem die Gedärme rausgerissen werden. Vielleicht könnte man sagen, wenn man so kulturpessimistisch formulieren will, daß aus diesem Grunde das Hörspiel eine sterbende Sache ist. Ich glaube es *nicht,* weil ich nicht glaube, daß der Mensch dermaßen veränderbar ist, wie das unsere Kulturkritiker zu glauben scheinen. Wir hatten in den 60er Jahren eine große Ideologie, der Mensch muß verändert werden, die Phantasie an die Macht usw., nur war das nicht so, die haben sich offenbar nicht so verändert, wie man das wollte, jetzt schlägt das Pendel in die andere Richtung, es heißt, der Mensch ist viel zu blöde, wird untergehen, es hat alles keinen Zweck mehr, das ist eine Spezies, die sich selber ausradiert. Da kommt ein wahnsinniger Haufen an Zivilisationskritik zusammen, und nicht nur Zivilisationskritik, sondern anthropologische Kritik. Wenn Sie diese Schwankungen in eins nehmen, dann haben Sie ein ziemlich gutes Bild völlig hysterischen Verhaltens, und was mich an der Linken deutschsprachiger Prägung immer gestört hat, das ist diese wahnsinnige Hysterie. Darum sind mir die Leute auch alle sehr verdächtig. Das ist so ein Gebrülle und Geschrei, und dann geht's aus wie das Hornberger Schießen: zwanzig Jahre später sind sie alle in Amt und Würden und erinnern sich der großen Zeiten. Ich sage ja nicht, daß ihre Eltern und Großeltern das nicht getan hätten, aber wenn ich mit dem Anspruch hergehe, mit dem sie angetreten sind, da sollte doch ein bißl mehr übrigbleiben als Revolutions-Nostalgie. Mir ist es aber um den Menschen eigentlich nicht so bange — ich weiß, es klingt verrückt, aber ich bin Optimist.

T: Ein schönes Schlußwort! Aber weil das Zitat zu Beginn unseres Gesprächs einen so negativen Eindruck über das Radio hinterlassen hat, möchte ich zum Schluß noch einmal »Fatous Staub« zitieren, denn in der Parallelwelt hat man eine andere Einstellung zum Radio, obwohl — das kommt nur ganz am Rande zum Ausdruck, und viele Leser werden es vielleicht gar nicht registriert haben — obwohl es in der anderen Welt ja durchaus auch das Fernsehen gibt; nur spielt es dort offenbar keine Rolle:

> »›Was verlangen Sie denn noch?‹ rief Menzelbaum verzweifelt. ›Wenn ich einen Bericht über den Eiffelturm zu machen habe, soll ich etwa nach Paris fahren und hinaufsteigen? Wie stellen Sie sich das vor? Das ist ja eben die Kunst der Rede im Circular, daß die Imagination des Zuhörers sich an der Schilderung entzündet, daß er, genau wie der Berichterstatter selbst, im Geiste anwesend sein kann ... Das geistige Auge ist es, das all diese Dinge erschaut, die vollkommener, bunter, prächtiger sind als die Aufnahmen einer Kamera dies jemals sein können. Eben deshalb kümmert die Television vor sich hin, weil niemand die Bilder sehen will, die denen des eigenen Kopfes so unendlich unterlegen sind.‹«

DIE HÖRSPIELE VON CHRISTIAN MÄHR::

FUTURUM EXACTUM
ORF Vorarlberg 1983, U: 8. 2. 83, R: Wolfgang Stendar

DAS SCHWARZE LOCH
ORF Vorarlberg 1984, U: 11. 6. 84, R: Frederik Ribell

CHLOROPHYLL
ORF Vorarlberg 1985, U: 17. 11. 85, R: Augustin Jagg

DIE TRANSPLUTONISCHE PLAGE
ORF Vorarlberg 1986, U: 18. 7. 86, R: Augustin Jagg

Science Fiction-Hörspiele 1991/92

von Horst G. Tröster,
Ute Perchtold, Helmut Magnana,
Sascha Mamczak und Thomas Tilsner

»*Das Hörspiel ist ein Anachronismus,* der in unserer Zeit der Visualisierung der Kommunikation etwa so nötig ist wie der Versuch, täglich das Rad neu zu erfinden«, schrieb vor einigen Jahren ein Bildschirmtext-Redakteur aus Hessen, wobei jeder selbst entscheiden möge, ob der Schreiber mit seinen Worten wirklich das Hörspiel desavouiert oder nur, ohne es zu wollen, seine eigene — visuelle — Eingleisigkeit. Nicht verwunderlich, daß eine Erwiderung von Dr. Dieter Hasselblatt, damals Leiter der Hörspielabteilung beim Bayerischen Rundfunk, nicht lange auf sich warten ließ, in der es unter anderem heißt: »Das Hörspiel ist flexibler, elastischer, wandlungsfähiger und proteushafter als alle optisch übermittelten Informationen und sensorischen Reize. Darum braucht es für das Rezipieren eines Hörspiels vor allem: Phantasie und Emotion. Das allerdings ist eine conditio sine qua non. Phantasie und Emotion: wer das nicht aufbringt, wird — natürlich! — das Hörspiel als einen einzigen Appell an dieses Manko verstehen, keine Phantasie und keine Emotion aufbringen können, um Hörspiele zu hören, zu verstehen und als Reflexionsangebot zu nehmen.«

Hörspiel als Reflexionsangebot gab es vor neun Jahren, als Hasselblatt diese Zeilen schrieb, auch in der DDR, und wer die aufschlußreiche, weil offene und nicht beschönigende

Aufarbeitung der über vierzigjährigen DDR-Hörspielgeschichte durch Dr. Peter Gugisch, ehemaliger Leiter der Hauptabteilung Funkdramatik im Rundfunk der DDR im Juli 92 im Deutschlandfunk gehört hat, weiß, daß das Hörspiel sich in der DDR größere Freiheiten herausnehmen konnte als jede andere Publikationsform dort. Daß es in der DDR so wenig Science Fiction-Hörspiele, und wenn, dann meist nur im Kinder- und Jugendfunk gegeben hat, mag darin begründet gewesen sein, daß eine sich als weitgehend perfekt einschätzende Gesellschaft weder positive noch erst recht negative Utopien nötig zu haben glaubte.

Um dies nicht als unbewiesene Behauptung im Raum stehen zu lassen, hier ein Beispiel, das veranschaulicht, wie verkrampft der Umgang mit Science Fiction in der Öffentlichkeit doch war: Das Theaterstück des Nobelpreisträgers Elias Canetti »Die Befristeten« wurde sowohl in der alten BRD (WDR 1966) als auch in der DDR (1988) als Hörspiel ausgestrahlt. (Es geht darin um das Modell einer Gesellschaft, deren vermeintliche Freiheit aber auch Unterdrückung darin liegt, daß jeder genau zu wissen glaubt, wie lange er zu leben hat.) Im Rundfunk der DDR folgte auf die Sendung eine 43minütige Diskussion zwischen dem Schriftsteller Gert Prokop und Dr. Hartfried Schmidt, Philosoph an der Akademie für Gesellschaftswissenschaften. Nachdem der Moderator in Verkennung der wirklichen Intention Canettis das Drama als »bestehende Vision einer möglichen Gesellschaft« bezeichnet hat und von Gert Prokop darauf hingewiesen wurde, daß es sich eben nicht um eine denkbare Entwicklung handelt, dreht sich die Diskussion nicht mehr um das Hörspiel, sondern nur noch um Utopien allgemein:

Moderator: »Mit solchen Produktionen wie dem, was Canetti hier macht, da begibt man sich doch automatisch eigentlich in eine gewisse Konkurrenz zur marxistischen Philosophie. Ist es nicht so, daß eine Wissenschaft, die von sich behauptet, daß sie gesellschaftliche Entwicklungen analysieren kann, auch in der Lage sein muß, eine gewisse Prognose auszusprechen, daß sie sich also darüber äußern können muß, was wird in hundert Jahren ... mit einer gewissen Wahrscheinlichkeit in der Welt, in der DDR passieren. Und wenn jetzt ein Schriftsteller versucht, zum Beispiel so etwas mal auszugestalten — wann kommt er denn da in Probleme mit einem marxistischen Philosophen, der ihm dann sagt, also tut mir leid, was du da aufgeschrieben hast, das widerspricht ja sämtlichen von uns in mühsamer Kleinarbeit hergestellten oder abgeleiteten Prognosen. So nicht, mein Lieber, Du orientierst die Leute auf völlig falsche Ziele mit dem, was Du da schreibst.«

Schmidt: »... Ich gehe nicht an ein Kunstwerk, auch nicht an einen SF-Roman heran, na, nun wollen wir doch mal sehen, inwieweit das dort Gesagte mit dem übereinstimmt, was man also wissenschaftlicherseits vertritt und vertreten könnte ...«

Prokop: »... was ein großer Fortschritt ist! In den 50er Jahren wurden die Autoren noch kritisiert, daß da in Science Fiction-Romanen Ende unseres Jahrhunderts der Kapitalismus noch existiert, und Walter Ulbricht hat da sehr böse Worte gefunden, daß irgend jemand denken sollte, es gäbe dann den Kapitalismus auf der Erde noch.«

Schmidt: »Ja, das war so diese gnoseologische Kunst-Konzeption, daß also die Kunst eigentlich nur versinnbildlicht, was wissenschaftlich schon gedacht wurde. ... Die Aufgabe von Kunstschaffenden ist eigentlich überhaupt nicht, sozusagen bloß in eine bestimmte sinnbildliche Gestalt zu bringen, was Wissenschaftler schon gedacht haben.« ...

Moderator: »Wir haben über die Anforderungen, die ein marxistischer Philosoph an einen Science Fiction-Autor stellt, schon gesprochen, mich interessiert jetzt noch mal umgedreht, wenn man SF-Geschichten schreibt wie Herr Prokop, wie weit orientiert man sich denn dann doch an marxistischen Erkenntnissen? Sie haben zum Beispiel eine konkrete Utopie ... verfaßt über das Leben auf der Erde Mitte des nächsten Jahrhunderts. ... Da ist also die USA, die Nordstaaten der USA, das letzte, was übriggeblieben ist vom Kapitalismus, ... und die restliche Welt ist also zum Kommunismus übergegangen.«

Prokop: »... Ich habe kein Modell unserer Welt in hundert

Jahren gegeben, sondern einer möglichen Entwicklung eines hochentwickelten imperialistischen Staates ...«

Moderator: »Inwieweit haben Sie sich denn von den marxistischen Zukunftsprognosen und der marxistischen Weltanschauung leiten lassen?«

Prokop: »Na ja, da ich ein überzeugter Kommunist bin, würde ich gerne eine Welt erfinden, in der der Kommunismus herrscht, ich weiß nur nicht, wie die aussehen wird. ... Die reale Entwicklung verläuft in so jähen Wendungen, in Widersprüchen, in unerwarteten Dingen, daß das wirklich schwierig ist, das zu beschreiben.« ...

Schmidt (nachdem Prokop sich für ein gewisses Maß an plebiszitären Entscheidungen ausgesprochen hat): [Man müßte definieren], »in einer natürlich politischen, von der SED geleiteten Diskussion, was soll für uns künftig der Sinn des Sozialismus sein?« Und wenig später, über Canettis Drama: »Ich gehe davon aus, daß so ein politischer Fortschritt einfach von oben in der sozialistischen DDR nicht möglich ist.«*

Das Ende der DDR bedeutete auch das Ende der Hauptabteilung Funkdramatik, welche allein für die Produktion der Hörspiele zuständig und verantwortlich war, die dann von den ansonsten selbständigen Sendeanstalten Radio DDR 1, Radio DDR 2 und Berliner Rundfunk ausgestrahlt wurden. Von September 1990 an wurde im Funkhaus Berlin unter der Verantwortung nur noch eines Intendanten produziert und

* Elias Canettis DIE BEFRISTETEN wurde in der damaligen Hörspielabteilung des DDR-Rundfunks nicht vorrangig als Science Fiction-Hörspiel gesehen, sondern hinsichtlich der literarischen Qualität des Textes. Die zitierte Anschlußsendung (Gespräch Prokop—Schmidt) war seitens der Hörspielabteilung nicht vorgesehen. Offensichtlich hatten hier eifrige Kollegen vom Journalismus eine Möglichkeit gesehen, sich über ein Kunstwerk (was nicht selten vorkam) zu einem Problemsachverhalt zu äußern, es zum Anlaß für eine solche Debatte zu nehmen. Die Science Fiction-Hörspiele im DDR-Rundfunk waren größtenteils auf Spannung, sprich: Unterhaltung orientiert. Es kam kaum zu stärkerer Hinwendung bezüglich utopischer Gesellschaftsentwürfe. Sogenannte Kapitalismuskritik stand meist im Vordergrund.

Hans Bräunlich, Leiter der Abteilung Hörspiel bei DS Kultur über die nicht mehr eigenständigen Sender Radio Aktuell, Deutschlandsender Kultur, Berliner Rundfunk und Jugendradio DT 64 ausgestrahlt. Bis Ende 1991 war die Überführung der Rechtsnachfolger des DDR-Rundfunks in Landesrundfunkanstalten gemäß § 36 des Einigungsvertrags durch den Medienbeauftragten Rudolf Mühlfenzel abgeschlossen. Mit Beginn des Jahres 1992 gibt es als neue Mitglieder der ARD den Mitteldeutschen Rundfunk, MDR, mit Sitz in Leipzig, und den Ostdeutschen Rundfunk Brandenburg, ORB, im Gebäude des ehemaligen Funkhauses Berlin. Ein Ende des langen politischen Tauziehens um DS Kultur, der vorerst mit dem ZDF zusammenarbeitete, war erst im Sommer 1992 in Sicht. Von 1993 an soll aus DS Kultur, dem Deutschlandfunk und RIAS Berlin 2 unter dem Dach von ARD und ZDF eine neue Rundfunkanstalt nach Bundesrecht entstehen, deren Name noch gefunden werden muß.

Erfreulich, daß wir zum erstenmal *vier Hörspiele aus den neuen Bundesländern* vorstellen können, drei noch aus dem Funkhaus Berlin, eines von DS Kultur. Es wäre sicher eine Überinterpretation, wollte man einen direkten Zusammenhang zwischen dem Ende des Staatssozialismus und der Tatsache sehen, daß zwei der hier besprochenen Produktionen das Ende der Zivilisation zum Thema haben. Die Vokabel »Post-Doomsday« habe ich bewußt vermieden, weil sie, abgegriffen, wie sie ist, eher Vorurteile weckt und an einschlägige Szenarios amerikanischer Provenienz erinnert, in denen die Lust am Untergang den Schrecken überwiegt. In den hier vorgestellten Beispielen dagegen geht es nicht um Art und Ablauf der Ereignisse, auch nicht um Hintergründe, sondern um das Empfinden der Ohnmacht, des Ausgeliefertseins.

Horst G. Tröster

Stimmen in später Stunde

von Bo Carpelan
Regie: Beate Rosch
Funkhaus Berlin 1990

Das Hörspiel des finnischen Autors präsentiert sich wie ein Gemälde in Moll, gleichsam als gedämpftes Requiem, ohne laute Töne, mehr resigniert als verbittert, wobei die Klangkomposition, zwischen einem unheilverheißenden Brummen und den verhaltenen Tönen eines Cellos wechselnd, das Gefühl der Bedrohung und des Ausgeliefertseins für den Hörer unmittelbar erlebbar macht. In sachlichem, wie unbeteiligt wirkenden Tonfall schildert eine weibliche Chronistin die Katastrophe, von den ersten Vorahnungen in den Köpfen einiger Menschen bis zu den verzweifelten Versuchen, zu fliehen oder sich mit der Situation zu arrangieren. »Die in die Bewußtlosigkeit sinken, sind gerettet«, heißt es. Nur verspätet und bruchstückhaft erfahren die Menschen aus dem Radio, was wirklich geschehen ist; von einem begrenzten Atomschlag gegen Skandinavien ist die Rede, ob irrtümlich oder absichtlich, bleibt offen. Am Ende verbrennt, erstickt und ertrinkt alles Leben in der offenbar unvermeidlichen weltweiten Eskalation.

Horst G. Tröster

Das Brummen

von Jürgen Frenzel
Regie: Karlheinz Liefers, Musikcollage: Alexander Brennecke
Deutschlandsender Kultur 1992

Jürgen Frenzel benutzt das Brummen als Metapher für eine nicht näher bezeichnete tödliche Bedrohung. Die Katastrophe wird nicht beim Namen genannt, allenfalls lassen Hinweise auf zerborstene Mauern, vom Himmel gefallene Vögel oder die Warnung vor Metallenem ahnen, welcher Art die Ereignisse sein könnten. Doch gerade durch die Anonymisierung des Geschehens, dadurch, daß jeder für sich selbst bestimmen muß, was es aufzuhalten gilt, wird die Warnung um so eindringlicher. Nicht die Katastrophe als solche ist das Thema, sondern der ewig gleiche Mechanismus von Abwehr, Verdrängung und Aggression, der in der Geschichte die Kette von Gewalt nie abreißen läßt.

Alle haben die Vorzeichen wahrgenommen. Alle haben es gehört, das Brummen, »als trüge es eine entfernte Drohung« heran. Doch niemand will das Ungeheuerliche wahrhaben. Man zieht die Decke über den Kopf und versucht, in den Schlaf zurückzufliehen. Gehorchen ist jetzt wichtiger als horchen, und es gibt viele, die plötzlich schlechter hören können. Wer den Mut hat, die Wahrheit zu sagen, wird brutal zusammengeschlagen. Konsum, Zerstreuung, Ablenkung ist Trumpf. Weil die Medien schweigen, ist man bald geneigt, an eine Täuschung zu glauben. Erst als sich nichts mehr verheimlichen läßt, ziehen die Frauen und Kinder aus der Stadt. Die Männer halten die Stellung, bereit, den Feind zu schlagen, und merken in ihrer Blindwütigkeit gar nicht mehr, daß im wörtlichen wie im übertragenen Sinn ihresgleichen es sind, die eigenen Frauen und Kinder, die sie bekämpft haben, die, in der Flucht keinen Sinn mehr erkennend, in die Stadt zurückgekehrt sind. Am Ende sprechen sie nicht einmal mehr die gleiche Sprache. Und doch könnte darin eine neue Chance liegen: die Kinder wachsen mit einer neuen Sprache auf, einer heilsamen Sprache ohne Erinnerungen und ohne Fragen: weil in ihr keine Fragen mehr vorkommen.

Jürgen Frenzels lyrisches Hörwerk präsentiert sich als Chor von Stimmen, räumlich und akustisch variiert, einzeln oder vervielfacht, und doch sind es nur die Stimmen einer Frau und eines Mannes, mal überrascht, mal nachdenklich, mal erregt, dann wieder resigniert, oft nebeneinander her, doch nie im Dialog. Dort, wo es gilt, Zusammenhänge zu erkennen, die ein erhöhtes Maß an Sensibilität erfordern, ist bezeichnenderweise nur die Stimme der Frau zu hören. Sie ist es auch, die irgendwann nach dem »Warum« fragt.

Selten wird so deutlich wie hier, daß das Manuskript nicht das fertige Hörspiel ist. Jürgen Frenzels Arbeit ist ein bloßer

Text ohne Rollenverteilung — weniger noch als eine Partitur. Die Realisierung, die choreographische Umsetzung erst macht ihn zu einem Ton-Poem, gleichsam einem Choral ohne Musik, einem Oratorium von beklemmender Spannung.

Horst G. Tröster

Die Logikfalle

von Frank Naumann
Regie: Detlev Kurzweg, Komposition: Alexander Brennecke
Funkhaus Berlin 1991

Dieses Hörspiel mag als Beispiel für die Art von Science Fiction stehen, wie sie in Zeiten der DDR im Jugendfunk gepflegt wurde. Eine Mücke ist das einzige nichtmenschliche Lebewesen an Bord eines Raumschiffs, die Bordbiologin Anna ist empört, weil einer die Mücke erledigen will, sie droht, alle zu erschlagen, wenn sie der Mücke etwas antun, das hört Rudi, der Bordcomputer, natürlich muß Anna daran gehindert werden, denn die Mission geht vor, und aus ähnlichen Gründen bringt der Computer nach und nach die ganze Besatzung um. Ein Abenteuerhörspiel ohne Tiefgang, es wird nicht deutlich, warum der Computer, der angeblich alles Wissen der Menschheit gespeichert hat, nicht fähig sein soll, so einfache Zusammenhänge zu durchschauen. Daß es sich um ein Jugendhörspiel handelt, darf nicht als Entschuldigung herhalten. Im Gegenteil.

Horst G. Tröster

Frohe Stimmen aus heiterem Himmel

von Thomas Böhme
Regie: Barbara Plensat
Funkhaus Berlin 1991

Die Frauen haben das Sagen, die Männer leben in Käfigen und debattieren über die alten Zeiten. Neidvoll lauschen die Jüngeren, die ein Leben außerhalb der Käfige gar nicht mehr kennen, wie die Alten über Fußballschlachten, Vögeln, Weiberklatschen, Stripteasebars und Pornoschuppen reden. Die Frauen, sofern sie nicht gerade Attrappen benutzen, holen sich schon mal einen von ihnen ins Bett, obwohl »die« ja von rechts wegen längst kastriert sein müßten, wenn sich die »Gütige Schwester« nicht aus humanitären Gründen dagegen sträuben würde. Die Jungen sind noch reizend, fast wie frau; schade, daß sie's nicht bleiben, dabei wäre es chirurgisch gar kein Problem. Die Alten reagieren sich an den Jungen ab, bespringen sie, denn irgendwo müssen sie's doch lassen, wenn frau sie schon nicht kastrieren darf.

Daß auch Hörspiele ohne philosophischen Tiefgang witzig, frech und hörenswert sein können, beweist Thomas Böhme mit seinem Beitrag zu dem Hörspielwettbewerb »Bis hierher und nicht weiter«.

Horst G. Tröster

Und nun zu den Hörspielen aus dem Gebiet der alten Bundesrepublik:

Eifelheim

von Hermann Motschach
nach einer Story von Michael F. Flynn
Regie: Andreas Weber-Schäfer
SDRH 1992

Tom ist Kulturhistoriker und beschäftigt sich mit Besiedlungsmustern, mit der Art und Weise, wie Dörfer und Städte über die Jahrhunderte hinweg entstanden und vergangen sind. Bei seinen Untersuchungen stößt er auf Eifelheim, ein Dorf im Schwarzwald, das aus unerklärlichen Gründen im 14. Jahrhundert verlassen und entgegen aller Wahrscheinlichkeit nie mehr besiedelt wurde. Toms wissenschaftliche Neugier erwacht, noch zusätzlich geschürt durch einen Zeitungsartikel, den ihm sein Studienfreund Anton aus Deutschland geschickt hat. Darin wird von der Entdeckung eines Grabsteines berichtet, in den eine höchst merkwürdige Darstellung eingeritzt ist, die nicht sehr viel Ähnlichkeit mit einem Menschenkopf aufweist. Und dieser Grabstein fand sich eben auf jenem Gebiet des aufgegebenen Eifelheim. Zusammen mit seiner Assistentin Judy durchforstet Tom nun die Archive auf der Suche nach Hinweisen, die das Verschwinden des Dorfes erklären könnten, Anton tut das gleiche in Deutschland. Sie finden ein paar Tagebuchseiten des letzten Pfarrers von Eifelheim, ein »kabbalistisches Gebet des Heiligen Johannes« über »Die acht geheimen Wege zur Erlangung des Jenseits«, Berichte über fliegende Dämonen mit Heuschreckenaugen und andere Seltsamkeiten, die Tom, Anton und Judy schließlich zu der Vermutung bewegen, Eifelheim habe im Mittelalter Besuch von gestrandeten außerirdischen Raumfahrern erhalten. Als er seiner Frau Sheila davon erzählt, lacht ihn die Astrophysikerin natürlich aus — nur um dann in den »Acht Wegen« die acht Dimensionen des Hyperraums zu entdecken und in dem Initial unter dem Gebet das Schaltdiagramm eines »Chrononendetektors«, wie sie selbst es erst vor kurzem entwickelt hat. Tom will Gewißheit. Zusammen mit Judy fliegt er nach Deutschland, wo Anton schon alles für die Suche nach dem Grabstein und die Ausgrabung vorbereitet hat, denn das Grab, so glauben alle drei, birgt die Überreste eines der fremden Wesen, das 1348 in Eifelheim gestorben ist ...

Hermann Motschach ist für die gelungene Übertragung der Story ins Medium Hörspiel zu danken; unter der bewährten Regie von Andreas Weber-Schäfer kommt die kriminalistische Spurensuche der Beteiligten ohne nennenswerte Spannungsverluste beim Hörer an, wenn ich mir auch an manchen Stellen eine größere innere Beteiligung der Schauspieler gewünscht hätte. Besonders Sheilas Desinteresse und Unglauben wirken nicht überzeugend — Marianne Lochert hört sich an, als langweile sie ihr Text, nicht wie Sheila, die die Theorien ihres Mannes belächelt. Davon abgesehen aber ein Hörspiel, das man sich öfter anhören kann.

Ute Perchtold

Sternsprung

von Ingo Golembiewski
Regie: Helmut Marko
WDR Jugendfunk 1992

Seltsam anmutende Klänge begrüßen den Hörer und erzeugen eine ganz eigene Atmosphäre — die Gesänge der Wale, hier mit Computerklängen vermischt, rühren bei all ihrer Fremdartigkeit wohl an uralte Erinnerungen unseres Rassengedächtnisses. Solchermaßen eingestimmt werden wir dann Ohrenzeuge des ersten Kontaktes mit einer außerirdischen Intelligenz. Eine der wichtigsten Populationen der Erde soll Aufnahme finden in den »Galaktischen Bund«, und es ist klar, daß es sich bei dieser Population nicht um die Menschheit handelt. Die Wale haben einen telepathischen Hilferuf ausgesandt, und eine Botschafterin des Bundes hat vorübergehend einen Walkörper übernommen, um den Kontakt herzustellen. Aus dem Geist ihres Wirtskörpers hat die Botschafterin bereits alle notwendigen Informationen erhalten; die Wale (und nicht nur sie) sind vom Aussterben bedroht, weil die Menschen durch ihr Verhalten die Ökologie des gesamten Planeten unwiderruflich zu zerstören scheinen. Die Botschafterin, voll des Lobes und der Bewunderung für das uralte Volk der Wale, das schon lange die »hohe Reife galaktischer Kultur« erreicht hat, die ausschlaggebend für die Aufnahme in den Bund ist, bietet ihren Gastgebern Rettung in Form radikaler Methoden an, die ihrerseits die Ausrottung des Homo sapiens zur Folge hätten. Doch die Wale weigern sich, einen Völkermord mit dem anderen zu vergelten. Sie betrachten die Menschen als ungestüme, unwissende Kinder und wollen die Hoffnung nicht aufgeben, mittels irgendeiner Art der Verständigung Verhaltensänderungen herbeiführen zu können, die beiden Spezies — und dem ganzen Planeten — das Überleben ermöglicht. So kehrt die Botschafterin unverrichteter Dinge zu den Sternen zurück, und die Wale machen einen neuen Versuch, diesmal mit Hilfe der Computer der Menschen, eine Verständigung mit uns lebensgefährlichen »Kindern« herzustellen.

Das Hörspiel hat einen schlichten, rein monologischen Aufbau ohne jegliche Handlungselemente und besticht durch die einfühlsame und phantasievolle Darstellung der Walzivilisation, die nicht nur weit älter ist als die menschliche, sondern vor allem geprägt durch angeblich zutiefst menschliche Eigenschaften wie Gewaltlosigkeit, Liebe und Toleranz. Ingo Golembiewski bevorzugt hier die leisen Töne und regt — hoffentlich — zum Nachdenken an. Dann wären die Wale auf ihrem Weg zur Verständigung ein Stückchen vorangekommen ...

Ute Perchtold

Waschanlage

von Louis Phillips
Regie: Heinz Hostnig
BR 1991

Konrad Pfeife fährt seinen silberfarbenen Hunderttausend-Mark-Mercedes in die Nettie-Freundlich-Autowaschanlage — und wartet am anderen Ende vergeblich auf seine Sonderanfertigung. Wutentbrannt stellt er die Geschäftsführer Joe und Anita zur Rede, und in den folgenden Minuten entwikkeln sich Rede und Gegenrede mit aberwitzigen bis dämlichen Argumenten über die kriminellen, chemischen, physikalischen und metaphysischen Gründe, aus denen ein Auto aus einer Waschanlage verschwinden kann. Anita wird es schließlich zu bunt; während die beiden Männer weiterstreiten, betritt sie die Waschstraße, um den Mercedes zu suchen — und verschwindet ebenfalls. Auch auf Joes besorgte Rufe antwortet sie zunächst nicht, meldet aber bald darauf, daß sie den Grund für das Verschwinden des Autos nun zu kennen glaubt. Herr Pfeife und Joe folgen ihr in die Waschstraße. Die nächste Kundin, die ihren Wagen waschen lassen will, findet die Anlage menschen- und autoleer.

Vereinzelt recht witzig, meist auf unterschiedlichem Niveau kalauernd, läßt das Kurzhörspiel die Zuhörer doch leicht ratlos zurück. Jeder kann sich aus den angebotenen Erklärungen die verrückteste aussuchen. Also, ich als Mercedes-Sonderanfertigung wäre jedenfalls stinksauer, wenn ich in einer schnöden Waschanlage für den Pöbel gereinigt werden sollte ...

Ute Perchtold

Der Reimwerker

von Primo Levi
Regie: Hans Gerd Krogmann
SFB 1991

Es ist eine Schinderei! Den lieben langen Tag Hochzeitsgedichte, Reklameverse, Nachrufe, Kirchenlieder, und kein Augenblick für die freie Inspiration! Dichter ist er, Poeta laureatus, und kein Verseschmied! Jetzt hat er endgültig genug. Er bestellt den Vertreter der amerikanischen Büromaschinenfabrik für eine unverbindliche Vorführung des Reimwerkers zu sich. Der Apparat vibriert nicht, wird nicht heiß und macht nicht mehr Geräusche als eine Waschmaschine, und seine Bedienung ist idiotensicher. Man muß nur über die Eingabetastatur das Thema programmieren, das Versmaß eingeben und am Register bestimmen, ob das Gewünschte episch oder elegisch, satirisch oder mythologisch, didaktisch oder pornographisch sein soll, den Rest besorgt er selbst. Und der Clou: mit einem Hebel kann vom Bediener sogar der Freiheitsgrad der Komposition eingestellt werden. Natürlich ist die Maschine kein Dichter, sondern ein bloßer Verseschmied mit begrenzter Phantasie; gerade das richtige eben für lästige Routinearbeiten, und obendrein besorgt sie die Buchführung, übernimmt die Korrespondenz und schreibt sogar Hörspiele. Wie dieses.

Wer in diesem Kabinettstückchen herzlich lachen konnte — zum Beispiel, als der Dichter die Programmierung des Themas vergessen hat und der Reimwerker nur ein als bla-bla bla-bla skandiertes Versmaß nebst Reimendungen ausspuckt, oder als die Sekretärin des Maestros auf die Idee verfällt, die Wahl des Themas der Maschine selbst zu überlassen —, dem bestätigt sich auch hier, daß in der Kürze die Würze liegt. Das kommt alles so frisch und frech daher, daß man schon auf die Uhr gesehen haben muß, um ungläubig festzustellen, daß das vermeintliche Kurzhörspiel volle 38 Minuten gedauert hat. Dickes Kompliment an Regisseur und Toningenieur, Hans Gerd Krogmann und Axel Müller!

Horst G. Tröster

Dornröschen in der Tiefkühltruhe

von Primo Levi
Regie: Hans Gerd Krogmann
SFB 1991

Der Plot läßt sich ganz interessant an: Ein junges Mädchen ließ sich 1975, als die Technik entsprechend weit entwickelt war, einfrieren. Im Zuge der wissenschaftlichen Forschung wird sie in den nächsten 140 Jahren immer wieder aufgeweckt, wenn wichtige Ereignisse auf der Welt live miterlebt werden sollen, außerdem zu gründlichen medizinischen Untersuchungen und jedes Jahr an ihrem Geburtstag. Aus diesem Tag macht die Familie, die sich um sie kümmert und in der die Truhe vom Vater auf den Sohn weitergegeben wird, bald ein gesellschaftliches Ereignis, zu dem eingeladen zu werden man sich glücklich schätzt. Und so sitzen sie auch an jenem 19. Dezember 2115 in Berlin in gespannter Erwartung um die Tiefkühltruhe, während Peter, der Hausherr, den Auftaumechanismus in Gang setzt. Lotte, seine Frau, erzählt ein wenig schnippisch von Patrizia, dem Dornröschen. Sie verdächtigt ihren Mann, Patrizia im Lauf der Jahre des öfteren heimlich aufgetaut zu haben. Patrizia sei nämlich wild auf Männer. Das stellt die Aufgetaute auch gleich unter Beweis, allerdings ist ihr Peter wohl inzwischen zu alt, und sie wendet sich Baldur zu, der ihr sofort verfällt und sie anfleht, heimlich mit ihm abzuhauen. Patrizia ist nicht abgeneigt, doch in der Nacht erlebt Baldur, daß es ihr nur um ihre Freiheit ging; sie hat das Auftauen und Einfrieren reichlich satt und macht sich — ohne Baldur — auf nach Amerika, auf die Suche nach einem ebenfalls eingefrorenen Jugendfreund.

Kann man am Anfang noch auf vergnügliche Unterhaltung hoffen, so werden die Möglichkeiten der Geschichte nur zu rasch vergeben. Sie gleitet bald ins Unglaubwürdig-Klischeehafte ab, und der Schluß ist einfach nur noch albern. Falls darin ein tieferer Sinn liegen soll, so ist er mir leider entgangen. Ein Hörstück, das ich sicher nicht in bleibender Erinnerung behalten werde.

Ute Perchtold

Sommernachtstraum

von Eva Maria Mudrich
Regie: Joachim Schmidt von Schwindt
DW 1992

Einiges Kopfzerbrechen bereitet mir Eva Maria Mudrichs neuestes Werk auch noch nach mehrmaligem Anhören. Daß sich das Aha-Erlebnis am Schluß nicht einstellen will, dürfte kaum etwas mit der schlechten Tonqualität des Kurzwellensenders zu tun haben.

Konrad Zettel, Shakespeare-Liebhaber und als Schauspieler wegen mangelnden Talents gescheitert, gelingt es endlich, den allwissenden, allmächtigen Zentralcomputer zu knacken und sich aus sämtlichen Datenbanken zu löschen. Was danach geschieht, veranlaßt ihn, sich der Verzweiflung nahe an Direktor Islander zu wenden, der soeben daran geht, den ersten Premierenabend nach zwanzig theaterlosen Jahren einzuläuten. Raffael »Padre« Palto, einer der großen alten Männer des beinahe vergessenen Theaters, ist bei ihm, als ein

Unbekannter (Zettel, wie sich später herausstellt) anruft und ihn anfleht, die Aufführung des »Sommernachtstraums« abzusagen, andernfalls eine Katastrophe drohe. Islander fertigt den Verrückten, der offenbar nicht einmal weiß, wer er ist, kurz ab. Palto ist beunruhigt, weil ihm die Stimme bekannt vorkam, und seine Unruhe steigert sich, als er bei einem Besuch hinter der Bühne mit der Zweitbesetzung der Titania spricht, die, obwohl sie gerade noch einige Sätze ihrer Rolle deklamierte, plötzlich nicht mehr weiß, wie sie heißt und wo sie wohnt. Kurz vor Beginn der Aufführung trifft Palto auf Zettel, den er als den unbekannten Anrufer erkennt. Zettel erzählt ihm von dem Codewort [eine Stelle aus dem Text der Titania], mit dem er den Computer knackte. Dieses Wort hat nicht nur im Computer alle persönlichen Daten gelöscht, sondern auch in Zettels Gehirn. Wenn dieses Wort vor mehr als hunderttausend Zuschauern während der Aufführung laut ausgesprochen wird, wird keiner von ihnen mehr wissen, wer er ist. Palto erleidet vor Aufregung einen Herzinfarkt, kann aber vor seinem Tod dafür sorgen, daß zwei Zeilen aus dem Text der Titania gestrichen werden. Direktor Islander will dem Meister in seinem Schlußwort nach der Premiere im Rundfunk ein Denkmal setzen, und was eignet sich besser dafür, als ein letztes Mal die gestrichenen zwei Zeilen zu rezitieren …

»Sommernachtstraum« ist spannend, teilweise dramaturgisch hervorragend in Szene gesetzt, die Schauspieler waren mit Begeisterung bei der Sache; ein Hörspiel, das in der Hitliste ganz weit oben einzuordnen wäre — wäre da nicht diese klitzekleine Kleinigkeit, die ich einfach nicht auf die Reihe kriege. Die ganzen vierzig Minuten lang wird in diesem *Science Fiction*-Hörspiel keine rationale, wissenschaftliche, irgendwie vernünftige Erklärung geboten, warum dieses ominöse Wort nicht nur Computerspeicher, sondern auch das menschliche Gehirn leert. Ein magischer Gegensatz zum »Sesam öffne dich« vielleicht, oder ein Schlußpunkt zum biblischen »Am Anfang war das Wort«? Aber so einfach kann es nicht sein, gab es Shakespeares Werk doch wohl auch vor der im Hörspiel angesprochenen theaterlosen Zeit, ohne daß Titanias Auftritt solch schwerwiegende Folgen gehabt hätte. Die Verbindung mit dem Computer scheint also wichtig zu sein — sind die Menschen dieser Zukunft so verkabelt, so abhängig von ihrem Zentralrechner, daß sie nicht mehr wissen können, was er nicht weiß? Das wäre erstens sehr weit hergeholt, und zweitens bliebe uns das Hörspiel immer noch jeden Hinweis auf einen solchen Sachverhalt schuldig. Nein, die Puzzleteile wollen sich nicht zu einem sinnvollen Ganzen fügen. Nun kann man das Hörspiel mit einem »Thema verfehlt« abhaken — oder sich von Dramaturgie und Schauspielkunst mitreißen lassen und einfach nicht weiter drüber nachdenken. Es gibt Schlimmeres als ein unlogisches Stück Science Fiction. — Aber, Frau Mudrich, interessieren tät's mich ja schon …

Ute Perchtold

Instruktionen

von Hubert von Bechtolsheim
nach Donovan O'Malley
Regie: Andreas Weber-Schäfer
SDRH 1992

Es beginnt mit Bettgeflüster und endet mit Shakespeares »Othello«. Dazwischen liegt eine einsame Weite schwedischer Landschaften, schwere Gewitter, ein Haus voller Spiegel, unheimliches Wispern und die schillernde Welt der Bühne.

Thomas Atkinson, kurz Tom, Werbegraphiker, ist es leid, nur Zahnpastatuben zu malen. Da kommt ihm ein Angebot, bei guter Bezahlung, leichter Tätigkeit und viel Freizeit ein Jahr in Schweden zu verbringen, um malen zu können, gerade recht. Der Empfang durch Alice und Sven, die er in einer Art Naturschutzpark für ein Jahr vertreten soll, ist auch überaus freundlich. Allein, daß Alice manche Worte b-u-c-h-s-t-a-b-i-e-r-t, irritiert. Doch leider tobt ein Gewitter in der Idylle, und Tom wird vom Blitz getroffen — ein Wunder, daß er überlebt. Der Arzt diagnostiziert einen »Kurzschluß im Gehirn«.

Fortan sitzt Tom der Alb im Nacken, merkwürdige Träume quälen ihn, in denen seine Freundin Lena Selbstmord begeht oder von ihm erdrosselt wird. Nur ein Traum? Oder verdrängte Realität?

Inga, einer jungen Frau, die er auf Wunsch von Alice und Sven unbedingt kennenlernen soll, vertraut er sich schließlich an. Anrufe bei Lena, einem Freund und seiner Agentur in London scheitern, die Anschlüsse existieren nicht. Inga wundert sich über die vielen Spiegel im Haus. Ein Gewitter zieht auf, Alice und Sven kehren zurück, der Flug wurde storniert, die Straßen sind überflutet. Und Tom buchstabiert g-r-a-u-s-a-m.

Bezieht das Hörspiel sein Spannungsmoment im ersten Teil aus dem wohligen Ahnen des Unheilvollen, konterkariert dies der zweite Teil durch sein Vexierspiel mit den Versatzstücken von Show und Bühne. Leider wird die gute und spannende Atmosphäre dadurch und insbesondere durch die pseudorealen SF-Mätzchen aufgehoben. Das mag gewolltes Spiel mit den Erwartungen des Zuhörers sein, ist zugleich aber eine ziemliche Ernüchterung angesichts der banalen Idee, ein paar Roboter, die im Glauben, Menschen zu sein, auf einer intergalaktischen Bühne vor kichernden Gaffern tanzen zu lassen.

Thomas Tilsner

Computerliebe

von Helmut Marko
Komposition: Cosmic Baby
Regie: Helmut Marko
WDR 1991

Hörspiel im Jugendfunk hat seine eigenen Gesetzmäßigkeiten. Die Schauspieler — so jugendlich wie die Helden, die sie darstellen — spielen und sprechen nicht selten etwas hölzern. Den Hörerinnen und Hörern wird — zu Recht? — fehlende Hör(spiel)-Erfahrung unterstellt und den Geschichten haftet das Odium des Erklärenmüssens an. Aber langweilen darf's auch nicht. Also wird Musik unterlegt, manches Mal gar als tragendes Element der Dramaturgie. Da fällt es schwer zu bewerten, wie der angepeilten Zielgruppe »Computerliebe« gefallen mag. Die Musik jedenfalls kommt als lahmer Syntho-Pop daher — »Kraftwerk« unter Schwachstrom gewissermaßen.

Um den Cyberspace geht es, und im Cyberspace spielt es. Eine kleine Liebesgeschichte um Paul, der als Hacker vorgestellt wird, aber eher ein Vertrauter der Künstlichen Intelligenz Nona zu sein scheint, und Isabella. Sie aber hat nichts im Sinn als sich digitalisieren zu lassen, um als Datenbank im System für die Ewigkeit zu existieren. Also läßt sich Isabella von der Konkurrenz einschleusen, um das Steuer-System zu manipulieren — nach dem Sabotageakt im AdventureLand fallen 80000 Menschen dem Wahnsinn zum Opfer. Doch mit Pauls Hilfe schnappt sich Nona Isabella, und am Ende sind alle glücklich vereint, falls Paul sich entscheiden sollte, sich ebenfalls digitalisieren zu lassen.

Bei aller Oberflächlichkeit versteht es das Hörspiel doch, einige Probleme wenigstens anzureißen, die auf uns zukommen, wenn der Cyberspace »Realität wird« — und das ist nur noch eine Frage der Zeit. Durch den Fehler im AdventureLand-System gibt es plötzlich »80000 Verrückte mehr«, und die KI fürchtet, daß der Informationsminister von ihrem System abraten wird. Auch die Frage nach der Macht wird gestellt, wenn Toleranzdaten plötzlich geändert werden können. Wie sagt Nona so schön: »Menschen sind letztlich berechenbar.«

Thomas Tilsner

Die roten Schuhe im Speicherring

von Karlheinz Knuth
Regie: Andreas Weber-Schäfer
SDRW 1991

Die Welt der kleinsten Elementarteilchen, der Quarks, birgt einige der letzten großen Geheimnisse. Da ist von Raum- und Zeitverzerrungen, von Realitätsveränderungen und der Entstehung des Universums die Rede. Eine wahre Fundgrube für SF-Schaffende, von der jedoch nur sehr zögerlich Gebrauch gemacht wird — die Materie ist wohl doch zu komplex, um eine spannende und vor allem nachvollziehbare Geschichte daraus zu machen. Erst recht für einen Hörspiel-Autor. So ist es Karlheinz Knuth hoch anzurechnen, daß er sich dieses Themas angenommen hat. Und dabei hat er es sich und den Hörern nicht leichtgemacht: »Die roten Schuhe im Speicherring« ist ein vertrackter Physik-Krimi aus der »verwischten und nebulösen« Welt der Atome und eines der anspruchsvollsten SF-Hörspiele der letzten Jahre.

Wie kamen die roten Schuhe in den Speicherring? Und: Wer summt? Um diese beiden Fragen rankt sich die Geschichte der Wissenschaftlerin Anna Paul, die versehentlich — oder auch nicht — in den Elektronenbeschleuniger, einen gigantischen Tunnel unter der Erde, gerät. Der Sicherheitsbeamte dachte an einen Scherz, als er auf dem Monitor einen roten Schuh sah, und schloß den Tunnel. Anna fällt in einen apathischen Zustand, und plötzlich liegt ein weibliches Summen in der Luft, das den Physiker Phil Petersen zur Verzweiflung treibt. Er, der als letzter den Tunnel verlassen hat, wird verdächtigt, Anna dort eingesperrt zu haben. Für ihn eine absurde Vorstellung, denn er war Annas Freund, aber die Wirklichkeit scheint neuerdings Absurditäten zu produzieren. Er kann Annas Stimme zwar nicht hören, aber er spürt, daß sie zu ihm spricht. Eine Frau, die er im Park trifft, erinnert ihn an Anna, und diese Frau, die nicht Anna ist, erinnert sich plötzlich an Phil.

Es liegt in der Natur der Sache, daß diese Rätsel keine wirkliche Lösung besitzen. Natürlich gibt es einen Grund für die böse Tat: Der erkenntnisbegierige Professor hat Anna in ein Experiment gelockt, in dem Teile ihrer Persönlichkeit herausgelöst wurden. Der Schöpfungsakt verlief rückwärts, um, wie der Professor sagt, den Zeugungsakt zu verstehen. Die subatomare Anna aber rächt sich.

Knuths Hörspiel ist vor allem deshalb mehr als eine poetisch verbrämte Physikstunde, weil der Autor geschickt zwischen Zeit- und Realitätsebenen wie den Personen hin und her wechselt — eine Methode, die in der Schnitttechnik und dem Einsatz der Musik eine adäquate Umsetzung findet. Der Vortrag des Professors, die beiden Frauen, die Phil beobachten, der Unfall und Anna in ihrer neuen Welt — wie ein Mosaik entwickelt Knuth seine Geschichte, ohne je den Faden zu verlieren. Am Ende werden die Beobachter in die beobachtete Welt einbezogen, wo sie den Schöpfungsakt neu beginnen können. Und dabei könnte wieder dieselbe Geschichte herauskommen.

Obwohl sich das alles manchmal am Rande des Kitsches bewegt — vor allem wenn Anna die Welt der Atome beschreibt —, ist es dem Autor doch gelungen, seinem Thema auf faszinierende Weise gerecht zu werden. Die Frage aber, was jene bedauernswerten Mitmenschen machen, die das Stück so eben mal im Radio hören und nicht zurückspulen können, kann wohl nur auf subatomarer Ebene beantwortet werden.

Sascha Mamczak

Im Österreichischen Rundfunk gehören Science Fiction-Hörspiele nicht gerade zu den regelmäßigen Programmbestandteilen, doch gab es unter den wenigen, die immer wieder in unregelmäßigen Abständen gesendet wurden, durchaus bemerkenswerte. Erfreulich, daß es im Zeitraum 91/92 gleich vier Produktionen aus diesem Genre zu vermelden gibt, von denen wenigstens zwei geeignet sind, mit dem alten Vorurteil vom »Regiebeamten« aufzuräumen, mit dem bundesdeutsche Regisseure und Dramaturgen gelegentlich die Kollegen aus dem Nachbarland aufzuziehen pflegen. Wir freuen uns, an dieser Stelle Helmut Magnana aus der Bundeshauptstadt Wien begrüßen zu dürfen, der als neues Mitglied zum Hörspiel-Team gestoßen ist und sich bereit erklärt hat, als österreichischer Korrespondent neue Produktionen zu verfolgen und im Heyne-Jahrbuch einer kritischen Würdigung zu unterziehen. Bevor er mit seinen Ausführungen beginnt, noch so viel vorweg: gerade das mehr oder minder ausgeprägte mundartliche und geographische Kolorit ist es, das viele Produktionen für Nicht-Österreicher um so liebenswerter macht; man glaubt gar nicht, zu welch verbalen Kraftakten ein steiermärkischer Bergmann auf der Suche nach einem Schwarzen Loch fähig sein kann!

Horst G. Tröster

Das Schwarze Juwel

von Gerhard Johannes Rekel
Regie: Heinz Hartwig
ORF 1992

Das Hörspiel beginnt mit einer Irritation: man wähnt sich auf dem falschen Sender, denn statt einer SF-Erzählung gibt es Pop-Gedudel like Ö3. Erst nach geraumer Weile — man ließ schon alle Hoffnung fahren — verdeutlicht sich das dramaturgische Konzept. Aufgeregt meldet der Moderator im Studio, aus der Steiermark seien Berichte über sonderbare astrophysikalische Vorgänge eingelangt. Ein winziger Himmelskörper, eine Art Schwarzes Mikroloch, umgeben von einem Ring aus funkelnden Juwelen, sei heruntergesaust und dann in einem aufgelassenen Bergwerk verschwunden. Vorher hatte es noch elektromagnetische Phänomene zu beobachten gegeben. Des Loches Lauf hielt zwar nicht gerade Ochs und Esel auf, aber des Kirchturms Uhr blieb immerhin stehen. Eilfertig werden hierauf internationale Experten zur aktuellen Sachlage konsultiert. Die tappen zwar genauso im dunkeln, tun aber trotzdem, als hätten sie den klaren Durchblick exklusiv gepachtet. Ihre wissenschaftlichen Erklärungsversuche oszillieren zwischen Schwachsinn, Arroganz und Präpotenz. Die Herren hören sich gern reden, mehr steckt nicht dahinter. Schließlich machen sich ein rasender Reporter und eine rassige Wissenschaftlerin auf den Weg, das glitzernde Geheimnis des kosmischen Vagabunden zu ergründen. Sie heuern ein paar ehemalige Kumpel an, und runter geht's ins Stollenlabyrinth. Dabei stolpern sie ungewollt in die Vorratskammer eines lokalen Einschleichdiebes, der schießt davon, als hätte ihn der Grubenhund gebissen und knallt die schwere Eisentür zu. Zum Glück bleibt wenigstens die Funkverbindung intakt, so läßt sich vom Studio aus eine Rettungsaktion organisieren. Diese gelingt, doch unsere beiden Neugierdsbolzen geben immer noch nicht auf. Sie finden den Weg in noch tiefere Regionen, und schließlich werden sie tatsächlich fündig. Fatalerweise bleibt die Mühe trotzdem unbelohnt. Denn Schwarze Löcher, und sind sie auch noch so winzig, haben nun einmal einen unstillbaren Appetit. Sie saugen in sich rein, was sie nur kriegen können, und diese Erfahrung ist auch für unser Pärchen interessant ...

Die Produktion ist überaus flott inszeniert, und die Handlung besitzt eigentlich alles, was man zur Kurzweiligkeit braucht: Spannung, Humor, Ironie und überraschende Wendungen. Sicher bleiben im Endeffekt tiefschürfende Reflexionen ausgespart (sieht man vom ziemlich beschwipsten Weltschmerzräsonieren der Eingeschlossenen ab), als leicht phantasievolle Hörspielkost für zwischendurch erfüllt sie allemal recht akzeptabel ihren Zweck.

Helmut Magnana

»Mit unheimlicher Geschwindigkeit breitet sich die Infektionskrankheit Entrop über weite Teile Amerikas aus. Übertragen wird der unbekannte Erreger weder durch Staub noch durch Tröpfcheninfektion. Die Meinung einiger weniger amerikanischer Wissenschaftler, daß es die freudige Art der von Entrop Befallenen zu leben sei, die anstecke, und daß die Angesteckten in Wahrheit Gesundete seien, würde gar keine Erwähnung bedürfen, wenn sie nicht so gefährlich sei. Entrop hat katastrophale Auswirkungen; das Ordnungssystem des Körpers wird ausgeschaltet, der Mensch ist Freiwild für jede Art von Unordnung.«

NegOrdnung

von Heide Stockinger
Realisation: Reinhard Handl
ORF 1992

NEGORDNUNG wurde in der Reihe »Kunstradio — Radiokunst« ausgestrahlt, und das klingt schon irgendwie recht vornehm, anspruchsvoll und elitär; für manch einen vielleicht sogar bedrohlich. In Wirklichkeit ist es halb so wild. Eine Art Gebrauchsanweisung wird vom Studio vorangestellt und soll wohl Schwellenängste minimieren. Die Autorin und der Dramaturg werden geradezu ehrfurchtsvoll über Intention und Arbeitsweise interviewt, so kennt man sich zumindest hinterher ein bißchen aus ... Ob echte Kunst auch ohne solchen Erklärungsbedarf auskommen kann?

Heide Stockingers »NegOrdnung« wurde bereits 1989 in der feministischen Grazer Literaturzeitschrift »Eva & Co« publiziert, und zwar in einer Ausgabe, die der Science Fiction gewidmet war. Inspiriert wurde die engagierte Autorin vom französischen Philosophen René Jarre, der in einem seiner Texte den sicher nicht völlig abwegigen Rat erteilt, der Mensch solle doch all seine künstlich aufgepfropften Ordnungssysteme und Konzepte vergessen und endlich zur »Unordnung der Natur« zurückkehren. Auf diesem blitzgescheiten Gedanken basierend entwirft Heide Stockinger das Bild eines scheinbar perfekt durchgestylten Ordnungsstaates, in dem — das haben geschlossene Systeme so an sich — rein alles ausgeklammert bleibt, was sich einer permanenten Kontrolle widerborstig entzieht. Doch dann schlägt die Natur zurück. Der sogenannte Entrop-Virus trennt die menschlichen Marionetten von ihren ach so fürsorglichen ideologischen Puppenspielern. Eine Art Geistesverwirrung (Geistesgesundung?) beginnt um sich zu greifen, macht es den von ihr Gefallenen unmöglich, die streng »rationalen« Argumente »der da oben« zu verstehen. Selbst der alte Prof. Raspler wird während eines Vortrags, der eigentlich eine Hymne auf die herrschenden gesellschaftlichen Zustände sein sollte, von dieser Krankheit befallen. Er, der vielleicht nicht gänzlich zufällig in Diktion und intellektuellem Habitus an den letzten Staatsratsvorsitzenden der DDR erinnert, beginnt, o Wunder, sukzessive normal zu werden. Seine innere Stimme, sein besseres Über-Ich ergreift von ihm Besitz, konterkariert seine papierenen, blutleeren Argumente, zuletzt steht er zwar einerseits vor den Trümmern einer sorgfältig kultivierten Illusion, einer Chimäre ohne Sinn und Zweck, andererseits gibt ihm das längst überfällige Ende dieses Fiebertraums den Blick frei aufs Leben, wie es wirklich ist.

Im Gegensatz zu sattsam bekannten negativen Staatsutopien von »Wir« bis »1984«, von »Nein — die Welt der Angeklagten« bis »Schöne Neue Welt«, bleibt NEGORDNUNG etwas sehr im Theoretischen, Abstrakten haften. Der Zugang zu diesem weltanschaulichen Konzept ist sperrig und spröd, vieles bleibt schon aus Zeit- und Platzgründen vage und diffus. Die Genealogie des etablierten Systems wird dabei ebenso ausgespart wie dessen ideologischer Überbau. Die Argumentationslinie Prof. Rasplers basiert auf Analogien diverser Wissenschaftszweige, kommt jedoch über rudimentäre Ansätze nicht hinaus. Ihr Vorbildcharakter als gesellschaftspolitisches Ordnungsprinzip ist, so betrachtet, nur schwer nachzuvollziehen. Aber vielleicht macht diese offensichtliche Schwäche, diese Unvollkommenheit das eigentliche Plus der Story aus.

Da bleibt es nicht aus, daß man sich als Rezipient so seine

eigenen Gedanken macht, statt nur geistig passiv zu konsumieren. Wie oft wurden bereits im Lauf der Geschichte angeblich perfekte religiöse, philosophische, ideologische, politische, wirtschaftliche und militärische Ordnungssysteme geschaffen, die allesamt Ewigkeitsgültigkeit für sich gepachtet zu haben glaubten und meist nicht einmal ein Jahrhundert überstanden — in diesem Zeitraum jedoch für Millionen »Unbelehrbarer« den Tod bedeuteten. Denn darin besteht ja das eigentliche Paradoxon: Ordnung soll helfen, das Leben besser zu organisieren und gestalten. Zugleich verstellt sie, zu eng gefaßt, den Blick auf akzeptable Alternativen, schöpft nicht den ganzen Reichtum vorhandener Möglichkeiten aus.

Sie macht das Dasein langweilig und statisch, statt zu einem fortlaufenden dynamischen Prozeß. Bürokratische Korsette und spitzfindige Paragraphenreiterei bringen gesellschaftliche Erstarrung. Die Menschen besitzen zum Glück ein feines Sensorium für solche Entwicklungen und beginnen zu zweifeln. Sie mißtrauen den »großen Lösungen«, die alles bis ins kleinste reglementieren, sogar Kartoffelumfang und Gurkenkrümmung; den Sonntagsreden der Politiker, in denen Steuererhöhungen ausgeschlossen werden; und den Ergüssen »unabhängiger« Experten, die »streng wissenschaftlich« untermauern, wofür man sie gerade bezahlt. Sie stimmen anders ab, als »die da oben« es erwarten. Sie rutschen den Puppenspielern vom Haken, sind keine bloßen Marionetten mehr. Sie »kehren zurück zur Unordnung der Natur«. Und Hoffnung ist kein leerer Wahn.

Helmut Magnana

Courageous Star

von Brigitte Strnad
Regie: Claudia Luchesi
ORF 1991

Wieder einmal pfeift die Menschheit aus dem letzten Loch. Die »Courageous Star«, eine fliegende Stadt, ist auf der Suche nach neuem Lebensraum im All. So eine Longdistance-

Journey tendiert freilich dazu, bald langweilig zu werden, aber zum Glück hat die Geschichte ihre »Meriten«, Blechmänner mit dem Gehabe halbstarker Raumschiffrocker, die ganz unverhofft von links ins Hörbild reingedüst kommen und jede Menge Stunk machen. Weil das All nicht groß genug erscheint, zwei derart vitale Kulturen zu verkraften, will das Problem nach guter alter Westernsitte ausgeschossen werden. So sind wir es gewohnt, so soll es sein. Blöderweise besitzen die Meriten eine gar heimtückische Strahlenwaffe, mit der sie das Angriffsziel verkleinern, so daß es sich, auf Kompaktgröße reduziert, leicht bezwingen läßt. Gegen die Meriten dieser Story braucht es zugegeben mehr an Phantasie. Die raffinierte Lösung aller Probleme offeriert schließlich der kleine Bordroboter Typ »Star Wars« ... Und was die Logik betrifft: die bleibt auch in mancher Erwachsenenproduktion nur allzuoft auf der Strecke.

Helmut Magnana

Anm. d. Red.: Im Normalfall würde man über solch ein »Werk« kommentarlos hinweggehen, wäre da nicht die ärgerliche Tatsache, daß es ausdrücklich für Kinder gedacht ist, und für die sollte eigentlich das Beste gerade gut genug sein.

Horst G. Tröster

Ich erschoß Schatenbach

von Friedrich Bestenreiner
Regie und Komposition: Georg Herrnstadt
ORF 1991

»In jedem Augenblick einer Entscheidung spaltet sich das Universum in die Möglichkeiten dieser Entscheidung auf. Wir existieren in der Möglichkeit von Milliarden verschiedener Universen.« Dieser Satz aus dem Hörspiel bringt die in der Science Fiction schon oft* literarisch aufgearbeitete Chaostheorie gekonnt auf den Punkt. Es gibt, so dieser auf philoso-

* im Hörspiel noch nicht — *Anm. d. Red.*

phisch-physikalisch-mathematischen Prämissen basierende Denkansatz, keine absolute Realität, keine letzte Gewißheit, sondern bloß Auffächerungen in mannigfaltigste Wahrscheinlichkeitslinien, die einander durchaus überlappen und überschneiden können.

Die in der Science Fiction geschilderten Paralleluniversen divergieren von unserem durch Addition bzw. Subtraktion bestimmter historisch relevanter Fakten. Kriege, Revolutionen, Attentate, Erfindungen, Religionen, Philosophien, ideologische Konzepte, moralische und ethische Kategorien, Kunst und Kultur, kurzum: alles, was zur menschlichen Zivilisation gehört, kann in sehr verschiedenen Bahnen laufen. All diese Variationen existieren gleichwertig und gleichzeitig. Menschen etwa, die sich in Wirklichkeit A begegnen, laufen sich in Wirklichkeit B nie über den Weg.

Doch manchmal erklingt in ihnen gleichsam ein Echo dieser ganz anderen Realität, wie jemand mitsummt, wenn in der Nachbarwohnung Musik ertönt. Mike Ross, der Held der Geschichte, trägt das Bild seiner speziellen Anima, die »Rückseite seiner Persönlichkeitsmedaille«, in sich. Auf einer anderen Ebene sind die beiden ein Paar, auf dieser nicht. Doch die schier übermenschliche Sehnsucht nach diesem Frauenbild baut unterbewußt ein psychisches Kraftfeld auf, welches die dünne Membran zwischen den diversen Wahrscheinlichkeitslinien zerreißt und seine »Johanna« zu ihm herüberholt. Zumindest für eine kurze Zeit. Daß die Liebenden so richtig erst der Tod vereint, entspricht einerseits der romantischen Tradition fast aller bekannten Kulturen und sorgt andererseits für den entsprechend dramatischen Schlußakkord. Ein starker Abgang war noch nie ein Fehler.

Der im Titel erwähnte Herr Schatenbach ist für den Lauf der Handlung eigentlich bedeutungslos; genaugenommen stellt er bloß seine Leiche als Requisit zur Verfügung. Je nach Wahrscheinlichkeitslinie wird Schatenbach einmal von Mike, dann wieder von Johanna erschossen; über das Warum schweigt sich der Autor aus. Vielleicht läßt sich seine einzige Funktion in dieser Story so definieren: wem es bestimmt ist, vor der Zeit zu sterben, den erwischt es, wie auch immer. Bei dem die Mörder Schlange stehen, der hat ohnehin keine Chance.

Die Beschäftigung mit Schatenbach regt zu Reflexionen an, die über die reinen Hörspielinhalte hinausgehen. Wie sicher ist denn tatsächlich unsere Existenz? Ist die Realität, wie wir sie kennen, »nur eine Illusion«, der man sich praktischerweise bedient? Verlieren wir die Kontrolle über das uns umgebende Materielle nicht stets dann, wenn wir es als selbstverständlich betrachten? Der vielleicht wichtigste Aspekt der Chaos-Theorie ist ihr philosophischer. Nicht alle Entscheidungen sind »Kopf oder Zahl«-Zufallsprodukte, sondern folgen einer systemimmanenten, wenngleich zuweilen irrationalen Logik. Menschen sind das Produkt von Normen, die ihnen ihre Gesellschaft auferlegt. In diesem Rahmen bewegen sie sich und treffen ihre Entscheidungen. Wie sich eine bestimmte Gruppe in einer konkreten Situation verhält, wie sie agiert und reagiert, kommt nie von ungefähr. All das, was den menschlichen Entwicklungsprozeß beeinflußt hat und noch beeinflussen wird, ist eher durch die Qualität der Zeit, der Abfolge von Zyklen definiert als von beliebigen Zufällen. Gewisse Verhaltensmuster sind nur zu bestimmten Zeiten möglich. Das kulturelle Pendel schlägt immer ins Extreme aus. Wie Menschen miteinander umgehen, hängt von den jeweils aktuellen Leitlinien ab. Ob liberal und tolerant oder puritanisch und repressiv liegt nicht am Einzelnen — der Zeitgeist führt Regie. Daß grundverschiedene Voraussetzungen zum selben Ergebnis führen können, beweist der Sektor Information: über eine Sache nichts zu wissen, kann ebenso handlungslähmend sein wie eine umfassende Kenntnis der Details. Der tägliche Nachrichtenoverkill macht uns keineswegs klüger und informierter, im Gegenteil. Irgendwie haben wir das Gefühl: im Grunde hat sich kaum etwas geändert, es bleibt doch alles, wie es war.

Und die angeblich grenzenlose Vielfalt chaostheoretischer Möglichkeiten? Sie reduziert sich bald zur Einfalt banaler Alltäglichkeit.

Helmut Magnana

URSENDUNGEN VON SCIENCE FICTION HÖRSPIELEN

im Zeitraum von 1. 8. 1991 bis 31. 7. 1992
in der Reihenfolge der Sendetermine

Erfaßt wurden alle uns bekanntgewordenen deutschsprachigen Science Fiction-Hörspiele des Rundfunks in Deutschland, Österreich und der Schweiz, unabhängig davon, ob sie innerhalb der jeweiligen Anstalten von der Redaktion Hörspiel, Unterhaltung, Bildung oder Jugendfunk produziert wurden. Unberücksichtigt blieben Lesungen, Funkerzählungen, Hörbilder, Features und dergleichen sowie Fantasy und andere phantastische Genres. Bei privaten Sendern findet wegen der ausschließlich kommerziellen Ausrichtung des Programms als bloßer Werbeträger Hörspiel bezeichnenderweise nicht statt. Zum erstenmal sind auch Produktionen aus dem Funkhaus Berlin (vormals Rundfunk der DDR) und seinem Rechtsnachfolger Deutschlandsender Kultur vertreten.

Abkürzungen:

U	Ursendung
R	Regie
K	Komposition
BR	Bayerischer Rundfunk, München
F	Deutschlandfunk, Köln
DRS	Radio der deutschen und rätoromanischen Schweiz
DW	Deutsche Welle, Köln
HR	Hessischer Rundfunk, Frankfurt
NDR	Norddeutscher Rundfunk, Hamburg
ORF	Österreichischer Rundfunk
RB	Radio Bremen
RIAS	Rundfunk im amerikanischen Sektor Berlin
SDR	Süddeutscher Rundfunk, Stuttgart
SDRH	Süddeutscher Rundfunk, Sendestelle Heidelberg
SFB	Sender Freies Berlin
SR	Saarländischer Rundfunk, Saarbrücken
SWF	Südwestfunk, Baden-Baden
WDR	Westdeutscher Rundfunk Köln

Die mit ↗ gekennzeichneten Hörspiele sind im Rezensionsteil besprochen.

Nachtrag:
MAMA FLIEGT ZUM MEER DER RUHE von Achim Bröger
SFB 89, U: 6. 5. 90, 30 min, R: Uli Herzog
Eine gestresste Mutter bestellt sich im Kaufhaus eine Mondreise.

Nachtrag:
STIMMEN IN SPÄTER STUNDE von Bo Carpelan
Funkhaus Berlin 90, U: 21. 7. 90, 53 min, R: Beate Rosch
Ein versehentlich ausgelöster begrenzter Atomschlag setzt die Automatik eines weltweiten Atomkriegs in Gang. ↗

Nachtrag:
DER WITZBOLD von Ernst Günther nach Isaac Asimov
WDR 91, U: 13. 7. 91, 26 min, R: Klaus Wirbitzky
Eine elektronische Großrechenanlage soll Wesen und Ursprung des Witzes ergründen.

ICH ERSCHOSS SCHATENBACH von Friedrich Bestenreiner
ORF 91, U 13. 8. 91, 56 min, R + K: Georg Herrnstadt
Erkenntnisse aus der Chaos-Forschung eröffnen den Zugang zu menschlichen Träumen und zu einer unendlichen Zahl fraktaler Wirklichkeiten. ↗

WASCHANLAGE von Louis Phillips
BR 91, U: 18. 9. 91, 20 min, R: Heinz Hostnig
Das spurlose Verschwinden eines Autos in einer Waschstraße droht das physikalische Weltbild zu erschüttern. ↗

COMPUTERLIEBE von Helmut Marko
WDR 91, U 24. 5. 91, 27 min, R: Helmut Marko, K: Cosmic Baby
Im Spannungsfeld zwischen digitaler Liebe und Software-Sabotage läßt sich ein Hacker für immer digitalisieren. ↗

HERBSTMANÖVER von Eva Maria Mudrich
DW 91, U: 26. 9. 91, 28 min, R: Tibor von Peterdy
Die Erfindung eines Amateurinsektologen vermag jegliches militärische Denken zu unterbinden.

DER LETZTE DETEKTIV (21): ATTENTAT von Michael Koser
BR 91, U: 10. 10. 91, 52 min, R: Werner Klein
Neue Abenteuer von Jonas, dem letzten Privatdetektiv, und seinem geschwätzigen Supercomputer Sam: Ein geclontes Double als Spielfigur zwischen Politmafia und Wahlkampfspekulanten.

DIE LOGIKFALLE von Frank Naumann
Funkhaus Berlin 91, U: 11. 10. 91, 30 min, R: Detlef Kurzweg, K: Alexander Brennecke
Raumfahrer fallen der mörderischen Logik ihres Bordcomputers zum Opfer. ↗

HINTER DEN MASKEN von Hans Joachim Alpers
SDRH 51, U: 14. 10. 91, 59 min, R: Andreas Weber-Schäfer
Cloning hat Gesichter, Körperteile und Körper austauschbar gemacht, und damit auch Persönlichkeiten.

COURAGEOUS STAR von Brigitte Strnad
ORF 91, U: 16. 10. 91, 29 min, R: Claudia Luchesi
Auf der Suche nach neuem Lebensraum im All wird ein Großraumschiff Ziel eines außerirdischen Angriffs. ↗

DER LETZTE DETEKTIV (22): WESTFRONT von Michael Koser
BR 91, U: 17. 10. 91, 5., min, R: Werner Klein
Weltkrieg als Simulationsspektakel mit lebenden Spielfiguren.

DER REIMWERKER von Primo Levi
SFB 91, U: 18. 10. 91, 38 min, R: Hans Gerd Krogmann
Ob Verse, Sonette oder Hymnen — der mechanische Verseschmied bewältigt jedes poetische Problem. ↗

FROHE STIMMEN AUS HEITEREM HIMMEL von Thomas Böhme
Funkhaus Berlin 91, U: 19. 10. 91, 11 min, R: Barbara Plensat
Die Männer werden in Käfigen gehalten, bewacht von lüsternen Frauen. ↗

DORNRÖSCHEN IN DER TIEFKÜHLTRUHE von Primo Levi
SFB 91, U: 20. 10. 91, 30 min, R: Hans Gerd Krogmann
Eine junge Frau hat 140 Jahre ihres Lebens im Tiefkühlschlaf verbracht. ↗

DER LETZTE DETEKTIV (23): WUNDERLAND von Michael Koser
BR 91, U: 24. 10. 91, 52 min, R: Werner Klein
Sabotage im Simulationsprogramm eines High-Tech-Vergnügungsparks.

DER LETZTE DETEKTIV (24): PARANOIA von Michael Koser
BR 91, U: 31. 10. 91, R: Werner Klein
Kommunistenhatz und Invasionsfurcht im Zentrum einander bekriegender Geheimdienste.

KEIN STERN ZUM BLEIBEN von Ekkes Frank
SDRH 91, U: 11. 11. 91, 59 min, R: Andreas Weber-Schäfer
Besucher aus dem All versuchen vergeblich, die Menschen vor den Folgen ungehemmten technischen Fortschritts zu warnen.

DIE TRÄNEN DER SPHINX von Hermann Ebeling
SDRH 91, U: 5. 12. 91, 60 min, R: Andreas Weber-Schäfer
Eine Raumstation als Freiraum für die Chimären ungehemmter gentechnischer Experimentierlust.

EIFELHEIM von Hermann Motschach nach Michael F. Flynn
SDRH 92, U: 6. 1. 92, 59 min, R: Andreas Weber-Schäfer
Historische Quellen über ein verschwundenes Dorf lassen auf mittelalterlichen Kontakt mit Außerirdischen schließen. ↗

DIE ROTEN SCHUHE IM SPEICHERRING von Karlheinz Knuth
SDRH 91, U: 3. 2. 92, 48 min, R: Andreas Weber-Schäfer
Ein Unfall in einem Zyklotron versetzt eine Physikerin in eine andere Realität. ↗

AGENTUR LUZIFER (7): EIN BUDDHA FÜR DIE FAMILIE von Michael Gaida
BR 92, U: 5. 2. 92, 22 min, R: Michael Gaida
Zwei Nachrichtenbeschaffer bringen Licht in die dunkelsten Sachen einer totalen Kommunikationsgesellschaft: Ein Zweijähriger als Opfer gentechnischer Experimentierfreude.

AGENTUR LUZIFER (8): WIE VIEL MEGABYTE BRAUCHT DER MENSCH? von Michael Gaida
BR 92, U: 12. 2. 92, 22 min, R: Michael Gaida
Ein Therapieprogramm gegen computerbedingte Depressionen macht Menschen zu Rechnern.

AGENTUR LUZIFER (9): ROMEO UND JULIA, INKOMPATIBEL von Michael Gaida
BR 92, U: 19. 2. 92, 22 min, R: Michael Gaida
Computer-Kids als Opfer von Telekommunikation und Bildschirm-Terror.

NEGORDNUNG von Heidi Stockinger
ORF 92, U: 12. 3. 92, 45 min, Realisation: Reinhard Handl
Ausgerechnet der bedeutendste Vertreter der staatlichen Ordnung wird vom heimtückischen Virus der NegOrdnung befallen. ↗

INSTRUKTIONEN von Hubert von Bechtolsheim nach Donovan O'Malley
SDRH 92, U: 30. 3. 92, 60 min, R: Andreas Weber-Schäfer
Zwei junge Leute müssen erkennen, daß sie vorprogrammierte Akteure vor einem unheimlichen Publikum sind. ↗

DAS BRUMMEN von Jürgen Frenzel
DS Kultur 92, U: 10. 4. 92, 36 min, R: Karlheinz Liefers
Ein unheilvolles Brummen, gleichsam Echo einer unsichtbaren Bedrohung, kündet von namenlosem Grauen. ↗

DAS SCHWARZE JUWEL von Gerhard Johannes Rekel
ORF 52, U: 12. 4. 92, 46 min, R: Heinz Hartwig
Zwei Personen geraten in den Bann eines bizarren Meteoriten, dessen Kern in ein stillgelegtes Bergwerk eingedrungen ist. ↗

CYBERCITY von Hartmut Volz
SDR 92, U: 20. 4. 92, 113 min, R: Detlev Ihnken
Durch direktes Einklinken in die von Großkonzernen kontrollierten Datennetze kommt ein Hacker einer künstlichen Intelligenz auf die Spur.

SORGLERS RÜCKKEHR von Werner Zillig
SDRH 92, U: 27. 4. 92, 60 min, R: Andreas Weber-Schäfer
Ein drei Generationen währender Raumflug auf dem Weg zu einer neuen Erde scheitert an der mangelnden Fortpflanzungsbereitschaft der Besatzung.

GEISTERFAHRER von Hans Joachim Alpers und Florian F. Marzin
SDRH 92, U: 25. 5. 92, 58 min, R: Andreas Weber-Schäfer
Eine Autobahn mit elektronischem Leitsystem wird für die Insassen eines liegengebliebenen Wagens zur tödlichen Falle.

STERNSPRUNG von Ingo Golembiewski
WDR 92, U: 30. 5. 92, 41 min, R: Helmut Marko, K: Cosmic Baby
Von den zwei wichtigsten Populationen der Erde ist nur die der Wale ausersehen, in den galaktischen Bund aufgenommen zu werden. ↗

ZEITLER SAGT AB von Werner Kliess
SDRH 92, U: 15. 6. 92, 49 min, R: Andreas Weber-Schäfer
Ein Besucher aus der Zukunft versucht, durch Beeinflussung der Geschichte seinen Vorfahren die schlimmsten Übel zu ersparen.

SOMMERNACHTSTRAUM von Eva Maria Mudrich
DW 92, U: 5. 7. 92, 40 min, R: Joachim Schmidt von Schwindt
Infolge einer Datenmanipulation im Zentralrechner drohen während einer Shakespeare-Aufführung sämtliche Personendaten und Erinnerungen gelöscht zu werden. ↗

Zusammenstellung: Horst G. Tröster

FILM

Die Dumpfmeister

von Ronald M. Hahn

Als ich in den siebziger Jahren das LEXIKON DES SCIENCE FICTION-FILMS in Angriff nahm (eine neue und aktualisierte Ausgabe ist unter der Nummer HTB 19/93 zu haben), war die Welt noch in Ordnung: Was die Filmemacher bis dahin in diesem Genre produziert hatten, war leicht überschaubar. Seit Steven Spielberg uns den »Krieg der Sterne« vorgesetzt hat, hat sich jedoch allerhand getan, und inzwischen steht das Genre, das vor 1976 müde belächelt wurde, kommerziell längst die ersten Plätze ein. Die Popularität des phantastischen Films hat freilich nicht zur Steigerung des Niveaus beigetragen: Je mehr die Phantastik auf der Leinwand dominiert, desto schlimmer wird das, was man dem Zuschauer an filmischem Stumpfsinn zumutet. Jeder Kassenknüller wird gnadenlos plagiiert oder von der Fortsetzungsmanie vereinnahmt. Jedes erfolgreiche Thema reitet man gnadenlos zu Tode. Die Phantasielosigkeit Hollywoods und Cinecittas manifestiert sich am deutlichsten in jenen Filmen, deren Titel ohne Zahl nicht auskommen: Mittlerweile sind es (und nicht nur in der Phantastik) fast die meisten. Der phantastische produziert inzwischen so viel Schrott, daß er Sturgeons Gesetz — nach dem 98 % von allem unter den Begriff Schund fallen — auf geradezu wunderbare Weise reflektiert. Unter diesem Aspekt erübrigt es sich wohl, näher auf die geistigen Ergüsse der internationalen Film-Dumpfmeister einzugehen.

PHANTASTISCHE FILME 1991/1992

Die nachfolgende Filmographie enthält (möglichst) alle im Zeitraum vom 1. August 1991 bis 31. Juli 1992 in der BRD verliehenen oder ausgestrahlten Spiel- und Fernsehfilme mit phantastischen Elementen, sofern sie Erstaufführungen waren. Abkürzungen: R = Regie. B = Drehbuch. LV = Literarische Vorlage. K = Kamera. SpE = Spezial-Effekte. M = Musik. D = Darsteller. F = Farbe. SW = Schwarzweiß. (V) = Video.

Die Abenteuer des Pinocchio
(THE ADVENTURES OF PINOCCHIO). USA 1984. R: Jim Terry, Ippei Kuri. B: Angelo Grillo. LV: Carlo Collodi. Anim. Tatsunoko Productions. M: Bullets. D: Zeichentrick. F 98 Min. — Zeichentrickfilm über die Abenteuer der langnasigen Holzpuppe Pinocchio. Recht ordentlich gemacht, aber keine Konkurrenz zum gleichnamigen Disney-Produkt von 1939. (V) Cannon/VMP.

Abraxas — Retter des Universums
(ABRAXAS — GUARDIAN OF THE UNIVERSE). USA 1988. R: Damian Lee. B: Damian Lee. K: Curtis Peterson. M: Carlos Lopes. D: Jesse Ventura (Abraxas), Marjorie Bransfield (Sonia), Sven-Ole Thorsen (Secundus), James Belushi (Direktor), Michael Copeman, Frances Mitchell. F 83 Min. — Der Weltraumcop Abraxas jagt auf der Erde einen flüchtigen außerirdischen Finsterling, der ein Mädchen schwängert und Jahre später Böses mit seinem/ihrem Kind vorhat. Dutzendware. (V) Empire.

Der achte Tag
BRD 1990. R: Reinhard Münster. B: Reinhard Münster. K: Axel Block. M: Günter Fischer. D: Katharina Thalbach (Vera Pukall), Hanns Christian Blech (Dr. Richard Svoboda), Hannelore Elsner (Frau De Vries), Ulrich Pleitgen (Dittmann), Peter Simonischek (De Vries), Heinz Hoenig (Holger). F 99 Min. — Journalistin, die hinter dem Tod eines Genetikers eine Story vermutet, wird bei Recherchen in die Kungeleien eines Pharmakonzerns verwickelt, der aus dem Erbgut eines Nazi-Arztes Retortenkinder bastelt. TV-Film.

Addams Family
(THE ADDAMS FAMILY). USA 1991. R: Barry Sonnenfeld. B: Caroline Thompson, Larry Wilson. LV: Charles Addams. K: Owen Roizman. M: Marc Shaiman. D: Anjelica Huston (Morticia Addams), Raul Julia (Gomez Addams), Christoper Lloyd (Fester Addams), Christina Ricci (Wednesday Addams), Jimmy Workman (Pugsley Addams), Karel Struycken (Lurch). F 100 Min. — Um sich das Vermögen einer aus »Monstern« bestehenden Familie unter den Nagel zu reißen, schickt eine Betrügerin ihr einen Lumpen ins Haus, der sich als verscholle-

ner Angehöriger ausgibt. Horror-Ulk nach dem Vorbild amerikanischer TV-Lach-Komödien, wobei der Humor spätestens nach 30 Minuten auf der Strecke bleibt.

Adele hat noch nicht zu Abend gegessen
(ADELA JESTE NEVECERELA). CSSR 1977. R: Oldrich Lipsky. B: Jiri Brdecka. K: Jaroslav Kucera. SpE: Jan Svankmaier. M: Lubos Fiser. D: Michal Docolomansky, Rudolf Hrusinsky, Milos Kopecky, Nada Konvalinkova. F 101 Min. — Ganoven benutzen eine fleischfressende Pflanze als Mordinstrument. Detektiv Nick Carter löst den Fall, als er sie ein Würstchen essen sieht! Phantastische Parodie der Nick Carter- und Fantomas-Geschichten. Toll!

Alice im Land des Zauberspiegels
(ALICE THROUGH THE LOOKING GLASS). USA 1991. R: Andrea Bresciani. LV: Lewis Carroll. D: Zeichentrick. F 80 Min. — Zeichentrickfilm dem Roman »Alice im Wunderland« von Lewis Carroll. Für Kleinkinder. (V) Madison.

Alien Terror
(THE INCREDIBLE INVASION/INVASION SINIESTRA). USA/Mexiko 1968. R: Juan Ibanez. B: Karl Schanzer, Luis Enrique Vergara. K: Raoul Dominguez, Austin McKinney. M: Enrico Cabiati. D: Boris Karloff (Prof. Meyer), Enrique Guzman (Paul), Christa Linder (Laura), Maura Monti (Isabel), Yerye Beirute (Thomas). F 76 Min. — Außerirdische, die sich durch »radioaktive Experimente« eines Professors bedroht fühlen, schikken einen der ihren zur Erde, der in den Leib eines Psychokillers (!) schlüpft, um Schlimmes zu verhindern. (V) Madison.

Alienkiller
(THE BORROWER). USA 1989. R: John McNaughton. B: Mason Nage, Richard Fire. K: Julio Macat, Robert New. M: Robert McNaughton, Ken Hale, Steven A. Jones. D: Rae Dawn Chong (Diana Price), Don Gordon (Charles Krieger), Tom Towles (Bob Laney), Antonio Fargas (Julius Cäsar Roosevelt), Madchen Amick (Megan). F: 86 Min. — Ein auf seinem Heimatplaneten wegen Mordes verurteiler Alien wird auf die Erde verbannt. Sein transformierter Körper durchläuft Metamorphosen, die darin gipfeln, daß sein Kopf explodiert und er gezwungen wird, sich einen neuen zu beschaffen — vom lebenden Objekt. Streckenweise widerwärtig brutaler Film mit bedrohlicher Atmosphäre, der sich im Wirrwarr nicht zueinander passender Handlungsstränge verfängt. (V) Cannon/VMP.

Alpha Blue — Liebe im 21. Jahrhundert
(THE SATISFIERS OF ALPHA BLUE). USA 1981. R: Gerard Damiano. B: Gerard Damiano. K: Elroy Brandy, J. M. Calmont. D: Richard Bolla (Algon), Lysa Thatcher, Jody Maxwell, Herschel Savage, Hillary Summers, Tiffany Clark, Annie Sprinkle, Sharon Mitchell, George Payne, Michael Morrison. F 82 Min. — Auf dem

Urlaubsplaneten Alpha Blue wird pausenlos gevögelt. Als der Tourist Algon die Liebe »an sich« entdeckt, möchte er eine der willigen Hostessen für sich allein, und das führt zu Komplikationen. (V) VFL.

Alpha II — Welcome to Oblivion
(ALPHA II: WELCOME TO OBLIVION). USA 1990. R: Augusto Tamayo. B: Len Jenkin, Dan Kleinman. K: Cusi Barrio. M: Kevin Klingler. D: Dack Rambo (Kenner), Meshach Taylor (Elijah), Clare Bereresford (Grace), Mark Bringelson (Big), Orlando Sacha (Bischof). F 80 Min. — Endzeitfilm Nr. 478. In der radioaktiv verseuchten Zone Alpha 2 werden Mutanten von einem skrupellosen Bischof geknechtet, bis eines Tages der Retter in Gestalt eines wackeren Ingenieurs naht, der nach viel Geballer endlich seine Heldin heimführen darf. Ohne Sinn. (V) New Vision.

America 3000
(AMERICA 3000). USA 1986. R: David Engelbach. B: David Engelbach. K: David Gurfinkel. D: Laurene Landon (Vena), Chuck Wagner (Korvis), William Wallace (Gruss), Victoria Barrett (Lakella), Galyn Gorg (Ynka), Shai K. Ophir (Lelz), Camilla Sparv (Reya), Karen Lee Shepard (Keva), Ari Sorko-Ram (Relk), Ezra Dagan (Amie), Joanna Reis (Freyha), Steve Malovic (Aargh). F (92) 88 Min. — 2890: Die Menschheit ist nach dem Big Bang in die Barbarei zurückgefallen. Dralle Weiber versklaven muskulöse Burschen, bis zwei von ihnen den Atombunker des letzten US-Präsidenten finden und zum Umsturz blasen. Von einem Wichtelhirn inszeniert. (V) Cannon/VMP.

American Fighter III
(AMERICAN FIGHTER 3: BLOOD HUNT). USA 1988. R: Cedric Sundstorm. B: Cedric Sundstorm. K: George Bartels. M: George S. Clinton. D: David Bradley (Sean), Steve James (Curtis Jackson), Marjoe Gortner (Cobra), Michele Chan (Chan Lee), Yehuda Efroni (Andreas), Calvin Tung (Izumo). F 90 Min. — Zwei Karatekämpfer legen sich auf einer Südseeinsel mit dem machthungrigen Schurken Cobra an, der ein AIDS-ähnliches Virus züchtet, um die Weltherrschaft an sich zu reißen. Sehr originell!

Die Androiden
(ANNIHILATOR). USA 1986. R: Michael Chapman. B: Roderick Taylor, Bruce A. Taylor. K: Paul Goldsmith. M: Sylvester Levay. D: Mark Lindsay Chapman (Robert Almar), Susan Blakley (Leila), Lisa Blount (Cindy), Catherine Mary Stewart (Angela), Geoffrey Lewis (Prof. Alan Jeffries), Brion James, Carl Boen, Nicole Eggert, Paul Brinegar, Barry Pearl. F 90 Min. — Menschliche Roboter starten eine Invasion auf die Erde und nehmen das Aussehen existierender Personen an. Als der Held ihnen auf die Spur kommt und seine von den Fremden »übernommene« Freundin tötet, wird er von der Polizei und den Invasoren gejagt. — Spannender Anfang — dann nur noch Chaos. (V) CIC.

Anthony III
(THE RUNESTONE). USA 1991. R: Willard Carroll. B: Willard Carroll. LV: Mark E. Rogers. K: Misha Suslow. SpE: Lance Anderson. M: David Newman. D: Peter Riegert (Banducci), Alexander Godunow (Sigvaldson), Joan Severance (Marla Stewart), Tim Ryan (Sam Stewart), William Hickey (Lars Hagström), Mitchell Laurance (Martin Almquist), Lawrence Tierney (Chief Richardson), Dawan Scott (Fenrier), Chris Young (Jacob), Alexander Godunov (Uhrmacher). F 98 Min. — Amerikaner graben einen Runenstein aus, den die Wikinger verbuddelt haben sollen. Der Stein bringt das Monster Fenrir auf die Erde, das nichts Besseres zu tun hat, als Menschen umzubringen, darunter auch Angehörige einer sich Wachmänner nennenden Gruppierung, die das Geheimnis des Steins seit Jahrhunderten wahrt. Erst als der geheimnisvolle Uhrmacher auftaucht, findet Fenrir das Ende. Ödnis! Streckenweise so dilettantisch inszeniert, daß es der Sau graust. (*Anthony III* hat nichts mit *Anthony I* oder *II* zu tun. Aber wenn's schon die Videoten-Verleiher nicht interessiert, warum also uns?) (V) VCL.

Arthur, König von Camelot
(ARTHUR AND THE SQUARE KNIGHTS OF THE ROUND TABLE). GB 1987. R: Zoran Janjic. B: Zoran Janjic. K: G. Sharpe. Anim.: Kevin Roper, Leif Gram, Paul Luschwitz, Ray Bartle, Gus McLaren, Jean Tych, G. M. Cooke, Vivien Ray. M: Clare Bail, R. Bowden. D: Zeichentrick. F 79 Min. — 11 Episoden à 6 Minuten lang ist dieser flotte Zeichentrickfilm für Kinder, der zeigt, welche Abenteuer der legendäre Fantasy-König Arthur bestehen mußte, als er noch ein Wichtel war. (V) Cannon/VMP.

Astral Factor
(976 EVIL II). USA 1991. R: Jim Wynorski. B: Eric Anjou. K: Zoran Hochstätter. M: Chuck Cirino. D: Patrick O'Bryan (Spike), René Assa (Mr. Grubeck), Paul Coufos (Stone), Leslie Ryan (Paula), Debbie James (Robin), Phil McKeon (Taylor). F 90 Min. — Durch einen direkten Draht zur Hölle erwirbt ein irrer Schlitzer die Fähigkeit, seinen Astralkörper zum Morden auszusenden. Er knöpft sich die schöne Robin vor, doch der Herumtreiber Spike, der in *976-Evil* schon Erfahrungen mit der Höllennummer gesammelt hat, haut sie raus. Vollkommen schundiger B-Film, in den Jim Wynorski von der Corman-Factory so viele Genrezitate- und Verarschungen reinsteckt, daß es eine wahre Freude ist. (V) New Vision.

Auf der Suche nach dem geheimnisvollen Kristall
(HERO IN THE FAMILY). USA 1986. R: Mel Damski. B: John Drimmer, Geoffrey Loftus. K: William Goldstein. D: Christopher Collet, Cliff de Young, Anabeth Gish, Darleen Carr, Keith Dorman. F 87 Min. — Weltraumunfall vertauscht die Persönlichkeit eines Astronauten mit der eines Affen. Da die Bürokraten unfähig

sind, den Prozeß umzukehren, muß der Astronautensohn zeigen, wie's geht. — Schwachbrüstiger TV-Film. Eine gute Idee wär's gewesen, die Persönlichkeit des Affen, der dieses Drehbuch geschrieben hat, in einen Menschen zu versetzen. (V) Euro.

Der Auftrag
(AMERICAN NINJA 2: THE CONFRONTATION). USA 1987. R: Sam Firstenberg. B: Gary Conway. K: Gideon Porath. M: George S. Clinton. D: Michael Dudikoff (Joe Armstrong), Steve James (Curtis Jackson), Larry Poindexter (Charlie McDonald), Gary Conway (Leo Burke), Jeff Weston (Woodward). F 89 Min. — Da Ninjas und Cloning gerade aktuell sind, jagt ein US-Army-Typ namens Joe Armstrong einen Schurken, der brave GIs entführt und von einem Genetiker zu Ninja-Killern klonen läßt. Doofer Schlägerfilm, der jeglicher Logik entbehrt.

Aurora Encounter
(THE AURORA ENCOUNTER). USA 1985. R: Jim McCullough. B: Jim McCullough. M: Ron F. Dilulio. D: Jack Elam (Charlie), Peter Brown (Sheriff), Carol Bagdasarian (Alain), Dottie West (Irene), Mickey Hays (Auroraner), Spanky McFarland (Gouverneur), Mindy Smith (Sue Beth), Carlie McCullough (Ginger), Tracy Kuehnert (Becky). F 87 Min. — Ein außerirdischer Glatzkopf landet im 19. Jahrhundert in Texas, freundet sich mit den Menschen an, rettet das Leben eines Mädchens und wird von einem Kopfgeldjäger erledigt. Hätte man was draus machen können. (V) VCL.

Baby Blood — Ausgeburt des Bösen
(BABY BLOOD). Frankreich 1989. R: Alain Robak. B: Alain Robak, Serge Cukier. K: Bernard Déchet. M: Carlos Acciari. D: Emmanuelle Escourrou (Yanka), Jean Francois Gallotte (Richard), Thierry De Portier (Dompteur), Françoise Frapier, Christian Sinniger (Lohman), Jean-François Galotte (Richard). F 83 Min. — Eine böse Macht schwängert die Gattin eines Zirkusdirektors, und da das schon im Mutterleib redende Ungeborene nach Blut lechzt, muß Mama killen, um es zu ernähren. Unappetitliches Horrorprodukt, das in Strömen von Blut watet und als einzigen Lichtblick die ansehnliche Oberweite seiner Heldin zu bieten hat. (V) VPS.

Babylon — Im Bett mit dem Teufel
BRD 1991. R: Ralf Huettner. B: Andy T. Hoetzel, Ralf Huettner. K: Diethard Prengel. M: Joe Mubare, One Tongue. D: Dominic Raacke (Lothar), Natja Brunkhorst (Maria), Michael Greiling (Dr. Tilmann), Ditte Schupp (Bibi), Veronica Ferres (Apothekerin), Ina Siefert (Blinde). F 88 Min. — Eine schmierige Vertretertype, die offenbar die Macht des Bösen repräsentiert, schwängert eine Frau, die ein Ungeheuer austragen soll und betreibt sadomasochistische Spielchen mit einer anderen. Schwachbrüstiges S/M-Horror-

spektakel mit dämlichen Dialogen.

Barbarian Queen
(BARBARIAN QUEEN). USA 1984. R: Hector Olivera. B: Howard R. Cohen. K: Rudy Donovan. M: Chris Young, James Horner. D: Lana Clarkson (Amathea), Dawn Dunlap (Tarämis), Susana Traverso (Tiniara), Victor Bo (Strymon), Katt Shea (Estrild), Frank Zagarino (Argon), Arman Chapman (Arrakur), Tony Middleton (Zohar), Andrea Barbizon (Zoraida), Robert Carson (Shibdiz). F 78 Min. — Barbaren überfallen das Lager einer aus üppigen Maiden und muskulösen Burschen bestehenden Frühkultur und meucheln und schänden, damit die Heldin Amathea und ihre beiden Kolleginnen ein Alibi für einen Rachefeldzug haben. — Als Fantasy getarnter Arsch-&-Titten-Film. (V) All.

Barbarian Queen II — Die Rache ist mein
(BARBARIAN QUEEN II). USA 1989. R: Jo Finlay. D: Lana Clarkson (Athalia), Rebecca Wood, Greg Wrangler, Elizabeth Jaeger. F 90 Min. — Nach dem Tod eines Fantasyland-Königs gelangt dessen Tochter Athalia in den Besitz eines magischen Zepters, der sie zur Herrscherin über alle Hütten und Schweinekoben macht. Als der Hundsfott Arkaris sie entführen will, entweicht sie in den Busch und tut sich mit denen zusammen, die dem Fiesling ebensowenig grün sind. Fantasy-Schmarren über brandschatzende Hirnis und Muskelprotze. (V) Ascot.

Basket case III
(BASKET CASE III). USA 1991. R: Frank Henenlotter. B: Frank Henenlotter, Robert Martin. K: Bob Paone. M: Joe Renzetti. SpE: Gabe Bartalos, David Kindlon. D: Kevin Van Hentenryck (Duane), Annie Ross (Granny Ruth), Gil Roper (Sheriff), Dan Biggers (Onkel Hal), Jim O'Doherty (Little Hal), Jackson Faw (Bailey), Jim Grimshaw (Buster). F 90 Min. — Abscheulich aussehende Freaks machen anläßlich der Geburt der Kinder des Oberfreaks Belial einen Ausflug aufs Land, wo seine Freundin niederkommt und dümmliche Polizisten ein Massaker inszenieren, da sie auf alles ballern, was anders ist. Niederträchtiger Horrorfilm, der Integrationsbemühungen jeglicher Art um 100 Jahre zurückwirft.

Beastmaster II — Der Zeitspringer
(BEASTMASTER 2: THROUGH THE PORTAL OF TIME). USA 1990. R: Sylvio Tabet. B: Jim Wynorski, R. J. Robertson. K: Ronn Schmidt. M: Robert Folk. D: Marc Singer (Dar), Kari Wahrer (Jackie), Sarah Douglas (Lyranna), Wings Hauser (Arklon). F 90 Min. — Mit Tieren kommunizierender Fantasy-Mann flutscht durch ein magisches Loch in die irdische Gegenwart und stellt mit Hilfe einer Schönen zwei Bösewichtern aus seiner Zeit ein Bein, die eine Nuklearwaffe stehlen wollen, um sich daheim zu Weltbeherrschern aufzuschwingen. Ein paar MPs

hätten es im Fantasyland bestimmt auch getan. (V) Starlight.

The Being
(THE BEING). USA 1983. R: Jackie Kong. B: Jackie Kong. K: Robert Ebinger. M: Don Preston. D: Martin Landau, Jose Ferrer, Dorothy Malone, Ruth Buzzi, Marianne Gordon Rogers, Murray Langton, Kinky Friedman, Johnny Dark, Bill Osco, Rexx Coltrane. F 79 Min. — Nuklearer Abfall erzeugt ein Monster, das eine Gemeinde in Idaho terrorisiert. (V) Focus/Viaphone.

Bernard & Bianca im Känguruhland — Die Mäusepolizei II
(THE RESCUERS DOWN UNDER). USA 1990. R: Hendel Butoy Michael Gabriel. B: Jim Cox, Karey Kirkpatrick, Bryan Simpson, Joe Ranft. K: John Aardal, Chris Beck, Mary E. Lescher, Gary W. Smith, Chuck Warren. M: Bruce Broughton. D: Trickfiguren. F 105 Min. — Witziger Zeichentrickfilm aus der Firma Disney über zwei Mäusepolizisten, die in Australien einen Jungen vor einem wildernden Oberlumpen retten. Nicht ohne Spannung!

Beverly Hills Body Snatchers
(BEVERLY HILLS BODY SNATCHERS). USA 1988. R: Jon Mostow. B: P. K. Simonds. K: Zoran Hochstatter. M: Arthur Barrow. D: Vic Tayback (Vic), Frank Gorshin (Doc), Art Metrano (Vic), Rodney Eastman (Freddie), Warren Selko (Vincent), Keone Young (Don Ho), Seth Jaffe (Don Carlo), Brooke Bundy (Mona), Steven Field (Nunz). F 75 Min. — Zwei Bestattungsunternehmer reanimieren mit einem Serum versehentlich einen Mafia-Paten und sehen nur eine Möglichkeit, ihn wieder loszuwerden: Sie müssen auch seine Opfer wiedererwecken. (V) Carrera.

Biohazard
(BIOHAZARD). USA 1984. R: Fred Olen Ray. B: Fred Olen Ray, Serge Ariotti. K: Paul Elliot, John McCoy. M: Eric Rasmussen, Drew Neuman. D: Aldo Ray (Gen. Rudolph), Angelique Pettyjohn (Lisa Martin), William Fair (Mitchell Carter), Frank McDonald (Michael Hodgson). F 82 Min. — Ein außerirdischer Organismus kommt zur Erde und hinterläßt auf der Flucht Scharen von Leichen und blutrünstige Ableger. Der Tiefpunkt in der Filmkarriere Aldo Rays, der im Schundfilmer gleichen Namens seinen Meister gefunden hat. (V) Arrow.

Bis ans Ende der Welt
(FAR AWAY SO CLOSE). BRD/Frankreich/Australien 1991. R: Wim Wenders. B: Peter Carey, Wim Wenders. K: Robby Müller. M: Grame Revell u. a. D: Solveig Dommartin (Claire Tourneur), William Hurt (Trevor McPhee, Sam Farber), Rüdiger Vogler (Philip Winter), Sam Neill (Eugene Fitzpatrick), Max von Sydow (Henry Farber), Jeanne Moreau (Edith Farber). F 179 Min. — 1999: Eine gewisse Claire reist hinter einem gewissen Sam her, dessen Vater eine Maschine entwickelt hat, mit der Blinde sehen können. Der gewisse Sam wiederum wird

von einem gewissen Kopfgeldjäger verfolgt. Vierzehn Vorbereitungsjahre und 23 Millionen Dollar hat der Film gekostet — doch wie immer, wenn Künschtler sich an der SF versuchen, kommt genau die Spinnerei dabei raus, vor der uns unsere Eltern schon immer gewarnt haben, wenn sie uns als Kinder bei der SF-Lektüre erwischten.

Black Magic Woman
(BLACK MAGIC WOMAN). USA 1990. R: Deryn Warren. D: Mark Hamill (Brad Travis), Apollonia, Amanda Wyss, Victor Rivers. F 87 Min. — Der verheiratete Galerist Brad gerät in den Bann der erotischen Hexe Cassandra, die ihn mit einem Fluch belegt, als er ihr Verhältnis beendet. Voodoo-Horror mit geilen und übersinnlichen Einlagen. (V) CIC.

Blondinen sind doch schärfer
(BLONDES HAVE MORE FUN). USA 1981. R: John Seeman. B: John Seeman. K: Alan Smithee. M: Henry Pimper. D: John Seeman, John Leslie, Dorothy LeMay, Seka, Jesie St. James, Bianca, Suzannah French, Lisa Loring. F 88 Min. — Ein ausgeflippter Wissenschaftler entwickelt ein potenzsteigerndes Serum, das ein bankrotter Geschäftsmann in einem Bordell testet, bevor es in den Handel kommt. Bald hat man in der Stadt nur noch das *eine* im Kopf. (V) Beate Uhse.

Bodo — Eine ganz normale Familie
BRD 1989. R: Gloria Behrens. B: Christos Constantin, Hauart A. Weber. K: Leo W. Borchard. M: Kambitz Giahi. D: Martin Forbes (Bodo 1), Gary Forbes (Bodo 2), Heiner Lauterbach (Blinker), Ulrieke Kriener (Frau Blinker), Narcisa Kukavica, Richard Rogler. F 90 Min. — Ein technisch begabter, aber ansonsten ziemlich doofer Bubi, der eine Mitschülerin für sich begeisten will, klont sich einen Doppelgänger, der zwar alles kann, aber keine Seele hat. Das hat R. A. Lafferty (»Eurem's Dam«) schon besser hingekriegt. (V) VCL.

Body Parts
(BODY PARTS). USA 1991. R: Eric Red. B: Eric Red, Norman Snider. LV: Boileau, Narcejac. K: Theo Van de Sande. SpE: FX Smith. M: Loek Dikker. D: Jeff Fahey (Bill Chrushank), Lindsey Duncan (Dr. Agatha Webb), Zakes Mokae (Detectiv Sawchuck), Kim Delaney (Karen Chrushank), Peter Mumik (Mark Draper), Paul Benvictor (Ray Olberg), Brad Dourif (Remo Ladey), Lindsay Merrithew (Roger), John Walsh (Charles Fletcher). F 88 Min. — Bill Chrushank wird als erstem Menschen ein Arm transplantiert, doch der Spender ist ein Massenmörder und der Arm entwickelt ein Eigenleben, das ihn beinahe in den Wahnsinn treibt — bis der Mörder sich auf die Jagd nach seinen Gliedmaßen macht. Atmosphärisch spannender Film, dem eigentlich nur eine neue Idee fehlt. (V) CIC.

Boneyard
(THE BONEYARD). USA 1990. R: James Cummins. B: James Cum-

mins. K: Irl Dixon. M: John Lee Whitener, Katherine Anne Porter. D: Ed Nelson (Jersey Callum), Deborah Rose (Alley Oates), Norman Fell (Shepard), James Easterman (Gordon Mullin), Denise Young (Dana), Willie Stratford jr. (Marty), Phyllis Diller (Miss Poopinplatz). F 90 Min. — Die Leichen dreier Kinder werden im Leichenschauhaus wieder lebendig, tun sich am Fleisch der Toten gütlich und fallen Lebende an, die sich in einem Keller verschanzen. Ekliger, hanebüchener Schundfilm. (V) New Vision.

Brain Check — Das andere Ich
(BRAIN WAVES). USA 1983. R: Ulli Lommel. B: Ulli Lommel. K: Jon Kranhouse. M: Robert O. Ragland. D: Keir Dullea (Julian), Suzanna Love (Kaylie), Vera Miles (Marian), Tony Curtis (Dr. Clavius), Percy Rodrigues, Paul Wilson. F (90) 83 Min. — Nach einem Unfall wird das Hirn der verletzten Kaylie in einen anderen Körper übertragen, doch nach der Genesung erfährt sie durch Visionen, daß die Körperspenderin einem Mord zum Opfer gefallen ist. Kaylie sucht den Mörder, und das zahlt sich nicht aus. (V) Taurus.

Brother From Space
(BROTHER FROM SPACE). USA 1988. R: Roy Garrett. B: Roy Garrett, John L. Martin. K: Alejandro Ulloa. M: Franco Campanino. D: Agostina Belli (Brother), Martin Balsam, Silvia Tortosa Davis, Edward Hamilton, John Donovan. F 90 Min. — In den USA landender Außerirdischer findet Freunde und Feinde in Militär- und Medienkreisen. Dutzendware. (V) Egmont.

The Caller
(THE CALLER). USA 1987. R: Arthur Allan Seidelman. B: Michael Sloan. K: Armando Nanuzzi. M: Richard Band. D: Malcolm McDowell (Besucher), Madolyn Smith (Mädchen). F 93 Min. — Außerirdischer Android sucht zu nächtlicher Stunde eine Frau in einem abgelegenen Landhaus auf und unterzieht sie mit unbequemen Fragen einem Psychotest, bis sie sich mit ihren Lebenslügen auseinandersetzen muß. Wenn der Android nicht drin wäre, wär's kaum SF. (V) Lightning.

Camelot — Der Fluch des goldenen Schwertes
(SWORD OF THE VALIANT). USA 1984. R: Stephen Weeks. B: Stephen Weeks, Philip M. Breen, Howard C. Pen. K: Freddie A. Young, Peter Hurst. M: Ron Geesin. D: Sean Connery (Grüner Ritter), Cyrielle Claire (Linet), Leigh Lawson (Humphrey), Trevor Howard (König Arthur), Ronald Lacey (Oswald), Miles O'Keeffe (Sir Gawain). F 85 Min. — Ein geheimnisvoller Grüner Ritter, den man zwar enthaupten aber nicht töten kann, sucht das Land Camelot heim, und Sir Gawain, ein Ritter der Tafelrunde, bricht zu einer Queste auf, um das ihn umgebende Geheimnis zu lösen. (V) VMP.

Camp des Grauens II
(SLEEPAWAY CAMP II: UNHAPPY CAMPERS). USA 1988. R: Michael

A. Simpson. B: Fritz Gordon. K: Bill Mills. M: James Olivero. D: Pamela Springsteen, Brian Patrick Clarke, Renee Estevez, Walter Gotell, Susan Marie Binion. F 73 Min. — In einem US-Ferienlager treibt mal wieder das sattsam bekannte Schlitzerhirn sein Unwesen und murkst rotzfreche Teenies ab. Der Täter ist ein Transsexueller. Der Regisseur und der Autor sind Schwachköpfe. (V) New Vision.

Camp des Grauens III
(SLEEPAWAY CAMP III: TEENAGE WASTELAND). USA 1989. R: Michael A. Simpson. D: Pamela Springsteen, Tracy Griffith, Michael J. Pollard. F 90 Min. — Und schon wieder eine Mordserie in einem amerikanischen Ferienlager, von denselben Schwachköpfen inszeniert. (V) New Vision.

Die Chaoten-Spione
(SPIES, INC.). USA 1988. R: Anthony Thomas. B: Jim Hougan, Anthony Thomas. K: Mike Southon. M: Hans Zimmer, Fiachra Trench. D: Brian Kerwin (Jim), Alice Krige (Isabelle), Robert Loggia (Mac), David Warner (Cleague), Diane Ladd (Alice). F 90 Min. — US-, GB- und UdSSR-Agenten wollen über die internationalen Börsen die Welt ausplündern und zetteln zu diesem Zweck eine Krise an, die ein weiterer Agent hintertreibt. Soll komisch sein, ist es aber nicht.

A Chinese Ghost Story
(QUIANNÜ YOUHUN). Hongkong 1987. R: Ching Siu-Tung. B: Yuen Kai-Chi. K: Poon Hang-Seng. M: Romero Diaz, James Wong. D: Leslie Cheung (Ning Chai-Chun), Wang Tsui-Hsien (Nie Chao-Chen), Mu Wa (Yen Che-Hsia). F 93 Min. — Ein naiver junger Geldeintreiber sucht in einem Spuktempel Zuflucht, in dem der Geist einer Schönen vorbeikommende Wanderer betört, die später ein nach Blut lechzendes Ungeheuer aussaugt, so daß sie als zombiehafte Jämmerlinge ihre Tage fristen müssen. Eine durchaus ansehbare und flotte Mischung aus Schläger- und Fantasyfilm. (V) Cannon/VMP.

A Chinese Ghost Story II
(A CHINESE GHOST STORY II). Hongkong 1990. R: Ching Siu-Tung. D: Leslie Cheung, Jacky Cheung, Joey Wang. F 95 Min. — Chinesischer Steuereintreiber, der vor bösen Magiern flieht, findet Freunde in einem geisterjagenden Mönch und zwei Schwestern, die ihren zu Unrecht verurteilten Vater retten wollen — wobei es unerläßlich ist, sich mit dem Teufel anzulegen. (V) Cannon/VMP.

Chucky — Die Mörderpuppe
(CHILD'S PLAY). USA 1988. R: Tom Holland. B: Don Mancini, John Lafia, Tom Holland. K: Bill Butler. SpE: Kevin Yagher. M: Joe Renzetti. D: Catherine Hicks (Karen Barclay), Chris Darandon (Mike Norris), Alex Vincent (Andy Barclay), Brad Dourif (Charles Lee Ray), Dinah Manoff (Maggie Person). F 84 Min. — Ein Massenmörder versetzt seinen Geist im Moment seines Todes in eine

Puppe und versucht fortan, den Körper eines Jungen zu »übernehmen«. Aufwendige Spezialeffekte, dünne Story. Chuckys Untaten wurden beeindruckend in Szene gesetzt. (V) Warner.

Chucky II — Die Mörderpuppe ist wieder da

(CHILD'S PLAY II). USA 1991. R: John Lafia. B: Don Mancini. K: Stefan Czapsky. M: Graeme Revell. D: Alex Vincent (Andy Barclay), Jenny Agutter (Joanne Simpson), Gerrit Graham (Phil Simpson), Christine Elise (Kyle), Grace Zabriskie (Grace). F 80 Min. — Der Geist eines Massenmörders ist in eine Killerpuppe geschlüpft und möchte sich in den Körper des kleinen Andy versetzen, um ein neues Leben zu erlangen. Doch auch diesmal geht's schief: der »Körper« des Killergeistes wird in Einzelteile zerlegt. Langweilig, vorhersehbar, abgrundtief dumm. (V) Warner.

City Limits

(CITY LIMITS). USA 1984. R: Aaron Lipstadt. B: Don Opper. K: Timothy Suhrstedt. M: John Lurie. D: John Stockwell (Lee), Rae Dawn Chong (Yogi), Darrell Larson, Kim Kattrall, Robby Benson, James Earl Jones. F 85 Min. — Die Menschheit ist wieder mal dahingerafft und die Zivilisation zerfallen. In düsterer Umgebung muß eine Motorradgang unter Führung des Helden Lee ihre Jagdgründe gegen die herrschsüchtige Sunya Corporation verteidigen. — Ob sie's wohl schafft? Und wenn — es interessiert eh kein Schwein. (V) Vestron.

Contaminator — Die Mordmaschine aus der Zukunft

(SHOCKING DARK). Italien 1989. R: Vincent Dawn [= Bruno Mattei]. B: Clyde Anderson. K: Richard Grassetti. M: Flippermusic. D: Christopher Ahrens (Fuller), Tony Lombardo (Francini), Haven Tayler (Sara), Geretta Giancarlo Field (Koster), Dominica Coulson (Samantha), Mark Steinborn. F 82 Min. — In Venedig, nach mißglückten chemischen Versuchen zur Geisterstadt geworden, treiben mutierte Ungeheuer ihr Unwesen und reiben die Angehörigen einer Forschungsexpedition auf. Ein müdes Ding, dem es nicht nur an Logik mangelt. (V) VPS.

Crabs — Die Zukunft sind wir

(DEAD END DRIVE-IN). Australien 1986. R: Brian Trenchard Smith. B: Peter Smalley. K: Paul Murphy. M: Frank Strangio. D: Ned Manning (Crabs), Natalie McCurry (Carmen), Peter Whitford (Thompson), Wilbur Wilde (Hazza), Dave Gibson (Dave), Sandy Lillingstone (Beth). F 88 Min. — Ein junger Tunichtgut namens Crabs wird in ein Internierungslager gesperrt, in dem man seinesgleichen mit Drogen und Terror zerbrechen will, doch er zettelt eine Revolte an und flieht in eine ungewisse Zukunft. (V) VPS.

Creature — Die dunkle Macht der Finsternis

(CREATURE). USA 1985. R: William Malone. B: William Malone, Alan Reed. K: Harry Mathias. M: Thomas Chase, Steve Rucker. D:

Klaus Kinski (Hans Rudy Hofner), Wendy Schaal (Beth Sladen), Stan Ivar (Mike Davidson), Annette McCarthy (Dr. Wendy Oliver), Diane Salinger (Melanie Bruce). F 97 Min. — Auf Titan liest eine Raumschiffcrew ein 200 000 Jahre altes Lebewesen auf. SF-Film-Gucker wissen natürlich — aha!, daß es bald wieder zum Leben erwachen muß. (V) Starlight.

Critters III
(Critters III). USA 1991. R: Kristine Peterson. B: David Schow. K: Tom Calloway. M: David C. Williams. SpE: Chiodo Brothers. D: Aimee Brooks (Annie), John Calvin (Clifford), Katherine Cortez (Marsha), Don Opper (Charlie McFadden), Leonardo Dicaprio (Josh), Geoffrey Blake (Frank), Diana Bellamy (Rosalie), William Dennis Hunt (Briggs), Frances Bay (Mrs. Mengles), Bill Zuckert (Mr. Mengles). F 81 Min. — Kleine, bösartige Weltraummonster pöbeln auf der Erde herum und legen ein Mietshaus in Trümmer, bis der bematschte Critterjäger Charlie aufkreuzt und für Ordnung sorgt. Ein unblutiges, unterhaltsames B-Movie, falls man einen IQ von 65 hat. Das Ende programmiert den vierten Teil vor. (V) VPS.

Crystal Eye
(THE CRYSTAL EYE). Südafrika 1988. R: Joe Tornatore. B: Mike Angel. K: Tom De Nove. M: Tony Roman, Chris Squire. D: Jameson Parker (Luke Ward), Cynthia Rhodes (Vicky Philips), Michael Lane (Hashim), Andre Jacobs (Frenchie), David Sherwood (Emilio), Johnny Noble. F 100 Min. — Ein amerikanischer Abenteurer und ein italienischer Archäologe stoßen auf der Reise nach Afghanistan mit Hilfe eines mysteriösen Kristalls auf Ali Babas legendären Schatz. Ein halbphantastischer Abenteuerschinken billigster Machart. (V) VPS.

Cult of the Dead
(ISLA DE LOS MUERTOS/THE ISLE OF THE DEATH). USA/Mexiko 1968. R: Juan Ibanez. B: Jack Hill. K: Austin McKinney, Raul Dominguez. M: Alice Uretta. D: Boris Karloff (Damballah, Van Molder), Charles East (Wilhelm), Julissa (Annabella), Ralph Bertrand (Captain Labiche), Tongolele (Kalea). F 81 Min. — Ein Polizist stellt einem irren Plantagenbesitzer ein Bein, der dem Voodoo-Kult verfallen und sogar bereit ist, seine Nichte als Opfer darzubringen. Ein jämmerlich schlechtes Filmchen, in dem Horrorstar Boris Karloff nur für Sekunden auftaucht. (V) Madison.

Die Dame ist der Gatte
(TURNABOUT). USA 1940. R: Hal Roach. B: Mickell Novak, Berne Giler, John McClain, Rian James. LV: Thorne Smith. K: Norbert Brodine. M: Arthur Morton. D: Adolphe Menjou (Phil Manning), Carole Landis (Sally Willows), John Hubbard (Tim Willows), Mary Astor (Marion Manning), Donald Meek (Henry). SW 80 Min. — Das Ehepaar Tim und Sally, das sich in seinem Rollenverhalten nicht wohl fühlt, schlüpft mit Hilfe einer mysteriö-

sen Gottheit in die Haut des jeweils anderen, muß aber feststellen, daß dieses Leben auch nicht der wahre Jakob ist. Vergnügliche Fantasy-Komödie nach einem Roman des Geisterspezialisten Thorne Smith (»Topper«).

Dance of the Damned
(DANCE OF THE DAMNED). USA 1989. R: Katt Shea Ruben. B: Andy Ruben, Katt Shea Ruben. K: Phedon Papamichael. M: Gary Stockdale. D: Cyril O'Reilly (Vampir), Starr Andreeff (Jodie), Deborah Ann Nassar (La Donna), Maria Ford (Treska), Tom Ruben (Caddy) F 90 Min. — Ein Vampir und eine selbstmordgefährdete Stripperin verbringen eine Nacht miteinander. Dabei wandelt sich das Opfer-Täter-Verhältnis auf subtile Weise, bis beide ein Psychoduell austragen. Atmosphärisch dichter B-Film aus der Corman-Fabrik, dessen ideenreiche Regie den Film aus der Flut mieser Vampirfilme hervorstechen läßt. (V) Starlight/Ascot.

Dance of Death
(HOUSE OF EVIL). USA/Mexiko 1968. R: Juan Ibanez. B: Jack Hill, Luis Enrique Vergara. LV: Edgar Allan Poe. K: Raul Dominguez. M: Enrico Cabiati. D: Boris Karloff (Matthias Monteval), Julissa, Andres Garcia. F 74 Min. — Die Erben eines reichen alten Knaben finden sich in einem Landhaus zusammen und werden von den Spielzeugpuppen des Erblassers abgemurkst. Überlebende und Zuschauer fragen sich, wer hier eigentlich verarscht werden soll. Grauenhafter Unfug, zu dem der alte Schluckspecht Edgar Allan Poe (höchstens im Delir) die Vorlage geliefert haben soll. (V) Madison.

Dead Eyes
(DEI PROFUNDIS). Italien 1989. R: Lewis Coates [= Luigi Cozzi]. D: Urbano Barberini, Caroline Munro, Brett Halsey, Florence Guerin. F 90 Min. — Beim Rollenstudium gerät eine junge Schauspielerin in den Bann der bösen Hexe Levana, die nach und nach eine Filmcrew dezimiert, weil sie nicht an der Verfilmung ihrer Lebensgeschichte interessiert ist. Okkultschocker mit vielen Ekeleffekten. (V) Ascot.

Dead Men Don't Die
(DEAD MEN DON'T DIE). USA 1990. R: Malcolm Marmorstein. B: Malcolm Marmorstein. K: Tom Fraser. D: Elliot Gould (Barry Barron), Melissa Anderson (Dulcie), Mabel King (Chafuka), Mark Moses (Jordan), Philip Bruns (Nolan). F 94 Min. — Unsäglicher Klamaukfilm über einen TV-Reporter, der sich als Schnüffler versucht, dabei das Leben verliert und von einer Putzfrau, die Voodoo-Magie beherrscht, wieder zum Leben erweckt wird.

Dead Space — Galaxis des Grauens
(DEAD SPACE). USA 1991. R: Fred Gallo. B: Catherine Cyran. K: Mark Parry. M: Daniel May. D: Marc Singer (Krieger), Laura Tate (Marissa), Bryan Cranston (Darden), Judith Chapman (Stote),

Randy Reinholz (Tim), Frank Roman (Sal), Lori Liveley (Jill), Greg Blanchard (Joe), Rodger Hall (Tinpan), Liz Rogers (Devon). F 66 Min. — Forsche Forscher sind auf dem Planeten Feyborn dem grauslichen Virus Delta V auf der Spur. Doch das Antivirus, das es vernichten soll, entweicht und verwandelt alle in eklige Ungeheuer. Ein Mann namens Krieger (Nomen es omen) bläst zur Monsterhatz. — »Im Kleinhirn ist noch Leben«, sagt ein Mad Scientist bei der Obduktion. Wie schön, wenn man dies auch übers Hirn des Autors sagen könnte. (V) Concorde.

Death Town

(ZONE ROUGE). Frankreich 1986. R: Robert Enrico. B: Robert Enrico, Alain Scoff. K: Didier Tarot. M: Gabriel Yard. D: Richard Anconina (Jeff Montelier), Sabine Azéma (Claire Rousset), Hélène Surgére (Mutter), Jean Bouise (Sénéchal), Jean-Pierre Bisson (Kommissar Mercier), Jacques Nolot (Pierre Rousset). F 109 Min. — Die Dioxinladung eines verunglückten Lasters verseucht ein französisches Dorf. Behörden und Polizei wollen die Katastrophe vertuschen und lassen den Ort bei einem inszenierten Unfall in Flammen aufgehen. Eine Zeugin und ein Versicherungsdetektiv recherchieren das Desaster — nicht eben zur Freude der Drahtzieher. Spannender Öko-Thriller. (V) Atlas.

Death Zone

(BLOOD FOR BLOOD). Hongkong 1991. R: Irvin Johnson. D: Cynthia Khan (Lyssa), Dale Cook (AMP), Greg Douglas. F 90 Min. — In einer Zukunftswelt, deren Bewohner offenbar über noch weniger Hirn verfügen als manche Filmemacher (denn sie haben die Vergangenheit völlig vergessen), wird ein Pärchen, das nicht mehr mitspielen will, von einem Lumpen verfolgt, der sich »König der Arena« nennt.

Def-Con 4 — Das letzte Kommando

(DEF-CON 4). Kanada 1985. R: Paul Donovan. B: Paul Donovan. K: Doug Connell, Les Krizsan. M: Christopher Young. D: Tim Choate (Howe), Kevin King (Gideon Hayes), Lenore Zann (J. J.), Maury Chaykin (Vinny), Kate Lynch (Jordan), John Walsh (Walker). F 84 Min. — Drei Astronauten kehren nach dem Großen Knall zur Erde zurück, wo kannibalistische Mutanten und irre Punks das Sagen haben. Ein Obersadist braucht die Ankömmlinge, um an einen unverseuchten Ort zu gelangen, doch seine Horde wird von einer Atomrakete ausradiert. Schlampig abgefilmtes Endzeitdrama, von denen 13 auf ein Dutzend gehen. (V) VCL.

Defense Play — Mörderische Spiele

(DEFENSE PLAY). USA 1987. R: Monte Markham. B: Aubrey Salomon, Steven Greenberg. K: Timothy Galfas. M: Arthur B. Rubinstein. D: David Oliver (Scott Oliver), Susan Ursitti (Karen Vandemeer), Monte Markham (Col. Mark Denton), William Frankfather (Gen. Phillips), Jack Esformes (Eddie Dietz), Eric Gilliom (Starkey). F 93 Min. — Der Sohn eines Air Force-Colonels kommt hinter einen russischen Sabotageplan. Mit der Hilfe der Tochter eines ermordeten Professors durchkreuzt er die Pläne der Lumpen aus dem Reich des Bösen. Es geht auch um einen mit Laserkanonen bestückten Fernlenk-Hubschrauber. (V) Starlight.

Delta Force III — The Killing Game
(DELTA FORCE 3 — THE KILLING GAME). USA 1990. R: Sam Firstenberg. B: Andy Deutsch, Greg Latter, Boaz Davidson. K: Avi Karpick. M: Robert Thomas Mein. D: Nick Cassavetes (Charlie), Mike Norris (Greg), Eric Douglas (Sam), John Ryan (Sergej), Hana Azulay Hasfari (Irenia), Jonathan Cherchi (Kadal). F 94 Min. — Terroristenchef, der eine Atombombe an sich gebracht hat, stellt den USA ein Ultimatum, doch ein amerikanisch-russisches Einsatzkommando macht ihm mit Knall-Bumm den Garaus. (V) Warner.

Destroyers
(ELIMINATORS). USA 1986. R: Peter Manoogian. B: Paul DeMeo, Danny Bilson. K: Mac Ahlberg. M: Bob Summers. D: Andrew Prine (Harry Fontana), Denise Crosby (Nora Hunter), Patrick Reynolds (Mandroid), Conan Lee (Kuji), Roy Dotrice (Reeves), Peter Schrum (Ray), Peggy Mann (Betty), Fausto Bara (Luis), Tad Horino (Takada), Luis Lorenzo (Maurice). F (96) 91 Min. — Ein Pilot wird von einem Wissenschaftler zu einem sogenannten Mandroiden umgebaut, da er ihm bei seinen finsteren Plänen helfen soll. Doch der Mandroid durchkreuzt das Vorhaben des Wahnknaben, der mit Hilfe der Zeitmaschine über das alte Rom herrschen will. — Knallkopf-Produkt, von Hirnis ausgedacht, die glauben, daß Zeitmaschinen einen *räumlich* versetzen. (V) CBS/Fox.

Diener des Bösen
(SUBSPECIES). USA 1990. R: Ted Nicolaou. B: Jackson Barr, David Pabian. K: Vlad Paunescu. M: Richard Rosinksi, Michael Portis. D: Michael Watson (Stefan), Laura Tate (Michelle), Anders Hove (Radu), Michelle McBride (Lillian), Irinia Movila (Mara), Ivan J. Rado (Ion), Angus Scrimm (König Vladislav). F 81 Min. — Der »böse« Vampir Radu ringt mit seinem »guten« Vampirstiefbruder Stefan um einen »Blutstein« und das Leben dreier amerikanischer Studentinen, die sich in Transylvanien aufhalten. Durchschnittlicher, an Originalschauplätzen gedrehter Horrorfilm mit Längen. (V) CIC.

Dolly Dearest
(DOLLY DEAREST). USA 1991. R: Maria Lease. B: Maria Lease. K: Eric Andersen. SpE: Michael Burnett. M: Mark Snow. D: Denise Crosby (Marilyn Read), Sam Bottoms (Elliott Read), Chris Demetrail (Jimmy Read), Candy Hutson (Jessica Read), Lupe Ontirveros (Camilla), Rip Torn (Karl Resnick). F 94 Min. — Ein Mayageist fährt in

Puppen ein und terrorisiert die Familie des Direktors einer Spielzeugfabrik, bis man ihn mit Dynamit ins Jenseits zurückbefördert. Langweiliger und betulicher Horrorfilm, der mehr als ein bisserl bei Chucky klaut. Denise Crosby, der man nicht gerade nachsagt, sie sei eine begnadete Akteuse, glotzt von der ersten Einstellung an so finster in die Gegend, als könne sie ihrem Agenten noch immer nicht verzeihen. (V) Ascot.

Dreamliners
(RED BLOODED AMERICAN GIRL). Kanada/USA 1990. R: David Blyth. B: Alan Moyle. K: Ludek Bogner. M: Jim Manzie. D: Andrew Stevens (Owen Urban), Heather Thomas (Paula), Christopher Plummer (Dr. Alcore), Wim Coates (Dennis), Lydie Denier (Rebecca). F 90 Min. — Ein Wissenschaftler und seine Mitarbeiter, die von Viren hervorgerufene Blutanomalien untersuchen, infizieren sich bei einem Experiment und werden zu Vampiren. Der Rest: Action, Blutgesauge und Sexeinlagen. (V) New Vision.

Dreamtrap
(DREAMTRAP). USA 1989. R: Tom Logan, Hugh Parks. B: Tom Logan. K: Andrew Biber. M: Don Hughes. D: Kristy Swanson (Sue), Sasha Jenson (Alvin), Jeannie Moore (Blondee), Michael T. Kelly (Dean), Roger Floyd (Randy). F 88 Min. — Die Studenten Sue und Alvin haben sexuelle Probleme. Sue geht mit einem tumben Schönling aus, Alvin flüchtet sich in Tagträumen zu einem Mädchen, das ihr ähnlich sieht. Dann entwickelt Alvin telepathische Kräfte, so daß Sue von seinen Träumen erfährt. (Wie doof, wo doch jeder SF-Leser weiß, daß Sue telepathische Kräfte entwickeln müßte, damit sie... Gott, was *schreibe* ich bloß hier?!). (V) VPS.

Der einsame Kämpfer
(ON DANGEROUS GROUND). USA 1985. R: Chuck Bail. B: Sheila Goldberg, Oviodio G. Assonitis, Alfonso Brescia. K: Dante Spinotti. M: Sylvester Levay. D: Stephen Collins (Dr. David Lowell), Janet Julien (Vanessa Pilgrim), Nicholas Bryor (John Pilgrim), Lance Henriksen (Brook Alistair), Bo Svenson (Captain), Victoria Racimo (Rachel). F 95 Min. — Forscher, der aus akustischen Wellen Strom gewinnen will, wenn der Halleysche Komet sich der Erde nähert, findet zwar einen Standort für seine Versuchsstation, gerät aber mit einem Industriellen aneinander, der illegal Giftmüll dort abladen will. Es sprechen die Pistolen! Naiver US-Schundi. (V) Warner.

Das Eichhörnchen und die Zaubermuschel
(VERVERKA A KOUZELNA MSULE). ČSFR 1988. R: Vera Plivova-Şimková. F 70 Min. — Mädchen realisiert mit Hilfe einer Zaubermuschel seine Träume und Wünsche. Kinderfilm.

Eis
BRD 1988. R: Berthold Mittermayr. B: Berthold Mittermayr. K: Ingo Hammer. M: Georg Mitter-

mayr. D: Erwin Leder (Sandor), Michele Sterr (Anni), Ulf Dieter Kusdas (Stiegler), Dagmar Cassens (Dr. Kovacs), Holde Naumann (Frau Horvath), Joe Berger (Loisl), Willi Stern (Dr. Weiß), Luis Essl (Obermeier). F 105 Min. — Der angetrunkene Sandor wird in der Silvesternacht 1979 inhaftiert, in der Zelle vergessen und nach 18 nahrungslosen Tagen gefunden. Militärärzte nehmen sich seines Falles an — und Sandor stellt fest, daß er ein Versuchskaninchen war: Man hat allem Anschein nach ein den Stoffwechsel beeinflussendes Medikament für Krisenzeiten an ihm getestet. Sein Wissen ist gefährlich.

Der Eisbärkönig
(THE POLAR BEAR KING). Norwegen/BRD 1991. R: Ola Solum. B: Erik Borge. K: Philip Oegard. M: Geir Boehren. D: Maria Bonnevie (Prinzessin), Tobias Hoesl (König Valemon), Jack Fjeldstad (König), Anna-Lotta Larsson (Hexe), Jon Laxdal, Rüdiger Kuhlbrodt, Ulrich Faulhaber. F 90 Min. — Eine Hexe verzaubert einen jungen König aus Rache für nicht erwiderte Liebe für sieben Jahre in einen Eisbär, und er flüchtet sich ins Winterland, wo er eine hübsche Prinzessin trifft, die für ihn geschaffen ist. Nett.

Endstation Planet Erde
(EARTHBOUND). USA 1981. R: James L. Conway. B: Michael Fisher. D: Burl Ives (Ned Anderson), Christopher Connelly (Zef), Meredith McRae (Lara), Marc Gilpin (Dalem), Joseph Campanella (Conrad), Todd Porter (Tommy), Elisa Leeds (Teva), John Schuck (Sheriff), Stuart Pankin (Sweeney), Joey Forman (Madden), Peter Isacksen (Willy), Doodles Weaver (Sterling). F 89 Min. — Eine außerirdische Familie, die sich zeitweise unsichtbar machen kann, stürzt mit einem Raumschiff in den USA ab und schlüpft bei einem Kneipier unter, doch ein böser Regierungsvertreter ist ihr ständig auf den Fersen. — Purer Schwachsinn. (V) VPS.

Empire of Ash — Die Zeit nach dem Ende
(EMPIRE OF ASH). Kanada 1987. R: Lloyd Simandl, Michael Mazo. B: Saul Urbonas, Michael Mazo. K: Nathaniel Massey. M: Tom Lavin. D: Melanie Kilgour, Thom Chioler, Frank Wilson, Sandy Kakkenzie, James Stevens. F 96 Min. — Nach dem Großen Knall prügeln sich irgendwelche von irgendwas infizierte Blutsauger mit Normalmenschen, weil sie frisches Blut und Benzin brauchen. Hirnrissiger Endzeitreißer. (V) Carrera.

Das Ende der Angst
(WAVELENGTH). USA 1983. R: Mike Gray. B: Mike Gray. K: Paul Goldsmith. M: Tangerine Dream. D: Robert Carradine (Bobby Sinclaire), Cherie Currie (Iris Longacre), Keenan Wynn (Dan), Cal Bowman (Gen. Milton Ward), James Hess (Col. James Cottrell), Terry Burns (Capt. Hinsdale), Eric Morris (Dr. Vernon Cottrell). F 88 Min. — Eine Frau, die mysteriöse Dinge hört, und ihr Freund stoßen

in einem militärischen Sperrgebiet auf drei nackte Buben, die als Insassen eines abgestürzten UFOs zu Untersuchungszwecken festgehalten werden. Sie befreien sie, fliehen in die Wüste, und bevor die wutschnaubenden Militärs die Fremden vernichten können, entkommen ihre Schützlinge in einem Raumschiff. (V) Starlight.

Es

(IT). USA 1990. R: Tommy Lee Wallace. B: Lawrence D. Cohen, Tommy Lee Wallace. LV: Stephen King. K: Richard Leiterman. M: Richard Bellis. D: John Ritter (Ben Hanscom), Richard Thomas (Bill Denbrough), Tim Curry (Pennywise), Harry Anderson, Dennis Christopher, Richard Masur, Annette O'Toole, Tim Reid. F 180 Min. — Ein Trupp Erwachsener, die schon als Kinder gegen das in Gestalt des Clowns Pennywise auftretende Böse gekämpft haben, treffen sich nach Jahren in der Kleinstadt Derry, um zum endgültigen Schlag gegen die wieder aufgetauchte kindermordende Bestie auszuholen. Gerissen gemachter TV-Horrorschocker; nicht ohne Längen.

Evil Below

(THE EVIL BELOW). USA 1980. R: Jean-Claude Dubois. B: Art Payne. K: Keith Dunkley. M: Julian Laxton. D: Wayne Crawford (Max Cash), June Chadwick (Sarah Livingston), Sheri Able (Tracy), Graham Clarke (Ray Caloon), Ted Le Platt (Adrian Barlow). F 88 Min. — Die Kunstlehrerin Sarah und der Jachtbesitzer Max sprengen ein dreihundert Jahre altes, mit geraubten Schätzen gefülltes Schiffswrack in die Luft, um sich eines tödlichen Fluchs zu erwehren. Dutzendware. (V) Highlight.

Fantasy Island — Die Geisterinsel

(GEORGE'S ISLAND). Kanada 1990. R: Paul Donovan. B: Paul Donovan, Maura O'Connell. K: Les Kriszan. M: Marty Simon. D: Nathaniel Moreau (George), Ian Bannen (Capt. Waters), Sheila McCarthy (Miss Birdwood), Maury Chaykin (Droonfield), Vicky Ridler (Bonnie). F 86 Min. — Mit seinem an den Rollstuhl gefesselten Großvater flüchtet Klein-George vor einer fiesen Lehrerin auf eine Insel, wo ein paar Piraten nach 250 Jahren zu neuem Leben erwachen. Schatzsuche ist auch angesagt. Schmarrn. (V) Highlight.

Der Fiesling

(HI, HONEY, I'M DEAD). USA 1991. R: Alan Myerson. B: Carl Kleinschmit. K: James Hayman. M: Roger Bellon. D: Curtis Armstrong (Brad/Arnold), Paul Rodriguez (Ralph), Kevin Conroy, Robert Briscoe Evans. F 88 Min. — Erfolgreicher Unternehmer wird wiedergeboren, macht erneut Karriere und erkennt, was er im Leben alles falsch gemacht hat. Ein belangloses Filmchen für die Kleinen. (V) CBS/Fox.

Fighter Gang — Sie kämpfen bis zum Ende

(KILL AND KILL AGAIN). USA 1981. R: Ivan Hall. B: John Crowther. K: Tai Krige. M: Igo Kantor. D: James Ryan (Steve Chase), Anneline Kriel (Kandy Kane), Norman Robinson (Gypsy Billy), Stan Schmidt (Fliege), Bill Flynn (Hotdog), Michael Mayer (Marduk), Marloe Scott-Wilson (Minerva). F 100 Min. — Dr. Kane bastelt aus Kartoffelabfällen eine Droge, die Menschen zu willenlosen Befehlsempfängern macht. Ein Bösewicht mit Welteroberungsplänen läßt ihn entführen; ein Karate-As soll ihn befreien. — Dummer Drescherfilm mit komischen Einlagen. (V) CBS/Fox.

Final Attack
(FINAL ATTACK: HOWLING VI). USA 1990. R: Hope Perello. B: Kevin Rock. K: Edward Pei. SpE: Todd Masters. M: Patrick Gleeson. D: Brendan Hughes (Ian), Michele Matheson (Elizabeth), Sean Gregory Sullivan (Bellamy), Bruce Martin Payne (Harker), Antonio Fargas (Bellamy), Carlos Cervantes (Sheriff Fuller), Carol Lynley (Miss Edington), Jered Barclay (Dewey). F 90 Min. — Ein britischer Tramp namens Ian kommt in ein zur Geisterstadt verkommenes US-Nest und entpuppt sich als Werwolf, der sich gegen den eine Freakshow beherrschenden Vampir Harker durchsetzen muß. Fängt spannend und atmosphärisch dicht an, degeneriert aber dann zum zähen Gruselschinken. (V) Concorde Video.

Final Exterminator
(FINAL EXTERMINATOR). USA 1990. R: Ernest Farino. F 90 Min. — Der Bruder einer Vergewaltigten bastelt, als die Täter freigesprochen werden und sie sich in den Tod stürzt, aus ihrer Leiche einen mechanischen Rächer, der die Bösen tötet. Tut weh. (V) Euro.

Flash
(THE FLASH). USA 1989. R: Robert Iscove. B: Danny Bilson, Paul De Meo. K: Sandi Sissel. M: Danny Elfman. D: John Wesley Shipp (Flash, Barry Allen), Amanda Pays (Tina McGee), Paula Marshall (Iris West), Michael Nader. F 90 Min. — Per Blitzschlag und anschließender Chemikalienreaktion wird aus dem Chemiker Barry ein Superman, der eine Motorradgang plattmacht. (V) Warner.

Flashfighter
(LONE RUNNER). USA 1987. R: Ruggero Deodato. B: Chris Trainor, Steven Luotto. K: Robert Bennett. M: Charles Cooper. D: Miles O'Keeffe (Garrett), Savina Gersak (Analisa Summerking), Michael J. Aronin (Emerick), John Steiner (Skorm), Hal Yamanouchi (Nimbus). F 85 Min. — Endzeitfilm Nr. 468, in dem der übliche Übermensch die schöne Tochter eines reichen Vaters aus den Händen übler Schurken befreien muß. (V) VPS.

Flesh Gordon — Schande der Galaxis
(FLESH GORDON MEETS THE COSMIC CHEERLEADERS). Kanada 1989. R: Howard Ziehm. B: Howard Ziehm, Doug Frisby. K: Danny Nowak. M: Nathan Wang. D: Vince Muducco (Flash Gordon), Morgan Fox (Dr. Flexi Jerkoff), Robyn Kelly (Dale Ardor), Bruce Scott (Master Bator), Wi-

liam Dennis Hunt, Melissa Mounds, Dee Luxe. F 102 Min. — Der Erdenheld Flesh Gordon wird in eine fremde Galaxis entführt, wo sextötende Strahlen die Männer impotent machen. Während geile Galaktikerinnen nach ihm lechzen, hat der böse Herrscher es auf Fleshs fleischeslustigen Zebedäus abgesehen, den ein irrer Wissenschaftler ihm transplantieren soll. — »Schwanzbetonter Schwachsinn« (CINEMA). (V) VPS.

Flight of Black Angel
(FLIGHT OF THE BLACK ANGEL). USA 1990. R: Jonathan Mostow. B: Henry Dominic. LV: Henry Dominic. K: M: D: Peter Strauss (Ryan), William O'Leary (Gordon), James O'Sullivan (Douglas), Michelle Pawk (Valerie Dwyer), K. Callan, Michael Keys Hall. F 84 Min. — Ein durchgedrehter US-Captain entführt eine mit einer Atombombe bestückte F-16 Mirage, um Las Vegas zu bombardieren. Techno-Thriller mit vielen Action-Flugszenen. (V) UFA.

Flucht von Galaxy 3
(ESCAPE FROM GALAXY 3). USA 1983. R: Ben Norman. B: John Thomas. K: Sandro Mancori. M: Don Powell. D: Cheryl Buchanan (Belle Star), James Milton (Lithan), Don Powell, Auran Cristea, Alex Macedon, Margaret Rose. F 82 Min. — Zwei auf der Erde gestrandete Unsterbliche kehren in ein galaktisches Imperium zurück, um Oraclon, dem »teuflischen König der Nacht«, der mittels seiner Superwaffen ihm nicht genehme Konkurrenten abserviert, das Handwerk zu legen. Trivialkino billigsten Zuschnitts. (V) VCL.

Frankenstein 2000
(FRANKENSTEIN 90). Frankreich 1984. R: Alain Jessua. B: Alain Jessua, Paul Gégauff. K: William Lubtchansky. Ma Reiko Kruk, Dominique Colladant. M: Armando Travaioli. D: Jean Rochefort (Victor Frankenstein), Fiona Gélin (Elizabeth), Eddy Mitchell (Frank), Herma Vos (Adelaide), Ged Marlon (Inspektor), Serge Marquand (Polizeichef), Anna Gaylor (Corona). F 90 Min. — Frankenstein-Nachkomme Victor baut einen Mikroprozessor in einen Menschenkörper ein, um dessen Verhalten zu manipulieren, und baut seinem häßlichen Monster, als die üblichen Komplikationen eintreten, eine Partnerin aus Leichen von Discotänzerinnen. Der Film hat ein paar Längen, ist aber ansehbar. (V) Gloria.

Frankensteins Teufelsmaske
(IL RE DEI CRIMINALI). Italien, Spanien 1967. R: Paul Maxwell (= Paolo Bianchini). B: Julio Buchs. K: Godofredo Pacheco. M: Berto Pisano. D: Guy Madison (Superargo), Luisa Barrato, Luciano Picozzi, Diana Lorys, Aldo Sambrell, Giovanni Cianfriglia. F 80 Min. — Machthungriger Professor läßt Superathleten auf sein Schloß entführen und macht sie mit Hilfe einer Erfindung zu fernsteuerbaren Schlägern. Der Agent Superargo schickt den Bösmann über die Wupper. — Ein köstlich-doofer Superheldenschinken.

Freddys Finale — Nightmare on Elm Street 6
(FREDDY'S DEAD — THE FINAL NIGHTMARE 6). USA 1991. R: Rachel Talalay. B: Michael De Luca. K: Declan Quinn. M: Brian May. D: Robert Englund (Freddy), Lisa Zane (Maggie), Shon Greenblatt (John), Breckin Meyer (Spencer), Leslie Deane (Tracey), Yaphet Kotto (Doc), Roseanne Barr (Große Frau), Alice Cooper (Stiefvater). F 96 Min. — Von Alpträumen geplagter Jugendlicher wird in ein Heim eingeliefert und lernt eine Psychologin kennen, deren Träume den seinen erschreckend ähneln. In einem Kaff namens Springwood werden beide mit dem Traummörder Freddy konfrontiert. Einfältiger Horrorfilm, der auch in der sechsten Inkarnation die gleiche Geschichte erzählt. (V) VPS.

Free-Jack
(FREEJACK). USA 1991. R: Geoff Murphy. B: Ronald Shusett, Steven Pressfield, Dan Gilroy. LV: Robert Sheckley. K: Amir Mokri. M: Trevor Jones. D: Emilio Estevez (Alex Furlong), Mick Jagger (Vacendak), Renee Russo (Julie Redlund), Anthony Hopkins (McCandless), Jonathan Banks (Michelette), Amanda Plummer (Nonne), David Johnson (Brad), Vincent Schiavelli. F 100 Min. — Im Jahr 2009 speichern die Labors eines Großindustriellen die Daten der High Society, um sie in die Körper junger Menschen zu transferieren. Der Konzernchef selbst hat es auf den Raumfahrer Alex abgesehen, der in die Zukunft transferiert wird, bevor er bei einem Autounfall stirbt. Alex kommt rechtzeitig zu sich, um sich dem Eingriff zu entziehen, doch eine Fängertruppe ist ihm auf den Fersen. SF-Actionfilm nach Sheckleys Roman »Lebensgeister GmbH«.

FX II — Die tödliche Illusion
(FX II: THE DEADLY ART OF ILLUSION). USA 1991. R: Richard Franklin. B: Bill Condon. K: Victor J. Kemper. M: Lalo Schifrin. D: Bryan Brown (Rollie Tyler), Brian Dennehy (Leo McCarthy), Rachel Ticotin (Kim Brandon), Joanna Gleason (Liz Kennedy), Philip Bosco (Ray Silak). F 109 Min. — Ein Experte für filmische Trickeffekte bekämpft korrupte Bullen und Ganoven. Rasante, von Einfällen übersprudelnde Fortsetzung des Kinohits von 1985. (V) RCA/Columbia.

Gates of Hell
(LE PORTE DELL'INFERNO). Italien 1989. R: Humphrey Humbert [= Umberto Lenzi]. D: Barbara Cupis, Peter Gherardi, Lorenz Majou. F 90 Min. — Höhlenforscher, die in finsteren Grüften unter einer verfluchten Kirche nach einem verschollenen Kollegen suchen, begegnen einer Bande untoter Mönche. (V) New Vision.

Gefangene im Weltraum
(STAR SLAMMER). USA 1987. R: Fred Olen Ray. B: Michael D. Sonye. K: Paul Elliott. M: Anthony Harris. D: Ross Hagen (Bantor), Sandy Brooke (Taura), Susan Stokey (Mike), John Carradine (Rich-

ter), Aldo Ray (Folterknecht), Dawn Wildsmith (Muffin), Marya Grant (Exene). F 86 Min. — Die junge Taura wird in einen um die Erde kreisenden Frauenknast gesteckt, doch eine erfolgreiche Revolte erlöst sie und ihre drallen Mitgefangenen von ihren Leiden. Zwischendurch noch ein paar geile Spielchen, wie in Frauenknastfilmen üblich. (V) Highlight.

Das Geheimnis der verwunschenen Höhle
(DARBY O'GILL AND THE LITTLE PEOPLE). GB 1959. R: Robert Stevenson. B: Lawrence Edward Watkin. K: Winton C. Hoch. M: Oliver Wallace. D: Albert Sharpe, Janet Munro, Sean Connery, Jimmy O'Dea, Kieron Moore. F 93 Min. — Darby O'Gill stürzt in einen Brunnen und findet sich im Reich der Kobolde wieder, die ihm drei Wünsche erfüllen. Charmanter Fantasyfilm nach einem irischen Volksmärchen, ausgezeichnete Tricks. Toll gemacht! (V) Euro.

Das Geheimnis des Zauberschwertes
(THE SECRET OF THE SWORD). USA 1985. R: Ed Friedman, Lou Kachivas, Marsh Lamore, Bill Reed, Gwen Wetzler. B: Larry Ditillo, Robert Forward. Shuki Levy, Haim Saban, Erika Lane. D: Zeichentrickfiguren. F 100 Min. — Der Muskelprotz He-Man (Ächz!) sucht im Fantasyland nach seiner Schwester She-Ra (Stöhn!), die der Bösmann Hordak entführt hat. Und wer sind wir, um anzuzweifeln, daß er sie nach allerlei Schwertfuchteleien auch befreit?

Geisterstunde
BRD 1987. R: Volker Morlock, Susanne Aernecke, Pascal Hoffman, Dirk Eickhoff. B: Volker Morlock, Susanne Aernecke, Dirk Eickhoff. K: Justus Pankau, Jo Heim, Cornelius Glatzl, Carsten Lippstock, Karl W. Lindenlaub, Peter Glaube. M: Gert Grund, Michael Diekmann, Stephan Massimo, Carl Hänggi. D: Angelika Bender, Isabell Emminger, Klaus Ringer, Stella Adorf, Judith Rossmaier, Nabike Aqiqui, Erich Tiebel, Marietta Meade, Alison Welles, Joa van Overstraaten. F 93 Min. — Vier Horrorpoduktiönchen deutscher Jungregisseure von der Hochschule für Film und Fernsehen, die auf Kommerz und spannende Unterhaltung pfeifen, weil sie nämlich Künschtler sind. Irgendwann, kann man anehmen, drehen sie bestimmt tolle Werbespots für Ariel und Milka. (V) Concorde.

Genetic Killers
(GENETIC KILLERS). USA 1990. R: Larry Shaw. B: Michael Braverman. K: Neil Roach. M: Gary Chang. D: Melissa Gilbert-Brinkman (Kristine Lipton), Jack Scalia (Dr. Kesselman), Pernell Roberts (Dr. Martindale), Wendy Hughes, Gregory Sierra, Gale Mayron, Mark Lawrence. F 90 Min. — Obdachlose verschwinden in einer Klinik in L.A., ein greises Kind wird in einem Zimmer festgehalten. Der Mord an einer Kollegin führt eine Assistenzärztin auf die Spur eines Chefarztes, der genetische Experimente durchführt und ein Serum erzeugen will, das ewige Jugend verspricht. Ein utopi-

scher Thriller, der eine spannende Story zu erzählen weiß. (V) CBS/Fox.

Ghost Dad
(GHOST DAD). USA 1990. R: Sidney Poitier. B: Chris Reese, Brent Maddock, S. S. Wilson. K: Andrew Laszlo, David Nowell M: Henry Mancini. D: Bill Cosby (Elliot), Kimberly Russell (Diane), Denise Nicholas (Joan), Salim Grant (Danny), Brooke Fontaine (Amanda). F 84 Min. — Nachdem der Ehemann und Vater Mr. Hopper einen tödlichen Unfall mit einem Taxifahrer hatte, lebt er als »Geist« weiter und ist nur noch in dunklen Zimmern sichtbar. Mann, ist das *komisch!* (V) CIC.

Ghoulies III
(GHOULIES GO TO COLLEGE). USA 1990. R: John Carl Buechler. B: Brent Olson. K: Ronn Schmidt. M: Michael lloyd, Reg Powell. D: Kevin McCarthy (Prof. Ragnar), Evan Mackenzie (Skip Carter), Eva La Rue (Erin Riddie), Patrick Labyorteaux (Mooky), John Johnston (Jeremy), Griffin O'Neal. F 91 Min. — Infantile Angehörige zweier »verfeindeter« College-Verbindungen lassen nichts aus, um sich gegenseitig auszustechen. Bei ihren lustigen Streichen werden ein paar wollige, drollige Schmatzmonster wiederbelebt und setzen noch eins drauf. Für Hirnamputierte.

Gipfel des Terrors
(THE FACE OF FEAR). USA 1990. R: Farhad Mann. B: Dean R. Koontz, Alan Jay Glueckman. LV: Dean R. Koontz. K: Peter Mackay. M: John Debney. D: Pam Dawber (Connie Weaver), Lee Horsley (Graham Harris), Kevin Conroy (Frank Bollinger), William Sadler, Bob Balaban. F 90-Min. — Zwei sich für Übermenschen haltende Kryptofaschisten morden aus Lust und Laune im Duett hübsche Frauen, bis ihnen ein Mann, der über die Kraft des Zweiten Gesichts verfügt, auf die Schliche kommt. Die Finsterlinge beschließen, ihm und seiner Kollegin in einem abgeschlossenen Hochhaus den Garaus zu machen. Farhad Mann hat einen ausgezeichneten Thriller des Autors Dean R. Koontz gnadenlos in den Sand gesetzt. (V) Warner.

Godzilla — Duell der Megasaurier
(GODZILLA VS. KING GHIDORAH). Japan 1991. R: Kazuki Omori. B: Kazuki Omori. K: Yoshinori Sekiguchi. M: Akira Ifukube. D: Anna Nakagawa (Emmy Kano), Kosuke Toyohara (Teresawa), Kiwako Harada (Chiaka), Katsuhiko Sasaki (Mazaki), Chuck Wilson (Wilson). F 103 Min. — Böse Bonzen aus dem Jahr 2204 lassen sich per UFO zuerst ins Jahr 1992 und dann ins Jahr 1944 versetzen, um den Urweltsaurier Godzilla kaltzustellen und Japan daran zu hindern, zur führenden Industrienation aufzusteigen. Leicht nationalistischer Monsterkappes mit wirrer Handlung und lachhaften Kämpfen.

Goliath — Sensation nach 40 Jahren
(GOLIATH AWAITS). USA 1981. R: Kevin Connor. B: Richard Bluel,

Pat Fielder. K: Al Francis. M: George Duning. D: Mark Harmon, Christopher Lee, Eddie Albert, John Carradine, Alex Cord, Robert Forster, Frank Gorshin, Jean Marsh, John McIntire. F 94/90 Min. — Ein Ozeanograph entdeckt in einem vor vierzig Jahren von einem deutschen U-Boot versenkten Passagierliner Überlebende, die mit Hilfe hydroponischer Tanks eine Unterwasserzivilisation errichtet haben. Ein origineller TV-Zweiteiler — geklaut bei James White.

Graveyard Shift II
(GRAVEYARD SHIFT II: THE UNDERSTUDY). USA 1989. R: Gerard Ciccoritti. B: Gerard Ciccoritti. K: Barry Stone. M: Philip Stern. D: Wendy Gazelle (Camilla), Mark Soper (Matthew), Silvio Olivero (Vampir Baisez), Ilse von Glatz (Ash), Tim Kelleher (Duke), Leslie Kelly (Martina). F 89 Min. — Der Geist des Vampirs Stephens ergreift Besitz von der jungen Schauspielerin Camilla. Fortan ist sie bei Tag sie selbst und nachts ein Blutsauger. Der Cutter Matt schöpft Verdacht und nimmt den Kampf gegen ihn auf, doch er muß erkennen, daß mit Stephens' Tod auch Camilla sterben muß. — Cicorriti hat seine Drehbuchideen denkbar miserabel umgesetzt. Schwülstige Dialoge geben dem Film den Rest. (V) Ascot.

Graveyard Story
(THE GRAVEYARD STORY). Kanada 1989. R: B. D. Benedict. B: B. D. Benedict. K: George Hosek. M: Robin Hare, Mark McLay. D: John Ireland (Dr. McGregor), Adrian Paul (Hunt), Keith Vinsonhaler (Bruce), Gayle Chernin (Miss Bloor), Gerry Tucker (Vic Morieta). F 96 Min. — Privatdetektiv forscht im Auftrag eines Psychoanalytikers nach dessen angeblich verstorbener unehelichen Tochter, die ihm als Geist erscheint. Es stellt sich heraus, daß die Kleine das Opfer einer Entführung wurde. Schlaffer Krimi mit Elementen der Phantastik. TV-Film. (V) Focus.

Gremlords
(HYPERSPACE). GB 1986. R: Todd Durham. B: Todd Durham. K: Irl Dixon. M: Don Davis. D: Alan Marx, Paula Poundstone, Chris Elliot, Robert Bloodworth, R. C. Nanney. F 90 Min. — Außerirdische halten die Kassiererin einer Tankstelle versehentlich für eine entflohene galaktische Prinzessin, doch die Schöne und ihr Freund können sie austricksen. (V) Highlight.

Gun's Eye
(GUN'S EYE). USA 1990. R: Jerry Koch. B: Jerry Koch. K: Joe Bauer. M: Jim Kellett. D: Jerry Koch (Vic), Terese Wingerter (Michelle), Scott Heminger (Larry), Brigitte Baker (Keller), Chris Knox (Chris). F 96 Min. — Eine mit Eigenleben ausgestattete Naziwaffe beherrscht ihren Finder und läßt ihn zum Mörder werden, bis sie (wie weiland in David Cronenbergs *Videodrom*) mit der Hand ihres Trägers verschmilzt, so daß der Freundin des Negativhelden nichts anderes übrig bleibt, als ihn von diesem Gliedmaß zu befrei-

en. Wirrer Blut-und-Schund-Thriller, offenbar von blutigen Amateuren hergestellt. (V) RCA/Columbia.

Harley Davidson & The Marlboro Man
(HARLEY DAVIDSON AND THE MARLBORO MAN). USA 1991. R: Simon Wincer. B: Don Michael Paul. K: David Eggby. M: Basil Pouledouris. D: Mickey Rourke (Harley Davidson), Don Johnson (Marlboro), Chelsea Field (Virginia), Daniel Baldwin (Alexander), Tom Sizemore (Chance). F 93 Min. — Zwei philosophierende Taugenichtse, deren Stammkneipe 1996 die Pleite droht, überfallen zu deren Rettung einen Geldtransport, wobei ihnen eine Superdroge in die Hände fällt. Ein Bösewicht hetzt ihnen fünf Killer auf den Hals. Stellenweise ulkige Action-Klamotte, die Macho-Gehabe veräppelt und mit wüsten Scherzen unterhält. (V) Warner.

Das Haus der blauen Schatten
(LA CASA DEL BUON RITORNO). Italien 1986. R: Giuseppina Marotta. B: Silvana Fantino. LV: Beppe Cino. K: Antonio Munitolo. D: Stefano Gabrini (Luca), Amanda Sandrelli, Francesca Costa, Fianetta Carena. F 87 Min. — Der junge Luca kehrt in den Ort zurück, in dem seine Freundin ums Leben kam und wird von einer mysteriösen Frau langsam an den Rand des Wahnsinns getrieben. (V) Ascot.

Haus der lebenden Toten
(THE HAUNTED). USA 1991. R: Robert Mandel. B: Robert Mandel. LV: Jack und Janet Smurl. K: Michael Margulies. D: Sally Kirkland (Janet Smurl), Jeffrey De Munn (Jack Smurl), George Wallace (John Smurl). F 88 Min. — Amerikanische Durchschnittsfamilie, die ein neues Haus bezieht, wird von Grunzgeistern geplagt und sucht Hilfe bei Experten. All das haben Jack & Janet Smurl wirklich erlebt, und ein Buch haben sie 1988 auch schon darüber geschrieben! Wird Zeit, daß man diese Tölpel endlich abholt! (V) Fox.

Das Haus der Vergessenen
(PEOPLE UNDER THE STAIRS). USA 1991. R: Wes Craven. B: Wes Craven. K: Sandi Sissel. M: Don Peake. D: Brandon Adams (Fool), Everett McGill (Mann), Wendy Robie (Frau), A. J. Langer (Alice), Ving Rhames (LeRoy). F 102 Min. — Aus reiner finanzieller Not bricht der dreizehnjährige Schwarze Fool in das wie eine Festung gesicherte Haus eines ebenso pervers-irren wie mörderischen Geschwisterpaars ein und stößt in dem labyrinthartigen Gebäude auf allerlei zombieähnliche Gestalten & tödliche Gefahren. Garantiert haarsträubend!

Haunting Passion
(HAUNTING PASSION). USA 1983. R: John Korty. B: Michael Berk, Douglas Schwartz. K: Hiro Narita. M: Paul Chihara. D: Jane Seymour (Julie), Gerald McRaney (Dan), Paul Rossili (Jonathan), Millie Perkins, Ruth Nelson. F 93 Min. — Nachdem Julie und Dan in ihr Traumhaus eingezogen

sind, begegnet Julie einem leidenschaftlichen Liebhaber aus dem Jenseits, der nichts unversucht läßt, um sie in den Selbstmord zu treiben, damit er mit ihr zusammen sein kann. Spannender Spukfilm, aber nicht befriedigend. (V) Focus.

Hexenjagd in L.A.
(CAST A DEADLEY SPELL). USA 1991. R: Martin Campbell. B: Joseph Dougherty. K: Alexander Gruszynski. SpE: 4-Ward Studio. M: Curt Sobel. D: Fred Ward (H. P. Lovecraft), David Warner (Amos Hackshaw), Julianne Moore (Connie Stone), Clancy Brown (Harry Bordon), Alexandra Powers (Olivia Hackshaw). F 93 Min. — Im Amerika der vierziger Jahre ist Magie zum täglichen Hilfsmittel geworden. Privatdetektiv H. P. Lovecraft soll das magische Buch Necronomicon beschaffen, da sein Auftraggeber den bösen Dämon Cthulhu beschwören will. Die Idee, den als Sonderling verschrienen Horrorautor und geistigen Vaters des Chtulhu-Mythos als Private Eye á la Marlowe durch die Straßen von Los Angeles zu schicken, ist zwar originell, aber der Regie gelingt es nicht, den Witz des Drehbuches umzusetzen. So präsentiert sich ein langatmiger Film mit hölzernen Akteuren, der seine Möglichkeiten verschenkt. (V): Warner.

Hilfe, Dinosaurier!
(DINOSAURS). USA 1990. R: Brett Thompson. B: Wili Baronet, Lisa Morton. K: Rick Fichter. M: Frederic Teetsel. D: Omri Katz (Timmy), Shawn Hoffman (Mick), Tiffany Poston (Jamie), Pete Koch (Link), Megan Hughes (Missy). F 90 Min. — Drei Kids werden aufgrund eines technischen Mißgeschicks in eine Fernsehwelt verschlagen, in der sich Dinosaurier gegen die ersten Menschen zur Wehr setzen müssen. Kindische Abenteuer in einer Kunstwelt. (V) Highlight.

House II
(House II). USA 1987. R: Ethan Wiley. B: Ethan Wiley. K: Mac Ahlberg. M: Harry Manfredini. D: Arye Gross (Jesse), Jonathan Stark (Charlie), Royal Dano (Opa), Bill Maher (John), Lar Park Lincoln (Kate), Devin Devasquez (Jungfrau), John Katzenberger (Bill). F 90 Min. — Ein Spukhaus, ein Zombie-Ur-Urgroßvater und ein magischer Aztekenschädel sorgen für viel Wirbel und bereiten den Freunden Jessie und Charlie viel Kummer. Magische Portale in die Vergangenheit tun sich auf; Saurierküken, indianische Jungfrauen und Revolvermänner tummeln sich im Haus. Schließlich bleiben sie in der Vergangenheit, weil ein Mann dort noch ein Mann sein kann. Humorvolles Fantasy-Gruselspektakel, das sich nicht ernst nimmt. (V) Ascot.

House of Pain
(DANCE MACABRE) USA 1991. R: Greydon Clark. B: Greydon Clark. K: Nickolai Pokoptsev. SpE: David B. Miller. M: Dan Slider. D: Robert Englund (Anthony/Madam), Michelle Zeitlin (Jessica), Mariana Moren (Ingrid), Julene Renee (An-

gela), Nina Goldman (Claudine), Irina Davidoff (Olga), Alexander Sergeyev (Alex). F 90 Min. — Horror im Ballett! Robert Englund als irrer Choreograph, der sich halbtags als seine tote Geliebte ausgibt und meuchelnd durch seine russische Tanzschule schleicht, um vielversprechende Elevinnen zu murksen. Abgesehen davon, daß die greuliche Mär schamlos bei *Phantom der Oper* und Dario Argento klaut, bemühen sich Drehbuch und Regie dermaßen krampfhaft um eine morbide Atmosphäre, daß es schon wieder peinlich ist. (V) Starlight.

Hübsche Mädchen explodieren nicht
(NICE GIRLS DON'T EXPLODE). USA 1987. R: Chuck Martinez. B: Paul Harris. K: Steven Katz. M: Brian Banks, Anthony Martinelli. D: Michelle Meyrink (April), W. O'Leary (Andy), Barbara Harris, Wallace Shawn, Belinda Wells, Margot Gray. F 90 Min. — Junge Telekinetin entfacht Feuer, sobald sie es mit Jungs hat, und kriegt deswegen eine Menge Probleme. Nur der schmucke Andy läßt sich nicht einschüchtern. — Alberner Teenie-Film mit SF-Versatzstücken.

Die Hyänen
(SAVAGE DAWN). USA 1985. R: Simon Nuchtern. B: William P. Milling, Max Bloom. K: Gerald Feil. M: Pino Donaggio. D: Lance Henriksen (Ben Stryker), George Kennedy (Tick Rand), Karen Black (Rachel Ward), William Forsythe (Pigiron), Mickey Jones (Zero), Claudia Udy-Joy (Kate), Richard Lynch (Rev. Romano). F 97 Min. — In einer verlassenen Stadt setzt sich ein Grüppchen Aufrechter gegen eine Motorradbande zur Wehr. — Endzeitfilm Nr. 699; mehrheitlich ein Sammelsurium wüster Roheiten.

Hydra — Ausgeburt der Hölle
(HYDRA — MONSTER FROM THE DEEP). Spanien/USA 1985. R: Gregory Greens. B: Gordon A. Osborn. K: Raul Calter. M: Robin Davis. D: Timothy Bottoms, Jared Martin, Taryn Power, Jack Taylor, Ray Milland. F 90 Min. — Aus radioaktivem Müll, den gewissenlose Militärs in den Atlantik kippen, entwickelt sich ein Ungeheuer, das es zu bekämpfen gilt. Krakenkacke. (V) Egmont.

I-Mann — Die Kampfmaschine aus dem All
(I-MAN). USA 1986. R: Corey Allen. B: Howard Friedlaender, Ken Peragine. K: Franz Watts. M: Craig Safan. D: Scott Bacula (Jeffrey Wilder), Ellen Bry (Karen), Joey Cramer, John Bloom, Herschel Bernardi. F 91 Min. — Durch außerirdische Gase zum Supermann gewordener Taxifahrer arbeitet für einen US-Geheimdienst gegen den üblichen Größenwahnsinnigen, der die Welt von einer Superfestung aus mit einem Laser bedroht. Quatsch mit HiTec-Soße. (V) Euro.

Ich und Katharina
(IO E CATERINE). Italien/Frankreich 1980. R: Alberto Sordi. B: Alberto Sordi, Rodolfo Sonego. K:

Sergio D'Offizi. M: Piero Piccioni. D: Alberto Sordi (Enrico Manotti), Edwige Fenech (Elisabetta), Catherine Spaak (Sekretärin), Valerie Valeri (Gattin), Rossano Brazzi (Arthur). F 117 Min. — Roboter-Zofe entwickelt Bewußtsein und wird eifersüchtig auf die Geliebte ihres Chefs. Dessen Versuch, ihr den Grips mit Hilfe eines Ingenieurs auszutreiben, scheitert an Zofchens Pfiffigkeit.

I.F.O. Air Racing
(I.F.O.). USA 1985. R: Ulli Lommel. B: Roger Deutsch, Ulli Lommel. K: Jürg v. Walters. M: Dave Erlanger. D: Carey Shearer (Max), Kim Kincaid, Paul Rugg, Mark Drotman, Tony Lovett, Arthur Payton, Pat Munger, Kelly Zirbes, Derek Hoyle, Brian Bender, John Smith, Doug Requa. F 83 Min. — Hobbyhacker knackt Militärrechner und erhält Zugang zu einem Geheimprojekt: Ein Minihubschrauber kann mittels Strahlung die menschliche Psyche verändern. Der Hacker wird zum Risikofaktor, die Militärs wollen ihn ausschalten. Als der Hubschrauber droht, einen katastrophalen Plan auszuführen, kann nur Hakkerl ihn stoppen. (V) IHE.

Im Teufelssturm
(THE LIGHTNING INCIDENT). USA 1991. R: Michael Switzer. B: Michael Murray, Michael Switzer. K: Victor Goss. M: J. Peter Robinson. D: Nancy McKeon (Martha Townsend), Polly Bergen (Carol Eastman), Tantoo Cardinal (Vivian Dominguez), Tim Ryan (Matt Townsend), Elpidia Carrillo (Dolores Mutter), Miriam Colón (Dolores). F 90 Min. — Südamerikanischer Indianerstamm, der über magische Fähigkeiten verfügt und durch US-Experimente in den fünfziger Jahren unfruchtbar wurde, will durch Opferung des Enkels der einzigen Überlebenden einer Expedition eine alte Prophezeihung erfüllen. Switzer gelingt es, der alten Story neue Wendungen abzugewinnen und einen unterhaltsamen Fernsehfilm zu produzieren. (V) CIC.

Invasion der Liebesdrohnen
(INVASION OF THE LOVE DRONES). USA 1977. R: Jay Hard [= Jerome Hamlin]. B: Jerome Hamlin. K: Jerome Hamlin. D: Bree Anthony, Tony Blue, Sarah Nicholson, Eve Latio, Jamie Gillis, Eric Edwards, Viveca Ash. F 72 Min. — Eine außerirdische Kaiserin und ihre geilen UntertanInnen kommen zur Erde und machen Männer zu willenlosen »Liebesdrohnen« — das Pentagon greift ein. SF-Porno. (V) World Wide.

Iron Thunder
(I BOUGHT A VAMPIRE MOTORCYCLE). GB 1990. R: Dirk Campbell. D: Neil Morrissey, Amanda Noar, Michael Elphick, Anthony Daniels. F 90 Min. — Das Motorrad eines Satanisten wird durch verschüttetes Blut zum Vampir und funktioniert nur noch bei Nacht. »Das Beste an dem Film ist sein Titel.« (VARIETY). (V) New Vision.

Jekyll & Hyde
(JEKYLL & HYDE). GB 1989. R: David Wickes. B: David Wickes. LV:

Robert Louis Stevenson. K: Norman Langley. M: John Cameron. D: Michael Caine, Cheryl Ladd, Joss Ackland, Ronald Pickup, Kim Thomsen, Kevin McNally, David Schofield. F 120 Min. — Britischer TV-Film, der zum x-tenmal die Story vom braven Mediziner auftischt, der mittels Genetikexperiment seine Persönlichkeit spaltet, um zu erfahren, ob Menschen »von Natur« aus gut oder böse sind.

Killer-Alien

(BREEDERS). USA 1986. R: Tim Kincaid. B: Tim Kincaid. K: Arthur D. Marks. M: Tom Milano, Don Great. D: Teresa Farley (Dr. Gamble Pace), Lance Newman (Dr. Dale Andriotti), Frances Raines (Karinsa Marshall), Natalie O'Connell (Donna), Amy Brentano (Gail), Leeanne Baker (Kathleen). F 77 Min. — Mörderischer Außerirdischer tötet und schwängert Frauen zur Erhaltung seiner Art. Ein Detektiv und eine Ärztin kommen ihm auf die Spur und murksen ihn und seine Brut in den New Yorker Abwasserkanälen ab. (V) Charter.

Killerpuppen spielen nachts — Absolut tödlich

(DOLLS). USA 1986. R: Stuart Gordon. B: Ed Naha. K: Mac Ahlberg. M: Fuzzbee Morse. D: Stephen Lee (Ralph Morris), Guy Rolfe (Gabriel Hardwicke), Hilary Mason (Hilary Hardwicke), Ian Patrick Williams (David Bower), Carolyn Purdy Gordon (Rosemary). F 74 Min. — Ein Puppenmacher und seine hexenhafte Alte locken ahnungslose Autofahrer auf einen abgelegenen Landsitz und verwandeln sie in Puppen. (V) Highlight.

Killing Edge — Super Gau Terminator

(THE KILLING EDGE). GB 1987. R: Lindsay Craig Shonteff. B: Lindsay Craig Shonteff. D: Bill French, May Spencer, Al Lampert, Juliette Gradby. F 85 Min. — Nach dem atomaren Knock Out der Erde beherrschen kriminelle Banden die Szene. Ein Mann stellt sich den Schuften. Dutzendware. (V) Polyband.

Kind des Satans

(CHILD OF DARKNESS, CHILD OF LIGHT). USA 1991. R: Marina Sargenti. B: Brian Taggart. LV: James Patterson. K: Tobias Schliessler. M: Jay Cruska. D: Anthony John Denison (Father Justin), Brad Davies (Father Rosetti), Viveca Lindfors (Ida Walsh), Sela Ward (Sister Anne), Claudette Nevins (Margaret), Kristin Datillo (Kathleen). F 90 Min. — Wieder mal soll Satans Sohn geboren werden, doch es finden zwei unbefleckte Empfängnisse statt, und der Vatikan schickt den Priester Justin aus, um herauszufinden, welches Kind Gottes Sohn ist. Justin entpuppt sich als Satans Jünger, der den neuen Jesus ins Jenseits schicken soll. US-TV-Film mit erheblichen Längen und haarsträubendem Ende, der die Möglichkeiten der leidlich geschickt konstruierten Handlung verschenkt: Auch der Milchmann hätte der Böse sein können. (V) CIC.

King of the Streets
(KING OF THE STREETS). USA 1986. R: Edward Hunt. B: Edward Hunt, Ruben Gordon, Steven Schoenberg, Barry Pearson. D: Brett Clark (Buddy), Pamela Saunders (Lora), Reggie DeMorton (Mr. One), Nelson Anderson, Norman Budd, Elodie McKee, Bill Woods jr. F (100) 96 Min. — Ein auf der Erde lebender Außerirdischer, der seinen Körper verlassen kann, freundet sich in den Großstadtslums mit den Underdogs an und zieht sich den Zorn des gewalttätigen Mr. One zu, der es nicht mag, wenn jemand seine »Untertanen« aufwiegelt. (V) CBS/Fox.

Die Klasse von 1999
(CLASS OF 1999). USA 1990. R: Mark L. Lester. B: C. Courtney Jogner, Mark L. Lester. K: Mark Irwin. M: Michael Hoenig. D: Bradley Gregg (Cody Culp), Traci Lin (Christie Langford), Malcolm McDowell (Dr. Miles Langford), Stacey Keach (Dr. Bob Forrest), Patrick Kilpatrick (Bryles), Pam Grier (Mrs. Connors). F 90 Min. — Drei als Lehrer-Androiden getarnte Kampfmaschinen provozieren unter der Regie eines reaktionären Beamten die Schüler einer Asi-Schule, um Bandenkriege zu provozieren, doch die Schüler tun sich gegen sie zusammen. Ein kotzübler Hetzfilm. (V) Concorde.

Der kleine Magier
(LE JEUNE MAGICIEN/THE YOUNG MAGICIAN). Kanada/Polen 1986. R: Waldemar Dziki. B: Waldemar Dziki. K: Wit Dabal. M: Krzesmir Delski. D: Rusty Jedwab (Peter), Edward Garsan (Alexander), Natsza Maraszek (Margaret), Daria Trafankowska (Mutter), Mariusz Benoit (Vater). F 92 Min. — Der kleine Peter hat telekinetische Kräfte, sorgt für allerlei Chaos, entschärft eine neue militärische Waffe und fällt Vertretern der Regierung in die Hände. Gut gemachter Kinderfilm mit Slapstick-Situationen und spannenden Verfolgungsjagden.

König Drosselbart
DDR 1965. R: Walter Beck. B: Günter Kaltofen, Walter Beck. K: Lothar Gerber. M: Wolfgang Lesser. D: Karin Ugowski (Prinzessin Roswitha), Manfred Krug (König Drosselbart), Martin Flörchinger (König Löwenzahn), Eva-Maria Heyse (Beatrix), Helmut Schreiber (König Heinz-Eduard), Achim Schmidtgen. F 74 Min. — Wütend über den Hochmut seiner Tochter, die alle Freier abweist, gibt der König sie einem Spielmann zur Frau, der sich bemüht, ihre Sturheit zu brechen. Erst als sie sich gewandelt hat, gibt er sich als König Drosselbart zu erkennen.

Lance — stirb niemals jung
(NEVER TOO YOUNG TO DIE). USA 1986. R: Gil Bettman. B: Lorenzo Semple, Steven Paul. K: David Worth. M: Chip Taylor, Ralph Lane, M. Kingsley. D: John Stamos (Lance Stargrove), Vanity (Danja Deering), Gene Simmons (Van Ragnar, Carruthers), George Lazenby (Drew Stargrove), Peter Kwong (Cliff), Ed Bröck, John An-

derson, Robert Englund, Tara Buckman. F 93 Min. — Die Punk-Truppen des ausgeflippten Transsexuellen Velvet, der das Trinkwasser von L.A. radioaktiv verseuchen will, jagen Lance, den Sohn eines Geheimagenten, um eine entscheidende Diskette in ihren Besitz zu bringen. Als Velvet das Ziel seiner Wünsche erreicht, legt Lance ihn herein. Überdrehtes Abenteuer, in dem Gene Simmons zur Höchstform aufläuft. (V) CBS/Fox.

Late for Dinner — Eine zeitlose Liebe

(LATE FOR DINNER). USA 1991. R: W. D. Richter. B: Mark Andrus. K: Peter Sova. M: David Mansfield. D: Brian Wimmer (Willie Husband), Peter Berg (Frank Lovegren), Peter Gallagher (Bob Freeman), Bo Brundin (Dr. Daniel Chilblains) Colleen Flynn (Jessica Husband). F 92 Min. — Zwei junge Männer, die Anfang der sechziger Jahre von einem Arzt in kryogenische Tanks eingefroren werden, erwachen 1991 zu neuem Leben und müssen sich mit der modernen Welt, ihrer Supertechnik und sonstigem Irrsinn auseinandersetzen.

Die letzte Nacht

(ONE NIGHT STAND). Australien 1983. R: John Duigan. B: John Duigan. K: Tom Cowan. M: William Motzing. D: Tyler Coppin (Sam), Cassandra Delaney (Sharon), Saskia Post (Eva), Jay Hackett (Brendan), David Pledger (Tony), Todd Boyce, Michael Cloyd, Justin Monjo, John Krummel, Richard Morecroft. F 93 Min. — In einem verlassenen Opernhaus treffen sich zwei Jungen und zwei Mädchen, die sich mit verschiedenen Spielen über die Tatsache hinwegtäuschen wollen, daß das atomare Inferno stattgefunden hat und es nur noch eine Frage der Zeit ist, bis das Schicksal sie ereilt. Gut gemachtes Stimmungsbild. (V) Vestron.

Mad Cop

(PSYCHOCOP). USA 1989. R: Wallace Potts. D: Bobby Ray Shafer, Jeff Qualle, Palmer Lee Todd, Dan Campbell. F 86 Min. — Psychopathischer Polizist lauert einer Gruppe von Teenagern auf, die ein Wochenende auf dem Land verbringen. Schema-F-Schlitzerfilm. (V) UFA.

Mad Warrior

(MAD WARRIOR). USA/Philippinen 1985. R: Wilfried Milan. D: Jennifer Kirkham, Anthony Alonzo. F 83 Min. — Endzeitfilm Nr. 768: Nach dem Big Bang bekämpfen sich zwei rivalisierende Gruppen. Der Tyrann Malzam, der sich bei Vollmond in ein nach Blut lechzendes Ungeheuer verwandelt, kommandiert die Bösen. Einer seiner Gladiatoren schlägt sich auf die Seite der Guten, die gerade einen Angriff auf ihn vorbereiten. — So stümperhaft wie die meisten Filme dieser Art. (V) Pacific.

Man stirbt nicht zweirnal

(MAD MISSION 4: YOU NEVER DIE TWICE). Hongkong/Neuseeland 1987. R: Lingo Lam. B: Karl

Maka. K: Lee Sander. M: Tony A. D: Sam Hui (Sam), Sally Yeh (Sally), Karl Maka (Kodyjack), Sylvia Chand (Frau), Ronald Lacey (Mr. H.), Peter McCaully, Onno Boulee, Gayle-Anne Jones. F 86 Min. — Der Bösmann Mr. H ist scharf auf einen Kristall, der aus normalen Menschen Supermenschen macht, doch die Tochter des Erfinders und ihr Freund bringen das gute Stück in Sicherheit. Nach zahllosen Verfolgungsjagden fällt Mr. H. der Kristall in die Hände, doch sein Experiment geht schief: Er brutzelt in den Flammen seines Labors. Schwachsinn Made in Hongkong.

Manchmal kommen sie wieder
(SOMETIMES THEY COME BACK). USA 1991. R: Tom McLoughlin. B: Lawrence Konner, Mark Rosenthal. LV: Stephen King. K: Bryan England. M: Terry Plumeri. D: Tim Matheson (Jim Norman), Brooke Adams (Sally), Robert Rusler (Lawson), Chris Demetral (Wayne), William Sanderson (Mueller), Robert Hy Gorman. F 94 Min. — Zwanzig Jahre, nachdem sein Bruder Wayne in einem Tunnel von Lawson und seinen Kumpanen erstochen und diese von einer Lok überrollt wurden, kehrt Jim Norman als Lehrer in die Schule seiner Heimatstadt zurück. Doch die toten Rüpel sind auch wieder da und spielen ein böses Spiel mit ihm. Kitsch. (V) UFA.

Der Manipulator
(THE BRAIN MACHINE). USA 1972. R: Joy N. Houck. B: Thomas H. Phillips. K: Robert A. Weaver. M: James Helms. D: Doug Collins (Dr. Roth), Barbara Burgess (Dr. Portland), Thomas H. Phillips (General), Stocker Fontelieu (Saxon), Gerald McRaney (Willie), James Best. F 81 Min. — Wissenschaftler manipulieren mit der neu entwickelten »Hirnmaschine« das Bewußtsein von Testpersonen. Politiker wollen das Gerät mißbrauchen, um ihre Konkurrenten zu steuern. (V) VMP/ Cannon.

Mein Partner mit dem zweiten Blick
(SECOND SIGHT). USA 1989. R: Joel Zwick. B: Tom Schulman, Patricia Resnick. K: Dana Christiansen. M: John Morris. D: John Larroquette, Brenson Pichot, Bess Armstrong, Stuart Pankin, John Schuck. F 92 Min. — Zwei Schnüffler klären mit Hilfe eines Mediums aus dem Jenseits den Fall eines entführten Kardinals. Waren das Zeiten, als es noch Übersetzer gab, die »Second Sight« als »Zweites Gesicht« übersetzen konnten. (V) Warner.

Meister des Grauens
(THE PIT AND THE PENDULUM). USA 1990. R: Stuart Gordon. B: Dennis Paoli. LV: Edgar Allan Poe. K: Adolfo Bartoli. M: Richard Band. D: Lance Henrikson (Torquemada), Jonathon Fuller (Antonio), Rona de Ricci (Maria), Oliver Reed (Cardinal), Frances Bay (Esmeralda), Mark Margolis (Mendoca), Jeffrey Combs (Francisco), William Norris (Dr. Huesos). F 92 Min. — Großinquisitor Torquema-

da verfällt beim Anblick Marias in Fleischeslust, erweist sich als impotent und schneidet ihr die Zunge raus. Gatte Antonio kann die vermeintlich Tote befreien, die fortan telepathisch mit ihm kommuniziert. Torquemada wird irre und endet in der Grube. Von Atmosphäre keine Spur, von der Phantasie des Originals erst recht nicht, und von Poe ist überhaupt nichts übrig. (V) CIC.

Memorial Day
(MEMORIAL DAY). USA 1989. R: Robert C. Hughes. D: Cameron Mitchell, William Smith. F 90 Min. — Irrer Schlitzer meuchelt auf einem Campingplatz. (V) Ascot.

Metal Face — Der mit der Stahlmaske
(DARK AVENGER). USA 1990. R: Guy Magar. B: Frank Lupo. K: Ron Garcia. M: Sylvester Levy. D: Leigh Lawson (Crane), Robert Vaughn (Kinghorn), Hector Elizondo (Strauss), Gregg Henry, Maggie Han. F 90 Min. — Richter Crane deckt die Korruption hoher Polizeibeamter auf, fällt einem »Unfall« zum Opfer und kehrt mit stählerner Gesichtsmaske und einem künstlichen Arm als Rächer zurück, um mit Hilfe eines Computers das Böse zu bekämpfen. Zwei Episoden einer TV-Krimi-Serie mit utopischen Elementen. (V) VCL.

Mikro-Chip-Man
(THE VINDICATOR). USA 1985. R: Jean-Claude Lord. B: Edith Rey, David Preston. K: René Verzier. M: Paul Zaza. D: Terri Austin (Lauren Lehman), David McIlwraith (Carl Lehman), Richard Cox (Alex Whyte), Maury Chaykin (Burt), Pam Grier (Hunter). F 91 Min. — Ein Wissenschaftler, der einen Roboter gebaut hat, inszeniert einen Laborunfall, um das Hirn eines Kollegen in die Maschine zu transplantieren. Hirni flüchtet, doch ist er an einen »Aggressionsaktivator« gefesselt, der ihn immer wieder zum Töten zwingt. Unser wackerer Forscher beendet das Gemurkse. (V) Mike Hunter.

Mind Killer — Halb Alien, halb Mensch
(MIND KILLER). USA 1987. R: Michael Krueger. B: Steve Sipos, Curtis Hannum, Michael Krueger. K: Jim Kelly. M: Jeffrey Wood. D: Joe McDonald (Warren), Christopher Wade (Larry), Shirley Ross (Sandy), Kevin Hart (Brad), Tom Henry (Vivac Chandra), Diana Calhoun (Mrs. Chandra), George Flynn (Townsend). F 86 Min. — Archivar stößt in einer Bibliothek auf die Aufzeichnungen eines Professors, der eine Methode zur Gedankenbeeinflussung entwickelt hat. Bei den Damen erfolglos, testet er die neuen Möglichkeiten bei einer Kollegin — bis er sich in einen Klops verwandelt, dem mit einer Strahlenpistole der Garaus gemacht wird. »Hübsch häßlich.« (Pater Brown). (V) VCL/Virgin.

Mirror Mirror
(MIRROR MIRROR). USA 1991. R: Marina Sergenti. B: Annette und Gina Gascone. K: Robert Brinkman. M: Jimmy Lifton. D: Karen Black (Mrs. Gordon), Rainbow

Harvest (Megan Gordon), Yvonne De Carlo (Emelin), William Sanderson (Veze), Kristin Datilo (Nikki). F 102 Min. — Ein besessener Spiegel erfüllt die Rachephantasien einer Kleinstadtschnepfe und entledigt sich aller Mitschüler/innen, die ihr übel mitgespielt haben. Der übliche Horrorschund, wie Hollywood ihn vom Band liefert. Langweilig dazu.

Mister Kill
(DEATH RAY 2000). USA 1981. R: Lee H. Katzin. B: Cliff Gould. M: John Elizalde. D: Robert Logan, Dan O'Herlihy Penelope Windust, Ann Turkel, Maggie Cooper, Ji-Tu Cumbuca, Paul Mantee, Clive Revil. F 93 Min. — Lumpen stehlen die Erfindung eines Wissenschaftlers — den Dehydrator. Ein smarter Agent verhindert, daß sie den Erdbewohnern das Wasser entziehen. Unfug von der ersten bis zur letzten Einstellung.

Moon Trek
(BEYOND THE STARS). USA 1989. R: David Sapirstein. B: Savid Sapirstein. K: John Bartley. M: Geoff Levin, Chris Smart. D: Martin Sheen (Paul Andrews), Christian Slater (Eric), Robert Foxworth (Richard Michaels), Sharon Stone (Laurie McCall), Olivia D'Abo (Mara Simon), F. Murray Abraham (Harry), Don Davis (Phil), Don Davis, Babs Chula. F 88 Min. — Der Schüler Eric lernt den saufenden Ex-Astronauten Andrews kennen, der irgendwann stirbt und ihm einen Glücksbringer und einen Brief hinterläßt: Der Glücksbringer stammt vom Mond und ist von Hand gefertigt. Nette, nicht auf Spannung angelegte TV-Produktion, die auf heroische Einlagen verzichtet. (V) VCL.

Mutant II
(NIGHT SHADOWS). USA 1983. R: John Bud Cardos. B: Peter Z. Orton, Michael Jones, John C. Cruize. K: Al Taylor. M: Richard Band. D: Wings Hauser (Josh), Bo Hopkins (Sheriff Stewart), Lee Montgomery (Mike), Jennifer Warren (Dr. Myra Tate), Jody Medford (Holly), Marc Clement (Albert), Cary Guffey (Billy). F 99 Min. — Chemiegifte verwandeln Bewohner einer US-Kleinstadt in blutgierige Untote. Lee und Mike, die in das Nest verschlagen werden, begegnen sabbernden Hirnis, die sie mit Hilfe von Sheriff Stewart erledigen. — Der Titel steht in keinerlei Beziehung zu *Mutant — Das Grauen aus dem All* (USA 1982; Regie: Allan Holzman). (V) Mike Hunter.

Mutant Hunt
(MUTANT HUNT). USA 1987. R: Tim Kincaid. B: Tim Kincaid. K: Thomas Murphy. M: Tom Milano. D: Rick Gianasi (Matt Riker), Mary Fahey (Darla Haynes), Ron Reynaldi (Johnny Felix), Taunie Vrenon (Elaine Elliot), Bill Petersen (Z), Mark Umile (Paul Haynes), Stormy Spill (Domina). F 77 Min. — Aus einem Industrielabor sind böse Killer-Androiden geflüchtet. Matt Ryker, der richtige Mann für solche Fälle, schaltet sie aus. (V) Highlight.

Mysterious Planet
(MYSTERIOUS PLANET). USA 1984. R: Brett Piper. B: Brett Piper. K: Nicholas Hackaby. M: Jefferson D. Rice. D: Boyd Piper, Michel Quigley, Bruce Nadeau, George Sevey, Paula Taupier. F 81 Min. — Ein Asteroidensturm zwingt die Crew eines Raumschiffs zur Landung auf einem Planeten, wo sie sich bis zum Rückflug mit Ungeheuern aus Knetgummi herumschlagen muß. — Sieht nach Heimkino aus, ist aber ernst gemeint. (V) Madison.

Die Nacht der Außerirdischen
(THE VISITORS). USA 1985. R: Rick Sloan. B: Rick Sloan. K: Matt Davis. M: David Nielsen. D: Marcus Vaughter, Jordana Capra, Cray Hile, Nocole Rio, William Thomas Dristas, Jeff Culver. F 88 Min. — Während einer von Teenies veranstalteten Halloween-Feier mischen sich außerirdische Besucher — Vortrupp einer Invasion — unters Volk. Ein Pärchen entdeckt sie, doch niemand schenkt ihm Glauben. Für die meisten Gäste kommt die Erkenntnis im letzten Moment. (V) Charter.

Die Nacht der Entscheidung
(MIRACLE MILE). USA 1988. R: Steve De Jarnett. B: Steve De Jarnett. K: Theo Van de Sande. M: Tangerine Dream. D: Anthony Edwards (Harry Washello), Mare Winningham (Julie Peters), Lou Hancock (Lucy Peters), John Agar (Ivan Peters), Mykel T. Williamson (Wilson), Kelly Minter (Charlotta), Kurt Fuller, Brian Thompson. F (91) 81 Min. — Aufgrund eines falsch vermittelten Telefongesprächs erfährt Harry, daß der Atomkrieg begonnen hat. Der Gegenschlag wird in 50 Minuten erfolgen. Er berichtet in einem Lokal von seinem Wissen, und eine Beamtin stellt fest, daß er die Wahrheit sagt. Panik, Tote, Staus, Unfälle, Explosionen. Ein nicht übler Schuß in den Ofen, der aber auch spannende Seiten hat.

Naked Lunch — Nackter Rausch
(NAKED LUNCH). GB/Kanada 1991. R: David Cronenberg. B: David Cronenberg. LV: William S. Burroughs. K: Peter Suschitzky. M: Howard Shore. D: Peter Weller (William Lee), Judy Davis (Joan Lee, Joan Frost), Ian Holm (Tom Frost), Julian Sands (Yves Cloquet), Roy Scheider (Dr. Benway), Monique Mercure (Fadela). F 115 Min. — Der Schriftsteller Bill injiziert sich ein Insektengift, um high zu werden, findet sich bald darauf in einem phantastischen Zwischenreich wieder und gerät mit einer Riesenkakerlake in Kontakt, die ihm klarmacht, daß seine Frau Jean eine außerirdische Agentin ist und sterben muß. Der deliriöse Film, der gekonnt einen surrealen Trip durch den zerfallenden Geist eines Junkies beschreibt, basiert auf einem avantgardistischen und autobiographischen Roman von William S. Burroughs, der seine Frau im Rausch tatsächlich erschossen hat.

Nameless — Total Terminator
(TIME BOMB). USA 1990. R: Avi Nesher. B: Avi Nesher. K: Tony

Richmond. M: Patrick Leonard. D: Michael Biehn (Eddy Kaye), Patsy Kensit (Dr. Anna Kolmar), Tracy Scoggins (Ms. Blue), Robert Culp (Mr. Philips), Richard Jordan (Col. Taylor), Raymond St. Jacques (Detective Sanchez), Billy Blanks (Mr. Black), Harvey Fisher (Dean Jordan). F 90 Min. — Nachdem der unscheinbare Eddy zwei Menschen aus den Flammen gerettet hat, wird er von Unbekannten verfolgt, die ihn ins Jenseits befördern wollen. Vorausgegangen ist dem eine an ihm vorgenommene Manipulation durch CIA-Lumpen, die Eddy in eine Kampfmaschine verwandelt haben. Aufwendige Mixtur aus SF und Agentenfilm mit exzellenten Stunts und wilden Schießereien. (V) New Vision.

Neon City
(NEON CITY). USA 1991. R: Monte Markham. B: Monte Markham, Jack Begun, Buck Finch. K: Keith Holland. M: Stephen Graziano. D: Michael Ironside (Stark), Vanity (Reno), Lyle Alzado (Bulk), Valerie Wildman (Sandy), Nick Klar (Dr. Tom), Juliet Landau (Twink). F 103 Min. — Nach der Zerstörung der Ozonschicht durch Laserexperimente reist der Kopfgeldjäger Stark mit einer gemischten Gruppe durch eine unwegsame Landschaft nach Neon City, um einen Gefangenen abzuliefern. Unterwegs begegnet er Mutanten und anderem blutdürstigen Gelichter. Monte Markham hat John Fords Western-Klassiker *Stagecoach* mehr als einmal gesehen.

Neonkiller
(COLPI DI LUCE/LIGHTBLAST). Italien/USA 1984. R: Enzo G. Castellari. B: Enzo G. Castellari, Tito Carpi. K: Sergio D'Offizi. M: Guido & Maurizio de Angelis. D: Erik Estrada (Ron Warren), Michael Pritchard (Yuri Soboda), Thomas Moore, Peggy Rowe, Bob Taylor, Louis Geneva. F 86 Min. — Ein machtbesessener Irrer droht, Los Angeles mit einem Laser zu vernichten, da er die Weltherrschaft will. Natürlich kann man ihm in letzter Sekunde das Handwerk legen. — Rasanter Bumm-Bumm-Film mit zahlreichen Blechschäden. (V) Vestron.

Never Cry Devil
(NEVER CRY DEVIL). USA 1990. R: Rupert Hitzig. B: Randal Viscovich. K: Peter Jensen. M: Parmer Fuller. D: Elliot Gould (Ron Devereaux), Richard Roundtree (Capt. Crane), Allan Garfield (Zachary Willard), Michael J. Pollard (Stanley Willard), Shannon Tweed (Lisa Grace), Derek Rydall (Billy Colton), Theresa Van der Woude, Brooke Bundy Kathleen Bailey, Henry Gibson. F 93 Min. — Ein Schüler, der seine Nachbarin beobachtet und Freunden mit Hilfe von Fotos beweisen will, daß sie eine professionelle Hure ist, wird Zeuge eines teuflischen Ritualmords, in dem ein perverser Satansanbeter eine tragende Rolle spielt. Billigschocker nach Schema F. (V) Euro.

Nightmare — Hotel des Grauens
(NIGHTMARE ON THE 13TH FLOOR). USA 1990. R: Walter

Grauman. B: J. D. Feifelson, Dan Distefano. K: Tom Richmond. M: Jay Gruska. D: James Brolin (Dr. Alan Lanier), Michelle Green (Elaine), John Karlen, Louise Fletcher, Alan Fudge. F 81 Min. — Journalistin, die etwas über ein Hotel schreiben will, wird im Zuge ihrer Recherchen Zeugin eines Mordes und stößt im geheimen 13. Stock auf eine Satanistenhorde, deren Anführer unsterblich werden möchte. (V) CIC.

Nils Karlsson Däumling
(NILS KARLSSON PYSSLING). Schweden 1990. R: Staffan Götestam. B: Astrid Lindgren. LV: Astrid Lindgren. K: Rolf Lindström. M: Anders Berglund. D: Oskar Löfkvist (Bertil), Jonathan Lindhoff (Nils), Britta Petterson (Mutter), Charlie Elvegard (Vater), Ulla Salleri (Tante Hulda). F 74 Min. — Das Bübchen Bertil freundet sich mit dem in einem Mauseloch wohnenden Däumling an, wird durch dessen Zauberkräfte klein und erlebt spannende Abenteuer. Schöner Kinderfilm, an dem sich die Infantilen aus Hollywood ein Beispiel nehmen sollten.

Der Nußknacker-Prinz
(THE NUTCRACKER PRINCE). Kanada 1990. R: Paul Schibli. B: Patricia Watson. LV: E.T.A. Hoffman. Anim.: Chris Schouten, Shivan Ramsaran, Bill Speers, Zdenko Gasparovich M: Victor Davis, Peter I. Tschaikowski. Spr: Fabian Harloff (Prinz), Dorette Hugo (Clara). F 73 Min. — Zeichentrickfilm nach der bekannten Erzählung von E.T.A. Hoffmann, in der ein Nußknacker zum Leben erwacht, um im Märchenland gegen den bösen Mausekönig zu kämpfen, ehe er ein Junge wird und die Prinzessin freien kann.

Das Omega-Projekt
(HUMANOID DEFENDER). USA 1985. R: Ron Satlof. B: Nicholas Corea. K: William Cronjager. M: Joseph Conlan. D: Terence Knox (Joe), William Cukking (Col. Fleming), Gail Edwards (Dr. Lena Grant), Pam Houser, Gary Kasper. F 90 Min. — Joe, der erste Android, verfügt über ungeheure Kräfte, erweist sich aber fürs Militär als unbrauchbar, da er nicht töten will (er kennt offenbar Hahns Androidengesetze). Er flieht vor den Militärs und wird für eine Agentur aktiv, doch ein »perfekter« Android soll ihn aus dem Weg räumen. (V) CIC.

Operation Dead End
BRD 1986. R: Nikki Müllerschön. B: Nikki Müllerschön, Stanislav Barabas. K: Jacques Steyn. M: Jacques Zwart. D: Isabelle Winter (Kim), Uwe Ochsenknecht (Boris), Hannes Jaenicke (Les), Günter Maria Halmer (Kerner), Hannelore Elsner (Dr. Hoppe), Felix v. Manteuffel (Breiter), Anton Diffring (Prof. Lang). F 95 Min. — Zwei Männer und eine Frau sollen 60 Tage auf einer Insel in einem Schutzbunker leben, der rund um die Uhr von Kameras und Mikrofonen überwacht wird. Doch die Enge schürt Aggressionen, so daß das Trio mit einem Sabotageakt den Abbruch des Experiments er-

zwingt. Passabler Psycho-Thriller mit viel Action. (V) Vestron.

Operation Jupiter
(BYE BYE, JUPITER). Japan 1985. R: Koji Hashimoto. B: Sakyo Komatsu. K: Kazutam Hara. M: Kentaro Haneda. D: Tomokazu Miura, Diane Dangely, Miyuki Ono, Rachel Huggett, Paul Tagawa, Marc Pinsonnat, Akihito Hirata, Masumi Okada. F 120 Min. — Um für die Erdbevölkerung neue Existenzmöglichkeiten zu schaffen, will der Wissenschaftler Honda den Jupiter in eine Sonne umformen, doch ein Schwarzes Loch nähert sich dem Sonnensystem und will es aufsaugen. Um es abzulenken, soll der Jupiter gesprengt werden (!), doch Fanatiker sabotieren den Countdown. Ein hanebüchener SF-Schinken. (V) VTD.

Opfer
(OFFRET/LE SACRIFICE). Schweden/Frankreich 1986. R: Andrej Tarkowski. B: Andrej Tarkowski. K: Sven Nykvist. M: Johann Sebastian Bach. D: Erland Josephson (Alexander), Susan Fleetwood (Adelaide), Valerie Mairesse (Julia), Allan Edwall (Otto), Gudrun Gisladottir (Marai), Sven Wollter (Victor). F 150 Min. — Um den Atomkrieg zu verhindern, bietet ein alter Spinner Gott an, seine Besitztümer aufzugeben und schläft sogar mit einer Hexe. Gott (oder wer auch immer) rettet die Welt, und um das versprochene Opfer zu bringen, brennt der alte Spinner sein Haus nieder, so daß er am Ende in der Klapsmühle landet. Nur für beinharte Tarkowski-Fans. (V) VPS.

Paco — Kampfmaschine des Todes
(HANDS OF STEEL). Italien 1985. R: Martin Dolman [= Sergio Martino]. B: Sergio Martino, Elizabeth Parker, Paul Saska. K: John McFerrand. M: Claudio Simonetti. D: Daniel Greene (Pacn Querak), Janet Agren (Linda), John Saxon (Turner), George Eastman (Ryan Morris), Claudio Cassinelli, Robert Ben, Pat Monti. F 93 Min. — Ein Industrieller baut einen Cyborg, um einen Politiker zu ermorden, doch der Cyborg hat Gefühle und verwundet sein Opfer. Schergen ziehen los, um ihn zu beseitigen, doch auch ein zweiter Cyborg kann ihn nicht vernichten. Der Cyborg legt sie um und reißt seinem Schöpfer das Herz heraus. Das nackte Grauen! (V) UFA.

Pale Blood
(PALE BLOOD). USA 1990. R: W. Dachin Hsu. B: Takashi Matsuoko, W. Dachin Hsu. K: Gerry Lively. SpE: Bob McCarthy. M: Jan A.P. Raczmarek. D: George Chakiris (Michael Fury), Wings Hauser (Van Vandameer), Pamela Ludwig (Lori), Diana Frank (Jenny). F 90 Min. — Der Videokünstler Vandameer will einen Vampir auf Zelluloid bannen, darum bringt er, in der Hoffnung, einen solchen anzulocken (!), Mädchen auf Vampirart um. Michael Fury geht ihm zwar in die Falle, dreht den Spieß jedoch um und bringt Vandameer in die Klapsmühle. Ein Low-Low-Budgeter, gar nicht mal schlecht.

Bis auf den vorhersehbaren Schluß spannend inszeniert. (V) IMV.

Party Time mit Frankenstein
(FRANKENSTEIN: THE COLLEGE YEARS). USA 1991. R: Tom Shadyar. B: Bryant Christ, John Trevor Wolff. K: Steve Confer. M: Joel McNeely. D: William Ragsdale (Mark), Christopher Daniel Barnes (Jay), Larry Miller, Andrea Elson, DeVoreaux White, Vincent Hammond. F 88 Min. — Zwei Collegeboys finden das Geheimlabor eines toten Professors, der auf Frankensteins Spuren wandelte und treten in seine Fußstapfen. Nachdem sie das Monstrum des Forschers zum Leben erweckt haben, lassen sie es unter dem Namen Frank N. Stein als Student und Footballspieler agieren. Infantile Komödie, ganz nach US-Geschmack. (V) CBS/Fox.

Das Phantom von Budapest
(PHANTOM OF THE OPERA). USA/Ungarn 1983. R: Robert Markowitz. B: Sherman Yellen. LV: Gaston Leroux. K: Larry Pizer. M: Ralph Burns. D: Maximilian Schell (Sandor Korvin), Jane Seymour (Elena Korvin), Jeremy Kemp (Baron Hunyadi), Michael York, Diana Quick, Philip Stone. F 92 Min. — TV-Adaption des Horrorklassikers »Das Phantom der Oper« von Gaston Leroux.

The Pink Chiquitas
(THE PINK CHIQUITAS). USA 1986. R: Anthony Currie. B: Anthony Currie. K: Nicolas Stiliadis. M: Paul J. Zaza. D: Frank Stallone (Tony Mareda), Bruce Pirrie (Clip Bacardie), Elizabeth Edwards (Mary Ann), John Campbell (Ernie), Claudia Udy, Don Luke. F 86 Min. — Ein Meteor schlägt in der Nähe eines US-Kaffs ein und sendet Töne aus, die Frauen renitent machen. Der Schnüffler Tony wird von ihnen überrumpelt, damit er sich wieder befreien und den Meteor in einen See werfen kann. (V) Acron.

Planet der Monster
(PLANET OF DINOSAURS). USA 1978. R: James K. Shea. B: Ralph Lucas. K: Henning Schellerup. M: Kelly Lammers, John O'Verlin. D: James Witworth (Jim), Louis Lawless (Lee), Pamela Bottaro (Nyla), Charlotte Speer (Charlotte), Harvey Shain, Chuck Pennington. F 90 Min. — Erdlinge werden auf einen Planeten verschlagen, auf dem gigantischen Echsen ihr Unwesen treiben. Eine Film ohne Story. (V) Atlanta.

Prisoners
(GUILTY AS CHARGED). USA 1991. R: Sam Irvin. B: Charles Gale. K: Richard Michalak. M: Steve Bartek. D: Rod Steiger (Ben Callin), Lauren Hutton (Liz Stanford), Heather Graham (Kimberly), Lyman Ward (Mark Stanford), Michael Beach (Hamilton). F 91 Min. — Ein irrsinniger Fleischfabrikant, der sich von Gott berufen fühlt, Kriminelle auf einem privaten elektrischen Stuhl hinzurichten, erkennt nach einem Fehlschlag, was er ist und verurteilt sich selbst zum Tode. Psycho-Krimi, der in Schockmanier Selbstgerechtigkeit

und religiösen Wahn geißelt. (V) VPS.

Projekt 9000 — Die coolste Schnauze von L.A.
(K 9000). USA 1989. R: Kim Manners. B: Steven E. De Souza, Michael Part. K: Frank Raymond. M: Jan Hammer. D: Chris Mulkey (Eddie Monroe), Catherine Oxenberg (Aja Turner), Dennis Haysbert (Nick), Dana Gladstone (Capt. De Lillo), Judson Scott (Anton Zeiss), Anne Haney, Jerry Hauser, Tom McFadden. F 88 Min. — Eine Killertruppe überfällt ein Forschungslabor, in dem Mikrochips zu Kommunikationszwecken in Tierhirne implantiert werden, und stehlen Datenbänder und den Schäferhund Niner. Der Cop Eddie findet ihr Versteck, kann sich mittels Mikrochip mit dem Hund verständigen und macht alles nieder. Dutzendware mit Drehbuchlücken. (V) VPS.

Prom Night — Evil of Darkness
(PROM NIGHT IV: DELIVER US FROM EVIL). Kanada 1991. R: Clay Borris. B: Richard Beattie. K: Rick Wincenty M: Paul Zaza. D: Nikki De Boer (Meagan), Alden Kane (Mark), Joey Tanner (Laura), Alle Ghadban (Jeff), Ken McGregor (Father Jaegher), Brock Simpson (Father Colin), James Carver (Father Jonas). F 90 Min. — Ein derangierter Geistlicher verfolgt hübsche Klosterschülerinnen, die es in einem abgelegenen Landhaus mit ihren Freunden treiben. Natürlich entblöden sich die Macher nicht, seinen verkohlten Leichnam in der letzten Einstellung wieder erwachen zu lassen. Das haben wir ja noch nie gesehen!!! Schlitzerfilm mit allseits bekannten Handlungsmustern. (V) Splendid Video.

Psychic
(PSYCHIC). USA 1991. R: George Mihalka. B: Miguel Tejada Flores, Paul Koral. K: Ludek Bogner. M: Milan Kymlicka. D: Zach Galligan (Patrick Costello), Catherine Mary Stewart (Laurel), Michael Nouri (Dr. Theodore Steering), Albert Schulz (Nick), Ken James Markowitz. F 88 Min. — Ein hellsichtiger Student sieht voraus, daß die Frau, die er liebt, einem Massenmörder zum Opfer fallen wird, aber die Polizei glaubt ihm natürlich nicht. Schließlich gerät er selbst in den Verdacht, der Killer zu sein. (V) Highlight.

Quiet Earth — Das letzte Experiment
(THE QUIET EARTH). USA 1985. R: Geoffrey Murphy. B: Bill Baer, Bruno Lawrence. K: James Bartel. M: John Charles. D: Bruno Lawrence (Zac Hobson), Alison Routledge (Joanne), Peter Smith (Api), Norman Fletcher, Tom Hyde. F 91 Min. — Ein Energieexperiment ist fehlgeschlagen, alle Menschen sind vom Erdboden verschwunden. Drei Überlebende irren durch leere Städte. Der Held Zac jagt die Experimentieranlage in die Luft und findet sich in einer anderen Dimension wieder. (V) Atlas.

Der Rasenmäher-Mann
(THE LAWNMOWER MAN). USA 1991. R: Brett Leonard. B: Brett

Leonard, Gimel Everett. LV: Stephen King. K: Russell Carpenter. D: Jeff Fahey (Jobe), Pierce Brosnan (Dr. Angelo), Jenny Wright (Marnie), Geoffrey Lewis (Terry). F 90 Min. — Dumpfer Vorstadt-Blödmann wird helle mittels einer die Intelligenz steigernden Maschine. Böswillige Bonzen von der Regierung wollen sich das Gerät für fragwürdige Zwecke aneignen. Cyberspace-Film mit vielen Computergrafiken im Stil von »Tron«.

Reactor
(DEADLY REACTOR). USA 1988. R: David Heavener. B: David Heavener. K: David Hue. M: Brian Bennett. D: Stuart Whitman (Due), David Heavener (Cody Calloway), Darwyn Swakve (Hog), Allyson David (Shawna), Barbara Kerek (Mrs. Dawson). F 86 Min. — Endzeitfilm Nr. 1124. Ein Ex-Cop, der nach dem Großen Knall vom Bösen Buben-Klub e.V. zusammengeschlagen wird, holt tief Luft, rappelt sich auf, säubert die Umgebung von allem Gelichter und findet ein nettes Madl. (V) Highlight.

Red Moon
(RED MOON). Australien 1990. R: Alec Mills. B: Robert Brennan. K: John Stokes. M: Brian May. D: Leon Lissek (Myles Sheffield), Christine Amort (Virginia Sheffield), Ian Williams (Kevin Lynch), Helem Thomson (Mary Huston), Hazel Howson (Mary Ellen). F 97 Min. — In der Umgebung eines Internats treibt der übliche vertierte Killer sein Unwesen und meuchelt »sündige« Teenies. Blasser und vorhersehbarer Schlitzerfilm. (V) VCL.

Rendezvous im Jenseits
(DEFENDING YOUR LIFE). USA 1990. R: Albert Brooks. B: Albert Brooks. K: Allen Daviau. M: Michael Gore. D: Meryl Streep (Julia), Albert Brooks (Daniel Miller), Rip Torn (Bob Diamond), Lee Grant (Lena Foster), Buck Henry (Dick Stanley). F 100 Min. — Ein nach seinem Unfalltod in einem Zwischenreich auf seinen »Prozeß« wartender Geschäftsmann verliebt sich in eine hübsche Frau, doch sein Glück scheint nicht von Dauer, da ihm der Rücktransport zur Erde droht.

Retaliator
(RETALIATOR). USA 1986. R: Allan Holzman. B: Robert Short, Allan Holzman. K: Nitcho Lion Nissim. M: Jerry Immel, Craig Huxley. D: Robert Ginty (Eric Matthews), Sandahl Bergman (Samira), Louise Claire Clark, James Booth, Paul Walker, Arnon Tzadock. F 86 Min. — Ein US-Geheimdienst funktioniert die Terroristin Samira zur tödlichen Kampfmaschine um, doch sie gerät außer Kontrolle, tötet viele Menschen und wird von Eric Matthews ausgeschaltet. — »Waffenstarrendes Actionspektakel.« (FAZ). (V) VPS.

Returning
(THE RETURNING). USA 1983. R: Joel Bender. B: Patrick Nash. K: Oliver Wood. M: Harry Manfredini. D: Susan Strasberg (Sybil Ophir), Gabriel Walsh (John

Ophir), Victor Arnold (Al Lyons), Brian Poelman (Jason Ophir), Mostea Oshley (Medizinmann). F 90 Min. — Abenteurer geraten in der Mojavewüste versehentlich auf einen Indianerfriedhof und werden von einem im wahrsten Sinn des Wortes steinalten Geist befallen. (V) New Vision.

Ring der Amazonen
(AMAZONS). USA 1984. R: Paul Michael Glaser. D: Jack Scalia, Madeline Stowe, Tamara Dobson, Jennifer Warren, Stella Stevens, William Schallert, Leslie Bevis, Peter Scolari. F 100 Min. — Eine Krankenhausärztin kommt einer radikalen Feministenorganisation auf die Spur, die Männer in Führungspositionen beseitigt und die US-Regierung stürzen will. Utopischer TV-Thriller, der sich eines Themas annimmt, das schon in den sechziger Jahren zahllose Filmemacher verhackstückt haben. Und natürlich hat man aus deren Versuchen nichts gelernt.

Der Ritter aus dem All
(SUBURBAN COMMANDO). USA 1991. R: Burt Kennedy. B: Frank Capello. K: Bernd Heinl. M: David Michael Frank. D: Hulk Hogan (Shep Ramsey), Christopher Lloyd (Charlie Wilcox), Shelley Duvall (Jenny Wilcox), William Ball (Gen. Suitor), Laura Mooney (Theresa Wilcox), Michael Faustino (Mark Wilcox). F 100 Min. — Ein »Weltraumritter« namens Shep landet in einem Kaff, findet eine Bleibe bei einer Durchschnittsfamilie und stärkt dem feigen Hausherrn den Rücken, bis er sich gegen seine schweinische Umwelt durchsetzt. Nicht unflott, wenn auch nicht ernstzunehmen. (V) Video.

River of Death — Fluß des Grauens
(RIVER OF DEATH). USA 1988. R: Steve Carver. B: Andrew Deutsch, Edward Simpson. LV: Alistair MacLean. K: Avi Karpick. M: Sasha Matson. D: Michael Dudikoff (John Hamilton), Robert Vaughn (Dr. Manteuffel), Donald Pleasance (Heinrich Spatz), Herbert Lom (Col. Diaz), Cynthia Erland (Maria), Sarah Maur Thorp (Anna), Foziah Davidson (Dahlia). F 102 Min. — Im amazonischen Regenwald hausender Nazi-Arzt arbeitet an einem Serum zur Vernichtung aller Schwachen, das er über einen Quellfluß global verteilen will. Unter Leitung eines Abenteurers macht ihm eine gemischte Gruppe nach zahlreichen Dschungelabenteuern in seiner Festung den Garaus. (V) Cannon/VMP.

Robocop — The Comic
(ROBOCOP: THE COMIC). USA 1988. R: Ray Lee. B: Mark Seidenberg, Rich Fogel, Donald F. Glut, Roger Slifer. M: Haim Saban, Shuki Levy. D: Zeichentrickfiguren. F 84 Min. — Wie im Spielfilm von Paul Verhoeven haut sich in diesem TV-Verschnitt ein Polizei-Cyborg mit irdischen und außerirdischen Fieslingen, daß die Fetzen fliegen. (V) RCA/Columbia.

Robocop — The Comic II
(ROBOCOP: THE COMIC II). USA 1989. R: Ray Lee. B: Mark Seiden-

berg, Rich Fogel, Donald F. Glut, Roger Slifer. M: Haim Saban, Shuki Levy. D: Zeichentrickfiguren. F 81 Min. — Abenteuer eines Cyborg-Polizisten, der im futuristischen Detroit für Ordnung sorgt. (V) New Vision.

Robocop — The Comic III
(ROBOCOP: THE COMIC III). USA 1990. R: Ray Lee. B: Mark Seidenberg, Rich Fogel, Donald F. Glut, Roger Slifer. M: Haim Saban, Shuki Levy. D: Zeichentrickfiguren. F 90 Min. — Noch mehr Abenteuer des Cyborg-Polizisten. (V) New Vision.

Rocketeer
(THE ROCKETEER). USA 1991. R: Joe Johnston. B: Danny Bilson, Paul De Meo. K: Hiro Narita. M: James Horner. D: Bill Campbell (Cliff Secord), Jennifer Connelly (Jenny Blake), Alan Arkin (Peevy), Timothy Dalton (Peevy), Paul Sorvino (Eddie Valentine), Terry O'Quinn (Howard Hughes), Ed Lauter (Fitch), James Handy (Wooly), Tiny Ron (Lothar), Nada Despotovich (Irma), Margo Martindale (Millie). F 108 Min. — 1938 fällt dem Piloten Cliff der Prototyp eines steuerbaren Einmann-Raketenflugsatzes in die Hände, den er mit Zähnen und Klauen gegen die Nazis und die Mafia verteidigt, bis der geniale Konstrukteur (Howard Hughes) persönlich eingreift, um ihm beizustehen. Rasanter, actionbetonter Film mit nostalgischem Charme. Ein flottes Abenteuer, wie man es heute nur noch selten zu sehen bekommt. Hollywood at it's best!

Rotkäppchen
(RED RIDING HOOD). USA 1987. R: Adam Brooks. B: Carole Lucia Satrina. LV: Gebrüder Grimm. K: Danny Shneuer, Hilik Neleman. M: Stephen Lawrence. D: Craig T. Nelson (Godfrey, Percival), Isabella Rossellini (Lady Jean), Rocco Sisto (Wolf), Angela Shankley (Linet), Helen Elazry (Oma). F 77 Min. — Ein Tyrann, dessen Bruder verschwunden ist, hat für Reichtum und Macht seine Seele verkauft und stellt seiner Schwägerin nach, die ihn nicht erhören will. Da ihre Tochter ihm im Weg steht, soll ein in seinen Diensten stehender Wolf (der in der Menschengestalt auftritt), sie vernichten. Daraus wird aber nix: Der Bruder kehrt zurück und sorgt für Ordnung.

Die Rückkehr des Unsichtbaren
(THE INVISIBLE MAN RETURNS). USA 1940. R: Joe May. B: Curt Siodmak, Lester Cole. K: Milton Krasner. M: H. J. Salter. D: Vincent Price (Geoffrey Radcliffe), Cedric Hardwicke (Richard Cobb), Nan Grey (Helen Monson), John Sutton (Dr. Frank Griffin), Alan Napier (Willie Spears), Cecil Kellaway (Insp. Sampson), Forrester Harvey (Ben Jenkins), Ivan Simpson (Cotton), Edward Fielding (Gouverneur), Frances Robinson (Schwester). SW 81 Min. — Nachdem man Geoffrey beschuldigt hat, seinen Bruder getötet zu haben, läßt er sich von Dr. Griffin unsichtbar machen und sucht den Mörder auf eigene Faust. Leider hat er ein Problem: Er muß ihn finden, ehe die Droge ihn wahnsinnig macht.

Rush
(RUSH). Italien 1984. R: Anthony Richmond [= Tonino Ricci]. B: Tito Carpi. K: Giovanni Bergmanini. M: Francesco De Masi. D: Conrad Nichols (Rush), Gordon Mitchell (Herrscher), Laura Trotter, Rita Furlan, Bridgit Pelz, Richard Pizzuti, Osiride Pevarello, Paolo Celli, Luigi Filippo Lodoli, Daniel Stroppa. F 77 Min. — Endzeitfilm Nr. 523. Nach dem Big Bang läßt ein Tyrann in einer Ölraffinerie von Sklaven in einem Treibhaus Pflanzen züchten. Ein Muskelmann, dem die Flucht gelingt, befreit die Unterdrückten mit Spezialeffekten, die recht erheiternd wirken.

Rush II — Final Game
(RUSH II). Italien 1984. R: Anthony Richmond [= Tonino Ricci]. B: Jaime Comas. K: Renato Doria. M: Francesco De Masi. D: Conrad Nichols (Rush), Werner Pochath, Victoria Lane, Stelvio Candelli. F 86 Min. — Endzeitfilm Nr. 524. Rush macht sich mit einer Gruppe Überlebender zur Basis Alpha auf, den einzigen Ort, den die Apokalypse verschont hat. Schurken dezimieren seine Leute, nur er und die Härtesten erreichen das Ziel. — Endlose, unmotivierte Metzeleien steigern die Spannung auch nicht.

S.A.M. — Reise durch die Zeit
(TOP KIDS). USA/Norwegen 1990. R: Michael Pfleghar. B: Jean-Paul Oulette/Mark Princi. K: Bob Hankins, Peter Rohde. M: Silvester Levy, Vincenzo Tempera. D: Ross Harris (Eric), Scott Nemes (Andy), Anthony Ko, Jared Rushton, Niki Lauda. F 79 Min. — US-Computerboys knacken den Code eines Superautos und schikken ihren Kumpel Eric auf Zeitreise, bei der er mehreren frühen Autokonstrukteuren begegnet, die Benz-Tochter Mercedes kennenlernt und mit Niki Lauda ein Rennen fährt. TV-Film, der verdächtig danach riecht, als hätte die Autoindustrie ihn gesponsort. Für die Kleinen annehmbar. (V) Highlight.

Samantha ferngesteuert
(THE TROUBLESOME DOUBLE). GB 1972. R: Milo Lewis. B, K, M, D: Julie Collins (Elspeth), Keith Chegwin, Tracy Collins, Richard Wattis. F 60 Min. — Elspeth, beim Schwimmen eine Niete, läßt sich von ihren Bruder ein elektronisches Double basteln, das auf Weltrekord programmiert wird. Kinderfilm.

Scanners III
(SCANNERS III: THE TAKEOVER). Kanada 1991. R: Christian Dugay. B: B. J. Nelson, Julie Richard, David Preston. K: Hugues de Haeck. SpE: Mike Maddi, M: Marty Simon, D: Liliana Komorowska (Helena Monet), Valerie Valois (Joyce Stuart), Steve Parrish (Alex Monet), Sith Sekal (Mark Dragon), Collin Fox (Dr. Monet), Daniel Pilon (Michael). F 100 Min. — Dritter Aufguß der Story von den bösen & guten Mutanten. Die Scannerin Helena wird aufgrund eines neuen Medikaments, das sie von den Qualen ihrer PSI-Kräfte befreien soll, zur bösen Furie, die

die Welt beherrschen will. Doch Mutantenbruder Alex verweist sie in ihre Schranken. Formal und inhaltlich auf dem Niveau des »TV-Films der Woche«.

Scorpio Factor
(THE SCORPIO FACTOR). USA 1989. R: Michael Wachniuc. B: Carol Sauve, June Pinheiro. K: Bruno Philip. D: David Nerman (Marcel Wagner), Wendy Dawn Wilson (Nora Foxx), Dorian Joe Clark (Carl Bergman), Attila Bertalan (Andreas), Jan Stychalski (Vlad). F 83 Min. — Die blonde Geheimagentin Nora jagt hinter einem wichtigen Mikrochip aus der Satellitenforschung her, den ein Bösmann gestohlen hat. Agentenverschnitt-Dutzendware, die in den neunziger Jahren kaum noch utopische Elemente hat. (V) Highlight.

The Sect
(LA SETTA). Italien 1990. R: Michele Soavi. B: Dario Argento, Michele Soavi, Giovanni Romoli. K: Raffaele Mertes. M: Pino Donaggio. D: Kelly Curtis, Herbert Lom, Thomas Arana, Maria Angela Giordana, Michel Hans Adatte, Carla Cassola. F 97 Min. — Die Lehrerin Miriam überfährt beinahe einen alten Mann, den sie aus Mitgefühl mitnimmt. Bald findet sie sich in den Fängen einer Sekte wieder, die mit ihrer Hilfe den Antichrist zeugen wollen. Schöne Alptraumszenen, wie man es von einem Argento-Schüler erwarten kann. Aber wie schon sein Meister ist der Typ zu doof, um eine zusammenhängende Geschichte erzählen zu können. (V) New Vision.

Shadow Cop
(SHADOW COP L.A.: LINE OF FIRE). USA 1991. R: Jim Johnston. B: Tom Blomquist, Baby Greyhosky, Bruce Cervi Renee Palyo, Brenda Lilly. K: Brianne Murphy. M: Dana Kaproff. D: John DiAquino, Warren Berlinger, Sam Jones, Tawney Kitaen, James Nixon. F 79 Min. — TV-Pilotfilm einer Krimiserie, in der es um einen Polizisten geht, der mit hilfreichen Geistern kommuniziert. Brav. (V) CIC.

Shaker Run
(SHAKER RUN). Neuseeland 1984. R: Bruce Morrison. B: James Kouf, Henry Fownes, Bruce Morrison. K: Kevin Hayward. M: Stephen McCurdy. D: Cliff Robertson (Judd Pierson), Leif Garrett (Casey Lee), Lisa Harrow (Dr. Christine Rubin), Shane Briant (Paul Thoreau), Peter Hayden (Connolly). F 86 Min. — Zwei Ex-Rennfahrer werden von einer Wissenschaftlerin beauftragt, von ihr entdeckte Viren dem CIA zu übergeben. Ein Bösewicht zeigt sich an dem Zeug ebenso interessiert. Halbutopischer Reißer. (V) Taurus.

Sheherazade — Mit 1001 PS ins Abenteuer
(SHERAZADE — LES 1001 NUITS). Frankreich/Italien 1990. R: Philippe De Broca. B: Philippe De Broca, Jérome Tonnere. K: Jean Tournier. M: Gabriel Yared. D: Thierry Lhermitte (Kalif), Gérard Jugnot (Flaschengeist), Stéphane

Freiss (Aladin), Vittorio Gassman (Sindbad), Catherine Zeta-Jones (Sheherazade). F 94 Min. — Klamaukfilm über einen Briten, der aufgrund seines »Unglaubens« in einen Lampengeist verwandelt wurde. (V) RCA/Columbia.

Shocking
(SHOCKING). Frankreich 1976. R: Frédéric Lansac [= Claude Mulot]. B: Claude Mulot. K: Jean Jobert. M: Robert DeMarco. D: Jacques Insermini, Emanuelle Pareze, Jean Guerin, Gilbert Servien, Christine Chireiv, Karine Gambier. F 90 Min. — Als der Rundfunk die Meldung verbreitet, der Atomkrieg stehe vor der Tür, bricht allerorten zügellose Geilheit aus. (V) Beate Uhse.

Sirene 1
(THE RIFT). USA/Spanien 1989. R: J. P. Simon [= Juan Piquer]. B: David Coleman. K: Yan Marine. M: Joel Goldsmith. D: Jack Scalia (Wick Hayes), Lee Ermey (Captain), Deborah Adair (Nina), Ray Wise, Ely Pouget, John Toles Bey. F 82 Min. — Nach dem Verschwinden eines Forschungs-U-Boots mit giftiger Ladung bricht im Atlantik ein Fischsterben aus. Bei der Untersuchung zeigt sich, daß das Umfeld des U-Bootes von Algen verseucht ist, die sich in Monster verwandeln und das Forscherteam angreifen. Krakenquatsch mit Ekelschocks.

Skinner ... lebendig gehäutet
(POPCORN). USA/Kanada 1990. R: Mark Herrier. D: Jill Schoelen, Tom Villard, Dee Wallace Stone, Derek Rydall. F 87 Min. — Angeblich toter Filmemacher treibt mit Studenten, die ein Horrorfilm-Festival veranstalten, sein mörderisches Spielchen. (V) VPS.

The Snake House
(BLOODY PSYCHO). Italien 1989. R: Leandro Lucchetti. B: Giovanni Simonelli, Leandro Lucchetti. K: Silvano Tessicini. M: Lanfranco Perini. D: Peter Hintz (Dr. Vogeler), Loes Kamma, Brigitte Christensen, Sacha Darwin, Nubia Martini. F 90 Min. — Parapsychologe verliebt sich in die Enkelin einer Hexe, die alte Bestie übernimmt den jungen Körper und macht den forschen Helden zur Minna. Okkult-Horror von der Stange. (V) New Vision.

Die Solo-Kampfmaschine
(WHEELS OF FIRE). USA 1985. R: Cirio H. Santiago. B: Frederick Bailey. K: Richard Remias. M: Christopher Young. D: Gary Watkins (Trace), Linda Wiesmeier (Arlie), Laura Banks (Stinger), Linda Grosvenor (Spike), Joseph Anderson (Scourge), Joe Zucchero (Whiz). F 78 Min. — Endzeitfilm Nr. 856. Scourge terrorisiert mit seiner Horde die Neue Welt. Waffen, Wasser und Benzin gibt's in Saus und Braus. Als er die Schwester des Helden Trace tötet, sieht dieser rot, sammelt ein paar Schläger und zieht mit Gebrüll gegen seine Festung. (V) VPS.

Space Chase
(SPACE CHASE). USA 1989. R: Nick Kimaz. B: Nick Kimaz. K: Eric Woster. M: Philip Goodheart Sla-

te. D: Barry James Hickey (Ryan), Traci Hart (Aurora), Lee Korf (Dr. Croam), Patrick F. Kuhn (Art), Julie Nine (Romany). F 82 Min. — Ein sich ständig ankeifendes Kopfgeldjägerpärchen verfolgt den Wissenschaftler und Mörder Croam, der wiederum hinter einer Formel zur Energiegewinnung her ist. Stumpfsinn. (V) Madison.

Space Killers
(NOT OF THIS WORLD). USA 1991. R: Jon Hess. B: Robert Glass. K: Mark Irwin. M: Johnny Harris. D: Lisa Hartman, A. Martinez, Pat Hingle, Luke Edwards, Michael Greene. F 90 Min. — Ein Meteoritenschauer, der über der Ortschaft Liberty niedergeht, tötet Menschen und Tiere und bringt ein halborganisches Ungeheuer mit, das sich von Elektrizität ernährt. Klein-Billy kommt ihm auf die Spur; seine Mama ist auch nicht ohne. (V) CIC.

Space Shift
(WAXWORKS II). USA 1991. R: Anthony Hickox. D: Zach Galligan (Mark), Monika Schnarre (Sarah), M. Kemp. F 100 Min. — Boy & Girl werden in die Zukunft versetzt und stoßen allerorten auf Außerirdische und den bösen »Evil Master«.

Spirits
(SPIRITS). USA 1990. R: Fred Olen Ray. Erik Estrada, Kathrin Lautner, Michelle Bauer. F 90 Min. — Dutzendfilm über ein altes Spukhaus. (V) Atlanta.

Split
(SPLIT). USA 1988. R: Chris Shaw. B: Chris Shaw. K: Chris Shaw. M: Chris Shaw. M: Chris Shaw, Robert Shaw, Ugi Tojo. D: Chris Shaw (Starker), Tim Dwight, Joan Bechtel. F 85 Min. — Big Brother-Gesellschaft beherrscht eine abgestumpfte Bevölkerung mittels Medienmanipulation, aber der kluge Philosoph Starker wird zur Gefahr für die herrschende Klasse. Aufgemotztes Ein-Mann-Spektakel, das nur alten Käse verbrät, auch wenn es von Computergrafiken nur so wimmelt.

Split
(EDGE OF SANITY). GB 1989. R: Gérard Kikoine. B: J. B. Felix, Ron Raney. D: Anthony Perkins (Dr. Jekyll), Glynis Barber, Sarah Maur-Thorp, David Lodge. F 87 Min. — London 1988: Dr. Jekyll nimmt eine Koksmixtur zu sich und verwandelt sich in den brutalen Hurenbock Mr. Hyde, der besonders gern Nutten schlitzt. Horrorsex vom Pornofilmer Kikoine. Und Robert Louis Stevenson rotiert im Grabe. (V) VPS.

Stadt der Vampire
(A RETURN TO SALEM'S LOT). USA 1987. R: Larry Cohen. B: Larry Cohen, James Dixon. K: Daniel Pearl. M: Michael Minard. D: Michael Moriarty, Samuel Fuller, Rikky Addison Reed, Andrew Duggan, Evelyn Keyes. F 96 Min. — Anthropologe und sein Sohn erben in dem US-Nest Salem's Lot ein Haus und entdecken, daß die Ortsbewohner Vampire sind. Schwarzhumoriger TV-Film, der

Stephen Kings Roman »Salem's Lot« zur Grundlage nimmt, um die Genreklischees zu verarschen: Menschenblut ist viel zu ungesund, da längst mit Chemie verseucht.

Stahlharte Rache — The Avenger
(THE AVENGER). USA 1987. R: Nick Barwood. B: Ian Fletcher. K: Oliver Wood. D: Scott Feraco (Chase), Robert Sedgwick (Brad), Carlos Palomino (Carlos), Raymond Serra (Vic), Rosanna Dayon (Yolanda), Teresa Blake (Virginia), Jon Tenny (Stu). F 72 Min. — Wegen des Schurken Brad kommt Chase hinter Gitter und verliert den linken Arm. Sein Freund Vic macht ihm einen mechanischen. So kann er stahlharte Rache an seinem Erzfeind nehmen. (V) Taurus.

Star Cracks — Die irre Bruchlandung der Außerirdischen
(MORONS FROM OUTER SPACE). GB 1985. R: Mike Hodges. B: Griff Rhys-Jones, Melvin Smith. K: Phil Meheux. M: Peter Brevis. D: Mel Smith (Bernard), Griff Rhys-Jones (Graham Sweetly), James B. Sikking (Col. Laribee), Joanna Pearce (Sandra), Paul Brown (Julian), Jimmy Nail (Desmond Brock), Tristram Jellinek (Simpson), George Innes (Stanley), John Joyce (Miller), Mark Jones (Godfrey), Leonard Fenton, André Maranne, Joanna Dickens, R. J. Bell, Peter Whitman. F 86 Min. — Diverse Bewohner des Planeten Blob werden aufgrund eigener Doofheit nach London verschlagen, wo man sie zunächst für Invasoren hält. Als sie sich als gewöhnliche Schwachköpfe entpuppen, läßt man sie frei, und sie etablieren sich flink als Punkstars. Satirisches Feuerwerk, das pausenlos Gags abschießt und alle Klischees verulkt, an denen der SF-Film so wunderbar reich ist. (V) Cannon/VMP.

Starcross — Das Girl vom anderen Stern
(STARCROSSED). USA 1985. R: Jeffrey Bloom. B: Jeffrey Bloom. K: Gil Hubbs. M: Gil Melle. D: James Spader (Joey), Belinda Bauer (Mary), Pete Kowanko, Clark Johnson, Jacqueline Brooks. F 95 Min. — Zwei Killer verfolgen die außerirdische Mary bis zur Erde. Der Mechaniker Joey, der sie für eine Russin hält, hilft ihr bei der Flucht. Mary überzeugt ihn mit übersinnlichen Kräften. Die CIA schaltet sich ein — das streckt den Film. Die Killer werden kaltgestellt. (V) CBS/Fox.

Star Crystal
(STAR CRYSTAL). USA 1985. R: Lance Lindsay. B: Lance Lindsay. K: Robert Caramico. M: Douglas Katsaros. D: C. Judson Campbell, John Smith, Faye Bolt, Taylor Kingsley, Marcia Linn. F 92 Min. — Ein Ungeheuer schleicht sich an Bord eines irdischen Raumschiffs, verspeist nach und nach die Mannschaft, geht in sich, entschuldigt sich bei den Überlebenden für sein schlechtes Benehmen und hilft ihnen, nach Hause zu kommen. (V) Gloria.

Star Knight — Der Herr der Sterne
(EL CABALLERO DEL DRAGON). Spanien 1986. R: Fernando Colombo. B: Andreu Martin, Fernando Colombo, Miguel Angel Nieto. K: José Luis Alcaine. M: José Nieto. D: Klaus Kinski (Boetius), Harvey Keitel (Clever), Fernando Rey (Lupo), Maria Lamor (Alba), José Vivo (Graf Ruc), Miguel Bose (Ix). F 90 Min. — Zeitreisender Raumpilot landet im Mittelalter am Hof eines Königs und verliebt sich in dessen Tochter. Doch der König und seine rechte Hand sehen eine Gefahr in ihm. (V) UFA.

Star Trek VI: Das unentdeckte Land
(STAR TREK IV: THE UNDISCOVERED COUNTRY). USA 1991. R: Nicholas Meyer. B: Nicholas Meyer, Denny Martin Flinn. K: Hiro Narita. M: Cliff Eidelman. D: William Shatner (Captain Kirk), Leonard Nimoy (Spock), DeForest Kelley (Dr. McCoy), James Doohan (Scotty), Nichelle Nichols (Uhura), Walter Koenig (Chekhov). F 113 Min. — Die *Enterprise*-Mannschaft auf der letzten Mission (bevor sie in Rente geschickt wird): Aus bösen Klingonen werden die Verbündeten von morgen. Reaktionäre Kräfte wollen die Detente hintertreiben, indem sie den Leiter der eigenen Delegation umlegen und Captain Kirk den Mord in die Schuhe schieben. Nette Unterhaltung mit allen typischen Zutaten, schlägt aber Teil V (von William Shatner) um Längen.

The Stay Awake — Nacht des Grauens
(THE STAY AWAKE). Südafrika/USA 1987. R: John Bernard. B: John Bernard. K: Alwyn Kunst. M: Dan Hill, Kevin Krueger. D: Shirley Jane Harris (Lehrerin), Heath Potter (William John Brown), Ken Marshall (Hausmeister), Lindsey Reardon (Schulleiter), Tanya Gordon, Jayne Hutton. F 85 Min. — Vor der Hinrichtung schwört der Frauenmörder John Brown, in die Welt der Lebenden zurückzukehren und sich schauerlich zu rächen. 19 Jahre später wütet er in einem Mädchenpensionat, bis eine wagemutige Lehrerin den Kampf aufnimmt. Horror-Machwerk aus der untersten Schublade. (V) Cannon/VMP.

Stephen King — The Night of the Crow
(STEPHEN KING'S NIGHTSHIFT COLLECTION). USA 1988. R: Glenn Takajian, John Woodward, Jack Garrett, Damian Harris. B: John Woodward, Jack Garrett, Damian Harris, Patrick Aumont. K: Johnny Stevens, Jack Garrett, Miles Cook. M: Bill Averback, Marvin Hoag, David Gibney. D: Rowan Sutherland, Alan Schwartz, Harry Yelmon, Lee Ryan, John Gowans, Gabriel Folse, Steven Young, Brian Caldwell, Ray Adamski, Stephen Nichols, Del Zamora, Eric Stoltz, Lesley Morris, Michael Simms. F 89 Min. — Vierteiliger Horror-Episodenfilm, der mal wieder versucht, mit Stephen Kings Namen Kohle zu scheffeln und das, obwohl nur die Vorlage *einer* Episode (und das ist

die schlechteste) von ihm stammt. Elende Dutzendware. (V) Madison.

Stephen Kings Schlafwandler
(SLEEPWALKER). USA 1992. R: Mick Garris. B: Stephen King. K: Rodney Charters. M: Nicholas Pike. D: Brian Krause (Charles Brady), Madchen Amick (Tanya Robertson), Alice Krige (Mary Brady), Ron Perlman (Capt. Soames), Jim Haynie (Sheriff). F 89 Min. — Inzestuös lebendes Pärchen (Mutter und Sohn), die eine Vampir-Abart sind, dürsten nach dem Blut einer Jungfrau, werden aber von einer gewöhnlichen Hauskatze abgeschmettert. Diesmal nicht nach einem Roman von Stephen King, sondern nach einem Originaldrehbuch des Horrorkönigs! Na ja.

Stranded — Gestrandet
(STRANDED). USA 1987. R: Tex Fuller. B: Alan Castle. K: Jeff Jur. M: Stacy Widelitz. D: Maureen O'Sullivan (Grace Clark), Ione Skye (Dierdre Clark), Joe Morton (Sheriff McMann), Brendan Hughes (Prince), Susan Barnes (Helen Anderson), Cameron Dye (Lt. Scott), Michael Greene (Vernon Burdett), Gary Swanson, Spice Williams. F 81 Min. — Fünf Aliens, die in Notwehr einen Menschen getötet haben, flüchten ins Landhaus der Grace Clark und ihrer Enkelin, kommunizieren telepathisch mit ihnen und kommen ihnen näher, doch der Mob will Vergeltung und glaubt an Geiselnahme. Ordentliche Unterhaltung. (V) RCA/Columbia.

Sundown: Rückzug der Vampire
(SUNDOWN: THE VAMPIRE IN RETREAT). USA 1988. R: Anthony Hickox. B: John Burgess, Anthony Hickox. K: Levie Isaacks. M: Richard Stone. D: David Carradine (Mardulak), Jim Metzler (Harrison), Morgan Britanny (Sarah), Maxwell Caulfield (Shane), John Ireland (Jefferson). F 99 Min. — In einem amerikanischen Wüstenkaff namens Purgatory (= Fegefeuer!) leben Vampire unter Führung des Grafen Mardulak und laben sich an Kunstblut aus eigener Herstellung. Ein geiler Lump bringt die friedliche Koexistenz mit den Menschen in Gefahr. Gelegentlich originelle Parodie. (V) Concorde.

Supergau-Terminator
(THE KILLING EDGE). GB 1986. R: Lindsay Craig Shonteff. B: Robert Bauer. D: Bill French (Steve Johnson), Mary Spender, Al Lampert. F 85 Min. — Nach dem Ausbruch des SuperGAU muß sich ein Geschäftsmann mit bösen Buben prügeln. (V) IVE.

Swamp Thing — Das Wesen aus den Sümpfen
(THE NEW ADVENTURES OF SWAMP THING). USA 1991. R: Walter von Huene, Lyndon Chubbuck, Mitchell Bock, Bruce Seht Green. B: Tom Greene, W. M. Whithehead, Wade Johnson, Daniel Kennedy, Jonathan Thorp. LV: Len Wein, Berni Wrightson. K: Geoff Schaaf. M: Christopher Stone. SpE: Carl Fullerton, Neal Martz. D: Mark Lindsay Chapman, Carell Myers, Scott Garri-

son, Kari Wuhrer, Dick Durock (Swamp Thing), William Whitehead (Dr. Hollister), Sandahl Bergman (Sienna), Kevin Quigley (Graham). F 92 Min. — Swamp Thing, die wandelnde Intelligenzpflanze, wacht über den Sumpf und seine Freunde Will, Abigail und Teresa. Leider hat auch der Bösewicht Arcane sein Forschungslabor hier aufgeschlagen, um im Auftrag des irren, machtbesessenen General Sunderland Superwaffen zu schmieden. Man bekriegt sich unaufhörlich, am Schluß jeder Episode quaken friedlich die Frösche. Alberner US-TV-Verschnitt. (V) CIC.

Switch — die Frau im Manne
(SWITCH). USA 1991. R: Blake Edwards. B: Blake Edwards. K: Dick Bush. M: Henri Mancini. D: Ellen Barkin (Amanda), Jimmy Smits (Walter), Jobeth Williams (Margo), Lorraine Bracco (Sheila), Tony Roberts (Arnold), Perry King (Steve), Bruce Martyn Payne (Teufel), Lysette Anthony (Liz). F 103 Min. — Ein Egozentriker wird nach seinem Tod zur Erde geschickt, um im Körper einer Frau zu lernen, was weibliche Würde ist. Müder Phantastik-Scheiß, bei dem das Klicken der Bartwickel-Maschine nie verstummt. (V) UFA.

Tanz der toten Seelen
(CARNIVAL OF SOULS). USA 1962. R: Herk Harvey. B: John Cliford. K: Maurice Prather. M: Gene Moore. D: Candace Hilligass, Herk Harvey, Frances Feist, Sidney Berger. F 80 Min. — Nach einem Autounfall, den Mary als einzige überlebt, wird sie von einem »Dämonen« verfolgt. Horrorwerkchen, das seine Zeit braucht, bis es einen Hauch von Atmosphäre entwickelt.

Der tapfere kleine Toaster
(BRAVE LITTLE TOASTER). USA 1988. R: Jerry Rees. B: Jerry Rees, Joe Ranft. LV: Thomas M. Disch. Anim.: Steve Moore. M: David Newman. D: Zeichentrickfiguren. F 80 Min. — Fünf mit menschlichen Charaktereigenschaften ausgestattete Haushaltsgeräte machen sich wie weiland die Bremer Stadtmusikanten auf den Weg in die Großstadt, um Rob, ihren alten Spielgefährten wiederzusehen. Dabei erleben sie jede Menge haarsträubende Abenteuer. Ein flottes Filmchen nach einer witzigen, preisgekrönten Story von Thomas M. Disch. (V) VCL/Carolco.

Targoor — Das Ding aus dem Inneren der Erde
(INTRUDER WITHIN). USA 1981. R: Peter Carter. B: Ed Waters. K: James Pergola. M: Gil Melle. D: Chad Everett (Jake Nevins), Joseph Bottoms (Scott), Jennifer Warren (Colette), Rockne Tarkington (Mark), Lynda Mason Green (Robyn), Paul Larson (Sam), James Hayden (Harry Colman). F 95 Min. — Vor der Küste von Alaska bedroht ein Ungeheuer die Besatzung einer Bohrinsel und verschlingt einen Arbeiter nach dem anderen, bis der Held ihm den Garaus macht. (V) Carrera.

Teen Aliens
(THEY CAME FROM OUTER SPACE). USA 1991. R: Dennis Donnel-

ly. B: Peter Baloff, Dave Wollert. K: Clinton Dougherty. M: Gary Stockdale. D: Stuart Fratkin, Dean Cameron, Alan Royal, Christopher Carroll, Debra Barenfeld, Kendra Booth. F 86 Min. — Drei dralle Weltraum-Maiden kommen zur Erde, um sich mit diversen Blödlingen zu paaren, die nach getanem Akt grün werden und sich in Luft auflösen. Zusammenschnitt von Teilen einer US-TV-Serie von 1990, bei deren Witz einem der letzte Funken Humor abhanden kommt. (V) CIC.

Teenage Exorcist
(TEENAGE EXORCIST). USA 1991. R: Grant Austin Waldman. B: Brinke Stevens. K: William H. Molina. SpE: Bret Mixon. M: Chuck Chirino. D: Eddie Deezen (Eddie), Brinke Stevens (Dianne), Oliver Darrow (Demon), Jay Richardson (Mike), Tom Shell (Jeff), Elena Sahagun (Sally), Robert Quarry (Father McFarren), Michael Berryman (Herrman). F 83 Min. — Dianne zieht in ein Spukhaus, und ein Dämon im Keller verwandelt sie in eine Peitschendomina. Schwester Sally, deren Freund Mike, der Geliebte Jeff und Father McFarron bemühen sich vergeblich, den Teufel auszutreiben. Erst als der dämliche Pizzabote Eddie ins Spiel kommt, hat Satan nichts mehr zu lachen. — Verarschung von Exorzistenfilmen, stellenweise recht witzig, aber bald kommt Langeweile auf. (V) VPS/Empire.

Teenage Mutant Hero Turtles — wie alles begann
(TEENAGE MUTANT HERO TURTLES). USA 1989. R: Kevin Eastman. D: Zeichentrickfiguren. F 86 Min. — Vier Episoden über die pizza-mampfenden Schildkröten. (V) VCL.

Terminator 2 — Tag der Abrechnung
(TERMINATOR 2: JUDGEMENT DAY). USA 1991. R: James Cameron. B: James Cameron, William Wisher. K: Adam Greenberg. M: Brad Fiedel. D: Arnold Schwarzenegger (Terminator 800), Linda Hamilton (Sarah Connor), Edward Furlong (John Connor), Robert Patrick (Terminator 1000), Earl Boen (Dr. Silbermann), Joe Morton (Myles Dyson), S. Epatha Merkerson (Tarissa Dyson), Castulo Guerra (Enrique Salceda), Danny Cooksey (Tim). F 136 Min. — Ein Android vom Typ Terminator 800 kommt aus dem Jahr 2029 ins Jahr 1994, um Sarah Connors und deren Sohn John vor einer Kampfmaschine aus Flüssigstahl zu schützen, die jede Erscheinungsform annehmen kann — denn John wird in der Zukunft Anführer einer Gruppe von Menschen sein, die eine Computerdiktatur bekämpfen. »[Der Film] ist beschämend sadistisch, schmerzhaft langweilig und total berechenbar.« (PEOPLE).

Terror in New York
(THE REVENGE OF THE STEPFORD WIVES). USA 1980. R: Robert Fuest. B: David Wiltse. K: Ric Waite. M: Laurence Rosenthal. D: Sharon Gless (Kaye Foster), Arthur Hill (Diz Coba), Julie Kavner (Megan Brady), Don Johnson (Andy Brady), Mason Adams (Wally),

Audra Lindley (Barbara Parkinson), Ellen Weston (Kitten), Gay Rowan (Angelina), Melissa Newman (Muffin), Tom Hill (Dr. Edgar Trent), Joe Medalis (Makler), Peter Malloney (Drogist), James McKrell (Bruce Manson), Ed Bell (Gary Tarshis), Lee Bernard (Sally Tarshis), David Boyle (Charlie Gray). F 95 Min. — Eine Journalistin, die nach Stepford kommt, weil der Ort die geringste Kriminalitäts- und Scheidungsrate in den USA hat, kriegt heraus, daß die hier lebenden Frauen ständig unter Drogen stehen, da die Männer sie manipulieren, weil sie Angst vor Emanzen haben. (V) Mike Hunter.

Terror Vision
(TERROR VISION). USA 1986. R: Ted Nicolaou. B: Ted Nocolaou. K: Romano Albani. M: Richard Band. D: Gerrit Graham (Stanley Putterman), Mary Woronov (Raquel Putterman), Jonathan Gries (O.D.), Diane Franklin (Suzy Putterman), Chad Allen (Sherman), Bert Remsen (Opa). F 84 Min. — Irgendwo in der südlichen Galaxis pustet man auf dem Planeten Pluton einen Mutanten ins Nichts, der von Vater Puttermans selbst installiertem TV-Satellitenschirm eingefangen wird. Er frißt seine Gastgeber auf. Ha, ha, ha! (V) Vestron.

Time Barbarians
(TIME BARBARIANS). USA 1990. R: Joseph Barmettler. B: Joseph Barmettler. K: Kevin Morrissey. M: Miriam Cutler. D: Deron McBee (Doran), Jo Ann Ayres (Lystra, Penny), Daniel Martine (Mandrak), Louis Roth (Stako), Michael Ferrara (Brice). F 96 Min. — Von einem magischen Kristallamulett beschützt, kämpfen der Barbar Doran und seine Männer im Fantasyland sowie in den USA der Gegenwart gegen die Mächte des Bösen. (V) Scala.

Time Escape
(THE GRAND TOUR). USA 1991. R: David N. Towhy. B: David N. Towhy. K: Harry Matthias. M: Gerald Gouriet. D: Jeff Daniels (Ben Wilson), Ariana Richards (Hilary Wilson), Emilia Crow (Reeve), Jim Haynie (Oscar), David Wells (Quish). F 90 Min. — Eine geheimnisvolle Reisegruppe, die sich im Hotel des Witwers Ben Wilson einquartiert, reist unter der Führung einer geheimnisvollen Frau durch Zeit und Raum und betreibt Katastrophentourismus. Wilson kommt ihnen auf die Schliche und bringt sich und seine Tochter in Gefahr. (V) Starlight.

Todespoker
(TERMINAL CHOICE). Kanada 1983. R: Larry Sheldon. B: Neal Ball. K: Zale Madger. M: Brian Bennett. D: Ted Spano (Frank Holt), Diane Venora (Anna), David McCallum (Dr. Dodson), Robert Joy (Dr. Rimmer), Don Francks (Chauncy Rand), Nicholas Campbell (Henderson), Ellen Barkin (Mary O'Connor). F 98 Min. — In der hochcomputerisierten Dodson-Klinik wetten frustrierte Ärzte auf die Lebensdauer der Patienten. Nach mehreren unerwarteten Todesfällen steht fest, daß

jemand dem Computer Fehlinformationen eingespeist hat. Um die Wetten zu manipulieren??? Dr. Holt sucht nach dem Täter und entlarvt ihn: Er hat ein Serum an dem ersten Opfer getestet und dann alle Zeugen beseitigt. Spannend! (V) UFA.

Tödliche Flucht
(THE LAWLESS LAND). USA 1988. R: Jon Hess. B: Tony Cinciripini, Larry Leahy, Serge Arriotti. K: Makoto Watanabe. M: Lucia Hwong. D: Amanda Peterson (Diana), Nick Corri (Falco), Leon (Roadkill), Walter Kuche (Chairman), Xander Berkely, Patricio Bunster, Alejandro Heinrich, AnnMarie Peterson. F 77 Min. — Im Jahr 2001 flieht die Tochter eines südamerikanischen Dikators mit dem schönen Falco in eine Stadt voller Gesetzloser. Papa schickt erzürnt seine Killer hinterher. Falco gerät in Gefangenschaft, entkommt und tötet den bösen Hit-Man Roadkill. Ende. (V) IMV.

Der tödliche Freund
(DEADLY FRIEND). USA 1986. R: Wes Craven. B: Bruce Joel Rubin. K: Philip Lathrop. M: Charles Bernstein. D: Matthew Laborteaux (Paul Conway), Kristy Swanson (Samantha Pringle), Michael Sharett (Tom), Anne Twomey (Jeannie), Anne Ramsay (Elvira Parker), Richard Marcus (Harry), Russ Martin (Dr. Johnson), Lee Paul, Andrew Roperto, Robin Nuyen, Frank Cavestani, Merrit Olsen. F 87 Min. — Nach dem Tod der von ihrem Vater totgeschlagenen Samantha stiehlt Jung-Paul ihre Leiche und baut ihr das Gehirn eines Roboters ein. Samantha will *Rache:* Sie verbrennt Papa und killt andere Fieslinge. Die Polizei schießt sie nieder. Paul holt sie aber wieder aus der Kühlbox ... (V) Warner.

Topline
(TOPLINE). Italien 1988. R: Ted Archer [= Nello Rossati). B: Nello Rossati, Roberto Gianviti. K: Guglielmo Mancori. M: Marizio Dami. D: Franco Nero (Ted Angelo), Deborah Barrymore (June), George Kennedy (Heinrich Holzmann), Mary Stavin (Maureen), William Berger, Cary Dolgin, Steven Luotlo. F 89 Min. — Ein Abenteurer, der die Juwelen eines mythenumwobenen Schatzes verkauft hat, wird vom CIA, vom KGB und einer außerirdischen Kampfmaschine gejagt. (V) Cannon/VMP.

The Torture Zone
(THE FEAR CHAMBER/LA CAMARA DEL TERROR). USA/Mexiko 1968. R: Juan Ibanez. B: Jack Hill, Luis Enrique Vergara. K: Raul Dominguez. M: Enrico Cabiati. D: Boris Karloff (Dr. Mantell), Julissa (Corine Martell), Charles East (Mark), Isabel Verga (Helga), Yerye Beirute (Roland). F 79 Min. — Der kränkelnde Dr. Mantell besitzt ein Stück Urgestein aus dem Erdinneren, dem es nach dem Blut junger Mädchen dürstet (!) Seine skrupellose Gehilfen holen sich Opfer von der Straße und erschrecken sie (!) in einer Folterkammer zu Tode, um die Gier des Steins zu stillen, der auch Computer anzapft. Fad. (V) Madison.

Toys — Tödliches Spielzeug
(SILENT NIGHT, DEADLY NIGHT 5: THE TOY MAKER). USA 1990. R: M. Kitroser. D: Mickey Rooney. F 90 Min. — Spielzeuge aus einem Fachgeschäft bedrohen einen stummen Sechsjährigen, der den Tod seines Vater mit angesehen hat.

Trancers II
(TRANCERS II). USA 1990. R: Charles Band. B: Jackson Barr. K: Adolfo Bartoli. M: Mark Ryder, Phil Davies. D: Tim Thomerson (Jack), Helen Hunt (Lena), Megan Ward (Alice), Biff Manard (Haps), Alyson Crodt (McNulty). F 85 Min. — Angehörige einer außerirdischen Rasse kommen aus der Zukunft zur Erde, um den untoten Trancers ein Ende zu bereiten, da sie die Zukunft bedrohen. (V) CIC.

Trashi
(TRASHI). USA 1981. R: Louis Lewis. B: Tyler Adams. D: Lisa De Leeuw (Trashi), Loni Sanders, Sharon Mitchell, Serena, Nicole Noir, Copper Penny, Michael Morrison, Paul Thomas, Joey Silvera, Kevin James. F 75 Min. — Irrer Wissenschaftler erschafft aus Leichenteilen die geile Trashi, die zwar 100%ig auf Sex programmiert ist, aber dann Gefühle entwickelt. (V) Gold Medal.

Troll III
(ATOR L'INVINCIBLE/THE HOBGOBLIN). USA/Italien 1991. R: David Hills. B: David Hills. K: Federico Slonisco. SpE: Maurizio Trani. M: Carlo Maria Cordio. D: Eric Allen Kramer (Ator), Margaret Lenzey (Dejamira), Donald O'Brien (Gunter), Dina Marrone (Sunn), Laura Gemser (Grimhilde), Don Semeraro (Grindel, Hagen). F 89 Min. — Fantasy-Mann Ator prügelt sich mit seinem Zauberschwert durch die übliche Billigwelt und haut sich mit Sumpfbewohnern, feuerspeienden Drachen, tückischen Zwergen und bösen Riesen. Und natürlich hat *Troll III* weder mit *Troll* noch mit *Troll II* irgend etwas zu tun. (V) Splendid.

Twilight
(SERVANTS OF TWILIGHT). USA 1990. R: Jeffrey Obrow. B: Jeffrey Obrow, Stephen Carpenter. LV: Dean R. Koontz. K: Antonio Soriano. M: Jim Manzie. D: Bruce Greenwood (Charlie Harrison), Belinda Bauer (Christine Scavello), Grace Zabriskie (Grace Spivey), Richard Bradford (Henry Rankin), Jarett Lennon (Joey Scavello), Carel Struyekin (Kyle Barlow), Jack Kehoe (Dr. Denton Boothe). F 87 Min. — Angehörige einer Sekte glauben, in einem sechsjährigen Jungen den Antichrist zu erkennen und lassen nichts unversucht, ihn samt Mutter ins Jenseits zu befördern. Ein Detektiv beschützt die beiden, doch als die Sektierer ausgeschaltet ist, zeigt sich, daß sie recht hatten. Nach einem Roman von Dean R. Koontz, dessen Werk Hollywood permanent mit Füßen tritt. Der Film vermittelt nichts von der Spannung der Romanvorlage. (V) New Vision.

UFO Café
(UFO CAFE). USA 1990. R: Paul Schneider. D: Richard Mulligan (George Walters), Beau Bridges (Arnold), James McEachin, Barbara Barrie. F 100 Min. — In der von der Rezession gebeutelten US-Kleinstadt Grover's Mill, in der nur noch der idealistische George auf bessere Zeiten hofft, taucht der Außerirdische Arnold auf und schenkt George ein Raumschiff, aus dem dieser ein »UFO-Café« macht. Lieb.

Unborn — Kind des Satans
(THE UNBORN). USA 1991. R: Rodman Flender. B: Henry Dominic. K: Wally Pfister. M: Gary Numan, Michael R. Smith. D: Brooke Adams (Virginia), Jeff Hayenga (Brad), James Karen (Dr. Meyerling), K. Callan (Martha), Jane Cameron (Beth Sanders). F 81 Min. — Ein Genetikserum, das Dr. Meyerling heimlich injiziert, macht die Schwangerschaft von Virginia Marshall zu einem Alptraum. Als man das Monstrum abtreiben will, das sie gebären soll, tötet es den Vater in spe. Virginia erschießt den Onkel Doktor und vernichtet sein Labor. Die schaurige Leibesfrucht verbleibt in ihrer Obhut. Stupide in Szene gesetzter Monsterquatsch. (V) RCA/Columbia.

Undine
BRD/Italien 1991. R: Eckhardt Schmidt. B: Eckhardt Schmidt. K: Bernd Neubauer. M: Joseph Hölderle, Claude Debussy. D: Isabelle Pasco (Undine), Christopher Buchholz (Raoul), Ludwig Dornauer (Frank), Constanze Lindner (Andrea), Anouschka Renzi (Anja). F 96 Min. — Die Nixe Undine verliebt sich in den naiven Geometer Raoul, dessen Bruder ein Umweltschädling ersten Ranges ist. Von schwerer Hand inszenierter Unfug mit völlig untalentierten Darstellern und einer aufgesetzten Öko-Story.

The Ungodly
(THE UNGODLY). USA 1989. R: Raphael Nussbaum. B: Raphael Nussbaum, Bob Craft. K: Chuck Colwell. M: Gil Bottcher, John Baer. D: Robert Blarton (Rev. Johnson), Jean Miller (Isabelle Johnson), Bernice Tamara Gorr (Eve), Walter Kay (Mort), David Campbell (Cop). F 88 Min. — Ein schräger TV-Prediger und seine Gattin kriechen in einer Villa unter, in der ein Monster haust und verdienen ihre Kohle mit Schwarzen Messen, bei denen der unheimliche Untermieter Eindruck macht. Doch der Gattin reicht das Geld noch nicht — sie schließt einen Pakt mit Satan und will auch aus ihrem Mann einem Jünger zu machen, was diesen spontan ernüchtert. Kappes.

Der unsichtbare Agent
(THE INVISIBLE AGENT). USA 1942. R: Edward L. Marin. B: Curt Siodmak. K: Lester White. M: Charles Previn. D: Jon Hall (Frank Griffin), Ilona Massey (Maria Goodrich), Peter Lorre (Baron Ikito), J. Edward Bromberg (Karl Heiser), Cedric Hardwicke (Conrad Stauffer), John Litel (John Gardiner), Holmes Herbert (Sir Alfred Spen-

ser), Keye Luke (Chirurg), Matt Willis (Nazi-Killer). SW 78 Min. — Als Frank Griffin im Zweiten Weltkriegs die Unsichtbarkeitsformel in die Hände fällt, testet er sie an sich, doch wird ihm mehr Beachtung zuteil, als ihm recht ist: Japanische und Nazi-Schurken sind hinter der Formel her. Frank schließt sich der CIA an und sorgt für ein gutes Ende.

Die unsichtbare Frau
(THE INVISIBLE WOMAN). USA 1940. R: E. Edward Sutherland. B: Robert Lees, F. Rinaldo, Gertrude Purcell. K: Elwood Bredell. M: Charles Previn. D: Virginia Bruce (Kitty Carroll), John Barrymore (Prof. Gibbs), John Howard (Richard Russell), Charlie Ruggles (Butler George), Oscar Homolka (Blackie Cole), Edward Brophy (Bill), Donald McBride (Foghorn), Margaret Hamilton (Mrs. Jackson). SW 70 Min. — Der Wissenschaftler Gibbs, der an einem Gerät arbeitet, mit dem man Menschen unsichtbar machen kann, stellt das Model Kitty als Versuchskaninchen ein. Gibbs' Helfer Russell, ein echter Playboy, verguckt sich in die Schöne, doch Kitty ist nur selten zu sehen: Nach gelungenem Experiment hat sie nur Scherzchen im Sinn.

Der Unsichtbare nimmt Rache
(THE INVISIBLE MAN'S REVENGE). USA 1944. R: Ford Beebe. B: Bertram Millhauser. K: Milton Krasner. M: H. J. Salter. D: Jon Hall (Robert Griffin), John Carradine, Gale Sondergaard, Alan Curtis, Evelyn Ankers, Lester Matthews, Ian Wolfe, Halliwell Hobbes, Billy Bevan, Leon Errol, Doris Lloyd, Leyland Hodgson, Cyril Delevanti, Skelton Knaggs, Guy Kingsford, Jim Aubrey. SW 75 Min. — Der Ex-CIA-Agent Frank Griffin verwandelt sich unter dem Einfluß einer Droge, die ihn unsichtbar macht, in einen an Verfolgungswahn leidenden Killer.

Upworld
(UPWORLD). USA 1988. R: Stan Winston. B: Pen Densham, John Watson. K: Bojan Bazelli. M: Richard Gibbs. D: Anthony Michael Hall (Casey Gallagher), Jerry Orbach (Stan Walton), Claudia Christian (Samantha), Eli Danker (Zadar), Mark Harelik (Kaminsky), Robert D'Zar (Reggie). F 89 Min. — Als ein Polizist in Verdacht gerät, krumme Geschäfte zu tätigen, kann ihn nur ein Gnom entlasten, der seinem unterirdisch lebenden Volk mit einem Leuchtkristall das Licht bringen will. Unter aller Kanone. (V) Concorde.

Der Verrückte von Labor 4
(LE FOU DE LABO IV). Frankreich 1967. R: Jacques Bresnard. B: Jean Halain. LV: René Cambon. K: Raymond Lemoigne. D: Jean Lefèbvre (Eugene Ballanchon), Bernard Blier (Beauchard), Pierre Brasseur (Vater), Maria Latour (Régine), Michel Serrault, Margo Lion, Henri Virlojeux. F 85 Min. — Der verrückte Erfinder Balancon entdeckt ein Gas, das alle Menschen freundlich macht. Eine Spionageorganisation möchte sich die Formel unter den Nagel reißen. (V) Starworld.

Virgin Witch
(VIRGIN WITCH). GB 1973. R: Ray Austin. B: Klaus Vogel. LV: Klaus Vogel. K: G. Moss. M: Ted Dicks. D: Anne Michelle (Christine), Patricia Haines, Vicki Michelle (Betty), Keith Buckley, James Chase. F 85 Min. — Zwei Mädchen vom Land, die sich in London niederlassen wollen, geraten in die Fänge der lesbischen Modeagentin/Hexe Sybil, die in ihrem Landhaus Schwarze Messen zelebriert. Zwanzig Jahre hinter der Zeit zurück.

Visionen des Schreckens
(MURDEROUS VISION). USA 1990. R: Gery Sherman. D: Bruce Boxleitner (Robershaw), Laura Johnson (Elizabeth), Joseph D'Angerio, Glenn Plummer. F 89 Min. — Cop Robershaw jagt einen schizoiden Massenmörder, der eine Streifenpolizistin niedergeschossen hat, und kommt ihm mit Hilfe des Mediums Elizabeth auf die Spur. (V) CIC.

Voodoo Blood
(VOODOO DAWN). USA 1989. R: Steven Fierberg. B: John A. Russo. D: Raymond St. Jacques, Theresa Merritt, Gina Gershon, Kirk Bailey. F 80 Min. — Ein Voodoo-Zauberer auf Haiti bringt Menschen zur Strecke, um wie Dr. Frankenstein aus ihren Teilen einen neuen zu basteln. Von atemberaubender Einfallslosigkeit. (V) IMV.

Warnzeichen Gen-Killer
(WARNING SIGN). USA 1985. R: Hal Barwood. B: Hal Barwood, Matthew Robbins. K: Dean Cundey. M: Craig Safan. D: Sam Waterston (Cal Morse), Kathleen Quinlan (Joanie Morse), Yaphet Kotto (Connolly), Jeffrey De Munn (Dan Fairchild), Richard Dysart (Dr. Nielsen). F 99 Min. — Tödliche Bakterien brechen aus und verwandeln Forscher in bösartige Ungeheuer, bis in letzter Sekunde ein Gegenmittel entwickelt wird. Ein Langweiler. (V) CBS/Fox.

Was für ein Genie
(REAL GENIUS). USA 1985. R: Martha Coolidge. B: Neal Israel, Pat Proft, Peter Torovkei. K: Vilmos Zsigmont. M: Thomas Newman. D: Val Kilmer (Chris Knight), Gabe Jarrett (Mitch Taylor), Michelle Meyrink (Jordan Cochran), William Atherton (Prof. Hathaway), Patti d'Arbanville (Sherry), Jonathan Gries (Kent). F 106 Min. — Pentagon-Wissenschaftler läßt von studierenden Jung-Einsteins eine Laserwaffe bauen, die er gegen unbequeme Personen einsetzen will. Zwei Schülergenies begehren auf und greifen sein Haus mit Popcorn an. Schierer Schwachsinn. (V) RCA/Columbia.

Wedlock
(WEDLOCK). USA 1991. R: Lewis Teague. B: Broderick Miller. K: Dietrich Lohmann. M: Richard Gibbs. D: Rutger Hauer (Frank Warren), Mimi Rogers (Tracy), Joan Chen (Noelle), James Remar (Sam), Stephen Tobolowsky (Holliday), Basil Wallace, Grand L. Bush, Denis Forest, Glenn Plummer. F 101 Min. — Der Diaman-

tenräuber Frank flieht mit einer gewissen Tracy aus einem Knast ohne Mauern, dessen Insassen Explosiv-Halsbänder tragen, ohne zu ahnen, daß der korrupte Direktor den Fluchtplan ausgeheckt hat, um an seine versteckte Beute heranzukommen. Aktions- und trickreicher Zukunftsthriller. (V) Highlight.

Witchcraft II: Die Versuchung
(WITCHCRAFT II: THE TEMPTRESS). USA 1989. R: Mark Woods. B: James R. Hanson, Sal Manna. K: Jens Stürup. M: Miriam Cutler. D: Charles Solomon (William), Delia Sheppard (Dolores), Mia Ruiz (Michelle), David L. Homb (Boomer), Kirsten Wagner (Audrey), Jay Richardson (Mr. Adams), Cheryl Janecky (Mrs. Adams), Frank Woods (Rev. Cross), Mary Shelly (Elizabeth). F 90 Min. — Als Kind wurde William auserkoren, Satans Sohn zu zeugen, doch der Hexenzirkel wurde gesprengt. Seine Eltern haben dem Bösen abgeschworen, doch als William volljährig ist, will die Hexe Dolores den Plan vollenden. Willi setzt sich erfolgreich gegen ihre Verführungskünste zur Wehr. Dilettantischer Hexenfilm mit Asbach-Uralt-Thema, dem auch Sex nicht über die Runden hilft. (V) Madison.

Witchcraft III: The Kiss of Death
(WITCHCRAFT III: THE KISS OF DEATH). USA 1990. R: R. L. Tillmans. B: Gerry Daly. K: John Thomas. M: Miriam Cutler. D: Charles Solomon (William), Lisa Toothman (Charlotte), Dominic Luciano (Louis), Leana Hall (Roxy), William L. Baker (Jondular), Sha Bennett (Mrs. Carter), Ahmed Reese (Ruben Carter), Nicole Lauven (Vivian). F 87 Min. — Irgendwelche »Dämonenabkömmlinge« bekämpfen sich mit tödlichen Blicken und den üblichen Spezialeffekten. (V) Madison.

Xaver und sein außerirdischer Freund
BRD 1986. R: Werner Possardt. B: Werner Possardt. K: Jakob Eger. M: Hans Jürgen Büchner. D: Rupert Seidl (Xaver), Carlos Pavlidis (Alois), Gabi Fischer (Anni), Marinus Brand (Hubert), Heinz Josef Braun (Eberhard), Ayse Ercyn, Josef Thalmeier, Erich Meister, Roland Kern, Willi Lex, Franz Gäßler, Hans Gschlößl. F 90 Min. — Außerirdischer landet mit einer fliegenden Isetta in Bayern und freundet sich mit dem Dorfdeppen Xaver und dem bayerischen Bier an, bis beide vor einem Rudel einheimischer Taugenichtse die Flucht ergreifen müssen. Yeah! Sowas lieben wir!

X-Tro 2 — Die zweite Begegnung
(X-TRO 2: THE SECOND ENCOUNTER). Kanada 1991. R: Harry Bromley-Davenport. B: John A. Curtis, Steven Lister, Robert Smith, Edward Kovach. K: Nathaniel Massey. M: Braun Farnon, Robert Smart. D: Jan Michael Vincent (Dr. Ron Shepard), Paul Koslo (Dr. Alex Summerfield), Tara Buckman (Dr. Julia Casserly), Jano Frandsen (McShane), Nicholas Lea (Baines). F 86 Min. — Wissen-

schaftler transferieren drei Personen in ein Paralleluniversum: Eine Frau kehrt zurück, doch in ihr steckt ein böses Vieh. Söldner sollen die restlichen Testpersonen retten, doch das Vieh bricht aus und infiziert einen Arzt. »Die Situation ist da!« (Konrad Adenauer). (V) VPS.

Zärtliche Chaoten II
BRD 1988. R: Holm Dressler. B: Thomas Gottschalk. K: Atze Glanert. M: Popsongs Marke Würg. D: Michael Winslow (Ronny), Thomas Gottschalk (Frank), Helmut Fischer (Xaver), Deborah Shelton (Sandy), David Hasselhoff (Michael Trutz), Harald Leipnitz (Hoteldirektor), Jango Edwards (Geiger), Georg Marischka (Dr. Kneitz). F 91 Min. — 2038: Drei Angestellte eines Patentamts, die unter einem fiesen Chef leiden, testen eine Zeitmaschine, reisen fünfzig Jahre in die Vergangenheit und suchen auf Gran Canaria eine nette Mutter für ihn, was ihn automatisch zu einem verträglichen Charakter macht. Na, ist das nichts? (V) Starlight.

Die Zeitreise
(VOYAGE FROM THE UNKNOWN). USA 1982/1983. R: Winrich Kolbe, James D. Parriott. B: James D. Parriott, Jill Sherman. K: Edward Rio Rotunna, John McPherson. M: Ellio Kaplan, Jerrold Immel. D: Jon-Erik Hexum (Phineas), Sondra Currie, Suzanne Barnes, Ed Begley jr., Sam Chew, Lee de Broux, Peter Frechtte, Will Kuluva, John McLiam, Donald Petrie, Hugh Reilly, Tracie Brooks Swope, Faye Grant, Fionula Flanagan. F 90 Min. — Nachdem Jung-Phineas das Zeitreise-Examen in der Tasche hat, bewahrt er historische Ereignisse vor äußeren Einflüssen. Beim ersten Trip rettet er einen Elfjährigen, der ihn auf weiteren Reisen u. a. zu den Brüdern Pasteur und auf die *Titanic* begleitet. — Pilotfilm einer TV-Serie, die auch im Kindergarten kein Erfolg war. (V) CIC.

Der Zeitsprung II: Die Rückkehr
(QUANTUM LEAP II: THE LEAP HOME). USA 1990. R: Michael Zinberg, Joe Napolitano. B: Donald P. Bellisario. K: Michael Watkins. M: Velton Ray Bunch. D: Scott Bakula (Sam Beckett), Dean Stockwell, David Newson, Olivia Burnette. F 84 Min. — Ein Zeitreisender wird ins Jahr 1969 verschlagen und landet in seinem fünfzehn Jahre alten anderen Ich. Zwei Episoden einer US-TV-Serie.

Zone Troopers — Kriegsmission aus dem All
(ZONE TROOPERS). USA 1985. R: Danny Bilson. B: Danny Bilson, Paul De Meo. K: Mac Ahlberg. M: Richard Band. D: Tim Thomerson (Sgt. Patrick Stone), Timothy Van Patten (Joey Verona), Art La Fleur (Corp. Mittinsky), Biff Manard (Charley Dolan), William Paulson (Alien). F 83 Min. — US-Sergeant stößt im Zweiten Weltkrieg in Italien auf ein außerirdisches Raumschiff, dessen Besatzung von den Nazis festgehalten wird, befreit sie mit Hilfe seiner Truppe und gewinnt sie für den Kampf gegen

die Wehrmacht. Originelle, aber hoffnungslos in den Sand gesetzte Idee. (V) Lightning.

Zu spät: Die Bombe fliegt (WHOOPS, APOCALYPSE). GB 1986. R: Tom Bussman. B: Andrew Marshall, David Renwick. K: Ron Robson. M: Patrick Gowers. D: Loretta Swit (Präsidentin Adams), Peter Cook (Sir Mortimer), Michael Richards (Lacrobat), Rik Mayall (Adm. Bandish), Herbert Lom (Gen. Mosquera). F 88 Min. — Satire: Putsch-Söldner einer britischen Karibik-Besitzung entführen Prinzessin Wendy, woraufhin der irre GB-Premier mit atomarer Vergeltung droht. Huch! (V) Concorde.

BÜCHER

Robert Aickman

Schlaflos – Makabre Erzählungen

Aus dem Englischen von Reinhard Merker
und Irene Martschukat
DuMont-Buchverlag, Köln, 1992
(DuMont's Bibliothek des Phantastischen 3011)
277 Seiten, broschiert, 12,80 DM

von Uwe Vöhl

Robert Aickman (1914—1981) verfaßte einige bemerkenswerte moderne Gespenstergeschichten in direkter Nachkommenschaft von Blackwood oder James. Aber sind es überhaupt Gespenstergeschichten? Das Übernatürliche ist zumindest bei den in diesem Band versammelten Stories weniger als greifbar, was oft bleibt, ist ein Hauch von Unwirklichkeit, ein letztes Rätsel, das uns der Autor aufgibt, indem er Handlungsläufe beginnt und Spannungsbögen aufbaut, die sich dann irgendwo im Nichts auflösen. Wie eine Brötchentüte, die man aufbläst und, während sich alle vor dem zu erwartenden Knall bereits die Ohren zuhalten, einfach zu Boden sinken läßt ... Das muß nicht unbedingt ohne Reiz sein. Im Gegenteil, wann immer Erwartungshaltungen überraschend umgangen werden, gebührt solcherart von Kreativität besondere Aufmerksamkeit. Im Falle Aickmans (oder wiederum sollte ich exakterweise sagen: im Falle der hier vorliegenden Geschichten) verpufft dieser Überraschungseffekt jedoch sehr schnell, da wirklich jede der Stories irgendwie im Sande verläuft. Dabei sind die Stories von solcher Schönheit und Spannung, daß ich bei jeder insgeheim betete, Aickman möge uns den Schlüssel zur Lösung in die Hand drücken, wenigstens eine Story nicht einfach abbrechen, sondern langsam ausklingen lassen.

Nichtsdestotrotz bleibt *Schlaflos* für mich eine wunderbare Collection feinsinniger, psychologisch ausgefeilter, atmosphärisch dichter Geschichten, die mir so schnell nicht mehr aus dem Kopf gehen werden. Allein eine Story wie der Opener *Die Züge* kann ich immer wieder goutieren — wie eine besonders gelungene Aufnahme von Debussys *Images* oder das zweite Gericht auf der letzten Seite der Speisenkarte in meinem Lieblings-Restaurant ...

ÄUSSERST BEUNRUHIGENDE BEFUNDE

Iain Banks

Barfuß über Glas

(*Walking on Glass,* 1985)
Aus dem Englischen von Irene Bonhorst
München: Heyne, 1991
350 Seiten, Heyne TB 06/4852, DM 12,80

von Frank Duwald

Die unsichtbare, komplexe Vielfalt des Alltags. Ein guter Schriftsteller erkennt sie — all die kleinen Begebenheiten, die *wir* in der Hektik unseres gewöhnlichen Lebens nicht mehr bewußt wahrnehmen. Und darin liegt auch schon das Paradoxon im Werke Iain Banks'. Unserer unbewußten Wahrnehmung hilft er hellsichtig auf die Sprünge, negiert sein Vorgehen aber im selben Atemzug, indem er uns gleichzeitig die Wahrnehmung von Menschen infiltriert, die unser Weltbild vom Durchschnittsmenschen gehörig ins Wanken bringt. Dies hat eine wahrlich beunruhigende Auswirkung. Damit Sie ahnen, was ich meine (mehr kann ich bei einem derart komplexen Buch hier wohl nicht erreichen), ein paar Fakten aus der Handlung von *Barfuß über Glas.* Da haben wir zunächst

Graham Park. Er ist unser Mann, wenn es darum geht, die bekannte Realität zu besichtigen. Er ist Kunststudent und frisch verliebt in Sara, einer unnahbaren Frau, die Graham trotzdem immer wieder einladend entgegentritt. Kennen wir, behaupte ich einmal. Wie Graham von Angst, Zweifeln und Liebe erfüllt Sara den Hof macht, das ist etwas, das jeder, der nicht nur zu Hause sitzt und Bücher liest, nachvollziehen kann. Auch stimmt Banks' Interieur. Er kennt seine Welt. Leuchtfarbenjeans, *Per Anhalter durch die Galaxis* und Monty Python: Iain Banks hat definitiv nicht nur zu Hause gesessen und Bücher gelesen. Die Romanze zwischen Graham und Sara nimmt ihren Lauf. Die beiden gehen am Kanal spazieren, kommen sich aber nicht so recht näher.

Und plötzlich der Schnitt. Die Handlungsebene kippt, und der hektische Steven Grout beherrscht das Bild. Immer noch bewegen wir uns in der Szenerie, die wir kennen, aber es macht sich Unwohlsein breit, wenn Steven uns seine Sicht der Welt erläutert. Steven fühlt sich von Außerirdischen bedroht, weshalb er nie ohne Schutzhelm auf die Straße geht. In der Baustellenkolonne stößt seine Paranoia natürlich auf Spott. Trotzdem: Steven Grout legt sich mit jedem an. Als er sich nicht von seinem Standpunkt abbringen läßt, daß nur er weiß, wie man einen Pflasterstein richtig setzt, und er zudem die Katze eines rechtschaffenden Bürgers mit dem Spaten erschlägt, wird ihm gekündigt. Sein nun beginnendes Martyrium spricht uns aus der Seele. Stevens Ärger mit dem Beamten des Arbeitsamts, mit seiner neugierigen, despotischen Vermieterin und anderen Gestalten, die allesamt die traurige Essenz unseres Zeitalters reflektieren, zeigen erneut, daß wir es im Falle Banks' mit einem Schriftsteller von enormem Rang zu tun haben.

Wie auch die anderen Charaktere des Buches ist Steven auf der Suche nach Wissen. Die selbstironische Note Banks' besteht darin, daß Steven die Lösung in Science Fiction-Romanen sucht: »Eines Tages würde er ein Buch öffnen — wahrscheinlich eine neue Trilogie des Schwert-und-Zauberei-Genres (sic!) — und beim Lesen irgendeiner Stelle würde etwas in seinem Gehirn ausgelöst, das dort verborgen war.«

Zweiter Bruch. Die Banks'sche Realität verliert nun endgültig ihren Boden. In einer aus Büchern statt Steinen errichteten Burg spielen Quiss und Ajayi ein Spiel, das ein Ende nie zu finden scheint. Die Erlösung tritt erst ein mit der Lösung des Rätsels: »Was geschieht, wenn eine unaufhaltsame Kraft auf ein unbewegliches Objekt trifft?« Die Burg ist umgeben von einer unendlichen, leeren Ebene. Einziger Fixpunkt ist also die Burg und das unendliche (?) Spiel. Quiss und Ajayi büßen für ihre Sünden; die metaphorische Ebene unserer realen Welt ist also ausgemacht: Sünde und Unschuld sind die beiden entscheidenden Pole, die sich in *Barfuß über Glas* direkt gegenüberstehen.

Parallel verlaufende Handlungsstränge scheinen nur einen Sinn zu machen, wenn sie am Ende auf ein gemeinsames Ziel zusteuern. Iain Banks setzt sich jedoch ohne Hemmungen über dieses Gebot hinweg. Die Bindeglieder zwischen den drei Handlungsebenen sind zwar gegeben, bieten jedoch keinen gemeinsamen Höhepunkt an. So findet ein Austausch zwischen Steven Grouts und Quiss' Erlebnissen nur auf äußerst elusivem Weg statt. Wenn Steven in seinem Zimmer aus seinen Büchern in ziegelförmig versetzter Anordnung Mauern hochzieht, ahnen wir natürlich, daß ein Zusammenhang bestehen muß. Die Parallelen geraten noch dichter aneinander, wenn Steven in der Bibliothek seines neuen Domizils, der Klapsmühle, ein altes Paar beobachtet, das sich die Zeit mit Spielen vertreibt. Und auch Quiss gerät in einen indirekten Kontakt mit Steven; in der alptraumhaften Unterwelt der Bücherburg erblickt er Steven, für alle Zeiten der Verdammnis anheimgefallen.

Auch Grahams Leben gerät in den Einflußbereich Steven Grouts. Obwohl sich die beiden nie begegnen, ist es ausgerechnet Steven, der die Ereignisse auslöst, die Graham die Wahrheit seiner Beziehung zu Sara offenbart. Als ihm bewußt wird, daß er das Opfer sexueller Obsessionen geworden ist, raubt ihm dies für immer seine naive Unschuld. In einer elegischen Coda-Sequenz wirft er symbolisch sein vergangenes Leben in den Kanal.

Obwohl Grahams romantischer Wunsch auf ein bißchen

Glück und Liebe auf wahrhaft ausgedörrten Grund stößt, ist *Barfuß über Glas* jedoch nicht grundsätzlich pessimistisch eingestellt. Das faszinierende As, das Banks im Ärmel hält, macht die Rätselhaftigkeit des Buches zwar perfekt, erlöst uns aber auch ein wenig von Grahams tiefer Niederlage. Als Ajayi in der Klaustrophobie der Burg einige besonders aufbewahrte Bücher entdeckt, sind es bezeichnenderweise Werke von Mervyn Peake und Franz Kafka sowie auch ein Buch, das mit demselben Satz beginnt wie *Barfuß über Glas.* Ajayi wird also die Lösung ihres Rätsels finden, da zuvor schon Steven Grout sie als Antwort einer Preisfrage auf einer vergammelten Streichholzschachtel entdeckt hat.

Barfuß über Glas ist somit ein Buch, dessen Gedankenreichtum sich erst nach wiederholter Lektüre erschließt, da jede Handlung, jede Tat, neben ihrer offenkundigen Bedeutung eine zweite, tiefere Wahrheit enthält, welche die trügerische Oberfläche entschieden verneint. Wenn es an diesem Buch überhaupt etwas auszusetzen gibt, dann ist es Iain Banks' stilistische Verkrampftheit. Ich muß leider gestehen, daß ich es nicht immer leicht hatte, mit dem Text voran zu kommen und möchte hier an Paul Auster erinnern, der wiederholt bewiesen hat, daß sich auch kafkaeske Existenzfabeln durchaus spannend schreiben lassen. In Anbetracht jedoch, daß dies nach *Die Wespenfabrik* erst Banks' zweiter Roman ist, will ich den zuweilen aufs Extremste verdichteten Stil hier nicht zu kritisch bewerten. Iain Banks ist wie Philip K. Dick in seinen frühen realistischen Romanen jemand, der über das Leben einfacher Menschen mehr weiß als die meisten hochgepriesenen Luxusliteraten, die sich anmaßen, etwas über Angehörige der Arbeiterklasse zu wissen. Und da schließt sich der Kreis.

von Karsten Kruschel

Iain Banks, einer der interessantesten Autoren der modernen englischen Literatur, erzählt in seinem Roman »Barfuß über Glas« drei überaus seltsame Geschichten, die auf raffinierte, unterschwellige Weise miteinander verknüpft sind.

Erstens gibt es da den Kunststudenten, der unrettbar verliebt ist in ein Mädchen, das ihn nur be- und ausnutzt in einer herrlich bösartigen Intrige, die sich schließlich zu einem Abgrund von Niedertracht ausweitet. Die Perfidie der Intrige wird nur noch übertroffen von der wirklich ausgefallenen Auflösung des Rätsels — und es soll sich niemand einbilden, diesen Teil des Romans durchschaut zu haben, ehe Iain Banks die letzte Enthüllung zelebriert hat (was ihm offensichtlich einigen Spaß macht).

Zweitens gibt es da den mehr als leicht meschuggenen Gelegenheitsarbeiter, einen von Ängsten zerfressenen Menschen, dessen Wahnsystem von beängstigender Eindringlichkeit ist und dessen Leben aus lauter verqueren Regeln besteht: Tritt nie auf die Fugen der Gehwegplatten! Atme nie auf ebener Erde! Trage immer einen Schutzhelm! Lies Science Fiction! Hüte dich vor allen, die wie Menschen aussehen! Sein Ende ist zwar folgerichtig, kommt aber auf überraschende Weise zustande und korrespondiert beunruhigend mit seinen Wahnideen.

Drittens gibt es da ein älteres Paar, das in einer schier endlosen zerfallenden Burg auf einem eisbedeckten Diener-Planeten zur Strafe für Versagen in einem interstellaren Krieg an der Lösung eines unlösbaren Rätsels arbeitet und zu diesem Zweck unmögliche Spiele spielen muß: Eindimensionales Schach, ungepunktetes Domino ...

Letzterer Handlungsstrang zeigt die einzigen Hinweise auf übliche SF-Szenarien (eine mehr als schwache Rechtfertigung dafür, das Buch innerhalb einer SF-Reihe herauszubringen); doch stellt LeserIn bald fest, daß die beiden vielleicht nur ein anderes Wahnsystem als der verdrehte Arbeiter haben. Überhaupt überläßt Iain Banks viel — oft die wesentlichen Inhalte — dem Auge des Betrachters.

Wenn sich zum Schluß die drei Handlungen zu einem abstrusen und überraschenden Knoten verschlingen, sieht sich LeserIn selbst in der Notwendigkeit, dem Geschehen Sinn verleihen zu müssen. Und das bedeutet in diesem Fall: Er selbst, der Leser, muß dem seltsamen Spiel seine Regeln geben, den Knoten entwirren. Und da bieten sich vielerlei Lösungen an, als da wären: Das Leben ist vorherbestimmter Film, der ohne unser Zutun abläuft. Oder: Die Welt ist ein persönliches Wahnsystem. Und: Die Mauer zwischen Normalität und Wahnsinn ist nur mehr ein hauchdünner Film. Oder: Man kann die Wirklichkeit dieser Welt nicht mehr begreifen. Und so weiter.

Um herauszufinden, welche Antwort die »richtige« ist, beginne ich das Buch abermals von vorn: Es ist immer noch ein beunruhigender Befund einer unsicheren Realität ...

Bei aller Seltsamkeit dieses Buches, das Herkömmliches und Konventionen erfrischend souverän beiseite läßt: Alle drei Handlungsstränge schildern nur und ausschließlich vertraute Dinge. Intrigen, Niedertracht, Zurückweisung, Unverständnis und Ablehnung erlebt jeder in der einen oder anderen Form. Banks liefert hochkonzentrierte, eindringliche Bilder davon. Eine der Figuren, Quiss, der Spieler in dem zerfallenden Schloß, greift sich eine der unverständlichen, zugleich folgsamen und widerborstigen Diener-Kreaturen und zieht ihr im wörtlichen Sinn die Hüllen ab, entblößt sie allen Scheins, schält Maske um Maske ab, und findet jenseits aller Kostüme und Maskierungen nur ein ungreifbares, undefinierbares Etwas, das sich rasch auflöst.

Zwar erschien dieser Roman unter dem Etikett »Science Fiction«, doch hat er mit dem, was man sich landläufig darunter vorstellt, herzlich wenig zu tun. Er hätte auch bei Luchterhand, Hanser oder einem anderen Haus »edler« Literatur erscheinen können, in Leinen gebunden, dreißig Mark teurer und in allen Feuilletons besprochen. Er kann prima dazu dienen, die Bildung des Rezensenten herauszustreichen: Zu Jorge Luis Borges und Gabriel Garcia Marquez, Franz Kafka und James Joyce lassen sich gelehrte Verbindungen knüpfen, von Prädestination, Postmoderne, Existentialismus und Entfremdung ließe sich reden. Aber was soll's?

»Barfuß über Glas« gibt, soviel ist klar, eine beunruhigende Realität wieder, aber es ist die unsere. Und »Barfuß über Glas« wird erst im Kopf des Lesers zum Roman — bei jedem Leser zu einem anderen. Das macht den Text interessant und das Lesen auf eine ungewohnte Art spannend.

Stefano Benni

Baol oder Die magischen Abenteuer einer fieberhaften Samstagnacht

(*Baol. Una tranquilla notte di regime)*
Deutsch von Jochen Koch
München 1992, Piper Verlag
204 Seiten

von Florian F. Marzin

Stefano Benni ist nicht nur hierzulande durch seinen Roman *Terra!* bekannt geworden, in dem er fast im Stile eines Douglas Adams die Science Fiction parodiert. Diesmal hat er sich mehr des phantastischen Genre angenommen und eines kann man konstatieren: wenn der Autor die Wahl zwischen einer ausgeflippten und einer total ausgeflippten Lösung hat, dann nimmt er ganz bestimmt die letztere.

Baol ist eine Mischung aus *Max Headroom, Weltgeist Superstar* und der *Illuminations-Trilogie.* Kein Einfall ist Stefano Benni zu abseitig, um ihn nicht in sein Handlungskonzept einzubauen. Der Ort ist ein Nirgendwo, sowohl in räumlicher als auch in zeitlicher Dimension (obwohl der Autor einen Ort und auch eine Zeit angibt, doch was bedeutet schon eine Angabe wie »In der Stadt T., den 16. Juni 1991«, wenn die Wirklichkeit eine ganz andere ist), und so ist es auch relativ schwer, die Handlung sinnvoll zusammenzufassen.

Im Mittelpunkt steht der Zauberer und Baol-Schüler Bedrosian Melchiade Baol, kurz Bed genannt, der gerade von seinem Lehrer hinausgeschmissen worden ist und jetzt ziellos in eben jener Stadt T. herumstreunt. Die Lehre des Baol, in denen man ohne weiteres fernöstliches Gedankengut wiederfinden kann, hat schon einige recht eigenartige Lebensweisheiten zu bieten, wie z. B. »Wenn die Zeiten dir nicht dein Bestes abverlangen, dann erfinde andere Zeiten« (In leicht abgewandelter Form könnte dies durchaus für den Autor gelten). Oft bemerkt man erst auf den zweiten Blick die Widersinnigkeit solcher Sprüche.

Bed streicht durch diese eigenartige Stadt, die (wie das ganze Land?) von einer Clique von Politikern beherrscht wird, der der Parteibonze vorsteht. Die elektronischen Medien sind omnipotent und durchdringen das gesamte öffentliche und private Leben. Dabei trifft Bed auf die Königin der Stummfilm-Pornos, Mara May, die hoch in den Neunzigern, mehrmals geliftet, trotzdem noch auf eine neue Rolle wartet. Mara May bringt Bed zu dem inzwischen auch schon hochbetagten ehemaligen Starkomiker Grapatax, der in einem abbruchreifen Hochhaus lebt, weil er sich vor dem Regime verstecken muß. Grapatax möchte die Hilfe des Baoljüngers, denn anläßlich einer Preisverleihung sollen alte Videobänder von Auftritten Grapatax so zusammengeschnitten werden, als ob er noch heute auftreten würde und darüber hinaus ein Freund des Parteibonzen wäre. Aber genau das Gegenteil ist der Fall. Bei seinem letzten Auftritt, vor über zwanzig Jahren, hat der Komiker den jetzigen Parteibonzen, der damals noch einfacher Abgeordneter war, bloßgestellt und lächerlich gemacht.

Nun beginnt eine tour de force auf der Suche nach den Bändern, die in einem streng geheimen Archiv lagern sollen. Mit von der Partie sind natürlich Mara May, Dr. Alice und Rene, die Kuh. Es ist der Weg durch eine Alptraumlandschaft elektronischer Scheinwirklichkeiten, in denen sich nur noch Larven von menschlichen Persönlichkeiten bewegen. Die Fähigkeiten des Baol helfen ihnen dabei immer wieder aus brenzlichen Situationen, da Bed augenscheinlich in der Lage ist, auf eine beliebige Zahl von Wirklichkeiten zurückzugreifen und diese zu kombinieren. Schließlich dringen sie in das geheime Archiv Zero ein und finden mit Hilfe von Bed das Band unter Tausenden heraus und verhindern so eine Manipulation der Wirklichkeit. Doch auch noch etwas anderes wird deutlich: fast jeder Lebenslauf entspricht nicht den Tatsachen, sondern ist von den Herrschenden manipuliert worden. An diesem Punkt gelingt es Stefano Benni die Schraube noch eine Drehung weiter anzuziehen, was an dieser Stelle aber nicht verraten werden soll, denn dann würde man dem Buch einen Teil seiner Wirkung nehmen.

In *Baol oder Die magischen Abenteuer einer fieberhaften Samstagnacht* wird nicht mehr zwischen Schein und Wirklichkeit unterschieden; beides erhebt den Anspruch, ernstgenommen zu werden. Der Leser kann zu keinem Zeitpunkt definitiv entscheiden, auf welcher Seite des Spiegels er sich befindet. Benni erweist nicht nur einer Reihe von literarischen Werken seine Remineszenz, sondern nimmt Starkult, Reizüberflutung durch elektronische Medien und die durch Technik entstandenen Möglichkeiten der Manipulation ironisch-sarkastisch aufs Korn. Bei all den parodistischen Elementen umschifft der Autor allerdings sicher die Klippe, die seinen Roman zu reinem Klamauk verkommen lassen würde.

Man merkt dem Autor auch an, daß er (noch) mit leichter Hand schreibt, sein Stil zeigt noch die Lockerheit der ersten »Hitch-hiker«-Romane.

DER DAMPFGETRIEBENE GASBELEUCHTETE ALPTRAUM

William Gibson und Bruce Sterling

Die DifferenzMaschine

(*The Difference Engine,* 1990)
Roman
Mit einem Nachwort von Michael Nagula und Abbildungen der Maschine nach Lord Babbage
Aus dem Amerikanischen übersetzt von Walter Brumm
Heyne Verlag München 1992
573 S., DM 16,80
Heyne-TB 06/4860

von Karsten Kruschel

»Cyberpunk«, zunächst literarische Mode der Science Fiction in den USA, dann verkaufsträchtiges Etikett. Schaffung künstlicher Welten, in denen sich der Mensch wie in der Realität bewegen kann, obwohl sie nur in Computerschaltungen existieren, findet statt. »Cyberspace« wechselte aus dem Vokabular der Science Fiction ins allgemeine Bewußtsein über.

William Gibson, dessen bestsellernde »Neuromancer«-Trilogie den Cyberpunk begründete, und Bruce Sterling, Theoretiker der Bewegung, Autoren also, die im Cyberpunk die Verschmelzung von Mensch und Computer in virtuellen Welten vordachten, haben gemeinsam einen Roman vorgelegt, der scheinbar den Cyberpunk beendet.

Keine elektronischen Scheinwelten, keine Chips in menschlichen Gehirnen, keine Netzwerk-Gespenster. Der Text beginnt in der geruhsamen Erzählweise des vorigen Jahrhunderts statt mit der dahinjagenden, virtuosen Tempohatz des Cyberpunks. Bei der anfänglichen Gemächlichkeit bleibt es nicht: Wenn der Leser erst einmal im Sog des Erzählten gefangen ist, kommen Gibson und Sterling in Fahrt.

Die Prinzipien des Computers sind schon 1822 von Charles Babbage erdacht worden. Mangels Elektronik war seine

Rechenmaschine ein lochkartengesteuertes dampfbetriebenes zahnradbewehrtes Monstrum, das aufgrund akuter Geldnot und unzulänglicher Technik nie funktionierte. Was aber wäre passiert, wenn Babbage seine Maschine hätte vollenden können? Wenn die Computer-Revolution 1830 begonnen hätte, lochkartengesteuert und dampfgetrieben und gasbeleuchtet, die Industrie noch jäher vorwärtskatapultierend, als es die Jetztzeit tut? Wenn der Manchester-Kapitalismus mit der Produktivität dieses in heutigen Augen seltsamen, aber durchaus funktionierenden Computers ausgestattet worden wäre?

Antwort: Fortschritt, technischer zumal, spitzt Widersprüche und Konflikte der Gesellschaft zu, und die dunkle Seite neuer Technologien entwickelt sich mindestens ebenso rasch wie die helle. Die erste Ökologie-Krise kommt in der alternativen Welt der »DifferenzMaschine« hundert Jahre eher und ist schlimmer als jene, die sich heute anbahnt. Die Machtgier der Mächtigen, der Wahnwitz der Geheimdienste und der Irrsinn des Krieges finden in apokalyptischen Höhepunkten Befriedigung. Und die Vereinzelung des Menschen, die Informationsflut und die Gesellschaft als unberechenbare »black box« — diese Bausteine des Cyberpunk feiern wunderliche Urständ, so darauf verweisend, daß man hinter der schillernden technischen Fassade der Cyberpunk-Bücher gefälligst mehr zu suchen habe als das Hohelied neuer Technologien.

Die Helden von »Die DifferenzMaschine« sind trotz solch technischer Überlegungen lebenspralle Figuren, eingebunden in einen Alptraum, der zugleich von schillernder Fremdheit wie bedrückender Vertrautheit ist. Ein Kasten mit Lochkarten — die Entsprechung einer heutigen High-Density-Diskette mit einem brisanten Programm darauf — bildet das Zentrum des Romans, um das herum sich die Geschichten dieser Menschen drehen. Sybil, Edelhure, Tochter des hingerichteten Führers der Maschinenstürmer, im Bett wie im Leben ein waches Weib, das trotzdem nie begreift, in welchen Zusammenhängen es sein Leben fristet. Mallory, der in sehr menschlichen Irrtümern befangene Saurierforscher und

Spielball intriganter Schachzüge, eine Art Gulliver im Wunderland. Oliphant, der Geheimdienstmann, der bereits den »big brother« Orwells spürt, zu dem die gigantischen Überwachungscomputer der Regierungen werden. Lady Ada, die Herrin der Maschinen, intelligent und süchtig nach den Denk-Apparaten, in deren Griff sie sich ebenso befindet wie ein manischer Hacker der Gegenwart.

Diese und viele andere Menschen werden von Gibson/Sterling in eine mit Akribie und manischem Schwung gezeichnete Welt gestellt, in der sie sich lieben und hassen, verfolgen und finden, retten und umbringen. Die Schilderungen der ungeheuer großen und komplizierten Rechenungeheuer gewinnen kafkaeske Qualitäten, der ökologische Kollaps Londons (hervorgerufen durch galoppierenden »Fortschritt«) gerinnt zum Höllengemälde, das einem Bosch gleicht, und die viktorianische Moral im rauchspeienden Maschinenzeitalter dieses Romans wird ebenso hohl und verlogen — weil unzeitgemäß — wie heutige Politiker- und Kirchenväterweisheiten in einer 1992er Welt, die von ihnen nicht mehr begriffen werden kann.

In jener Alternativ-Welt ist Karl Marx nicht ins lochkartengläubige England gegangen, er ist der Anführer der Kommune von New York. Sein englischer Freund und heimlicher Geldgeber ist ein stinkreicher Textilmagnat namens Engels. Byron ist nicht Dichter geworden, sondern ein für seine flammenden Reden bekannter britischer Premierminister, und Percy Bysshe Shelley ist nicht in jungen Jahren unter Hinterlassung berühmter Dichtungen ertrunken, sondern wurde wegen aufrührerischer Dichtungen gegen die Herrschaft der Rechenmaschinen hingerichtet. Auch die anderen Veränderungen der Weltgeschichte, die sich aus der einen Veränderung des Lord Babbage (der in Wirklichkeit nie Lord wurde) ergeben Sinn, sind logisch, wenn auch vom speziellen Humor der Verfasser geprägt.

Nicht geändert haben sich die menschlichen Torheiten und Laster — wie sollten sie auch? Macht korrumpiert nach wie vor. Gibson und Sterling jagen ihre Helden durch eine alternative Welt, die der unseren letzten Endes in wesentlichen Punkten gleicht: Politiker sind ausschließlich an Macht interessiert, Rechenmaschinen werden zur totalen Überwachung mißbraucht, Geld geht über Leichen — und so ist »Die DifferenzMaschine« Gedankenexperiment und origineller Spiegel der Wirklichkeit zugleich, spöttische Utopie und gallige Kritik, nicht Abschied vom Cyberpunk, sondern seine qualitative Fortentwicklung, eine glückliche Verbindung von Traktat und unterhaltsamem Roman, eins der besten SF-Bücher der letzten Jahre.

von Werner Künzel

William Gibson und Bruce Sterling, die Erfinder der Cyberspace-Welten, haben etwas Neues gewagt: Was sie jetzt vorlegen, ist keine Science Fiction mehr, sondern ein Entwurf innovativer Geschichtsschreibung! Das von ihnen skizzierte Szenario ist auf den ersten Blick traditionell: Ihr vierhändig geschriebener Roman macht London zur Hauptstadt des 19. Jahrhunderts, zum Zentrum einer umfassenden Industrialisierung auf der Grundlage vielfältig genutzter »steam-power«. Doch dieser flüchtige Eindruck täuscht, denn hinter dem Plot steht eine so kühne wie faszinierende These: Charles Babbage, Erfinder der ersten mechanischen Großrechner, ist mit der Konstruktion seiner Maschinen nicht gescheitert, wie wir aus der Realhistorie wissen. Im Gegenteil, Babbage hat seine Rechner gebaut und damit den Siegeszug einer neuen Technologie gestartet. Ein Jahrhundert vor dem realen Auftreten dieser Maschinen auf der historischen Bühne lassen die Autoren eine industrielle Revolution ablaufen, deren entscheidende Produktivkraft dampfgetriebene kybernetische Rechner sind …

Charles Babbage hat demnach also sein Spiel gewonnen. Was außer ihm kaum jemand für möglich gehalten hat, entsteht in kürzester Zeit auf sämtlichen Ebenen der rasant sich entfaltenden Ökonomie: eine differenzierte Maschinenkultur durchdringt alle gesellschaftlichen Räume. Die schon hochentwickelte Rechnertechnik unterstützt Wissenschaft und Forschung, motorisierte Verkehrsmittel beschleunigen das gesellschaftliche Leben — aber den Höhepunkt des Ganzen bildet die Welt der Medien. Die Autoren machen die Probe auf das berühmte Diktum von Marshall McLuhan: The medium is the message! Mitten im 19. Jahrhundert etablieren sie eine Vielfalt rechnergesteuerter und maschinengestützter Massenmedien. Sprache und Bilder werden zu Materialien der Maschinen. Ein alter Babbage-Traum wird wahr: Rechner steuern mit ihren Programmen den Druck von Zeitungen und Plakaten. Telegraphen bringen eine neue Geschwindigkeit in die Kommunikation mit der Ferne — England ist bereits die Weltmacht! Das Kino wird erfunden zu einer Zeit, wo die Neugierde der englischen Bürger auch noch die Bilder der Welt besitzen will.

London erstrahlt als Mittelpunkt der Zivilisation, unumstrittene Metropole dank der Macht der Maschinen. Doch auf dem Höhepunkt ihrer Machtentfaltung scheint die Stadt den Preis der zügellosen Industrialisierung zahlen zu müssen: Im Sommer 1855 bricht das öffentliche Leben der Metropole zusammen. Die Kehrseite der Medaille: Eine Hitzewelle lastet über der Stadt, schwere Luftverschmutzungen durch die Maschinen, Smog, vom chaotisch wuchernden Verkehr verstopfte Straßen. Bestialisch stinkt die total verdreckte Themse. Die Untergrund-Bahn fällt aus, weil die Arbeiter streiken. In diesem Klima explodieren soziale Spannungen, erste Konflikte brechen auf — eine politische Verschwörung webt Intrigen im Netz der Metropole …

Die eigentliche Handlung des Romans setzt ein, als die Krise der Stadt ihren Höhepunkt erreicht. Angesichts dieser frühen Kultur kybernetischer Informationsmaschinen haben Gibson und Sterling für ihr Plot konsequent den richtigen Griff getan: sie inszenieren ein data-crime im wahrsten Sinne des Wortes. Genauer noch: ein data-crime im Plural wird die Handlungsstränge des Romans verknüpfen. Denn alle auftauchenden Personen sind letztlich Agenten der Maschine, Datenjäger und Gejagte, Hacker und Opfer von Rasterfahndungen des zentralen Polizeirechners. »Hinter dem Rücken der Agenten« wirken die Maschinen, sie kontrollieren das gesellschaftliche Leben mit der Hilfe gigantischer Datensammlungen.

Und während Lord Babbage als graue Eminenz im Hintergrund verschwindet, treibt Lady Ada Byron, seine mathematische Muse, ein gewagtes Spiel: Die »Queen of Engines« interessiert sich weniger für das Wetten bei Pferderennen (was die realhistorische Person besonders mochte), ihre Leidenschaft gilt dagegen den Problemen einer möglichen Künstlichen Intelligenz in kybernetischen Maschinen! So äußert sie einmal:

»Wir haben den Geheimnissen des Universums das Herzblut ausgesogen ... Die fundamentalen Beziehungen in der Wissenschaft der Harmonie sind empfänglich für mechanischen Ausdruck, gestatten die Komposition sorgfältig ausgearbeiteter und wissenschaftlicher Kompositionen jeden Umfangs und jeder Schwierigkeit ... Meine Regimenter werden den Herrschern der Erde in ihrer eigenen Weise fähig dienen. Und aus welchen Materialien werden meine Regimenter bestehen? Aus unermeßlichen Zahlen ... Wir werden mit unwiderstehlicher Macht zum Klang von Musik marschieren. Ist es nicht sehr geheimnisvoll? Meine Truppen müssen jedenfalls aus Zahlen bestehen, oder sie können überhaupt keine Existenz haben. Aber was sind dann diese Zahlen? Es ist ein Rätsel ...« (S. 127 f.)

Das dunkle Objekt der Begierde ist dabei ein Stapel Lochkarten, in deren sequentieller Codierung sich ein besonderes Programm verbirgt. Zwei große Rechnersysteme stehen sich wie feindliche Mächte gegenüber: Die zentrale Maschine im »Institut für Statistik« in London und ein neu entwickelter Rechner in Paris, »le Grand Napoleon«. In dieser Konfrontation zwischen den beiden Zentren der Wissenschaft und Technik spielt das begehrte Programm eine entscheidende Rolle: Eine Art Intelligenztest für Maschinen, zugleich aber auch ein Virus-Programm, wie wir heute sagen würden. Der Lochkartenstapel wandert durch viele Hände, mit ihm die gesellschaftliche Macht zu kompromittieren.

Und als er dann bei Lady Ada endlich ankommt, wäre sie

fast schon ein Opfer von politischen Intrigen geworden. Der Lochkartenstapel mit dem Programm regiert die Szene wie der »entwendete Brief« von Edgar Allen Poe: In der potentiellen Anwendung verbirgt sich seine Macht. Das Programm aber gelangt am Ende in die richtigen Hände, und es wird auf einer Maschine gestartet ... Weil wir hier aber nichts von der Auflösung des Romans verraten wollen, blicken wir nur noch einmal kurz auf das brisante Thema, das Lady Ada fasziniert: »Unser aller Leben würde sehr an Klarheit gewinnen, wenn die menschliche Rede als die Abblätterung eines tieferen formalen Systems interpretiert werden könnte. Man brauchte nicht mehr über die ernsten Doppelsinnigkeiten menschlicher Sprache zu grübeln, sondern könnte die Gültigkeit eines jeden Satzes durch den Bezug auf einen fixierten und präzise zu beschreibenden Satz von Regeln und Axiomen beurteilen. Ein solches System zu finden, die Characteristica Universalis, war der Traum des großen Philosophen Leibniz ...

Dennoch glaube ich, ... daß die Modus-Technik der Selbstbezüglichkeit eines Tages die Grundlage eines wahrhaft überragenden Metasystems kalkulatorischer Mathematik bilden wird ... Und doch — ist nicht ein geschlossenes System die Essenz des Mechanischen des Nichtdenkenden? Und ist ein offenes System nicht die Definition des Organischen, des Lebens und Denkens?« (S. 543 f.)

Kein Zweifel, die Träume der Künstlichen Intelligenz sind älter, als viele Philosophen und manche Computertechnologen ahnen. Aber sind die Computer auf dem Wege, selbstbezügliche Organismen zu werden, »offene Systeme«, wie Lady Ada Byron sie nennt? Und schließlich, nicht in London sondern in Paris, stellt sie dann die eine entscheidende Frage: leben und denken Maschinen?

John Gribbin

Vater der Menschheit

(*Father to the Man,* 1989)
Aus dem Englischen von Peter Robert
Wilhelm Heyne Verlag, München 1991
Heyne Science Fiction & Fantasy 06/4800
334 Seiten. DM 10,80

von Thomas Roth

In einer Zeit, in welcher die Mannigfaltigkeit globaler Gefahren immer omnipräsenter wird — so gelang allein in den letzten beiden Jahren die Entdeckung eines zweiten Ozonlochs, erfreute der Anblick brennender Ölquellen das Auge und brach das Schicksal vieler verhungernder Menschen das Herz — und die Auswirkungen der nicht nur ökologischen Umwälzungen verstärkt auch in die »Festung Europa« hineinwirken — in dieser Phase allzumenschlichen Leides also werden Politiker und Wissenschaftler nimmermüde, uns von den unendlichen Überlebens-Möglichkeiten durch Technik und Wissenschaft zu künden. Von ihnen hochgelobt und vielgepriesen: die Gentechnik, die Manipulation biologischen Ausgangsmaterials durch den Intellekt des Menschen. Deren Gefahren und Risiken verschweigen verantwortliche Stellen dabei allerdings gerne und oft; doch diese Vorgehensweise läßt das normale Volk im allgemeinen recht kalt, interessiert es sich doch mehr für: einen vollen Magen, Golf GTI — und den neuen FilmFilm im Fernsehen. Sollte diese Sättigung multimedialer Art dann einmal doch nicht ausreichend sein, dann allerdings strebt es nach intellektueller Erfüllung. Leicht läßt sich diese in der Religion finden, und so verwundert es nicht, daß in Zeiten globaler Bedrohung fanatische Fundamentalisten allerorten Zulauf zu verzeichnen haben. Diese Themenkomplexe verbindet John Gribbin in seinem ersten Science Fiction-Roman auf kongeniale Weise. Der promovierte Astrophysiker hatte sich bisher vorwiegend als kompetenter und erfolgreicher Autor wissenschaftlicher

Sachbücher (u. a. *Auf der Suche nach Schrödingers Katze,* München, Piper: 1987, *Auf der Suche nach dem Omega-Punkt,* München, Piper: 1990 [mit Martin Rees], *Ein Universum nach Maß,* Basel, Birkhäuser: 1991, *Unsere Sonne. Ein rätselhafter Stern?,* Basel, Birkhäuser: 1992) einen Namen gemacht, die ihm auch wiederholt Preise eingetragen haben, so etwa 1974 den renommierten National Award, Englands bedeutendsten Wissenschaftspreis.

In »Vater der Menschheit« extrapoliert er heutige ökologische und gesellschaftliche Fehl-Entwicklungen in eine nahe Zukunft, in der große Teile der Erde durch klimatische Katastrophen — deren Ursachen größtenteils in der Natur des hominiden Zerstörungsdrangs liegen — für Menschen unbewohnbar geworden sind. In der Folge dieser Umwälzungen gelang es vielen Populationen jahrhundertelang bedrohter Tierarten, sich einigermaßen zu regenerieren — so etwa in den Landstrichen Zentralafrikas, die zwischen dem seit der Sprengung der Uranminen radioaktiv verseuchten »Kap der Guten Hoffnung« und der sich beständig ausbreitenden Sahara liegen. In einer Mischung aus Prosa und journalistischer Berichterstattung schildert der Roman die Geschichte des Richard Lee, der in einem von religiösem Fanatismus erschütterten Großbritannien Genforschung betreibt. Seine Kollegin und Freundin Marjorie überredet ihn dabei zu einem — im herrschenden politischen Klima äußerst gefährlichem — Experiment: Im Selbstversuch pflanzt Marjorie sich die behandelte Eizelle eines Schimpansen in ihren (menschlichen) Uterus. So kann Lee nachweisen, daß Schimpansen und Menschen vor drei Millionen Jahren durchaus einen gemeinsamen Vorfahren gehabt haben könnten. Nachdem er diese These in einem — nur recht zögerlich gewährtem — Interview mit der BBC vertritt, zieht er sich den Haß christlicher Fundamentalisten zu. In der Folge beginnt eine regelrechte Treibjagd auf Lee; nicht nur versetzen ihn Dauerdemonstrationen vor seinem Institut in Angst, auch die zunehmende Vergiftung des inneruniversitären Klimas erschwert seine Arbeit zunehmend, bis ihn schließlich der Direktor, massivem politischen Druck nachgebend, in den vorzeitigen Ruhestand abschiebt. Während einer Autofahrt geraten Lee und Marjorie in den Hinterhalt einer fanatischen Aktivistengruppe; Lee kommt mit Prellungen und Frakturen davon, Marjorie stirbt an den Folgen der brutalen Mißhandlung. Noch im Krankenhaus, wird Lee die Nachricht übermittelt, daß er soeben den Nobelpreis für seine Forschungen auf dem Gebiet der Molekularbiologie erhalten hat.

Zehn Jahre nach diesen Ereignissen lebt Lee zurückgezogen in einem abgelegenen Nest in Norfolk, sich hinter den Mauern seines Hauses ganz vor der Neugier der Außenwelt verschließend. Die junge und ehrgeizige Journalistin Louise Henderson, durch Zufall auf Lee aufmerksam geworden, wittert hinter dem mysteriösem Verhalten des Einsiedlers eine brandheiße Story. Nach mühevollen und gefährlichen Nachforschungen — ist doch das Land aufgrund der zunehmenden terroristischen Aktivitäten der vergangenen Jahre nur noch durch restriktive Sicherheitsmaßnahmen regierbar — gelingt es ihr, unbemerkt in Lees Haus zu gelangen. Hier stößt sie auf den zehnjährigen Adam; äußerlich einem behaarten Zwerg gleichend, ist er das bisher wohlgehütete Ergebnis von Richard Lees letztem Experiment: Aufbauend auf Darwins Theorie einer Verwandtschaft von Mensch und Affe, hatte Lee die DNA eines Zwergschimpanseneis manipuliert, um den Vorfahren der Affen zu erzeugen. Das Produkt dieses Eingriffs war der äußerst aufgeweckte und lernfähige Adam, der mehr Ähnlichkeit mit den Menschen als mit den heutigen Schimpansen aufweist. Was bedeutet, daß Adam der direkte Vorfahre der Menschheit ist und die Affen somit nur vom Menschen abstammen können. Begreiflicherweise wollte Lee diese revolutionäre Theorie — eingedenk seiner schlechten Erfahrungen mit den christlichen Fundamentalisten — dann lieber doch nicht zu seinen Lebzeiten an die Öffentlichkeit bringen. Doch nun, angesichts der immer kataklysmatischeren Meldungen der Ausrottung des Menschen durch den Mensch und des unmittelbar bevorstehenden nuklearen Winters, ist es ihm auch schon egal, wenn die Geschichte publik wird. Mit einem wesentlich dystopischeren Ausblick auf das Ambiente unserer Welt in einigen Jahren beschließt John Gribbin dann den »Vater der Menschheit«: In einer rauhen, eiszeitlichen Welt streift eine Gruppe Primaten umher, auf der Suche nach Nahrung und einem sicheren Schlafplatz ihrem (um einige Grade intelligenteren) Stammesführer folgend.

Kaum ein Science Fiction-Roman der letzten Jahre wies ein solch bedrückendes Ende auf. Denn Gribbins düsteres Bild einer allzu realistischen Zukunft basiert auf genauen gesellschaftlichen Beobachtungen und wissenschaftlichen Fakten, die von ihm — und hierin ist er ganz Wissenschaftler — nahezu leidenschaftslos extrapoliert werden. Stilistisch ist der Roman denn auch einfach gehalten, geradlinig wird die Story erzählt und entfalten sich die Charaktere. Und wenn sich der zu Beginn hochmotivierte Richard Lee im Laufe der Handlung zu einem an der Intoleranz der Menschheit Verzweifelnden wandelt, der sich nahezu fatalistisch in sein — und der gesamten Menschheit — Schicksal ergibt, da er weiß, daß dieses ohnehin nicht wird geändert werden können, dann verspürt der Leser eine erschreckende Vertrautheit mit seinem Leben: Politiker, die dem Druck der Straße nachgeben; von Ignoranz und Dummheit geleitete, leicht fanatisierbare Menschenmassen, von der Bevölkerung und den Medien aus Sensations-, ja Mordlust ermuntert — das ist (wieder) unsere Wirklichkeit. Und von religiösen Fundamentalisten, die handgreiflich gegen Abtreibungsbefürworter vorgehen, ist es nur ein folgerechter Schritt zu ethnischen Säuberungen. Ob diese nun im Rahmen eines computergesteuerten Genom-Vollkommenheitsprogramms oder aber als ganze Landstriche von ungeliebten Menschen reinigenden rassistischen Terrors vollstreckt werden, das Ergebnis ist stets das gleiche. Namen wie Sarajewo oder Rostock sind nur zwei Symptome einer verhängnisvollen, weil immer mehr von Fanatismus bestimmten Entwicklung.

So erweist sich John Gribbins »Vater der Menschheit« als Warnung nicht nur vor allzuviel Blauäugigkeit im Umgang mit der Natur und einer sie zerstörenden Technik, sondern vor allem vor den Menschen.

Stephen King

In einer kleinen Stadt

(*Needful Things*)
Deutsch von Christel Wiemken
Hamburg 1991, Hoffmann und Campe Verlag
695 Seiten, 44,— DM

von Florian F. Marzin

Irgendwo im Bundesstaat Maine, Kings beliebtes Tableau für seine Romane, liegt die Kleinstadt Castle Rock, in der ihre Bewohner ihren alltäglichen Beschäftigungen nachgehen. Eines Tages wird die Eröffnung eines neuen Ladens angekündigt, der den etwas eigentümlichen Namen *Needful Things* trägt. Besitzer des Ladens ist Leland Gaunt, auf den ersten Blick ein netter älterer Herr, der mit allem möglichen Krimskrams handelt. Jeder der Bewohner, die zuerst zurückhaltend, dann aber in Scharen in den Laden strömen, findet das, was sein oder ihr Herz begehrt. Der erste ist der zehnjährige Brian Rusk, der eine langgesuchte Sammelkarte mit dem Bild eines Baseballstars aus den fünfziger Jahren von Gaunt zu einem absolut lächerlichen Preis von fünfundachtzig Cent ersteht. Doch der Geldbetrag ist nur ein Teil der Bezahlung, der andere ist ein Gefallen, zu dem er sich verpflichtet.

So geht fast jeder aus Castle Rock gegenüber von Leland Gaunt eine solche Verpflichtung ein. Cora Rusk, Brians Mutter zum Beispiel, ersteht eine von jenen Sonnenbrillen, die ihr Idol Elvis Presley immer getragen hat. Wenn sie diese Brille trägt, dann wähnt sich Cora im Bett mit Presley. Netti Cobb erhält von Gaunt eine Tiffany-Lampe, Norris Ridgewick, der Deputy des Ortes, eine seltene Angelrute, die ihn an seinen Vater erinnert, Danforth Keetan ein Pferderennspiel, das ihm die Gewinner auf der Rennbahn in der benachbarten Stadt im voraus anzeigt …

Der einzige, der immer wieder mehr zufällig davon abgehalten wird, *Needful Things* aufzusuchen, ist Sheriff Alan Pangborn. Leland Gaunt schafft es nicht, sich Pangborn in gleicher Weise zu verpflichten wie fast alle anderen Einwohner von Castle Rock. Jeder in dieser typisch amerikanischen Kleinstadt hat seine Schrullen bzw. die eine oder andere psychische »Leiche« im Keller seines Gewissens.

Leland Gaunt nutzt diese Schwächen und wunden Punkte bei den Menschen von Castle Rock kalt aus, und nachdem er sich alle verpflichtet hat, beginnt er damit, die ausstehenden Gefallen einzufordern. Zuerst beginnt es ganz harmlos. Brian Rusk bewirft die frischgewaschenen Bettlaken von Wilma Jerzyck mit Schlamm. Wilma, eine stadtbekannte streitsüchtige Frau, vermutet Nettie Gobb hinter dieser Aktion, da sie sich häufig bei der Polizei über deren bellenden Hund beschwert hat. Die Sache eskaliert, als Brian sämtliche Fenster von Wilmas Haus mit Steinen einwirft, und Hugh Priest Netties kleinen Hund tötet. Die beiden Frauen gehen mit Messern aufeinander los, weil jede die andere für das ihr Angetane verantwortlich macht. Das Ergebnis sind die ersten beiden Leichen in Castle Rock.

Alan Pangborn und die herbeigerufene Bundespolizei stehen vor einem Rätsel. Doch jetzt häufen sich die Zwischenfälle in der Stadt, denn auch Nettie hat einem anderen einen »Streich« gespielt, wie sich Gaunt bezüglich der zu leistenden Gefallen ausgedrückt hatte. Das System, das dahinter steckt, ist, daß ein scheinbar Unbeteiligter einem anderen etwas antut, wobei der Betroffene wiederum einen Dritten dafür verantwortlich macht, der eigentlich nichts damit zu tun hat, doch in anderer Beziehung zur Eskalation des Hasses in Castle Rock beiträgt.

In der Zwischenzeit hat Gaunt ein Waffenlager in Castle Rock angelegt, wo sich die bis aufs Blut gereizten Bewohner bedienen können. Ausgerüstet mit modernsten Schnellfeuerwaffen bricht nun das Inferno über die kleine Stadt herein, verstärkt noch durch den Einsatz von Dynamit, mit dem die halbe Stadt in die Luft gesprengt wird. Es gibt reichlich Tote und Verstümmelte, wobei King es sich nicht nehmen läßt, dies alles detailliert zu schildern. Sheriff Pangborn und Norris

Ridgewick, seinem Deputy, gelingt es schließlich, sich aus dem Bann von Gaunt zu befreien, und es kommt zwischen den beiden und dem Besitzer von *Needful Things* zum klassischen Showdown, nur daß es dabei nicht um eine Frau oder die Ehre, sondern um die Seelen der Bewohner von Castle Rock geht, die Gaunt in einer alten Reisetasche bei sich trägt. Leland Gaunt fährt schließlich geschlagen und unter Geheul von dannen; zurück bleiben die geretteten Seelen, die geläuterten überlebenden Einwohner von Castle Rock und eine halb zerstörte Stadt. Nachdem der magische Bann der in *Needful Things* erworbenen Dinge erloschen ist, erweisen sie sich als das, was sie schon immer waren — billiger Plunder.

Auf fast siebenhundert Seiten führt Stephen King dem Leser die Bewohner einer amerikanischen Kleinstadt mit all ihren Gemeinheiten vor Augen, die sich jetzt einmal in seinem Roman bis zum Exzeß austoben dürfen. Er läßt sich in »In einer kleinen Stadt« viel Zeit, seine Charaktere aufzubauen, obwohl sich die Handlung auf wenige Tage beschränkt. Castle Rock ist ein Panoptikum — auch ohne Leland Gaunt, der leider schon nach der ersten Szene als das zu identifizieren ist, als was er sich dann später erweist. Schon mit dem ersten Geschäft, der Baseballkarte, die Brian Rusk erwirbt, weiß der Leser, was auf den folgenden 650 Seiten passieren wird. An dieser Stelle hat King einfach zu dick aufgetragen, und der Rest des Romans ist vorhersehbar. Gleichzeitig greift King auf eine Reihe bei ihm hinlänglich bekannter Versatzstücke zurück, und so bleibt »In einer kleinen Stadt« ein handwerklich gut gemachter, aber ansonsten bestenfalls durchschnittlicher Roman. Allerdings hat die Übersetzerin das ihre dazu getan, dem Roman ein paar interessante Farbtupfen zu verpassen. Abgesehen von einer Reihe von sprachlichen Ungelenkheiten und stilistischen Fehlgriffen, die man aber auch dem Lektorat anlasten muß, war der Dame unbekannt, daß »Popsicle« ein Eis am Stil ist, denn in Ermangelung einer Übersetzung läßt sie einfach das amerikanische Wort stehen. Nicht stehen läßt sie demgegenüber den im Text vorkommenden Refrain des Beatlesliedes *Hello Goodbye,* was sich dann auf deutsch so liest: »SIE SAGEN HALLO ICH SAGE LEBEWOHL LEBEWOHL LEBEWOHL ICH WEISS NICHT WESHALB SIE HALLO SAGEN ICH SAGE LEBEWOHL.« Desgleichen wäre es vielleicht ganz angenehm gewesen, wenn die häufig genannten und in bezug zur Handlung stehenden Filme mit ihrem deutschen Titel versehen worden wären, denn man kann vom durchschnittlichen Leser/Kinogänger nicht erwarten, daß er immer weiß, welcher Film da gerade gemeint ist. Oder wer weiß auf Anhieb, welcher Film mit dem Titel *Somkey and the Black Bandit* gemeint ist? »Alle wissen es, daß Lester und ich Geschichte sind.« Das ist zwar so nah wie möglich am amerikanischen Original, bedeutet in diesem Fall aber nichts anderes als daß etwas (hier eine Liebesbeziehung) vorbei ist, und nicht, daß jemand in die Geschichte eingegangen ist. Leider sind solche und andere sprachliche und übersetzungstechnische Mißgriffe zu häufig, als daß man sie unter der Rubrik: kann ja mal passieren abtun kann. Hier wäre bei einem Buch für stolze DM 44,— mehr Sorgfalt angeraten gewesen. Liebe Verlage, nehmt doch Übersetzer, die zumindest ab und zu mal englische bzw. amerikanische Fernsehprogramme im Original sehen, damit sie einen blassen Schimmer von Lebensgewohnheiten und Spracheigentümlichkeiten erhalten. Einen Aufenthalt in den USA kann man wohl kaum voraussetzen — oder?

KURD LASSWITZ-PREIS 1992

GESCHICHTENERZÄHLERS VERWIRRSPIEL

Christian Mähr

Fatous Staub

Roman
Wilhelm Heyne Verlag, München 1991
Heyne-TB 06/4853
525 S. DM 14,80

von Karsten Kruschel

Wenn der Schriftsteller Pettkow, dem seit Monaten nichts einfällt, sich für seinen Textverarbeitungs-Computer eine neue Festplatte kauft und auf dem Datenträger rätselhafte Dateien findet, greift er, da er ein User und kein Freak ist und vom Cyberpunk noch nie was gehört hat, nicht zu Antivirenprogrammen und Tools, sondern schaut einfach nach. Unbegreiflicherweise findet er einen fast fertigen Roman, und nun ist die Versuchung groß. Warum nicht den Text zu einem Ende bringen und ihn als eigenen Geniestreich ausgeben? Erst recht, da der Quell der Inspiration dauerhaft verstopft scheint?

Woher soll Pettkow (als Nicht-SF-Autor) wissen, daß es parallele Welten, Wirklichkeiten neben der Wirklichkeit, gibt? Daß er mit seiner unmöglicherweise irgendwie in zwei Welten hineinreichenden Festplatte einen Knoten zwischen Wirklichkeiten vor sich hat? Und alsbald befindet sich der Schriftsteller in einer aberwitzigen Spirale unfaßbarer Ereignisse, die ihn — und den Leser des Romans — von einem merkwürdigen Abenteuer ins nächste treibt, dem unausweichlichen Ende zu.

Das geschieht in Christian Mährs phantastisch-skurrilem Schmöker »Fatous Staub« — ein Roman, bei dem der Name »Schmöker« als Lob gemeint sein darf. Obwohl die Handlung gelegentlich verwirrend wird, etwa wenn der Autor sich selbst als Figur eines Romans weiterschreiben muß, und obwohl mitunter der Galopp des Fabulierens den Autor hinter sich zu lassen scheint, weiß Mähr auf über fünfhundert Seiten die Neugier des Lesers geschickt zu wecken und die Spannung zu wahren.

Da verschwindet Zeit und verschwimmen die Grenzen zwischen Phantasie und Wirklichkeit. Der längst trockene Alkoholiker sieht sein trinkendes Alter Ego — das ist zwar versoffen, krank, psychotisch und der Grube entscheidende Schritte näher, aber es fällt ihm noch was ein. Augenblicke frieren ein wie in der Wells'schen Geschichte vom Akzelerator. Unvermittelt schaut man auf das Niemandsland zwischen den verschiedenen möglichen Welten. Die Realität entpuppt sich (tut sie das?) als Computersimulation.

Das alles klingt keineswegs neu, ist es auch nicht. Neu und interessant ist, wie der Autor mit diesem Instrumentarium hantiert. Christian Mähr legt bei dem virtuosen Verwirrspiel des Romans, das Schabernack mit den Erwartungen des Lesers treibt, wenig Wert auf eindeutige Antworten — die muß sich LeserIn selbst suchen, und das macht einen Teil des Spaßes aus, den die Lektüre bereitet.

In der einen Welt, die der unseren gleicht (hm?), ist Pettkow ein subalterner herumgeschubster Rundfunkmitarbeiter und unfreiwilliger Organisator von provinziellen Literaturfesttagen der provinziellsten Art. In der anderen Welt, einer anderen Möglichkeit geschichtlicher Entwicklung, ist er adelig, ein Baron v. Pettkow und arbeitet in einem Deutschland, das weder die beiden Weltkriege noch den Sturz des Kaisers erlebt hat, im »Circular«, wie man den Staatsrundfunk dort nennt. Diese Gesellschaft hat interessanterweise irgendwie Ähnlichkeit mit dem viktorianischen Computerzeitalter in der »DifferenzMaschine« von Gibson/Sterling. Beide Pettkows haben heftige und herrlich beschriebene Liebes-Affären, und die beteiligten Damen sind alles andere als Beiwerk; im Gegenteil gewinnen sie rasch und fleischeslustig den Hauptteil der Aufmerksamkeit — die des Lesers wie auch die des jeweiligen Pettkows.

Alle Menschen haben, wie sich das für einen anständigen Parallelweltroman gehört, ihre Entsprechungen in der jeweils anderen Welt, und Mähr karikiert schwungvoll und kenntnisreich Rundfunk- und Literaturbetrieb (Bölls Doktor Murke mit seinem gesammelten Schweigen läßt grüßen). Gelegentlich erreicht Christian Mähr die wie mühelose Leichtigkeit eines Hans Fallada, wenn er Menschen zeichnet und sie liebevoll-ironisch zu fast greifbaren lebendigen Personen macht, die scheinbar selbst handeln, und nicht dem Kalkül des Autors gehorchen. Auch sein Humor ist ähnlich: nie böse, nie flach, immer aber geschickt ins Geschehen verflochten.

Die bis in die achtziger Jahre des 20. Jahrhunderts verlängerte wilhelminische Ära bei Mähr ist, oberflächlich betrachtet, kein guter Ort, um sein Leben dort zuzubringen: Borniert, eng, rassistisch, egoistisch, muffig und putzig, voller Standes- und anderem Dünkel, vor allem, was technische Angelegenheiten betrifft. Aber Mähr zeigt, daß unsere eigene »reale« Wirklichkeit nicht viel besser ist, daß auch unsere ach so aufgeklärte Gegenwart mitunter borniert, eng, rassistisch, egoistisch, muffig und voller Dünkel sein kann. Und daß sie es zwangsläufig immer auch ist.

Im alternativen 1985er Deutschen Reich lebt ein netter, weiser alter Mann, der mit seinem wachen und gelenkigen Intellekt für das Circular enorm wichtig und chronisch unterbezahlt ist. Dieser Doktor Menzelbaum fehlt im »realen« 1985. Er ist Jude; seine Lebens-Linie zählt zu den Möglichkeits-Linien, die in zwölf deutschen Jahren zerschnitten wurden.

Plötzlich erscheint die alternative Welt bei Mähr mit ihren albernen Adelsprivilegien und geruhsamen Ritualen menschlicher und vollständiger als unsere eigene Wirklichkeit mit ihrer brutalen mordgesättigten Geschichte und unserer Gegenwart, die immerhin auf den Millionen Toten zweier Weltkriege, der Asche der Verbrennungsöfen und den Trümmern zerschlagener Städte erbaut ist. Diese Tatsache unserer Existenz rückt Mähr unaufdringlich ins Bild. Es sind endlich die Menzelbaums, die ewigen Opfer der Historie, die in der mephistophelischen Abrechnung der Welten den Ausschlag geben.

Christian Mähr hat es nicht nötig, seinem mitreißenden Buch ein Happy End zu verpassen. Die Apokalypse, die alles vernichtet, läßt nichts zurück als die im Titel des Romans benannte Substanz, aus der neue Möglichkeiten von Welten entstehen können.

Abgesehen von Pettkow in jener Möglichkeit von Welt, die wir die Wirklichkeit nennen. Diese Möglichkeit ist noch da (an dieser Stelle beginne ich, sie wieder für die Realität zu halten). Dem Pettkow fällt immer noch nichts ein. Gelegentlich spürt er die Existenz seines saufenden anderen Ich — und dies ist merkwürdig genug: müßte der nicht auch pulverisiert sein? Ist auch die Apokalypse nur virtuell?

Die Wirklichkeit ist nach Mähr nur eine von mehreren Möglichkeiten, deren Existenz oder Nicht-Existenz, dessen Chancen, Realität zu werden, vom Leser und seinen Entscheidungen abhängt. Das, was künftig wirklich werden will, mit seinen eigenen Entscheidungen mitzubestimmen, ist LeserIn aufgerufen. Insofern kehrt der phantasiesprühende Roman nach seinen Parforcejagden durch Liebe und Irrsinn dann doch zur Realität zurück.

von Michael Köhlmeier

Was wäre, wenn weder die Russische Revolution noch der Erste Weltkrieg, noch der Zweite Weltkrieg, noch der Kalte Krieg stattgefunden hätten? Kein Auschwitz, kein Pearl Harbor, keine Berliner Mauer, keine Ausrufung des Dadaismus in Zürich als Folge von Krieg und Emigration, keine Sowjetunion und kein Untergang derselben.

Wissen wir doch: Was-wäre-wenn-Fragen, an die Geschichte gerichtet, haben etwas Oberlehrerhaftes an sich; so einen Kick von schlauer Unterrichtsmethode, deren Ziel es ist, die garstigsten Schüler zum Staunen zu bringen. Denkt man allerdings über die Ereignisse der letzten beiden Jahre in Europa nach, dann scheint es, als beantworte das Jahrhundert die eingangs gestellte Frage nun selbst. Als kehrten wir auf einer höheren Ebene zurück vor das Jahr 1914, und alles begänne von neuem ..., anders wahrscheinlich ... Aber wie?

Es gehören Naivität und Dreistigkeit oder aber gar Können dazu, die Dramaturgie, welche die Geschichte einem Jahrhundert gegeben hat, zum Plot und zum Diskurs eines Romans zu machen. Mit ängstlicher Hochgeistigkeit wird das wohl nicht gelingen. Vielleicht muß man da einen bunten Buchriegel hinknallen und Science Fiction darunter schreiben. (Die deutschsprachige Literatur steht diesbezüglich weltweit ziemlich als nicht abgeholt da. Saugt verschämt die Backen ein, wenn einer ins Genre der Trivialliteratur greift, aber Weltliteratur — auch ein deutscher Begriff — meint.)

Keine Frage: »Fatous Staub« ist ein SF-Roman. Kenner schränken sogar noch ein: »alternative timestream novel« oder »Parallelweltroman«. Damit ist schlicht gemeint, daß neben der unsrigen noch eine oder viele andere Welten stattfinden, die einzubilden es sich lohnt. Da können dann Flachwelten oder Einsteins in Wurmform herauskommen — mag durchaus nett sein — oder aber eine Welt, in der all das nicht geschehen ist, was unserem Jahrhundert die bekannten markanten Züge verleiht. Aber was für einen Sinn soll es haben, Welten zu erfinden, die es nicht gibt?

»Fatous Staub« beginnt mit ironischen Reminiszenzen: Doppelgänger und Manuskript in der Flasche. Das Ganze in einer Rahmenerzählung vorgeführt. Der Doppelgänger erscheint, wenn der Erzähler ans Saufen denkt, und er entpuppt sich als sein Alter ego, dem nicht vor Jahren der Alkohol entzogen wurde — ironische Ankündigung des Parallelweltthemas. Das Manuskript in der Flasche ist ein Dokument auf der Festplatte eines Computers. Dort findet sich dann einer der beiden Romane, die wir im folgenden zu lesen kriegen. Wir erkennen, in welcher Tradition sich der Autor sehen möchte: in der Tradition der Romantik. Der Wunsch nach Vereinigung des Getrennten — dem Zustand des Goldenen

Zeitalters — wird gegen jede Realität behauptet, allerdings mit dem melancholischen Lächeln desjenigen, der an die Erfüllung seines Wunsches nicht mehr glaubt. Christian Mähr ist ein zur Selbstironie fähiger Don Quichotte: Auch wenn der Wunsch nicht erfüllt werden kann, soll er trotzdem geäußert werden. Erst recht sogar. Sehnsucht entsteht aus der Dichotomie von Wunsch und Erfüllung.

Das Motiv der Gespaltenheit zieht sich durch das ganze Buch, ist grundlegend für die Konstruktion der verschiedenen Erzählebenen, die sich gegenseitig kontrapunktisch auswiegen, bis sie schließlich in eine Welt münden — in keine reale Welt, aber auch nicht in eine irreale Welt, sondern in die binäre Welt der Computer, in der die Regeln von 1 und 0 gelten, also die in zwei gespaltene Welt schlechthin. Zählt man die Rahmengeschichte mit, die sich gegen Schluß immer mehr ausweitet, so haben wir es mit drei in sich verschlungenen Romanen zu tun.

Gespaltenheit — so behauptet Mähr in seinem Buch — ist das Hauptmotiv des 20. Jahrhunderts. Es wäre leicht, sich diese Weltsicht auf politischem, wirtschaftlichem und geistigem Gebiet bestätigen zu lassen. Die zweite Gegenwart, die er unserer Welt und unserer Geschichte kontrapunktisch gegenüberstellt, gewinnt in manchen Szenen eine fotorealistische Schärfe, wie sie die Darstellung unserer — also der wirklichen — Welt nie erreicht. Die Parallelwelt ist nicht Realität für sich, sondern Realität kraft innerer Zustimmung des Autors. Nicht einer burlesken Phantasie im großen Bogen vertraut Mähr. Statt dessen läßt er uns an kleinen Alltäglichkeiten wie dem Aufbrühen von Kaffee, aber auch der Annäherung zweier Liebender, die Möglichkeit und die Unmöglichkeit einer gegenwärtigen Welt ohne unsere Geschichte erfahren.

Die beiden Welten des Romans haben viele Parallelen, anspielungsreiche Verbindungen, Querverweise, Entsprechungen — all dies trägt den Widerspruch von Zusammengehörigkeit und Getrenntheit in sich —, nur eines haben diese beiden Welten gemeinsam: Zuerst begegnen uns zwei Personen, die vielleicht zufällig denselben Namen tragen —

Pettkow —, zufällig arbeiten beide im Rundfunk — in der einen Welt »Circular« genannt —; ihre Tätigkeitsbereiche sind ähnlich — der eine moderiert eine Wunschkonzertsendung, der andere eine Literaturveranstaltung —, das könnten alles Zufälle sein. Als Gemeinsames stellt sich schließlich etwas anderes heraus — ein über Welten und Zeiten Stehendes: die Seele. So kompliziert die Erzählstruktur von »Fatous Staub« auch sein mag, im Zugriff auf seinen Stoff ist der Roman sehr einfach. Literatur dient der Erforschung der menschlichen Seele. Literatur stellt die menschliche Seele auf die Probe. Das ist etwas Ungeheuerliches, und das ist aber auch schon alles. Diese beiden Pettkows — so verschieden sie sein mögen, ihre Seelen sind gleich; ihre Verschiedenartigkeit — das erkennen wir allmählich, und das macht die Lektüre des Romans so spannend — ist nichts anderes als die Verschiedenartigkeit des Ausdrucks dieser beiden Seelen. Die grauenhaftesten Visionen dieses Romans münden in einen lapidaren Trost: Die Seele des Menschen ist unzerstörbar; wir können sie der absurdesten Probe aussetzen: weder das Phantastische noch das Reale kann Kern und Keim des Menschen etwas anhaben. In diesem Sinne ist »Fatous Staub« kafkaesk. Denn hinter dem Entsetzen der kafkaschen Welt steht eben jener Trost: Die Seele des Menschen ist unzerstörbar, man erkennt sie überall wieder — auch wenn sich der Mensch in einen Käfer verwandelt hat ...

Als 1987 »Magister Dorn«, der erste Roman des österreichischen Autors Christian Mähr, erschien, nahm die Kritik keine Notiz davon. Das erstaunt und erstaunt gleichzeitig nicht. Einerseits lag hier ein außergewöhnliches Buch vor, ein Einpersonen-Roman, Entsetzen einflößend in seiner Einsamkeit, ein Buster-Keaton-hafter Kampf mit der Welt der Dinge, andererseits kam auch dieses Buch in einer dieser Science Fiction-Reihen heraus, die in ihrer kreischbunten Aufmachung zwar die Bahnhofsdrehständer, nicht aber die Schreibtische von Literaturkritikern erobern. Science Fiction hat eben im hiesigen Feuilleton keinen guten Ruf. Meist zu Recht. Für Literaturkritiker bringt »Fatous Staub« wenig Trost. Es genügt in Zukunft nicht, sich auf das Cover zu verlassen bei der Auswahl der Bücher, die dann besprochen werden sollen.

Robert R. McCammon

Unschuld und Unheil

s. Dan Simmons
Sommer der Nacht

Barbara Neuwirth

Dunkler Fluß des Lebens

Insel Verlag, Frankfurt am Main und Leipzig 1992
220 Seiten. DM 32,—

von Hermann Urbanek

Zu Beginn der achtziger Jahre wurde in Österreichs Bundeshauptstadt ein feministischer Verlag gegründet, in dem sich in der Folge eine Anzahl weiblicher Autoren etablierte und zahlreiche, oftmals der Phantastik zugehörige Werke publizierte: der Wiener Frauenverlag. Zu den prominentesten Autorinnen, deren Romane und Kurzgeschichten hier veröffentlicht wurden, gehörten und gehören Marianne Gruber, Karin Ivanczicz, Barbara Büchner, Sylvia Treudl, Edith Kneifl und last, but not least, Barbara Neuwirth. Wie auch die meisten anderen ihrer Verlagskolleginnen wurde Barbara Neuwirth in den von Franz Rottensteiner zusammengestellten Anthologiebänden im Rahmen der Phantastischen Bibliothek einer breiten Leserschaft vorgestellt, und hier ist 1990 auch ihre erste Collection, »In den Gärten der Nacht«, erschienen und wurde von der Kritik mit Begeisterung aufgenommen. Ihre neueste Kurzgeschichtensammlung ist jetzt als Hardcover im renommierten Insel Verlag herausgekommen.

Wie schon in der vorhergehenden Sammlung dominieren auch in »Dunkler Fluß des Lebens« Geschichten mit einer düsteren und unheimlichen Grundstimmung, wobei im Gegensatz zu »In den Gärten der Nacht« die Stories mit SF-Elementen stärker vertreten sind. Grundthema ist diesmal die Auseinandersetzung des Lebens mit dem Tod, das Aufeinanderprallen von Todeswillen und Sehnsucht nach dem Leben, wie es zum Teil auch schon in der ersten Collection bisweilen angeklungen ist. Allen gemeinsam ist eine hohe atmosphärische Dichte und Geschlossenheit, wie man es im Genre allgemein — und das nicht nur bei den deutschsprachigen Autoren, sondern auch bei der breiten Masse ihrer Kollegen aus Übersee — nur ganz, ganz selten findet. Das beginnt schon beim Prolog (»Das traurige Essen«), in dem von Zeit zu Zeit Besucher auf eine abgelegene Insel gelockt werden, von denen einer dann durch einen Trick dort festgehalten und in Form eines symbolischen Todes deren Kraft benutzt wird, die Insel vor dem Versinken im Meer zu bewahren, und setzt sich bei den anderen nahtlos fort, beginnend bei »Das Rad des Geographen« (eine menschenunwürdige Feudalgesellschaft wird zu Experimentierzwecken in isolierter Umgebung errichtet und manipuliert), über »Columbia« (eine alte Frau wohnt einsam in einem verfallenen Haus einer Stadt der Zukunft), »Vertumnus« (eine junge Frau wird von ihrem eigenen Mann zu Genexperimenten mißbraucht, die zur Schaffung eines neuen Menschentyps führen sollen). »Das Schwarze Gold« (der Besitz von Erdöl ist verboten, doch ein Mächtiger der Zukunft glaubt, sich über alle Gesetze hinwegsetzen zu können), »Unter dem Äquator« (die krebskranke Protagonistin findet südlich des Äquators einen Mann, der offenbar über ein Amulett verfügt, das Genesung und ewiges Leben verspricht). »Die Stille Stadt« (eine gemischte Expedition findet im Himalaya-Massiv eine verborgene Stadt, die nicht von Menschen erbaut wurde), »Sieh mich mit deinen gelben Augen« (eine repressive Zukunftsgesellschaft hat die Euthanasie und Zwangssterilisation aller nicht der Norm entsprechenden Menschen wieder eingeführt) und »Besitzgier« (ein Mann erschafft sich seine Traumfrau als Phantom, um seiner Einsamkeit zu entrinnen) bis hin zum Epilog, »Das wertvolle Geschenk«, in dem ein Mädchen sich weigert, den Tod des geliebten Vaters zur Kenntnis zu nehmen. Im Mittelpunkt des stimmungsvollen Geschehens stehen zumeist weibliche Protagonisten, die mit Verrat in irgendeiner Form konfrontiert werden und im Laufe der Handlung an den Rand der subjektiven Wirklichkeit geführt werden. Vier der insgesamt dreizehn Beiträge sind zuvor schon anderweitig erschienen.

Insgesamt betrachtet liegen eigentlich alle präsentierten Geschichten weit über dem Durchschnitt, sowohl was den Inhalt, als auch die Ausführung betrifft. Sie sind stimmungsvolle Kleinodien der modernen Phantastik und strafen all diejenigen Lügen, die behaupten, daß es keine gute zeitgenössische Phantastik deutscher Zunge gibt.

Roger Penrose

Computerdenken

Die Debatte um Künstliche Intelligenz, Bewußtsein und die Gesetze der Physik

(*The Emperor's New Mind*)
Aus dem Englischen übersetzt von Michael Springer
Spektrum der Wissenschaft Verlagsgesellschaft mbH, Heidelberg 1991
454 Seiten. DM 48,—

von Robert Hector

Nachdem Stephen Hawking in »Eine kurze Geschichte der Zeit« die Leser in die Geheimnisse der modernen Kosmologie eingeweiht hatte, geht Roger Penrose noch einen Schritt weiter: er versucht eine Brücke zu schlagen zwischen den Gesetzen der Mathematik und Physik und den Mysterien des Denkens und des Bewußtseins. In zehn Kapiteln prasselt ein wahres Feuerwerk von Erkenntnissen, Assoziationen und Spekulationen auf den Leser nieder, ein Schnelldurchlauf durch klassische Physik, Quanten- und Relativitätstheorie, Kosmologie, Turing-Maschinen, Algorithmen, Künstliche Intelligenz und das menschliche Gehirn, den freilich nur derjenige voll genießen kann, der mathematisch-physikalische Vorkenntnisse besitzt. Trotz seines weiten Horizonts ist das Buch von einer zentralen Idee getragen: dem Versuch, das Phänomen des Bewußtseins im Rahmen einer umgreifenden, noch zu konstruierenden physikalischen Theorie, der »Quantengravitation«, zu erklären.

Penrose holt weit aus. Ausgehend von der Frage, ob Computer geistige Prozesse simulieren können, diskutiert er dann, ob natürliche Vorgänge mittels des Begriffs des Algorithmus erklärbar sind. Dies führt zu Fragen der Beweisbarkeit, Entscheidbarkeit und Berechenbarkeit von Systemstrukturen. Folgerichtig wird nun das Verhältnis von Wahrheit und mathematischer Idee überprüft, wobei Penrose diesen Ideen einen objektiven Charakter zuschreibt und die damit unabhängig von unserem irdischen Dasein, von unserem Bewußtsein, existieren. Das Gödelsche Unvollständigkeitstheorem besagt vereinfacht, daß es Grenzen formal-algorithmischer Beweisbarkeit gibt, daß der formalistische Begriff von Wahrheit notwendigerweise unvollständig ist. Die Möglichkeiten algorithmischer maschineller Systeme sind dadurch eingeschränkt, nicht jedoch das Denken des Mathematikers, der die Existenz solcher Beweisbarkeitsgrenzen einzusehen vermag. Diese mathematischen Einsichten unseres Bewußtseins, die logische Strukturen erklären können, sollen damit nach Penrose nicht-algorithmischer Natur sein.

Nach diesen »einführenden« vier Kapiteln folgen vier Kapitel über die Welt der Physik, die ja mit mathematischen Mitteln beschrieben wird. Über Newtons Gravitationsgesetze und Maxwells Theorie des Elektromagnetismus führt der Weg zu Einsteins spezieller und Allgemeiner Relativitätstheorie und zu den für unser Alltagsdenken zuweilen absurden Vorstellungen der Quantentheorie. Nach kosmologischen Betrachtungen über die Entropie, den Fluß der Zeit, Schwarze Löcher und den Urknall spekuliert Penrose über eine allumfassende physikalische Theorie, die die Forderungen der Quantenmechanik und der Allgemeinen Relativitätstheorie vereinen soll: die »Quantengravitation«.

In den beiden letzten Kapiteln wird die Frage diskutiert, wie diese Erkenntnisse mit der Physik zusammenhängen, der unsere Hirntätigkeit gehorcht. Das neuronale Netzwerk unseres Gehirns zeichnet sich durch einen hohen Vernetzungsgrad, Parallelverarbeitung und Selbstorganisation aus, und Penrose ist der Meinung, daß unser bewußtes Denken, unsere Fähigkeiten zur Intuition und Kreativität etwas Nicht-Algorithmisches an sich haben, wobei gleichzeitig angedeutet wird, daß die Evolution, im Laufe derer sich ja unser Bewußtsein entwickelt hat und deren Wirkungsmechanismen den physikalischen Gesetzen gehorchen, der Urheber dieses »Nicht-Algorithmischen« Etwas ist.

Interessant einige Spekulationen am Schluß des Buches. Da wird die Aktivierung und Inaktivierung von synaptischen Verbindungen im Gehirn verglichen mit den Prozessen beim Wachstum von Quasikristallen, und da wird darauf hingewiesen, daß der Zeitbedarf und das zeitliche Fortschreiten des Bewußtseins nicht mit der Zeitlichkeit der externen physikalischen Realität übereinstimmen. Unser Bewußtsein stellt den Kontakt zwischen der externen physikalischen Welt und etwas Zeitlosem dar.

Penrose zeigt die Unhaltbarkeit der Ansicht auf, daß unser Denken im Grunde dasselbe sei wie die Tätigkeit eines sehr komplizierten Computers. Der bewußte Geist liegt außerhalb der begrenzten Domäne von Algorithmen und Berechenbarkeit.

Dem Leser, der, wenn auch zuweilen nur in Ansätzen, begreift, bleibt nur ein Staunen vor der gigantischen Landschaft, einem Steinbruch der Ideen, die sich hier auftun. Gewiß sind die meisten der in dem Buch angesprochenen Gedanken anderswo auch schon einmal niedergeschrieben worden, aber es gab bisher kein Werk, in dem die relevanten mathematisch-naturwissenschaftlichen Erkenntnisse über das Geist-Materie-Problem in einer solch umfassenden Weise komprimiert dargestellt wurden. Der gelegentliche Mangel an Allgemeinverständlichkeit kann hier nicht als Nachteil aufgeführt werden. Populärwissenschaftliche Abhandlungen sollten nicht der Bequemlichkeit des Lesers wegen den Inhalt, um den es geht, verwässern, und in dem vorliegenden Buch ist ein hervorragender Kompromiß zwischen wissenschaftlicher Präzision und Verständlichkeit erreicht worden. Penrose schreckt auch nicht davor zurück, den Leser mit mathematischen Formeln und komplizierten Abbildungen zu »nerven«, und vielfach wird beim Lesen des Textes Gehirnakrobatik erfordert, am Schluß bleibt jedoch ein intellektuelles Wohlgefühl, die angesprochene Problematik nun von einer etwas höheren Warte überblicken zu können. Auch die Science Fiction, die in den letzten Jahren in inhaltlicher Hinsicht zu stagnieren scheint, könnte von solchen Werken profitieren.

Ernst Petz

Perugia. 1 perverser Mafiaroman

Aarachne Verlag, Wien/Frankfurt 1992
231 Seiten. DM 25,—

von Hermann Urbanek

Der 1947 in Villach in Kärnten geborene Ernst Petz ist, so kann man ohne Übertreibung sagen, ein Hansdampf in allen literarischen Gassen. Zu seinem umfangreichen Œuvre zählen sowohl Kurzgeschichten und Erzählungen wie Essays, Features und Kurzdramen, die in Tages- wie Kulturzeitschriften und Anthologien veröffentlicht, beziehungsweise im Hörfunk ausgestrahlt wurden, als auch Romane, Hörspiele und Theaterstücke. Als Angestellter des ORF, des Österreichischen

Fernsehens, war und ist er auch an den unterschiedlichsten Produktionen beteiligt, wie beispielsweise an Helmut Zenkers Krimi-Satire »Der Vierte Mann«. Bei solcher Vielseitigkeit konnte es nicht ausbleiben, daß sich Petz auch mit der Phantastischen Literatur beschäftigte, und das intensiv und auch überaus erfolgreich. Den Reigen eröffneten dabei SF-Stories, wie »Gottes Farbe« (1983) und »Das Ende der Ikks« (1985), sowie der SF-Roman »Der Datenmensch«, ein Roman um eine Zukunft, die schon gegenwärtig geworden ist (1986). Für die Story »Ein liederlich machend Liedermacher-Leben« erhielt er 1987 den SFCD-Literaturpreis in dieser Kategorie. 1988 folgten die Collections »Mensch Monster«, die 24 zum Teil schon anderweitig vorabgedruckte Geschichten enthielt, und »Unerwartet und plötzlich«, das Handbuch vom Sterben, das neben konventionellen Stories auch SF-Texte enthielt. 1990 wurde der SF-Roman »Stellvertreterkrieg« veröffentlicht, 1992 kam »Trento — 1 ultimater Bergroman« heraus, der trotz des unverfänglichen Titels im weitesten Sinn zur Phantastik zu zählen ist.

Dies trifft auch auf das jüngste Werk des kritischen Autors zu, der in seinen Werken kein Blatt vor den Mund nimmt, wenn es um Institutionen geht, denen er skeptisch gegenübersteht, wie beispielsweise der Kirche. Und die bietet natürlich in einem Land wie Italien, wo der vorliegende Roman handelt und der Glaube schon institutionalisiert und überall in Form von behauenem Stein, auf Leinen gebannt und in Beton gegossen, allgegenwärtig ist, natürlich breite Angriffsflächen. Doch nicht nur der Kirche ist Italien eine feste Trutz und Heimat, sondern auch der Mafia, der Ehrenwerten Gesellschaft, ursprünglich gegründet, um den Freiheitskampf gegen Österreich zu unterstützen, seither aber zur größten Verbrechensorganisation der Welt mutiert. In Perugia, einer alten Etruskersiedlung im Kernland der Mafia, soll der Protagonist des Romans eine Geldübergabe durchführen. Doch ebenso wie er die Mafia übers Ohr hauen will, so hat auch die Mafia nicht vor, ihm die vereinbarte Geldsumme für seine Aktivitäten bei der Geldwäsche zu übergeben. Daß das für den Protagonisten nicht gutgehen kann, ist wohl jedem klar, mit Ausnahme derjenigen, die durch den TV-Konsum einschlägiger Krimiserien zur höchst irrigen Annahme verleitet wurden, es könne einer allein gegen die Mafia etwas ausrichten. Dieser Ansicht war offenbar auch die Hauptfigur, doch hat er die Rechnung ohne die Mafia gemacht: Von Beginn seines Eintreffens in Italien an bildet er die Zielscheibe für Attacken und Mordanschläge der unterschiedlichsten Art: vom Taxifahrer in eine Falle geführt, in die Luft gesprengt, in seinem Hotelzimmer von Pistolengarben oder auf freier Fläche von Gewehrsalven durchlöchert oder in kleine Klöße zerstückelt. Daß er immer wieder schafft, davon- und auf seiner Reise durch die von gotischen und Renaissancekirchen geprägte Landschaft weiterzukommen, liegt in erster Linie darin begründet, daß er sich beharrlich weigert, seinen Tod zur Kenntnis zu nehmen, daß er einem Auferstehungstick frönt, der aber über die letale Tatsache seines endgültigen und auch unwiderruflichen Todes nicht hinwegtäuschen kann. Dies versucht in Form eines Monologes wie weiland der selige »Herr Karl« auch eine übergeordnete Wesenheit dem betrogenen Möchtegern-Betrüger klarzumachen: Daß er, so sehr er auch versucht, Tatsachen ungeschehen zu machen, eine Leiche ist und bleibt.

»Perugia — 1 perverser Mafiaroman« ist ein ungewöhnliches Werk, prall gefüllt mit bunten Bildern und flotten Sprüchen, boshaften Seitenhieben auf kulturelle Institutionen und zynischen Statements, ein surrealer Slapstick-Roman, von dem der Autor — sicher nicht zu Unrecht — behauptet, er würde der Dick'schen Definition zufolge phantastisch sein. Dem kann man eigentlich des phantastischen Grundelements zufolge nur zustimmen, wenn es auch vielleicht nur als Vehikel für die Aussagen dient, die Petz ganz offen und schonungslos vertritt. Unkonventionell geschrieben, ist der Roman sicherlich nicht nach jedermanns Geschmack, vor allem nicht nach dem derjenigen Leser, die sich an die von den USA geprägte Konfektionsware gewöhnt haben. Wer aber das Ungewöhnliche nicht a priori ablehnt, dem bietet die Lektüre dieses neuesten, für Petz aber recht typischen Romans unterhaltsamen Lesegenuß.

Erhard Ringer

Das Conan-Universum

s. Ralph Sander
Das Star Trek-Universum

DIE POESIE DER PAPIERDRACHEN

Keith Roberts

Drachenpiloten

(*Kiteworld,* 1985)
Roman
Aus dem Englischen übersetzt von Horst Pukallus
Heyne Verlag, München 1991
Heyne-TB 06/4857. 475 S. DM 12,80

von Karsten Kruschel

Ein Land schützt sich mit einer Unzahl riesiger bemannter Papierdrachen vor Dämonen, die aus (radioaktiv?) verseuchtem Umland einzufallen drohen. Das Leben der Menschen und die Existenz dieser Gesellschaft, alles wird von den Drachen geprägt: Das Bewußtsein der Kinder, die Dogmen der Kirchen, die Märchen der Alten, die Gefühle und Ängste der Liebenden. Die »Dämonen« des Ödlands aber sind längst da — das, was abgeschreckt werden soll, das Fremde, Unbekannte, Doppelbödige, ist längst angekommen, ist heimisch. Es nistet in Herzen und Gedanken der Menschen, und es ist böse und gut zugleich und deswegen so verwirrend wie das Leben.

Diese Welt zeichnet Keith Roberts, der Verfasser so bekannter Bücher wie »Homo Gestalt« (*The Inner Wheel*) und vor allem dem berühmten »Pavane« in seinem schon 1985 in England gedruckten und jetzt bei Heyne erschienenen Roman »Drachenpiloten«.

Vielleicht ist diese Welt die Erde nach nuklearer Katastrophe, vielleicht eine Parallelwelt, es ist völlig unwichtig. Das Buch ist wie »Pavane« ein Episodenroman, dessen Kapitel sich erst im Überblick nach dem Lesen des ganzen Bandes zusammenfügen, dessen ineinandergreifende und miteinander verwobene Geschichten behutsam und feinfühlig erzählt werden. Keine Spur von hastig aufeinandergestapelter action. Wiederum bildet ein Netz von Beziehungen zwischen Kirche und Staat den durch das poetisch-romantische Bild der Papierdrachen vermittelten Handlungshintergrund. Roberts vermag überzeugend und mit aller dekadenten Ästhetik des Untergangs darzustellen, wie ein künstlich am Leben erhaltenes Staatsgebilde die Psyche seiner Bürger deformiert und sich dadurch selbst erledigt.

Die literarische Qualität von Keith Roberts gründet sich weniger auf originelle SF-Ideen, ausgeklügelte Gimmicks oder actionbetonte Spannung. Er ist ein souveräner Zeichner plastischer Landschaften und ein romantischer Erzähler packender Geschichten, die sich in der Regel erst im Kopf des Lesers abrunden und vervollständigen; hier spürt man den Künstler, der in England auch für seine unkonventionelle Cover Art bekannt ist (leider hat Heyne für »Drachenpiloten« ein Titelbild gewählt, das aussieht wie der Umschlag eines Romans über die Invasion galaktischer Killerfrösche).

Die Erzählungen, die die einzelnen Kapitel des Romans bilden, bieten viel seltsame Drachenflieger-Romantik und einprägsame Darstellungen der zugleich altertümlichen wie hochentwickelten Technologie dieser Fluggeräte; sie bieten außerdem Geschichten um Menschen, deren Seelen von sexuellen Begierden, religiösen Beschränkungen und tiefen Gefühlen zerrissen werden.

Im Kapitel »Drachenkapitän« gibt es eine faszinierende Liebesgeschichte: Ein Knabe kann sich zunächst mit der Tatsache, ein Geschwister zu bekommen, gar nicht anfreunden, zumal die Geburt der Schwester nicht nur die Mutter auf immer die Gesundheit kostet, sondern das Kind auch geistig schwer behindert ist. Über die Art der Behinderung erfährt man nichts weiter, als daß die Kleine »leere Augen« hat; es geht Roberts offensichtlich nicht um ein bestimmtes Krankheitsbild, sondern um das intellektuell/kognitive Anders-Sein dieses Kindes. Der Kirche, die solche »von den Dämonen berührten« Kinder rituell umzubringen pflegt, wird das Baby entzogen. Im Lauf der Jahre entwickelt sich eine innige Beziehung; der zum Mann heranwachsende Junge legt mühsam und zugleich liebevoll immer wieder neue Facetten des zwar verschlossenen, aber wachen Geistes seiner Schwester frei, während er selbst zu einem hochgeachteten Drachenkapitän wird. Als es zu einer inzestuösen Beziehung der beiden kommt, sind es die Dämonen der Gesellschaft, und nicht die des feindlichen Ödlands, die ein tragisches Finale herbeiführen, dem Glück ein Ende bereiten. Die Kapitel sind auch als Erzählungen lesbar, einige der Texte geben allerdings nur im Kontext des gesamten Buches einen Sinn.

Sympathien für die Benachteiligten prägen das Buch: Für den Drachenflieger, dem die Begegnung mit »Dämonen«, die in Wirklichkeit unglücklich mutierte Menschen sind, sein Vertrauen in anerzogene Denkweisen raubt (»Drachenkadett«); für die elfjährige Waise, die sich gewitzt und ein bißchen weise als Kupplerin durchs Leben bosselt (»Drachenwaise«) und religiösen Wirrköpfen raffinierte Schnippchen schlägt (»Drachenmatrose«); und sogar für die nymphomanische Lady, die sich auf verzweifelter Suche nach Liebe in immer abseitigere Abenteuer verstrickt (»Drachenherrin«).

Eine seltsame, interessante, zugleich abstoßende und faszinierend poetische Welt wird von Roberts aufgeblättert und einem unvermeidlichen Untergang preisgegeben — in der Hoffnung, dem Leser würden die eigenen Dämonen wenn nicht weniger lästig, so doch vielleicht verständlich.

Paul M. Sammon (Herausgeber)

Splatterpunk

(*Splatterpunks: Extreme Horror,* 1990)
Aus dem Amerikanischen von Maximilian K. Brocken
Heyne-TB 8542, 330 Seiten, DM 9,80

von Uwe Vöhl

»Splatterpunk — Horror Extrem« ist einfach widerlich. Das liegt weniger am Thema (Brett Ellis' »American Psycho« ist da zum Beispiel um einige Schockgrade härter, packender und trotzdem literarisch genießbarer), auch nicht allein an den Autoren (Landsdale ist Kult, Matheson jr. genial!), sondern vor allen Dingen am Herausgeber, Paul M. Sammon.

Es gab da mal einen gerissenen Werbetexter, der behauptete: »Werbung ist Kunst!« — und damit entsetzlich auf die Nase fiel. Denn fortan mußte er sich nicht nur fragen lassen, ob er gute Werbung machte (die machte er, zweifellos, von Michael Schirner ist die Rede), sondern ob die von ihm konzipierten Kampagnen denn auch dem Kunstanspruch genügten (was sie zweifellos nicht taten — Kunst und Werbung schließen einander aus).

Den gleichen Fehler begeht Sammon: »Splatterpunk ist Kunst, und deren Schreiber sind Outlaws und Künstler«, so in etwa sein Statement. Es geht also nicht darum, ob die in dieser Anthologie versammelten Autoren »gute Splatterpunks« sind, oder wenigstens halbwegs akzeptable Schreiberlinge, oder — um noch eine Schublade tiefer zu greifen — lesbare Taschenbuch-Literatur produzieren, es gilt vielmehr zu beurteilen, ob wir es mit »Künstlern« zu tun haben. Ich glaube, daß man darüber — angesichts dieser »Geschichtchen« — nicht weiter diskutieren muß, oder? Wenn überhaupt, dann gebührt Paul M. Sammon himself das Attribut »Künstler«, wenigstens, wenn wir folgende, von Meister Beethoven überlieferte Definition akzeptieren: »Der wahre Künstler hat keinen Stolz!« So ist sich Sammon nicht zu schade, sein ca. 80seitiges(!) Nachwort mit einer zweiseitigen, peinlichen Lobrede über sich selbst zu beginnen. Fairerweise muß man jedoch hinzufügen, daß gerade das Nachwort — streicht man die subjektiven, oftmals peinlichen Sammon-Äußerungen — überaus informativ ist, eben weil es (wahrscheinlich ungewollt) den Mythos Splatterpunk endlich einmal entmystifiziert. So erfahren wir, daß David J. Schow den Begriff erfunden hat, und eigentlich auch nur er und das Autorenteam Skipp & Spector »echte« Splatterpunks im Sinne der Bewegung sind.

Da fragt man sich, warum dieser oder jener Autor eigentlich in dieser Anthologie vertreten ist — und warum überhaupt »Splatterpunk«? Das Fatale an dieser Etikettierung sei an der recht beeindruckenden Story »Nicht ganz ein Zombie« demonstriert:

Darin geht es um eine Gruppe Jugendlicher, die ziellos ihren Abend in L.A. mit Bumsen, Trinken und Drogen verbringen, schließlich in einer Kinovorstellung landen und dort ein Snuff-Movie sehen, in der eine Frau in einem Raum gefangengehalten und gefoltert wird. Animiert durch diesen Film, töten die Jugendlichen eine ihrer Begleiterinnen. Das Ganze wirkt deshalb so beklemmend, weil es in einem extrem emotionslosen Ton geschrieben ist, der weder Sympathie noch Mitleid kennt.

Nun ist diese Story schon mal erschienen. Und zwar wurde sie für die von Skipp & Spector herausgegebene Anthologie »Das große Horror-Lesebuch« geschrieben, in der es (trotz des unverfänglichen Titels) ausschließlich um »Zombies« ging. Unter dem Aspekt der »Zombie-Thematik« fiel diese Story seinerzeit positiv heraus, da sie das vorgegebene Thema nur am Rande streifte. Bereits die Überschrift »Nicht ganz ein Zombie« macht dies deutlich. Es bleibt in der Story offen, ob die in dem Film getötete Frau ein Zombie ist. In einer Anthologie, die ausschließlich Stories unter der Prämisse »Splatterpunk« versammelt, geht diese eher feinsinnige Story hingegen unter.

Worauf ich hinauswill: Stories, die für einen ganz anderen Zweck geschrieben worden sind, unter einem neuen Thema zu vereinen, kann in die Hose gehen. Es kann der Originalität und der Intention der einzelnen Autoren entgegenwirken. Dies trifft bei Paul M. Sammons Anthologie extrem zu: Der Herausgeber hat nicht mehr getan, als bereits in verschiedenen Magazinen und Büchern veröffentlichte und zu verschiedenen Anlässen geschriebene Stories zu versammeln, die von »Sex & Gewalt« (um einen von Frans Stummer in dem News-Magazin NECROPOLITAN in die Splatterpunk-Debatte geworfenen Begriff zu verwenden) handeln. Nicht mehr. Eher weniger.

Bliebe noch ein letzter Punkt, der diese Anthologie zu lesen eher unerträglich macht:

Sammon behauptet so ungefähr bei jeder zweiten Story, daß diese endlich mal nicht frauenfeindlich sei (ein Hauptvorwurf, mit dem die Splatterpunks zu leben haben). Ehrlich gesagt, ich habe lange nichts Frauenfeindlicheres gelesen als diesen Band! Und wenn dann tatsächlich einmal eine Story — wie »Als sie beim Einkaufen war« von Edwart Bryant — nicht frauenfeindlich ist, dann ist sie ausländer- und minderheitenfeindlich: Die Männer, die in dieser Story der Protagonistin an die Wäsche wollen und dafür furchtbar büßen müssen, sind — natürlich Neger und Latinos!

Es wäre ja schön, wenn das jetzt alles gewesen wäre, aber leider steht uns noch ein zweiter Teil ins Haus!

Das ganze Universum in einer Hand — zwei Bücher im Vergleich:

Ralph Sander

Das Star Trek-Universum

Das erste deutsche Handbuch zur erfolgreichsten Multimedia-SF-Serie der Welt
Mit einer Filmographie von Norbert Stresau
Erweiterte und aktualisierte Neuausgabe 1991
Wilhelm Heyne Verlag, München 1991
Science Fiction & Fantasy 06/4900
594 Seiten. DM 19,80

Erhard Ringer

Das Conan-Universum

Handbuch zum Conan-Zyklus
Wilhelm Heyne Verlag, München 1992
Science Fiction & Fantasy 06/4908
446 Seiten. DM 16,80

von Thomas Roth

Die Geschichte der Science Fiction ist voller kosmischer Wunder, galaktischer Zaubereien und unendlicher Rätsel. Sternennebel, Quasare, Schwarze Löcher und andere bis in die Theologie hineinreichende Probleme zeitgemäßer Wissenschaft werden jedoch belanglos, sobald man sich die simple Frage stellt, wie die *Enterprise* dazu kommt, ihr 25jähriges Dienstjubiläum zu feiern — und was das mit einem Barbarenburschen aus dem hohen Norden zu tun hat. Antwort auf diese Fragen findet der Suchende in zwei unlängst im Heyne-Verlag erschienenen Bänden, die als Handbücher apostrophiert Aufschluß über zwei der erfolgreichsten Serien der modernen Phantastik geben wollen, in deren unaufhörlicher Beliebtheit sich die ganze Unermeßlichkeit des Kosmos widerzuspiegeln scheint:

Als im Jahre 1966 die erste Episode von *Star Trek* aus den Antennen der amerikanischen Network-Stationen drang und über die Bildschirme flimmerte, sollte dies der Beginn einer bis heute beispiellosen Erfolgsgeschichte einer Fernsehserie werden. Geliebt von ihren Fans, gehaßt von ihren Neidern und geschlagen von ihren Produzenten, entwickelten sich die Abenteuer der wackeren Besatzung des *Raumschiffs Enterprise* zu einem Publikumserfolg ohnegleichen. Heute, 25 Jahre danach, existiert *Star Trek* nicht nur als (bereits zweite) Fernsehserie, es gibt daneben auch Kinofilme (bisher sechs), eine Zeichentrickserie (der allerdings kein langes Leben beschieden war), Comicadaptionen, eine Romanreihe sowie zahllose Nebenprodukte wie Kinderspielzeug, Modellbausätze und vieles mehr. Längst hat die *Enterprise* die engen Grenzen einer TV-Serie gesprengt und ist in Vermarktungs-Dimensionen vorgedrungen, die nie ein Mensch zuvor für möglich gehalten hätte. Ein solch ausgedehntes *Star Trek*-Universum wurde erst durch den begeisterten Zuspruch vieler Fans — den Trekkies — ermöglicht. Ihrem beharrlichem Engagement ist es zu verdanken, das aus einer relativ normalen Fernsehserie, die zudem in ihren Anfangszeiten mit nicht sehr großer Zuschaueranteilnahme über die Schirme flimmerte (wie die Plazierung auf der Rangskala der Nielsen-Ratings für TV-Serien in den USA belegt), die erfolgreichste Multimedia-SF-Serie der Welt wurde.

Einen Einblick zu vermitteln in dieses *Star Trek-Universum* ist das Anliegen von Ralph Sander, dessen erstmalig 1990 erschienenes Buch bereits zwei Jahre später in die 5. Auflage geht, die gegenüber der ersten aktualisiert und um einige zusätzliche Aspekte erweitert wurde. Den Hauptteil der 594 Seiten nimmt dabei die Auflistung der TV-Episoden ein: Sowohl sämtliche Abenteuer der alten Mannschaft um das magische Dreieck Kirk, Spock und McCoy wie auch die ersten 99 Episoden der *Next Generation* (was dem Umfang von vier Seasons entspricht) werden mit Inhalt und Besprechung jeweils kurz skizziert; im Anhang um eine ausführliche Filmographie von Norbert Stresau ergänzt. Ausführlich auch werden die Kinofilme besprochen, wobei neben der reinen Zusammenfassungen der Handlungen der Schwerpunkt auf der Wiedergabe von Produktionsnotizen liegt. Für den interessierten Fan sicherlich begehrliche Informationen über die mitwirkenden Schauspieler, über ihren Werdegang — auch in den Drehpausen von *Star Trek* — ebenso wie kleine Kuriositäten am Rande der Serie runden diesen Teil des Handbuches ab.

Es schließen sich ein paar Worte über das Merchandising an — über die Vermarktung einer beliebten Idee über ihr ursprüngliches Medium (in diesem Fall dem der Fernsehserie) hinaus —, welches es ermöglichte, daß die beliebten Helden aus der Fernsehserie nicht nur als Plastikfiguren und Gürtelschnallen eine gute Figur machen, sondern auch von Duschvorhängen und Bettwäsche grüßen. Dann gibt es noch ein paar Sätze über die Rezeption von *Star Trek* in der »normalen« Presse (nicht in der der Trekkies), wobei mit einem Zitat die Dümmlichkeit der wöchentlich erscheinenden Druckerzeugnisse der Springer-Presse offengelegt wird (S. 450).

Dem auf den Fuß folgt ein sogenannter »Führer durch den Buchsektor«, der eine »Bewertung aller zum Thema Star Trek erschienenen Romane und Sachbücher« versucht. In alphabetischer Nennung der Autoren und mit den jeweiligen Originaltiteln versehen, wird jeweils der Inhalt dieser Bücher kurz umrissen und eine Einordnung in das offizielle (was bedeutet: von dem Film-Produzenten Paramount genehmigte) *Star Trek*-Universum vorgenommen. Dieser Teil — der erst in die '91er Ausgabe aufgenommen wurde — ist wohl der für den potentiellen Leser unbrauchbarste. Denn sollte dieser versucht sein, aufgrund der mitunter sehr polemischen Kurzbeschreibungen einen dieser Romane in deutsch lesen zu wollen, so steht ihm zunächst einmal eine Reise durch den — sich im Anhang befindenden — verworrenen Bibliographieteil bevor. Zwar enthält dieser alle sowohl in den USA wie auch in Deutschland erschienenen Romane und Sachbücher zu *Star Trek,* nur sind diese nach Verlagen und Erscheinungsnummern geordnet, so daß ein rasches und effizientes Auffinden eines bestimmten Buches eines bestimmten Autoren unmöglich ist. Die bei solch einem dilettantischem Vorgehen notwendigen Querverweise innerhalb des »Handbuches« sind — ob aus Kostenersparnisgründen oder purer Arglosigkeit — konsequenterweise ebenfalls nicht vorhanden.

Bei so viel Unverstand über die konzeptionellen Erfordernisse eines »Handbuches« nimmt es auch nicht Wunder, wenn über die *Star Trek*-Romane an sich kein Wort verloren wird. Sie interessieren nur als bloße Verlagsnummern, ihre Bedeutung für das *Star Trek*-Universum wird dabei in keiner Weise erwähnt und auf bloßes Merchandising-Niveau herabgewürdigt. Dabei sind diese Romane seit langem schon mehr als bloße Novellisationen der Fernsehepisoden. Deren eng begrenzten Horizont wesentlich erweiternd, wurden viele für das *Star Trek*-Universum wichtige Einzelheiten — wie etwa die verwickelten Beziehungen der menschlichen Föderation zu den verschiedenen Alienrassen — erst durch diese Romane genauer definiert — und so der Neuanfang durch die 1987 gestartete *Next Generation* konzeptional vorbereitet. Sie waren es erst, die den engen (und oftmals prüden) Rahmen der Fernsehserie zu einem homogenen und riesigen Universum aufblähten, in welchem die *Enterprise* und ihre wechselnden Besatzungen noch bei so manchem Flug in Galaxien vordringen wird, die nie ein Mensch zuvor gesehen hat.

Doch zu einem richtigen Universum gehören neben den fiktiven Charakteren auch real existierende Menschen. Und in dem Fall des *Raumschiff Enterprise* bezeichnen diese sich als Trekkies. Die paar warmen Worte von Ralph Sander über sie sind recht kurz gehalten und wenig dazu angetan, näheres über sie zu erfahren. Die psychologische Triebkraft des Universums, dem Sander sein Buch widmete und die sich in den real existierenden Trekkies manifestiert, wird von ihm überhaupt nicht berücksichtigt. Und das ist für ein Buch, das sich großspurig DAS STAR TREK-UNIVERSUM nennt, denn doch zu wenig. Zwar ist es an einigen Stellen recht informativ, und auch seinem Anspruch, ein »Handbuch« sein zu wollen, wird es durchaus gerecht — denn nimmt man es einmal zur Hand, um etwas nachzuschlagen, so wird man es so schnell nicht wieder weglegen können, dauert doch das Auffinden bestimmter Sachen, wie oben beschrieben, so seine Lichtjahre. (Abkürzungen durch ein Wurmloch können dabei nicht genommen werden.) Ralph Sanders selbstauferlegtes Ansinnen, ein Führer durch eine Multimedia-Serie sein zu wollen, entpuppt sich so als eine weitere brillante Merchandising-Idee, eindrucksvoll illustriert durch die Verkaufszahlen dieses Buches, das die für eine Science Fiction-Publikation in Deutschland bisher unerhörte 4. Auflage bereits längst überschritten hat.

Konzeptionell dagegen ganz anders gelagert präsentiert sich Erhard Ringers DAS CONAN UNIVERSUM, in welchem er die Lebensumstände des bekannten Barbarenburschen aus dem hohen Norden ausführlich schildert. 1932 erfand Robert Ervin Howard — der wegen seiner eher schwächlichen Konstitution und seiner extremen Mutterbindung als Klassendepp und Sonderling galt und den seine Mitschüler täglich prügelten — den mit strotzenden Muskeln, glühenden Leidenschaften und einem unbeugsamen Willen ausgestatteten Conan. Diesen siedelte er in dem Jahrtausende vor unserer Zeitrechnung existierenden Land Hyborien an, »als die Welt noch jung und die Gefahren groß« waren. Die Menschen lebten in barbarischen Verhältnissen, und Conan war einer der stärksten und gefürchtetsten unter ihnen — die Erniedrigungen seiner Jugend hatten ihn gestählt. Das Interesse der Leser an dieser Figur war zunächst eher bescheiden, und so geriet Conan nach Howards Tod 1936 erst einmal in Vergessenheit. Erst als Ende der 60er Jahre eine Neuherausgabe des Conan-Zyklus bei Lancer Books erschien, von L. Sprague de Camp und Lin Carter unter Nutzung von vollendeten Fragmenten und neuen Geschichten auf zwölf Bände konzipiert und erweitert, änderte sich dies schlagartig, und der Siegeszug des überlebensgroßen Kriegers im Medienbereich begann. Fortan erlebte Conan seine Abenteuer nicht nur in

— von etlichen Autoren verfaßten — Romanen und Stories und durfte als Comic-Figur (seit 1970 mit ungebrochener Popularität) seine Gegner bezwingen, auch als Kinoheld machte er Anfang der 80er Jahre — aufgrund der kongenialen Verkörperung durch Arnold Schwarzenegger — in zwei Filmen eine gute Figur.

Diese so im Laufe der Jahre entstandene Fülle von Daten und Materialien über Conan zu ordnen und einen Überblick über die Hintergründe dieser Figur zu geben, ist das Anliegen von Erhard Ringer. Der seit vielen Jahren als Kartograph für die Fantasy-Romane bei Heyne tätige und als Herausgeber mehrerer Fantasy-Anthologien bekannte Ringer beginnt sein CONAN-UNIVERSUM mit mehr als 50 Detailkarten, die einen ersten visuellen Eindruck der Hyborischen Welt vermitteln. Daran schließt sich ein Glossar Hyborischer Orte an, alphabetisch geordnet und mit einer Buchstaben-Ziffern-Kombination versehen, welche das Auffinden in den Planquadraten der einzelnen Karten ermöglicht; die Orte werden mit ihren charakteristischen Merkmalen kurz skizziert und die Titel der Romane, in denen sie Erwähnung finden, genannt. Ein von L. Sprague de Camp verfaßter und von Erhard Ringer überarbeiteter Essay gibt dann einen Überblick über Conans Leben, das anhand der Stories und Romane chronologisch erzählt wird. Die Geschichte des Hyborischen Zeitalters erhellt anschließend Robert E. Howard selbst, dessen Pseudogeschichte jener prähistorischen Zeit, die er als Hintergrund für seine Erzählungen benutzte, erstmalig in den 30er Jahren in Donald A. Wollheims Fan-Magazin *The Phantagraph* erschien. Kurze Abrisse über Hyborische Technik, den Seehandel in jener Zeit und eine fiktiv-wissenschaftliche Abhandlung von Lin Carter über das »wahre« Hyborien runden den Band ab. Nach einer solchen Fülle von Hintergrundinformationen findet sich eine ausführliche Bibliografie, in welcher sämtliche Romane, Stories und Comics in ihrer deutschen Ausgabe aufgelistet sind. Zusätzliche Einzelbibliografien am Ende der jeweiligen Artikel ermöglichen dem Leser zudem das rasche Auffinden bestimmter Geschehnisse in Conans Leben.

DAS CONAN-UNIVERSUM erweist sich so als in vielerlei Hinsicht dem STAR TREK-UNIVERSUM überlegen. Gemeinsam ist beiden, daß sie jeweils die Hintergründe einer Serie beleuchten wollen, die sich seit Jahrzehnten einer nahezu ungebrochenen Beliebtheit erfreut. Dort aber, wo Ralph Sander allein auf die Kraft der simplen Fakten vertraut und sein Universum so wenig mehr als eine Auflistung von Inhaltsangaben ist, dort setzt Erhard Ringer auf die Faszination der Phantasie, die in den Texten der verschiedenen Autoren mitschwingt und — trotz großer Datenmenge — so die Faszination der Figur Conans begreiflich macht.

Die Antwort auf die Frage, was denn nun die *Enterprise* mit dem Urwüchsigen aus dem hohen Norden zu tun hat, vermögen beide Bände dennoch nicht zu geben. So bleibt dem Leser allein die Möglichkeit, sich mit einem Aphorismus Raimundo Panikars zu trösten, der da lautet: »Alles hängt mit allem zusammen.« Und wenn dermaleinst die Metaphysik über den Bereich des Esoterischen hinaus in das alltägliche Leben vorgedrungen ist, dann wird man sicherlich auch ergründen können, warum sich die stets schematisch ablaufenden Abenteuer dieser Serienhelden solch unendlicher Beliebtheit erfreuen und wie das mit dem Pulsar im Sternbild Orion zusammenhängt.

Lewis Shiner

Frontera

(*Frontera,* 1984)
Aus dem Amerikanischen übersetzt von Peter Robert
Wilhelm Heyne Verlag, München 1991
Heyne Science Fiction & Fantasy 06/4834
288 Seiten. DM 12,80

Verlassene Städte des Herzens

(*Deserted Cities of the Heart,* 1988)
Aus dem Amerikanischen übersetzt von Irene Bonhorst
Wilhelm Heyne Verlag, München 1991
Heyne Science Fiction & Fantasy 06/4768
430 Seiten. DM 12,80

von Detlef Hedderich und Thomas Roth

Lewis Shiner gehört zu den interessantesten Autoren der neuen Garde innerhalb der Science Fiction, deren Arbeiten mit dem Label »Cyberpunk« publikumswirksam etikettiert wurden. Shiners Geschichten sind seit Ende der siebziger Jahre in allen einschlägigen Magazinen veröffentlicht worden, und sein 1984 erschienener Romanerstling *Frontera* erhielt wohl nur deshalb nicht die verdiente Aufmerksamkeit, weil er gleichzeitig mit William Gibsons Trendsetter *Neuromancer* herauskam, an dessen zeitgeistgemäßer Popularität er freilich nicht heranreichte.

In *Frontera* verbindet Shiner die Struktur der klassischen *Hard SF* mit der quälenden Schilderung einer postindustriellen Gesellschaft des frühen 21. Jahrhunderts. Der scharfe Realismus dieses Romans und die deflationäre Behandlung von geheiligten Ikonen der Science Fiction verursachten bei Erscheinen des Romans in Shiners Heimat, den USA, eine Reihe umfangreicher Kommentare.

Die Handlung spielt in der nahen Zukunft: Die Großmächte existieren nicht mehr, und die gesellschaftliche Ordnung hat sich aufgelöst. Als in diesem Prozeß auch die NASA und die russische Raumfahrtbehörde geschlossen wurden, bedeutete dies ebenfalls das Aus für die erste auf Dauer angelegte internationale Marssiedlung. Trotzdem hatten sich aber etwa zweihundert Kolonisten verschiedenster Herkunft geweigert, mit dem letzten Shuttle zur Erde zurückzukehren. Abgeschnitten von ihrer Heimatwelt fristen sie in der selbsterschaffenen Siedlung *Frontera* ein karges und beengtes Leben. Erst als die durch kosmische und solare Strahlung genetisch veränderten Kinder der Marskolonisten einen Materie-Transmitter entwickeln, beschließen zwei der sich bekriegenden Großkonzerne jeweils ein Raumschiff zum Mars zu entsenden; offiziell auf den Weg gebracht, um als Rettungsunternehmen den Kolonisten ihre Hilfe anzubieten, wollen sie in Wirklichkeit jedoch nur die neueste technische Errungenschaft stehlen, deren kommerzielle Nutzung jedem dieser Unternehmen die absolute Vormachtstellung auf der Erde garantieren würde.

Kanne, Kriegsveteran und Konzernerbe, ist einer der Mitglieder von *Pulssystems* Besatzung und, ohne es zu wissen, durch ein Biochip-Implantat dem Willen seines Onkels, dem Vorsitzenden von *Pulssystems,* unterworfen. Kanne ist von ihm dahingehend programmiert, den Transmitter auf dem Mars um jeden Preis an sich zu bringen. Doch es gibt neben der zweiten terranischen Besatzung noch einen dritten Interessenten, der sich um das Gerangel der Pläne mit der neuen Technologie müht, und dieser sitzt direkt an der Quelle ...

In einem stilistisch beeindruckenden Wechsel zwischen den Konfrontationen der Protagonisten, die in der Marssiedlung *Frontera* einem nahezu klaustrophobischen Entscheidungsdruck ausgesetzt sind, und Rückblenden auf deren Vergangenheit, zeichnet Shiner eine zutiefst düstere und betrügerische Welt, in der selbst die neueste technische Errungenschaft der Menschen nur wenig Ausblick auf Besserung verheißt.

Mit seinem zweiten, 1988 entstandenen Roman *Verlassene Städte des Herzens,* gelingt Shiner eine probable Mischung aus realpolitischen Geschehnissen, archäologischen Spekulationen und mythologischen Obsessionen: Die Geschichte dreht sich um einen Krieg in einem südamerikanischen Staat, in dem linksorientierte Aufständische gegen die Truppen der rechtskonservativen Regierung und deren amerikanische Militärberater kämpfen, die — wie sich alsbald herausstellt — eigentlich nichts weiter sind als von der CIA finanzierte Söldner, die unter dem Befehl reaktionärer christlicher Fundamentalisten aus den USA stehen. Zentrale Figur der Handlung ist Eddie, ein mäßig erfolgreicher Rockmusiker der Woodstock-Generation, der sich aus der »zivilisierten Welt« ausgeklinkt hat und zusammen mit den Männern eines Indio-Stammes zu einer Pilgerreise zu einem heiligen Ort aufgebrochen ist, an dem alle Probleme dieser Welt ihr Ende finden sollen; doch erliegt er den Verlockungen der Sage um die Heiligen Pilze, die unweit der Ruinen der Maya-Stadt *Na Chan* wachsen, deren Genuß mystische Rauschzustände hervorrufen. Auch das Militär tut das ihre zur Eskalation der Ereignisse, und als immer deutlicher wird, daß Eddies geistige Exkursionen in die Vergangenheit weit mehr sind als nur Visionen, daß eine seltsame Synchronizität zwischen den von Eddie durchlebten Kämpfen der Maya in der Vergangenheit und den realen Situationen in der Gegenwart existiert, da kündigt sich auch schon das Ende des alten und das Herannahen eines neuen Zeitalters an — ganz dem Maya-Kalender entsprechend ...

Mehr noch als in *Frontera,* untersucht Lewis Shiner in *Verlassene Städte des Herzens* das Eindringen des Fremden in eine vorher intakte Welt. Dabei interessiert ihn der Prozeß eines solchen Eindringens mehr als seine Auswirkungen. Mit wenigen Worten wischt Lewis Shiner die imaginative Grenze zwischen Wirklichkeit und Irrealität beiseite und erschafft eine transzendentale apokalyptische Welt, in der die Menschen beständig um ihr Selbst ringen müssen, gefangen in einer Art Möbiusschleife: Kaum scheint es, als wären sie am Ende ihrer Reise angekommen, gleichsam in ein neues Zeitalter eingetreten, da geht das Ganze wieder von vorne los — wenn auch unter anderen Vorzeichen.

Unter solchen Prämissen wird auch die Einordnung Shiners in das Gefüge des Cyberpunk verständlich. Vor allem sein zweiter Roman *Verlassene Städte des Herzens* weist dabei von seiner Struktur her deutliche Parallelen zu anderen »echten« Cyberpunk-Romanen auf. Zwei lesenswerte Werke von ungewöhnlicher visueller Kraft!

John Shirleys Eclipse-Trilogie:

Eclipse

(*Eclipse,* 1985)
Wilhelm Heyne Verlag, München 1991
Heyne Science Fiction & Fantasy 06/4721
490 Seiten, DM 14,80

Eclipse Penumbra

(*Eclipse Penumbra,* 1988)
Wilhelm Heyne Verlag, München 1991
Heyne Science Fiction & Fantasy 06/4722
462 Seiten, DM 14,80

Eclipse Corona

(*Eclipse Corona,* 1990)
Wilhelm Heyne Verlag, München 1991
Heyne Science Fiction & Fantasy 06/4723
458 Seiten, DM 14,80

Aus dem Amerikanischen übersetzt von Peter Robert

von Detlef Hedderich

Bereits 1985 legte Shirley mit *Eclipse* den ersten Band seiner Trilogie »A Song Called Youth« in den USA vor, die 1988 mit

Eclipse Penumbra fortgesetzt und 1989 mit *Eclipse Corona* abgeschlossen wurde. Erste Auszüge in deutscher Übersetzung fanden sich hierzulande in der von Bruce Sterling herausgegebenen Anthologie *Spiegelschatten* (»Freezone«), in der von Michael Nagula herausgegebenen Cyberpunk-Anthologie *Atomic Avenue* (»Wölfe des Plateaus«) und in Shirleys Kurzgeschichtensammlung *Hitzefühler* (»Wie es sich anfühlt, einen Menschen zu töten«, »Der Knoten«, »Sechs Arten Dunkelheit«, »Wölfe des Plateaus«).

Als Shirley 1985 den ersten Band seiner Trilogie veröffentlichte, handelte es sich im wesentlichen noch um einen »Zukunftsroman« über den Dritten Weltkrieg. Innerhalb weniger Jahre hatten sich die politischen Voraussetzungen jedoch derart verändert, daß die Folgebände nun keine mögliche Zukunft mehr, sondern lediglich eine alternative Gegenwart beschreiben sollten — das Ganze also in der Zwischenzeit zu einem »Parallelweltroman« mutiert war, so daß auch der Heyne-Verlag, der die deutsche Übersetzung besorgte, sich veranlaßt sah, in einer Vorrede darauf hinzuweisen. Immerhin hat Shirley aber in seinem dritten Band, der im wesentlichen aus Teilen seines unvollendeten Romans *The Exploded Head* entstanden war, versucht, seine fiktive Geschichte dahingehend zu korrigieren, daß er davon ausging, die Reformbestrebungen Gorbatschows würden irgendwann in den Neunzigern doch noch scheitern; was ja, wäre der Militärputsch 1991 in Moskau erfolgreich gewesen, nicht so ganz von der Hand zu weisen gewesen wäre …

»Ein Lied namens Jugend«, wie Shirleys Werk untertitelt ist, reflektiert die Geschichte um ein Europa des Jahres 2020, das durch einen nichtatomaren Dritten Weltkrieg zermürbt wird: Die Sowjetunion hält fast ganz Westeuropa besetzt, und die verbissenen Bemühungen der Nato, ihre mit allerlei High-Tech-Waffen und -Gerätschaften ausgerüsteten Truppen zum Sieg zu führen, gewinnen schließlich erst dann an Boden, als jene Rückendeckung von der SA, der »Second Alliance«, einer von den USA aus weltweit operierenden privaten Sicherheitstruppe, bekommt. Doch es zeigt sich schon bald, daß die SA mehr als nur die Anfangsbuchstaben mit einer Organisation aus dem Deutschland der dreißiger Jahre gemein hat. Finanziert von amerikanischen Fundamentalisten und geführt von den neuen Nazis, ist es ihr eigentliches Vorhaben, in Europa und später auch in den USA ein faschistisches Regime zu errichten, welches die Vernichtung »minderwertiger« Rassen zum Ziel hat. Doch nicht nur die Second Alliance kämpft in Europa, sondern auch die »Neue Resistance«, die sich im wesentlichen als Gegenbewegung zum Faschismus versteht und dabei Gefahr läuft, zwischen den Fronten zerrieben zu werden. Der Second Alliance, die sich immer mehr als Geheimdienst mit besten Kontakten, bis hin zur derzeit regierenden amerikanischen Präsidentin entpuppt, gelingt es schließlich nach und nach, durch ihre Aufkäufe an Aktienmehrheiten, auch die US-Presse und das -Fernsehen zu kontrollieren. Der erste wirkliche — leider jedoch auch fatale —Triumph der NR ist ein Rockkonzert des ausgebrannten Musikers Rickenharp auf dem Arc de Triomphe in Paris, der unter dem Geschoßhagel der SA vernichtet wird. Doch durch die Video-Aufnahmen dieses außerordentlichen Vorfalls — welche schließlich von der SA in das weltweite Datennetz eingespeist werden — gelingt es, den Stein des Anstoßes gegen die SA ins Rollen zu bringen, so daß sich schon bald die amerikanischen Machthaber von dieser Organisation zurückziehen. Doch bevor es tatsächlich zu ernsten Schritten gegen die SA kommen kann, hat sich deren Führungselite aus den USA längst nach Europa abgesetzt, wo sie ja bereits ganz offiziell als Ordnungshüter fungiert. Dort gelingt es dieser schließlich, ihre Zentrale zu installieren, ihre Macht zu festigen und ihre ganze Aufmerksamkeit und Energie zum Aufbau eines neuen faschistischen Europas einzusetzen. Als Mittel zum Zweck auf dem Weg zu diesem Ziel ist der SA dabei jedes Mittel recht, wird die multikulturelle Gesellschaft von ihr gar rassistisch »sortiert«: Einwanderer, »chronische Problemrassen«, werden in speziellen Lagern einfach »sicherheitsverwahrt«; die Welt selbst jedoch hat keine Ahnung, was sich in Europa abspielt, wie brutal die Schergen der Neonazis jeden Widerstand brechen und die letzten Reste der Zivilisation systematisch zerschlagen. In buchstäblich letzter Minute kann die NR die Weltöffentlichkeit von den unsäglichen Zuständen in Europa informieren und die Macht der SA — wegen deren Vorhaben, ein Virus freizusetzen, das nur die »reinrassigen« Hellhäutigen verschont — mit Hilfe weltweiter Ächtung brechen ...

Obwohl Shirley mit seinem hautnah geschilderten und durchwegs sehr realistisch verdichtetem Werk mit Sicherheit auch einen äußerst engagierten Anti-Kriegsroman geschrieben hat — in welchem er sehr deutlich politisch Stellung bezieht — dringt dennoch aus vielen seiner Kampfszenen ein gewisser (typisch männlicher) Waffenfetischismus. Ähnlich verhält es sich mit den sexuellen Darstellungen Shirleys, die von typischen Männerphantasien bis hin zu nonkonformistischen mitunter auch extrem provokanten Erotikeinlagen reichen und gleichgewichtig über alle drei Bände verteilt sind; ganz im Gegensatz zu den stilistischen und inhaltlichen Einflüssen des Cyberpunks, die von Mal zu Mal, von Band zu Band, größer zu werden scheinen. So spielen die ins Hirn eingepflanzten Chip-Erweiterungen zu Anfang kaum eine Rolle und entwickeln sich erst im Laufe der Handlung zu einer bedeutenden Geheimwaffe der NR, welcher zum Schluß eine alles entscheidende Rolle zukommt. Dabei begegnen dem Leser auch solch typische Versatzstücke, wie etwa das Bewußtsein des exekutierten Konstrukteurs der Raumstation in deren Computersystem; doch verzichtet Shirley bei all dem auf eine allzu zynische Entrücktheit und jene grellbunten Effektschilderungen eines Matrixtrips, wie sie beispielsweise in William Gibsons Werken zu finden sind. Zwar sind auch viele Protagonisten Shirleys — wie bei Gibson — Getriebene, die in den seltensten Fällen einen eigenen Willen aufweisen, doch übersieht Shirley dabei nicht ihre Menschlichkeit, die sie durchaus noch entwicklungsfähig macht. In dieser Hinsicht geht Shirley über das so typische, straßenschmutzverklebte Neongepränge des durch Gibson geprägten und ursprünglich definierten Cyberpunk-Begriffs weit hinaus. Dies gilt auch dann, wenn es um den Drogenkonsum geht, wobei Shirley nicht nur seine abgefuckten Loser durch die Hölle gehen läßt, wenn diese beispielsweise mittels Biotechnologie die Essenz anderer Menschen als Bewußtseinstrip in sich aufnehmen, sondern auch, wenn die Gegenseite ihre Soldaten an einen speziellen Drogenpunsch anschließt, bevor es in den Kampfeinsatz geht, bei dem die Überlebenschancen ohne diese bewußtseinsverändernden, die Realität verzerrenden, aggressionsfördernden Mittel sonst gleich Null wären.

Shirleys Hommage an die Rock- und Punk-Musik — wie etwa die Hymne seines Helden Rickenharp — sagt viel über Shirleys tiefste Wünsche und Sehnsüchte aus: die Musik womöglich als politisches Medium einzusetzen. Für die Entwicklung seiner Trilogie mag neben den eingangs genannten Zusammenhängen die Wirklichkeit lenkend eingegriffen haben, so daß — nachdem die Sowjetunion zum Partner der USA wurde —, der neue/alte Faschismus schließlich zum zentralen Feindbild wird — was sich ja derzeit von bestürzender Aktualität erweist. Die Implikationen des Stoffes: den Nationalsozialismus in Allianz mit den christlichen Fundamentalisten, ist dabei sicherlich keine grundlegend verkehrte, wenn auch ziemlich radikale Vorstellung. All dies hat Shirley mit seiner flüssigen Schreibweise und seinen hautnahen Schilderungen in ein spannungsgeladenes Sprachgewand gekleidet, so daß selbst jene — dieser oft schon dargestellten Problemzusammenhänge in der sogenannten »ernsthaften Literatur« — längst überdrüssig geglaubten Leser auf ihre Kosten kommen.

Ein besonderes Lob gebührt Peter Robert, dem Übersetzer dieses Werks, der die nicht immer leichte Sprache des Autors gut in eine glaubhafte deutsche Umgangssprache zu übertragen schaffte und so auch für die deutsche Leserschaft die Gefühlswelt Shirleys und dessen Protagonisten spürbar und nachvollziehbar machte.

Dan Simmons

Sommer der Nacht

(Summer of Night)
Aus dem Amerikanischen von J. Körber
München: Heyne, 1992
562 Seiten, broschiert, DM 29,80

Robert R. McCammon

Unschuld und Unheil

(*Boy's Life*)
Aus dem Amerikanischen von Ute Thiemann
Knaur, München, 1992
797 Seiten, broschiert, 16 DM

von Uwe Vöhl

Dan Simmons' *Sommer der Nacht* ist der beste King, den ich seit Jahren gelesen habe! Offensichtlich bin ich nicht der einzige, für den der Vergleich mit dem großen Meister zeitgenössischer Unterhaltungsliteratur so offensichtlich auf der Hand liegt: Als ich Frank Duwald diesen — wie ich fand so superb formulierten Einleitungssatz meiner Rezension vorlas, konnte der nur lässig abwinken: Längst erkannt und auch schon niedergeschrieben (*»Sommer der Nacht* ist der beste King-Roman, den King *nicht* geschrieben hat!«).

Gleichzeitig ist *Sommer der Nacht* aber auch einer der lesbarsten Bradburys, ein wenig so wie damals, als Ray *Das Böse kommt auf leisen Sohlen* schrieb. Nicht ganz so pathetisch allerdings, nicht ganz so schwülstig, vielleicht dafür auch nicht ganz so literarisch. Und natürlich letztlich doch ganz, ganz anders!

Aber zurück zu King: Simmons' ›Es‹ heißt Old Central, ein altes Schulgebäude. Und der Roman beginnt am letzten Schultag vor den großen Ferien. Dem Tag, an dem Old Central geschlossen werden soll und der Sommer der Nacht beginnt …

Was Dan Simmons' Roman so heraushebt, das ist die atmosphärisch eindrucksvolle Schilderung einer Kindheit, in der die Welt trotz aller Schrecken noch in Ordnung ist. Simmons nimmt sich viel Zeit, diese Momente anzusprechen. Etwa, wenn Mike dem Friedhof einen Besuch abstattet, dann ist das nicht irgendein anonymer Friedhof, sondern er *besuchte Großpapas Grab: Es lag etwa in der Mitte … die O'Rourkes drängten sich in diesem Abschnitt — die Verwandtschaft seiner Mutter dichter beim Zaun auf der anderen Seite —, und Großpapas Grab war das direkt beim Weg. Dort befand sich eine große Rasenfläche, die, wie Mike wußte, für seine Eltern reserviert war. Und seine Schwestern. Und ihn.*

Dieser Wertetraditionalismus ist natürlich erzkonservativ, und nicht umsonst spielt der Roman im Jahre 1960; als Amerika noch groß, die Zukunft rosig und selbst eine »sterbende Kleinstadt« noch beschaulich war. Die gute alte Zeit: Simmons beherrscht den Kniff perfekt, und daher finden wir *Sommer der Nacht* wahrscheinlich so schön. Simmons' Kindheitsträume und -ängste entsprechen den Klischees, ohne deshalb schlecht zu sein — denn sie tragen die Wahrheit in sich. Zum Beispiel, wie er das kleine Brüderpaar Dale und Lawrence schildert — und ihr ganz persönliches Problem, mit dem Einschlafen zurechtzukommen:

Dales kleiner Bruder hatte Angst vor der Dunkelheit. Einmal, als sie bei eingeschalteten Nachttischlämpchen schlafen gingen, hatte Dale ihn gefragt, was ihm daran nicht gefiel, wovor er denn genau Angst hätte. Es war ihr Zimmer. Zuerst wollte Lawrence nicht antworten, aber schließlich sagte er verschlafen: »Jemand könnte hier drinnen sein. Und warten. Manchmal denke ich, ich komme ins Zimmer und taste nach der Lichtschnur … du weißt ja, die ist irgendwie schwer zu finden … und anstelle der Schnur werde ich sein Gesicht ertasten.« Dales Nacken war kalt geworden. »Du weißt schon«, fuhr Lawrence fort, »das Gesicht eines großen Burschen … aber kein richtiges Menschengesicht … und ich werde hier drinnen im Dunkeln sein und meine Hand auf diesem Ge-

sicht haben ... und seine Zähne werden ganz glatt und kalt sein, und ich spüre seine Augen, weit offen wie bei einem Toten ... und ...« »Sei still!« hatte Dale geflüstert ...

Später versuchte Dale wieder zu lesen, aber mit einemmal kamen ihm die Abenteuer von Tarzan in der Vergessenen Stadt reichlich albern vor. Als er schließlich aufstand und das Licht ausmachte, streckte Lawrence die Hand über die Kluft zwischen den beiden Betten. Lawrence wollte normalerweise Händchen halten, während er einschlief — das einzige Risiko, etwas könnte ihn packen, das er einging — aber Dale sagte normalerweise nein. Nun aber nahm er die Hand seines kleinen Bruders.

Dan Simmons nimmt sich Zeit, viel Zeit für seine Charaktere. Das in der Erinnerung Verklärte, so Idyllische der Kindheit bzw. frühen Jugend wird in all ihrer Breite ausgekostet: Die Einschlafrituale, die Spiele, die geheimen Verstecke, die ersten Verliebtheiten. Simmons stimmt Handlung, Stil und Sprache darauf ab: Ein Gewitter kommt nicht einfach so daher, nein: *Das schwefelgelbe Licht auf der Tapete wurde rötlich, dann wich es der Dunkelheit, während sich das Gewitter drohend näherschlich.*

Auf den ersten 250 Seiten ist man versucht, das Buch als einzige große Hommage an die Kindheit zu deuten — mit all ihren verborgenen, echten wie unechten Schrecken, als eine Allegorie des Schreckens. Passiert da vielleicht wirklich etwas in der kleinen Stadt? Oder bilden sich die Kinder nur alles ein, so wie *damals, als sie als nachmittäglichen Monsterfilm* Die Rache der Mumie *angesehen hatten: Kaum war der Film vorbei gewesen, hatte Lawrence etwas in der Küche ›gehört‹: denselben langsamen, schleppenden Schritt der Mumie in dem Film. Damals hatte sich Dale von der Panik seines kleinen Bruders anstecken lassen; sie hatten das Fenster aufgemacht und waren in den Vorgarten gesprungen, als die ›Schritte‹ nähergekommen waren. Ihre Mutter war nach Hause gekommen und hatte sie zitternd in Socken und T-Shirts auf der Veranda gefunden.*

Leider gelingt es Simmons nicht, dieses Niveau weiter zu halten. Vielleicht hat er auch von Anfang an nichts anderes vorgehabt und glaubt, sich dem Publikumsgeschmack anpassen zu müssen: Mit fast mathematischer Genauigkeit schlägt der Roman mit Beginn der zweiten Hälfte ins eindeutig Phantastische um, wobei die Grenzen des Zumutbaren zunächst noch nicht überschritten werden. Zudem sind einem die Jungen inzwischen wirklich ans Herz gewachsen. Man zittert mit ihnen und wünscht ihnen, Dan Simmons würde nicht mit einer Tour de Force hinter dem Vorhang auf sie warten. Aber der hat leider nicht nur die guten King-Romane verinnerlicht, sondern auch die schlechten gelesen. Spätestens, als »rüsselartige« Gebilde ins Spiel der Handlung kommen, ist das Weiterlesen natürlich Glaubensfrage. Horrorfans kommen auf ihre Kosten; diejenigen, die immer noch nicht die Hoffnung verloren haben, daß zeitgenössische Dark Fantasy vielleicht doch etwas mit Literatur zu tun haben könnte, werden sich enttäuscht sehen. Obwohl der Roman zunehmend ›spannender‹ wird, wird er auch zunehmend peinlicher. Die zuvor so einfühlsam aufgebauten Charaktere erleben eine Bruchlandung auf Wild-West-Niveau. Zwölfjährige legen sich Pistolen zu und klopfen pathetische Sprüche, »weil die andere Seite ernst macht.« Simmons schreckt dabei vor nichts zurück: »Wasserpistolen mit Weihwasser« — das hat mit Literatur, die irgendwo ernstgenommen werden will, absolut nichts mehr zu tun!

Leider kommt's noch schlechter: Der ganze Schlußteil gleitet in eine Art Splatterorgie aus, die der Roman am wenigsten verdient hat!

Nach diesen Worten mag es verwundern, daß ich *Sommer der Nacht* aufgrund der ersten 250 Seiten trotzdem für den schönsten Horror-Roman der letzten Jahre halte (und wie gesagt: Mit den zweiten 250 Seiten wird Simmons zwar nicht den Literaturnobelpreis gewinnen, aber spannend sind sie allemal!).

Dan Simmons bleibt für mich das große Chamäleon. Nach *Göttin des Todes* und *Hyperion* kann ich ihn nach *Sommer der Nacht* erst recht nicht einordnen. Es bleibt spannend, abzuwarten, in welche Richtung sich der Autor letztlich entwikkeln wird.

Muß man über dicke Bücher auch dicke Rezensionen schreiben? In diesem Falle lautet die Antwort schlicht und einfach nein. In Zeiten wie diesen, in denen wir Horror-Fans mehr von Quantität als von Qualität erschlagen werden, ist McCammons bislang bester Roman jedoch schon der einäugige König unter lauter Blinden. Inhaltlich scheint's, als hätten sich Dan Simmons und McCammon an der gleichen Straßenecke getroffen, kurz über ihre zukünftigen Pläne geplaudert und dann zum gleichen Thema jeder sein Buch geschrieben: Beide Romane spielen in den Sechzigern, bieten Jungs an der Schwelle zur Pubertät als Protagonisten auf und langweilige, überschaubare Kleinstädte als Schauplätze. Während Dan Simmons im zweiten Teil seines Romans die Handlung jedoch ein wenig entgleist und billigster Horror das Heft in die Hand nimmt, frönt McCammon einem »magischen Realismus«, weshalb das von den Marketingstrategen des Knaur-Verlags ersonnene »Thriller«-Zertifikat durchaus eher seine Berechtigung hat als »Horror«: Urzeitliche Monster kommen kurz ins Bild und verschwinden wieder, ein Junge wirft wutentbrannt einen Baseball mit solcher Kraft in den Himmel, daß dieser nicht mehr wieder herunterkommt, eine alte Voodoo-Hexe schenkt dem Protagonisten ein mit Wunderkräften ausgestattetes Fahrrad, und statt Marsmenschen entpuppen sich alkoholisierte Väter als die wahren Monster... Was mich betrifft, so hat Dan Simmons das Rennen gemacht, aber ich habe andere Stimmen gehört, die eher McCammon den Punkt zugestehen. Geschmacksache also.

Immerhin haben aber beide Bücher noch etwas gemeinsam: Beide sind zum Bram Stoker Award in der Sparte »Bester Roman« nominiert worden. Und wenn ich mir vorstelle, daß tatsächlich McCammon das Rennen macht, so sollte man sich wahrlich um den gegenwärtigen Zustand der Horrorliteratur ernsthafte Sorgen machen ...

ABGESANG

Olaf R. Spittel (Hrsg.)

Die Zeit-Insel

SF-Erzählungen aus einem Land, das es mal gab
Verlag Neues Leben Berlin, 1991
Hardcover mit Schutzumschlag, illustriert
476 S., ISBN 3-355-01266-1, DM 29.80

von Karsten Kruschel

Was ursprünglich geplant war als Sammlung der besten SF-Geschichten aus 40 Jahren DDR und als einer von vielen Jubelbänden zum »Republikgeburtstag«, kam nicht nur zum Feiertag viel zu spät; das Buch ist dem Herausgeber, Dr. Olaf R. Spittel, der eigentlich den Jubelband-Unsinn nur nutzen wollte, um sein Projekt realisieren zu können, zu der ultimativen Anthologie geraten: Der Band »Die Zeit-Insel« ist die letzte und endgültige Science Fiction-Story-Sammlung mit DDR-Texten. Falls es eine Sammlung mit SF-Geschichten noch einmal geben sollte, wird man sie nicht mehr zur DDR-SF zählen dürfen. Und auf eine solche Idee wird so bald niemand mehr verfallen; und es wird sich kein Verlag mehr leisten können, so ein Buch auf gutes Papier zu drucken, fest zu binden und mit Illustrationen und Schutzumschlag edel zu versehen.

Man findet hier einen wirklich repräsentativen Querschnitt durch die SF-Landschaft des dahingegangenen Ländchens: Neben den unvermeidlichen und unverzichtbaren guten Autoren wie den Johanna Bauns und Günter Braun, Angela und Karlheinz Steinmüller, Alfred Leman, Gert Prokop, Rolf Krohn, Rainer Fuhrmann, Erik Simon, Michael Szameit und Bernd Ulbrich sind auch die besten Texte der vielgeschmähten Vielschreiber zu finden, denen in der kurzen Form auch einmal etwas Bemerkenswertes unterlief: Klaus Frühauf, Karl-Heinz Tuschel, Carlos Rasch, Hans Bach, Wolf Weitbrecht, Alexander Kröger. Diese Texte liefern jenen Munition, die da meinen, daß die Kurzgeschichte eh die der SF gemäße Form sei: So sehr unterscheiden sich manche dieser kleinen Erzählungen von den Romanen, die ihre Urheber sonst vorzulegen pflegten.

Daneben, in dieser Anthologie aber mittendrin, stehen die Autoren, die nicht zur SF-»Szene« im engeren Sinne gehörten, aber trotzdem Wesentliches und Interessantes, mitunter auch etwas die Genregrenzen Überschreitendes zu ihr beitrugen: Gottfried Meinhold, Franz Fühmann, Rainer Kirsch, Klaus Möckel, Gerhard Branstner.

Für einen — sicherlich beabsichtigten — Nebeneffekt hat Olaf R. Spittel die jeweils mit einer Titelvignette illustrierten Erzählungen chronologisch geordnet, so daß dem braven Von-der-ersten-bis-zur-letzten-Seite-Leser auch die historische Entwicklung der Science Fiction in der DDR wenn nicht klar, so doch halbwegs verständlicher wird, angefangen bei Urgestein wie Ball und Weise, Krupkat und Rasch.

In einem Nachwort, das jetzt schon historisches Dokument ist (es heißt im Untertitel »Die Kollision einer Science-Fiction-Anthologie mit der Revolution« — Revolution?!), reflektiert der Herausgeber über diese seltsame Science Fiction dieser seltsamen DDR; und siehe da, die versammelten Texte sind tatsächlich fast allesamt als getarnte Sozialismuskritik lesbar — allerdings vor allem dann, wenn der Leser ein gelernter DDRaner ist. Leider, oder besser gesagt folgerichtig, erschließt sich dem Altbundesbürger, sofern er nicht intime Kenntnis der gewesenen ossinesischen Verhältnisse hat, der oftmals vertrackte Hintersinn vieler Texte dieses Bandes nur schwer. Solcher Lesart folgend liegt nun mit diesem Band eine durchschnittliche Anthologie deutschsprachiger SF mit je zu einem Drittel schlechten, durchschnittlichen und guten Texten nebst einigen Glanzlichtern vor; die lustigste Geschichte ist Michael Szameits »Apfelmuskreuzer«, die literarisch beste Erzählung heißt »Das Auge, das niemals weint« von den Steinmüllers, und mit Peter Gosses »Fabelhafte Eskalation« und »Etemenanki« von Reinhard Heinrich und Erik Simon finden sich zwei richtige Schmuckstücke.

Insofern ist dieses Buch vollkommen und bestens geeignet, als Querschnitt der DDR-SF in jedem deutschen Bücherregal zu stehen und auch als solcher gelesen zu werden. Man mag anmerken, daß die eine oder andere gute Geschichte fehle, doch der Gesamteindruck stimmt. Belangloses neben Tiefgründigem, Gutes neben Schlechtem, das Miese dicht neben das Glänzende gesetzt — so steht Spittels Anthologie als treues Spiegelbild eines untergegangenen Staatswesens da.

Urs Widmer

Der blaue Siphon

Diogenes Verlag, Zürich 1992
102 Seiten, Hardcover, DM 24,80

von Uwe Vöhl

Man stelle sich vor: Es ist Freitagabend, man geht in ein Kino, schaut sich einen ominösen Schwarz-Weiß-Film an und stellt irgendwann fest, daß man allein im Kino sitzt. Noch nicht weiter merkwürdig? Nun, dann stelle man sich außerdem vor, daß einem draußen plötzlich alles so seltsam vorkommt: Die Straßen liegen im Dunkeln, die Straßenbahnen und Autos sehen irgendwie altertümlich aus, und als Sie Ihr Haus erreichen, treffen Sie da auf einen anderen Mann (Sie vermuten: der Liebhaber Ihrer Frau!) und sind rasend vor Eifersucht, schleichen sich aber von dannen, weil Ihnen alles allmählich sehr spanisch vorkommt.

Des Rätsels Lösung sei hier vorweggenommen: Der Held des Buches, ein etwa fünfzigjähriger Mann, der auch gut der Autor selbst sein könnte, findet sich in seiner eigenen Vergangenheit wieder, trifft dort seine Eltern, seine zukünftige Frau nebst Schwiegermutter und erfüllt sich so ganz nebenbei den Traum aller Männer: Er küßt seine ehemalige Babysitterin, die ihm in all den Jahren nicht aus dem Kopf gegangen war (Freud läßt augenzwinkernd grüßen: Stellt unser

Held doch selbst überrascht fest, daß dieses Kindermädchen das gleiche Fliehkinn aufweist wie seine spätere Frau!).

Trotz Kriegwirren in Gegenwart (Golfkrieg) und Vergangenheit (2. Weltkrieg) bleibt die Novelle ein leichtfüßiger Sommertagstraum, in dem die wirklichen Tragödien wie Krieg und Tod nichts, die individuellen Glücksmomente und subjektiven Ängste alles bedeuten:

Am Anfang noch warnt der Erzähler seinen Vater, dieser möge nicht zu viel rauchen (weil er weiß, daß dieser später an Krebs sterben wird), aber schon bald läßt auch er sich leichtmütig auf das Abenteuer ein, als wäre es ein Haschischtraum:

»Wir sehen uns wieder«, antwortete ich, seine Hand haltend. »Genießen Sie Ihre Zigaretten. Irgendwas bringt uns Menschen so oder so um.«

Und die realen Schrecken eines Krieges minimieren sich für den Jungen in eine bombenförmige Siphonkapsel. Dieser Siphon, der dem Roman den Titel gibt, steht im elterlichen Haus und sublimiert nicht nur das Grauen, sondern ist auch sexuelles Symbol (wiederum läßt Freud schön grüßen, wenn der Junge, nachdem die Eltern miteinander geschlafen haben, die Mutter mit dem phallusförmigen Syphon naßspritzt!).

Dennoch: Die Handlung und das Wirken der Personen bleibt skurril — ein Traumgespinst. Das macht auch die Sprache immer wieder deutlich:

Sie hatte über ihrer Stupsnase ein paar Sommersprossen, an die ich mich jetzt, wo ich sie sah, wieder erinnerte.

Diese dadaistische, widersprüchliche Verdrehtheit der Sprache klingt, als wär's ein Stück von Schwitters.

Den letzten Schliff erhält die Novelle durch ein angehängtes zweites Kapitel: Denn während der erwachsene Erzähler in die Vergangenheit versetzt worden ist, findet sich der dreijährige Junge, der er in der Vergangenheit ist, in der Gegenwart wieder und begegnet seiner Frau und seiner Tochter.

So schwerelos Widmers Novelle auch einherschreitet, beschäftigt sie einen doch stärker, als ihr Tonfall es glauben machen will:

»Alle Wahrsager sind in Wirklichkeit Rückkehrer«, heißt es in einer der eingestreuten Filmszenen. Rückkehrer aus der Zukunft in eine ihnen vertraute Vergangenheit. Und das genau ist das Thema: Widmers Prosa ist nur deshalb schlüssig, weil der Erzähler in Vergangenheit wie Zukunft sein Umfeld in Wirklichkeit nicht verläßt. Er wechselt nur die Zeiten — wie einen Anzug. Wer »Heimat« in diesem Sinne erfährt, kann sich glücklich schätzen. Das wahre Glück, so lesen wir zwischen den Zeilen, liegt im Verweilen, in der Sicherheit, die man für die Zukunft aus der Vergangenheit schöpft, wenn man sich ihr in der Gegenwart nicht entzieht.

So geglückt die Novelle ist, so ist nichts perfekt genug, als daß man nicht doch etwas beanstanden könnte. Drei Dinge sind es, die mir auffielen und die ich mir nicht verkneifen kann, herauszupicken:

Da geht Widmer ausgerechnet in einer der Schlüsselszenen von falschen Voraussetzungen aus: In der Vergangenheit schenkt der Erzähler einem kleinen Mädchen (seiner zukünftigen Frau) ein aus der Gegenwart mitgebrachtes Accessoire mit einer Garfield-Abbildung darauf. Dies soll wiederum als Begründung dienen, daß die Frau als Erwachsene Hunde mögen soll:

»Weißt du«, sagte sie. »Im Grunde mag ich Hunde. Als ich klein war, kriegte ich einmal von meiner Mutter einen Kleber, da war ein Hund drauf, ein gelber dicker Köter. Wunderschön.«

Garfield ist natürlich ein Kater! Ein Relikt der Pop- und Comickultur. Dieser Faux-pas erinnert mich an fünfzigjährige Werbetexter, die in pseudohaftem Jugendjargon die Young Collection von C & A bewerben.

Irritation Nr. 2 ist die Charakterisierung des kleinen Jungen. Dieser wird in Wort wie Tat eher wie eine zwergenwüchsige, altkluge Ausgabe seines erwachsenen Alter Egos geschildert:

»Dann wärst du ja meine Tochter!« stellt der Knirps sofort begreifend fest, als ihm die kompliziertesten Familienverhältnisse erklärt werden.

Dies stellt wohlgemerkt ein Dreijähriger fest! Als Entschuldigung für diese (und einige andere) wenig realistische Äußerungen könnte man natürlich die bereits angesprochene Widmer'sche Vorliebe für die Vermischung der Seins- und Zeitebenen gelten lassen.

Last not least bleibt natürlich die Frage, warum ein Buch mit dem Titel *Der blaue Siphon* in ausgerechnet rotes Leinen eingebunden wurde. Urs Widmer (der wahrscheinlich nichts dazu kann) würde sicherlich antworten: »Aus dem gleichen Grunde, warum das Schwarze Meer nicht schwarz, der Rote Platz nicht rot und *Der blaue Engel* nur schwarzweiß ist ...«

Und damit würde ich mich von dannen schleichen ...

BIBLIOGRAFIE

Phantastische Literatur im Heyne-Taschenbuch 1992

von Werner Bauer

ABKÜRZUNGSVERZEICHNIS

A	Anthologie (Sammlung von Erzählungen verschiedener Autoren)
ANTH	Heyne Anthologie
AR	Heyne Allgemeine Reihe
Ausw.	Auswahl
Bd.	Band
C	Collection (Sammlung von Erzählungen eines Autors)
C/OA	Collection/deutsche Originalausgabe, die in dieser Zusammenstellung in der Sprache des Verfassers nicht erschienen ist
F	Folge
Hrsg.	Herausgeber
HSB	Heyne Sachbuch
in Vorb.	in Vorbereitung
JB	Heyne Jubiläumsbände
JUM	Heyne Jumbobände
NA	Neuauflage
NN	Nomen Nescio (Name nicht bekannt)
o.J.	ohne Angabe des Publikationsjahres
SP	Heyne Sonderproduktion
TdM	Tip des Monats
UB	Die Unheimlichen Bücher
Ü	Übersetzer
I	Erster Teil
II	Zweiter Teil
:	entspricht
↗	ist enthalten in

Teil Eins

Numerisches bibliographisches Verzeichnis der Neuerscheinungen der Reihe »Heyne Science Fiction & Fantasy« sowie aller SF- und Fantasy-Publikationen in anderen Reihen im Jahre 1992

1. Heyne Science Fiction & Fantasy

Ein Umstand, der Sammler offenbar zunehmend ärgert, ist die Tatsache, daß in der Reihe HEYNE SCIENCE FICTION & FANTASY in letzter Zeit Nummern fehlen, oder genauer gesagt: es gibt Bandnummern, zu denen nie Bücher erschienen sind. In diesen Lücken waren Bände eingeplant, die dann aus irgendwelchen Gründen aus dem Programm genommen wurden, hauptsächlich waren dies Neuausgaben, die unter neuer Nummer erscheinen sollten, oder es handelte sich um kurzfristig eingeplante Projekte, deren Realisierung jedoch scheiterte oder die fallengelassen werden mußten, weil die Verträge nicht zustande kamen, und ferner um Neuerscheinungen, deren Vorverkauf weit hinter den Erwartungen zurückblieb, woraufhin der Verlag auf eine Publikation verzichtete.

Diese Lücken in der Numerierung (von vielen Lesern schmerzlich empfunden) konnten aus technischen Gründen — vor allem der Lagerhaltung und des Vertriebs — nicht geschlossen werden. Auch verkaufstechnische Argumente sprachen und sprechen dagegen. Bücher im Mittelfeld der Backlist verkaufen sich schlechter; meist wird bei den ersten Titeln bestellt (todsichere Longseller in der x-ten Auflage), oder bei den letzten (neu auf dem Markt), dazwischen: Fehlanzeige. Trotz dieser Tatsache haben wir uns auf vielfache Bitten hin entschlossen, diese Lükken allmählich und sukzessive zu schließen. Wegen der gestiegenen Nachfrage nach guten älteren Titeln (vor allem in den neuen Bundesländern), die wir mit der Backlist-Aktion der »Top Hits der Science Fiction« zu befriedigen versuchen, legen wir derzeit eine Reihe von Büchern neu auf, die schon vor Jahren aus dem Programm genommen wurden. Dies machte ein flexibleres Programm der Lagerhaltung notwendig, das erlaubt, auch ältere Nummern, die längst gelöscht wurden, wieder aufleben zu lassen, aber auch solche zu benutzen, unter denen keine Bücher erschienen waren.

Nachfolgend finden Sie eine Aufstellung der geschlossenen und noch offenen Lücken.

Geschlossene Lücken:

06/4193 L. Sprague de Camp
Die Ritter von Zinjaban
(erscheint 1992)

06/4271 Hal Clement
Schwere Welten
(erschienen)

06/4306 Alfred Bester
Tiger! Tiger!
(erschienen)

06/4327 Carl Amery
Das Königsprojekt
(erschienen)

06/4351 Harry Harrison
New York 1999
(erschienen)

06/4707 Henry Rider Haggard
Zikalis Rache
(erschienen)

Offene Lücken:		
	06/4341	06/4447
	06/4350	06/4449
	06/4394	06/4450
	06/4395	06/4471
	06/4396	06/4677
	06/4445	06/4716

Folgende Titel erscheinen 1993 unter der angekündigten Nummer mit Verspätung:

06/4694 Gregory Benford
Himmelsfluß

06/4761 Gregory Benford
Lichtgezeiten

06/4782 Jack Vance
Araminta Station

3202 L. Sprague de Camp/
Robert E. Howard/Lin Carter
Conan (1970) (1982/1992)
1. Roman des Conan-Zyklus
Conan (1967)
Ü: Lore Strassl
(NA unter alter Nummer der 1982 erstmals erschienenen ungekürzten Neuübersetzung)

3373 Ursula K. Le Guin
Die Geißel des Himmels (1974) (1992)
The Lathe of Heaven (1971)
Ü: Birgit Reß-Bohusch
(NA unter alter Nummer)

3399 Michael Moorcock
I.N.R.I (1987/1992)
Behold the Man (1970)
Ü: Alfred Scholz
(NA unter alter Nummer)

3404 Poul Anderson
Die Tänzerin von Atlantis (1974/1985) (1992)
The Dancer from Atlantis (1971)
Ü: Yoma Cap
(↗ 1007/NA unter alter Nummer)

3416 David Gerrold
Ich bin Harlie (1974/1985) (1992)
When Harlie Was One (1972)
Ü: Charlotte Franke-Winheller
(↗ 1008/NA unter alter Nummer)

3441 Robert Silverberg
Kinder der Retorte (1975) (1984) (1992)
Tower of Glass (1970)
Ü: Leopold Voelker
(↗ 1003/NA unter alter Nummer)

3466 Ursula K. Le Guin
Das Wort für Welt ist Wald (1975/1988) (1992)
The Word for World Is Forest (1972)
Ü: Gisela Stege
(↗ 3466, ↗ 4494/NA unter alter Nummer)

3489 Larry Niven/David Gerrold
Die fliegenden Zauberer (1976/1982) (1992)
The Flying Sorcerers (1971)
Ü: Yoma Cap
(↗ 8/NA unter alter Nummer)

3572 Joe Haldeman
Der ewige Krieg (1977/1981) (1992)
The Forever War (1974)
Ü: Walter Brumm
(↗ 2/NA unter alter Nummer)

3670 Alfred Bester
Demolition (1979/1992)
The Demolished Man (1953)
Ü: Horst Pukallus
(NA unter alter Nummer)

4006 Andrew J. Offutt
Conan und der Zauberer (1983/1992)
2. Roman des Conan-Zyklus
Conan and the Sorcerer (1978)
Ü: Lore Strassl
(NA unter alter Nummer)

4306 Alfred Bester
Tiger! Tiger! (1965/1983) (1992)
The Stars My Destination (1956)
Ü: Gisela Stege
(↗ 24, 3051/NA unter alter Nummer)

4327 Carl Amery
Das Königsprojekt (1984/1992)
(↗ 35/NA unter alter Nummer)

4351 Harry Harrison
New York 1999 (1983/1989) (1992)
Make Room! Make Room! (1966)
Ü: Tony Westermayr
(↗ 26, ↗ 37 JB/NA unter alter Nummer)

4707 Henry Rider Haggard
Zikalis Rache (1992)
25. Band der Haggard-Ausgabe
Finished (1916)
Ü: Irene Holicki

4818 Malcolm Edwards (Hrsg.)
War Tours (A) (1991)
Gollancz Sunday Times SF Competition Stories (1987)
Ü: Christian Jentzsch

Malcolm Edwards
Vorbemerkung

Paul Heapy
Moraltechnologie
Moral Technology

John Bark
Großkatzen
Big Cats

Anna Lieff Saxby
Gefangene
Prisoners

Malcolm Ashworth
Ein Senoi-Traum
A Senoi Dream

Rick Slaughter
Zarte unsterbliche Bedeutung
Delicate Immortal Meanings

Simon Ounsley
Adam gefunden
Adam Found (1986)

Keith Haviland
Seifenopern
Soap

Stephen Richard
Sternschnuppen
Meteors

Jenny Ordish
So viele von mir
Bundles of Joy

Luke Adrenski
Skiophanes' Beweis
Skiophanes' Proof

Geoff Nicholson
Zeitreisen als Spaß und Bereicherung
Time Travel for Fun and Profit

Bartholomew Blockley
Eine Art Sommersprossen
A Sort of Sunspot

Mark Wilkins
Wartours
Wartours

Anne Gay
Wünschelknochen
Wishbone

Mark Gorton
Der Sündenfall
The Fall

Elisabeth Sourbut
Das afrikanische Kontingent
The African Quota

Philip St Leger
Neuere Geschichte
Modern History

James Gibbins
Wer ist ein kluger Junge?
Who's a Clever Boy?

Gerry McCarthy
Entropanto
Entropanto

Tony Bowerman
Gärten und Quellen
Gardens and Fountains

Sue Moorhouse
Rikas Welt
Rika's World

Philip Gladwinn
Altweibersommer
Indian Summer

Richard Spivack
Mein bester Urlaub überhaupt
My Best Ever Holiday

Stephen Earl
Hanuman
Hanuman

Paul Gooding
Das Maschinenzeitalter
The Machine Age

4832 Poul Anderson
Zeitfahrer (1991)
The Boat of a Million Years (1989)
Ü: Edda Petri

4847 Robert N. Charrette
Such deine eigene Wahrheit (1992)
3. Roman der *Shadowrun*-Trilogie
»Geheimnisse der Macht«
Find Your Own Truth (1991)
Ü: Christian Jentzsch

4850 Wolfgang Jeschke (Hrsg.)
Das Science Fiction Jahr # 7
Ausgabe 1992 (A) (1992)

Wolfgang Jeschke
Editorial

Hermann Urbanek
— Die deutsche SF-Szene 1990/91
— Die amerikanische SF-Szene 1990/91
— Die britische SF-Szene 1990/91

Karsten Kruschel
Zwischen Vision und Banalität:
Die SF-Literatur der DDR — ein abgeschlossenes Gebiet? Ein Rückblick. Ein Countdown

Norbert Stresau
Die Bilder des Jahres

Wolfram Knorr
Der Automat, die Maschine — das bin ich. Warum ›Terminator 2‹ mit Arnold Schwarzenegger zum erfolgreichsten Film aller Zeiten werden wird

Ute Perchtold/Sascha Mamczak/Thomas Tilsner/Horst G. Tröster/ Günther Wessley
Science Fiction Hörspiele 1990/91

Horst G. Tröster
Tumohrs Rache oder Mit Nirwana Jones im Weißwurstsektor. Über die phantastischen Produkte von Hörspiel-Amateuren

Michael Nagula/ Jörg Ritter
Aliens, Saurier, Partnertausch: Fantasy und Science Fiction im US-Comic 1990/91

Christian Haderer
Das Ende der Medien

Christian Haderer/ Tobias Hierl
Tage des Donners

Friedrich Bronner
Im Cyberspace — Auf dem Weg zum medialen Gesamtkunstwerk

Usch Kiausch (Hrsg.)
Cyberpunk — 10 Jahre danach: Joe Haldeman, Bruce Sterling und Tom Maddox extrapolieren

Rainer Eisfeld
30 Jahre bemannter Raumflug. Raumflug als Schreckensvision bei Ray Bradbury und Nigel Kneale

Peter Schattschneider
Science Fiction — Vision für das 3. Jahrtausend

Karsten Kruschel
Wird die Science Fiction geplündert? oder Wie man Science Fiction benutzen und trotzdem ein ›anständiger‹ Autor bleiben kann

Carl Amery
›Das Geheimnis der Krypta‹ oder: SF-Genre-Mittel in der Literatur

Ernst Petz
»Also ab ins Wortall ...« Arno Schmidt als Science Fiction-Autor. Drei Großbeispiele — drei Weltentwürfe

Michael Nagula/Detlef Hedderich
Bruce Sterling — die graue Eminenz des Cyberpunk

Florian F. Marzin
Mythologie und Sprache: Die Beziehung von Sprache und Mythologie in den Romanen Samuel R. Delanys

Jörg Weigand
Otfrid von Hanstein. Eine bio-bibliographische Skizze

Michael K. Iwoleit
Staunend im brennenden Labyrinth. Über die Wiederveröffentlichung eines Meisterwerks von Hanns Kneifel

Karsten Kruschel
Imaginator des Ausdenkbaren: Ein Nachruf für Rainer Fuhrmann (1940—1991)

Wilfried Onckels
Fan und Herausgeber der »ersten Stunde«: Ein Nachruf für Mario Kwiat (1935—1991)

Ralph Sander
»Er ist tot, Jim.«: Ein Nachruf für Gene Roddenberry (1921—1991)

Florian F. Marzin
Ein Nachruf für Karl-Herbert Scheer (1928—1991)

Karsten Kruschel
Sein Credo: Ein Mensch zu sein ist schwer. Ein Nachruf für Arkadi Strugazki (1925—1991)

Mathias Hofmann
Von der Wespenfabrik zur Krähenstraße: Ein Gespräch mit Iain M. Banks

Larry McCaffery/Jim McMenamin
Ein Gespräch mit Octavia E. Butler
An Interview with Octavia E. Butler (1990)
Ü: Irene Bonhorst

Usch Kiausch
Ein Gespräch mit Joe Haldeman

Michael K. Iwoleit
Ein Gespräch mit David I. Masson

Usch Kiausch
Ein Gespräch mit Bruce Sterling

Larry McCaffery/Brooks Landon
Ein Gespräch mit Bruce Sterling
An Interview with Bruce Sterling (1990)
Ü: Irene Bonhorst

Usch Kiausch
»Kein Wunder, daß der Cyberpunk so wenige weibliche Stimmen hat.« — Ein Gespräch mit Elisabeth Vonarburg

Karl Bruckmaier
Ein Gespräch mit Jack Womack

Werner Bauer
Phantastische Literatur im Heyne Taschenbuch 1991

4851—4857 (erschienen 1991)

4858 Jean Pierre Andrevon/ Philippe Cousin
Das Haus gegenüber (1992)
L'immeuble d'en face (1982)
Ü: Georges Hausemer

4859 Spider Robinson
Nacht der Gewalt (1992)
Night of Power (1985)
Ü: Rosemarie Hundertmarck

4860 William Gibson/Bruce Sterling
Die DifferenzMaschine (1992)
The Difference Engine (1990)
Ü: Walter Brumm

4861 George Zebrowski (Hrsg.)
Synergy 2 (A) (1992)
Synergy 2 (1988)
Ü: Birgit Reß-Bohusch

George Zebrowski
Im Fluß von Synergien/ Einführung

James Morrow
Tagebuch einer irren Gottheit
Diary of a Mad Deity

Howard Waldrop
Französische Filmszenen
French Scenes

Daniel Perlman
Abschöpfungen
Taking from the Top

Rudy Rucker/Marc Laidlaw
Pipeline in den Surfspace
Probability Pipelines

Robert Frazier
Unser tägliches Tschernobyl
The Daily Chernobyl

James Tiptree jr.
Zurück! Dreh's zurück!
Backward, Turn Backward

Andrew Joron
SF-Dichtung — ein neues Genre
State of the Art: SF Poetry — a New Genre

4862 (erschien 1991)

4863 Terry Pratchett
MacBest (1992)
Ein Roman von der bizarren Scheibenwelt
Wyrd Sisters (1988)
Ü: Andreas Brandhorst

4864 Alan Burt Akers
Meuchelmörder von Scorpio (1992)
39. Roman der Saga von Dray Prescot
Scorpio Assassin (1992)
Ü: Andreas Decker

4865 Wolfgang Jeschke (Hrsg.)
Heyne Science Fiction Jahresband 1992 (A) (1992)

Joe Haldeman
Der Schwindel um Hemingway
The Hemingway Hoax (1990)
Ü: Winfried Petri

Carter Scholz
Die Neunte Sinfonie von Ludwig van Beethoven und andere verlorene Stücke
The Ninth Symphony of Ludwig van Beethoven and Other Lost Songs (1977)
Ü: Irene Bonhorst

Frederik Pohl
In Erwartung der Olympier
Waiting for the Olympians (1990)
Ü: Ralph Tegtmeier

Michael F. Flynn
Im Wald der Zeit
The Forest of Time (1987)
Ü: Uwe Luserke

Kristine Kathryn Rusch
Die Galerie seiner Träume
The Gallery of His Dreams (1991)
Ü: Uwe Luserke
(Erstveröffentlichung)

Lucius Shepard
Endstation Herrlichkeit
Bound for Glory (1989)
Ü: Irene Bonhorst

Michael Blumlein
Bestseller
Bestseller (1990)
Ü: Christian Mähr

Walter Jon Williams
Nebeneffekte
Side Effects (1990)
Ü: Jens Withöft

Ian McDonald
Siegen ist alles
Winning (1990)
Ü: Irene Bonhorst

4866 Warren Norwood
Ein Bild aus Stimmen (1992)
— Die Windhover-Bänder 1 —
The Windhover Tapes: An Image of Voices (1982)
Ü: Michael Windgassen

4867 Warren Norwood
Die Krümmung des Raums (1992)
— Die Windhover-Bänder 2 —
The Windhover Tapes: Flexing the Warp (1982/83)
Ü: Michael Windgassen

4868 Warren Norwood
Fize der Gabriel-Ratschen (1992)
— Die Windhover-Bänder 3 —
The Windhover Tapes: Fize of the Gabriel Ratchets (1983)
Ü: Michael Windgassen

4869 J. M. Dillard
Die verlorenen Jahre (1992)
The Lost Years (1989)
Ü: Andreas Brandhorst

4870 Michael A. Stackpole
Tödliches Erbe (1992)
Das Blut der Kerensky: 1. Roman
BATTLETECH: Lethal Heritage (1989)
Ü: Reinhold H. Mai

4871 Michael A. Stackpole
Blutiges Vermächtnis (1992)
Das Blut der Kerensky: 2. Roman
BATTLETECH: Blood Legacy (1990)
Ü: Reinhold H. Mai

4872 Michael A. Stackpole
Dunkles Schicksal (1992)
Das Blut der Kerensky: 3. Roman
BATTLETECH: Lost Destiny (1991)
Ü: Reinhold H. Mai

4873 Christopher Stasheff
Der Zauberer Ihrer Majestät (1992)
Her Majesty's Wizard (1986)
Ü: Edda Petri

4874 Henry Rider Haggard
Der Allan der Antike (1992)
26. Band der Haggard-Ausgabe
The Ancient Allan (1919/20)
Ü: Irene Holicki

4875 Joe Haldeman
Gekauftes Leben (1992)
Buying Time/ (The Long Habit of Living) (1989)
Ü: Winfried Petri

4876 Walter Jon Williams
Engelstation (1992)
Angel Station (1989)
Ü: Peter Robert

4877 Daniel Keyes
Die Enthüllung Claudias (1992)
Unveiling Claudia: The True Story of a Serial Murder (1986)
Ü: Hilde Linnert

4878 Michael Armstrong
Nach dem Zap (1992)
After the Zap (1987)
Ü: Irene Holicki

4879 Howard Weinstein
Akkalla (1992)
Deep Domain (1987)
Ü: Andreas Brandhorst

4880 Wolfgang Jeschke (Hrsg.)
Der Fensterjesus (A) (1992)

Carter Scholz
Eindringen
Intrusions (1984)
Ü: Teresa Junek-Enzian

Eric Brown
Der Pharageanische Effekt
The Pharagean Effect (1990)
Ü: Uwe Luserke

Madeleine E. Robins
Der Untermieter
The Boarder (1982)
Ü: Jürgen Langowski

Wayne Wightman
Käfig 37
Cage 37 (1987)
Ü: Michael K. Iwoleit

Kristine Kathryn Rusch
Schnelle Autos
Fast Cars (1989)
Ü: Ingo Dirkschnieder

Norbert Stöbe
Zehn Punkte

Judith Moffett
Überleben
Surviving (1986)
Ü: Jürgen Langowski

Nancy Etchemendy
Clotaires Ballon
Clotaire's Balloon (1984)
Ü: Jürgen Langowski

Leigh Kennedy
Der Fensterjesus
The Window Jesus
(1986)
Ü: Biggy Winter

Eric Simon
Zwischen Erde und
Mond —
Ein Triptychon

Anna Rinonapoli
Die Eremiten des dritten
Jahrtausends
I romiti del terzo
millennio (1985)
Ü: Andreas Brandhorst

Greg Egan
Blutsschwestern
Blood Sisters (1991)
Ü: Uwe Luserke

Heinz Schneeweiss
Drei Gedichte

Cherry Wilder
Frauensache
A Woman's Ritual (1992)
Ü: Dagmar Kreye
(Erstveröffentlichung)

Stephen Baxter
Spuren
Traces (1991)
Ü: Uwe Luserke

Lois McMaster Bujold
Schaurige Ernte
Aftermaths (1986)
Ü: Tom Linckens

Steven Utley
Raubtiere
Predators (1976)
Ü: Joachim Pente

Richard Paul Russo
Dorthin kann man nicht
mehr zurück
No Place Any More
(1990)
Ü: Karin König

Adam Synowiec
Die Brücke
Most (1987)
Ü: Erik Simon

Ugo Malaguti
Elegie
Elegia (1988)
Ü: Gabriele Fischer

4881 Angela Steinmüller/
Karlheinz Steinmüller
Der Traummeister (1992)

4882 Alan Burt Akers
Invasion von Scorpio (1992)
40. Roman der Saga von Dray
Prescot
Scorpio Invasion (1992)
Ü: Andreas Decker

4883 Connie Willis
Lincolns Träume (1992)
Lincoln's Dreams (1987)
Ü: Norbert Stöbe

4884 (erschien 1991)

4885 Patrick Tilley
Blutiger Fluß (1992)
Die Amtrak-Kriege: Vierter
Roman
The Amtrak Wars — Book Four:
Blood River (1988)
Ü: Ronald M. Hahn

4886 Patrick Tilley
Todbringer (1992)
Die Amtrak-Kriege: Fünfter Roman
The Amtrak Wars — Book Five: Death-Bringer (1989)
Ü: Ronald M. Hahn

4887 Patrick Tilley
Erdendonner (1992)
Die Amtrak-Kriege: Sechster Roman
The Amtrak Wars — Book Six: Earth-Thunder (1990)
Ü: Ronald M. Hahn

4888 Ronald M. Hahn (Hrsg.)
The Magazine of Fantasy and Science Fiction, 85. F.
Hüter der Zeit (A) (1992)

Edward Wellen
Cool Cat
Cool Cat (1990)
Ü: Michael Kubiak

Kathe Koja
Abrechnung
Reckoning (1990)
Ü: Heinz W. Fabry

Kim Stanley Robinson
Zürich
Zurich (1990)
Ü: Michael Kubiak

Mike Resnick
Frankie, der Ghostwriter
Frankie the Spook (1990)
Ü: Ronald M. Hahn

Philip José Farmer
Die eine kommt, die andre geht
One Down, One to Go (1990)
Ü: Andreas Decker

Dean Whitlock
Faxmann
The Fax Man (1990)
Ü: Heinz W. Fabry

John Morressy
Hüter der Zeit
Timekeeper (1990)
Ü: Andreas Decker

Stephen Gallagher
Über mir: Fetzen aus Finsternis
Ribbons of Darkness, Over Me (1989)
Ü: Ronald M. Hahn

4889 Keith Sharee
Gullivers Flüchtlinge (1992)
Gulliver's Fugitives (1990)
Ü: Andreas Brandhorst

4890 Peter Hanratty
Mordred (1992)
1. Roman des Mordred-Zyklus
The Book of Mordred (1988)
Ü: Brigitte Gruß

4891 Peter Hanratty
Der letzte Ritter von Albion (1992)
2. Roman des Mordred-Zyklus
The Last Knight of Albion (1986)
Ü: Hilde Linnert

4892 Peter Hanratty
Der Strand von Avalon (1992)
3. Roman des Mordred-Zyklus
The Avalon Shore (1992)
Ü: Hilde Linnert

4893 (erschien 1991)

4894 Robert Silverberg
Der neue Frühling (1992)
The New Springtime (1990)
Ü: Roland Fleissner

4895 Mel Gilden
Surfing Samurai Robots (1992)
Surfing Samurai Robots (1988)
Ü: Hilde Linnert

4896 Jerry Oltion
Mission Starchild (1992)
Frame of Reference (1987)
Ü: Ralph Tegtmeier

4897 Olaf Spittel (Hrsg.)
Zeit-Spiele. Ex oriente Science Fiction (A) (1992)

Johanna & Günter Braun
Canterville 1990

Rainer Fuhrmann
Stabwechsel

Lutz Hartmann
Time Bandit

Wolfgang Landgraf
Die siebte Frage

Peter Lorenz
***

Ernst-Otto Luthardt
Fremde Vertrautheit

Hartmut Mechtel
Supercontrol

Gottfried Meinhold
Verwechslungen

Klaus Möckel
Eine Falle für Dagobert

Gert Prokop
Story für Anfänger

Erik Simon
Von der Zeit, von der Erinnerung

Olaf R. Spittel
Der Spieler

Angela Steinmüller
Der Tintenschwarze Spiegel

Bernd Ulbrich
Ein unfaires Spiel

Berit Neumann
Widofried geht einkaufen oder Der Zauberspruch des Jahrhunderts

4898 Carmen Carter
McCoys Träume (1992)
Dreams of the Raven (1987)
Ü: Andreas Brandhorst

4899 Carmen Carter/Peter David/Michael Jan Friedman/Robert Greenberger
Planet des Untergangs (1992)
Doomsday World (1990)
Ü: Andreas Brandhorst

4900 (erschien 1991)

4901 Freda Warrington
Drei Krieger in Gold (1992)
3. Roman des Blackbird-Zyklus
A Blackbird in Amber (1987)
Ü: Christian Jentzsch

4902 Freda Warrington
Drei Krieger im Zwielicht (1992)
4. Roman des Blackbird-Zyklus
A Blackbird in Twilight (1988)
Ü: Christian Jentzsch

4903 Iain Banks
Einsatz der Waffen (1992)
Use of Weapons (1990)
Ü: Irene Bonhorst

4904 Iain Banks
Ein Geschenk der Kultur
(C)(1992)
The State of the Art (1991)
Ü: Irene Bonhorst

Straße der Schädel
Road of Skulls (1988)

Ein Geschenk der Natur
A Gift from the Culture
(1987)

Ungerade
Odd Attachment (1989)

Heruntergekommen
Descendant (1987)
(aus: TALES FROM THE FORBIDDEN PLANET)

Entsorgung
Cleaning Up (1987)

Fundstück
Piece (1987)

Der letzte Stand der Kunst
The State of the Art
(1989)

Kratzer
Scratch (1987)

4905 Joseph Nesvadba
Zärtliche Apokalypse (1992)
Hledám za manzela muze. Druhé tisicíletí nescontcí
Ü: Roswitha Eberstaller-Ripota

4906 Friedel Wahren (Hrsg.)
Isaac Asimov's Science Fiction Magazine — 39. F. (A) (1992)

Karen Joy Fowler
Lieserl
Lieserl (1990)
Ü: Jakob Leutner

Gregory Benford
Raum-Zeit-Fluß
Of Space-Time and the River (1986)
Ü: Yoma Cap

Jack McDevitt
Letzter Kontakt
Last Contact (1988)
Ü: Jürgen Langowski

Lucius Shepard
Nomans Land
Noman's Land (1988)
Ü: Yoma Cap

Nancy Kress
Der Preis der Orangen
The Price of Oranges
(1989)
Ü: Vincenzo Benestante

Connie Willis
Auszeit
Time-Out (1989)
Ü: Yoma Cap

Mark W. Tiedemann
Auf der Abschußliste
Targets (1990)
Ü: Peter Pape

Peter Meleghy
Der Todestag

4907 Diane Duane/Peter Morwood
Die Romulaner (1992)
The Romulan Way (1987)
Ü: Andreas Brandhorst

4908 Erhard Ringer
Das Conan-Universum (1992)
Das Handbuch zum Conan-Zyklus

4909 John Brunner
Labyrinth der Sterne (1992)
A Maze of Stars (1991)
Ü: Horst Pukallus

4910 Michael P. Kube-McDowell
Diaspora (1992)
The Quiet Pools (1990)
Ü: Ralph Tegtmeier

4911 Terry Pratchett
Strata (1992)
Strata (1981)
Ü: Andreas Brandhorst

4912 Terry Pratchett
Die Farben der Magie (1992)
Ein Roman von der bizarren Scheibenwelt
The Colour of Magic (1983)
Ü: Andreas Brandhorst

4913 Rainer Fuhrmann
Medusa (1992)

4914 A. C. Crispin
Die Augen der Betrachter (1992)
The Eyes of the Beholders (1990)
Ü: Andreas Brandhorst

4915 Robert E. Howard
Conan und der Schatz des Tranicos (1971/1984) (1992)
35. Roman des Conan-Zyklus
The Treasure of Tranicos (1953)
Ü: Lore Strassl
(↗ 3263, NA unter neuer Nummer)

4916 Greg Bear
Ewigkeit (1992)
Zweiter Roman des Thistledown-Zyklus
Eternity (1988)
Ü: Winfried Petri

4917 (erscheint 1993)

4918 Stuart Gordon
Feuer in der Tiefe (1992)
Fire in the Abyss (1983)
Ü: Alfons Winkelmann

4919 Leonard Daventry
Das 21-milliardste Paradoxon (1992)
Twenty-One Billionth Paradox (1971)
Ü: Jürgen Langowski

4920 Wolfgang Jeschke (Hrsg.)
Die Menagerie von Babel (A) (1992)

Judith Moffett
Tiny Tango
Tiny Tango (1989)
Ü: Jürgen Langowski

Richard Paul Russo
Liz and Diego
Liz and Diego (1990)
Ü: Karin König

Greg Egan
Axiomatisch
Axiomatic (1990)
Ü: Uwe Luserke

Carter Scholz
Die Menagerie von Babel
The Menagerie of Babel (1984)
Ü: Jens Withöft und Abel Miser

Michael A. Flynn
Der Longford-Sammler
The Longford Collector (1988)
Ü: Michael Kubiak

Joëlle Wintrebert
In letzter Instanz
Sans Appel (1980)
Ü: Georges Hausemer

Gianni Menarini
Der Wein und die Zeit
Il vino e il tempo (1988)
Ü: Andreas Brandhorst

Ljuben Lukina & Jewgenij Lukin
Das Denkmal
Mohimeht (1990)
Ü: Erik Simon

Daniela Piegai
Drusilla
Drusilla (1982)
Ü: Hilde Linnert

Karel Blažek
Der Hund
Pes (1984)
Ü: Karl von Wetzky

Stefan Cypric
Wenn Wega im Norden steht

Nancy Etchemendy
Landurlaub
Shore Leave Blacks (1990)
Ü: Biggy Winter

James Morrow
Biblische Geschichten für Erwachsene — Nr. 7: Die Sündflut
Bible Stories for Adults, Nr. 7: The Deluge (1989)
Ü: Claudia Pape

Kristine Kathryn Rusch
Warenhaus
Repository (1989)
Ü: Christina Unger

Eric Brown
Karmel und die Schnee-kristalle
Star-Crystals and Karmel (1989)
Ü: Vincenzo Benestante

Nancy Kress
Bettler in Spanien
Beggars in Spain (1991)
Ü: Martin Gilbert

4921 Gottfried Meinhold
Weltbesteigung (1992)

4922 John M. Ford
Was kostet dieser Planet?
How Much for Just the Planet? (1987)
Ü: Andreas Brandhorst

4923 Alan Burt Akers
Scorpio in Flammen (1992)
41. Roman der Saga von Dray Prescot
Scorpio Ablaze
(Originalausgabe)

4924 James Morrow
Die eingeborene Tochter (1992)
Only Begotten Daughter (1990)
Ü: Christian Mähr

4925 James Morrow
Der Kontinent der Lügen (1992)
The Continent of Lies (1984)
Ü: Peter Robert

4926 Hayford Peirce
Der zeitgereiste Bonaparte (1992)
Napoleon Disentimed (1987)
Ü: Michael Windgassen

4927 George Zebrowski (Hrsg.)
Synergy 3 (A) (1992)
Synergy 3 (1988)
Ü: Barbara Heidkamp

George Zebrowski
Die Weine der Synergie. Einführung

Fruma Klass
Vor dem Regenbogen
Before the Rainbow

Paul Di Filippo
Phylogenese
Phylogenesis

Bruce Clemence
Die ganze lebenslange Nacht
All the Livelong Night

Gregory Benford & Paul A. Carter
Proserpinas Tochter
Proserpina's Daughter

Ian Watson
Der Autor als Folterer
The Author as Torturer

4928 Alan Burt Akers
Die Trommeln von Scorpio (1992)
42. Roman der Saga von Dray Prescot
Scorpio Drums
Ü: Andreas Decker
(Originalausgabe)

4929 J. M. Dillard
Blutdurst (1992)
Bloodthirst (1987)
Ü: Andreas Brandhorst

4930 Robert E. Howard & L. Sprague de Camp
Conan und der Flammendolch (1971) (1992)
36. Roman der Conan-Saga
The Flame Knife (1955)
Ü: Lore Strassl
(↗ 3236/NA unter neuer Nummer)

4931—4933 (erscheinen 1993)

4934 Sheri S. Tepper
Nach langem Schweigen (1992)
After Long Silence (1987)
Ü: Horst Pukallus

4935 Philip José Farmer
Bizarre Beziehungen (C) (1992)

Die Liebenden
The Lovers (1961)
Ü: Jürgen Inhoff

Eine Frau pro Tag (1970/1986)
A Woman a Day (1968)
(auch *The Day of Timestop*)
Ü: Birgit Reß-Bohusch
(↗ 1011, ↗ 3173)

Mutter
Mother (1953)
Ü: Verena C. Harksen

Tochter
Daughter (1954)
Ü: Thomas M. Look

Sohn
Son (1954)
(auch *Queen of the Deep*)
Ü: Hans Schütz

Der Bruder meiner Schwester
My Sister's Brother (1959)
(auch *The Strange Birth* und *Open to My Sister*)
Ü: Martin Eisele

Der Müllkutscher
The Alley Man (1959)
Ü: Irmhild Hübner

4936 Ronald M. Hahn (Hrsg.)
The Magazin of Fantasy and Science Fiction, 86. F.
Cyberella (A) (1992)

Sheila Finch
Cyberella
Cyberella (1990)
Ü: Michael Kubiak

Paul Di Filippo
Stumö gafer
Mairzy Doats (1991)
Ü: Thomas Ziegler

Brad Strickland
Schwarze Muse
Her Wild Wild Eyes (1991)
Ü: Horst Pukallus

Bruce Holland Rogers
Groß fern jetzt
Big Far Now (1991)
Ü: Horst Pukallus

Madeleine E. Robins
Papa geht auf Jagd
Papa's Gone A-Hunting (1991)
Ü: Thomas Ziegler

Alan Brennert
Die verlorene Seele
Ma Qui (1991)
Ü: Thomas Ziegler

Wayne Wightman
Der König der Neandertaler
The King of the Neanderthals (1990)
Ü: Horst Pukallus

Delia Sherman
Land's End
Land's End (1991)
Ü: Horst Pukallus

4937 Howard Weinstein
Im Exil (1992)
Exiles (1990)
Ü: Andreas Brandhorst

4938 Paula Volsky
Der Fluch des Zauberers (1992)
Dritter Roman des Zauberer-Zyklus
The Sorcerer's Curse (1989)
Ü: Irene Holicki

4939 Paula Volsky
Das Glück des Relian Kru (1992)
The Luck of Relian Kru (1987)
Ü: Irene Holicki

4940 Geoff Ryman
Ein Garten für Kinder oder Eine Posse (1992)
The Child Garden or A Low Comedy (1989)
Ü: Ingrid Herrmann

4941 Timothy Zahn
Kriegspferd (1992)
Warhorse (1990)
Ü: Hilde Linnert

4942 Gene Roddenberry (Hrsg.)
Star Trek — der Film (1992)
Star Trek — The Motion Picture (1979)
Ü: Jesco von Puttkamer und Andreas Brandhorst

4943 J. M. Dillard
Star Trek VI — das unentdeckte Land (1992)
Star Trek VI — the Undiscovered Country (1992)
Ü: Andreas Brandhorst

4944 Norman Spinrad
Russischer Frühling (1992)
Russian Spring (1991)
Ü: Irene Bonhorst

4945 Lucius Shepard
Kalimantan (1992)
Kalimantan (1990)
Ü: Irene Bonhorst

4946 Melissa Scott
Die Freundlichen (1992)
The Kindly Ones (1987)
Ü: Norbert Stöbe

4947 E. C. Ellis
Weltenschöpfer (1992)
Worldmaker (1985)
Ü: Norbert Stöbe

Der Ertrinkende
Book One: The Drowning Man (1980)
Unter fremden Monden
Book Two: Under Alien Moons
Im Untergrund
Book Three: In the Underground
Weltenschöpfer
Book Four: Worldmaker

4948 Alan Dean Foster
Flinx' Abenteuer — Vier Romane (C) (1985/1979/1980/1980) (1985) (1992)
Ü: Heinz Nagel

Flinx
For Love of Mother-Not (1983)
(↗ 4219)

Das Tar-Aiym Krang
The Tar-Aiym Krang (1972)
(↗ 3640, ↗ 4220)

Der Waisenstern
Orphan Star (1977)
(↗ 3723, ↗ 4220)

Der Kollapsar
The End of the Matter (1977)
(↗ 3736, ↗ 4220)

4949 Jean Lorrah
Die Umuk-Seuche (1992)
The Idic Epidemic (1988)
Ü: Andreas Brandhorst

4950 Henry Rider Haggard
Die Rückkehr der Göttin (C)
(1984/1984/1985) (1992)

Sie
»She« — A History of Adventure (1905)
Ü: Helmut Degner
(↗ 4130)

Ayesha — Sie kehrt zurück
Ayesha — the Return of She (1905)
Ü: Hans Maeter
(↗ 4132)

Sie und Allan
She and Allan (1921)
Ü: Hans Maeter
(↗ 4133)

4951 (erscheint 1993)

4952 Ursula K. Le Guin
Tehanu (1992)
Vierter Roman des Erdsee-Zyklus
Tehanu (1990)
Ü: Hilde Linnert

4953 Terry Pratchett
Eric (1992)
Ein Roman von der bizarren Scheibenwelt
Eric (1990)
Ü: Andreas Brandhorst

4954 (erscheint 1993)

4955 Phillip Mann
Wolfsgarn (1992)
Wulfsyarn (1990)
Ü: Hendrik P. u. Tom Linckens

4956 Miranda Miller
Smiles und das neue Jahrtausend (1992)
Smiles and the Millennium (1987)
Ü: Alfons Winkelmann

4957 Friedel Wahren (Hrsg.)
Isaac Asimov's Science Fiction Magazin, 40. F. (A) (1992)

James Patrick Kelly
In der Schlange mit Mister Jimmy
Standing in Line with Mister Jimmy (1991)
Ü: Birgit Reß-Bohusch

Richard Paul Russo
Die Kugel im Visier
Celebrate the Bullet (1991)
Ü: Birgit Reß-Bohusch

Lawrence Watt-Evans
Sturmtruppen
Storm Trooper (1992)
Ü: Jakob Leutner

Greg Egan
Ein zugriffsicheres Schließfach
The Safe-Deposit Box (1990)
Ü: Peter Pape

Michael Bishop
Der Luftballon
The Balloon (1992)
Ü: Jakob Leutner

Charles Sheffield
Systematische Gesundheitsfürsorge
Health Care System (1990)
Ü: Peter Pape

Patricia Anthony
Aus keinem besonderen Grund
For No Reason (1990)
Ü: Peter Pape

Molly Gloss
Verano
Verano (1992)
Ü: Jakob Leutner

Stephen Baxter
Planck-Null
Planck Zero (1992)
Ü: Jakob Leutner

Ronald M. Hahn
Ein Abend, eine Nacht, ein Morgen

4958 Michael Jan Friedman
Das verschwundene Juwel (1992)
Fortune's Light (1991)
Ü: Andreas Brandhorst

4959 John Maddox Roberts
Conan der Draufgänger (1992)
37. Roman des Conan-Zyklus
Conan the Bold (1989)
Ü: Edda Petri

4960 Wolfgang Jeschke (Hrsg.)
Das Science Fiction Jahr # 8
Ausgabe 1993
(erscheint hiermit)

4983 Nigel Findley
2XS (1992)
Shadowrun-Roman
2XS — To Excess (1992)
Ü: Christian Jentzsch

2. Bibliothek der Science Fiction Literatur

83 A. E. van Vogt
Die Expedition der »Space Beagle« (1992)
— Roman in 4 Erzählungen —
Voyage of the ›Space Beagle‹ (1950)
Ü: Rainer Eisfeld

Rainer Eisfeld
Vorwort

Schwarzer Verheerer
Black Destroyer (1939)

Nervenkrieg
War of Nerves (1950)

Mißton in Scharlach
Discord in Scarlet (1939)

M 33 im Sternbild Andromeda
M 33 in Andromeda (1943)

Kommentar zu ›Black Destroyer‹
On ›Black Destroyer‹ (1981)

Rainer Eisfeld
Nachwort

84 (erschien 1991)

85 Saki
Als Wilhelm kam (1992)
When William Came
A Story of London under the Hohenzollerns (1914)
Ü: Irene Bonhorst

86 John Sladek
Robot Roderick — 2 Romane (C) (1992)
Ü: Joachim Körber

Roderick oder Die Erziehung einer Maschine
Roderick (1980)

Roderick II.
Lehr- und Wanderjahre einer Maschine
Roderick at Random (1983)

87 Samuel R. Delany
Nova (1992)
Nova (1968)
Ü: Heinz Nagel

88—89 (erscheinen 1993)

97 James Gunn (Hrsg.)
Wege zur Science Fiction, Achter Band (A) (1992)
The Road to Science Fiction 4, Erster Teil (1982)

Einführung

Richard Matheson
Menschenkind (1981)
Born of Man and Woman (1950)
Ü: Franziska Zinn

Avram Davidson
Ich hab 'nen Freund, und der heißt Jello
My Boy Friend's Name Is Jello (1954)
Ü: Irene Bonhorst

Walter M. Miller jr.
Ein Lobgesang auf Leibowitz (1981)
A Canticle for Leibowitz (1955)
Ü: Reinhard Heinz

Algis Budrys
Niemand schert sich um Gus
Nobody Bothers Gus (1955)
Ü: Irene Bonhorst

Daniel Keyes
Blumen für Algernon (1981)
Flowers for Algernon (1959)
Ü: Charlotte Winheller

Jack Vance
Die Mondmotte (1981)
The Moon Moth (1961)
Ü: Heinz Nagel

Jorge Luis Borges
Die Bibliothek von Babel
La biblioteca de Babel (1941)
Ü: Karl August Horst

Frank Herbert
Der Wüstenplanet (Auszug) (1967/1978/1984)
Dune (1965)
Ü: Ronald M. Hahn

Bob Shaw
Licht für die Zukunft
Light of Other Days (1966)
Ü: Gisela Stege

98 James Gunn (Hrsg.)
Wege zur Science Fiction, Neunter Band (A) (1992)
(erscheint 1993)

3. Allgemeine Reihe

8304 Joachim Körber (Hrsg.)
Das vierte Buch des Horrors (A)
(erscheint 1993)

8335 Craig Thomas
Auge um Auge (1992)
All the Grey Cats (1988)
Ü: Ingo Angres

8362 Clive Barker
Das Tor zur Hölle — »Hellraiser« (1992)
The Hellbound Heart (1986)
Ü: Ute Thiemann

8374 James Herbert
Blutwaffe (1992)
Spear (1978/1980)
Ü: Hartmut Huff

8385 Whitley Strieber
Transformation (1992)
Transformation (1988)
Ü: Andreas Brandhorst

8387 Arthur C. Clarke
Aus einem anderen Jahrtausend (1992)
The Ghost from the Grand Banks (1990)
Ü: Andreas Brandhorst

8388 Ira Levin
Rosemaries Baby (1972) (1992)
Rosemary's Baby (1967)
Ü: Herta Balling
(↗ 978 AR/NA unter neuer Nummer)

8403 Stephen King
Frühling, Sommer, Herbst und Tod: Vier Kurzromane (C) (1992)
Different Seasons (1982)
Ü: Harro Christensen

Frühlingserwachen:
Pin-up
Hope Springs Eternal — Rita Hayworth and Shawshank Redemption

Sommergewitter:
Der Musterschüler
Summer of Corruption — Art Pupil

Herbstsonate:
Die Leiche
Fall from Innocence — The Body

Ein Wintermärchen:
Atemtechnik
A Winter's Tale — The Breathing Method

Nachwort
Afterword

8408 Michael Stewart
Adam (1992)
Birthright (1990)
Ü: Andreas Brandhorst

8418 James Herbert
Höllenhund (1992)
Fluke (1977)
Ü: Heinz Nagel

8430 Lori Martin
Die Priesterin der Nialia (1992)
Calling Up the Fire (1988)
Ü: Andreas Brandhorst

8435 Carl Amery
Das Geheimnis der Krypta (1992)

8437 John Saul
Wehe, wenn du weggehst (1992)
Sleepwalk (1991)
Ü: Hans Ulrich

8444 Dean R. Koontz
Mitternacht (1992)
Midnight (1989)
Ü: Joachim Körber

8449 William Gibson
Neuromancer (1987/1992)
Neuromancer (1984)
Ü: Reinhard Heinz
(↗ 4400/NA unter neuer Nummer)

8452 Arthur C. Clarke/ Gentry Lee
Die nächste Begegnung (1992)
Garden of Rama (1991)
Ü: Roland Fleissner

8457 Mária Szepes
Der Rote Löwe (1984/1992)
A Vörös Oroszlan (1946)
Ü: Gottfried Feidel
(↗ 4043)

8464 Clive Barker
Cabal (1989/1992)
Cabal (1988)
Ü: Joachim Körber
(↗ 18 JUM)

8477 Whitley Strieber
Majestic (1992)
Majestic (1989)
Ü: Gottfried Röckelein

8490 Alan Dean Foster
Alien 3 (1992)
Aliens 3 (1992)
Ü: Thomas Hag

8519 Dean R. Koontz
Zwei Romane (C) (1992)

Das Haus der Angst (1987)
The House of Thunder (1980)
Ü: Edgar Müller-Frantz
(↗ 71 JB, auch 6833 AR)

Wenn die Dunkelheit kommt (1987)
Darkfall (1984)
Ü: Irene Holicki
(↗ 6833 AR)

8542 Paul M. Sammon (Hrsg.)
Splatterpunk (A) (1992)
Splatterpunks: Extreme Horror, 1. Teil (1990)
Ü: Maximilian K. Brocken

Vorwort

Joe R. Lansdale
Die Nacht, in der sie den Horrorfilm verpaßten
The Night They Missed the Horror Show (1988)

Clive Barker
Fleischlieferung um Mitternacht
The Midnight Meat Train (1984)

John Skipp
Filmteam um elf
Film at Eleven (1988)

Richard Christian Matheson
Rot
Red (1986)

Mick Garris
Ein Leben fürs Kino
A Life in the Cinema (1988)

Douglas E. Winter
Nicht ganz ein Zombie
Less Than Zombie (1989)

Wayne Allen Sallee
Schnellverkehr
Rapid Transit (1985)

Edward Bryant
Als sie beim Einkaufen war
While She Was Out (1988)

Nachwort

8553 Daniel Keyes
Die Leben des Billy Milligan (1985/1992)
The Minds of Billy Milligan (1981/1992)
Ü: Roland Fleissner
(↗ 06/4218, NA unter neuer Nummer)

8603 Peter Straub
Mystery (1990/1992)
Mystery (1990)
Ü: Joachim Körber
(↗ 27 JUM)

8610 Kathe Koja
Schwarzer Abgrund (1992)
The Cipher (1991)
Ü: Thomas Hag

4. Heyne Jubiläumsbände

71 Alptraum — 3 ungekürzte Romane (A) (1987/1984/1984) (1992)

Dean R. Koontz
Wenn die Dunkelheit kommt
Darkfall (1984)
Ü: Irene Holicki
(↗ 6833 AR, ↗ 8519 AR)

Charles L. Grant
Die Schwingen des Todes
The Nestling (1982)
Ü: Rolf Jurkeit
(↗ 12 UB)

John Saul
Das Gott-Projekt
The God Project (1982)
Ü: Rolf Jurkeit
(↗ 13 UB)

5. Heyne Jumbo-Bände

35 Clive Barker
Gyre (1992)
Weaveworld (1987)
Ü: Joachim Körber

36 Dan Simmons
Sommer der Nacht (1992)
Summer of Night (1991)
Ü: Joachim Körber

37 Stephen King
tot (1992)
The Dark Tower III: The Waste Lands (1991)
Ü: Joachim Körber

40 Dean R. Koontz
Schlüssel der Dunkelheit (1992)
The Key to Midnight (1979)
Ü: Alexandra v. Reinhardt

42 Stephen King
Das Spiel (1992)
Gerald's Game (1992)
Ü: Joachim Körber

44 Stephen King
Blut (C)
(erscheint 1993)

6. Heyne Sachbuch

93 Ronald M. Hahn/Volker Jansen (Hrsg.)
Lexikon des Science Fiction-Films (1983/1987) (1990) (1992)
(↗ 7295 AR/aktualisierte NA unter alter Nummer)

222 George Beahm (Hrsg.)
Die Welt des Stephen King: Was Sie schon immer über den ›Meister des Horrors‹ wissen wollten (A) (1992)
The Stephen King Companion (1989)
Ü: Joachim Körber und Ute Thiemann

7. Heyne Tip des Monats

76 Dean R. Koontz
3 ungekürzte Romane (C)
(1988/1988/1984, 1990) (1992)

Die Maske
The Mask (1981)
Ü: Sonja Hauser
(↗ 6951)

Die Augen der Dunkelheit
The Eyes of Darkness (1981)
Ü: Alexandra v. Reinhardt
(↗ 7707)

Die Hellseherin
The Vision (1977)
Ü: Wolfgang Lotz
(↗ 19 UB, ↗ 48 JB)

79 Marion Zimmer Bradley
3 ungekürzte Romane (C)
(1984, 1985/1985/1986) (1992)

Der Bronzedrache (1984/1985)
The Brass Dragon (1969)
Ü: Malte Heim
(↗ 4144, auch ↗ 6359 AR)

Trommeln in der Dämmerung (1985)
Drums of Darkness (1976)
(↗ 6602 AR)

Die Teufelsanbeter (1986)
Dark Satanic (1972)
Ü: Walter Brumm
(↗ 6697 AR)

81 James Herbert
2 Romane (C) (1985/1988) (1992)
Ü: Rolf Jurkeit

Die Erscheinung
Shrine (1983)
(↗ 30 UB)

Domain
Domain (1984)
(↗ 7616 AR)

85 Dean R. Koontz
2 ungekürzte Romane (C) (1989/1990) (1992)

Schattenfeuer
Shadowfires (1987)
Ü: Andreas Brandhorst
(↗ 7810 AR)

Tür ins Dunkel
The Door to December (1985)
Ü: Alexandra v. Reinhardt
(↗ 7992 AR)

Teil Zwei

Alphabetisches Verzeichnis sämtlicher Autoren und ihrer im Wilhelm Heyne Verlag im Jahre 1992 publizierten Werke

AKERS, Alan Burt
Invasion von Scorpio : 4882
Scorpio Invasion

Meuchelmörder von Scorpio : 4864
Scorpio Assassin

Scorpio in Flammen : 4923
Scorpio Ablaze

Die Trommeln von Scorpio : 4928
Scorpio Drums

AMERY, Carl
Das Geheimnis der Krypta : 8435 AR

Das Königsprojekt : 35, auch : 4327

›Das Geheimnis der Krypta‹ oder: SF-Genre-Mittel in der Literatur ↗ 4850

ANDERSON, Poul (William)
Die Tänzerin von Atlantis ↗ 1007, auch : 3404
The Dancer from Atlantis

Zeitfahrer : 4832
The Boat of a Million Years

ANDRESKI, Luke
Skiophanes' Beweis ↗ 4818
Skiophanes' Proof

ANDREVON, Jean Pierre/ COUSIN, Philippe
Das Haus gegenüber : 4858
L'immeuble d'en face

ANTHONY, Patricia
Aus keinem besonderen Grund ↗ 4957
For No Reason

ARMER, Karl Michael
Nachwort ↗ 85

ARMSTRONG, Michael
Nach dem Zap : 4878
After the Zap

ASHWORTH, Malcolm
Ein Senoi-Traum ↗ 4818
A Senoi Dream

BANKS, Iain
Ein Geschenk der Kultur : 4904
The State of the Art

Ein Geschenk der Natur ↗ 4904
A Gift from the Culture

Einsatz der Waffen : 4903
Use of Weapons

Entsorgung ↗ 4904
Cleaning Up

Fundstück ↗ 4904
Piece

Heruntergekommen ↗ 4904
Descendant

Kratzer ↗ 4904
Scratch

Der letzte Stand der Kunst ↗ 4904
The State of the Art

Straße der Schädel ↗ 4904
Road of Skulls

Ungerade ↗ 4904
Odd Attachment

BARK, John
Großkatzen ↗ 4818
Big Cats

BARKER, Clive
Cabal : 18 JUM, auch : 8464 AR
Cabal

Fleischlieferung um Mitternacht ↗ 8542 AR
The Midnight Meat Train

Gyre : 35 JUM
Weaveworld

Das Tor zur Hölle — »Hellraiser« : 8362 AR
The Hellbound Heart

BAUER, Werner
Phantastische Literatur im Heyne-Taschenbuch 1991. Eine Bibliographie ↗ 4850

BAXTER, Stephen
Planck-Null ↗ 4957
Planck Zero

Spuren ↗ 4880
Traces

BEAHM, George
Die Welt des Stephen King : 222 HSB
The Stephen King Companion

BEAR, Greg
Ewigkeit : 4916
Eternity

BENFORD, Gregory
Raum-Zeit-Fluß ↗ 4906
Of Space-Time and the River

BENFORD, Gregory/CARTER, Paul A.
Proserpinas Tochter ↗ 4927
Proserpina's Daughter

BESTER, Alfred
Demolition : 3670
The Demolished Man

Tiger! Tiger! : 24, auch : 3051, auch : 4306
The Stars My Destination

BISHOP, Michael
Der Luftballon ↗ 4957
The Balloon

BLAŽEK, Karel
Der Hund ↗ 4920
Pes

BLOCKLEY, Bartholomew
Eine Art Sommersprossen ↗ 4818
A Sort of Sunspot

BLUMLEIN, Michael
Bestseller ↗ 4865
Bestseller

BORGES, Jorge Luis
Die Bibliothek von Babel ↗ 97
La biblioteca de Babel

BOWERMAN, Tony
Gärten und Quellen ↗ 4818
Gardens and Fountains

BRAUN, Günter
s. BRAUN, Johanna/BRAUN, Günter

BRAUN, Johanna/BRAUN, Günter
Canterville 1990 ↗ 4897

BRENNERT, Alan
Die verlorene Seele ↗ 4936
Ma Qui

BRONNER, Friedrich
Im Cyberspace — Auf dem Weg zum medialen Gesamtkunstwerk
↗ 4850

BROWN, Eric
Karmel und die Schneekristalle
↗ 4920
Star-Crystals and Karmel

Der Pharageanische Effekt
↗ 4880
The Pharagean Effect

BRUCKMAIER, Karl
Ein Gespräch mit Jack Womack
↗ 4850

BRUNNER, John
Das Labyrinth der Sterne : 4909
A Maze of Stars

BRYANT, Edward (Winslow)
Als sie beim Einkaufen war
↗ 8542 AR
While She Was Out

BUDRYS, Algis
Niemand schert sich um Gus
↗ 97
Nobody Bothers Gus

CARTER, Carmen
McCoys Träume : 4898
Dreams of the Raven

CARTER, Carmen/DAVID, Peter/
FRIEDMAN, Michael Jan/
GREENBERGER, Robert
Planet des Untergangs : 4899
Doomsday World

CARTER, Paul A.
s. BENFORD, Gregory/CARTER, Paul A.

CHARRETTE, Robert N.
Such deine eigene Wahrheit
: 4847
Find Your Own Truth

CLARKE, Arthur C(harles)
Aus einem anderen Jahrtausend
: 8387 AR
The Ghost from the Great Banks

CLARKE, Arthur C(harles)/
LEE, Gentry
Die nächste Begegnung
: 8452 AR
Garden of Rama

CLEMENCE, Bruce
Die ganze lebenslange Nacht
↗ 4927
All the Livelong Night

COUSIN, Philippe
s. ANDREVON, Jean Pierre/
COUSIN, Philippe

CRISPIN, A. C.
Die Augen der Betrachter : 4914
The Eyes of the Beholders

CYPRIC, Stefan
Wenn Wega im Norden steht
↗ 4920

DAVENTRY, Leonard
Das 21-milliardste Paradoxon
: 4919
Twenty-One Billionth Paradox

DAVID, Peter
s. CARTER, Carmen/DAVID, Peter/FRIEDMAN, Michael Jan/GREENBERGER, Robert

DAVIDSON, Avram
Ich hab 'nen Freund, und der heißt Jello ↗ 97
My Boy Friend's Name Is Jello

DE CAMP, L(yon) Sprague/HOWARD, Robert E(rvin)/CARTER, Lin(wood Vrooman)
Conan : 3202
Conan

DE CAMP, L(yon) Sprague/
s. HOWARD, Robert E(rvin)/DE CAMP, L(yon) Sprague

DELANY, Samuel R(ay)
Nova : 87
Nova

DI FILIPPO, Paul
Phylogenese ↗ 4927
Phylogenesis

Stumö gafer ↗ 4936
Mairzy Doats

DILLARD, J. M.
Blutdurst : 4929
Bloodthirst

Star Trek VI — das unentdeckte Land : 4943
Star Trek VI — the Undiscovered Country

Die verlorenen Jahre : 4869
The Lost Years

DUANE, Diane/MORWOOD, Peter
Die Romulaner : 4907
The Romulan Way

EARL, Stephen
Hanuman ↗ 4818
Hanuman

EBERHART, Mark E.
Nachwort ↗ 4934

EDWARDS, Malcolm
Vorbemerkung ↗ 4818

War Tours : 4818
Gollancz Sunday Times SF Competition Stories

EGAN, Greg
Axiomatisch ↗ 4920
Axiomatic

Blutsschwestern ↗ 4880
Blood Sisters

Ein zugriffsicheres Schließfach ↗ 4957
The Safe-Deposit Box

EISFELD, Rainer
30 Jahre bemannter Raumflug. Raumflug als Schreckensvision bei Ray Bradbury und Nigel Kneale ↗ 4850

Nachwort ↗ 83

Vorwort ↗ 83

ELLIS, E. C.
Weltenschöpfer : 4947
Worldmaker

ETCHEMENDY, Nancy
Clotaires Ballon ↗ 4880
Clotaire's Balloon

Landurlaub ↗ 4920
Shore Leave Blacks

FARMER, Philip José
Bizarre Beziehungen : 4935

Der Bruder meiner Schwester ↗ 4935
My Sisters's Brother (The Strange Birth/Open to My Sister)

Die eine kommt, die andre geht ↗ 4888
One Down, One to Go

Eine Frau pro Tag ↗ 1011, auch : 3173, auch ↗ 4935
A Woman a Day (The Day of Timestop)

Die Liebenden ↗ 4935
The Lovers

Der Müllkutscher ↗ 4935
The Alley Man

Mutter ↗ 4935
Mother

Sohn ↗ 4935
Son (Queen of the Deep)

Tochter ↗ 4935
Daughter

FINCH, Sheila
Cyberella ↗ 4936
Cyberella

FINDLEY, Nigel
2XS : 4983
2XS — To Excess

FLYNN, Michael A.
Der Longford-Sammler ↗ 4920
The Longford Collector

Im Wald der Zeit ↗ 4865
The Forest of Time

FORD, John M.
Was kostet dieser Planet? : 4922
How Much for Just the Planet?

FOSTER, Alan Dean
Alien 3 : 8490 AR
Aliens 3

Flinx : 4219, auch ↗ 4948
For Love of Mother-Not

Flinx' Abenteuer — Vier Romane : 4948

Der Kollapsar : 3736, auch ↗ 4220, auch ↗ 4948
The End of the Matter

Das Tar-Aiym Krang : 3640, auch ↗ 4220, auch ↗ 4948
The Tar-Aiym Krang

Der Waisenstern : 3723, auch ↗ 4220, auch ↗ 4948
Orphan Star

FOWLER, Karen Joy
Lieserl ↗ 4906
Lieserl

FRAZIER, Robert
Unser tägliches Tschernobyl ↗ 4861
The Daily Chernobyl

FRIEDMAN, Michael Jan
Das verschwundene Juwel : 4958
Fortune's Light

FRIEDMAN, Michael Jan
s. CARTER, Carmen/DAVID, Peter/FRIEDMAN, Michael Jan/ GREENBERGER, Robert

FUHRMANN, Rainer
Medusa : 4913

Stabwechsel ↗ 4897

GALLAGHER, Stephen
Über mir: Fetzen aus Finsternis ↗ 4888
Ribbons of Darkness, Over Me

GARRIS, Mick
Ein Leben fürs Kino ↗ 8542 AR
A Life in the Cinema

GAY, Anne
Wünschelknochen ↗ 4818
Wishbone

GERROLD, David
Ich bin Harlie ↗ 1008, auch : 3416
When Harlie Was One

GERROLD, David
s. NIVEN, Larry/GERROLD, David

GIBBINS, James
Wer ist ein kluger Junge? ↗ 4818
Who's a Clever Boy?

GIBSON, William
Neuromancer : 4400, auch : 8449 AR
Neuromancer

GIBSON, William/STERLING, Bruce
Die DifferenzMaschine : 4860
The Difference Engine

GILDEN, Mel
Surfing Samurai Robots : 4895
Surfing Samurai Robots

GLADWIN, Philip
Altweibersommer ↗ 4818
Indian Summer

GLOSS, Molly
Verano ↗ 4957
Verano

GOODING, Paul
Das Maschinenzeitalter ↗ 4818
The Machine Age

GORDON, Stuart
Feuer in der Tiefe : 4918
Fire in the Abyss

GORTON, Mark
Der Sündenfall ↗ 4818
The Fall

GRANT, Charles L.
Die Schwingen des Todes : 12 UB, auch ↗ 71 JB
The Nestling

GREENBERGER, Robert
s. CARTER, Carmen/DAVID, Peter/FRIEDMAN, Michael Jan/ GREENBERGER, Robert

GUNN, James (Edwin)
Einführung ↗ 97

Wege zur Science Fiction, Achter Band : 97
The Road to Science Fiction 4, Erster Teil

HERBERT, James
Blutwaffe : 8374 AR
Spear

Domain ↗ 81 TdM, auch : 7616 AR
Domain

Die Erscheinung : 30 UB, auch ↗ 81 TdM
Shrine

Höllenhund : 8418 AR
Fluke

Die Maske ↗ 76 TdM, auch : 6951 AR
The Mask

Zwei Romane : 81 TdM

HIERL, Tobias
s. HADERER, Christian/HIERL, Tobias

HOFMANN, Matthias
Von der Wespenfabrik zur Krähenstraße: Ein Gespräch mit Iain M. Banks ↗ 4850

HOWARD, Robert E(rvin)
Conan und der Schatz des Tranicos : 4915
The Treasure of Tranicos

HOWARD, Robert E(rvin)/ DE CAMP, L(yon) Sprague
Conan und der Flammendolch : 3236, auch : 4930
The Flame Knife

IWOLEIT, Michael K.
Ein Gespräch mit David I. Masson ↗ 4850

Staunend im brennenden Labyrinth. Über die Wiederveröffentlichung eines Meisterwerks von Hanns Kneifel ↗ 4850

JANSEN, Volker
s. HAHN, Ronald M./JANSEN, Volker

JESCHKE, Wolfgang
Editorial ↗ 4850

Der Fensterjesus : 4880

Heyne Science Fiction Jahres-Band 1992 : 4865

Die Menagerie von Babel : 4920

Das Science Fiction Jahr # 7 — Ausgabe 1992 : 4850

Das Science Fiction Jahr # 8 — Ausgabe 1993 : 4960

JORON, Andrew
SF-Dichtung — ein neues Genre ↗ 4861
State of the Art: SF Poetry — a New Genre

KELLY, James Patrick
In der Schlange mit Mister Jimmy ↗ 4957
Standing in Line with Mister Jimmy

KENNEDY, Leigh
Der Fensterjesus ↗ 4880
The Window Jesus

KEYES, Daniel
Blumen für Algernon ↗ 97, auch ↗ 3763
Flowers for Algernon

Die Enthüllung Claudias : 4877
Unveiling Claudia: The True Story of a Serial Murder

Die Leben des Billy Milligan : 4218, auch : 8553 AR
The Minds of Billy Milligan

KIAUSCH, Usch
Cyberpunk — 10 Jahre danach: Joe Haldeman, Bruce Sterling und Tom Maddox extrapolieren ↗ 4850

Ein Gespräch mit Bruce Sterling ↗ 4850

Ein Gespräch mit Joe Haldeman ↗ 4850

»Kein Wunder, daß der Cyberpunk so wenige weibliche Stimmen hat.« — Ein Gespräch mit Elisabeth Vornarburg ↗ 4850

KING, Stephen
Ein Wintermärchen: Atemtechnik ↗ 8403 AR
A Winter's Tale — The Breathing Method

Frühling, Sommer, Herbst und Tod: Vier Kurzromane : 8403 AR
Different Seasons

Frühlingserwachen: Pin-up ↗ 8403 AR
Hope Springs Eternal — Rita Hayworth and Shawshank Redemption

Herbstsonate: Die Leiche ↗ 8403 AR
Fall from Innocence — The Body

Nachwort ↗ 8403 AR
Afterword

Sommergewitter: Der Musterschüler ↗ 8403 AR
Summer of Corruption — Art Pupil

Das Spiel : 42 JUM
Gerald's Game

tot : 37 JUM
The Dark Tower III: The Waste Lands

KLASS, Fruma
Vor dem Regenbogen ↗ 4927
Before the Rainbow

KNORR, Wolfram
Der Automat, die Maschine — das bin ich. — Warum ›Terminator 2‹ mit Arnold Schwarzenegger zum erfolgreichsten Film aller Zeiten werden wird ↗ 4850

KOJA, Kathe
Abrechnung ↗ 4888
Reckoning

Schwarzer Abgrund : 8610 AR
The Cipher

KOONTZ, Dean R(ay)
Die Augen der Dunkelheit ↗ 76 TdM, auch : 7707 AR
The Eyes of Darkness

3 ungekürzte Romane : 76 TdM

Das Haus der Angst : 6913 AR, auch ↗ 8519 AR
The House of Thunder

Die Hellseherin : 19 UB, auch ↗ 48 JB, auch ↗ 76 TdM
The Vision

Mitternacht : 8444 AR
Midnight

Schattenfeuer ↗ 85 TdM, auch : 7810 AR
Shadowfires

Schlüssel der Dunkelheit : 40 JUM
The Key to Midnight

Tür ins Dunkel ↗ 85 TdM, auch : 7992 AR
The Door to December

Wenn die Dunkelheit kommt ↗ 71 JB, auch : 6833 AR, auch ↗ 8519 AR
Darkfall

Zwei Romane : 8519 AR

KRESS, Nancy
Bettler in Spanien ↗ 4920
Beggars in Spain

Der Preis der Orangen ↗ 4906
The Price of Oranges

KRUSCHEL, Karsten
Imaginator des Ausdenkbaren: Ein Nachruf für Rainer Fuhrmann (1940—1991) ↗ 4850

Sein Credo: Ein Mensch zu sein ist schwer. Ein Nachruf für Arkadi Strugazki (1925—1991) ↗ 4850

Wird die Science Fiction geplündert? oder Wie man Science Fiction benutzen und trotzdem ein ›anständiger‹ Autor bleiben kann ↗ 4850

Zwischen Vision und Banalität: Die SF-Literatur der DDR — ein abgeschlossenes Gebiet? Ein Rückblick. Ein Countdown ↗ 4850

KUBE-McDOWELL, Michael P.
Diaspora : 4910
The Quiet Pools

LAIDLAW, Marc
s. RUCKER, Rudy/LAIDLAW, Marc

LANDGRAF, Wolfgang
Die siebte Frage ↗ 4897

LANDON, Brooks
s. McCAFFERY, Larry/LANDON, Brooks

LANSDALE, Joe R.
Die Nacht, in der sie den Horrorfilm verpaßten ↗ 8542 AR
The Night They Missed the Horror Show

LEE, Gentry
s. CLARKE, Arthur C./LEE, Gentry

LEGER, Philip St
Neuere Geschichte ↗ 4818
Modern History

LE GUIN, Ursula K(roeber)
Die Geißel des Himmels : 3373
The Lathe of Heaven

Tehanu : 4952
Tehanu

Das Wort für Welt ist Wald : 3466, auch ↗ 4494
The Word for World Is Forest

LEVIN, Ira
Rosemaries Baby : 978 AR, auch : 8388 AR
Rosemary's Baby

LIEFF SAXBY, Anna
Gefangene ↗ 4818
Prisoners

LORENZ, Peter
*** ↗ 4897

LORRAH, Jean
Die Umuk-Seuche : 4949
The Idic Epidemic

LUKIN, Jewgenij
s. LUKINA, Ljuben/LUKIN, Jewgenij

LUKINA, Ljuben/LUKIN, Jewgenij
Das Denkmal ↗ 4920
Mohimeht

LUTHARDT, Ernst-Otto
Fremde Vertrautheit ↗ 4897

McCAFFERY, Larry/LANDON, Brooks
Ein Gespräch mit Bruce Sterling ↗ 4850
An Interview with Bruce Sterling

McCAFFERY, Larry/McMENAMIN, Jim
Ein Gespräch mit Octavia E. Butler ↗ 4850
An Interview with Octavia E. Butler

McCARTHY, Gerry
Entropanto ↗ 4818
Entropanto

McDEVITT, Jack
Letzter Kontakt ↗ 4906
Last Contact

McDONALD, Ian
Siegen ist alles ↗ 4865
Winning

McMASTER BUJOLD, Lois
Schaurige Ernte ↗ 4880
Aftermaths

McMENAMIN, Jim
s. McCAFFERY, Larry/McMENAMIN, Jim

MALAGUTI, Ugo
Elegie ↗ 4880
Elegia

MAMCZAK, Sascha
s. PERCHTOLD, Ute/MAMCZAK, Sascha/TILSNER, Thomas/TRÖSTER, Horst G./WESSLEY, Günther

MANN, Phillip
Wolfsgarn : 4955
Wulfsyarn

MARTIN, Lori
Die Priesterin der Nialia
: 8430 AR
Calling Up the Fire

MARZIN, Florian F.
Mythologie und Sprache: Die Beziehung von Sprache und Mythologie in den Romanen Samuel R. Delanys ↗ 4850

Nachwort ↗ 3399

MATHESON, Richard (Burton)
Menschenkind ↗ 97, auch ↗ 3763
Born of Man and Woman

MATHESON, Richard Christian
Rot ↗ 8542 AR
Red

MECHTEL, Hartmut
Supercontrol ↗ 4897

MEINHOLD, Gottfried
Verwechslungen ↗ 4897

Weltbesteigung : 4921

MELEGHY, Peter
Der Todestag ↗ 4906

MENARINI, Gianni
Der Wein und die Zeit ↗ 4920
Il vino e il tempo

MILLER, Miranda
Smiles und das neue Jahrtausend
: 4956
Smiles and the Millennium

MILLER Jr., Walter M(ichael)
Ein Lobgesang auf Leibowitz
↗ 97, auch ↗ 3763
A Canticle for Leibowitz

MÖCKEL, Klaus
Eine Falle für Dagobert ↗ 4897

MOFFETT, Judith
Tiny Tango ↗ 4920
Tiny Tango

Überleben ↗ 4880
Surviving

MOORCOCK, Michael (John)
I.N.R.I. : 3399
Behold the Man

MOORHOUSE, Sue
Rikas Welt ↗ 4818
Rika's World

MORRESSY, John
Hüter der Zeit ↗ 4888
Timekeeper

MORROW, James
Biblische Geschichten für Erwachsene — Nr. 7: Die Sündflut ↗ 4920
Bible Stories for Adults, Nr. 7: The Deluge

Die eingeborene Tochter : 4924
Only Begotten Daughter

Der Kontinent der Lügen : 4925
The Continent of Lies

Tagebuch einer irren Gottheit
↗ 4861
Diary of a Mad Deity

PIEGAI, Daniela
Drusilla ↗ 4920
Drusilla

POHL, Frederik
In Erwartung der Olympier
↗ 4865
Waiting for the Olympians

PRATCHETT, Terry
Eric : 4953
Eric

Die Farben der Magie : 4912
The Colour of Magic

MacBest : 4863
Wyrd Sisters

Strata : 4911
Strata

PROKOP, Gert
Story für Anfänger ↗ 4897

RESNICK, Mike
Frankie, der Ghostwriter
↗ 4888
Frankie the Spook

RICHARD, Stephen
Sternschnuppen ↗ 4818
Meteors

RINGER, Erhard
Das Conan-Universum. Das Handbuch zum Conan-Zyklus
: 4908

RINONAPOLI, Anna
Die Eremiten des dritten Jahrtausends ↗ 4880
I romiti del terzo millennio

RITTER, Jörg
s. NAGULA, Michael/RITTER, Jörg

ROBERTS, John Maddox
Conan der Draufgänger : 4959
Conan the Bold

ROBINS, Madeleine E.
Papa geht auf Jagd ↗ 4936
Papa's gone A-Hunting

Der Untermieter ↗ 4880
The Boarder

ROBINSON, Kim Stanley
Zürich ↗ 4888
Zurich

ROBINSON, Spider
Nacht der Gewalt : 4859
Night of Power

RODDENBERRY, Gene
Star Trek — der Film : 4942
Star Trek — The Motion Picture

ROGERS, Bruce Holland
Groß fern jetzt ↗ 4936
Big Far Now

RUCKER, Rudy/LAIDLAW, Marc
Pipeline in den Surfspace
↗ 4861
Probability Pipelines

RUSCH, Kristine Kathryn
Die Galerie seiner Träume
↗ 4865
The Gallery of His Dreams

Schnelle Autos ↗ 4880
Fast Cars

Warenhaus ↗ 4920
Repository

RUSSO, Richard Paul
Dorthin kann man nicht mehr zurück ↗ 4880
No Place Any More

RUSSO, Richard Paul
Die Kugel im Visier ↗ 4957
Celebrate the Bullet

Liz und Diego ↗ 4920
Liz and Diego

RYMAN, Geoff
Ein Garten für Kinder oder Eine Posse : 4940
The Child Garden or A Low Comedy

SAKI
Als Wilhelm kam : 85
When William Came. A Story of London under the Hohenzollerns

SALLEE, Wayne Allen
Schnellverkehr ↗ 8542 AR
Rapid Transit

SAMMON, Paul M.
Nachwort ↗ 8542 AR

Splatterpunk : 8542 AR
Splatterpunks: Extreme Horror, 1. Teil

Vorwort ↗ 8542 AR

SANDER, Ralph
»Er ist tot, Jim.«: Ein Nachruf für Gene Roddenberry (1921—1991) ↗ 4850

SAUL, John
Das Gott-Projekt: 13 UB, auch ↗ 71 JB
The God Project

Wehe, wenn du weggehst : 8437 AR
Sleepwalk

SCHATTSCHNEIDER, Peter
Science Fiction — Vision für das 3. Jahrtausend ↗ 4850

SCHOLZ, Carter
Eindringen ↗ 4880
Intrusions

Die Menagerie von Babel ↗ 4920
The Menagerie of Babel

Die Neunte Sinfonie von Ludwig van Beethoven und andere verlorene Stücke ↗ 4865
The Ninth Symphony of Ludwig van Beethoven and Other Lost Songs

SCHNEEWEISS, Heinz
Drei Gedichte ↗ 4880

SCOTT, Melissa
Die Freundlichen : 4946
The Kindly Ones

SHAREE, Keith
Gullivers Flüchtlinge : 4889
Gulliver's Fugitives

SHAW, Bob
Licht für die Zukunft ↗ 97
Light of Other Days

SHEFFIELD, Charles
Systematische Gesundheitsfürsorge ↗ 4957
Health Care System

SHEPARD, Lucius
Endstation Herrlichkeit ↗ 4865
Bound for Glory

Kalimantan : 4945
Kalimantan

Nomans Land ↗ 4906
Noman's Land

SHERMAN, Delia
Land's End ↗ 4936
Land's End

SILVERBERG, Robert
Kinder der Retorte ↗ 1003, auch : 3441
Tower of Glass

Der neue Frühling : 4894
The New Springtime

SIMMONS, Dan
Sommer der Nacht : 36 JUM
Summer of Night

SIMON, Erik
Von der Zeit, von der Erinnerung ↗ 4897

Zwischen Erde und Mond — Ein Triptychon ↗ 4880

SKIPP, John
Filmteam um elf ↗ 8542 AR
Film at Eleven

SLADEK, John
Robot Roderick — 2 Romane : 86

Roderick oder Die Erziehung einer Maschine ↗ 86
Roderick

Roderick II. Lehr- und Wanderjahre einer Maschine ↗ 86
Roderick at Random

SLAUGHTER, Rick
Zarte unsterbliche Bedeutung ↗ 4818
Delicate Immortal Meanings

SOURBUT, Elizabeth
Das afrikanische Kontingent ↗ 4818
The African Quota

SPINRAD, Norman
Russischer Frühling : 4944
Russian Spring

SPITTEL, Olaf
Der Spieler ↗ 4897

Zeit-Spiele. Ex oriente Science Fiction : 4897

SPIVACK, Richard
Mein bester Urlaub überhaupt ↗ 4818
My Best Ever Holiday

STACKPOLE, Michael A.
Dunkles Schicksal : 4872
BATTLETECH: Lost Destiny

Tödliches Erbe : 4870
BATTLETECH: Lethal Heritage

Blutiges Vermächtnis : 4871
BATTLETECH: Blood Legacy

STASHEFF, Christopher
Der Zauberer Ihrer Majestät : 4873
Her Majesty's Wizard

STEINMÜLLER, Angela
Der Tintenschwarze Spiegel ↗4897

STEINMÜLLER, Angela/
STEINMÜLLER, Karlheinz
Der Traummeister : 4881

STEINMÜLLER, Karlheinz
s. STEINMÜLLER, Angela/
STEINMÜLLER, Karlheinz

STERLING, Bruce
s. GIBSON, William/STERLING, Bruce

STEWART, Michael
Adam : 8408 AR
Birthright

STÖBE, Norbert
Zehn Punkte ↗ 4880

STRAUB, Peter
Mystery : 27 JUM, auch : 8603 AR
Mystery

STRICKLAND, Brad
Schwarze Muse ↗ 4936
Her Wild Wild Eyes

STRESAU, Norbert
Die Bilder des Jahres ↗ 4850

STRIEBER, Whitley
Majestic : 8477 AR
Majestic

Transformation : 8385 AR
Transformation

SYNOWIEC, Adam
Die Brücke ↗ 4880
Most

SZEPES, Mária
Der Rote Löwe : 4043, auch : 8457 AR
A Vőrős Oroszlan

TEPPER, Sheri S.
Nach langem Schweigen : 4934
After Long Silence

THOMAS, Craig
Auge um Auge : 8335 AR
All the Grey Cats

TIEDEMANN, Mark W.
Auf der Abschußliste ↗ 4906
Targets

TILLEY, Patrick
Blutiger Fluß : 4885
The Amtrak Wars — Book Four: Blood River

Erdendonner : 4887
The Amtrak Wars — Book Six: Earth-Thunder

Todbringer : 4886
The Amtrak Wars — Book Five: Death-Bringer

TILSNER, Thomas
s. PERCHTOLD, Ute/MAMCZAK, Sascha/TILSNER, Thomas/ TRÖSTER, Horst G./WESSLEY, Günther

TIPTREE jr., James
Zurück! Dreh's zurück ↗ 4861
Backward, Turn Backward

TRÖSTER, Horst G.
Tumohrs Rache oder Mit Nirwana Jones im Weißwurstsektor. Über die phantastischen Produkte von Hörspiel-Amateuren ↗ 4850

s. PERCHTOLD, Ute/MAMCZAK, Sascha/TILSNER, Thomas/ TRÖSTER, Horst G./WESSLEY, Günther

ULBRICH, Bernd
Ein unfaires Spiel ↗ 4897

URBANEK, Hermann
Die amerikanische SF-Szene 1990/91 ↗ 4850

Die britische SF-Szene 1990/91 ↗ 4850

Die deutsche SF-Szene 1990/91 ↗ 4850

UTLEY, Steven
Raubtiere ↗ 4880
Predators

VANCE, Jack
Die Mondmotte ↗ 97, auch ↗ 3827
The Moon Moth

VAN VOGT, A(lfred) E(lton)
Die Expedition der »Space Beagle« — Roman in 4 Erzählungen : 83
Voyage of the ›Space Beagle‹

Kommentar zu ›Black Destroyer‹ ↗ 83
On ›Black Destroyer‹

M 33 im Sternbild Andromeda ↗ 83
M 33 in Andromeda

VAN VOGT, A(lfred) E(lton)
Mißton in Scharlach ↗ 83
Discord in Scarlet

Nervenkrieg ↗ 83
War of Nerves

Schwarzer Verheerer ↗ 83
Black Destroyer

VOLSKY, Paula
Der Fluch des Zauberers : 4938
The Sorcerer's Curse

Das Glück des Relian Kru : 4939
The Luck of Relian Kru

WAHREN, Friedel
Isaac Asimov's Science Fiction Magazin, 39. Folge : 4906

Isaac Asimov's Science Fiction Magazin, 40. Folge : 4957

WALDROP, Howard
Französische Filmszenen ↗ 4861
French Scenes

WARRINGTON, Freda
Drei Krieger im Zwielicht : 4902
A Blackbird in Twilight

Drei Krieger in Gold : 4901
A Blackbird in Amber

WATSON, Ian
Der Autor als Folterer ↗ 4927
The Author as Torturer

WATT-EVANS, Lawrence
Sturmtruppen ↗ 4957
Storm Trooper

WEIGAND, Jörg
Otfrid von Hanstein. Eine bio-bibliographische Skizze ↗ 4850

WEINSTEIN, Howard
Akkalla : 4879
Deep Domain

Im Exil : 4937
Exiles

WELLEN, Edward
Cool Cat ↗ 4888
Cool Cat

WESSLEY, Günther
s. PERCHTOLD, Ute/MAMCZAK, Sascha/TILSNER, Thomas/TRÖSTER, Horst G./WESSLEY, Günther

WHITLOCK, Dean
Faxmann ↗ 4888
The Fax Man

WIGHTMAN, Wayne
Käfig 37 ↗ 4880
Cage 37

Der König der Neandertaler ↗ 4936
The King of the Neanderthals

WILDER, Cherry
Frauensache ↗ 4880
A Woman's Ritual

WILKINS, Mark
Wartours ↗ 4818
Wartours

WILLIAMS, Walter Jon
Engelstation : 4876
Angel Station

Nebeneffekte ↗ 4865
Side Effects

WILLIS, Connie
Auszeit ↗ 4906
Time-Out

Lincolns Träume : 4883
Lincoln's Dreams

WINTER, Douglas E.
Nicht ganz ein Zombie ↗ 8542 AR
Less Than Zombie

WINTREBERT, Joëlle
In letzter Instanz ↗ 4920
Sans Appel

ZAHN, Timothy
Kriegspferd : 4941
Warhorse

ZEBROWSKI, George
Im Fluß von Synergien/Einführung ↗ 4861

Synergy 2 : 4861
Synergy 2

Synergy 3 : 4927
Synergy 3

Die Weine der Synergie. Einführung ↗ 4927

ZIMMER BRADLEY, Marion
Der Bronzedrache : 4144, auch : 6359 AR, auch ↗ 79 TdM
The Brass Dragon

3 ungekürzte Romane : 79 TdM

Die Teufelsanbeter : 6697 AR, auch ↗ 79 TdM
Dark Satanic

Trommeln in der Dämmerung : 6602 AR, auch ↗ 79 TdM
Drums of Darkness